龙榆生著作精选集

词曲概论

龙榆生 著

團結出版社

图书在版编目（CIP）数据

龙榆生著作精选集 / 龙榆生著.

-- 北京：团结出版社, 2019.12

ISBN 978-7-5126-7580-3

Ⅰ. ①龙… Ⅱ. ①龙… Ⅲ. ①词(文学)—文学研究—中国—文集 Ⅳ. ①I207.23-53

中国版本图书馆CIP数据核字(2019)第284145号

出版： 团结出版社

（北京市东城区东皇城根南街84号 邮编：100006）

电话：（010）65228880 65244790（传真）

网址： www.tjpress.com

Email： zb65244790@vip.163.com

经销： 全国新华书店

印刷： 三河市腾飞印务有限公司

开本： 145×210 1/32

印张： 84

字数： 1650千字

版次： 2020年12月 第1版

印次： 2020年12月 第1次印刷

书号： 978-7-5126-7580-3

定价： 316.00元（全9册）

出版说明

龙榆生(1902—1966),本名沐勋,号忍寒,晚年以字行。20世纪最负盛名的词学大师之一,生于江西万载,殁于上海,早年师从黄侃、陈衍、朱祖谋等名师习诗词及文字音韵学,后遂终身致力于词学研究。曾任暨南大学、中山大学、中央大学、上海音乐学院教授。他一生致力于词学研究,被称为中国词学学科的奠基人,创办了现代第一本词学专门刊物《词学季刊》,对词学研究的现代转型影响巨大。

龙榆生词学研究的领域广泛,成就卓著。常年任教于各大学校的他,在写下一部部词学专著的同时,也一直不忘整理概论和选本。这套《龙榆生著作精选集》我们精选了其经典著作九种。在概论中,我们选择了他晚年有代表性的《唐宋词格律》《词曲概论》《词学十讲》三种;选本则选择《东坡乐府笺》《唐宋名家词选》《唐五代词选注》《近三百年名家词选》四种;考虑到目前雅言弱化、语言表现力不足的现状,还特意选择了《古今名人书牍选》《苏黄尺牍选》二种,作为学习文言文的补充读本。读者也可以藉此九种窥见龙先生一生治学的全豹。《龙榆生著作精选集》既可以作为古典诗词爱好者的案头必备典籍加以赏玩,又可以作为青年学子提升文化修养、学习典雅文言的上乘读物。

针对本套系列丛书工程浩大、专业性强的特点,为此我们特地组织了相关专家进行了专门的校勘和梳理。本着尊重作者和原著的精神，此次再版将特殊历史时期下，不符合作者原意的改本加以修订，恢复符合作者理念的原本原貌，并在前人基础上对仍存在的讹误重加订正。考虑到现代读者的阅读习惯，特将原来的繁体竖排调整为简体横排。由于编者水平所限，在编辑过程中，疏漏之处在所难免，恳请广大读者不吝赐教！

编者

2020年10月

目　录

上编　论源流

下编　论法式

上编　论源流

第一章 词曲的特性和两者的差别

词和曲都是先有了调子，再按它的节拍，配上歌词来唱的。它是和音乐曲调紧密结合的特种诗歌形式，都是沿着“由乐定词”的道路向前发展的。宋翔凤《乐府余论》讲过：“宋、元之间，词与曲一也，以文写之则为词，以声度之则为曲。”如果就它们的性质来说，这话原来不错。但是一般文学史上都把词和曲作为两种不同体裁的名称。宋词、元曲，在我国文学发展过程中，占着很重要的地位。它的名称的由来，是从乐府诗中的别名，逐渐扩展成为一种新兴文学形式的总名的。唐诗人元稹在他写的《乐府古题序》中，把乐府的发展分作两条道路。他说：

《诗》讫于周，《离骚》讫于楚。是后诗之流为二十四名：赋、颂、铭、赞、文、诔、箴、诗、行、咏、吟、题、怨、叹、章、篇、操、引、谣、讴、歌、曲、词、调，皆诗人六义之余，而作者之旨。由操而下八名，皆起于郊、祭、军、宾、吉、凶、苦、乐之际。在音声者，因声以度词，审调以节唱，句度长短之数，声韵平上之差，莫不由之准度。而又别其在琴、瑟者为操、引，采民氓者为讴、谣，备曲度者总得谓之歌、曲、词、调。斯皆由乐以定词，非选调以配乐也。由诗而下九名，皆属事而作，虽题号不同，而悉谓之为诗可也。后之审乐者，往往采取其词，度为歌曲。盖选词以配乐，非由乐以定词也。

《元氏长庆集》卷二十三

这前一种就是先有了曲调，按照每一个调子的节奏填上歌词；后一种就是先有了歌词，音乐家拿来作谱。照道理讲，后者比较自由，应该可以大大发展，然而为什么反而把前者作为一个时代乐歌的主要形式，作者甘心受那些格律的束缚，甚至不惜牺牲内容来迁就它呢？仔细一想，这原因也很简单。《旧唐书·音乐志》上不是说过“自开元以来，歌者杂用胡夷里巷之曲”吗？我们检查一下崔令钦所写的《教坊记》，它所记载的开元教坊杂曲，就有三百多个调子，除极小部分是来自外国或宫廷创作外，都是从民间采来的。这些来自民间的调子，当然为广大人民所喜闻乐见，大家都唱熟了。应用这种在民间生了根的形式来表现作者所要表达的情感，自然容易被广大人民所接受而引起共鸣。

词和曲都是“倚声”而作。词所倚的“声”，大部分是“开元以来”的“胡夷里巷之曲”。这些曲调，虽然大多数出自民间的创作，它所用的音乐却已掺杂了不少外来成分。这由于魏、晋以来，直到隋朝的统一为止，中国的北部，长期经过少数民族的统治和杂居，把许多外来的乐器和曲调，不断地传了进来，与汉民族固有的东西逐渐融合，从而产生一种新音乐，也就是隋、唐间所称的燕乐。这种新音乐，由于国家的统一而普遍流行起来，民间艺人因而不断创作新的曲子，这就是"倚声填词"者的唯一来源。宋人郭茂倩《乐府诗集》中所标举的"近代曲辞"，表明了"倚声填词"由尝试而逐渐形成的关键。他说：

> 近代曲者，亦杂曲也。以其出于隋、唐之世，故曰近代曲也。隋自开皇初，文帝置七部乐：一曰《西凉伎》，二曰《清商伎》，三曰《高丽伎》，四曰《天竺伎》，五曰《安国伎》，六曰《龟兹伎》，七曰《文康伎》。至大业中，炀帝乃立《清乐》《西凉》《龟兹》《天竺》《康国》《疏勒》《安国》《高丽》《礼毕》，以为九部。乐器工衣，于是大备。唐武德初，因隋旧制，用九部乐。太宗增《高昌乐》，又造《燕乐》，而去《礼毕》曲。其著令者十部：一曰《燕乐》，二曰《清商》，三曰《西凉》，四曰《天竺》，五曰《高丽》，六曰《龟兹》，七曰《安国》，八曰《疏勒》，九曰《高昌》，十曰《康国》，而总谓之燕乐。声辞繁杂，不可胜纪。凡燕乐诸曲，始于武德、贞观，盛于开元、天宝。其著录者，十四调，二百二十二曲。又有梨园别教院法歌乐十一曲，《云

韶乐》二十曲。肃、代以降，亦有因造。僖、昭之乱，典礼亡缺。其所存者，概可见矣。

《乐府诗集》卷七十九

这些乐种，除《清商》部外，全是外来的。由于文化交流，经过长时期的消化作用，到了唐玄宗时，一种新的民族音乐，便如春花竞放，普遍在民间盛行起来了。看了上面所说“声辞繁杂”的话，这许多曲调原来不但有歌谱，而且也是有歌词的。是不是和后来一样，按着长短不齐的节奏去填上歌词，现在很难猜测；但这里面必定会有很多来自民间的作品，或者因为它不够“雅”，没有受到统治阶级的重视，所以很快就散失了。

在封建社会里，劳动人民是最富于创造性的，所谓“穷者欲达其言，劳者须歌其事”（庾信《哀江南赋序》），有了自己丰富的内容，自然会创造出自己的新形式。至于上层人物，往往落在后面，而又不甘心于放下自己的架子，偏要群众去迁就他，直到群众的力量发展到了不可抵抗的地步，而自己的东西却为群众所拒绝，才会回过头来，朝着群众的方向去跑。这样，凭他们的艺术修养，找到了正确方向，就能够在群众的基础上，不断提高。所以，在唐代新音乐兴起之后，与它相应发展的新体长短句歌词必须经过一个酝酿的过渡时期，这是毫不为怪的。

郭茂倩在“近代曲辞”中，列举了开元、天宝间流行的一些大曲，如《伊州》《梁州》《甘州》之类，每一段都配上当时诗人所写的五、七言诗，有的只是截取全篇中的四句，勉强凑合着来歌唱。例如《伊州歌》共有唱词十段，第三段就是用沈佺期《杂诗》的前半首：“闻道黄龙戍，频年不解兵。可怜闺里月，偏照汉家营。”（《乐府诗集》卷七十九）《水调歌》共有唱词十一段，第七段（入破第二）就是用的杜甫《赠花卿》一首七言绝句：“锦城丝管日纷纷，半入江风半入云。此曲只应天上有，人间能得几回闻？”（《乐府诗集》卷七十九）也有摘取李峤《汾阴行》的结尾“山川满目泪沾衣，富贵荣华能几时？不见只今汾水上，唯有年年秋雁飞”（《碧鸡漫志》卷四），作为《水调歌》中一段歌词的。这些大曲，有的多到二十四段，如《凉州排遍》；有的十二遍，如《霓裳羽衣》。王灼曾经说：“后世就大曲制词者，类从简省。”（《碧鸡漫志》卷三）可见唐诗人对新体歌词的创作，远远落后于民间流行和教坊传习的新兴曲调；而那些整齐的诗句，是由乐工加上虚声，勉强凑着来合拍的。这种偷懒的过渡办法，可以看出士大夫的怠性和不甘适应群众的要求，从而延缓了长短句歌词的发展速度。这偷懒办法，却也有它的历史根源。据北宋音乐理论家沈括说：

诗之外又有和声，则所谓曲也。古乐府皆有声、有词，连属书之，如曰“贺贺贺”“何何何”之类，皆和声也。今管弦之中缠声，亦其遗法也。唐人乃以词填入曲中，不复用和声。此格虽云自王涯始，然贞元、元和之间（公元785—820年），为之者已多，亦有在涯之前者。又小曲有“咸阳沽酒宝钗空”之句，云是李白所制。然李白集中有《清平乐》词四首，独欠是诗。而《花间集》所载“咸阳沽酒宝钗空”，乃云是张泌所为，莫知孰是也。今声词相从，唯里巷间歌谣及《阳关》《捣练》之类，稍类旧俗。然唐人填曲，多咏其曲名，所以哀乐与声，尚相谐会。今人则不复知有声矣！哀声而歌乐词，乐声而歌怨词，故语虽切而不能感动人情，由声与意不相谐故也。

——《梦溪笔谈》卷五《乐律一》

在这一大段话里面，有三点值得注意。第一，是在长短句歌词的新形式没有完成之前，所有配合曲调的歌词，是长期停留在借助虚声勉强凑合的过程中。我们只要去看看沈约《宋书》卷廿二《乐志》四所载汉鼓吹铙歌十八曲和今（刘宋）鼓吹铙歌词三曲，简直没法读通。这原因据沈约说：“今鼓吹铙歌词，乐人以音声相传，训诂不可复解。”又说：“汉鼓吹铙歌十八篇，按《古今乐录》，皆声、辞、艳相杂，不复可分。”由此可见，后来“依声填词”的办法，虽然是束缚得很厉害，但也是出于不得已而用之，在乐歌史上是一个大大的进步。我们再查查《宋书》，还列举了缪袭写的魏鼓吹曲十二篇，傅玄写的晋鼓吹曲廿二篇，韦昭写的吴鼓吹曲十二篇，何承天私造的鼓吹铙歌十五篇，都是仿照汉鼓吹铙歌十八曲和一部分其他汉乐府的调子来写的；魏武帝（曹操）、文帝

（曹丕）、明帝（曹睿）所作的乐府诗，也都用了许多长短句子。这当然就是后来“依声填词”的开端。晋荀勖也曾发生下面这样的疑问：“魏氏歌诗，或二言，或三言，或四言，或五言，与古诗不类。”他去问司律中郎将（掌乐的官员）陈颀，颀对他说：“被之金石，未必皆当。”（《宋书》卷十九《乐志》一）从这话里，可以看出魏氏歌诗所以要用长短句，就是为了配合曲调的节奏，也只有曹操才敢尝试去创作。当然，这些创作没有经过相当长期的锻炼，就希望它能够“被之金石”而“皆当”，是很难做到的。但比起那些死板的一定要把整齐的、固定的四言或五言句子，勉强凑合着参差不齐的曲调，再加上一些有声无义的字眼去唱，弄得听者莫明其妙，写在书上，谁也读不通，是要进步得多了。一般文学史家，谈到词的起源问题，都不晓得在这些材料上着眼，是绝对不能得出正确结论来的。荀勖听了陈颀的话，却开起倒车来，他替晋王朝写的歌词，又全用四言句式。我疑心沈约所说“不可复解”的今鼓吹铙歌词三曲，即是用的汉鼓吹铙歌十八曲中的《上邪》《远如期》（原作《晚芝田》，此据注语）《艾如张》三个调子，如果不是用的整齐句式，给乐工加了许多虚声，注上字眼，那怎么会连同时的沈约都读不下去呢？

现在流传下来的汉、魏、六朝乐府诗，大多数是民间的作品，就有了不少长短句式。在吴歌小曲中，三言搭五言的形式，更是多得很。可见劳动人民素来就是敢想、敢做而富于创造性的。单就这种“倚声填词”的办法来讲，民间早就有了，而且曹操也都跟着尝试过了。可是直到开元、天宝间，经过五百多年的漫长岁月，所有不断从少数民族输入和民间创作的曲调，不知积累了多少财富，而诗人们还是那样保守，还是不肯接受“胡夷里巷之曲”去“倚声填词”，从而延缓了长短句歌词的发展，这是十分可惜的。

由于齐、梁以来的声律论，把平、上、去、入四声应用到文学形式上来，积累了几百年的经验，形成了唐人的五、七言近体诗。这种近体律、绝诗，本身就有它的铿锵抑扬的节奏感，音乐性非常浓厚。如果不是形式过于方板，拿来配合曲调，是最适宜不过的。沈约早就说过：“五色相宣，八音协畅，由乎玄黄律吕，各适物宜。欲使宫羽相变，低昂互节，若前有浮声，则后须切响。一简之内，音韵尽殊；两句之中，轻重悉异。”（《宋书》卷六十七《谢灵运传论》）唐人近体诗，就是运用这些原则建立起来的。而这些原则，应用到配合管弦的歌词上来，就可以解决许多问题，而使之吻合无间。我们看了唐人许多大曲，都是借用诗人的近体律、绝作为歌词，这消息是可以推测得到的。

一般所说的“词”，原来也就是沿着魏、晋以来乐府诗的道路，向前发展的。不过它所依的“声”——也就是它所用的调子，一般都出于隋、唐以来的燕乐杂曲：有教坊乐工和专家们的创作，如《安公子》为隋炀帝时乐工王令言的儿子所写，《雨霖铃》为唐明皇入蜀时悼念杨妃的创调；也有更早一些时候流传下来的，如《后庭花》出于陈后主（叔宝）宫廷，《兰陵王》出于北齐兰陵王高长恭的部队，但大部分却是民间的作品。我们看了敦煌发现的唐人写本《云谣集杂曲子》和其他小曲，就有长到八十四字的《凤归云》，七十七字的《洞仙歌》，这些都可证明，民间不仅不断地创作了许多新声曲调，同时也就有了他们自己的长短句歌词。群众的创造性，是会不断产生新东西的。即使世传李白写的《菩萨蛮》《忆秦娥》或《清平乐令》不是后人伪造的，但看许多大诗人，自李白以下到韦应物、戴叔伦、王建、白居易、刘禹锡等，他们尝试填的词，也都是一些短短的小令，可见封建社会的士大夫阶级，总是落后于群众的。再看敦煌发现的琵琶谱，它所保存的《倾杯》《西江月》等曲调，有的注上“慢曲子”或“急曲子”，又可证明慢词创自柳永的说法（宋翔凤《乐府余论》），是毫无根据的。虽然北宋末年的叶梦得曾经说“教坊乐工，每得新腔，必求永为辞，始行于世”（《避暑录话》卷三），只可说明词所倚的“声”，到了宋教坊，又有了不少新创的调子，可供作者填词使用。这些新声，直到南宋时代，民间还在不断创作，一面和过去流传下来的混合起来，在民间普遍演唱。我们且看《刘知远诸宫调》所用的词牌，就有《回戈乐》《应天长缠令》《甘草子》《六幺令》《胜葫芦》《瑶台月》《墙头花》《文序子》《枕屏儿》《定风波》《抛球乐》《锦缠道》《愿成双》《安公子缠令》《柳青娘》《酥枣儿》《女冠子》《应天长》《快活年》《玉抱肚》《耍孩儿》《牧羊关》《醉落托》《双声叠韵》《麻婆子》《沁园春》《贺新郎》《解红》《木笪绥》《哨遍》《耍三台》《出队子》《拂霓裳》

《永遇乐》《乔牌儿》《一枝花》《绣带儿》《恋香衾》《相思会》《苏幕遮》《恋香衾缠令》《整花冠》《绣裙儿》《红罗袄》《玉翼蝉》《一斛义》《踏阵马》《伊州令》《整乾坤》等四十九个曲子，而且注明宫调；除《耍孩儿》《一枝花》等少数为后来北曲所常用外，几乎都是唐、五代、北宋人所常用的词牌。照这些在当时人民口里还活着的牌子曲来填的歌词，一般都把它划在词的范围内。但是我们把《刘知远诸宫调》内所有歌词，拿来和同一牌子的专家作品比较一下，它的句式长短和平仄四声的使用，都有很大出入。当然民间艺人不会像专家们一样具有深厚的文学修养，也不会死守那些清规戒律；但也可以看出这些曲调还活在人民口里的时候，是比较活泼自由的，经过文人不断加工，反而使它僵化了。

话虽如此，四声平仄的安排，在节奏上仍能发挥极大的作用。近体诗演化为词，词又演化为曲，既然都是照各个牌子的格式去填，要唱的人把字咬得准，而又不至于拗嗓，对一定的规矩，却是同样得遵守的。再看《永乐大典》卷一万三千九百九十一所载三种戏文，也多是用许多词牌连缀起来，歌唱一桩故事的。看它所用的《满庭芳》《破阵子》等词牌，却又和一般词家的规矩，没有多大出入；不过单就古杭书会所编的《小孙屠》一剧来看，中间忽然用几支北曲《一枝花》《雁儿落》《得胜令》，忽然又用一支南曲《风入松》，像这样错综复杂的关系，一时很不容易搞得清楚。但一般的平仄安排，却是相当讲究的。

词所依的曲调，发展到了南宋，渐渐僵化了。但在福建泉州所传《南词四十四套》中，还保存着吴文英等所常用的《秋思耗》《双姝媚》两个调子的歌词和节拍，可见词乐直到现在，有的还活在某些地方的古老剧种中，这是值得研究民族音乐的专家们好好去发掘、探讨的。

北宋首都汴梁，为新声创作的总汇。它一方面接受了隋、唐以来的音乐遗产，一方面又不断产生新的歌曲，这样促成词的发展，逐渐到了登峰造极的地步。靖康（钦宗年号）之难，开封残破已极，所有教坊乐谱和伎人都流散了。虽然有一部分转到临安（南宋首都杭州），促进了南宋词的发展，也有不少文人如姜夔、张枢等，另外搞一套自度腔，缀上音谱，给家伎们肄习，但已到了奄奄一息的地步。于是，词在声乐上的地位，就逐渐由南北曲取而代之了。

北宋初期，契丹族和党项族先后在东北和西北建立的辽和西夏王朝与宋王朝一直站在对立的地位。后来女真族（金）和蒙古族递占中国北部。由于长期的民族矛盾，汉民族的固有文化，在向北交流上受到了阻碍，于是北方的民间艺人又不断创作新的歌曲。这一部分新声，又和唐末、五代原来流传在北方的旧曲结合起来，加以灵活运用，就构成了北曲系统。南宋词的余波和温州一带的地方戏结合起来，又构成南曲系统。我们知道，北宋以前唱词的伴奏乐器属弦索类，以琵琶为主；南宋唱词的伴奏乐器则以管色为主。由于伴奏乐器的不同，所以声情有缓急，文字有疏密。后来演为诸宫调和戏文，大概也都沿着这两条道路发展。

例如上面所举的《刘知远诸宫调》和金人董解元的《西厢记》，虽然所用的牌子，同样多是北宋以前旧曲，可是句式有变化，平仄更多出入。这正由于它用弦索伴奏，所以自由活动的余地也就跟着增多。由北宋词乐转化为北曲，由南宋词乐推进为南曲，这线索还是可以找得出来的。明人王世贞曾谈到南北曲的差别：

> 北主劲切雄丽，南主清峭柔远。北字多而调促，促处见筋；南字少而调缓，缓处见眼。北辞情少而声情多，南声情少而辞情多。北力在弦，南力在板。北宜和歌，南宜独奏。北气易粗，南气易弱。
>
> 王骥德《曲律》卷一《总论南北曲》引

这是从音乐性上去分别。同时还有北曲作家康海，也有类似的说法：

> 南词主激越，其变也为流丽；北曲主慷慨，其变也为朴实。惟朴实，故声有矩度而难借；惟流丽，故唱得婉转而易调。
>
> 《沜东乐府》序

这也是就曲调的风格上来分的。一般所谓“曲”的范围，也就是根据它所运用的曲牌来定的。要搞清楚这些曲牌的由来和规矩，必得检查李玄玉的《一笠庵北调广正谱》和沈自晋的《广辑词隐先生增定南九宫词谱》，或者清王朝所辑的《九宫大成曲谱》。这里面有许多沿袭词牌旧名，而面貌全非的；也有借用单调小令如《点绛唇》之类，而韵位略有变化的，都存在着某些不容割断的历史关系。

在歌词形式上，词和曲的差别：前者的押韵，是上、去二部同用，平声部和入声部各自单独作用；北曲没有入声，其余三声互叶；南曲有入声，而其他三声亦平仄互叶。这些都是显然不同之处。虽然平仄互叶，在词里业已开端，尤其是民间流行的词牌，不但四声通叶，而且句式也可以自由伸缩，仿佛曲里经常使用的衬字。这些都留待下编论法式时再讲，本章且先讲讲两者之间有它的历史关系和一些不同面目而已。

第二章 唐代民间词和诗人的尝试写作

词是随着曲调的流行而发展的。前面说过，到了唐玄宗开元年代，新音乐正在层出不穷，流行的曲调已经很丰富了。由于士大夫阶层的保守思想，推迟了新体歌词的向前迈进；但在当时的广大人民中间，这种新风气却早已打开，而且达到了相当繁荣的地步。敦煌钞本词的发现，是最好的证明。

敦煌是唐代对外贸易的交通孔道，商业相当发达，而且有大队的戍卒，更番从内地到那边去。所以这地方的文化事业，也有辉煌的成就。这只要去千佛洞看看那些壁画，就可以想象这地方的艺术传统是怎样的优秀而悠长的了。在瑞典人斯坦因等盗去的敦煌石室旧藏文物中，发现有唐写本《云谣集杂曲子》三十首，还有一些写在佛教经典或残存文件纸背的小曲。经过一些学者分别在法国巴黎图书馆和英国伦敦博物院钞集回来的，约有一百六十多首。这里面除了极少数是晚唐、五代人李晔（唐昭宗）、温庭筠、欧阳炯等人的作品外，其他都是出于无名氏之手。这些无名氏的作品，总是运用朴素的语言，很坦率地反映了一些社会面貌和人民群众的思想感情，有的可能是开元年代或更早一些的民间作品。且看《云谣集》中一些描述征妇怀念征夫的作品：

征夫数载，萍寄他邦。去便无消息，累换星霜。月下愁听砧杵起，塞雁行。孤眠鸾帐里，枉劳魂梦，夜夜飞扬。　想君薄行，更不思量。谁为传书与，表妾衷肠？倚牖无言垂血泪，暗祝三光。万般无奈处，一炉香尽，又更添香。

《凤归云》

悲雁随阳，解引秋光。寒蛩响，夜夜堪伤。泪珠串滴，旋流枕上。无计恨征人，争向金风飘荡？　捣衣嘹亮，懒寄回文先往。战袍待稳絮，重更熏香。殷勤凭驿使追访。愿四塞来朝明帝，令戍客休施流浪。

《洞仙歌》

风送征轩迢递，参差千里余。目断妆楼相忆苦，鱼雁山川鳞迹疏，和愁封去书。　春色可堪孤枕，心焦梦断更初。早晚三边无事了，香被重眠比目鱼，双眉应自舒。

《破阵子》

这些词所反映的思想感情，和盛唐诗人王昌龄的《闺怨》：“闺中少妇不知愁，春日凝妆上翠楼。忽见陌头杨柳色，悔教夫婿觅封侯。”王驾的《古意》：“夫戍萧关妾在吴，西风吹妾妾忧夫。一行书信千行泪，寒到君边衣到无？”几乎没有什么两样。这些词说不定是唐玄宗时代的民间作品。还有《敦煌零拾》里所收的《望江南》：

天上月，遥望似一团银。夜久更阑风渐紧，为奴吹散月边云，照见负心人。

写得又清新，又真挚。第二句比唐诗人刘禹锡、白居易所写，多了一个字，也可以看出民间的作品，是要来得活泼自由些。还有一首《鹊踏枝》：

叵耐灵鹊多瞒语，送喜何曾有凭据？几度飞来活捉取，锁上金笼休共语。 比拟好心来送喜，谁知锁我在金笼里。愿他征夫早归来，腾身却放我向青云里。

描写一位少妇的微妙心理，对喜鹊忽儿恨它，忽儿又寄以殷切的希望，这感情是真实的，却用鹊儿的对话，表达出来，艺术手腕也到了自然纯熟的阶段。

在这一百多首的敦煌杂曲中，反映了各阶层的苦闷心情，写来都相当真朴。最多的是写征妇怨情，像《送征衣》：

今世共你如鱼水，是前世因缘。两情准拟过千年。转转计较难，教汝独自孤眠。　每见庭前双飞燕，他家好自然！梦魂往往到君边。心穿石也穿，愁甚不团圆？

这结尾一转，表现了坚贞的爱情和乐观的心理，也不是一般文人所能设想到的。有的还抒写谋事不成，流落他乡的苦闷，如《菩萨蛮》：

自从涉远为游客，乡关迢递千山隔。求宦一无成，操劳不暂停。　路逢寒食节，处处樱花发。携酒步金堤，望乡关双泪垂。

一个落魄文人，到了投靠无路的时候，典了冬衣，买了一瓶酒，独自跑向长堤，想借这消遣消遣，却是前路茫茫，欲归不得，这是何等凄凉的形象！结句多了一个字，也和《望江南》的第二句一样，显得比较灵活。

还有一种联章体，用同一词牌，重叠几次，来描写一桩故事或一段情景，好像宋人的鼓子词。例如《捣练子》咏孟姜女故事：

孟姜女，杞梁妻，一去燕山更不归。造得寒衣无人送，不免自家送征衣。

长城路，实难行，乳酪山下雪纷纷。吃酒只为隔饭病，愿身强健早还归。

堂前立，拜辞娘，不觉眼中泪千行。劝你耶娘少怅望，为吃他官家重衣粮。

辞父娘了入妻房，莫将生分向耶娘。君去前程但努力，不敢放慢向公婆。

这故事不够完整，而且后面两章是描述杞梁辞家前往筑城时的惜别情况，该放在孟姜女去送征衣之前。这类小唱，大概是唐代西陲戍卒随手抄下来，哼着以排遣苦闷的。首尾不全，也不足怪。

尽管这些小曲，不免还有粗糙的地方，可是所表达的都是劳动人民的真实感情，没有一些忸怩作态，这是士大夫们所望尘莫及的。可惜这些无名英雄的作品，一向不为统治阶级所重视，因而大部分都被埋没掉了！

谈到诗人们对这种新形式的尝试，有相传为李白作的《菩萨蛮》：

平林漠漠烟如织，寒山一带伤心碧。暝色入高楼，有人楼上愁。　玉阶空伫立，宿鸟归飞急。何处是归程？长亭更短亭！

虽然多数学者认为有些靠不住，但看李白对古乐府的学习要比任何人努力，他是了解向群众歌曲吸取养料的重要性的。过去的民间歌曲都值得大诗人学习，偶尔采用几支眼前经常看到、听到的时兴调子，尝试填些歌词，也并不出乎情理之外。上章引的沈括《梦溪笔谈》也记录了一些李白填词的传说。我们不应把填词的创始者归功于李白，有如黄昇所说："《菩萨蛮》《忆秦娥》二词，为百代词曲之祖。"（《唐宋诸贤绝妙词选》卷一）但绝对否定李白有填词的可能性，那也未免过于武断了。

关心广大人民生活的诗人，是比较易于接受产自民间的新兴事物的。作歌行"深重讽谏之意"（白居易语）的韦应物，和张籍同以乐府著称的王建，都留下了一些小词。如韦作《调笑令》：

> 河汉，河汉，晓挂秋城漫漫。愁人起望相思，江南塞北别离。离别，离别，河汉虽同路绝！

王作《调笑令》：

> 杨柳，杨柳，日暮白沙渡口。船头江水茫茫，商人少妇断肠。肠断，肠断，鹧鸪夜飞失伴。

前者反映了自开元以来用兵西陲所长期影响到的人民痛苦，后者反映了"安史之乱"以后商人行贩所间接影响到的妇女生活。这曲调宛转相应，也是民族的传统手法，为广大人民所喜闻乐见。

这种"倚声填词"的风气一开，诗人们也都大胆起来了。沈括所提起的王涯，可惜没有作品留下。晚年和白居易齐名的刘禹锡，在政治上失败之后，被贬朗州（今湖南常德）司马和夔州（今四川奉节）刺史。他在朗州和夔州时期，有机会和西南少数民族接触，因而对于他们的音乐歌舞，也发生了很大的兴趣。他那著名的《竹枝词》，就是为着结合"巴歈"（巴是古代西南少数民族之一，歈是民间歌曲的一种）来写的。可惜他还是用的句式整齐的七言绝句体，未必真正符合这种少数民族歌曲的节奏，风格却是大大地变了。由于刘禹锡有了这种向民歌学习的思想，所以他对当时流行的时调小曲，也就有意识地去尝试填词。他的《和乐天春词》，就注上"依《忆江南》曲拍为句"字样：

春去也！多谢洛城人。弱柳从风疑举袂，丛兰裛露似沾巾。独坐亦含颦。

这样解散五、七言律、绝的整齐形式，而又运用它的平仄安排，变化它的韵位，就为后来"倚声填词"家打开了无数法门，把文字上的音乐性和音乐曲调上的节奏紧密结合起来，促进了长短句歌词的发展。他还有两首《潇湘神》：

湘水流，湘水流，九疑云物至今愁。君问二妃何处所？零陵香草露中秋。

斑竹枝，斑竹枝，泪痕点点寄相思。楚客欲听瑶瑟怨，潇湘深夜月明时。

这大概用的是湖南人纪念虞舜两位妃子的“祀神之曲”。他借用虞舜为了到南方来视察人民的生活状况，死在苍梧（今湖南宁远的九疑山）之野，致使二妃流落潇、湘二水间的传说，暗寓他自己在政治上遭到失败而贬谪到湖南来的隐痛。这不是一般的怀古诗词的无病呻吟，是有丰富内容的。

由于意气相投，白居易也和刘禹锡一样，留下了几首小令。有三首是《忆江南》：

江南好，风景旧曾谙。日出江花红胜火，春来江水绿如蓝。能不忆江南？

江南忆，最忆是杭州。山寺月中寻桂子，郡亭枕上看潮头。何日更重游？

江南忆，其次忆吴宫。吴酒一杯春竹叶，吴娃双舞醉芙蓉。早晚复相逢。

他把这格式运用得很纯熟，可惜都是作者晚年对过去欢游的追忆，只可算是闲适诗的一体，比不上他那少年时代所写的讽喻诗，富有斗争性。如果他早就接受了这些民间形式，用来宣传他的政治思想，那效果就可能更大了。

单就艺术成就来讲，温庭筠要算长短句歌词发展史上一个主要角色。他生在晚唐那样一个衰乱时代，广大人民受到重重剥削，不得安生，阶级矛盾已经发展到了最尖锐的阶段，他却熟视无睹，只管过着他那“狂游狭邪”的放荡生活。这都由于他在少年时代受科举制度的毒害，“苦心砚席”，钻进诗赋的牛角尖里，又凭着他的才华，沾上了无行文人的恶习，结果既不能爬上统治地位，也和劳苦大众格格不入。这就注定了他的文学成就，不会有什么高度的思想性，而陷在唯美的形式主义的泥坑中，不能自拔。但另一方面由于他多和歌伎接触，又富有音乐天才，“能逐弦吹之音，为侧艳之词”（《旧唐书》列传卷一百四十下），所以他在这方面的创作特别多，单是留传到现在的，还有七十六首，如果他的《握兰集》和《金荃集》还存在的话，那就更是洋洋大观了。

据孙光宪的记载：“宣宗（李忱）爱唱《菩萨蛮》词。令狐相国（绹）假其（庭筠）新撰密进之，戒令勿他泄，而遽言于人，由是疏之。”（《北梦琐言》卷四）由此可见温词的作风，是为了迎合贵族统治阶级的享乐心理来写的。他后来在西蜀王朝受到了特别的欢迎。赵崇祚辑的《花间集》就把他放在第一位，选录他的词竟达六十六首之多。由他造成的这股反现实主义的逆流，是应该受到批判的。温庭筠的《菩萨蛮》第一首：

小山重叠金明灭，鬓云欲度香腮雪。懒起画蛾眉，弄妆梳洗迟。　照花前后镜，花面交相映。新贴绣罗襦，双双金鹧鸪。

他用浓厚的彩色，刻画一个贵族少妇，从大清早起身，在太阳斜射进来的窗前，慢条斯理地理发、画眉、抹粉、涂脂，不断照着镜子，一面想着心事，最后梳妆好了，着上绣了成双小鸟的新衣，又顾影自怜起来，感到独处深闺的苦闷。他的手法，着实灵巧，而且把若干名词当了形容词用，如“云”字形容发多，“雪”字形容肤白，又用“欲度”二字将两种静态的东西贯串起来，就使读者感到这美人风韵栩栩如生。在这短短的四十四个字中，情景双融，神气毕现。词的艺术造诣是很高的，可惜所描写对象只是一个艳丽而娇弱的病态美人。他还有一首《梦江南》：

> 梳洗罢，独倚望江楼。过尽千帆皆不是，斜晖脉脉水悠悠。肠断白蘋洲。

用的色彩较淡，写出一个少妇想念归人的殷切心理，是为历来读者所共赏的。

此外，在刘、白之前，有张志和的《渔歌子》：

> 西塞山前白鹭飞，桃花流水鳜鱼肥。青箬笠，绿蓑衣，斜风细雨不须归。

写得异常潇洒，有他的特殊风格。

晚唐皇甫松，是一位不慕荣华的处士。《尊前集》里保留了他的六首《竹枝》，每首只十四字，加上"竹枝""女儿"的和声，兼用一些双关字眼，却是当时南方民歌的本色。录五首如下：

木棉花尽（竹枝）荔枝垂（女儿），千花万花（竹枝）待郎归（女儿）。

芙蓉并蒂（竹枝）一心连（女儿），花侵槅子（竹枝）眼应穿（女儿）。

箧中蜡烛（竹枝）泪珠红（女儿），合欢桃核（竹枝）两人同（女儿）。

斜江风起（竹枝）动横波（女儿），劈开莲子（竹枝）苦心多（女儿）。

山头桃花（竹枝）谷底杏（女儿），两花窈窕（竹枝）遥相映（女儿）。

这与刘禹锡的七绝体《竹枝》九首，在风格情调上，都是有所不同的。

总之，词到了晚唐，已是普遍发展起来了。可惜那些有才能的诗人，不肯向群众学习，改用这种新形式来反映现实，为人民说话，结果被温庭筠领到另外一条道路上去，造成了所谓花间派的一股歪风。这是词曲发展史上的一个重大遗憾。

第三章 令词在五代北宋间的发展

长短句歌词中的短调，一般叫做小令或令曲、令词。这“令”字的由来，大概是出于宴席间的酒令。唐、宋时，一般宴会，都有歌伎唱曲劝酒，尤其是在官场中，更为盛行。白居易就有“醉翻衫袖抛小令”（《就花枝》诗）的诗句。北宋刘攽在他的《中山诗话》中提到：“唐人饮酒，以令为罚……令人以丝管歌讴为令者，即白傅所谓。”又范摅《云溪友议》记载裴諴和温岐（庭筠）的故事，说：“二人又为新添声《杨柳枝》词，饮筵竞唱其词而打令。”（详见《词学季刊》三卷二号夏承焘《令词出于酒令考》）因为歌伎们所唱的小曲，是当时社会上普遍流行的调子，一般文人都听得烂熟，一时高兴，就随口照着它的节拍，另作新词，交给歌伎演唱，从而促进了这种新形式的发展。宋末陈元靓《事林广记》癸集卷十二还记录了这“打令”的方式，并附令词四首。例如《卜算子令》：

先取一枝花，然后行令，口唱其词，逐句指点，举动稍误，即行罚酒。后词准此。

我有一枝花（指自身，复指花），斟我些儿酒（指自，令斟酒）。唯愿花心似我心（指花，指自心头），几岁长相守（放下花枝，叉手）。　满满泛金杯（指酒盏），重把花来嗅（把花以鼻嗅）。不愿花枝在我旁（把花向下座人），付与他人手（把花付下座人接去）。

又《浪淘沙令》：

今日玳筵中（指席上），酒侣相逢（指同饮人）。大家满满泛金钟（指众宾，指酒盏）。自起自斟还自饮（自起，自斟酒，举盏），一笑春风（止可一笑）。　传语主人翁（执盏向主人），你且饶侬（指主人，指自身）。侬今沉醉眼矇眬（指自身，复拭目）。此酒可怜无伴饮（指酒），付与诸公（指酒，付邻座）。

这类玩意儿，自是文士们的拿手好戏。越玩得多，就越纯熟，久而久之，造成了风气，于是抒情、写景、讲故事，凡是五、七言体所能表现的东西，都可以改用这种新形式来写了。因为它篇幅小，容易凑合，把写惯了七言绝句的手法，变变花样，就成了。但是，要写得好，就得用最经济的笔墨，才能表达出丰富的内容。所以宋末词人张炎就说：

词之难于令曲，如诗之难于绝句，一句一字闲不得。末句最当留意，有有余不尽之意始佳。

《词源》卷下

这也说明了令词最易为诗人们所接受的原因。但一般讲词的人都“以长调为慢，短调为令”（江顺诒《词学集成》），却是错的。就音乐上讲，曲调只有急、慢之分，所以《唐书》和《宋史》的《乐志》中，都常说“急、慢诸曲”，把急曲子和慢曲子对举，并不以歌词的篇幅长短来决定。这长期的误解，是由于后世填词家不懂音乐，也不肯用心去研究所造成的。

这种短小的民间小曲，一经为文人们所采用，便在群众创作的基础上，给以声词配合上的加工，而使每一支小曲的歌词形式逐渐成为定型，就是不懂音乐节拍的人，也可以依样画葫芦，搞他们的创作。

由于唐末、五代之乱，北方许多商业都市和政治中心如长安、洛阳等地都残破不堪，人民救死不暇，哪还有闲情来欣赏这些文艺作品？在这长期战乱中，只有西蜀、南唐两个小王朝，保持着比较安定的局面，社会经济有了一些发展，出现了若干都市的繁荣。这两个王朝的统治者，各自割据一方，剥削人民来度着他们的豪奢生活。我们看了近年四川发掘出来的前蜀主王建墓，在他的棺材石座上，还有许多伎乐的浮雕，手里拿着各式各样的乐器，正在歌舞作乐。那时西蜀王朝的统治者是怎样的寄情歌酒，也就可想而知了。一时避乱入蜀的文人，把温庭筠的歌词种子带到了成都，恰巧迎合了这些贵族们的享乐心理。花间派词人尹鹗在他所写的《金浮图》词中，就这样描写着：

> 繁华地，王孙富贵。玳瑁筵开，下朝无事。压红茵，凤舞黄金翅。玉立纤腰，一片揭天歌吹，满目绮罗珠翠。和风淡荡，偷散沉檀气。　堪判醉，韶光正媚。折尽牡丹，艳迷人意。金张许史应难比。贪恋欢娱，不觉金乌坠。还惜会难别易，金船更劝，勒住花骢辔。
>
> 《尊前集》

《花间集》中的作者，大多数是借温庭筠的种子，在这种绮靡生活中孕育出来的。

在赵崇祚编辑的《花间集》中，收集了温庭筠、皇甫松、韦庄、薛昭蕴、牛峤、张泌、毛文锡、牛希济、欧阳炯、和凝、顾夐、孙光宪、魏承班、鹿虔扆、阎选、尹鹗、毛熙震、李珣等十八人的作品。除温庭筠、皇甫松属晚唐，张泌属南唐，和凝属后晋，孙光宪属荆南外，其余都是蜀人。这一群作者，大部分受了温庭筠的影响，走上反现实主义的道路，而且有些作品偏于色情的描写，更是无聊。过去一般都把温、韦并称。但是韦庄经过乱离，饱尝了兵戈流转的苦痛，把粉泽都洗掉了。他的作品尽管局限在男女相思的小圈子内，却采用比较朴素的描写和接近口语化的语言。例如《荷叶杯》：

记得那年花下，深夜，初识谢娘时。水堂西面画帘垂，携手暗相期。 惆怅晓莺残月，相别，从此隔音尘。如今俱是异乡人，相见更无因！

又《女冠子》：

四月十七，正是去年今日，别君时。忍泪佯低面，含羞半敛眉。 不知魂已断，空有梦相随。除却天边月，没人知。

这种平韵副以仄韵的形式，安排得很恰当自然，可以烘托出悠然不尽的情调，而使读者惘惘难以为怀，这也是表现手法之一。

花间派作者于借用曲调之外，不更有题，也就是沈括所说“咏其曲名，所以哀乐与声，尚相谐会”。由于他的对象，是为了要“递叶叶之花笺，文抽丽锦；举纤纤之玉指，拍按香檀”（欧阳炯《花间集序》），所以这一群作者所选用的调子，也多数是“香而弱”的靡靡之音。希望他们写出像范仲淹那样沉雄悲壮如“将军白发征夫泪”这一类的作品来，当然是不可能的。

历来作曲家能够直接向民歌学习的，他的作品就会富有生活气息而使读者感到满意。花间派作者中，除皇甫松外，只有欧阳炯和李珣，懂得这样去吸取民间的养料，来丰富自己的创作。例如欧阳炯的《南乡子》：

画舸停桡，槿花篱外竹横桥。水上游人沙上女，回顾，笑指芭蕉林里住。

岸远沙平，日斜归路晚霞明。孔雀自怜金翠尾，临水，认得行人惊不起。

李珣的《南乡子》：

乘彩舫，过莲塘，棹歌惊起睡鸳鸯。游女带香偎伴笑。争窈窕，竞折团荷遮晚照。

渔市散，渡船稀，越南云树望中微。行客待潮天欲暮。送春浦，愁听猩猩啼瘴雨。

相见处，晚晴天，刺桐花下越台前。暗里回眸深属意。遗双翠，骑象背人先过水。

都是写南方风土，民歌色彩相当浓厚，是值得注意的。

南唐建国江南，拥有今江苏、安徽、江西一带富庶的地方，保持了好几十年的偏安局面，农业和手工业都有了相当的发展，从而影响到文学、美术，都呈现分外的繁荣。中主李璟和后主李煜，都是很有文学修养的文人，尤其是李煜，对音乐、美术更有深厚的基础。虽然统治者的宫廷生活，往往把歌舞作为享乐的资料；但这两个小皇帝处在强敌压境之下，单靠卑辞厚币向后周和赵匡胤乞怜，在物质和精神上都感受到重大的压力，却也不像“此间乐，不思蜀”的阿斗一流人物。他们的心灵不断受到创伤，所以表现在歌词创作上，除了李煜早年有些绮靡作风，如“花明月暗笼轻雾”的《菩萨蛮》等作品外，大都写出了家国危亡的沉痛心情，尽管李煜所怀念不忘的只是他那“玉楼瑶殿”的宫廷生活，而遭受压迫，怀着敢怒不敢言的炽烈情感，运用千回百折的笔调表达出来，在艺术手法上是值得我们学习的。词家爱说南唐二主，确也不是偶然。且看李璟的《摊破浣溪沙》：

菡萏香销翠叶残，西风愁起绿波间。还与韶光共憔悴，不堪看。　细雨梦回鸡塞远，小楼吹彻玉笙寒。多少泪珠何限恨！倚阑干。

李煜的《浪淘沙》：

帘外雨潺潺，春意阑珊。罗衾不耐五更寒。梦里不知身是客，一晌贪欢。　独自莫凭栏！无限江山，别时容易见时难。流水落花春去也，天上人间！

这里面何曾有一些花间派气息？李璟还表现了不禁风雨的弱者的哀鸣；李煜却是痛定思痛，忏悔着过去种种而产生愤怒的心情，感到丢了“无限江山”，不但是个人的痛苦了。王国维说：“词至李后主而眼界始大，感慨遂深。”（《人间词话》卷上）在令词发展史上，李煜的词确是到了登峰造极的地步。

南唐作者，还有冯延巳号称专家。他的作风，对北宋初期的影响很大。在题材上也不过是一些伤离念远的心情，而当日国势的阽危和统治阶级内部的倾轧，却也隐隐约约反映到冯延巳的作品中来。例如他的《鹊踏枝》：

> 萧索清秋珠泪坠。枕簟微凉，展转浑无寐。残酒欲醒中夜起，月明如练天如水。　阶下寒声啼络纬。庭树金风，悄悄重门闭。可惜旧欢携手地，思量一夕成憔悴。

这里面是包含着忧生念乱的沉痛心情的。他也有接近民歌风格的作品，例如《长命女》：

> 春日宴，绿酒一杯歌一遍，再拜陈三愿：一愿郎君千岁，二愿妾身常健，三愿如同梁上燕，岁岁长相见。

像这样朴素的语言和清新的风格，是《花间集》中所没有的。还有些刻画细致的作品，能利用曲调的紧凑节拍，描写青年女子的心理变化。例如《谒金门》：

> 风乍起，吹皱一池春水。闲引鸳鸯香径里，手挼红杏蕊。　斗鸭阑干独倚，碧玉搔头斜坠。终日望君君不至，举头闻鹊喜。

这种曲折细致的描写，只有汤显祖《牡丹亭还魂记》中的《游园》《惊梦》两折，有些相像。手法是每句押韵，层层转折，而又借眼前景物，把微妙心理烘托出来。冯氏《阳春集》中，有很多和《花间集》及《六一词》相混的作品，这可看到它们确有相似的地方；但把冯延巳也归入花间一派，却是不大适当的。

北宋词在张先、柳永未兴之前，一般文士，也只爱写些小令。他们都是承接南唐的系统，从而发展起来的。赵匡胤夺取后周的皇位，建都汴梁（今河南开封），把各割据王朝的乐艺伎人都集中到这首都所在地。据《宋史》卷一百四十二《乐志》十七："宋初置教坊，得江南乐，已汰其坐部不用。自后因旧曲创新声，转加流丽。"从这几句话中，可以看出北宋初期的音乐是接受南唐系统；而江南乐又多是隋、唐以来燕乐杂曲的遗制，唐坐伎部盛行琵琶曲。南唐后主之周后也是一位琵琶能手。她曾用琵琶按谱，整理《霓裳羽衣曲》，加以创造性的改编。马令《南唐书》卷六《女宪传》第一说到她所整编的曲调，"繁手新音，清越可听"。这曲谱当然也会随着李煜的被俘而转到汴梁，为北宋教坊乐打下基础。

《宋史》所云“汰其坐部不用”，我疑心在江南乐中原已杂入江南丝竹，不是全用琵琶；这些乐工一到汴梁，便采用它那有新的成分的一部分，而去掉纯用唐燕乐的琵琶曲。所谓“因旧曲创新声，转加流丽”，恰为柳永《乐章集》中许多长调慢词的创作准备条件，而把宋词的发展，推向另一高峰。在士大夫间，习惯了南唐以来所常用的小令曲调；加之一时作者如晏殊、欧阳修等都是江西人，而江西为南唐旧属，在文艺风气上，自然容易受到它的影响。所以刘攽说过：“晏元献（殊）尤喜江南冯延巳歌词，其所自作，亦不减延巳。”（《贡父诗话》）大政治家王安石也曾劝黄庭坚看李后主词（见《苕溪渔隐丛话》前集卷五十九引《雪浪斋日记》）。这都可以看到，在北宋初期，南唐词风的影响是何等的巨大！

北宋令词作家，一般推重晏殊、晏几道父子和欧阳修。虽然他们的作风都不免脱离现实，而只是为了少数人的娱宾遣兴，缺乏真实的内容；但一般的表现手法，却到了炉火纯青的地步。

晏几道是晏殊的小儿子。他生长在大官僚的家庭，却看不起那些官场中人物，不把他父亲门下的达官贵人们放在眼里，宁愿和两个不很知名的朋友陈君龙、沈廉叔过着喝喝酒、填填词的生活。我们看了黄庭坚写的《小山词序》，可以想见晏几道这个人颇富叛逆性，与大观园里的贾宝玉是有几分相像的。他看不惯那些达官贵人们的炎凉世故和种种丑态，而又限于阶级出身，不能够深入下层，接近民众，写出反映广大人民生活和愿望的作品；他只凭自己一副硬骨头，写他的“狂篇醉句”（《小山词》自序），用来“析酲解愠”。他对人情的刻画，是入木三分的。例如《阮郎归》：

旧香残粉似当初，人情恨不如。一春犹有数行书，秋来书更疏。　衾凤冷，枕鸳孤，愁肠待酒舒。梦魂纵有也成虚，那堪和梦无！

又如《生查子》：

坠雨已辞云，流水难归浦。遗恨几时休？心抵秋莲苦。　忍泪不能歌，试托哀弦语。弦语愿相逢，知有相逢否？

《思远人》：

红叶黄花秋意晚，千里念行客。飞云过尽，归鸿无信，何处寄书得？　泪弹不尽临窗滴，就砚旋研墨。渐写到别来，此情深处，红笺为无色！

这对封建社会中妇女们的苦痛，描写得十分真切。在《小山词》的整个集子中，他对妇女都是表示同情和尊重的，与花间派作者完全是两种态度。这就是《小山词》所以特别值得重视的地方。

小令发展到了小晏，就没有百尺竿头更进一步的专家了。由此以后的作者，都兼写长调慢曲，风格视各人的思想环境而有所不同，只好留待下面论苏、辛词派和周、姜词派各章中再讲了。

第四章　论唐宋大曲和转踏

大曲就是整套的舞曲，唐人又叫做大遍。元稹《连昌宫词》就有“逡巡大遍《凉州》彻”的说法。据沈括说：“所谓大遍者，有序、引、歌、𦤀、嗺、哨、催、攧、衮、破、行、中腔、踏歌之类，凡数十解，每解有数叠者。裁截用之，则谓之摘遍。今人大曲，皆是裁用，悉非大遍也。”（《梦溪笔谈》卷五《乐律》一）又王灼说：“凡大曲有散序、靸、排遍、攧、正攧、入破、虚催、实催、衮、遍、歇指、杀衮，始成一曲，此谓大遍。”（《碧鸡漫志》卷三）像这序、引、歌、𦤀、嗺、哨等都是音乐上的术语，现在很难全部了解它的意义。白居易在《霓裳羽衣歌》里，有这样一些自注：“凡法曲之初，众乐不齐，唯金、石、丝、竹次第发声。《霓裳》序初，亦复如此。”又：“散序六遍无拍，故不舞也。”又：“中序始有拍，亦名拍序。”又：“《霓裳》破凡十二遍而终。”又：“凡曲将毕，皆声拍促速；唯《霓裳》之末，长引一声也。”这都可以作为我们探讨唐大曲体制的宝贵资料。

至于大曲的名称，却是由来已久。沈约《宋书》卷十一《乐志》三，于清商三调歌诗后，列有大曲《东门行》《折杨柳行》《艳歌罗敷行》《西门行》《折杨柳行》《煌煌京洛行》《艳歌何尝》《步出夏门行》《艳歌何尝行》《野田黄雀行》《满歌行》《步出夏门行》《棹歌行》《雁门太守行》《白头吟》（与《棹歌》同调）《明月》等十六曲，每曲自二解至八解不等。这些清乐里面，虽然也有抒情、纪事的各种不同，却已开辟了后来所谓套曲的先河；但与燕乐中的大曲必定是舞曲，是有本质上的区别的。举古词《东门行》一曲为例：

出东门，不顾归。来入门，怅欲悲。盎中无斗储，还视桁上无悬衣。（一解） 拔剑出门去，儿女牵衣啼。他家但愿富贵，贱妾与君共餔糜。（二解） 共餔糜。上用仓浪天故，下为黄口小儿。今时清廉，难犯教言，君复自爱莫为非。（三解） 今时清廉，难犯教言，君复自爱莫为非。行！吾去为迟。平慎行，望吾归。（四解）

这四段歌词，描述一对贫困夫妻的对话情况，反映出一个善良的小官吏在贪污成风的统治阶级的圈子里，受到欺侮压抑的苦痛心情，是具有现实主义精神的好作品。它用的是长短句式，已具唐、宋大曲和金、元套曲的雏形。

据王国维说："唐时雅乐、俗乐，均有大曲。"（《唐宋大曲考》）他引《唐六典》卷十四"协律郎"条注："大乐署掌教雅乐，大曲三十日成，小曲二十日；清乐，大曲六十日，大文曲三十日，小曲十日；燕乐：《西凉》《龟兹》《安国》《天竺》《疏勒》《高昌》，大曲各三十日，次曲各二十日，小曲各十日。”这里所谓雅乐，当指庙堂所用，如《破阵乐》《庆善乐》等缘饰周、汉古乐的舞曲；清乐就是沈约《宋书》所举清商三调（清调、平调、瑟调）的遗制；燕乐则多是来自少数民族的乐曲和应用“胡夷里巷之曲”创作的新声。在大曲中，又把隶属法曲部而不隶属教坊的叫做“法曲”。如《霓裳羽衣》是十二遍的大曲，原本西凉节度使杨敬述从边地采进的《婆罗门》舞曲，经过唐玄宗加工润饰，隶入法部，就把它归入法曲一类。唐代盛行的大曲，实际多是从西域进来的舞曲，如《凉州》（一作《梁州》）《剑器》《伊州》《胡渭州》《六幺》《熙州》《柘枝》等都是。这些大曲的舞蹈动作，据陈旸说：“优伶常舞大曲，唯一工独进，但以手袖为容，踏足为节。其妙串者，虽风骞鸟旋，不逾其速矣。然大曲前缓叠不舞，至入破则羯鼓、襄鼓、大鼓与丝竹合作，句拍益急，舞者入场，投节制容，故有催拍、歇拍，姿制俯仰，变态百出。”（《乐书》卷一百八十五）这些舞蹈动作的变化，唐、宋诗人也有很多描写。如白居易的《霓裳羽衣歌》：“虹裳霞帔步摇冠，钿璎累累佩珊珊。娉婷似不任罗绮，顾听乐悬行复止。磬箫筝笛递相搀，击擫弹吹声逦迤。散序六奏未动衣，阳台宿云慵不飞。中序擘騞初入拍，秋竹竿裂春冰坼。飘然转旋（去声）回雪轻，嫣然纵送游龙惊。《小垂手》后柳无力，斜曳裾时云欲生。烟蛾敛略不胜态，风袖低昂如有情。上元点鬟招萼绿，王母挥袂别飞琼。繁音急节十二遍，跳珠撼玉何铿铮！翔鸾舞了却收翅，唳鹤曲终长引声。”这是刻画《霓裳羽衣歌》的舞态。他还有形容《柘枝舞》的诗句：“带垂钿胯花腰重，帽转金铃雪面回。”（《柘枝伎》）这些大曲，在演奏时本来需要很大的场面，但也可由一两个舞伎随时表演，大概是可以节取其中的若干遍来演出的。

北宋时，这些唐燕乐舞曲，还很流行。在欧阳修的《玉楼春》词中，也有“贪看六幺花十八”的句子。（据《碧鸡漫志》记述，《六幺》“曲内一叠名《花十八》，前后十八拍，又四花拍，共二十二拍”）晏殊的《玉楼春》词又说“重头歌韵响琤琮，入破舞腰红乱旋”（《珠玉词》），于形容舞态外，兼及歌韵和伴奏音乐，可见这些舞曲，也有歌词。王灼曾经说过：“后世就大曲制词者，类从简省，而管弦家又不肯从首至尾吹弹，甚者学不能尽。”又说：“凡大曲，就本宫调制引、序、慢、近、令，盖度曲者常态。”（《碧鸡漫志》卷三）前一段话，说明大曲歌词所以创作和流传绝少的原因；后一段话，说明整套大曲，也可以把一两段抽出来，就其音节的急慢，单独配上歌词来演唱。

唐大曲常采当时诗家的创作，割取四句，配入曲中，掺杂一些虚声，以求吻合音拍。这在第一章内，已经谈过了。至于改用长短句式作为整套大曲歌词的，现在找不出唐、五代人的作品。也许民间或乐工们会有的，因文词不够“雅”，没被保存下来。宋人作品则有《道宫薄媚》十遍，董颖用作《西子词》；《水调歌头》

七遍，曾布用来咏冯燕事。此外又有《采莲》大曲的《寿卿词》八遍及相传为无锡南禅寺所请“巫山神女”写的《惜奴娇》大曲九遍（《唐宋大曲考》引洪迈《夷坚志》）。这四套大曲中，前两套是用来歌唱历史故事和当时豪侠的，和诸宫调的内容有些近似，也是后来戏曲文学和说唱文学的先声。

董颖为北宋末期的穷愁潦倒的诗人，跟江西诗派作家韩驹、徐俯都有来往。他的《道宫薄媚》大曲，曾慥把它收在《乐府雅词》的上卷，排在“转踏”之后、“雅词”之前，大概在南宋时，还有人演唱。全录如下：

薄媚 西子词

排遍第八

怒潮卷雪，巍岫布云，越襟吴带如斯。有客经游，月伴风随。值盛世，观此江山美。合放怀、何事却兴悲？不为回头，旧谷天涯。为想前君事。越王嫁祸献西施，吴即中深机。　阖庐死，有遗誓，勾践必诛夷。吴未干戈出境，仓卒越兵，投怒夫差，鼎沸鲸鲵。越遭劲敌，可怜无计脱重围。归路茫然，城郭丘墟，飘泊稽山里。旅魂暗逐战尘飞，天日惨无辉。

排遍第九

自笑平生，英气凌云，凛然万里宣威。那知此际，熊虎途穷，来伴麋鹿卑栖。既甘臣妾，犹不许，何为计？

争若都燔宝器，尽诛吾妻子，径将死战决雄雌。天意恐怜之。　偶闻太宰（伯嚭），正擅权，贪赂市恩私。因将宝玩献诚，虽脱霜戈，石室囚系。忧嗟又经时，恨不如巢燕自由归。残月朦胧，寒雨萧萧，有血都成泪。备尝险厄返邦畿，冤愤刻肝脾。

第十攧

种（文种）陈谋，谓吴兵正炽，越勇难施。破吴策，惟妖姬。有倾城妙丽，名称西子，岁方笄。算夫差惑此，须致颠危。范蠡微行，珠贝为香饵，苎萝不钓钓深闺。吞饵果殊姿。　素肌纤弱，不胜罗绮。鸾镜畔、粉面淡匀，梨花一朵琼壶里。嫣然意态娇春，寸眸剪水，斜鬟松翠。人无双、宜名动君王，绣履容易，来登玉陛。

入破第一

窣湘裙，摇汉珮，步步香风起。敛双蛾，论时事，兰心巧会君意。殊珍异宝，犹自朝臣未与。妾何人，被此隆恩，虽令效死，奉严旨。　隐约龙姿忻悦，重把甘言说。辞俊雅，质娉婷，天教汝、众美兼备。闻吴重色，凭汝和亲，应为靖边陲。将别金门，俄挥粉泪，靓妆洗。

第二虚催

飞云驶香车，故国难回睇。芳心渐摇，迤逦吴都繁丽。忠臣子胥，预知道为邦祟。谏言先启，愿勿容其至。周亡褒姒，商倾妲己。　吴王却嫌胥逆耳，才经眼、便深恩爱。东风暗绽娇蕊，彩鸾翻妒伊。得取次、于飞共戏。

金屋看承，他宫尽废。

第三衮遍

华宴夕，灯摇醉。粉菡萏，笼蟾桂。扬翠袖，含风舞，轻妙处，惊鸿态。分明是，瑶台琼榭，阆苑蓬壶，景尽移此地。花绕仙步，莺随管吹。　宝帐暖留春，百和馥郁融鸳被。银漏永，楚云浓，三竿日、犹褪霞衣。宿酲轻腕，嗅宫花，双带系合同心时。波下比目，深怜到底。

第四攧拍

耳盈丝竹，眼摇珠翠。迷乐事，宫闱内。争知，渐国势陵夷。奸臣献佞，转恣奢淫，天谴岁屡饥。从此，万姓离心解体。　越遣使，阴窥虚实，早夜营边备。兵未动，子胥存，虽堪伐、尚畏忠义。斯人既戮，又且严兵，卷土赴黄池。观衅种、蠡，方云可矣。

第五衮遍

机有神，征鼙一鼓，万马襟喉地。庭喋血，诛留守，怜屈服，敛兵还，危如此。当除祸本，重结人心，争奈竟荒迷。战骨方埋，灵旗又指。　势连败，柔荑携泣，不忍相抛弃。身在兮，心先死。宵奔兮，兵已前围。谋穷计尽，唳鹤啼猿，闻处分外悲。丹穴纵近，谁容再归？

第六歇拍

哀诚屡吐，甬东分赐。垂暮日，置荒隅，心知愧，宝锷红委。鸾存凤去，辜负恩怜，情不似虞姬。尚望论功，荣还故里。　降令曰："吴亡赦汝，越与吴何异？吴正怨，越方疑。从公论、合去妖类。”蛾眉宛转，竟殒鲛绡，香骨委尘泥。渺渺姑苏，荒芜鹿戏。

第七煞衮

王公子，青春更才美。风流慕连理。耶溪（若耶溪，在绍兴）一日，悠悠回首凝思。云鬟烟鬓，玉佩霞裾，依约露妍姿。送目惊喜，俄迂玉趾。　同仙骑，洞府归去，帘栊窈窕戏鱼水。正一点犀通，遽别恨何已！媚魄千载，教人属意。况当时，金殿里。

作者把吴、越兴亡故事，置重心于西施，连带两国君臣，一气贯串，作成一套相当完整的歌剧。全剧都用“支”“思”部韵脚，四声通叶，为金、元套曲开辟道路。这种形式，对诸宫调和杂剧的发展以及说唱文学，都具有交互影响的复杂关系，是值得十分重视的。

大曲之外，还有一种比较简单的文学形式：有的连歌带舞，有的连说带唱，叫做“转踏”。它是连用同一词牌组成，或分咏性质略同的几桩故事，或单独表演一桩故事，把故事情节，从头到尾，很完整地描画出来。曾氏《乐府雅词》卷首即录无名氏《调笑集句》八曲，分《巫山》《桃源》《洛浦》《明妃》《班女》《文君》《吴娘》《琵琶》等八题，次录郑仅《调笑转踏》十二曲，晁补之《调笑》七曲，题材大致相同。它的定式是：开头有骈文致语，煞尾有七言四句放队诗；每一曲前都有平、仄换韵诗八句。大致曲词是弹唱的，其余都用朗诵。无名氏放队诗中有“唤起佳人舞绣筵”的句子，郑仅的致语中有“女伴相将，调笑入队”的句子，该是一种女子歌舞队的小舞曲。兹录无名氏《琵琶》一曲为例：

〔诗〕十三学得琵琶成，翡翠帘开云母屏。暮去朝来颜色故，夜半月高弦索鸣。江水江花岂终极？上下花间声转急。此恨绵绵无绝期，江州司马青衫湿。

〔曲子〕衫湿，情何极！上下花间声转急。满船明月芦花白，秋水长天一色。芳年未老时难得，目断远空凝碧。

这“诗”和“曲子”的标题，是根据宋本秦观《淮海居士长短句》补上的。秦观也有《调笑令》转踏十曲，分咏王昭君、乐昌公主、崔徽、无双、灼灼、盼盼、莺莺、采莲、《烟中怨》、《离魂记》等十件故事。可见这种小型歌舞曲，在北宋时代的交际场中，是非常流行的。

这种转踏，格式都是一律的，又都采用《调笑令》的曲子；但遍数多少，却可自由处理。类似转踏而更简单自由的，又有一种鼓子词，同用一个曲牌，把类似的内容，一叠一叠地写下去，省却每一曲前的七言八句诗和煞尾的四句放队诗；只有开端的骈文致语，是和转踏相同的。它的曲调，可以自由选用，不拘一种。在欧阳修的“近体乐府”中，就有《采桑子》分咏颍州西湖游乐情况的鼓子词十首，《渔家傲》分咏十二月鼓子词十二首。这大概也是采用当时民间流行的小型歌舞曲的组织形式，与近代某些地方歌曲的花灯词和采茶调是很相像的。例如《渔家傲》：

七月新秋风露早，渚莲尚拆庭梧老。是处瓜华时节好，金尊倒，人间彩缕争祈巧。　万叶敲声凉乍到，百虫啼晚烟如扫。箭漏初长天杳杳，人语悄，那堪夜雨催清晓！

由朗诵和歌唱结合的转踏形式，进一步演化成为说一段故事，接着唱一段的说唱文学，要算赵令畤的《商调蝶恋花》描述张生和莺莺的恋爱故事流传最广，影响戏曲文学和说唱文学也最大。我们只要看它十首都用同一曲牌，且讲述故事的开端，就有"奉劳歌伴，先听调格，后听芜词"；每一曲前也有"奉劳歌伴，再和前声"的话；它的格式还是接近转踏，与诸宫调的组织形式有所不同。虽然诸宫调也产生在赵令畤的同时，但赵令畤的《商调蝶恋花》是比较简单的另一种形式。这全套保留在令畤自著《侯鲭录》中。兹录三段如下：

〔说〕不数月，张生复游于蒲，舍于崔氏者又累月。张雅知崔氏善属文，求索再三，终不可见。虽待张之意甚厚，然未尝以词继之。异时，独夜操琴，愁弄凄恻。张窃听之，求之，则不复鼓矣。以是愈惑之。张生俄以文调及期，又当西去。临去之夕，崔恭貌怡声，徐谓张曰："始乱之，今弃之，固其宜矣。愚不敢恨。必也君始之，君终之，君之惠也。则没身之誓，其有终矣。又何必深憾于此行？然而君既不怿，无以奉宁。君尝谓我善鼓琴，今且往矣。既达君此诚。"因命拂琴，鼓《霓裳羽衣序》，不数声，哀音怨乱，不复知其是曲也。左右皆欷歔。张亦遽止之。崔投琴拥面，泣下流涟，趣归郑所，遂不复至。奉劳歌伴，再和前声。

〔唱〕碧沼鸳鸯交颈舞。正恁双栖，又遣分飞去。洒翰赠言终不许，援琴诉尽奴衷素。　曲未成声先怨慕。忍泪凝情，强作《霓裳序》。弹到离愁凄咽处，弦肠俱断梨花雨。

〔说〕诘旦，张生遂行。明年，文战不利，遂止于京。因贻书于崔，以广以意。崔氏缄报之词，粗载于此，曰："捧览来问，抚爱过深。儿女之情，悲喜交集。兼惠花胜一合、口脂五寸，致耀首膏唇之饰。虽荷多惠，谁复为容？睹物增怀，但积悲叹耳。伏承便于京中就业，于进修之道，固在便安。但恨鄙陋之人，永以遐弃。命也如此，知复何言！自去秋以来，尝忽忽如有所失。于喧哗之下，或勉为笑语。闲宵自处，无不泪零。乃至梦寐之间，亦多叙感咽离忧之思。绸缪缱绻，暂若寻常，幽会未终，惊魂已断。虽半衾如暖，而思之甚遥。一昨拜辞，倏逾旧岁。长安行乐之地，触绪牵情。何幸不忘幽微，眷念无斁。鄙薄之志，无以奉酬。至于始终之盟，则固不忒。鄙昔中表相因，或同宴处。婢仆见诱，遂致私诚。儿女之情，不能自固。君子有援琴之挑，鄙人无投梭之拒。及荐枕席，义盛恩深。愚幼之情，永谓终托。岂期既见君子，不能以礼定情，致有自献之羞，不复明侍巾栉。没身永恨，含叹何言！倘若仁人用心，俯鉴幽劣，虽死之日，犹生之年。如或达士略情，舍小从大，以先配为丑行，谓要盟为可欺，则当骨化形消，丹忱不泯，因风委露，犹托清尘。存殁之诚，言尽于此。临纸呜咽，情不能伸。千万珍重！”奉劳歌伴，再和前声。

〔唱〕别后相思心目乱。不谓芳音，忽寄南来雁。却写花笺和泪卷，细书方寸教伊看。　独寐良宵无计遣。梦里依稀，暂若寻常见。幽会未终魂已断，半衾如暖人犹远。

〔说〕“玉环一枚，是儿婴年所弄，寄充君子下体之佩。玉取其坚洁不渝，环取其终始不绝。兼致彩丝一绚，文竹茶合碾子一枚。此数物不足见珍。意者欲君子如玉之洁，鄙志如环不解，泪痕在竹，愁绪萦丝。因物达诚，永以为好耳。心迩身遐，拜会无期。幽愤所钟，千里神合。千万珍重！春风多厉，强饭为佳。慎言自保，勿以鄙为深念也。”奉劳歌伴，再和前声。

〔唱〕尺素重重封锦字。未尽幽闺，别后心中事。佩玉彩丝文竹器，愿君一见知深意。　环玉长圆丝万系。竹上斓斑，总是相思泪。物会见郎人永弃，心驰魂去神千里。

我们读了这几段有说有唱的缠绵悱恻的崔、张故事，深深感到在封建社会制度下，女性是怎样处在被压迫地位和怀着怕遭遗弃的沉痛心情。元稹的《会真记》，本来就是一本最好的短篇小说。赵氏再运用这种新形式，把情事始末，分段演出，它的感染力的增强，是可以想象得到的。

由于令曲形式比较简单，虽然按谱填词，易于掌握，究竟变化太少，不能满足听众的要求，因而把它联串起来，做成转踏，用来说唱故事，比整套大曲，轻而易举，所以在北宋时代，也颇流行。但是整个故事，全用一个曲调，对情节变化，很难恰如其分地表达出来，所以不久就有诸宫调代之而兴，转踏很快就消沉下去了。

第五章 慢曲盛行和柳永在歌词发展史上的地位

歌曲有急有慢，是跟着情感而变化的。在敦煌发现的唐写本琵琶谱中，标明急曲子的有《胡相问》一曲，标明慢曲子的有《西江月》《心事子》二曲，标明慢曲子和急曲子交互使用的有《倾杯乐》《伊州》二套。大概《倾杯乐》和《伊州》属于成套的大曲，所以一段慢调，一段急调，更番演唱。但《伊州》只急、慢各一段，似乎不是全套。据白居易《霓裳羽衣歌》的自注："凡曲将毕，皆声拍促速；唯《霓裳》之末，长引一声也。"那么，整套大曲，都以前慢、后急为准。至于一般杂曲，似乎急就是急，慢就是慢。《宋史》卷一百四十二《乐志》十七说，乾兴（公元1022年）以来，教坊所用的"急、慢诸曲几千数"。又说："民间作新声者甚众，而教坊不用。"这可看到北宋时代，由于晚唐、五代以来的混乱局面一旦得到统一，人民有了休养生息的机会，经济日趋繁荣，促进了歌曲的发展。加上北宋初期，有了教坊的设置，又陆续从荆南、西川、江南、太原等割据王朝，取得了二三百名技艺很高的乐工，集中首都所在地（今河南开封）的教坊里（见《宋史·乐志》十七）。

他们的任务是“因旧曲造新声”，在唐代燕乐杂曲的基础上，进一步有所创作。这样与民间创作歌曲交互影响，开辟了宋词发展的广大园地。直到北宋末期，一般官伎和“瓦子”（歌伎所住的地方）里的歌女们，对令、慢曲和诸宫调各有专业。晏几道描写她们唱令词时的情态：“小令尊前见玉箫，银灯一曲太妖娆。”（《鹧鸪天》）这是北宋盛时的情况。再看北宋末期，如《水浒传》中所提到的，就有阎婆惜会唱诸般耍令（第廿回），张惜惜会唱慢曲儿（第廿四回），蒋门神在孟州新娶的那个人会唱说诸般宫调（第廿九回）。这可见慢曲到了北宋，是怎样的盛行。卖唱的歌女们只要学熟一行，就会被人们注目的。这风气一直传到元朝，歌女中以唱慢词著名的就有解语花、小娥秀、王玉梅、李芝仪、孔千金等，还有芙蓉秀善唱戏曲小令，赵真真、杨玉娥、秦玉莲、秦小莲等善唱诸宫调，至于以新兴的杂剧作为专业的就更多了（详见雪蓑渔隐《青楼集》）。这个继承传统和不断发展的历史关系，是很值得我们注意的。

把慢词作为专业，在创作方面，一般说是从柳永开始的。清宋翔凤说：“词自南唐以后，但有小令。其慢词盖起宋仁宗朝，中原息兵，汴京繁庶，歌台舞席，竞赌新声。耆卿（柳永）失意无俚，流连坊曲，遂尽收俚俗语言，编入词中，以便伎人传习，一时动听，散播四方。其后东坡（苏轼）、少游（秦观）、山谷（黄庭坚）辈，相继有作，慢词遂盛。”（《乐府余论》）他说慢词兴盛的原因，由于政局安定和经济繁荣的结果，那是不错的。至于慢词的创作，是跟着慢曲而来的；而曲子里有急有慢，却是由来已久。如果说长调就是慢曲，那么，《尊前集》中所收杜牧的《八六子》，尹鹗的《金浮图》《秋夜月》，李珣的《中兴乐》，也都长到九十字左右，都出自晚唐、五代人之手；何况民间的作品，必然更多，不过它所用的都是“俚俗语言”，而又没有柳永那样的声名和技巧，因而在脱离音乐之后，就都失传了。

柳永所生的时代，是北宋王朝经济发展到最高峰的时代。他的那种风流才调，被民间作为说唱的题材，有如《清平山堂话本》中的《柳耆卿诗酒玩江楼记》，《元曲选》中的《钱大尹智宠谢天香杂剧》（关汉卿作）等，都是说的他的故事。大概他的出身是属于地主阶级，而一向过着都市生活的。他的词为了迎合小市民心理，博取歌伎们的资助，有些是很无聊的。因市井流行，一直传进宫廷内，连仁宗皇帝都知道他的名字。他曾在一首《鹤冲天》词中说：“忍把浮名，换了浅斟低唱？”其实他并不是不想做官的。他曾去应进士试，但到放榜的那天，皇帝特地把他革掉，还说：“此人风前月下，好去浅斟低唱，何用浮名？且填词去！”这样一来，他索性自称“奉旨填词”（见《能改斋漫录》卷十六），把填词当作流浪生活中的一种职业。他原名三变，后来改名，才得中进士，做了一个屯田员外郎的小官。他的一生，是非常潦倒的，却因此获得接近教坊乐工的机会，对这些新兴曲调，有了音律上的了解，作为他个人驰骋才情的场地。这样，就把慢词的局面打开了。由于他有深厚的文学素养，对付这些格律很严的长调，不论抒情写景，都能够运用自如。这就使一般学士文人对这些民间流行的曲调，不再存轻视心理，而乐于接受这种新形式，从它的基础上予以提高。如果不是柳永大开风气于前，说不定苏轼、辛弃疾这一派豪放作家，还只是在小令里面打圈子，找不出一片可以纵横驰骋的场地来呢！

苏轼原来是看不起柳永的，但读到《八声甘州》中的“渐霜风凄紧，关河冷落，残照当楼”等句子，也得赞叹一声：“此语于诗句不减唐人高处。”（见《侯鲭录》卷七）柳永的慢词，常是运用大开大阖的笔调，而一气流转，曲折变化，艺术性是特别高的。且看他的《八声甘州》：

> 对潇潇暮雨洒江天，一番洗清秋。渐霜风凄紧，关河冷落，残照当楼。是处红衰翠减，苒苒物华休。唯有长江水，无语东流。　不忍登高临远，望故乡渺邈，归思难收。叹年来踪迹，何事苦淹留？想佳人、妆楼颙望，误几回、天际识归舟？争知我、倚阑干处，正恁凝愁！

尽管他所描写的只是一种凄凉景象和伤离念远的感伤情绪，它的参差变化的结构和恢弘豪壮的格局，却为苏、辛一派的豪放之词打开了一条出路。他还善于运用巧妙的手法，把大自然的景物，刻画得像图画一般。例如《夜半乐》的前两段：

冻云黯淡天气，扁舟一叶，乘兴离江渚。渡万壑千岩，越溪深处，怒涛渐息，樵风乍起。更闻商旅相呼，片帆高举，泛画鹢、翩翩过南浦。

望中酒旆闪闪，一簇烟村，数行霜树。残日下、渔人鸣榔归去。败荷零落，衰杨掩映，岸边两两三三，浣纱游女，避行客、含羞笑相语。

《凤归云》的前段：

向深秋，雨余爽气肃西郊。陌上夜阑，襟袖起凉飙。天末残星，流电未灭，闪闪隔林梢。又是晓鸡声断，阳乌光动，渐分山路迢迢。

《玉山枕》的前段：

骤雨新霁，荡原野，清如洗。断霞散彩，残阳倒影，天外云峰，数朵相倚。露荷烟芰满池塘，见次第、几番红翠。

像这一类的描写，在《乐章集》中是俯拾即是的。伟大祖国的广大人民，从来就有欣赏自然美的特性，所以在诗歌里面常把情景双融的作品作为最高的艺术，而为广大人民所喜闻乐见。这种手法，也影响到后来的杂剧、传奇和曲艺等。我们且看元人康进之《李逵负荆》杂剧，连梁山泊上的好汉李山儿，在那柳绿桃红的清明节日，还得唱出那样风流潇洒的词儿来：

〔仙吕点绛唇〕饮兴难酬，醉魂依旧，寻村酒。恰问罢王留。王留道："兀那里人家有。"

〔混江龙〕可正是清明时候，却言风雨替花愁。和风渐起，暮雨初收。俺则见杨柳半藏沽酒市，桃花深映钓鱼舟。更和这碧粼粼春水波纹绉。有往来社燕，远近沙鸥。

〔醉中天〕俺这里雾锁着青山秀，烟罩定绿杨洲。他道是轻薄桃花逐水流，恰便是粉衬的这胭脂透。早来到这草桥店垂杨的渡口。待不吃呵，又被这酒旗儿将我来相迤逗。它，它，它舞东风在曲律竿头。

〔油葫芦〕往常时酒债寻常行处有，十欠着九。则你这杏花庄压尽他谢家楼。你与我便熟油般造下春醅酒，你与我花羔般煮下肥羊肉。一壁厢肉又熟，一壁厢酒正笃。抵多少锦封未拆香先透。我则待乘兴饮两三瓯。

这个手法，从外境的描写，撩拨起内心的活动，恰是继承着柳永的优秀传统来的。再看王实甫《西厢记》的第一折，描写张君瑞在观赏黄河时的情景：

〔油葫芦〕九曲风涛何处显？只除是此地偏。这河带齐梁，分秦晋，隘幽燕。雪浪拍长空，天际秋云卷。竹索缆浮桥，水上苍龙偃。东西溃九州，南北串百川。归舟紧不紧如何见？恰便似弩箭乍离弦。

像这样的描写，也与柳词“霜风凄紧，关河冷落，残照当楼”以及“天末残星，流电未灭，闪闪隔林梢”，有其血脉关联。

总括一句话，柳永在词的发展史上，从形式上讲，他有开拓疆土的勋劳，使后来豪放作家得着无限宽广的场地，以供驰骋；从技法上讲，他又善于刻画自然景象，使后来戏曲作家有所启发，惯于用外境描写烘托出内心活动。由于他的环境和时代局限，他的作品总的说来缺乏思想内容，只留下许多表现手法，值得作为借鉴而已。

第六章 宋词的两股潮流

一般词的批评家，爱把宋词分作豪放和婉约两派。前者以苏轼作为代表人物，后者以秦观作为代表人物。这种就风格上的分法，虽是出于明人张綖，但据南宋俞文豹《吹剑续录》的记载：

> 东坡在玉堂，有幕士善讴，因问："我词比柳词何如？"对曰："柳郎中词，只好十七八女孩儿，执红牙拍板，唱'杨柳外晓风残月'。学士词，须关西大汉，执铁板，唱'大江东去'。"公为之绝倒。

可见这个差别之说是由来已久的。但为什么会有这两种不同风格和流派呢？因两者写作的动机和作用各不相同，当然就会产生和他的内容相适应的不同风格。我们知道，词在宋代是配合着管弦来唱的，当然首先就得讲究协律，从而达到"音节谐婉"的地步。而且这种唱词，大多数流行于都市，为了迎合市民心理，就得偏于描摹男女恋慕和伤离念远的情感。当时这类作品，就是王世贞所说的“香而弱”（《艺苑卮言》）的一派。这一派的特点，就是一要音节和谐，二要情调软美。由于这两个条件的限制，就很难容纳丰富的内容和表达豪爽的气概，使作者只在音律和技巧上打圈子，陷身于泥淖而不能自拔。但这些作品的“语工而入律”（《避暑录话》卷三记当时赞美秦观词的话），在当时是最受歌者和听众欢迎的，所以一直成为所谓词的正宗。它的远源，是从花间一派来的。我们与其说它是婉约派，不如说它是正统派，而把以苏轼为首的豪放派称作革新派。

正统派的特征就是特别重视协律。从北宋的柳永、秦观、周邦彦以至南宋的姜夔、吴文英，虽然面目各有不同，而步趋却是一致的。

柳永以后，一般称秦七（观）、黄九（庭坚）为当代词首（见陈师道《后山诗话》）。秦词受柳永影响，曾被他的老师苏轼所讥评，至作为“山抹微云秦学士，露花倒影柳屯田”的对句（见《避暑录话》卷三），并且当面斥责他：“不意别后，公却学柳七作词！”（见《高斋诗话》）正因为秦词的和婉缠绵，所以能盛行于淮、楚（今苏北）一带。他的代表作如《满庭芳》：

山抹微云，天粘衰草，画角声断谯门。暂停征棹，聊共引离尊。多少蓬莱旧事，空回首、烟霭纷纷。斜阳外，寒鸦万点，流水绕孤村。　销魂，当此际，香囊暗解，罗带轻分。漫赢得青楼，薄幸名存。此去何时见也？襟袖上、空惹啼痕。伤情处，高城望断，灯火已黄昏。

它所表现的只是一个风流才子的感伤情绪，没有什么值得称道的。但就它的描写手法看，他把一种凄黯的江天景色和难分难舍的离情巧妙地结合起来，在彼时彼地，确也有几分迷人的魅力。至于他在贬谪之后，就全变为凄厉之音。在封建社会制度下，士大夫的苦闷心情，除了运用这种含蓄的笔调，是没法发泄的。例如《阮郎归》：

湘天风雨破寒初，深沉庭院虚。丽谯吹罢《小单于》，迢迢清夜徂。　乡梦断，旅魂孤，峥嵘岁又除。衡阳犹有雁传书，郴阳和雁无！

在开拓词的领域方面有功勋的，柳永以后，就得数到周邦彦。他出生于湖山秀丽的杭州，对文学有深厚的基础，又好音乐，能自度曲（见《宋史》卷四百四十四《文苑传》）。徽宗（赵佶）设大晟府，作为整理创作乐曲的机关，曾要他做提举官。他和音乐家万俟咏、田为等“讨论古音，审定古调……又复增演慢曲、引、近，或移宫换羽，为三犯、四犯之曲”（张炎《词源》卷下）。他的《清真集》有不少创调；也有宫廷中流传下来的古曲，如《兰陵王慢》的谱子，后来还流传到南方来（参考毛开《樵隐笔录》）。近人王国维曾经说过："读先生之词，于文字之外，须更味其音律。今其声虽亡，读其词者，犹觉拗怒之中，自饶和婉，曼声促节，繁会相宣，清浊抑扬，辘轳交往。"（《清真先生遗事》）周邦彦词值得我们借鉴的，这音律的运用要算首要部分。它那句法节奏，都是随着声情变化的。例如《兰陵王》：

柳阴直，烟里丝丝弄碧。隋堤上，曾见几番，拂水飘绵送行色。登临望故国。谁识，京华倦客？长亭路，年去岁来，应折柔条过千尺。　闲寻旧踪迹。又酒趁哀弦，灯照离席。梨花榆火催寒食。愁一箭风快，半篙波暖，回头迢递便数驿，望人在天北。　凄恻，恨堆积。渐别浦萦回，津堠岑寂。斜阳冉冉春无极。念月榭携手，露桥闻笛。沉思前事，似梦里，泪暗滴。

又如《绕佛阁》：

暗尘四敛，楼观迥出，高映孤馆。清漏将短，厌闻夜久签声动书幔。　桂华又满，闲步露草，偏爱幽远。花气清婉，望中迤逦城阴度河岸。　倦客最萧索，醉倚斜桥穿柳线。还似汴堤虹梁横水面，看浪飐春灯，舟下如箭。此行重见。叹故友难逢，羁思空乱，两眉愁、向谁舒展？

且看他的四声安排和句式长短以及使用韵脚，都有很多变化。上一首三段各不相同，下一首则前两段全同而后一段自异。这两个曲调，有的句子特别长，有的运用许多偶句，全靠领格字负起转身换气的职责，使全局振奋起来，音节是异常激越的。前人称清真为“集大成”的作者（见周济《宋四家词选》序论）。单从音律和技巧上说，他的词有很多特点，是值得我们学习的。

自从金兵南侵，汴京沦陷之后，大晟遗谱和教坊伎人，都随着政治中心的转移而大部散失了。虽然民间艺人又有不断的创作，也有流落在北方的歌女，经过金、元的改朝换代，还能唱清真词的（见张炎《意难忘》词）；但从整个的发展情况来说，文人所写的歌词，是渐渐脱离音乐而自成其为“长短不葺”的新体诗了。南宋偏安杭州，不再有教坊的设置；只少数大官僚大地主家还养着歌女，习歌舞以资娱乐。例如退老石湖的范成大，就曾叫家伎学唱姜夔创作的《暗香》《疏影》（见《白石道人歌曲》卷四）；南宋大将张俊的孙儿张镃也在海盐营有别墅，常叫“歌儿衍曲，务为新声”（见李日华《紫桃轩杂缀》卷三），形成所谓海盐腔，它的初起，正是为了少数人宴会亲朋，作为娱乐的。

姜夔原籍鄱阳，生长于湖北，成年以后，尝往来于金陵、扬州、合肥和吴兴、苏、杭之间。他自己既长于音律，五、七言诗和长短句词都写得很好。因为常去范、张两家做客，接触歌舞伎人的机会也就多了起来。这些大官僚地主家由于主人好尚风雅，而且自己也都能作诗、填词，从而他们家里所养歌伎所唱的，对文学艺术上的要求，必然趋向于典雅一路。姜夔恰是一个最适当的创作家。夔自称：“予颇喜自制曲。初率意为长短句，然后协以律。”（《白石道人歌曲》卷四《长亭怨慢》小序）他的《夜过垂虹》绝句又有“自作新词韵最娇，小红低唱我吹箫”的句子。可见他所创作的新曲，是用管乐来伴奏的，和北宋词用弦索伴奏的有所不同。它的声情是比较清越的。现存白石自度曲十七支，每个字旁边都缀有音谱，是研究南宋词乐的唯一完整资料。近人把它译作工尺谱或五线谱者，已有多人。我这里只就它在文字上的音节和技法来讲。他的词虽没有多少反映当时民族矛盾和阶级矛盾的思想内容，却也不是什么靡靡之音。例如《扬州慢》：

> 淮左名都，竹西佳处，解鞍少驻初程。过春风十里，尽荠麦青青。自胡马、窥江去后，废池乔木，犹厌言兵。渐黄昏、清角吹寒，都在空城。　杜郎俊赏，算而今、重到须惊。纵豆蔻词工，青楼梦好，难赋深情。二十四桥仍在，波心荡、冷月无声。念桥边、红药年年，知为谁生？

这词描写金兵南下后的扬州，是何等荒凉景象！后半阕借用杜牧的“十年一觉扬州梦”来反映都市繁华转眼成空，借以寄托金兵侵凌、故国丘墟的沉痛心情，不是对青楼薄幸的放荡生活有所留恋。

清初浙西词派极度尊崇姜夔，说“词莫善于姜夔，宗之者张辑、卢祖皋、史达祖、吴文英、蒋捷、王沂孙、张炎、周密、陈允平、张翥、杨基，皆具夔之一体”（朱彝尊《黑蝶斋词序》）。这是从他的风格和技法上来说的。我们现在对姜词的注意点，可以主要放在他的自度曲上。

在这所谓正统派中，虽然作者甚多，弥漫于赵宋一代，而且影响及于清末；但就协律方面来说，也只有柳永、周邦彦、姜夔三家发挥过一些创造性，为填词家开辟了不少田地，这一点是应该予以肯定的。

词的形式，虽然一样也可以反映社会现实，表达广大人民的思想感情，而且唐、五代时的民间作者已经这样利用过它，后来的诸宫调和戏文等也都运用过这些曲调来歌唱一些为群众所喜闻乐见的故事；然而所有诗人为什么不这样做，而仅仅局限在这小圈子内呢？过去我国的士大夫都是保守性很强的。他们以为文各有体，要反映现实，为广大人民说话，或者抒写个人悲壮感慨的思想感情，尽有元稹、白居易一派的新乐府和历来诗人用惯的五、七言古、近体诗，可供运用，而这个新兴入乐的长短句是只适宜描写男女恋慕和伤离念远之情的。这只要看看欧阳修写的诗和词，在内容和风格上两者都截然不同，这消息就不难猜透了。但一种新形式到了十分成熟的时候，就有人会打破清规戒律，给它拓大范围，革新内容。以苏轼为首的革新派，就是这样应运而兴的。

在苏轼之前，已有范仲淹的《渔家傲》：

塞下秋来风景异，衡阳雁去无留意。四面边声连角起。千嶂里，长烟落日孤城闭。　浊酒一杯家万里，燕然未勒归无计。羌管悠悠霜满地。人不寐，将军白发征夫泪。

王安石的《桂枝香》：

登临送目，正故国晚秋，天气初肃。千里澄江似练，翠峰如簇。征帆去棹残阳里，背西风、酒旗斜矗。彩舟云淡，星河鹭起，画图难足。　念往昔、繁华竞逐。叹门外楼头，悲恨相续。千古凭高对此，漫嗟荣辱。六朝旧事随流水，但寒烟衰草凝绿。至今商女，时时犹唱，《后庭》遗曲。

像这种悲壮豪迈的格调，是过去和当时流行的歌词中所没有的。

苏轼在过去文人中，具有豪迈直爽的性格和关怀民生的政治抱负。虽然他在政治路线上是属于代表大地主阶级的保守派，但他在实际政治生活中，也替人民做了不少好事，基本上是同情劳动人民的。由于他的豪迈性格，不惜冲破一切罗网，开径独行。他不满足于那种一味香软的歌词，而又感到这个新形式大有足供驰骋的余地，就毫无顾虑地把这小圈子的门限打开了。他从范仲淹、王安石初步踏出的道路，尽量向前发展，以自成其为一种“句读不葺”的新体格律诗（李清照对苏词的评语）。王灼说得好：“东坡先生非心醉于音律者，偶尔作歌，指出向上一路，新天下耳目，弄笔者始知自振。”（《碧鸡漫志》卷二）南宋胡寅也说：“眉山苏氏，一洗绮罗香泽之态，摆脱绸缪宛转之度，使人登高望远，举首高歌，而逸怀浩气，超然乎尘垢之外，于是花间为皂隶，而柳氏为舆台矣！”（《酒边词序》）这都是作者发挥创造性，敢于冲破罗网的结果。他所选用的曲调，都是比较适宜于抒写豪情的，如《水龙吟》《念奴娇》《贺新郎》《满江红》《永遇乐》《八声甘州》之类。他单刀匹马，纵横驰突于纪律森严的行阵中，右折左旋，无不如志。这是东坡词的特点，为后来爱国词人辛弃疾开辟了广阔的道路。他的代表作，如题为“赤壁怀古”的《念奴娇》：

> 大江东去，浪淘尽、千古风流人物。故垒西边，人道是、三国周郎赤壁。乱石穿空，惊涛拍岸，卷起千堆雪。江山如画，一时多少豪杰。　遥想公瑾当年，小乔初嫁了，雄姿英发。羽扇纶巾，谈笑处、樯橹灰飞烟灭。故国神游，多情应笑我，早生华发。人间如梦，一尊还酹江月。

像这样轰轰烈烈的大战役，作者运用重点突出和环境烘托的手法，把它有声有色地描绘出来，一直为当时及后来读者所共传诵。他的襟怀坦荡，无往而不自得，也充分表现在他的小词中。例如《临江仙》：

夜饮东坡醒复醉，归来仿佛三更。家童鼻息已雷鸣。敲门都不应，倚杖听江声。　长恨此身非我有，何时忘却营营？夜阑风静縠纹平。小舟从此逝，江海寄余生。

这是他谪贬在黄州时的作品，写得何等洒脱！他也比较接近农民。且看他在做徐州太守时所作《浣溪沙》中对农村生活的描写：

旋抹红妆看使君，三三五五棘篱门。相排踏破茜罗裙。　老幼扶携收麦社，乌鸢翔舞赛神村。道逢醉叟卧黄昏。　麻叶层层苘叶光，谁家煮茧一村香？隔篱娇语络丝娘。　垂白杖藜抬醉眼，捋青捣麨软饥肠。问言豆叶几时黄？

写出了农村中的熙攘景象以及他和农民接触时的情景。这种作品，是在东坡以前的词里所看不到的。

苏轼打破了词的清规戒律，不拘什么样的思想内容，都可以运用这种新形式表达出来。这就为长短句歌词注入了新生命，而为一般豪杰之士所共欢迎，使它在脱离音乐之后，仍能保持它的清新活泼姿态，活跃于我国文学园地中，起着激发爱国热情和鼓舞人心的作用。这一业绩的开创，是不能不首先归功于苏轼的。

与苏轼同时的黄庭坚、晁补之都是跟着苏轼走的。还有贺铸也受他们的影响，发挥豪迈作风。这样发展下来，恰当金兵南下，北宋王朝遭到颠覆，民族矛盾日益加深，于是若干爱国词人和民族英雄，将一腔热忱借这一文学形式尽情发泄。于是东坡一脉，由黄庭坚、晁补之、贺铸以至陈与义、叶梦得、朱敦儒、张孝祥、张元幹、陆游等人，绵延而下，以迄南、北宋之际而风发云涌，不可复遏。而岳飞的《满江红》，更是广大读者传诵不衰的。当时风气，填词趋向东坡一路，确是实际情形。不但宋人如此，金人如蔡松年等也都一脉相承，发挥这种豪迈作风。

这一派词人中，特别值得重视的是辛弃疾。他出生在早经沦陷的济南，在文学修养上早就接受了这种豪迈作风。他怀抱恢复失地的雄心，十八岁就参加耿京的农民起义军，劝耿京决策南向。二十三岁独自回到建康（今江苏南京），一直想大举北伐，以雪国耻。而满腔热血，不得有所发挥，悲愤之余，乃托于歌词，用来排遣胸中抑郁不平的气闷。他曾有一首追念少年时事的《鹧鸪天》：

壮岁旌旗拥万夫，锦襜突骑渡江初。燕兵夜娖银胡簶，汉箭朝飞金仆姑。　追往事，叹今吾，春风不染白髭须。却将万字平戎策，换得东家种树书！

这烈士暮年的感慨，也概括了他的一生，音调沉雄，辞句简练，确不愧为一时的杰作。他的《稼轩长短句》，使人一气读下，真有“大声镗鞳，小声铿鍧，横绝六合，扫空万古”（《后村大全集》卷九十八《辛稼轩集序》）的感觉。总的说来，大部分都是他的爱国主义思想的表现。可惜他的毕生壮志，被一班主和派所扼杀，从而表现在他的作品上，又多属沉郁悲壮的凄音。例如“淳熙己亥，自湖北漕移湖南”时所写的《摸鱼儿》：

更能消、几番风雨，匆匆春又归去。惜春长怕花开早，何况落红无数。春且住！见说道、天涯芳草无归路。怨春不语。算只有殷勤，画檐蛛网，尽日惹飞絮。长门事，准拟佳期又误。蛾眉曾有人妒。千金纵买相如赋，脉脉此情谁诉？君莫舞！君不见、玉环飞燕皆尘土。闲愁最苦。休去倚危栏，斜阳正在，烟柳断肠处。

他把南宋偏安的危险局面和小朝廷中互相倾轧的内部矛盾，运用比兴手法，尽情表露出来，千回百折，而归结于国事的难以挽救。这和屈原的《离骚》是异曲同工的。

稼轩词的内容，是过去词家所不曾有的。内容决定形式，因而他所选用的调子，也就多属于格局开张和音响悲壮的一路，如

《贺新郎》《满江红》《念奴娇》《沁园春》等，都是他所最爱使用的。他在晚年饱经忧患之后，渐渐接受庄周的达观思想，也最爱读陶潜的田园诗。但他的爱国热忱，却始终压抑不下去。尽管他寄情山水，陶醉于农村生活，但梦寐不忘少年鞍马，一直抱着积极态度，到死方休。且看他的《清平乐·独宿博山王氏庵》：

绕床饥鼠，蝙蝠翻灯舞。屋上松风吹急雨，破纸窗间自语。　平生塞北江南，归来华发苍颜。布被秋宵梦觉，眼前万里江山。

这胸次是何等壮阔！再看他的《沁园春·灵山齐庵赋，时筑偃湖未成》：

叠嶂西驰，万马回旋，众山欲东。正惊湍直下，跳珠倒溅；小桥横截，缺月初弓。老合投闲，天教多事，检校长身十万松。吾庐小，在龙蛇影外，风雨声中。　争先见面重重，看爽气朝来三数峰。似谢家子弟，衣冠磊落；相如庭户，车骑雍容。我觉其间，雄深雅健，如对文章太史公。新堤路，问偃湖何日，烟水蒙蒙？

你看他把自然界的景物，当作战阵中的部队一样指挥运用，使人感到生气勃勃，波澜壮阔。这替后来所有豪杰之词，开辟了无穷的新天地。

辛弃疾政治失意后，长期闲居乡村，经常接触农民，熟悉农村生活。他对农民的深厚感情，时时流露在他的小词里面。例如他的两首《清平乐》：

柳边飞鞚，雾湿征衣重。宿鹭窥沙孤影动，应有鱼虾入梦。　一川明月疏星，浣纱人影娉婷。笑背行人归去，门前稚子啼声。

茅檐低小，溪上青青草。醉里吴音相媚好，白发谁家翁媪？　大儿锄豆溪东，中儿正织鸡笼。最喜小儿无赖，溪头卧剥莲蓬。

这对农村生活的体会，是十分真实的，而且用的全是朴素的语言，何等亲切有味！

词，发展到了辛弃疾，完全成为一种新体的格律诗了。它渐渐和音乐脱离，而仍保持着它的音乐性。这样就使词的形式，长远作为英雄豪杰用以抒写热烈感情的特种工具，放射出无限的光芒。这开端于苏轼，而扩展于辛弃疾的伟大事业，是值得大书特书的。

与辛弃疾同时的作家，还有刘过、陈亮。宋末则刘克庄、刘辰翁、汪元量、文天祥等，在民族矛盾日益加深之际，也都能以沉雄激壮的作风，发扬民族正气，为历史生色。

第七章 论诸宫调

诸宫调是宋、金间广大人民所喜闻乐见的说唱文学。它是在变文和教坊大曲、杂曲的基础上，错综变化，从而发展起来的。

变文是从说唱佛教故事开始，运用韵文和散文交错组成。印度梵文经典，有偈颂，有长行，也就是韵文和散文更迭使用。后汉时，佛教传入中国；至魏曹植，创作一种特殊声调，所谓“以微妙音歌叹佛德”（《高僧传》卷十三），魏、晋以来一直普遍流行，叫做“梵呗”。晋代庐山释慧远，又创为“唱导”，借以“宣唱法理，开导众心”（同上）。这就为唐代变文开辟了道路。这种普及性的宗教宣传，唐代叫做“俗讲”。由于它得迎合听众心理，引起他们的兴趣，就把“或杂序因缘，或旁引譬喻”（同上），作为“唱导”或“俗讲”的一种手法。从“旁引譬喻”，把世俗间故事七扯八拉地讲给听众，那是很自然的事情。唐代有一位文溆和尚，就是惯于“公为聚众谈说，假托经论，所言无非淫秽鄙亵之事”（赵璘《因话录》卷四），借以博得市民们的欢迎。当然这种边说边唱的艺术形式，最初应该也是劳动人民创作出来的。不过它和佛教的宣传方式，大概也有其交互影响，那是可以断言的。

从唱导演为变文，再由变文分作两条道路发展：诸宫调以唱为主；话本则说的成分为多。在诸宫调未兴之前，教坊大曲和民间不断创作的杂曲，作为歌舞娱乐的主要形式。但大曲段数过多，每段如果只配上同一形式的歌词，唱来唱去，都是这一套，就不免叫听众发生厌倦。杂曲只适宜于单独抒情，不能够用来演唱一桩有头有尾的故事，也就难以满足广大听者的要求。诸宫调的作者为了弥补这些缺憾，于是把几支不同的曲牌组成一套，再由若干套合成一个故事的整本，恰好一套描述一段情节，换一个宫调就换一部韵脚。这比大曲的变化要多得多，而又不像元、明以来的散套和杂剧，整个的曲牌都得属于同一宫调，整套或整本都得用同部韵脚。它有它自己的规律，又有它的充分自由，确是一种很为特殊的文学形式，对后来的曲艺有着非常重大的影响。

用诸宫调说唱故事，一般说是孔三传所创。他生于北宋盛时，生活在繁华热闹的汴京，专力为瓦肆中人编撰传奇灵怪，入曲说唱（参考耐得翁《都城纪胜》和吴自牧《梦粱录》卷二十）。王灼也曾提到："泽州（今山西晋城）孔三传者，首创诸宫调古传，士大夫皆能诵之。"（《碧鸡漫志》卷二）后来流传到杭州，为妇女们所爱唱。可惜他的作品，到现在只字无存了！

现存的诸宫调，只有《董解元西厢记》还是一个完整的本子。他一开卷就列举了当时民间流行的一些诸宫调。其间所提到的一些故事，也有见于元人石君宝的《诸宫调风月紫云亭》杂剧中的：

〔醉中天〕我唱到那双渐临川令，他便脑袋不嫌听。搔起那冯员外，便望空里助采声，把个苏妈妈便是上古贤人般敬。我正唱到不肯上贩茶船的小卿，向那岸边相刁蹬。俺这虔婆道，兀得不好拷末娘七代先灵。

〔赏花时〕也难奈何俺那六臂哪吒般狠柳青，我唱的那七国里庞涓也没这短命，则是个八怪洞里爱钱精。我若还更九番家厮并，他比的十恶罪尚犹轻。

这些话都出自以唱诸宫调为职业的女子韩楚芝之口，而且提到《三国志》和《五代史》，可见宋、元间的民间艺人，对诸宫调的编写和说唱，必然是盛极一时的。

宫调的名称，是从琵琶来的。宫乘十二律叫做宫，商、角、羽乘十二律叫做调。沈括说："琵琶共有八十四调。盖十二律各七均，乃成八十四调。"他又引唐开元时琵琶名手贺怀智的《琵琶谱》序："琵琶八十四调，内黄钟、太簇、林钟宫声弦中弹不出，须管色定弦。其余八十一调，皆以此三调为准，更不用管色定弦。"（《梦溪笔谈》卷六《乐律》二）元稹《琵琶歌》也有"琵琶宫调八十一，旋宫三调弹不出"（《元氏长庆集》卷廿六）的说法。至宋教坊所用，只正宫调、中吕宫、道宫调、南吕宫、仙吕宫、黄钟宫、越调、大石调、双调、小石调、歇指调、林钟商、中吕调、南吕调、仙吕调、黄钟羽、般涉调、正平调等十八宫调。其后歇指调并入双调，就只剩下十七宫调。元周德清说：“大凡声音，各应于律吕，分于六宫、十一调，共计十七宫调。”它的名称和宋教坊所用小有出入。周氏又分别说明各个宫调的不同情调：

仙吕调清新绵邈　南吕宫感叹伤悲
中吕宫高下闪赚　黄钟宫富贵缠绵
正宫惆怅雄壮　　道宫飘逸清幽
大石风流酝藉　　小石旖旎妩媚
高平条畅滉漾　　般涉拾掇坑堑
歇指急并虚歇　　商角悲伤宛转
双调健捷激袅　　商调凄怆怨慕
角调呜咽悠扬　　宫调典雅沉重
越调陶写冷笑

《中原音韵·正语作词起例》

诸宫调的作者把这些不同情调的曲牌，用来描写一个故事中错综变化的不同情节，当然要比大曲或转踏进步得多。《董西厢》又叫搊弹词，大概也是用琵琶作为伴奏乐器的。

近人吴则虞在他所写的《试谈诸宫调的几个问题》（《文学遗产增刊五辑》）中把诸宫调的发展，分作五个时期：

第一个时期　孔三传以前以至孔三传时期；

第二个时期　张五牛时期；

第三个时期　《刘知远诸宫调》时期；

第四个时期　《董西厢》时期；

第五个时期　《天宝遗事诸宫调》时期。

这前两个时期，完全是从一些记载上推测的。张五牛为南宋初期的杭州艺人。据《青楼集》说："赵真真、杨玉娥善唱诸宫调。杨立斋见其讴张五牛、商正叔所编《双渐小卿》，因作《鹧鸪天》《哨遍》《耍孩儿煞》以咏之。"《鹧鸪天》的后半阕说起："啼玉靥，咽冰弦，五牛身去更无传。词人老笔佳人口，再唤春风在眼前。"这可见张五牛确是一位诸宫调的著名作者。他还创作了所谓"赚词"。耐得翁《都城纪胜》说："中兴后，张五牛大夫因听动鼓板中又有四太平令或赚鼓板，遂撰为赚。赚者，误赚之义也。令人正堪美听，不觉已至尾声。"《董西厢》使用赚词很多，而《刘知远诸宫调》却不见赚，可见《董西厢》曾受张五牛影响，而《刘知远诸宫调》或出于南宋以前。吴氏把它列在第三期，是不很妥当的。

《刘知远诸宫调》的发现，是1907年到1908年间的事。那时有俄国柯智洛夫探险队在我国新疆的古代黑水城发掘出一些文物，而《刘知远诸宫调》恰在其中。后来藏入列宁格勒东方研究所。郑振铎在北京得到照片，又有向达的抄本，从而写成《宋金元诸宫调考》。这沉埋已久的《刘知远诸宫调》才引起文学史家的莫大注意。1958年4月，原刊本还归我国，现藏在北京图书馆的善本书库。这说唱本所描写的是五代时后汉高祖刘知远和李三娘的故事。刘知远由一个流浪的雇工，做了小地主李家的赘婿。他受尽两个妻舅的欺侮和迫害，只得去到太原投军，终于得到节度使女儿的赏识，又做了岳家的女婿，从而飞黄腾达起来。他的原配李三娘，长久住在娘家，忍受兄、嫂们的磨折，在磨房里生下一个儿子，叫做咬脐郎。这孩儿由邻居抱送太原，最后接了三娘同去，成了团圆的结局。后来演化为无名氏的《白兔记》，为所谓"荆、刘、拜、杀"四大传奇之一，长期在舞台上演出，可见这故事在民间是怎样地被重视!

《刘知远诸宫调》原有十二本，现只存"知远走慕家庄沙陀村人舍第一""知远别三娘太原投事第二""知远探三娘与洪义厮打第十一""君臣弟兄子母夫妇团圆第十二"等四本和"知远充军三娘剪发生少主第三"的两片残页，而且第十一本也缺了头三页，这是十分可惜的。

这说唱本所用的曲调，大部分是宋词人惯用的牌子，不过句读和韵脚有不少出入。它所用的词汇，也多由口语提炼而成，显然具有民间文学的朴素风格。这可见，宋、金间用词的形式来演给广大人民欣赏，与士大夫的好尚是有所不同的。且看它描写知远在将往投军前所受磨难：

〔般涉调〕〔麻婆子〕洪义自约末，天色二更过。皓月如秋水，款款地进两脚。调下个折针也闻声，牛栏儿旁里遂小坐。侧耳听沉久，心中畅欢乐。　记得村酒务，将人恁折挫。入舍为女婿，俺爷爷护向着。到此残生看怎脱？熟睡鼻气似雷作。去了俺眼中钉，从今后，好快活！

〔尾〕团苞用，草苫着，欲要烧毁全小可，堵定个门儿放着火。

论匹夫心肠狠，庞涓不是毒。说这汉意乖讹，黄巢真佛行。哀哉未遇官家，性命亡于火内。

〔商角〕〔定风波〕熟睡不省悟，鼻气若山前哮吼猛虎。三娘又怎知，与儿夫何日相遇？不是假，也非干是梦里，索命归泉路。　当此李洪义，遂侧耳听沉，两回三度。知远怎逃命？早点火烧着草屋。陌听得一声响，唬匹夫急抬头觑。

〔尾〕星移斗转近三鼓，怎显得官家分福？没云雾平白下雨。

茹辛如光武之劳，脱难似晋王之圣。雨湿煞火，知远惊觉，方知洪义所为，亦不敢申诉。至次日，知远引牛驴拽拖车，三教庙左右做生活。到日午，暂于庙中困歇熟睡。须臾，众村老携筇避暑，其中有三翁。

〔般涉调〕〔沁园春〕拴了牛驴，不问拖车，上得庙阶。为终朝每日多辛苦，扑番身起，权时歇侍。旁里三翁，守定知远，两个眉头不展开。堪伤处，便是荆山美玉，泥土里沉埋。　老儿正是哀哉，忽听得长空发迅雷。听惊天霹雳，眼前电闪，唬人魂魄，幽幽不在。陌地观占，抬头仰视，这雨多应必煞乖。伤苗稼，荒荒是处，饥馑成灾。

〔尾〕行雨底龙，必将鬼使差。布一天黑暗云霭霭，分明是拚着四坐海。

电光闪烁走金蛇，霹雳喧轰挝铁鼓。风势揭天，急雨如注。牛驴惊跳，拽断麻绳，走得不知所在。三翁唤觉知远，急赶牛驴，走得不见，至天晚不敢归庄。

〔高平调〕〔贺新郎〕知远听得道，好惊慌。别了三翁，急出祠堂。不顾泥污了牛皮帮，且向泊中寻访。一路里作念千场，那两个花驴养，着牛绳绑我在桑树上，少后敢打五十棒。　方今遭五代，值残唐。万姓失途，黎庶忧惶。豪杰显赫英雄旺，发迹男儿气刚。太原府文面做射粮。欲待去，却徊徨。非无决断，莫怪频来往，不是，难割舍李三娘。

见得天晚，不敢归庄。意欲私走太原投事，奈三娘情重，不能弃舍。于明月之下，去住无门，时时叹息。

刘知远在李家实在待不下去了，才决定辞别三娘，到太原投军去。作者把这故事运用各个不同的曲调歌唱出来，加上一条尾声，在每一情节后作个小结；接着又是一段简单的叙事，该是用有节奏的语言来说的。这就为后来的说唱文学打开了无限的法门，比赵令畤的《商调蝶恋花》鼓子词推进了一大步。看它所用的韵脚，把入声的“末”“脚”“乐”“着”“脱”“作”“活”等字与上、去声“过”“坐”“锉”等字同押，大概是出于北方民间艺人之手。据郑振铎说，它的版本，完全是金代（公元1115—1234年）刻本或稍后的蒙古刻本的式样，也可间接说明这是一部为北方广大人民所欢迎的作品，创作的地点该是北方，时间该在《董西厢》之前，这是可从多方面加以判断的。

《董西厢》是王实甫《西厢记》的前身。崔、张恋爱故事，由《会真记》发展到了《董西厢》，塑造了各种人物形象，刻画了各个角色的不同心理，把富于反抗性的红娘也很突出地活画出来了。它为王实甫《西厢记》以下的各种剧本和曲艺关于《拷红》一节，打下了基础。可惜这样一位伟大作家，除了陶宗仪的《辍耕录》提到他是金章宗时（公元1190—1208年）人之外，连名字都无法查考了。

董解元的艺术手法，只有随物赋形四字可以用来概括它。他的想象力的高强，组织力的雄伟，语言提炼的精警，文学修养的深厚，有的风流旖旎，有的壮阔豪迈，真有随步换形、引人入胜之感。只是他所使用的方言、俗语太多，时间隔得长远了，很难全部读通，这是读者所共引为缺憾的。

《董西厢》常是用很多个曲调组成一套，就比《刘知远诸宫调》来得复杂得多。且看他开篇的第二套就用了五个曲牌，才加上尾；在一套中都是押的同部的韵脚。这就为元杂剧每一折用同一宫调的曲牌，押同一韵部的韵脚，树立了规范。这一套虽是泛泛的描写，却也表现出作者的情趣：

〔般涉调〕〔哨遍〕〔断送引辞〕太皞司春，春工着意，和气生旸谷。十里芳菲，尽东风丝丝柳搓金缕。渐次第桃红杏浅，水绿山青，春涨生烟渚。九十日光阴能几？早鸣鸠呼妇，乳燕携雏。乱红满地任风吹，飞絮蒙空有谁主？春色三分，半入池塘，半随尘土。　满地榆钱，算来难买春光住。初夏永，熏风池馆，有藤床冰簟纱幮。日转午，脱巾散发，沉李浮瓜，宝扇摇纨素。着甚消磨永日？有扫愁竹叶，侍寝青奴。霎时微雨送新凉，些少金风退残暑，韶华早暗中归去。

〔耍孩儿〕萧萧败叶辞芳树，切切寒蝉会絮。渐零零疏雨滴梧桐，听哑哑雁归南浦。澄澄水印千江月，淅淅风筛一岸蒲。穷秋尽，千林如削，万木皆枯。　朔风飘雪江天暮，似水墨工夫画图。浩然何处冻骑驴？多应在霸陵西路。寒侵安道读书舍，冷浸文君沽酒垆。黄昏后，风清月淡，竹瘦梅疏。

〔太平赚〕四季相续，光阴暗把流年度。休慕古，人生百岁如朝露。莫区区，好天良夜且追游，清风明月休辜负。但落魄，一笑人间今古，圣朝难遇。　俺平生情性好疏狂，疏狂的情性难拘束。一回家想么，诗魔多爱选多情曲。比前贤乐府不中听，在诸宫调里却着数。一个个旖旎风流济楚，不比其余。

〔柘枝令〕也不是崔韬逢雌虎，也不是郑子遇妖狐，也不是井底引银瓶，也不是双女夺夫。　也不是离魂倩女，也不是谒浆崔护，也不是双渐豫章城，也不是柳毅传书。

〔墙头花〕这些儿古迹，现在河中府，即目仍存旧寺宇。这书生是西洛名儒，这佳丽是博陵幼女。　而今想得，冷落了迎风户，唯有旧题句。空存着待月回廊，不见了吹箫伴侣。　聪明的试相度，惺惺的试窨付。不同热闹话，冷淡清虚最难做。三停来是闺怨相思，折半来是尤云殢雨。

〔尾〕穷缀作，腌对付。怕曲儿捻到风流处，教普天下颠不剌的浪儿每许。

他从四季景物写到自己的落拓无聊，再列举当时为群众所爱听的各本诸宫调，从而引向到崔、张的故事上来，突出主题，吸引住听众，使他们不得不屏息定神地听下去。且看他对热闹场面又是怎样的写法。当那孙飞虎领军来围普救寺时，法聪和尚率领着大小僧众奋勇抗敌，先作下面一段叙述：

杀人肝胆，翻为济众之心；落草英雄，反作破贼之勇。聪大呼曰：“上为教门，下为僧众。当此之时，各当勉力。有敢助我退贼者，出于堂右。”须臾，堂下近三百人，各持白棒戒刀，相应曰："愿从和尚决死！"

接着一段唱词，写得更是有声有色：

〔双调〕〔文如锦〕细端详，见法聪生得撸搜相：刁厥精神，跷蹊模样；牛膀阔，虎腰长。带三尺戒刀，提一条铁棒。一匹战马，似敲了牙的活象。偏能软缠，只不披着介胄，八尺堂堂，好雄强，似出家的子路，削了发的金刚。　从者诸人二百余，一个个器械不类寻常。生得眼脑瓯抠，人材猛浪。或拿着切菜刀，擀面杖。把法鼓擂得呜，打得斋钟响。着绫幡做甲，把钵盂做头盔戴着顶上。几个髡头的行者，着铁褐直裰，走离僧房，骋无量，道："俺咱情愿，苦战沙场。"

〔尾〕这每取经后不肯随三藏，肩担着扫帚藤杖，簇捧着个杀人和尚。

这乱纷纷的场面，活画出一群和尚慌忙赴斗的情况，和上一套的《尾》"开门但助我一声喊，戒刀举把群贼来斩，送斋时做一顿馒头馅"，刻画出一个莽和尚的声容，同样使人听了免不得要吐舌。

再看他对清幽景物的描写，又是怎样的细致！下面是张生依着红娘的计划，准备弹琴时的心理状态：

〔仙吕调〕〔赏花时〕去了红娘闷转加，比及到黄昏没乱煞，花影透窗纱，几时是黑，得见那死冤家？先拂拭瑶琴宝鸭。只怕我今宵瞌睡呵，先点建溪茶。猛吃了几碗，惭愧哑，僧院已闻鸦。

〔尾〕碧天涯几缕儿残霞，渐听得珰珰地昏钟儿打。钟声渐罢，又戍楼寒角奏《梅花》。

接着寥寥几句道白，点醒主角的动态：

是夜晴天澄彻，月色皓空，生横琴于膝。

以下又是张生操琴时的唱词：

〔中吕调〕〔满庭霜〕幽室灯青，疏帘风细，兽炉香爇龙涎。抱琴拂拭，清兴已飘然。此个阁儿虽小，其间趣不让林泉。初移轸，啼乌怨鹤，飞上七条弦。　循环成雅弄，纯音合正，古操通玄。渐移入新声，心事都传。一鼓松风瑟瑟，再弹岩溜涓涓。空庭静，莺莺未寐寝，须到小窗前。

等到莺莺出户潜听时，再表张生的癫狂心理：

〔仙吕调〕〔惜黄花〕清河君瑞，不胜其喜，宝兽添香，稽首顶礼。十个指头儿，自来不孤你，这一回看你把戏。　孤眠了一世，不闲了一日。今夜里弹琴，不同恁地。还弹到断肠声，得姐姐学连理。指头儿，我也有福啰，你也须得替！

〔仙吕调〕〔赏花时〕宝兽沉烟袅碧丝，半折的梨花繁杏枝，妆一胆瓶儿。冰弦重理，声渐辨雄雌。　说尽心间无限事，謦咳微闻莺已至，窗下立了多时。听沉了一晌，流泪湿却胭脂。

〔尾〕也不弹雅调与新声，流水高山多不是，何似一声声尽说相思。

这里面有华丽的辞藻，也有朴素的语言，把它混合起来，使人感到非常协调。这是金、元作者的特色，尤其是董解元运用文学语言的巧妙所在。清人焦循曾把董的“莫道男儿心如铁，君不见满川红叶，尽是离人眼中血”，与王《西厢》的“晓来谁染枫林醉，总是离人泪”等句子作过比较，认为董要好得多（详见《易馀龠录》）。

元人王伯成的《天宝遗事诸宫调》，是最晚出的一本。所描写的是唐明皇、杨贵妃的故事，和白仁甫的《秋夜梧桐雨》杂剧，用的是同一题材。可惜它的全本早已失传，只明嘉靖时人郭勋所编的《雍熙乐府》选录了四十九套；清乾隆时人周祥钰等所编的《九宫大成南北调宫谱》选录了《踏阵马》和《耍三台》两套，使我们还可以大致看到它的面目。这时杂剧业已盛行，诸宫调就此绝响了。

第八章 论元人散曲

散曲起源于金、元间普遍流行的民间小调，又叫“清唱”，是对有科白、动作的杂剧来说的。魏良辅《曲律》说：“清唱，俗语谓之冷板凳，不比戏场借锣鼓之势。全要闲雅整肃，清俊温润。”它的体制和词的小令大致相同，不过用的都是新兴曲调而已。

一般分散曲为小令和套数两种。单作一支小曲，叫做小令。联用若干支同一宫调的曲牌，组成一套，叫做套数或散套。这套数有些像唐、宋大曲和鼓子词，也有些接近诸宫调。它可以用同一宫调的各个不同曲调组成，也可以一支曲子重叠几次，叫做幺篇或前腔；但每套例有尾声，并且要押同部的韵脚，这规矩是得严格遵守的。燕南芝庵的《唱论》说：“成文章曰乐府，有尾声名套数，时行小令唤叶儿。”我们看了元代典雅作家如张可久等的小令都题名乐府，可见乐府和叶儿的两种名称，只在风格上有雅、俗之分，其实都是时行小令。

现在保存金、元散曲最多的本子，要数杨朝英编集的《朝野新声太平乐府》和《阳春白雪》；而《阳春白雪》又有前后集各五卷本和九卷本的不同。南陵徐氏影元刊本卷首有贯云石的序，又冠以燕南芝庵的《唱论》，次以苏轼的《念奴娇》，无名氏的《商调蝶恋花》，晏几道的《大石调鹧鸪天》，邓千江的《望海潮》，吴激的《春草碧》，辛弃疾的《摸鱼儿》，柳永的《双调雨霖铃》，朱淑真的《大石生查子》，蔡松年的《石州慢》，张先的《中吕天仙子》，都把它叫做“大乐”。从前集第二卷起至后集第一卷都标小令，后集第二卷以后并是套数。这些小令、套数都用新兴曲牌，与唐、宋以来的词牌完全两样。这些曲牌，必然是金、元两朝首都所在地（现在的北京）的时行小曲，所以一般文士，不论在朝在野，都异口同声地使用这些小曲来发抒自己的感情。到蒙古族全部统治了南中国以后，许多北方作家如贯云石等人都跑到杭州来，把北方的时行小令带到南方，又接受一些南方的时行小曲，于是到了元末，就有所谓南北合套的出现。这种错综复杂的交流关系和词曲递嬗的历史条件，是值得我们深入探讨的。在戏曲音乐发展史上所重视的海盐腔，据传和贯云石就有密切关系。贯云石是维吾尔族，在元代为色目人。他跟着父亲阿里海涯移住杭州，就专以教歌、填曲作为个人的事业。《盐邑志林》上说：“云石翩翩公子，无论所制乐府散套，骏逸为当行之冠，即歌声高引，可彻云汉；而惠康（杨梓）独得其传……以故杨氏家僮千指，无有不善歌南、北调者。由是州人往往得其家法，以能歌名于浙右云。”从这些话里可以看出元人散曲是怎样的讲究唱法和它流行的广远。直到魏良辅，还很注意这种清唱。他说：“其有专于模拟腔调，而不顾板眼；又有专主板眼，而不审腔调；二者病则一般。唯腔与板两工者，乃为上乘。至如面上发红，喉间筋露，摇头摆足，起立不常，此自关人器品，虽无与于曲之工拙，然去此方为尽善。”（《曲律》）雪蓑钓隐所著的《青楼集》，品评元代勾栏中人的技艺，也把善小唱作为特种技能。散曲唱者既多，专家们也乐于创作。这种新形式，很快就取词的地位而代之，是与当时歌伎们的竞相传唱，有着不可分割的关系。

元代统治者执行民族歧视政策，对汉人，尤其对南人中的知识分子特别歧视，有所谓九儒、十丐的说法。当时，民族矛盾非常尖锐，加以政治黑暗，贪污腐化，压迫得老百姓透不过气来。汉人没有机会参与政权，即令有少数人取得官位，也不敢替人民代诉冤屈，而且随时有杀身之祸；因而表现在文艺上的思想感情，总是消极玩世的居多。这样一个暗无天日的时代，不但汉人看不顺眼，就是比较有良心和骨气的蒙古人或色目人中的知识分子，也不免寒心。且看孛罗御史的《辞官》散套：

〔南吕一枝花〕懒簪獬豸冠，不入麒麟画。旋栽陶令菊，学种邵平瓜。觑不的闹穰穰蚁阵蜂衙。卖了青骢马，换耕牛，度岁华。利名场再不行踏，风波海其实怕它。

〔梁州〕尽燕雀喧檐聒耳，任豺狼当道磨牙。无官守无言责相牵挂。春风桃李，夏月桑麻。秋天禾黍，冬月梅茶。四时景物清佳，一门和气欢洽。叹子牙渭水垂钓，胜潘岳河阳种花，笑张骞河汉乘槎。这家，那家，黄鸡白酒安排下。撒会顽，放会耍。拼着老瓦盆边醉后扶，一任它风落了乌纱。

〔牧羊关〕王大户相邀请，赵乡司扶下马。则听得扑冬冬社鼓频挝。有几个不求仕的官员，东庄措大。他每都招手歌丰稔，俺再不想巡案去奸猾。御史台开除我，尧民图添上咱。

〔贺新郎〕奴耕婢织足生涯。随分村疃人情，赛强如宪台风化。趁一溪流水浮鸥鸭，小桥掩映蒹葭。芦花千顷雪，红树一川霞。长江落日牛羊下。山中闲宰相，林外野人家。

〔隔尾〕诵诗书稚子无闲暇，奉甘旨萱堂到白发。伴辘轳村翁，说一会挺脖子话。闲时节笑咱，醉时节睡咱。今日里，无是无非快活煞。

由于这位御史以大官僚的身份，告老回乡，做他的大地主，有了“奴耕婢织”，才能够度着他那“黄鸡白酒”的消闲自在生活，而不为“当道磨牙”的豺狼所吞噬。御史原来是专管检举贪污、为民请命的风宪官，而他的态度是这般消极，这黑暗的社会现状，也就间接地反映出来了。

元代的散曲作家，过去都推重张可久和乔吉。但这张可久的作品，只是轻倩婉美而已，没有多大内容。乔吉字梦符，太原人，也会作杂剧。他的散曲，比较有些豪迈气象。例如题为“登江山第一楼”的《殿前欢》：

拍阑干，雾花吹鬓海风寒，浩歌惊得浮云散。细数青山，指蓬莱一望间。纱巾岸，鹤背骑来惯。举头长啸，直上天坛。

还有题为“冬日写怀”的《山坡羊》：

朝三暮四，昨非今是，痴儿不解荣枯事。攒家私，宠花枝，黄金壮起荒淫志。千百锭买张招状纸。身，已至此；心，犹未死。

这对一班富豪子弟，骂得相当深刻。但比起张养浩题为“潼关怀古”的《山坡羊》来，就又觉得乔吉的襟怀气概，逊色得多了。张养浩字希孟，济南人，著有《云庄休居自适小乐府》，全部都是闲适一类的小令。只这一首《山坡羊》：

峰峦如聚，波涛如怒，山河表里潼关路。望西都，意踌蹰。伤心秦汉经行处，宫阙万间都做了土。兴，百姓苦；亡，百姓苦。

写出何等沉痛的心情！结尾八个字，说尽了几千年来阶级社会制度所加给劳动人民的苦难。像这样的警句，真可说是前无古人了！

关汉卿是最伟大的现实主义杂剧家。他的散曲，虽然没有反映什么社会现实，他的精神却是十分充沛的。他有一套自传式的《南吕一枝花·不伏老》，直把自己的豪情逸致，写得异常泼辣飞动。且看它的最后一支《黄钟尾》：

> 我是个蒸不烂、煮不熟、捶不匾、炒不爆、响当当一粒铜豌豆。恁子弟每，谁教你钻入他锄不断、斫不下、解不开、顿不脱、慢腾腾千层锦套头。我玩的是梁园月，饮的是东京酒，赏的是洛阳花，攀的是章台柳。我也会围棋，会蹴踘，会打围，会插科，会歌舞，会吹弹，会咽作，会吟诗，会双陆。你便是落了我牙，歪了我嘴，瘸了我腿，折了我手，天与我这几般儿歹症候，尚兀自不肯休。则除是阎王亲自唤，神鬼自来勾，三魂归地府，七魄丧冥幽。天哪，那其间才不向烟花路儿上走。

像这样一气贯注，说得何等痛快淋漓！关汉卿是大都（今北京市）人，传说做过太医院尹。他的天才超绝，当然不是一个医官的职位所能拘缚得住；何况他所写的杂剧，如果不是深入群众，和人民的感情融成一片，也不会那么真切。他的《不伏老》虽然写的是“烟花路儿上”的放荡生活，而一种沉雄活泼的气概，可以看出这位作家的胸襟是何等壮阔豪迈！

马致远也是大都人，元杂剧四大家之一。他的《秋思》一套，恰好表现出元代知识分子的普遍思想，也就是“愤世嫉俗”者的心理反映：

〔双调夜行船〕百岁光阴如梦蝶，重回首往事堪嗟！昨日春来，今朝花谢，急罚盏、夜筵灯灭。

〔乔木查〕秦宫、汉阙，做衰草牛羊野。不恁渔樵无话说。纵荒坟横断碑，不辨龙蛇。

〔庆宣和〕投至狐踪与兔穴，多少豪杰！鼎足三分半腰折。魏耶，晋耶？

〔落梅风〕天教富，不待奢。无多时好天良夜。看钱奴硬将心似铁，空辜负锦堂风月！

〔风入松〕眼前红日又西斜，疾似下坡车。晓来清镜添白雪，上床和鞋履相别。莫笑鸠巢计拙，葫芦提一就妆呆。

〔拨不断〕利名竭，是非绝。红尘不向门前惹，绿树偏宜屋上遮，青山正补墙头缺，竹篱茅舍。

〔离亭宴歇〕蛩吟一觉才宁贴，鸡鸣万事无休歇。争名利何年是彻？密匝匝蚁排兵，乱纷纷蜂酿蜜，闹穰穰蝇争血。裴公绿野堂，陶令白莲社。爱秋来那些：和露摘黄花，带霜烹紫蟹，煮酒烧红叶。人生有限杯，几个登高节？嘱咐俺顽童记者：便北海探吾来，道东篱醉了也！

周德清把它附载在《中原音韵》的卷尾，并加评语："此方是乐府，不重韵，无衬字，韵险，语俊。谚曰百中无一，余曰万中无一。看他用蝶、穴、杰、别、竭、绝字，是入声作平声；阙、说、铁、雪、拙、缺、贴、歇、彻、血、节字是入声作上声；灭、月、叶是入声作去声，无一字不妥，后辈学去。"他纯从作品的下字押韵处着想，极口称赞它的形式之美，确也值得后人学习。从内容看，这套散曲所反映的是封建社会的丑恶面貌和由此产生的达观遗世的消极思想。由于元散曲作家大多数出身于下层地主阶级，就不能要求他们会有积极斗争的精神，但把个人名利看淡些，不去做上层统治阶级的帮凶，就可以对人民少做一点坏事，在那个社会，也还不是全无意义的。

元散曲作家中最为关心人民疾苦，颇具现实主义思想的，要数到一位不很知名的江西人刘时中。他有两套"上高监司"的《正宫端正好》，把饥民的艰苦生活，刻画得淋漓尽致。节录前套中的几段如下：

〔正宫端正好〕众生灵遭魔障，正值着时岁饥荒。谢恩光拯济皆无恙。编做本词儿唱。

〔滚绣球〕去年时，正插秧，天反常，那里取若时雨降？旱魃生，四野灾伤。谷不登，麦不长，因此万民失望。一日日物价高涨。十分料钞加三倒，一斗粗粮折四量，煞是凄凉。

〔倘秀才〕殷实户欺心不良，停塌户瞒天不当，吞象心肠歹伎俩，谷中添秕屑，米内插粗糠。怎指望它儿孙久长？

〔滚绣球〕甑生尘，老弱饥，米如珠，少壮荒。有金银那里每典当？尽枵腹高卧斜阳。剥榆树餐，挑野菜尝。吃黄不老胜如熊掌，蕨根粉以代餱粮。鹅肠苦菜连根煮，荻笋芦莴带叶噇，则留下杞柳株樟。

〔倘秀才〕或是捶麻柘稠调豆浆，或是煮麦麸稀和细糠。他每早合掌擎拳谢上苍。一个个黄如经纸，一个个瘦似豺狼，填街卧巷。

〔滚绣球〕偷宰了些阔角牛，盗斫了些大叶桑。遭时疫无棺活葬，贱卖了些家业田庄。嫡亲儿共女，等闲参与商，痛分离是何情况？乳哺儿没人要，撇入长江。那里取厨中剩饭杯中酒，看了些河里孩儿岸上娘，不由我不哽咽悲伤！

〔倘秀才〕私牙子船湾外港，行过河中宵月朗。则发迹了些无徒米麦行，牙钱加倍解，卖面处两般装，昏钞早先除了四两。

〔伴读书〕磨灭尽诸豪壮，断送了些闲浮浪。抱子携男扶筇杖，尫羸伛偻如虾样，一丝好气沿途呛，阁泪汪汪。

〔叨叨令〕有钱的贩米谷，置田庄，添生放。无钱的少过活，分骨肉，无承望。有钱的纳宠妾，买人口，偏兴旺。无钱的受饥馁，填沟壑，遭灾障。小民好苦也么哥！小民好苦也么哥！便秋收，鬻妻卖子家私丧。

人民闹饥荒是这样的凄惨，却肥了一些奸商和富户，这是何等景象！作者抱着为民请命的精神，运用很朴素的语言，把它如实地唱了出来，怎不叫人听了伤心落泪？像这样深切同情劳动人民的作品，怕只有白居易的《秦中吟》才有些相仿吧？

此外，冯子振的小令，也有些关心农民生活的作品。例如他的《正宫鹦鹉曲·农夫渴雨》：

年年牛背扶犁住，近日最懊恼杀农父。稻苗肥恰待抽花，渴煞青天雷雨。　〔幺〕恨残霞不近人情，截断玉虹南去。望人间三尺甘霖，看一片闲云起处。

他又用同一曲牌，描写园父的生活：

柴门鸡犬山前住，笑语听伛背园父。辘轳边抱瓮浇畦，点点阳春膏雨。　〔幺〕菜花间蝶也飞来，又趁暖风双去。杏梢红韭嫩泉香，是老瓦盆边饮处。

这类作风，虽然在元散曲中也颇流行，但像前一支那样刻画农民心理，却是不多见的。

借古讽今，是我国文人惯用的一种手法。元杂剧应用这种手法，假托历史故事来指责当前社会现象的很多。散曲作家睢景臣，也是运用这手法来讽刺统治阶级的。他的《般涉调哨遍·高祖还乡》一套，尽情刻画了这位亭长出身的流氓皇帝如何扬威耀武地回到家乡，摆尽了他的臭架子，最后被一个乡老看出了他的面貌，想起了他的底细，给了他一顿臭骂：

〔二煞〕你须身姓刘，你妻须姓吕。把你两家儿根脚从头数：你本身做亭长，耽几盏酒；你丈人教村学，读几卷书。曾在俺庄东住，也曾与我喂牛切草，拽埧扶锄。

〔一煞〕春采了桑，冬借了俺粟，零支了米麦无重数。换田契强称了麻三秤，还酒债偷量了豆几斛。有甚胡突处？明标着册历，见放着文书。

〔尾〕少我的钱，差发内旋拨还；欠我的粟，税粮中私准除。只道刘三，谁肯把你揪捽住？白甚么改了姓、更了名，唤做汉高祖！

这样淋漓痛快的笔墨，把专制皇帝的尊严都给赤裸裸地剥光了，读了会使人感到所谓真命天子不过是一个天大的谎言；这就给广大人民破除了对真命天子的迷信，是可以大伙儿起来和他算账的。

元人的散曲，是宋词的替身，为一般文人所喜爱。因为每一个曲牌，都只短短的几句，使人感到它的轻松灵巧，而且作者可以自由添上衬字，就容易表现得活泼有趣，不会感到呆板无聊。如果有的话长，又可以就同一宫调的曲牌，任取若干支组成散套，尽量抒写作者心中所要说的情事。用来清唱，也是怪有意思的。元曲作者很多，直到明代，也还有些专家出现。像这类的形式，我觉得对建立民族形式的新体歌词或新格律诗，是有很多地方可资借鉴的。

最后还得介绍一下那个对声乐有所贡献的维吾尔族作家贯云石。他的父亲叫贯只哥，就把贯字当作自己的姓。他是一个文武双全的世家子弟，也曾做过翰林侍读学士，但很快就托病辞掉了官，回到侨寓的杭州，卖药材过活，一意搞他的音乐文艺，诡名易服，自号芦花道人，又号酸斋，可以看出他的志行。可惜三十九岁就死了！他所写的《西湖十景》，还附着工尺谱，载在朱廷谬、廷璋重订的《太古传宗琵琶调宫词曲谱》里。它用的是《中吕粉蝶儿》套曲。摘录《好事近》一文：

漫说凤凰坡，怎比繁华江左？无穷千古，真个是胜迹极多。烟笼雾锁，绕六桥翠嶂如螺座。青蔼蔼山抹柔蓝，碧澄澄水泛金波。

他把祖国的美丽湖山，描写得多么细腻！这位维吾尔族的文学家兼声乐家在散曲的创作和歌唱上，都是值得赞许的。

第九章 论元杂剧

杂剧的名称，在北宋时就有了。据孟元老《东京梦华录》卷五《京瓦伎艺》条，就有“般杂剧”的专业艺人，还有“小儿相扑杂剧”的表演者。耐得翁《都城纪胜》说得更为详细。他说：

> 杂剧中，末泥为长，每四人或五人为一场。先做寻常熟事一段，名曰艳段。次做正杂剧，通名为两段，末泥色主张，引戏色分付，副净色发乔，副末色打诨。又或添一人装孤。其吹曲破断送者，谓之把色。大抵全以故事世务为滑稽，本是鉴戒，或隐为谏诤也。

依据耐得翁这段记载，宋杂剧的初起，虽已有了各种不同角色，担任各项表演，而且有了音乐伴奏，但表演的中心内容，仍是沿袭《史记·滑稽列传》中所举优孟、优旃的故技以及《五代史·伶官传》中所列敬新磨等的作风，所谓“全以故事世务为滑稽”，也就是“谈言微中，亦可以解纷”的遗意。吴自牧《梦粱录》卷二十说到“向者汴京教坊大使孟角毬曾做杂剧本子”。那么，北宋时，不但有了实际表演的杂剧，而且有了编好的脚本。可惜这些杂剧本子，现已只字不存了。据周密《武林旧事》卷十所载官本杂剧段数，至二百八十本之多。就它所存的名目看来，南宋官本杂剧使用大曲、法曲、诸宫调、词曲调的共有一百五十多本，可见它的音乐关系，与北宋专主滑稽者有所不同。但这两者决不是全无交涉的东西。由说滑稽故事构成剧本的内容，由借用各种曲调构成唱词中的音乐，这正是发展成为元杂剧的必由道路。其间错综复杂的发展过程，因为史料不够，也就不容易弄得清楚。

元杂剧有一定的体段和一定的曲调，由宋大曲和诸宫调的叙事体，一变而为代言体，树立了戏剧的独立规模。每一剧本，例分四折，每折使用同一宫调的曲牌若干支成为一个整套，韵脚也要同部到底。如果四折之间有说不尽的情节，就可以插进一段楔子。楔子有放在四折最前面的，也有插在中间的，尽可灵活使用。在现在的元杂剧中，只有纪君祥的《赵氏孤儿》，共有五折。至于王实甫《西厢记》的二十折，则是用五本合成。这上面所说的一些规矩，是构成元杂剧的主要条件。明、清以来的杂剧作家，也都是遵照这些规矩的。

杂剧的构成，有动作，有说白，有歌唱。表示动作的术语叫做“科”，两人对话叫做“宾”，一人自说叫做“白”。整个剧本的重点，属于歌唱一门，有末本、旦本之分。每折都由主角一人担任歌唱到底。除末（生）、旦外，其他角色都只有说无唱。元剧角色的名目很多：末有正末、外末、冲末、二末、小末；旦有老旦、大旦、小旦、旦倈、色旦、搽旦、外旦、贴旦等，也有简称外和贴的。这一切，王国维的《宋元戏曲考》，讲得相当详尽，这里就不多说了。

元统治者把全国人民划分为蒙古人、色目人（西域各民族）、汉人（金辖区的汉人和契丹、女真、高丽、渤海人）、南人（南宋辖区的汉人和其他各族人）四等，尤其贱视南人，把他们叫做“蛮子”，给以多方面的迫害。那些蒙古贵族不但高据统治地位，对人民极尽压迫榨取之能事，而且惯于利用他们的“鹰犬”放所谓“羊羔儿息”的高利贷；更有所谓“权豪势要”的特殊势力，如什么“衙内”之类，无恶不作。这就不免激起有心人的义愤，借着历史故事来暗讽“世务”，反映这民族矛盾和阶级矛盾中的种种现实。这就是元杂剧蓬勃发展的主要内容。由于元统治者对汉人和南人的歧视，他们的知识分子除极少数因为善于逢迎爬上相当职位者外，一般都找不到相当的出路。相传那时还曾就广大人民的社会地位和职业关系，区分为若干等级，有“八娼，九儒，十丐”之说，把知识分子放在最下贱的一级。所有聪明才智之士，抑郁无聊，就只好转移目标，与勾栏中人打交道去，或者索性加入那些勾栏中人物所组织的“书会”，替他们编写剧本，作为谋生的一种方法。这样迫使中国历来为统治阶级服务的士人，不得不放下架子，深入群众，了解群众心理，学习群众语言，创作崭新的一种文学形式，借着勾栏中的艺人搬上舞台表演，用来博取观众的同情。我们只要检查一下元杂剧作家，一般都是没有什么政治地位的，甚而连姓名都不为人们所知道，那他们所处的环境和创作的动机，也就可想而知了。

杂剧，是在城市中成长和发展起来的，也曾受到过统治阶级的欣赏。有如杨维桢《元宫词》所说：

开国遗音乐府传，白翎飞上十三弦。大金优谏关卿在，《伊尹扶汤》进剧编。

又兰雪主人《元宫词》所说：

《尸谏灵公》演传奇，一朝传到九重知。奉宣赍与中书省，诸路都教唱此词。

这关汉卿所写的《伊尹扶汤》，曾经进入宫廷；鲍天佑写的《尸谏灵公》，曾被皇帝下令各地演唱，固然可以说明杂剧曾和宫廷发生过关系；明代开国皇帝朱元璋，也曾有“亲王之国，必以词曲千七百本赐之”（李开先《小山乐府序》）的传说。但这些情况，并不能据以贬损元杂剧的价值。至于现存的《元曲选》，虽然臧晋叔序文中有“录之御戏监”的说法，有些对统治阶级不利的东西，免不了要受到删改，变换面目；但明代的御戏监，绝不会为前朝隐讳。而且借古讽今，一样可以反映现实。元杂剧中所反映的社会情况，是能激发人们的民族意识和对统治阶级的反抗的。当然其中有一部分宣扬迷信，表现消极厌世思想的作品，是应该予以批判淘汰的。

王国维把元杂剧作家，分作三个时期，兼及作家的生长地域。第一期属于蒙古时代，也就是从蒙古军侵入中原到统一全中国的初期。这一期的作家，几乎全是北人，而大都（今北京市）人就有十九名之多，包括关汉卿、王实甫、马致远诸杰出作家在内。从这里可以看出，这一崭新的体裁，是在特殊环境下产生的。由于一批落拓文人和勾栏中的艺人们发生了交往，进一步替他们编写剧本，作为表演的资料，而为了迎合市民阶层心理，不得不熟悉下层社会的生活情况，运用一些群众口语，并把大都语作为标准语言，因而能够长期在北方普遍流行，为观众所喜闻乐见。周德清的《中原音韵》，就是根据这些初期作家的作品，加以归纳来定十九部韵的。南宋灭亡以后，北方作者很多移住临安（今浙江杭州），南方作家也骤然大盛。但除宫天挺、郑光祖、乔吉外，没有多大成绩可观。这种新生事物，一经脱离了原生土壤，也就很快趋于腐朽没落了！

关汉卿是元杂剧的首要作家。据臧晋叔说他“至躬践排场，面傅粉墨，以为我家生活，偶倡优而不辞”（《元曲选》序）。再证以他自己所写的《不伏老》散套，他可能是一个专业的剧作家，并兼演员和导演。单就现存的作品来看，它们的题材，有的是采用历史故事，如《单刀会》《西蜀梦》之类；有的是表现当时的社会矛盾和民族矛盾，如《窦娥冤》《鲁斋郎》《救风尘》《蝴蝶梦》《望江亭》之类；有的是专写男女风情，如《谢天香》《金线池》《诈妮子》《拜月亭》之类。这三类中，以第二类最富于现实主义精神。它反映了封建社会的黑暗残酷，还生动地塑造了富有强烈反抗精神的窦娥和机智顽强的谭记儿等典型形象。它的语言，是朴素自然的，是生动泼辣的。且看窦娥在刑场时的一段唱词：

〔鲍老儿〕念窦娥伏侍婆婆这几年，遇时节将碗凉浆奠。你去那受刑法尸骸上烈些纸钱，只当把你亡化的孩儿荐。婆婆也！再也不要啼啼哭哭，烦烦恼恼，怨气冲天。这都是我做窦娥的没时没运，不明不暗，负屈衔冤。

〔耍孩儿〕不是我窦娥发下这等无头愿，委实的冤情不浅。若没些儿灵圣与世人传，也不见得湛湛青天。我不要半星热血红尘洒，都只在八尺旗枪素练悬。等他四下里皆瞧见，这就是咱苌弘化碧，望帝啼鹃。

〔二煞〕你道是暑气暄，不是那下雪天，岂不闻飞霜六月因邹衍？若果有一腔怨气喷如火，定要感的六出冰花滚似绵，免着我尸骸现。要什么素车白马，断送出古陌荒阡。

〔一煞〕你道是天公不可期，人心不可怜，不知皇天也肯从人愿。做什么三年不见甘霖降，也只为东海曾经孝妇冤。如今轮到你山阳县。这都是官吏每无心正法，使百姓有口难言。

〔煞尾〕浮云为我阴，悲风为我旋，三桩儿誓愿明题遍。（做哭科，云：婆婆也！直等待雪飞六月，亢旱三年呵！）（唱）那其间才把你个屈死的冤魂这窦娥显。

这是何等凄惨怨愤、激昂沉痛的诉状！使听者为之落泪，为之扼腕，为之激起反抗的情绪。在《望江亭中秋切鲙》一剧中，谭记儿扮作张二嫂骗取了杨衙内的金牌势剑之后，她向她的丈夫白士中（那时任潭州地方长官）告状时唱：

〔双调新水令〕有这等倚权豪贪酒色滥官员，将俺个有儿夫的媳妇来欺骗。他只待强拆开我长搀搀的连理枝，生摆断我颤巍巍的并头莲。其实负屈衔冤，好将俺穷百姓可怜见。

她在告完状后，改了妆，以白夫人的身份转身出来，唱：

〔沉醉东风〕杨衙内官高势显，昨夜个说地谈天。只道他仗金牌将夫婿诛，恰元来击云板请夫人见。只听得叫呀呀嚷成一片，抵多少笙歌引至画堂前。看他可认得我有些面善。

她在一切计划胜利完成时，表现出何等的从容得意。接着和杨衙内相见，唱：

〔雁儿落〕只他那身常在柳陌眠，脚不离花街串。几年闻姓名，今日逢颜面。

〔得胜令〕呀！请你个杨衙内少埋怨。唬得他半晌只茫然。又无那八棒十枷罪，只不过三交两句言。这一只鱼船，只费得半夜工夫缠。俺两口儿今年，做一个中秋八月圆。

把一个无恶不作的杨衙内，摆布得无计可施，只得认输服罪。作者要揭发黑暗面，却以嘲弄手法写来，何等灵活机巧，引人入胜！

关汉卿是现实主义作家。他在我国文学史上和世界文坛的地位，是已经肯定的了。以历史故事做题材的，还有白朴（仁甫）的《梧桐雨》和马致远的《汉宫秋》，也是最负盛名的。《汉宫秋》写的是昭君和番的故事。剧中人痛骂了那一批昏庸腐化的朝臣，而把昭君写成投江自杀，故意改变历史事实，这就表露了作者的民族思想，不是泛泛的历史剧可比。且看汉元帝送别昭君时的几段唱词：

〔雁儿落〕我做了别虞姬楚霸王，全不见守玉关征西将。那里取保亲的李左车，送女客的萧丞相？

〔得胜令〕他去也不沙架海紫金梁，枉养着那边庭上铁衣郎。您也要左右人扶侍，俺可甚糟糠妻下堂？您但提起刀枪，却早小鹿儿心头撞。今日央及煞娘娘，怎做的男儿当自强！

〔梅花酒〕呀！俺向着这迥野悲凉，草已添黄，兔早迎霜，犬褪得毛苍，人搠起缨枪，马负着行装，车运着糇粮，打猎起围场。他，他，他，伤心辞汉主；我，我，我，携手上河梁。他部从入穷荒；我銮舆返咸阳。返咸阳，过宫墙；过宫墙，绕回廊；绕回廊，近椒房；近椒房，月昏黄；月昏黄，夜生凉；夜生凉，泣寒螿；泣寒螿，绿纱窗；绿纱窗，不思量！

〔收江南〕呀！不思量，除是铁心肠。铁心肠，也愁泪滴千行。美人图今夜挂昭阳，我那里供养，便是我高烧银烛照红妆。

〔鸳鸯煞〕我煞大臣行说一个推辞谎，又则怕笔尖儿那伙编修讲。不见他花朵儿精神，怎趁那草地里风光？唱道伫立多时，徘徊半晌，猛听的塞雁南翔，呀呀的声嘹亮，却原来满目牛羊，是兀那载离恨的毡车半坡里响。

它刻画了这个懦弱皇帝的悲痛心情，语气越转越紧，尤其是《梅花酒》一曲，繁音促节，使读者不免为之荡气回肠，低回不尽。

《梧桐雨》是写唐明皇和杨贵妃的故事，替洪升的《长生殿》传奇打下了基础。它把白居易《长恨歌》中“秋雨梧桐叶落时”一句话，演化成为下面一段唱词：

〔蛮姑儿〕懊恼，窨约，惊我来的又不是楼头过雁，砌下寒蛩，檐前玉马，架上金鸡，是兀那窗儿外梧桐上雨潇潇。一声声洒残叶，一点点滴寒梢，会把愁人定虐。

〔滚绣球〕这雨呵，又不是救旱苗，润枯草，洒开花萼。谁望道秋雨如膏，向青翠条，碧玉梢，碎声儿刎剥，增百十倍歇和芭蕉。子管里珠连玉散飘千颗，平白地瀽瓮番盆下一宵，惹的人心焦。

〔叨叨令〕一会价紧呵，似玉盘中万颗珍珠落。一会价响呵，似玳筵前儿簇笙歌闹。一会价清呵，似翠岩头一派寒泉瀑。一会价猛呵，似绣旗下数面征鼙操。兀的不恼杀人也么哥！兀的不恼杀人也么哥！则被他诸般儿雨声相聒噪。

〔倘秀才〕这雨一阵阵打梧桐叶凋，一点点滴人心碎了。枉着金井银床紧围绕，只好把泼枝叶做柴烧，锯倒。

这对杨妃死后、明皇移居西内时的寂寞无聊情绪，刻画得异常细致。明皇的晚景，不但丧失了心爱的杨妃，还要受儿子（肃宗）的闷气，无异度着幽囚生活，一肚子的牢骚，除掉埋怨无情的梧桐秋雨外，也就没有什么可说的了。这下面还有三支曲子，也是描写听雨心情，一气到底。可惜铺张得太过些，也不免“掉书袋”的习气。马致远、白朴诸人赶不上关汉卿，这大概是原因之一吧？

王实甫的《西厢记》，在元人杂剧中，是一个规模最大的剧本。它一直盛行了好几百年，影响到各地方剧种和说唱文学。它在中国和世界剧坛的评价，都是很高的。有人说它是王实甫和关汉卿的合作。两人生在同一时代，又同为大都人，不论是王作关续，或者关作王续，都属可能。我们不必费很多心力去考证。崔、张恋爱故事，从《董解元西厢记》，进一步发展成为王实甫的《西厢记》杂剧，无论在结构上、词藻上，都更趋于完整。它的描写手法，是十分巧妙的。且看第二本第四折莺莺听琴时的那段唱词：

〔天净沙〕莫不是步摇得宝髻玲珑？莫不是裙拖得环珮丁冬？莫不是铁马儿檐前骤风？莫不是金钩双控，吉丁当敲响帘栊？

〔调笑令〕莫不是梵王宫，夜撞钟？莫不是疏竹潇潇曲槛中？莫不是牙尺剪刀声相送？莫不是漏声长滴响壶铜？潜身再听在墙角东，原来是近西厢理结丝桐。

〔秃厮儿〕其声壮，似铁骑刀枪冗冗。其声幽，似落花流水溶溶。其声高，似风清月朗鹤唳空。其声低，似听儿女语，小窗中，喁喁。

〔圣药王〕他那里思不穷，我这里意已通，娇鸾雏凤失雌雄。他曲未终，我意转浓，争奈伯劳飞燕各西东：尽在不言中。

他用许多比喻来摹写琴声，使它形象化。这比白居易《琵琶行》的刻画琵琶声调和韩愈《听颖师弹琴》诗的描写琴音，更加丰富多彩。

郑光祖是第二期的作家。他和关汉卿、马致远、白仁甫并称元杂剧四大家。他写的《倩女离魂》，也是一个被人重视的剧本。且看那个魂已跟王文举去京应试后的倩女，卧病在床，仿佛患了精神病似的。梅香把她扶了起来，她唱着：

〔中吕粉蝶儿〕自执手临歧，空留下这场憔悴。想人生最苦别离。说话处少精神，睡卧处无颠倒，茶饭上不知滋味。似这般废寝忘食，折挫得一日瘦如一日。

〔醉春风〕空服遍腼眩药不能痊，知他这腤臜病何日起？要好时，直等的见他时，也只为这症候因他上得，得。一会家缥缈呵，忘了魂灵：一会家精细呵，使着躯壳；一会家混沌呵，不知天地。

〔迎仙客〕日长也愁更长，红稀也信尤稀，春归也奄然人未归。我则道相别也数十年，我则道相隔着几万里。为数归期，则那竹院里刻遍琅玕翠。

这把一个患相思病的深闺少女描画得多么深刻细致！

这四大家之外，还有写《李逵负荆》的康进之，前面已略略谈过了。在整个剧本中，他把李逵这样一个贫农出身者的高贵品质，以及他那见义勇为而又勇于认错的英雄气概，都很形象地刻画出来了。且看李逵自听了王林说起他那女儿被假宋江劫去做压寨夫人的话之后，回到聚义堂上，见到宋江，不由分说地破口大骂，随口唱着：

〔正官端正好〕抖擞着黑精神，扎煞开黄髭髫，则今番不许收拾。俺可也摩拳擦掌，行行里按不住莽撞心头气。

〔滚绣球〕宋江唻，这是甚所为，甚道理？不知他主着何意，激的我怒气如雷。可不道他是谁，我是谁。俺两个半生来岂有些嫌隙？到今日却做了日月交食。不争几句闲言语，我则怕恶识多年旧面皮，辗转猜疑。

〔滚绣球〕俺哥哥要娶妻，这秃厮（指鲁智深）会做媒。原来个梁山泊有天无日。就恨不斫倒这一面黄旗。你（指吴用）道我忒口快，忒心直，还待要献勤出力。则不如做个会六亲庆喜的筵席。走不了你个撮合山师父唐三藏，更和这新女婿郎君，哎你个柳盗跖，看那个便宜？

〔叨叨令〕那老儿（指王林），一会家便哭啼啼在那茅店里，他这般急张拘诸的立。那老儿，一会家便怒吽吽在那柴门外，他这般乞留曲律的气。那老儿，一会家便闷沉沉在那酒瓮边，他这般迷留没乱的醉。那老儿，托着一片席头，便慢腾腾放在土炕上，他这般壹留兀渌的睡。似这般过不的也么哥，似这般过不的也么哥！他道俺梁山泊，水不甜，人不义。

〔黄钟尾〕那怕你指天划地能瞒鬼，步线行针待哄谁？又不是不精细，又不是不伶俐。下山寨，到那里，李山儿，共质对。认的真，觑的实，割你头，塞你嘴。非铁牛，敢无礼，既赌赛，怎翻悔？莫说这三十六英雄，一个个都是弟兄辈。（李对宋江云）我伏侍你！我伏侍你！一只手揪住衣领，一只手搭住腰带，滴留扑摔个一字阔脚板，踏住胸脯，举起我那板斧来，觑着脖子上可叉！（唱）便跳出你那七代先灵，也将我来劝不得。

你看这一段泼辣而朴素的语言，是何等凛凛有生气！我们要把群众口头语提炼成为有民族风格的文学语言，是值得不断地向元杂剧中这样的例子学习的。

元杂剧刻意反映现实的作品，有些是出于不太知名的作家或者竟是无名氏。例如石君宝的《魔合罗》，李直夫的《虎头牌》，张国宾的《合汗衫》，无名氏的《生金阁》《货郎旦》《陈州粜米》等，对当时的黑暗社会，给予了严峻的鞭挞。例如《陈州粜米》第一折中，张憋古对那克扣银米的贪官污吏们唱道：

〔仙吕点绛唇〕则这官吏知情，外合里应，将穷民并。点纸连名，我可便直告到中书省。

〔混江龙〕做的个上梁不正，只待要损人利己惹人憎。他若是将咱刁蹬，休道我不敢掀腾。柔软莫过溪涧水，到了不平地上也高声。他也故违了皇宣命，都是些吃仓廒的鼠耗，咂脓血的苍蝇。

这揭露得何等痛快！但终于被小衙内将紫金锤把这老头儿打死了。在暂时苏醒的时候，他还唱着：

〔村里迓鼓〕只见他金锤落处，恰便似轰雷着顶，打的来满身血迸，教我呵怎生扎挣？也不知打着的是脊梁？是脑袋？是肩井？但觉的刺牙般酸，剜心般痛，剔骨般疼。哎哟，天那！兀的不送了我也这条老命！

这把那批所谓豪强势要的蛮横和残酷，血淋淋地展现在读者的眼前，怎不激起人民的公愤？最后由包待制（拯）奉圣旨到陈州，查明判断，才为人民吐了一口气。这清正廉明的包待制，在彼时广大人民的心目中，恰是唯一的救星呢！

在《货郎旦》一剧中，有张三姑唱的《转调货郎儿》，用九段曲子连说带唱地叙述了李彦和一家遭难情事，是十分动人的。节录如下：

（副旦做排场敲醒睡科，诗云）烈火西烧魏帝时，周郎战斗苦相持。交兵不用挥长剑，一扫英雄百万师。这话单题着诸葛亮长江举火，烧曹军八十三万，片甲不回。我如今的说唱，是单题着河南府一桩奇事。（唱）

〔转调货郎儿〕也不唱韩元帅偷营劫寨，也不唱汉司马陈言献策，也不唱巫娥云雨楚阳台，也不唱梁山伯，也不唱祝英台。（小末云）你可唱什么那？（副旦唱）只唱那娶小妇的长安李秀才。

（云）怎见的好长安？（诗云）水秀山明景色幽，地灵人杰出公侯。华夷图上分明看，绝胜寰中四百州。（小末云）这也好，你慢慢的唱来。（副旦唱）

〔二转〕我只见密臻臻的朱楼高厦，碧耸耸青檐细瓦。四季里常开不断花，铜驼陌纷纷斗奢华。那王孙士女乘车马，一望绣帘高挂，都则是公侯宰相家。

（云）话说长安有一秀才，姓李，名英，字彦和。嫡亲的三口儿家属：浑家刘氏，孩儿春郎，你母张三姑。那李彦和共一娼妓叫做张玉娥作伴情熟，次后娶结成亲。（叹介，云）嗨！他怎知才子有心联翡翠，佳人无意结婚姻。（小末云）是唱的好，你慢慢的唱咱。（副旦唱）

〔三转〕那李秀才不离了花街柳陌，占场儿贪杯好色。看上那柳眉星眼杏花腮，对面儿相挑泛，背地里暗差排。抛着他浑家不睬。只教那媒人往来，闲家擘划。诸般绰开，花红布摆，早将一个泼贱的烟花娶过来。

（云）那婆娘娶到家时，未经三五日，唱叫九千场。（小末云）他娶了这小妇，怎生和他唱叫？你慢慢的唱者，我试听咱。（副旦唱）

〔四转〕那婆娘舌剌剌挑茶斡刺，百枝枝花儿叶子，望空里揣与他个罪名儿。寻这等闲公事。他正是节外生枝，调三斡四。只教你大浑家吐不的咽不的这一个心头刺。减了神思，瘦了容姿，病恹恹睡损了裙儿衽。难扶策，怎动止。忽的呵，冷了四肢。将一个贤会的浑家生气死。

（云）三寸气在千般用，一旦无常万事休。当日无常埋葬了毕，果然道：福无双至日，祸有并来时。只见这正堂上火起，刮刮匝匝，烧的好怕人也。怎见的好大火！（小末云）他将大浑家气死了，这正堂上的火，从何而起？这火可也还救的么？兀那妇人，你慢慢的唱来，我试听咱。（副旦唱）

〔五转〕火逼的好人家，人离物散，更那堪更深夜阑。是谁将火焰山，移向到长安？烧地户，燎天关，单则把凌烟阁留他世上看。恰便似九转飞芒，老君炼丹，恰便似介子推在绵山，恰便似子房烧了连云栈，恰便似赤壁下曹兵涂炭，恰便似布牛阵举火田单，恰便似火龙鏖战锦斑斓。将那房檐扯，脊梁扳。急救呵，可又早连累了官房五六间。

（云）早是焚烧了家缘家计，都也罢了；怎当的连累官房，可不要去抵罪。正在仓皇之际，那妇人言道："咱与你他府他县，隐姓埋名，逃难去来。"四口儿出的城门，望着东南上慌忙而走。早是意急心慌情冗冗，又值天昏地暗雨涟涟。（小末云）火烧了房廊屋舍，家缘家计都烧的无有了。这四口儿可往那里去？你再细细地说唱者，我多有赏钱与你。（副旦唱）

〔六转〕我只见黑黯黯天涯云布，更那堪湿淋淋倾盆骤雨！早是那窄窄狭狭、沟沟堑堑路崎岖，知奔向何方所？犹喜的潇潇洒洒、断断续续、出出律律、忽忽噜噜，阴云开处，我只见霍霍闪闪电光星炷。怎禁那萧萧瑟瑟风，点点滴滴雨，送的来高高下下，凹凹凸凸，一搭模糊！早做了扑扑簌簌、湿湿漉漉，疏林人物。倒与他妆就了一幅昏昏惨惨潇湘水墨图。

（云）须臾之间，云开雨住。只见那晴光万里云西去，洛河一派水东流。行至洛河岸侧，又无摆渡船只，四口儿愁做一团，苦做一块。果然道：天无绝人之路。只见那东北上，摇下一只船来。岂知这船不是收命的船，倒是纳命的船。原来正是奸夫与那淫妇相约，一壁附耳低言："你若算了我的男儿，我便跟随你去。"（小末云）那四口儿来到洛河岸边，既是有了渡船，这命就该活了。怎么又是淫妇奸夫预先约下，要算计这个人来？（副旦唱）

〔七转〕河岸上和谁讲话？向前去亲身问他。只说道奸夫是船家，猛将咱家长喉咙掐，磕搭地揪住头发。我是个婆娘，怎生救拔？也是他合亡化，扑冬的命掩黄泉下；将李春郎的父亲，只向那翻滚滚波心水淹杀。

（云）李彦和河内身亡。张三姑争忍不过，比时向前，将贼汉扯住丝绦，连叫道："地方，有杀人贼，杀人贼！"倒被那奸夫把咱勒死。不想岸上闪过一队人马来。为头的官人怎么打扮？（小末云）那奸夫把李彦和推在河里，那三姑和那小的，可怎么了也？（副旦唱）

〔八转〕据一表仪容非俗，打扮的诸余里俏簇，绣云胸背雁衔芦。他系一条兔鹘，兔鹘海斜皮，偏宜衬连珠，都是那无瑕的荆山玉。整身躯也么哥缯，髭须也么哥打着鬓胡。走犬飞鹰，架着雕鹘。恰围场过去，过去，折跑盘旋，骤着龙驹，端的个疾似流星度。那风流也么哥，恰浑如也么哥，恰浑如和番的昭君出塞图。

（云）比时小孩儿高叫道："救人咱！"那官人是个行军千户，他下马询问所以，我三姑诉说前事。那官人说："既然他父母亡化了，留下这小的，不如卖与我做个义子，恩养的长立成人，与他父母报恨雪冤。"他随身有文房四宝，我便写与他年月日时。（小末云）那官人救活了你的性命，你怎么就将孩儿卖与那官人去了？你可慢慢地说者。（副旦唱）

〔九转〕便写与生时年纪，不曾道差了半米。未落笔花笺上泪珠垂，长吁气呵软了毛锥，恓惶泪滴满了端溪。

（小末云）他去了多少时也？（副旦唱）十三年不知个信息。（小末云）那时这小的几岁了？（副旦唱）相别时恰才七岁。（小末云）如今该多少年纪也？（副旦唱）他如今刚二十。（小末云）你可晓的他在那里？（副旦唱）恰便似大海内沉石。（小末云）你记的在那里与他分别来？（副旦唱）俺在那洛河岸上两分离，知他在江南也塞北？（小末云。）你那小的有什么记认处？（副旦唱）俺孩儿福相貌，双耳过肩坠。（小末云）再有甚么记认？（副旦云）有，有，有。（唱）胸前一点朱砂记。（小末云）他祖居在何处？（副旦唱）他祖居在长安解库省衙西。（小末云）他小名唤做什么？（副旦唱）那孩儿小名唤做春郎身姓李。

在定型的杂剧中，插进这一大段说唱形式，是非常出色的。它的每一支曲子，可以自由换韵，与一般杂剧唱词规定每折自成一套、全押同部韵脚到底的，面目全然不同。从它的开场白和第一段唱词看来，当时以卖唱谋生活的女叫花，也得学会一套特殊形式的说唱词：有儿女风情，也有历史故事。这是研究曲艺发展史者所应加以重视的。

元杂剧多以本色语擅胜场，也就是采集人民口头语言，给以加工提炼，使其有抑扬抗坠的节奏，用来表演各个不同角色的心理活动和种种社会情态，恰如其分地刻画出来。这类文学语言，是值得我们借鉴的。

明人也爱写杂剧。但比起元初作家来，就觉得前者朴素自然，后者不免矫揉造作，相差太远了。其间较为出色的作家的作品，如康海的《中山狼》、徐渭的《四声猿》，是值得一提的。《中山狼》骂尽了一批忘恩负义、人面兽心的坏人，也提示了对敌斗争不能存有丝毫仁慈的道理。且看它最后一折东郭先生的唱词：

〔雁儿落〕俺为他冲寒忍肚饥，俺为他胆颤心惊碎。把他来无情认有情，博得个冷气淘热气。

等到老丈人把狼骗进囊里，缚了起来，教东郭先生赶紧抽出佩刀，把狼杀掉。东郭先生还是这样说：

丈人！只都是俺的晦气。那中山狼且放他去罢！

那老丈人拍拍掌，笑了起来，一边说：

这般负恩的禽兽，还不忍杀害他。虽然是你一念的仁心，却不做了愚人么？

东郭先生不胜感慨地说：

丈人！那世上负恩的尽多，何止这一个中山狼么？

接着又唱：

〔沽美酒〕休道是这贪狼反面皮，俺只怕尽世里把心亏。少什么短箭难防暗里随，把恩情翻成仇敌，只落得自伤悲。

康海是一个豪放派的散曲作家。徐渭才华超迈，对戏曲也有深入的了解。但杂剧到了元末、明初，已成强弩之末，虽有豪杰之士，也就很难超出前人。所以讲到这一行，自然只有元初期的作家才是值得学习的。

第十章 论明清传奇

“传奇”这一名称和它的实质有过多次变化。唐人把短篇小说叫做传奇；宋、元人的诸宫调和杂剧，在当时也都有过传奇的名目。王国维在《宋元戏曲考》的《余论》中考证得很详细。把剧本的篇幅较长者称作传奇，与杂剧对立，是在明代开始。清乾隆间，黄文旸编《曲海总目》，分宋、元以来剧本为杂剧、传奇两类；这传奇的名称，才专为大本戏曲所独有。但在王国维著《曲录》中又把董解元《西厢》和王伯成《天宝遗事》两本诸宫调以及王实甫《西厢记》五本杂剧，都归入传奇类，是不很妥当的。

一般研究传奇剧本的，首先总得数到高则诚的《琵琶记》。则诚是永嘉平阳（今浙江温州）人，而永嘉实为南戏的发源地。祝允明《猥谈》说：“南戏出于宣和之后，南渡之际，谓之温州杂剧。”到了元代，南戏和北杂剧并行。高则诚写《琵琶记》，当在元至正十六年（公元1356年）以后。它和所谓四大传奇的“荆、刘、拜、杀”，时代相差不远。《琵琶记》写的是赵五娘和蔡伯喈的故事。在第一出的下场诗中有“有贞有烈赵贞女，全忠全孝蔡伯喈”的句子，宣扬了封建道德，是该批判的。但它的结构和描写手法，艺术性是相当高的。它善于运用朴素的语言，借赵五娘的口，反映出了封建社会无数善良妇女的悲惨命运。例如《糟糠自厌》一出中赵五娘唱：

〔孝顺歌〕呕得我肝肠痛，珠泪垂，喉咙尚兀自牢嗄住。糠那！你遭砻被舂杵，筛你，簸扬你，吃尽控持。好似奴家身狼狈，千辛万苦皆经历。苦人吃着苦味，两苦相逢，可知道欲吞不去。

〔前腔〕糠和米本是相依倚，被簸扬作两处飞。一贱与一贵，好似奴家与夫婿，终无见期。丈夫，你便是米呵！米在他方没寻处。奴家恰便似糠呵！怎的把糠来救得人饥馁？好似儿夫出去，怎的教奴供膳得公婆甘旨？

〔前腔〕思量我生无益，死又值甚的？不如忍饥死了为怨鬼。只一件，公婆老年纪，靠奴家相依倚。只得苟活片时。片时苟活虽容易，到底日久也难相聚。漫把糠来相比。这糠呵，尚兀自有人吃。奴家的骨头，知他埋在何处！

还有《祝发买葬》一出中赵五娘唱：

〔梅花塘〕卖头发，买的休论价。念我受饥荒，囊箧无些个。丈夫出去，那堪连丧了公婆！没奈何，只得剪头发资送他。呀，怎的都没人买？

〔香柳娘〕看青丝细发，看青丝细发，剪来堪爱，如何卖也没人买！这饥荒死丧，这饥荒死丧！怎叫我女裙钗，当得恁狼狈？况连朝受馁，况连朝受馁！我的脚儿怎抬？其实难捱。

〔前腔〕往前街后街，往前街后街，并无人睬。我待再叫一声，咽喉气噎，无如之奈！苦！我如今便死，我如今便死。暴露两尸骸，谁人与遮盖？天那，我到底也只是个死！将头发去卖，将头发去卖。卖了把公婆葬埋，奴便死何害！

这些话写来都相当真实，只是用韵很杂，大概夹了不少方音吧。再者它在另一环境中的描写，却又风流旖旎，采藻缤纷。例如《中秋望月》一出中，蔡伯喈和牛小姐递唱：

〔念奴娇引〕（贴上）楚天过雨，正波澄木落，秋容光净。谁驾玉轮来海底？碾破琉璃千顷。环佩风清，笙箫露冷，人在清虚境。（净、丑）真珠帘卷，庾楼无限佳兴。

〔念奴娇序〕（贴）万里长空，见婵娟可爱，全无一点纤凝。十二阑干光满处，凉浸珠箔银屏。偏称，身在瑶台，笑斟玉斝，人生几见此佳景？（合）唯愿取年年此夜，人月双清。

〔前腔〕（生）孤影，南枝乍冷。见乌鹊缥缈惊飞，栖止不定。万点苍山，何处是修竹吾庐三径？追首，丹桂曾攀，嫦娥相爱，故人千里漫同情。（合）唯愿取年年此夜，人月双清。

〔古轮台〕（净）闲评，月有圆缺阴晴。人世上有离合悲欢，从来不定。深院闲庭，处处有清光相映。也有得意人人，两情畅咏。也有独守长门伴孤另，君恩不幸。（丑）有广寒仙子娉婷，孤眠长夜，如何捱得更阑寂静！此事果无凭。但愿人长久，小楼玩月共同登。

〔馀文〕（众）声哀诉，促织鸣。（贴）俺这里欢娱未罄。（生）他几处寒衣织未成。

把这几段清丽辞句与赵五娘唱的朴素语言相比，恰恰映出两种不同环境、两种异样心情。王世贞说得好："则诚所以冠绝诸剧者，不唯其琢句之工，使事之美而已。其体贴人情处，委曲必尽，描写物态，仿佛如生，问答之际，了不见扭造，所以佳耳。"（《艺苑卮言》）在南曲传奇中，《琵琶记》自有其存在价值。近人多据陆游《小舟游近村舍舟步归》诗"斜阳古柳赵家庄，负鼓盲翁正作场。身后是非谁管得，满村听说蔡中郎"，认为这故事是南宋以来民间的说唱文学，高则诚不过在集体创作的基础上，予以加工，改编为传奇而已。这说法，也是合乎情理的。

四大传奇中的《荆钗记》为明宁王朱权作，《刘知远》即《白兔记》为无名氏作，《拜月亭》即《幽闺记》为元末施惠（君美）作，《杀狗记》为明初徐畛（仲田）作，并见汲古阁刊《六十种曲》中。《幽闺记》演的是金、元间蒋世隆和他的妹子瑞莲以及王尚书的女儿瑞兰，遭兵乱散失，最后终得团圆的故事。因全本内有《幽闺拜月》一出，所以又叫《拜月记》。它是沿袭关汉卿《拜月亭》杂剧写成的。且看它的《相泣路歧》一折：

〔渔家傲〕（老旦）天不念去国愁人助惨凄，淋淋的雨若盆倾，风如箭疾。（旦）侍妾从人皆星散，各逃生计。（合）身居处华屋高堂，但寻常珠绕翠围，那曾经地覆天翻受苦时！（老旦）孩儿，天雨淋漓，人迹稀走。两条路不知往那一条去？

〔剔银灯〕迢迢路不知是那里？前途去，安身何处？（旦）一点点雨间着一行行凄惶泪，一阵阵风对着一声声愁和气。（合）云低，天色傍晚，子母命存亡兀自尚未知。

〔摊破地锦花〕（旦）绣鞋儿，分不得帮和底，一步步提，百忙里褪了跟儿。（老旦）冒雨荡风，带水拖泥。（合）步难移，全没些气和力。

试把这几支曲子与关作《拜月亭》杂剧中的一支曲子作个比较：

〔油葫芦〕分明是风雨催人辞故国，行一步，一叹息。两行愁泪脸边垂。一点雨间一行凄惶泪，一阵风对一声长吁气。嚦！百忙里一步一撒。嗨！索与他一步一提。这一对绣鞋儿分不得帮和底。稠紧紧、粘软软，带着淤泥。

我觉得关作更是简练有力。但在舞台上的命运，施本却长远得多。南曲、北曲互为消长，是和社会风气有着不可分割的关系的。

明代最杰出的传奇作家，当推汤显祖。显祖生当弋阳腔衰微之后，昆山腔渐盛之时。他创作了《紫箫记》《紫钗记》《还魂记》《南柯记》《邯郸记》等五本传奇；后四本又合称《玉茗堂四梦》。他是不太拘守声律的，尝说："余意所至，不妨拗折天下人嗓子。"（王骥德《曲律》卷四）王骥德也说过："临川（汤为江西临川人）尚趣，直是横行，组织之工，几与天孙争巧；而屈曲聱牙，多令歌者蜡舌。"（王骥德《曲律》）与汤显祖同时的作家，有吴江沈璟，恰是特别考究声律的。两人立于相对地位，而在传奇剧本上的成就和作品演出的盛况，沈是远远赶不上汤的。显祖当时写了这许多本传奇，究竟用的什么腔来演唱，现在已经不易查考。据他写的《宜黄县戏神清源师庙记》："南则昆山之次为海盐，吴、浙音也。其体局静好，以拍为之节。江以西弋阳，其节以鼓，其调喧。至嘉靖而弋阳之调绝，变为乐平，为徽青阳。我宜黄谭大司马纶闻而恶之。自喜得治兵于浙，以浙人归教其乡子弟，能为海盐声。大司马死二十余年矣，食其技者殆千余人。”（《玉茗堂文集》卷七）从这一段文章中，可以看出显祖是爱好海盐腔的；而那时宜黄一带的演剧艺人，以唱海盐腔为专业的竟达千人以上。那么，汤作传奇的演出，主要怕是用的海盐腔吧？在徐渭的《南词叙录》里，说到当时各种腔调的流行区域：“今唱家称弋阳腔，则出于江西，两京、湖南、闽、广用之；称余姚腔者，出于会稽，常、润、池、太、扬、徐用之；称海盐腔者，嘉、湖、温、台用之。唯昆山腔只行于吴中，流丽悠远，出乎三腔之上，听之最足荡人。”照徐渭的说法，弋阳腔在当时流行的广远和影响的重大，简直没有任何剧种比得上它；但汤显祖却说“至嘉靖而弋阳之调绝”，这不是怪事吗？文化交流，一切都在不断地变。弋阳腔出于江西，移植于两京、湖南、闽、广，而江西的弋阳腔反而早告断绝，同时却输入了海盐腔。昆山腔大约出于明成化以后（即公元1465年之后），而它的创作者魏良辅，原籍豫章（今江西南昌），寄居太仓南关。说不定他所创的新腔，还是从弋阳腔的基础上，结合昆山地方原有的腔调发展起来的。余怀《寄畅园闻歌记》说：“南曲盖始于昆山魏良辅。良辅初习北音，绌于北人王友山，退而镂心南曲，足迹不下楼者十年。当是时，南曲率平直无意致。良辅转喉押调，度为新声，疾徐、高下、清浊之数，一依本宫。取字齿唇间，跌换巧掇，恒以深邈助其凄戾。吴中老曲师如袁髯、尤驼辈，皆瞠乎自以为不及也。”（《虞初新志》卷四）梁辰鱼的《浣纱记》，就是第一部用昆山腔演出的。至于《还魂记》的排入昆腔，曾被沈璟改换字句，引起作者的不满。原来南曲对声律方面，是比较自由的。据徐渭《南词叙录》：“永嘉杂剧兴，则又即村坊小曲而为之，本无宫调，亦罕节奏，徒取其畸农、市女顺口可歌而已。”显祖致力于元杂剧，打的基础很深。但他是南方人，当然要受南戏的影响。他所以不太考究声律，是不以声害辞，不以辞害意，神明变化于规矩绳墨之中，而不被声律所束缚。《四梦》所以盛行，自有它的独特所在。

汤显祖的五本传奇，以《牡丹亭还魂记》流传最广，影响最大。梁廷柟《曲话》说：“《玉茗四梦》，《牡丹亭》最佳，《邯郸》次之，《南柯》又次之，《紫钗》则强弩之末耳。”《牡丹亭还魂记》演的是柳梦梅和杜丽娘的恋爱故事。作者在《牡丹亭记题词》中说：“情不知所起，一往而深。生者可以死，死者可以生。生而不可与死，死而不可复生者，皆非情之至也。”他塑造了一个具有个性解放思想以与封建婚姻制度相对抗的杜丽娘的形象。由于杜丽娘富有这种反抗精神，以致环绕在她身边的封建人物，包括她的父亲杜宝和那由她父亲找来的迂腐先生陈最良，都不能阻遏她的“一往而深”的爱情。由生而死，由死返生，构成凄丽奇幻的格局，细致而深刻地反映了剧中人那种强烈追求个性解放的反封建思想。它的感染力的强大，是从关汉卿、王实甫以来，没有任何人的作品比得过的。尽管它有不少“拗嗓”的字句，但在昆腔中仍不断演出，直到现在，还为听众所欢迎。且看它的《惊梦》一出：

〔绕地游〕（旦上）梦回莺啭，乱煞年光遍。人立小庭深院。（贴）炷尽沉烟，抛残绣线，恁今春关情似去年。

〔步步娇〕（旦）袅晴丝吹来闲庭院，摇漾春如线。停半晌整花钿，没揣菱花，偷人半面，迤逗的彩云偏。（行介）步香闺怎便把全身现？

〔醉扶归〕你道翠生生出落的裙衫儿茜，艳晶晶花簪八宝填。可知我常一生儿爱好是天然？恰三春好处无人见，不提防沉鱼落雁鸟惊喧，则怕的羞花闭月花愁颤。

〔皂罗袍〕原来姹紫嫣红开遍，似这般都付与断井颓垣。良辰美景奈何天，赏心乐事谁家院。（合）朝飞暮卷，云霞翠轩；雨丝风片，烟波画船。锦屏人忒看的这韶光贱。

〔好姐姐〕（旦）遍青山啼红了杜鹃，荼蘼外烟丝醉软。春香呵，牡丹虽好，他春归怎占的先？（贴）成对儿莺燕呵。（合）闲凝盼，生生燕语明如剪，呖呖莺声溜的圆。

〔隔尾〕（旦）观之不足由他缱，便赏遍了十二亭台是枉然，到不如兴尽回家闲过遣。

这是杜丽娘带着春香游花园时的几段唱词，把一个深闺少女的曲折心情和妍美姿态，都很细致地描画出来了。再看它的《寻梦》：

〔江儿水〕（旦）偶然间心似缱，梅树边。这般花花草草由人恋，生生死死随人愿，便酸酸楚楚无人怨。待打并香魂一片，阴雨梅天，守的个梅根相见。

〔川拨棹〕（贴）你游花院，怎靠着梅树偃？（旦）一时间望眼连天，一时间望眼连天，忽忽地伤心自怜，（泣介）（合）知怎生情怅然？知怎生泪暗悬？

这是杜丽娘在梦见柳梦梅后，重到花园，追寻梦境时唱的。她的深情一往，就把生死置之度外，只要称得自己的心愿，那便受尽千般酸楚，也都无所谓了。

整本的《还魂记》，以《惊梦》《寻梦》《写真》《诊祟》《闹殇》五出，描写从生到死；以《魂游》《幽媾》《欢挠》《冥誓》《回生》五出，描写从死到生。它那结构的精密，语言的生动，是早有定论的。这里只略举一鳞片爪而已。

梁辰鱼的《浣纱记》，演的是吴、越兴亡故事，把范蠡、西施作为中心人物，在昆曲中也很流行。据朱彝尊说：“伯龙（辰鱼字）雅擅词曲，所撰《江东白苎》，妙绝时人。时邑人魏良辅，能喉转音声，始改弋阳、海盐为昆腔。伯龙填《浣纱记》付之。”（《静志居诗话》)从这段话里,可看出这本《浣纱记》是昆剧最初演出的一本传奇,也就难怪它的影响之大。但比起汤显祖的《还魂记》来,是大为逊色的。且看《放归》一出中勾践夫妇及范蠡的唱词:

〔鹊桥仙〕(小生扮勾践上)春雷地奋,愁云风卷,寒暑人间流转。年年梁燕一回家,笑几载不归的勾践。(贴扮夫人)江山不改,容颜全变。试问愁眉深浅?(生扮范蠡)一朝羁鹤透笼飞,还又到蓬莱宫殿。

〔甘州歌〕(生)钱塘云水连。见片帆东渡,顺流如箭。江山依旧,只有那世故推迁。酸辛须记尝粪耻,劳苦休忘养马年。你浮苦海,涉大川,千重浪里得回船。身虽辱,志要坚,虎头燕颔岂徒然?

像勾践这样一个“卧薪尝胆”的英雄人物,在忍辱放归之后,竟与范蠡只唱出这样几句歌词来,便显得十分软弱无力。其他亦不过有些清丽的辞藻而已。

此外,明代传奇,还有张凤翼的《红拂记》,徐复祚的《红梨记》,梅鼎祚的《玉合记》,苏复的《金印记》,邵璨的《香囊记》,陆采的《明珠记》和《南西厢记》,汪廷讷的《种玉记》,周朝俊的《红梅记》,屠隆的《昙花记》,单本的《蕉帕记》,高濂的《玉簪记》,孙仁孺的《东郭记》,阮大铖的《燕子笺》和《春灯谜》,吴炳的《绿牡丹》和《情邮记》，都是比较优秀的作品。《玉簪记》和《燕子笺》，在昆剧和其他剧种中，现在还常演出。《玉簪记》演的是宋代女贞观尼陈妙常和书生潘法成（必正）的恋爱故事，其中《寄弄》一出，是非常有名的。

〔懒画眉〕（生）月明云淡露华浓，攲枕愁听四壁蛩。伤秋宋玉赋西风。落叶惊残梦，闲步芳尘数落红。

〔前腔〕（旦）粉墙花影自重重，帘卷残荷水殿风。抱琴弹向月明中。香裊金猊动，人在蓬莱第几宫？

〔前腔〕（生）步虚声度许飞琼，乍听还疑别院风。凄凄楚楚那声中，谁家夜月琴三弄？细数离情曲未终。

〔前腔〕（旦）朱弦声杳恨溶溶，长叹空随几阵风。仙郎何处入帘栊？早是人惊恐，莫不是为听云水声寒一曲中？

接着，两人各弹琴一曲，并吟琴曲：

（生）雉朝雊兮清霜，惨孤飞兮无双。念寡阴兮少阳，怨鳏居兮徬徨。——《雉朝飞》

（旦）烟淡淡兮轻云，香靄靄兮桂阴。叹长宵兮孤冷，抱玉兔兮自温。——《广寒游》

这同调对唱的形式，本来就安排得很好，加上清艳的词藻，更是切合剧中人身份。再如《姑阻》一出：

〔月儿高〕（旦）松梢月上，又早钟儿响。人约黄昏后，春暖梅花帐。倚定栏干，悄悄的将他望。猛可的花影动，我便觉心儿痒。呸，原来又不是他！那声音儿是风戛帘钩声韵长，那影子儿是鹤步空庭立那厢。

〔前腔〕（生）梦回罗帐，睡起魂飘荡。才见云窗月，心到阳台上。静掩书斋，月下门偷傍。三春花信曾有约，七夕渡河人又来。（下）

（老旦上）欲觅闲消息，须教悄地来。夜深人不见，书馆把门开。……必正侄儿在那里？（生上）忽听得花间语，把小鹿儿在心头撞。姑娘拜揖。（老旦）书到不读，却往那里行走？（生）在亭子上乘凉。为爱闲庭风露凉。（老旦）为何这等慌张？（生）失候尊前心意忙。

在潘必正正待悄悄赴约的紧要关头，却被他的姑妈老尼姑遇着了，弄得非常狼狈。这两支曲子，对剧中人的心理刻画也是相当成功的。

总之，明代剧作家，最喜搬弄词藻。尤其是江南人的作品，更斤斤于声律的苛求，只讲排场，脱离现实。昆曲的卒归衰敝，与剧本的文句艰深，内容空泛，确是不无关系的。

清初传奇，共推“南洪北孔”为两大作家。孔尚任的《桃花扇》借秦淮歌女李香君和复社文人侯方域的恋爱故事，反映南明统治阶级的腐朽，招致了亡国的惨祸，是富有爱国主义思想的一个好剧本。作者的朋友顾彩在序文中说：“可以当长歌，可以代痛哭。”这样一本历史剧，也可以说是前无古人的。它写得最沉痛的，要算第三十八出的《沉江》。史可法在固守扬州、兵败援绝之后，走到扬子江边，听了一个从南京逃出的老赞礼说起南京的混乱情形，他绝望了，准备投江自杀，一面唱着：

〔普天乐〕撇下俺断篷船，丢下俺无家犬。叫天呼地千百遍，归无路，进又难前。那滚滚雪浪拍天，流不尽湘累怨。胜黄土，一丈江鱼腹宽展。摘脱下袍靴冠冕。累死英雄，到此日看江山换主，无可留恋！

接着就跑向滚滚怒涛中去了。恰巧侯朝宗和吴应箕、陈贞慧也来到了江边，向老赞礼问明了这事，大家向着衣冠拜哭了一会，合唱：

〔古轮台〕走江边，满腔愤恨向谁言！老泪风吹面。孤城一片，望救目穿。使尽残兵血战。跳出重围，故国苦恋。谁知歌罢剩空筵！长江一线，吴头楚尾路三千，尽归别姓。雨翻云变，寒涛东卷，万事付空烟。精魂显，《大招》声逐海天远。

〔馀文〕山云变，江岸迁。一霎时忠魂不见，寒食何人知墓田！

就在这淋漓慷慨的痛哭声中，结束了朱明三百年的天下！最后，两位艺人苏昆生、柳敬亭分作渔、樵，隐迹栖霞山中。先由柳敬亭编了一首叫做《秣陵秋》的弹词，全用七言歌行体，唱出了对南明倾覆的沉痛心情。接着苏昆生编成一套叫做《哀江南》的北曲，用弋阳腔唱：

〔北新水令〕山松野草带花挑，猛抬头秣陵重到。残军留废垒，瘦马卧空壕。村郭萧条，城对着夕阳道。

〔驻马听〕野火频烧，护墓长楸多半焦。山羊群跑，守陵阿监几时逃？鸽翎蝠粪满堂抛，枯枝败叶当阶罩。谁祭扫？牧儿打破龙碑帽。

〔沉醉东风〕横白玉八根柱倒，堕红泥半堵墙高。碎琉璃瓦片多，烂翡翠窗棂少。舞丹墀燕雀常朝。直入宫门一路蒿，住几个乞儿饿殍。

〔折桂令〕问秦淮旧日窗寮，破纸迎风，坏槛当潮，目断魂消。当年粉黛，何处笙箫？罢灯船端阳不闹，收酒旗重九无聊。白鸟飘飘，绿水滔滔。嫩黄花有些蝶飞，新红叶无个人瞧。

〔沽美酒〕你记得跨青溪半里桥，旧红板没一条。秋水长天人过少。冷清清的落照，剩一树柳弯腰。

〔太平令〕行到那旧院门，何用轻敲，也不怕小犬哰哰。无非是枯井颓巢，不过些砖苔砌草。手种的花条柳梢，尽意儿采樵。这黑灰是谁家厨灶？

〔离亭宴带歇指煞〕俺曾见金陵玉殿莺啼晓，秦淮水榭花开早。谁知道容易冰消！眼看他起朱楼，眼看他宴宾客，眼看他楼塌了。这青苔碧瓦堆，俺曾睡风流觉。将五十年兴亡看饱。那乌衣巷不姓王，莫愁湖鬼夜哭，凤凰台栖枭鸟。残山梦最真，旧境丢难掉。不信这舆图换稿！诌一套《哀江南》，放悲声唱到老。

这一套凭吊兴亡的唱词，着眼在“不信这舆图换稿”七个字，唤醒了多少爱国人士的民族意识！这个剧本，所演的都是真人真事，穿插结构，煞费经营，它在戏曲史上的地位，是不会动摇的。

洪升写的剧本很多：杂剧有《天涯泪》《青山湿》《四婵娟》；传奇有《回文锦》《回龙记》《锦绣图》《闯高唐》《节孝坊》等。最成功的作品，要数《长生殿》。《长生殿》演的是唐明皇（李隆基）和杨贵妃（玉环）的故事。作者费了十多年的时间，大改了三次才定稿，连名称也由《沉香亭》改作《舞霓裳》，最后才定作《长生殿》。这个剧本，借历史故事揭露了封建统治阶级的腐朽荒淫生活，有的地方也隐藏着一些民族意识及对劳动人民的同情心。在《进果》一出中，有一个老农夫唱道：

〔十棒鼓〕田家耕种多辛苦！愁旱又愁雨。一年靠这几茎苗，收来半要偿官赋，可怜能得几粒到肚！每日盼成熟，求天拜神助。

这为两千年来呻吟在封建剥削制度下的农民，吐出了多少苦水！在《骂贼》一出中，借乐工雷海青的口，大骂了那一批附逆求荣的士大夫：

〔上马娇〕平日价张着口将忠孝谈，到临危翻着脸把富贵贪。早一齐儿摇尾受新衔，把一个君亲仇敌当作恩人感。咱，只问你，蒙面可羞惭？

而且对安禄山有“恨子恨泼腥膻莽将龙座渰，癞虾蟆妄想天鹅啖”的辱骂。这对入关不久的清王朝，确有一些冷嘲热讽的弦外之音。作者的潦倒终身，是与他这种潜伏的民族意识有着不可分割的关系。至于整个剧本的布局遣词，安排得异常妥帖，所以在昆剧中一直到现在还在演出。其中的《弹词》一出，由流落江南的梨园老伶工李龟年，用《九转货郎儿》把天宝遗事作了一个总结。他唱着：

〔三转〕那娘娘生得来仙姿佚貌，说不尽幽闲窈窕。真个是花输双颊柳输腰，比昭君增妍丽，较西子倍风标，似观音飞来海峤，恍嫦娥偷离碧霄。更春情韵饶，春酣态娇，春眠梦悄。总有好丹青，那百样娉婷难画描。

〔四转〕那君王看承得似明珠没两，镇日里高擎在掌。赛过那汉宫飞燕倚新妆。可正是玉楼中巢翡翠，金殿上锁着鸳鸯。宵偎昼傍，直弄得个伶俐的官家颠不剌、懵不剌，撇不下心儿上。弛了朝纲，占了情场，百支笔写不了风流帐。行厮并，坐厮当。双，赤紧的倚了御床，博得个月夜花朝同受享。

〔五转〕当日呵，那娘娘在荷亭把宫商细按，谱新声将《霓裳》调翻。昼长时亲自教双鬟。舒素手，拍香檀，一字字都吐自朱唇皓齿间。恰便似一串骊珠声和韵闲，恰便似莺与燕弄关关，恰便似鸣泉花底流溪涧，恰便似明月下泠泠清梵，恰便似缑岭上鹤唳高寒，恰便似步虚仙珮夜珊珊。传集了梨园部、教坊班，向翠盘中高簇拥着个娘娘，引得那君王带笑看。

〔六转〕恰正好呕呕哑哑《霓裳》歌舞，不提防扑扑突突渔阳战鼓。刬地里出出律律、纷纷攘攘奏边书，急得个上上下下都无措。早则是喧喧嗾嗾、惊惊遽遽、仓仓卒卒、挨挨挡挡出延秋西路，銮舆后携着个娇娇滴滴贵妃同去。又只见密密匝匝的兵，恶恶狠狠的语，闹闹炒炒、轰轰剨剨，四下喳呼。生逼散恩恩爱爱、疼疼热热帝王夫妇。霎时间画就了这一幅惨惨凄凄绝代佳人绝命图。

〔七转〕破不剌马嵬驿舍，冷清清佛堂倒斜。一代红颜为君绝，千秋遗恨滴罗巾血。半棵树是薄命碑碣，一坏土是断肠墓穴。再无人过荒凉野，莽天涯谁吊梨花谢！可怜那抱幽怨的孤魂，只伴着呜咽咽的望帝悲声啼夜月。

这把明皇和杨妃的悲欢离合，前后对照起来，隐约地谴责了明皇的荒淫昏聩，对杨妃却寄以无限的同情和悼惜。这是符合历史真实的。

除了这两部作品外，还有李渔的《笠翁十种曲》和蒋士铨的《藏园九种曲》是比较有名的。随着乾隆以后昆腔的逐渐衰落，传奇剧本也就成为尾声了。

下编　论法式

第十一章 论平仄四声在词曲结构上的安排和作用

词和曲都是所谓“倚声之学”。它的字句，全要依照曲调的抑扬高下，予以妥善安排。汉民族语言，照着每个单字的发音次第，都可读出四种不同的音调。但这四声，因为时代和地域的关系，并不是一成不变的。一般把《唐韵》系统的平、上、去、入和《中原音韵》系统的阴平、阳平、上、去都叫做四声；又简化为平、仄两类，作为审音缀辞的标准。词和曲就是遵照这个标准，适应各个不同曲调的节奏，来作安排的。

字调有刚柔、长短、轻重之分。把每个不同性质的单字连缀成为一个句子，用来表达起伏变化的思想情感而恰如其分，便能使听者发生美感而引起共鸣。这便是平仄四声在“倚声填词”方面的主要作用。

这平仄四声的错综使用，为了表达喜、怒、哀、乐的不同情感，该作不同样的安排，也就是要取得和谐和拗怒的矛盾的统一。在汉民族诗歌形式的发展中，只有词和曲，才达到了这种境地。

词、曲的声韵组织，是从唐人近体诗的基础上发展起来的。近体诗的平仄安排，是两平两仄相间而以双字为准则的。有如下列四式：

（甲）五言仄起式：

仄仄平平仄，平平仄仄平。平平平仄仄，仄仄仄平平。

（乙）五言平起式：

平平平仄仄，仄仄仄平平。仄仄平平仄，平平仄仄平。

（丙）七言仄起式：

仄仄平平平仄仄，平平仄仄仄平平。平平仄仄平平仄，仄仄平平仄仄平。

（丁）七言平起式：

平平仄仄平平仄，仄仄平平仄仄平。仄仄平平平仄仄，平平仄仄仄平平。

如果第一句就押韵，那么，甲式该改作仄仄仄平平，乙式该改作平平仄仄平，丙式该改作仄仄平平仄仄平，丁式该改作平平仄仄仄平平。我们看了这四个方式，它的平仄安排，是两两相间，各占半数的。这就是“刚柔迭用”，取得整个声调的和谐。和谐是美听的主要条件，所以照上面四种格式来写诗歌，不管它的内容怎样，吟诵起来，总会发生高低抑扬的节奏美的。

词和曲都用长短参差的句子，韵位的疏密也不一致。它的组织形式，要比近体诗复杂而又进步得多。但在每个句子的平仄安排上，仍是以和谐为原则的。除了《杨柳枝》《浪淘沙》《竹枝词》

等原用七言四句，与七言近体诗几乎完全一样外，有的只是加减近体诗的句数，或者把长短不齐的句子错综使用着；而在句子中的平仄安排，原则是不变的。例如皇甫松的《梦江南》：

兰烬落，屏上暗红蕉。闲梦江南梅熟日，夜船吹笛雨潇潇，人语驿边桥。

这是杂用三、五、七言组成的形式。除句脚字的平仄不能随便变动外，五言句只第一字，七言句只第一、三两字可平可仄，这还是遵照近体诗逢双必论的原则来安排的。又如韦庄的《浣溪沙》：

夜夜相思更漏残，伤心明月凭阑干，想君思我锦衾寒。

咫尺画堂深似海，忆来惟把旧书看，几时携手入长安？

这完全是两首七言绝句的形式，不过减四句为三句而已。又如欧阳修的《浪淘沙》：

把酒祝东风，且共从容。垂杨紫陌洛城东。总是当年携手处，游遍芳丛。　聚散苦匆匆，此恨无穷。今年花胜去年红。可惜明年花更红，知与谁同？

这是杂用四、五、七言组成的形式。它的情调比较迫促而带有感伤气氛，是由于韵密的缘故；而每个句子中的平仄安排，仍然是十分和谐的。这是平韵小令，它那和谐的音节和不尽的余韵，是与近体律、绝相仿的。

唐、宋词的仄韵小令，虽然在每个句子中的平仄安排，也和平韵小令相仿，是两平两仄错综互用；但由于句脚字多用仄声，往往构成一种拗怒的情调，吟唱起来，就要发生一种激越凄壮的感觉。且看范仲淹的《御街行》：

纷纷坠叶飘香砌。夜寂静，寒声碎。真珠帘卷玉楼空，天淡银河垂地。年年今夜，月华如练，长是人千里。

愁肠已断无由醉。酒未到，先成泪。残灯明灭枕头攲，谙尽孤眠滋味。都来此事，眉间心上，无计相回避。

这是杂用三、四、五、六、七言组成的形式。在每个句子中的平仄安排，除了“夜寂静”和“酒未到”两句全用仄声，感到生硬外，其余也都是平仄相间，音节和谐的。但从整个的结构来看，除了“真珠帘卷玉楼空”和“残灯明灭枕头攲”两句都是平收，与下一句的仄收连起来，仍然感到高低抑扬的谐婉音节外，其余的句子全用仄收。这就构成一种拗怒的音节，适宜表达悲凉怨慕的柔情。再看李清照的《一剪梅》：

红藕香残玉簟秋。轻解罗裳，独上兰舟。云中谁寄锦书来？雁字回时，月满西楼。　花自飘零水自流。一种相思，两处闲愁。此情无计可消除，才下眉头，却上心头。

这最末的三个句子，和范仲淹的“都来此事，眉间心上，无计相回避”，不但内容相仿，连字面也差不多；但在音节上说来，两者是截然殊致的。这内容和形式的关系，是与字调的安排分不开的。

要想构成每个句子中的和谐音节，必得两平两仄交互使用，这是一个原则性的问题。但在整体中，又常是应用“奇偶相生”的法则，每一个曲调，总得用上一些对称的句子。在这一类构成对称的形式中，如果它的相当地位不是平仄交互使用，就会构成拗怒的音节。这对表达起伏变化的不同情感，有着非常重大的关系。不论在小令或长调中，都随手可以找出许多例证来。凡是适宜表达激昂豪壮的思想感情的曲调，它的平仄安排，就得注意和谐与拗怒的矛盾的统一。例如辛弃疾的《破阵子》：

醉里挑灯看剑，梦回吹角连营。八百里分麾下炙，五十弦翻塞外声，沙场秋点兵。　马作的卢飞快，弓如霹雳弦惊。了却君王天下事，赢得生前身后名，可怜白发生！

这个调子的上、下阕，完全是相同的。两个六言句和两个七言句都构成了对称的形式。但六言偶句的平仄安排是和谐的，七言偶句的平仄安排却是拗怒的。前者构成舒缓的情调，后者构成激越的情调。这就与它所表达的激壮慷慨的思想感情，恰如其分地紧密结合起来，使人感到作者的英雄气概，跃然纸上。这种拗怒音节，是表现在句子中间的。长调中的《水调歌头》，所以适宜表达豪放悲壮的思想感情，也是属于这一类的。例如苏轼作：

明月几时有？把酒问青天。不知天上宫阙，今夕是何年？我欲乘风归去，惟恐琼楼玉宇，高处不胜寒。起舞弄清影，何似在人间？　转朱阁，低绮户，照无眠。不应有恨，何事长向别时圆？人有悲欢离合，月有阴晴圆缺，此事古难全。但愿人长久，千里共婵娟。

这上半阕的四个五言句和下半阕的两个五言句，拗怒都在句中；上、下阕的四个六言句，拗怒兼及句脚。这是就对称句来说的。在单独一个句子中，有如“明月几时有”的“几”字，“起舞弄清影”的“弄”字，都用仄声；“不知天上宫阙”的“上”字、“阙”字，“何事长向别时圆”的“事”字、“向”字，都在偶数上连用仄声，也都具有拗怒的感觉，能够把语调振作起来，特别显得有力。在这一个调子中，有了这许多音节拗怒的句子，该要感到不够和谐；但从整个的句脚字来看，却都是一仄一平交替着使用，这就使拗怒中有和谐，也就是矛盾的统一。所以这个调子的声情，能有清壮之美，显出刚柔相济的妙用。

还有拗怒音节表现在句脚的。一般适宜表达激壮感情的词调，大多数是如此。例如岳飞的《满江红》：

怒发冲冠，凭阑处、潇潇雨歇。抬望眼、仰天长啸，壮怀激烈。三十功名尘与土，八千里路云和月。莫等闲、白了少年头，空悲切。　靖康耻，犹未雪。臣子恨，何时灭？驾长车踏破，贺兰山缺。壮志饥餐胡虏肉，笑谈渴饮匈奴血。待从头、收拾旧山河，朝天阙。

在这整个调子中，只有"冠""头""河"三字是安排在句脚的平声，其他的句脚字全是仄声；尤其是偶句用仄声收脚，就好像是硬碰硬，没有调和的余地。但在每个句子中间的平仄安排，却是两两相间，显得和谐美听的。还有《桂枝香》《贺新郎》《念奴娇》《永遇乐》《水龙吟》这些词调，也是适宜表达这类感情的，所以苏、辛一派豪放词人都乐于选用。且看辛弃疾写的《贺新郎》：

把酒长亭说：看渊明、风流酷似，卧龙诸葛。何处飞来林间鹊？蹙踏松梢微雪。要破帽、多添华发。剩水残山无态度，被疏梅料理成风月。两三雁，也萧瑟。

佳人重约还轻别。怅清江、天寒不渡，水深冰合。路断车轮生四角，此地行人销骨。问谁使，君来愁绝？铸就而今相思错，料当初费尽人间铁。长夜笛，莫吹裂。

在这整个调子中，句脚全部用仄声字，就自然构成拗怒的音节。还有许多着重在头一字的句法，这种奇数字由于句法的变化，必得选用仄声，最好是去声，才能够提挈下文，振起有力。例如“看”“要”“被”“怅”“问”“料”六字，是绝对不能改用平声的。又如辛作《念奴娇》：

野棠花落，又匆匆过了，清明时节。刬地东风欺客梦，一枕银屏寒怯。曲岸持觞，垂杨系马，此地曾轻别。楼空人去，旧游飞燕能说。　闻道绮陌东头，行人长见，帘底纤纤月。旧恨春江流不尽，新恨云山千叠。料得明朝，尊前重见，镜里花难折。也应惊问，近来多少华发？

这上、下阕只两个四言对称句是用的和谐音节；其余的句脚字，除下片第一句外，全是仄声。这也就是它所以激壮的主要原因。又如辛作《永遇乐》：

千古江山，英雄无觅，孙仲谋处。舞榭歌台，风流总被，雨打风吹去。斜阳草树，寻常巷陌，人道寄奴曾住。想当年、金戈铁马，气吞万里如虎。　元嘉草草，封狼居胥（读上声），赢得仓皇北顾。四十三年，望中犹记，烽火扬州路。可堪回首，佛狸祠下，一片神鸦社鼓。凭谁问、廉颇（平）老矣，尚能饭否？

这里的句脚，只有“山”“台”“年”三字是平声，此外全收仄声字。上、下阕都是由缓转急，由和谐转拗怒。“气吞万里如虎”的“里”“虎”两字在偶数上连用仄，也与《念奴娇》上、下阕结句用的拗法相同；不过这里押的是上、去声韵，使悲壮中带沉郁，与用入声韵的尽情发泄有所不同而已。又如辛作《水龙吟》：

楚天千里清秋，水随天去秋无际。遥岑远目，献愁供恨，玉簪螺髻。落日楼头，断鸿声里，江南游子。把吴钩看了，阑干拍遍，无人会，登临意。　休说鲈鱼堪脍，尽西风、季鹰归未？求田问舍，怕应羞见，刘郎才气。可惜流年，忧愁风雨，树犹如此！倩何人唤取，红巾翠袖，揾英雄泪？

这里除发端句的“秋”字、“落日楼头”的“头”字和“可惜流年”的“年”字是用的平声落脚，与紧接着的下一句连起来，音节比较和婉外，其余全是仄声落脚，而且多数是三句或四句才押一韵，显现出它那危苦急迫的神情。由于用的是上、去声韵，所以也只适宜于表达悲壮抑塞的情感。其中着重头一字的句子，如

“把”“尽”“倩”“揾”四字都有领起下文的作用，是绝对不能改用平声的。

这上面几个调子都是比较适宜表达豪情壮采或抑塞不平的感情的。所以它那平仄四声的安排，该以拗怒多于和谐为原则。

至于抒写缠绵哀婉的思想感情，那就该选用和谐或低抑的曲调。小令的例子，上面已经提到过了。长调最和婉的，莫过于《满庭芳》。例如秦观作：

> 碧水惊秋，黄云凝暮，败叶（入作平）零乱空阶。洞房人静，斜月照徘徊。又是重阳近也，几处处、砧杵声催。西窗下，风摇翠竹，疑是故人来。　伤怀，增怅望，新欢易失，往事难猜。问篱边黄菊，知为谁开？漫道愁须殢酒，酒未醒、愁已先回。凭阑久，金波渐转，白露点苍苔。

这里，不但“碧水惊秋，黄云凝暮”和“新欢易失，往事难猜”，以及“篱边黄菊，知为谁开”三处的对偶句式，都是以平对仄，音节十分和谐；所有相连的句子，在相当地位，也是平仄互换，尤其是句脚，都是前仄后平，构成通体和谐的音节。所以，这一曲调特别适宜于表达舒徐和婉或温柔悱恻的思想感情。这里面还有一个“问”字领起下面两个四言句子，必得用仄声；“几处处、砧杵声催”和“酒未醒、愁已先回”是上三、下四句法，它的平仄安排，是该第五、第七两字平仄互用的。还有《风流子》和《望海潮》《木兰花慢》等也都是异常和婉的调子，因为它在结构上是奇偶相生，音节上是平仄和谐的。例如周邦彦的《风流子》：

枫林凋晚叶，关河迥、楚客惨将归。望一川暝霭，雁声哀怨；半规凉月，人影参差。酒醒后，泪花消凤蜡，风幕卷金泥。砧杵韵高，唤回残梦；绮罗香减，牵起余悲。

亭皋分襟地，难堪处、偏是掩面牵衣。何况怨怀长结，重见无期。想寄恨书中，银钩空满；断肠声里，玉筋还垂。多少暗愁密意，惟有天知。

上半阕以一个“望”字领下四个四言偶句，下半阕以一个“想”字领下四个四言偶句；还有上半阕的后半段，又是两个五言偶句，四个四言偶句。它的平仄安排都是合乎一般规律的。这“望一川暝霭”的仄仄平仄仄，在周作另一首是“羡金屋去来”，还有张耒作是“奈愁入庾肠”，都用仄平仄仄平，那音节就更加谐婉。换头句五字连用四个平声，就显得声情低抑，影响整个格调，绝不适宜于表达豪情壮采。柳永作《望海潮》：

东南形胜，三吴都会，钱塘自古繁华。烟柳画桥，风帘翠幕，参差十万人家。云树绕堤沙。怒涛卷霜雪，天堑无涯。市列珠玑，户盈罗绮竞豪奢。　重湖叠巘清嘉。

有三秋桂子，十里荷花。羌管弄晴，菱歌泛夜，嬉嬉钓叟莲娃。千骑拥高牙。乘醉听箫鼓，吟赏烟霞。异日图将好景，归去凤池夸。

这上面除了“沙”“牙”两韵外，每个句子的落脚字几乎全是平仄递用，构成整体的和谐音节，适宜表现富丽繁华景象或雍容悦豫情态。又柳作《木兰花慢》：

坼桐花烂漫，乍疏雨，洗清明。正艳杏烧林，缃桃绣野，芳景如屏。倾城，尽寻胜去，骤雕鞍绀幰出郊坰。风暖繁弦脆管，万家竞奏新声。　盈盈，斗草踏青。人艳冶，递逢迎。向路傍往往，遗簪坠珥，珠翠纵横。欢情，对佳丽地，信金罍罄竭玉山倾。拼却明朝永日，画堂一枕春酲。

这里面除了“城”“盈”“情”三个短韵，表现繁音促节，可以增加欢乐气氛外，也几乎全是以平仄声递用为句脚，构成异常和美的情调。不过有些特殊的句法，如“坼桐花烂漫”是上一下四，“正”“向”两字都是领下三个四言句，“骤”“信”两字都是领下七言句，“尽寻胜去”和“对佳丽地”都是上一下三。这些句子都着重在第一个字，非用仄声不可，最好是去声字，才能振挈得起来。这个调子的声情，也是适宜表现壮丽欢娱情态的。

在音节谐婉的调子里，如果每个句子中用的平声字过多，或者句脚接着用两三个平声字，那它的音调就会趋向低沉，只合表达悱恻哀伤的情感，如上面所举李清照的《一剪梅》，即其一例。长调中如周邦彦的《忆旧游》：

记愁横浅黛，泪洗红铅，门掩秋宵。坠叶惊离思，听寒蛩夜泣，乱雨萧萧。凤钗半脱云鬓，窗影烛花摇。渐暗竹敲凉，疏萤照晓，两地魂销。 迢迢，问音信，道径底花阴，时认鸣镳。也拟临朱户，叹因郎憔悴，羞见郎招。旧巢更有新燕，杨柳拂河桥。但满目京尘，东风竟日吹露桃。

这“铅”“宵”“阴”“镳”“尘”“桃”六个平声字，都是连续用在句脚，显出低抑的情调。“听”字、“道”字、“叹”字领下四言两句，“记”字、“渐”字领下四言三句，“但”字领下四言、七言各一句，都得用去声字。还有“凤钗半脱云鬓”和“旧巢更有新燕”二句都得用去平去仄平去，“东风竟日吹露桃”句必得用平平去入平去平。这三句有些拗怒，与低抑情调互为调节，显出情感的起伏变化。周邦彦是最了解这种音律上的妙用的。又如张炎的《高阳台》：

接叶巢莺，平波卷絮，断桥斜日归船。能几番游？看花又是明年！东风且伴蔷薇住，到蔷薇、春已堪怜。更凄然，万绿西泠，一抹荒烟。　当年燕子知何处？但苔深韦曲，草暗斜川。见说新愁，如今也到鸥边！无心再续笙歌梦，掩重门、浅醉闲眠。莫开帘，怕见飞花，怕听啼鹃。

这里连续用两句平声字落脚的有“游”“年”“愁”“边”等字；连续用三句平声字落脚的有“然”“泠”“烟”“帘”“花”“鹃”等字。还有上三下四句法的平仄安排，“到蔷薇、春已堪怜”和“掩重门、浅醉闲眠”两个句子，上三字都是仄平平，下四字都是仄仄平平或平仄平平，也就更加显示低抑的情调。这个调子，是只适宜于表达悲凉感伤情绪的。

整句中用平声字过多，因而构成凄调的，以史达祖的《寿楼春》最为突出。这是表达生离死别的感伤情绪，所以音节十分低沉。有人用作寿词，是十分错误的。全调如下：

裁春衫寻芳。记金刀素手，同在晴窗。几度因风残絮，照花斜阳。谁念我，今无裳？自少年、消磨疏狂。但听雨挑灯，攲床病酒，多梦睡时妆。　飞花去，良宵长。有丝阑旧曲，金谱新腔。最恨湘云人散，楚兰魂伤。身是客，愁为乡。算玉箫、犹逢韦郎。近寒食人家，相思未忘蘋藻香。

这“裁春衫寻芳”五字全平，“照花斜阳”去平平平，“今无裳”三字全平，“自少年、消磨疏狂”去去平平平平平，“良宵长”三字全平，“楚兰魂伤”上平平平，“愁为乡”三字全平，“算玉箫、犹逢韦郎”去入平平平平平，都是平声字占很大比重，构成十分低沉的情调。只有结句“相思未忘蘋藻香”七字是平平去去平上平，第六字有些拗怒意味；但与整个的低沉情调，是很难调协的。像这样低抑的凄调，在全部宋词中也很少见。

偶然用一两个平声超过三分之二以上的句子，借以显示凄抑低沉的情绪，有时却有必要。例如周邦彦的《瑞龙吟》：

> 章台路，还见褪粉梅梢，试花桃树。愔愔坊陌人家，定巢燕子，归来旧处。　暗凝伫，因记个人痴小，乍窥门户。侵晨浅约宫黄，障风映袖，盈盈笑语。　前度刘郎重到，访邻寻里，同时歌舞。唯有旧家秋娘，声价如故。吟笺赋笔，犹记燕台句。知谁伴、名园露饮，东城闲步？事与孤鸿去。探春尽是伤离意绪。官柳低金缕。归骑晚，纤纤池塘飞雨。断肠院落，一帘风絮。

这第一、二段句法全同，叫做“双拽头”，虽然句脚字仄多于平，句中字的平仄却是大致相等，能够取得和谐和拗怒的统一。第三段的“唯有旧家秋娘，声价如故”，上句是平仄仄平平平，下句是平仄平仄，上句末三平过于低沉，所以下句变作拗句把它激起。整段中，除“唯有旧家秋娘”句外，句脚全用仄声字，也就适宜于表现紧促的感情；在快要收煞的时候，用“纤纤池塘飞雨”的平平平平平上，显示神情的凄抑低黯，是异常适当的。

由平仄进一步讲究四声的适当安排，是到了文学家而兼音乐家的周邦彦，才有显著的成绩。他的创调，逐渐脱离近体诗两平两仄间用的法则，往往参用一平一仄相间的句子；又特别注意去声字的作用，把它安排在领头或句腰间，使全句挺起有劲，借以显现它的特殊音节。王国维赞美他的词：“拗怒之中，自饶和婉，曼声促节，繁会相宣，清浊抑扬，辘轳交往。”（《清真先生遗事》）我们从《清真集》中，是可以学到许多声律方面的安排法则的。例如《兰陵王》：

> 柳阴直，烟里丝丝弄碧。隋堤上，曾见几番，拂水飘绵送行色？登临望故国。谁识，京华倦客？长亭路，年去岁来，应折柔条过千尺。　闲寻旧踪迹。又酒趁哀弦，灯照离席。梨花榆火催寒食。愁一箭风快，半篙波暖，回头迢递便数驿，望人在天北。　凄恻，恨堆积。渐别浦萦回，津堠岑寂。斜阳冉冉春无极。念月榭携手，露桥闻笛。沉思前事，似梦里，泪暗滴。

这个曲调，据传还是北齐时《兰陵王入阵曲》的遗声（见《碧鸡漫志》卷四）。它的谱子，一直在历代帝王的宫廷中流传着。宋毛开所著的《樵隐笔录》也曾谈道：“绍兴初，都下（杭州）盛行周清真咏柳《兰陵王慢》，西楼、南瓦皆歌之，谓之《渭城三叠》。以周词凡三换头，至末段，声尤激越，惟教坊老笛师能倚之以节歌者。”这“三换头”的《兰陵王》，和王灼所称“今《越调兰陵王》，凡三段，二十四拍”的说法相合。因为它原来是描写战斗激烈情态的舞曲，所以它的音节应该是激昂高亢的。在每个句子的平仄安排上，必须取得和谐和拗怒的统一，而拗怒都表现在仄声尤其是去声字的运用上。清初词学理论家万树曾经说过：“名词转折跌荡处，多用去声，何也？三声之中，上、入二者可以作平，去则独异。”又说：“当用去者，非去则激不起。”（《词律》发凡）我们参酌万氏这些说法来检查《兰陵王》这个调子所以声情激越的原因所在，它对四声的使用，是完全改变了近体诗的法式而充分表现出它的独创性的。在清真此调中，遇着对称的句式，总是和谐与拗怒递用，例如“酒趁哀弦”的仄仄平平是和谐的音节，“灯照离席”的平仄平仄却有些拗怒；“一箭风快”的平（“一”字以入作平）仄平仄是拗怒的音节，“半篙波暖”的仄平平仄却又相当和谐；“别浦萦回”的仄仄平平是和谐的音节，“津堠岑寂”的平仄平仄，却又显示拗怒；“月榭携手”的平（“月”字以入作平）仄平仄是拗怒的音节，“露桥闻笛”的仄平平仄却又转入和谐。再从句脚字上来看，“弦”和“席”一平一仄递用，显示和谐；“快”和“暖”两仄连用，却又表示拗怒；“回”和“寂”一平一仄递用，显示和谐，“手”和“笛”两仄连用，却又表示拗怒。这四处的偶句，它的领格字除了“愁”字平声，“又”“渐”“念”都是去声；根据“当用去者，非去则激不起”的原则，我怀疑这个“愁”字怕是“骤”的误写。这个调子中的拗句，都着重于去声字的安排。如：“拂水飘绵送行色”的仄仄平平仄平仄，第五、六两字是拗；“应折柔条过千尺”的平仄平平仄平仄，第五、六两字也是拗；“登临望故国”的平平仄仄仄，第三字是拗；“望人在天北”的仄平仄平仄，在上一、下四的句法上第三字也是拗。这拗的所在，如“送”“过”“望”“在”等字都是去声；这样把附近相连的字音激起，特别显出抑扬抗坠的美妙音节。还有“回头迢递便数驿”的平平平去去去入，七个字里面用了四个仄声；“似梦里”的去去上，“泪暗滴”的去去入，两个三字句没有一个平声；这样过多地使用仄声字，都是为了激起音节的拗怒，使它适合于表达激动的感情的缘故。再看整个曲调中的句脚字，只有“来”“弦”“回”三个平声，其余全部仄声，也是构成整个拗怒音节的因素之一。这首词，除句脚几乎全用仄收外，加上结句连用六仄，再配上全部短促的入声韵，它的激越声情，是从多方面的矛盾的统一显示出来的。从这具体的分析中，可以体会四声字调在歌曲上的妙用。也只有文学家兼音乐家的周邦彦，才能把这些原则表现在实际创作上，给学者以广大法门。南宋方千里、杨泽民、陈允平都有和清真词，只是每一个字都照着周邦彦原作的四声去硬填，却不了解它在音乐上的妙用，是十分可笑的。

由于长调慢曲的格局开张，必须在结构上具有开阖变化，才能够把作者所要表达的起伏变化的感情紧密结合起来，做到恰如其量。这就得改变近体诗和令曲小调的顺下句法，即从偶数字调整音节的形式，转而着重于领头字或转折处的字调安排，也就是有些地方该用逆入的方式加以妥善处理。这些关键所在，就在去声字的运用上面。例如柳永的《八声甘州》：

> 对潇潇暮雨洒江天，一番洗清秋。渐霜风凄紧，关河冷落，残照当楼。是处红衰翠减，苒苒物华休。惟有长江水，无语东流。　不忍登高临远，望故乡渺邈，归思难收。叹年来踪迹，何事苦淹留？想佳人、妆楼颙望，误几回、天际识归舟？争知我、倚阑干处，正恁凝愁！

这“对”字领起下文，是逆入的语气；“渐”“望”“叹”“想”“误”等字都是转折所在，最好是用去声字，才能压得下，顶得住；这“想”字用了一个上声，就感到不及“对”“渐”等字的有力。

近人吴梅是从事过昆曲歌唱和作曲的深入研究者。他在去声字的运用上，比万树又有进一步的了解。他说：去声字“由低而高，最宜缓唱。凡牌名中应用高音者，皆宜用此”。（《词学通论》第二章）他又举《白石道人歌曲》中的一些词作为例证，说：“其领头处，无一不用去声者，无他，以发调故也。”这个用去声字领头的句法，因为它的着重点在开头的地方，也就近于上面所说的逆入方式。姜夔并把这方式运用到他的自度曲上，不但长调慢曲是这样，连短调也改变了唐、宋旧曲一般沿用的顺下句法。各为举例如下：

例一，《淡黄柳》（正平调）：

空城晓角，吹入垂杨陌。马上单衣寒恻恻。看尽鹅黄嫩绿，都是江南旧相识。　正岑寂，明朝又寒食。强携酒、小桥宅。怕梨花落尽成秋色。燕燕飞来，问春何在？唯有池塘自碧。

例二，《长亭怨慢》（中吕宫）：

渐吹尽、枝头香絮。是处人家，绿深门户。远浦萦回，暮帆零乱，向何许？阅人多矣！谁得似、长亭树？树若有情时，不会得、青青如此。　日暮，望高城不见，只见乱山无数。韦郎去也，怎忘得、玉环分付？第一是、早早归来，怕红萼、无人为主。算只有并刀，难剪离愁千缕。

例三，《扬州慢》（中吕宫）：

淮左名都，竹西佳处，解鞍少驻初程。过春风十里，尽荠麦青青。自胡马、窥江去后，废池乔木，犹厌言兵。

渐黄昏、清角吹寒，都在空城。　杜郎俊赏，算而今、重到须惊。纵豆蔻词工，青楼梦好，难赋深情。二十四桥仍在，波心荡、冷月无声。念桥边、红药年年，知为谁生？

例四,《翠楼吟》(双调):

月冷龙沙，尘清虎落，今年汉酺初赐。新翻胡部曲，听毡幕元戎歌吹。层楼高峙。看槛曲萦红，檐牙飞翠。人姝丽，粉香吹下，夜寒风细。　此地，宜有词仙，拥素云黄鹤，与君游戏。玉梯凝望久，叹芳草萋萋千里。天涯情味。仗酒祓清愁，花消英气。西山外，晚来还卷，一帘秋霁。

这《淡黄柳》中的“看”“旧”“正”“又”“怕”“问”等字,《长亭怨慢》中的“渐”“向”“树”“望”“第”“怕”“算”等字,《扬州慢》中的“过”“尽”“自”“渐”“算”“纵”“念”等字,《翠楼吟》中的“听”“看”“拥”“叹”“仗”等字,都是着重点所在,该用去声字,才能发调。这里面只一个“拥”字是上声,作为例外,大概因为下面紧接着一个去声的“素”字,因而把它换了的。这前两曲都表现一种清劲的音节;《扬州慢》则和谐中见低沉,就因为上、下阕的结尾连用了三个平声作为句脚;《翠楼吟》则和谐中见清壮,就因为句脚多用仄收,而又几乎全部用了去声韵的缘故。

在小令短调中，有一种特殊句子，用的平声字过量，就得借助于去声字，才能振起，显出低抑中的高亢。例如刘过的《醉太平》：

情高意真，眉长鬓青。小楼明月调筝，写春风数声。思君忆君，魂牵梦萦。翠绡香暖云屏，更那堪酒醒！

这上面四个四言句，都是用的平平仄平，违反了偶数字平仄递用的惯例，构成低沉的音节；必得在第三字选用有力的去声如“意”“鬓”“忆”“梦”等字，把句中的声调激起。上、下阕的结句都是用的仄平平仄平，而且是上一、下四的句法，所以第一、三两字，最好都用去声。这“数”“更”两字的去声，用得非常恰当；“写”“酒”两字用了上声，就感到不够响亮，连整体的精神都受到影响了。又如辛弃疾的《太常引》：

一轮秋影转金波，飞镜又重磨。把酒问姮娥：被白发、欺人奈何！　乘风好去，长空万里，直下看山河。斫去桂婆娑，人道是、清光更多。

这上、下阕的结句，都是上三下四，最后四字用平平仄平，也是违反惯例的特殊句法；这第三字如果不用去声如“奈”“更”等字，是万万振不起精神来的。

两平两仄交互使用，作为调声的准则，固然可以取得音节谐婉的绝大效果，从有近体格律诗以至唐、宋以来长短句词曲，一般都遵循着这规矩向前迈进。但平有阴、阳，仄有上、去、入，在歌唱上仍有很大的差别。黄九烟论曲，曾有“三仄应须分上、去，两平还要辨阴、阳”的说法。这在南宋词学专家，已经认识到这点了。张炎在《词源》下卷里面，谈到他父亲张枢写的《惜花春起早》，用了“琐窗深”三个字，感到“深”字唱起来好像变成了别一个字；把它改作“幽”字，也不适合；最后改成“明”字，唱来才协律美听。这因为“深”字上面的“窗”字是阴平，就得配上一个阳平的“明”字；“深”和“幽”都是阴平，和“窗”字连缀起来，违反了抑扬抗坠的法则，所以是非改不行的。至于上、去虽同属仄，也得更番使用。万树说过：“上声舒徐和软，其腔低；去声激厉劲远，其腔高；相配用之，方能抑扬有致。大抵两上两去，在所当避。”（《词律》发凡）宋人如周邦彦、姜夔等，在这些地方，都是相当注意的。例如周邦彦的《齐天乐》：

绿芜凋尽台城路，殊乡又逢秋晚。暮雨生寒，鸣蛩劝织，深阁时闻裁剪。云窗静掩。叹重拂罗茵，顿疏花簟。尚有練囊，露萤清夜照书卷。　荆江留滞最久，故人相望处，离思何限！渭水西风，长安乱叶，空忆诗情宛转。凭高眺远。正玉液新篘，蟹螯初荐。醉倒山翁，但愁斜照敛。

这里面的拗句，如“殊乡又逢秋晚”的平平仄平平仄，第三字必得用去声，“露萤清夜照书卷”宜用去平平去去平去，“荆江留滞最久”宜用平平平去去上，“离思何限”宜用平去平去。还有领头字的“叹”“正”两字也一定要用去声。此外，连用两仄，如“静掩”“尚有”“眺远”“醉倒”“照敛”，都是去上迭用。只“宛转”全是上声；把这句和上半阕对比，这两字原可用平仄，因有通融的余地，就不妨随便一些。又如姜夔的《眉妩》（一名《百宜娇》）：

> 看垂杨连苑，杜若侵沙，愁损未归眼。信马青楼去，重帘下，娉婷人妙飞燕。翠尊共款，听艳歌、郎意先感。便携手、月地云阶里，爱良夜微暖。　无限风流疏散。有暗藏弓履，偷寄香翰。明月闻津鼓，湘江上、催人还解春缆。乱红万点，怅断魂、烟水遥远。又争似相携，乘一舸，镇长见？

这里面的拗句，如“娉婷人妙飞燕”是平平平去平去，“听艳歌、郎意先感”是去去平平去平上的上三、下四句法，“便携手、月地云阶里”是去平上入去平平上的上三、下五句法，“爱良夜微暖”是去平去平上的上一、下四句法，“有暗藏弓履”是上去平平上的上一、下四句法，“偷寄香翰”是平去平去，“催人还解春缆”是平平平上平上，“怅断魂、烟水遥远”是去去平平上平上的上三、下四句法，“又争似相携，乘一舸，镇长见”是去平上平平平入上去平去的一、四、三、三句法。这些句子，都构成了拗怒的音节，适宜于表达紧张急迫的情绪。“看”“信”“听”“便”“爱”“怅”“又”等领头字，都是用的去声，便于声调的揭起，显出抑扬抗坠的美妙音节。其间两仄相连，如“信马”“共款”“万点”都用去上，更是美听。这是宋人重视阴阳、上去的显明例证，它对声乐上是有绝大影响的。

关于音节的抑扬抗坠，怎样配合字调的平仄四声，这在周邦彦的《清真集》和姜夔的《白石道人歌曲》中，可说已经达到了穷极变化的境地，构成丰富多彩的多种特殊音节，使长短句歌词形式，经过音律的严格陶冶，逐渐脱离近体诗的一般规律而卓然独立起来，是值得我们从事歌词创作者深入探讨的。

第十二章 阴阳上去在北曲南曲中的搭配

元人北曲，类皆出自北方勾栏中普遍流行的时兴小调。虽然经过文人学士和剧作家们不断地采用、加工，乃至连缀若干同一宫调的曲牌，成为散套，更进一步演为杂剧、传奇，但它的基本曲调，比起宋人创作的长调慢曲来，是要简单得多的。周德清在他所著的《中原音韵》后面，选取了北曲定格四十首，有的原是单行小令，有的摘自散套或杂剧中。这些定格北曲的平仄安排，也和唐、宋令词相差不远，一般是两平两仄更迭使用；但遇到重点所在，讲究阴阳、上去的分别，却要严格得多。随举数首示例：

例一，《仙吕醉中天》：

疑是杨妃在，怎脱马嵬灾？曾与明皇捧砚来，美脸风流杀。叵奈挥毫李白觑着娇态，洒松烟点破桃腮。

白朴《佳人脸上黑痣》

它的平仄如下：

平仄平平仄，仄仄仄平平。平仄平平仄仄平，仄仄平平仄。仄仄平平仄仄仄仄平仄，仄平平仄仄平平。

这里除了“叵奈挥毫李白觑着娇态”十字一句和“洒松烟点破桃腮”是上三、下四句法，平仄安排有些异样外，其余和近体诗的格调完全相同。周德清特别指出“捧砚”“点破”都是上去，可见这两处是要兼讲四声的。

例二，《仙吕一半儿》：

自将杨柳品题人，笑拈花枝比较春，输与海棠三四分。再偷匀，一半儿胭脂一半儿粉。

陈克明《春妆》

它的平仄如下：

仄平平仄仄平平，仄仄平平仄仄平，平仄仄平平仄平。仄平平，仄仄平平平仄仄平仄。

这里除了结句用了两个“儿”字兼押一个仄韵外，几乎和宋人李重元的《忆王孙》：“萋萋芳草忆王孙，柳外楼高空断魂，杜宇声声不忍闻。欲黄昏，雨打梨花深闭门。”完全是一样的形式。

例三，《中吕迎仙客》：

雕檐红日低，画栋彩云飞，十二玉阑天外倚。望中原，思故国，感慨伤悲，一片乡心碎。

郑光祖《王粲登楼》杂剧

它的平仄如下：

平平平仄平，仄仄仄平平，仄仄仄平平仄仄。仄平平，平仄仄，仄仄平平，仄仄平平仄。

这里的平仄安排，构成了和谐的音节。周德清说："妙在'倚'字上声起音，一篇之中，唱此一字。"又说："'原''思'字属阴，'感慨'上去，尤妙。"可见这个曲牌中，"倚"字和"感慨"二字要讲究上去，"原""思"两字要注意阴阳。

例四，《商调梧叶儿》：

别离易，相见难，何处锁雕鞍？春将去，人未还，这其间，殃及杀愁眉泪眼。

关汉卿《别情》

它的平仄如下：

仄平仄，平仄平，平仄仄平平。平平仄，平仄平，仄平平，平仄仄平平仄仄。

这四个三言句都是对称的形式，结尾是上三、下四句法，音节全部是和谐的。周德清说：“如此方是乐府。音如破竹，语尽意尽，冠绝诸词。妙在‘这其间’三字，承上接下，了无瑕疵。‘殃及杀’三字，俊哉语也！”又说：“‘眼’字上声，尤妙。”这“眼”字之所以妙，也就是因为“泪”字是去声的原故。

例五，《越调天净沙》：

枯藤老树昏鸦，小桥流水人家，古道西风瘦马。夕阳西下，断肠人在天涯。

马致远《秋思》

它的平仄如下：

平平仄仄平平，仄平平仄平平，仄仄平平仄仄。仄平平仄，仄平平仄平平。

这三个六言句，构成对称形式，但又不能全相匹配；这是运用“奇偶相生”的特殊情调，和谐中见凄婉。三句纯是描写自然景物，宛然一幅深秋图画。“夕阳西下”四字即景生情，结以“断肠人在天涯”；那么，上面最美丽的秋光，恰好都是天涯客子的伤心资料。

马致远这寥寥二十八字，确是十分超妙。这与本曲的谐婉音节，尤其是每句句脚的平仄声配搭得十分恰当，是有着不可分割的关系的。周德清却只赞美“‘瘦马’二字去上，极妙”，还是太浅看它了。

例六，《双调沉醉东风》：

> 黄芦岸白蘋渡口，绿杨堤红蓼滩头。虽无刎颈交，却有忘机友，点秋江白鹭沙鸥。傲杀人间万户侯，不识字烟波钓叟。
>
> 白朴《渔父》

它的平仄如下：

> 平平仄仄平仄仄，仄平平平仄平平。平平仄仄平，仄仄平平仄，仄平平仄仄平平。仄仄平平仄仄平，仄仄仄平平仄仄。

这里除两个五言偶句和“傲杀人间万户侯”七言一句是一般顺下句式外，其余都是上三、下四的七言句，多取逆势，适宜于表达风流潇洒的思想感情。周德清说：“妙在‘杨’字属阳，以起其音，取务头；‘杀’字上声，以转其音；至下‘户’字去声，以承其音，紧在此一句，承上接下。末句收之。‘刎颈’二字，若得上去声，尤妙；

‘万’字若得上声，更好。”“杨”字上面是一个以入作去的“绿”字，下面紧接着一个阴平的“堤”字，所以中间最宜配搭一个阳平的“杨”字。明人王骥德在《论阴阳》篇中讲到过：“大略阴字宜搭上声，阳字宜搭去声。”（《曲律》卷二）这正好证明周德清“妙在‘杨’字属阳”的说法，是很有道理的。“杀”字以入作上，恰好和上面的“傲”字连成去上，非常适合。结尾的“钓叟”两字，也是用的去上；只可惜“刎颈”两上，“万户”两去，确也要算是美中不足了。

在南曲中，对阴阳、上去的适当安排，也和北曲一样的重视。高则诚的《琵琶记》，是南曲最早而又最流行的剧本。它对阴阳、上去的运用，在声乐家实际演唱起来，还是有的准确，有的不准确。王骥德曾经举过一些例子，说明它的得失所在：

例一，《南浦嘱别》一出中《尾犯序》的几句唱词：

> 奴只虑，公婆没主，一旦冷清清。
> 思量起，如何教我割舍得，眼睁睁。
> 知他记否？空自语惺惺。
> 从今后，相思两处，一样泪盈盈。

据王说：“‘冷’字是掣板，唱须抑下，宜上声；‘清’字须揭起，宜用阴字清声。今并下第二、第三调末句，一曰‘眼睁睁’，一曰‘语惺惺’，‘冷’‘眼’‘语’三字皆上声，‘清清’‘睁睁’‘惺惺’皆阴字，叶矣。末调末句，却曰‘相思两处，一样泪盈盈’，‘泪’字去声，既启口便气尽，不可宛转，下‘盈盈’又属阳字，不便于揭，须唱作‘英’字音乃叶。”这是说明阴、阳平和前面的上、去声相搭配的道理。

例二，《中秋望月》一出中《念奴娇序》的几句唱词：

> 孤影，南枝乍冷。见乌鹊缥缈惊飞，栖止不定。
> 光莹。我欲吹断玉箫，乘鸾归去，不知风露冷瑶京。
> 愁听，吹笛关山，敲砧门巷，月中都是断肠声。

据王说：“‘孤’字以阴搭上，‘愁’字以阳搭去，唱来俱妙。独‘光’字唱来似‘狂’字，则以阴搭去之故；若易‘光’为阳字，或易‘莹’为上声字，则又叶矣。”这是说明阴、阳平和后面的上、去声相搭配的道理。

总的说来，平仄四声在词、曲的结构上，都占首要的地位。词的发展，在唐、五代、南北宋长时间内，经过专家们不断创作，因而在调子的组织形式上，尤其是周、姜诸家的创调，有着丰富多彩的特殊音节，是错综复杂、最富于音乐性的诗歌形式。它对平仄四声的运用，是异常复杂多样的。北曲起自市井间，在曲牌的声韵组织上不曾听到有过像周、姜一类专家的创作，所以普遍都是采用一些单调小令连缀以成整套，对单独一个曲牌的音节变化，比较宋词长调要简单得多。但由于它的不断搬上舞台，在唱腔上，经过无数艺人的实践，对阴阳、上去如何搭配的道理，越讲越精，而且大部还保留着工尺字谱，可以有所依据，从而深入探讨声、词配合的关键所在。这两者对创作民族形式的新体歌词，倘能灵活运用某些原则、原理，予以损益变化，都该会有很大帮助的。

第十三章 韵位疏密与表情的关系

梁刘勰谈到声律问题，认为“声有飞、沉”；又说：“沉则响发而断，飞则声扬不还。”（《文心雕龙·声律》第三十三）这里说明汉语的每一个音，都有它的不同性质。如果在组织成为词句时不能作妥善的搭配，就难以显示高低、抑扬的音节，而且吟唱起来会拗折嗓子。所以他又说：“古之教歌，先揆以法，使疾呼中宫，徐呼中徵。”又说：“商徵响高，宫羽声下，抗喉矫舌之差，攒唇激齿之异，廉肉相准，皎然可分。”他接着说明怎样把这些不同性质的字音安排得适当，就该“左碍而寻右，末滞而讨前，则声转于吻，玲玲如振玉；辞靡于耳，累累如贯珠”。（《文心雕龙·声律》第三十三）这对声韵上的安排，讲得十分透辟。它是结合着音乐关系和汉语的特性，来制定法则的。从唐人律、绝诗以至后来的词、曲，都是根据这个法则进一步付之实践，越来越讲究得精密的。

在歌调声韵安排上的基本法则，原不外乎沈约所说：“欲使宫羽相变，低昂互节，若前有浮声，则后须切响。一简之内，音韵尽殊；两句之中，轻重悉异。”（《宋书》卷六十七《谢灵运传》）但再要说得简要明了，就是在每一个句子中间的平仄声字，必须相间使用，使它显出和谐的音节；在整个篇章中的韵位所在，必须遥相呼应，使它的音响和所表达的感情恰恰相称，随着感情的起伏变化而有所调节。刘勰也曾说起：“异音相从谓之和，同声相应谓之韵。”（《文心雕龙·声律》）这“异音相从”就是在每个句子中的字调问题；“同声相应”就是在整个篇章中的韵位问题。关于前者，我们在上一章已经约略分析过了。现在着重唐、宋小令关于韵位问题的探讨，不得不追溯一下我们的祖先是怎样重视诗歌的韵位问题的。

清人孔广森曾把《诗经》三百五篇的韵脚，作了一个综合的研究，写成《诗声类》和《诗声分例》二书。在《诗声分例》中，立了许多名目，叫做“偶韵”“奇韵”“偶句从奇韵”“叠韵”“空韵”“二句独韵”“末二句换韵”“两韵”“三韵”“四韵”“两韵分协”“两韵互协”“两韵隔协”“三韵隔协”“四韵隔协”“首尾韵”“二句不入韵”“三句不入韵”“二句闲韵”“三句闲韵”“四句闲韵”“联韵”“续韵”“助字韵”“句中韵”“句中隔韵”“隔协句中隔韵”等。在他所举的许多例子中，可以看出我们祖先在唱歌时是怎样注意音调的和谐以及情感与语言的结合问题。它的音乐性之强，在韵位的变化上，我们现在还是可以感觉到的。继孔氏书而作的还有丁以此的《毛诗正韵》，分析得更加清楚。我们要研究古代民歌的声韵问题和词、曲的声韵组织问题，那么，孔、丁两氏关于《诗经》韵例的著作是值得仔细探讨的。

韵位的疏密，与所表达的情感的起伏变化、轻重缓急，有着不可分割的关系。大抵隔句押韵，韵位排得均匀的，它所表达的情感都比较舒缓，宜于雍容愉悦场面的描写；句句押韵或不断转韵的，它所表达的情感比较急促，宜于紧张迫切场面的描写。且看《诗经》描写欢乐场面的，如《周南·关雎》：

关关雎鸠，在河之洲。窈窕淑女，君子好逑。
参差荇菜，左右流之。窈窕淑女，寤寐求之。
求之不得，寤寐思服。悠哉悠哉，辗转反侧。
参差荇菜，左右采之。窈窕淑女，琴瑟友之。
参差荇菜，左右芼之。窈窕淑女，钟鼓乐之。

这第一章"鸠""洲""逑"三押平韵，第二章"流""求"两押平韵，声情都是舒缓的；第三章"得""服""侧"三押入声韵，就显得比较急促；第四章"采""友"两押上声韵，第五章"芼""乐"两押去声韵，由急转缓；末章去声韵的响亮，显示愉快达于沸点的感情。这种描写结婚者思想感情的起伏变化，是在韵位上表达得非常适当的。又如《周南·桃夭》：

桃之夭夭，灼灼其华。之子于归，宜其室家。
桃之夭夭，有蕡其实。之子于归，宜其家室。

桃之夭夭，其叶蓁蓁。之子于归，宜其家人。

这第一章“华”与“家”协两平，第二章“实”与“室”协两入，第三章“蓁”与“人”又协两平。每章都是隔句协韵，而三章的韵脚，又是平入递用，更显示它的音节的和谐舒缓，是适宜于抒写少女将结婚时的愉快心情的。

《诗经》中表达紧张急迫情绪的篇章常是句句用韵，越来越急。例如《周南·卷耳》：

采采卷耳，不盈顷筐。嗟我怀人，寘彼周行。

陟彼崔嵬，我马虺隤。我姑酌彼金罍，维以不永怀。

陟彼高冈，我马玄黄。我姑酌彼兕觥，维以不永伤。

陟彼砠矣，我马瘏矣！我仆痡矣！云何吁矣！

这第一章“筐”与“行”协两平，隔句押韵，比较舒缓。第二章“嵬”“隤”“罍”“怀”，第三章“冈”“黄”“觥”“伤”，第四章“砠”“瘏”“痡”“吁”，都是四协平韵，而且句句协韵，就显得情调的急迫紧张，充分表达了怀人者的苦痛心情。

还有，在一章中，为了显示情感的变化，也得用换韵的手法，才能表达得恰如其量，把事物写得有声有色。例如《卫风·硕人》第二章描写庄姜的美貌：

手如柔荑，肤如凝脂，领如蝤蛴，齿如瓠犀，螓首蛾眉。巧笑倩兮，美目盼兮。

第三章描写庄姜的仪从：

硕人敖敖，说于农郊；四牡有骄，朱帻镳镳，翟茀以朝。大夫夙退，无使君劳。

前一章的“荑”“脂”“蛴”“犀”“眉”连协五个平韵，用种种实物比况这位“硕人”的诸般形态；但只有色而无声，有形象而缺乏生命。结尾转用“倩”“盼”两个去声韵，就把美人神态活现在纸上了。后一章的“敖”“郊”“骄”“镳”“朝”也是连协五个平韵，用夸张美貌的手法，再来夸张一下这位“硕人”的十足派头，情调也是紧张的。到最末二句，才把紧张情绪松弛一下，隔句再协一个“劳”字的平韵，带着讽刺的口吻，是异常俏皮的。

这上面随手举了一些《诗经》的韵例，说明韵脚的安排对表达情感的密切关系，给后来词、曲形式的丰富多彩以很大的启示，是毫无可疑的。

《诗经》以下，就要数到《楚辞》。《楚辞》的声韵变化，虽然没有《诗经》那样的复杂，但对韵位与表情的关系，随着情感的变化而变换韵脚的平仄声，也是异常注意的。例如《九歌·少司命》：

秋兰兮麋芜，罗生兮堂下（古音读如虎）。绿叶兮素枝，芳菲菲兮袭予（读上声）。夫人兮自有美子，荪何以兮愁苦？

秋兰兮青青，绿叶兮紫茎。满堂兮美人，忽独与余兮目成。

入不言兮出不辞，乘回风兮载云旗。悲莫悲兮生别离，乐莫乐兮新相知。

荷衣兮蕙带，倏而来兮忽而逝。夕宿兮帝郊，君谁须兮云之际？

与女游兮九河，冲风至兮水扬波。与女沐兮咸池（古音陀），晞女发兮阳之阿。望美人兮未来，临风怳兮浩歌。

孔盖兮翠旍，登九天兮抚彗星。竦长剑兮拥幼艾，荪独宜兮为民正（读平声）。

这第一章“芜”“下”“予”“苦”押四个上声韵，除首、次句连协外，皆隔句一协，显出情调的舒缓；第二章“青”“茎”“成”换协三平，已渐转急；第三章“辞”“旗”“离”“知”连协四平，就更显示紧张迫促；第四章“带”“逝”“际”换协三去，把低抑的情调稍稍激起，给以适当的调剂；第五章“河”“波”“池”“阿”“歌”换协五平，又转舒缓，表示希望的神情；第六章“旍”“星”“正”又协三平，显示最后的乐观情态。这手法，还是与《诗经》中的“国风”一脉相承的。

《诗经》中的十五国风和《楚辞》中的《九歌》（祀神的巫歌），都保持着浓厚的民歌色彩，而且在当时是和音乐紧密结合的。所以在声韵组织上，具有许多变化，表现着劳动人民的智慧积累。汉、魏以来，辞人辈出，于是诗赋成了专业，逐渐脱离民歌与音乐的关系。这虽然具有它的历史条件，而《诗经》《楚辞》的优秀传统，在声韵变化上，是有中断趋向的。

汉代乐府诗，最初是收集了不少民歌的；可惜到了汉、魏之际，虽有曹氏父子（操、丕、植等）的仿作，还不能在《风》《骚》的传统基础上，发展成为一种崭新的诗歌形式。但有些卓越的作品，对声韵和情感的结合变化，还是有相当表现的。例如汉《鼓吹铙歌》中的《上邪》：

> 上邪！我欲与君相知，长命无绝衰。山无陵，江水为竭，冬雷震震夏雨雪，天地合，乃敢与君绝。
>
> 《宋书》卷二十二《乐志》四

这“知”与“衰”连协两平，表示坚决的爱情，已有些紧张的情调；下面紧接“竭”“雪”“合”“绝”四个入声韵，充分显现不可动摇的炽烈情感。这手法是十分卓越的。曹操对乐府诗的创作，是富有最大热情的。他的作品，保存在《宋书·乐志》中的还很不少；

但除了几首纯用四言或五言句式的以外，有的长短句很难读通，大概由于记录者“声、词相杂”的原故吧？且看他所拟《步出夏门行》的第一解的后半段：

东临碣石，以观沧海。水何澹澹，山岛竦峙。树木丛生，百草丰茂。秋风萧瑟，洪波涌起。日月之行，若出其中；星汉灿烂，若出其里。幸甚至哉，歌以言志。

《观沧海》

这里只“峙”“起”“里”“志”协了四个上、去声韵；中间也有一些波澜壮阔的句子，像上面所举的“水何澹澹，山岛竦峙”“秋风萧瑟，洪波涌起”以及第四解中的“老骥伏枥，志在千里；烈士暮年，壮心不已”，都是很有魄力的；只是有配搭得不太适当的地方。我疑心曹操还是习惯于写作四言或五言的整齐形式，有些句子，是由乐工们因曲调上的需要，勉强替他凑上去的。曹氏父子，不能在《诗经》里面吸取声韵组织上的经验，从而创造一种簇新的长短句歌词，是非常可惜的。

过去有些学者谈到词的起源问题，都只在句子的长短不齐上着眼，没有注意到唐、宋小令用的长短句是受着曲调支配的。要把字调的起伏变化和曲调的高下抑扬紧密结合起来，非在声律论发明以后，更从《诗经·国风》中吸取经验，加以错综变化，是不可能凭空创造出长短句的新形式来的。

齐、梁间是声律论运用在诗歌形式上的开始。运用这个新武器来创造新文艺的却只限于接近统治阶级的专业文人。他们不肯在民歌方面吸取经验，又不理解音乐曲调的特殊性质，所以只能形成声调和谐而形式方板的近体诗式，而不能很快地创造出和音乐曲调紧密结合的长短句歌词。在“异音相从”和“同声相应”两条原则上，创造出五、七言律诗来，原来也是一个很大的进步；但在句法和韵位上，都有它的严格限制，对于表达起伏变化的复杂情感，乃至配合曲调的参差抑扬的节奏，它是不能胜任的。梁武帝（萧衍）对这问题，似乎有了一些理解，在他所写的《江南弄》七首中，都是用三个七言句、四个三言句组成的形式，而且是前后换韵的。这确乎有些像是在“倚声填词”。不过它的换韵，除有一首是前平后仄外，都是前后皆平，与唐、宋小令换韵有固定规则，还是距离很大。姑举他的《采莲曲》：

游戏五湖采莲归，发花田叶芳袭衣，为君侬歌世所希。世所希，有如玉。江南弄，采莲曲。

这前面的“归”“衣”“希”连协三平，后面的“玉”“曲”隔协两入；乍看起来，确是和唐人小令的格式有些相像，但把同样的六首拿来比较一下，不特韵部的转换不能一致，连每个句子中的平仄安排，也是不合“异音相从”的法则的。

基于上面的叙述，我们可以得出一个结论：唐、宋小令的长短句形式，是在近体律诗确立之后，从《诗经·国风》以至《楚辞·九歌》和汉乐府得到某些启示，更紧密结合当时流行曲调，经过无数民间作者的不断尝试，从而创立成功的。

唐、宋小令的韵位疏密，与本曲调所显示的感情有不可分割的关系。但它的初步发展，仍然脱不了近体诗的样式，尤其是全用平韵的小令：

1. 隔句协韵，结句连协例：

江南忆，最忆是杭州。山寺月中寻桂子，郡亭枕上看潮头。何日更重游？

白居易《忆江南》

2. 上片连协，下片隔协例：

一曲新词酒一杯，去年天气旧亭台，夕阳西下几时回？　无可奈何花落去，似曾相识燕归来。小园香径独徘徊。

晏殊《浣溪沙》

3. 上片首次连协，三四隔协，下片二三连协，四五隔协例：

彩袖殷勤捧玉钟，当年拼却醉颜红。舞低杨柳楼心月，歌尽桃花扇底风。　从别后，忆相逢，几回魂梦与君同？今宵剩把银釭照，犹恐相逢是梦中。

晏几道《鹧鸪天》

4. 上下片皆首尾隔协，中间连协例：

夜饮东坡醒复醉，归来仿佛三更。家童鼻息已雷鸣。敲门都不应，倚杖听江声。　长恨此身非我有，何时忘却营营？夜阑风静縠纹平。小舟从此逝，江海寄余身。

苏轼《临江仙》

5. 上下片皆前隔协，后连协例：

雨暗初疑夜，风回便报晴。淡云斜照着山明，细草软沙溪路马蹄轻。　卯酒醒还困，仙村梦不成。蓝桥何处觅云英？只有多情流水伴人行。

苏轼《南歌子》

6. 上片首次连协，三四隔协，下片一二三隔二句协，四五隔一句协例：

平山阑槛倚晴空，山色有无中。手种堂前垂柳，别来几度春风？　文章太守，挥毫万字，一饮千钟。行乐直须年少，尊前看取衰翁。

欧阳修《朝中措》

这上面六个平声韵例，都是隔协多于连协，音节是和谐舒缓的。它的声韵组织，全从近体律、绝变化而来；蜕变痕迹，是显而易见的。

至于平韵小令，如果连协多于隔协，那么，它的音节就要来得紧促，适宜表达急迫低抑的情调：

1. 上片句句连协，下片除三字偶句隔协，余皆连协例：

湘天风雨破寒初，深沉庭院虚。丽谯吹罢《小单于》，迢迢清夜徂。　乡梦断，旅魂孤，峥嵘岁又除。衡阳犹有雁传书，郴阳和雁无！

秦观《阮郎归》

2. 上下片皆一二三四连协，五六七隔两句协例：

十年生死两茫茫。不思量，自难忘。千里孤坟，无处话凄凉。纵使相逢应不识，尘满面，鬓如霜。　夜来幽梦忽还乡。小轩窗，正梳妆。相顾无言，惟有泪千行。料得年年肠断处，明月夜，短松冈。

苏轼《江城子》

3. 上下片除首次句隔协，余并连协例：

花前失却游春侣，独自寻芳。满目悲凉，纵有笙歌亦断肠。　林间戏蝶梁间燕，各自双双。忍更思量？绿树青苔半夕阳。

冯延巳《采桑子》

4. 上下片除四五隔协，余皆连协例：

往事只堪哀！对景难排。秋风庭院藓侵阶。一桁珠帘闲不卷，终日谁来？　金剑已沉埋，壮气蒿莱。晚凉天净月华开。想得玉楼瑶殿影，空照秦淮。

李煜《浪淘沙》

5. 上下片全部连协例：

短长亭，古今情。楼外凉蟾一晕生，雨余秋更清。暮云平，暮山横。几叶秋声和雁声，行人不要听。

万俟咏《长相思》

6. 上下片第三句透下全部连协例：

何处望神州？满眼风光北固楼。千古兴亡多少事，悠悠。不尽长江滚滚流。　年少万兜鍪，坐断东南战未休。天下英雄谁敌手？曹刘。生子当如孙仲谋。

辛弃疾《南乡子》

这上面六例，连协的多，都显示紧迫情调；遇隔协或三句一韵处，语气略趋舒缓，在整体中起着调剂作用。

在整阕使用平声韵的小令中，也有夹协仄声短韵，自分宾主的。它的作用，一在使音节变得复杂美听，二在给感情上以调节。略举数例：

1. 上片或下片先协两仄语气透下例：

四月十七，正是去年今日，别君时。忍泪佯低面，含羞半敛眉。　不知魂已断，空有梦相随。除却天边月，没人知。

韦庄《女冠子》

林花谢了春红，太匆匆！无奈朝来寒雨晚来风。胭脂泪，相留醉，几时重？自是人生长恨水长东！

李煜《相见欢》

2. 上下片连协平韵，中夹六仄例：

莫听穿林打叶声，何妨吟啸且徐行。竹杖芒鞋轻胜马，谁怕？一蓑烟雨任平生。　料峭春风吹酒醒，微冷，山头斜照却相迎。回首向来萧瑟处，归去，也无风雨也无晴。

苏轼《定风波》

3. 全阕协平为主，中夹两仄相错例：

挑尽金灯红烬，人灼灼，漏迟迟，未眠时。　斜倚银屏无语，闲愁上翠眉。闷杀梧桐残雨，滴相思。

韦庄《定西蕃》

4. 全阕协平为主，上下片错协五仄各为部伍例：

月落星沉，楼上美人春睡。绿云倾，金枕腻，画屏深。　子规啼破相思梦，曙色东方才动。柳烟轻，花露重，思难任。

韦庄《酒泉子》

5. 全阕协平为主，上下片换韵中夹多种仄韵交错相协例：

宝马晓鞴雕鞍，罗帷乍别情难。那堪春景媚，送君千万里。半妆珠翠落，露华寒。红蜡烛，青丝曲，偏能勾引泪阑干。　良夜促，香尘绿，魂欲迷，檀眉，半敛愁低。未别，心先咽，欲语情难说，出芳草、路东西。摇袖立，春风急，樱花杨柳雨凄凄。

薛昭蕴《离别难》

第一例中，第一首“时”“眉”“随”“知”共协四平，作为主韵，“七”“日”先协两入，透下“时”字语气才住；第二首“红”“匆”“风”“重”“东”共协五平，作为主韵，过片“泪”“醉”叶两去，透下“重”字语气才住，这作用都仅仅是使得音节比较复杂而已。第二例中，“声”“行”“生”“迎”“晴”共协五平，作为主韵，“马”和“怕”夹协两仄，“醒”和“冷”又转两仄，“处”和“去”又转两仄。这里三转仄韵夹协，就兼起着调节情感的作用。第三例中，“迟”“时”“眉”“思”共协四平，作为主韵，“语”和“雨”错协两上。它的作用也只在增加音节上的繁复之美而已。第四例中，“沉”“深”“任”共协三平，作为主韵，“睡”和“腻”夹协两去，“梦”“动”“重”转协三去。这里的主要作用是使音节起变化，也兼调节情感。第五例中，“鞍”“难”“寒”“干”共协四平，“迷”“眉”“低”“西”“凄”换协五平，作为主韵，“媚”和“里”夹协两仄，“落”“烛”“曲”

夹协三入，“促”和“绿”夹协两入，“别”“咽”“说”夹协三入，“立”和“急”夹协两入。这首词复杂到了极点，对划分起伏、调节情感，起着极大的作用；因主韵的韵位相隔太远，这宾韵就更能发挥它的作用以影响于整体的幽咽哀怨、若断若续的愁苦心情。这是唐、五代小令中最富声律变化的创作。

仄韵小令，音节是比较峭劲的。上、去同协，入声独用，是唐、宋词的一定规矩。上、去声韵适宜表达清幽峭拔、沉郁凄壮的思想感情；入声韵适宜表达激烈豪爽、决绝潇洒的思想感情。但韵位的疏密，也起着调节变化的作用。酌为示例如下：

1. 隔句协仄例：

春山烟欲收，天淡稀星小。残月脸边明，别泪临清晓。 语已多，情未了，回首犹重道：记得绿罗裙，处处怜芳草。

牛希济《生查子》

西津海鹘舟，径度沧江雨。双橹本无情，鸦轧如人语。 挥金陌上郎，化石山头妇。何物系君心？三岁扶床女。

贺铸《生查子》

2. 首尾隔协，腰间连协例：

小径红稀，芳郊绿遍，高台树色阴阴见。春风不解禁杨花，蒙蒙乱扑行人面。　翠叶藏莺，朱帘隔燕，炉香静逐游丝转。一场愁梦酒醒时，斜阳却照深深院。

晏殊《踏莎行》

3. 上半连协，下半隔协例：

池塘水绿风微暖，记得玉真初见面。重头歌韵响铮琮，入破舞腰红乱旋。　玉钩阑下香阶畔，醉后不知斜日晚。当时共我赏花人，点检如今无一半。

晏殊《玉楼春》

霜余已失长淮阔，空听潺潺清颍咽。佳人犹唱醉翁词，四十三年如电抹。　草头秋露流珠滑，三五盈盈还二八。与余同是识翁人，惟有西湖波底月。

苏轼《木兰花令》

4. 前连协，尾隔协例：

叶下斜阳照水，卷轻浪、沉沉千里。桥上酸风射眸子。立多时，看黄昏，灯火市。　古屋寒窗底，听几片、井桐飞坠。不恋单衾再三起。有谁知，为萧娘，书一纸？

周邦彦《夜游宫》

薄雾浓云愁永昼，瑞脑消金兽。佳节又重阳，玉枕纱厨，半夜凉初透。　东篱把酒黄昏后，有暗香盈袖。莫道不消魂，帘卷西风，人比黄花瘦。

李清照《醉花阴》

5. 首尾连协，中腰隔协，兼作叠韵例：

昨夜雨疏风骤，浓睡不消残酒。试问卷帘人，却道海棠依旧。知否？知否？应是绿肥红瘦。

李清照《如梦令》

这上面五例，都是音节比较舒缓的，大多前急后缓，尤以第四例的后三句两用平收，隔三句才协一韵，更加显示风姿摇曳，有袅袅不尽之音。至于第一例的《生查子》和第三例的《玉楼春》，则完全是仄韵律诗的式样，不过对偶处有些拗怒，显示情调的郁勃；其用入声韵的《木兰花令》，则更加矫健而已。

仄韵小令，比较音节紧促的，几乎是句句协韵；有的只在开首或腰间偶用一句平收，酌为调剂一下。

1. 开首隔协，随后连协例：

燕雁无心，太湖西畔随云去。数峰清苦，商略黄昏雨。　第四桥边，拟共天随住。今何许？凭阑怀古，残柳参差舞。

姜夔《点绛唇》

又正是春归，细柳暗黄千缕。暮鸦啼处，梦逐金鞍去。一点芳心休诉，琵琶解语。

姜夔《醉吟商小品》

2. 首尾连协，腰偶隔协例：

春日宴，绿酒一杯歌一遍。再拜陈三愿：一愿郎君千岁，二愿妾身长健，三愿如同梁上燕，岁岁长相见。

冯延巳《长命女》

庭院深深深几许？杨柳堆烟，帘幕无重数。玉勒雕鞍游冶处，楼高不见章台路。　雨横风狂三月暮。门掩黄昏，无计留春住！泪眼问花花不语，乱红飞过秋千去。

欧阳修《蝶恋花》

3. 整体连协例：

春艳艳，江上晚山三四点。柳丝如剪花如染。香闺寂寂门半掩。愁眉敛，泪珠滴破胭脂脸。

冯延巳《归自谣》

风乍起，吹皱一池春水。闲引鸳鸯香径里，手挼红杏蕊。　斗鸭阑干独倚，碧玉搔头斜坠。终日望君君不至，举头闻鹊喜。

冯延巳《谒金门》

塞下秋来风景异，衡阳雁去无留意。四面边声连角起。千嶂里，长烟落日孤城闭。　浊酒一杯家万里，燕然未勒归无计。羌管悠悠霜满地。人不寐，将军白发征夫泪。

范仲淹《渔家傲》

这上面三例，说明上、去韵的韵位过密，也能够显示一种紧促的情调，适宜表达曲折变化、缠绵悱恻的凄惘心情；尤其是第三例，句句连协，旋折而下，一句一转，显示一种沉郁气氛。其中如《谒金门》《渔家傲》以及第二例中的《蝶恋花》（一名《鹊踏枝》）也都有协入声韵的，那就不免化沉郁为激厉，情调又大不相同了。

接着，再谈一下唐、宋小令遇到需要表达激越矫健、高峭坚决的思想感情时，那短音促节的入声韵，是最适当不过的。略举数例如下：

1. 开端连协，中夹叠韵例：

箫声咽，秦娥梦断秦楼月。秦楼月，年年柳色，霸陵伤别。　乐游原上清秋节，咸阳古道音尘绝。音尘绝，西风残照，汉家陵阙。

李白《忆秦娥》

2. 整体仄收，隔协入韵例：

无穷官柳，无情画舸，无根行客。南山尚相送，只高城人隔。　罨画园林溪绀碧，算重来、尽成陈迹。刘郎鬓如此，况桃花颜色！

晁补之《忆少年》

3. 过片一句平收，余并仄收，隔协入韵例：

开时似雪，谢时似雪，花中奇绝。香非在蕊，香非在萼，骨中香彻。　占溪风，留溪月，堪羞损、山桃如血。直饶更疏疏淡淡，终有一般情别。

晁补之《盐角儿》

4. 前两句一句平收，一句仄收，隔协入韵例：

摇首出红尘，醒醉更无时节。活计绿蓑青笠，惯披霜冲雪。　晚来风定钓丝闲，上下是新月。千里水天一色，看孤鸿明灭。

朱敦儒《好事近》

5. 整体连协，结尾平收隔协例：

东风急，惜别花时手频执，罗帏愁独入。马嘶残雨春芜湿。倚门立，寄语薄情郎，粉香和泪泣。

牛峤《望江怨》

6. 通体连协入韵例：

何处笛？终夜梦魂情脉脉。竹风榈雨寒窗滴。离人数岁无消息。今头白，不眠特地重相忆。

冯延巳《归自谣》

杨柳陌，宝马嘶空无迹。新著荷衣人未识，年年江海客。　梦觉巫山春色，醉眼飞花狼藉。起舞不辞无气力，爱君吹玉笛。

冯延巳《谒金门》

上面第一例，上片“咽”“月”“别”协三入，“月”又重叠一次；下片“节”“绝”“阙”协三入，“绝”又重叠一次。上下片的第四句原非韵位，但全用仄声（“色”入，“照”去），自然劲挺。从整个的音节探讨起来，是适宜表达激壮感情的。第二例，上片“客”和“隔”协，下片“碧”和“迹”“色”协；虽然韵位相隔相当远，但其他句脚字如“柳”“舸”“送”“此”都是仄声，与短促的入声韵连缀起来，也不能显示和谐而适成拗怒，所以它会成为激厉紧促的凄调。第三例，上片“雪”“绝”“彻”协三入，“雪”又重用一次；下片“月”“血”“别”也协三入；整体的句脚字，只“风”字是平，“蕊”“萼”“淡”皆仄。这作用与第二例全同，只过片的三言偶句，略感和谐而已。第四例，上片“节”“笠”“雪”和下片“月”“色”“灭”皆连协三入，显示情调的高峭；“笠”“色”并非固定韵位，但这里全用入收，显示音节的拗怒；上下片首句“尘”“闲”两字的平收，略有调剂。第五例，“急”“执”“入”“湿”“立”“泣”六协入声韵，显示心情的紧促；只在曲终前安上一句平收的“郎”字，略为舒了一口气。整个的情调，是情急调苦的。第六例全部连协入声韵，没有一个异音的句脚字调剂其间，就更显得情调的紧张急迫了。

入声韵的特殊作用，在唐、宋词中，不论小令或长调，都是表现得非常突出的。到了《中原音韵》全用北音，把入声分派入平、上、去，它的特性也就随着消灭。这是语言变化的自然法则，不能把词、曲混为一谈的。

第十四章 韵位的平仄转换与表情的关系

每一个人的思想感情是瞬息变化的。跟随着感情的起伏变化，把它在文学语言上恰如其量地显示出来，那就有待于韵位的平仄转换。这手法，在劳动人民不断创作的实践中，早经积累了不少的经验，在前章溯源到《诗经》和《楚辞》时，已经约略谈过了。这个在艺术表现手法上的优秀传统，发展到了唐、宋间的长短句歌词，由于曲调的丰富多彩和声律论的普遍应用，得到多方面的启示，把音乐曲调和汉民族语言的特性，很巧妙地结合起来了。于是在歌词的韵位变化上，呈现出百花齐放的奇观，对表现各种起伏变化的思想感情，也就具备种种不同形式，一任作者选择。这转韵的表现手法，是唐中叶以迄五代时的民间艺人不断创造出来的，从而影响到专业文人，加以提炼确定，作为倚声家的共同法则。这转韵法则，有简单的和复杂的两种，兹为分别举例如下：

1. 上片仄韵，下片换平韵例：

莺啼残月，绣阁香灯灭。门外马嘶郎欲别，正是落花时节。　妆成不画蛾眉，含愁独倚金扉。去路香尘莫扫，扫即郎去归迟。

韦庄《清平乐》

2. 单调小令平换仄例：

画舸停桡，槿花篱外竹横桥。水上游人沙上女，回顾，笑指芭蕉林里住。

欧阳炯《南乡子》

3. 上下片平仄四换（甲）例：

平林漠漠烟如织，寒山一带伤心碧。暝色入高楼，有人楼上愁。　玉阶空伫立，宿鸟归飞急。何处是归程？长亭更短亭。

李白《菩萨蛮》

4. 上下片平仄四换（乙）例：

岸柳垂金线，雨晴莺百啭。家住绿杨边，往来多少年。　马嘶芳草远，高楼帘半卷。敛袖翠蛾攒，相逢尔许难！

顾夐《醉公子》

5. 上下片平仄四换（丙）例：

春花秋月何时了？往事知多少！小楼昨夜又东风，故国不堪回首月明中。　雕阑玉砌应犹在，只是朱颜改。问君能有几多愁？恰似一江春水向东流。

李煜《虞美人》

6. 上下片平仄四换（丁）例：

记得那年花下，深夜，初识谢娘时。水堂西面画帘垂，携手暗相期。　惆怅晓莺残月，相别，从此隔音尘。如今俱是异乡人，相见更无因。

韦庄《荷叶杯》

第一例，上片“月”“灭”“别”“节”连协四入（亦可协上、去），显示紧促；下片“眉”“扉”“迟”换协三平，转成舒缓。上急迫而下缠绵，宜于表达两种不同情感的变化。第二例，“桡”和“桥”协两平，显示意态雍容；“女”“顾”“住”换协三仄，显示感情激动。第三例，上片“织”“碧”协两入，“楼”“愁”换两平；下片

"立""急"转协两入(入可用上、去,视情感的缓急变化酌定),"程""亭"又换两平。这样匀称的平仄互换,先仄后平,一急一缓,恰与作者感情起伏相应,于紧促中见缠绵,是一个非常美听的调子。第四例,上片"线""啭"协两去,"边""年"换两平;下片"远""卷"转两上,"攒""难"又协两平。情调和第三例相仿,但四仄递用去、上,恰恰和少妇怀人的情感相当。这曲折委婉的内心变化,在这些韵位中是表达得异常深刻的。第五例,上片"了""少"协两上,"风""中"换两平;下片"在""改"转两上,"愁""流"又换两平。前短叹而后迂吁,于迫促中见缠绵悱恻的无穷情致,是这个曲调的特色。第六例,上片"下""夜"协两去,"时""垂""期"换三平;下片"月""别"转两入,"尘""人""因"又换三平。它的仄韵是向下透的,而且平仄韵的分量不相当,所以这四个仄韵,只起着加强音节化的作用,与前面提到的《女冠子》相同,仄韵只能居于宾位而已。

这上面所举,是比较简单的转韵例子。下面再谈比较复杂的:

1. 去平入三转兼两叠一倒例:

河汉,河汉,晓挂秋城漫漫。愁人起望相思,江南塞北别离。离别,离别,河汉虽同路绝。

韦应物《调笑令》

2. 平仄四转，下片增一韵位例：

玉炉香，红蜡泪，偏照画堂秋思。眉翠薄，鬓云残，夜长衾枕寒。　梧桐树，三更雨，不道离情正苦。一叶叶，一声声，空阶滴到明。

温庭筠《更漏子》

3. 上入去入四转兼两个三叠例：

红酥手，黄縢酒，满城春色宫墙柳。东风恶，欢情薄。一怀愁绪，几年离索。错！错！错！　春如旧，人空瘦，泪痕红浥鲛绡透。桃花落，闲池阁。山盟虽在，锦书难托。莫！莫！莫！

陆游《钗头凤》

4. 平仄四转兼夹协例：

去去，何处？迢迢巴楚，山水相连。朝云暮雨，依旧十二峰前，猿声到客船。　愁肠岂异丁香结？因离别，故国音书绝。想佳人花下，对明月春风，恨应同。

李珣《河传》

5. 平仄四转，不兼夹协例：

湖上，闲望。雨萧萧，烟浦花桥，路遥。谢娘翠蛾愁不消，终朝，梦魂迷晚潮。　荡子天涯归棹远。春已晚，莺语空肠断。若耶溪，溪水西，柳堤，不闻郎马嘶。

温庭筠《河传》

6. 去入平三转兼夹协和抛线例：

空碛无边，万里阳关道路。马萧萧，人去去，陇云愁。　香貂旧制戎衣窄，胡霜千里白。绮罗心，魂梦隔，上高楼。

孙光宪《酒泉子》

花映柳条，吹向绿萍池上。凭阑干，窥细浪，雨萧萧。　近来音信两疏索，洞房空寂寞。掩银屏，垂翠箔，度春宵。

温庭筠《酒泉子》

7. 平仄转夹协兼抛线例：

汉使昔年离别，攀弱柳，折寒梅，上商台。　千里玉关春雪，雁来人不来。羌笛一声愁绝，月徘徊。

温庭筠《定西蕃》

8. 平仄递转，仄多于平例：

万枝香雪开已遍，细雨双燕。钿蝉筝，金雀扇，画梁相见。雁门消息不归来，又飞回。

温庭筠《蕃女怨》

上面第一例，“汉”“漫”协两去，“汉”又重叠一次；“思”“离”换两平；“别离”倒作“离别”转下，“别”“绝”协两入，“别”又重叠一次。这样平、仄递转，宛转相生，用来表达曲折变化的感情，是非常适合的，所以又叫《转应曲》。第二例，上片“泪”“思”协两去，“残”“寒”换两平；下片“树”“雨”“苦”转三仄，“声”“明”又换两平。这样均匀的换韵，恰好表现情调的一起一落；下片多协一仄，是表示感情变化时的激动状态。第三例，上片“手”“酒”“柳”协三上，“恶”“薄”“索”“错”换四入，“错”又重叠两次，表示无穷的感叹；下片“旧”“瘦”“透”转三去，“落”“阁”“托”“莫”换四入，“莫”又重叠两次，再一次表示无穷的感叹。这个调子，每句都用仄收，所转的又都是仄韵，与主要的短促的入声韵结合起来，显示作者心情的悲怨之极，凄咽几乎不能出声。这也是唐、宋小令中生面别开的创作，使人读了为下同情之泪。第四例，上片“去”“处”连协两仄，“雨”隔协一仄，“连”“前”“船”换协三平；下片“结”“别”“绝”转协三入，“风”“同”换协两平。这样错综复杂的变化韵位，也是为了增加声容之美而已。第五例，上片“上”“望”协两去，“萧”“桥”“遥”“消”“朝”“潮”换协六平，且多短句，表示感情的紧促和低抑；下片“远”“晚”“断”转协三仄，“溪”“西”“堤”“嘶”又换四平，作用和上片相仿。这是适宜于表达缠绵低抑的离愁别恨的。第六例，上片“路”“去”协两去，“愁”字孤零零的，却和抛线一般，与下片的“楼”字结合，遥协两平；下片“窄”“白”“隔”换协三入，“隔”字隔着一个平收的句子，也有些像抛线的状态。这种格式，大概也只是为了音节上的错综变化，宋人是很少使用的。温庭筠的那一首，上片“上”“浪”协两去，“萧”和下片的“宵”遥协两平；下片“索”“寞”“箔”换协三入。两作的韵位变换都是比较奇特的。第七例，上片发端的“别”也是孤零零的，像抛线般抛向下片的“雪”“绝”，遥相结合；上片的“梅”“台”和下片的“来”“徊”共协四平。这也是显示错综变化的特殊情调。据《旧唐书·文苑传》说温庭筠“能逐弦吹之音，为侧艳之词”。他既是一个精通乐律者，那么，像上面所举《酒泉子》《定西蕃》这一类的特殊形式，该是与这些曲调的音节有密切关系的。第八例是单调小令，“遍”“燕”“扇”“见”共协四去，“来”“回”转协两平。这种不均匀的转韵，也是与表情的变化有不可分割的关系的。且看它的前面虽然不免睹物伤情，但对着这阳春美景，还在定神赏玩；后来想到边信杳然，突转低抑情调。这都是可以从音节上体会出来的。

看了上面许多例子，可知韵位的变化和四声韵部的不同性质，在表达不同情感的关系上，占多么重要的地位。这里不过略略引出一些端绪来加以分析，以见唐、宋小令在艺术性上的丰富多彩而已。

还有一个调子中，平、仄韵同部互协的。但平或仄都有固定的韵位，与南、北曲的四声通协有所不同。例如《西江月》：

> 明月别枝惊鹊，清风半夜鸣蝉。稻花香里说丰年，听取蛙声一片。　七八个星天外，两三点雨山前。旧时茅店社林边，路转溪桥忽见。
>
> 辛弃疾《夜行黄沙道中》

这“蝉”“年”“前”“边”都在平声“先”韵内，“片”“见”在词韵中也属同部，所以平仄韵互协，反而可以增加它的声情之美。但这两个仄韵，必须安排在两个结句上，才显得和谐有力。

还有某些小令，原用入声韵的，往往可以改作平韵。大概因为入声延长，就可以转成平声，所以倚声家过去有所谓以入作平的说法。例如《忆秦娥》，一般都是用入声韵，但宋人改用平韵的，也大有人在。且举贺铸一首：

晓朦胧，前溪百鸟啼匆匆。啼匆匆，凌波人去，拜月楼空。　去年今日东门东，鲜妆辉映桃花红。桃花红，吹开吹落，一任东风。

我们只要把李白用入声韵的拿来比较一下，把在韵位上的入声字都改作平声，再把上、下片最末一句的仄平平仄改作仄仄平平，就成功了，情调却完全变了质。可见四声韵部，对表情的关系，确是相当重大的。

还有文人故弄花样的特殊形式，叫做什么“福唐独木桥体”，是隔句用个同样字作韵脚。例如黄庭坚用《阮郎归》调写的《茶词》：

烹茶留客驻雕鞍，月斜窗外山。别郎容易见郎难，有人思远山。　归去后，忆前欢，画屏金博山。一杯春露莫留残，与郎扶玉山。

这只是一种文字游戏，在艺术上，是没有多大价值的。

第十五章 宋词长调的结构和声韵安排

历来谈唐、宋长短句歌词的人，都把这种新兴文学形式，分成令、引、近、慢四种。它的差别，原来是音乐上的关系，而不是单独指篇幅的短长。在《宋史·乐志》中，只有急曲和慢曲之分，但也不曾说过慢曲就是长调。分小令、中调、长调三种名称，据万树《词律》说是从《草堂诗馀》开始的（《草堂诗馀》传为宋人所选，但版本流传，递有增改。今所见洪武刊本，并无小令、中调、长调的说法，不知万树《词律》所云，是何种版本）。清初人毛先舒作《填词名解》，就依照这个分类法，并且说："凡填词，五十八字以内为小令，自五十九字始至九十字止为中调，九十一字以外者俱长调也。此古人定例也。"（《填词名解》卷一《红窗迥》条）这个说法，如万树所指出，是不足为据的。在张炎《词源》卷下《音谱》篇中，把慢曲、引、近，都称作"小唱"，是对大曲和法曲而言。提到"小唱"的唱法，他说："须得声字清圆，以哑筚篥合之，其音甚正，箫则弗及也。慢曲不过百余字，中间抑扬高下，丁抗掣拽，有大顿、小顿、大住、小住、打、掯等字，真所谓'上如抗，下如坠，曲如折，止如槁木，倨中矩，句中钩，累累乎端如贯珠'之语，斯为难矣。”这里说明慢曲、引、近的音乐关系，在宋代都是一些清唱曲子。这些清唱曲，有的出于民间创作；有的出于教坊翻造；也有的是从大曲或法曲中裁截一段下来单独使用。据王灼说：“凡大曲，就本宫调制引、序、慢、近、令，盖度曲者常态。”（《碧鸡漫志》卷三《甘州》条）这样看起来，引、序、慢、近、令原来都是可以从大曲里面截出一段来的。王灼又说：“《甘州》，世不见，今仙吕调有曲破，有八声慢，有令，而中吕调有《象甘州八声》；他宫调不见也。”查柳永《乐章集》，《八声甘州》恰是仙吕调，那当然就是王灼所说的“八声慢”。这慢曲只九十七字。再看姜夔的《霓裳中序第一》，却有一百零一字；又《念奴娇》别名《百字令》。这一切都说明，引、序、慢、近、令等名称，只是音乐性质的不同，不是篇幅长短的关系；不过，一般小令都是比较短些。今所传唐、宋人词，在所用曲调上标明了令、慢、序、引、近等字样，自然容易辨别；但大多数都没有这类标记，究竟哪些是急曲，哪些是慢调，自从曲谱散亡以后，是很难一一查考出来的。我疑心就是标明了“慢”字的长调，在一曲之中，也有它的抑扬高下、轻重缓急的不同音节。譬如周邦彦的《兰陵王》，据陈元龙注的《片玉集》，标了“越调”二字，当然就是王灼所说“三段、二十四拍”的《越调兰陵王》（《碧鸡漫志》卷四）；而它的末段如毛幵在《樵隐笔录》中所说是“声尤激越”的。毛幵标明它是《兰陵王慢》；但据王灼说，宋代“又有《大石调兰陵王慢》，殊非旧曲”，而毛幵认为可能是北齐遗声的《越调兰陵王》却不曾加上“慢”字。如果不是慢曲中也有急调，就是周邦彦所用的《越调兰陵王》原是急曲，毛幵把它错认为大石调的《兰陵王慢》，是不合本曲的声情的。

我们现在要研究宋词长调的结构和它的组织法式，也就只能在整阕的声韵安排和章法句法方面加以分析，求得哪些调子适宜于表达哪一类的思想感情。归根究底，仍不外乎应用“奇偶相生”“轻重相权”的两条基本法则，予以灵活运用而已。

这里所说的长调，姑指从九十字以上的《八声甘州》到二百四十字的《莺啼序》：有的是唐人遗制，如《双调雨霖铃慢》（《乐章集》作《雨霖铃》，注“双调”，未标“慢”字），王灼以为“颇极哀怨，真本曲遗声”（《碧鸡漫志》卷五）者是；有的是宋教坊所作新腔，如柳永《乐章集》中所用的许多长调都是；有的是音乐家兼文学家所创作，如周邦彦《清真集》中某些长调和姜夔《白石道人歌曲》十七支自度曲中若干长调是；当然也有很多是民间艺人的创作，所谓“开元以来，歌者杂用胡夷里巷之曲”（引《旧唐书·音乐志》）者是。

长调不论是急曲或慢曲，它的作法都和小令有所不同。它的声韵安排和篇章结构，都是比较复杂而严密得多的。每一个曲调的高低抑扬的音节，必须和作者所欲表达的起伏变化的思想感情相应，而在声韵组织上要取得和谐与拗怒的矛盾的统一，我们在前面已经提到过了。关于“轻重相权”的音节问题，前面两章中也都有过一些分析，现在先来谈谈“奇偶相生”在长调结构上的主要作用。长调是篇幅较大的东西，所以在布局方面，必得先有一个打算；运用辞赋家铺张排比的手法，是颇适宜于写作长调歌词的。张炎在论《制曲》篇中，提到作慢词的方法，说道：“作慢词，看是甚题目，先择曲名，然后命意；命意既了，思量头如何起、尾如何结，方始选韵，而后述曲；最是过片不要断了曲意，须要承上接下。”（《词源》卷下）所以要“先择曲名”，是考虑这个词牌所表达的声情与自己所要表达的思想感情能否相应，这就是填词家所谓选调问题。韵部关系整个声情的变化，有的适宜表达豪壮激烈情感，有的适宜表达哀怨缠绵情感，非得注意选用，才能恰如其分地把各种不同情感充分表达出来，这就是填词家所谓选韵问题。因为长调的园地比较宽广，只有预先作好布置，把宾主陪衬给以适当安排，才能运用巧妙的艺术手法，引人入胜，这就是填词家所谓布局问题。要作成一首动人的好词，这三个问题，都非全面考虑不可。至于“命意”，是千变万化的，要作具体的分析，不是本编范围内的事，也不是几句话可以说了。这里只能就选调、选韵、布局三个问题，在宋词代表作中，举些例证给以具体分析，作为进一步研究宋词长调的声律问题的开端。

这里先谈布局问题，也就是应用“奇偶相生”的基本法则来分析一下某些词牌的结构问题。有的调子，是偶多于奇的，适宜于描写雍容宽绰的气度或缠绵舒缓的感情。有的调子，是奇多于偶的，适宜于表达曲折变化的感情或凄壮萧飒的场面。下面就平韵的长调，先来谈谈这个“奇偶相生”的问题，附带说明选韵和表情的重要关系。

例一(甲)

苏轼《沁园春·赴密州,早行,马上寄子由》:

孤馆灯青,野店鸡号,旅枕梦残。渐月华收练,晨霜耿耿;云山摛锦,朝露溥溥。世路无穷,劳生有限,似此区区长鲜欢。微吟罢,凭征鞍无语,往事千端。　当时共客长安,似二陆初来俱少年。有笔头千字,胸中万卷;致君尧舜,此事何难。用舍由时,行藏在我,袖手何妨闲处看。身长健,但优游卒岁,且斗尊前。

例一(乙)

辛弃疾《沁园春·再到期思卜筑》:

一水西来,千丈晴虹,十里翠屏。喜草堂经岁,重来杜老;斜川好景,不负渊明。老鹤高飞,一枝投宿,长笑蜗牛戴屋行。平章了,待十分佳处,着个茅亭。　青山意气峥嵘,似为我归来妩媚生。解频教花鸟,前歌后舞;更催云水,暮送朝迎。酒圣诗豪,可能无势?我乃而今驾驭卿。清溪上,被山灵却笑,白发归耕。

例一(丙)

刘克庄《沁园春·梦孚若》：

何处相逢？登宝钗楼，访铜雀台。唤厨人斫就，东溟鲸脍；圉人呈罢，西极龙媒。天下英雄，使君与操，余子谁堪共酒杯？车千辆，载燕南赵北，剑客奇才。

饮酣画鼓如雷，谁信被晨鸡轻唤回。叹年光过尽，功名未立；书生老去，机会方来。使李将军，遇高皇帝，万户侯何足道哉！披衣起，但凄凉感旧，慷慨生哀。

这个调子，第一、二、三句成一片断，或两个对句，一个单句，或全用单句。每句都是平声落脚，情调是比较低抑的。接着用一个仄声字（最好是去声字）领下四个四言偶句，显示格局的开张，音响也渐由低转高；第四、五句的全用仄收，稍见拗怒，也就把前三句的低抑情调突然激了起来。四句成一片断。接着又是两个四言偶句，缀上一个七言单句成一片断，又把上面过于整齐的形式，疏宕一下，显示感情的由缓转急，引起下面的三言句，作为转关；再用一个仄声字领起下面两个四言偶句，作为上半阕的结束。过片处连用两个韵脚，从上半阕的结尾转出另外一层意境来，情调更趋紧促。以下各个片断的句法和韵脚，都与上半阕第四句以下相同。这许多偶句，都是适宜铺张排比，显示壮阔局面的关键所在。有的利用一个领字把整齐的队伍统帅起来；有的利用一个单句把偶句疏动一下，使它变得非常灵活。这就便于驱使心胸中的豪迈气概，又宽展，又有劲。所以一般豪放派作家，都爱选用这个调子来抒写他的壮阔襟抱。

例二

张耒《风流子》：

> 木叶亭皋下，重阳近，又是捣衣秋。奈愁入庾肠，老侵潘鬓，漫簪黄菊，花也应羞。楚天晚，白蘋烟尽处，红蓼水边头。芳草有情，夕阳无语；雁横南浦，人倚西楼。
>
> 玉容知安否？香笺共锦字，两处悠悠。空恨碧云离合，青鸟沉浮。向风前懊恼，芳心一点，寸眉两叶，禁甚闲愁？情到不堪言处，分付东流。

这个调子的偶句之多，仿佛与《沁园春》不相上下；但它却不适宜于表达豪情壮采。我们试加比较一下，这上半阕共有八个四言偶句，两个五言偶句，虽然前面的四言偶句，有个去声领字，而所有偶句的落脚字都是一平一仄，交错使用的。这在形式上过于齐整，在音节上也太和谐，格局宽展有余而转换乏劲，这就造成了它的呆板性和软弱性，只适宜于抒写柔情。

这上面都是偶多于奇的例子。

例三（甲）

柳永《八声甘州》：

对潇潇暮雨洒江天，一番洗清秋。渐霜风凄紧，关河冷落，残照当楼。是处红衰翠减，苒苒物华休。惟有长江水，无语东流。　不忍登高临远，望故乡渺邈，归思难收。叹年来踪迹，何事苦淹留？想佳人、妆楼颙望，误几回、天际识归舟。争知我、倚阑干处，正恁凝愁。

例三（乙）

苏轼《八声甘州·寄参寥子》：

有情风万里卷潮来，无情送潮归。问钱塘江上，西兴浦口，几度斜晖？不用商量今古，俯仰昔人非。谁似东坡老，白首忘机？　记取西湖西畔，正春山好处，空翠烟霏。算诗人相得，如我与君稀。约他年、东还海道，愿谢公、雅志莫相违。西州路、不应回首，为我沾衣。

例三（丙）

辛弃疾《八声甘州·夜读〈李广传〉，不能寐，因念晁楚老、杨民瞻约同居山间，戏用李广事赋以寄之》：

故将军饮罢夜归来，长亭解雕鞍。恨灞陵醉尉，匆匆未识，桃李无言。射虎山横一骑，裂石响惊弦。落魄封侯事，岁晚田园。　谁向桑麻杜曲？要短衣匹马，移住南山。看风流慷慨，谈笑过残年。汉开边、功名万里，甚当时、健者也曾闲？纱窗外、斜风细雨，一阵轻寒。

例三（丁）

吴文英《八声甘州·灵岩陪庾幕诸公游》：

渺空烟四远，是何年青天坠长星？幻苍崖云树，名娃金屋，残霸宫城。箭径酸风射眼，腻水染花腥。时靸双鸳响，廊叶秋声。　宫里吴王沉醉，倩五湖倦客，独钓醒醒。问苍天无语，华发奈山青。水涵空、阑干高处，送乱鸦、斜日落渔汀。连呼酒、上琴台去，秋与云平。

《甘州》原来是唐人所谓边塞曲之一，声情是激壮的。这个“八声慢”从歌词的组织形式看起来，该是曼声促节兼而有之的。上面所举的四个例子，开端两句有些出入，当然该以柳词为标准。但这个曲调的激壮声情，也适合苏、辛派的口味。这第一、二句都用平声落脚，却不是连押两韵，情调也就有些低抑，与《沁园春》的发端相仿；但第一字就用一个去声的“对”字领起下文，便觉逆入有势，能够把下面的低抑情调振起。接着又用一个去声的“渐”字领起下面两个四言偶句、一个四言单句；而这三句的落脚字，前二仄而后一平，也能显示音节的矫健。第六、七句上六、下五，落脚字一仄一平；第八、九句上五、下四，落脚字也是一仄一平，这在音节上是异常和谐的；而在句法上则参差错落，移步换形，极尽变化。下半阕过片处连用两个仄声字落脚，第二句却用一个去声的“望”字，挺接上句，领起下面两个四言句，刚作一小顿，立即再用一个去声的“叹”字作为转关，领下一个四言、一个五言句子。第六句改用上三下四的七言句式，再着一个去声的“误”字作为第六、七两句的关纽；这样筋摇骨转，百折千回，逼出精彩的收尾。第八句也是用的上三下四的句式，而下四字又是上一下三，掩抑有致；结以四字平收，一正一奇，使人抚玩不尽。这样变化多端的格局，适宜表达曲折变化、激壮苍凉的情绪，是苏、辛、吴三家所共同理解的。但是这个发端逆入的妙用，三家都不曾顾到；“倚阑干处”的上一下三，也只有吴文英的“上琴台去”与柳词相合。这证明苏、辛派词家对音律是不够严密的。

例四

柳永《玉蝴蝶》：

望处雨收云断，凭阑悄悄，目送秋光。晚景萧疏，堪动宋玉悲凉。水风轻、蘋花渐老，月露冷、梧叶飘黄。遣情伤，故人何在？烟水茫茫。　难忘，文期酒会，几孤风月，屡变星霜。海阔山遥，未知何处是潇湘？念双燕、难凭远信，指暮天、空识归航。黯相望，断鸿声里，立尽斜阳。

这个曲调的组成，也是应用“奇偶相生”“轻重相权”的基本法则，略加变化而来的。它的上、下片都有上三、下四的两个七言偶句；下片又多两个四言偶句，构成它那“奇偶相生”的格局。整阕的句脚字，也多是平仄相间，构成和谐的音节；只上片的第四、五句，下片的第五、六句，连用平收，构成低抑的情调。这种曼声低唱，是只适宜于表达伤离念远的柔情的。

上面第三例是奇多于偶，第四例是奇偶约略相当的。由于格局的不同，因而所显示的声情也随着变化。第一章所举的《满庭芳》《望海潮》《木兰花慢》《忆旧游》《高阳台》等调，也都可以拿来参互比较，找出它的不同格局来。

接着再来看看奇数句式过多，对长调的构成和它所表达的思想感情有何等重要的关系。例如《六州歌头》原来是个十分激壮的调子，据《演繁露》说：“《六州歌头》，本鼓吹曲也。近世好事者，倚其声为吊古词，音调悲壮，又以古兴亡事实文之。闻其歌，使人慷慨。”我们试就宋人遗作，加以比较，感到这个曲调所以组成悲壮音节，而能使听者激发“慷慨”的心情，主要是由于它运用了许多三言短句，构成激越紧张的繁音促节，使情调自然趋于激壮。我认为这该是属于急曲一类的长调，不能把它当作慢词。虽然这个调子构成了这种格局，但由于选韵的不同，也可以使它所显示的声情发生根本的变化。举例如次：

1. 贺铸作《少年侠气》：

少年侠气，交结五都雄。肝胆洞，毛发耸。立谈中，死生同，一诺千金重。推翘勇，矜豪纵，轻盖拥，联飞鞚，斗城东。轰饮酒垆，春色浮寒瓮，吸海垂虹。闲呼鹰嗾犬，白羽摘雕弓，狡穴俄空，乐匆匆。　似黄粱梦，辞丹凤；明月共，漾孤篷。官冗从，怀倥偬，落尘笼，簿书丛。鹖弁如云众，供粗用，忽奇功。笳鼓动，渔阳弄，思悲翁，不请长缨，系取天骄种，剑吼西风。恨登山临水，手寄七弦桐，目送归鸿。

2. 张孝祥作《建康留守席上赋》：

长淮望断，关塞莽然平。征尘暗，霜风劲，悄边声，黯消凝。追想当年事，殆天数，非人力，洙泗上，弦歌地，亦膻腥。隔水毡乡，落日牛羊下，区脱纵横。看名王宵猎，骑火一川明，笳鼓悲鸣，遣人惊。　念腰间箭，匣中剑，空埃蠹，竟何成！时易失，心徒壮，岁将零。渺神京，干羽方怀远，静烽燧，且休兵。冠盖使，纷驰骛，若为情？闻道中原遗老，常南望、翠葆霓旌。使行人到此，忠愤气填膺，有泪如倾。

3. 刘过作《题岳鄂王庙》：

中兴诸将，谁是万人英？身草莽，人虽死，气填膺，尚如生。年少起河朔，弓两石，剑三尺，定襄汉，开虢洛，洗洞庭。北望帝京，狡兔依然在，良犬先烹。过旧时营垒，荆鄂有遗民，忆故将军，泪如倾。　说当年事，知恨苦，不奉诏，伪耶真？臣有罪，陛下圣，可鉴临，一片心。万古分茅土，终不到，旧奸臣。人世夜，白日照，忽开明。衮佩冕圭百拜，九原下，荣感君恩。看年年三月，满地野花春，卤簿迎神。

4. 辛弃疾作《属得疾暴甚，医者莫晓其状，小愈困卧无聊，戏作以自释》：

晨来问疾，有鹤止庭隅。吾语汝：只三事，太愁予。病难扶，手种青松树，碍梅坞，妨花径，才数尺，如人立，却须锄。（其一）秋水堂前，曲沼明于镜，可烛眉须。被山头急雨，耕垄灌泥涂。谁使吾庐，映污渠？（其二）

叹青山好，檐外竹，遮欲尽，有还无。删竹去，吾乍可，食无鱼。爱扶疏，又欲为山计。千百虑，累吾躯。（其三）凡病此，吾过矣，子奚如？口不能言臆对：虽卢扁、药石难除。有要言妙道（事见《七发》），往问北山愚，庶有瘳乎？

5. 韩元吉作《桃花》：

东风着意，先上小桃枝。红粉腻，娇如醉，倚朱扉。记年时，隐映新妆面，临水岸，春将半，云日暖，斜桥转，夹城西。草软莎平，跋马垂杨渡，玉勒争嘶。认蛾眉凝笑，脸薄拂胭脂。绣户曾窥，恨依依。 共携手处，香如雾，红随步，怨春迟。消瘦损，凭谁问？只花知，泪空垂。旧日堂前燕，和烟雨，又双飞。人自老，春长好，梦佳期。前度刘郎，几许风流地，花也应悲。但茫茫暮霭，目断武陵溪，往事难追。

这上面五首《六州歌头》，都是用的同一曲调，而且作者的性格也有几分相同；但这些作品的情调颇不一致，前三首比较豪壮，后二首转成衰飒。这关系就全在选韵方面。这个调子全以三、四、五言的句式，参差错落地构成，使用三言竟至二十多句，过片处的四言，除掉头一个仄声字领起下文，实际也是三言句式。运用这样多的短句，一气旋折而下，几乎使人没有停顿的可能；直到换了四言或五言的地方，才得舒一口气。像这样紧张的格局，原是适宜表达豪壮激烈的思想感情的。贺铸选用了洪亮的“东钟”部韵，而且兼叶平、上、去三声，几乎每句叶韵，参差互叶，这样恰恰烘托出他那激昂奋厉的悲壮怀抱，对这个曲调的声情是最吻合的。张孝祥选用了清劲的“庚青”部韵来表达他那爱国伤时的愤慨心情，也能使读者产生共鸣；但没有兼叶仄韵，在繁音促节上，视贺作是稍有逊色的。刘过所要表达的内容，也是悲壮激烈的，但他用韵太杂。他兼用了“庚青”“真文”“侵寻”三部韵，这是南宋初期词中所少见的（这里所说的韵部，是借用周德清《中原音韵》的十九部。刘过把闭口韵的“侵寻”部也与“庚青”“真文”合用，可见汉语的实际变化，是由来已久的）。而且，词中有些句子没有经过锤炼，声音是哑的。这样，它的内容与形式就不能相称，是有很大缺陷的。辛弃疾选用了含混不清的“鱼模”部韵来表达他那强作达观的抑塞心情，韩元吉选用了萎靡不振的“支思”部韵来表达他那绸缪宛转的哀怨心情，虽然保持着这个曲调的紧张迫促情调，但本质起了变化。这只要细心体会一下，就可以分辨出来的。韩作也兼叶仄韵，如以“支思”部的“腻”“醉”，“先天”部的“面”“岸”“半”“暖”“转”，“鱼模”部的“处”“雾”“步”，“真文”部的“损”“问”，“萧豪”部的“老”“好”，与“支思”部的平声主韵参差夹协，也能增强本曲的紧促情调；但从整体看来，内容和形式的结合是不很相称的。从这五个例子可以看出，要作好一首满意的歌词，对选调和选韵，是应该兼顾并重的。

适用平声韵的长调，还有一百三十九字的《鸭头绿》（一名《多丽》）和二百一十二字的《戚氏》，音节都是很美的。在这类长调中，更要注意它的“奇偶相生”和开阖变化的格局，才能安排适当，引人入胜。

例一

晁端礼《鸭头绿》：

晚云收，淡天一片琉璃。烂银盘、来从海底，皓色千里澄辉。莹无尘、素娥淡伫，静可数、丹桂参差。玉露初零，金风未凛，一年无似此佳时。露坐久、疏萤时度，乌鹊正南飞。瑶台冷、阑干凭暖，欲下迟迟。　念佳人、音尘隔后，对此应解相思。最关情、漏声正永，暗断肠、花影潜移。料得来宵，清光未减，阴晴天气又争知？共凝恋、如今别后，还是隔年期。人强健、清尊素影，长愿相随。

这上、下片都有两个七言偶句，而它的句式又是上三下四的；这也是“奇偶相生”的另一方式。“玉露初零，金风未凛”和“料得来宵，清光未减”，原来也都是四言偶句形式，而一对一不对，又是另外一种变化。每个句子中的平仄安排，除了上片的“皓色千里”四字和“露坐久”三字，下片的“对此应解”四字，有些拗犯外，其他都是“轻重相权”，非常和谐的。整体用三、四、五、六、七各种不同句式参互构成，显示音节上的抑扬骀荡之美，恰与作者所要表达的内容相称。这上片铺写中秋赏月的愉快心情，下片转入伤离念远的悲凉情调，一结兜转，归到平生心愿，保持着温柔宛转的韵致，是非常谐婉动听的。

例二

柳永《戚氏》：

晚秋天，一霎（作平）微雨洒庭轩。槛菊萧疏，井梧零乱，惹残烟。凄然，望江关，飞云黯淡夕阳间。当时宋玉悲感，向此临水与登山。远道迢递，行人凄楚，倦听陇水潺湲。正蝉吟败叶，蛩响衰草，相应喧喧。 孤馆，度日如年。风露渐变，悄悄至更阑。长天净，绛河清浅，皓月婵娟。思绵绵。夜永对景，那堪屈指，暗想从前。未名未禄，绮陌红楼，往往经岁迁延。 帝里风光好，当年少日，暮宴朝欢。况有狂朋怪侣，遇当歌对酒竞留连。别来迅景如梭，旧游似梦，烟水程何限！念利名憔悴长萦绊，追往事、空惨愁颜。漏箭移、稍觉轻寒，听呜咽（作平）画角数声残。对闲窗畔，停灯向晓，抱影无眠。

这长调共分三叠，全阕以平韵为主，兼协同部仄韵，借以调节感情的缓急，不论在句法上、韵位上、格局上都是变化多端的；因而在长篇巨幅中，决然看不到平直呆板的毛病。第一叠如“槛菊萧疏，井梧零乱”，“远道迢递，行人凄楚”，“蝉吟败叶，蛩响衰草”，都是四言偶句；而“远道迢递”“蛩响衰草”，却用拗怒的句法。余如“宋玉悲感”和“向此临水”都用仄仄平仄，也是拗句。有了这许多拗句和其他平句参差相错，显示和谐与拗怒的统一。韵脚有的连协两句，如“天”“轩”；有的连协三句，如“然”“关”“间”；有的隔两句协；有的隔三句协：显示情感的忽急忽缓，好像波澜起伏，极掩抑低回之致。还有一个去声的“正”字领下两个四言偶句，一个单句；而偶句之中又是一平一拗，跌宕生姿。第二叠“风露渐变”的平仄仄仄，“夜永对景”的仄仄仄仄，“往往经岁”的仄仄平仄，都是一些拗句，而“绛河清浅，皓月婵娟”两偶句，却又异常和谐，更与许多平句结合起来，显示抑扬交错。“绮陌”二句全用平收，略转低抑。这格局和第一叠完全两样。“变”“浅”夹协两仄，使音节上发生一些变化，更觉美听。第三叠共用三个以去声字领起下七字的八言句，显示无限的感叹，拖出长音；又用两个上一、下三的四言单句（即“当年少日”和“对闲窗畔”）两句，承上转下，备觉有力。“迅景如梭，旧游似梦”却是两个和谐的偶句，把紧促情调和缓下来；接着又连协两个去声韵的“限”“绊”，把它激起，作为篇中的眉目；下面又连协三个平韵的“颜”“寒”“残”，骤转凄咽低沉，逼出无限悲凉的结尾。这三叠的形式，各不相同，音节亦多变幻。作者运用大开大阖的笔调，在第一叠全写当前景物，引出第二叠的触景生情，第三叠又从第二叠的后半推进，直到“遇当歌对酒竞留连”，极写“暗想从前”的赏心乐事；“别来”以下骤然一跌，今昔作一对比，说不尽的凄凉感慨。这起伏变化的思想感情，是和本调的格局情调，非常相称的。

在宋词长调中平、仄韵互协的，也有各式各样的不同情调。

兹更举例，略加分析：

1. 全用平韵，中协一仄例：

甲、苏轼《醉翁操》：

> 琅然，清圜，谁弹？响空山，无言，惟翁醉中知其天。月明风露娟娟，人未眠。荷蒉过山前，曰有心也哉此贤。　醉翁啸咏，声和流泉。醉翁去后，空有朝吟夜怨。山有时而童巅，水有时而回川，思翁无岁年。翁今为飞仙，此意在人间，试听徽外三两弦。

这是北宋时人沈遵作的琴曲。据苏轼的序文，是描写滁州琅琊山中的空涧鸣泉，“节奏疏宕而音指华畅”。后来又经庐山玉涧道人崔闲重为记谱，并请苏轼填词，把它流传于世。这前面用的四个二言短句，句句协韵，显示琴曲的特点，是雍容和雅的。三个七言单句，有的是平平仄平平平平（惟翁醉中知其天），有的是仄仄平仄平仄平（曰有心也哉此贤），有的是仄平平仄平仄平（试听徽外三两弦），都构成特殊的音节。全阕用仄声落脚的，只有“咏”“后”“怨”三字；“怨”字兼协仄韵。在“然”“圜”“弹”“山”“言”“天”“娟”“眠”“前”“贤”“泉”“巅”“川”“年”“仙”“间”“弦”等一大群平韵中，夹上这一个仄韵的“怨”字，把和平的音节稍稍振起，显示一点悼念昔贤的意思，很快又归于雍容和雅。这在词调中是少见的。

乙、周邦彦《渡江云》：

> 晴岚低楚甸，暖回雁翼，阵势起平沙。骤惊春在眼，借问何时，委曲到山家？涂香晕色，盛粉饰、争作妍华。千万丝、陌头杨柳，渐渐可藏鸦。　堪嗟，清江东注，画舸西流，指长安日下。愁宴阑，风翻旗尾，潮溅乌纱。今宵正对初弦月，傍水驿、深舣蒹葭。沉恨处，时时自剔灯花。

在这个调子中，没有一个拗句；四个偶句也都是平仄和谐的。句脚字或两仄一平，或一仄两平，或一仄一平，相错使用，也都构成抑扬和婉的音节。全阕的主韵，有“沙”“家”“华”“鸦”“嗟”“纱”“葭”“花”等八个；唯独在过片后的第四句必须兼协一个仄声的“下”字，把精神振起。这由于前片多是参差错落的单句，而且如“盛粉饰、争作妍华”和“千万丝、陌头杨柳”都是上三下四的特殊句法，构成了它的摇曳姿态，过片忽由散趋整，在一个二言、两个四言偶句之下，要作一个停顿，而且用的是上一下四的五言句式；如果仍用平韵，就会显得平板，无论在音节上、格局上都会感到疲苶乏力。下面接着一个三言平收句，再加两个四言偶句，调剂一下，更显出高低抑扬的美妙音节。“今宵”两句虽同是七言，而上句是上四下三，下句是上三下四，形式也是变化的。结以三言一句，六言一句，一掩一抑，极婉曲缠绵之致。这个调子是适宜表达温婉悲凉情绪的。

2. 本用平韵，兼协仄韵例：

甲、全体平韵，上下片各夹协二仄例：

韩元吉《水调歌头·九日》：

今日俄重九，莫负菊花开。试寻高处，携手蹑屐上崔嵬。放目苍崖千仞，云护晓霜成阵，知我与君来。古寺倚修竹，飞槛绝纤埃。　笑谈间，风满座，酒盈杯。仙人跨海，休问随处是蓬莱。落日平原西望，鼓角秋深悲壮，戏马但荒台。细把茱萸看，一醉且徘徊。

这个调子适宜表达激壮豪爽的情调，在第一章已举苏轼词为例，分析说明过了。韩元吉就是依照苏体，夹协了四个仄韵，如上片"仞"与"阵"协，下片"望"与"壮"协。这在整体平韵中，造成比较紧张的气氛，使人感到它的繁音促节，劲峭有力。本章上面所举韩元吉的《六州歌头》，也是采用同样手法。

乙、全体用同部韵平仄递协例：

贺铸《水调歌头·台城游》：

南国本潇洒，六代浸豪奢。台城游冶，襞笺能赋属宫娃。云观登临清夏，璧月留连长夜，吟醉送年华。回首飞鸳瓦，却羡井中蛙。　访乌衣，成白社，不容车。旧时王谢，堂前双燕过谁家？楼外河横斗挂，淮上潮平霜下，樯影落寒沙。商女篷窗罅，犹唱《后庭花》。

这首词除原有的平声韵位外，每句都兼押一个同部的仄韵（只"访乌衣"一句不押韵）；这就更加能够激发本调的声情之美。贺铸选用"麻"韵，音响高华，情调发越，确是度越辈流的创制。本章上面提到贺氏的《六州歌头》，在同部韵的平、仄互协上，手法也与这首《水调歌头》相仿。

3. 平仄互协，各有固定韵位例：

苏轼《哨遍》：

为米折腰，因酒弃家，口体交相累。归去来，谁不遣君归？觉从前皆非今是。露未晞。征夫指予归路，门前笑语喧童稚。嗟旧菊都荒，新松暗老，吾年今已如此！但小窗容膝闭柴扉，策杖看孤云暮鸿飞。云出无心，鸟倦知还，本非有意。　噫！归去来兮。我今忘我兼忘世。亲戚无浪语，琴书中有真味。步翠麓崎岖，泛溪窈窕，涓涓暗谷流春水。观草木欣荣，幽人自感，吾生行且休矣。念寓形宇内复几时？不自觉皇皇欲何之？委吾心、去留谁计？神仙知在何处？富贵非吾志。但知临水登山啸咏，自引壶觞自醉。此生天命更何疑？且乘流、遇坎还止。

这是苏轼把陶潜的《归去来兮辞》套进这个曲调内来唱的。它的格局，也是利用"奇偶相生"的基本法则，显示抑扬顿挫的音节。四言偶句如"云出无心，鸟倦知还"，"旧菊都荒，新松暗老"，都是平仄和谐的；"步翠麓崎岖，泛溪窈窕"两句，实际也是对偶形式，不过上句多了一个"翠"字而已。"累""是""稚""此""意""世""味""水""矣""计""志""醉""止"协十三个仄韵，"归""晞""扉""飞""噫""兮""时""之""疑"协九个平韵。仄为主而平为宾，宾主各有固定韵位；随着情感的轻重缓急，予以适当调剂，把格局和音响、内容和形式，紧密结合起来，恰恰显示这位田园诗人的性格和风趣。这也只有苏轼，才能安排得这样好。还有柳永《乐章集》中的《曲玉管》，也是近乎这一类的。

4. 前片协平，结句转仄和逗引下片全仄例：

史达祖《换巢鸾凤》：

人若梅娇。正愁横断坞，梦绕溪桥。倚风融汉粉，坐月怨秦箫。相思因甚到纤腰？定知我今、无魂可销！佳期晚，漫几度、泪痕相照。　人悄，天渺渺。花外语香，时透郎怀抱。暗握荑苗，乍尝樱颗，犹恨侵阶芳草。天念王昌忒多情，换巢鸾凤教偕老。温柔乡，醉芙蓉、一帐春晓。

这个调子的组织形式，是相当奇特的。第二句用一个去声的

“正”字领下四言、五言各两偶句，平仄和谐而格局过于严整；接以七言平句和八言拗句；这八言拗句是去平上平平平上平，显得低沉无力，表示黯然魂销的无聊情绪。如果不接上一个仄收的三言短句和上三下四的七言单句，而且接上一个去声的“照”字韵，就绝对不能把低沉的情调振起，而使感情有所调剂。下片连用两个仄韵短句，情调转急；接上一个四言平收句和一个五言仄收句，转入舒缓；再用两个四言偶句，一个六言单句，平仄又都是和谐的，音节也就随着更加舒缓。由追念旧欢转为未来愿望，逼出两个七言散句，更以未来的无限欢娱作结。“温柔乡”叠用三平，把语调放低，紧接一个去声的“醉”字振起。末四字入去平上，音节转拗；正由上面的低沉，非拗句不能相救。这种声韵组织，是适宜表达由悲转喜的柔情的。

第十六章 论适用入声韵和上去声韵的长调

长调的格局，必须有开阖动宕，才能和作者起伏变化的情感相应。所以运用“奇偶相生”的基本法则，是写长调歌词者所必须的。选韵也是重要条件之一。所有适宜选用平韵和平、仄互协的长调，大致都举例分析过了。尽管各式各样的调子还很多，是可以举一反三的。下面再来谈谈适宜选用仄韵的长调。词韵的三仄，上、去同用，入声独用，是小令、长调都一样的。哪个调子得用入声韵，哪个调子适用上声或去声韵，或者是上、去通协，清人戈载在他所作《词林正韵》的“发凡”中，提出过一些意见。他说：

词之用韵，平仄两途；而有可以押平韵，又可以押仄韵者，正自不少。其所谓仄，乃入声也。如越调又有《霜天晓角》《庆春宫》，商调又有《忆秦娥》；其余则双调之《庆佳节》，高平调之《江城子》，中吕宫之《柳梢青》，仙吕宫之《望梅花》《声声慢》，大石调之《看花回》《两同心》，小石调之《南歌子》，用仄韵者，皆宜入声。《满江红》有入南白宫，有入仙吕宫；入南吕宫者，即白石所改平韵之体，而要其本用入声，故可改也。外此又有用仄韵而必须入声者，则如越调之《丹凤吟》《大酺》，越调犯正宫之《兰陵王》，商调之《凤凰阁》《三部乐》《霓裳中序第一》《应天长慢》《西湖月》《解连环》，黄钟宫之《侍香金童》《曲江秋》，黄钟商之《琵琶仙》，双调之《雨霖铃》，仙吕宫之《好事近》《惠兰芳引》《六幺令》《暗香》《疏影》，仙吕犯商调之《凄凉犯》，正平调近之《淡黄柳》，无射宫之《惜红衣》，正宫、中吕宫之《尾犯》，中吕商之《白苎》，夹钟羽之《玉京秋》，林钟商之《一寸金》，南吕商之《浪淘沙慢》。此皆宜用入声韵者，勿概之日仄而用上、去也。其用上、去之调，自是通叶，而亦稍有差别，如黄钟商之《秋宵吟》、林钟商之《清商怨》、无射商之《鱼游春水》宜单押上声，仙吕调之《玉楼春》、中吕调之《菊花新》、双调之《翠楼吟》宜单押去声。复有一调中必须押上、必须押去之处，有起韵、结韵宜皆押上、宜皆押去之处，不能一一胪列。

戈载这些说法，是用许多同调宋词归纳得出的结果，可惜没有说明它的所以然。据我个人的研究，这都由于四声的性质不同，关系于表达情感非常重要。入声短促，没有含蓄的余地，所以宜于表达激越峭拔的思想感情；上声舒徐，宜于表达清新绵邈的思想感情；去声劲厉，宜于表达高亢响亮的思想感情。但上、去两声与入声比较起来，总是要含蓄得多；所以上、去互叶，适宜表达悲壮郁勃的情趣。戈载是兼小令和长调一起说的。本章单论长调，且先从入声的几个长调，举些例子来谈谈。《满江红》《念奴娇》《贺新郎》之类，在第一章里已经分析过了。且举柳永、周邦彦、姜夔三家的其他作品，再来分析一下：

例一，柳永《雨霖铃》：

> 寒蝉凄切，对长亭晚，骤雨初歇。都门帐饮无绪，方留恋处，兰舟催发。执手相看泪眼，竟无语凝噎。念去去、千里烟波，暮霭沉沉楚天阔。　多情自古伤离别，更那堪、冷落清秋节！今宵酒醒何处？杨柳岸、晓风残月。此去经年，应是、良辰好景虚设。便纵有、千种风情，更与何人说？

这是唐玄宗在栈道中悼念杨贵妃的曲调，前面已经提过。它的音节，是哀怨凄断的。全阕共用“切”、“歇”、“发”、“噎”、“阔”、“别”、“节”、“月”、“设”、“说”十个入声韵；而且除了三个句子是用平声落脚外，其余全是仄收；还有“对长亭晚”的上一下三、“竟无语凝噎”的上一下四这些特殊句法，与“骤雨初歇”（仄仄平仄）、“酒醒何处”（仄仄平仄）、“好景虚设”（仄仄平仄）这一类的拗句结合起来，就构成了它那拗犯的音节。尽管它也适合十七八女郎执着红牙板去唱，却只是哽咽凄断之声，而乏和婉不迫之趣，因为它是要受本曲声情的制约的。

例二，姜夔《凄凉犯》：

绿杨巷陌秋风起，边城一片离索。马嘶渐远，人归甚处？戍楼吹角。情怀正恶，更衰草寒烟淡薄。似当时、将军部曲，迤逦度沙漠。　追念西湖上，小舫携歌，晚花行乐。旧游在否？想如今、翠凋红落。漫写羊裙，等新雁、来时系着。怕匆匆、不肯寄与，误后约。

这是姜夔的自度曲。他写的是感伤凄断的思想感情，所以在整个上片中没有一个平收的句子，把喷薄的语气，运用逼仄短促的入声韵尽情发泄。后片虽然用了两个平收的句子，把紧促的情感调节一下；到结尾再用一连七仄的拗句，显示生硬峭拔的情调。在他的小序中说是“以哑觱栗角吹之，其韵极美”。这“美”的标准，怕有点特殊吧？

例三，周邦彦《大酺·春雨》：

对宿烟收，春禽静，飞雨时鸣高屋。墙头青玉旆，洗铅霜都尽，嫩梢相触。润逼琴丝，寒侵枕障，虫网吹粘帘竹。邮亭无人处，听檐声不断，困眠初熟。奈愁极频惊，梦轻难记，自怜幽独。　行人归意速，最先念、流潦妨车毂。怎奈向、兰成憔悴，卫玠清羸，等闲时、易伤心目。未怪平阳客，双泪落、笛中哀曲。况萧索青芜国，红糁铺地，门外荆桃如菽。夜游共谁秉烛？

这发端用一去声的“对”字，领下两个三言偶句，一个六言单句，已觉劲挺有力。接着一个五言平句，略加疏宕；又用一个上声的“洗”字领下两个四言偶句，成一片段。“润逼”以下，挺接两个四言偶句，一个六言单句，又自成一片段；而这两个偶句的落脚字一平一仄相间使用，就显得比较和谐，与上面两个偶句的全用仄收，情调自异。“邮亭无人处”一句连用四平，低沉之极；接着又用一个去声的“听”字把它激起，领下两个四言偶句；再用去声的“奈”字作为关纽，领下两个四言偶句，一个单句。尽管在这半阕中，用了五处对偶，而字音上和词性上的安排，却是各不相同的，这就完全合乎“奇偶相生”“轻重相权”的原则；兼有许多领字给以运转，便不会感到它的偶句过多，流为平滞。下片开端连协两韵，第二句是上三下五的句式，也使人们感到它的峭劲有力。接着又用“怎奈向”三字作为关纽，领下两个四言偶句，一个上三下四的七言单句，把它顿住。下面又在一个仄收的五言句后接上一个上三下四的七言句，而且十二字中有“客”“落”“笛”“曲”等四个入声，构成一种特殊的音节。接着又是一个用入声收煞的六言句，显示落拓心情，正与字音相称。“红糁铺地”的平上平去，也带有拗怒的意味；接着又连协两韵，作为收束，更加显示音响的激越，是与作者所要表达的紧促心情完全相应的。

例四，周邦彦《浪淘沙慢》：

> 晓阴重，霜凋岸草，雾隐城堞。南陌脂车待发，东门帐饮乍阕。正拂面垂杨堪揽结，掩红泪、玉手亲折。念汉浦离鸿去何许？经时信音绝。　情切，望中地远天阔。向露冷风清无人处，耿耿寒漏咽。嗟万事难忘，惟是轻别。翠尊未竭，凭断云、留取西楼残月。　罗带光消纹衾叠，连环解、旧香顿歇。怨歌永、琼壶敲尽缺。恨春去、不与人期，弄夜色，空余满地梨花雪。

这是一个三叠的长调。它的声情是哽咽凄断的。它的奇偶交错以及和谐与拗怒的音节的巧妙结合，是只有精通音乐的柳永和周邦彦才能够运用得非常恰当的。“霜凋岸草，雾隐城堞”是四言偶句，而前平（平平去上）后拗（去上平入）；“南陌脂车待发，东门帐饮乍阕”，又是两个六言偶句，也是前平（平入平平去入）后拗（平平去上去入）；接连都用仄收，就更显示它的拗怒音节。下面挺接一个上一下七的八言句、上三下四的七言句，而以一个去声的“正”字作为承上领下的关纽；接着又是一个上一下七的八言句，一个略拗的五言句，而以一个去声的“念”字作为关纽。这一叠由于前面有了四个偶句，所以下面就得变作四个不同形式的奇句，使摇曳生姿，而声情却都是哽咽的。第二叠紧接一个二言短句入韵，又是一个六言句连协，显示过片处的紧凑。下面又以一个去声的“向”字领下一个七言、一个五言拗句；七言句连用四平，略见低沉；五言句变用四仄，使它激起。接着改用一个平声的“嗟”字领下四言两句，又是上平下拗，由低转高。“翠尊”句再作顿挫，逗起下面一个上三下六的长句，显示情致的骀荡。第三叠开始就用一个平去平平平平入的七言拗句入韵，显示情节的低沉而紧促；接着一个上三下四的七言句，一个上三下五的八言句，连协三韵，音节更趋激越，真有敲碎唾壶的意味，使人如听裂竹之声。接着一个上三下四的平收句，把紧张的情绪略为松弛一下；立即缀上一个三言短句，一个七言平句，三言激动而七言略转谐婉，且连协两韵，结出高亢激励的尾声。运用健笔来写柔情，是柳、周二家的特色。

以下接着来谈上、去声韵的长调，一般都是上、去通协，没有什么限制的。但也要斟酌韵位所在，视情感的变化决定何者为最适宜而加以适当的调配。比较要激动的地方，就以去声为妥。分别举例说明如下：

上去通协例：

甲、王沂孙《齐天乐·咏蝉》：

一襟余恨宫魂断，年年翠阴庭树。乍咽凉柯，还移暗叶，重把离愁深诉。西窗过雨。怪瑶珮流空，玉筝调柱。

镜暗妆残，为谁娇鬟尚如许！　铜仙铅泪似洗，叹移盘去远，难贮零露。病翼惊秋，枯形阅世，消得斜阳几度？余音更苦！甚独抱清高，顿成凄楚？漫想熏风，柳丝千万缕。

这个调子，在第一章中已经举了周邦彦的作品，说明同属仄声的上、去声字要更番使用。这首王沂孙词，对韵脚的上、去安排，是与周词有些出入的。上片连用了“树”“诉”两个去声韵；接着于过脉的四言句换了一个“雨”字的上声韵；下面的“柱”是去声，“许”是上声，更迭使用，显示抑扬错落的情调。下片“露”“度”连协两去，把情调激起；“苦”“楚”“缕”换协三上，转成凄抑，是与作者所要表达的情感十分相称的。周词是一般伤离念远的思想感情，王词却是亡国遗民的深哀沉痛，情绪的起伏变化是各不相同的。所以虽然用的是同一曲调，而对上、去韵脚的安排，不能一致，它的原因也就在此。

乙、周邦彦《西河·金陵怀古》：

佳丽地，南朝盛事谁记？山围故国绕清江，髻鬟对起。怒涛寂寞打孤城，风樯遥度天际。断崖树，犹倒倚，莫愁艇子曾系。空余旧迹郁苍苍，雾沉半垒。夜深月过女墙来，伤心东望淮水。　酒旗戏鼓甚处市？想依稀、王谢邻里。燕子不知何世，向寻常巷陌人家相对，如说兴亡斜阳里。

这个适宜怀古的曲调，音节是凄壮沉郁的。它有很多平仄拗怒的句子，如“盛事谁记”的去去平去，“遥度天际”的平去平去，“艇子曾系”的上上平去，“东望淮水”的平去平上，“酒旗戏鼓甚处市”的上平去上去去上，“王谢邻里”的平去平上，“如说兴亡斜阳里”的平入平平平平上，都是构成拗怒音节的所在；只末句中间连用四平，显示低抑凄黯，与上面一个上一下八的长句连缀起来，更在苍劲中见沉郁。它的韵位安排，第一叠的“记”“起”“际”是去、上、去交递使用，显示轻重抑扬的美妙音节；第二叠的“树”“倚”“系”“垒”“水”是去、上、去、上、上；第三叠的“市”“里”“世”“对”“里”是上、上、去、去、上。上声韵越来越多，情调也就随着越来越低抑。这是一个悲多于壮的长调，但声情还是郁勃的。

丙、辛弃疾《摸鱼儿·淳熙己亥，自湖北漕移湖南，同官王正之置酒小山亭，为赋》：

更能消、几番风雨，匆匆春又归去。惜春长怕花开早，何况落红无数。春且住！见说道、天涯芳草无归路。怨春不语。算只有殷勤，画檐蛛网，尽日惹飞絮。　长门事，准拟佳期又误。蛾眉曾有人妒。千金纵买相如赋，脉脉此情谁诉？君莫舞！君不见、玉环飞燕皆尘土。闲愁最苦。休去倚危栏，斜阳正在，烟柳断肠处！

这个曲调的音节，是掩抑低回、凄壮沉郁的。开端要取遥势，必得用上三、下四的七言句式，第一字宜用去声；第二句宜用平平平去平去，构成拗犯的音节。接一个七言句、一个六言句，再接一个三言句、一个上三下七的十言句，显示掩抑低回情调；“怨春”句是转筋换气的关纽；换用一个去声的“算”字领下两个四言平句，一个五言拗句（仄仄仄平仄），三句一气，逗出无限感喟。过片三言短句下接两个六言句，一平一拗，显示情调的紧促。以下的句法、韵位，与上片全同，只“休去倚危栏”变成平仄仄平平的句式，是不合本调的组织法则的。它的韵位安排，上片“雨”（一般首句不入韵）、“去”“数”“住”“路”“语”“絮”是上、去、去、去、去、上、去；下片的“误”“妒”“诉”“舞”“土”“苦”“处”是去、去、去、上、上、上、去：全部是去多于上的。这样也就增加了激壮的成分，显示郁勃凄壮的失路英雄本色。这调子也为苏、辛一派作为豪杰之词者所乐用。

丁、汪元量《莺啼序》：

金陵故都最好，有朱楼迢递。嗟倦客、又此凭高，槛外已少佳致。更落尽梨花，飞尽杨花，春也成憔悴。问青山，三国英雄，六朝奇伟。　麦甸葵丘，荒台败垒，鹿豕衔枯荠。正潮打孤城，寂寞斜阳影里。听楼头、哀笳怨角，未把酒、愁心先醉。渐夜深，月满秦淮，烟笼寒水。

凄凄惨惨，冷冷清清，灯火渡头市。慨商女、不知兴废，隔江犹唱《庭花》，余音亹亹。伤心千古，泪痕如洗。乌衣巷口青芜路，认依稀、王谢旧邻里。临春结绮，可怜红粉成灰，萧索白杨风起。　因思畴昔，铁索千寻，漫沉江底。挥羽扇、障西尘，便好角巾私第。清谈到底成何事？回首新亭，风景今如此！楚囚对泣何时已？叹人间今古真儿戏！东风岁岁还来，吹入钟山，几重苍翠。

这个四叠的长调，共二百三十六字，是宋词中所仅有的。最早的作者，要数吴文英。吴词的内容，是抒写男女恋情的，类多凄黯怨抑之音。汪元量为南宋遗民，曾随谢太后（道清）被俘入北，改服黄冠（道士服装），最后放归江南，满怀亡国的深痛，用这个曲调，抒写兴亡之感，是异常沉郁凄壮的。第一叠第二句是上一下四句法，第三句是上三下四句法，接上一个六言拗句（仄仄仄仄平仄），表达激情；再用一个去声的“更”字领下两个四言偶句，一个五言单句，作一停顿；再用一个三言短句领下两个四言偶句，音节是激壮苍凉的。第二叠在两个四言偶句之下，接着一个五言单句，成一小片段；再用一个去声的“正”字领下一个四言、一个六言句；再换两个上三下四的七言句，触景生情；再用一个三言短句领下两个四言偶句，融情入景，转见凄凉怨慕。第三叠一开头就是两个四言偶句，缀上一个五言拗句（平仄仄平仄），成一小片段；接着又是一个上三下四的七言句，一个六言、一个四言句，成一小片段；下面又挺接两个四言句，作一顿挫；因为上面的双字句过多，容易流于板滞，下面就得换上一个七言单句，一个上三下五的八言句，把它疏动一下；接着又是一个四言句、两个六言偶句（似对非对的特种偶句），又把散漫的形式还归齐整，于参差错落的音节中表达感今吊古的无限悲慨。第四叠开端连用三个四言单句，由今追昔，引出兴亡之感；接着一个三、三式的六言句，又一个六言平句，仍由“因思”二字转出，前慨武备的败坏，后叹文臣的无能；紧接一个七言单句，作一转纽；下面又是一个四言、一个五言平句，略加疏宕，收束吊古，转入感今；下面更转紧促，连押两韵，运用一个七言句，一个上一下七的八言句，总结今昔之感；最后换用一个六言、两个四言平句，再加疏宕，以景结情，弦外余音，无穷悲慨。它的韵位安排，第一叠的“递”“致”“悴”“伟”是去、去、去、上，第二叠的“荠”“里”“醉”“水”是上、上、去、上，第三叠的“市”“废”“亹”“洗”“里”“绮”“起”是上、去、上、上、上、上、上，第四叠的“底”“第”“事”“此”“已”“戏”“翠”是上、去、去、上、上、去、去，这与情感的起伏变化，也都是息息相关的。

关于上、去通协的长调，原是很多的。这里不过随手举例，结合内容和形式，酌加分析，以见声韵问题的一般法则而已。

戈载所称宜单押去声韵的《翠楼吟》，在第一章中已经提到过了。再举一首宜单押上声韵的《秋宵吟》，作为本章的结束：

古帘空，坠月皎，坐久西窗人悄。蛩吟苦，渐漏水丁丁，箭壶催晓。引凉飔，动翠葆，露脚斜飞云表。因嗟念，似去国情怀，暮帆烟草。　带眼消磨，为近日、愁多顿老。卫娘何在？宋玉归来，两地暗萦绕。摇落江枫早。嫩约无凭，幽梦又杳。但盈盈、泪洒单衣，今夕何夕恨未了！

这也是姜夔的自度曲。中间有一些特殊句式，如“因嗟念”的三言短句下，又用一个“似”字领下两个四言的特种偶句；又如“幽梦又杳”的平、去、去、上，“今夕何夕恨未了”的平、入、平、入、去、去、上，也都是一些特种拗句。全首韵脚如“皎”“悄”“晓”“葆”“表”“草”“老”“绕”“早”“杳”“了”，无一不是上声，显示一种清幽峭折的特殊情调，也是宋人词中少见的。

龙榆生著作精选集

词学十讲

龙榆生 著

团结出版社

图书在版编目（CIP）数据

龙榆生著作精选集 / 龙榆生著.

-- 北京：团结出版社, 2019.12

ISBN 978-7-5126-7580-3

Ⅰ. ①龙… Ⅱ. ①龙… Ⅲ. ①词(文学)—文学研究—中国—文集 Ⅳ. ①I207.23-53

中国版本图书馆CIP数据核字(2019)第284145号

出版：团结出版社

（北京市东城区东皇城根南街84号 邮编：100006）

电话：（010）65228880　65244790（传真）

网址：www.tjpress.com

Email：zb65244790@vip.163.com

经销：全国新华书店

印刷：三河市腾飞印务有限公司

开本：145×210　1/32

印张：84

字数：1650千字

版次：2020年12月 第1版

印次：2020年12月 第1次印刷

书号：978-7-5126-7580-3

定价：316.00元（全9册）

出版说明

龙榆生(1902—1966)，本名沐勋，号忍寒，晚年以字行。20世纪最负盛名的词学大师之一，生于江西万载，殁于上海，早年师从黄侃、陈衍、朱祖谋等名师习诗词及文字音韵学，后遂终身致力于词学研究。曾任暨南大学、中山大学、中央大学、上海音乐学院教授。他一生致力于词学研究，被称为中国词学学科的奠基人，创办了现代第一本词学专门刊物《词学季刊》，对词学研究的现代转型影响巨大。

龙榆生词学研究的领域广泛，成就卓著。常年任教于各大学校的他，在写下一部部词学专著的同时，也一直不忘整理概论和选本。这套《龙榆生著作精选集》我们精选了其经典著作九种。在概论中，我们选择了他晚年有代表性的《唐宋词格律》《词曲概论》《词学十讲》三种；选本则选择《东坡乐府笺》《唐宋名家词选》《唐五代词选注》《近三百年名家词选》四种；考虑到目前雅言弱化、语言表现力不足的现状，还特意选择了《古今名人书牍选》《苏黄尺牍选》二种，作为学习文言文的补充读本。读者也可以藉此九种窥见龙先生一生治学的全豹。《龙榆生著作精选集》既可以作为古典诗词爱好者的案头必备典籍加以赏玩，又可以作为青年学子提升文化修养、学习典雅文言的上乘读物。

针对本套系列丛书工程浩大、专业性强的特点，为此我们特地组织了相关专家进行了专门的校勘和梳理。本着尊重作者和原著的精神，此次再版将特殊历史时期下，不符合作者原意的改本加以修订，恢复符合作者理念的原本原貌，并在前人基础上对仍存在的讹误重加订正。考虑到现代读者的阅读习惯，特将原来的繁体竖排调整为简体横排。由于编者水平所限，在编辑过程中，疏漏之处在所难免，恳请广大读者不吝赐教！

编者

2020年10月

目录

第一讲 唐宋歌词的特殊形式和发展规律

词不称“作”而称“填”，因为它要受声律的严格约束，不像散文可以自由抒写。它的每一曲调都有固定形式，而这种特殊形式，是经过音乐的陶冶，在句读和韵位上都得和乐曲的节拍恰相谐会，有它整体的结构，不容任意破坏的。

每一曲调的构成，它的轻重缓急和节奏关系，必得和作者所要表达的起伏变化的感情相应。这种“因声以度词，审调以节唱，句度短长之数，声韵平上之差，莫不由之准度”[1]的歌词形式，原来是古已有之的。“由乐以定词，非选词以配乐”，就是我国文学史上所习用的词曲名称，也是从古乐府中所有“操”“引”“谣”“讴”“歌”“曲”“词”“调”八种名称中拈取出来的。清人宋翔凤说：“宋、元之间，词与曲一也。以文写之则为词，以声度之则为曲。”（《乐府余论》）因为这两种形式都得受曲调的制约，所以在声韵方面都是要特别讲究的。

词和曲的体制既然是由来已久，为什么直到唐宋以后才大

1.见《元氏长庆集》卷二十三《乐府古题序》。

量发展成为定式呢？这就得追溯到声律论的发明和它在诗歌上的普遍应用，才能予以充分的说明。梁代沈约早就说过："夫五色相宣，八音协畅，由乎玄黄律吕，各适物宜。欲使宫羽相变，低昂互节，若前有浮声，则后须切响。一简之内，音韵尽殊；两句之中，轻重悉异。"（《宋书》卷六十七《谢灵运传论》）根据这个原则，积累了将近二百年的经验，才完成了"回忌声病、约句准篇"[1]的唐人所谓近体诗。这种近体诗，本身就富有它的铿锵抑扬的节奏感，音乐性异常浓厚。恰巧我国的音乐，到了这时，也在呈现着融合古今中外、推陈出新、逐步达到最高峰的繁荣景象。这样相挟俱变，推动了燕乐杂曲和长短句歌词的向前发展。据宋人郭茂倩《乐府诗集》卷七十九所标举的《近代曲辞》，表明了"倚声填词"由民间尝试而普遍流行的关键所在。郭茂倩说：

> 唐武德（唐高祖李渊年号）初，因隋旧制，用九部乐。太宗（李世民）增《高昌乐》，又造《燕乐》而去《礼毕曲》。其著令者十部：一曰《燕乐》，二曰《清商》，三曰《西凉》，四曰《天竺》，五曰《高丽》，六曰《龟兹》，七曰《安国》，八曰《疏勒》，九曰《高昌》，十曰《康国》，而总谓之燕乐。声辞繁杂，不可胜纪。凡燕乐诸曲，始于武德、贞观（太宗年号），盛于开元、天宝（明皇李隆基年号）。其著录者十四调，二百二

1.见《新唐书》卷二百二《文艺列传（中）》。

十二曲。

这和《旧唐书·音乐志》所称“又自开元以来，歌者杂用胡夷里巷之曲”，都可说明词所依的声究竟是些什么。燕乐诸曲，既然在开元、天宝间就已“声辞繁杂，不可胜纪”，这也说明唐宋间所习用的“曲子词”一直跟着隋唐燕乐的普遍流行而不断发展。民间艺人或失意文士，按照这种新兴曲调的节拍填上歌词，以便配合管弦，递相传唱。在明皇时代就已有了大量的创作，如敦煌所发现的《云谣集杂曲子》，只是仅存的沧海一粟而已。由于无名作者的文学修养不够，对声辞配合也还不能做到恰如其分，因而暂时难以引起诗人们的重视。一般仍多用五、七言近体诗或摘取长篇歌行中的一段，加上虚声，凑合着配上参差复杂的新兴曲调，把来应歌。如王维《送元二使安西》一绝句衍为《渭城曲》或《阳关三叠》，和李峤《汾阴行》中的“山川满目泪沾衣，富贵荣华能几时？不见只今汾水上，惟有年年秋雁飞”。这种过渡办法，大概流行于宫廷宴会和士大夫间。至于市井间的歌唱，必然早已改用了适合“胡夷里巷之曲”的长短句形式。唐中叶诗人，如韦应物、刘禹锡、白居易等，是比较留心民间文艺和新兴乐曲的。他们开始应用新兴曲调依声填词。例如刘禹锡《和乐天春词》：

春去也！多谢洛城人。弱柳从风疑举袂，丛兰浥露似沾巾，独坐亦含嚬。

——《刘梦得外集》卷四

他就在题内说明："依《忆江南》曲拍为句。"这是身负重名的诗人有意依照新兴曲调的节拍来填写长短句歌词的有力证据。但刘禹锡的采用民间歌曲形式，也是分两个步骤来进行的。一个是沿用五、七言近体诗形式，略加变化，仍由唱者杂用虚声，有如《竹枝》《杨柳枝》《浪淘沙》《抛球乐》之类。其《竹枝》引说到：

> 余来建平，里中儿联歌《竹枝》，吹短笛、击鼓以赴节，歌者扬袂睢舞，以曲多为贤。聆其音，中黄钟之羽，其卒章激讦如吴声，虽伧佇不可分，而含思宛转，有淇濮之艳。昔屈原居沅、湘间，其民迎神，词多鄙陋，乃为作《九歌》。到于今，荆楚鼓舞之。故余亦作《竹枝》词九篇，俾善歌者扬之，附于末，后之聆巴歈，知变风之自焉。
>
> ——《刘梦得文集》卷九

从这里可以看出他的学作《竹枝》，还只是揣摩这种民间歌曲的声容态度，而不是依它的节拍，所以要"俾善歌者扬之"，也就是加上虚声以应节的意思。在这基础上进一步索性按着民歌曲拍填写长短句歌词，除上举《忆江南》外，还有《潇湘神》词二首：

湘水流，湘水流，九疑云物至今愁。君问二妃何处所？零陵香草露中秋。

斑竹枝，斑竹枝，泪痕点点寄相思。楚客欲听瑶瑟怨，潇湘深夜月明时。

——《刘梦得文集》卷九

唐代民间歌曲，经过刘、白一类大诗人的赏音重视，解散近体诗的整齐形式以应参差变化的新兴曲调，于是对“句度短长之数、声韵平上之差”越来越讲究了。到了晚唐诗人温庭筠“能逐弦吹之音，为侧艳之词”（《旧唐书》列传卷一百四十下），遂成花间词派之祖。北宋“教坊乐工，每得新腔，必求（柳）永为辞，始行于世”（叶梦得《避暑录话》卷三）。《乐章》一集，遂使“凡有井水饮处，即能歌柳词”（并见前者）。从此，由隋唐燕乐曲调所孳乳浸多的急慢诸曲，以及结合近体诗的声韵安排，因而错综变化作为长短句，以应各种曲拍的小令、长调，也就有如“百花齐放”，呈现着繁荣璀璨之大观了。

由于这类歌曲多流行于市井间，以渐跻于士大夫的歌筵舞席上，作为娱宾遣兴之资，内容是比较贫乏的。从范仲淹、王安石开始，借用这个新兴体制来发抒个人的壮烈抱负，遂开苏轼一派“横放杰出，自是曲子中缚不住”[1]之风。王灼亦称：“东坡先生非心醉于音律者，偶尔作歌，指出向上一路，新天下耳目，弄笔

1.见宋吴曾《能改斋漫录》卷十六引晁补之之语。

者始知自振。”（《碧鸡漫志》卷二）尽管李清照讥笑它是“句读不葺之诗”（宋胡仔《苕溪渔隐丛话后集》卷三十三引），但能使“倚声填词”保持万古常新的光彩，正赖苏、辛（弃疾）一派的大力振奋，不为声律所压倒，这是我们所应特别注意学习的。

第二讲 唐人近体诗和曲子词的演化

要学填词，首先要学作所谓近体诗。因为这两者的形式之美，都是利用平仄两类长短不同的字调，两两相间地联缀起来，构成平调与升降调或促调递相使用的高低抑扬的和谐音节，都得把“奇偶相生，轻重相权”八个字作为调整音韵的法则，不过长短句词曲比较更为错综复杂，变化特多而已。

近体诗的格式，主要为五、七言绝句和五、七言律诗两种。古有“两句一联，四句一绝”之说。而这四句之中，起承转合，构成一个整体，和我国民间广泛流行的曲调是恰相符合的。律诗例为八句，首尾单行，中间两个对偶，也和另一种流行曲调同其结构。所以这近体诗的组织形式，虽然貌似简单，而在声韵上的调整安排，是和音乐紧密结合，经过无数作者的苦心实践，才逐渐臻于完美，不是偶然的。

兹将近体诗的几种定格列举如下：

（一）五言绝句

1. 平起顺黏格：

平平仄仄平（韵），仄仄仄平平（韵）。
仄仄平平仄（句），平平仄仄平（韵）。

例如：皇甫冉《婕妤怨》：

花枝出建章，凤管发昭阳。
借问承恩者，双蛾几许长？

2. 仄起顺黏格：

仄仄仄平平（韵），平平仄仄平（韵）。
平平平仄仄（句），仄仄仄平平（韵）。

例如：卢纶《塞下曲》：

月黑雁飞高，单于夜遁逃。
欲将轻骑逐，大雪满弓刀。

3. 平起偏格：

平平平仄仄（句），仄仄仄平平（韵）。
仄仄平平仄（句），平平仄仄平（韵）。

例如：李端《听筝》：

鸣筝金粟柱，素手玉房前。
欲得周郎顾，时时误拂弦。

4. 仄起偏格：

仄仄平平仄（句），平平仄仄平（韵）。
平平平仄仄（句），仄仄仄平平（韵）。

例如：李益《江南曲》：

嫁得瞿塘贾，朝朝误妾期。
早知潮有信，嫁与弄潮儿。

（二）七言绝句

1. 平起顺黏格：

平平仄仄仄平平（韵），仄仄平平仄仄平（韵）。
仄仄平平平仄仄（句），平平仄仄仄平平（韵）。

例如：王翰《凉州词》：

葡萄美酒夜光杯，欲饮琵琶马上催。
醉卧沙场君莫笑，古来征战几人回！

2. 仄起顺黏格：

仄仄平平仄仄平（韵），平平仄仄仄平平（韵）。
平平仄仄平平仄（句），仄仄平平仄仄平（韵）。

例如：刘长卿《送李判官之润州行营》：

万里辞家事鼓鼙，金陵驿路楚云西。
江春不肯留行客，草色青青送马蹄。

3. 平起偏格：

平平仄仄平平仄（句），仄仄平平仄仄平（韵）。
仄仄平平平仄仄（句），平平仄仄仄平平（韵）。

例如：杜甫《江南逢李龟年》：

岐王宅里寻常见，崔九堂前几度闻。

正是江南好风景，落花时节又逢君！

4. 仄起偏格：

仄仄平平平仄仄（句），平平仄仄仄平平（韵）。

平平仄仄平平仄（句），仄仄平平仄仄平（韵）。

例如：白居易《对酒》：

百岁无多时壮健，一春能几日晴明！

相逢且莫推辞醉，听唱阳关第四声。

在上述八个例子中，五言每句的第一字，七言每句的第一、第三两字，一般是可以自由变化的。但变动过多，就得上下相救，如上句既改为“平仄仄平”，下句最好得变成“仄平平仄”之类。五言句的第三、第四两字，七言句的第五、第六两字，也可以平仄互换，如原该用“平仄仄”，也可以改成“仄平仄”，这也是另一种救法。至于词的格式，随着各个曲调所表现的感情起伏而相与起伏变化，就更错综复杂了。

一般所谓律诗，也只是把绝句的平仄安排重复一次。但中间四句必须运用对偶，使胸腹饱满，符合奇偶相生的法则。这对偶的构成，在词义上要虚实相当，铢两悉称，在字调上却要平仄相反，刚柔相济。兹更举例如下：

（三）五言律诗

1. 平起偏格：

平平平仄仄（句），仄仄仄平平（韵）。
仄仄平平仄（句），平平仄仄平（韵）。
平平平仄仄（句），仄仄仄平平（韵）。
仄仄平平仄（句），平平仄仄平（韵）。

例如：孟浩然《过故人庄》：

故人具鸡黍，邀我至田家。
绿树村边合，青山郭外斜。
开轩面场圃，把酒话桑麻。
待到重阳日，还来就菊花。

2. 仄起偏格：

仄仄平平仄（句），平平仄仄平（韵）。

平平平仄仄（句），仄仄仄平平（韵）。
仄仄平平仄（句），平平仄仄平（韵）。
平平平仄仄（句），仄仄仄平平（韵）。

例如：骆宾王《在狱咏蝉》：

西陆蝉声唱，南冠客思深。
不堪玄鬓影，来对白头吟。
露重飞难进，风多响易沉。
无人信高洁，谁为表予心？

3. 平起正格：

平平仄仄平（句），仄仄仄平平（韵）。
仄仄平平仄（句），平平仄仄平（韵）。
平平平仄仄（句），仄仄仄平平（韵）。
仄仄平平仄（句），平平仄仄平（韵）。

例如：杜甫《船下夔州郭宿，雨湿不得上岸，别王十二判官》：

依沙宿舸船，石濑月娟娟。
风起春灯乱，江鸣夜雨悬。
晨钟云外湿，胜地石堂烟。

柔橹轻鸥外，含凄觉汝贤。

4. 仄起正格：

仄仄仄平平（韵），平平仄仄平（韵）。
平平平仄仄（句），仄仄仄平平（韵）。
仄仄平平仄（句），平平仄仄平（韵）。
平平平仄仄（句），仄仄仄平平（韵）。

例如：王维《观猎》：

风劲角弓鸣，将军猎渭城。
草枯鹰眼疾，雪尽马蹄轻。
忽过新丰市，还归细柳营。
回看射雕处，千里暮云平。

（四）七言律诗

1. 平起偏格：

平平仄仄平平仄（句），仄仄平平仄仄平（韵）。
仄仄平平平仄仄（句），平平仄仄仄平平（韵）。
平平仄仄平平仄（句），仄仄平平仄仄平（韵）。

仄仄平平平仄仄（句），平平仄仄仄平平（韵）。

例如：杜甫《恨别》：

洛城一别三千里，胡骑长驱五六年。
草木变衰行剑外，兵戈阻绝老江边。
思家步月清宵立，忆弟看云白日眠。
闻道河阳近乘胜，司徒急为破幽燕。

2. 仄起偏格：

仄仄平平平仄仄（句），平平仄仄仄平平（韵）。
平平仄仄平平仄（句），仄仄平平仄仄平（韵）。
仄仄平平平仄仄（句），平平仄仄仄平平（韵）。
平平仄仄平平仄（句），仄仄平平仄仄平（韵）。

例如：杜甫《闻官军收河南河北》：

剑外忽传收蓟北，初闻涕泪满衣裳。
却看妻子愁何在，漫卷诗书喜欲狂。
白日放歌须纵酒，青春作伴好还乡。
即从巴峡穿巫峡，便下襄阳向洛阳。

3. 平起正格：

平平仄仄仄平平（韵），仄仄平平仄仄平（韵）。
仄仄平平平仄仄（句），平平仄仄仄平平（韵）。
平平仄仄平平仄（句），仄仄平平仄仄平（韵）。
仄仄平平平仄仄（句），平平仄仄仄平平（韵）。

例如：杜甫《江村》：

清江一曲抱村流，长夏江村事事幽。
自去自来堂上燕，相亲相近水中鸥。
老妻画纸为棋局，稚子敲针作钓钩。
多病所须惟药物，微躯此外更何求。

4. 仄起正格：

仄仄平平仄仄平（韵），平平仄仄仄平平（韵）。
平平仄仄平平仄（句），仄仄平平仄仄平（韵）。
仄仄平平平仄仄（句），平平仄仄仄平平（韵）。
平平仄仄平平仄（句），仄仄平平仄仄平（韵）。

例如：李商隐《马嵬》：

海外徒闻更九州，他生未卜此生休。
空闻虎旅传宵柝，无复鸡人报晓筹。
此日六军同驻马，当时七夕笑牵牛。
如何四纪为天子，不及卢家有莫愁。

上面所列举的格式，都是遵循沈约“一简之内，音韵尽殊；两句之中，轻重悉异”的基本法则而调整建立起来的。它的平仄安排，虽然有些可以自由出入，但得衡量整体的音节关系，务必使它既利于喉吻，又能与所表达的感情起伏恰相适应，才算合乎规矩，达到谐协美听的程度。

我们如能掌握近体诗关于声韵安排的基本法则，并且予以实际锻炼，就会明白怎样运用汉语的不同字调来填写各种不同曲调的歌词，使之和谐悦耳，适合配曲者和歌唱者的要求，进而达到“字正腔圆”的境界。

打破近体律、绝诗的整齐形式，演化成为句读参差、声韵复杂的曲子词，最初还只是就原有句式酌加增减，期与杂曲小令的节拍相应，有如第一讲所曾提到的刘禹锡《忆江南》和《潇湘神》等。此外，如张志和的《渔歌子》：

西塞山前白鹭飞，桃花流水鳜鱼肥。青箬笠，绿蓑衣，斜风细雨不须归。

——《尊前集》

俨然一首七绝，不过破第三句的七言为三言两句，并增一韵而已。又如韩偓的《浣溪沙》：

拢鬓新收玉步摇，背灯初解绣裙腰，枕寒衾冷异香焦。　　深院不关春寂寂，落花和雨夜迢迢，恨情残醉却无聊。

——《尊前集》

又是一首七律，减去一联；或两首七绝，各减一句；平仄声韵都和近体律、绝没有多大变化。至于北宋词家一般经常使用的《鹧鸪天》：

林断山明竹隐墙，乱蝉衰草小池塘。翻空白鸟时时见，照水红蕖细细香。　　村舍外，古城旁，杖藜徐步转斜阳。殷勤昨夜三更雨，又得浮生一日凉。

——苏轼《东坡乐府》

这又是一首七律，不过破第五句的七言为三言偶句，并增一韵而已。又如《定风波》：

莫听穿林打叶声，何妨吟啸且徐行。竹杖芒鞋轻胜马，谁怕？一蓑烟雨任平生。　　料峭春风吹酒醒，微冷，山头斜照却相迎。回首向来萧瑟处，归去，也无风雨也无晴。

——苏轼《东坡乐府》

俨然两首完整的失黏格七绝，不过上半阕增一个两言短韵句，下半阕增两个两言短韵句而已。

至于《浪淘沙》一曲，唐人原多沿用七绝形式，加虚声以应节拍，例如刘禹锡所作：

日照澄洲江雾开，淘金女伴满江隈。美人首饰侯王印，尽是沙中浪底来。

——《刘宾客文集》

后来演化成为长短句的《浪淘沙》：

帘外雨潺潺，春意阑珊。罗衾不耐五更寒。梦里不知身是客，一晌贪欢。　独自莫凭栏。无限江山，别时容易见时难。流水落花春去也，天上人间。

——《李后主词》

在四个七言句子之外，增加了四言四句、五言两句，就变得复杂多了。但在每句中的平仄安排，仍然和绝句没甚差别，不过上下阕前三句都是句句协韵，表示情感的迫促，至第四句才用仄收，隔句一协，略转和婉，与七绝情调有所不同而已。

再如《菩萨蛮》：

平林漠漠烟如织，寒山一带伤心碧。暝色入高楼，有人楼上愁。　　玉阶空伫立，宿鸟归飞急。何处是归程？长亭更短亭。

——传为李白作，见《唐宋诸贤绝妙词选》

这是混合五、七言绝句形式而加以错综变化，组织成功的。前后阕都用两句换韵，平仄互转；开首两个七言句的平仄安排又违反近体诗的惯例，是适宜于表现迫促情绪的。

又如《卜算子》：

缺月挂疏桐，漏断人初静。谁见幽人独往来，缥缈孤鸿影。　　惊起却回头，有恨无人省。拣尽寒枝不肯栖，寂寞沙洲冷。

——苏轼《东坡乐府》

这也是参用五、七言近体诗的句式组成的，而两句一联中的平仄安排全部违反近体诗的惯例，并且韵部都得用上、去声，所以和婉之中，微带拗怒，适宜表达高峭郁勃的特殊情调，和《菩萨蛮》显示的声情又有差别。

上面约略举了几个例子，以说明近体诗和曲子词在句式和声韵上的演化关系。这只是就短调小令来讲，至于慢曲长调，那它的变化就更加错综复杂得多了。

谈到慢曲长调，有的原是单独存在的杂曲，有的却从整套大曲中抽出一遍来，配上歌词，独立演唱。王灼就曾说过：“凡大曲，就本宫调制引、序、慢、近、令，盖度曲者常态。”（《碧鸡漫志》卷三）例如《水调歌》，据《乐府诗集》卷七十九《近代曲辞》解题：“唐曲凡十一叠，前五叠为歌，后六叠为入破，其歌第五叠五言，调声最为怨切。”当时所配歌词，前五叠为七绝四首、五绝一首，后六叠为七绝五首、五绝一首。怎样缀合虚声以应曲拍，以音谱无存，无法考查。至填词所用《水调歌头》，该是摘用《水调歌》前五叠的曲拍，演成下面这种格式：

> 明月几时有？把酒问青天。不知天上宫阙，今夕是何年？我欲乘风归去，又恐琼楼玉宇，高处不胜寒。起舞弄清影，何似在人间！　转朱阁，低绮户，照无眠。不应有恨，何事长向别时圆？人有悲欢离合，月有阴晴圆缺，此事古难全。但愿人长久，千里共婵娟。
>
> ——苏轼《东坡乐府》

这是用三、四、五、六、七言的不同句式混合组成，而以五言为主，副以两个六言偶句。其五言或六言偶句的平仄安排，亦皆违反近体律诗的惯例，它的音节高亢而稍带凄音，殆仍符合“第五叠五言调声最为怨切”的遗响。

又如《梁州》大曲，据王灼称，曾见一本，有二十四段，叫作

《凉州排遍》。他说："后世就大曲制词者类皆简省，而管弦家又不肯从首至尾吹弹，甚者学不能尽。"（《碧鸡漫志》卷三）他所见到的《凉州排遍》，大概也就是元稹《琵琶歌》里面所提"梁州大遍最豪嘈"的《梁州大遍》中的一部分。这排遍竟有二十四段之多，而《乐府诗集》卷七十九所载《凉州歌》只存五段，前三段配以七绝二首、五绝一首，后排遍二段，都配上一首七绝。后来有人从其中摘出一两段，演出成为《梁州令叠韵》：

> 田野闲来惯，睡起初惊晓燕。樵青走挂小帘钩，南园昨夜，细雨红芳遍。　平芜一带烟光浅，过尽南归雁。江云渭树俱远，凭阑送目空肠断。　好景难常占，过眼韶华如箭。莫教鶗鴂送韶华，多情杨柳，为把长条绊。清尊满酌谁为伴？花下提壶劝。何妨醉卧花底，愁容不上春风面。
>
> ——晁补之《晁氏琴趣外篇》卷一

这前两段和后两段的句式和声韵安排完全一样，可能是就原有曲拍截取一、二段制为小令，再在填词时重复一次，所以叫作《梁州令叠韵》。把它和《乐府诗集》所传五段歌词来相对照，这种错综变化是无任何迹象可寻了。

又如《霓裳羽衣曲》，据白居易和元微之《霓裳羽衣舞歌》自注："散序六遍，无拍，故不舞也。中序始有拍，亦名拍序。"又说："《霓裳》曲十二遍而终。凡曲将毕，皆声拍促速，惟《霓裳》

之末，长引一声也。”（《白氏长庆集》）从这些话里面，可以推测到唐大曲的一般结构；而这《霓裳羽衣曲》的节奏，恰如白氏此歌所形容：“繁音急节十二遍，跳珠撼玉何铿铮！”又称：“中序擘騞初入拍，秋竹竿裂春冰坼。”正可推想到这一套最负重名的大曲的声容态度是怎样动人的。南宋音乐家姜夔曾称：“于乐工故书中得《商调·霓裳曲》十八阕，皆虚谱无辞。……予不暇尽作，作‘中序’一阕，传于世。”他所作的《霓裳中序第一》，其词如下：

> 亭皋正望极，乱落江莲归未得。多病却无气力，况纨扇渐疏，罗衣初索。流光过隙，叹杏梁双燕如客。人何在？一帘淡月，仿佛照颜色。　幽寂，乱蛩吟壁，动庾信清愁似织。沉思年少浪迹，笛里关山，柳下坊陌。坠红无信息，漫暗水涓涓溜碧。漂零久，而今何意？醉卧酒垆侧。
>
> ——《白石道人歌曲》

细玩姜词的音节，在韵位和平仄安排上，都使人有“秋竹竿裂春冰坼”的感觉。这些曲词是紧密结合原有曲调的抑扬抗坠，巧妙运用四声字调而组成，非一般近体诗的格律所能概括得了的。

第三讲 选调和选韵

填词既称倚声之学，不但它的句度长短，韵位疏密，必须与所用曲调（一般叫作词牌）的节拍恰相适应，就是歌词所要表达的喜、怒、哀、乐，起伏变化的不同情感，也得与每一曲调的声情恰相谐会，这样才能取得音乐与语言、内容与形式的紧密结合，使听者受其感染，获致“能移我情”的效果。北宋音乐理论家沈括就曾说过：“唐人填曲，多咏其曲名，所以哀乐与声，尚相谐会。今人则不复知有声矣！哀声而歌乐词，乐声而歌怨词，故语虽切而不能感动人情，由声与意不相谐故也。”（《梦溪笔谈》卷五《乐律》）“声与意不相谐”，由于填词者对每一曲调的声容不曾作过深入的体味，尤其在词体逐渐脱离音乐不复可歌之后，学者只知按着一定格式任意“填”词，尽管平仄声韵一点儿不差，但最主要的各个曲调原有的声情却被弄反了，那当然是很难感动人心的。譬如《六州歌头》，只适宜于抒写苍凉激越的豪迈感情，如果拿来填上缠绵哀婉、抒写儿女柔情的歌词，那就必然要导致“声与意不相谐”的结果。南宋初期的程大昌就曾提到：“《六州歌头》，本鼓吹曲也。近世好事者倚其声为吊古词，音调悲壮，又以古兴亡事实文之。闻其歌，使人慷慨，良不与艳词同科，诚可喜也。”（《词林纪事》卷九引《演繁露》）这就说明此一曲调的声情是只适宜于表达激越怀抱的。现存宋人作品以贺铸为最早。南宋初期此词填的最多，也恰恰反映了时代特点。兹举贺铸和张孝祥所作各一阕为例：

1. 贺作：

少年侠气，交结五都雄。肝胆洞，毛发耸。立谈中，死生同，一诺千金重。推翘勇，矜豪纵，轻盖拥，联飞鞚，斗城东。轰饮酒垆，春色浮寒瓮，吸海垂虹。闲呼鹰嗾犬，白羽摘雕弓，狡穴俄空，乐匆匆。　似黄粱梦，辞丹凤；明月共，漾孤篷。官冗从，怀倥偬，落尘笼，簿书丛。鹖弁如云众，供粗用，忽奇功。笳鼓动，渔阳弄，思悲翁，不请长缨，系取天骄种，剑吼西风。恨登山临水，手寄七弦桐，目送归鸿。

——《东山乐府》

2. 张作：

长淮望断，关塞莽然平。征尘暗，霜风劲，悄边声，黯销凝。追想当年事，殆天数，非人力，洙泗上，弦歌地，亦膻腥。隔水毡乡，落日牛羊下，区脱纵横。看名王宵猎，骑火一川明，笳鼓悲鸣，遣人惊。　念腰间箭，匣中剑，空埃蠹，竟何成！时易失，心徒壮，岁将零。渺神京，干羽方怀远，静烽燧，且休兵。冠盖使，纷驰骛，若为情？闻道中原遗老，常南望、翠葆霓旌。使行人到此，忠愤气填膺，有泪如倾。

——《于湖居士长短句》

从这个词牌的声韵安排上来谈，它连用了大量的三言短句，一气驱使，旋折而下，构成了它的“繁音促节”，恰宜表达紧张急迫激昂慷慨的壮烈情绪。贺铸掌握了这一特点，选用了音色洪亮的“东钟”韵部，更以平、上、去三声互协，几乎句句押韵，增加了它那“繁音促节”的声容之美，恰与作者所要发抒的奇情壮采相称，烘托出一种苍凉郁勃的不平之鸣，和元杂剧家关汉卿《不伏老》北曲散套的气派差相仿佛，是值得我们深入探讨的。张孝祥把这词牌用来抒写个人对南宋初期强敌压境而统治阶级却一味屈辱求和的悲愤感情，改用了清劲的“庚青”韵部，也能显示出本曲的激壮情调，具有强烈的感染力。但他忽略了仄韵部分，对“繁音促节”的声容之美是较欠缺的。和辛弃疾同时的韩元吉，也曾选用过这一词牌来表达个人的柔情别绪：

东风着意，先上小桃枝。红粉腻，娇如醉，倚朱扉。记年时，隐映新妆面，临水岸，春将半，云日暖。斜桥转，夹城西。草软莎平，跋马垂杨渡，玉勒争嘶。认蛾眉凝笑，脸薄拂燕支。绣户曾窥，恨依依。　共携手处，香如雾，红随步，怨春迟。消瘦损，凭谁问？只花知，泪空垂。旧日堂前燕，和烟雨，又双飞。人自老，春长好，梦佳期。前度刘郎，几许风流地，花也应悲。但茫茫暮霭，目断武陵溪，往事难追。

——《南涧诗余》

作者只体会到“繁音促节”适宜表现紧促心情的一面，同时也了解到兼协仄韵是可以增加本调的声容之美，他却选用了“萎而不振”的“支思”和“齐微”两部韵，虽然和他所要表达的感情是颇相适应的，但和本调的原有声情却是截然两回事了。

唐宋遗谱，在元明之后，几乎全部失传。敦煌发现的唐写本琵琶谱中还保存了若干曲调，而且标明急曲子的有《胡相问》一曲，标明慢曲子的有《西江月》《心事子》二曲，标明慢曲子和急曲子交递使用的有《倾杯乐》《伊州》二曲。大抵《倾杯乐》和《伊州》是属于成套的大曲，所以一段慢调、一段急调，更替着演奏，借以表达疾徐变化的不同情感。但这个琵琶谱都是有声无辞的，我们还没有办法拿来说明这些曲调的声词配合的关系。除此以外，就只有姜夔的十七支自度曲，旁缀音谱（并见《白石道人歌曲》）；又明人王骥德从文渊阁所藏《乐府浑成》录出小品谱两段（《方诸馆曲律》卷四《杂论》第三十九下），可供探讨。所以，要一一说明唐宋词所用曲调的声情究竟怎样，是有困难的。但就前人遗作予以参互比较，把每一曲调的句度长短、字音轻重、韵位疏密和它的整体结构弄个明白，也就可以仿佛每一曲调的声容，使“哀乐与声，尚相谐会”。例如短调中的《破阵子》，是适宜表达激昂情绪的。举辛弃疾所作《为陈同甫赋壮词以寄之》如下：

> 醉里挑灯看剑，梦回吹角连营。八百里分麾下炙，五十弦翻塞外声，沙场秋点兵。　马作的卢飞快，弓如霹雳弦惊，了却君王天下事，赢得生前身后名，可怜白发生。
>
> ——《稼轩长短句》

我们仔细玩味一下这个调子的声情所以激壮，主要在前后阕的两个七言偶句，正和《满江红》的两个七言偶句性质相近。一般词调内，遇到连用长短相同的句子而作对偶形式的，所有相当地位的字调，如果是平仄相反，那就会显示和婉的声容，相同就要构成拗怒，就等于阴阳不调和，从而演为激越的情调。这关键有显示在句子中间的，也有显示在句末一字的。单就《破阵子》和《满江红》两个曲调，可以窥探出这里面的一些消息。至于苏辛派词人所常使用的《水龙吟》《念奴娇》《贺新郎》《桂枝香》等曲调，所以构成拗怒音节，适宜于表现豪放一类的思想感情，它的关键在于几乎每句都用仄声收脚，而且除《水龙吟》例用上去声韵，声情较为郁勃外，余如《满江红》《念奴娇》《贺新郎》《桂枝香》等，如果用来抒写激壮情感，就必须选用短促的入声韵，才能情与声会，取得“读之使人慷慨”的效果。《满江红》也可改作平韵，姜夔曾在巢湖用为迎神送神的歌曲。列举如下：

仙姥来时，正一望、千顷翠澜。旌旗共，乱云俱下，依约前山。命驾群龙金作轭，相从诸娣玉为冠。（自注：庙中列坐如夫人者十三人。）向夜深、风定悄无人，闻佩环。　神奇处，君试看。奠淮右，阻江南。遣六丁雷电，别守东关。却笑英雄无好手，一篙春水走曹瞒。又怎知、人在小红楼，帘影间。

——《白石道人歌曲》

作者把许多收脚的字调都改用了平声，就立刻使人感到音节谐婉，富有雍容华贵的情调。此作和岳飞的作品对读，一舒徐而一紧促，风致是绝不相同的了。

短调小令，那些声韵安排大致接近近体律、绝诗而例用平韵的，有如《忆江南》《浣溪沙》《鹧鸪天》《临江仙》《浪淘沙》之类，音节都是相当谐婉的，可以用来表达各种忧乐不同的思想感情，差别只在韵部的适当选用。这里暂不多谈了。

适宜表达轻柔婉转、往复缠绵情绪的长调的，有如：

《满庭芳》：

山抹微云，天粘衰草，画角声断谯门。暂停征棹，聊共饮离樽。多少蓬莱旧事，空回首、烟霭纷纷。斜阳外，寒鸦数点，流水绕孤村。　销魂！当此际，香囊暗解，罗带轻分。漫赢得青楼，薄幸名存。此去何时见也？襟袖上、空惹啼痕。伤情处，高城望断，灯火已黄昏。

——秦观《淮海居士长短句》

《木兰花慢》：

拆桐花烂漫，乍疏雨，洗清明。正艳杏烧林，缃桃绣野，芳景如屏。倾城，尽寻胜去，骤雕鞍绀出郊坰。风暖繁弦脆管，万家竞奏新声。　盈盈，斗草踏青，人艳冶，递逢迎。向路旁往往，遗簪堕珥，珠翠纵横。欢情，对佳丽地，信金罍罄竭玉山倾。拚却明朝永日，画堂一枕春酲。

——柳永《乐章集》

《凤凰台上忆吹箫》：

香冷金猊，被翻红浪。起来慵自梳头。任宝奁尘满，日上帘钩。生怕离怀别苦，多少事、欲说还休。新来瘦，非干病酒，不是悲秋。　休休，这回去也，千万遍阳关，也则难留。念武陵人远，烟锁秦楼。惟有楼前流水，应念我、终日凝眸。凝眸处，从今又添，一段新愁。

——《唐宋诸贤绝妙词选》卷十录李清照《漱玉词》

我们只要约略检查一下上面三个长调的声韵组织、平仄安排以及对偶关系，就很清楚地看出它是适宜于表达柔情的。它在结构方面，尽管句度参差，有了许多变化，但在运用声律上，却是牢牢掌握住近体诗的基本法则，从而它所构成的音节也就特别和谐悦耳。当然，由于作者选用各个不同韵部，也就可以表现各类不同情感，然而基本情调却是一致的。

适宜表现苍凉郁勃情绪的长调的，有如《摸鱼儿》：

> 更能消、几番风雨，匆匆春又归去！惜春长怕花开早，何况落红无数。春且住！见说道、天涯芳草无归路。怨春不语。算只有殷勤，画檐蛛网，尽日惹飞絮。　长门事，准拟佳期又误。蛾眉曾有人妒。千金纵买相如赋，脉脉此情谁诉？君莫舞！君不见、玉环飞燕皆尘土。闲愁最苦。休去倚危栏，斜阳正在，烟柳断肠处。
>
> ——辛弃疾《淳熙己亥，自湖北漕移湖南，同官王正之置酒小山亭，为赋》，见《稼轩长短句》

这个长调的音节用“欲吞还吐”的吞咽式组成。关键在开端就运用一个上三下四的逆挽句式，再加上前后阕又都使用了三言短句，接着一个上三下七的特殊句式，从而呈现着一种低徊往复、掩抑零乱的姿态。韵位安排又是那么忽疏忽密，显示着“欲语情难说出”的哽咽情调，而且必得选用上去声韵部，不能像用入声韵那样可以尽情发泄，使人低吟密咏，大有白居易“幽咽泉流冰下难”（《琵琶行》）之感。填写这长调的作品，最早见于晁补之：

买陂塘、旋栽杨柳，依稀淮岸江浦。东皋嘉雨新痕涨，沙觜鹭来鸥聚。堪爱处，最好是、一川夜月光流渚。无人独舞。任翠幄张天，柔茵藉地，酒尽未能去。　青绫被，莫忆金闺故步，儒冠曾把身误。弓刀千骑成何事？荒了邵平瓜圃。君试觑，满青镜、星星鬓影今如许！功名浪语。便似得班超，封侯万里，归计恐迟暮。

——《晁氏琴趣外篇》卷一《东皋寓居》

这情调和辛词基本上是一致的，不过辛词所感更深，情绪也更郁勃。刘熙载说：“辛词所本，即无咎（补之字）《摸鱼儿》‘买陂塘旋栽杨柳’之波澜。”（《艺概》卷四《词曲概》）也只是就它的声容态度上来讲的。

短调小令类似上面这种适宜抒写幽咽情调的，有《蝶恋花》《青玉案》等，也都得选用上去声韵部。例如欧阳修的《蝶恋花》：

庭院深深深几许？杨柳堆烟，帘幕无重数。玉勒雕鞍游冶处，楼高不见章台路。　雨横风狂三月暮。门掩黄昏，无计留春住。泪眼问花花不语，乱红飞过秋千去。

——《六一词》

又如贺铸的《青玉案》：

凌波不过横塘路，但目送，芳尘去。锦瑟年华谁与度？月桥花院，琐窗朱户，只有春知处。　飞云冉冉蘅皋暮，彩笔新题断肠句。试问闲愁都几许？一川烟草，满城风絮，梅子黄时雨。

——《东山乐府》

这两个短调所以适宜表达低徊掩抑、哽咽幽怨的感情，是因为全阕除《蝶恋花》的四言句外，整个都用仄声字收脚，这就呈现一种拗怒的声容，也饱含欲吞还吐的情调。举一反三，对选调填词，是倚声家所宜细心体验的。

关于不同韵部表现不同情感，也就是掌握第一讲所提到的“由乎玄黄律吕，各适物宜”的基本法则来灵活运用，上面也曾约略举例说明过了。

那么，究竟各个韵部的性质有什么不同呢？词韵是平声和入声独用，上声和去声同用。清初黄周星论曲，有“三仄更须分上去，两平还要辨阴阳”的说法（见黄周星《制曲枝语》）。这在填词时也得予以注意，且待第八讲中再为仔细分析。

词韵的分部，据所传南宋初期菉斐轩刊本《词林韵释》，并以平统上、去，又将入声派入其他三声。有人说是为填写北曲而设。它的韵目如下：

（1） 东红（2） 邦阳（3） 支时
（4） 齐微（5） 车夫（6） 皆来
（7） 真文（8） 寒间（9） 鸾端
（10） 先元（11） 萧韶（12） 和何
（13） 嘉华（14） 车邪（15） 清明
（16） 幽游（17） 金音（18） 南山
（19） 占炎

把这韵目来和确为北曲而设的《中原音韵》（元高安周德清著）两相比较，还是颇有出入的。周的分部如下：

（1） 东钟（2） 江阳（3） 支思
（4） 齐微（5） 鱼模（6） 皆来
（7） 真文（8） 寒山（9） 桓欢
（10） 先天（11） 萧豪（12） 歌戈
（13） 家麻（14） 车遮（15） 庚青
（16） 尤侯（17） 侵寻（18） 监咸
（19） 廉纤

这十九部韵的不同性质，据明人王骥德说：

各韵为声，亦各不同。如“东钟”之洪，“江阳”“皆来”“萧豪”之响，“歌戈”“家麻”之和，韵之最美听者。“寒山”“桓欢”“先天”之雅，“庚青”之清，“尤侯”之幽，次之。“齐微”之弱，“鱼模”之混，“真文”之缓，“车遮”之用杂入声，又次之。“支思”之萎而不振，听之令人不爽。至“侵寻”“监咸”“廉纤”，开之则非其字，闭之则不宜口吻，勿多用可也。

——《方诸馆曲律》卷三《杂论》第三十九上

他虽是为着唱曲来谈，而且谈得也很笼统，但各韵部的声情不同，确是事实，在填词选韵时也是值得参考的。

明末沈谦另编《词韵》，也分十九部，但平上去并为十四部，每部拈出平上各一字作为韵目，又别立入声韵五部。全目如下：

（1）东董（2）江讲（3）支纸
（4）鱼语（5）佳蟹（6）真轸
（7）元阮（8）萧筱（9）歌哿
（10）麻马（11）庚梗（12）尤有
（13）侵寝（14）覃感（15）屋沃
（16）觉药（17）质陌（18）物月
（19）合洽

清道光间，吴人戈载又著《词林正韵》，虽比较精密，但也只是把唐韵二百六部合并为平上去十四部、入声五部，基本上还是和沈书相同的。

语言随着时代和地域的不同而不断发生变化，韵部也就跟着常有分合，但除《中原音韵》以下的北音系统消灭了入声，和词韵截然殊致外，其他各部还是差别不大的。

第四讲 论句度长短与表情关系

长短句歌词的形式之美，是根据“奇偶相生、轻重相权”的八字法则加以错综变化而构成的。它一方面依照每一曲调的抑扬抗坠的音节，参之以曲中所表感情的起伏动荡而给以妥善的安排；一方面吸收《诗经》《楚辞》以至汉魏六朝乐府诗和唐代各大诗家所创古、近体诗的特殊音节而予以“各适物宜”的调剂；这样取得音乐与语言的密切结合，经过无数诗人与民间艺人的不断实践，使得每一词牌的句式和韵位，都有了它的定型。我们要在有丰富遗产的古典诗词基础上推陈出新，以利新型格律诗和各种戏曲或曲艺唱词的发展，这问题是值得仔细探讨的。

根据个人对唐宋曲子词的学习经验，并以同一类型的词牌的分析比较，乃至同一词牌不同作家作品的对勘，深切感到这一特殊形式，虽然宋元以后已和原有曲调的音乐脱离，以至成为“句读不葺之诗”，但它的句式参差，看来好像非常自由，而实际得受多方面的制约，对表达喜怒哀乐等等不同情感，关系却是十分重大的。

一般说来，每一歌词的句式安排，在音节上总不出和谐与拗怒两种。而这种调节关系，有表现在整阕每个句子中间的，有表现在每个句子的落脚字的。表现在整体结构上的，首先要看它在句式奇偶和句度长短方面怎样配置，其次就看它对每个句末的字调怎样安排，从这上面显示语气的急促与舒徐，声情的激越与和婉。例如第三讲中所举的《六州歌头》，就因为它接连使用三言短句，构成繁音促节，所以适宜表达激昂慷慨的壮烈情感。在小令短调中，有如《钗头凤》：

红酥手，黄縢酒，满城春色宫墙柳。东风恶，欢情薄。一怀愁绪，几年离索。错！错！错！　春如旧，人空瘦，泪痕红浥鲛绡透。桃花落，闲池阁。山盟虽在，锦书难托。莫！莫！莫！

——陆游《放翁词》

这一曲调，上下阕各叠用四个三言短句，两个四言偶句，一个三字叠句，而且每句都用仄声收脚，尽管全阕四换韵，但不使用平仄互换来取得和婉，却在上半阕以上换入，下半阕以去换入，这就构成整体的拗怒音节，显示一种情急调苦的姿态，是恰宜表达作者当时当地的苦痛心情的。

又如《撼庭秋》：

别来音信千里，恨此情难寄。碧纱秋月，梧桐夜雨，几回无寐。　楼高目断，天遥云黯，只堪憔悴。念兰堂红烛，心长焰短，向人垂泪。

——晏殊《珠玉词》

这一曲调的组成几乎全部都是用的偶句，而上半阕在开首一个六言偶句之后，接上一个改用逆入的上一下四句式，把冲动的感情勉强拽住，恰如书法家所谓“无垂不缩”的道理，以下接着三个四言偶句，句句仄收，显示一种倔强的情调。下半阕在前后重复运用这个形式中间，只加一个承上领下的去声字（“念”字），使整个音节呈现着一种劲挺的姿势。应用这类的曲调来表达离情，是不会流于软媚的。

推演这类句式的节奏声容，从而构成适宜抒写凄壮郁勃情绪的长调，有如《水龙吟》是最好的范例：

楚天千里清秋，水随天去秋无际。遥岑远目，献愁供恨，玉簪螺髻。落日楼头，断鸿声里，江南游子。把吴钩看了，阑干拍遍，无人会，登临意。　休说鲈鱼堪脍，尽西风、季鹰归未？求田问舍，怕应羞见，刘郎才气。可惜流年，忧愁风雨，树犹如此！倩何人唤取，红巾翠袖，揾英雄泪？

——辛弃疾《登建康赏心亭》，见《稼轩长短句》

这一长调的整体结构主要是以十七个四言偶句构成，而上下阕各以三个偶句组成一个片段。但从整体上看，又复偶中有奇，俨然如岑参《走马川行》中“轮台九月风夜吼，一川碎石大如斗，随风满地石乱走”那样三句一气联翩直下的变格，和《撼庭秋》的句式配置则完全相同。除了前半阕的句脚字用了两个平声，后半阕又用一个平声，从而使音节略转谐婉外，其余并用仄声收脚。而在前半阕的后段，用了一个“把”字，领下两个四言偶句、两个三言奇句；后半阕的后段，用了一个“倩”字，领下三个四言偶句，结尾更用上一下三的特殊句式，予以逆折顿挫，恰好显示本曲的凄壮郁勃的声容态度。

至于多用三言短句构成短调小令，乍看有些和《钗头凤》组织形式相像的，有如《更漏子》：

> 玉炉香，红蜡泪，偏照画堂秋思。眉翠薄，鬓云残，夜长衾枕寒。　梧桐树，三更雨，不道离情正苦。一叶叶，一声声，空阶滴到明。
>
> ——温庭筠《花间集》

这一短调虽然上下阕同样用了四个三言奇句，但落脚则一平一仄更迭使用，韵部亦平仄互转，这就构成和婉音节，情调迥不相同了。

连用多数仄声收脚而又杂有特殊句式组成的短调小令，常是显示拗峭劲挺的声情，适宜表达“孤标耸立”和激越不平的情调。例如《好事近》：

> 春路雨添花，花动一山春色。行到小溪深处，有黄鹂

数百。　　飞云当面化龙蛇，夭矫转空碧。醉卧古藤阴下，了不知南北。

——秦观《梦中作》，见《淮海居士长短句》

摇首出红尘，醒醉更无时节。活计绿蓑青笠，惯披霜冲雪。　　晚来风定钓丝闲，上下是新月。千里水天一色，看孤鸿明灭。

——朱敦儒《渔父词》，见《樵歌》

凝碧旧池头，一听管弦凄切。多少梨园声在，总不堪华发。　　杏花无处避春愁，也傍野烟发。惟有御沟声断，似知人呜咽。

——韩元吉《汴京赐宴，闻教坊乐，有感》，见《南涧诗余》

这一短调的声容所以拗峭激越，主要关键在上下阕除第一句落脚字用平声外，以下连用仄收；而且下半阕的第二句必得使用“仄仄仄平仄”，构成拗怒的音节，两结句又必须用逆入的上一下四句式；全阕必须选用短促的入声韵部，才能使“情与声会”，恰好烘托出上面所举诸例的特定内容。

还有和《撼庭秋》同一类型而和《钗头凤》《好事近》的声容态度差相仿佛的短调，例如《盐角儿》：

开时似雪，谢时似雪，花中奇绝。香非在蕊，香非在萼，骨中香彻。　占溪风，留溪月，堪羞损、山桃如血。直饶更疏疏淡淡，终有一般情别。

——晁补之《亳社观梅》，见《晁氏琴趣外篇》

又如《忆少年》：

无穷官柳，无情画舸，无根行客。南山尚相送，只高城人隔。　罨画园林溪绀碧，算重来、尽成陈迹。刘郎鬓如此，况桃花颜色！

——晁补之《别历下》，见《晁氏琴趣外篇》

这《盐角儿》上半阕的句式和声韵组织，几乎全部和《撼庭秋》的下半阕相同；下半阕虽然开首就用了两个三言对句，而且句脚用了平仄声递收，似乎转入谐婉；但接着连用两个上三下四的特殊句式，直到末了，都用仄声收脚；韵部又选用短促的入声，这就充分显示着拗峭劲挺的激越情调，恰称梅花标格。《忆少年》的上半阕连用三个四言偶句，和《盐角儿》同一机杼；接着又用一个“平平去平仄”的拗句，一个逆入的上一下四句式，它那激越的情调已经充分呈现出来了。下半阕第二句又运用了上三下四的特殊句式；接着又是一个“平平去平仄”的拗句和一个上一下四的顿挫句；加上整个仄声收脚，而且用的都是入声韵，这就构成它那迫切凄厉的声容，恰好表达出作者的万般感慨。

至于平仄韵互换，和《更漏子》略相仿佛的单调小令，有如《调笑令》：

河汉，河汉，晓挂秋城漫漫。愁人起望相思，江南塞北别离。离别，离别，河汉虽同路绝。

——韦应物《韦江州集》

杨柳，杨柳，日暮白沙渡口。船头江水茫茫，商人少妇断肠。肠断，肠断，鹧鸪夜飞失伴。

——《乐府诗集》卷七十九，《近代曲辞》录王建作

这一曲调，首尾并用两个二言叠句，接着一个六言偶句，中腰又用两个六言偶句，违反了“奇偶相生”的和谐法则。虽然韵部平仄略见谐调，取得婉转相应的效果，总的说来，情调是迫促的。

提到慢曲长调，在音节上呈现拗怒激越声情的，一般更是多用仄声收脚的四言和六言偶句，杂以二言或三言短句，并押入声部韵。例如《兰陵王》：

柳阴直，烟里丝丝弄碧。隋堤上，曾见几番，拂水飘绵送行色？登临望故国。谁识，京华倦客？长亭路，年去岁来，应折柔条过千尺。　闲寻旧踪迹。又酒趁哀弦，灯照离席。梨花榆火催寒食。愁一箭风快，半篙波暖，回头迢递便数驿，望人在天北。凄恻，恨堆积。渐别浦萦回，

津堠岑寂。斜阳冉冉春无极。念月榭携手，露桥闻笛。沉思前事，似梦里，泪暗滴。

——周邦彦《清真集》

据毛开《樵隐笔录》："绍兴初，都下盛行周清真咏柳《兰陵王慢》，西楼南瓦皆歌之，谓之《渭城三叠》。以周词凡三换头，至末段，声尤激越，惟教坊老笛师能倚之以节歌者。"这《兰陵王》的曲谱，现仍保留于日本，灌有留声机片。我们单就周词的句度安排和声韵组织来试探它的"至末段，声尤激越"的原因。在句式上，末段用了一个二言、三个三言短句，又以一个去声"渐"字领两个四言偶句，一个去声"念"字也领两个四言偶句；而在一句之中的平仄安排，又故意违反调声常例，有如"津堠岑寂"的"平去平入"，"月榭携手"的"入去平上"，"似梦里"的"上去上"，"泪暗滴"的"去去入"；又在每句的落脚字，除"渐别浦萦回"独用平声，较为和婉外，其余并用仄收：这就构成它的拗怒音节，显示激越声情，适宜表达苍凉激越的情调。再看它的整体结构。第一段用了一个二言、三个三言短句和三个四言、一个六言偶句，虽然中间参错着一个五言、两个七言奇句，好像符合"奇偶相生"的调整规律，但在句中的平仄安排，却又违反调声常例，有如"拂水飘绵送行色"的"入上平平去平入"，"登临望故国"的"平平去去入"，"应折柔条过千尺"的"平入平平去平入"，又都构成拗怒的音节。第二段用了一个以去声"又"字领两个四言偶句和一个以平声"愁"字领两个四言偶句，虽然参错着两个五言、两个七言奇句，似乎有了“奇偶相生”的谐婉音节，但句中的平仄安排却又违反调声常例，有如“闲寻旧踪迹”的“平平去平入”，“回头迢递便数驿”的“平平平去去去入”，“望人在天北”的“去平去平入”，加上偶句“灯照离席”的“平去平入”，“一箭风快”的“入去平去”，都是一些不能自由变更的拗句。把这三段的声韵组织联系起来，仔细体味，确是越来越紧，充分显示激越声情，和一种软媚的靡靡之音是截然殊致的。

有的慢曲长调，虽然在句度上显示“奇偶相生”之美，但奇句多用逆入式的特殊句法，偶句多用六言句式，而且在句中的平仄安排上又多拗犯，也一样可以构成激越的声情。例如《浪淘沙慢》：

> 晓阴重，霜凋岸草，雾隐城堞。南陌脂车待发，东门帐饮乍阕。正拂面垂杨堪揽结，掩红泪、玉手亲折。念汉浦离鸿去何许？经时信音绝。　情切，望中地远天阔。向露冷风清无人处，耿耿寒漏咽。嗟万事难忘，唯是轻别。翠樽未竭，凭断云、留取西楼残月。　罗带光销纹衾叠，连环解、旧香顿歇。怨歌永、琼壶敲尽缺。恨春去、不与人期，弄夜色，空余满地梨花雪。
>
> ——周邦彦《清真集》

这一长调的句法变化和拗句太多了。有如“掩红泪玉手亲折”（上平去入上平入）是上三下四的拗句；“连环解旧香顿歇”（平平上去平去入）和“恨春去不与人期”（去平去入上平平）是上三下四的平句。又如“正拂面垂杨堪揽结”（去入去平平平上入）是以一领七的平句，“念汉浦离鸿去何许”（去去上平平去平上）和“向露冷风清无人处”（去去上平平平平去）是以一领七的拗句，“凭断云留取西楼残月”（平去平平上平平平入）是上三下六的平句，“怨歌永琼壶敲尽缺”（去平上平平平去入）是上三下五的平句。这都是一些错综变化的特殊句式。还有一些拗句，如“雾隐城堞”的“去上平入”，“东门帐饮乍阕”的“平平去上去入”，“望中地远天阔”的“去平去上平入”，“耿耿寒漏咽”的“上上平去入”，“唯是轻别”的“平去平入”，“罗带光销纹衾叠”的“平去平平平平入”，“弄夜色”的“去去入”，都是构成拗怒音节的主要条件。把这许多拗句和特殊句式联系起来，取得和谐与拗怒的矛盾的统一。这也就是王国维所称：“读其词者，犹觉拗怒之中，自饶和婉，曼声促节，繁会相宣，清浊抑扬，辘轳交往。”（《清真先生遗事》）这一切都是由原有曲调错综变化的节奏来决定的。

现在回过头来看看，要构成和婉的音节，在长短句的安排上，怎样最为适合“奇偶相生、轻重相权”的八字法则？我们首先就得注意哪些调子是最接近近体诗的形式，哪些是掺杂了其他不同句式，它的落脚字的平仄又是怎样安排的，就可以推测到每一音节和婉的曲调，哪种比较适宜抒写缠绵凄艳的感情，哪种比较适宜抒写雍容华贵的风度，哪种比较适宜抒写波澜壮阔的襟抱，哪种比较适宜抒写跌荡开扩的胸怀。这一切都得先仔细体会它们的声容，才可以够得上具备“倚声”的条件。

例如以三、五、七言句式构成而又使用平韵的词牌调，音节是最流美的。前几章中所提到的《忆江南》《浣溪沙》《鹧鸪天》一类短调，它们的句式都属奇数，而在整体上看，必得加上一两个对称的句子，这就使参差和整齐取得一种调剂，而使它们的声容态度趋于流丽谐婉。在五、七言近体诗的基础上再加变化，藉以增加它的声情之美的，有如下举诸调：

1.《小重山》：

春到长门春草青。玉阶华露滴，月胧明。东风吹断紫箫声。宫漏促，帘外晓啼莺。　愁极梦难成。红妆流宿泪，不胜情。手挼裙带绕阶行。思君切，罗幌暗尘生。

——薛昭蕴《花间集》

2.《南乡子》：

回首乱山横，不见居人只见城。谁似临平山上塔，亭亭，迎客西来送客行。　归路晚风清，一枕初寒梦不成。今夜残灯斜照处，荧荧，秋雨晴时泪不晴。

——苏轼《东坡乐府·送述古》

3.《南歌子》：

雨暗初疑夜，风回便报晴。淡云斜照著山明，细草软沙溪路马蹄轻。　卯酒醒还困，仙村梦不成。蓝桥何处觅云英？只有多情流水伴人行。

——苏轼《东坡乐府》

4.《江城子》：

十年生死两茫茫。不思量，自难忘。千里孤坟，无处话凄凉。纵使相逢应不识，尘满面，鬓如霜。　夜来幽梦忽还乡。小轩窗，正梳妆。相顾无言，惟有泪千行。料得年年肠断处，明月夜，短松岗。

——苏轼《东坡乐府·乙卯正月二十日夜记梦》

上述第一例《小重山》以三、五、七言参错间用，落脚字的平仄也很调匀，就使它的声容极掩抑低徊之致，恰宜表达缠绵悱恻的情感。第二例《南乡子》只是两首失黏格绝句诗的变体，前后阕首句减掉两字，而把它拉移到第三句下面，增多一个韵脚，使音节益趋于完美。第三例《南歌子》前后阕并以两个五言对句和一个七言、一个九言单句组成，由舒徐渐趋急促，末多两字，显得摇曳生姿，有余音袅袅、缠绵不尽之致。第四例《江城子》前后阕并以七、三、三、七、三、三中间夹一个上四下五的九言句式组成，上紧促而下沉咽，又复异其情态。上述四例基本上是属于音节流美的。至于《阮郎归》：

旧香残粉似当初，人情恨不如。一春犹有数行书，秋来书更疏。　衾风冷，枕鸳孤，愁肠待酒舒。梦魂纵有也成虚，那堪和梦无！

——晏几道《小山词》

除后阕开端化七言单句为三言对句外，并以七言和五言更迭组成。它在整体上的平仄安排，每句的第二字都用平声，恰和《南乡子》的全用仄声相反，在情调上此较低沉而彼较高亢，所以适用的意境也有所不同。这一短调小令几乎句句押韵，一气紧逼而下，是较宜抒写缠绵低抑情调的。

至于例用平韵而以四言和五言或六言和五、七言混合组成的短调小令，它们的音节态度基本上也是属于流丽谐婉这一类型的。举例如下：

1.《少年游》：

长安古道马迟迟，高柳乱蝉嘶。夕阳岛外，秋风原上，目断四天垂。　归云一去无踪迹，何处是前期？狎兴生疏，酒徒萧索，不似去年时！

——柳永《乐章集》

并刀如水，吴盐胜雪，纤手破新橙。锦幄初温，兽香不断，相对坐调笙。低声问：向谁行宿？城上已三更。马滑霜浓，不如休去，直是少人行。

——周邦彦《清真集》

2.《临江仙》：

梦后楼台高锁，酒醒帘幕低垂。去年春恨却来时。落花人独立，微雨燕双飞。　记得小蘋初见，两重心字罗衣。琵琶弦上说相思。当时明月在，曾照彩云归。

——晏几道《小山词》

夜饮东坡醒复醉，归来仿佛三更。家童鼻息已雷鸣。敲门都不应，倚杖听江声。　长恨此身非我有，何时忘却营营？夜阑风静縠纹平。小舟从此逝，江海寄余生。

——苏轼《东坡乐府》

这两个短调，虽然句度长短各家略有出入，但都音节谐婉、声情掩抑，对整体的安排是异常匀称的。

接着再来谈谈仄韵短调的句式安排对表达不同情感的关系。例如范仲淹的《渔家傲》和《御街行》：

塞下秋来风景异，衡阳雁去无留意。四面边声连角起。千嶂里，长烟落日孤城闭。　浊酒一杯家万里，燕然未勒归无计。羌管悠悠霜满地。人不寐，将军白发征夫泪。

——《范文正公诗余·渔家傲》

纷纷坠叶飘香砌。夜寂静，寒声碎。真珠帘卷玉楼空，天淡银河垂地。年年今夜，月华如练，长是人千里。

愁肠已断无由醉。酒未到，先成泪。残灯明灭枕头攲，谙尽孤眠滋味。都来此事，眉间心上，无计相回避。

——《范文正公诗余·御街行》

这《渔家傲》前后阕除一个三言句外，约略相等于一首七言仄韵绝句，在句中的平仄安排是和谐的，而从整体的落脚字来看，音节却是拗怒的。加之句句押韵，显示着情绪的紧张迫促，是适宜于表达兀傲凄壮的爽朗襟怀的。《御街行》则是以三、五、七言的奇句和四、六言的偶句参互组成，看来好像最为适合"奇偶相生"的谐调规律，但前后阕除了中间一个七言句用了平收外，其余全用仄声收脚，这就构成了整体的拗怒多于和谐；而且下半阕连用一个六言、两个四言的偶句直逼而下，才用一个五言单句使劲顿住，这就显示着心胸开阔、英姿飒爽的苍莽气度，便是用来抒写儿女柔情，也绝不至流于软媚的。内容和形式的统一是千姿百态的，即使用的是同一题材，不同形式也能表现不同作者的不同性格。且看李清照的《一剪梅》：

红藕香残玉簟秋。轻解罗裳，独上兰舟。云中谁寄锦书来？雁字回时，月满西楼。　花自飘零水自流。一种相思，两处闲愁。此情无计可消除，才下眉头，却上心头。

——李清照《漱玉词》

这后阕的内容和词汇，不都和范仲淹《御街行》的后阕大致相仿吗？但是我们把来对读，细味两者的音节态度，后一作者的“亦易飘飏于风雨”（刘熙载评韦端已、冯正中诸家词语，见《艺概》卷四《词曲概》）的娇怯性气，不是很容易体味出来的吗？这《一剪梅》用了全部的平声收脚，充分显示着情调的低沉，是没法把它振作起来的。

至于慢曲长调，它的句式的错综变化更是多种多样的。怎样构成拗怒的音节？前面已经约略谈到过了。这里且再举几个用平韵构成和谐音节的长调为例，对句式安排上的声情加以分析。

极参差错落之致，藉以显示摇筋转骨、刚柔相济的声容之美，我觉得《八声甘州》这一长调是最能使人感到回肠荡气的。且把宋人诸名作举例如下：

1. 柳永：

对潇潇暮雨洒江天，一番洗清秋。渐霜风凄紧，关河冷落，残照当楼。是处红衰绿减，苒苒物华休。惟有长江水，无语东流。　不忍登高临远，望故乡渺邈，归思难收。叹年来踪迹，何事苦淹留？想佳人、妆楼颙望，误几回、天际识归舟。争知我、倚阑干处，正恁凝愁！

——《乐章集》

2. 苏轼:

有情风万里卷潮来，无情送潮归。问钱塘江上，西兴浦口，几度斜晖？不用思量今古，俯仰昔人非。谁似东坡老，白首忘机？　　记取西湖西畔，正春山好处，空翠烟霏。算诗人相得，如我与君稀。约他年、东还海道，愿谢公、雅志莫相违。西州路，不应回首，为我沾衣。

——《东坡乐府·寄参寥子》

3. 吴文英:

渺空烟四远，是何年青天坠长星？幻苍崖云树，名娃金屋，残霸宫城。箭径酸风射眼，腻水染花腥。时靸双鸳响，廊叶秋声。　　宫里吴王沉醉，倩五湖倦客，独钓醒醒。问苍天无语，华发奈山青。水涵空、阑干高处，送乱鸦斜日落渔汀。连呼酒、上琴台去，秋与云平。

——《梦窗词集·灵岩陪庾幕诸公游》

上述三人的作品，在句读节奏方面虽然有些出入，而激楚苍凉的情调基本上是一致的。宋人传世之作以柳词为最早，我们要做声律上的分析，当然必须以柳词为标准。且看他是怎样来处理这节奏关系的：开端就用一个去声“对”字，领下一个七言平句和一个五言拗句；接着又用一个去声“渐”字，使劲顶住上面两个单句，领起下面三个四言偶句，而三个四言句中，又以最末一句紧束上面两个对句，就格外显得此词句法和章法如何取得参互和谐的声容之美。跟着递用六、五、五、四的句式，错综奇偶，婉转相生，不着一些滞相。过片使用一个六言偶句，作为过脉。接着又用一个去声“望”字顶住上句，领起下面两个四言偶句，构成参差和齐整的调协。再用一个去声“叹”字，把上文加紧束住，并即领起下面一个四言偶句和一个五言单句，对上文折入一步，愈转愈深。跟着换上一个上三下四的特殊句式，挺接一个上三下五的特殊句式，作出回眸却顾的态势，到此千回百折，跌荡生姿。更用逆入的上三下四，并于下四变二二为一三的特殊句式，紧接一个四言平句，总收全局。它的整体结构，是异常谐协的。

至于适宜铺张排比、显示宽宏器宇或雍容气度的慢曲长调，常是多用四言偶句作成对称格局，并于落脚字递换平仄作为谐调音节的主要手段。这该以《沁园春》作为最好范例：

叠嶂西驰，万马回旋，众山欲东。正惊湍直下，跳珠倒溅；小桥横截，缺月初弓。老合投闲，天教多事，检校长身十万松。吾庐小，在龙蛇影外，风雨声中。　争先见面重重，看爽气朝来三数峰。似谢家子弟，衣冠磊落；相如庭户，车骑雍容。我觉其间，雄深雅健，如对文章太史公。新堤路，问偃湖何日，烟水濛濛。

——辛弃疾《稼轩长短句·灵山齐庵赋，时筑偃湖未成》

何处相逢？登宝钗楼，访铜雀台。唤厨人斫就，东溟鲸脍：圉人呈罢，西极龙媒。天下英雄，使君与操，余子谁堪共酒杯？车千两，载燕南赵北，剑客奇才。　饮酣画鼓如雷，谁信被晨鸡轻唤回？叹年光过尽，功名未立；书生老去，机会方来。使李将军，遇高皇帝，万户侯何足道哉？披衣起，但凄凉感旧，慷慨生哀。

——刘克庄《后村别调·梦孚若》

《沁园春》长调格局恢张，饶有雍容气象。一起首叠用三个四言平收偶句，显示从容不迫的姿势。紧接一个仄声（最好用去声）领字，领起下面四个四言偶句，于严整中取得和谐。跟着又是两个四言对句，紧接一个七言单句，借以展开格局。挺接一个三言短句，再以一个仄声（最好用去声）字领下两个四言对句，于整齐格局中见参差抑扬之美。过片变三个四言偶句为一个六言平句和一个以一领七的特殊句，使得它在换气的地方呈现着骀荡生姿的风致。下面和前阕全部相同。像这类和谐开展的曲调，最宜抒写壮阔襟怀，表现恢弘器宇，因此历来多被豪迈磊落的英雄志士所爱采用。

和《沁园春》的恢张格局约略相近的，还有《风流子》：

木叶亭皋下，重阳近，又是捣衣秋。奈愁入庾肠，老侵潘鬓，漫簪黄菊，花也应羞。楚天晚，白蘋烟尽处，红蓼水边头。芳草有情，夕阳无语，雁横南浦，人倚西楼。

玉容知安否？香笺共锦字，两处悠悠。空恨碧云离合，青鸟沉浮。向风前懊恼，芳心一点，寸眉两叶，禁甚闲愁？情到不堪言处，分付东流。

——张耒《柯山诗余》

这个曲调的组成，也很符合“奇偶相生”的和谐规律，并见掩抑低徊的恢张局势，但运用对偶不及《沁园春》的疏宕跳脱，所以只能成为缠绵悱恻的凄调。

此外如《忆旧游》《高阳台》一类的长调，亦饶和婉凄抑之音，留待下面再讲，这里就暂不举例了。

第五讲 论韵位安排与表情关系

我国诗歌素来是讲究声韵的。韵脚的相谐，一则可使前后呼应，在五音繁会中取得调节的效果；二则表示情感的起伏变化，使得疾徐中节；三则利用收音相同，易于记忆，并引起联想。萧梁刘勰对声韵的作用早就有了精辟的阐明。他说："异音相从谓之和，同声相应谓之韵。"（《文心雕龙》卷七《声律》第三十三）"异音相从"属于句子中间的字调安排问题，必须四声更替使用，才能取得和谐。这是因为"声有飞沉，响有双叠，双声隔字而每舛，叠韵杂句而必睽，沉则响发而断，飞则声飏不还，并辘轳交往，逆鳞相比"（同上）。把每个不同字调安排得当，就可做到"声转于吻，玲玲如振玉；辞靡于耳，累累如贯珠"（同上）。张炎在论"字面"时，也曾提到"词中一个生硬字用不得，须是深加锻炼，字字敲打得响，歌诵妥溜，方为本色语"（《词源》卷下）。我们掌握了这个基本法则，就可以解决句法上的"声病"问题。要想把这些"振玉""贯珠"般的好句连缀起来，发挥绝大的感染力，就得进一步讲究韵位的疏密，怎样才最适宜于调节整体的相互关系，取得辞气与声情的紧密结合，达到思想性和艺术性的统一的顶峰。由于唐宋教坊乐家广泛吸收了当时民间流行的新兴曲子，或者在这些新兴曲子的基础上予以提高或创作，使乐坛上呈现着异样光彩，从而促醒诗人们注意吸取《诗经》《楚辞》以逮汉魏六朝乐府诗与唐代大诗家在古、近体诗上的创格，穷究声韵的变化，以纳入各种新兴曲子中，遂能对韵位的安排极诸变态。大体说来，一般谐婉的曲调，例以隔句或三句一协韵为标准，韵位均匀，又多选用平声韵部的，率多呈现“纡徐为妍”的姿态。小令短调中，有如前面所提到过的《鹧鸪天》《小重山》《定风波》《临江仙》等调皆是。在同一曲调中，凡属句句押韵的一段，声情比较迫促，隔句押韵的所在，即转入缓和。例如《浣溪沙》的上半阕句句押韵，情调较急；下半阕变作两个七言对句，隔句一协，便趋和缓。《鹧鸪天》除开首连押两韵外，皆隔句一协，那就更为从容谐婉了。至于《阮郎归》，则除下半阕变七言单句为三言两句，隔句一协，显示换气处略转舒缓外，余皆句句押韵，一气旋折而下，使人感到情急调苦，凄婉欲绝。例如第四讲中所提到的晏几道《小山词》和下面所列举的两首词：

湘天风雨破寒初，深沉庭院虚。丽谯吹罢小单于，迢迢清夜徂。　　乡梦断，旅魂孤，峥嵘岁又除。衡阳犹有雁传书，郴阳和雁无！

——秦观《淮海居士长短句》

天边金掌露成霜，云随雁字长。绿杯红袖趁重阳，人情似故乡。　兰佩紫，菊簪黄，殷勤理旧狂。欲将沉醉换悲凉，清歌莫断肠。

——晏几道《小山乐府》

这三阕同是表达迫促低沉情调，秦作尤为低抑悲苦。除韵位关系外，它那四个五言句子全用“平平平仄平”，平声字在一句中占了五分之四，就更显得情调的低沉，好像杜甫《石壕吏》中“夜久语声绝，如闻泣幽咽”的凄音，和李白《菩萨蛮》的结句“何处是归程？长亭连短亭”是异曲同工的。

再看仄韵短调的韵位安排，在原则上是否相同。全阕隔句押韵，每句落脚字平仄互用，从整个音节看来是比较谐婉的，例如《生查子》：

坠雨已辞云，流水难归浦。遗恨几时休，心抵秋莲苦。　忍泪不能歌，试托哀弦语。弦语愿相逢，知有相逢否？

——晏几道《小山乐府》

西津海鹘舟，径渡沧江雨。双橹本无情，鸦轧如人语。　挥金陌上郎，化石山头妇。何物系君心，三岁扶床女。

——贺铸《东山乐府》

由于每个句子上下相当的地位都用的仄声，就不免杂着一些拗怒的气氛。所以运用这个调子，除了改上下阕首句为“平平仄仄平”较为和婉外，还是适宜表达婉曲哀怨的感情而带有几分激切意味的。如《卜算子》：

我住长江头，君住长江尾。日日思君不见君，共饮长江水。　此水几时休？此恨何时已？只愿君心似我心，定（这一个是衬字）不负相思意。

——李之仪《姑溪词》

关于句中平仄和整个韵位安排，两个曲调是一致的。

此外，有如《青门引》：

乍暖还轻冷，风雨晚来方定。庭轩寂寞近清明，残花中酒，又是去年病。　楼头画角风吹醒，入夜重门静。那堪更被明月，隔墙送过秋千影。

——张先《张子野词》

上下阕前两句皆连协，入后上隔两句、下隔一句才协，前急后徐，化短叹为长吁，别是一种情调。又如《天仙子》：

水调数声持酒听，午醉醒来愁未醒。送春春去几时回？临晚镜，伤流景，往事后期空记省。　沙上并禽池上暝，云破月来花弄影。重重帘幕密遮灯，风不定，人初静，明日落红应满径。

——张先《张子野词》

你看，这前后阕中，除中间夹了一个七言平收句略为舒展语气，恍如长叹一声外，不都是句句押韵，到末了愈转愈急吗？两个三言对句，拖上一个七言单句，不也是显示伤春伤别、情急调苦的最好范例吗？又如《归田乐》：

试把花期数，便早有感春情绪。看即梅花吐。愿花更不谢，春且长住，只恐花飞又春去。　　花开还不语。问此意年年，春还会否？绛唇青鬓，渐少花前语。对花又记得，旧曾游处，门外垂杨未飘絮。

——晏几道《小山词》

这上半阕只第四、五句隔句一协，下半阕则除最末两句连协外，皆隔句协韵，但只第二句平收，语气略为和婉，余并仄声收脚，不是又在谐婉中夹有掩映低徊、回肠荡气的情调吗？

一般说来，句句协韵的，也就是韵位过密的，例宜表达激切紧促的思想感情，隔句协韵，也就是韵位均调的，例宜表达低徊掩抑的凄婉情调；后者尤以选用上去声韵部最为适合。我们再看《谒金门》：

风乍起，吹皱一池春水。闲引鸳鸯香径里，手挼红杏蕊。　斗鸭阑干独倚，碧玉搔头斜坠。终日望君君不至，举头闻鹊喜。

——冯延巳《阳春集》

全阕句句押韵，一句一换一个意思，步步逼紧，不是充分活衬出一个伤春少妇的迫切心情来了吗？

至于一曲之中，平仄韵递换，一般跟着感情的起伏变化为推移。有上下阕四换韵，两句一换，平仄递转的，就是在“辘轳交往”的调声原则上发展而来。例如温庭筠《菩萨蛮》：

小山重叠金明灭，鬓云欲度香腮雪。懒起画蛾眉，弄妆梳洗迟。　照花前后镜，花面交相映。新帖绣罗襦，双双金鹧鸪。

——温庭筠《花间集》

郁孤台下清江水，中间多少行人泪？西北望长安，可怜无数山。　青山遮不住，毕竟东流去。江晚正愁予，山深闻鹧鸪。

——辛弃疾《稼轩长短句·书江西造口壁》

这一曲调的韵位安排，虽然在整体上看来，相当匀称，但两句一转，句句押韵，便表现为繁音促节，先短叹而后长吁。虽然也可用它来表达沉雄豪迈的壮音，而疾徐缓急间的波澜起伏，基调上还是一致的。

和《菩萨蛮》的韵位安排大体相近的还有《虞美人》，也是平仄互换，两句一转：

落花已作风前舞，又送黄昏雨。晓来庭院半残红，惟有游丝千丈罥晴空。　　殷勤花下同携手，更尽杯中酒。美人不用敛蛾眉，我亦多情，无奈酒阑时！

——叶梦得《石林词》

又有上下阕平仄韵互换，前紧促而后转舒徐的，当以《清平乐》为最好的范例：

别来春半，触目愁肠断。砌下落梅如雪乱，拂了一身还满。　　雁来音信无凭，路遥归梦难成。离恨恰如春草，更行更远还生。

——李煜《李后主词》

绕床饥鼠，蝙蝠翻灯舞。屋上松风吹急雨，破纸窗间自语。　　平生塞北江南，归来华发苍颜。布被秋宵梦觉，眼前万里江山。

——《稼轩长短句·独宿博山王氏庵》

上半阕全用仄协，句句押韵，显示情调紧张；下半阕转平，第三句并改仄收，隔句一协，就显得音节和缓，转作曼声，有缠绵不尽之致，是短调中最为美听的。

还有全阕句句押韵，例用平韵，而于换头处插入两个仄声短韵，借以加强激越凄怨气氛的，例如《乌夜啼》（又名《相见欢》）：

林花谢了春红，太匆匆！无奈朝来寒雨晚来风！　胭脂泪，相留醉，几时重？自是人生长恨水长东！

——《李后主词》

金陵城上西楼，倚清秋。万里夕阳垂地大江流。　中原乱，簪缨散，几时收？试倩悲风吹泪过扬州。

——朱敦儒《樵歌》

都在换头处添上两个仄韵，把语气一振，增强激动的心情，最末以“如怨如慕、如泣如诉”的九言长句长引一声，也使读者为之凄婉欲绝。

又有全曲韵位安排显得异常匀称，但在上下阕的结句换上一个同部仄声韵的，也有加强气氛的作用，例如《西江月》：

携手看花深径，扶肩待月斜廊。临分少伫已依依，此段不堪回想。　欲寄书如天远，难销夜似年长。小窗风雨碎人肠，更在孤舟枕上。

——贺铸《贺方回词》

醉里且贪欢笑，要愁那得工夫？近来始觉古人书，信著全无是处。　　昨夜松边醉倒，问松我醉何如？只疑松动要来扶，以手推松曰去！

——《稼轩长短句·遣兴》

长调的韵位安排，由于篇幅愈长，须得铺张排比，有利于开阖变化的格局，那韵位疏密对表情的关系，就更显得重要，也更复杂得多。一般说来，凡是属于音节谐婉的调子，大多数是隔句一协或三句一协，而三句成一片段的格局，又多是用一个单句，一个对句组成。如第三讲所举《满庭芳》中的“山抹微云，天粘衰草，画角声断谯门”[1]是前对后单，《木兰花慢》中的“正艳杏烧林，缃桃绣野，芳景如屏”[2]，和第四讲所举《八声甘州》中的“渐霜风凄紧，关河冷落，残照当楼”[3]也是如此，不过在对句之上加了一个去声领字，每句收尾除《八声甘州》连用两仄较为拗峭外，余皆平仄递收；再和整篇的两句一协统一起来，就显得奇偶相生，饶有夷犹婉转的姿态。如果遇到须押仄韵的长调也是三句成一片段，再安上一个韵位，如第四讲所举《水龙吟》中的

1.见本书第29页。

2.见本书第30页。

3.见本书第52页。

“遥岑远目，献愁供恨，玉簪螺髻”[1]，三句一协，而且每句都用仄收，就显得格外劲挺，无复婉曲情致。接着“落日楼头，断鸿声里，江南游子”，也是三句一协，因为第一句用了平收，也就略为和婉。接着“把吴钩看了，阑干拍遍，无人会，登临意”，和下半阕的结尾“倩何人唤取，红巾翠袖，揾英雄泪”，虽然前者四句一协，后者三句一协，句法上也有些变化，但每句都用仄收，就构成整体的清壮拗峭的格局，宜于表达豪爽激动的感情。

还有的开端连协，接着隔句一协，仿佛五、七言近体诗押韵方式，它的音节是异常和婉的。例如《风入松》：

> 听风听雨过清明，愁草瘗花铭。楼前绿暗分携路，一丝柳，一寸柔情。料峭春寒中酒，交加晓梦啼莺。　西园日日扫林亭，依旧赏新晴。黄蜂时扑秋千索，有当时、纤手香凝。惆怅双鸳不到，幽阶一夜苔生。
>
> ——吴文英《梦窗词集》

这音节是何等的轻柔婉转，极掩抑低徊之致，是最适宜于表达和婉情调的。再看南宋初期俞国宝描写西湖春色，也是用的这个调子：

> 一春长费买花钱，日日醉湖边。玉骢惯识西湖路，骄

1.见本书第39页。

嘶过、沽酒楼前。红杏香中箫鼓，绿杨影里秋千。　暖风十里丽人天，花压鬓云偏。画船载取春归去，余情付、湖水湖烟。明日重扶残醉，来寻陌上花钿。

——《宋词三百首》

像这夷犹淡沲的音节态度，是和风光旖旎的湖上春游恰恰相称的。

和《风入松》这个调子的声容态度有些相近而特显缠绵凄抑情调的，有如《扬州慢》：

淮左名都，竹西佳处，解鞍少驻初程。过春风十里，尽荠麦青青。自胡马、窥江去后，废池乔木，犹厌言兵。渐黄昏，清角吹寒，都在空城。　杜郎俊赏，算而今、重到须惊。纵豆蔻词工，青楼梦好，难赋深情。二十四桥仍在，波心荡、冷月无声。念桥边，红药年年，知为谁生！

——姜夔《白石道人歌曲》

这上下阕都有三句成一片段处，对声韵上的处理，是和《满庭芳》《木兰花慢》《八声甘州》等调相同的。但整体的句法变化较多，特别显得悲凉掩抑。两结三用平收，更显得凄咽低沉，哀怨无端，充分表露作者的没落心情，只是“无可奈何”的哀音而已。

和《扬州慢》的低沉音节有些相近的，例如《高阳台》：

接叶巢莺，平波卷絮，断桥斜日归船。能几番游？看花又是明年。东风且伴蔷薇住，到蔷薇、春已堪怜。更凄然，万绿西泠，一抹荒烟。　当年燕子知何处？但苔深韦曲，草暗斜川。见说新愁，如今也到鸥边。无心再续笙歌梦，掩重门、浅醉闲眠。莫开帘，怕见飞花，怕听啼鹃。

——张炎《山中白云·西湖春感》

这个长调的韵位安排是合于和婉法则的。但在上下阕的中间和结尾都连用平收，就更显出低沉情调，只适合表现哀怨心情。

还有《忆旧游》的声韵安排，也和《扬州慢》《高阳台》大体相像。例如周邦彦所写：

记愁横浅黛，泪洗红铅，门掩秋宵。坠叶惊离思，听寒螿夜泣，乱雨潇潇。凤钗半脱云鬓，窗影烛花摇。渐暗竹敲凉，疏萤照晓，两地魂销。　迢迢，问音讯，道径底花阴，时认鸣镳。也拟临朱户，叹因郎憔悴，羞见郎招。旧巢更有新燕，杨柳拂河桥。但满眼京尘，东风竟日吹露桃。

——《清真集》

像这类掩抑低沉的情调，是适宜于曼声低唱的。它的韵位安排基本上是取得谐婉的。这上半阕的第二、三句，下半阕的第三、四句和结尾两句，都连用平收，是音节低沉的关键所在。幸而最末用了一个“平平去入平去平”的拗句，把它略为振起，便显得有些生意，不致凄婉欲绝了。

至于韵位相隔太远，如《沁园春》上下阕都有四句成一片段，句末收音有谐有拗，构成一种庄严整肃气象，是最适宜于铺张排比，显示雍容博大器宇的。除在第四讲中已经举了辛弃疾和刘克庄各一首示范外，再拈辛作《再到期思卜筑》一首，加以分析：

> 一水西来，千丈晴虹，十里翠屏。喜草堂经岁，重来杜老；斜川好景，不负渊明。老鹤高飞，一枝投宿，长笑蜗牛戴屋行。平章了，待十分佳处，著个茅亭。　青山意气峥嵘，似为我、归来妩媚生。解频教花鸟，前歌后舞；更催云水，暮送朝迎。酒圣诗豪，可能无势，我乃而今驾驭卿。清溪上，被山灵却笑，白发归耕。
>
> ——《稼轩长短句》

这个长调一开始就连用三个平收的句子，三句成一片段，显得情调有些低沉。可是接着又连用三个仄收的句子，四句成一片段，再在承转处用一个仄声字，领下四个整整齐齐的两联对句，就好像带来行列整肃的两队人马，飞奔上阵，和上面表示出来的前锋队伍互相呼应，军容陡顿振作起来。接着两偶一单，三句成一片段，又化整肃为灵巧。续作阵势变化，前单后偶，也是三句成一片段，显示雍容不迫的气度，是适宜于豪放派作家驰骋笔力的。过片连协两句，显示格局恢张，也使情调骤见紧凑；下面全同上阕，构成整体的壮阔气象。没有宏伟开朗的才略襟抱，是很难运用得恰到好处的。

还有韵位相隔过远，要靠善于换气才能掌握它的音节态度，用来表达缠绵委婉而又紧张迫促的心情，也就是运用“潜气内转”的手法来处理这个特种声韵组织，是要用暗劲的。例如《八六子》：

倚危亭，恨如芳草，萋萋刬尽还生。念柳外青骢别后，水边红袂分时，怆然暗惊。　　无端天与娉婷，夜月一帘幽梦，春风十里柔情。怎奈向、欢娱渐随流水，素弦声断，翠绡香减，那堪片片飞花弄晚，濛濛残雨笼晴。正销凝，黄鹂又啼数声。

——秦观《淮海居士长短句》

这上半阕开端以三字短句起韵，接着两句一协，于谐婉中见紧凑，有人推为“神来之笔”，其实是善于掌握这个曲调的声情关系。接着用一个去声“念”字紧束上文，提领下面两个六言对句和一个四言单句，成一片段。因为末了两句连用平收，骤转低沉，就把末句作成“去平去平”的拗句，使它振起。过片亦紧接一韵，又用两个六言对句，收尾平仄递用，显得和婉中有紧促。接着用“怎奈向”和“那堪”等五个虚字作为转筋换气的关纽，插上一个六言单句，两个四言对句，两个六言对句，一共五句才安上一个韵位，表示情绪的越来越紧，恨不得把千言万语一气吐出。但这紧凑的节奏，非得换气，是唱不下去的，所以这五个虚字也就表示着可使作者便于把握这“潜气内转”的手法。接着一个三言短句，紧跟一个“平平去平去平”的特殊句式，连协两韵，藉作收束，使一点痴情骤然惊醒，情景双融，声辞谐会。这艺术手法是值得我们深入体味的。

该用仄韵的长调，一般也多是以隔句押韵或三句一协为准则的。例如《念奴娇》：

大江东去，浪淘尽、千古风流人物。故垒西边，人道是、三国周郎赤壁。乱石穿空，惊涛拍岸，卷起千堆雪。江山如画，一时多少豪杰！　遥想公瑾当年，小乔初嫁了，雄姿英发。羽扇纶中，谈笑间、樯橹灰飞烟灭。故国神游，多情应笑我，早生华发。人间如梦，一尊还酹江月。

——《东坡乐府·赤壁怀古》

野棠花落，又匆匆过了，清明时节。刬地东风欺客梦，一枕云屏寒怯。曲岸持觞，垂杨系马，此地曾轻别。楼空人去，旧游飞燕能说。　闻道绮陌东头，行人长见，帘底纤纤月。旧恨春江流不尽，新恨云山千叠。料得明朝，尊前重见，镜里花难折。也应惊问，近来多少华发？

——《稼轩长短句·书东流村壁》

这个长调的音节是激越高亢的。它的句读安排一般以辛作为标准。它之所以声情激壮，一由整体句脚，只上下阕两个四言偶句，一个五言单句，构成一个片段，用了一句平收外，其余全用仄收，就自然显示音节的拗怒；二由所用韵脚，一般选用短促的人声韵部，可使感情尽量发泄，不带含蓄意味。但从整体的韵位安排上来看，是相当匀称的，因此能够取得拗怒与和谐的矛盾的统一，适宜表达激壮慷慨的豪迈感情。它那调名的由来，就是有取于唐明皇时女高音歌唱家念奴足够压倒一切噪音的高调。据王灼说："念奴每执板当席，声出朝霞之上。今大石调《念奴娇》，世以为天宝间所制曲。"（《碧鸡漫志》卷五）这就说明这个长调的声韵安排，是要符合曲调中的高亢音响的。

又如一般豪放派作家所共爱使用的《贺新郎》：

绿树听鹈鴂。更那堪、鹧鸪声住，杜鹃声切。啼到春归无寻处，苦恨芳菲都歇。算未抵、人间离别。马上琵琶关塞黑，更长门翠辇辞金阙。看燕燕，送归妾。　将军百战身名裂，向河梁、回头万里，故人长绝。易水萧萧西风冷，满座衣冠似雪。正壮士、悲歌未彻。啼鸟还知如许恨，料不啼清泪长啼血。谁共我，醉明月？

——《稼轩长短句·别茂嘉十二弟》

湛湛长空黑。更那堪、斜风细雨，乱愁如织。老眼平生空四海，赖有高楼百尺，看浩荡千崖秋色。白发书生神州泪，尽凄凉不向牛山滴。追往事，去无迹。　少年自负凌云笔。到而今、春华落尽，满怀萧瑟。常恨世人新意少，爱说南朝狂客。把破帽年年拈出。若对黄花辜负酒，怕黄花也笑人岑寂。鸿北去，日西匿。

——刘克庄《后村别调·九日》

这一长调的韵位安排，除上下阕第四韵的单句为全篇筋节[1]，连协两韵，较为紧促外，余并隔句一协，是合乎谐婉法则的。但全阕无一句不用仄收，而且用的韵部又属短促的入声，因而构成拗怒多于和婉的激越情调。比起《念奴娇》来，此调更适合抒写英雄豪杰激昂奋厉的思想感情。虽然这两个长调在宋人已多改用上去声韵部，一样也适于表达清壮情调，但会略转沉郁一路，和《摸鱼儿》差相仿佛。

关于《摸鱼儿》的音节，是属于“吞咽式”[2]的，已在第三讲中提到过。它所以适宜表达哽咽情调，除了句法上的参差变化安排得很恰当外，其关键还在上下阕的腰腹，以一个三言短句、一个上三下七的长句和一个四言偶句组成，而且句句协韵，就格外显出一种低徊掩抑、欲吞还吐的特殊情调。例如辛词上阕“春且住！见说道、天涯芳草无归路。怨春不语”和下阕“君莫舞！君不见、玉环飞燕皆尘土。闲愁最苦”等句，就是这个长调的筋节所在。

1.参阅梁令娴《艺蘅馆词选》丙卷。

2.参阅梁启超《中国韵文里头所表现的情感》，刊于《饮冰室文集》。

在连协三韵后，跟着把韵位转入疏阔，变为三句一协，便感千回百折，到此倾泻不下，勉为含蓄，构成整体的幽咽情调，是够使作者和读者回肠荡气的。

像这一类型的“近”词，适宜表达抑塞磊落的幽咽情调的，莫过于《祝英台近》：

> 宝钗分，桃叶渡，烟柳暗南浦。怕上层楼，十日九风雨。断肠点点飞红，都无人管，倩谁劝、流莺声住？　鬓边觑，试把花卜归期，才簪又重数。罗帐灯昏，哽咽梦中语：是他春带愁来，春归何处？却不解、带将愁去。
>
> ——《稼轩长短句·晚春》

> 采幽香，巡古苑，竹冷翠微路。斗草溪根，沙印小莲步。自怜两鬓清霜，一年寒食，又身在、云山深处。　昼闲度，因甚天也悭春，轻阴便成雨？绿暗长亭，归梦趁风絮。有情花影阑干，莺声门径，解留我、霎时凝伫。
>
> ——吴文英《梦窗词集·春日客龟溪，游废园》

这一“近”词的声韵组织，无论在句度长短和韵位安排上，都是煞费经营，极尽奇偶相生、低徊掩抑能事的。上下阕都用上了三个平收的句子，和仄收的句子互相参错，构成刚柔相济的声容之美。而在某些句子中的平仄安排，略作拗怒，有如“烟柳暗南浦”“十日九风雨”“才簪又重数”“哽咽梦中语”等，都作“平仄仄平仄”或“仄仄仄平仄”，在每个句子的中心显示激情，接着换上一个谐婉的四言和六言平句，紧跟情绪的发展，由隔句一协转入三句一协，使在低徊欲绝的情景中，更作千回百折、回肠荡气的怨抑凄调，是最值得深入体味的。

谈到宋代深通音律的作家，如柳永、周邦彦、姜夔等所创作或爱选用的慢曲长调，它的韵位变化跟着外境转换和感情起伏为推移，那就更为复杂得多了。兹更举例略加说明如下：

1.《长亭怨慢》：

渐吹尽、枝头香絮。是处人家，绿深门户。远浦萦回，暮帆零乱，向何许？阅人多矣，谁得似、长亭树？树若有情时，不会得、青青如此！　　日暮，望高城不见，只见乱山无数。韦郎去也，怎忘得、玉环分付？第一是、早早归来，怕红萼、无人为主。算空有并刀，难剪离愁千缕。

——《白石道人歌曲》

2.《六丑》：

正单衣试酒，怅客里、光阴虚掷。愿春暂留，春归如过翼，一去无迹。为问花何在？夜来风雨，葬楚宫倾国。钗钿堕处遗香泽，乱点桃蹊，轻翻柳陌。多情更谁追惜？但蜂媒蝶使，时叩窗隔。　　东园岑寂，渐蒙笼暗碧。静绕珍丛底，成叹息。长条故惹行客，似牵衣待话，别情无极。残英小、强簪巾帻。终不似、一朵钗头颤袅，向人攲侧。漂流处、莫趁潮汐。恐断红、尚有相思字，何由见得？

——《清真集·蔷薇谢后作》

3.《夜半乐》：

冻云黯淡天气，扁舟一叶，乘兴离江渚。渡万壑千岩，越溪深处，怒涛渐息，樵风乍起，更闻商旅相呼，片帆高举，泛画鹢、翩翩过南浦。　望中酒旆闪闪，一簇烟村，数行霜树。残日下、渔人鸣榔归去。败荷零落，衰杨掩映，岸边两两三三，浣纱游女，避行客、含羞笑相语。

到此因念：绣阁轻抛，浪萍难驻。叹后约丁宁竟何据！惨离怀、空恨岁晚归期阻。凝泪眼、杳杳神京路，断鸿声远长天暮。

——《乐章集》

《长亭怨慢》是姜夔的自度曲，所谓“初率意为长短句，然后协以律”的。它的音节态度，于清劲中见峭折，亦复摇曳生姿。《六丑》是周邦彦创作的犯调。据周密记邦彦自称：“此犯六调，皆声之美者，然绝难歌。昔高阳氏有子六人，才而丑，故以比之。”（吴衡照《莲子居词话》卷一引《浩然斋雅谈》）它的整个音节之美，显示于韵位的疏密递变和句式的奇偶相生，欲断还连，千回百折，而又一气贯注，摇筋转骨，极诸变态，其艺术性的绝特，也是清真创调中所罕见的。《夜半乐》传为唐人旧曲。据段安节《乐府杂录》称："明皇自潞州入平内难，半夜斩长乐门关，领兵入宫剪逆人，后撰此曲。"（《碧鸡漫志》卷四引）由此说来，这该是一套武舞曲，所以象征开阖变化的阵容，而又于一气驱使的格局中，备见激壮苍凉、纵横排奡的雄杰姿势。虽然柳永用来抒写羁旅行役之感，而伟岸奇丽的格局，还是可从音节态度上想象得之的。

第六讲 论对偶

由于汉民族语言具有便于作成对偶的特性，所以上溯周秦典籍，下逮近代歌谣，乃至口头戏谑，常是采取这种排偶形式。这一形式是素来就为人民群众所喜闻乐见的。

把对偶形式由偶然产生发展成为有意识的大量创作，这是魏晋以来逐渐讲究声律的结果。所以刘勰在写过《声律》《章句》之后，接着就有专篇讨论这个对偶问题。他说：

> 造化赋形，支体必双；神理为用，事不孤立。夫心生文辞，运裁百虑，高下相须，自然成对。

这是说明在文学语言中多用对偶，也是合乎规律的。他又提出四种对法：

> 故丽辞之体，凡有四对：言对为易，事对为难，反对为优，正对为劣。
>
> ——《文心雕龙》卷七《丽辞》第三十五

他把“双比空辞”叫作“言对”，“并举人验”叫作“事对”，“理殊趣合”叫作“反对”，“事异义同”叫作“正对”。这四种对法概括了对偶的主要形式。直到唐人近体诗的格式全部完成之后，又定出一种共同遵守的规格，就是两个长短相同的句子构成对偶时，在相同的地位，它的语义要相当（也就是虚实相当），字调要相反（也就是平仄相反），才算适合对偶的法则。这好比两个人配成一对夫妻，必须是一男一女，也就是古人所说：“一阴一阳之谓道。”这样构成的对偶，结果是十分和谐的。唐人所写的五、七言律诗和骈文、律赋，都以这两条规律为绝对共遵的标准。至燕乐曲词兴起之后，虽然句式的错综变化不可胜穷，但依据“奇偶相生、轻重相权”的八字法则，讲求对偶的精巧，还得提到首要的地位。

一般对法和近体诗相同的，以小令短调为最多。约略举例如下：

1. 三言对：

青箬笠，绿蓑衣。

——张志和《渔歌子》

柳丝长，春雨细。
惊塞雁，起城乌。
玉炉香，红蜡泪。
眉翠薄，鬓云残。

——温庭筠《更漏子》

水为乡，蓬作舍。
酒盈杯，书满架。

——李珣《渔歌子》

倾绿蚁，泛红螺。
兰棹举，水纹开。

——李珣《南乡子》

村舍外，古城旁。

——苏轼《鹧鸪天》

花不语，水空流。
春悄悄，夜迢迢。

——晏几道《鹧鸪天》

2. 四言对：

细草愁烟，幽花怯露。
带缓罗衣，香残蕙炷。
小径红稀，芳郊绿遍。
翠叶藏莺，朱帘隔燕。

——晏殊《踏莎行》

雾失楼台，月迷津渡。
驿寄梅花，鱼传尺素。

——秦观《踏莎行》

丁香枝上，豆蔻梢头。

——王雱《眼儿媚》

3. 五言对：

雨暗初疑夜，风回便报晴。
卯酒醒还困，仙村梦不成。

——苏轼《南歌子》

落花人独立，微雨燕双飞。

——晏几道《临江仙》

谁知巴峡路，却见洛城花。
幽花香涧谷，寒藻舞沦漪。
无波真古井，有节是秋筠。
和风春弄笛，明月夜闻箫。
青釭挑欲尽，粉泪浥还垂。

——苏轼《临江仙》

相逢俱白首，无语对西风。
水穷行到处，云起坐看时。

——晁补之《临江仙》

草平天一色，风暖燕双高。
难回巫峡梦，空恨武陵桃。

——李之仪《临江仙》

更无花态度，全是雪精神。

——辛弃疾《临江仙》

一灯人著梦，双燕月当楼。
瘦应因此瘦，羞亦为郎羞。

——史达祖《临江仙》

乱山明月晓，沧海冷云秋。

——段成己《临江仙》

冰壶天上下，云锦树高低。
向来元落落，此去亦悠悠。
清泉明月晓，高树乱蝉秋。

——元好问《临江仙》

4. 六言对：

梦后楼台高锁，酒醒帘幕低垂。

——晏几道《临江仙》

鸠雨催成新绿，燕泥收尽残红。

——陆游《临江仙》

倦客如今老矣，旧时不奈春何！
远眼愁随芳草，湘裙忆著春罗。

——史达祖《临江仙》

相见争如不见，有情还似无情。

——司马光《西江月》

凤额绣帘高卷，兽镮朱户频摇。
好梦狂随飞絮，闲悉浓胜香醪。

——柳永《西江月》

玉骨那愁瘴雾，冰姿自有仙风。
素面常嫌粉涴，洗妆不褪唇红。

——苏轼《西江月》

月侧金盆堕水，雁回醉墨书空。
蚁穴梦魂人世，杨花踪迹风中。

——黄庭坚《西江月》

似有如无好事，多离少会幽怀。
不寄书还可恨，全无梦也堪猜。

——晁补之《西江月》

落寞寒香满院，扶疏清影侵门。
皎皎风前玉树，盈盈月下冰魂。

——谢逸《西江月》

日日深杯酒满，朝朝小圃花开。
青史几番春梦，黄泉多少奇才。

——朱敦儒《西江月》

明月别枝惊鹊，清风半夜鸣蝉。
七八个星天外，两三点雨山前。
万事云烟忽过，百年蒲柳先衰。
早趁催科了纳，更量出入收支。

——辛弃疾《西江月》

世路如今已惯，此心到处悠然。

——张孝祥《西江月》

睡处林风瑟瑟，觉来山月团团。

句稳翻嫌白俗，情商却笑郊寒。

——朱熹《西江月》

零落不因春雨，吹嘘何假东风。

有艳难寻腻粉，无香不惹游蜂。

——曹希蕴《西江月》

断送一生惟有，破除万事无过。（歇后语）

花病等闲瘦弱，春愁没处遮拦。

——黄庭坚《西江月》

5. 七言对：

弱柳从风疑举袂，丛兰浥露似沾巾。

——刘禹锡《望江南》

待月池台空逝水，荫花楼阁漫斜晖。

——李煜《浣溪沙》

目送征鸿飞杳杳，思随流水去茫茫。

——孙光宪《浣溪沙》

无可奈何花落去，似曾相识燕归来。

——晏殊《浣溪沙》

早是出门长带月，可堪分袂又经秋。

——张泌《浣溪沙》

当路游丝萦醉客，隔花啼鸟唤行人。

——欧阳修《浣溪沙》

衣化客尘今古道，柳含春意短长亭。

户外绿杨春系马，床前红烛夜呼卢。

——晏几道《浣溪沙》

老幼扶携收麦社，乌鸢翔舞赛神村。

雪沫乳花浮午盏，蓼茸蒿笋试春盘。

彩索身轻长趁燕，红窗睡重不闻莺。

红玉半开菩萨面，丹砂秾点柳枝唇。

——苏轼《浣溪沙》

自在飞花轻似梦，无边丝雨细如愁。

——秦观《浣溪沙》

风约帘衣归燕急，水摇扇影戏鱼惊。

——周邦彦《浣溪沙》

忽有微凉何处雨，更无留影霎时云。
突兀趁人山石狠，朦胧避路野花羞。
引入沧浪鱼得计，展成寥阔鹤能言。

——辛弃疾《浣溪沙》

茅店竹篱开席市，绛裙青袂斸姜田。

——范成大《浣溪沙》

红蓼一湾纹缬乱，白鱼双尾玉刀明。

——张孝祥《浣溪沙》

忙日苦多闲日少，新愁常续旧愁生。

——陆游《浣溪沙》

玉鸭熏炉闲瑞脑，朱樱斗帐掩流苏。

——李清照《浣溪沙》

深院下关春寂寂，落花和雨夜迢迢。

——韩偓《浣溪沙》

风飐游丝随蝶翅，雨飘飞絮湿莺唇。

——珍娘《浣溪沙》

楼头残梦五更钟，花外离愁三月雨。

窗间斜月两眉愁，帘外落花双泪堕。

——晏殊《玉楼春》

绿杨烟外晓寒轻，红杏枝头春意闹。

——宋祁《玉楼春》

织成云外雁行斜，染作江南春水浅。

——晏几道《玉楼春》

归帆初张苇边风，客梦不禁篷背雨。

——苏庠《木兰花》

舞低杨柳楼心月，歌尽桃花扇底风。

——晏几道《鹧鸪天》

翻空白鸟时时见，照水红蕖细细香。

——苏轼《鹧鸪天》

风前横笛斜吹雨，醉里簪花倒著冠。

——黄庭坚《鹧鸪天》

燕惊午梦周遮语，蝶困春游落拓飞。

——李元膺《鹧鸪天》

晴云欲向杯中起，春色先从脸上来。

——赵令畤《鹧鸪天》

春风搅树花如雨，夕霭迷空燕趁门。

——吕渭老《思佳客》

拖条竹杖家家酒，上个篮舆处处山。

——朱敦儒《鹧鸪天》

双檠分焰交红影，四座春回粲晚霞。

——侯寘《鹧鸪天》

若教眼底无离恨，不信人间有白头。

平冈细草鸣黄犊，斜日寒林点暮鸦。

浮天水送无穷树，带雨云埋一半山。
千章云木钩辀叫，十里溪风䆉稏香。
红莲相倚浑如醉，白鸟无言定自愁。
人情辗转闲中看，客路崎岖倦后知。
已通樵径行还碍，似有人声听却无。
轻鸥自趁虚船去，荒犬还迎野妇回。
乱云剩带炊烟去，野水闲将日影来。
自从一雨花零落，却爱微风草动摇。
都无晋宋之间事，自是羲皇以上人。

——辛弃疾《鹧鸪天》

劳劳燕子人千里，落落梨花雨一枝。

——张炎《鹧鸪天》

物情渐逐云容好，欢意偏随日脚长。

——石孝友《鹧鸪天》

酒阑更喜团茶苦，梦断偏宜瑞脑香。

——李清照《鹧鸪天》

楼中燕子能留客，陌上杨花也笑人。
多情却被无情恼，今夜还如昨夜长。
一江春水何年尽？万古清光此夜圆。

只缘携手成归计，不恨埋头屈壮图。
旧时逆旅黄粱饭，今日田家白板扉。
浮萍自合无根蒂，杨柳谁教管送迎？

——元好问《鹧鸪天》

这上面所举的一些对句，和唐人的律诗、律赋是一般的写法，都是以声调和谐、铢两相称为准则的。

至于一联之中，音节略带拗怒，这在小令短调是比较少的。就连长调慢词，不用领字格的五、七言对句，拗的也不怎样的多。有的拗在句中的，例如《破阵子》：

池上碧苔三四点，叶底黄鹂一两声。

——晏殊

身外傥来都似梦，醉里无何即是乡。

——苏轼《十拍子》

蜡屐登山真率饮，筇杖穿林自在行。

——陆游

八百里分麾下炙，五十弦翻塞外声。

——辛弃疾

有拗在句尾的，例如《满江红》：

几许渔人飞短艇，尽载灯火归村落。

——柳永

君是南山遗爱守，我为剑外思归客。

——苏轼

麦影离离翻翠浪，泉声濊濊敲寒玉。

——葛郯

十幅云帆风力满，一川烟暝波光阔。

——蔡伸

点点不离杨柳外，声声只在芭蕉里。

——张孝祥

三十功名尘与土，八千里路云和月。

——岳飞

红粉暗随流水去，园林渐觉清阴密。
白羽风生貔虎噪，青溪路断鼪鼯泣。
破敌金城雷过耳，谈兵玉帐冰生颊。

马革裹尸当自誓，蛾眉伐性休重说。
楼观才成人已去，旌旗未卷头先白。
琴里新声风响珮，笔端醉墨鸦栖壁。
宝马嘶归红旆动，龙团试水铜瓶泣。
东北看惊诸葛表，西南更草相如檄。
似整复斜僧屋乱，欲吞还吐林烟薄。
少日对花浑醉梦，而今醒眼看风月。
老冉冉兮花共柳，是栖栖者蜂和蝶。

——辛弃疾

铁马晓嘶营壁冷，楼船夜渡风涛急。
生怕客谈榆塞事，且教儿诵花间集。
看水看山身尚健，忧晴忧雨头先白。
空有鬓如潘骑省，断无面见陶彭泽。

——刘克庄

河汉低垂天欲近，乾坤浩荡秋无极。

——卢祖皋

有物揩磨金镜净，何人拿攫银河决。

——史达祖

何处征帆云杪去，有时野鸟沙边落。

岁月无多人易老，乾坤虽大愁难著。
花树得晴红欲染，远山过雨青如滴。

——吴潜

池碎瀑声荷捧雨，径涵秋影篁筛月。

——李昂英

底处未嫌吾辈在，此心说与何人得。

——方岳

紫燕雏飞帘额静，金鳞影转池心阔。

——吴文英

锦树摧残胡蝶老，冰绡剪破鸳鸯只。

——元好问

像这一类的对句，于和谐中见拗怒，关键只在每句的收脚都用仄声，就使人感到峭拔劲挺，显示一种凛然不可侵犯的颜色，所以许多豪放作家都爱使用。

至于长调慢词中的对偶，是变化多端的。有的和谐，有的拗怒，有的亦谐亦拗，参互用之。一般多用领格字给以提挈，或一联之后束以单句，例如《八声甘州》：

渐霜风凄紧，关河冷落，残照当楼。

——柳永

又如《水龙吟》：

落日楼头，断鸿声里，江南游子。

——辛弃疾

兼用领格字并取得“奇偶相生”妙用的，要以《清真词》的变化为最多。例如第四讲中提到过的《兰陵王》和下面所举《大酺》的前片：

对宿烟收，春禽静，飞雨时鸣高屋。墙头青玉旆，洗铅霜都尽，嫩梢相触。润逼琴丝，寒侵枕障，虫网吹黏帘竹。邮亭无人处，听檐声不断，困眠初熟。奈愁极顿惊，梦轻难记，自怜幽独。

你看它这平列和单行的队伍，是怎样的错综变化而又脉络相通。写巨幅长篇，是要在这关节眼里悉心玩索的。

至于以一个领格字领四个四言偶句，也有的全谐，有的全拗，有的半谐半拗，关键多在落脚字。

1. 一字领八字全谐的偶句：

美{金屋去来，旧时巢燕；土花缭绕，前度莓墙。}

——周邦彦《风流子》

念{取酒东垆，尊罍虽近，采花南浦，蜂蝶须知。}

——周邦彦《红罗袄》

2. 一字领八字全拗的偶句：

念{渚蒲汀柳，空归闲梦，风轮雨楫，终辜前约。}

——周邦彦《一寸金》

3. 一字领八字半拗半谐的偶句：

况{怨无大小，生於所爱；物无美恶，过则为灾。}

正{惊湍直下，跳珠倒溅；小桥横截，缺月初弓。}

——辛弃疾《沁园春》

4. 不用领格八字全谐的偶句：

砧杵韵高，唤回残梦；
绮罗香减，牵起余悲。

——周邦彦《风流子》

芳草有情，夕阳无语。
雁横南浦，人倚西楼。

——张耒《风流子》

至于以一字领四字偶句的，有如下例：

1. 谐句：

爱｛停歌驻拍，劝酒持觞。｝

——周邦彦《意难忘》

仗｛酒祓清愁，花销英气。｝

——姜夔《翠楼吟》

2. 拗句：

料 舟依岸曲，
　 人在天角。

——周邦彦《解连环》

3. 半谐半拗句：

又 酒趁哀弦，　念 月榭携手，
　 灯照离席。　　 露桥闻笛。

——周邦彦《兰陵王》

又有以一字领五字偶句的，例如：

观 露湿缕金衣，
　 叶映如簧语。

——柳永《黄莺儿》

又有以一字领六字偶句的，例如：

1. 谐句：

念 柳外青骢别后，
　 水边红袂分时，怆然暗惊。

——秦观《八六子》

2. 拗句：

有{翩若轻鸿体态，蓦为行雨标格。}

——聂冠卿《多丽》

叹{事逐孤鸿尽去，身与塘蒲共晚。}

——周邦彦《西平乐》

又有以两字领六言偶句的，例如：

1. 谐句：

那堪{片片飞花弄晚，蒙蒙残雨笼晴。}

——秦观《八六子》

2. 拗句：

似觉{琼枝玉树相倚，暖日明霞光烂。}

——周邦彦《拜星月慢》

周邦彦是最爱运用拗怒的音节来作成排偶的。像下举五言四排句就是他的特点：

高柳春才软，　暮雪助清峭，
冻梅寒更香。　玉尘散林塘。

——《红林檎近》

这类排句也偶见于别的词家，例如：

花径款残红，　乳燕穿庭户，
风沼萦新皱。　飞絮沾襟袖。

——李之仪《谢池春慢》

绣被掩余寒，　朱槛连空阔，
画幕明新晓。　飞絮无多少！

——张先《谢池春慢》

大概他们都是想运用杜甫写拗体诗的手法来入曲子词，为倚声家别开生面的。

此外还有一种特殊手法，把对偶暗藏在单行队伍中，如不仔细地观察，就要忽略过去的。例如：

槛菊萧疏，井梧零乱，惹残烟。（“槛菊萧疏，井梧零乱”并列，共用“惹残烟”）

——柳永《戚氏》

隔窗寒雨，向壁孤灯，弄馀照。（“隔窗寒雨，向壁孤灯”并列，共用“弄馀照”）

风披宿雾，露洗初阳，射林表。（“风披宿雾，露洗初阳”并列，共用“射林表”）

微呈纤履，故隐烘帘，自嬉笑。（“微呈纤履，故隐烘帘”并列，共用“自嬉笑”）

河阴高转，露脚斜飞，夜将晓。（“河阴高转，露脚斜飞”并列，共用“夜将晓”）

——周邦彦《早梅芳近》

远浦萦回，暮帆零乱，向何许。（“远浦萦回，暮帆零乱”并列，共用“向何许”）

——姜夔《长亭怨慢》

像这一类的例子当然还不在少数，这里就不再一一列举了。

学填词必得先学作对偶，关键是要取得词义和字调的稳称、和谐与拗怒的统一。而在长调慢词中，尤其要把这项功夫锻炼得到家，才能举重若轻，使思想感情和声调色彩吻合无间。要达到杜甫《丽人行》所称“肌理细腻骨肉匀”的高度，是得要大费琢磨的。

第七讲 论结构

不论要想写好什么样式的文章，都得讲究结构。歌词是一种最为简练而又富于音乐性的文学形式，所以它更得讲究结构精密。这原是古人共同重视的所谓“章句之学”。

要想发挥文学作品的感染力，把它的艺术性提高到顶点，是需要积累的。积字以成句，积句以成章，积章以成篇，宅句安章；要把整体安排得异常妥帖，才能达到圆满的境地。好比要造一座瑰丽宏伟或小巧玲珑的房子，首先得搞好设计，画好图纸，选好材料，一切准备齐全，再把基础牢牢打好，达到杜甫诗中所谓“风雨不动安如山”[1]的境界。这样逐层进展，从把架子配搭得停当稳称起，到安上一个富丽堂皇的屋顶，完成整个结构的工序是一点也不能草率凌乱的。

文字是语言的标记，而语言则是传达个人的思想感情，用来感染广大群众，藉以发挥作用的。这又好比一个人的身体，四肢百骸要长得十分匀称，腰部充实坚挺，骨肉匀称，秾纤合度，两

1.引自《茅屋为秋风所破歌》。

条腿要站得稳，而又轻捷灵活，但传神阿堵却在眉眼间。所以古诗人描写卫庄姜的美，先加以形体的刻画：“手如柔荑，肤如凝脂，领如蝤蛴，齿如瓠犀，螓首蛾眉。”终之以神态的表达：“巧笑倩兮，美目盼兮。”（《诗经·卫风·硕人》）这末二句是传神的所在，把一个容貌妍丽而又仪态万方的绝世美人活生生地画了出来。唐宋以来的诗家，把传神的字叫作“诗眼”，词家叫作“词眼”（陆辅之《词旨》），画家也有“画龙点睛”之笔。王实甫描写崔莺莺所以能使张君瑞神魂颠倒，也只在“怎当他临去秋波那一转”（《西厢记》第一本第一折）。但这秋波一转的魅力，必须和整体联系起来看，而能转动这一秋波的主宰者，乃在神情的贯注，血脉的流通，把全身的精粹都集中到这“一转”上来。所以我们想要把文学作品写得有声有色，充分地表达这种曲折微妙的思想感情，除了“因声以求气”，把语言的疾徐轻重、抑扬顿挫和思想感情的起伏变化很巧妙地结合起来以外，还得要求脉络通贯，不使发生一些阻滞。这道理，在刘勰论《章句》时就有了深透的阐发。他说：

> 章句在篇，如茧之抽绪，原始要终，体必鳞次。启行之辞，逆萌中篇之意；绝笔之言，追媵前句之旨。故能外文绮交，内义脉注，跗萼相衔，首尾一体。
>
> ——《文心雕龙》卷七《章句》第三十四

这精义所在，就在阐明想要把一篇作品的结构安排得精密完整，首先得做到层次分明、血液贯注，或左顾右盼，或摇筋转骨，务使意脉不断，首尾相辉。恰如明、清声乐理论家沈宠绥、徐大椿诸人所说，要想把每一个字唱得字正腔圆，达到“累累乎端如贯珠”[1]的妙境，就得顾到每一个字的头、腹、尾[2]，运用“潜气内转”[3]的手法，使这三个部分似断还连，融成一体。

至于一篇作品，这头、腹、尾三个部分要怎样才能安排得适当呢？刘勰也曾把他的经验告诉我们，他说：

> 凡思绪初发，辞采苦杂，心非权衡，势必轻重。是以草创鸿笔，先标三准。履端于始，则设情以位体。举正于中，则酌事以取类。归余以终，则撮辞以举要。
>
> ——《文心雕龙》卷七《熔裁》第三十二

虽则他在这里所说的，可能是指的一般长篇大论，与写精炼的诗歌有所不同，但开首得把所要描述的情态概括地揭示出来，取得牢笼全体的姿势；中间又得腰腹饱满，开阖变化，无懈可击；末后加以总结，收摄全神，完成整体。——这是各种文学作品所应共同遵守的规律，不能随手乱来的。

古代大诗人就很注意每一作品的“发端”（就是起头）。有的飘忽而来，奄有压倒一切的气概。例如曹植的“惊风飘白日，忽

1.见《礼记·乐记》。

2.参考沈宠绥《度曲须知》、徐大椿《乐府传声》。

3.见《昭明文选》卷四十繁休伯《与魏文帝笺》。

然归西山”（《文选》卷二十四《赠徐幹》），谢朓的“大江流日夜，客心悲未央”（《文选》卷二十六《暂使下都，夜发新林，至京邑，赠西府同僚》）。有的故取逆势，借以激起下文所要铺写的壮阔波澜。例如杜甫的“堂上不合生枫树，怪底江山起烟雾。闻君扫却赤县图，乘兴遣画沧洲趣”（《杜工部集》卷一《奉先刘少府新画山水障歌》）。我们只要了解了这两种发端手法，而且很熟练地把它牢牢掌握住，那全篇的结构也就“胸有成竹”，可以恣情挥洒，不会怎样感到吃力了。

倚声填词，因为得受各个不同曲调的制约，所以它的规格特别的严，就更得要求结构的精密。张炎在他所著的《词源》里也曾约略谈到过这个问题。他是把小令和慢词分开来谈的。他说：

> 词之难于令曲，如诗之难于绝句，不过十数句，一句一字闲不得，末句最当留意，有有余不尽之意始佳。
>
> ——《词源》卷下《令曲》

又说：

> 作慢词看是甚题目，先择曲名，然后命意，命意既了，思量头如何起，尾如何结，方始选韵，而后述曲。最是过片不要断了曲意，须要承上接下，如姜白石（夔）词云：“曲曲屏山，夜凉独自甚情绪？”于过片则云：“西

窗又吹暗雨。”此则曲之意脉不断矣。

——《词源》卷下《制曲》

我们且把姜词的全篇抄在下面，来研究一下它的结构：

庾郎先自吟愁赋，凄凄更闻私语。露湿铜铺，苔侵石井，都是曾听伊处。哀音似诉。正思妇无眠，起寻机杼。曲曲屏山，夜凉独自甚情绪！　西窗又吹暗雨。为谁频断续，相和砧杵？候馆迎秋，离宫吊月，别有伤心无数。豳诗谩与。笑篱落呼灯，世间儿女。写入琴丝，一声声更苦。

（自注：“宣、政间，有士大夫制《蟋蟀吟》。”并附小序：“丙辰岁，与张功甫会饮张达可之堂，闻屋壁间蟋蟀有声，功甫约予同赋，以授歌者。功甫先成，辞甚美。予徘徊茉莉花间，仰见秋月，顿起幽思，寻亦得此。蟋蟀，中都呼为促织，善斗。好事者或以三二十万钱致一枚，镂象齿为楼观以贮之。”）

——《白石道人歌曲·齐天乐》

我们要彻底了解这一首词，首先得弄清楚它所表达的中心思想是什么，进一步弄清它的脉络，它的全身血液是怎样灌输下去的。

词一开始就把陷身在北周境内的梁朝文学家庾信所写的《愁赋》作为发端，笼罩全篇的意旨，也就是小序中所提到的“仰见秋月，顿起幽思”，说明作者的题旨是在借这小虫儿发抒国家兴亡的感慨。由于北宋末期的汴梁（开封）首都，君臣上下相习于骄奢淫逸的豪侈生活，置强敌压境于不顾，致遭汴京沦丧、“二帝蒙尘”的无比羞辱。单只这一玩蟋蟀的小事情，就可以反映南宋王朝的荒淫腐化，足够导致亡国之惨。作者触绪悲来，在内心深处潜伏着无限创痛，顿时引起联想，感到这无知的微虫，“唧唧复唧唧”，好像也在帮助有心人的叹息。开头寥寥十三个字，就把整个题旨牢牢地扣住，这手法是煞费经营的。跟着把格局展开，使用两个四言偶句和一个六言单句，点明以往听取蟋蟀争鸣的时地，收缴上文的“凄凄私语”，过脉到下文的“哀音似诉”，加以一顿，作为上半阕的关纽。再把一个领格的“正”字挺接上文，迫紧一步，由虫鸣引起征妇的怨情，联想到制作征衣的机杼，再一次扣紧蟋蟀（中都呼为“促织”）的题目，同时暗中透出汴京的沦亡，也不知牺牲了多少无辜战士，造成寡妇孤儿的愁惨结局。“曲曲”二句欲擒故纵，再把局势拓开，由人兜转到物，物自无心，人则有情，谁能堪此？人和物又融成一片，把凄凉情绪和凄凉环境紧密地结合起来。过片把“西窗暗雨”从上片的“夜凉”逗引过来，隔个窗儿，做成进一步的凄凉景况，迅即兜转到“思妇”情怀，又好像这无知的小虫也会对有情人表示同感；随即收缴“哀音似诉”以下一大段。这是由听蟋蟀而联想到广大人民在北宋沦亡期间所遭受到的苦痛之一，也就是“庾郎先自吟愁赋”的一个方面。跟着又用两个四言偶句和一个六言单句把局势跌进一层，由民间所遭受的苦痛转到宫廷所遭到的耻辱，所谓“候馆迎秋，离宫吊月，别有伤心无数”，暗指二帝被金兵俘虏北行，所有后宫妃嫔全都遭到蹂躏，这恶果是谁都难以避免的。“豳诗谩与”是用《诗经·豳风·七月》篇：“十月蟋蟀，入我床下”的故实。据《毛传》以《七月》为“周公陈王业”的诗篇。作者想到周室的兴，是由于他们的先王“知稼穑之艰难”，任凭这小虫进入床底，大家都安于这种简单朴素生活；而北宋的亡国，却从这小玩意儿身上充分反映出来。有如小序所称：“好事者或以三二十万钱致一枚，镂象齿为楼观以贮之”，这是何等的荒淫景象！同是一只小虫儿，而所招致的结果却是这般的悬殊，这就难怪作者要感叹这歌咏《豳风·七月》的诗人对这蟋蟀的“谩与”（意思是太随便地夸奖了这小虫儿）了。这四字又是下半阕的关纽所在。写到这里，又把今古兴亡之感，在朝野交受其害的痛苦心情上推进一层，将情绪发展到最高峰。迅即运用一个领格的“笑”字一笔勾转，以天真烂漫的儿童生活反衬出作者的沉痛心情。这一“笑”字，是从心灵深处徐徐冒起，几经吞咽，终于迸发出来的。这是一种“苦笑”。所以紧跟着就用了“写入琴丝，一声声更苦”九个字总结全文，将题旨全部揭出，一首一尾，遥相呼应。谁说姜夔词只精音律，没有思想内容呢！

至于发端用逆入手法，把来抒写“吞咽式”的悲壮郁勃的思想感情的，莫过于辛弃疾的《摸鱼儿》“更能消几番风雨”一阕，我在第三讲和第五讲中都曾提到过了[1]。他这一首词的中心思想，是有感于宋孝宗曾一度想给他以领兵北伐收复中原的重任，而被奸邪摇惑，孝宗也拿不定主张，对和战大计常怀犹豫，使岌岌可危的江山半壁常在风雨飘摇中。因此在他由湖北转运副使

1.见本书第31页和第73页。

调任湖南转运副使时，触动了满腔悲愤，而又忧谗畏讥，不便用《满江红》《念奴娇》一类激越的曲调尽情发泄，才采取了这一种欲吐还吞的方式。“更能消、几番风雨，匆匆春又归去。”人们稍加想象，就可感到孝宗是个容易动摇的最高统治者，为了首先顾到个人的地位，禁不起群小的包围，有如大好春光，一经风雨飘摇，便又匆匆归去了。接着改用“螺旋式”的手法，层层推进，步步逼紧。“惜春长怕花开早，何况落红无数。”上句由“春又归去”推进，下句遥映“几番风雨”，意思是说他对军事准备没有充分把握的时候，是不肯轻率地向敌出击的。他早就提出过“无欲速”和“能任败”的大政方针（《九议》），要“不以小挫而沮吾大计”（《美芹十论》）。“落红无数”，正是指的一班意志薄弱的满朝文武，一经符离一役的挫败，就不免于悲观消沉。“春且住，见说道、天涯芳草无归路。”又从上二句折进一层，这悲观消沉，是无济于事的。因为萋萋芳草绿遍天涯，除掉把定南针，勇往迈进，哪还找得出什么出路来呢？“怨春不语”，折入对方，为什么装聋作哑、绝不作明朗表示呢？“算只有殷勤，画檐蛛网，尽日惹飞絮。”抑扬顿挫，再度采用“吞咽式”的手法，暗斥在朝奸佞，凭着他那花言巧语，借以迷乱视听，粉饰承平，恰似檐间蛛丝网，粘上一些落花飞絮，谩说“春在人间”，这是在骗谁呢？一面宕开，随即束紧，更和发端的“更能消、几番风雨”遥相映射，收缴上面一段伤春情事。过片由伤春转入伤别，由自然现象转入人世悲哀。护惜青春，人有同感。春尽待到柳絮飞时，便使粘上蛛网，也只等于“枯形阅世”，有何生意之可言？从而联想到被打入冷宫的薄命佳人，可能还有重被恩宠的希望？“长门事，准拟佳期又误。蛾眉曾有人妒。”借美人以喻君子，纵使君王回心转意，其奈“众女嫉余之蛾眉兮，谣诼谓余以善淫”[1]何！“千金纵买相如赋，脉脉此情谁斥。”又从“蛾眉”遭“妒”推进一层，暗示“谗谄蔽明”，忠诚难白。“君莫舞，君不见、玉环飞燕皆尘土。”行文到此，发展到了最高峰，一片真情，不能更自压抑，便把主题思想如“画龙点睛”一般点了出来。结果是同归于尽而已。从“长门事”以下，到此一笔收缴，再和上半阕的“画檐蛛网”遥相激射，取得伤春和伤别的统一。“休去倚危阑，斜阳正在，烟柳断肠处。”兜转伤春，以景结情，反射发端二语。“斜阳烟柳”是“春又归去”后的必然形势，忧国忧民的英雄志士，遇到这般情景，也就只好“垂下帘栊”不去看它了。这是何等严密的结构，多么沉咽凄壮的声情哟。

辛弃疾是现代所最推尊的爱国词人。他的作品，到处洋溢着忧国的伟大抱负，原是不特意注重技巧的。他爱使用大开大阖，纵横驰骤的笔阵，常是抓着一大堆的历史故事，层层叠叠地累积起来，好像不相连属似的；再凭着他那一腔豪气和一支健笔，把散乱满盘的珠子一个劲儿地贯穿了起来。他这种不拘常格的结构，也是其他词家所难办到的。例如第四讲中所举的《贺新郎》“绿树听鹈鴂”一阕，一发端罗列了许多禽鸟，接着又是一大串的历史故事，好像杂乱无章似的。只凭上下阕的两个“逆入

1.引自《离骚》。

平出”的七字句“算未抵、人间离别”和“正壮士、悲歌未彻”作为关纽，收缴上文，唤起下片，“千钧一发”，显出豪情壮采。非有“推倒一世之智勇，开拓万古之心胸”[1]的伟大气魄，是要弄到“画虎不成反类狗”[2]的。

辛弃疾另一阕《贺新郎》（赋琵琶）词，也是用的这一手法：

> 凤尾龙香拨。自开元、霓裳曲罢，几番风月。最苦浔阳江头客，画舸亭亭待发。记出塞、黄云堆雪。马上离愁三万里，望昭阳宫殿孤鸿没。弦解语，恨难说。　辽阳驿使音尘绝。琐窗寒、轻拢慢捻，泪珠盈睫。推手含情还却手，一抹凉州哀彻。千古事、云飞烟灭。贺老定场无消息，想沉香亭北繁华歇。弹到此，为呜咽。
>
> ——《稼轩长短句》卷一

这词除发端“凤尾龙香拨”五字点明一下题目外，就只把历史故事抓了一大把，凭着一股傻劲，一气赶下，直到“千古事、云飞烟灭”，把前面一大堆东西用力一扫，好像清扫战场似的，顿时出现一番壮烈气象。挺接“贺老定场无消息，想沉香亭北繁华歇”收缴全文，又和发端“霓裳曲罢”二句遥相映射，再用“弹到此，为呜咽”作结，波澜是异常壮阔的。

1.引自陈亮《龙川文集》。

2.引自马援《诫兄子严敦书》。

辛弃疾的忧国壮怀和忧谗隐痛，贯穿在他所有的代表词作中，是不能分割开来看的。他的结构严密而又声情郁勃的作品，也以表达这类的思想感情为最多，也最耐人寻味。兹再拈取两首，予以格局上的分析。

其一是《瑞鹤仙·赋梅》：

雁霜寒透幕。正护月云轻，嫩冰犹薄。溪奁照梳掠。想含香弄粉，靓妆难学。玉肌瘦弱，更重重、龙绡衬著。倚东风、一笑嫣然，转盼万花羞落。　寂寞。家山何在？雪后园林，水边楼阁。瑶池旧约，鳞鸿更仗谁托？粉蝶儿、只解寻花觅柳，开遍南枝未觉。但伤心、冷淡黄昏，数声画角。（"寻花"原作"寻桃"，此从周密《绝妙好词》卷一所录）

——《稼轩长短句》卷五

题是"赋梅"，从梅花未开写到将落，借用环境烘托，层次是很分明的。他的骨子里却隐藏着个人身世之感和关怀家国之痛，他那"磊魂不平之气"还是跃然纸上的。他借用晚唐诗人韩偓"云护雁霜笼澹月，雨连莺晓落残梅"[1]的话意，来点出冻梅所处的环境。雁从北地把霜气带来，就是装有重重帘幕，也抵不住寒威的侵袭，何况兀立在荒山穷谷中的梅树？她那精神受到压迫，是要感到痛苦的。接着仍写梅方含蕊时的气候，尽管霜威

1.引自韩偓《半醉》，见《全唐诗》。

来袭，还没到坚冰难忍的时期，天上的白云也似乎对冷冷清清的明月具有同情心而予以遮护，教她好共梅魂保持纯洁的心灵，那前途还是大有可为的。“溪奁照梳掠”五字转进一层：不妨趁着这霜气还不十分严重的时机，对着镜面般的清泉从容梳掠，作好“一笑嫣然”的准备。“含香”二句从“梳掠”时的心境，感到“入时”妆饰的煞费经营。所以下面接上一句“玉肌瘦弱”，暗示内心的凄苦，但仍力自护持，把“与物为春”的冰玉精神牢牢保住，“龙绡衬著”约等于《离骚》“纫秋兰以为佩”的芳洁之思。静候“东风”的到来，便尔“一笑嫣然”，“转盼”间顿使“万花羞落”。这果于自信的乐观主义精神，和“风流高格调”统一起来，是何等的光采焕发，教人神移目眩！过片以“寂寞”二字点醒，想到当年的“突骑渡江”[1]所为何事？梦里家山，何曾打了回去？即使把我移种园林楼阁间，亦只有顾影自怜、忍寒增恨而已。“雪后”二句是借用北宋高士林逋“雪后园林才半树，水边篱落忽横枝”[2]的诗意，暗示“富贵非吾愿”、栖隐亦非所期的微旨。所以紧接着“瑶池旧约，鳞鸿更仗谁托？”显示隐约难达的衷情，正和《摸鱼儿》“长门事，准拟佳期又误”消息相通，自己是不甘寂寞的。“粉蝶”三句宕开，也是从“鳞鸿”六字的反面转进一层，致慨于狂蜂浪蝶，一味追逐目前的荣华，把大好收复中原的机会全都失掉了。“南枝向暖北枝寒”也是有名的咏梅诗句，这里借来暗

1.见《稼轩长短句》卷九《鹧鸪天·有客慨然谈功名，因追念少年时事，戏作》。

2.见《林和靖集·梅花》。

示当时北方的起义军，倾心南向，时机一失，大事就不复可为了。结以“冷淡黄昏，数声画角”，惋惜贞姿方茂，便尔凋零，画角吹奏着《梅花落》的凄音，又该是如何的悲苦！“冷淡黄昏”四字，也从林逋的名句“暗香浮动月黄昏”[1]七字内截取而来，正和发端的“护月云轻”遥相激射。画角声中，再一凝想南来征雁，此情此景，正自难堪。是花是人，亦只有在模糊泪眼中去心领神会而已。

其二是《祝英台近·晚春》：

> 宝钗分，桃叶渡，烟柳暗南浦。怕上层楼，十日九风雨。断肠点点飞红，都无人管，倩谁劝、啼莺声住[2]。
>
> 鬓边觑，应把花卜归期，才簪又重数。罗帐灯昏，哽咽梦中语：“是他春带愁来，春归何处？却不解、带将愁去。”
>
> ——《稼轩长短句》卷七

折钗赠别，原以表示后约有凭。桃叶渡头，也是一处“南朝千古伤心地”（吴激《人月圆》，见《中州乐府》）。在《桃叶歌》中有这样真挚的句子：“但渡无所苦，我自迎接汝。”（《乐府诗集》卷四十五《吴声曲辞》）作者用来作为发端，以寓君臣离合的隐痛。“烟柳暗南浦”五字，加倍烘托出作者遭谗去国的沉痛心情，气象是

1.见《林和靖集·山园小梅》。

2.“点点”原作“片片”，“倩”原作“更”，此从《绝妙好词》卷一所录。

阴森沉郁的。孝宗对他原有重用的意思，无奈谗人交织，又不得不暂时分手，以待后缘。当日那批小人，总是用尽阴谋诡计，一心要把他排挤出去，表面上给他以职位上的尊荣，骨子里却不断加以陷害，而孝宗是懵然无所觉的。这从他所引用的《桃叶歌》漏出一些消息。跟着突出“怕上层楼，十日九风雨”九字，成为“千古高唱”，也就是从“烟柳暗南浦”五字折进一层来加倍渲染成功的。忧谗之极，岌岌自危，“十二金牌”和“莫须有”三字的奇冤，时时都在压抑着爱国英雄的豪情壮志而使他连气都透不过来。“断肠”以下三句，可和《摸鱼儿》的上半阕相互参看。因“十日九风雨”催成“点点飞红”“春意阑珊”的凋残景象，那批醉生梦死的人们却不管这些，依旧播弄着它那“如簧”的巧舌，一笔勾转，收缴上段，情调是无限酸楚郁勃的。过片着“鬓边觑”三字，它的血脉是从“点点飞红”二句暗注过来的。他那一伙对“点点飞红”无动于衷，我呢？却把饱经风雨的残枝剩朵插向鬓边予以珍惜，这是一个方面；在伤春伤别、忧谗念乱的哀怨交织中，簪上几朵残花，和怒生华发映带起来，又加倍渲染着满腔悲愤，这又是一个方面。在“无可奈何”的绝望当中又不能不寄以一线的痴想，逼出下文“应把花卜归期，才簪又重数”十一字，真是回肠九转，一字一泪，惊心动魄。“罗帐”二句，点出后半阕的眉眼，又和前半阕的“烟柳暗南浦”遥相激射，突出“谗谮消沮”的沉痛心情。以下长引一声，呼天抢地，从而埋怨那司春之神，凭借着他那长养万物的威权，带给人们以难言的苦痛，而到了这“点点飞红”的危急关头，他却悄无声息地溜走了。当他相送南浦时的约言：“但渡无所苦，我自迎接汝”，如今安在？这骨子里蕴藏着的东西，绝不是一般儿女恩怨的离情别绪所能解释得了的。

上面只是随手拈来几首历来传诵的宋词，从内容和形式两方面结合起来，酌加分析，帮助读者深入学习古人的一些代表作品，并吸取经验，借以锻炼自己怎样去表达思想感情的艺术手法。

至于前人有关词的结构方面的理论，有就全局来谈的，如宋沈义父说：

> 作大词，先须立间架，将事与意分定了，第一要起得好，中间只铺叙，过处要清新，最紧要是末句，须是有一好出场方妙。
>
> ——《乐府指迷》

这一段话可和前面所引张炎《词源》的说法参互探讨，也多是从慢词长调着眼来谈的。慢词长调要特别重视起结，这是所有倚声家所一致同意的。元陆辅之也曾说过：

> 对句好可得，起句好难得，收拾全藉出场。
>
> ——《词旨》

清刘熙载更从陆说予以推衍，谈得更为深透。他说：

> 余谓起、收、对三者皆不可忽。大抵起句非渐引即顿

入，其妙在笔未到而气已吞。收句非绕回即宕开，其妙在言虽止而意无尽。对句非四字六字即五字七字，其妙在不类于赋与诗。

——《艺概》卷四《词曲概》

一般作者多用“渐引”的起法，“顿入”则恒取逆势。要做到“笔未到而气已吞”的境界，我看只有苏轼的“大江东去，浪淘尽、千古风流人物”（《念奴娇·赤壁怀古》）和“明月几时有？把酒问青天”（《水调歌头》）以及辛弃疾的“更能消、几番风雨，匆匆春又归去”（《摸鱼儿》）才可算得达到标准。至结语亦多取“绕回”而少用“宕开”，这在长调更是如此。所谓“言虽止而意无尽”，在短调小令中，一般却都重视弦外余音，因而多取“宕开”的手法。长调要收束得紧，怕的是散漫无归宿，只有“以景结情”，才便“放开，合有余不尽之意”（并见《乐府指迷》）。除沈氏所引《清真集》中的“断肠院落，一帘风絮”（《瑞龙吟》）和“掩重关，遍城钟鼓”（《扫花游》）之外，我觉得柳永的“凝泪眼、杳杳神京路，断鸿声远长天暮”（《夜半乐》，见第五讲）和辛弃疾的“休去倚危阑，斜阳正在，烟柳断肠处”（《摸鱼儿》）都是宕开远神，值得我们学习的。至于情景交融，首尾相应，起取“顿入”，收亦“绕回”，亦“宕开”，能够做到一片神行而又顾盼生姿的境界，我是最喜欢秦观《八六子》那一阕[1]的。

1.见本书第五讲，第70页。

以上所谈，多属于慢词长调方面的结构手法，总不外乎头、腹、尾三个部分安排得恰当，虽然中间的错综变化，由于每一曲调的不同，不能拘以一格，但都得处处顾到整体，要求血脉贯注，才能做到笔飞墨舞，极尽倚声家的能事。

至于词中所极意描绘的内容，要不出于情景两者的融合。刘熙载说：

> 词或前景后情，或前情后景，或情景齐到，相间相融，各有其妙。
>
> ——《艺概》卷四《词曲概》

又说：

> 一转一深，一深一妙，此骚人三昧，倚声家得之，便自超出常境。

又说：

> 词要放得开，最忌步步相连；又要收得回，最忌行行愈远；必如天上人间，去来无迹，斯为入妙。
>
> ——并见《词曲概》

这些话都是讲得很透辟的。触景生情，托物起兴，是所有讴咏的源泉，除此别无诗歌存在的余地。不论“前景后情”也好，“前情后景”也好，“感于物而动”，因而词人所描摹的“景”，即有“情”寓其中。例如第五讲中所举辛弃疾的《清平乐·独宿博山王氏庵》，上半阕所描写的都是视觉或听觉所接触到的室内室外的“景”，而一种小丑跳梁、英雄失志的悲愤心情，即跃然于语言文字之外。这“前景”和“后情”即相融会，而意态毕出。又如李煜的《乌夜啼》：“林花谢了春红，太匆匆！无奈朝来寒雨晚来风！”表面上所写的是“花”，是外境，也就是“景”，骨子里却含蕴着作者的无穷哀怨的“情”，真正做到“一转一深，一深一妙”。过片“胭脂泪，相留醉，几时重？”是花，是人，亦连，亦断。结以“自是人生长恨水长东”，把全局“宕开”，同时也把它放在“空中荡漾”（借用刘熙载语），这就叫作“言虽止而意无尽”。使听者如闻韩娥“曼声哀哭，一里老幼，悲愁垂涕相对，三日不食”（《列子》卷五《汤问》）。又如李煜所写的另一首《乌夜啼》：

> 无言独上西楼，月如钩。寂寞梧桐深院锁清秋。剪不断，理还乱，是离愁。别是一般滋味在心头。
>
> ——《唐宋诸贤绝妙词选》卷一

上半阕看似景语，而情在其中，不独“无言独上”和“寂寞”等字透露满腔哀怨而已。过片二语是从“无言”孕出，接上“是离愁”三字，而上阕的如钩眉月和深院梧桐，都只是“助寡人伤心资料”（借用唐明皇入蜀时语）。结以“别是一般滋味在心头”，千回百折，余音袅袅，所以能使读者荡气回肠，为之欷歔感叹而不能自已。

还有全部写的只是外境，而一句一转，一步逼紧一步，移步换形，愈转愈深，直到最后才透露一点消息，就把个中人的神态和心理充分刻画出来。你只要凝神闭目，仔细体味一下第五讲中所列举的冯延巳《谒金门》一词，就会了解到“吹皱一池春水，干卿何事？”（马令《南唐书》卷二十一所载南唐中主李璟戏延巳语）是十分有意思的。

近人王国维特别推重李璟“菡萏香销翠叶残，西风愁起绿波间”二语，以为“大有众芳芜秽，美人迟暮之感”（《人间词话》卷上）。且举李璟两词如下：

菡萏香销翠叶残，西风愁起绿波间。还与韶光共憔悴，不堪看。　细雨梦回鸡塞远，小楼吹彻玉笙寒。多少泪珠何限恨，倚阑干。

手卷真珠上玉钩，依前春恨锁重楼。风里落花谁是主？思悠悠。　青鸟不传云外信，丁香空结雨中愁。回首绿波三峡暮，接天流。

——《摊破浣溪沙》[1]

1.见《历代诗余》卷一百十三引《耆旧续闻》。马令《南唐书》卷二十五《谈谐传》亦曾载入，惟“绿波”作“碧波”，“韶光”作“容光”，“鸡塞远”作“清漏永”，“多少泪珠何限恨”作“簌簌泪珠多少恨”，“真珠”作“珠帘”，“三峡”作“春色”。

我们要理解李璟这两首词，先得约略了解作者当时的心境，并从每一首的整个结构来加以分析。作者是一个在文艺上有深厚素养而在政治上却优柔寡断的小皇帝，当日强邻压境，心怀忧惧而又不敢抗争，终至迁都南昌，抑郁以死。这两首词，我疑心可能是他在庐山作的，所以有“鸡塞（我认为是指的南京鸡鸣埭）远”和“三峡暮”的话。前一首的发端，也只是触景生情，淡淡着笔，而含思凄婉，情融景中。他把“香销”“叶残”归结到“西风”的摇撼，却不肯直说，而从“绿波间”泛起的皱纹，反映着这纤尘不染的荷花，终不免受到无情的摧折，这难道是自然规律，“无所逃于天地之间”的吗？“惟忧用老”，脸上的皱纹也和泛起的绿波差相仿佛。由此逗引出下文的“还与韶光共憔悴，不堪看”的无穷哀怨来。花和人、外境和内心，乃更融成一片。过片用两个对句，折入所以“共憔悴”的因由和内在的忧郁。“细雨”从“西风”转进一层，酿成“憔悴”，又不但是“西风”的摧折而已。“鸡塞”在“梦回”时犹历历如在眼前，此身却只闷处“小楼”，纵有“玉笙吹彻”，由于梦境全非，亦只增加清寒索寞的感受。由此逼出“多少泪珠何限恨”，百无聊赖地靠着阑干，发发呆想。“倚阑干”三字掉头反顾，忍泪吞声，亦只办得将绝余音，与“袅袅兮秋风”“长无绝兮终古”（《楚辞·九歌》）而已。第二阕用的是“渐引”的起法，随手拈来，而一种“无可奈何”的情态已隐约示现于模糊泪眼中，逼出“风里落花谁是主？思悠悠”的凄调，也就点醒了整体的眉目。过片又是两个对句，一从外境勾引内心，一从内心摄取外境，并自“风里落花”逗入。家国兴亡，到这时，已经是自己做不了主。“青鸟”不把西王母的音信从“云外”传来，想要当一个“陪臣”去赴“瑶池之宴”，又不免徘徊瞻顾，欲行不得，也就只好自处于“雨中”的“丁香”，“中心如结”，谁能把它解开呢？“三峡”居长江上游，而李璟的都城却在长江下游的金陵（南京），“回首绿波”，“水随天去”（借用辛弃疾《水龙吟·登建康赏心亭》词中语），滔滔东逝，颓势难挽，吾且谓之何哉！这结句是用“宕开”的手法，却又与起句遥相映射，也可说是言已尽而意无穷，充分表达了他那悲观消极的内在情感。

小令短调，最要重视结句所谓“一唱三叹”的袅袅余音。我们能就南唐、北宋诸名家的作品中，加以往复涵咏，是可以吸取许多经验，来增加自己的艺术手法的。

第八讲 论四声阴阳

倚曲填词，首先要顾到歌者转喉发音的自然规律，把每一个字都安排得十分适当，才不致拗嗓或改变字音，使听者莫名其妙。我们学习填写或创作歌词，所以必须对四声阴阳予以特别注意，甘受这些清规戒律的束缚，也只是为了使唱的人利于喉吻，唱得字字清晰，又能获致珠圆玉润的效果；听的人感到铿锵悦耳，而又无音讹字舛的毛病。语言和曲调的结合，形式和内容的统一，确是要煞费经营的。

运用平、上、去、入四声作为调整文学语言的准则，使它更富于音乐性，是从沈约、王融、谢朓等人开始的。经过无数作家的辛勤劳动，积累了许多宝贵经验，建立了“约句准篇，回忌声病”的所谓近体律诗，也只是为了便于长言咏叹，增强诗歌的感染力。如果要把它和音乐曲调取得更严密的结合，就不像做近体诗只讲平仄的那么简单。清初人黄周星在他著的《制曲枝语》中曾经说道：“三仄更须分上去，两平还要辨阴阳。”原来在唐宋词中，平声的阴阳还不够严格，只是上、去、入三声的安排，不论在句子中间或韵脚上都比律诗要讲究得多。一般韵脚是平入独用、上去通协的。

宋词作家注意平别阴阳、仄分上去入，最早见于张炎《词源》卷下所引张枢（字斗南，张炎的父亲）的《寄闲集》（音已失传）。据张炎说：

先人晓畅音律，有《寄闲集》，旁缀音谱，刊行于世。每作一词，必使歌者按之，稍有不协，随即改正。曾赋《瑞鹤仙》一词云：

卷帘人睡起。放燕子归来，商量春事。芳菲又无几。减风光都在，卖花声里。吟边眼底，被嫩绿、移红换紫。甚等闲、半委东风，半委小桥流水。 还是，苔痕湔雨，竹影留云，做晴犹未。繁华迤逦，西湖上、多少歌吹？粉蝶儿、扑定花心不去，闲了寻香两翅。那知人、一点新愁，寸心万里。

此词按之歌谱，声字皆协，惟“扑”字稍不协，遂改为“守”字乃协。始知雅词协音，虽一字亦不放过，信乎协音之不易也。又作《惜花春·起早》云：“琐窗深”。“深”字意不协，改为“幽”字，又不协，再改为“明”字，歌之始协。此三字皆平声，胡为如是？盖五音有唇、齿、喉、舌、鼻，所以有轻清重浊之分。

这里说明由于发音部位的不同，对咬准字音有着重大关系。刘熙载在他所著《艺概》卷四《词曲概》中，有进一步的阐发。他说：

词家既审平仄，当辨声之阴阳，又当辨收音之口法。取声取音，以能协为尚。玉田称其父《惜花春·起早》词“琐窗深”句，“深”字不协；改为“幽”字，又不协；再改为“明”字，始协，此非审于阴阳者乎？又“深”为闭口音，“幽”为敛唇音，“明”为穿鼻音，消息亦别。

这注意口法的理论，是从元、明以后在歌唱家的实际经验中总结而来的。元人顾仲瑛所著《制曲十六观》云：

曲中用字，有阴阳法。人声自然音节，到音当轻清处，必用阴字，音当重浊处，必用阳字，方合腔调。用阴字法，如《点绛唇》首句，韵脚必用阴字。试以“天地玄黄”为句歌之，则歌“黄”字为“荒”字，非也。若以“宇宙洪荒”为句，协矣。盖“荒”字属阴，“黄”字属阳也。用阳字法，如《寄生草》末句七字内，第五字必用阳字。以“归来饱饭黄昏后”为句歌之，协矣。若以“昏黄后”歌之，则歌“昏”字为“浑”字，非也。盖“黄”字属阳，“昏”字属阴也。

近人沈曾植就顾说再加阐明：“阴字配轻清，阳字配重浊，此当是乐家相传旧法。”（《菌阁琐谈》）吴梅更以工尺字谱引申其说：“七音中合四为下，宜阳声字隶之；六五为高，宜阴声字隶之。”（蔡桢《词源疏证》卷下引）这都是为了说明倚声家所以必须严格讲究四声阴阳的理论根据，词曲原是相同的。

关于这一问题的解答，我觉得明人王骥德说得比较详尽。他在所著《方诸馆曲律》中谈到四声平仄，是这样说的：

> 四声者，平、上、去、入也。平谓之平，上、去、入总谓之仄。曲有宜于平者，而平有阴、阳；有宜于仄者，而仄有上、去、入。乖其法，则曰拗嗓。盖平声声尚含蓄，上声促而未舒，去声往而不返，入声则逼侧而调不得自转矣。
>
> ——《方诸馆曲律》卷二《论平仄》第五

这是说明四声的不同性质，必得把它们安排在适当的地位，才使歌唱者不致遭到“拗嗓”的困难。其论阴阳，又把南北曲的不同唱法作了剖析。他说：

> 夫自五声之有清、浊也，清则轻扬，浊则沉郁。周氏[1]以清者为阴，浊者为阳；故于北曲中，凡揭起字皆曰阳，抑下字皆曰阴。而南曲正尔相反。南曲凡清声字皆揭而起，凡浊声字皆抑而下。今借其所谓“阴”“阳”二字而言，则曲之篇章句字，既播之声音，必高下抑扬，参差相

1.指周德清《中原音韵》。

错，引如贯珠，而后可入律吕，可和管弦。倘宜揭也而或用“阴”字，则声必欺字；宜抑也而或用“阳”字，则字必欺声。阴、阳一欺，则调必不和；欲诎调以就字，则声非其声；欲易字以就调，则字非其字矣。毋论听者迕耳，抑亦歌者棘喉。《中原音韵》载歌北曲《四块玉》者，原是“彩扇歌，青楼饮”，而歌者歌“青”为“晴”，谓此一字欲扬其音，而“青”乃抑之，于是改作“买笑金，缠头锦”而始叶；正声非其声之谓也。

——《方诸馆曲律》卷二《论阴阳》第六

他这里所引的北曲《四块玉》，是马致远写的《海神庙》小令，全文如下：

彩扇歌，青楼饮，自是知音惜知音，桂英你怨王魁甚。但见一个傅粉郎，早救了买笑金，知它是谁负心。

——《梨园按试乐府新声》卷下

这和《中原音韵》所录：

买笑金，缠头锦，得遇知音可人心。怕逢狂客天生沁。纽死鹤，劈碎琴，不害碜。

——《中原音韵·正语作词起例》

原是两回事。周德清只把它加上“缠字属阳，妙”五个字的评语，并不曾说是用马词改的。但这第二句的第一字必得用阳平，就是因为紧靠着它的上一字，不论是“歌”字也好，“金”字也好，都属阴平。依北曲的唱法，“金”字或“歌”字刚才抑下，那么，下面就该扬起，所以必定要接上一个阳平的“缠”字。如果第二句的第一字用的仍是阴平的“青”字，就是违反了“高下抑扬、参差相错”的规律，在旋律上转不过来，就自然要把它变成“晴”了。

南曲对阴、阳平的唱法，恰恰和北曲相反，把阴声揭起唱，阳声抑下唱。但“高下抑扬、参差相错”的基本法则，是一样不能违反的。在南曲中阴、阳平的位置，就要看它和它紧靠着的那个字是否搭配得恰当，才能够唱得准确美听。据王骥德的说法：“大略阴字宜搭上声，阳字宜搭去声。”并从高则诚《琵琶记》中举了一些例子：

例一（引自第五出《南浦嘱别》）：

旦唱：〔尾犯序〕无限别离情，两月夫妻，一旦孤零。此去经年，望迢迢玉京。思省，奴不虑山遥路远，奴不虑衾寒枕冷；奴只虑，公婆没主，一旦冷清清。

生唱：〔前腔〕何曾，想着那功名？欲尽子情，难拒亲命。我年老爹娘，望伊家看承。毕竟，你休怨朝雨暮云，只得替着我冬温夏凊。思量起，如何教我割舍得眼睁睁。

旦唱：〔前腔〕儒衣才换青，快著归鞭，早办回程。

十里红楼，休重娶娉婷。叮咛，不念我芙蓉帐冷，也思亲桑榆暮景。亲嘱咐，知他记否空自语惺惺。

生唱：〔前腔〕宽必须待等，我肯恋花柳，甘为萍梗？只怕万里关山，那更音信难凭。须听，我没奈何分情破爱，谁下得亏心短行？从今去，相思两处一样泪盈盈。

这一例中的“冷”字是掣板，要用抑下的唱法，以上声字为最适当。“清”字要揭起唱，该用阴平声字。后面“眼睁睁”的“眼”字、“语惺惺”的“语”字和前面的“冷”字，恰好都是上声；紧接着“清清”“睁睁”“惺惺”等阴平字，都是异常协调的。只有最后“泪盈盈”的“泪”字是去声；唱起来，一开口就感到用尽气力，还是转不过来；下面紧接着“盈盈”两个阳平字，也不便于揭起，所以必得把“盈”字唱作阴平的“英”字。这个“阳搭去”，是因为去在上而阳在下，而且紧靠着是两个去声、两个阳平的缘故。

例二（引自第二十八出《中秋望月》）：

生唱：〔念奴娇序〕孤影，南枝乍冷，见乌鹊缥缈惊飞，栖止不定。万点苍山，何处是，修竹吾庐三径？追省，丹桂曾攀，嫦娥相爱，故人千里谩同情。

贴唱：〔前腔〕光莹，我欲吹断玉箫，骖鸾归去，不知风露冷瑶京？环佩湿，似月下归来飞琼。那更，香雾云鬟，清辉玉臂，广寒仙子也堪并。

生唱：〔前腔〕愁听，吹笛关山，敲砧门巷，月下都是断肠声。人去远，几见明月亏盈。惟应，边塞征人，深闺思妇，怪他偏向别离明。

这一例中的“孤影”是以阴平搭下面的上声字，“愁听”是以阳平搭下面的去声字，唱起来都很准确美听。只有“光莹”的“光”字，唱起来好像是个阳平的“狂”字，就因为“光”字是以阴平搭去声的缘故。如果把“光”字改成阳平字，或者把“莹”字改为上声字，那就都可唱准了。

例三（引自第三出《牛氏规奴》）：

丑唱：〔前腔〕春昼，只见燕双飞，蝶引队，莺语似求友。那更柳外画轮，花底雕鞍，都是少年闲游。难守，孤房清冷无人，也寻一个佳偶。这般说，终身休配鸾俦。

贴唱：〔前腔〕知否？我为何不卷珠帘，独坐爱清幽？千斛闷怀，百种春愁，难上我的眉头。休忧，任他春色年年，我的芳心依旧。这文君，可不担阁了相如琴奏。

丑唱：〔前腔〕今后，方信你彻底澄清，我好没来由。想象暮云，分付东风，情到不堪回首。听剖：你是蕊宫琼苑神仙，不比尘凡相诱。谨随侍，窗下拈针挑绣。

这一例中的“春昼”“知否”“今后”三个短句，上面都是阴平字。但只“知否”两字唱来好听；至于“春”字唱出会变成“唇”字，“今”字唱出会变成“禽”字，就是因为它那下面的“昼”“后”两字都是去声，必然要影响它那上面的字调。如果把“春”“今”都改成阳平字，或者把“昼”“后”都改成上声字，那也就会容易唱得准确的。

这个阴平搭上、阳平搭去的法则，是在昆山水磨腔发明之后才确立起来的。由于旋律方面的自然规律，在“高下抑扬、参差相错”的运用上，每个字调的安排，是该予以仔细斟酌的。

王骥德这些说法，虽然都属于南曲方面的唱腔关系问题，而要使所配的歌词不违反这些自然规律，必定要把四声阴阳安排得异常恰当，在原则上是词曲相通的。

万树《词律》就是在昆山腔盛行和明代声乐理论家沈宠绥（所著《度曲须知》尤多精辟的见解）、王骥德等的影响下，得到不少启发，从而体会到“高下抑扬、参差相错”的基本法则，宋词和南曲是一脉相承，不无二致的。所以他在《词律·发凡》里，对四声字调的安排问题也就有了一些创见。他说：

> 平止一途，仄兼上、去、入三种，不可遇仄而以三声概填。盖一调之中，可概者十之六七，不可概者十之三四，须斟酌而后下字，方得无疵。此其故，当于口中熟吟，自得其理。夫一调有一调之风度声响。若上去互易，则调不振起，便成落腔。尾句尤为吃紧。如《永遇乐》之“尚能饭否”、《瑞鹤仙》之“又成瘦损”，“尚”“又”必仄，“能”“成”必平，“饭”“瘦”必去，“否”“损”必上，如此然后发调。末二字若用平

上，或平去，或去去、上上、上去，皆为不合。

万氏认为，对三仄的处理得服从于每一曲调的风度声响，这是对的。但说“平止一途”，却存有词要“上不类诗、下不似曲”的偏见。平别阴阳，是词曲一贯的，他把张炎《词源》的话都忽略了。他所引的《永遇乐》是辛弃疾的作品，《瑞鹤仙》是史达祖的作品。全文如下：

千古江山，英雄无觅，孙仲谋处。舞榭歌台，风流总被、雨打风吹去。斜阳草树，寻常巷陌，人道寄奴曾住。想当年、金戈铁马，气吞万里如虎。　元嘉草草，封狼居胥，赢得仓皇北顾。四十三年，望中犹记、烽火扬州路。可堪回首，佛狸祠下，一片神鸦社鼓。凭谁问、廉颇老矣，尚能饭否？

——《稼轩长短句》卷五《永遇乐·京口北固亭怀古》

杏烟娇湿鬓。过杜若汀洲，楚衣香润。回头翠楼近。指鸳鸯沙上，暗藏春恨。归鞭隐隐，便不念、芳盟未稳。自箫声吹落云东，再数故园花信。　谁问？听歌窗罅，倚月钩阑，旧家轻俊。芳心一寸，相思后，总灰尽。奈春风多事，吹花摇柳，也把幽情唤醒。对南溪桃萼翻红，又成瘦损。

——《梅溪词·瑞鹤仙》

单就这两个曲调的结句四字来说，把它安排为去、平、去、上，“然后发调”，这是就音理上来讲，是值得研究的。但这一诀窍，还是要在“高下抑扬、参差相错”的基本法则上，将紧靠着的上下文予以适当调整，才说得通。绝对不能看得太死。看得太死，就要到处碰壁，动多窒碍。单就万氏所举两调来看，《永遇乐》的结句，苏轼词二首，一为“也应暗记”是“上平去去”，一为“为余浩叹”是“去平去去”（并见《东坡乐府》卷上）；辛弃疾另外四阕，除“记余戏语”为“去平去上”，和“尚能饭否”相同外，余如“更邀素月”是“去平去入”，“这回稳步”和“片云斗暗”都是“去平上去”；这可能说苏、辛词是不大注意音律，也不准备拿给人们去唱，所以有合有不合。至于《瑞鹤仙》，数到周邦彦，是绝对协律，可付歌喉，万无“落腔”的理由的。且看周词的全阕：

悄郊原带郭。行路永、客去车尘漠漠。斜阳映山落，敛余红犹恋，孤城栏角。凌波步弱，过短亭、何用素约？有流莺劝我，重解绣鞍，缓引春酌。　不记归时早暮，上马谁扶？醒眠朱阁。惊飙动幕，扶残醉，绕红药。叹西园已是，花深无地，东风何事又恶？任流光过却，犹喜洞天自乐。

——《清真集》卷上

这结句六字“犹喜洞天自乐”是“平上去平去入”，还可说是“又一体”，不能和史词并论。但《梅溪词》中另一首《赋红梅》的结句“旧家姊妹”是“去平上去”，《词律》所载第一体毛幵词的结句“为谁自绿”（原出《樵隐词》）是“去平去入”，那将怎样解释呢？

因为万树在这些地方看得太死，他那一生辛苦经营的《词律》的可信价值也就被大大贬损了。但他在实际体验中和昆曲唱腔的重大影响下，能够领会到平仄四声所具的不同性质，必须予以适当安排，才能吻合声腔，不致拗嗓，这一点是对填词家有很大启发的。他说：

> 上声舒徐和软，其腔低；去声激厉劲远，其腔高；相配用之，方能抑扬有致。大抵两上两去，在所当避，而篇中[1]所载古人用字之法，务宜仿而从之，则自能应节，即起周郎[2]听之，亦当蒙印可也。更有一要诀，曰“名词转折跌荡处多用去声”，何也？三声之中，上、入二者可以作平，去则独异。故余尝窃谓，论声虽以一平对三仄，论歌则当以去对平、上、入也。当用去者，非去则激不起，用入且不可，断断勿用平、上也。
>
> ——《词律·发凡》

1.按：指作者万树本人所作《词律》。
2.指三国时的周瑜，他精通音乐，当时有“曲有误，周郎顾”的谚语。

他对去声字的特性特别拈出，确是一个重大的发明。不但按之宋词名作，十九皆合；直到现在民间流行的北方曲艺和南方评弹，以至扬州评话等，都很重视这去声字的作用，是值得每一个歌词工作者特别考究的。所谓“名词（名家所填的词）转折跌荡处多用去声”，我们把它叫作“领字”或“领格字”，在前几讲中也曾约略提到。这一个字具有领起下文、顶住上文的特等任务，作为长调慢曲转筋换骨的关纽所在，必须使用激厉劲远的去声字，才能担当得起。有如第四讲所举柳永《八声甘州》中的“对”“渐”“望”“叹”“误”等字，第五讲所举周邦彦《忆旧游》中的“记”“听”“渐”“道”“叹”“但”等字，都是全阕的关纽，可以作为最好的范例。

又如姜夔《眉妩》（一名《百宜娇·戏张仲远》）：

> 看垂杨连苑，杜若侵沙，愁损未归眼。信马青楼去，重帘下，娉婷人妙飞燕。翠尊共款，听艳歌、郎意先感。便携手、月地云阶里，爱良夜微暖。　无限，风流疏散。有暗藏弓履，偷寄香翰。明日闻津鼓，湘江上、催人还解春缆。乱红万点，怅断魂，烟水遥远。又争似相携，乘一舸，镇长见。
>
> ——《白石道人歌曲》

你看他在“转折跌荡处”和领格字用的“看”、“听”、“便”、“爱”、“怅”、“又”等去声字是怎样的发越响亮！还有“信马”

的“去上”，“翠尊共款”和“乱红万点”的“去平去上”，“郎意先感”和“良夜微暖”的“平去平上”，“人妙飞燕”和“偷寄香翰”的“平去平去”，“还解春缆”和“烟水遥远”的“平上平上”，各个具有它的特殊音节，细心体味，是和本阕内容所赋的调侃风趣相称的。又如他的自度曲《翠楼吟·淳熙丙午冬，武昌安远楼成，与刘去非诸友落之，度曲见志》：

月冷龙沙，尘清虎落，今年汉酺初赐。新翻胡部曲，听毡幕元戎歌吹。层楼高峙。看槛曲萦红，檐牙飞翠。人姝丽，粉香吹下，夜寒风细。　此地，宜有词仙，拥素云黄鹤，与君游戏。玉梯凝望久，叹芳草萋萋千里。天涯情味。仗酒祓清愁，花销英气。西山外，晚来还卷，一帘秋霁。

——《白石道人歌曲》

这一调把去声字用在转折跌荡处的，有“看”“仗”两字；用在上三下四句式的领首的，有“听”“叹”两字；只一“拥”字是用的上声。原来在取逆势的句法中，第一字也有十之八九是适宜于用去声字，才会感到气力充沛，音势劲挺，有如辛弃疾《摸鱼儿》“更能消几番风雨”的“更”字，姜夔《疏影》“昭君不惯胡沙远，但暗忆江南江北”的“但”字之类皆是。

我们再看柳永、周邦彦这些深通音律的词家，是怎样在“转折跌荡处”运用去声字的。柳作如《卜算子慢》：

江枫渐老，汀蕙半凋，满目败红衰翠。楚客登临，正是暮秋天气。引疏砧、断续残阳里。对晚景、伤怀念远，新愁旧恨相继。　　脉脉人千里。念两处风情，万重烟水。雨歇天高，望断翠峰十二。尽无言、谁会凭高意？纵写得、离肠万种，奈归云谁寄？

又如《雨霖铃》：

寒蝉凄切，对长亭晚，骤雨初歇。都门帐饮无绪，留恋处，兰舟催发。执手相看泪眼，竟无语凝噎。念去去、千里烟波，暮霭沉沉楚天阔。　　多情自古伤离别，更那堪、冷落清秋节！今宵酒醒何处？杨柳岸、晓风残月。此去经年，应是、良辰好景虚设。便纵有、千种风情，更与何人说？

——以上并见《乐章集》卷中

这《卜算子慢》中的“对”“念”“纵”“奈”等字，《雨霖铃》中的“对”“竟”“念”“更”“便”等字，都是去声，在转接提顿处都发挥着重大的作用，加强了声情上的感染力。只要耐心往复吟咏，就会体会到的。

周邦彦工于创调，对音律方面是十分考究的。王国维曾说他的词，“拗怒之中，自饶和婉，曼声促节，繁会相宜，清浊抑扬，辘轳交往”（《清真先生遗事》）。从音律上来看，他对四声字调的安排，确是能够符合“高下抑扬、参差相错”的基本法则，而掌握得非常熟练的。且看他的《齐天乐·秋思》：

绿芜凋尽台城路，殊乡又逢秋晚。暮雨生寒，鸣蛩劝织，深阁时闻裁剪。云窗静掩。叹重拂罗茵，顿疏花簟。尚有綀囊，露萤清夜照书卷。　荆江留滞最久，故人相望处，离思何限？渭水西风，长安乱叶，空忆诗情婉转。凭高眺远，正玉液新篘，蟹螯初荐。醉倒山翁，但愁斜照敛。

——《清真集》卷下

在这一阕中所用的去声字，发挥着多种作用。除掉用在转接处的“叹”“正”两字具有一般承上领下的负重力外，还有“平平仄平平仄”有如“殊乡又逢秋晚”，“仄平平仄仄平仄”有如“露萤清夜照书卷”，“平仄平仄”有如“离思何限”等特殊句式，他掌握了去声字“激厉劲远”的特性，在适当的句子中间安排上“又”“露”“夜”“照”“卷”“思”“限”等许多去声字，增强了声情上的激越感；又如“静掩”“渭水”“眺远”“照敛”等去上联缀，也是十分符合南词（即“南曲”“南戏”）歌唱行腔时的自然规律的。近人吴梅在他所著的《词学通论》中，就曾提到《齐天乐》有四处必须用去上声，并举“云窗静掩”“露萤清夜照书卷”“凭高眺远”“但愁斜照敛”四句为例，说“静掩”“眺远”“照敛”等六字“万不可用他声”（第二章《论平仄四声》）。但他却忽略了“渭水”二字也是“去上”，而把另一种运用去声字法的“露萤清夜照书卷”七言句放了上去，这是值得商榷的。

《清真集》中运用去声字特见精彩的，几乎触目皆是。平韵体有如《庆春宫》：

云接平冈，山围寒野，路回渐转孤城。衰柳啼鸦，惊风驱雁，动人一片秋声。倦途休驾，淡烟里、微茫见星。尘埃憔悴，生怕黄昏，离思牵萦。　华堂旧日逢迎，花艳参差，香雾飘零。弦管当头，偏怜娇凤，夜深簧暖笙清。眼波传意，恨密约、匆匆未成。许多烦恼，只为当时，一晌留情。

仄韵体有如《大酺》：

对宿烟收，春禽静，飞雨时鸣高屋。墙头青玉旆，洗铅霜都尽，嫩梢相触。润逼琴丝，寒侵枕障，虫网吹粘帘竹。邮亭无人处，听檐声不断，困眠初熟。奈愁极频惊，梦轻难记，自怜幽独。　行人归意速，最先念、流潦妨车毂。怎奈向、兰成憔悴，卫玠清羸，等闲时、易伤心目。未怪平阳客，双泪落、笛中哀曲。况萧索青芜国，红糁铺地，门外荆桃如菽。夜游共谁秉烛？

又如《绕佛阁》：

> 暗尘四敛，楼观迥出，高映孤馆。清漏将短，厌闻夜久签声动书幔。桂华又满，闲步露草，偏爱幽远。花气清婉。望中迤逦城阴度河岸。　倦客最萧索，醉倚斜桥穿柳线。还似汴堤虹梁横水面，看浪飐春灯，舟下如箭。此行重见。叹故友难逢，羁思空乱，两眉愁、向谁舒展？
>
> ——以上并见《清真集》卷下

这三个长调中，在领格和转折跌荡处用去声字的，《大酺》一调有“对”“听”“奈”“况”等，《绕佛阁》一调有“看”“叹”等字。在上三下四的特殊句式中把去声字用在句首或中腰第四、第六字的，《庆春宫》一调有“淡烟里微茫见星”的“淡”和“见”，“恨密约匆匆未成”的“恨”和“未”；而这“见”和“未”都夹在三平的中间，尤关重要。这“平平仄平”的仄声，如果不用去声字，是很难振起的。《大酺》一调有“等闲时易伤心目”的“易”字，《绕佛阁》一调有“两眉愁向谁舒展”的“向”字。这两个去声字就好像七言句中的眼珠子，非把它突出，是难以传神的。辛弃疾作的《水龙吟·登建康赏心亭》结尾是“倩何人唤取，红巾翠袖，搵英雄泪”，这“搵”字的性质也和“易”“向”二字相同，而且和领格的“倩”字是互相呼应的。在连用两仄处，使用“上去”的，有如《庆春宫》“只为当时”的“只为”，《大酺》“寒侵枕障”的“枕障”，《绕佛阁》“醉倚斜桥穿柳线”的“柳线”和“还似汴堤虹梁横水面”的“水面”等；使用“去上”的，有如《庆春宫》“路回渐转孤城”的“渐转”，《绕佛阁》“厌闻夜久签声动书幔”的“夜久”，“桂华又满”的“又满”，“闲步露草”的“露草”，“醉倚斜桥穿柳线”的“醉倚”，“看浪飐春灯”的“浪飐”，“叹故友难逢”的“故友”等。这“上去”或“去上”的连用，都是和转腔发调有关的。

至于清真创调，对三仄的安排，多是煞费苦心的。单就《绕佛阁》一调来看，如“暗尘四敛”的“去平去上”，“楼观迥出”的“平去去入”，“高映孤馆”的“平去平上”，“清漏将短”的“平去平上”，“厌闻夜久签声动书幔”的“去平去上平平去平去”，“桂华又满”的“去平去上”，“闲步露草”的“平去去上”，“偏爱幽远”的“平去平上”，“花气清婉”的“平去平上”，“望中迤逦城阴度河岸”的“去平上去平平去平去”，“倦客最萧索”的“去入去平入”，“醉倚斜桥穿柳线”的“去上平平平上去”，“还似汴堤虹梁横水面”的“平上去平平平平上去”，“看浪飐春灯”的“去去上平平”，“舟下如箭”的“平上平去”，“此行重见”的“上平平去”，“叹故友难逢”的“去去上平平”，“羁思空乱”的“平去平去”，“两眉愁、向谁舒展”的“上平平去平平上”，在每个上下相连的字调中，确实做到了“高下抑扬、参差相错”的适当处理，也就是王国维所称“拗怒之中，自饶和婉，曼声促节，繁会相宣，清浊抑扬，辘轳交往”的境地，是值得探索宋元词曲的音乐性的人们予以细心体味的。

谈到短调小令，也有不少地方是得特别注意三仄的适当的安排，尤其是去声字的处理。例如《柳梢青》：

岸草平沙，吴王故苑，柳袅烟斜。雨后寒轻，风前香软，春在梨花。　行人一棹天涯，酒醒处，残阳乱鸦。门外秋千，墙头红杏，深院谁家。

——《花草粹编》卷四秦少游作

又如《醉太平》：

情高意真，眉长鬓青。小楼明月调筝，写春风数声。
思君忆君，魂牵梦萦。翠绡香暖云屏，更那堪酒醒。

——刘过《龙洲词》

又如《太常引》：

一轮秋影转金波，飞镜又重磨。把酒问姮娥，被白发、欺人奈何！　乘风好去，长空万里，直下看山河。斫去桂婆娑，人道是、清光更多。

——《稼轩长短句》卷十二《建康中秋夜，为吕叔潜赋》

仙机似欲织纤罗，仿佛度金梭。无奈玉纤何。却弹作、清商恨多。　珠帘影里，如花半面，绝胜隔帘歌。世路苦风波。且痛饮、公无渡河。

——《稼轩长短句》卷十二《赋十四弦》

像上面这三调中，凡四字相连作“平平仄平”的句子，其第三字都该用去声字，才能把音调激起。例如“残阳乱鸦”的“乱”，“情高意真”的“意”，“眉长鬓青”的“鬓”，“春风数声”的“数”，“思君忆君”的“忆”，“魂牵梦萦”的“梦”，“欺人奈何”的“奈”，“清光更多”的“更”，“清商恨多”的“恨”，“公无渡河”的“渡”，都是把这个去声字当作“画龙点睛”来使用的。只刘过“更那堪酒醒”的“酒”字错用了上声，音响就差多了。

总之，四声阴阳的适当处理，是为了歌者利于转喉，听者感到悦耳，才使作者刻意经营，不惜忍受种种严格限制，而竭尽心力以赴之。至于如何审音赴节，宜在一阕写成之后，往复吟玩，是否不致棘喉，不致刺耳，同时对前人名作，平时多多含咀，对这里面的巧妙作用，是会一旦豁然贯通的。

第九讲　论比兴

谈到我国古典诗词的艺术手法，除了特别措意于音律的和谐，做到“韵协则言顺，言顺则声易入”[1]的地步，也就是要使诗歌的语言艺术必得富有音乐性之外，它的表现方式，总不出乎赋、比、兴三种，而比、兴二者尤为重要。关于比兴的意义，刘勰既著有专篇（《文心雕龙》卷八《比兴》第三十六），又在《明诗》篇中说道：“人禀七情，应物斯感，感物吟志，莫非自然。”在《辨骚》篇中说道：“虬龙以喻君子，云蜺以譬谗邪，比兴之义也。”我国古代诗人，总是把“风”“骚”作为学习的最高标准。张惠言在他的《词选》序上，首先就提到这一点。他说：

> 词者，盖出于唐之诗人，采乐府之音以制新律，因系其词，故曰词。传曰：“意内而言外谓之词。”[2]其缘情造端，兴于微言，以相感动，极命风谣里巷男女哀乐，以道贤人君子幽约怨悱不能自言之情，低徊要眇以喻其致，

1.见白居易《与元九书》。

2.语出许慎《说文解字》。

盖诗之比兴，变风之义，骚人之歌，则近之矣。

这一段话，虽然是以说“经”的标准，有意抬高“曲子词”在文学发展史中的地位，也就是前人所谓“尊体”，不免有些牵强附会的说法，但一般富有思想内容的作品，都得“同祖风骚”（借用沈约《宋书》卷六十七《谢灵运传论》中语），措意比兴，这看法还是比较正确的。

唐孔颖达在解释“诗有六义”时说：“赋、比、兴是诗之所用，风、雅、颂是诗之成形，用彼三事，成此三事，是故同称为义。”他又引汉儒郑玄的话而加以引申：“比者，比方于物，诸言如者皆比辞也。兴者，托事于物，则兴者起也，取譬引类，起发己心，诗文诸举草木鸟兽以见意者皆兴辞也。”（《毛诗·国风·周南》疏）这说明赋、比、兴都是作诗的手法，但“比显而兴隐”，所以运用的方式略有不同，要不外乎情景交融、意在言外，它的作用是要从骨子里面去体会的。

用比兴来谈词，就是要有“言在此而意在彼”的内蕴，也就是前人所谓要有“寄托”。《乐记》谈到音乐的由来，就是这样说的：“凡音之起，由人心生也。人心之动，物使之然也。感于物而动，故形于声。”人们的感情波动，是由于外境的刺激而起，这也就是比兴手法在诗歌语言艺术上占着首要地位的基本原因。刘熙载在他著的《诗概》中说：“‘昔我往矣，杨柳依依。今我来思，雨雪霏霏。’（《诗经·小雅·鹿鸣之什·采薇》）雅人深致，正在借景言情。”（《艺概》卷二）这“借景言情”的手法，正是古典诗词怎样运用语言艺术的关键所在，也就是比兴手法的基本精神。他又在《词曲概》中说：“词深于兴，则觉事异而情同，事浅而情深。故没要紧语正是极要紧语，乱道语正是极不乱道语，固知‘吹皱一池春水，干卿何事？’原是戏言。”（《艺概》卷四）触景生情，就得很巧妙地运用比兴手法，把“没要紧语”转化为“极要紧语”，而使作者内蕴的深厚情感，成为“言有尽而意无穷”的弦外之音。譬如我在第五讲中所举辛弃疾那阕《清平乐·独宿博山王氏庵》[1]，它的上半阕“绕床饥鼠，蝙蝠翻灯舞，屋上松风吹急雨，破纸窗间自语”所描绘的全是外境，而一种忧国忧谗、致慨于奸邪得志、志士失职的沉痛心情，自然流露于字里行间，表面上却只是一些表现荒山茅屋夜境凄凉的“没要紧语”而已。又如第七讲中所举李璟的《摊破浣溪沙》“菡萏香销翠叶残，西风愁起绿波间”，近人王国维以为“大有众芳芜秽、美人迟暮之感”（《人间词话》卷上），也只是善于运用比兴手法，淡淡著笔，寓情于景，而读之使人黯然神伤，袅袅余音不断萦绕于灵魂深处，这境界是十分超绝的。又如辛弃疾的《摸鱼儿》，以“画檐蛛网”喻群小得志，粉饰太平，使南宋半壁江山陷于苟延残喘的颓势；以“玉环飞燕”喻一时得宠的小人，最后亦只有同归于尽，而“斜阳烟柳”，无限感伤，也只是用寻常景语烘托出来。这一切都是合于张惠言所称“诗之比兴变风之义”的。

比兴手法，总不外乎情和景，外境和内心的恰相融会，或后

1.见本书第63页。

先激射，或神光离合，要以言近旨远、含蕴无尽为最富于感染力。即以苏、辛一派而论，运用这比兴手法以表达他那“幽约怨悱不能自言之情，低徊要眇以喻其致”的，亦几乎触目皆是。例如苏轼《卜算子·黄州定慧院寓居作》：

> 缺月挂疏桐，漏断人初静，谁见幽人独往来？缥缈孤鸿影。　　惊起却回头，有恨无人省。拣尽寒枝不肯栖，寂寞沙洲冷。
>
> ——《彊村丛书》本《东坡乐府》卷二

他所描写的，表面上只是夜静更阑、一片荒凉景象。乍吟也只感到是一些“没关紧要语”。但把整个结构联系起来，仔细体会一下它所包含的情致：为什么会全神注视着那残缺月轮斜挂在那疏疏落落的梧桐枝上？为什么会感到“寂寞沙洲”上的“缥缈孤鸿”，像是“幽人”在踯躅“往来”，“拣尽寒枝不肯栖”呢？为什么这“缥缈孤鸿”又要“惊起却回头”，好像是“有恨无人省”呢？我们只要把它反复多读几遍，就会逐步深入，体会到这首词的丰富内容是只能“低徊要眇以喻其致”，而有其不能直说的难言之痛的。苏轼是一个关心政治的文人。他在作徐州太守时，就曾为人民做了一些好事；而这时他的处境，正因“乌台诗案”[1]而被贬谪为黄州团练副使，一举一动都要受到监视，当然谈不到什么言论自由。他这时的

1.详见胡仔《苕溪渔隐丛话》前集卷四十二至卷四十五。

忧谗畏讥而又不肯屈志徇俗，又感到像屈原一样的“系心君国，不忘欲返”的矛盾心理，是难以自制而又无从声诉的，也就只能托物寓兴，借以稍抒其抑塞不平之气而已。所以张惠言说“此词与《考槃》诗（《诗经·卫风·考槃》毛传：‘刺庄公也。不能继先公之业，使贤者退而穷处。’）极相似”，是不为无因的。黄庭坚赞美这首词，说是：“语意高妙，似非吃烟火食人语，非胸中有数万卷书，笔下无一点尘俗气，孰能至此？”（《苕溪渔隐丛话》前集卷三十九）也还是有所避忌，不敢明言其内蕴的。

我们再看苏轼的《水龙吟·次韵章质夫杨花词》：

似花还似非花，也无人惜从教坠。抛家傍路，思量却是，无情有思。萦损柔肠，困酣娇眼，欲开还闭。梦随风万里，寻郎去处，又还被、莺呼起。　不恨此花飞尽，恨西园、落红难缀。晓来雨过，遗踪何在？一池萍碎。春色三分，二分尘土，一分流水。细看来不是，杨花点点，是离人泪。

——《东坡乐府》卷二

这词一开始就写上“似花还似非花”六字，表明他的作意，是有所托兴的。所以刘熙载说：“此句可作全词评语，盖不离不即也。”（《艺概》卷四《词曲概》）接着就致慨于号称薄命的杨花，是素来不被人们重视，而一任狂风飘荡，毫无怜悯之情的。可是这轻盈弱质，似乎也很理解人世种种悲欢，不以自身的微薄而甘心轻掷韶华、湮埋尘土，尽管人们把它抛弃路旁，而顾影自怜，仍然是留恋着大好春光，不肯轻易地飘然而去。“无情”从“也无人惜”推进，“有思”从“还似非花”逗出。是花？是人？迷离惝恍，这叫作空灵之笔，用以曲达劳人思妇乃至“贤人君子幽约怨悱不能自言之情”，是《诗》《骚》以来的传统手法，作者很巧妙地把来用在咏物词上，所谓“不即不离”，若有意，若无意，是教人难以捉摸的。“萦损”以下三句十二字，是从柔枝嫩叶中飘出柳絮，风搅成团，从而摄取远神，好像它正在用尽全力，要把将去的春光没命地遮拦住它的去路，但一刹那间，又被风力扬开了，一阵狂飘，又好像在拼命追寻它那“意中人”的去处，情调是紧张迫使的。“莺呼”六字，借用唐人诗“打起黄莺儿，莫教枝上啼，啼时惊妾梦，不得到辽西”的语意，“巧言如簧”的黄莺儿，是不会怜惜“薄命佳人”的恳挚心情而予以方便的。作者是一个心直口快而富有政治热情的文人，经过黄州迁谪之后，感到宦途风波的险恶，而又不能忘怀于得君济世，这弦外之音，不是虚无缥缈，了无着落的。过片两句，点出薄命杨花随风飘尽，原亦不足深惜；可是随着“此花”的“飞尽”而堕地的“落红”也更没法把它重缀枝头，留住春光，坐使大好时机迅即消逝，那就难免“闲愁万种”都上心来。宵来一雨，连影儿都不存在，一化浮萍，无根可托，那就什么都谈不上了。“春色三分”全随“尘土”与“流水”以俱去。结笔“画龙点睛”（借用郑文焯评语），逗出题旨，并与发端遥相呼应。这里面有人，呼之欲出，绝非无病呻吟，是可断言的。

陈廷焯把“沉郁”二字作为填词艺术的最高境界，并予以说明："所谓沉郁者，意在笔先，神余言外，写怨夫思妇之怀，寓孽子孤臣之感。凡交情之冷淡，身世之飘零，皆可于一草一木发之。而发之又必若隐若见，欲露不露，反复缠绵，终不许一语道破，匪独体格之高，亦见性情之厚。"（《白雨斋词话》卷一）他说了这一大段话，却不理解这"意在笔先，神余言外"的境界，都得先从深入体验生活，具有正确的思想与政治热情出发，然后运用我们民族传统的语言艺术，也就是比兴手法表达出来。不但是"交情之冷淡，身世之飘零，皆可于一草一木发之"，就是解放全人类的大同思想和一切伟大光明的政治抱负以及坚贞不拔的深厚感情，也都适用这比兴手法，才能渗入心灵深处，使人们如饮醇酒，如聆妙曲，被其熏染陶醉，潜移默化而不自知。不过在长期的不合理的封建社会制度下，类多失职不平的志士和备受压迫的劳动人民，常是托意于草木鸟兽以寄其"怨悱不能自言之情"，并非这比兴手法，只限于"沉郁"的一境而已。

北宋词人如贺铸，有一部分作品是接近苏轼而下开辛弃疾的豪迈之风的。他尝说学诗于前辈，有了八句心得，是："平澹不流于浅俗，奇古不邻于怪僻，题诗不窘于物象，叙事不病于声律，比兴深者通物理，用事工者如己出，格见于成篇浑然不可镌，气出于言外浩然不可屈。"（《苕溪渔隐丛话》前集卷三十七引《王直方诗话》）这里面最主要的要算第五和第八两句。一个诗词作者，如果不能巧妙地掌握比兴手法而又有"浩然不可屈"之气，是不会有很大成就的。且看他用《踏莎行》改写的《芳心苦》：

杨柳回塘，鸳鸯别浦，绿萍涨断莲舟路。断无蜂蝶慕幽香，红衣脱尽芳心苦。　　返照迎潮，行云带雨，依依似与骚人语：当年不肯嫁春风，无端却被秋风误。

——《彊村丛书》本《东山词》卷二

他所刻意描画的，表面是荷花，而使人感到“骚情雅意，哀怨无端，读者亦不自知何以心醉，何以泪堕”（《白雨斋词话》卷一）。又如他的《眼儿媚》：

萧萧江上荻花秋，做弄许多愁。半竿落日，两行新雁，一叶扁舟。　　惜分长怕郎先去，直待醉时休。今宵眼底，明朝心上，后日眉头。

——《彊村丛书》本《东山词补》

也只是触物起兴，淡淡著墨，寓情于景，自然使读者有黯然销魂之致。这和《诗经·秦风·蒹葭》是用的同一手法。

和贺铸用同一手法，借物喻人，以自抒其身世之感的，还有陆游的《卜算子·咏梅》：

驿外断桥边，寂寞开无主。已是黄昏独自愁，更著风和雨。　　无意苦争春，一任群芳妒。零落成泥碾作尘，只有香如故。

——《宋六十家词》本《放翁词》

上片借梅花的冷落凄凉，以发抒忠贞之士不特横遭遗弃，兼受摧残的悲愤心情；下片表明个人无意争权夺利，只有长保高洁，也就是屈原《离骚》所谓“宁溘死而流亡兮，余不忍为此态也”的意思。“比显而兴隐”，这是较易看得出来的。

至于姜夔的《小重山令·赋潭州红梅》：

> 人绕湘皋月坠时，斜横花树小，浸愁漪。一春幽事有谁知？东风冷，香远茜裙归。　　鸥去昔游非。遥怜花可可，梦依依。九疑云杳断魂啼。相思血，都沁绿筠枝。
>
> ——《白石道人歌曲》

他所刻意描绘的是虚拟的“梅魂”，又托意湘妃，以寓个人漂泊无归的无穷悲慨。“湘皋月坠”，正是“湘灵鼓瑟”之时。一落笔便有屈子行吟、憔悴江潭之感。宵深月落，为何步绕湘皋？七字宛然苏词“谁见幽人独往来？缥缈孤鸿影”的意味；也和姜作《疏影》“想佩环、月夜归来，化作此花幽独”，用同一手法摄取“梅魂”。是人是神？迷离惝恍。承以“斜横花树小，浸愁漪”八字，暗用林逋“疏影横斜水清浅”的诗意，借以点题。接着“一春幽事有谁知”七字，宕开一笔，追摄远神。紧跟“东风冷，香远茜裙归”八字收缴上片，点出这是“红梅”。它那“冷艳欺雪”的精神，是值得骚人赞美的。过片以“鸥去昔游非”五字映出“人间万感幽单”的悲凉情绪。“遥怜花可可，梦依依”，又从“梅魂”眼里细认真身，相怜倩影。“可可”，百无聊赖之意，和柳永《定风波》“芳心是事可可”，并用宋代方言。“九疑云杳断魂啼”，点出主题思想。这个曳着茜裙月夜归来的林下美人，该不是别的什么，而是流落湘滨的虞舜二妃。舜南巡，崩于苍梧之野，葬于九疑之山。哀此贞魂，怅对“九疑云杳”，“如怨如慕，如泣如诉”，“天涯沦落”，是异代同悲的。结以“相思血，都沁绿筠枝”，又用《博物志》“舜崩，二妃啼，以涕挥竹，竹尽斑”的民间传说故事以相衬托，缴足题旨。这种比兴手法较为隐晦，意味却是深长的。

我们再来探索一下姜夔那两阕号称“千古词人咏梅绝调”（郑文焯手批《白石道人歌曲》）的《暗香》《疏影》，看看他是怎样运用比兴手法的。

> 旧时月色，算几番照我，梅边吹笛。唤起玉人，不管清寒与攀摘。何逊而今渐老，都忘却、春风词笔。但怪得、竹外疏花，香冷入瑶席。　江国，正寂寂。叹寄与路遥，夜雪初积。翠尊易泣，红萼无言耿相忆。长记曾携手处，千树压、西湖寒碧。又片片、吹尽也，几时见得？
>
> ——《白石道人歌曲·暗香》

> 苔枝缀玉，有翠禽小小，枝上同宿。客里相逢，篱角黄昏，无言自倚修竹。昭君不惯胡沙远，但暗忆、江南江北。想佩环、月夜归来，化作此花幽独。　犹记深宫旧事，那人正睡里，飞近蛾绿。莫似春风，不管盈盈，早

与安排金屋。还教一片随波去，又却怨、玉龙哀曲。等恁时、重觅幽香，已入小窗横幅。

——《白石道人歌曲·疏影》

我们要了解这两首词的比兴所在，必得约略了解他所处的时代和他所常往还的朋友是些什么人物。他在他所写的“自叙”里提到：“参政范公（成大）以为翰墨人品皆似晋、宋之雅士。待制杨公（万里）以为于文无所不工，甚似陆天随（龟蒙）。于是为忘年交。”又说：“稼轩辛公（弃疾）深服其长短句。”赏识他的才艺的名流是很多的。他慨叹着说：“嗟乎！四海之内，知己者不为少矣，而未有能振之于窭困无聊之地者。”（周密《齐东野语》卷十二引）他郁郁不得志，连个人的生活都得依靠亲友们的帮助。“士为知己者死”，是我国长期封建社会制度下知识分子的常情。据夏承焘考定，这两首词作于公元1191年（光宗绍熙二年辛亥）由合肥南归，寄住苏州范成大的石湖别业时。距离他写《扬州慢》（孝宗淳熙三年丙申，公元1176年），虽已有了十五年之久，而他在《扬州慢》和《凄凉犯》词中所描绘的金兵进犯后江北一带的荒凉景象，该是不会轻易忘怀的。在他的朋友中，如上面所举范成大、杨万里、辛弃疾等，又都是具有爱国思想的人，他虽落拓江湖，又怎能不“系心君国”，慨然有用世之志？他写《暗香》《疏影》时，据夏承焘说，年龄还只三十七岁，正是才人志士还可以发愤有为的时候。由于这些情况，他对范成大是该存有汲引上进的幻想的。张惠言说：“时石湖（范成大）盖有隐遁之志，故作此二词以沮之。”又说：“首章言己尝有用世之志，今老无能，但望之石湖也。”他又在《疏影》下注云：“此章更以二帝之愤发之，故有昭君之句。”（并见《词选》）夏承焘说：“石湖此时六十六岁，已宦成身退，白石实少于石湖二十余岁，张说误。”（夏著《姜白石词编年笺校》卷三）而邓廷桢著《双砚斋词话》评说此词“乃为北庭后宫言之”。

我们试把张惠言、邓廷桢、郑文焯、夏承焘诸人的说法参互比较一下。我觉得《暗香》“言己尝有用世之志”，这一点是对的。但“望之石湖”，却不是为了自己的“今老无能”，而是希望范能爱惜人才，设法加以引荐。所以他一开始就致感于过去范氏对他的一些照护。“何逊”二句，不是真个说的自己老了，而是致慨于久经沦落，生怕才华衰退，不能再有作为，是自谦也是自伤的话头。“竹外疏花”，仍得将“冷香”袭人“瑶席”，是说自己的憔悴形骸，还有接近有力援引者的机会，又不免激起联翩浮想，寄希望于石湖。过片再致慨于士气消沉，人才寥落，造成南宋半壁江山的颓势。“寄与”二句是借用陆凯寄范晔“江南无所有，聊赠一枝春”的诗意，个人想要一抒忠悃，犯寒生“春”，争奈雨雪载途，微情难达。“翠尊”二句亦感于石湖业经退隐，未必更有汲引的可能，亦惟有相对无言，黯然留作永念而已。“长记”二语，可能在范得居权要时有过邀集群贤暗图大举的私议。“西湖”是南宋首都所在，这一句是有些“漏泄春光”的。曾几何时？“又片片、吹尽也”！后缘难再，亦只有饮泣吞声而已！

至于《疏影》一阕，为“伤心二帝蒙尘，诸后妃相从北辕，沦落胡地”（郑文焯语）而发，我认为是无可怀疑的。发端“苔枝缀玉”点出古梅（绍兴、吴兴一带的古梅，有苔须垂于枝间，见范成大《梅谱》），以暗示这类梅花不是寻常品种。承以“翠禽”二句，暗用东坡《西江月·梅花》词“玉骨那愁瘴雾，冰姿自有仙风。海仙时遣探芳丛，倒挂绿毛幺凤”[1]的语意，反映妃嫔流落，还有谁像枝上珍禽，可以“遣探芳丛”的呢？“客里”以下十四字，把林逋咏梅名句“疏影横斜水清浅，暗香浮动月黄昏”和“雪后园林才半树，水边篱落忽横枝”，予以重新组织，再参杜甫“天寒翠袖薄，日暮倚修竹”诗意，衬出贞姿摧抑、憔悴自伤的无穷悲慨。“昭君”二句标明题旨，把格局宕开，紧接“佩环”二句，点出词人发咏，不仅仅是为了“玉骨”“冰姿”的“风流高格调”而致以惋惜而已。过片运用宋武帝女寿阳公主梅花妆额故事[2]以托兴“金枝玉叶”的同被摧残，旧时的蛾眉曼睩，娇态艳妆，都是不堪回首的了。“莫似春风”三句，又复致慨于“前车之覆”，悲剧岂容重演？“早与安排金屋”是“未雨绸缪”的意思。如果“还教一片随波去”，“又却怨”那吹落梅花的“玉龙哀曲”，悔之不迭，可是还有什么用处呢？行文到此，逼出“等恁时（那时）、重觅幽香，已入小窗横幅”的结局，那就一切都化为尘影，徒供后人的凭吊而已。惩前事以资警惕，也只有范成大能理解姜夔的心事。石湖也老了，凛宗国的颠危，悯才人的落拓，拿什么来安慰这才品兼优的壮年雅士呢？赠以青衣小红（见《砚北杂志》卷下），亦聊以纾

1.毛晋刻《东坡词》注云：“惠州梅花上珍禽曰倒挂子，似绿毛凤而小。”
2.详见《太平御览》时序部十五《人日》引《杂五行书》。

汝抑塞磊落的无聊之思。倘如辛弃疾所谓“倩何人唤取，红巾翠袖，揾英雄泪”[1]者，石湖固深喻白石的微旨欤？姜夔运用这种哀怨无端的比兴手法，乍看虽似过于隐晦，而细加探索，自有它的脉络可寻。如果单拿浮光掠影的眼光来否定前贤的名作，是难免要“厚诬古人”的。

和辛弃疾同时而自诩他的词为“平生经济之怀，略已陈矣”[2]的陈亮，有的作品也是运用比兴手法来写的。例如《水龙吟·春恨》：

> 闹花深处层楼，画帘半卷东风软。春归翠陌，平莎茸嫩，垂杨金浅。迟日催花，淡云阁雨，轻寒轻暖。恨芳菲世界，游人未赏，都付与，莺和燕。　寂寞凭高念远，向南楼、一声归雁。金钗斗草，青丝勒马，风流云散。罗绶分香，翠绡封泪，几多幽怨？正销魂又是，疏烟淡月，子规声断。
>
> ——夏承焘《龙川词校笺》下卷

这表面所描画的，也只是一些惜别伤春的“没要紧语”，而刘熙载却拈出“恨芳菲世界”以下十五字，以为“言近旨远，直有宗留守（泽）大呼渡河之意。”（《艺概》卷四《词曲概》）这是要从他所运用的比兴手法上去仔细体会的。

1.《水龙吟·登建康赏心亭》。

2.见叶适《水心文集》卷二十九《书龙川集后》。

关于辛弃疾的作品，我们在上面也说得不少了。这里再举一首《汉宫春·立春日》：

> 春已归来，看美人头上，袅袅春幡。无端风雨，未肯收尽余寒。年时燕子，料今宵、梦到西园。浑未办、黄柑荐酒，更传青韭堆盘。　却笑东风从此，便薰梅染柳，更没些闲。闲时又来镜里，转变朱颜。清愁不断，问何人、会解连环？生怕见、花开花落，朝来塞雁先还。
>
> ——《稼轩长短句》卷六

周济指出：“‘春幡’九字，情景已极不堪。燕子犹记年时好梦，‘黄柑’‘青韭’，极写燕安鸩毒。换头又提动党祸，结用‘雁’与‘燕’激射，却捎带五国城旧恨。辛词之怨，未有甚于此者。”（《宋四家词选》）其实也只是善于运用比兴手法，不觉感时抚事，激成泠泠弦外之音，使读者摸去有棱，一切遂皆不同泛设。把周济的话说得更明白些，一开首就是指斥那批奸佞之徒，听到和议告成，就个个自鸣得意，打扮得妖妖俏俏的，一味迷惑观听，可惜的是，敌人是贪得无厌的，得寸进尺，还会使你不能安枕。“年时燕子”二句，包括徽、钦二帝和一切沦陷区的老百姓在内，也是陆游诗所谓“遗民泪尽胡尘里，南望王师又一年”的意思。“黄柑”二句借用民间立春的事，暗指南渡君臣荒于酒食，不肯想到“余寒”的可怕。过片“却笑东风从此”三句，极写那批小人怎样忙着粉饰太平，荧惑上听。“闲时”以下十字，写他们没得正经事可干时，又只用尽心机来陷害忠良，催逼得仁人志士们“白发横生，惟忧用老”。“清愁”二句，可和《祝英台近》的“是他春带愁来，春归何处，却不解带将愁去”参互体察。结笔“塞雁先还”，正和开端“袅袅春幡”遥相激射。丧心病狂之辈，对敌国外患熟视无睹，彼且为之奈何哉！我常说，“忧国”“忧谗”四字贯穿于整个《稼轩长短句》的代表作中，应该从这些善于运用比兴手法上去体会。

至于宋季诸家，如周密、王沂孙、张炎等许多咏物词，更是托意幽隐，不同无病呻吟之作。只是用典过多，不易领会，兼属亡国哀思之音，读之使人凄黯，这里就不更琐述了。

总之，比兴手法是我国诗歌传统艺术的最高标准。善于掌握它，是可以发挥最大的感染力，而使读者潜移默化的。

第十讲 论欣赏和创作

欣赏和创作有着不可分割的关系。我们对任何艺术，想要得到较深的体会和理解，从而学习作者的表现手法，进一步做到推陈出新，首先必得钻了进去，逐一了解它的所有窍门，才能发现问题，取得经验，彻底明白它的利病所在。熟则生巧，自然从追琢中来。前人所谓先贵能入，后贵能出，一切继承和创作的关系都是如此。词为倚声之学，要掌握它的特殊规律，创作适宜于配合曲调的歌词，更非得深入钻研，并予以实践，是很难谈到真正的欣赏，也就不能对创作上有多大的帮助。

“奇文共欣赏，疑义相与析。”[1] 这是晋代杰出诗人陶潜告诉我们的经验之谈。我们要想欣赏“奇文”，就得首先发现问题，分析问题，才能彻底理解它的“奇”在哪里，从而取得赏心悦目“欣然忘食”的精神享受。孟轲曾以“以意逆志”说诗，他所说的“志”也就是现在一般所说的思想感情。正确的思想和真挚的感情是要靠巧妙的语言艺术表现出来的。把读者的思想

1.《陶渊明集》卷二《移居》。

感情去推测作者的思想感情，从而得到感染，取得精神上的享受，是要通过语言艺术的媒介才能做到的。我们在前面已经谈过，词是最富于音乐性的文学形式，而这种特殊形式之美，得就“色”“香”“味”三方面去领会。正如刘熙载所说：

> 词之为物，色、香、味宜无所不具。以色论之，有借色、有真色。借色每为俗情所艳，不知必先将借色洗尽而后真色见也。
>
> ——《艺概》卷四《词曲概》

王国维也有所谓“生香真色”的说法（见《人间词话》卷下）。刘氏又称：

> 司空表圣（图）云：“梅止于酸，盐止于咸，而美在酸咸之外。”严沧浪云：“妙处透彻玲珑，不可凑泊，如水中之月，镜中之像。”此皆论诗也，词亦以得此境为超诣。
>
> ——《艺概》卷四《词曲概》

像这类“水中之月，镜中之像”和“美在酸咸之外”的词境，以及所谓“色”“香”“味”等等，是不可捉摸的东西，我们要理解它，又非经过视觉、嗅觉、触觉等等的亲身体验，是很难把它说得明白的。

由于词的语言艺术最主要的一点是和音乐结着不解之缘，所以要想去欣赏它，首先得在“声”和“色”两方面去体味。“声”表现在“高下抑扬、参差相错”的基本法则上面，“色”表现在用字的准确上面。我们要初步理解和掌握这两方面的手法，就得先从读词做起。近人蒋兆兰说：

> 作词当以读词为权舆（始也）。声音之道，本乎天籁，协乎人心。词本名乐府，可被管弦。今虽音律失传，而善读者辄能锵洋和均，抑扬高下，极声调之美。其浏亮谐顺之调固然，即拗涩难读者亦无不然。及至声调熟极，操管自为，即声响随文字流出，自然合拍。
>
> ——《词说》

学填词必先善于读词。一调有一调的不同节奏，而这抑扬高下、错综变化的不同节奏，又必须和作者所抒写的思想感情的起伏变化恰相适应，才能取得内容和形式的密切结合，达到语言艺术的高峰。这一切，我在前面都已大致分析过了。关于四声平仄和韵位的安排，怎样通过发音部位而取得和谐悦耳，也非反复吟咏，细审于喉吻间，是很难做到声入心通，感受到作品的强烈感染力的。

谈到用字的准确，也得从两方面来看。一方面是“炼声”，也就是张炎所说，“要字字敲打得响，歌诵妥溜”；一方面是“佇色”，也就是陆辅之所说的“词眼”（见《词旨》）。这和《诗人玉屑》所称“古人炼字，只于眼上炼，盖五字诗以第三字为眼，七字诗以第五字为眼”，有所不同。刘熙载说得好：

> 眼乃神光所聚，故有通体之眼，有数句之眼，前前后后，无不待眼光照映。若舍章法而专求字句，纵争奇竞巧，岂能开阖变化，一动万随耶？
>
> ——《艺概》卷四《词曲概》

不论是通体的“眼”也好，数句的“眼”也好，这“眼”的所在，必得注意这一个字或一个句子的色彩，须特别显得光辉灿烂，四照玲珑，有如王国维所说：“‘红杏枝头春意闹’（宋祁《玉楼春》），著一‘闹’字而境界全出；‘云破月来花弄影’（张先《天仙子》），著一‘弄’字而境界全出。”（《人间词话》卷上）这一个“闹”字和一个“弄”字，能使一句生“色”，也使通体生“色”。又如柳永《雨霖铃》“今宵酒醒何处？杨柳岸、晓风残月”，也可算是通体的“眼”，著此一句，而千种风情，万般惆怅，都隐现于字里行间，玲珑透彻，言有尽而意无穷。但这种境界，非得反复吟咏，心领神会，把每一个字分开来看，再把整体的结构综合起来看，着实用一番含咀工夫，是不容易理解的。

近代词家况周颐也曾以他数十年积累的经验告诉我们，使我们对这一方面有了下手功夫。他说：

> 读词之法，取前人名句意境绝佳者，将此意境缔构

于吾想望中，然后澄思渺虑，以吾身入乎其中而涵泳玩索之，吾性灵与相浃而俱化，乃真实为吾所有而外物不能夺。

——《蕙风词话》卷一

像他这样的读法，确实有利于欣赏，同时也有利于创作。因为这样才能够把读者和作者的思想感情融成一片，通过语言文字的艺术手法，使作者当时所感受到的真实情景，一一重现于读者的心目中，使读者受到强烈的感染，更从而彻底了解各式各样的表现艺术，作为自己随物赋形、缘情发藻的有力手段。这在严羽叫作"妙悟"，而"妙悟"却由"熟读"中来。严羽教人学诗，又有所谓"三节"的说法：

其初不识好恶，连篇累牍，肆笔而成；既识羞愧，始生畏缩，成之极难；及其透彻，则七纵八横，信手拈来，头头是道矣。

——《沧浪诗话·诗法》

我们每一个有成就的卓越诗人或艺术家，都得经过这三个阶段。其实这也就是思想性和艺术性的结合问题，继承和创作的关系问题，在我们上一辈的文学理论家却只把它叫作"能入"和"能出"。南宋诗人杨万里就曾把他写诗的亲身体验告诉我们。他在《荆溪集·自序》中说：

予之诗，始学江西诸君子，既又学后山五字律，既又学半山老人七字绝句，晚乃学绝句于唐人，学之愈力，作之愈寡。

这是说明他由第一阶段跨入第二阶段，经过不少艰苦的历程。对前人的表现艺术有了深切的理解，从而感到这里面的甘苦，要把自己的思想感情表达得恰如其分，不是那么容易。接着他又说：

其夏，之官荆溪，既抵官下，阅讼牒，理邦赋，惟朱墨之为亲。诗意时往日来于予怀，欲作未暇也。戊戌三朝时节，赐告，少公事，是日即作诗，忽若有悟，于是辞谢唐人及王、陈、江西诸君子，皆不敢学，而后欣如也。试令儿辈操笔，予口占数首，则浏浏焉，无复前日之轧轧矣。自此，每过午，吏散庭空，即携一便面，步后园，登古城，采撷杞菊，攀翻花竹，万象毕来，献予诗材，盖麾之不去，前者未膺而后者已迫，涣然未觉作诗之难也，盖诗人之病，去体将有日矣。方是时，不惟未觉作诗之难，亦未觉作州之难也。

这说明他的最后阶段，也就是严羽所说的“透彻”阶段。这在诗家叫作“妙悟”，词家叫作“浑化”，也就是陆游所说的“文章本天成，妙手偶得之”。再明白地说，也只是深入了解过前人积累的经验，融会贯通了各种语言艺术，“物来斯应”，从而解决了思想性与艺术性的结合问题；只是把作者所要说的话，如实地巧妙地表达得恰如其分而已。

王国维推演其说，把来谈词，也有所谓三种境界的说法。他说：

> 古今之成大事业、大学问者，必经过三种之境界。“昨夜西风凋碧树，独上高楼，望尽天涯路。”（晏殊《蝶恋花》）此第一境也。“衣带渐宽终不悔，为伊消得人憔悴。”（柳永《凤栖梧》）此第二境也。“众里寻他千百度，蓦然回首，那人却在、灯火阑珊处。”（辛弃疾《青玉案·元夕》）此第三境也。
>
> ——《人间词话》卷上

这第一境是说明未入之前，无从捕捉，颇使人有“上穷碧落下黄泉，两处茫茫皆不见”[1]之感。第二境是说明既入之后，从艰苦探索中得到乐趣来。第三境是说明入而能出，豁然开朗，恰似“踏破铁鞋无觅处，得来全不费工夫”。我们对于前人名作的欣赏，以及个人创作的构思，也都必须经过这三种境界，才能做到“真实为吾所有而外物不能夺”。

关于能入和能出的问题，周济在他所写的《宋四家词选·序

1.白居易《长恨歌》。

论》中也曾谈到。他说：

> 夫词，非寄托不入，专寄托不出。一物一事，引而伸之，触类多通。驱心若游丝之罥飞英，含毫如郢斤之斫蝇翼，以无厚入有间，既习已，意感偶生，假类毕达，阅载千百，謦欬弗违，斯入矣。赋情独深，逐境必寤，酝酿日久，冥发妄中，虽铺叙平淡，摹缋浅近，而万感横集，五中无主。读其篇者，临渊窥鱼，意为鲂鲤；中宵惊电，罔识东西；赤子随母笑啼，乡人缘剧喜怒，抑可谓能出矣。

这能入和能出的两种境界，也是结合欣赏和创作来谈的。什么叫作“寄托”呢？也就是所谓“意内而言外”，“言在此而意在彼”。怎样去体会前人作品哪些是有“寄托”的呢？这就又得把作者当时所处的时代环境和个人的特殊性格，与作品内容和表现方式紧密联系起来，予以反复钻研，而后所谓“弦外之音”，才能够使读者沁入心脾，动摇情志，达到“赤子随母笑啼，乡人缘剧喜怒”那般深厚强烈的感染力。例如李煜的后期作品，由于他所过的是“此间日夕惟以眼泪洗面”的囚虏生活，一种复仇雪耻的反抗情绪磅礴郁勃于胸臆间，而又处于不但不敢言而且不敢怒的环境压迫之下，却无心流露出“林花谢了春红，太匆匆，无奈朝来寒雨晚来风”（《相见欢》）这一类的无穷哀怨之音，那骨子里难道单是表达着林花受了风雨摧残而匆匆凋谢的身外闲愁而已吗？又如爱国词人辛弃疾的作品中，几乎全部贯穿着“忧国”“忧谗”的两种思想感情，有如《摸鱼儿》的“斜阳烟柳”，《祝英台近》的“层楼风雨”，《汉宫春》的“薰梅染柳”，《瑞鹤仙》的“开遍南枝”等等，都得将他的整个身世和作品本身紧密联系起来看，把全副精神投入其中，乃能默契于心，会句意于两得。所谓“知人论世”，也是欣赏前人作品的主要条件。

所谓词的“生香真色”，又从什么地方去体会呢？我以为要理解这种境界，得向作品的意格和韵度上去求，要向整个结构的开阖呼应上去求。至于“真色”和“借色”之分，最显著的一点，就是要像唐人咏虢国夫人诗所谓“却嫌脂粉污颜色，淡扫蛾眉朝至尊”，要像李太白诗所谓“清水出芙蓉，天然去雕饰”。这种“生香真色”，我以为最好的例子要算李清照的《漱玉词》。譬如那阕最被人们传诵的《醉花阴》的结尾：

莫道不消魂，帘卷西风，人比黄花瘦。

又如贺铸《青玉案》的结尾：

试问闲愁都几许？一川烟草，满城风絮，梅子黄时雨。

虽然上述两首词的结尾都是前一句呼起，接着融情于景，借相映带，而此中有人，唤之欲出。但两相比较，李词一种娇柔婀娜、惆怅自怜的天然标格，足使读者荡气回肠，而视贺作却更有深一层的韵味。初不假任何装饰，只是轻描淡写，而婉转缠绵，揭之无尽。这是清照的前期作品，该和她所写《金石录后序》的下面一段对读：

余性偶强记，每饭罢，坐归来堂，烹茶，指堆积书史，言某事在某书某卷第几页第几行，以中否角胜负，为饮茶先后。中即举杯大笑，至茶倾覆怀中，反不得饮而起。

读后就可想见作者的风流韵度和他俩的伉俪深情，以帮助我们对这些名句的欣赏。再看她在夫亡之后，遭乱流离，饱尝人生辛酸时所写的《声声慢》：

寻寻觅觅，冷冷清清，凄凄惨惨戚戚。乍暖还寒时候，最难将息。三杯两盏淡酒，怎敌他、晚来风急？雁过也，正伤心，却是旧时相识。　满地黄花堆积，憔悴损，如今有谁堪摘？守着窗儿，独自怎生得黑？梧桐更兼细雨，到黄昏、点点滴滴。这次第，怎一个愁字了得？

这里面不曾使用一个故典，不曾抹上一点粉泽，只是一个历尽风霜、感怀今昔的女词人，把从早到晚所感受到的"忽忽如有所失"的怅惘情怀如实地描绘出来。看来都只寻常言语，却使后人惊其“遒逸之气，如生龙活虎”[1]，能“创意出奇”[2]，达到语言艺术的最高峰。这和李煜的后期作品确有异曲同工之妙，也只是由于情真语真，结合得恰如其分而已。

所谓“借色”，最常见的是用替代字，例如周邦彦《解语花》的“桂华流瓦”、吴文英《宴清都》的“蓌蟾冷落羞度”，用“桂华”和“蓌蟾”来代“月”，本意也只是为了声响和色彩的调匀，却使读者产生“隔雾看花”的感觉，反而要“损其真美”。但周、吴一系词人多爱玩弄这一手法。我们要理解他们的作品，也非得注意这一手法不可。沈义父曾经指出：

> 炼句下语，最是紧要。如说桃，不可直说破桃，须用“红雨”“刘郎”等字。如咏柳，不可直说破柳，须用“章台”“灞岸”等字。又用事如曰“银钩空满”，便是“书”字了，不必更说“书”字。“玉箸双垂”，便是“泪”了，不必更说“泪”。如“绿云缭绕”，隐然髻发；“困便湘竹”，分明是簟。（所引例句皆见《清真集》）正不必分晓，如教初学小儿，说破这是甚物事，方见妙处。
>
> ——《乐府指迷》

原来使用种种譬喻，来形容某些事物的美，而使它更加形象化，

1.万树《词律》卷十。
2.罗大经《鹤林玉露》卷十二。

也是在语言艺术上一种由来已久的手法。例如《诗经》上形容女人鬓发的，就有“鬒发如云”（《鄘风·君子偕老》）、“首如飞蓬”（《卫风·伯兮》）。汉赋里形容女人眼睛的，就有“目流睇而横波”（傅毅《舞赋》）。后来进一步把“绿云”代发髻、“秋波”代眼神，有如《西厢记》的名句“怎当他临去秋波那一转”，也并不感到“秋波”这两个代字的讨厌。但专门在这上面玩花样，不堕于纤巧，即落于陈套。像这样来“指迷”，只有使作者和读者更陷于迷惘中，确是要不得的。

词的另一种手法，就是要有开阖跌荡。有些“暗转、暗接、暗提、暗顿”的地方，必须“有大气真力斡运其间”（《蕙风词话》卷一）。例如苏轼《永遇乐·彭城夜宿燕子楼，梦盼盼，因作此词》：

> 明月如霜，好风如水，清景无限。曲港跳鱼，圆荷泻露，寂寞无人见。紞如三鼓，铿然一叶，黯黯梦云惊断。夜茫茫、重寻无处，觉来小园行遍。　天涯倦客，山中归路，望断故园心眼。燕子楼空，佳人何在？空锁楼中燕。古今如梦，何曾梦觉？但有旧欢新怨。异时对、黄楼夜景，为余浩叹。

直是盘空硬语，一片神行，而层层推进，笔笔逆挽，真称得上是“有大气真力斡运其间”，却又泯却转、接、提、顿的痕迹。又如他和刘仲达相逢泗上，同游南山话旧的《满庭芳》：

三十三年，漂流江海，万里烟浪云帆。故人惊怪，憔悴老青衫。我自疏狂异趣，君何事、奔走尘凡？流年尽，穷途坐守，船尾冻相衔。　巉巉，淮浦外，层楼翠壁，古寺空岩。步携手林间，笑挽攕攕。莫上孤峰尽处，萦望眼、云水相搀。家何在？因君问我，归梦绕松杉。

这也极尽开阖跌荡的能事，而那浩然胸次，洒脱襟怀，直如与我辈相接于苍茫云水间，不假刷色而自然高妙。刘熙载只欣赏他另一阕《满庭芳》中的“老去君恩未报，空回首、弹铗悲歌”。以为“语诚慷慨，究不若《水调歌头》‘我欲乘风归去，又恐琼楼玉宇，高处不胜寒’，尤觉空灵蕴藉”。而认为这些都是“词以不犯本位为高”[1]的极则，却不曾点出苏词都因有作者的“逸怀浩气”运转其间，恰如严羽所说：“七纵八横，信手拈来，头头是道。”要之，他所运用的手法，也只是开阖跌荡，恰能随物赋形而已。

在开阖跌荡中，又要“仰承”“俯注”，见出“针缕之密”。例如陈与义《临江仙》：

忆昔午桥桥上饮，坐中多是豪英。长沟流月去无声。杏花疏影里，吹笛到天明。　二十余年如一梦，此身虽在

1.所引各句，均见《艺概》卷四《词曲概》。

堪惊。闲登小阁看新晴。古今多少事，渔唱起三更。

刘熙载曾拈出“杏花疏影里，吹笛到天明”两句的好处，就是因为它仰承“忆昔”，俯注“一梦”，所以“不觉豪酣，转成怅悒”。我们仔细体味这整篇所描摹的意境，上阕中间七字句于“豪酣”中已隐伏“怅悒”的根子，下阕七字句却又从“堪惊”二字宕开，仿佛“忧中有乐”。这样后先映带，构成一幅完美无缺的图景，就更值得反复吟玩。又如李煜《浪淘沙》的下阕：

金剑已沉埋，壮气蒿莱。晚凉天净月华开。想到玉楼瑶殿影，空照秦淮。

这前面两句，是何等的衰飒悲凉。接着却把格局宕开，显出一种豁然开朗、光辉无际的高华气象。却又骤然跌入极度沉痛的深渊中，转高华为凄咽，于酸楚中见情恨。后来范仲淹的《御街行》，也是用的类似手法：

真珠帘卷玉楼空，天淡银河垂地。年年今夜，月华如练，长是人千里。

这种手法的特点是：前面尽力拓开，后面陡折收合，把绝壮丽语转化为绝悲凉的意境。我们理解了这些手法，进而予以灵活运用，那么，无论是对古代名篇的欣赏，还是对自己的创作，都会得到启发而渐入佳境的。

总之，欣赏和创作都得从反复吟诵入手。掌握声律的妙用和一切语言艺术，用来抒写高尚瑰伟的思想抱负，作出耐人寻味、移人情感的新词，我想，这是每个文艺工作者所日夕向往，同时也是广大人民所迫切要求的。

附录一 四声的辨别和练习

四声，就是汉语中四种不同的声调。我们要学习古典诗词，了解南北曲的唱法，首先就是辨别平仄四声。四声里面平声最长，其余上、去、入三声逐渐短促，所以又把它们统称作仄。在近体律、绝诗和词、曲的声韵安排上，普遍都得讲究平仄；有些重要地方，还要分别四声阴阳。黄九烟教人制曲填词，就有“三仄应须分上去，两平还要辨阴阳”的说法。

自周德清《中原音韵》并入声于平、上、去三声中，于是北系的四声就变为阴平、阳平和上、去。阴平为第一声，例如“中苏”“光辉”等字，发音后稍稍抬起，最后稍稍下降，首尾差别不大。阳平为第二声，例如“和平”“人民”等字，起头比阴平低，渐渐上升，升到高度，终点比阴平的起点还高些。上声为第三声，例如“永久”“友好”等字，起头比阳平的起点还低些，然后升高，终点近于阴平起点，升起来的一段时间很短。去声为第四声，例如“胜利”“万岁”等字，起点像阳平的终点，然后猛烈下降至最低度。其式如下：

阴平— 阳平╱ 上声V 去声＼

这一平、二升、三曲、四降，不容易相混，是现代北京语音在声调上的极大特点。

至于过去大家所习用的平、上、去、入四声，究竟怎样分辨，也有各种不同的说法：

1. 唐释处忠《元和韵谱》："平声者哀而安，上声者厉而举，去声者清而远，入声者直而促。"

2. 明释真空《玉钥匙歌诀》："平声平道莫低昂，上声高呼猛烈强，去声分明哀远道，入声短促急收藏。"

3. 清顾炎武《音论》："平音最长，上、去次之，入则诎然而止，元余音矣。"又云："其重其疾则为入、为去、为止，其轻其迟则为平。"

4. 清江永《音学辨微》："平声音长，仄声音短；平声音空，仄声音实；平声如击钟、鼓，仄声如击土、木、石。"

总之，这四种读法，由最初的舒长，渐高、渐短、渐重，以至下坠而绝；平声最轻且长，去声最重，入声最促而短；一切顺着语势的自然，分成四个不同阶段。怎样把这些不同轻重缓急的声调组织成为一个词句？首先得把它们的性质分辨清楚，再加以适当的调剂，才能够有利于喉吻而谐协动听。明人王骥德说：

> 曲有宜于平者，而平有阴、阳；有宜于仄者，而仄有上、去、入。乖其法，则曰拗嗓。盖平声声尚含蓄，上声促而未舒，去声往而不返，入声则逼侧而调不得自转矣。
>
> ——《方诸馆曲律》卷二《论平仄》第五

这又说明四声的不同功用，为歌唱家所不宜轻视者。

四声的不同唱法，这里暂且不谈。首要任务，还得先熟练四声。兹特摘取清梁僧宝著《切韵求蒙》所列“十六摄二百六韵四声一贯考”中若干四声字，依其发音部位分列如下，以便练习。

（一）牙音

公拱贡谷　空孔控哭　江讲绛觉　康慷抗恪
庚梗更格　京景敬戟　金锦禁急　严俨酽业
斤谨靳讫　元阮愿月　官管贯括　基纪记棘
溪启契契　珂可坷恪　俄我饿咢　戈果过郭
加贾驾假　牙雅讶额　居举据脚　孤古故各
钩苟遘谷　鸠九救菊　骄矫轿蹻　交绞教觉

（二）舌头音

东董冻笃　通侗痛秃　唐荡宕铎　停艇听笛
登等邓德　甜簟磹牒　豚盾钝突　南腩妠纳
丹亶旦怛　滩坦炭达　端短断掇　团断段夺
梯体替铁　台怠代特　驼柁驮铎　那娜奈诺
徒杜渡度　奴弩怒诺　兜斗斗啄　条窕铫涤

（三）舌上音

重重重躅　张长帐芍　呈逞郑掷　沉朕鸩蛰
陈朕阵秩　鳣展辗哲　痴耻胎敕　除伫箸着
辀肘昼竹　潮肇召着　饶挠闹搦

（四）重唇音

蓬唪槰仆　宠蚌○雹　帮榜谤博　茫莽漭莫
盲猛孟陌　兵丙柄碧　砭贬窆鴘　门懑闷没
盘伴叛跋　眠眄面蔑　脾婢避辟　眉美媚密
迷米谜蔑　枚每妹没　坡叵破○　磨么磨○
巴把霸伯　麻马祃陌　铺普铺粕　模姥暮莫
呣某茂木　包饱豹爆

（五）轻唇音

逢奉俸幞　方昉放缚　凡范梵乏　分粉粪佛
文吻问物　藩返贩发　烦饭饭伐　霏斐费弗
微尾未物　符辅附幞　浮妇复复

（六）齿头音

松耸颂续　桑颡丧索　将奖酱爵　襄想相削
精井进积　情请净籍　侵寝沁缉　潜渐潜捷
荀笋浚恤　村忖寸猝　珊散散萨　先铣霰屑
雌此刺刺　西洗细屑　哉宰再则　嗟左佐作
此写卸舄　斜灺谢席　胥湑絮削　租祖作作
陬走奏镞　宵小笑削　萧筱啸锡

（七）正齿音

钟肿种烛　章掌障酌　昌敞唱绰　征整政摭
蒸拯证职　斟枕枕执　占飐占慑　真轸震质
唇盾顺术　删潸讪杀　支纸寘摭　脂旨至质
之止志织　诗始试识　遮者蔗炙　奢舍赦螫
书暑恕烁　诸渚翥蹠　周帚咒祝　收手兽叔
烧少少烁　招沼照炤

（八）喉音

洪澒哄斛　翁翁瓮屋　容勇用欲　降项巷学
央鞅怏约　阳养漾药　英影映益　音钦荫邑

酣滥憨盖　盐琰艳叶　寅引胤逸　温稳揾溷
蔫偃堰谒　园远远越　寒早翰曷　桓缓换活
移迤易易　狸里吏力　鞋蟹邂覈　谐骇械黠
河荷贺鹤　阿妸侉恶　禾祸和获　逾庾裕欲
胡户护涸　侯厚候斛　由酉柚育　豪皓号鹄

（九）半舌半齿音

笼咙弄禄　穰壤让若　郎朗浪落　良两亮略
灵笭另历　仍耳认日　任稔任入　蓝览滥腊
仁忍刃日　邻嶙吝栗　兰懒烂辣　銮卵乱埒
黎礼隶捩　雷磊耒硉　罗椤逻落　闾吕虑略
如汝洳若　儒乳孺辱　卢鲁路络　娄搂漏禄
柔蹂鞣肉　饶扰绕若　劳老劳泺

学者能把上面这些字音随口熟读，细审发音部位，兼及长短轻重所以不同，这样成了习惯，以后任拈一字，立刻就会感到它是属于哪一声。虽然方音有些差别，尤其上、去易混，但大体不会错的。

如果应用京音，它的四声可照下面一些字例读去：

妈麻马骂　鸦牙雅亚　波婆颇破　拖驼妥堕
阿俄我饿　呵何可贺　知痴耻治　施时矢试
伊移倚裔　披皮否屁　胚培○配　灰回悔诲
哀呆蔼暖　乌吾五误　迂余与预　偷投○透

腰遥杳要　潘盘○叛　温文吻问　央洋养漾

汪王往旺　英赢影映　通同桶痛

照着这些字例，念得纯熟，再触类旁通，参以现代语音学，更和实际歌唱结合起来，做到“字正腔圆”，是可把这审音的初步基础首先打好的。

附录二 谈谈词的艺术特征

词是依附唐、宋以来新兴曲调的新体抒情诗，是音乐语言和文学语言紧密结合的特种艺术形式。它的发生和发展，由诗的“附庸”而“蔚为大国”，是和乐曲结着“不解之缘”的。它的长短参差的句法和错综变化的韵律，是经过音乐的陶冶，而和作者起伏变化的感情相适应的。一调有一调的声情，在句法和韵位上构成一个统一体。它是顺着人类发音器官的自然规律创造各种不同的格式，通过这些格式来表达各种不同的情感。把它咏唱起来，是会使人感到“渐近自然”的。它之所以不同于一般五、七言古、近体诗，乃至夹有长短句的乐府诗，也就只在它的句法和韵律，是要受曲调的约束，而这种约束，是循着人类语言的自然法则来制定的。我们要了解“词的艺术特征”，仍得向它的声律上去体会，得向各个不同曲调的结构上去体会。作者能够掌握这些规律，选择某一适合表达自己所要表达的感情的曲调，把词情和声情紧密结合起来，也就会产生各种不同的风格和面貌，引起读者的共鸣。在词的领域中，也一样是“百花齐放”，丰富多彩的。

一个批评家的眼光，常是会被时代和环境所局限，从而“以偏概全”，看不见事物的整体。就是这个诗（这里所说的诗，一般指的是五、七言古、近体诗。）和词在语言、技法、风格、意境上的差别问题，在北宋作家如晁补之、李清照等早就提出来了。所谓“少游（秦观）诗似小词，先生（苏轼）小词似诗。”（《苕溪渔隐丛话》前集卷四十二引《王直方诗话》中晁补之、张耒说）所谓“王介甫（安石）、曾子固（巩）文章似西汉，若作一小歌词，则人必绝倒，不可读也。乃知别是一家，知之者少。”（《丛话后集》卷三十三引李清照说）究竟这诗和小词的差别在哪里呢？

我们且看秦观的诗怎样会“似小词”。元好问曾经说过：“有情芍药含春泪，无力蔷薇卧晓枝。拈出退之山石句，始知渠是女郎诗。”（《遗山文集》卷十一《论诗绝句》）这前两句是引的秦观《春日》绝句的后半首，《山石》是韩愈作的七言古体诗。这可见宋、金诗人心目中的诗和词，是有怎样的不同性质。这一对比，恰好说明当日所称“当行出色”的“小词”，该是属于软性的。再看俞文豹《吹剑录》所载：

> 东坡在玉堂日，有幕士善歌，因问：“我词何如柳七？”对曰：“柳郎中词，只合十七八女郎，执红牙板，歌‘杨柳岸，晓风残月’。学士词，须关西大汉，铜琵琶，铁绰板，唱‘大江东去’。”东坡为之绝倒。

同样说明了彼时彼地所谓诗、词在风格上的差别问题，也就是后来词家分成婉约、豪放两大流派的根本原因。

为什么彼时彼地一般人的心目中，会存在着这样一个差别见解呢？据我个人的看法，还得注意它的音乐关系。因为词所依的“声”，多是出于“歌台舞榭”的。依着它的曲调来填的词，多是交给“十七八女郎，执红牙板”去唱的。所以它的风格，也就自然要倒向软性的一面。所谓：“绮罗香泽之态，绸缪宛转之度”（胡寅《酒边词序》），也正是为了适应教坊歌曲的一种抒情手法。但从有了“横放杰出，自是曲子中缚不住”（《能改斋漫录》卷十六晁补之评东坡词语）的东坡词以后，简直就是“以词为诗”（陈师道《后山诗话》），所谓“逸怀浩气，超然乎尘垢之外”（胡寅语），开辟了阳刚的一派，一直就在词坛上和软性的阴柔一派并驱争流。这只能说是在词的领域内有了两种不同的风格；而这两种风格是自《诗经》《楚辞》以来，直到所有五、七言古、近体诗，以及南北曲，都是同时存在着的。

我总觉得词所以“上不似诗，下不类曲”，它的主要关键，仍只在曲调的组成方面。由于作者的性格和所处的环境不同，而又善于掌握各个不同曲调的自然规律，因而产生各种不同的技法和风格；而这种种不同的技法和风格，却都是存在于词的领域以内的。清代词人不了解从发展去看问题，不了解从整体去看问题，只凭个人的主观，抓着一些个别现象夸张起来，要想显示自己的“独具只眼”，实际是“一手掩不尽天下人耳目”的。例如刘体仁把“夜阑更秉烛，相对如梦寐”（杜甫《羌村三首》）和“今宵剩把银釭照，犹恐相逢是梦中”（晏几道《鹧鸪天》）作为对比，认为这就是“诗与词之分疆”（《七颂堂词绎》）。他不从这两位作家在当时的物质环境和心理状态上去分析这两种作品的不同意格，却只管在每个句子的音响上，就一时的感觉，似乎有些刚、柔异样，便把它咬定是什么“诗与词之分疆”，这是毫无是处的。如果照刘体仁的说法，那么我也可以举出范仲淹的“都来此事，眉间心上，无计相回避”（《御街行》），来和李清照的“此情无计可消除，才下眉头，又上心头”（《一剪梅》）作个对比。这两者所抒写的情感和所使用的语言，乍看好像没有什么两样；但是它的风格，显然是有着阳刚和阴柔的绝大差别；难道也可以说这是“诗与词之分疆”吗？同时王士祯也有近似的说法：

> 或问：诗词、词曲分界。予曰：“无可奈何花落去，似曾相识燕归来。”定非香奁诗。“良辰美景奈何天，赏心乐事谁家院？”定非草堂词也。（《花草蒙拾》）

我们且看晏殊把这两个平生得意的句子，是怎样和其他的句子组成一个整体的：

> 元巳清明假未开，小园幽径独徘徊。春寒不定斑斑雨，宿醉难禁滟滟杯。无可奈何花落去，似曾相识燕归来。游梁赋客多风味，莫惜青钱万选才。（《示张寺丞王校勘七律》）
>
> 一曲新词酒一杯，去年天气旧亭台。夕阳西下几时回？　无可奈何花落去，似曾相识燕归来。小园香径独徘

徊！（《浣溪沙》）

这一诗一词，有三个句子是完全一样的。虽然也有人说：“细玩‘无可奈何’一联，情致缠绵，音调谐婉，的是倚声家语。若作七律，未免软弱。”（张宗橚《词林纪事》卷三）其实这只是一些错觉。因为七律形式过于呆板，把这两个名句放在类似绝句的小令中，确是比较更觉得“情致缠绵”的，但也绝对不能说这是什么诗、词的分界。作者就同时把它放在七言律诗里面，难道可以否认它，说它不成其为诗么？至于“良辰美景奈何天，赏心乐事谁家院”，自然是汤显祖《牡丹亭》里面的名句，但也得跟上文“原来姹紫嫣红开遍，似这般都付与断井颓垣”与下文“朝飞暮卷，云霞翠轩，雨丝风片，烟波画船，锦屏人忒看的这韶光贱”联合起来看，才显得它的特殊风调。它所用的曲牌《皂罗袍》，是句句押韵，平仄通协的。这和宋词的面目，自然要现出两样；但却不是什么单纯地在风格上和《草堂词》（《草堂诗余》所收的五代、宋词）有截然的界限。因为词和曲的不同领域中，又各有其丰富多彩的园地，很难拘以一格，而且各自构成整体，不容许分割开来看的。如果割下一些名句，肯定它是诗、是词、是曲。那么，宋词中也有很多用的是唐人诗句，元、明戏曲中也有很多用的是唐诗、宋词，把它融化得恰到好处，有什么截然不同的界线呢？且看王实甫《西厢记·长亭送别》中那一段：

碧云天，黄花地。西风紧，北雁南飞。晓来谁染霜林

醉？总是离人泪。（正宫端正好）

这前面两个三字句，不就是范仲淹《苏幕遮》词上面的话么？还有《听琴》第一折：

落红成阵，风飘万点正愁人。池塘梦晓，阑槛辞春。蝶粉轻沾飞絮雪，燕泥香惹落花尘。系春心，情短柳丝长，隔花阴、人远天涯近。香消了六朝金粉，清减了三楚精神。（混江龙）

这“风飘万点正愁人”是从杜甫《曲江》七律诗中取来的，“人远天涯近”是从朱淑真《生查子》词中取来的。作者借用这些唐诗、宋词中的名句，巧妙地和其他色彩相称的许多词汇，通过特种曲调的音节，结合成为一个整体。它的特殊情调，仍是由曲调的组织形式来决定的。

我们如果不从各个作品上去推究它的错综复杂关系，不从它的整体上去分析它的继承性和创造性，不从它的音乐性和艺术性的结合上去体会它的不同风格，而盲从一般词话家的片面之言，那对古典文学的欣赏和学习，是会走进黑漆一团的牛角尖里，没有光明的前途的。

现在，再掉过头来，进一步谈谈我个人对“词的艺术特征”的看法。为什么说，词是音乐语言和文学语言紧密结合的特种艺术形式呢？这得追溯一下词的发生和发展的简单历史。王灼曾经说过："隋以来，今之所谓曲子者渐兴，至唐稍盛；今则繁声淫奏，殆不可数。古歌变为古乐府，古乐府变为今曲子，其本一也。"（《碧鸡漫志》卷一）这里所说的"今曲子"，就是唐、宋以来词家所依的"声"。依附这"今曲子"的"声"来作成长短句的歌词，原来叫作"曲子词"（欧阳炯《花间集序》），后来把它简称作"词"，实质上还是音乐语言和文学语言的结合体。刘昫《旧唐书》志卷十也曾提到："自开元以来，歌者杂用胡夷里巷之曲。"（《音乐》三）这"胡夷里巷之曲"，也就是王灼所说的"今曲子"。这"今曲子"从隋以来，直到唐、五代、宋好几百年中，正在不断地发展着。依附这些不断发展的新兴曲调来制作的新体歌词，也是经过无数的音乐家和文学家的不断合作，不断改进，才得以逐渐组成这个音乐语言和文学语言紧密结合的特种艺术形式。我们只要把郭茂倩《乐府诗集》中《近代曲辞》这一类杂采唐诗人的五、七言古、近体诗配入许多当世流行的新兴曲调，进一步解散五、七言律，绝诗来配合各式各样的令曲，更进一步错综变化组成宋代盛行的慢曲长调，这漫长一段时期的演进历史，是可以从中看出"词的艺术特征"的主要关键，绝对是从每个曲调的整体上表现出来的。

所谓音乐语言和文学语言的结合这个自然规律，在齐、梁时代的沈约就已经发明了。他曾说过："夫五色相宣，八音协畅，由乎玄黄律吕，各适物宜。欲使宫羽相变，低昂互节，若前有浮声，则后须切响。"（《宋书》卷六十七《谢灵运传论》）由于这个"玄黄律吕，各适物宜"和"宫羽相变，低昂互节"的自然法则的发明，经过无数作家的长期实践，最初是组成了“奇偶相生”，音节和谐的五、七言律，绝形式。但这种形式虽然富有高低抑扬的音节，可使读者和听者发生快感，却因过于整齐的格局，很难和人类起伏变化的感情恰相适应，因之也就不容易和参差繁复的新兴曲调紧密结合，这对“各适物宜”的原则，还是有很大距离的。人类语言，生来就有其高低抑扬的自然节奏。但在汉民族的孤立语中，要把它连缀起来，在每个字的意义和声调上，配合得非常适当，就非得经过长期的音乐陶冶，很难恰如其分地表达作者的起伏变化的感情，而使听者引起共鸣的作用。唐、宋以来长短句歌词的艺术特征，我觉得是应该在这些方面去深入了解的。

我们要了解词的特殊艺术形式，简略地说来，是该从每个调子的声韵组织上去加以分析，是该从每个句子的平仄四声和整体的平仄四声的配合上去加以分析，是该从长短参差的句法和轻重疏密的韵位上去加以分析。由各个独体字的安排适当，组成一个完整的统一体；把这个统一体加以深入体会，掌握某一个调子的不同节奏，巧妙地结合着作者所要表达的各种喜、怒、哀、乐的不同情感，这样，就能够填出感染力异常强烈的好词。古人填词，特别重视选调、选韵，这些关键是要善于掌握的。我们如果彻底了解了这些自然法则，也就不妨解脱过去所有曲调（也叫作词牌或曲牌）的束缚，而自己创造一种崭新的长短句歌词。这在宋代音乐家兼诗人的姜夔，早就这样做过了。他曾说：“予颇喜自制曲，初率意为长短句，然后协以律，故前后阕多不同。”（《白石道人歌曲》卷四《长亭怨慢》小序）他是深切了解音乐语言和文学语言紧密结合的基本法则的。所以在他作的自制曲《暗香》《疏影》，经过“工妓隶习”之后，自见“音节谐婉”（同上《暗香》小序）的妙处。

一般说来，人类的情感，虽然因了物质环境的刺激而触起千态万状的心理变化，但总不出乎喜、怒、哀、乐、爱、恶、欲的范围，也可以概括为喜、怒两大类。人类借以表达种种不同情感的语言音节，虽然也有轻、重、缓、急的种种差别，也可以概括为和谐与拗怒两大部分。唐、宋人所组成的“今曲子词”，尤其是慢曲长调，在这上面是十分讲究的。它能在和谐与拗怒的音节方面，加以适当的安排，构成矛盾的统一体，借以表达作者所要表达的某种微妙感情而恰如其量。这在柳永、周邦彦、姜夔诸家的词集中，更是值得我们深入探究的。

为了帮助读者对词的特种艺术形式有一般了解，姑且就一般常用的几个曲调，也就是现行“文学”课本中所能见到的几个曲调，随手拈来，做一些粗浅的分析：

首先来谈苏轼“赤壁怀古”的《念奴娇》。这个调子为什么适宜于表达豪放激壮一类的感情呢？我们先来探讨一下这个曲调的由来。据元稹《连昌宫词》自注：“念奴，天宝中名倡，善歌。每岁楼下酺宴，累日之后，万众喧隘，严安之、韦黄裳辈辟易不能禁，众乐为之罢奏。玄宗遣高力士大呼于楼上曰：‘欲遣念奴唱歌，邠二十五郎吹小管逐，看人能听否？’未尝不悄然奉诏。”（《元氏长庆集》卷二十四）又王灼引《开元天宝遗事》：“念奴有色，善歌，宫伎中第一。”“每执板当席，声出朝霞之上。今大石调《念奴娇》，世以为天宝间所制曲。”（《碧鸡漫志》卷五）根据这些记载，这《念奴娇》的曲调，虽然很难确定是出于天宝间，但看这个曲调的命名，它的音节高亢，是可以断言的。现在就把苏词的文学语言来加以探索，这调子之所以适合于表达激越豪壮一类的情感，是和它的句法和韵位上的适当安排分割不开的。一般五、七言近体诗的调声法式，在每个句子中是两平两仄相互调换，而把逢双的字作为标准，所谓：“一三五不论，二四六分明”的；在每首诗的整体中是隔句押韵，每一联（两个对句叫作一联）的末一字是平仄互换的；例如杜甫《登高》七律：“无边落木萧萧下，不尽长江滚滚来”，上句末一字是仄声，下句末一字是平声。像这样的安排，是只有“和谐”而不会发生“拗怒”，这对表达激越豪壮一类的情感，是很难做到“各适物宜”的。再掉过头来，检查《念奴娇》这个曲调，在文字上的句法和韵位的安排，是怎样来和高亢的声情相结合的。根据这个曲调的其他作品，除掉上阕的“乱石穿空”一句，下阕的“遥想公瑾当年”和“故国神游”二句，句末是用的平声字，在全词的整体上发生一些“和谐”作用外，其余如“故垒西边，人道是三国周郎赤壁”二句，依律应读作“故垒西边人道是，三国周郎赤壁”；“羽扇纶巾谈笑间，强虏灰飞烟灭”二句，依别本应改作“羽扇纶巾谈笑处，樯橹灰飞烟灭”。像这许多句子组成的整体，句末一字用仄声的占了大多数；这在整个的音节上，是“拗怒”的成分远远超过了“和谐”的成分的。在每个句子中间的平仄安排，虽然像律诗的形式占大多数，而上、下阕的结句，如“一时多少豪杰”“一尊还酹江月”，末了四个字都是用的“平仄平仄”，“遥想公瑾当年”句用的“平仄平仄平平”，却又违反了律诗两平两仄相间的惯例，同样表现出“拗怒”的声情。加上全部的韵脚，如“物”“壁”“雪”“杰”“发”“灭”“发”“月”等字，都是短促的入声，这样，在句法和韵位的安排上，显然构成了一个矛盾的统一体；而“拗怒”多于“和谐”。因了硬碰硬的地方特别多，迫使它的音响向上激射，再和许多短促的韵脚组成一个统一的整体；这样，恰好和本曲的高亢声情紧密结合，最适宜于表达激越豪壮一类的情感。苏轼这一首“赤壁怀古”词，很纯熟地掌握了这一曲调的基本法则，再把眼前的壮阔风景和过去的炽烈战斗情况紧密结合起来，把“小乔初嫁”的“儿女柔情”和“羽扇纶巾谈笑处，樯橹灰飞烟灭”的英雄气概紧密结合起来，把“江山如画，一时多少豪杰”的追怀往事和“人生如梦，一尊还酹江月”的悼惜自身紧密结合起来；这许多矛盾现象都得到了统一。所以把它当作“声情并茂”的激昂慷慨的杰作，是由多种因素构成；而主要的关键，则仍在善于掌握这个曲调的基本法则。因了高亢的音响，而使读者发生“天风海雨逼人”（陆游评苏词语）的感觉，这是值得深入体会的。

这《念奴娇》曲调，所以宜于表达激越豪壮一类的感情，是和它的句法上与韵位上的组成整体分割不开的。如果破坏或改变了它一部分的法则，它的整个声情，也就会跟着转化。例如姜夔作：

闹红一舸，记来时尝与鸳鸯为侣。三十六陂人未到，水佩风裳无数。翠叶吹凉，玉容销酒，更洒菰蒲雨。嫣然摇动，冷香飞上诗句。　日暮，青盖亭亭，情人不见，争忍凌波去？只恐舞衣寒易落，愁入西风南浦。高柳垂阴，老鱼吹浪，留我花间住。田田多少，几回沙际归路。

（《白石道人歌曲》卷三《念奴娇》）

你看他只改用了上、去声韵，便把整个的高亢音节都变了！像这性质相近的曲调，如《满江红》《贺新郎》等，把来表达激越豪壮一类的感情，也必得选用入声韵；否则就要变质。四声韵部，各有它的特点，把它选来作为韵脚，对于整个的感情变化，影响是异常重大的。

接着来谈辛弃疾所曾用过的《摸鱼儿》。为什么这个曲调适宜于表达悲郁沉咽一类的情感呢？这一曲调的来源，现在是无法查考了。我们只得把最早一首晁补之的作品，从它的声容态度上去体会它的整体法则，看它对句法和韵位的安排，有着一些什么特点。现把晁词抄在下面：

买陂塘，旋栽杨柳，依稀淮岸江浦。东皋嘉雨新痕涨，沙觜鹭来鸥聚。堪爱处，最好是一川夜月光流渚。无人独舞。任翠幄张天，柔茵藉地，酒尽未能去。　青绫被，莫忆金闺故步。儒冠曾把身误。弓刀千骑成何事？荒了邵平瓜圃。君试觑，满青镜、星星鬓影今如许！功名浪语。便似得班超，封侯万里，归计恐迟暮。

（《摸鱼儿·东皋寓居》，见《晁氏琴趣外篇》）

我们先来看它的句子中的平仄安排。在开首的七个字就改用"逆入"的上三、下四句法，把重点放在第一个字上面。这一个字必得选用仄声，才会显得有力。晁词这个"买"字的上声，比起辛弃疾"更能消、几番风雨"的去声"更"字，就特别显出它的力量薄弱，比不上辛词的沉咽苍凉，有千回百折之感了。以下每个句子中间的平仄，除了"依稀淮岸江浦""儒冠曾把身误"二句的第四字和"酒尽未能去""归计恐迟暮"二句的第三字用的仄声略显一些"拗怒"外，其余的却都循着律诗的形式去作安排，一般是显得"和谐"的。但看它的整体的平仄安排，尤其是每个句子的末一字，除却"任翠幄张天"和"便似得班超"二句是用平收外，其余全是用的仄声字，就又可以体会到它的音节是"拗怒"比"和谐"的成分为多。再看它在换头的三字句后，接着连押两韵，又在上下阕的中腰，插上三句句句押韵而又长短相差很远的句子，在音节上显出一种低徊掩抑的情态；接着用一个去声字顶上，领起下面两个四字句，一个五字拗句；加上全部押的上、去声韵，组成它那掩抑低徊、欲吐还吞的一个整体。这对表达作者"抑塞磊落"的不平抱负，是很适宜的。明代声乐理论家王骥德曾经说过："平声声尚含蓄，上声促而未舒，去声往而不返，入声则逼侧而调不得自转。"（《曲律》卷二《论平仄》）这虽是站在歌唱方面来说的话，可是把这性质不同的字声安排在韵位上，对整个作品的表情手法，也是关系非轻的。我们掉回头来，仔细玩味一下辛弃疾那篇“回肠荡气”的杰构，除掉“休去倚危栏”的“休”字，该用去声而改用了平声，使人感到不够有力外，它的词情和声情的结合，是比晁词要更完美得多。它那沉咽悲凉、欲吐还吞的无穷感慨，都恰如其量地表露出来了。

以下再来谈谈柳永的《八声甘州》，为什么这个曲调适宜于表达作者的苍凉凄壮一类的情感呢？据王灼说：“天宝乐曲皆以边地为名，若《凉州》《伊州》《甘州》之类。”又说：“《甘州》，世不见。今仙吕调有曲破，有八声慢，有令；而中吕调有《象甘州八声》，他宫调不见也。凡大曲，就本宫调制引、序、慢、近、令，盖度曲者常态。若《象甘州八声》，即是用其法于中吕调。此例甚广，伪蜀毛文锡有《甘州遍》，顾敻、李珣有《倒排甘州》，顾敻又有《甘州子》，皆不著宫调。”（《碧鸡漫志》卷三）现在流传的柳永《乐章集》就把《八声甘州》列在仙吕调内，那当然就是王灼所说的八声慢了。《甘州》本来是唐朝的大曲。大曲是有很多段，连歌带舞的。既然说“凡大曲，就本宫调制引、序、慢、近、令，盖度曲者常态”，那么，这《八声甘州》也就是就《甘州》大曲中的一段慢曲用来制作的新声了。《甘州》既是一套边塞曲，在《乐府诗集》卷八《近代曲辞》中留下了四句歌词：“欲使传消息，空书意不任。寄君明月镜，偏照故人心。”揣摩这四句歌词的情调，这整个曲调的声情该是属于苍凉激楚一类的。毛文锡的两首《甘州遍》，前一首是写“裘马轻狂”的公子闲游情调，后一首则纯为边塞曲的本色：“秋风紧，平碛雁行低。阵云齐。萧萧飒飒，边声四起，愁闻戍角与征鼙。　　青冢北，黑山西。沙飞聚散无定，往往路人迷。铁衣冷，战马血沾蹄。破蕃奚。凤皇诏下，步步蹑丹梯。”（《花间集》卷五）汤显祖给它的评语是：“一种霸气，已开宋、元间九宫、三调门户。”（明刊汤评《花间集》）可见就《甘州》大曲制成的引、序、慢、近、令等杂曲，它的声情还是离不了激壮苍凉的边塞曲的本色的。

柳永这个《八声甘州》的慢曲，大概是因为它用了八个韵脚，所以在《甘州》曲调上加上“八声”两个字，它的音节一样是激壮苍凉的。我们再就它的句法和韵位上的安排作些分析，就可以进一步了解苏轼为什么会特别欣赏这“霜风凄紧，关河冷落，残照当楼”三个句子，认为“此语于诗句不减唐人高处”（赵令畤《侯鲭录》卷七）。刘体仁也把它比作“敕勒之歌”（《七颂堂词绎》）。这和作者善于掌握这个曲调的声情是有着绝大关系的。且看它一开首就用一个强有力的去声“对”字，领起“潇潇暮雨洒江天，一番洗清秋”两个七、五言句子，接着又用一个去声“渐”字，顶住上面两句，领起下面三个“波澜壮阔”的四言句子。后面“是处红衰翠减，苒苒物华休”，两句一韵一个转折；“惟有长江水，无语东流”，又是两句一韵一个转折。这前半阕的长短句法，只是参差错落的妥处安排，而在开首放上一个去声“对”字，就近领下两句，接着又放上一个去声“渐”字，作为上面两个参差句子、下面三个整齐句子的关纽，把它换一换气，使“对”字一直贯到“无语东流”为止，这声情是十分凄壮的。换头“不忍登高临远”，用一个不押韵的句子拓开局势；紧接一个去声“望”字顶住上句，领起下面“故乡渺邈，归思难收”两个四言句。这“望”字作为又一关纽，又和开首的“对”字取得呼应。下面又用一个去声“叹”字，顶住上文，转出“年来踪迹，何事苦淹留”一个四言、一个五言句子，又是一个错综变化，显得非常有力。接着又是一个上声“想”字，顶上两句，转出“佳人妆楼颙望，误几回天际识归舟”两个参差变化、摇曳生姿的句子来，而在两句中间又加上一个去声“误”字，作为换气的环节。再折进一层，用“争知我”三个字一面承上，一面领下“倚阑干处，正恁凝愁”两个四言句，关合情景，作成总结。这“倚阑干处”四字句必须用“仄平平仄”的一、二、一的句法，即中间两字要连成一气，如：“阑干”两字是不可分割开来读的。这样，才和上面“争知我”三字、下面“正恁凝愁”四字联系得十分紧凑，显出一种激楚苍凉的音节，构成一个错综变化的统一体。这个曲调的艺术特征，主要在它的句法变化，而且在重要环节放上许多有力的去声字，使在换气时显得格外有力。再在押韵方面，它选用了“尤侯”一类适于表达幽郁情感的平声韵，因之它能做到激楚苍凉，使读者发生强烈的同感。后来吴文英把这个曲调作为登临怀古的歌词，也是一首掌握声情颇为恰当的佳构。此歌词曰：“渺空烟四远，是何年青天坠长星？幻苍崖云树，名娃金屋，残霸宫城。箭径酸风射眼，腻水染花腥。时靸双鸳响，廊叶秋声。　　宫里吴王沉醉，倩五湖倦客，独钓醒醒。问苍波无语，华发奈山青。水涵空、阑干高处，送乱鸦斜日落渔汀。连呼酒、上琴台去，秋与云平。”（《梦窗词集·灵岩陪庾幕诸公游》）

这吴词除起句句读有了变化，“水涵空”三字在转接处比不上柳词有力外，整个技法，都是掌握得很好的。

我觉得要谈整个长短句歌词的艺术特征，除掉在每个曲调的音节态度上去探求，除掉在句法和韵位的整体结合上去探求，是很难把“上不似诗，下不类曲”的界线划分清楚的。读者对词的欣赏和学习，除掉应该注意每个作品的内容实质即所含蕴的思想感情外，如果不了解各个曲调的组成规律，那也就会是“隔靴搔痒”，很难进一步体会到它的“弦外之音”“味外之味”的。随手写出我的一些粗浅意见，提供一般爱好读词者的参考。如果要深入探究，那么，还得从多种曲调上去作综合的研讨，找出它的一般规律来；也可以作为我们创作新体歌词的借鉴。我这里只是略引端绪而已！

最后，我要介绍夏承焘先生两篇异常精密的论文：一篇是《词韵约例》，一篇是《唐宋词字声之演变》，都收在他的《唐宋词论丛》（上海古典文学出版社出版）里。这对研究词的艺术特征，是有很大帮助的。

（原载《语文教学》1957年6月号）

附录三 宋词发展的几个阶段

（一）宋词的先导

长短句歌词发展到了宋代，可说是“登峰造极”，在中国文学史上占有特殊地位。这个音乐语言和文学语言紧密结合的特种诗歌形式，就它的音乐关系来说，原来叫作“曲子”或“杂曲子”（例如敦煌发现的《云谣集杂曲子》、柳永《乐章集》后附的《续添曲子》），又叫“今曲子”或“今体慢曲子”（并见王灼《碧鸡漫志》卷一、五），这都表明，词原是在唐、宋以来新兴曲调的基础上逐步发展起来的。就它的文学组织来说，原来叫作“曲子词”（见《花间集》欧阳炯序）或“长短句”（见《碧鸡漫志》卷二），这又表明，词是经过严格的音乐陶冶，从五、七言近体诗的形式，错综变化构成的。据崔令钦《教坊记》所载教坊曲名有二百七十八调之多，另附四十六大曲。这些曲调，都是唐明皇（李隆基）开元年间西京（长安）左右教坊诸妓女所常肄习的。其中如《夜半乐》《清平乐》《杨柳枝》《浣溪沙》《浪淘沙》《望江南》《乌夜啼》《摘得新》《河渎神》《二郎神》《思帝乡》《归国遥》

《感皇恩》《定风波》《木兰花》《菩萨蛮》《八拍蛮》《临江仙》《虞美人》《遐方怨》《凤归云》《绿头鸭》《下水船》《定西蕃》《荷叶杯》《长相思》《西江月》《拜新月》《上行杯》《鹊踏枝》《曲玉管》《倾杯乐》《谒金门》《巫山一段云》《相见欢》《苏幕遮》《诉衷情》《洞仙歌》《梦江南》《醉公子》《拂霓裳》《兰陵王》《南歌子》《风流子》《生查子》《天仙子》《酒泉子》《破阵子》《摸鱼子》《南乡子》等，在晚唐、五代、宋人词中，还是不断使用。晚近敦煌发现的唐人写本《琵琶谱》，也保存了《倾杯乐》《西江月》《心事子》《伊州》《水鼓子》《胡相问》《长沙女引》《撒金砂》等曲。这八个曲调，都是《教坊记》中所有，只《水鼓子》作《水沽子》、《长沙女引》作《长命女》，大概由于传写的讹误。既然这些曲子，在开元时就已产生，为什么依照这些曲子的节拍来填的歌词，很难见到开元诗人的作品，连李白的《菩萨蛮》也多数认为靠不住呢？据《云谣集杂曲子》（《彊村遗书》本）所载三十首词中，共用《凤归云》《天仙子》《竹枝子》《洞仙歌》《破阵子》《浣沙溪》《柳青娘》《倾杯乐》《内家娇》《拜新月》《抛球乐》《渔歌子》《喜秋天》等十三个曲调；除《内家娇》外，也都是《教坊记》中所已有的；只《浣沙溪》作《浣溪沙》、《渔歌子》作《鱼歌子》，小有出入而已。这些无名作家的作品，据我个人二十年前的推测（见1933年《词学季刊》创刊号拙撰《词体之演进》），以及近年任二北先生的考证（详见任著《敦煌曲初探》），认为有很多是出于开元前后的。这些作品，使用同一曲调，而句度长短，常有很大的出入；这证明倚声填词，要文字和曲调配合得非常适当，必须经过长期的多数作家的尝试，才能逐渐做到，而且非文士与乐家合作不可。这种尝试精神，不能寄希望于缺乏群众观念的成名诗家，而且运用五、七言近体诗的平仄安排，变整齐为长短参差的句法，也非经过相当长期诗人和乐家的合作，将每一曲调都搞出一个标准格式来，是很难顺利发展的。由于无名作家的尝试，引起诗人们的好奇心，逐渐改变观念，努力促进长短句歌词的发展，这不得不归功于肯“依《忆江南》曲拍为句”（《四部丛刊》本《刘梦得外集》卷四）的刘禹锡、白居易；而“能逐弦吹之音，为侧艳之词”（《旧唐书》卷一百九十下）的温庭筠却因“士行尘杂，狂游狭邪”，放下了士大夫的架子，来搞这个长短句歌词的创作，奠定了这新兴歌曲在中国文学史上的特殊地位，这是值得我们特予赞扬的。

这倚声填词的风气，刚由温庭筠一手打开，接着遭到唐末、五代的乱离，教坊妓乐当然免不了四方逃散。因了南唐、西蜀比较有了相当长期的安定，声色歌舞也就跟着都市的繁荣而昌盛起来。韦庄挟歌词种子以移植于成都，遂开西蜀词风之盛。《花间集》的结集，显示令词的发荣滋长；虽因温氏作风偏于香软（见孙光宪《北梦琐言》），导致多数作家缺乏思想性；而韦氏的白描手法，启发了欧阳炯、李珣二家对南方风土人情的描绘，开了后来作家的另一法门。南唐李氏父子（中主璟、后主煜）保有江南，留心文艺，尤其是李煜，因了皇后周氏善歌舞，尤工琵琶（陆游《南唐书》卷十六），对歌词的创作，特感兴趣。同时宰相冯延巳在这个歌舞升平的小朝廷中，也常是趁着朋僚亲旧在宴会娱乐的时候，随手写些新的歌词，交给歌女们配着管弦去唱（四印斋本《阳春集》陈世修序）。这样朝野上下，相率成风，把短调小词的艺术形式提高，和西蜀的“花间”词派遥遥相对。这两股洪流，由于赵匡胤先后消灭了西蜀、南唐的分割局面，随着政局的统一而汇合于汴梁（北宋首都开封）；复经几许曲折，酿成宋词的不断发展，呈现“百花齐放”的伟观。这从开元教坊杂曲开始胎孕的歌词种子，经过几百年的发荣滋长，以及无数诗人与乐家的合作经营，才能在中国诗歌史上开辟这样一大块光辉灿烂的园地，使得古今多少英雄豪杰、志士仁人都要驰骋于其中，借以发抒他们的“奇情壮采”，至今一绝；这一发展过程，也是相当复杂的，值得吾人追溯一下的。

（二）宋初令词的继续发展和慢曲长调的勃兴

我们了解了短调小令，在晚唐、五代的不断进展中，许多曲调都经过了诗人们的更迭实践而有了定型。作者只须照着它的句度长短、声韵平仄，逐一填上新词，就可能按谱歌唱；因而不必每个作者都得精通乐律，和温庭筠一样“逐弦吹之音”，这样只把它当作“句读不葺”的新体律诗去写，只管在艺术上不断提高。而且在晚唐、五代时，由于有些作家给过启示，像这类本来是给歌女们配上管弦借以取乐的玩艺儿，也可以借来发抒个人的抱负和所有身世之感，它的感染力，较之过去各种诗歌形式，是“有过之，无不及”的。例如唐昭宗（李晔）被逼在华州登上齐云楼，写了两首《菩萨蛮》，一首是："登楼遥望秦宫殿，茫茫只见双飞燕。渭水一条流，千山与万丘。　　野烟生碧树，陌上行人去。安得有英雄，迎归大内中！"一首是："飘摇且在三峰下，秋风往往堪沾洒。肠断忆仙宫，朦胧烟雾中。　　思梦时时睡，不语长如醉。早晚是归期，穹苍知不知？"（《碧鸡漫志》卷二引）像这样穷途末路的可怜皇帝的哀鸣，在当时，很多人还是会寄予同情的，所以在敦煌发现的唐人写本杂曲词中，也有这个作品。至于李煜亡国以后，在"此间终日以眼泪洗面"的俘囚生活中写下了许多"以血泪凝成"的《浪淘沙》《虞美人》《相见欢》等作品，也就是王国维所称："词至李后主而眼界始大，感慨遂深。"（《人间词话》卷上）它给作家们的启示，是更加重大的。北宋词家，由于这些启示，感觉到这个出于里巷歌谣的新兴诗体，一样适于"缘情造端，兴于微言，以相感动，极命风谣里巷、男女哀乐，以道贤人君子幽约怨悱不能自言之情，低回要眇，以喻其致"（张惠言《词选》目录序）。于是许多政治家和文学家如寇准、范仲淹、晏殊、欧阳修、王安石等，都或多或少地对这个长短句歌词有所"染指"。这些作家的作品，虽也各有不同风格，一般说来，都是直接南唐系统，从李煜、冯延巳的基础上发展起来的。晏殊、欧阳修和王安石都是江西人。江西原来就是南唐疆域，中主李璟还曾迁都洪州（南昌），必然会把歌词种子散播于江西境内。和欧阳修同时的刘攽早就说过："元献（晏殊）尤喜冯延巳歌词，其所自作，亦不减延巳。"（《贡父诗话》）清人刘熙载又说："冯延巳词，晏同叔（殊）得其俊，欧阳永叔（修）得其深。"（《艺概》卷四）这都说明晏殊、欧阳修两大作家的词，都是直接南唐系统，和地域关系有重大影响的。王安石也曾问过黄庭坚：“作小词，曾看李后主词否？”（《苕溪渔隐丛话》前集卷五十九引《雪浪斋日记》）李后主的词是“言之有物”的。这对于有伟大政治抱负的范仲淹、王安石给了很大的启示，因而产生范氏《苏幕遮》《渔家傲》，王氏《桂枝香》这一类沉雄激壮的好词，开辟了苏、辛豪放派的大路，这一点是应该特别指出的。

我在前面已经说过，词是在唐、宋以来新兴曲调的基础上逐渐发展起来的。所以我们要了解北宋词特别兴盛的原因，除了上面所说的南唐影响外，还得注意那时的音乐发展情况。据《宋史》卷一百四十二《乐志》十七，提到燕乐，推本于唐“以张文收所制歌名燕乐，而被之管弦，厥后至坐部伎琵琶曲，盛流于时，匪直汉氏上林乐府、缦乐不应经法而已”。这说明唐以来音乐界情况，是几乎全部被龟兹人苏祗婆传来的琵琶曲所笼罩；而倚曲填词的发展，也是和这些琵琶曲调的传播分不开的。《乐志》又说：“宋初循旧制，置教坊，凡四部。其后平荆南，得乐工三十二人；平西川，得一百三十九人；平江南，得十六人；平太原，得十九人；余藩臣所贡者八十三人；又太宗藩邸有七十一人；由是四方执艺之精者皆在籍中。”这来自各方的乐工，都被安排在教坊里面；于是久经离析的唐教坊旧曲又渐渐被整理出来，作为新朝音乐的发展基础。我们且看北宋教坊所奏十八调、四十六曲，其中如《万年欢》《剑器》《薄媚》《伊州》《清平乐》《胡渭州》《绿腰》等，也都是开元教坊流传下来的旧曲。这四十六曲中除龟兹部《宇宙清》《感皇恩》所用的乐器以觱栗为主外，其余都是以琵琶为主的歌曲。在“队舞”的“女弟子队”中，开首就是“菩萨蛮队”。这一切，都说明北宋时代的音乐，都是从唐开元教坊旧曲的基础上发展起来的。《乐志》也曾提到：“宋初置教坊，得江南乐，已汰其坐部不用。自后因旧曲创新声，转加流丽。”又说：“太宗（赵炅）洞晓音律，前后亲制大、小曲及因旧曲创新声者，总三百九十。”又说：“仁宗（赵祯），洞晓音律，每禁中度曲，以赐教坊，或命教坊使撰进，凡五十四曲。”单是这两个皇帝就创作了这许多新曲，加上教坊所保存的旧曲，以及无数乐工“因旧曲创新声”的歌曲，这数目该是大得惊人的。由于音乐歌曲的繁荣，因之适应这些新兴曲调而创作的歌词，也就应运而起，斗靡争妍。加上赵匡胤在开国之初，自己觉得他的皇位是从“孤儿寡妇”的手中窃取得来的，怕他的“佐命功臣”将来也“如法炮制”，因而借着杯酒解除了那批大将的兵权，而劝他们“及时行乐”；这样间接鼓舞了满朝文武，留连于声色歌舞的场所；不但“淫坊酒肆”可以尽情度着“浅斟低唱”的生活，一般贵游子弟乃至士大夫家也差不多都要养几个“舞鬟”，教些歌曲，作为“娱宾遣兴”的主要条件。还有地方官吏，送往迎来，都有歌伎奉承，几乎成了惯例。由于这种种关系，文人和歌女接触的机会太多了，许多歌曲的节奏也听惯了；而且短调小令，经过无数作家的实践，对句度声韵的安排，也早有了定型，在旧的基础上逐步提高，不论在风格上、艺术上，令词发展到了北宋前期诸作家，如晏殊、欧阳修、晏几道等，真可说得上“登峰造极”。这三人中尤以晏几道为最突出。他是晏殊的第七子。尽管生长在宰相的家庭中，却对那些趋炎附势的人们看不顺眼。黄庭坚说他“磊隗权奇，疏于顾忌”，又说他有四痴：“仕宦连蹇，而不能一傍贵人之门，是一痴也；论文自有体，不肯一作新进士语，此又一痴也；费资千百万，家人寒饥，而面有孺子之色，此又一痴也；人百负之而不恨，己信人，终不疑其欺己，此又一痴也。”（《豫章黄先生文集》卷十六《小山集序》）像他这样充满矛盾的生活，迫使他一意向文学方面发展，用歌词来排遣他那愤世嫉俗的心情，因而影响他的词的风格的提高。连道学先生程颐听人念起他的名句“梦魂惯得无拘检，又踏杨花过谢桥”也不免要赞叹一声：“鬼语也！”（《邵氏闻见后录》卷十九）这可见黄庭坚赞美他的词：“可谓狎邪之大雅，豪士之鼓吹，其合者‘高唐’‘洛神’之流，其下者岂减‘桃叶’‘团扇’哉？”又说他“乃独嬉弄于乐府之余，而寓以诗人之句法，清壮顿挫，能动摇人心”（《小山集序》）。这些话都是异常“中肯”的。几道自己也说过：“叔原往者浮沉酒中，病世之歌词，不足以析酲解愠，试续南部诸贤绪余，作五、七字语，期以自娱；不独叙其所怀，兼写一时杯酒间闻见所同游者意中事。”（《小山词》自序）他对黄庭坚说：“我槃跚勃窣，犹获罪于诸公；愤而吐之，是唾人面也。”（《小山集序》）两相对照一下，他的“使酒玩世”，是有“满肚皮不合时宜”的。他又叙述他的填词动机：“始时沈十二廉叔、陈十君龙家有莲、鸿、苹、云（四个歌女）品清讴娱客，每得一解，即以草授诸儿；吾三人持酒听之，为一笑乐而已！”（《小山词》自序）他又把这些作品叫作“狂篇醉句”，可见其中也是"言之有物"的。这里面所记"悲欢离合之事"，我们现在很难给以确切的证明；但在整个《小山词》中，他那高贵的品质，深厚的感情，以及高超的艺术手腕，却使人荡气回肠，挹之无尽。在令词发展史上，李煜和晏几道是两位最杰出的作家；而晏几道把令词推向顶点，尤其是值得读者深入寻味的。

北宋统一中国之后，虽然辽与西夏还常给赵氏朝廷以不断威胁，但一般说来，经过几十年的休养生息，到了仁宗时，社会经济是渐渐繁荣起来了。因了汴京的繁庶，以及教坊新曲的盛行，于是从唐以来就已有了的"今体慢曲子"，由于普遍社会娱乐的需要，也就渐渐为士大夫所注意，而开始替这些慢曲长调创作新词了。张先、柳永在这方面做了开路先锋。陈师道说："张子野（先）老于杭，多为官伎作词。"（《后山诗话》）叶梦得说："柳永为举子时，多游狭邪，善为歌辞。教坊乐工每得新腔，必求永为辞，始行于世。"又说："永亦善为他文辞，而偶先以是得名，始悔为己累。余仕丹徒，尝见一西夏归朝官云：'凡有井水饮处，即能歌柳词。'言其传之广也。"（《避暑录话》卷三）从张、柳两人这些填词经历，我们可以了解，"今体慢曲子"虽然和小令短调一样，早在开元以来就有了，但必须等到三百年以后的仁宗朝才大大发展起来，是有它的特殊原因的。我在前面已经说过，一般有了声望的文人，对于流行民间的新兴曲子，是不敢轻易接受的。运用五、七言今体诗的声韵组织，把它解放开来，适应一些新兴曲调，又非得着诗人与乐家的密切合作不可。我们只要仔细想想，柳永尚且把替教坊乐工代作歌辞"悔为己累"，这长调慢词所以迟迟发展的症结，就可以“迎刃而解”了。由近体律、绝的声韵安排、错综变化，以创立长短句歌词的短调小令，经过温庭筠的大量创作，还得有西蜀、南唐比较长时期安定局面的培养，才能够充分发扬；那变化更多、声韵组织更加复杂的慢曲长调，就更非经过长时期无数无名作家的尝试酝酿，而且有突出的富于文学修养的诗人，放下士大夫的架子，和乐工歌女们取得密切合作，是断乎不容易开辟这一广大园地的。恰巧张先、柳永挺身而出，担当了这一重任，为这一音乐语言和文学语言紧密结合的特种诗歌形式，留给天才作家作为发抒奇情壮采的一大广场；张、柳开创的伟绩丰功，是不容湮没的。

（三）柳永、苏轼间的矛盾和北宋词坛的斗争

柳永的辈分，是早于苏轼的。在苏轼“横放杰出”的词风没有取得广大读者拥护之前，整个的北宋词坛，几乎全为柳永所笼罩。因为他的作品，很多是专为迎合一般小市民心理来写的；而且他所采用的语言也很接近群众，再和教坊时新曲调配合起来，给歌女们随地唱出，就自然会受到广大听众的热烈欢迎。在《乐章集》中，这一部分作品，有些是近于猥亵，不免低级趣味的；这是被一般文人雅士所共唾弃的一面。至于他那“羁旅穷愁之词”，虽然是写的个人遭遇，而纵横排荡，天才横溢；抒情写景，开辟了许多独特的境界。连看不起他的苏轼，读到《八声甘州》的警句“渐霜风凄紧，关河冷落，残照当楼”，也不免要点点头，

赞一声："此语于诗句不减唐人高处！"（《侯鲭录》卷七）我觉得柳永的特殊贡献，还在他所写的慢词长调，体会了唱曲换气的精神，在许多转折地方，安排一些强有力的单字，用来承上转下，作成许多关纽，把整个作品，像珠子一般连贯起来，使人感觉它在"潜气内转""摇曳生姿"。这一套法宝，该是从魏、晋间骈文得着启示，把它运用到体势开拓的长调慢词上来，使这个特种诗歌形式，由于音乐的陶冶，赋予了生命力，而筋摇骨转，竟体空灵，曲折宕开，恰与人们起伏变化的感情相应。若不是柳永对文学有深厚的修养，和对音乐有深刻的体会，并把两者结合起来，是万万做不到的。我们只要从他的代表作《八声甘州》里面所用的"对""渐""望""叹"等字，以及许多错综变化的句法，加以深入的体会，就不难理解他那高超的艺术手腕，是怎样富于音乐性，而长调慢词的发展，对抒情诗是有怎样的重要了。

柳永既然在词的领域内，有了这样的开辟之功，正好供给天才作家以纵横驰骋的广大园地，那么，为什么苏轼在这方面会和他发生矛盾，甚至告诫他的门下，要和柳永展开剧烈的斗争呢？据俞文豹《吹剑录》云：

> 东坡在玉堂日，有幕士善歌，因问："我词何如柳七？"对曰："柳郎中词，只合十七八女郎，执红牙板，歌'杨柳岸，晓风残月'。学士词，须关西大汉，铜琵琶，铁绰板，唱'大江东去'。"东坡为之绝倒。

这虽是一个带有滑稽意味的笑话，但这两家的风格，确也是迥然不同的。苏轼还曾对他的得意门生秦观说过：“不意别后，公却学柳七作词！”（《高斋诗话》）这都表现柳、苏间的重大矛盾和两派的剧烈斗争。这个主要原因，还在当时一般士大夫对这个新兴歌词的看法，可能阻碍“偶尔作歌，指出向上一路，新天下耳目”（《碧鸡漫志》卷二）的豪放词派的发展，所以像他本人那样的浩荡襟怀，还得和柳永的流派展开无情的斗争，因为不这样，是很难在柳派的势力下，把词的内容向前推进一步的。这消息，只要看当时最崇拜苏氏的文人，如陈师道，还要这样说：“子瞻以诗为词，如教坊雷大使之舞，虽极天下之工，要非本色。今代词手，惟秦七、黄九耳！”（《后山诗话》）还有他的门下士晁补之、张耒也和陈师道一样的见解，只把秦观的词当作正宗，因而有“少游诗似小词、先生（苏轼）小词似诗”（《苕溪渔隐丛话》前集卷四十二引《王直方诗话》）的说法。这个传统的狭隘思想，认定香弱一格的词才算是当行出色，是在“花间”派以至柳词盛行的影响下自然产生的。为了打开另一局面，解除这特种诗歌形式上一些不必要的“清规戒律”，好来为英雄豪杰服务，那么，这个“深中人心”的“要非本色”的狭隘成见，就好像一块阻碍前进的“绊脚石”，非把它首先扳掉不可。苏轼立意要打开这条大路，凭着他那“横放杰出”的天才，“虽嬉笑怒骂之辞，皆可书而诵之”（《宋史》卷三三八《苏轼传》）。因而“以文章余事作诗，溢而作词曲，高处出神入天，平处尚临镜笑春，不顾侪辈”（《碧鸡漫志》卷二）。他自己的作品，果如胡寅所称：“一洗绮罗香泽之态，摆脱绸缪宛转之度，使人登高望远，举首高歌，而逸怀浩气，超然乎尘垢之外；于是‘花间’为皂隶，而柳氏为舆台。”（《酒边词序》）他索性不顾一切的非议，只是“满心而发，肆口而成”，作他那“句读不葺”的新体律诗。说他“以诗为词”也好，说他“小词似诗”也好，他只管大张旗鼓来和拥有群众的柳词划清界线，终于获得知识分子的拥护，跟着他所指引的道路向前努力。于是这个所谓“诗人之词”，不妨脱离音乐的母胎而卓然有以自树。这个别开天地的英雄手段，也就只有苏轼这个天才作家才能做得那么好。

（四）北宋词坛的两个流派

一般说来，在长短句歌词的发展史上，柳永和苏轼，虽然站在敌对矛盾的两方面，但从两个不同角度去看，也就各有各的开创之功。后人把它分作豪放、婉约两派，虽不十分恰当，但从大体上看，也是颇有道理的。这两派分流的重要关键，还是在歌唱方面的成分为多。所谓“十七八女郎，执红牙板”，袅袅婷婷去歌唱的作品，自然以偏于软性的为最适宜。所以在“苏门四学士”中，只有秦观的《淮海词》，最被当时词坛所推重。叶梦得说：“秦观少游亦善为乐府，语工而入律，知乐者谓之作家歌。元丰间，盛行于淮、楚。”（《避暑录话》卷三）又说：苏轼对秦观的词“犹以气格为病”。这恰恰说明一般适宜入歌的词，是和文人自抒怀抱的词，有着相当距离的。陈师道推“秦七、黄九”为“今代词手”，也因两家集子里都有不少运用方言俚语、专为应歌而作的东西。从两家的整个风格来看，秦词有些确是受过柳七影响，偏于软美一路；但在南迁以后的作品，则多凄厉之音，格高韵胜，确实不愧为一个“当行出色”的大作家，上比柳永，下较周邦彦，不但没有逊色，而且有他的独到之处。《淮海词》一向被读者所推重，不是没有理由的。黄庭坚的《山谷词》，除掉那些应歌之作以外，大体都是沿着苏轼的道路向前进展。他的风格，也和他的诗一样，以生新瘦硬见长，使读者像吃橄榄一般，细细咀嚼，才会感到“舌本回甘”的滋味。晁补之和黄庭坚同在苏门，他的词也是沿着苏轼的道路走的。他曾批评过苏、黄两氏的作品，说“居士（轼）词横放杰出，自是曲子中缚不住者。黄鲁直（庭坚）间作小词固高妙，然不是当行家语，自是著腔子唱好诗”（《能改斋漫录》卷十六）。看他言外之意，好像对苏、黄都不十分满意，实则他直接受了这两位师友的熏染，也可说是苏词的嫡系。把晁氏当作由苏轼过渡到辛弃疾的桥梁，是很合适的。因了北宋后期对于元祐党人的排斥，苏轼一派词风，在南方受了一定程度的阻碍，几经曲折，将种子移植于北方，从而产生金词的“吴（激）蔡（松年）体”。直到南渡以后，这种子又由辛弃疾带回南方，创立一派“豪杰之词”。这一股巨流，是由苏轼疏浚出来的。

柳七一派，虽经苏轼的剧烈斗争，但因它在广大人民中打下了深厚基础，所以它的影响，依然根深蒂固，不易消灭。如上所说，苏门秦学士且不免有所沾染。据王灼说，还有“沈公述、李景元、孔方平、处度叔侄、晁次膺、万俟雅言（咏）、田不伐（为）、曹元宠（组）等，源流皆从柳氏来”（《碧鸡漫志》卷二）。这些人的作品，有的在“长短句中作滑稽无赖语”，受到当时市民阶层的欢迎，但不登“大雅之堂”，很快也就湮没了。柳永以后，只有贺铸、周邦彦两家，在长调慢词方面，有了进一步的发展。贺氏辈分，约与黄、秦相等。黄庭坚最爱贺作《青玉案》词中“梅子黄时雨”的警句，尝有“解道江南断肠句，世间惟有贺方回”的表扬。张耒替他作《东山词序》，推崇他的作品，“盛丽如游金、张之堂，而妖冶如揽嫱、施之祛，幽洁如屈、宋，悲壮如苏、李”。这些话，也不尽是溢美之辞。依我个人的看法，贺氏在词界的最大贡献，除了小令另有独创，仿佛南朝乐府风味外，他的长调也有很多笔力奇横的作品，可以作为辛弃疾的前导。尤其是他那《六州歌头》和《水调歌头》，句句押韵，平仄互协，增加了这两个曲调的声情激壮之美，打开了金、元北曲的先路，是值得特为指出的。

周邦彦是北宋词坛的殿军，也有人推他为“集大成”的作者（周济《宋四家词选序论》）。他的词是从柳永的基础上向前发展的。从音乐和艺术的角度来看，他的地位是超过柳永的。他有很深厚的文学基础，兼“好音乐，能自度曲”（《宋史》卷四百四十四《文苑传》）。在徽宗（赵佶）崇宁年间，仿照汉武帝建立“乐府”的遗意，设置“大晟府”，作为整理、创作音乐曲调的最高机关。邦彦作了这“大晟府”的提举官，和万俟咏、田为一道工作（《碧鸡漫志》卷二）。张炎曾经说起：他们在“大晟府”时做过“讨论古音、审定古调”的工作，“又复增演慢曲、引、近，或移宫换羽，为三犯、四犯之曲，按月律为之，其曲遂繁”（《词源》卷下）。这个正式音乐机关，虽然没有很长的历史，但由于徽宗皇帝的重视，“大晟府”所搜集的乐谱资料，必然是异常丰富的。周邦彦和万俟咏、田为等在这里面工作，所看到的隋、唐旧谱一定很多。例如《兰陵王》慢曲本来是北齐高长恭的《兰陵王入阵曲》，而现存《清真集》中有《兰陵王》咏柳词。据王灼说：“今越调《兰陵王》，凡三段，二十四拍；或曰遗声也。此曲声犯正宫，管色用大凡字、大一字、勾字，故亦名大犯。”（《碧鸡漫志》卷四）周词就是用的这个《越调·兰陵王》的遗声。据毛幵说：“绍兴初，都下盛行周清真咏柳《兰陵王慢》，西楼南瓦皆歌之，谓之《渭城三叠》。以周词凡三换头，至末段声尤激越，惟教坊老笛师能倚之以节歌者。其谱传自赵忠简（鼎）家。忠简于建炎丁未（1127）九日南渡，泊舟仪真江口，遇宣和大晟乐府协律郎某，叩获九重故谱，因令家伎习之，遂流传于外。”（《樵隐笔录》）把这王、毛两人的话联系起来看，可见“末段声尤激越”的《兰陵王》，确是《入阵曲》的遗声。更进一步去看《清真集》中所有长调慢词，确如王国维所说：“读先生之词，于文字之外，须更味其音律。今其声虽亡，读其词者，犹觉拗怒之中，自饶和婉，曼声促节，繁会相宣，清浊抑扬，辘轳交往。”（《清真先生遗事》）长短句慢词发展到了周邦彦，才算到了音乐语言和文学语言紧密结合的最高艺术形式。从艺术角度去看他的全部作品，确能做到“浑化”（周济《宋四家词选序论》）的境界。由于它的音乐性特别强烈，一直为歌女们所爱唱；直到宋亡以后，还有杭妓沈梅娇会唱他的《意难忘》《台城路》两首歌曲（张炎：《山中白云》国香词小序）。他在文学上及音乐上的影响之大，也就可想而知了。

（五）南宋词风的转变和苏辛词派的确立

词在形式上的发展，到了周邦彦，已是“登峰造极”。这个高度艺术，恰巧随着北宋皇朝的崩溃而消沉下来。由于金人的南侵，汴京沦陷，所有歌舞人等也都四散奔逃，于是入乐的词，受到环境的影响，渐渐不被作者所重视。所有爱国志士于流离转徙之余，偶然“悲从中来”，借着填词来发抒“身世之感”，不期然而趋向苏轼一路。由于各个作者的爱国思想和激越感情，倾注于这个“句读不葺”的新体律诗中，把这个高度艺术形式注入了许多新血液，于是这个本来是附属于音乐的特种诗歌形式，不妨脱离音乐而自有其充分的感人力量。有如岳飞的《满江红》和张孝祥的《六州歌头》，都充分表现了作者的爱国主义精神和激壮苍凉的民族英雄气概。就是许多南渡诗人于作诗之余，也写些长短句，有如陈与义的《无住词》、叶梦得的《石林词》、朱敦儒的《樵歌》、张元幹的《芦川词》、向子諲的《酒边词》、陆游的《放翁词》，都是倾向于苏轼所指引的道路，在南渡初期自成系统的。只有女词人李清照目空一切，对过去作家除南唐二主及冯延巳外，都表示不满。她说：柳永“虽协音律，而词语尘下”；张先等“虽时时有妙语，而破碎何足名家”；晏殊、欧阳修、苏轼“学际天人，作为小歌词，直如酌蠡水于大海，然皆句读不葺之诗尔”。她对词别有一种看法，认为“别是一家，知之者少”。她比较地推重晏几道、贺铸、秦观、黄庭坚，说这四家是懂得怎样填词的；但一面又指出他们的缺点："晏苦无铺叙、贺苦少典重；秦即专主情致而少故实，譬如贫家美女，虽极妍丽丰逸，而终乏富贵态；黄即尚故实而多疵病，譬如良玉有瑕，价自减半。"（以上皆见《苕溪渔隐丛话》后集卷三十三）她这样严格地要求古人，究竟她自己的成就怎样？我们读了她的《漱玉词》，确实不愧为"当行本色"（沈谦《填词杂说》）的作家。清照和后起的辛弃疾都是济南人，在词的成就上各有各的特点。清代诗人王士桢谈到词的两大宗派说："婉约以易安（李）为宗，豪放惟幼安（辛）称首。"（《花草蒙拾》）清照也曾饱经丧乱流离的苦痛，她却不肯在填词方面破坏她自己所定的约束，故作壮音。她只就寻常言语度入音律，随手拈来，自然超妙。这在南宋初期诸作家中，是具有独特风格的。她这种"本色"语，也曾影响辛弃疾的晚年作品，不过两人的身世环境不同，笔调究难一致罢了。

苏轼"横放杰出"的作风，恰宜发抒英雄豪杰的热情伟抱。这一启示，由他的门徒黄庭坚、晁补之分途发展，以开南宋初期作家的风气；直到辛弃疾，进一步把局面打开，这样才奠定了词在中国文学史上不可动摇的地位。刘辰翁说得好："词至东坡，倾荡磊落，如诗、如文、如天地奇观，岂与群儿雌声学语较工拙？然犹未至用经、用史，牵雅、颂入郑、卫也。在稼轩前，用一语如此者，必且掩口。及稼轩横竖烂熳，乃知禅宗棒喝，头头皆是。"（《须溪集·辛稼轩词序》）由于辛弃疾是一个有肝胆、有魄力而一意以恢复中原自任的爱国男儿，他那火一般的爱国热情，贯穿在他一生的言论行动中，贯穿在他的所有文学作品中；他只把长短句歌词形式作为他发泄“不平之鸣”的工具，他打破了一切顾虑，只管写他的“豪杰之词”。这样充满着热力的作品，所以能够做到“大声镗鞳，小声铿鍧，横绝六合，扫空万古”（刘克庄《后村大全集》卷九十八《辛稼轩集序》）的境界。苏辛词派的确立，是词学发展史上的一件大事。这个经历长期音乐陶冶而成的词体，到了辛弃疾，才算充分赋予了生命力而放射出异样光芒来。和他同时的陈亮、刘过以及南宋末年的刘克庄、刘辰翁等都是向往辛氏，作风相近，而才力是万万不相及的。

（六）姜夔的自度曲和南宋后期的词风

南宋偏安局定以后，首都临安拥有湖山之美，声色歌舞，保持了一个相当时期的升平气象。这时除了一部分慷慨激昂的爱国之士，借着长短句来写他们的壮烈抱负外，一般文人仍然特别重视柳、周一派的音乐性和艺术性，想在这一方面作进一步的发展；虽然成就不够大，但也不容一笔抹杀。在这一派里面，最富于创造性的杰出作家，自然要推姜夔。

姜夔是一个精通音乐的诗人兼艺术（书法）家。他不曾做过官，生活圈子是很狭窄的。他的诗继承了江西诗派的传统，而又改变了面目，实践了他的“意格欲高，句法欲响”（《白石诗说》）的理论。夏承焘教授说他“把江西派的内在美（神味）和它的创格铸辞法融入新体文学的词里来”，所以能够别开一派，“和苏辛、柳周两派鼎足而三”（夏承焘《论姜夔词》，见《文学研究》1957年第1期）。这对姜词的评价，是相当正确的。因为他是一个音乐家，不甘于沿用旧曲填词，从而打开“自度曲”的一条新路。他曾说：“予颇喜自制曲，初率意为长短句，然后协以律，故前后阕多不同。”（《白石道人歌曲》卷四《长亭怨慢》小序）像这样的创造精神，确实又把慢词的表现技法大大地推进了一步。我们只要一读他的《长亭怨慢》：“阅人多矣！谁得似长亭树？树若有情时，不会得青青如此！”以及《扬州慢》：“自胡马窥江去后，废池乔木，犹厌言兵。渐黄昏，清角吹寒，都在空城。”就会感到真有一气舒卷、婉转相生的妙境，是姜夔所特有的。传世的《白石道人歌曲》自注工尺旁谱的有十七首，其中《扬州慢》《长亭怨慢》《澹黄柳》《石湖仙》《暗香》《疏影》《惜红衣》《角招》《徵招》《秋宵吟》《凄凉犯》《翠楼吟》等十二首都属于“自制曲”。这十七首词所保留的工尺旁谱，为今日仅存的最宝贵资料。据个人所知，夏承焘、杨荫浏两教授和丘琼荪先生正在向这上面作深入的探讨。这对宋词的唱法和创作民族形式的新体歌曲，都将发生重大的作用，是应该予以特别注视的。

和姜夔并称而作风不同的专业词人有吴文英。张炎曾把“清空”“质实”两种不同境界来评判姜吴二氏的高低。他说：“词要清空，不要质实。清空则古雅峭拔，质实则凝涩晦昧。姜白石词如野云孤飞，去留无迹；吴梦窗词如七宝楼台，眩人眼目，碎拆下来，不成片段。”（《词源》卷下）吴文英词确实有“凝涩晦昧”的毛病。他是接受温庭筠、周邦彦的作风，再加上李商隐作诗的手法，也想自创一格的；可惜没有相当的条件和开拓的襟怀，不觉钻入牛角尖里去了。近代况周颐、朱孝臧诸词人都是推重梦窗的。况说：“梦窗密处，能令无数丽字，一一生动飞舞，如万花为春，非若琱璚蹙绣，毫无生气也。”（《蕙风词话》卷二）我们如果专从艺术方面去看吴词，有些技法似乎也是值得参考的。

南宋末期作家，除前面提到的刘克庄、刘辰翁等是辛派的后劲外，其余如王沂孙、周密、张炎等，都是跟着姜夔走的；虽然也各有不同程度的若干成就，但都是一些“亡国哀思之音”，有如草际虫吟，使人听了难受而已！

（七）结论

赵宋一朝，是长短句歌词发展到最为光辉灿烂的时代。这个音乐语言和文学语言紧密结合的特种诗歌形式，是从开元以来教坊乐曲的基础上，经过若干无名作者和晚唐、五代以来许多专业作家辛勤积累经验逐渐发展起来的。北宋初期作家在令词方面接受南唐系统，提高了它的风格，晏几道要算是达到了顶点的代表作家。由于汴京的经济繁荣，随着教坊杂曲的不断发展，而长调慢词勃然以兴；柳永适应这个时代需要，把这特种诗歌形式的园地大大地拓展开来了。接着苏轼以“横放杰出”的天才，感于柳词的“骫骳从俗”，风格不高，反过来，利用这个新辟的园地来发挥作者的诗人怀抱，在内容上打开了“以诗为词”的新局，于是“弄笔者始知自振”（王灼说），为南宋爱国词人作了“先驱”。他的门徒，有的跟着他走，如黄、晁等；有的还免不了柳永的影响，例如秦观趋向婉约一派。由于北宋后期的设立“大晟府”，周邦彦得着这个“讨论古音、审定古调”的机会，他又把这个特种艺术在柳永的基础上进一步提高了，完成了这个音乐语言和文学语言紧密结合的最高艺术形式。由于南宋初期民族矛盾的特别尖锐，所有爱国人士发出“抗敌救亡”的呼声，往往借着这个新兴文学形式来抒写悲愤热烈的情感；于是豪放一路有苏词，给了他们以启示，进一步发展到辛弃疾，把这个艺术形式注入了新鲜血液，写出了许多“豪杰之词”，确定了苏辛词派在中国文学史上的特殊地位。李清照和姜夔都想独树一帜，自成其为“词人之词”；单就艺术角度去看，也是各有其特点的；姜夔的“自度曲”，尤其值得研究音乐文学者的探究。南宋辛、姜二派，各自分流，直到宋亡，北曲代兴，才见衰歇。

历来评论家都把宋词归纳为“豪放”“婉约”二派，而对各大作家的看法也各有不同。清初朱彝尊特别提出姜夔、张炎来创立所谓“浙西词派”。中叶以后，又有张惠言倡“比兴”之说，选了一部《词选》来标示他的宗旨；接着周济又从张的基础上加以扩展，拈出四家，作为学词的准则，主张“问涂碧山（王沂孙），历梦窗、稼轩以还清真之浑化”（《宋四家词选》）。依据这个标准，建立了所谓“常州词派”；它的影响，是直到现在，还没有完全消灭的。

现在要从宋词这个丰富遗产内吸取精华来丰富我们的创作，我觉得从周、姜一派深入探求它的音乐性和艺术性，从苏、辛一派深入研究它的思想性和时代性，这里面是有很多宝贵的经验值得我们借鉴的。

（原载《新建设》1957年8月号）

龙榆生著作精选集

近三百年名家词选

龙榆生 著

团结出版社

图书在版编目（CIP）数据

龙榆生著作精选集 / 龙榆生著.

-- 北京 : 团结出版社, 2019.12

ISBN 978-7-5126-7580-3

Ⅰ. ①龙… Ⅱ. ①龙… Ⅲ. ①词(文学)—文学研究—中国—文集 Ⅳ. ①I207.23-53

中国版本图书馆CIP数据核字(2019)第284145号

出版: 团结出版社

（北京市东城区东皇城根南街84号 邮编: 100006）

电话:（010）65228880 65244790 (传真）

网址: www.tjpress.com

Email: zb65244790@vip.163.com

经销: 全国新华书店

印刷: 三河市腾飞印务有限公司

开本: 145×210 1/32

印张: 84

字数: 1650千字

版次: 2020年12月 第1版

印次: 2020年12月 第1次印刷

书号: 978-7-5126-7580-3

定价: 316.00元（全9册）

出版说明

龙榆生(1902—1966)，本名沐勋，号忍寒，晚年以字行。20世纪最负盛名的词学大师之一，生于江西万载，殁于上海，早年师从黄侃、陈衍、朱祖谋等名师习诗词及文字音韵学，后遂终身致力于词学研究。曾任暨南大学、中山大学、中央大学、上海音乐学院教授。他一生致力于词学研究，被称为中国词学学科的奠基人，创办了现代第一本词学专门刊物《词学季刊》，对词学研究的现代转型影响巨大。

龙榆生词学研究的领域广泛，成就卓著。常年任教于各大学校的他，在写下一部部词学专著的同时，也一直不忘整理概论和选本。这套《龙榆生著作精选集》我们精选了其经典著作九种。在概论中，我们选择了他晚年有代表性的《唐宋词格律》《词曲概论》《词学十讲》三种；选本则选择《东坡乐府笺》《唐宋名家词选》《唐五代词选注》《近三百年名家词选》四种；考虑到目前雅言弱化、语言表现力不足的现状，还特意选择了《古今名人书牍选》《苏黄尺牍选》二种，作为学习文言文的补充读本。读者也可以藉此九种窥见龙先生一生治学的全豹。《龙榆生著作精选集》既可以作为古典诗词爱好者的案头必备典籍加以赏玩，又可以作为青年学子提升文化修养、学习典雅文言的上乘读物。

针对本套系列丛书工程浩大、专业性强的特点，为此我们特地组织了相关专家进行了专门的校勘和梳理。本着尊重作者和原著的精神，此次再版将特殊历史时期下，不符合作者原意的改本加以修订，恢复符合作者理念的原本原貌，并在前人基础上对仍存在的讹误重加订正。考虑到现代读者的阅读习惯，特将原来的繁体竖排调整为简体横排。由于编者水平所限，在编辑过程中，疏漏之处在所难免，恳请广大读者不吝赐教！

编者

2020年10月

凡例

一、本编体例，略依《唐宋名家词选》，各家并缀小传，间采诸家评语。

二、词家先后，以生年为主，其不悉生年者，略依科第或交游为次。

三、本编特种标识，以、表逗，·表句，◎表平韵，△表仄韵。

四、本编取材，除诸家专集及其他史传、词话外，于谭氏《箧中词》、叶氏《广箧中词》采录特多，两书旧有刊本，可资参阅。

五、保留繁体竖排版“右某某词若干首，录自某某本”体式，读者可将“右”转化为简体横排“上”理解。

目录

陈子龙

李雯

陈维崧

朱彝尊

王士禛

曹贞吉

李良年

顾贞观

李 符

纳兰性德

沈 雄

陈 峣

厉 鹗

蒋士铨

吴翌凤

左 辅

董士锡

周 济

周之琦

龚自珍

项廷纪

庄 棫

谭 献

王鹏运

沈曾植

文廷式

郑文焯

况周颐

陈洵

邵瑞彭

陈子龙

点绛唇 春日风雨有感

满眼韶华，东风惯是吹红去。几番烟雾，只有花难护。　梦里相思，故国王孙路。春无主！杜鹃啼处，泪染胭脂雨。

浣溪沙 杨花

百尺章台撩乱飞，重重帘幕弄春晖，怜他飘泊奈他飞。　淡日滚残花影下，软风吹送玉楼西，天涯心事少人知！

【评】王士禛曰：不著形相，咏物神境。（《陈忠裕全集》）

诉衷情 春游

小桃枝下试罗裳，蝶粉斗遗香。玉轮碾平芳草，半面恼红妆。　风乍暖，日初长，袅垂杨。一双舞燕，万点飞花，满地斜阳。

【评】王士禛曰：弇州谓："清真能作景语，不能作情语。"至大樽而情景相生，令人有后来之叹。（同前）

谒金门 五月雨

莺啼处，摇荡一天疏雨。极目平芜人尽去，断红明碧树。费得炉烟无数，只有轻寒难度。忽见西楼花影露，弄晴催薄暮。

【评】邹祗谟曰：缥缈澹宕，全见用笔之妙。（同前）

画堂春 雨中杏花

轻阴池馆水平桥，一番弄雨花梢。微寒著处不胜娇，此际魂销。　忆昔青门堤外，粉香零乱朝朝，玉颜寂寞淡红飘。无那今宵！

【评】王士禛曰：嫣然欲绝！（同前）

醉桃源 题画

朱阑清影下帘时，泠泠修竹低，满园空翠拂人衣，流莺无限啼。　莲叶小，荇花齐，雨馀双燕归。红泉一带过桥西，香销午梦馀。

【评】邹祇谟曰：秦、黄佳处，有句可摘，大樽觉无句可摘，总由天才神逸，不许他人掎摭也。（同前）

山花子 春恨

杨柳迷离晓雾中，杏花零落五更钟。寂寂景阳宫外月，照残红。　蝶化彩衣金缕尽，虫衔画粉玉楼空。惟有无情双燕子，舞东风！

【评】陈廷焯曰：凄丽近南唐二主，词意亦哀以思矣。（《白雨斋词话》卷三）

少年游 春情

满庭清露浸花明，携手月中行。玉枕寒深，冰绡香浅，无计与多情。　奈他先滴离时泪，禁得梦难成。半晌欢娱，几分憔悴，重叠到三更！

【评】邹祇谟曰：词不极情者，未能臻妙如此。朦胧宕折，应称独绝。（《陈忠裕全集》）

江城子 病起春尽

一帘病枕五更钟。晓云空，卷残红。无情春色，去矣几时逢？添我几行清泪也，留不住，苦匆匆。　楚宫吴苑草茸茸。恋芳丛，绕游蜂。料得来年，相见画屏中。人自伤心花自笑，凭燕子，骂东风。

【评】陈廷焯曰：绵邈凄恻。（《白雨斋词话》卷三）

右陈子龙词九首，录自王昶辑本《陈忠裕全集》附《诗馀》。

［小传］

陈子龙字卧子，松江华亭人。生有异才，工举子业，兼治诗、赋、古文，取法魏、晋，骈体尤精妙。崇祯十年（1637）进士，选绍兴推官，以定乱功擢兵科给事中。命甫下而京师陷，乃事福王于南京。屡进谏，不听，乞终养去。子龙与同邑夏允彝皆负重名，允彝死，子龙念祖母年九十，不忍割，遁为僧。寻以受鲁王部院职，结太湖兵欲举事，事露，被获，乘间投水死。（《明史》本传）时为永历元年（1647），距生万历三十六年（1608），年四十。清乾隆间，追谥忠裕。有《陈忠裕全集》，后附《诗馀》一卷。子龙词原有《湘真阁》《江蓠槛》两种，早经散佚。今所传为王昶辑本。武进赵氏汇刻明词，亦曾收入。词学衰于明代，至

子龙出，宗风大振，遂开三百年来词学中兴之盛，故特取冠斯编。

[集评]

沈雄曰：大樽文宗两汉，诗轶三唐，苍劲之色，与节义相符。乃《湘真词》一集，风流婉丽如此！传称河南亮节，作字不胜罗绮；广平铁石，赋心偏爱梅花。吾于大樽益信。（《明词综》引《古今词话》）

王士禛曰：大樽诸词，神韵天然，风味不尽，如瑶台仙子独立却扇时；而《湘真》一刻，晚年所作，寄意更绵邈凄恻。（《明词综》卷六引）

李雯

菩萨蛮 忆未来人

蔷薇未洗胭脂雨，东风不合催人去。心事两朦胧，玉箫春梦中。　斜阳芳草隔，满目伤心碧。不语问青山，青山响杜鹃。

【评】谭献曰：亡国之音。（《箧中词》一）

虞美人 春雨

廉纤断送荼蘼架，衣润笼香罢。鹧鸪啼处不开门，生怕落花时候近黄昏。　艳阳惯被东君妒，吹雨无朝暮。丝丝只欲傍妆台，却作一春红泪满金杯！（《箧中词》，“妆台”作“妆楼”，“一春”作“一江”，“金杯”作“金篝”。）

【评】谭献曰：《九辨》之遗。（《箧中词》一）

鹊踏枝 落叶

惨碧愁黄无气力，做尽秋声，砌满阑干侧。疑是纱窗风雨入，斜阳又送栖鸦急。　不比落花多爱惜，南北东西，自有人知得。昨夜小楼寒四壁，半堆金井霜华白。

【评】谭献曰：客子畏人。（《箧中词》一）

风流子 送春（《箧中词》下有“同芝麓”三字。）

谁教春去也，人间恨何处问斜阳？见花褪残红，莺捎浓绿，思量往事，尘海茫茫。芳心谢，锦梭停旧织，麝月懒新妆。杜宇数声，觉馀惊梦；碧栏三尺，空倚愁肠。

东君抛人易，回头处犹是昔日池塘。　留下长杨紫陌，付与谁行？想折柳声中，吹来不尽；落花影里，舞去还香。难把一樽轻送，多少暄凉。

【评】谭献曰：同病相怜。（《箧中词》一）

浪淘沙 杨花

金缕晓风残，素雪晴翻，为谁飞上玉雕阑？可惜章台新雨后，踏入沙间！　沾惹忒无端，青鸟空衔，一春幽梦绿萍闲。暗处消魂罗袖薄，与泪轻（《箧中词》作"偷"）弹。

【评】谭献曰：哀于堕溷。（《箧中词》一）

右李雯词五首，录自《蓼斋词》。

［小传］

李雯字舒章，江南华亭人，明万历三十六年（1608）生。少与陈子龙、宋徵舆齐名，称"云间三子"。顺治初，廷臣交荐雯才可用，授弘文院撰文、中书舍人，充顺天乡试同考官。以父丧归，顺治四年（1647）卒。著有《蓼斋集》，附词一卷。

吴伟业

生查子 旅思

一尺过江山，万点长淮树。石上水潺潺，流入青溪去。　六月北风寒，落叶无朝暮。度樾与穿云，林黑行人顾。

浣溪沙 闺情

断颊微红眼半醒，背人蓦地下阶行，摘花高处赌身轻。　细拨熏炉香缭绕，嫩涂吟纸墨攲倾，惯猜闲事为聪明。

【评】谭献曰：本色词人语。(《箧中词》一)

临江仙 逢旧

落拓江湖常载酒，十年重见云英，依然绰约掌中轻。灯前才一笑，偷解砑罗裙。　薄幸萧郎憔悴甚，此生终负卿卿。姑苏城上月黄昏。绿窗人去住，红粉泪纵横。

【评】陈廷焯曰：哀艳而超脱，直是坡仙化境。（《白雨斋词话》卷三）

满江红 蒜山怀古

沽酒南徐，听夜雨江声千尺。记当年阿童东下，佛狸深入。白面书生成底用？萧郎裙屐偏轻敌。笑风流北府好谈兵，参军客。

人事改，寒云白。旧垒废，神鸦集。尽沙沉浪洗，断戈残戟。落日楼船鸣铁锁，西风吹尽王侯宅。任黄芦苦竹打寒潮，渔樵笛。

【评】谭献曰：涩于稼轩。（《箧中词》一）

贺新郎 病中有感

万事催华发！论龚生天年竟夭，高名难没。吾病难将医药治，耿耿胸中热血。待洒向西风残月。剖却心肝今置地，问华佗解我肠千结。追往恨，倍凄咽。　故人慷慨多奇节。为当年沉吟不断，草间偷活。艾灸眉头瓜喷鼻，今日须难决绝。早患苦重来千叠。脱屣妻孥非易事，竟一钱不值何须说！人世事，几完缺？

【评】陈廷焯曰：《贺新郎》一篇，梅村绝笔也。悲感万端，自怨自艾。千载下读其词，思其人，悲其遇，固与牧斋不同，亦与芝麓辈有别。（《白雨斋词话》卷三）

右吴伟业词五首，录自《梅村诗馀》。

[小传]

吴伟业字骏公，号梅村，江南太仓人。明万历三十七年（1609）生。弱冠，举崇祯辛未（1631）科会试第一，廷试第二，官至少詹事。与马士英、阮大铖不合，假归。清世祖闻其名，力迫入都，累官国子监祭酒。以病乞归，康熙十年（1671）卒。伟业尤长于诗，少时才华艳发，后经丧乱，遂多悲凉之作，论者方之庾信。著有《绥寇纪略》《梅村家藏稿》《梅村诗馀》《秣陵春杂剧》等书。

[集评]

陈廷焯曰：吴梅村词，虽非专长，然其高处，有令人不可捉摸者，此亦身世之感使然。又曰：梅村高者，有与老坡神似处。（《白雨斋词话》卷三）

曹溶

薄幸 题壁

绿杨丝绾。勒马处一程云栈。慢伫想安排此夜，知人谁家泪眼？试说与宿雨餐沙，三秋禁断闲箫管。更止酒新盟，攀花密祝，青鬓偎人不暖。　向有限关河里，偏只见悲欢聚散。记粉巾鸳字，歌裙凤缕，寻思误把归期缓。不干缘浅。要迷踪困影，山尖海角填情满。自欢自惜，莫负风亭月馆。

右曹溶词一首，《静惕堂词》未载，录自谭氏《箧中词》。

[小传]

曹溶字秋岳，一字洁躬，号倦圃，浙江秀水人。明万历四十一年（1613）生。崇祯进士，考选御史。顺治初，起用河南道御史，督学顺天，累迁户部侍郎，左迁广东右布政使。遭丧归里。服除，补山西按察副使，备兵大同。丁忧不复出。康熙中，举博学鸿词，以疾辞。荐修《明史》，亦不赴。康熙二十四年（1685）卒。家富藏书，工诗、词。朱彝尊纂《词综》，即多从其家藏宋人遗集中录出，盖浙西词派之先河也。著有《静惕堂诗词集》。

今释澹归

小重山

得程周量民部诗，却寄。

落落寒云晓不流。是谁能寄语？竹窗幽。远怀如画一天秋。钟徐歇，独自倚层楼。　点点鬓霜稠。十年山水梦，未全收。相期人在别峰头。闲鸥意，烟雨又扁舟。

满江红 大风泊黄巢矶下

激浪输风，偏绝分乘风破浪。滩声战冰霜竞冷，雷霆失壮。鹿角狼头休地险，龙蟠虎踞无天相。问何人唤汝作黄巢？真还谤。　雨欲退，云不放。海欲进，江不让。早堆垝一笑，万机俱丧。老去已忘行止计，病来莫算安危帐。是铁衣着尽着僧衣，堪相傍。

水调歌头 忆翠岩雾色

好雨正重九，不上海山门。螺岩却忆绝顶，雾色满乾坤。少得白衣一个，赢得翠鬟千叠，罗立似儿孙。独坐可忘老，何用更称尊。　　龙山会，南徐戏，共谁论？古今画里，且道还有几人存？便拂六铢石尽，重见四空天堕，此处不交痕。远水吞碧落，斜月吐黄昏。

八声甘州

卧疴初起，将还丹霞，谒别孝山。

算军持频挂到于今，已是十三年！便龙钟如许，过头拄杖，缓步难前。若个唤春归去，高柳足啼鹃。有得相留恋，也合翛然。

况复吟笺寄兴，似风吹萍聚，欲碎仍圆。只使君青鬓，霜雪又勾连。叹人间支新收故，尽飞尘赴海不能填。重相惜，后来还得，几度相怜？

风流子 上元风雨

东皇不解事，颠风雨吹转海门潮。看烟火光微，心灰凤蜡；笙歌声咽，泪满鲛绡。吾无恙，一炉焚柏子，七碗覆松涛。明月寻人，已埋空谷；暗尘随马，更拆星桥。　　素馨田畔路，当年梦应有金屋藏娇。不见漆灯续焰，蔗节生苗。尽翠绕珠围，寸阴难驻；钟鸣漏尽，抔土谁浇？问取门前流水，夜夜朝朝。

【评】叶恭绰曰：痛切！（《广箧中词》一）

右今释澹归词五首，录自清初丹霞寺原钞本《遍行堂词》。

［小传］

今释澹归俗姓金氏，名堡，字道隐，浙江杭州人。明崇祯庚辰（1640）进士。戊子（1648）诣肇庆，谒永明王，授礼科给事中，抗直不畏强御。桂林破，剃发为僧，住韶州丹霞山寺。《南疆逸史》载其行事颇详。生于万历四十二年（1614），康熙十九年（1680）卒，年六十七。所著《遍行堂集》，清初曾刊版行世，旋遭禁毁，丹霞寺亦被其灾。往岁予客岭南，于谢英伯处，获观全集四十卷原钞本，附词三卷，未刊行，曾录副分载《词学季刊》。（原钞《遍行堂词》，予已捐献上海图书馆。）武进赵氏拟收入《惜阴堂汇刻明词》，未果。王昶《明词综》录其词二首，但题今释，字澹归，亦未详其为谁氏也。

宋琬

蝶恋花 旅月怀人

月去疏帘才几尺。乌鹊惊飞，一片伤心白。万里故人关塞隔，南楼谁弄梅花笛？　蟋蟀灯前欺病客。清影裴回，欲睡何由得？墙角芭蕉风瑟瑟，生憎遮掩窗儿黑。

【评】谭献曰：忧谗。（《箧中词》一）

破阵子 关山道中

拔地千盘深黑，插天一线青冥。行旅远从鱼贯入，樵牧深穿虎穴行，高高秋月明。　半紫半红山树，如歌如哭泉声。六月阴崖残雪在，千骑宵征画角清，丹青似李成。（李营丘有《关山图》。）

右宋琬词二首，录自《二乡亭词》。

［小传］

宋琬字玉叔，号荔裳，山东莱阳人。明万历四十二年（1614）生。顺治四年进士，授户部主事，累迁永平兵备道、宁绍台道。族子因宿憾，诬其与闻逆谋，下狱三年。久之得白，流寓吴、越间，寻起四川按察使，康熙十二年（1673）卒。琬诗入杜、韩之室，与施闰章齐名，有“南施北宋”之目。著有《安雅堂集》及《二乡亭词》，吴重熹氏收入《石莲庵刻山左人词》中。

宋徵舆

小重山

春流半绕凤凰台。十年花月夜，泛金杯。玉箫呜咽画船开。清风起，移棹上秦淮。　　客梦五更回。清砧迎塞雁，渡江来。景阳宫井断苍苔。无人处，秋雨落宫槐。

踏莎行

锦幄销香，翠屏生雾，妆成漫倚纱窗住。一双青雀到空庭，梅花自落无人处。　　回首天涯，归期又误。罗衣不耐东风舞。垂杨枝上月华明，可怜独上银床去！

【评】谭献曰：何减冯、韦？（《箧中词》一）

忆秦娥　杨花

黄金陌，茫茫十里春云白。春云白，迷离满眼，江南江北。来时无奈珠帘隔，去时著尽东风力。东风力，留他如梦，送他如客。

【评】谭献曰：身世可怜。(《箧中词》一)

蝶恋花

宝枕轻风秋梦薄。红敛双蛾，颠倒垂金雀。新样罗衣浑弃却，犹寻旧日春衫着。　偏是断肠花不落。人苦伤心，镜里颜非昨。曾误当初青女约，只今霜夜思量著。

【评】谭献曰：悱恻忠厚。(《箧中词》一)

玉楼春 燕

雕梁画栋原无数，不问主人随意住。红襟惹尽百花香，翠尾扫开三月雨。　半年别我归何处？相见如将离恨诉。海棠枝上立多时，飞向小桥西畔去。

【评】谭献曰：探喉而出。(《箧中词》一)

右宋徵舆词五首，录自《箧中词》。

［小传］

宋徵舆字直方，一字辕文，松江华亭人。明万历四十六年（1618）生。顺治进士，官至副都御史。为诸生时，与陈子龙、李雯等倡几社，以古学相砥砺。其诗以博赡见长，声誉亚于子龙。康熙六年（1667）卒。著有《林屋诗文稿》。

屈大均

紫萸香慢 送雁

恨沙蓬偏随人转，更怜雾柳难青。问征鸿南向，几时暖返龙庭？正有无边烟雪，与鲜飙千里，送度长城。向并门少待白首牧羝人，正海上手携李卿。　秋声，宿定还惊，愁里月不分明。又哀笳四起，衣砧断续，终夜伤情。跨羊小儿争射，恁能到白蘋汀？尽长天遍排人字，逆风飞去，毛羽随处飘零，书寄未成。

【评】叶恭绰曰：声情激楚，喷薄而出。（《广箧中词》一）

长亭怨 与李天生冬夜宿雁门关作

记烧烛雁门高处，积雪封城，冻云迷路。添尽香煤，紫貂相拥夜深语。苦寒如许！难和尔凄凉句。一片望乡愁，饮不醉垆头驼乳。　无处。问长城旧主，但见武灵遗墓。沙飞似箭，乱穿向草中狐兔。那能使口北关南，更重作并州门户？且莫吊沙场，收拾秦弓归去。

【评】叶恭绰曰：纵横排荡，稼轩神髓。（《广箧中词》一）

梦江南 四首

悲落叶，叶落落当春。岁岁叶飞还有叶，年年人去更无人，红带泪痕新。

悲落叶，叶落绝归期。纵使归来花满树，新枝不是旧时枝，且逐水流迟。

清泪好，点点似珠匀。蛱蝶情多元凤子，鸳鸯恩重是花神，恁得不相亲？

红茉莉，穿作一花梳。金缕抽残蝴蝶茧，钗头立尽凤凰雏，肯忆故人姝？

【评】况周颐曰："且逐水流迟"五字，含有无限凄惋，令人不忍寻味，却又不容已于寻味。第三、四首哀感顽艳，亦复可泣、可歌。（《蕙风词话》五）

叶恭绰曰：一字一泪。（《广箧中词》一）

右屈大均词六首，录自《道援堂词》。

［小传］

屈大均初名绍隆，字翁山，又字介子，广东番禺人。明崇祯三年庚午（1630）九月初五日生。初为诸生，弃去为浮屠，名今种，字一灵，一字骚馀。中年返初服。工诗，高浑兀奡，与陈恭尹、梁佩兰并称“岭南三大家”。清康熙三十五年丙子（1696）五月十六日卒。著有《广东新语》、《道援堂集》等书。其《翁山诗外》末附《骚屑》二卷，有康熙刊本及清季国学扶轮社排印本。武进赵氏《惜阴堂汇刻明词》题作《道援堂词》，流传绝少[1]。王昶《明词综》录一灵词七首，未注明为屈氏，亦非其杰构也。大均尝北走燕、赵，慨然有复兴明室之志，与一时名俊，酬唱亦多。近人朱孝臧题其词集云：“湘真老，断代殿朱明。不信明珠生海峤，江南哀怨总难平，愁绝庾兰成！”（《彊邨语业》卷三）于所举清代诸名家，即以大均冠首，亦足见其倾挹之至矣。

1.编者按：“明崇祯三年”至此，初印本作“明诸生。遭乱弃去为浮屠，名今种，字一灵，一字骚馀。中年返初服。工诗，高浑兀奡，与陈恭尹、梁佩兰称‘岭南三大家’。生卒年月待考。著有《广东新语》、《道援堂集》等书，语触忌讳，多遭禁毁，传本甚稀。其《道援堂词》亦称《骚屑》，武进赵氏曾刊入《惜阴堂汇刻明词》内。刻成，未及印布”。修订本盖考证增补了生卒年月及作品版本情况。

王夫之

青玉案 忆旧

桃花春水湘江渡，纵一艇，迢迢去。落日赪光摇远浦。风中飞絮，云边归雁，尽指天涯路。　　故人知我年华暮，唱彻灞陵回首句。花落风狂春不住。如今更老，佳期逾杳，谁倩啼鹃诉？

更漏子 本意

斜月横，疏星炯，不道秋宵真永！声缓缓，滴泠泠，双眸未易扃。　　霜叶坠，幽虫絮，薄酒何曾得醉！天下事，少年心，分明点点深。

清平乐 咏雨

归禽响暝，隔断南枝径。不管垂杨珠泪迸，滴碎荷声千顷。
随波赚杀鱼儿，浮萍乍满清池。谁信碧云深处，夕阳仍在天涯？

玉楼春 白莲

娟娟片月涵秋影，低照银塘光不定。绿云冉冉粉初匀，玉露泠泠香自省。　获花风起秋波冷，独拥檀心窥晓镜。他时欲与问归魂，水碧天空清夜永。

蝶恋花 衰柳

为问西风因底怨？百转千回，苦要情丝断。叶叶飘零都不管，回塘早似天涯远。　阵阵寒鸦飞影乱。总趁斜阳，谁肯还留恋？梦里鹅黄拖锦线，春光难借寒蝉唤。

惜馀春慢 本意

似惜花娇，如怜柳懒，前月峭寒深护。从今追数，雨雨风风，总是被他轻误。便与挥手东风，闲愁抛向，绿阴深处。也应念曲岸数枝新柳，不禁飞絮。　争遣不烧烛留欢，暗邀花住？坐待啼莺催曙。怕燕子归来，定巢栖稳，不解商量细语。未拟攀留长久，乍雨乍晴，繇来无据。待荷珠露满，梅丸黄熟，任伊归去。

【评】叶恭绰曰：宛转关情，心灰肠断。（《广箧中词》一）

绮罗香

读《邵康节遗事》，属纩之际，闻户外人语，惊问所语云何？且云：“我道复了幽州。”声息如丝，俄顷逝矣！有感而作。

流水平桥，一声杜宇，早怕雒阳春暮。杨柳梧桐，旧梦了无寻处。拚午醉日转花梢，甚夜阑风吹芳树？到更残月落西峰，泠然胡蝶忘归路。　关心一丝别挂，欲挽银河水，仙槎遥渡。万里闲愁，长怨迷离烟雾。任老眼月窟幽寻，更无人花前低诉。君知否？雁字云沉，难写伤心句。

【评】叶恭绰曰：缠绵往复，忠厚之遗。（《广箧中词》一）

摸鱼儿 东洲桃浪（《潇湘小八景词》之三）

翦中流白蘋芳草，燕尾江分南浦。盈盈待学春花靥，人面年年如故。留春住，笑几许浮萍，（《船山遗书》本作“笑浮萍轻狂”，于律未协，兹从《广箧中词》所采。）旧梦迷残絮。棠梂无数。尽泛月莲舒，留仙裙在，载取春归去。　佳丽地，仙院迢遥烟雾，湿香飞上丹户。醮坛珠斗疏灯映，共作一天花雨。君莫诉！君不见桃根已失江南渡。风狂雨妒。便万点落英，几湾流水，不是避秦路！

【评】叶恭绰曰：故国之思，体兼骚、辨。船山词言皆有物，与并时批风抹露者迥殊，知此方可以言词旨。（《广箧中词》一）

蝶恋花 岳峰远碧（《潇湘十景词》之六）

自衡阳北三十里，至湘潭南六十里，岳峰浅碧，宛转入望。

见说随帆瞻九面。碧藕花开，朵朵波心现。晓月渐飞金碧颤，晶光返射湘江练。　谁遣迷云生绝巘？苍水仙踪，雾锁灵文篆。帝女修眉愁不展，深深未许人间见。

又 铜官戍火（《潇湘十景词》之八）

铜官浦在长沙北三十里。芦汀远岸，水香生于始夜。渔灯戍火，依微暮色间，如寒星映水。

打鼓津头知野戍。万里归舟，认得云中树。日落长沙天已暮，寒烟猎火中原路。　何处停桡深夜语？江黑云昏，莫向天涯去。旧是杜陵飘泊处，登山临水伤心句。

又 君山浮黛（《潇湘十景词》之十）

湖光极目，至君山，始见一片青芙蓉，浮玻璃影上。自此出洞庭，与江水合。谢朓所云“大江流日夜，客心悲未央”者，于焉始矣。湖南清绝，亦于此竟焉。

渺渺扁舟天一瞬。极目空清，只觉云根近。片影参差浮复隐，琉璃净挂青螺印。　忆自嬴皇相借问，尧女含颦，兰佩悲荒磷。泪竹千竿垂紫晕，宾鸿不寄苍梧信。

右王夫之词十一首，录自《船山遗书》本《鼓棹》初、二集及《潇湘怨词》。

［小传］

王夫之字而农，号姜斋，湖南衡阳人。明万历四十七年（1619）生。举崇祯壬午（1642）乡试。曾走桂林，依桂王，图恢复。旋知事不可为，遂决计老牖下，浪游郴、永、涟、邵间，最后归衡阳之石船山，筑土室曰“观生居”，学者称船山先生。窜伏穷山，四十馀年，一岁数徙其居，故国之戚，生死不忘。（以上参考李元度《国朝先正事略》卷二十七《经学传》。）清康熙三十一年（1692）卒，年七十四。著作至道光、同治间，始传于世。湘乡曾氏汇刊为《船山遗书》三百二十四卷，附《鼓棹》初、二集及《潇湘怨词》。其词虽音律多疏，而芳悱缠绵，怆怀故国，风格遒上。朱孝臧题云：“苍梧恨，竹泪已平沉。万古湘灵闻乐地，云山韶濩入凄音，字字楚骚心。”（《彊邨语业》卷三）所谓伤心人别有怀抱，真屈子《离骚》之嗣响也！

徐 灿

踏莎行

芳草才芽，梨花未雨，春魂已作天涯絮。晶帘宛转为谁垂？金衣飞上樱桃树。　故国茫茫，扁舟何许？夕阳一片江流去。碧云犹叠旧山河，月痕休到深深处！

【评】谭献曰：兴亡之感，相国愧之。（《箧中词》五）

永遇乐 病中

翠帐春寒，玉墀雨细，病怀如许！永昼愔愔，黄昏悄悄，金博添愁炷。薄幸杨花，多情燕子，时向琐窗细语。怨东风一夕无端，狼藉几番红雨。　曲曲阑干，沉沉帘幕，嫩草王孙归路。短梦飞云，冷香侵佩，别有伤心处。半暖微寒，欲晴还雨，消得许多愁否？春来也！愁随春长，肯放春归去？

【评】谭献曰：相国加膝坠渊，愆咎自积，此词殊怨。（《箧中词》五）

又 舟中感旧

无恙桃花，依然燕子，春景多别。前度刘郎，重来江令，往事何堪说？近水残阳，龙归剑杳，多少英雄泪血！千古恨，河山如许，豪华一瞬抛撇。　　白玉楼前，黄金台畔，夜夜只留明月。休笑垂杨，而今金尽，秾李还销歇。世事流云，人生飞絮，都付断猿悲咽。西山在，愁容惨黛，如共人凄切。

【评】谭献曰：外似悲壮，中实凄咽，欲言未言。（《箧中词》五）

唐多令 感怀

玉笛擫清秋，红蕉露未收。晚香残莫倚高楼。寒月多情怜远客，长伴我，滞幽州。　　小苑入边愁，金戈满旧游。问五湖那有扁舟？梦里江声和泪咽，频洒向，故园流。

右徐灿词四首，录自《拙政园诗馀》。

［小传］

徐灿字湘蘋，江苏长洲人，海宁陈之遴妻。之遴为明崇祯进士，官中允。入清，累官弘文院大学士，加少保。坐结党营私，以原官发辽阳居住。寻召还，以贿结内监吴良辅论斩，免死流徙，卒于徙所。灿善属文，并精书、画。填词得北宋风格。著有《拙政园诗馀》。南陵徐氏收入《小团圞室汇刻闺秀词》中。朱孝臧题云："双飞翼，悔杀到瀛洲。词是易安人道韫，可堪伤逝又工愁？肠断塞垣秋。"(《彊邨语业》卷三)盖深惜之也。

彭孙遹

生查子 旅夜

薄醉不成乡，转觉春寒重。鸳枕有谁同？夜夜和愁共。　梦好却如真，事往翻如梦。起立悄无言，残月生西弄。

【评】谭献曰：唐调。（《箧中词》一）

柳梢青 感事

何事沉吟？小窗斜日，立遍春阴。翠袖天寒，青衫人老，一样伤心。　十年旧事重寻，回首处、山高水深。两点眉峰，半分腰带，憔悴而今！

【评】谭献曰：不嫌太尽。（《箧中词》一）

少年游 席上有赠

花底新声，尊前旧侣，一醉尽生平。司马无家，文鸳未嫁，赢得是虚名。　当时顾曲朱楼上，烟月十年更。老我青袍，误人红粉，相对不胜情！

【评】谭献曰：自然凑泊。（《箧中词》一）

临江仙 遣信

青琐馀烟犹在握，几年香冷巾篝。此生为客几时休？殷勤江上鲤，清泪湿书邮。　欲向镜中扶柳鬓，鬓丝知为谁秋？春阴漠漠锁层楼，斜阳如弱水，只管向西流。

右彭孙遹词四首，录自《延露词》。

[小传]

彭孙遹字骏孙，号羡门，又号金粟山人，浙江海盐人。明崇祯四年（1631）生。顺治己亥（1659）进士。康熙己未（1679），召试博学鸿词，以第一人授编修。历官吏部左侍郎，兼掌院学士。工诗，尤善填词，为王士禛所推重。（《先正事略》卷三十九《文苑》）康熙三十九年（1700）卒。著有《松桂堂集》《延露词》《金粟词话》等书。其词多写艳情，特工小令，有“吹气如兰彭十郎”（朱孝臧《彊邨弃稿》）之目。

[集评]

陈廷焯曰：彭羡门词，意境较厚，但不甚沉着，仍是力量不足。（《白雨斋词话》卷三）

李天馥

忆王孙 春望

妒春良夜爱春朝，花外红楼卷绛绡。极目香尘旧板桥。路迢迢，不见归鞍见柳条！

【评】谭献曰：人意中语。（《箧中词》一）

右李天馥词一首，录自《箧中词》。

［小传］

李天馥字湘北，号容斋，安徽合肥人。明崇祯八年（1635）生。七岁能诗，有神童之目。清顺治进士，由庶吉士累擢户部左侍郎，调吏部，以扬清激浊为己任。官至吏部尚书、武英殿大学士。康熙三十八年（1699）卒，谥文定。著有《容斋集》。

孔尚任

鹧鸪天

院静厨寒睡起迟，秣陵人老看花时。城连晓雨枯陵树，红带春潮坏殿基。　伤往事，写新词，客愁乡梦乱如丝。不知烟水西村舍，燕子今年宿傍谁？

【评】谭献曰：哀于麦秀。（《箧中词》一）

右孔尚任词一首，录自《桃花扇传奇》。

[小传]

孔尚任字聘之，山东曲阜人。清顺治五年戊子（1648）生。康熙二十三年甲子（1682）授国子监博士，累官户部员外郎。五十七年戊戌（1718）卒。[　编者按：初印本仅言“康熙间（1662—1722）授国子监博士”，具体年份及生卒年均为修订本所增。]博学有文名，通音律，撰《阙里新志》，著有《岸塘文集》《湖海诗集》《会心录》等书。尤以《桃花扇传奇》最负盛名，与洪昇《长生殿》并称，一时有“南洪北孔”之目。

毛奇龄

荷叶杯

五月南塘水满，吹断，鲤鱼风。小娘停棹濯纤指，水底，见花红。

浪淘沙

杉木为簰竹作檐，江潮能苦雨能甜。连朝只饮檐头雨，翻道江潮错着盐。

南乡子

藤菜暖，荔枝干，青蛉河畔碧鱼餐。愿绞桄榔皮里肉，炊乌木，暂与小郎充晚腹。

长相思 二首

长相思，在春晚。朝日曈曈熨花暖。黄鸟飞，绿波满。雀粟衔素珰，蛛丝断金翦。欲着别时衣，开箱自展转。

长相思，在秋节。复斗垂垂怨蜻蛚。锦纹砧，素丝镊。梦苦见参星，关深落榆叶。欲识夫婿寒，花阶映微雪。

相见欢

花前顾影粼粼，水中人，水面残花片片绕人身。　私自整，红斜领，茜儿巾。却讶领间巾里刺花新。

南柯子

淮西客舍接得陈敬止书，有寄。

驿馆吹芦叶，都亭舞柘枝。相逢风雪满淮西，记得去年残烛照征衣。　曲水东流浅，盘山北望迷。长安书远寄来稀，又是一年秋色到天涯。

【评】谭献曰：北宋句法。（《箧中词》一）

右毛奇龄词七首，录自《毛翰林词》。

［小传］

毛奇龄字大可，又名姓，字初晴，学者称西河先生，浙江萧山人。

明天启三年（1623）生。清康熙十七年（1678）举博学鸿词，授翰林院检讨，预修《明史》。告归，康熙五十五年（1716）卒。著书数百卷。精音律，工诗词，有《毛翰林词》传世，收入《西河全集》。（参阅《国朝先正事略》卷三十二《经学传》）朱孝臧题云："争一字，鹅鸭恼春江。脱手居然新乐府，曲中亦自有齐梁，不忍薄三唐。"（《彊邨语业》卷三）奇龄小令学《花间》，兼有南朝乐府风味，在清初诸作者，又为生面独开也。

［集评］

陈廷焯曰：西河经术湛深，而作诗却能谨守唐贤绳墨，词亦在五代、宋初之间；但造境未深，运思多巧；境不深尚可，思多巧则有伤大雅矣。（《白雨斋词话》卷三）

陈维崧

醉太平 江口醉后作

钟山后湖，长干夜乌。齐台宋苑模糊，剩连天绿芜。　　估船运租，江楼醉呼。西风流落丹徒，想刘家寄奴。

点绛唇 夜宿临沼驿

晴髻离离，太行山势如蝌蚪。稗花盈亩，一寸霜皮厚。　　赵魏燕韩，历历堪回首。悲风吼，临沼驿口，黄叶中原走。

卜算子 阻风瓜步

风急楚天秋，日落吴山暮。乌桕红梨树树霜，船在霜中住。
极目落帆亭，侧听催船鼓。闻道长江日夜流，何不流侬去？

好事近

夏日史蘧庵先生招饮，即用先生喜余归自吴阊过访原韵。

分手柳花天，雪向晴窗飘落。转眼葵肌初绣，又红皴栏角。别来世事一番新，只吾徒犹昨。话到英雄失路，忽凉风索索。

清平乐

夜饮友人别馆，听年少弹三弦。

檐前雨罢，一阵凄凉话。城上老乌啼哑哑，街鼓已经三打。漫劳醉墨纱笼，且娱别院歌钟。怪底烛花怒裂，小楼吼起霜风。

南乡子 邢州道上作

秋色冷并刀，一派酸风卷怒涛。并马三河年少客，粗豪，皂栎林中醉射雕。　残酒忆荆高，燕赵悲歌事未消。忆昨车声寒易水，今朝，慷慨还过豫让桥。

虞美人 无聊

无聊笑捻花枝说，处处鹃啼血。好花须映好楼台，休傍秦关蜀栈战场开。　倚楼极目添愁绪，更对东风语：好风休簸战旗红，早送鲥鱼如雪过江东！

醉落魄 咏鹰

寒山几堵，风低削碎中原路。秋空一碧无今古。醉袒貂裘，略记寻呼处。　男儿身手和谁赌？老来猛气还轩举。人间多少闲狐兔？月黑沙黄，此际偏思汝。

【评】陈廷焯曰：声色俱厉，较杜陵“安得尔辈开其群，驱出六合枭鸾分”之句，更为激烈。（《白雨斋词话》卷四）

夜游宫 秋怀四首

耿耿秋情欲动，早喷入霜桥笛孔。快倚西风作三弄。短狐悲，瘦猿愁，啼破冢。　碧落银盘冻，照不了秦关楚陇。无数蛩吟古砖缝。料今宵，靠屏风，无好梦。

秋气横排万马，尽屯在长城墙下。每到三更素商泻。湿龙楼，晕鸳机，迷爵瓦。　谁复怜卿者？酒醒后槌床悲诧。使气筵前舞甘蔗。我思兮，古之人，桓子野。

箭与饥鸱竞快，侧秋脑角鹰愁态。骏马妖姬秣燕代。笑吴儿，困雕虫，矜细欵。　龌龊谁能耐？总一笑浮云睚眦。独去为佣学无赖。圯桥边，有猿公，期我在。

一派明云荐爽，秋不住碧空中响。如此江山徒莽苍。伯符耶？寄奴耶？嗟已往。　十载羞厮养，孤负煞长头大颡。思与骑奴游上党。趁秋晴，蹠莲花，西岳掌。

【评】陈廷焯曰：字字精悍……正如干将出匣，寒光逼人。（《白雨斋词话》卷四）

唐多令 春暮半塘小泊

水榭枕官河，朱栏倚粉娥，记早春栏畔曾过。关着绿纱窗一扇，吹钿笛，是伊么？　无语注横波，裙花信手搓，怅年光一往蹉跎。卖了杏花挑了菜，春纵好，已无多！

师师令 汴京访李师师故巷

宣和天子，爱微行坊市。有人潜隐小屏红，低唱道香橙纤指。夜半无人莺语脆，正绿窗风细。　如今往事消沉矣！怅暮云千里。含情试问旧倡楼，奈门巷条条相似。头白居人随意指，道斜阳边是。

过涧歇 显德寺前看枫叶

岚翠浓于草鞋夹，绕坡细流，淙淙暗通苕霅。谷声遝，下落乱泉声里，愀悄如相答。此间景，纯得关仝巨然法。　　寺松三百本，雨溜苍皮，霜雕黛甲，秃干争攲压。笑语同游：黄叶鸣檐，丹枫裹寺，如何不荷埋身锸？

鹊踏花翻

春夜听客弹琵琶，作《隋唐平话》。

雨滴梅梢，雪消蕙叶，入春难得今宵暇。倩他银甲凄清，铁拨纵横，声声迸碎鸳鸯瓦。依稀长乐夜乌啼，分明湓浦邻船话。

腕下，多少孤城战马，一时都作哀湍泻。今日黑闼营空，尉迟杯冷，落叶浮清灞。百年青史不胜愁，两行银烛空如画。

满江红 秋日经信陵君祠

席帽聊萧，偶经过信陵祠下。正满目荒台败叶，东京客舍。九月惊风将落帽，半廊细雨时飘瓦。柏初红偏向坏墙边，离披打。

今古事，堪悲诧。身世恨，从牵惹。倘君而尚在，定怜余也。我讵不如毛薛辈，君宁甘与原尝亚？叹侯嬴老泪苦无多，如铅泻。

【评】陈廷焯曰：慨当以慷，不嫌自负。如此吊古，可谓神交冥漠。（《白雨斋词话》卷四）

水调歌头 咏美人秋千

昨夜湔裙罢，今日意钱回。粉墙正亚朱户，其外有铜街。百丈同心彩索，一寸双文画板，风飐绣旗开。低约腰间素，少摘鬓边牌。　翩然上，掠绿草，拂苍苔。粉裙欲起未起，弄影惜身材。忽趁临风回鹘，快作点波新燕，糁落一庭梅。向晚半轮玉，隐隐照遗钗。

夏初临 本意

癸丑三月十九日，用明杨孟载韵。

中酒心情，拆绵时节，瞢腾刚送春归。一亩池塘，绿阴浓触帘衣。柳花搅乱晴晖，更画梁玉翦交飞。贩茶船重，挑笋人忙，山市成围。　蓦然却想，三十年前，铜驼恨积，金谷人稀。划残竹粉，旧愁写向阑西。惆怅移时，镇无聊掏损蔷薇。许谁知？细柳新蒲，都付鹃啼。

【评】谭献曰：故家乔木，语自不同。（《箧中词》一）

念奴娇

读屈翁山诗，有作。

灵均苗裔，羡十年学道，匡庐山下。忽听帘泉愿冷瀑，豪气轶于生马。亟跳三边，横穿九塞，开口谈王霸。军中球猎，醉从诸将游射。　提罢匕首入秦，不禁忍俊，缥缈思登华。白帝祠边三尺雪，正值玉姜思嫁。笑把岳莲，乱抛博箭，调弄如花者。归而偕隐，白羊瑶岛同跨。

琵琶仙

泥莲庵夜宿，同子万弟与寺僧闲话。（庵外白莲数亩。）

倦客心情，况遇着秋院捣衣时节。惆怅侧帽垂鞭，凝情伫寥泬。三间寺水窗斜闭，一声磬林香暗结。且啜茶瓜，休论尘世，此景清绝！　询开士杖锡何来？奈师亦江东旧狂客。惹起南朝零恨，与疏钟呜咽。有多少西窗闲话，对禅床翦烛低说。渐渐风弄莲衣，满湖吹雪。

水龙吟 秋感

夜来几阵西风，匆匆偷换人间世。凄凉不为，秦宫汉殿，被伊吹碎。只恨人生，些些往事，也成流水。想桃花露井，桐英永巷，青骢马，曾经系。　光景如新宛记，记瑶台相逢姝丽。微烟淡月，回廊复馆，许多情事。今日重游，野花乱蝶，迷濛而已！愿天公还我，那年一带，玉楼银砌。

齐天乐 辽后妆楼

洗妆楼下伤情路，西风又吹人到。一绺山鬟，半梳苔
像新兴闹扫。塔铃声悄，说不尽当年，月明花晓。人在天
帘遥闪茜钗小。　如今顿成往事，回心深院里，也长秋草。
云房，官家水殿，惯是萧娘易老。红颜懊恼，与建业萧家，一
照。惹甚闲愁？且归斟翠醥。

尉迟杯

许月度新自金陵归，以《青溪集》示我，感赋。

青溪路，记旧日年少嬉游处。覆舟山畔人家，麾扇渡头士女。水花风片，有十万珠帘夹烟浦。泊画船柳下楼前，衣香暗落如雨。　闻说近日台城，剩黄蝶濛濛，和梦飞舞。绿水青山浑似画，只添了几行秋戍。三更后盈盈皓月，见无数精灵含泪语。想胭脂井底娇魂，至今怕说擒虎。

沁园春 二首

赠别芝麓先生，即用其题《乌丝词》韵。

四十诸生，落拓长安，公乎念之！正戟门开日，呼余惊座；烛

，目我于思。古说感恩，不如知己，卮酒为公安足辞？吾醉一声河满，泪滴珠徽。　昨来夜雨霏霏，叹如此狂飙世所恰山崩石裂，其穷已甚；狮腾象踏，此景尤奇。我赋将归，公言住，归路银涛百丈飞。氍毹暖，趁铜街似水，赓和无题。

归去来兮！竟别公归，轻帆早张。看秋方欲雨，诗争人瘦；天其未老，身与名藏。禅榻吹箫，妓堂说剑，也算男儿意气扬。真愁绝，却心忧似月，鬓秃成霜。　新词填罢苍凉，更暂缓临歧入醉乡。况仆本恨人，能无刺骨；公真长者，未免沾裳。此去荆溪，旧名罨画，拟绕萧斋种白杨。从今后，莫逢人许我，宋艳班香。

又

题徐渭文《钟山梅花图》，同云臣、南耕、京少赋。

十万琼枝，矫若银虬，翩如玉鲸。正困不胜烟，香浮南内；娇偏怯雨，影落西清。夹岸亭台，接天歌板，十四楼中乐太平。谁争赏？有珠珰贵戚，玉佩公卿。　如今潮打孤城，只商女船头月自明。叹一夜啼乌，落花有恨；五陵石马，流水无声。寻去疑无，看来似梦，一幅生绡泪写成。携此卷，伴水天闲话，江海馀生。

【评】陈廷焯曰：情词兼胜，骨韵都高，几合苏、辛、周、姜为一手。（《白雨斋词话》卷四）

贺新郎 秋夜呈芝麓先生

掷帽悲歌发。正倚幌孤秋独眺，凤城双阙。一片玉河桥下水，宛转玲珑如雪。其上有秦时明月。我在京华沦落久，恨吴盐只点离人发。家何在？在天末。　凭高对景心俱折。关情处燕昭乐毅，一时人物。白雁横天如箭叫，叫尽古今豪杰。都只被江山磨灭。明到无终山下去，拓弓弦渴饮黄獐血。长杨赋，竟何益？

又

赠苏昆生（苏，固始人，南曲为当今第一。曾与说书叟柳敬亭同客左宁南幕下，梅村先生为赋《楚两生行》。）

吴苑春如绣。笑野老花颠酒恼，百无不有。沦落半生知己少，除却吹箫屠狗。算此外谁欤吾友？忽听一声河满子，也非关泪湿青衫透，是鹃血，凝罗袖。　武昌万叠戈船吼。记当日征帆一片，乱遮樊口。隐隐柁楼歌吹响，月下六军搔首。正乌鹊南飞时候。今日华清风景换，剩凄凉鹤发开元叟。我亦是，中年后！

又

冬夜不寐写怀，用稼轩、同父倡和韵。

已矣何须说！笑乐安彦昇儿子，寒天衣葛。百结千丝穿已破，磨尽炎风腊雪。看种种是余之发。半世琵琶知者少，枉教人斜抱胸前月。羞再挟，王门瑟。　黄皮袴褶军装别。出萧关边笳夜起，黄云四合。直向李陵台畔望，多少如霜战骨。陇头水助人愁绝。此意尽豪那易遂？学龙吟屈煞床头铁。风正吼，烛花裂。

又

伯成先生席上赠韩修龄（韩，关中人，圣秋舍人小阮，流浪东吴，善说平话。）

月上梨花午。恰重逢江潭旧识，喁喁尔汝。绛烛两行浑不夜，添上三通画鼓。说不尽残唐西楚。话到英雄儿女恨，绿牙屏惊醒红鹦鹉。雕笼内，泪如雨！　一般怀抱君尤苦。家本在扶风盩厔，五陵佳处。汉阙唐陵回首望，渭水无情东去。剩短蜡声声诉与。绣岭宫前花似血，正秦川公子迷归路。重酌酒，尽君语。

又 纤夫词

战舰排江口。正天边真王拜印，蛟螭蟠钮。征发棹船郎十万，列郡风驰雨骤。叹闾左骚然鸡狗。里正前团催后保，尽累累锁系空仓后。捽头去，敢摇手？　稻花恰称霜天秀。有丁男临歧诀绝，草间病妇。此去三江牵百丈，雪浪排樯夜吼。背耐得土牛鞭否？好倚后园枫树下，向丛祠亟倩巫浇酒。神祐我，归田亩。

又

赠何生铁。(铁，小字阿黑，镇江人，流寓泰州，精诗画，工篆刻。)

铁汝前来者！曷不学雀刀龙笛，腾空而化？底事六州都铸错，孤负阴阳炉冶？气上烛斗牛分野。小字又闻呼阿黑，讵王家处仲卿其亚？休放诞，人笞骂。　萧疏粉墨营丘画。更雕镵渐台威斗，邺宫铜瓦。不值一钱畴惜汝？醉倚江楼独夜。月照到寄奴山下。故国十年归不得，旧田园总被寒潮打。思乡泪，浩盈把。

【评】陈廷焯曰：飞扬跋扈，不可羁缚……一味横霸，亦足雄跨一时。(《白雨斋词话》卷四)

摸鱼儿

家善伯自崇川来，小饮冒巢民先生堂中。闻白生璧双亦在河下，喜甚，数使趣之。须臾，白生抱琵琶至，拨弦按拍，宛转作陈、隋数弄，顿尔至致。余也悲从中来，并不自知其何以故也。别后寒灯孤馆，雨声萧槭，漫赋此词，时漏已下四鼓矣。

是谁家本师绝艺？檀槽掏得如许！半弯逻逤无情物，惹我伤今吊古。君何苦！君不见青衫已是人迟暮。江东烟树。纵不听琵琶，也应难觅，珠泪曾干处。　凄然也！恰似秋宵掩泣，灯前一对儿女。忽然凉瓦飒然飞，千岁老狐人语。浑无据！君不见澄心结绮皆尘土。两家后主，为一两三声，也曾听得，撇却家山去。

【评】谭献曰：拔奇本师长歌之外。（《箧中词》二）

右陈维崧词三十四首，录自《湖海楼词》。

［小传］

陈维崧字其年，号迦陵，江苏宜兴人。以明天启五年（1625）生。父贞慧，明末著气节。维崧少负才名，冠而多须，浸淫及颧准，陈髯之名满天下。尝客如皋冒氏水绘园，主人爱其才，进声伎适其意。康熙己未（1679），召试鸿词科，由诸生授检讨，纂修《明史》，时年五十四。越四年（1682）卒于官。工骈文及词，尝与朱彝尊合刊所作曰“朱陈村词”，传世有《湖海楼诗文词全集》。（《国朝先正事略》卷三十九《文苑》）

其弟宗石序其词集云：“方伯兄少时，值家门鼎盛，意气横逸，谢郎捉鼻，麈尾时挥，不无声华裙屐之好，故其词多作旖旎语。迨中更颠沛，饥驱四方；或驴背清霜，孤篷夜雨；或河梁送别，千里怀人；或酒旗歌板，须髯奋张；或月榭风廊，肝肠掩抑；一切诙谐狂啸，细泣幽吟，无不寓之于词。甚至里语巷谈，一经点化，居然典雅，真有意到笔随，春风物化之妙。盖伯兄中年始学为诗馀，晚岁尤好之不厌，或一日得数十首，或一韵至十馀阕，统计小令、中调、长调共得四百一十六调，共词一千六百二十九阕。先是京少有《天藜阁迦陵词刻》，犹属未备，今乃尽付梓人。自唐、宋、元、明以来，从事倚声者，未有如吾伯兄之富且工也。”近人朱孝臧题云：“迦陵韵，哀乐过人多。跋扈颇参青兕意，清扬恰称紫云歌，不管秀师诃。”（《彊邨语业》卷三）维崧词具有创作天才，固宜其不为前人所囿矣。

［集评］

蒋景祁曰：读先生之词者，以为苏、辛可，以为周、秦可，以为温、韦可，以为《左》、《国》、《史》、《汉》、唐、宋诸家之文亦可。盖既具什伯众人之才，而又笃志好古，取裁非一体，造就非一诣，豪情艳�，触绪纷起，而要皆含咀酝酿而后出。以故履其阈，赏心洞目，接应不暇；探其奥，乃不觉晦明风雨之真移我情。噫其至矣！（《陈检讨词钞序》）

谭献曰：锡鬯、其年出，而本朝词派始成。顾朱伤于碎，陈厌其率，流弊亦百年而渐变。锡鬯情深，其年笔重，固后人所难到。嘉庆以前，为二家牢笼者十居七八。（《箧中词》二）

陈廷焯曰：国初词家，断以迦陵为巨擘。后人每好扬朱而抑陈，以为竹垞独得南宋真脉。呜呼！彼岂真知有南宋哉？迦陵词气魄绝大，骨力绝遒，填词之富，古今无两。只是一发无馀，不及稼轩之浑厚沉郁。然在国初诸老中，不得不推为大手笔。迦陵词沉雄俊爽，论其气魄，古今无敌手。若能加以浑厚沉郁，便可突过苏、辛，独步千古，惜哉！蹈扬湖海，一发无馀，是其年短处，然其长处亦在此。盖偏至之诣，至于空前绝后，亦令人望而却步，其年亦人杰矣哉！其年诸短调，波澜壮阔，气象万千，是何神勇！（《白雨斋词话》卷四）

朱彝尊

高阳台

吴江叶元礼，少日过流虹桥，有女子在楼上，见而慕之，竟至病死。气方绝，适元礼复过其门，女之母以女临终之言告叶，叶入哭，女目始瞑。友人为作传，余记以词。

桥影流虹，湖光映雪，翠帘不卷春深。一寸横波，断肠人在楼阴。游丝不系羊车住，倩何人传语青禽？最难禁，倚遍雕阑，梦遍罗衾。　重来已是朝云散，怅明珠佩冷，紫玉烟沉。前度桃花，依然开满江浔。钟情怕到相思路，盼长堤草尽红心。动愁吟，碧落黄泉，两处谁寻？

【评】谭献曰：遗山、松雪所不能为。（《箧中词》二）

桂殿秋

思往事，渡江干，青蛾低映越山看。共眠一舸听秋雨，小簟轻衾各自寒。

【评】谭献曰：单调小令，近世名家，复振五代、北宋之绪。（《箧中词》二）况周颐曰：或问国初词人，当以谁氏为冠？再三审度，举金风亭长对。问佳构奚若？举《捣练子》（即《桂殿秋》）云云。（《蕙风词话》卷五）

满江红 吴大帝庙

玉座苔衣，拜遗像紫髯如乍。想当日周郎陆弟，一时声价。乞食肯从张子布？举杯但属甘兴霸。看寻常谈笑敌曹刘，分区夏。

南北限，长江跨。楼橹动，降旗诈。叹六朝割据，后来谁亚？原庙尚存龙虎地，春秋未辍鸡豚社。剩山围衰草女墙空，寒潮打。

卖花声 雨花台

衰柳白门湾，潮打城还。小长干接大长干。歌板酒旗零落尽，剩有渔竿。　秋草六朝寒，花雨空坛。更无人处一凭阑。燕子斜阳来又去，如此江山！

【评】谭献曰：声可裂竹。（《箧中词》二）

洞仙歌 吴江晓发

澄湖淡月，响渔榔无数。一霎通波拨柔橹。过垂虹亭畔，语鸭桥边，篱根绽点点牵牛花吐。　红楼思此际，谢女檀郎，几处残灯在窗户。随分且欹眠，枕上吴歌，声未了梦轻重作。（去声）也尽胜鞭丝乱山中，听风铎郎当，马头冲雾。

梅花引 苏小小墓

小溪澄，小桥横，小小坟前松柏声。碧云停，碧云停，凝想往时，香车油壁轻。　溪流飞遍红襟鸟，桥头生遍红心草。雨初晴，雨初晴，寒食落花，青骢不忍行。

百字令 度居庸关

崇墉积翠，望关门一线，似悬檐溜。瘦马登登愁径滑，何况新霜时候？画鼓无声，朱旗卷尽，惟剩萧萧柳。薄寒渐甚，征袍明日添又。　谁放十万黄巾？丸泥不闭，直入车箱口。十二园陵风雨暗，响遍哀鸿离兽。旧事惊心，长涂望眼，寂寞闲庭堠。当年锁钥，董龙真是鸡狗。

【评】谭献曰：意深。（《箧中词》二）

消息　度雁门关

千里重关，凭谁踏遍，雁衔芦处？乱水滹沱，层霄冰雪，鸟道连勾注。画角吹愁，黄沙拂面，犹有行人来去。问长途斜阳瘦马，又穿入，离亭树。　猿臂将军，鸦儿节度，说尽英雄难据。窃国真王，论功醉尉，世事都如许！有限春衣，无多山店，酹酒徒成虚语！垂杨老，东风不管，雨丝烟絮。

夏初临　天龙寺是高欢避暑宫旧址

贺六浑来，主三军队，壶关王气曾分。人说当年，离宫筑向云根。烧烟一片氤氲，想香姜古瓦犹存。琵琶何处？听残敕勒，销尽英魂。　霜鹰自去，青雀空飞，画楼十二，冰井无痕。春风袅娜，依然芳草罗裙。驱马斜阳，到鸣钟佛火黄昏。伴残僧千山万山，凉月松门。

河传　送米紫来入燕

南陌，归客，紫骝骄。水驿山椒，路遥，落花如雨烟外飘。河桥，折残杨柳条。　别酒西堂官烛短，红玉碗，醉也休辞满。漏声催，且徘徊，一杯，劝君更一杯。

【评】谭献曰：渐近自然。(《箧中词》二)

蝶恋花 重游晋祠题壁

十里浮岚山近远。小雨初收，最喜春沙软。又是天涯芳草遍，年年汾水看归雁。　系马青松犹在眼。胜地重来，暗记韶华变。依旧纷纷凉月满，照人独上溪桥畔。

金明池

燕台怀古，和申随叔翰林。

西苑妆楼，南城猎骑，几处笳吹芦叶？孤鸟外生烟夕照，对千里万里积雪。更谁来击筑高阳？但满眼花豹明驼相接。剩野火楼桑，秋尘石鼓，陌上行人空说。　战斗渔阳何曾歇？笑古往今来，浪传豪杰。绿头鸭悲吟乍了，白翎雀醉歌还阕。数燕云十六神州，有多少园陵，颓垣断碣。正石马嘶残，金仙泪尽，古水荒沟寒月。

罥马索

送崔二再游黔中，兼讯李斯年。

玉骢嘶，须把青丝罥他住。燕歌易酒，莫辞今夕离亭聚。浮云一望，绿波千里，满目销魂江淹赋。计落花时节黄陵，楚竹湘烟响柔橹。　　行旅，罗施天末，木瓜金筑，且伴参军作蛮语。乱水孤舟逢人少，惟有冷猿昏雨。南寻李白，问讯何如？为报频年相思苦。道故人别来诗卷，总是人间断肠句。

青玉案　临淄道上

清秋满目临淄水，一半是，牛山泪。此地从来多古意：王侯无数，残碑破冢，禾黍西风里。　　青州从事须沉醉，稷下雄谈且休矣！回首吴关二千里。分明记得，先生弹铗，也说归来是。

迈陂塘　题其年填词图

擅词场飞扬跋扈，前身可是青兕？风烟一壑家阳羡，最好竹山乡里。携砚几，坐罨画溪阴，袅袅珠藤翠。人生快意，但紫笋烹泉，银筝侑酒，此外总闲事。　　空中语，想出空中姝丽，图来菱角双髻。乐章琴趣三千调，作者古今能几？团扇底，也直得尊前，记曲呼娘子。旗亭药市，听江北江南，歌尘到处，柳下井华水。

解佩令　自题词集

十年磨剑，五陵结客，把平生涕泪都飘尽。老去填词，一半是空中传恨，几曾围燕钗蝉鬓？　　不师秦七，不师黄九，倚新声玉田差近。落拓江湖，且分付歌筵红粉。料封侯白头无分！

临江仙

菜甲齐开更敛，柳绵欲起还沉。一春闲望费沉吟。酒旗风着力，花事雨惊心。　　巷窄猧儿不吠，楼高燕子难寻。熏炉小篆叠重衾。绿阴犹未满，庭院已深深。

【评】谭献曰：风谕三昧。（《箧中词》二）

水龙吟 谒张子房祠

当年博浪金椎，惜乎不中秦皇帝！咸阳大索，下邳亡命，全身非易。纵汉当兴，使韩成在，肯臣刘季？算论功三杰，封留万户，都未是，平生意。　　遗庙彭城旧里，有苍苔断碑横地。千盘驿路，满山枫叶，一湾河水。沧海人归，圯桥石杳，古墙空闭。怅萧萧白发，经过揽涕，向斜阳里。

【评】谭献曰：何堪使洪、吴辈闻之。（《箧中词》二）

金缕曲 初夏

谁在纱窗语？是梁间双燕多愁，惜春归去。早有田田青荷叶，占断板桥西路。听半部新添蛙鼓。小白蔫红都不见，但愔愔门巷吹香絮。绿阴重，已如许！　花源岂是重来误？尚依然倚杏雕阑，笑桃朱户。隔院秋千看尽坼，过了几番疏雨。知永日簸钱何处？午梦初回人定倦，料无心肯到闲庭宇。空搔首，独延伫。

【评】谭献曰：人才进退，知己难寻，所感甚深。（《箧中词》二）

以上录自《江湖载酒集》。

忆少年

飞花时节，垂杨巷陌，东风庭院。重帘尚如昔，但窥帘人远。
叶底歌莺梁上燕，一声声伴人幽怨。相思了无益，悔当初相见。

渔家傲

淡墨轻衫染趁时，落花芳草步迟迟。行过石桥风渐起，香不已，众中早被游人记。　桂火初温玉酒卮，柳阴残照柁楼移。一面船窗相并倚，看渌水，当时已露千金意。

瑶花 午梦

日长院宇，针线慵拈，况倚阑无绪？翡帷翠幄，看展尽忘却东风帘户。芳魂摇漾，渐听不分明莺语。逗红蕉叶底微凉，几点绿天疏雨。　画屏遮遍遥山，知一缕巫云，吹堕何处？愁春未醒，定化作风子寻香留住。相思人并，料此际惊回最苦。亟丁宁池上杨花，莫便枕边飞去。

南楼令

疏雨过轻尘，圆莎结翠茵，惹红襟乳燕来频。乍暖乍寒花事了，留不住，塞垣春。　归梦苦难真，别离情更亲，恨天涯芳信无因。欲话去年今日事，能几个，去年人？

一叶落

泪眼注，临当去，此时欲住已难住。下楼复上楼，楼头风吹雨。风吹雨，草草离人语。

以上录自《静志居琴趣》。

东风袅娜 游丝

倩东君着力，系住韶华。穿小径，漾晴沙。正阴云笼日，难寻野马；轻飔染草，细绾秋蛇。燕蹴还低，莺衔忽溜，惹却黄须无数花。纵许悠扬度朱户，终愁人影隔窗纱。　惆怅谢娘池阁，湘帘乍卷，凝斜盼近拂檐牙。疏篱罥，短墙遮。微风别院，好景谁家？红袖招时，偏随罗扇；玉鞭堕处，又逐香车。休憎轻薄，笑多情似我；春心不定，飞梦天涯。

【评】谭献曰：层台婵媛。（《箧中词》二）

长亭怨慢 雁

结多少悲秋俦侣，特地年年，北风吹度。紫塞门孤，金河月冷，恨谁诉？回汀枉渚，也只恋江南住。随意落平沙，巧排作参差筝柱。　别浦，惯惊移莫定，应怯败荷疏雨。一绳云杪，看字字悬针垂露。渐欹斜无力低飘，正目送碧罗天暮。写不了相思，又蘸凉波飞去。

【评】陈廷焯曰：感慨身世，以凄切之情，发哀婉之调，既悲凉，又忠厚，是竹垞直逼玉田之作，集中亦不多见。（《白雨斋词话》卷三）

以上录自《茶烟阁体物集》。

右朱彝尊词二十六首，录自《曝书亭词》。

［小传］

朱彝尊字锡鬯，号竹垞，又号金风亭长、小长芦钓鱼师，浙江秀水人。明崇祯二年（1629）生。清康熙己未（1679），举博学鸿词，授检讨，寻入直南书房，出典江南省试。罢归后，殚心著述。工诗，与王士禛为南北二大宗，论者谓王才高而学足以副之，朱学博而才足以运之。康熙四十八年（1709）卒，年八十一。著有《日下旧闻》《经义考》《曝书亭诗文集》等书。（参考《国朝先正事略》卷三十九《文苑》）彝尊选辑唐、五代、宋以来下逮元张翥诸家词为《词综》，以开浙西词派，而其渊源所自，盖出于曹溶（嘉兴人）。尝称："余壮日从先生（谓曹溶）南游岭表，西北至云中，酒阑灯灺，往往以小令、慢词，更迭唱和。有井水处，辄为银筝、檀板所歌。念倚声虽小道，当其为之，必崇《尔雅》，斥淫哇，极其能事，则亦足以宣昭六义，鼓吹元音。往者明三百祺，词学失传，先生搜辑遗集，余曾表而出之。数十年来，浙西填词者，家白石而户玉田，舂容大雅，风气之变，实由于此。"（《静志居诗话》）于此，亦足略窥其宗旨，及其影响所及。其《曝书亭词》，自定为《江湖载酒集》《静志居琴趣》《茶烟阁体物集》《蕃锦集》等四种，有李富孙注本。朱孝臧题云："江湖老，载酒一年年。体素微妨耽绮语，贪多宁独是诗篇？宗派浙河先。”（《彊邨语业》卷三）浙派词以醇雅为宗，其流弊每致意旨枯寂，视湖海楼一派之叫嚣犷悍，厥失维均，而创始者不任其咎也。

［集评］

陈廷焯曰：竹垞词疏中有密，独出冠时，微少沉厚之意。

《江湖载酒集》洒落有致，《茶烟阁体物集》组织甚工。《蕃锦集》运用成语，别具匠心，然皆无甚大过人处。惟《静志居琴趣》一卷，尽扫陈言，独出机杼，艳词有此，匪独晏、欧所不能，即李后主、牛松卿亦未尝梦见，真古今绝构也，惜托体未为大雅。《静志居琴趣》一卷，生香真色，得未曾有！前后次序，略可意会，不必穿凿求之。（《白雨斋词话》卷三）

［本事］

冒广生曰：世传竹垞《风怀二百韵》为其妻妹作，其实《静志居琴趣》一卷，皆《风怀》注脚也。竹垞年十七，娶于冯。冯孺人名福贞，字海媛，少竹垞一岁。冯夫人之妹名寿常，字静志，少竹垞七岁。曩闻外祖周季贶先生言：十五六年前，曾见太仓某家藏一簪，簪刻“寿常”二字，因悟《洞仙歌》词云：“金簪二寸短，留结殷勤，铸就偏名有谁认？”盖真有本事也。（《小三吾亭词话》卷三）

王士禛

浣溪沙 三首

红桥同籜庵、茶村、伯玑、其年、秋崖赋。

北郭青溪一带流，红桥风物眼中秋，绿杨城郭是扬州。西望雷塘何处是？香魂零落使人愁，澹烟芳草旧迷楼。

白鸟朱荷引画桡，垂杨影里见红桥，欲寻往事已魂消。遥指平山山外路，断鸿无数水迢迢，新愁分付广陵潮。

绿树横塘第几家？曲阑干外卓金车，渠侬独浣越溪纱。浦口雨来虹断续，桥边人醉月横斜，棹歌声里采菱花。

附《红桥游记》：

出镇淮门，循小秦淮折而北，陂岸起伏多态，竹木蓊郁，清流映带。人家多因水为园，亭榭溪塘，幽窈而明瑟，颇尽四时之美。拏小舟，循河西北行，林木尽处，有桥，宛然如垂虹下饮于涧，又如丽人靓妆袨服，流照明镜中，所谓红桥也。游人登平山堂，率至法海寺，舍舟而陆，径必出红桥下。桥四面皆人家荷塘，六七月间，菡萏作花，香闻数里，青帘白舫，络绎如织，良谓胜游矣。予数往来北郭，必过红桥，顾而乐之。登桥四望，忽复裴回感叹。当哀乐之交乘于中，往往不能自喻其故。王谢冶城之语，景晏牛山之悲，今之视昔，亦有然耶？壬寅季夏之望，与箨庵、茶村、伯玑诸子偶然漾舟，酒阑兴极，援笔成小词二章，诸子倚而和之。箨庵继成一章，予亦属和。嗟乎！丝竹陶写，何必中年？山水清音，自成佳话。予与诸子聚散不恒，良会未易遘，而红桥之名，或反因诸子而得传于后世，增怀古凭吊者之裴回感叹，如予今日，未可知也。

【评】谭献曰：第一首名贵，第二首风人之旨。（《箧中词》一）

蝶恋花 和漱玉词

凉夜沉沉花漏冻。攲枕无眠，渐听荒鸡动。此际闲愁郎不共，月移窗罅春寒重。　　忆共锦衾无半缝，郎似桐花，妾似桐花凤。往事迢迢徒入梦，银筝断续连珠弄。（乐府合欢诗："寝共无缝裯。"河间杂弄有《连珠弄》。）

【评】谭献曰：深于梁、陈。（《箧中词》一）

右王士禛词四首，录自《石莲庵山左人词》本《衍波词》。

[**小传**]

王士禛（避雍正讳改士正）字贻上[1]，号阮亭，别号渔洋山人，山

1.避雍正讳改士正，初印本作"一作士正"，修订本盖加详焉。

东新城人。年十八，中顺治八年（1651）乡试，十五年（1658）举会试，选扬州推官，由礼部主事累迁少詹事，奉命祭告南海，官至刑部尚书，康熙五十年（1711）卒，距生明崇祯七年（1634），年七十八，谥文简。少游历下，集诸名士于明湖，赋《秋柳诗》，和者数百人。在扬州，与林茂之[1]、杜于皇、孙豹人、方尔止等修禊红桥，又与陈其年、邵潜夫等修禊如皋冒氏之水绘园。每公暇，辄召宾客，泛舟载酒平山堂。吴梅村云："贻上在广陵，昼了公事，夜接词人。"盖实录也。尝遍游秦、晋、洛、蜀、闽、越、江、楚间，所至访其贤豪，考其风土，遇佳山水，必登临，融怿会萃，一发之于诗，故其诗能尽古今之奇变，蔚然为一代风气所归。（《国朝先正事略》卷六《名臣传》）著有《带经堂集》《池北偶谈》等书。其词集流传，有孙默刻本，名《衍波词》，赵之谦刻本名《阮亭诗馀》，吴氏《石莲庵刻山左人词》所收为《衍波词》。朱孝臧题云："消魂极，绝代阮亭诗。见说绿杨城郭畔，游人争唱冶春词，把笔尽凄迷。"（《彊邨语业》卷三）士禛诗主神韵，尤工绝句。以馀力填词，特长小令，盖与绝句同一机杼也。

［集评］

唐允甲曰：贻上束其鸿博淹雅之才，作为花间隽语，极哀艳之深情，穷倩盼之逸趣。（《衍波词序》）

陈廷焯曰：渔洋小令，能以风韵胜，仍是做七绝惯技耳。然自是大雅，但少沉郁顿挫之致。渔洋词含蓄有味，但不能沉厚，盖含蓄之意境浅，沉厚之根柢深也。（《白雨斋词话》卷三）

1.林茂之，初印本作"杜茂之"，或因下"杜于皇"而误，修订本是正。

曹贞吉

蝶恋花

读《六一集》十二月鼓子词，嫌其过于富丽。吾辈为之，正不妨作酸馅语耳。闲中试笔，即以故乡风物谱之。（十二首录一）

五月黄云全覆地。打麦场中，咿轧声齐起。野老讴歌天籁耳，那能略辨宫商字？　屋角槐阴耽美睡，梦到华胥，蝴蝶翩翩矣。客至夕阳留薄醉，冷淘饦馎穷家计。

留客住 鹧鸪

瘴云苦！遍五溪沙明水碧，声声不断，只劝行人休去。行人今古如织，正复何事关卿？频寄语。空祠废驿，便征衫湿尽，马蹄难驻。　风更雨，一发中原，杳无望处。万里炎荒，遮莫摧残毛羽。记否越王春殿，宫女如花，只今惟剩汝？子规声续，想江深月黑，低头臣甫。

【评】谭献曰：投荒念乱之感。（《箧中词》一）

扫花游

春雪，用宋人韵。

元宵过也，看春色蘼芜，澹烟平楚。湿云万缕，又轻阴作晕，蜂儿乱舞。一夜梅花，暗落西窗似雨。飘摇去，试问逐风，归到何处？　灯事才几许，记流水钿车，画桥争路。兰房列俎，叹蕣华易掷，鬓丝堆素。拥断关山，知有离人独苦。漫凭伫，听寒城数声谯鼓。

【评】陈廷焯曰：绵雅幽细，斟酌于美成、梅溪、碧山、公谨而出之者。（《白雨斋词话》卷三）

满庭芳 和人潼关

太华垂旒，黄河喷雪，咸秦百二重城。危楼千尺，刁斗静无声。落日红旗半卷，秋风急牧马悲鸣。闲凭吊，兴亡满眼，衰草汉诸陵。　泥丸封未得，渔阳鼙鼓，响入华清。早平安烽火，不到西京。自古王公设险，终难恃带砺之形。何年月，铲平斥堠，如掌看春耕？

贺新凉 再赠柳敬亭

咄汝青衫叟！阅浮生繁华萧瑟，白衣苍狗。六代风流归抵掌，舌下涛飞山走。似易水歌声听久。试问于今真姓字，但回头笑指芜城柳。休暂住，谭天口。　当年处仲东来后，断江流楼船铁锁，落星如斗。七十九年尘土梦，才向青门沽酒。更谁是嘉荣旧友？天宝琵琶宫监在，诉江潭憔悴人知否？今昔恨，一搔首！

右曹贞吉词五首，录自《石莲庵刻山左人词》本《珂雪词》。

[小传]

曹贞吉字升六，号实庵，山东安丘人。明崇祯七年（1634）生。清康熙三年（1664）进士，官礼部郎中。诗格遒炼，宋荦极推许之。著有《珂雪诗词集》。其论词谓："离而得合，乃为大家。若优孟衣冠，天壤间只生古人已足，何用有我？"故其词宁为创，不为述，宁失之粗豪，不甘为描写。（石莲庵本《珂雪词话》）朱孝臧题其词集云："留客住，绝调鹧鸪篇。脱尽词流芗泽习，相高秋气对南山，骎度衍波前。"（《彊邨语业》卷三）其魄力固在王士禛之上也。

[集评]

王炜曰：珂雪词肮脏磊落，雄浑苍茫，是其本色，而语多奇气，惝恍傲睨，有不可一世之意。至其珠圆玉润，迷离哀怨，于缠绵款至中自具萧

洒出尘之致，绚烂极而平澹生，不事雕镂，俱成妙诣。（《珂雪词序》）

陈廷焯曰：《珂雪词》在国初诸老中，最为大雅，才力不逮朱、陈，而取径较正。国朝不乏词家，《四库》独收珂雪，良有以也。（《白雨斋词话》卷三）

李良年

柳梢青

怀友人，在白下。

春事闲探，月斜风细，叶叶轻帆。燕子来时，梅花落尽，人在江南。　晚来何处停骖？携手处王孙旧谙。白下残钟，青溪远笛，今夜难堪。

暗香 绿萼梅

春才几日？蚤数枝开遍，笑他红白。仙径曾逢，萼绿华来记相识。修竹天寒翠倚，翻认了暗侵苔色。纵一片月底难寻，微晕怎消得？　脉脉，清露湿，便静掩帘衣，夜香难隔。吴根旧宅，篱角无言照溪侧。只有楼边易堕，又何处短亭风笛？归路杳，但梦绕铜坑断碧。

【评】谭献曰：白石故以幽胜。（《箧中词》二）

右李良年词二首，录自《秋锦山房词》。

[**小传**]

李良年字武曾，浙江秀水人。明崇祯八年（1635）生。少与朱彝尊齐名。康熙中，以国子生召试鸿博。徐乾学开《一统志》局于洞庭西山，聘任分修。康熙三十三年（1694）卒。著有《秋锦山房集》。曹贞吉曰："秋锦论词，必尽扫蹊径，独露本色。尝谓南宋词人，如梦窗之密、玉田之疏，必兼之，乃工。"（《秋锦山房词序》）于此，足见其所宗尚，亦浙派初期之大家也。

顾贞观

青玉案

天然一幯荆关画，谁打稿，斜阳下？历历水残山剩也！乱鸦千点，落鸿孤咽，中有渔樵话。　登临我亦悲秋者，向蔓草平原泪盈把。自古有情终不化。青娥冢上，东风野火，烧出鸳鸯瓦。

石州慢　御河为漕艘所阻

一月长河，奈阻崎岖，玉京犹隔。满身风露，夜寒谁问，扣舷孤客？不如归去，从教锦缆牙樯，钓丝莫负秋江碧。何事访支机？悔乘槎踪迹。　凄绝！无端阅遍，战垒遗屯，邮亭败壁。只得几行宫柳，似曾相识。琵琶响断，那须月落回船，曲终始下青衫滴。晓镜待重看，有霜华堪织。

【评】谭献曰：贫士失职。（《箧中词》一）

南乡子 捣衣

嘹唳夜鸿惊（一作“鸣”），叶满阶除欲二更。一派西风吹不断，秋声，中有深闺万里情。　　片石冷于冰，两袖霜华旋欲凝（一作“廊上月华明，廊下霜华结渐成”）。今夜戍楼归梦里，分明，纤手频呵带月迎(一作“人在回廊曲处迎”)。

【评】谭献曰：清空若拭。(《箧中词》一)

夜行船 郁孤台

为问郁然孤峙者，有谁来雪天月夜？五岭南横，七闽东距，终古江山如画。　　百感茫茫交集也！憺忘归夕阳西挂。尔许雄心，无端客泪，一十八滩流下。

金缕曲 二首

寄吴汉槎宁古塔，以词代书，丙辰冬寓京师千佛寺冰雪中作。

季子平安否？便归来平生万事，那堪回首？行路悠悠谁慰藉？母老家贫子幼。记不起从前杯酒。魑魅搏人应见惯，总输他覆雨翻云手。冰与雪，周旋久。　　泪痕莫滴牛衣透。数天涯依然骨肉，几家能彀？比似红颜多命薄，更不如今还有。只绝塞苦寒难受。廿载包胥承一诺，盼乌头马角终相救。置此札，君怀袖。

我亦飘零久。十年来深恩负尽，死生师友。宿昔齐名非忝窃，试看杜陵消瘦，曾不减夜郎僝僽。薄命长辞知己别，问人生到此凄凉否？千万恨，从君剖。　　兄生辛未吾丁丑。共些时冰霜摧折，早衰蒲柳。词赋从今须少作，留取心魂相守。但愿得河清人寿。归日急翻行戍稿，把空名料理传身后。言不尽，观顿首。

二词容若见之，为泣下数行，曰：“河梁生别之诗，山阳死友之传，得此而三。此事三千六百日中，弟当以身任之，不俟兄再嘱也。”余曰：“人寿几何？请以五载为期。”恳之太傅，亦蒙见许，而汉槎果以辛酉入关矣。附书志感，兼志痛云。

［本事］

康熙初，吴汉槎兆骞谪戍宁古塔，其友顾贞观华峰馆于纳兰太傅家，寄吴《金缕曲》云云，太傅之子成容若见之，泣曰：“河梁生别之诗，山阳死友之传，得此而三。此事三千六百日中，我当以身任之。”华峰曰：“人寿几何？公子乃以十载为期耶？”太傅闻之，竟为道地，而汉槎生入玉门关矣。顾生名永者咏其事云：“金兰倪使无良友，关塞终当老健儿。”说华峰之救吴季子也，太傅方宴客，手巨觥谓曰：“若饮满，为救汉槎。”华峰素不饮，至是一吸而尽。太傅笑曰：“余直戏耳。即不饮，余岂不救汉槎耶？虽然，何其壮也！”呜呼！公子能文，良朋爱友，太傅怜才，真一时佳话。（袁枚《随园诗话》）容若寄梁汾《金缕曲》，有云："绝塞生还吴子，算眼前此外皆闲事。"盖指此也。汉槎既入关，过容若所，见斋壁大书："顾梁汾为吴汉槎屈膝处"，不禁大恸云。昔人交谊之重如此！（梁令娴《艺蘅馆词选》）

【评】谭献曰：使人增朋友之重，可以兴矣！（《箧中词》一）

陈廷焯曰：华峰《贺新郎》两阕，只如家常说话，而痛快淋漓，宛转反复，两人心迹，一一如见，虽非正声，亦千秋绝调也！又曰：二词纯以性情结撰而成，悲之深，慰之至，丁宁告戒，无一字不从肺腑流出，可以泣鬼神矣！（《白雨斋词话》卷三）

右顾贞观词六首，录自《弹指词》。

[小传]

顾贞观字华峰，号梁汾，江苏无锡人。康熙丙午（1666）顺天举人，擢秘书院典籍。戊申（1668）丁外艰归。丙辰（1676）复入京，馆纳兰相国家，与相国子性德交契。甲子（1684）还里，构积书岩，读书终老。善填词，与吴江吴兆骞交尤笃。兆骞以顺治丁酉（1657）科场案谪戍宁古塔，贞观为求援于性德，未即许，贞观作《金缕曲》二阕以寄兆骞，性德见之泣下，为言于其父明珠，兆骞遂得生还云。贞观生于明崇祯十年（1637），至康熙五十三年（1714）卒。著有《积书岩集》及《弹指词》等书。贞观尝云："吾词独不落宋人圈缋，可信必传。"尝见谢康乐春草池塘梦中句，曰："吾于词曾至此境。"昔弥勒弹指，楼阁门开，善才即见百千万亿弥勒化身。贞观以斯名集，殆自示其苦心孤诣，超神入化处。同时有携其新词至朝鲜者，馆人窃诵焉。翼日儒服者八人来谒，同声乞词，尽以畀之。后日必一至，备致款曲礼仪，坚恳将来片语单辞，必为邮寄。（《诸洛弹指词序》）朱孝臧题其词集云："云海约，明镜已秋霜。但愿生还吴季子，何曾形秽汉田郎？归老有纑塘。"（《彊邨语业》卷三）竹垞、迦陵而外，贞观固亦当日一大作手也。

［集评］

杜诏曰：弹指与竹垞、迦陵埒名。迦陵之词，横放杰出，大都出自苏、辛，卒非词家本色。竹垞神明乎姜、史，刻削隽永，本朝作者虽多，莫有过焉者。若弹指则极情之致，出入南北两宋，而奄有众长，词之集大成者也。（《弹指词序》）

陈廷焯曰：顾华峰词，全以情胜，是高人一着处。至其用笔，亦甚圆朗，然不悟沉郁之妙，终非上乘。（《白雨斋词话》卷三）

李 符

钓船笛 （即《好事近》）

曾去钓江湖，腥浪黏天无际。浅岸平沙自好，算无如乡里。
从今只住鸭儿边，远或泛苕水。三十六陂秋到，宿万荷花里。

右李符词一首，录自《耒边词》。

［小传］

李符字分虎，号耕客，浙江嘉兴人。崇祯十二年（1639）生。少与兄绳远、良年齐名，号“三李”。曾受知于曹溶，又与朱彝尊等结诗社。康熙二十八年（1689）卒。著有《香草居集》及《耒边词》。彝尊称其“精研于南宋诸名家，而分虎之词，愈变而极工，方之武曾，无异埙篪之迭和也”（《耒边词序》）。朱孝臧题云：“长水畔，二隐比龟溪。不分诗名叨一馔，居然词派有连枝，人道好埙篪。”（《彊邨语业》卷三）兄弟并以词名，亦一时所罕也。

［集评］

陈廷焯曰：二李词绝相类，大约皆规模南宋，羽翼竹垞者。武曾较雅正，而才气则分虎为胜。（《白雨斋词话》卷四）

纳兰性德

江城子 咏史

湿云全压数峰低，影凄迷，望中疑。非雾非烟神女欲来时。若问生涯原是梦，除梦里，没人知。

台城路 塞外七夕

白狼河北秋偏早，星桥又迎河鼓。清漏频移，微云欲湿，正是金风玉露。两眉愁聚。待归踏榆花，那时才诉。只恐重逢，明明相视更无语。　人间别离无数。向瓜果筵前，碧天凝伫。连理千花，相思一叶，毕竟随风何处？羁栖良苦！算未抵空房，冷香啼曙。今夜天孙，笑人愁似许！

【评】谭献曰：逼真北宋慢词。（《箧中词》一）

浣溪沙 六首

消息谁传到拒霜？两行斜雁碧天长，晚秋风景倍凄凉。　银蒜押帘人寂寂，玉钗敲竹信茫茫，黄花开也近重阳。

睡起惺忪强自支，绿倾蝉鬓下帘时，夜来愁损小腰肢。　远信不归空伫望，幽期细数却参差，更兼何事耐寻思？

谁道飘零不可怜？旧游时节好花天，断肠人去自今年！一片晕红才著雨，几丝柔柳乍和烟，倩魂销尽夕阳前！（《榆园丛书》本别有题云："西郊冯氏园看海棠，因忆香严词有感。""才"作"疑"，"几丝"句作"晚风吹掠鬓云偏"。）

记绾长条欲别难，盈盈自此隔银湾，便无风雪也摧残。　青雀几时裁锦字？玉虫连夜翦春幡，不禁辛苦况相关？

谁念西风独自凉？萧萧黄叶闭疏窗，沉思往事立残阳。　被酒莫惊春睡重，赌书消得泼茶香，当时只道是寻常。

肠断斑骓去未还，绣屏深锁凤箫寒，一春幽梦有无间。　逗雨疏花浓澹改，关心芳草浅深难，不成风月转摧残。

蝶恋花　四首

辛苦最怜天上月，一昔如环，昔昔都成玦。若似月轮终皎洁，不辞冰雪为卿热。　无那尘缘容易绝，燕子依然，软踏帘钩说。唱罢秋坟愁未歇，春丛认取双栖蝶。

眼底风光留不住，和暖和香，又上雕鞍去。欲倩烟丝遮别路，垂杨那是相思树！　惆怅玉颜成间阻，何事东风，不作繁华主？断带依然留乞句，斑骓一系无寻处。

又到绿杨曾折处，不语垂鞭，踏遍清秋路。衰草连天无意绪，雁声远向萧关去。　　不恨天涯行役苦，只恨西风，吹梦成今古。明日客程还几许？沾衣况是新寒雨。

萧瑟兰成看老去，为怕多情，不作怜花句。阁泪倚花愁不语，暗香飘尽知何处！　　重到旧时明月路，袖口香寒，心比秋莲苦。休说生生花里住，惜花人去花无主。

【评】谭献曰：势纵语咽，凄澹无聊，延巳、六一而后，仅见湘真。（《箧中词》一）

又 出塞

今古河山无定据，画角声中，牧马频来去。满目荒凉谁可语？西风吹老丹枫树。　　从前幽怨应无数，铁马金戈，青冢黄昏路。一往情深深几许？深山夕照深秋雨。（榆园本“据”作“数”，下阕首句作“幽怨从前何处诉？”）

河传

春浅，红怨，掩双环。微雨花间，昼闲，无言暗将红泪弹。阑珊，香销轻梦还。　　斜倚画屏思往事，皆不是，空作相思字。记当时，垂柳丝，花枝，满庭胡蝶儿。

金缕曲 赠梁汾

德也狂生耳！偶然间缁尘京国，乌衣门第。有酒惟浇赵州土，谁会成生此意？不信道遂成知己。青眼高歌俱未老，向尊前拭尽英雄泪。君不见，月如水。　共君此夜须沉醉。且由他蛾眉谣诼，古今同忌。身世悠悠何足问，冷笑置之而已！寻思起从头翻悔。一日心期千劫在，后身缘恐结他生里。然诺重，君须记！

【评】徐釚曰：词旨嵚嵜磊落，不啻坡老、稼轩，都下竞相传写。（《词苑丛谈》）

又 亡妇忌日有感

此恨何时已？滴空阶寒更雨歇，葬花天气。三载悠悠魂梦杳，是梦久应醒矣！料也觉人间无味。不及夜台尘土隔，冷清清一片埋愁地。钗钿约，竟抛弃！　重泉若有双鱼寄，好知他年来苦乐，与谁相倚？我自终宵成转侧，忍听湘弦重理？待结个他生知己，还怕两人俱薄命，再缘悭剩月零风里。清泪尽，纸灰起。

秋千索 渌水亭春望

药阑携手销魂侣，争不记看承人处？除向东风诉此情，奈竟日春无语！　悠扬扑尽风前絮，又百五韶光难住。满地梨花似去年，却多了廉纤雨。

菩萨蛮 四首

问君何事轻离别？一年能几团圆月？杨柳乍如丝，故园春尽时。　春归归不得，两桨松花隔。旧梦逐寒潮，啼鹃恨未消。

催花未歇花奴鼓，酒醒已见残红舞。不忍覆馀觞，临风泪数行。　粉香看欲别，空剩当时月。月也异当时，凄清照鬓丝。

晶帘一片伤心白，云鬟香雾成遥隔。无语问添衣，桐阴月已西。　西风鸣络纬，不许愁人睡。只是去年秋，如何泪欲流？

乌丝画作回纹纸，香煤暗蚀藏头字。筝雁十三双，输他作一行。　相看仍似客，但道休相忆。索性不还家，落残红杏花。

清平乐

风鬟雨鬓，偏是来无准。倦倚玉阑看月晕，容易语低香近。软风吹遍窗纱，心期便隔天涯。从此伤春伤别，黄昏只对梨花！

临江仙 寒柳

飞絮飞花何处是？层冰积雪催残。疏疏一树五更寒。爱他明月好，憔悴也相关。　最是繁丝摇落后，转教人忆春山。湔裙梦断续应难。西风多少恨？吹不散眉弯。

南乡子 为亡妇题照

泪咽却无声，只向从前悔薄情。凭仗丹青重省识，盈盈，一片伤心画不成！　别语忒分明，午夜鹣鹣梦早醒。卿自早醒侬自梦，更更，泣尽风檐夜雨铃。

沁园春

丁巳重阳前三日，梦亡妇澹妆素服，执手哽咽，语多不复能记，但临别有云："衔恨愿为天上月，年年犹得向郎圆。"妇素未工诗，不知何以得此也？觉后感赋。

瞬息浮生，薄命如斯，低徊怎忘？记绣榻闲时，并吹红雨；雕阑曲处，同倚斜阳。梦好难留，诗残莫续，赢得更深哭一场。遗容在，只灵飙一转，未许端详。　重寻碧落茫茫，料短发朝来定有霜。便人间天上，尘缘未断；春花秋叶，触绪还伤。欲结绸缪，翻惊摇落，减尽荀衣昨日香。真无奈！倚声声邻笛，谱出回肠。

右纳兰性德词二十五首，录自《通志堂词》。

［小传］

纳兰性德字容若，初名成德，后避东宫嫌名，改曰性德，为太傅明珠长子。年十七补诸生，明年举顺天乡试，康熙丙辰（1676）应殿试，赐进士出身，选授三等侍卫，寻晋一等。自幼聪敏，读书一再过即不忘。尤喜为词，自唐、五代以来诸名家词，皆有选本。以洪武韵改并联属，名《词韵正略》。所著《侧帽集》后更名《饮水集》者皆词也。好观北宋之作，不喜南渡诸家，而清新秀隽，自然超逸，海内名为词者皆归之。数岁即善骑射，自在环卫，益便习，发无不中。其扈跸时，瑚弓书卷，错杂左右，日则校猎，夜必读书。不肯轻为人谋，谋必竭其肺腑。所交游皆一时俊异，于世所称落落难合者，若无锡严绳孙、顾贞观、秦松龄，宜兴陈维崧，慈溪姜宸英，尤所契厚。吴江吴兆骞，久徙绝塞，性德闻其才名，赎而还之。坎坷失职之士，走京师，生馆死殡，于赀财无所计惜。生于顺治十一年（1654），卒于康熙二十四年（1685），年三十一。（节录徐乾学：《纳兰君墓志铭》）曾刊《通志堂经解》，自著有《通志堂集》后附《通志堂词》，为顾贞观所定。清季许增复为汇集诸家刊本，为《纳兰词》五卷，附补遗一卷，刊入《榆园丛刻》中。朱孝臧题云："兰锜贵，肯作称家儿？解道红罗亭上语，人间宁独小山词？冷暖自家知。"（《彊邨语业》卷三）清代令词，盖未有过于性德者矣。

[**集评**]

顾贞观曰：容若天资超逸，翛然尘外，所为乐府小令，婉丽凄清，使读者哀乐不知所主，如听中宵梵呗，先凄惋而后喜悦。（《通志堂词序》）又曰：容若词一种凄惋处，令人不能卒读，人言愁，我始欲愁。（榆园本《纳兰词评》）

陈维崧曰：《饮水词》哀感顽艳，得南唐二主之遗。（《词评》）

周之琦曰：或言：纳兰容若，南唐李重光后身也。予谓重光天籁也，恐非人力所能及。容若长调多不协律，小令则格高韵远，极缠绵婉约之致，能使残唐坠绪，绝而复续，第其品格，殆叔原、方回之亚乎？（《箧中词》一引）

况周颐曰：容若承平少年，乌衣公子，天分绝高。适承元、明词敝甚，欲推尊斯道，一洗雕虫篆刻之讥。独惜享年不永，力量未充，未能胜起衰之任。其所为词，纯任性灵，纤尘不染，甘受和，白受采，进于沉着浑至何难矣。（《蕙风词话》卷五）

王国维曰：纳兰容若以自然之眼观物，以自然之舌言情，此由初入中原，未染汉人风气，故能真切如此，北宋以来，一人而已！（《人间词话》上）

沈雄

金明池 秣陵怀古

山上围棋，渡头麾扇，那怯寒潮夜雨？重借问繁华六代，又荒堞断碑如许！愿官家世世生来，莫应似衰草斜阳垂暮。叹幕府频移，銮舆潜幸，一任晚风吹去。　　江左夷吾在何处？便星散云驰，此身无主。问满目虎旅鸳行，还讲得旧时门户？最伤心烟柳台城，尽巷口乌衣，兴亡难诉。但万里长江，未销离恨，一派涛声犹怒。

【评】叶恭绰曰：亦兴亡之感。（《广箧中词》一）

右沈雄词一首，录自《柳塘词》。

［小传］

沈雄字偶僧，江苏吴江人。著有《古今词话》《柳塘词》。

陈 崿

大酺 王府基怀古

记白驹兵，齐云火，一晌繁华何处？宫基春草绿，任莺歌花笑，更无人妒。石马苔缠，铜仙泪滴，麋鹿也曾游否？英雄消沉尽，问当年割据，霸图谁误？但赢得凄凉，五更霜角，满城风絮。

乾坤真逆旅！看濠泗楼橹横江渡。又转眼灰飞玉座，雨冷金沟，叹神京不堪重顾。万朵愁云涌，还悄把蒋陵遮住。接直北煤山路。兴亡弹指，何况张王非故？江南庾郎一赋。

右陈崿词一首，录自《呵壁词》。

［小传］

陈崿字咸京，号峄岚，晚号慧香，江苏华亭人。贡生，以荐充纂修《诗经》馆分校，议叙知县。遽乞归，杜门著述。著有《祖砚堂集》《呵壁词》。

厉鹗

齐天乐 吴山望隔江霁雪

瘦筇如唤登临去，江平雪晴风小。湿粉楼台，酽寒城阙，不见春红吹到。微茫越峤，但半沍云根，半销沙草。为问鸥边，而今可有晋时棹？　清愁几番自遣，故人稀笑语，相忆多少？寂寂寥寥，朝朝暮暮，吟得梅花俱恼。将花插帽，向第一峰头，倚空长啸。忽展斜阳，玉龙天际绕。

【评】谭献曰：顿挫跌宕。(《箧中词》二)

百字令 丁酉清明

春光老去，恨年年心事，春能拘管。永日空园双燕语，折尽柳条长短。白眼看天，青袍似草，最觉当歌懒。愔愔门巷，落花早又吹满。　凝想烟月当时，饧箫旧市，惯逐嬉春伴。一自笑桃人去后，几叶碧云深浅。乱掷榆钱，细垂桐乳，尚惹游丝转。望中何处？那堪天远山远！

【评】谭献曰：忍俊不禁。（《箧中词》二）

疏影

湖上见柳影，因赋此阕。

轻阴冉冉，正嫩苔弄碧，庭宇深掩。千缕柔魂，摇荡如烟，无端忽度阑槛。章台路暗人归处，看足了斜阳浓淡。又几痕水际低窥，近日楚腰全减。　依约匀梳月底，乱云铺满径，笼住文簟。欲结同心，空试荑苗，作就三分销黯。寒添白袷清明后，扫不尽随风敛。最镜中再写秋疏，记得踏枝鸦点。

眼儿媚

一寸横波惹春留，何止最宜秋。妆残粉薄，矜严消尽，只有温柔。　当时底事匆匆去？悔不载扁舟。分明记得，吹花小径，听雨高楼。

玉漏迟

永康病中，夜雨感怀。

薄游成小倦。惊风梦雨，意长笺短。病与秋争，叶叶碧梧声颤。湿鼓山城暗数，更穿入溪云千片。灯晕翦，似曾认我，茂陵心眼。　少年不负吟边，几熨帛光阴，试香池馆。欢境消磨，尽付砌虫微叹。客子关情药里，觅何地烟林疏散？怀正远，胥涛晓喧枫岸。

【评】陈廷焯曰：此词似周草窗，而骚情雅意，更觉过之。（《白雨斋词话》卷四）

谭献曰：柔厚幽淼。（《箧中词》二）

百字令

月夜过七里滩，光景奇绝。歌此调，几令众山皆响。

秋光今夜，向桐江，为写当年高躅。风露皆非人世有，自坐船头吹竹。万籁生山，一星在水，鹤梦疑重续。拿音遥去，西岩渔父初宿。　心忆汐社沉埋，清狂不见，使我形容独。寂寂冷萤三四点，穿过前湾茅屋。林净藏烟，峰危限月，帆影摇空绿。随风飘荡，白云还卧深谷。

【评】陈廷焯曰：无一字不清俊。又曰：炼字炼句，归于纯雅，此境亦未易到。（《白雨斋词话》卷四）

谭献曰：与于湖《洞庭词》，壮浪幽奇，各极其胜。（《箧中词》二）

忆旧游

辛丑九月既望，风日清霁，唤艇自西堰桥，沿秦亭、法华，湾洄以达于河渚。时秋芦作花，远近缟目。回望诸峰，苍然如出晴雪之上。庵以“秋雪”名，不虚也。乃假僧榻，偃仰终日，唯闻棹声掠波往来，使人绝去世俗营竞所在。向晚宿西溪田舍，以长短句纪之。

溯溪流云去，树约风来，山翦秋眉。一片寻秋意，是凉花载雪，人在芦碕。楚天旧愁多少，飘作鬓边丝。正浦溆苍茫，闲随野色，行到禅扉。　　忘机，悄无语，坐雁底焚香，蛩外弦诗。又送萧萧响，尽平沙霜信，吹上僧衣。凭高一声弹指，天地入斜晖。已隔断尘喧，门前弄月渔艇归。

【评】谭献曰：白石却步。（《箧中词》二）

齐天乐 秋声馆赋秋声

簟凄灯暗眠还起，清商几处催发？碎竹虚廊，枯莲浅渚，不辨声来何叶？桐飙又接。尽吹入潘郎，一簪愁发。已是难听，中宵无用怨离别。　　阴虫还更切切。玉窗挑锦倦，惊响檐铁。漏断高城，钟疏野寺，遥送凉潮呜咽。微吟渐怯。讶篱豆花开，雨筛时节。独自开门，满庭都是月。

【评】谭献曰：词禅。(《箧中词》二)

八归 隐几山楼赋夕阳

初翻雁背，旋催鸦翼，高树半挂微晕。销凝最是登楼意，常对乱波红蘸，远山青衬。不管长亭歌欲断，渐照去鞭痕将隐。想故苑燕麦离离，满地弄金粉。　何况春游乍歇，花愁多少，只恼黄昏偏近。冷和帆落，惨连笳起，更带孤烟斜引。误雕阑倚遍，霁色明朝也应准。无言处，望中容易，下却西墙，相思人老尽。

【评】谭献曰：无垂不缩。(《箧中词》二)

摸鱼儿 芜城清明

杏饧香闹花门巷，家家风外晴稳。来时犹道江程短，定不短如愁鬓。飞絮近，作酒恶寒轻，只是无人问。红丝砚润。便杜老伤春，江郎赋别，难写此时恨。　西湖路，最爱山联眉晕。游船曾记归尽。绿杨阑角听莺坐，知我平生疏俊。情一寸，回首处云容水态还相引。天涯自哂。绕九里街中，三分月底，谁与寄芳信？

扫花游

乙巳三月二十三日，客扬州，空斋积雨，孤愁特甚，问人，始知是春尽日也。黯然于怀，赋寄尺凫。

折花泛舸，又夜浅灯孤，绿阴如许！旧游间阻。听檐声压酒，醉醒无据。落魄多愁，尚记罗裙雁柱。向南浦，讶杨柳今朝，腰瘦慵舞。　行遍深院宇，已负了春来，忍教春去？笑人易误，似山中枕石，顿忘时序。小榼樱桃，更忆西园胜聚。寄情处，画当年、满湖烟雨。

谒金门

七月既望，湖上雨后作。

凭画槛，雨洗秋浓人淡。隔水残霞明冉冉，小山三四点。

艇子几时同泛？待折荷花临鉴。日日绿盘疏粉艳，西风无处减。

【评】陈廷焯曰：中有怨情，意味便厚，否则无病呻吟，亦可不必。（《白雨斋词话》卷四）

右厉鹗词十二首，录自《樊榭山房词》。

［小传］

厉鹗字太鸿，号樊榭，浙江钱塘人。康熙庚子（1720）举于乡。将入都，道经天津，查莲坡（为仁）留之水西庄，同撰周密《绝妙好词笺》。乾隆初举鸿博，报罢。客扬州，有马氏藏书最富，延主其家，尽探其秘牒。大江南北，主盟坛坫，凡数十年。性耽闲静，爱山水，尤工诗馀，擅南宋诸家之胜。（《国朝先正事略》卷四十一《文苑传》）生于康熙三十一年（1692），乾隆十七年（1752）卒。著有《宋诗纪事》《樊榭山房集》等。朱孝臧题其《樊榭山房词》云："南湖隐，心折小长芦。拈出空中传恨语，不知探得颔珠无？神悟亦区区！"（《彊邨语业》卷三）厉氏固浙西词派之中坚人物也。

［集评］

徐紫珊曰：樊榭词生香异色，无半点烟火气，如入空山，如闻流泉，真沐浴于白石、梅溪而出之者。

陈玉几曰：樊榭词清真雅正，超然神解。如金石之有声，而玉之声清越；如草木之有花，而兰之味芬芳。

赵意田曰：《琴雅》（樊榭词一题《秋林琴雅》）一编，节奏精微，辄多弦外之响，是谓以无累之神，合有道之器者。（以上并见《艺蘅馆词选》）

谭献曰：填词至太鸿，真可分中仙、梦窗之席。世人争赏其饾饤窳弱之作，所谓"微之识碔砆"也。《乐府补题》，别有怀抱。后来巧构形似之言，渐忘古意，竹垞、樊榭，不得辞其过。浙派为人诟病，由其以姜、张为止境，而又不能如白石之涩、玉田之润。录乾隆以来词慎取之。（《箧中词》二）

陈廷焯曰：厉樊榭词，幽香冷艳，如万花谷中，杂以芳兰，在国朝词人中，可谓超然独绝者矣！论者谓其沐浴于白石、梅溪，（徐紫珊语）此亦皮相之见。大抵其年、锡鬯、太鸿三人，负其才力，皆欲于宋贤外别开天地，而不知宋贤范围必不可越，陈、朱固非正声，樊榭亦属别调。

樊榭词拔帜于陈、朱之外，窈曲幽深，自是高境。然其幽深处在貌而不在骨，绝非从楚骚来，故色泽甚饶，而沉厚之味终不足也。　樊榭措词最雅，学者循是以求深厚，则去姜、史不远矣。（《白雨斋词话》卷四）

蒋士铨

百字令 蔡文姬擘阮图

画中人面，坐胡床摘阮，双雏侍侧。貂帽蛮靴垂辫发，绝代春风颜色。旃帐魂孤，兜离语异，猎骑如云黑。阏氏年少，此时应也头白。　当日一样还朝，羌儿泪洒，不若苏通国。留取馀生埋卫冢，蓬首翻求国贼。虎士如林，龙骧满厩，都尉何恩德？那堪再误？胡笳不用多拍。

水调歌头 舟次感成

偶为共命鸟，都是可怜虫。泪与秋河相似，点点注天东。十载楼中新妇，九载天涯夫婿，首已似飞蓬。年光愁病里，心绪别离中。　咏春蚕，疑夏雁，泣秋蛩。几见珠围翠绕，含笑坐东风？闻道十分消瘦。为我两番磨折，辛苦念梁鸿。谁知千里夜，各对一灯红！

【评】谭献曰：生气远出，善学坡仙。（《箧中词》二）

右蒋士铨词二首，录自《铜弦词》。

［小传］

蒋士铨字心馀，一字苕生，号清容，江西铅山人。乾隆丁卯（1747）举人，丁丑（1757）进士，授编修，在官八年，归主蕺山、崇文、安定三书院。风神散朗，激扬风义，甄拔寒畯，有古烈士风。工诗词，尤长剧曲。（《国朝先正事略》卷四十一《文苑》）以乾隆四十九年（1784）卒，距生雍正三年（1725），年六十一。著有《忠雅堂集》《铜弦词》《藏园九种曲》等。词格与陈维崧为近，亦一时风气使然也。

吴翌凤

玉楼春

空园数日无芳信，恻恻残寒犹未定。柳边丝雨燕归迟，花外小楼帘影静。　凭栏渐觉春光暝，怅望碧天帆去尽。满堤芳草不成归，斜日画桥烟水冷。

【评】谭献曰：俊绝。（《箧中词》三）

桂枝香

壬辰秋，蒙泉有湘中之游，蠡槎歌此调送之，邀予同作。

蘋风吹晚，送两桨寒潮，去程同远。多少江南旧恨，客怀难遣。楚天归梦沉沉阔，琐窗寒静随宵掩。微霜影里，香销烛烬，乍闻新雁。　念自昔红亭翠馆，怅十载盟鸥，便教飞散。数遍乱山荒驿，甚时重见？乡关此后多风雪，怕黄昏画角吹怨。相思空记，寒梅一树，和香同翦。

【评】谭献曰：善用逆笔。（《箧中词》三）

右吴翌凤词二首，录自《曼香词》。

[小传]

吴翌凤字伊仲，号枚庵，江苏吴县人。乾隆七年（1742）生。嘉庆诸生，客游楚南，垂老始归。筑室曰“归云舫”，奉母著书其中，手钞书数千百卷，多藏书家所未见。嘉庆二十四年（1819）卒。所撰《吴梅村诗集笺注》，能正旧注之失，盛行于世。别有《与稽楼丛稿》《曼香词》等书。

左 辅

浪淘沙

曹溪驿折桃花一枝，数日零落，裹花片投之涪江，歌此送之。

水软橹声柔，草绿芳洲，碧桃几树隐红楼。者是春山魂一片，招入孤舟。　乡梦不曾休，惹甚闲愁？忠州过了又涪州。掷与巴江流到海，切莫回头！

【评】谭献曰：所感甚大。（《箧中词》三）

南浦 夜寻琵琶亭

浔阳江上，恰三更霜月共潮生。断岸高低向我，渔火一星星。何处离声刮起？拨琵琶千载剩空亭。是江湖倦客，飘零商妇，于此荡精灵。　且自移船相近，绕回阑百折觅愁魂。我是无家张俭，万里走江城。一例苍茫吊古，向荻花枫叶又伤心。只琵琶响断，鱼龙寂寞不曾醒。

【评】谭献曰：濡染大笔，此道遂尊。（《箧中词》三）

右左辅词二首，录自《箧中词》。

[**小传**]

左辅字仲甫，一字蘅友，号杏庄，江苏阳湖人。乾隆十六年（1751）生。以进士分发安徽，任知县，治行素著，能得民心。嘉庆间，官至湖南巡抚。道光十三年（1833）卒。著有念宛斋诗、词、古文、书牍等五种。

张惠言

木兰花慢 杨花

尽飘零尽了，何人解当花看？正风避重帘，雨回深幕，云护轻幡。寻他一春伴侣，只断红相识夕阳间。未忍无声委地，将低重又飞还。　疏狂情性，算凄凉耐得到春阑。便月地和梅，花天伴雪，合称清寒。收将十分春恨，做一天愁影绕云山。看取青青池畔，泪痕点点凝斑。

【评】谭献曰：撮两宋之菁英。（《箧中词》三）

水调歌头 春日赋示杨生子掞　五首

东风无一事，妆出万重花。闲来阅遍花影，惟有月钩斜。我有江南铁笛，要倚一枝香雪，吹彻玉城霞。清影渺难即，飞絮满天涯。　飘然去，吾与汝，泛云槎。东皇一笑相语：芳意在谁家？难道春花开落，更是春风来去，便了却韶华。（榆案：依律应上二下三，此句作上一下四，殊为不合。）花外春来路，芳草不曾遮。

百年复几许？慷慨一何多！子当为我击筑，我为子高歌。招手海边鸥鸟，看我胸中云梦，蒂芥近如何？楚越等闲耳，肝胆有风波。　生平事，天付与，且婆娑。几人尘外相视，一笑醉颜酡。看到浮云过了，又恐堂堂岁月，一掷去如梭。劝子且秉烛，为驻好春过。

疏帘卷春晓，胡蝶忽飞来。游丝飞絮无绪，乱点碧云钗。肠断江南春思，黏着天涯残梦，剩有首重回。银蒜且深押，疏影任徘徊。　罗帷卷，明月入，似人开。一尊属月起舞，流影入谁怀？迎得一钩月到，送得三更月去，莺燕不相猜。但莫凭栏久，重露湿苍苔。

今日非昨日，明日复何如？竭来真悔何事，不读十年书。为问东风吹老，几度枫江兰径，千里转平芜。寂寞斜阳外，渺渺正愁予！　千古意，君知否？只斯须。名山料理身后，也算古人愚。一夜庭前绿遍，三月雨中红透，天地入吾庐。容易众芳歇，莫听子规呼。

长镵白木柄，劚破一庭寒。三枝两枝生绿，位置小窗前。要使花颜四面，和著草心千朵，向我十分妍。何必兰与菊，生意总欣然。　晓来风，夜来雨，晚来烟。是他酿就春色，又断送流年。（榆案：此句句律误同前。）便欲诛茅江上，只恐空林衰草，憔悴不堪怜。歌罢且更酌，与子绕花间。

【评】谭献曰：胸襟学问，酝酿喷薄而出，赋手文心，开倚声家未有之境。（《箧中词》三）

陈廷焯曰：皋文《水调歌头》五章，既沉郁，又疏快，最是高境。陈、朱虽工词，究曾到此地步否？不得以其非专门名家少之。热肠郁思，若断仍连，全自《风》、《骚》变出。（《白雨斋词话》五）

相见欢

年年负却花期！过春时，只合安排愁绪送春归。　梅花雪，梨花月，总相思。自是春来不觉去偏知。

【评】谭献曰：信手拈来。（《箧中词》三）

木兰花慢 游丝同舍弟翰风作

是春魂一缕，销不尽，又轻飞。看曲曲回肠，愁依未了，又待怜伊。东风几回暗翦，尽缠绵未忍断相思。除有沉烟细袅，闲来情绪还知。　家山何处？为春工容易到天涯。但牵得春来，何曾系住？依旧春归。残红更无消息，便从今休要上花枝。待祝梁间燕子，衔他深度帘丝。

【评】谭献曰：屈曲洞达。（《箧中词》三）

玉楼春

一春长放秋千静，风雨和愁都未醒。裙边馀翠掩重帘，钗上落红伤晚镜。　　朝云卷尽雕阑暝，明月还来照孤凭。东风飞过悄无踪，却被杨花微送影。

【评】谭献曰：善学子野。（《箧中词》三）

风流子 出关见桃花

海风吹瘦骨，单衣冷四月出榆关。看地尽塞垣，惊沙北走；山侵溟渤，叠障东还。人何在？柳柔摇不定，草短绿应难。一树桃花，向人独笑；颓垣短短，曲水弯弯。　　东风知多少？帝城三月暮，芳思都删。不为寻春较远，辜负春阑。念玉容寂寞，更无人处，经他风雨，能几多番？欲附西来驿使，寄与春看。

右张惠言词十首，录自《茗柯词》。

[小传]

张惠言字皋文，江苏武进人。嘉庆四年（1799）进士，官编修，七年（1802）卒。距生乾隆二十六年（1761），年四十二。少为词赋，尝拟司马相如、扬雄之文。深于《易》学。又尝辑《词选》，为常州词派之开山。(《国朝先正事略》卷三十六《经学传》)著有《茗柯文编》及《茗柯词》。其《词选序》略云:“词者,盖出于唐之诗人,采乐府之音,以制新律,因系其词,故曰词。其缘情造端,兴于微言,以相感动,极命风谣里巷男女哀乐,以道贤人君子幽约怨悱不能自言之情,低徊要眇,以喻其致,盖诗之比兴,变风之义,骚人之歌,则近之矣。”自张选出而词体遂尊。朱孝臧题其《茗柯词》云:“回澜力,标举选家能。自是词源疏凿手,横流一别见淄渑。异议四农生。”(《彊邨语业》卷三)四农为潘德舆字,尝谓:“张氏词选,抗志希古,标高揭己,宏音雅调,多被排摈,五代、北宋,有自昔传诵,非徒只字之警者,张氏亦多恝然置之。”(《与叶生书》)要之清词至常州派出而体格一变,实受此选之影响,馀波至晚近,犹未尽绝,真所谓“词源疏凿手”也。惠言甥董士锡,字晋卿,能传其学。至周济《宋四家词选》出,加以扩充,而词派以成,此清词之一大关键也。(参考拙作《论常州词派》。)

张 琦

摸鱼儿

渐黄昏楚魂愁断，啼鹃早又相唤。芳心欲寄天涯路，无奈水遥山远！春过半，看丝影花痕，罥尽青苔院。好春一片，只付与轻狂，蜂儿蝶子，吹送午尘暗。　关山客，漫说归期易算，知他多少凄怨？不曾真个东风妒，已是燕残莺懒。春畹晚，怕花雨朝来，一霎方塘满。嫣红谁伴？尽倚遍回阑，暮云过尽，空有泪如霰。

【评】谭献曰：风刺隐然。（《箧中词》三）

南浦

惊回残梦，又起来清夜正三更。花影一枝枝瘦，明月满中庭。道是江南绮陌，却依然小阁倚银屏。怅海棠已老，心期难问，何处望高城？　忍记当时欢聚，到花时长此托春酲。别恨而今谁诉？梁燕不曾醒。帘外依依香絮，算东风吹到几时停？向鸳衾无奈，啼鹃又作断肠声。

【评】谭献曰：所谓深美闳约。（《箧中词》三）

右张琦词二首，录自《立山词》。

［小传］

张琦字翰风，江苏阳湖人。初名翊，号宛邻。嘉庆十八年（1813）举人，历署邹平、章丘、馆陶知县，所至有政绩。工诗、词、古文及分隶，尤精舆地之学，兼善医。词与兄惠言齐名，以乾隆二十九年（1764）生，道光十三年（1833）卒。著有《战国策释地》《素问释义》《宛邻文集》《立山词》等书。

［集评］

谭献曰：翰丰与哲兄同撰《宛邻词选》，虽町畦未尽，而奥窔始开。其所自为，大雅遒逸，振北宋名家之绪。其子仲远序《同声集》有云：“嘉庆以来名家，均从此出。”信非虚语。周止斋益穷正变，潘四农又持异论，要之倚声之学，由二张而始尊耳。（《箧中词》三）

严元照

念奴娇

红楼珠箔，护轻寒四面，垂垂不卷。鸳甃几番连夜雨，添了晓妆春倦。柳待摇波，梅还悭雪，未觉东风软。横塘路迥，踏青情绪先懒。　望极迢递春江，归帆何处？芳草和天远。欲寄天涯无好梦，梦与行云都断。鸾镜尘昏，兽炉香冷，蕉萃无人管。西园华事，一年判付莺燕。

【评】谭献曰：过变以下，沉郁顿挫。（《箧中词续》二）

定风波 拟六一词

一寸光阴一寸金，养华天气半晴阴。莫管新来人渐老，还要，玉觞华下十分深。　往事分明还记得，倾国，清歌一曲堕瑶簪。几日恹恹成酒病，休问，去年华放到而今。

【评】顾翰曰：深情以浅语出之，使人低回不尽。（《箧中词续》二引）

右严元照词二首，录自《柯家山馆词》。

［小传］

严元照字修能，一字九能，浙江归安人。乾隆三十八年（1773）生。十岁能作四体书，有奇童之目。致力经传，绝意仕进，于声音训诂之学，多所阐发。嘉庆二十二年（1817）卒。著有《尔雅匡名》《娱亲雅言》等书，及《柯家山馆词》。朱孝臧题云："娱亲暇，馀事作词人。廿载柯家山下客，空斋画扇亦前因，成就苦吟身。"（《彊邨语业》卷三）亦见其品格之高矣。

邓廷桢

买陂塘 赎裘

悔残春炉边买醉，豪情脱与将去。云烟过眼寻常事，怎奈天寒岁暮！寒且住！待积取叉头，还尔绨袍故。喜馀又怒。怅子母频权，皮毛细相，斗擞已微蛀。　铜斗熨，皱似春波无数，酒痕襟上犹涴。归来未负三年约，死死生生漫诉。凝睇处，叹毳幕氊庐，久把文姬误。花风几度？怕白袷新翻，青蚨欲化，重赋赠行句。

【评】谭献曰：姿态横生。(《箧中词续》)

高阳台 玉泉山燕集

径转疏花，畦连寒菜，篮舆一路秋光。琴筑声清，泠泉缓泻鸳浆。凭高莫向阑干倚，倚阑干容易斜阳。写闲情，细把金英，浅醉瑶觞。　欃枪未扫铙歌唱，叹军符憔悴，战垒苍凉。饮至筵开，愁听满耳伊凉。却怜老圃霜华重，怕孤他晚节幽香。乍归来，灯火城南，澹月昏黄。

【评】谭献曰：竟有新亭之泪。(《箧中词续》)

好事近

云母小窗虚，窗滤金波疑湿。摇曳柳烟如梦，荡一丝寒碧。天涯犹有未归人，遥夜耿相忆。料得平沙孤艇，听征鸿嘹呖。

【评】谭献曰：韵胜。(《箧中词续》)

水龙吟 雪中登大观亭

关河冻合梨云，冲寒犹试连钱骑。思量旧梦，黄梅听雨，危阑倦倚。披氅重来，不分明处，可怜烟水。算夔巫万里，金焦两点，谁说与，苍茫意？　却忆蛟台往事，耀弓刀舳舻天际。而今剩了，低迷鱼艇，模黏雁字。我辈登临，残山送暝，远江延醉。折梅花去也，城西炬火，照琼瑶碎。

换巢鸾凤

少穆(林则徐)留镇两粤，而余承乏三江，临行赋此。

梅岭烟宵，正南枝意懒，北蕊香饶。甚因催燕睇？底事趁鸿遥？头番消息恰春朝。蓼汀杏梁，青云换巢。离亭柳，漫绾线系人兰棹。　思悄，波渺渺。箫鼓月明，何处长安道？洗手谙姑，画眉询婿，三日情怀应恼。新妇无端置车帷，故山还许寻芳草。珠瀛清，者襟期两地都晓。

酷相思 寄怀少穆

百五佳期过也未？但笳吹，催千骑。看珠澥盈盈分两地。君住也，缘何意？侬去也，缘何意？　召缓征和医并至。眼下病，肩头事，怕愁重如春担不起。侬去也，心应碎！君住也，心应碎！

【评】谭献曰：三事大夫，忧生念乱，“敦我”之叹，其气已馁。（《箧中词续》）

右邓廷桢词六首，录自江宁邓氏精刊本《双砚斋词》。

［小传］

邓廷桢字嶰筠，江苏江宁人。嘉庆进士，道光间官两广总督。时值禁烟，与英人六接战，英船皆伤退，终其任不得入虎门。后调闽浙。坐事戍伊犁。旋召回，官至陕西巡抚，精吏治，有神明称。道光二十六年（1846）卒。距生乾隆四十（1775）年，年七十二。著有《诗双声叠韵谱》《说文解字双声叠韵谱》等书。宋翔凤序其《双研斋词》云：“先生持节数省，洁清自守，居处饮食，一如寒素，胸次坦白，耆欲尤鲜。惟于音律，殆由夙授，分刌节度，有顾曲风，而于古人之词，靡不博综。其自制词则雍容和谐，写其一往。纤掔之音，遬滥之响，与尘坌而共洗，偕风露而俱清，虽所存无多，而所托甚远。”颇能道出嶰筠词之深致。

［集评］

谭献曰：邓嶰筠督部《双研斋词》，宋于廷序之。忠诚悱恻，咄喈乎骚人，徘徊乎变雅，将军白发之章，门掩黄昏之句，后有论世知人者，当以为欧、范之亚也。（《复堂日记》）

董士锡

木兰花慢 武林归舟中作

看斜阳一缕，刚送得，片帆归。正岸绕孤城，波回野渡，月暗闲堤。依稀是谁相忆？但轻魂如梦逐烟飞。赢得双双泪眼，从教涴尽罗衣。　江南几日又天涯，谁与寄相思？怅夜夜霜花，空林开遍，也只侬知。安排十分秋色，便芳菲总是别离时。惟有醉将醽醁，任他柔橹轻移。

疏影

庭中桂华盛开，因忆往岁偕亡友江安甫吴山之游，感而赋此。

香林映月，有黄英数树，金粟重叠。见说亭皋，斜倚晴空，依稀此地离别。西风一夜窗前度，乍变了霜痕叶叶。是耶非？吹到空山，已误再来时节。　堪笑年年憔悴，鬓丝换几缕？长共愁绝。自是花工，解释秋情，染就千枝绛雪。明朝试与簪花去，怕满镜星星华发。莫等闲消受黄昏，断送玉颜香骨。

风入松 感逝

碧林风树夜争鸣，离绪最先惊。分明付与人肠断，为秋声怕听春声。却是清商送我，谁人解道愁生？　莫须收汝泪纵横，馀恨更难平。断魂化作蛛丝去，向檐前黏住红英。怎祝东风一夜，和他尘梦吹醒？

菩萨蛮 湖上送别

西风日日吹空树，一林霜叶浑无主。山色接湖光，离情自此长。　离情随绿草，绿遍江南道。他日望君来，相思又绿苔。

江城子 里中作

寒风相送出层城。晓霜凝，画轮轻。墙内乌啼，墙外少人行。折尽垂杨千万缕，留不住，此时情。　红桥独上数春星。月华生，水天平。镜里芙容，应向脸边明。金雁一双飞过也！空目断，远山青。

【评】谭献曰：格高。（《箧中词》三）

虞美人

韶华争肯偎人住？已是滔滔去。西风无赖过江来，历尽千山万水几时回？　秋声带叶萧萧落，莫响城头角。浮云遮月不分明，谁挽长江一洗放天青？

忆旧游

寄题“落花人独立，微雨燕双飞”卷子。

怅韶华逝水，万点胭脂，零乱成堆。花面非人面，早芹泥送冷，独下空阶。燕儿似惜花落，双影尚徘徊。又暗雨如丝，和愁织遍，凄绝池台！　萧斋怨离阻，盼旧侣归时，与诉春怀。泪眼无晴日，有当年笑口，知为谁开？买欢剩买肠断，从此怕衔杯。算好梦偏遥，东风惯带幽恨来。

【评】谭献曰：郁勃无端。（《箧中词续》二）

兰陵王 江行

水声咽，中夜兰桡暗发。残春在，催暖送晴，九十韶光去偏急。垂杨手漫折，难结，轻帆一叶。离亭远，归路渐迷，千里沧波楚天阔。　馀寒乍消歇。剩雾锁花魂，风砭诗骨。茫茫江草连云湿。怅绿树莺老，碧阑蜂瘦，空留樯燕似诉别，向人共愁绝！

重叠，浪堆雪。坐缥缈浮槎，烟外飞越。衔山一寸眉弯月，照杠渚疑镜，乱峰如发。扁舟独自，记旧梦，忍细说？

右董士锡词八首，录自江阴缪氏本《齐物论斋词》。

［小传］

董士锡字晋卿，一字损甫，江苏武进人。嘉庆副贡生，候选直隶州州判。从其舅张惠言学，工古文、诗、赋，兼善填词，精虞氏《易》。河督黎世埗聘修《续行水金鉴》。著有《齐物论斋集》。

［集评］

沈曾植曰：《齐物论斋词》为皋文正嫡。皋文疏节阔调，犹有曲子律缚不住者。在晋卿则应徽按柱，敛气循声，兴象风神，悉举骚雅古怀，纳诸令慢。标碧山为词家四宗之一，此宗超诣，晋卿为无上之乘矣。玉田所谓“清空骚雅”者，亦至晋卿而后尽其能事。其与白石不同者，白石有名句可标，晋卿无名句可标，其孤峭在此，不便摹拟亦在此。仲修备识渊源，对之一辞莫赞，毗陵词人亦更无能嗣响者，可谓门庭峻绝！（《菌阁琐谈》）

周 济

渡江云 杨花

春风真解事，等闲吹遍，无数短长亭。一星星是恨，直送春归，替了落花声。凭阑极目，荡春波万种春情。应笑人春粮几许？便要数征程。　冥冥，车轮落日，散绮馀霞，渐都迷幻景。问收向红窗画箧，可算飘零？相逢只有浮云好，奈蓬莱东指，弱水盈盈。休更惜，秋风吹老莼羹。

【评】谭献曰：怨断之中，豪宕不减。（《箧中词》三）

满庭芳 梨花

珍重经年，玲珑数朵，楼前越样丰姿。东君著意，开比海棠迟。烂漫群芳似锦，深宵露洗尽燕支。无人见，亭亭顾影，明月过墙时。　浑疑，逢洛浦，凌波佩解，天慰相思。正团圆果就，怎说将离？一翦红襟斜度，窥鸳枕云想轻移。年年约，湔裙俊侣，沉醉碧颇黎。

【评】谭献曰：遒峭。（《箧中词》三）

蝶恋花

柳絮年年三月暮。断送莺花，十里湖边路。万转千回无落处，随侬只恁低低去。　满眼颓垣攲病树。纵有馀英，不直封姨妒。烟里黄沙遮不住，河流日夜东南注。

【评】谭献曰：浑灏。（《箧中词》三）

蝶恋花

络纬啼秋啼不已。一种秋声，万种秋心里。残月似嫌人未起，斜光直透罗帏底。　唤起闲庭看露洗。薄翠疏红，毕竟能馀几？记得春花真似绮，谁将片片随流水？

右周济词四首，录自谭氏《箧中词》三。

［小传］

周济字保绪，江苏荆溪人。一字介存，晚号止庵。嘉庆十年（1805）进士，官淮安府学教授。少与同郡李兆洛、泾县包世臣以经世学相切劘，兼通兵家言，习击刺骑射。淮北枭徒为乱，制府畀以侦缉之任，屡败擒之。以所得赀购妖姬，养豪客，意气盛极一时。后悉弃去，隐居金陵春水园，潜心著述。所著《晋略》八十卷，论者谓借史事自抒猷画，非徒考据而已。生于乾隆四十六年（1781），以道光十九年（1839）卒。济承张惠言之余绪，又曾从董士锡共商词学，所辑《宋四家词选》及《词辨》，附《介存斋论词杂著》，独具手眼，为世所宗。其《味隽斋词》自序云："吾郡自皋文、子居两先生开辟榛莽，以《国风》《离骚》之旨趣，铸温、韦、周、辛之面目，一时作者竞出，晋卿集其成。余与晋卿议论，或合或否，要其指归，各有正鹄，倘亦知人论世者所取资也？"于此足见其造诣之一斑。朱孝臧题云："金针度，词辨止庵精。截断众流穷正变，一灯乐苑此长明，推演四家评。"（《彊邨语业》卷三）其推许周氏论词之作，可谓至矣。《味隽斋词》刊于道光癸未（1823），而谭氏《箧中词》所选十首不在其中，当别有止庵词刊本耶？往年得《存审轩词》钞本，一时无从覓校。

［集评］

蒋敦复曰：借得先生《存审轩词》一卷，读之，是真得"意内言外"之旨。盖先生少年时，与张皋文、翰风兄弟同里相切劘，又与董晋卿各致力于词，启古人不传之秘。近来浙、吴二派俱宗南宋，独常州诸公能瓣香周、秦，以上窥唐人微旨，先生其眉目也。（《芬陀利室词话》卷一）

谭献曰：《茗柯词选》出，倚声之学日趋正鹄。张氏甥董晋卿，造微踵美，予未得其全集。止葊切磋于晋卿，而持论益精。其言曰："慎重而后出之，驰骋而变化之，胸袷酝酿，乃有所寄。"又曰："词非寄托不入，专寄托不出。一物一事，引伸触类，意感偶生，假类必达，斯入矣。万感横集，五中无主，赤子随母笑啼，野人缘剧喜怒，能出矣。”以予所见周氏撰定《词辨》《宋四家词筏》（案即《宋四家词选》），推明张氏之旨而广大之，此道遂与于著作之林，与诗赋文笔同其正变也。止葊自为词，精密纯正，与茗柯把臂入林。（《箧中词》三）又曰：《四家词选》为后来定本，陈义甚高，胜于《宛邻词选》，即潘四农亦无可诋谟矣。“以有寄托入，以无寄托出”，千古文章之能事尽矣，岂独填词为然。（《复堂日记》）

周之琦

好事近 四首

舆中杂书所见，得四阕。

杭苇岸才登，行入乱峰层碧。十里平沙浅渚，又渡头人立。笥将摇梦上轻舟，舟尾浪花湿。恰好乌篷小小，载一肩秋色。（自获鹿至井陉，日三四问渡。）

诗句夕阳山，扇底故人曾说。好是固关西去，看万山红叶。翠蛟潭上认题名，屐齿为君折。蓦地藓花浓处，出一双胡蝶。（陈受笙画扇赠行，题诗有“好山都在固关西”之句。）

峻坂怯肩舆，引绠两行犹弱。几日牵船岸上，只蒲帆难著。一声璧月大堤头，旧梦定谁托？何似春风天半，挽秋千红索？（入太行道中，舆前以索挽之。）

引手摘星辰，云气扑衣如湿。前望翠屏无路，忽天门中辟。等闲鸡犬下方听，人住半山侧。行蹋千家檐宇，看炊烟斜出。（南天门尤陡峻，人多凿窑而居。）

踏莎行

劝客清尊，催诗画鼓，酒痕不管衣襟污。玉笙谁与唱消魂？醉中只想瞢腾去。　绮席频邀，高轩惯驻，闷来却觅栖鸦语。城头一角晋阳山，怪他青到无人处。

思佳客

帊上新题间旧题，苦无佳句比红儿。生怜桃萼初开日，那信杨花有定时？　人悄悄，昼迟迟，殷勤好梦托蛛丝。绣帏金鸭薰香坐，说与春寒总未知。

【评】谭献曰：唐人佳境，寄托遥深，《珠玉》《六一》之遗音也。（《箧中词》三）

三姝媚

海淀集贤院，有水石花柳之胜，余岁或数十信宿。戊寅春暮，独游池畔，寓物赋情，弁阳翁所谓“薄酒孤吟”者也。

交枝红在眼。荡帘波香深，镜澜痕浅。费尽春工，占胜游惟许，等闲莺燕。朱屧廊回，盈退粉蛛丝偷罥。小影娉婷，冷到梨云，便成秋苑。　容易题襟催散。又酒逐花迷，梦将天远。系马垂杨，但翠眉还识，旧时人面。暗数韶华，空笑我樱桃三见。剩有盈盈胡蝶，西窗弄晚。

【评】谭献曰：工力甚深。（《箧中词》三）

瑞鹤仙

四月六日出都，小憩芦沟桥，偶述。

柳丝征袂绾。试锦羽初程，玉骢犹恋。铜街佩声远。向天边回首，故人如面。藤阴翠晚，但怪得琴尊梦短。有游蜂知我心期，刚是褪红曾见。　还看，珠巢题字，墨晕初干，酒痕微泫。晴云乍展，春已在，驿桥畔。问柔波一样，仙源流下，为底人间较浅？要重寻京邑尘香，素襟漫浣。

【评】谭献曰：仲宣灞岸之篇。（《箧中词》三）

青衫湿遍

道光己丑夏五，余有骑省之戚，偶效纳兰容若词为此。虽非宋贤遗谱，音节有可述者。

瑶簪堕也！谁知此恨，只在今生？怕说香心易折，又争堪烬落残灯。忆兼旬病枕惯曹腾。看宵来一样恹恹睡，尚猜他梦去还醒。泪急翻嫌错莫，魂消直恐分明。　回首并禽栖处，书帷镜槛，怜我怜卿。暂别常忧道远，况凄然泉路深扃。有银笺愁写瘗花铭。漫商量身在情长在，纵无身那便忘情？最苦梅霖夜怨，虚窗递入秋声。

夜半乐

夜趋剑关，中途大雷雨，侵晨始抵宿处。

暮天畏景将下，轻阴城郭，催唤雕鞍去。到万笏尖峰，晚凉佳处。坏云渐展，狂飙骤发，片时丹嶂冥迷，绛河倾注。更迎面砰轰震雷鼓。　暗中磴道曲折，蚁磨惊旋，马蹄愁误。怕小小篮舆，山灵留住。乱流趋壑，崩厓转石，一肩稳载吟魂，等闲偷度。晓钟外羊肠忍回顾？　卧想今夕，犯险虚劳，快心终阻。行不得空惭鹧鸪语，耐炎曦休恨汗湿齐纨缕。还偻指几日消烦暑，邵平瓜买青门路。

右周之琦词十首，录自《心日斋词》。

［小传］

周之琦字稚圭，号退庵，河南祥符人。嘉庆十三年（1808）进士，由翰林院编修，累官广西巡抚，以病乞休。生于乾隆四十七年（1782），同治元年（1862）卒。辑有《心日斋十六家词选》。谭献称其

"截断众流，金针度与，虽未及皋文、保绪之陈义甚高，要亦倚声家疏凿手"。(《箧中词》三）其自为词有《心日斋词》四种。朱孝臧题云："舟如叶，着岸是君恩。一梦金梁馀旧月，千年玉笥有归云，片席蜕岩分。"(《彊邨语业》卷三）其词格故与元张翥为近也。第一种为《金梁梦月词》，有写刻本，绝精。

［集评］

黄燮清曰：《梦月词》浑融深厚，语语藏锋，北宋瓣香，于斯未坠。(《词综续编》)

龚自珍

浪淘沙 写梦

好梦最难留，吹过仙洲，寻思依样到心头。去也无踪寻也惯，一桁红楼。　　中有话绸缪，灯火帘钩，是仙是幻是温柔。独自凄凉还自遣，自制离愁。

如梦令

紫黯红愁无绪，日暮春归甚处？春更不回头，撇下一天浓絮。春住！春住！黦了人家庭宇。

鹊踏枝 过人家废园作

漠漠春芜春不住。藤刺牵衣，碍却行人路。偏是无情偏解舞，濛濛扑面皆飞絮。　　绣院深沉谁是主？一朵孤花，墙角明如许！莫怨无人来折取，花开不合阳春暮。

减兰

偶检丛纸中，得花瓣一包，纸背细书辛幼安“更能消几番风雨”一阕，乃是京师悯忠寺海棠花，戊辰暮春所戏为也，泫然得句。

人天无据，被侬留得香魂住。如梦如烟，枝上花开又十年！
十年千里，风痕雨点斓斑里。莫怪怜他，身世依然是落花。

摸鱼儿

二月八日重见，于红茶花下拟之，明月入手，彩云满怀。

笑银釭一花宵绽，当筵即事如许！我侬生小幽并住，悔不十年吴语。凭听取，算未要量珠，双角山头路。生来蓬户，只阿母憨怜，年华娇长，寒暖仗郎护。　筝和笛，十载教他原误，人生百事辛苦。五侯门第非侬宅，剩可五湖同去。卿信否？便千万商量，千万依分付。花间好住！倘燕燕归来，红帘双卷，认我写诗处。

浪淘沙 书愿

云外起朱楼，缥缈清幽，笛声叫破五湖秋。整我图书三万轴，同上兰舟。　镜槛与香篝，雅憺温柔。替侬好好上帘钩。湖水湖风凉不管，看汝梳头。

卜算子

江上有高楼，可似湖楼迥？楼外文波曲曲通，不驻惊鸿影。
蘋叶弄斜晖，兰蕊雕明镜。翦尽秋花漠漠寒，人卧江南病。

南浦

端阳前一日，伯恬填词题驿壁上，凄魂曼绝，余亦继声。

羌笛落花天，办香鞯两两，愁人归去。连夜梦魂飞，飞不到、天堑东头烟树。空邮古戍，一灯败壁然诗句。不信黄尘，消不尽、摘粉搓脂情绪。　登车切莫回头，怕回头还见，高城尺五。城里正端阳，香车过、多少青红儿女？吟情太苦！归来未算年华误。一剑还君君莫问，换了江关词赋。

人月圆

绿珠不爱珊瑚树，情愿故侯家。青门何有？几堆竹素，二顷梅花。　急须料理，成都贳酒，阳羡栽茶。甘心费尽，三生慧业，万古才华。

定风波

燕子矶头擫笛吹，平明沉玉大王祠。无数蛾眉深院里，晏起，晓霜江上阿谁知？　山诡潮奔千万变，当面，身轻要唤鲤鱼骑。蓦地江斐催我去，飞渡，樽前说与定何时？

右龚自珍词十首，录自《定庵词》。

[小传]

龚自珍字璱人，号定庵，浙江仁和人。更名巩祚。道光九年(1829)进士，授内阁中书，升宗人府主事，寻改礼部，告归不复出。博学，负才气，于经通《公羊春秋》，于史长西北舆地，晚尤好佛乘。其文导源周、秦诸子，沉博奥衍，自成一家。生于乾隆五十七年(1792)，以道光二十一年(1841)卒。生平著作甚富，已刊者有《定庵诗文集》及《定庵词》等。

[集评]

谭献曰：定公能为飞仙、剑客之语，填词家长爪梵志也。昔人评山谷诗"如食蝤蛑，恐发风动气"，予于定公词亦云。(《箧中词》四)　又曰：阅定盦诗词新刻本，诗佚宕旷邈，而豪不就律，终非当家；词绵丽飞扬，意欲合周、辛而一之，奇作也。(《复堂日记》)

项廷纪

绮罗香 感旧

帘影移香，池痕浸渌，重到藏春朱户。小立墙阴，犹认旧题诗句。记西园扑蝶归来，又南浦片帆初去。料如今尘满窗纱，佳期回首碧云暮。　华年浑似流水，还怕啼鹃催老，乱莺无主。一样东风，吹送两边愁绪。正画阑红药飘残，是前度玉人凭处。剩空庭烟草凄迷，黄昏吹暗雨。

减字木兰花 春夜闻隔墙歌吹声

阑珊心绪，醉倚绿琴相伴住。一枕新愁，残夜花香月满楼。繁笙脆管，吹得锦屏春梦远。只有垂杨，不放秋千影过墙。

湘月

壬午九月，避喧于南山之甘露院，就泉分茗，移枕看山，相羊浃旬，尘念都净。出院不百步，越小岭，即虎跑也。尝月夜独游，清寒特甚，赋《念奴娇鬲指声》一阕纪之。

绳河一雁，带微云澹月，吹堕秋影。风约疏钟，似唤我同醉寺桥烟景。黄叶声多，红尘梦断，中有檀栾径。空明积水，诗愁浩荡千顷。　乘兴欲叩禅关，残萤几点，飏寒星不定。清夜湖山，肯付与词客闲来消领？跨鹤天高，盟沤缘浅，心事塘蒲冷。朔风狂啸，满林宿鸟都醒。

清平乐 池上纳凉

水天清话，院静人销夏。蜡炬风摇帘不下，竹影半墙如画。醉来扶上桃笙，熟罗扇子凉轻。一霎荷塘过雨，明朝便是秋声。

太常引 客中闻歌

杏花开了燕飞忙，正是好春光。偏是好春光，者几日风凄雨凉。　杨枝飘泊，桃根娇小，独自个思量。刚待不思量，吹一片箫声过墙。

百字令

将游鸳湖，作此留别。

啼莺催去，便轻帆东下，居然游子。我似春风无管束，何必扬舲千里？官柳初垂，野棠未落，才近清明耳。归期自问，也应芍药开矣。　　且去范蠡桥边，试盟沤鹭，领略江湖味。须信西泠难梦到，相隔几重烟水。翦烛窗前，吹箫楼上，明日思量起。津亭回望，夕阳红在船尾。

三犯渡江云

余今年二月客山阴，三月客禾中，四月七月一再至吴门，遂北渡扬子，游金、焦两山，留维扬六日。揭来故山，恍焉如梦。尘衣未浣，又为豫章之行。登舟惘惘，扣舷而歌，弥觉旅怀之凄黯矣！

断潮流月去，柁楼碎语，侵晓挂帆初。一行沙上雁，又被西风，吹影落江湖。红墙渐远，拂征衣自叹清臞。最凄凉疏萍剩梗，飘泊意何如？　　愁馀！黄花旧径，修竹吾庐，是离魂来处。料此后诗边酒冷，梦里灯孤。停船莫近投书浦，况路长容易无书。归便早，今年总负鲈鱼。

水龙吟 秋声

西风已是难听，如何又着芭蕉雨？泠泠暗起，澌澌渐紧，萧萧忽住。候馆疏砧，高城断鼓，和成凄楚。想亭皋木落，洞庭波远，浑不见，愁来处。　　此际频惊倦旅，夜初长归程梦阻。砌蛩自叹，边鸿自唳，翦灯谁语？莫更伤心，可怜秋到，无声更苦。满寒江剩有，黄芦万顷，卷离魂去。

八声甘州 黄叶楼赋夕阳

界斜红飐出晚晴天，相看转凄然！甚匆匆只是，横催雁陈，低照沤眠？树外山眉衬黛，远道草芊芊。一段苍茫意，都付樊川。　汉阙秦宫何处？送几声画角，吹老华年。尽欢游长好，到此黯流连。倚江楼玉人凝望，带西风帆影落窗前。愁无限，近黄昏也，新月笼烟。

玉漏迟 冬夜闻南邻笙歌达曙

病多欢意浅，空篝素被，伴人凄惋。巷曲谁家？彻夜锦堂高宴。一片氍毹月冷，料灯影衣香烘软。嫌漏短，漏长却在，者边庭院！　沈郎瘦已经年，更懒拂冰丝，赋情难遣。总是无眠，听到笛慵箫倦。咫尺银屏笑语，早檐角惊乌啼乱。残梦远，声声晓钟敲断。

临江仙 拟南唐后主

乱红窣地春无主，宿寒犹恋屏帏。梦中何日是归期？玉台金屋，空逐彩云飞。　烟月不知人事改，夜深来照花枝。蕙炉香烬漏声迟。阑珊灯火，残醉欲醒时。

谒金门 拟孙光宪

留不得！留也不过今日。今日云帆天咫尺，明朝何处觅？

江上潮平风急，吹断几声残笛？独倚小楼寒恻恻，欲眠灯又黑。

右项廷纪词十二首，录自《榆园丛刻》本《忆云词》。

［小传］

项廷纪原名鸿祚，字莲生，浙江钱塘人。道光壬辰（1832）举人，再上春官，不第。道光十五年（1835）卒，距生嘉庆三年（1798），年仅三十八岁。著有《忆云词》甲乙丙丁稿，其自序云："生幼有愁癖，故其情艳而苦，其感于物也郁而深；连峰巉巉，中夜猿啸，复如清湘戛瑟，鱼沉雁起，孤月微明；其窅敻幽凄，则山鬼晨吟，琼妃暮泣，风鬟雨鬓，相对支离；不无累德之言，抑亦伤心之极致矣！"（《甲稿序》）又云："不为无益之事，何以遣有涯之生？时异境迁，结习不改，《霜花腴》之剩稿，《念奴娇》之过腔，茫茫谁复知者？"（《丙稿序》）又云："当沉郁无憀之极，仅托之绮罗芗泽以泄其思，盖辞婉而情伤矣！"（《丁稿序》）于此略见作者之情趣。朱孝臧题云："无益事，能遣有涯生。自是伤心成结习，不辞累德为闲情，兹意了生平。"（《彊邨语业》卷三）亦约廷纪自序言之也。

[集评]

谭献曰：莲生，古之伤心人也！荡气回肠，一波三折，有白石之幽涩而去其俗，有玉田之秀折而无其率，有梦窗之深细而化其滞，殆欲前无古人。其《乙稿自序》“近日江南诸子，竞尚填词，辨韵辨律，翕然同声，几使姜、张頫首。及观其著述，往往不逮所言”云云，婉而可思。又《丁稿序》云：“不为无益之事，何以遣有涯之生？”亦可以哀其志矣。以成容若之贵、项莲生之富，而填词皆幽艳哀断，异曲同工，所谓别有怀抱者也。(《箧中词》四)

陈 澧

水龙吟

壬辰九月之望，吾师程春海先生，与吴石华学博，登粤秀山看月，同赋此调，都不似人间语，真绝唱也！今十五年，两先生皆化去。余于此夜，与许青皋、桂皓庭登山，徘徊往迹，淡月微云，增我怊怅，即次原韵。

词仙曾驻峰头，鸾吟缥缈来天际。成连去后，冰弦弹折，百重云水。碧月仍圆，苍山不改，旧时烟翠。只长林坠叶，西风过处，都吹作，秋声起。　此夜三人对影，倚高寒、红尘全洗。珠江滚滚，暗潮销尽，十年心事。欲问青天，素娥却似，雾迷三里。剩出山回望，灯明佛屋，有闲僧睡。

齐天乐 十八滩舟中夜雨

倦游谙尽江湖味，孤篷又眠秋雨。碎点飘灯，繁声落枕，乡梦更无寻处。幽蛩不语，只断苇荒芦，乱垂烟渚。一夜潇潇，恼人最是绕堤树。　清吟此时正苦！渐寒生竹簟，秋意如许！古驿疏更，危滩急溜，并作天涯离绪。归期又误！望庾岭模糊，湿云无数。镜里明朝，定添霜几缕。

摸鱼儿

东坡《江郊》诗序云：“归善县治之北，数百步抵江，少西有磐石小潭，可以垂钓。”余访得之，题以此阕。

绕城阴雁沙无际，水光摇漾千顷。苍崖落地平于掌，湿翠倒涵天镜。风乍定，看绝底明漪，曾照东坡影。林烟送暝。只七百年来，斜阳换尽，一片古苔冷。　幽寻处，付与牧村樵径。江郊诗句谁省？平生我亦烟波客，笠屐傥堪持赠？云水性，便挈鹭提鸥，占取无人境。商量画幨。向碎竹丛边，荒芦叶畔，添个小渔艇。

甘州

惠州朝云墓，每岁清明，倾城女士，酹酒罗拜。坡公诗云：“丹成逐我三山去，不作巫阳云雨仙。”余谓朝云倘随坡公仙去，转不如死葬丰湖耳。

渐斜阳淡淡下平堤，塔影浸微澜。问秋坟何处？荒亭叶瘦，废碣苔斑。一片零钟碎梵，飘出旧禅关。杳杳松林外，添做萧寒。

须信竹根长卧，胜丹成远去，海上三山。只一抔香冢，占断小林峦。似家乡水仙祠庙，有西湖为镜照华鬘。休肠断，玉妃烟雨，谪堕人间。

高阳台

元日独游丰湖，湖边有张氏园林，叩门若无人者，遂过黄塘寺，啜茗而返。忆去年此日，游南昌螺墩，不知明年此日，又在何处也。

新曙湖山，酽寒城郭，钓船犹阁圆沙。短策行吟，何曾负了韶华？虚亭四面春光入，爱遥峰绿到檐牙。欠些些，几缕垂杨，几点桃花。　去年今日螺墩醉，记石苔留墨，窗竹摇纱。底事年年，清游多在天涯？平生最识闲中味，觅山僧同说烟霞。却输他，斜日关门，近水人家。

百字令

夏日过七里泷，飞雨忽来，凉沁肌骨。推篷看山，新黛如沐，岚影入水，扁舟如行绿颇黎中。临流洗笔，赋成此阕。倘与樊榭老仙倚笛歌之，当令众山皆响也。

江流千里，是山痕寸寸，染成浓碧。两岸画眉声不断，催送蒲帆风急。叠石皴烟，明波蘸树，小李将军笔。飞来山雨，满船凉翠吹入。　便欲舣棹芦花，渔翁借我，一领闲蓑笠。不为鲈香兼酒美，只爱岚光呼吸。野水投竿，高台啸月，何代无狂客？晚来新霁，一星云外犹湿。

右陈澧词六首，录自广州刊本《忆江南馆词》。

［小传］

陈澧字兰甫，广东番禺人，原籍上元。道光壬辰（1832）举人，六应会试，不售，官河源县学训导。泛览群籍，凡天文、地理、乐律、算术、古文、骈体文、填词、篆、籀、真、行书，无不精究。先后主讲学海堂及菊坡精舍。所著书：《汉儒通义》《东塾读书记》，力排汉宋门户之见。又有《声律通考》《切韵考》等。生于嘉庆十五年（1810），卒于光绪八年（1882）。所为《忆江南馆词》一卷，朱孝臧题云："甄诗格，凌沈几家参。若举经儒长短句，岿然高馆忆江南，绰有雅音涵。"（《彊邨语业》卷三）余尝见其手批《山中白云词》，并从其门人汪兆镛处传录所翻白石《暗香》《疏影》二曲谱，亦足略窥其所宗尚矣。

［集评］

谭献曰：兰甫先生，孙卿、仲舒之流，文而又儒，粹然大师，不废藻咏。填词朗诣，洋洋乎会于风雅，乃使绮靡、奋厉两宗，废然知反。（《箧中词续》二）

许宗衡

西窗烛

寒月，和青耜。

蓟门烟树，照影苍凉，啼鸦惊拍风翅。茫茫千里关山白，似雪路冰河，欲归无地。忆旧游梦里箫声，良夜欢悰如坠。　和愁睡。玉宇琼楼，人间天上，都是寻常事。便教万古团栾好，恐耐到鸡鸣，也非容易。忍思量金粟前身？冻合三生清泪。

【评】谭献曰：骨折魂惊，语语沉痛。（《箧中词》四）

中兴乐

初秋同人登龙树寺凌虚阁，依李德润《琼瑶集》体。

绕楼一带薜萝墙，西风瑟瑟横塘。眼前春色，垂柳垂杨。芦花容易如霜。雁声长，几时飞到？高城远树，乱堞斜阳。　十年冠剑独昂藏，古来事事堪伤。狐狸谁问？何况豺狼！蓟门山影茫茫。好秋光！无端孤负，阑干倚遍，风物苍凉。

【评】谭献曰：止庵《词辨》所谓“既成格调求实，实则精力弥满”者也。（《箧中词》四）

百宜娇

道光己酉秋日，雨中与西涧饮扬州湖舫。

倚帽愁烟，泊舟疑梦，凄绝那知游倦？远树遮楼，望中人杳，落叶满天残恨。谁从吟处，尚记得湖山春影。蓦孤蓬点点秋声，与君宜醉休醒。　空惆怅酒杯易暝。云色作浓阴，暮晴无准。三月桃花，一堤杨柳，箫鼓当时曾听。荒园废冢，怕此后莺声难问。趁羁孤百感茫茫，雨斜风整。

【评】谭献曰：宋玉微词，兰成小赋。（《箧中词》四）

右许宗衡词三首，录自《玉井山馆诗馀》。

［小传］

许宗衡字海秋，江苏上元人。嘉庆十六年（1811）生。咸丰进士，官至起居注主事。同治八年（1869）卒。著有《玉井山馆文略》《玉井山馆诗馀》。

［集评］

谭献曰：海秋先生，伤心人别有怀抱，胸襟酝酿，非寻常文士，度越少鹤通政，为近词一大宗。(《箧中词》四)

蒋春霖

木兰花慢 江行晚过北固山

泊秦淮雨霁，又灯火，送归船。正树拥云昏，星垂野阔，暝色浮天。芦边夜潮骤起，晕波心月影荡江圆。梦醒谁歌楚些？泠泠霜激哀弦。　婵娟，不语对愁眠，往事恨难捐。看莽莽南徐，苍苍北固，如此山川！钩连更无铁锁，任排空樯橹自回旋。寂寞鱼龙睡稳，伤心付与秋烟。

【评】谭献曰：子山、子美，把臂入林。（《箧中词》五）

浪淘沙

云气压虚阑，青失遥山。雨丝风絮一番番。上巳清明都过了，只是春寒。　华发已无端，何况华残？飞来胡蝶又成团。明日朱楼人睡起，莫卷帘看。

【评】谭献曰：郑湛侯为予言："此词本事，盖感兵事之连结、人才之惰窳而作。"（《箧中词》五）

柳梢青

芳草闲门，清明过了，酒滞香尘。白楝华开，海棠华落，容易黄昏。　东风阵阵斜曛，任倚遍红阑未温。一片春愁，渐吹渐起，恰似春云。

【评】谭献曰：自然。（《箧中词》五）

踏莎行 癸丑三月赋

叠砌苔深，遮窗松密，无人小院纤尘隔。斜阳双燕欲归来，卷帘错放杨华入。　蝶怨香迟，莺嫌语涩，老红吹尽春无力。东风一夜转平芜，可怜愁满江南北。

甘州

甲寅元日，赵敬甫见过。

又东风唤醒一分春，吹愁上眉山。趁晴梢剩雪，斜阳小立，人影珊珊。避地依然沧海，险梦逐潮还。一样貂裘冷，不似长安。

多少悲笳声里，认匆匆过客，草草辛盘。引吴钩不语，酒罢玉犀寒。总休问杜鹃桥上，有梅花且向醉中看。南云暗，任征鸿去，莫倚阑干。

【评】陈廷焯曰：鹿潭深于乐笑翁，故措语多清警，最豁人目。此篇情味尤深永，乃真得玉田神理，又不仅在皮相也。（《白雨斋词话》五）

忆旧游

记星街搾柳，雨径穿莎，悄叩闲门。酒态添华活，任翩翻燕子，偷啄红巾。篆销万重心字，窗影护憨云。甚飞絮年光，绿阴满地，断送春人？　痴魂，正无赖，又琵琶弦上，迸起烟尘。鸿影惊回雪，怅天寒竹翠，色暗罗裙。黛蛾更羞重斗，避面月黄昏。教说与东风，垂杨淡碧吹梦痕。

鹧鸪天

杨柳东塘细水流，红窗睡起唤晴鸠。屏间山压眉心翠，镜里波生鬓角秋。　临玉管，试琼瓯，醒时题恨醉时休。明朝华落归鸿尽，细雨春寒闭小楼。

【评】谭献曰：字字用意，气体甚高，不易到也。（《箧中词》五）

角招

壬子正月，游慈慧寺。舟穿梅华林，曲折数里而至。石峰峭碧，沙水明洁，佛楼藏松阴中，清凉悦人。十年后与郭尧卿复过其地，则夕烽不远，寺门阒然闭，梅树半摧为薪，存者亦蕉萃如不欲华。尧卿谓："白石正角招谱，后罕有和者，曷倚新声纪今日事？"余既命笔砚，尧卿击节而歌，盖凄然不可卒听也！

暮寒际，谁家尚遣扁舟，去看烟水？橹枝沙外倚，忘却那回，华下游事。山灵倦矣！渐露出双峰憔悴。十里寒香何在？剩千万树梅魂，伴铜仙垂泪。　还喜，梵王殿址，松梢塔影，陈迹残僧指。四阑仍画里。戍角声声，当年无此。霜枫满地，更懒问归人归未？月上西风又起。怕潮落石桥湾，愁难洗。

虞美人

水晶帘卷澂浓雾，夜静凉生树。病来身似瘦梧桐，觉道一枝一叶怕秋风。　银潢何日销兵气？剑指寒星碎。遥凭南斗望京华，忘却满身清露在天涯。

【评】谭献曰："斜阳烟柳"，谢其温厚。（《箧中词》五）

卜算子

燕子不曾来，小院阴阴雨。一角阑干聚落华，此是春归处。

弹泪别东风，把酒浇飞絮：化了浮萍也是愁，莫向天涯去！

【评】陈廷焯曰：鹿潭穷愁潦倒，抑郁以终，悲愤慷慨，一发于词，如《卜算子》云云，何其凄怨若此！（《白雨斋词话》五）

唐多令

枫老树流丹，芦华吹又残。系扁舟同倚朱阑。还似少年歌舞地，听落叶，忆长安。　哀角起重关，霜深楚水寒。背西风归雁声酸。一片石头城上月，浑怕照，旧江山。

台城路

金丽生自金陵围城出，为述沙洲避雨光景，感成此解。时画角咽秋，灯焰惨绿，如有鬼声在纸上也。

惊飞燕子魂无定，荒洲坠如残叶。树影疑人，鸮声幻鬼，敧侧春冰途滑。颓云万叠。又雨击寒沙，乱鸣金铁。似引宵程，隔溪磷火乍明灭。　江间奔浪怒涌，断笳时隐隐，相和呜咽。野渡舟危，空村草湿，一饭芦中凄绝。孤城雾结。剩罥网离鸿，怨啼昏月。险梦愁题，杜鹃枝上血。

【评】陈廷焯曰：状景逼真，有声有色。（《白雨斋词话》五）

台城路 易州寄高寄泉

两年心上西窗雨，阑干背灯敲遍。雪拥惊沙，星寒大野，马足关河同贱。羁愁数点。问春去秋来，几多鸿雁？忘却华颠，昔时颜色梦中见。　青衫铅泪似洗，断笳明月里，凉夜吹怨。古石鼓台，悲风咽筑，酒罢哀歌难遣。飞华乱卷。对万树垂杨，故人青眼。雾隐孤城，夕阳山外远。

【评】谭献曰：豪竹哀丝，一时并奏，“马足”句千古。（《箧中词》五）

琵琶仙

五湖之志久矣！羁累江北，苦不得去。岁乙丑，偕婉君泛舟黄桥，望见烟水，益念乡土，谱白石自度曲一章，以空侯按之。婉君曾经丧乱，歌声甚哀。

天际归舟，悔轻与故国梅华为约。归雁啼入空侯，沙洲共飘泊。寒未减，东风又急，问谁管沈腰愁削？一舸青琴，乘涛载雪，聊共斟酌。　更休怨伤别伤春，怕垂老心情渐非昨。弹指十年幽恨，损萧娘眉萼。今夜冷，篷窗倦倚，为月明强起梳掠。怎奈银甲秋声，暗回清角！

【评】谭献曰：屈曲洞达，齐、梁书体。（《箧中词》五）

右蒋春霖词十四首，录自曼陀罗华阁本《水云楼词》。

［小传］

蒋春霖字鹿潭，江苏江阴人。父尊典，官荆门州。春霖以嘉庆二十三年（1818）生，随侍任所。尝登黄鹤楼，赋诗，老宿敛手，一时有“乳虎”之目。父殁，家中落，奉母游京师。既连不得志于有司，乃弃举业，就两淮鹾官，非其志也。咸丰壬子（1852），权富安场大使。丁巳（1857）遭母忧，始去官，挈家扬州之东台，居焉。庚辛之际，兵事方急，徐沟乔松年、嘉善金安清，先后争致之。春霖抵掌陈当世利弊甚辩，謇侃奋发，不以属吏自挠。上官亦礼遇之，不为牾也。同治戊辰（1868）冬，将访上元宗源瀚于衢州，道吴江，舣舟垂虹桥，一夕而卒，年五十一。姬人黄婉君殉焉。春霖故力于诗，中岁悉摧烧之，一意于词。晚年删存数十阕，为《水云楼词》二卷，杜文澜刻之《曼陀罗阁丛书》中。源瀚为刊补遗一卷。江阴金武祥复刻其遗诗，入《粟香丛书》，题曰《水云楼烬馀稿》。（节录武祥所著《蒋春霖传》）

[集评]

李肇增曰：君为诗恢雄肮脏，若《东淘杂诗》二十首，不减少陵秦州之作。乃易其工力为长短句，镂情剗恨，转豪于铢黍之间，直而致，沉而姚，曼而不靡，呜呼！君之词亦工矣。君尝谓："词祖乐府，与诗同源。偎薄破碎，失风、雅之旨。情至韵会，溯写风流，极温深怨慕之意，亦未知其同与异否也。"故以此悉力于词，登山临川，伤离悼乱，每有感慨，于是乎寄。(《水云楼词序》)

谭献曰：文字无大小，必有正变，必有家数。水云楼词，固清商变徵之声，而流别甚正，家数颇大，与成容若、项莲生，二百年中，分鼎三足。咸丰兵事，天挺此才，为倚声家杜老，而晚唐、两宋一唱三叹之意则已微矣！或曰："何以与成、项并论？"应之曰：阮亭、葆酚一流为才人之词，宛邻、止庵一派为学人之词，惟三家是词人之词，与朱、厉同工异曲，其他则旁流羽翼而已。(《箧中词》五)又曰：水云楼词，婉约深至，时造虚浑，要为第一流矣。(《复堂日记》)

陈廷焯曰：蒋鹿潭《水云楼词》二卷，深得南宋之妙，于诸家中尤近乐笑翁。竹垞自谓学玉田，恐去鹿潭尚隔一层也。又曰：词至国初而盛，至毗陵而后精。近时词人，庄中白敻乎不可尚已。谭氏仲修，亦骎骎与古为化。鹿潭稍逊皋文、庄、谭之古厚，而才气甚雄，亦铁中铮铮者。(《白雨斋词话》五)

朱孝臧曰：水云词，尽人能诵其隽快之句，嘉、道间名家，可称巨擘，宜复翁仰倒赏击，而有会于冰叔(李肇增)之言也。顾其气格驳而不纯，比之莲生差近之，正惟其才仅足为词耳。(手批《箧中词》)

薛时雨

临江仙

大风雨，过马当山。

雨骤风驰帆似舞，一舟轻度溪湾。人家临水有无间。江豚吹浪立，沙鸟得鱼闲。　　绝代才人天亦喜，借他只手回澜。而今无复旧词坛。马当山下路，空见野云还。

【评】谭献曰：结响甚遒。（《箧中词》四）

右薛时雨词一首，录自《藤香馆词》。

［小传］

薛时雨字慰农，晚号桑根老农，滁州全椒人。嘉庆二十三年（1818）生。道光二十三年（1843）举于乡，以母病，不应礼部试。至咸丰三年（1853）始成进士，出知嘉善，迁杭州府，兼署督粮道，代行布政、按察两司事。以疾归，主杭州崇文，江宁尊经、惜阴三书院。光绪十一年（1885）卒于江宁。著有《藤香馆集》，附词二种：一曰《西湖橹唱》，一曰《江舟欸乃》。其自序云：“律疏而语率，无柔肠冶态以荡其思，无远韵深情以媚其格，病根仍是犯一直字。”亦可略窥其词格矣。

俞 樾

金缕曲

次女绣孙，倚此咏落花，词意凄惋。有云："叹年华、我亦愁中老。"余谓少年人不宜作此，因广其意，亦成一阕。

花信匆匆度。算春来瞢腾一醉，绿阴如许！万紫千红飘零尽，凭仗东风送去。更不问埋香何处。却笑痴儿真痴绝，感年华写出伤心句："春去也，那能驻？" 浮生大抵无非寓。漫流连鸣鸠乳燕，落花飞絮。毕竟韶华何尝老，休道春归太遽。看岁岁朱颜犹故。我亦浮生蹉跎甚，坐花阴未觉斜阳暮。凭彩笔，绾春住。

右俞樾词一首，录自《春在堂词录》。

［小传］

俞樾字荫甫，号曲园，浙江德清人。道光元年（1821）生。以进士官编修，提督河南学政。罢归，侨居苏州。自少至老，著述不倦。主讲杭州诂经精舍至三十一年，为一时朴学之宗。光绪三十二年（1906）卒，年八十六。著有《春在堂全集》，凡五百馀卷，附《春在堂词录》。

张景祁

一枝春 落梅

不管清寒，问东风忍把高枝轻扫？瑶台梦杳，未许探芳重到。生涯惯冷，任篱落水边都好。谁会得千种飘零，并入笛声凄调。　仙云甚时流照？叹珠尘半委，萼华空老。无言更苦，肯怨早春啼鸟？关山去也，又蹴损马蹄多少？还盼取点额人归，翠尊共倒。

【评】谭献曰：茵溷飘零，感均顽艳。（《箧中词续》二）

小重山

几点疏雅眷柳条。江南烟草绿，梦迢迢。十年旧约断琼箫。西楼下，何处玉骢骄？　酒醒又今宵。画屏残月上，篆香销。凭将心事记回潮。青溪水，流得到红桥。

【评】谭献曰：高寻欧、晏，参异已之长。（《箧中词续》二）

双双燕 秋燕

玳梁对语。叹门巷乌衣，旧家谁主？巢痕刚暖，又触故园离绪。漫约催归伴侣，看玉翦将飞还住。自怜瀚海飘零，也学年年羁旅。　辛苦！天涯倦羽。怕负了深闺，寄书香缕。重帘空卷，咫尺画堂何处？容易流光梦雨，便消瘦红襟如许！何况万里西风，更送玉关人去？

【评】谭献曰：缭曲往复，不数梅溪。（《箧中词续》二）

望海潮

基隆为全台锁钥。春初海警狎至，上游拨重兵堵守。突有法兰兵轮一艘入口游奕，传是越南奔北之师，意存窥伺，越三日始扬帆去，我军亦不之诘也。

插天翠壁，排山雪浪，雄关险扼东溟。沙屿布棋，飙轮测线，龙骧万斛难经。笳鼓正连营。听回潮夜半，添助军声。尚有楼船，鲎帆影里矗危旌。　追思燕颔勋名，问谁投健笔，更请长缨？警鹤唳空，狂鱼舞月，边愁暗入春城。玉帐坐谈兵。有獞花压酒，引剑风生。甚日炎洲洗甲，沧海浊波倾？

酹江月

法夷既据基隆，擅设海禁。初冬余自新竹旧港内渡，遇敌艘巡逻者驶及之，几为所困。暴风陡作，去帆如马，始免于难。中夜抵福清之观音澳，宿茅舍，感赋。

楼船望断，叹浮天万里，尽成鲸窟。别有仙槎凌浩渺，遥指神山弭节。琼岛生尘，珠厓割土，此恨何时雪？龙愁鼍愤，夜潮犹助呜咽。　回忆鸣镝飞空，猋轮逐浪，脱险真奇绝。十幅布帆无恙在，把酒狂呼明月。海鸟忘机，溪云共宿，时事今休说！惊沙如雨，任他窗纸敲裂。

曲江秋 马江秋感

寒潮怒激。看战垒萧萧，都成沙碛。挥扇渡江，围棋赌墅，诧纶巾标格。烽火照水驿。问谁洗鲸波赤？指点鏖兵处，墟烟暗生，更无渔笛。　嗟惜，平台献策，顿销尽楼船画鹢。凄然猿鹤怨，旌旗何在？血泪沾筹笔。回望一角天河，星辉高拥乘槎客。算只有鸥边，疏荭断蓼，向人红泣。

秋霁 基隆秋感

盘岛浮螺，痛万里胡尘，海上吹落。锁甲烟销，大旗云掩，燕巢自惊危幕。乍闻唳鹤、健儿罢唱《从军乐》。念卫、霍，谁是汉家图画壮麟阁？　遥望故垒，毳帐凌霜，月华当天，空想横槊。卷西风、寒鸦陈黑，青林凋尽怎栖托？归计未成情味恶。最断魂处，惟见莽莽神州，暮山衔照，数声哀角。

【评】谭献曰：笳吹频惊，苍凉词史，穷发一隅，增成故实。（《箧中词续》二）

齐天乐

台湾自设行省，抚藩驻台北郡城，华夷辐辏，规制日廓，洵海外雄都也。赋词纪盛。

客来新述瀛洲胜，龙荒顿闻开府。画鼓春城，环灯夜市，姹队蛮鞾红舞。莎茵绣土。更车走奇肱，马徕瑶圃。莫讶琼仙，眼看桑海但朝暮。　天涯旧游试数。绿芜环废垒，啼鹃凄苦。绝岛螺盘，雄关豹守，此是神州庭户！惊涛万古。愿洗净兵戈，卷残楼橹。（近闻埤南嘉彰，土寇窃发。）梦踏云峰，曙霞天半吐。

浣溪沙

寂寂纹窗黯碧纱，瑶琴弹折落梅花，飘零杨柳怨栖鸦。
对影春衫销旧酒，误人尘镜换朝霞，十年心事两天涯。

清平乐

春雷殷地，玉女投壶戏。一朵红云飞不起，压着蟠根仙李。
百年乔木谁栽？迎风帘幕轻开。燕子不知人世，犹寻旧日楼台！

右张景祁词十首，录自百亿梅花仙馆刊本《新蘅词》。

［小传］

张景祁字蘩甫，一字韵梅，浙江钱塘人。道光七年（1827）生。（据《新蘅词》卷八《六十初度词》，越二年为光绪己丑，以此上推，当生是年。）为薛时雨门下士。光绪间成进士，以庶常改知县。晚岁由福建渡台湾，宦游淡水、基隆等地。著有《新蘅词》九卷，外集一卷。

［集评］

叶衍兰曰：《新蘅词》选调必精，擒辞必炼，有石帚之清峭而不偏于劲，有梅溪之幽隽而不失之疏，有梦窗之绵丽而不病其秾，有玉田之

婉约而不流于滑，寻声于清浊高下之别，审音于舌腭唇齿之分，剖析微茫，力追正始。(《新蘅词序》)

谭献曰：韵梅早饮香名，填词刻意姜、张，研声刊律，吾党六七人奉为导师。故山兵劫，同好晨星，乱后重见，君已摧锋落机，谢去斧藻。中年哀乐，登科已迟；又复屈承明之著作，走海国之靴板，不无黄钟瓦缶之伤；倚声日富，规制益高，骎骎乎北宋之坛宇；江东独秀，其在斯人乎？外集集古，多长篇奇制，如《洞仙歌》《解连环》之组紃石帚，真无缝天衣，当以全集沾被艺林，不悉登也。(《箧中词续》二)

庄棫

思佳客 二首　春雨

一曲歌成酒一杯，困人天气好亭台。沉沉春昼斜飞雨，寂寂闲门乱点苔。　花几簇，锦千堆，落红成阵映香腮。不如却下帘儿坐，自看同心七宝钗。

无赖今年又晚春，一春风雨倍销魂。梁间归燕空留客，叶底流莺解骂人。　飞絮绕，落花频，佩环摇荡梦中云。闭门已过春三月，莫向青郊问画轮。

高阳台 长乐渡

长乐渡边，秦淮水畔，莫愁艇子曾携。一曲西河，尊前往事依稀。浮萍绿涨前溪遍，问六朝遗迹都迷。映玻璃，白下城南，武定桥西。　行人共说风光好，爱沙边鸥梦，雨后莺啼。投老方回，练裙十幅谁题？相思子夜春还夏，到欢闻先已凄凄。更休提，烟外斜阳，柳外长堤。

【评】谭献曰：骀荡怨抑之境，为前人所未开。（《箧中词》五）

蝶恋花 四首

城上斜阳依绿树。门外斑骓，见了还相顾。玉勒珠鞭何处住？回头不觉天将暮。　风里馀花都散去。不省分开，何日能重遇？凝睇窥君君莫误，几多心事从君诉。

百丈游丝牵别院。行到门前，忽见韦郎面。欲待回身钗乍颤，近前却喜无人见。　握手匆匆难久恋。还怕人知，但弄团团扇。强得分开心暗战，归时莫把朱颜变。

绿树阴阴晴昼午。过了残春，红萼谁为主？宛转花幡勤拥护，帘前错唤金鹦鹉。　回首行云迷洞户。不道今朝，还比前朝苦。百草千花羞看取，相思只有侬和汝。

残梦初回新睡足。忽被东风，吹上横江曲。寄语归期休暗卜，归来梦亦难重续。　隐约遥峰窗外绿。不许临行，私语频相属。过眼芳华真太促，从今望断横波目。

【评】陈廷焯曰：蒿庵《蝶恋花》四章，所谓托志帷房，眷怀身世者。首章“回头”七字，感慨无限，下半声情酸楚，却又哀而不伤。次章心事曲折传出；下半韬光匿采，忧谗畏讥，可为三叹。三章词殊怨慕；次章盖言所谋有可成之机，此则伤所遇之卒不合也。故下云：“回首行云迷洞户，不道今朝，还比前朝苦。”悲怨已极。结云：“百草千花羞看取，相思只有侬和汝。”怨慕之深，却又深信而不疑；想其中或有谗人间之，故无怨当局之语；然非深于《风》《骚》者，不能如此忠厚。四章决然舍去，中有怨情，故才欲说便咽住；下半天长地久之恨、海枯石烂之情，不难得其缠绵沉厚，而难得其温厚和平。（《白雨斋词话》六）

相见欢 二首

春愁直上遥山，绣帘闲。赢得蛾眉宫样月儿弯。　云和雨，烟和雾，一般般。可恨红尘遮得断人间。

深林几处啼鹃，梦如烟。直到梦难寻处倍缠绵。　蝶自舞，莺自语，总凄然。明月空庭如水似华年。

【评】陈廷焯曰：二词用意、用笔，超越古今，能将《骚》《雅》真消息吸入笔端，更不可以时代限也。（《白雨斋词话》六）

定风波

为有书来与我期，便从兰杜惹相思。昨夜蝶衣刚入梦，珍重，东风要到送春时。　三月正当三十日，占得，春光毕竟共春归。只有成阴并结子，都是，而今但愿着花迟。

【评】陈廷焯曰：蒿庵词有看似平常，而寄兴深远，耐人十日思

者，如《定风波》云云，暗含情事，非细味不见。（《白雨斋词话》六）

凤凰台上忆吹箫

瓜渚烟消，芜城月冷，何年重与清游？对妆台明镜，欲说还羞。多少东风过了，云缥缈何处勾留？都非旧，君还记否？吹梦西洲。　悠悠，芳辰转眼，谁料到而今，尽日楼头。念渡江人远，侬更添忧。天际音书久断，还望断天际归舟。春回也！怎能教人，忘了闲愁？

【评】谭献曰：清空如话，不至轻僄，消息甚微。（《箧中词》五）

陈廷焯曰：纯是变化《风》《骚》，温、韦几非所屑就，尚何有于姜、史？（《白雨斋词话》六）

右庄棫词十一首，录自《蒿庵遗集》。

［小传］

庄棫字中白，江苏丹徒人。治《易》《春秋》，兼通纬候。先世业鹾，后家中落，校书淮南、江宁各官书局（“各官书局”四字，初印本无，系修订本增补），以光绪四年（1878）卒。著有《蒿庵遗稿》，词甲、乙稿及补遗附焉。棫自序谓：“向从北宋溯五代十国，今复下求南宋得失离合之故。”足见其词学渊源所自。与谭献齐名。朱孝臧合题二家词集云：“皋文说，沆瀣得庄、谭。感遇霜飞怜镜子，会心衣润费炉烟，妙不著言诠。”（《彊邨语业》卷三）据此，知二氏固常州派之后劲也。

［集评］

谭献曰：闺中之思，灵均之遗则，动于哀愉而不能自已，中白当日：“非我佳人，莫之能解也。”（《箧中词》五）

陈廷焯曰：蒿庵词穷源竟委，根柢盘深，而世人知之者少。余观其词，匪独一代之冠，实能超越三唐、两宋，与《风》《骚》、汉乐府相表里，自词人以来，罕见其匹。而究其得力处，则发源于《国风》《小雅》，胎息于淮海、大晟，而寝馈于碧山也。（《白雨斋词话》五）

谭献

青门引

人去阑干静，杨柳晓风初定[1]。芳春此后莫重来，一分春少，减却一分病。　离亭薄酒终须醒，落日罗衣冷。绕楼几曲流水，不曾留得桃花影。

【评】陈廷焯曰：透一层说更深，即“相见争如不见”意。又曰：此词凄婉而深厚，纯乎《骚》《雅》。（《白雨斋词话》五）

蝶恋花 二首

庭院深深人悄悄。埋怨鹦哥，错报韦郎到。压鬓钗梁金凤小，低头只是闲烦恼。　花发江南年正少。红袖高楼，争抵还乡好？遮断行人西去道，轻躯愿化车前草。

玉颊妆台人道瘦。一日风尘，一日同禁受。独掩疏栊如病酒，卷帘又是黄昏后。　六曲屏前携素手。戏说分襟，真遣分襟骤。书札平安君信否？梦中颜色浑非旧。

1.晓，初印本作“晚”。

【评】陈廷焯曰："庭院深深"阕，上半传神绝妙，下半沉痛已极，所谓"情到海枯石烂时"也。"玉颊妆台"阕，上半沉至语，殊觉哀而不伤，怨而不怒；下半相思刻骨，寤寐潜通，顿挫沉郁，可以泣鬼神矣！（《白雨斋词话》五）。

叶恭绰曰：正中、六一之遗。（《广箧中词》二）

金缕曲 江干待发

又指离亭树。恁春来消除愁病，鬓丝非故。草绿天涯浑未遍，谁道王孙迟暮？肠断是空楼微雨。云水荒荒人草草，听林禽只作伤心语。行不得，总难住。　今朝滞我江头路。近篷窗岸花自发，向人低舞。裙衩芙蓉零落尽，逝水流年轻负。渐惯了单寒羁旅。信是穷途文字贱，悔才华却受风尘误。留不得，便须去。

【评】叶恭绰曰：如此方可云"清空不质实"。（《广箧中词》二）

鹧鸪天

绿酒红灯漏点迟，黄昏风起下帘时。文鸳莲叶成漂泊，幺凤桐花有别离。　云澹澹，雨霏霏，画屏闲煞素罗衣。腰支眉黛无人管，百种怜侬去后知。

一萼红 吴山

黯愁烟，看青青一片，犹认旧眉山。花发楼头，絮飞陌上，春色还似当年。翠苔畔曾容醉卧，听语笑风动画秋千。一曲琴丝，十三筝柱，原是人间。　细数总成残梦，叹都迷踪迹，只有留连。劫换红羊，巢空紫燕，重来步步回旋。尽消受云飞雨散，化胡蝶犹绕旧阑干。不分中年到时，直恁荒寒！

洞仙歌 初秋

杨枝弄碧，系天涯心眼，几日凉风便零乱。画桥边一片流水无声，人独立，暮角将愁吹断。　春城烟雨里，如梦帘栊，曾拂檐花笑相见。我已厌闻歌，玉笛苍凉，又吹起十年清怨。问采采夫容隔西洲，却树下门前，为谁留恋？

渡江云

大观亭同阳湖赵敬甫、江夏郑赞侯。

大江流日夜，空亭浪卷，千里起悲心。问花花不语，几度轻寒，恁处好登临？春幡颤袅，怜旧时人面难寻。浑不似故山颜色，鸾燕共沉吟。　销沉，六朝裙屐，百战旌旗，付渔樵高枕。何处有藏鸦细柳，系马平林？钓矶我亦垂纶手，看断云飞过荒浔。天未暮，帘前只是阴阴。

【评】叶恭绰曰：曲而有直体。（《广箧中词》二）

桂枝香 秦淮感秋

瑶流自碧，便作就可怜，如许秋色，只是烟笼水冷，后庭歌歇。帘波澹处留人景，裹西风数声长笛。彩旗船舫，华灯鼓吹，无复消息。　念旧事沉吟省识。问曾照当年，惟有明月。拾翠汀洲，密意总成萧瑟。秦淮万古多情水，奈而今秋燕如客。望中何限，斜阳衰草，大江南北。

临江仙 和子珍

芭蕉不展丁香结，匆匆过了春三。罗衣花下倚娇憨。玉人吹笛，眼底是江南。　最是酒阑人散后，疏风拂面微酣。树犹如此我何堪？离亭杨柳，凉月照毵毵。

【评】陈廷焯曰：语极清隽，琅琅可讽，“玉人吹笛”二语，尤为警绝。（《白雨斋词话》五）

右谭献词十首，录自《复堂类集》本《复堂词》及《白雨斋词话》。

[**小传**]

谭献初名廷献，字仲修，号复堂，浙江仁和人。道光十二年(1832)生。同治六年(1867)举人，纳资为县令，历署歙县、全椒、合肥知县。旋归隐，锐意撰述，为一时物望所归。光绪二十七年(1901)卒，年七十。工骈体文，于词学致力尤深，选清人词为《箧中词》六卷，续三卷，至精审，学者奉为圭臬。又曾评点《骈体文钞》及周止庵《词辨》，皆能度人金针者，亦近代词坛之一大宗师也。

[**集评**]

陈廷焯曰：(复堂词)品骨甚高，源委悉达，窥其胸中、眼中，下笔时匪独不屑为陈、朱，尽有不甘为梦窗、玉田处，所传虽不多，自是高境。余尝谓近时词人，庄中白尚矣，蔑以加矣，次则谭仲修，鹿潭虽工词，尚未升《风》《骚》之堂也。又曰：仲修小词绝精，长调稍逊，盖于碧山深处，尚少一番涵咏功也。(《白雨斋词话》五)

叶恭绰曰：仲修先生承常州派之绪，力尊词体，上溯《风》《骚》，词之门庭，缘是益廓，遂开近三十年之风尚。论清词者，当在不祧之列。(《广箧中词》二)

王鹏运

念奴娇

登旸台，上绝顶，望明陵。

登临纵目，对川原绣错，如接襟袖。指点十三陵树影，天寿低迷如阜。一霎沧桑，四山风雨，王气销沉久！涛生金粟，老松疑作龙吼。　惟有沙草微茫，白狼终古，滚滚边墙走。野老也知人世换，尚说山灵呵守。平楚苍凉，乱云合沓，欲酹无多酒。出山回望，夕阳犹恋高岫。

八声甘州 送伯愚都护之任乌里雅苏台

是男儿万里惯长征，临歧漫凄然。只榆关东去，沙虫猿鹤，莽莽烽烟。试问今谁健者？慷慨着先鞭。且袖平戎策，乘传行边。　老去惊心鼙鼓，叹无多哀乐，换了华颠。尽雄虺琐琐，呵壁问苍天。认参差神京乔木，愿锋车归及中兴年。休回首，算中宵月，犹照居延。

祝英台近 次韵道希感春

倦寻芳，慵对镜，人倚画阑暮。燕妒莺猜，相向甚情绪？落英依旧缤纷，轻阴难乞，枉多事愁风愁雨。　小园路，试问能几销凝？流光又轻误。联袂留春，春去竟如许！可怜有限芳菲，无边风月，恁都付等闲风絮。

玉漏迟

望中春草草，残红卷尽，旧愁难扫。载酒园林，往日游情倦了！几点飘零花絮，做弄得阴晴多少？归梦好，宵来犹记，骖鸾空到。　尾长翼短如何？算愁里听歌，也伤怀抱。烂锦年华，谁信春残恁早？留取花梢日在，休冷落旧家池沼。吟思悄，此恨鹧鸪能道。

点绛唇 饯春

抛尽榆钱，依然难买春光驻。饯春无语，肠断春归路。　春去能来，人去能来否？长亭暮，乱山无数，只有鹃声苦。

南乡子

斜月半胧明，冻雨晴时泪未晴。倦倚香篝温别语，愁听，鹦鹈催人说四更。　此恨拚今生，红豆无根种不成。数遍屏山多少路，青青，一片烟芜是去程。

浣溪沙 题丁兵备文画马

苜蓿阑干满上林，西风残秣独沉吟，遗台何处是黄金？　空阔已无千里志，驰驱枉抱百年心，夕阳山影自萧森。

减字木兰花

婆娑醉舞，呵壁无灵天不语。独上荒台，秋色苍然自远来。
古人不见，满目荆榛文字贱。莫莫休休，日凿终为浑沌忧。

沁园春

岛佛祭时，艳传千古。八百年来，未有为词修祀事者。今年辛峰来京度岁，倡酬之乐，雅擅一时。因于除夕，陈词以祭，谱此迎神，而以送神之曲属吾弟焉。

词汝来前！酹汝一杯，汝敬听之。念百年歌哭，谁知我者？千秋沆瀣，若有人兮。芒角撑肠，清寒入骨，底事穷人独坐诗？空中语，问绮情忏否？几度然疑。　玉梅冷缀莓枝，似笑我吟魂荡不支。叹春江花月，竞传宫体；楚山云雨，枉托微词。画虎文章，屠龙事业，凄绝商歌入破时。长安陌，听喧阗箫鼓，良夜何其？

【评】叶恭绰曰：奇情壮采。（《广箧中词》二）

又 代词答

词告主人：釂君一觞，吾言滑稽。叹壮夫有志，雕虫岂屑？小言无用，刍狗同嗤。捣麝尘香，赠兰服媚，烟月文章格本低。平生意，便俳优帝畜，臣职奚辞？　无端惊听还疑，道词亦穷人大类诗。笑声偷花外，何关著作？情移笛里，聊寄相思。谁遣方心，自成沓舌，翻讶金荃不入时！今而后，倘相从未已，论少卑之。

摸鱼子

以汇刻宋、元人词赠次珊，承赋词报谢，即用原调酬之。

莽风尘雅音寥落，孤怀郁郁谁语？十年铅椠殷勤抱，弦外独寻琴趣。堪叹处，恁拍到红牙，心事纷如许！低徊吊古。试一酹前修，有灵词客，知我断肠否？　文章事，覆瓿代薪朝暮，新声那辨钟缶？怜渠抵死耽佳句，语便惊人何补！君念取，底断谱零缣，留得精神住？伫辛伫苦。且醉上金台，酣歌击筑，杂沓任风雨。

临江仙

枕上得“家山”二语，漫谱此调。梦生于想，歌也有思，不自知其然而然也。

歌哭无端燕月冷，壮怀销到今年。断歌凄咽若为传。家山春梦里，生计酒杯前。　茆屋石田荒也得，梦归犹是家山。南云回首落谁边？拟呵湘水壁，一问左徒天。

三姝媚

次珊读唐人“息夫人不言赋”，有感于“外结舌而内结肠，先钳心而后钳口”之语，赋词索和，聊复续声，亦“盍各”之旨也。

蘼芜春思远。采芳馨愁贻，黛痕深敛。薄命怜花，倚东风罗袖，泪珠偷泫。暝入西园，容易又林禽声变。那得相思，付与青苹，自随蓬转。　惆怅罗衾扪遍。便梦隔欢期，旧恩还恋。芳意回环，认鸳机锦字，断肠缄怨。缕缕丝丝，拚袅尽香心残篆。漫想歌翻璧月，临春夜满。

【评】叶恭绰曰：缠绵往复。（《广箧中词》二）

玉楼春

好山不入时人眼，每向人家稀处见。浓青一桁拨云来，沉恨万端如雾散。　山灵休笑缘终浅，作计避人今未晚。十年缁尽素衣尘，雪鬓霜髯尘不染。

浪淘沙　自题《庚子秋词》后

华发对山青，客梦零星，岁寒濡呴慰劳生。断尽愁肠谁会得？哀雁声声。　心事共疏檠，歌断谁听？墨痕和泪渍清冰。留得悲秋残影在，分付旗亭。

满江红

朱仙镇谒岳鄂王祠，敬赋。

风帽尘衫，重拜倒朱仙祠下。尚仿佛英灵接处，神游如乍。往事低徊风雨疾，新愁黯淡江河下。更何堪雪涕读题诗，残碑打！　黄龙指，金牌亚。旌旆影，沧桑话。对苍烟落日，似闻悲咤。气耸蛟鼍澜欲挽，悲生笳鼓民犹社。抚长松郁律认南枝，寒涛泻。（道光季年，河决开封，举镇惟岳祠无恙。壬午扶护南归，曾梦游祠下。）

鹧鸪天

登玄墓还元阁，用叔问《重泊光福里》韵。

云意阴晴覆寺桥，秋声瑟瑟径萧萧。五湖新约尊前订，十月轻寒画里销。　凭翠槛，数烟梢，一楼人外万峰高。青山阅尽兴亡感，付与松风话市朝。

右王鹏运词十七首，录自《半塘定稿》。

［小传］

王鹏运字幼遐，自号半塘老人，晚号鹜翁，广西临桂人，原籍浙江山阴。道光二十八年（1848）生。同治庚午（1870）举人，历官内阁侍读、监察御史、礼科给事中。庚子（1900），八国联军侵入北京，鹏运与朱祖谋、刘福姚集宣武门外教场头条胡同寓宅，相约填词，成《庚子秋词》二卷。光绪二十八年（1902）南归，主扬州仪董学堂。三十年（1904）六月，卒于苏州，年五十六。鹏运内性淳笃，接物和易，能为晋人清谈、东方滑稽，往往一言隽永，令人三日思不能置。尝汇刻《花间集》以迄宋、元诸家词为《四印斋所刻词》。其词学承常州派之馀绪而发扬光大之，以开清季诸家之盛。　自刻所作词曰《袖墨》《虫秋》《味梨》《蜩知》等集，以丙、丁、戊题稿，缺甲稿，以生平未登甲科为憾也。其后删订为《半塘定稿》，附剩稿，祖谋为刻于广州，并题词云：

“香一瓣，长为半塘翁。得象每兼花外永，起孱差较茗柯雄，岭表此宗风。”（《望江南》）亦见其倾倒之至矣。（参阅况周颐《半塘老人传》及余旧作《清季四大词人》）

［集评］

朱祖谋曰：君词导源碧山，复历稼轩、梦窗以还清真之浑化，与周止庵氏说契若针芥。（《半塘定稿序》）

叶恭绰曰：幼遐先生于词学独探本原，兼穷蕴奥，转移风会，领袖时流，吾常戏称为桂派先河，非过论也。彊邨翁学词，实受先生引导。文道希丈之词，受先生攻错处，亦正不少。清季能为东坡、片玉、碧山之词者，吾于先生无间焉。（《广箧中词》二）

沈曾植

渡江云 赠文道希

十分春已去，孤花隐叶，怊怅倚阑心。客游今倦矣！珍重韶光，还共醉花阴。长亭短堠，向从来雨黯烟沉。人何处？匣中宝剑，挂壁作龙吟。　登临，秦时明月，汉国山河，尽云寒雁噤。行不得鹧鸪啼晚，苦竹穿林。寻常总道归帆好，者归帆愁与潮深。苍然暮，高山流水鸣琴。

临江仙 沪上与子封同居作

倦客池塘残梦在，秋声不是春声。小屏风上数行程。三危玄趾，关塞不分明。　楼阁平芜天远近，长宵圆月孤清。夜阑珍重短檠灯。对床病叟，攲枕话平生。

前调

彊邨词来，调高意远，讽味不足，聊复继声。

西北浮云车盖去，晚来心与飘风。高楼独上与谁同？名随三老隐，声在九歌终。　不是凭阑无下意，新来筋力添慵。江心桃竹倚从容。音书迟雁字，经本閟龙宫。

右沈曾植词三首，录自《曼陀罗寱词》。

［小传］

沈曾植字子培，号巽斋，晚号寐叟，浙江嘉兴人。道光三十年（1850）生。光绪庚辰（1880）进士，官至安徽布政使。清亡，侨寓上海，为一代儒宗。学识淹博，尤精于西北史地。所居海日楼，中外学人争往质疑问字，座客常满。民国十一年（1922）卒，年七十三。所著书已刊行者有《蒙古源流笺证》《元秘史注》《海日楼诗》《曼陀罗寱词》等，尚不及全书十之一二云。

文廷式

贺新郎

别拟西洲曲，有佳人高楼窈窕，靓妆幽独。楼上春云千万叠，楼底春波如縠。梳洗罢卷帘游目。采采芙蓉愁日暮，又天涯芳草江南绿。看对对，文鸳浴。　侍儿料理裙腰幅，道带围近日宽尽，眉峰长蹙。欲解明珰聊寄远，将解又还重束。须不羡陈娇金屋。一霎长门辞翠辇，怨君王已失苕华玉。为此意，更踯躅。

【评】叶恭绰曰：何减东坡“乳燕飞华屋”。（《广箧中词》一）

临江仙 壬午广州作

岭表寻春春色异，木棉处处开花。橹声人语共咿哑。蛮神依桎梏，水市足蚝虾。　一曲招郎才调好，（道光间，招子容孝廉作“粤讴”，词甚凄丽。）闲听蜑女琵琶。剪风丝雨送归鸦。近来情性别，不吊《素馨斜》。

蝶恋花

九十韶光如梦里。寸寸关河，寸寸销魂地。落日野田黄蝶起，古槐丛荻摇深翠。　惆怅玉箫催别意。蕙些兰骚，未是伤心事。重叠泪痕缄锦字，人生只有情难死！

【评】叶恭绰曰：沉痛。（《广箧中词》一）

水龙吟

落花飞絮茫茫，古来多少愁人意！游丝窗隙，惊飚树底，暗移人世。一梦醒来，起看明镜，二毛生矣！有葡萄美酒，芙蓉宝剑，都未称，平生志。　我是长安倦客，二十年、软红尘里。无言独对，青灯一点，神游天际。海水浮空，空中楼阁，万重苍翠。待骖鸾归去，层霄回首，又西风起。

【评】王瀣曰：思涩笔超，后片字字奇幻，使人神寒。（手批《云起轩词钞》）

叶恭绰曰：胸襟兴象，超越凡庸。（《广箧中词》一）

鹧鸪天 即事

劫火何曾燎一尘？侧身人海又翻新。闲拈寸砚磨砻世，醉折繁花点勘春。　闻柝夜，警鸡晨，重重宿雾锁重闉。堆盘买得迎年菜，但喜红椒一味辛。

浣溪沙 旅情

畏路风波不自难，绳床聊借一宵安，鸡鸣风雨曙光寒。　秋草黄迷前日渡，夕阳红入隔江山。人生何事马蹄间？（用山巨源语。）

永遇乐 秋草

落日幽州，凭高望处，秋思何限？候雁哀鸣，惊麏昼窜，一片飞蓬卷。西风万里，逾沙越漠，先到斡难河畔。但苍然平皋接轸，玉关消息初断。　千秋只有，明妃冢上，长是青青未染。闻道胡儿，祁连每过，泪落笳声怨。风霜未改，关河犹昔，汗马功名今贱。惊心是南山射虎，岁华易晚。

【评】王瀣曰：此作极似曹珂雪“和竹垞雁门关”一首，其用意、

用笔，各有独到处。又曰：后遍源出稼轩。（手批《云起轩词钞》）

祝英台近

剪鲛绡，传燕语，黯黯碧云暮。愁望春归，春到更无绪。园林红紫千千，放教狼藉，休但怨连番风雨。　谢桥路，十载重约钿车，惊心旧游误。玉佩尘生，此恨奈何许！倚楼极目天涯，天涯尽处，算只有濛濛飞絮。

【评】王瀣曰：此作得稼轩之骨。又曰："愁望"以下，其怨愈深，后遍讽刺不少。（手批《云起轩词钞》）

叶恭绰曰：与稼轩"宝钗分"，同为感时之作。（《广箧中词》一）

八声甘州

送志伯愚侍郎赴乌里雅苏台参赞大臣之任，同盛伯羲祭酒、王幼霞御史、沈子培刑部作。

响惊飙越甲动边声，烽火彻甘泉。有六韬奇策，七擒将略，欲画凌烟。一枕瞢腾短梦，梦醒却欣然。万里安西道，坐啸清边。　策马冻云阴里，谱胡笳一阕，凄断哀弦。看居庸关外，依旧草连天。更回首淡烟乔木，问神州今日是何年？还堪慰，男儿四十，不算华颠。

【评】王瀣曰：后遍豪宕而神色愈凄。（手批《云起轩词钞》）

叶恭绰曰：有关掌故。（《广箧中词》一）

摸鱼儿 惜春

恁啼鹃苦催春去，春城依旧如画。年年芳草横门路，换却王孙骢马。春思乍，甚絮乱丝繁，又过寒食也！残阳易下。好飞盖西园，玉觞满引，秉烛共游夜。　琼楼迥，孤负缄词锦帕，铜仙铅泪休泻。落红可及庭阴绿？付与流莺清话。歌舞罢，便熨体春衫，今日从弃舍。雕鞍暂卸。纵行遍天涯，梦魂惯处，犹恋旧亭榭。

【评】王瀣曰：精粹之作，后遍尤深婉。读此，觉北宋稍率，南宋稍弱矣。（手批《云起轩词钞》）

叶恭绰曰：回肠荡气，忠爱缠绵。（《广箧中词》一）

西江月

削竹闲裁菊枕，煮茶自洗椰瓢。一灯摇梦雨萧萧，苔院更无人到。　世翳已除眼缬，愁尘不上眉梢。布衣来往秀江桥，休问五陵年少。

【评】王瀣曰：句特疏秀。（手批《云起轩词钞》）

翠楼吟

岁暮江湖，百忧如捣，感时抚己，写之以声。

石马沉烟，银凫蔽海，击残哀筑谁和？旗亭沽酒处，看大艑风樯轲峨。（王校：古歌辞有“大艑珂峨头”。手稿原作“轲峨”，徐刊作“峨轲”，岂知“峨”作“平”，不知“二十哿”原有“峨”作“仄”耶？）元龙高卧。便冷眼丹霄，难忘青琐。真无那！冷灰寒柝，笑谈江左。　一笴，能下聊城，算不如呵手，试拈梅朵。苕鸠栖未稳，更休说山居清课。沉吟今我，只拂剑星寒，欹瓶花妥。清辉堕，望穷烟浦，数星渔火。

【评】叶恭绰曰：气象颖异，彊邨所谓“兀傲固难双”也。（《广箧中词》一）

鹧鸪天 赠友

万感中年不自由，角声吹彻古梁州。荒苔满地成秋苑，细雨轻寒闭小楼。　诗漫与，酒新刍，醉来世事一浮沤。凭君莫过荆、高市，滹水无情也解愁。

【评】叶恭绰曰：神似稼轩。(《广箧中词》一)

好事近 湘舟有作

翠岭一千寻，岭上彩云如幄。云影波光相射，荡楼台春绿。仙鬟撩鬓倚双屏，窈窕一枝玉。日暮九疑何处？认舜祠丛竹。

【评】王瀣曰：秾绝！(手批《云起轩词钞》)

忆旧游 秋雁 庚子八月作

怅霜飞榆塞，月冷枫江，万里凄清。无限凭高意，便数声长笛，难写深情。望极云罗缥渺，孤影几回惊。见龙虎台荒，凤凰楼迥，还感飘零。　梳翎，自来去，叹市朝易改，风雨多经。天远无消息，问谁裁尺帛，寄与青冥？遥想横汾箫鼓，兰菊尚芳馨。又日落天寒，平沙列幕边马鸣。

南乡子 病中戏笔

一室病维摩，且喜闲庭掩雀罗。煮药翻书浑有味，呵呵！老子无愁世则那？　莽莽旧山河，谁向新亭泪点多？惟有鹧鸪声解道：哥哥，行不得时可奈何！

右文廷式词十六首，录自文氏手写《云起轩词》及南陵徐氏《怀豳杂俎》本《云起轩词钞》。

［小传］

文廷式字道希，号芸阁，江西萍乡人。咸丰六年丙辰（1856）生。以父星瑞官高廉兵备道，侨居广州。光绪壬午（1882）中式顺天乡试举人，庚寅（1890）成进士，殿试一甲第二名及第，授职编修，擢侍读学士。以盛名抗直，为忌者所中，罢官。戊戌（1898）政变，几陷不测。东走日本，为彼邦学者内藤虎等所推重。返国后益潦倒，以光绪三十年甲辰（1904）卒于萍乡，年四十九。廷式博学强识，慷慨有大志，尤长史部，著《纯常子枝语》，积稿数十册，近岁有人始为其整理完竣[1]，雕版行世。其门人徐乃昌刻其《云起轩词钞》一卷于《怀豳杂俎》中，与后来江宁王氏影印手稿本，互有出入，予曾辑录为《重校集评云起轩词》。文氏于清代浙西、常州两词派之外，独树一帜。朱孝臧题其词集云："闲金粉，曹、郐不成邦。拔戟异军成特起，非关词派有西江，兀傲故难双。"（《彊邨语业》卷三）亦可见其推许之至矣。（参阅沈曾植撰《文云阁墓表》及《昭萍志略·人物志》本传。）

［集评］

夏敬观曰：近人惟文道希学士，差能学苏。（手批《东坡词》）

冒广生曰：道希论本朝人词，谓："曹珂雪有俊爽之致，蒋鹿潭有深

1.有人，初印本作"番禺汪氏双照楼"。又"整理完竣"四字，初印本无。

沉之思，成容若学阳春之作而笔意稍轻，张皋文具子瞻之心而才思未逮。”又言：“自朱竹垞以玉田为宗，所选《词综》，意旨枯寂。后人继之，尤为冗漫，以二窗为祖祢，视辛、刘若仇雠，家法若斯，庸非巨谬！”（榆案：以上见《怀豳杂俎》本文氏《云起轩词钞自序》。）故其所作《云起轩词》浑脱浏漓，有出尘之致，亦可谓出其馀事，足了千人者矣。（《小三吾亭词话》卷一）

胡先骕曰：《云起轩词》，意气飙发，笔力横恣，诚可上拟苏、辛，俯视龙洲。其令词秾丽婉约，则又直入《花间》之室。盖其风骨遒上，并世罕睹，故不从时贤之后，局促于南宋诸家范围之内，诚如所谓美矣善矣。（《学衡杂志》第二七期《评云起轩词钞》）

郑文焯

留春令

中秋夜，红楼离席。

镜华空满，怨红都在，旧时罗帊。早是销凝泪无多，怎留向、临歧洒？　枕上阳关催夙驾，忍今宵歌罢。从此西楼翠尊空，愿明月、无圆夜。

虞美人

镜屏香冷芙蓉荐，花趁人凝澹。问谁下马看梳头？长是画帘高卷卧清秋。　宿妆留得新眉在，人意依前改。一沟脂水绕楼东，中有几行闲泪往来红。

玉楼春

梅花过了仍风雨，着意伤春天不许。西园词酒去年同，别是一番惆怅处。　一枝照水浑无语，日见花飞随水去。断红还逐晚潮回，相映枝头红更苦！

采桑子

凭高满面东风泪，独立江亭，流水歌声，销尽年涯不暂停。
归来自掩香屏卧，残月新莺，梦好须惊，知是伤春第几生？

湘春夜月

最销魂，画楼西畔黄昏。可奈送了斜阳，新月又当门。自见海棠初谢，算几番醒醉，立尽花阴。念隔帘半面，香酬影答，都是离痕。　哀筝自语，残灯在水，轻梦如云。凤帐笼寒，空夜夜报君红泪，销黯罗襟。蓬山咫尺，更为谁青鸟殷勤？怕后约误东风一信，香桃瘦损，还忆而今。

谒金门

钗凤坠，人意不如初会。圆月后逢歌舞地，断肠明镜里。
早是君心难恃，恨不玉颜先悴。恩重娇多情易费，枕函花有泪。

浣溪沙

从石楼、石壁，往来邓尉山中。

一半梅黄杂雨晴，虚岚浮翠带湖明，闲云高鸟共身轻。　山果打头休论价，野花盈手不知名，烟峦直是画中行。

谒金门 三首

行不得！黦地衰杨愁折。霜裂马声寒特特，雁飞关月黑。目断浮云西北，不忍思君颜色。昨日主人今日客，青山非故国。

留不得！肠断故宫秋色。瑶殿琼楼波影直，夕阳人独立。见说长安如弈，不忍问君踪迹。水驿山邮都未识，梦回何处觅？

归不得！一夜林乌头白。落月关山何处笛？马嘶还向北。鱼雁沉沉江国，不忍闻君消息。恨不奋飞生六翼，乱云愁似幂。

【评】叶恭绰曰：沉痛。（《广箧中词》二）

迷神引

看月开帘惊飞雨，万叶战秋红苦。霜飙雁落，绕沧波路。一声声，催笳管，替人语。银烛金炉夜，梦何处？到此无聊地，旅魂阻。　眷想神京，缥缈非烟雾。对旧河山，新歌舞。好天良夕，怪轻换华年柱。塞庭寒，江关暗，断钟鼓。寂寞衰灯侧，空泪注。苕苕云端隔，寄愁去。

安公子

急雨惊鸣瓦，转檐风叶纷如洒。闭户青山飞不去，对沧洲屏画。换眼底衰红败翠供愁写。窥冷檠半落吟边灺。正酒醒无寐，怊怅京书题罢。　到此沉沉夜，为谁清泪如铅泻？梦想铜驼歌哭地，送西园车马。叹去后阑干一霎花开谢，空怨啼望帝春魂化。算岁寒南鹤，解道尧年旧话。

六丑 芙蓉谢后作

又年芳催老，悄立遍阑干危碧。怨花后期，无言花暗泣，黦地谁惜？更洒黄昏雨，水环风佩，数断红消息。罗裳自染秋江色。繐帐才遮，珠茵旋积。盈盈怎堪攀摘？只轻朱薄粉，愁上簪帻。

西园霜夕，照清池宴席。步绮凌波地，成往迹。尊前换尽吟客。纵仙城梦见，玉颜非昔。钗钿坠似曾相识。终不向一镜东风媚晚，鬓边狼藉。飘零恨独在江国。怕旧题锦段重重泪，无人赠得。

庆春宫 冬绪羁吟

红叶家林，苍烟邻寺，岁残未了秋声。门柳鸦寒，庭莎蛩老，浸霜月气冥冥。夜窗灯晕，镇摇落山川旧情。伤心年事，何限繁华，不抵飘零。　　追思结客幽并，连骑云骄，看剑星横。谁分萧条，哀时词赋，过江无泪堪倾。暮鸿天远，奈重拍燕歌自惊。一生怊怅，拼与江南，空老兰成。

前调

同羁夜集，秋晚叙意。

霜月流阶，芜烟衔苑，戍笳愁度严城。残雁关山，寒蛩庭户，断肠今夜同听。绕阑危步，万叶战风涛自惊。悲秋身世，翻羡垂杨，犹解先零。　　行歌去国心情，宝剑凄凉，泪烛纵横。临老中原，惊尘满目，朔风都作边声。梦沉云海，奈寂寞鱼龙未醒。伤心词客，如此江南，哀断无名。

【评】叶恭绰曰：长歌当哭。（《广箧中词》二）

永遇乐

春夜梦落梅，感忆，因题。

江驿迢迢，片时枕上，春事如许！乱插晴宵，低横野水，凄断东风主。枝北枝南，眼看摇落，不为翠禽啼住。揽遗芳璚瑰满抱，觉来顿成今古！　　虚堂酒醒，倾城消息，误尽故山风雨。玉砌雕阑，伤心还见，系马郊园树。人间空有，晓寒一曲，谁信隔纱烟语？恁凄凉南楼夜笛，送春旧处。

【评】叶恭绰曰：故国之思。（《广箧中词》二）

杨柳枝 八首录五 赋小城梅枝

谁家笛里返生香？倾国风流解断肠。头白伤春无限思，不应此树管兴亡。

到地春风不肯闲，南枝吹尽北枝残。吴宫多少伤心色，占得墙东几尺山！

采香径里晚烟空，濯粉池边晓露丛。一样故宫春寂寞，可怜无地着东风！

缟衣月下见前身，隔世惊逢绝世人。怊怅溪南数枝雪，为谁开落与江春？

万枝寒玉照溪桥，鹤语今年雪未销。自占东风故城曲，凄凉烟月属前朝。

右郑文焯词二十一首，录自仁和吴氏双照楼刊本《樵风乐府》。

［小传］

郑文焯字小坡，一字叔问，号大鹤山人，又号冷红词客，奉天铁岭人，隶汉军旗。其自称高密郑氏者，诡托于康成之后也。咸丰六年（1856）丙辰生。父瑛棨，官陕西巡抚。一门鼎盛，兄弟十人，裘马丽都，惟文焯被服儒雅。中光绪乙亥（1875）举人，官内阁中书。旅食苏州，为巡抚幕客，四十馀年。善诙谐，工尺牍，兼长书、画。雅慕姜夔之为人，又精音律，深明管弦声数之异同，上以考古燕乐之旧谱，白石自制曲，其字旁所记音拍，皆能以意通之。民国七年戊午（1918）卒，年六十三，葬邓尉。所著词有《瘦碧》《冷红》《比竹馀音》《苕雅馀集》。朱孝臧题云："招隐处，大鹤洞天开。避客过江成旅逸，哀时无地费仙才，天放一闲来。"（《彊邨语业》卷三）后删存为《樵风乐府》九卷，仁和吴昌绶并其所撰《词源斠律》等，合刊为《大鹤山房全集》。（参阅戴正诚撰《大鹤山人年谱》及余旧撰《清季四大词人》。）

［集评］

俞樾曰：论其身世，微类玉田，其人与词，则雅近清真、白石。又曰：君词体洁旨远，句妍韵美。（《瘦碧词序》）

文焯曰：从弟小坡，少工侧艳，而不尽协律。南游十年，学琴于江夏李复翁，讨论古音，乃大悟"四上竞气"之指，于乐纪多所发明。故其为词声出金石，极命风谣，感兴微言，深美闳约，如杨守斋所讥"转折怪异，成不祥之音"者，庶几免与。（《箧中词续》三）

易顺鼎曰：追撢两宋，精辨七始，扶微睇奥，梳栉披奏，听于无声，眇忽成律，使乐官比响，不累于咏歌，文士摛华，靡淆于弦笛，故能郁伊善感，和平荡听。（同上）

谭献曰：《瘦碧词》研讨声律，辟灌光气，梦窗善学清真。（同上）

又曰:《瘦碧词》持论甚高,摛藻绮密,由梦窗以跂清真,近时作手,颇难其匹。(《复堂日记》)

冒广生曰:铁岭郑叔问舍人,为兰坡中丞之子。家世兰锜,累叶通显。叔问独羁栖吴下,为东诸侯宾客。其神致清朗,怀抱冲远,真卫洗马一流人物。所著《瘦碧》《冷红》诸词,规抚石帚,即制一题,下一字,亦不率意。本朝词家虽多,若能研究音律,深明管弦声数之异同,上以考古燕乐之谱者,凌次仲外,此为仅见。(《小三吾亭词话》卷二)

叶恭绰曰:叔问先生,沉酣百家,撷芳漱润,一寓于词,故格调独高,声采超异,卓然为一代作家。读者知人论世,方益见其词之工。(《广箧中词》二)

夏孙桐

绛都春

分咏京师词人第宅，得纳兰容若渌水亭。

莲凋渚晚。问缑岭堕音，吹笙人远。豹尾退闲，蜗角幽栖依琼苑。重光词笔同凄怨，恁抱膝繁华轻遣。倚阑曾是，梨花落后，望春深浅。　一片，璇流漱碧，绕鸳甃似带烟萝空眷。花底著书，席上题襟多英彦。乌衣三度朱门换，只谢墅巢痕寻燕。邈然裙屐承平，梦华痕断。

瑞龙吟

崇效寺看牡丹，用清真韵。

城南路，还见绣陌横芜，绀墙攲树。名花偏傍空王，石坛净扫，来寻胜处。　小延伫，无恙笑春人面，暖风当户。酣香染彻仙衣，弹烟簇簇，翩翻欲语。　多少繁华姚、魏，酒阑云散，销歌沉舞。难得过门相呼，游侣如故。钿车锦障，都入伤心句。僧寮外茶烟歇影，苔茵迟步。寸寸斜阳去。何人向说，凭阑意绪？春事留残缕。休更问明朝无端风雨，对花慰藉，燕雏相絮。

南楼令 秋怀次韵

残叶下寒阶，秋风震旅怀。话莼鲈空自低回。莽莽神州兵气亘，听不得，泽鸿哀。　　夕照澹金台，销沉几霸才。对霜天尊酒悲来。从菊漫淹词客泪，偏多傍，战场开。

右夏孙桐词三首，录自《悔龛词》及《悔龛词续》。

［小传］

夏孙桐字闰枝，一字悔生，晚号闰庵，江苏江阴人。咸丰七年（1857）四月二十二日生。光绪壬辰（1892）进士，授编修，历任湖州、宁波、杭州知府。民国初入清史馆，嘉、道、咸、同四朝臣工列传及循吏、艺术两汇传，凡一百卷，并出其手。又佐徐世昌辑《晚晴簃诗汇》及《清儒学案》。民国三十年（1941）十二月二十二日卒，年八十五。著有《观所尚斋文存》及《悔龛词》二卷。（以上据关赓麟撰行状）孙桐与朱祖谋为儿女亲家，祖谋尝言其从事倚声，实由孙桐诱导云。《悔龛词》收入《沧海遗音集》，续稿有龙氏忍寒庐刊本。

朱孝臧

鹧鸪天

九日，丰宜门外过裴村别业。

野水斜桥又一时，愁心空诉故鸥知。凄迷南郭垂鞭过，清苦西峰侧帽窥。　新雪涕，旧弦诗，愔愔门馆蝶来稀。红萸白菊浑无恙，只是风前有所思。

［本事］

龙沐勋曰：此为刘光第被祸后作。刘为六君子之一，死戊戌之变。（《词学季刊》第一卷第三号）

乌夜啼　同瞻园登戒坛千佛阁

春云深宿虚坛，磬初残，步绕松阴双引出朱阑。　吹不断，黄一线，是桑干，又是夕阳无语下苍山。

鹧鸪天 庚子岁除

似水清尊照鬓华，尊前人易老天涯。酒肠芒角森如戟，吟笔冰霜惨不花。　抛枕坐，卷书嗟，莫嫌啼煞后栖鸦。烛花红换人间世，山色青回梦里家。

声声慢

辛丑十一月十九日，味聃赋《落叶词》见示，感和。

鸣螿颓城，吹蝶空枝，飘蓬人意相怜。一片离魂，斜阳摇梦成烟。香沟旧题红处，拚禁花憔悴年年。寒信急，又神宫凄奏，分付哀蝉。　终古巢鸾无分，正飞霜金井，抛断缠绵。起舞回风，才知恩怨无端。天阴洞庭波阔，夜沉沉流恨湘弦。摇落事，向空山休问杜鹃。

［本事］

龙沐勋曰：此为德宗还宫后恤珍妃作。"金井"二句谓庚子西幸时，那拉后下令推堕珍妃于宫井，致有生离死别之悲也。（《彊邨本事词》）

木兰花慢 送陈伯弢之官江左

听枯桐断语，识君恨，十年迟。正溅泪花繁，迷归燕老，春去多时。相携，梦华故地，怪单衣无路避尘缁。锦瑟看承暂醉，白头吟望低垂。　差差，津馆柳成丝，离绪费禁持。问何计消磨，夕阳宦味，逝水心期？鸱夷，旧狂漫理，已沉阴江表杜鹃啼。莫上吴台北望，斜烟乱水凄迷。

阮郎归

月夜维舟楞伽峡，山水幽敻。孟东野《石龙涡诗序》云："四壁千仞，散泉如雨。"仿佛遇之。

千蕖无蒂着岩坳，飞帘喷雪消。湿云双束怒厓高，春湍不敢豪。　烟橹阁，水灯飘，幽猿三两号。骖鸾仙路夜谁招？月华摇凤箫。

烛影摇红

晚春过黄公度人境庐，话旧。

春暝钩帘，柳条西北轻云蔽。博劳千啭不成晴，烟约游丝坠。狼藉繁樱刬地，傍楼阴东风又起。千红沉损，鹎鵊声中，残阳谁系？　　容易消凝，楚兰多少伤心事。等闲寻到酒边来，滴滴沧洲泪。袖手危阑独倚，翠蓬翻冥冥海气。鱼龙风恶，半折芳馨，愁心难寄。

摸鱼子

梅州送春，时得辇下故人三月几望书。

近黄昏悄无风雨，蛮春安稳归了。匆匆染柳熏桃过，赢得锦笺凄调。休重恼，问百五韶光，酝造愁多少？新颦旧笑，有拆绣池台，迷林莺燕，装缀半残稿。　　流波语，飘送红英最好，西园沉恨先扫。天涯别有凭阑意，除是杜鹃能道。归太早！何不待倚帘人共东风老？消凝满抱。恁秉烛呼尊，绿成阴矣，谁与玉山倒？

浣溪沙

翠阜红厓夹岸迎，阻风滋味暂时生，水窗官烛泪纵横。　　禅悦新耽如有会，酒悲突起总无名，长川孤月向谁明？

唐多令

廊荫转疏槐，圆蟾明上阶，倚空尊凉梦徘徊。多少清湘瑶瑟怨，几曾有，鹤飞来？　　灯萼半成灰，短书千里回，报岩扃晚桂都开。前度凭阑人换尽，问何事，恋天涯？

减字木兰花 八首录二

舟溯湟江，风雨凄戾，交旧存没之感，纷有所触，辄缀短韵，适踵“八哀”，非事诠择也。

盟鸥知否？身是江湖垂钓手。不梦黄粱，卷地秋涛殷卧床。楚宫疑事，天上人间空雪涕。谁诏巫阳？被发中宵下大荒。（富顺刘裴村光第。）

剑头微吷，海水刺天漂热血。惨月中庭，谁解张弦受广陵？富春一角，零乱岩花朱鸟啄。白首何归？山色无人问是非。（桐庐袁重黎昶。）

夜飞鹊

香港秋眺，怀公度。

沧波放愁地，游棹轻回，风叶乱点行杯。惊秋客枕，酒醒后登临倦眼重开。蛮烟荡无霁，飐天香花木，海气楼台。冰夷漫舞，唤痴龙直视蓬莱。　多少红桑如拱，筹笔问何年，真割珠厓？不信秋江睡稳，掣鲸身手，终古徘徊。大旗落日，照千山劫墨成灰。又西风鹤唳，惊笳夜引，百折涛来。

祝英台近 钦州天涯亭梅

掩峰屏，喧石濑，沙外晚阳敛。出意疏香，还斗岁华艳。暄禽啼破清愁，东风不到，早无数繁枝吹淡。　已凄感，和酒飘上征衣，莓鬓泪千点。老去难攀，黄昏瘴云黯。故山不是无春，荒波哀角，却来凭天涯阑槛。

清平乐 夜发香港

舷灯渐灭，沙动荒荒月。极目天低无去鹘，何处中原一发？江湖息影初程，舵楼一笛风生。不信狂涛东驶，蛟龙偶语分明。

庆春宫 结草庵拜半塘翁殡宫作

颓堞衔烟，昏钟阁水，野鹊唤近清明。华表羁魂，黄垆吟伴，暗尘房槛深扃。断云玉笥，感词客依稀有灵。新腔愁倚，一盏泉华，还荐芳馨。　哀弦冻折谁听？凄唳修萝，山鬼逢迎。蓬岛尘狂，芝田日晏，梦游翻羡骑鲸。泪珠千斛，拚一向寒原纵声。孤留何事？身世浮沤，休问残僧。

洞仙歌 丁未九日

无名秋病，已三年止酒，但买萸囊作重九。亦知非吾土，强约登楼，闲坐到淡淡斜阳时候。　浮云千万态，回指长安，却是江湖钓竿手。衰鬓侧西风，故国霜多，怕明日黄花开瘦。问畅好秋光落谁家？有独客徘徊，凭高双袖。

小重山 戊申中秋作

翠湿篁阴小阁寒。酒消浑不耐，越罗单。水蘋风起烛枝残。惊禽去，捎响碧琅玕。　投老卧云关。眼中尘事满，素心难。天涯作计理孤欢。无情月，三度病中看。

月下笛 闻促织感赋

冷月墙阴，凄凄碎响，替秋言语。羁人听汝，咽愁丝，黯无绪。空阶都是伤心地，恁禁得衰灯断雨。正宵碪四起，霜弦孤曳，宛转催曙。　愁误，金笼住。伴落叶长门，枕函慵诉。迴纹罢织，旧家零乱机杼。西风凉换人间世，问憔悴王孙几度？等闲是变了潘郎发，梦寄谁去？

洞仙歌 过玉泉山

残山剩幘，悄不成游计。满马西风背城起。念沧江一卧，白发重来，浑未信禾黍离离如此！　　玉楼天半影，非雾非烟，消尽西山旧眉翠。何必更繁霜，三两栖鸦，衰柳外斜阳余几？还肯为愁人住些时，只呜咽昆池，石鳞荒水。

水龙吟 麦孺博挽词

峨如千尺崩松，破空雷雨飞无地。京华游侠，山林栖遁，斯人憔悴。一瞑随尘，九州来日，谅非吾事。正苍黄急劫，推枰撒手，浑不解，茫茫意。　　也识彭殇一例，怆前尘飙轮弹指。长城并马，沧溟击楫，穷秋万里。归卧荒江，中宵破梦，惨春衰涕。更《大招》愁赋，湘魂纵返，甚人间世？

高阳台

花朝渝楼，同蒿叟作。

短陌飞丝，长波皱曲，市帘江柳争青。中酒年光，买春犹是旗亭。彩幡长记花生日，甚绿窗儿女心情。尽安排，画桁吴缣，钿阁秦筝。　　白头未要相料理，要哀吟狂醉，消遣余生。无主东风，博劳怨不成声。朦胧几簇东阑雪，算今年又看清明。怕相逢，社燕归来，还诉飘零。

摸鱼子

马鞍山访龙洲道人墓。山在昆山县西北隅。

占城阴颓云一角，有人持恨终古。书生满眼神州泪，凄断海东烟雾。坟上土，怕有酒能浇，踢遍桥南路。英游迟汝。向笙鹤遥空，不逢骞广，心事更谁诉？　天难问，身世儒冠误否？凭渠笔力牛弩。铜琶无分“中兴乐”，消受此生栖旅。凭吊处，剩破帽疲驴，怅望千秋去。啼鹃最苦！要无主青山，有灵词客，来听断肠语。

（自注：“行到桥南无酒卖，老天犹困英雄。”龙洲词断句也。苏绍叟忆刘改之词：“任槎上张骞，山中李广，商略尽风度。”）

好事近 灵隐夜归蒋氏湖庄作

湖气郁衣巾，步入宝坊林月。耐得山亭泉冷，信肝肠如雪。

出山十里蟪蛄声，闻根甚时歇？据槁安心随地，又南邻钟发。

摸鱼子 龙华看桃花

懒能探劫馀芳信，年年闲了游骑。只林依旧霞千树，娇入上春罗绮。红十里，还一掩一层，淡沱烟光里。东风旋起。悄不似仙源，将家小住，便作避秦计。　玄都梦，消与金门游戏，梦回惆怅何世！华鬘天也无香色，说甚道场兴废？空徙倚，怕轻薄芳姿，未省伤春意。刘郎倦矣！任题遍花笺，都无好语，剩溅感时泪！

小重山 晚过黄渡

过客能言隔岁兵，连村遮戍垒，断人行。飞轮冲瞑试春程。回风起，犹带战尘腥。　日落野烟生。荒萤三四点，淡于星。叫群创雁不成声。无人管，收汝泪纵横。

齐天乐

乙丑九日，庸庵招集江楼。

年年消受新亭泪，江山太无才思。戍火空村，军笳坏堞，多难登临何地？霜飙四起，带惊雁声声，半含兵气。老惯悲秋，一尊相属总无味。　登楼谁分信美，未归湖海客，离合能几？明日黄花，清晨白发，飘渺苍波人事。茱萸旧赐，望西北浮云，梦迷醒醉。并影危阑，不辞轻命倚。

隔溪梅令

己巳元日，赋示诘禅。

换年箫鼓沸邻东，故情空。镜里凋颜不媚烛花红，思悲今已翁！　闲门芳信比人慵。问东风：留命伤春深浅酒杯中，去年同不同？

木兰花慢 感春和苍虬

问东阑瘦雪，尚消得，几清明？是拆绣楼台，差池燕羽，佻巧鸠鸣。金铃未知系处，更苍苔颠倒藉红英。禁断寻芳意绪，交加中酒心情。　多生，有客惜香盟，愁检瘗花铭。渐数尽番风，强扶倭堕，还忍伶俜。阴晴，问春未准，怕到头开落总无声。梦里催归杜宇，香车不劝逢迎。

南乡子

病枕不成眠，百计湛冥梦小安。际晓东窗鹍鴂唤，无端，一度残春一惘然！　歌底与尊前，岁岁花枝解放颠。一去不回成永忆，看看，唯有承平与少年。

浣溪沙 元夕枕上作

连夕东风结苦阴，通明帘幕却偎衾，病躯无复酒怀侵。止药强名今日愈，探芳越减去年心，月华人意两冥沉。

汉宫春

真茹张氏园，杜鹃盛开。后期而往，零落殆尽。歌和榆生。

凄月三更，有思归残魄，啼嘱能红。伤春几多泪点，吹渲阑东。绡巾揾湿，试潮妆微发琼钟。新敕赐，一窠瑞锦，昭阳临镜犹慵。　携榼却悭才思，惹津桥沉恨，撩乱花茸。芳华惯禁闲地，不怨东风。鹤林梦短，委孤根竹裂山空。三嗅拾馨香细泣，何时添谱珍丛？

渡江云

望苍虬不至，倚此致怀。

春装喧远素，倚楼倦睫，雁外数南程。旧京花事减，去住无端，坐阅柳条青，催人怨鴂，背夜月啼到无声。何计寻白头料理，聚散隔年情。　消凝，炉烟依恋，药里流连，分萍蓬不定。浑未忘延秋湖舸，话雨床灯。心魂老去须相守，办岁寒尊酒平生。吟望苦，终期共惜伶俜。

右朱孝臧词三十三首，录自《彊邨遗书》本《彊邨语业》。

［小传］

朱孝臧一名祖谋，字古微，号沤尹，又号彊邨，浙江归安人。咸丰七年（1857）丁巳七月二十一日生。举光绪壬午（1882）乡试，明年，成二甲一名进士，改庶吉士，授编修，屡擢至侍讲学士、礼部侍郎。甲辰（1904），出为广东学政，与总督龃龉，引疾去。回翔江海之间，揽名胜，结儒彦自遣。民国辛未年（1931）十一月二十二日，卒于上海，年七十五。归葬吴兴道场山麓。孝臧始以能诗名，及官京师，交王鹏运，弃而专为词，勤探孤造，抗古迈绝，海内归宗匠焉。晚处海滨，身世所遭，与屈子泽畔行吟为类。故其词独幽忧怨悱，沉抑绵邈，莫可端倪。尝校刻唐、宋、金、元人词百六十余家为《彊邨丛书》，又辑《湖州词征》二十四卷、《国朝湖州词征》六卷、《沧海遗音集》十三卷，学者奉为宝典。其自为词，经晚岁删定为《彊邨语业》二卷，身后其门人龙沐勋为补刻一卷，入《彊邨遗书》中。（参阅《彊邨遗书》附录陈三立撰《朱公墓志铭》及夏孙桐撰行状。）

［集评］

张尔田曰：先生所为词，跨常迈浙，凌厉跞朱，逌然而龙鸾翔，啙然而兰茁发。拟之有宋，声与政通，如范、如苏、如欧阳，深文而隐蔚，远旨而近言，三薰三沐，尤近觉翁。（《彊邨遗书序》）又曰：侍郎词晚年颇取法于苏。（《龙榆生忍寒词序》）又曰：古丈晚年词，苍劲沉着，绝似少陵夔州后诗。（《与龙榆生论彊邨词书》）

夏敬观曰：侍郎词蕴情高夐，含味醇厚，藻采芬溢，铸字造辞，莫不有来历，体涩而不滞，语深而不晦，晚亦颇取东坡以疏其气。（《忍寒词序》）

王国维曰：近人词如复堂词之深婉，彊邨词之隐秀，皆在半塘老人上。彊邨学梦窗，而情味较梦窗反胜，盖有临川、庐陵之高华，而济以白石之疏越者，学人之词，斯为极则。然古人自然神妙处，尚未见及。（《人间词话》下）

冒广生曰：归安朱古微侍郎，中岁始填词，而风度矜庄，格调高简。王幼遐云："世人知学梦窗，知尊梦窗，皆所谓但学兰亭之面；六百年来，真得髓者，古微一人而已。"（《小三吾亭词话》卷二）

叶恭绰曰：彊邨翁词，集清季词学之大成，公论翕然，无待扬榷。余意词之境界，前此已开拓殆尽，今兹欲求于声家特开领域，非别寻途径不可。故彊邨翁或且为词学之一大结穴，开来启后，应有继起而负其责者，此今日论文学者所宜知也。（《广箧中词》二）

况周颐

苏武慢 寒夜闻角

愁入云遥，寒禁霜重，红烛泪深人倦。情高转抑，思往难回，凄咽不成清变。风际断时，迢递天涯，但闻更点。枉教人回首，少年丝竹，玉容歌管。　凭作（去）出百绪凄凉，凄凉惟有，花冷月闲庭院。珠帘绣幕，可有人听？听也可曾肠断？除却塞鸿，遮莫城乌，替人惊惯。料南枝明月，应减红香一半。

【评】王国维曰：境似清真，集中他作，不能过之。（《人间词话》下）

叶恭绰曰："珠帘绣幕"三句，乃夔翁所最得意之笔。（《广箧中词》二）

摸鱼儿 咏虫

古墙阴夕阳西下，乱虫萧飒如雨。西风身世前因在，尽意哀吟何苦？谁念汝？向月满花香，底用凄凉语？清商细谱。奈金井空寒，红楼自远，不入玉筝柱。　闲庭院，清绝却无尘土，料量长共秋住。也知玉砌雕阑好，无奈心期先误！愁谩诉，只落叶空阶，未是消魂处。寒催堠鼓。料马邑龙堆，黄沙白草，听汝更酸楚。

水龙吟

己丑秋夜，赋角声《苏武慢》一阕，为半唐所击赏。乙未四月，移寓校场五条胡同，地偏宵警，呜呜达曙，凄彻心脾。漫拈此解，颇不逮前作，而词愈悲，亦天时人事为之也。

声声只在街南，夜深不管人憔悴。凄凉和并，更长漏短，彀人无寐。灯炧花残，香消篆冷，悄然惊起。出帘栊试望，半珪残月，更堪在，烟林外！　愁入阵云天末，费商音无端凄戾。鬓丝搔短，壮怀空付，龙沙万里。莫谩伤心，家山更在，杜鹃声里。有啼乌见我，空阶独立，下青衫泪。

减字浣溪纱　九首录二

余赋樱花词屡矣，率羌无故实。偶阅黄公度《日本杂事诗注》及日人原善公道《先哲丛谈》，再占此九调。时乙卯大暑前一日。

万里移春海亦香，五云扶舰渡花王，从教彩笔费平章。　萼绿华尤标俊赏，（绿者尤娟倩。）藐姑射不竞浓妆，遍翻芳谱只寻常。

舜水祠堂璨雪霞，广平铁石赋梅花，葛薇身世一枯槎。　红树仙源仍世外，彩幡春色换邻家，过墙蜂蝶近纷挐。

定风波

未问兰因已惘然，垂杨西北有情天。水月镜花终幻迹，赢得，半生魂梦与缠绵。　户网游丝浑是罥，被池方锦岂无缘？为有相思能驻景，消领，逢春惆怅似当年。

曲玉管 忆虎山旧游

两桨春柔，重闉夕远，尊前几日惊鸿影。不道琼箫吹彻，凄感平生。忍伶俜。杳杳蘅皋，茫茫桑海，碧城往事愁重省。问讯寒山，可有无限伤情？作钟声。　换尽垂杨，只萦损天涯丝鬓。那知倦后相如，春来苦恨青青。楚腰擎。抵而今消黯，点检青衫红泪，夕阳衰草，满目江山，不见倾城。

【评】叶恭绰曰：末三句亦所最自赏。(《广箧中词》二)

西子妆

蛾蕊颦深，翠茵蹴浅，暗省韶光迟暮。断无情种不能痴，替消魂乱红多处。飘零信苦，只逐水沾泥太误。送春归，费粉娥心眼，低徊香土。　娇随步。着意怜花，又怕花欲妒。莫辞身化作微云，傍落英已歌犹驻。哀筝似诉，最肠断红楼前度。恋寒枝昨梦，惊残怨宇。

【评】叶恭绰曰：怨断凄凉，意内言外。（《广箧中词》二）

减字浣溪纱 听歌有感

惜起残红泪满衣，它生莫作有情痴，人天无地著相思。　花若再开非故树，云能暂驻亦哀丝，不成消遣只成悲。

前调 二首

风雨高楼悄四围，残灯黏壁淡无辉，篆烟犹袅旧屏帏。　已忍寒欺罗袖薄，断无春逐柳绵归，坐深愁极一沾衣。

一向温存爱落晖，伤春心眼与愁宜，画阑凭损缕金衣。　渐冷香如人意改，重寻梦亦昔游非，那能时节更芳菲？

右况周颐词十一首，录自惜阴堂刊本《蕙风词》。

［小传］

况周颐原名周仪，字夔笙，号蕙风，广西临桂人，原籍湖南宝庆。

咸丰九年(1859)九月初一日生。以优贡生中式光绪五年(1879)乡试，官内阁中书。嗜倚声，与同里王鹏运共晨夕，于所作多所规诫，自是寝馈其间者五年。南归后，两江总督张之洞、端方先后延之入幕。晚居上海，以鬻文为活。民国十五年丙寅(1926)七月十八日卒，年六十八。葬湖州道场山。有词九种，合刊为《第一生修梅花馆词》，后又删定为《蕙风词》一卷，其门人赵尊岳为刊于《蕙风词话》后。周颐以词为专业，致力五十年，特精评品。所为词话，朱祖谋推为绝作云。(参阅冯幵《况君墓志》及余旧撰《清季四大词人》。)

[**集评**]

王国维曰：蕙风词小令似叔原，长调亦在清真、梅溪间，而沉痛过之。彊邨虽富丽精工，犹逊其真挚也。天以百凶成就一词人，果何为哉？(《人间词话》下)

叶恭绰曰：夔笙先生与幼遐翁崛起天南，各树旗鼓。半塘气势宏阔，笼罩一切，蔚为词宗；蕙风则寄兴渊微，沉思独往，足称巨匠：各有真价，固无庸为之轩轾也。(《广箧中词》二)

汪兆镛

忆旧游 登韶州九成台

隐林梢半角，危榭荒台，蹋碎凉烟。无限苍茫意，恰泠泠虚籁，飞到吟边。晚风暗吹双鬓，秋影不堪怜。念津鼓敲寒，邮灯煮梦，销损华年。　留连，感今古，问法曲南薰，遗响谁传？剩平芜残照，添数丝衰柳，摇落山川。怅触天涯情绪，凄咽答幽蝉。休更计明宵，疏篷冻雨人独眠。

【评】叶恭绰曰：神似玉田。（《广箧中词》三）

柳梢青

雨暗烟昏，故园何处？花落成茵。几日离愁，闲抛笛谱，懒拂筝尘。　尽教燕去莺嗔，休忘却东风旧因。梦里还寻，愁边独写，忍说残春？

【评】叶恭绰曰：欲言不尽。（《广箧中词》三）

蝶恋花

榆生以咏木棉词见示，奉和一阕。（广州北城，跨粤秀山，山多红棉，暮春花时，照耀雉堞间，伟丽绝胜。闻山中人云：“二十年来，林壑陊贸，非承平日风景矣！”）

霸气销沉山嵽嵲。望极愁春，春酿花如血。照海烧空夸独绝，东风笑客谁堪折？　一片芜城都饱阅。火树年年，摇落清明节。听取鹧鸪啼木末，画情空忆山樵说。（木棉一名烽火树。乾隆间，粤人郭乐郊善画木棉鹧鸪，黎二樵喜作红棉碧嶂图，一时齐名。）

右汪兆镛词三首，录自《雨屋深灯词》及《词学季刊》。

［小传］

汪兆镛字伯序，号憬吾，广东番禺人，原籍浙江山阴。咸丰十一年（18 61）生。光绪十五年（1889）举于乡，两应礼部试，不售，遂南归，为人佐治。辛亥后侨居澳门，闭户撰述。尝受业陈澧门下，治经、治史，一以师说为归。民国二十八年（1939）卒，年七十九。著有《晋会要》《碑传集》《微尚斋诗文集》《雨屋深灯词》等。（参阅张尔田撰《汪君墓志铭》）

［**集评**］

夏敬观曰：憬吾词致力姜、辛，自抒怀抱，其品概亦今日之邝湛若也。（《忍古楼词话》）

俞陛云

浣溪沙 二首

风皱柔怀水不如，碧城消息近来疏，嫩凉人意倦妆梳。　锦幄明灯鸳索梦，文梁斜日燕窥书，瞢腾浑不信当初。

莫向流萍托爱根，侵阶罗袜怨黄昏，单衾残烛与温存。　风定流尘栖绣榻，街空斜月掩朱门，秾华如水澹留痕。

高阳台

辛巳岁，先室绚华，侍祖外舅彭刚直公归衡阳。时余年十四，妇年十六。舟发胥江，依依惜别，为第一度分襟处。三十年来，伤离感逝之怀，焉得逢人而语？黄陵瑶瑟，飚乘仙女之踪；玄武明珠，泪结相思之字。野水孤帆，城阴一角，夕阳无语，离思当年，低回独喻云。

崎岸无人，乱山如梦，重来尽耐思量。乍展情芽，娇憨骑竹年光。关河未识天涯远，只难禁酸沁回肠。掩离觞，忍泪低鬟，已湿罗裳。　嘘寒问暖寻常语，到临歧嘱付，垂老难忘。小坐迁延，一双人影斜阳。卅年绮恨飘风过，剪秋灯谁话沧桑？向横塘，淡月昏烟，独雁回翔。

浣溪沙 重过陶然亭

山色林光一碧收，小车穿苇宛行舟，退朝裙屐此淹留。　衰柳有情还系马，夕阳如梦独登楼，题墙残字藓花秋。（庚寅春，偕宗子戴、姜颖生诸君来游，见西墙有雪珊女史题句云："柳色随山上鬓青，白丁香折玉亭亭。天涯写遍题墙字，只怕流莺不解听。"三十载重游，旧题已漫漶矣。）

前调 忆苕溪旧游　三首

偃月桥西曲港通，贪看山色屡支篷，轻衫凉约野塘风。　菜陇割苗环稚子，蔗田舞杖醉村翁，近乡人语乐年丰。

数点蘋花映钓矶，几弯桑径隐柴扉，溪中云影逐帆飞。　秋水黄敧渔簖竹，朝阳红晒舵楼衣，乡园风物总依依。

薄晚轻舟任所之，沿流村屋上灯迟，归鸦占尽绿杨枝。　芳草久荒高士宅，残花犹发女郎祠，夕阳吟望自移时。

右俞陛云词七首，录自家刊本《乐静词》。

[小传]

俞陛云字阶青，浙江德清人。同治七年戊辰（1868）三月十七日生。祖樾，近代经师。陛云承家学，光绪戊戌（1898）科会试成进士，殿试一甲三名及第，授编修。壬寅（1902）出任四川乡试副考官，著《入蜀驿程记》。辛亥后，寄寓北京，一九五〇年十月十二日卒，年八十三。刊有《乐静词》。

赵熙

三姝媚 下平羌峡

凉烟秋满灞，出平羌山光水光如画。近绿遥青，衬小滩簑笠，夕阳桑柘。雁路高寒，闲动了江湖情话。半世天涯，无福移家，海棠香社。　　前渡嘉州来也！指竹里龙泓，酒乡鸥榭。一段天西，想万苍千翠，定通印雅。断塔林梢，诗思在乌尤山下。淡淡青衣渔火，寒钟正打。

【评】叶恭绰曰：诗人之词。（《广箧中词》三）

甘州 寺夜

任西风吹老旧朝人，黄花十分秋。自江程换了，斜阳瘦马，古县龙游。归梦今无半月，蔬菜满荒丘。一笠青山影，留我僧楼。

次第重阳近也！记去年此际，海水西流。问长星醉否？中酒看吴钩。度今宵雁声微雨，赖碧云红叶识乡愁。清钟动，有无穷事，来日神州。

【评】叶恭绰曰：苍秀入骨。（《广箧中词》三）

婆罗门令

两月来蜀中化为战场，又日夜雨声不绝，楚人云："后土何时而得干也！"山中无歌哭之地，黯此言愁。

一番雨滴心儿碎，番番雨便滴心儿碎。雨滴声声，都妆在心儿里。心上雨干甚些儿事？　今宵滴声又起，自端阳已变重阳味。重阳尚许花将息，将睡也，者天气怎睡？问天老矣，花也知未？雨自声声未已，流一汪儿水，是一汪儿泪！

右赵熙词三首，录自《香宋词》。

[小传]

赵熙字尧生，号香宋，四川荣县人。同治六年丁卯（1867）九月十三日子时生。光绪庚寅（1890）进士，授编修，转江西道监察御史，以抗直敢言，著称清季。工诗，善书，间亦作画。诗篇援笔立就，风调冠绝一时。偶撰戏词，传播妇孺之口。喜奖掖后进，不为崖岸。蜀中遭乱，寇盗不敢侵，人以拟之"郑公乡"云。民国三十七年（1948）九月二十七日（阴历八月二十五日申时）卒于故里，年八十二。熙素不填词，壬子自沪归里后，于六百日中，成《香宋词》三卷，丁巳（1917）刊于成都，自后绝不复作。诗篇随手散落，有手写《峨眉纪行诗》，曾影印行世，传本甚稀。近由其门人周善培、江庸等辑录遗稿，排印为《香宋诗前集》二册，亦非其全也。

［集评］

夏敬观曰：香宋词芬芳悱恻，《骚》《雅》之遗，固非詹詹小言也。（《忍古楼词话》）

桂念祖

临江仙

落尽红英千点，愁攀绿树千条。云英消息隔蓝桥。袖间今古泪，心上往来潮。　懊恼寻芳期误，更番怀远诗敲。灵风梦雨自朝朝。酒醒春色暮，歌罢客魂消。

【评】叶恭绰曰：语含哲理，诗杂仙心。（《广箧中词》二）

菩萨蛮　读小山词

才华已为情销损，那堪又被多情困？珠玉女儿喉，新词懒入眸。　清愁消不得，梦入莲花国。方信断肠痴，断肠天不知。

右桂念祖词二首，录自《艺蘅馆词选》，依《广箧中词》及《忍古楼词话》校正。

［小传］

桂念祖一名赤，字伯华，江西德化人。同治八年（1869）生，与夏敬观同师皮锡瑞，经学词章，根柢深厚。光绪丁酉（1897）中副举。以甲午（1894）受刺激，戊戌（1898）从康、梁变政，主沪萃报馆。梁启超离湖南，举念祖代时务学堂讲席。未行而难作，念祖匿于乡，旋趣金陵，依杨文会学佛。嗣后留学日本十馀年，以民国四年（1915）三月五日客死。临终，自撰挽联云："无限惭惶，试回思曩日壮心，只馀一恸。有何建白？惟收拾此番残局，准备重来。"（参考《忍古楼词话》及欧阳渐撰《桂伯华行述》。）遗词收入《艺蘅馆词选》者三首，连《忍古楼词话》所载，共六首而已。

张尔田

烛影摇红

晚春连雨，感怀。

轻暖轻寒，谢巢愁损双栖燕。东风只解绊杨花，往事和天远。半镜流红涴遍，荡愁心伤春倦眼。数峰窥户，约略残颦，一眉新怨。　寥落空尊，少年曾预西园宴。流光销尽雨声中，此恨凭谁遣？容易林禽又变，绿尘飞蔷薇弄晚。恹恹睡起，澹日花梢，无人庭院。

三姝媚

中秋夜，感遇成歌。

西堂残烛灺。荡帘波沉沉，镜天无罅。细浪芳尊，绕桂丛犹记，赏秋阑夜。露脚飞迟，双鬓妥花飘凉麝。望里琼空，依约年时，半灯蛩话。　春老兰情衰谢。叹旧箧题香，怨红销帕。扇底圆姿，问故山眉意，澹蛾谁画？倦眼霄程，还自觑仙軿来下。那更苍龙侵晓，瑶台梦惹。

木兰花慢 尧化门车中作

倚軨天似醉，问何地，着羁才？看乱雪荒壕，春鹃泪点，残梦楼台。低徊，笛中怨语，有梅花休傍故园开。燕外寒欺酒力，莺边暖阁吟怀。　惊猜，鬓缕霜埃。杯暗引，剑空埋。甚萧瑟兰成，江关投老，一赋谁哀？秦淮，旧时月色，带栖乌还过女墙来。莫向危帆北睇，山青如发无涯！

采桑子 史馆秋蓼

旧家池馆栽无地，一角墙东，画出霜容，澹到秋心不许红。
夕阳着意相怜藉，媚尽西风，蝶梦烟空，明日登楼送塞鸿。

玉漏迟

古微丈逝世海上，读弁阳翁吊梦窗《锦鲸仙去》句，怆怀万端，即用其调，以当哀些。

乱离词客少！锦鲸仙去，鹤归华表。把酒生平，都是旧时言笑。零落霜腴润墨，流怨入江南哀调。春恨渺，十年心事，残鹃能道。　白头饱阅兴亡，又浅到红桑，海尘扬了！万里吞声，凄绝杜陵愁抱。归唱水云夜壑，料应比人间春好。鸥梦觉，沉沉卞峰残照。

声声慢

闲步郊原，追念彊邨翁，凄然成咏。

碧将山断，红带霞分，登临何限沾衣？醉后羊昙，西园处处花飞。芳洲已无杜若，便涉江欲采贻谁？还解佩，甚楚兰盈把，都化相思？　怕听黄垆碎语，几夜窗秉烛，惊梦犹疑。旧隐鸥边，如今应怅人非。飘零坠梅怨曲，尚泠泠海上心期。愁更远，抚霜鸿弹断素徽。

鹧鸪天 六十自述

六十明朝过眼新，镜中吟鬓老于真。寄生槐国原无梦，避世桃源岂有津？　苍狗幻，白鸥驯，安排歌泣了闲身。百年垂死今何日？曾是开天乐世人！

石州慢

《上彊邨授砚图》，为榆生题。

蜕后哀蝉，珍重瓣香，词老亲敕。高情无着庵中，梦冷闲鸥成忆。药炉禅榻，几人夜半传衣，踏天直割蟾蜍月。彩笔素心违，想吟边头白。　休说，薰香红袖，谏草青蒲，旧家遗直。翻谱新声，流怨云腴能识。劝君携取，萧条异代吾师，晴窗长伴研朱滴。

泼墨“雪川图”，满空江烟阔。

木兰花令

繁华催送，人世恍然真一梦。何处笙歌？水殿风来散败荷。饥乌啄肉，回首都亭三日哭。国破城空，残照千山泪点红。

满庭芳

丁丑九月，客燕京，书感。

照野江烽，连天海气，物华卷地休休！残阳一霎，怎不为人留？几点昏鸦噪晚，荒村外鬼火星稠。伤高眼，还同王粲，多难强登楼。　惊弓如塞雁，林间失侣，落影沙洲。便青山纵好，何处吾丘？夜夜还乡梦里，分飞阻重到无由？空城上，戍旗红闪，白日淡幽州。

浣溪沙

着意人前晕翠螺，娇多贪耍不成歌，长裙出水碾新荷。　斗帐罢熏添古刺，香轮催发响摩托，月明归路奈君何？

渡江云

僦园杂莳花木，颇有终焉之志，赋示榆生、瞿禅。

溪堂何处好？杂花手植，背郭俯晴郊。十年云海卧，自断音书，泛宅到渔樵。舟横野彴，渐梦落江雨春潮。兰径深，隔邻疏援，紫蔓上藤梢。　无聊，墙东遗世，塞北为家，任旁人一笑。休更惊羌村烽火，投老安巢。绿阴满地初宜夏，步水曲山鸟相招。沉醉语，生涯换得枯瓢。

右张尔田词十二首，录自忍寒庐刊本《遁庵乐府》。

［小传］

张尔田一名采田，字孟劬，浙江钱塘人。同治十三年（1874）正月二十九日生。父上龢，曾从蒋春霖受词学，又与郑文焯为词画至交，侨寓苏州，著有《吴沤烟语》。尔田治史学及《俱舍论》甚深。清季官候补知府。民国初建，预修《清史》，旋任北京大学教授，晚为燕京大学国学总导师。以民国三十四年（1945）阴历正月初七日卒，年七十二。著有《史微》《玉溪生年谱会笺》《清史后妃传》《遁庵文集》等书。《遁庵乐府》一卷，刻入《沧海遗音集》。余为别刊二卷本，最为完备。（参阅《词学季刊》尔田撰《大鹤山人逸事》及夏敬观著《忍古楼词话》。）

[**集评**]

夏敬观曰：君自遘世蹇屯，益励士节，勤撰述。其寓思于词也，时一倾吐肝肺芳馨，微吟斗室间，叩于窈冥，诉于真宰，心癯而文茂，旨隐而义正，岂馀子所能几及哉？（《遁庵乐府序》）

叶恭绰曰：孟劬词渊源家学，濡染甚深，与大鹤研讨，复究极幽微，故所作亦具冷红神理。（《广箧中词》三）

陈洵

六丑 木棉谢后作

正朱华照海，带碧瓦参差楼阁。故台更高，无风花自落，一梦非昨。过眼千红尽，去来歌舞，怨粉轻衣薄。青山客路鸪啼恶。泪断香绵，灯收雨箔。颓然旧游城郭，尚幢幢日盖，残霸天邈。　川盘岭礴，算孤根易托。顿有离家恨，何处着？争枝又闹群雀。似依依念定，惹茸曾约。芳韶好柳黄初啄。得知道一样天涯化絮，到头漂泊。山中事分付榴萼。笑燕子尚恋西园夜，春归未觉。

长亭怨慢

谭子端家燕巢复毁，再赋。

正飞絮人间无主，更听凄凄，碧纱烟语。梦迹空梁，泪痕残照有今古。托身重省，都莫怨狂风雨。自别汉宫来，眄故国平居何处？　且住，甚寻常客恨，也到旧家闲宇？天涯又晚，恐犹有野亭孤露。漫目断黯黯云樯，付村落黄昏衰鼓。向暗里销凝，谁念无多桑土？

瑞龙吟

庄头村花田，自五代迄今，盖亦地之韵者。余既来游，感叹今昔，托之于音。

是何世？依旧占水耕花，就桥通市。朝朝簪约裾盟，有情未免，多才尽费。　凝愁睇，情共露晞平晓，梦痕清沘。分携敛日墟烟，步波皱损，娇尘漫委。　偏称天涯芳怨，眼中今古，秋声还起。谁惜故山衰迟，吟畔憔悴？鲛绡罢织，愁迸蛮珠碎。伤心到无人为省，荒村年岁。换劫鬘华坠。海风卷尽，宫斜废隧。须信吾乡美，终未比仙源桃花春水。感时倦客，空抛铅泪。

虞美人

芳菲冉冉辞鶗鴂，又作人间别。黄昏楼殿月冥濛，一夜高寒相望断天风。　宫衣瘦尽苕华在，不信连环解。无情辽水自年年，只有雁飞犹见旧山川。

前调

夜阑炳烛，聊复命题。

兰成先自吟魂断，雁塞龙沙远。炉烟销尽始孤明，恰称天涯今夜此时情。　凄花飐飐流尘泊，惜别心如昨。曙窗谁为唤啼红？故国新霜帘幕梦华中。

风入松 重九

人生重九且为欢，除酒欲何言？佳辰惯是闲居觉，悠然想今古无端。几处登临多事，吾庐俯仰常宽。　菊花全不厌衰颜，一岁一回看。白头亲友垂垂尽，尊前问心素应难。败壁哀蛩休诉，雁声无限江山。

【评】叶恭绰曰：沉厚转为高浑，此境最不易到。（《广箧中词》三）

水龙吟 丁卯除夕

春来准拟开怀，是谁不放残年去？寒更灯火，断魂依在，严城戍鼓。天北天南，一声归雁，有人愁苦。算寻常经过，今年事了，都休向，明朝语。　光景花前冉冉，倚东风从头还数。因循却怕，登临无地，夕阳如故。烂醉生涯（生涯，初印本作“天涯”），颓然自卧，懒歌慵舞。待鸣鸡唤起，白头簪胜，尽平生度。

南乡子

己巳三月，自郡城归乡，过区莘吾西园话旧。

不用问田园，十载归来故旧欢。一笑从知春有意，篱边，三两馀花向我妍。　哀乐信无端，但觉吾心此处安。谁分去来乡国事，凄然，曾是承平两少年？

烛影摇红 沪上留别彊邨先生

鲈脍秋杯，树声一夜生离怨。趁潮津月向人明，还似当时见。芳草天涯又晚，送长风萧萧去雁。凄凉客枕，宛转江流，揭来孤馆。　头白相看，后期心数逡巡遍。此情江海自年年，分付将归燕。襟泪香兰暗泫，两无言青天望眼。老怀翻怕，对酒听歌，吴姬休劝。

宴山亭

辛未九日，与风馀诸子风雨登高。

闲梦东篱，凄绝素心，瞑色相携高处。残照翠微，旧月黄昏，佳约有时风雨。漫惜多阴，知道是秋光谁主？凝伫，曾旧识江山，看人无语。　还喜，身健登临，且随分清尊，慰秋良苦。漉巾爱酒，岸帻簪花，商略较谁风度。尽日停云，休更忆昔年亲故。迟暮，须料理幽居词赋。

玉楼春

酒边偶赋，寄榆生。

新愁又逐流年转，今岁愁深前岁浅。良辰乐事苦相寻，每到会时肠暗断。　山河雁去空怀远，花树莺飞仍念乱。黄昏晴雨总关人，恼恨东风无计遣。

右陈洵词十一首，录自《沧海遗音集》本《海绡词》及未刊稿。

［小传］

陈洵字述叔，广东新会人。少有才思，游江右十馀年。晚岁教授广州中山大学。归安朱孝臧见其词，甚加推许，尝称新会陈述叔、临桂况夔笙为“并世两雄，无与抗手”。又为校印所著《海绡词》，并题句曰：“雕虫手，千古亦才难。新拜海南为上将，试要临桂角中原，来者孰登坛？”亦见其推许之至矣。其后复收入《沧海遗音集》，共二卷。洵生性孤峭，少与顺德黄节善。番禺梁鼎芬每为扬誉，并称“陈词黄诗”。以同治十年（1871）生，民国三十一年（1942）五月初六日卒于广州，年七十二。（参考黄节《海绡词序》及《同声月刊》第二卷第六号子所撰《陈海绡先生之词学》）尚有遗词一卷，待刊。

［集评］

朱孝臧曰：海绡词神骨俱静，此真能火传梦窗者。又曰：善用逆笔，故处处见腾踏之势，清真法乳也。又曰：卷二多朴遬之作，在文家为南丰，在诗家为渊明。（彊邨老人手批《海绡词》）

张尔田曰：比阅近代词集颇多，自当以樵风为正宗，彊邨为大家也。述叔、映庵，各有偏胜，无伤词体。阳阿才人之笔，苍虬诗人之思，降而为词，似欠本色。又曰：苍虬颇能用思，不尚浮藻，然是诗意，非曲意，此境亦前人所未到者。述叔、吷盦，皆从词入，取径自别，但一则运典能曲，一则下笔能辣耳。（《与龙榆生论词书》）

叶恭绰曰：述叔词最为彊邨翁所推许，称为一时无两。述叔词固非襞积为工者，读之，可知梦窗真谛。（《广箧中词》三）

梁启超

金缕曲

丁未五月归国，旋复东渡，却寄沪上诸子。

瀚海飘流燕，乍归来依依难认，旧家庭院。唯有年时芳俦在，一例差池双翦。相对向斜阳凄怨。欲诉奇愁无可诉，算兴亡已惯司空见。忍抛得，泪如线。　故巢似与人留恋。最多情欲黏还坠，落泥片片。我自殷勤衔来补，珍重断红犹软。又生恐重帘不卷。十二曲阑春寂寂，隔蓬山何处窥人面？休更问，恨深浅。

【评】叶恭绰曰：“深心托豪素。”（《广箧中词》二）

右梁启超词一首，录自《艺蘅馆词选》。

［小传］

梁启超字卓如，号任公，广东新会人。清同治十二年（1873）正月二十六日生。为南海康有为弟子。光绪间，与有为鼓吹变法，世号“康梁”。戊戌政变后，亡命日本。民国初，一任财政总长，旋复漫游欧陆。晚岁主讲清华大学研究院，壹意著书。民国十八年（1929）一月十九日卒于北平，年五十六。有《饮冰室全集》，卷帙浩繁，附词一卷。

易 孺

霜花腴 九日浦江园

怨潮暮咽，对莽苍迢迢，剩写心枯。衰草烟冥，碧天云皱，秋花未引清娱。乱蓬已疏，奈泪深先沐茱萸。怕残蝉做足销凝，梦凄声晚渺寒芜。　仙客醉枫山路，竞分笺刻烛，记在西湖。佳节都过，闲情依旧，而今慧迹全孤。据愁槁梧，恼暗茸羞帽微乌。更沧溟雁远帆迟，几人知寓书？

满江红

不匮词翁、忍寒教授皆赐和拙作《满江红》之阕，欢感何既？别触怆伤，更次前韵，分呈诲督。

一叶舆图，惨换了几分颜色。谁忍问二陵风雨，六朝城阙。雨粟哭从仓颉后，散花妙近维摩侧。咽不成"鬲指念奴娇"，声声歇。　尘根断，无生灭。山河在，离言说。剩仓皇辞庙，报君以血。蜀道鹃魂环佩雨，胡沙马背琵琶月。莽乾坤今日竟如何？同倾缺。

虞美人

霜中枫冷犹红舞，樵笛凭谁谱？不求老屋得三间，让与枯僧和饿占名山。　　幽兰自尔能心素，休作倾城顾。水清拈取一枝看，忍向春风为伴卷帘寒。

右易孺词三首，录自《大厂词稿》及《和玉田词》。

[小传]

易孺号大厂，又号韦斋，广东鹤山人。同治十三年（1874）三月十三日生。原名廷熹，字季复。早岁肄业广雅书院，为陈澧再传弟子。中年游学日本，习师范。旋从杨文会学佛。工诗、词、书、画，尤精篆刻。历任北京高等师范学校、上海音乐院教授。与萧友梅合作新体乐歌，盛行于民国初年。晚岁穷愁潦倒，以民国三十年（1941）十一月初九日卒于上海，年六十八。孺填词务为生涩，爱取周、吴诸僻调，一一依其四声虚实而强填之，用心至苦，自谓"百涩词心不要通"云。有写本《大厂词稿》行世。遗制《和玉田词》一卷，渐趋疏隽，待刊。

[集评]

叶恭绰曰：大庵词审音琢句，取径艰涩。兹录其较疏快之作，解人当不难索也。（《广箧中词》三）

夏敬观

解连环

溪花零落，秋意渐深。偶溯旧游，不胜迟暮之感，因赋此解，以遣愁怀。

后溪灯阁，迎飞萤度水，乱投帘幕。待兔影才转高梧，听斜透楼钟，四鸣街柝。綷縩衣声，误风卷叶啼廊角。早空梁射眼，照见玉人，粉泪双落。　苍苔印残绣屩，记银屏抱汲，秋断阑索。翠带压千叠愁香，绕衰柳弯堤，恨阻幽约。几日惊飙，对万顷疏红残萼。问谁知？素娥耐冷，夜情似昨。

徵招

花朝社集，追念沤翁下世，各拟挽章。五旦徵调最哀，为燕乐所不备。白石寻韵作谱，音响巉峭。覆杯堕泪，漫倚此声。

温风不解哀弦冷，泠泠雪溪霜水。缥缈鹤归云，断词仙游戏。舜韶潜在耳，念遗响紫霞能记。痛绝人琴，折杨难继，玉桐教碎。　眼底破家山，空凭吊凄凉故人身世。帝所奏钧天，唤颓魂不起。为君图玉笥，问谁识女萝山鬼？强持酒一酹荒丘，奈谷兰春萎！

石州慢 自题填词图

花底清歌，尊畔坠欢，那与头白？谁呼醉席魂馨？起拂砚埃教惜。笺天有恨，试遣谱入宫商，娲皇弦竹皆陈迹。宛转诉愁环，听秋虫虚织。　　岑寂！好山来梦，荒谷行吟，念中泉石。凭仗吴装，替写林岚苍碧。敲残柳瘿，送老久厌名场，闲讴莫付南楼笛。曙海荡行襟，澹丛悲馀忆。

乌夜啼

玉绳初挂墙东，去花丛，遮莫圆如秋扇感西风。　　银汉转，众星见，暗帘栊，无奈寒萤三两露华中！

小重山

人事支离到岁残。梦程天样阔，枕难安。纠纷心目是关山。宵来雪，未比晓晴寒。　　身世寄危阑。楼台嘘蜃现，不堪看。西飞多少雁声酸。沧洲畔，闲地可容宽？

八声甘州

听愁霖一阵打窗来，层阴黯重轩。任皋雷殷地，梅风拂渡，莫扫蛮烟。江拥涕洟入海，楚梦总无边。谁管汤汤水？渐蹴吴天。　廿载萍浮南北，问故乡何所？能守田园。睹啮根桑尽，本不植高原。对沧洲潮吞汐卷，恐陆沉深恨有难言。空凝望，止狂流驻，休涨前川。

右夏敬观词六首，录自《吷庵词》及《词学季刊》。

［小传］

夏敬观字剑丞，号盥人，又号吷庵，江西新建人。光绪元年（1875）五月初十日生于长沙。甲午（1894）举人，历任三江师范学堂、复旦、中国公学监督，江苏巡抚参议，署提学使。民国初，任浙江教育厅长。旋退隐沪西，筑室康家桥，小有花木之胜。家精庖馔，恒与词流啸咏其间。通经、史，工诗、词。晚岁斥卖旧宅，以鬻画自给。一九五三年五月十四日（农历四月初二日）卒，年七十九。著有《汉短箫铙歌注》《词调溯源》《忍古楼词话》《忍古楼诗集》《吷庵词》等书。

［集评］

叶恭绰曰：鉴丞平生所学，皆力辟径涂；词尤颖异，三十后已卓然成家。今又二十馀载矣！词坛尊宿，合继王、朱，固不徒为西江社里人也。（《广箧中词》四）

王国维

蝶恋花

百尺朱楼临大道。楼外轻雷，不间昏和晓。独倚阑干人窈窕，闲中数尽行人小。　一霎车尘生树杪。陌上楼头，都向尘中老。薄晚西风吹雨到，明朝又是伤流潦。

浣溪沙

掩卷平生有百端，饱更忧患转冥顽，偶听啼鴂怨春残。坐觉无何消白日，更缘随例弄丹铅，闲愁无分况清欢！

蝶恋花

窗外绿阴添几许？剩有朱樱，尚系残红住。老尽莺雏无一语，飞来衔得樱桃去。　坐看画梁双燕乳。燕语呢喃，似惜人迟暮。自是思量渠不与，人间总被思量误！

右王国维词三首，录自《观堂长短句》。

［小传］

王国维字伯隅，号静安，浙江海宁人。光绪三年（1877）生。以诸生留学日本。早岁治词曲，晚乃专力经史。适古文字器物出土者日多，因以其学识理董之，遂发前人所未发，为世推重。晚主清华大学研究院，以民国十六年（1927）自沉万寿山昆明湖以卒，年五十。身后遗著，汇刊为《观堂全书》，其《观堂集林》则手定本也。又有《人间词话》，别征卓识，为学者所称。其《观堂长短句》一卷，经朱孝臧删定，刊入《沧海遗音集》。国维论词，“于五代喜李后主、冯正中，于北宋喜永叔、子瞻、少游、美成，于南宋除稼轩、白石外，所嗜盖鲜矣。尤痛诋梦窗、玉田，谓梦窗砌字，玉田垒句，一雕琢，一敷衍，其病不同，而同归于浅薄。六百年来，词之不振，实自此始”（樊志厚序）云。

［集评］

樊志厚曰：君词往复幽咽，动摇人心，快而能沉，直而能曲，不屑屑于言词之末，而名句间出，往往度越前人。至其言近而指远，意决而辞婉，自永叔以后，殆未有工如君者也。（《观堂长短句序》）

陈曾寿[1]

八声甘州

十月返湖庐，晚菊尚馀数种，幽媚可怜。

慰归来岁晏肯华予？寒花靓幽姿。剩青霞微晕，残妆乍整，仍自矜持。休更销魂比瘦，惆怅易安词。洁白清秋意，九辩难知。　我是辞柯落叶，任飘零逝水，不忆东篱。早芳心委尽，翻怯问佳期。看灯窗疏疏写影，算一年今夜好秋时。平生恨，尽凄迷了，莫上修眉。

【评】叶恭绰曰：芳洁之怀，上通《骚》《雅》。（《广箧中词》三）

踏莎行 白堂看梅

石叠蛮云，廊栖素雪，锁愁庭院苔綦涩。无人只有暮钟来，定中微叩春消息。　冷雾封香，绀霞迷色，慵妆悄泪谁能惜？一生长伴月昏黄，不知门外泠泠碧。

1.编者按：陈曾寿其人其词，修订本中悉数删除，今据初印本恢复。

浣溪沙 孤山看梅

心醉孤山几树霞，有阑干处有横斜，几回坚坐送年华？　似此风光惟强酒，无多涕泪一当花，笛声何苦怨天涯？

虞美人

倾城士女长堤道，各有情怀好。梦中池馆画中人，为问连朝罢酒是何因？　东风红了西湖水，浓蘸燕支泪。输他渔子不知愁，偏向落红深处系轻舟。

临江仙

栀子香寒微雨歇，深深一院清凉。花梢斜月半侵床。灯青疏鬓畔，一点写经香。　已分今生从断绝，无端又著思量。千生无恙是回肠。温存凉簟好，今夜未成霜。

前调

修得南屏山下住，四时花雨迷濛。溪山幽绝梦谁同？人间闲夕照，消得一雷峰。　极目寥天沉雁影，断魂凭证疏钟。淡云来往月朦胧。藕花风不断，三界佛香中。

【评】叶恭绰曰：凄丽入骨。（《广箧中词》三）

浣溪沙

己未，都门重遇云和主人。

一片红飘去不回，酒边清管自生哀，眼明真见故人来。　我隔蓬山馀涕泪，君歌凝碧费低徊，几时花发旧池台？

蝶恋花 闻露

独夜始知凉月色。竹影移廊，未觉成萧瑟。微漾湖光荧暗壁，疏灯影里芙蓉白。　偷换流年情思积。草际烟浮，已了寒虫织。欹枕不眠闻露滴，心心只替秋香湿。

八声甘州

甲子八月二十七日，雷峰塔圮。据塔中所藏“陀罗尼宝箧印经”，造时为乙亥八月，正宋艺祖开宝八年，距今九百五十馀年矣！千载神归，一条练去。末劫魔深，莫护金刚之杵；暂时眼对，如游乾闼之城。半湖秋水，空遗蜕之龙身；无际斜阳，杳残痕于鸦影。爰同愔仲，共赋此阕，聊写愁哀。

镇残山风雨耐千年，何心倦津梁？早霸图衰歇，龙沉凤杳，如此钱塘！一尔大千震动，弹指失金装。何限恒沙数，难抵悲凉。　慰我湖居望眼，尽朝朝暮暮，咫尺神光。忍残年心事，寂寞礼空王。漫等闲擎天梦了，任长空鸦阵占茫茫。从今后，凭谁管领，万古斜阳？

【评】叶恭绰曰：悲壮。（《广箧中词》三）

齐天乐 和彊邨

百年垂死当何世？因依更成轻别。费泪园亭，谙愁酒盏，历历前痕难灭。危云万叠。剩缄梦凄迷，雁程天阔。拨尽寒灰，坠欢零落向谁说？　蓬莱旧事漫忆，更罡风激荡，摇撼银阙。本愿香寒，孤光月隐，堪笑冤禽痴绝！枯枰坐阅。拚一往悲凉，烂柯残劫。自忏三生，佛前心字结。

浣溪沙

书卷抛残夜未残，昏昏夜色淡林烟，一痕眉月媚冰天。　角枕倚时空旧梦，愿香冷后证枯禅，尽无聊赖也迟眠。

扬州慢 忆烟霞洞梅

梅绣荒山，石威静谷，旧游最恋烟霞。向洞门徐步，几度问芳华。记长倚半山亭子，昏黄月上，倩影横斜。晕微红堕砌娇云，仙梦非耶？　一身万里，剩而今惯住胡沙。尽湖水湖烟，也休暗忆，侬已无家。飘断辞枝故蕊，曾何处不是天涯。漫拚将今世今生，长负梅花。

清平乐

笛声幽怨，愁锁深深院。月上林梢霞影淡，一笑天人初见。
空山雪闭云遮，温存绝代铅华。待到千红闹处，故应不见梅花。

蝶恋花

万化途中为侣伴。窈窕千春，自许天人眷。来去堂堂非聚散，泪干不道心情换。　噩梦中年拚怨断。一往凄迷，事与浮云幻。乍卸严妆红烛畔，分明只记初相见。

南歌子

鸡唱催将息，乌啼续苦吟。半床书蠹共销沉，字里凄迷时遇少年心。　塞雪连三月，时花抵万金。年时刻意怕春深，不见春来春去感而今。

浣溪沙

阅彊邨词，忆及望予南归、悬榻以待者经岁，中间数寄词相问，凄然有作。

花迳冥冥取次行，旧盟全负甚心情？爇香灰尽也须惊。　悬榻经年虚望眼，寄声几度损吟魂？人天留影一彊邨。

鹧鸪天

丁丑九月，次愔仲韵。

衰病逢辰强举觞，倚栏高处怯流光。曾无瘦菊酬佳节，看尽归鸦掠夕阳。　樽未暖，意先凉，此心安处是何乡？应怜倦影随阳雁，犹恋巫闾绝塞霜。

前调

燕子嗔帘不上钩，碧天有恨笑牵牛。今生只道圆如月，小别犹惊冷似秋。　天易老，水空流，闲情早向死前休。炉香隔断年时影，未必新愁是旧愁。

前调

偏爱沉吟白石词，只缘魂梦惯幽栖。扁舟一片长桥影，依约眉山压鬓低。　无限好，付将谁？漫云别久不成悲。思量旧月梅花院，任是忘情也泪垂。

菩萨蛮

浮天渺渺江流去，江流送我归何处？寒日隐虞渊，虞渊若个边？　船儿难倒转，魂接冰天远。相见海枯时，乔松难等期！

右陈曾寿词二十首，录自龙氏忍寒庐刻本《旧月簃词》及未刊稿。

［小传］

陈曾寿字仁先，湖北蕲水人。光绪四年戊寅（1878）八月十一日生。曾祖沆，号秋舫，嘉、道间以诗名，著有《简学斋诗集》及《诗比兴笺》行世。曾寿渊源家学，中光绪壬寅举人、癸卯进士，历官刑部主事、学部郎中、都察院广东道监察御史。壮岁筑室杭州之南湖，幽居奉母。中经丧乱，转徙津、沪、辽左间。生平志事，百不一酬，而繁冤极愤郁结侘傺幽忧之情，乃一寓之于诗。义宁陈三立、归安朱孝臧推挹备至。性高洁，晚居沪上一斗室中，几榻萧然，终日焚香默坐而已。一九四九年农历己丑闰七月初九日卒。当六十岁时，朋旧为刊《苍虬阁诗》十卷。其《旧月簃词》一卷，初刻入《沧海遗音集》，余复取得未刊稿，别刻单行。（参阅《苍虬阁诗》十卷本诸序跋）

［集评］

叶恭绰曰：仁先四十为词，门庑甚大，写情寓感，骨采骞腾，并世殆罕俦匹，所谓文外独绝也。（《广箧中词》三）

邵瑞彭

绮罗香

晚过神武门，残荷欲尽，秋意可怜。

泛瑟烟昏，欹槃露冷，一镜愁漪低护。梦堕瑶台，长恐万妆争妒。念佳人路隔西风，思帝子讯沉北渚。怕相逢恨井秋魂，月明遥夜耿无语。　宫沟谁写泪叶？回首霓裳换叠，繁华轻误。玉簟香销，零落袜尘残步。便立尽门外斜阳，又暗惊晚来疏雨。问涉江此际闻歌，断肠君信否？

夜半乐 戊辰中秋

素商荏冉行迈，青天碧落，凉露方诸泻。应令节年年，月轮斜挂。绛河卷夕，金风荡暑，望中千里清光，凤城如画，照绣陌香尘暗随马。　故人此际引领，刻烛吟成，弄珠游罢。帘幕外重重仙云争迓。旧情偷药，新愁倚树，为谁起舞霓裳，广寒宫下？听吹笛高楼怨遥夜。　向晓惆怅，桂魄难修，翠鬟空亚。换小劫山河又衰谢，举琼杯深恨万古常娥寡。浓梦里那有欢虞话？蓟门秋好终无价。

西河

十八年前，曾和美成《金陵怀古》，今再为之。

征战地，繁华事去难记。临春殿阁委蒿莱，夜潮怒起。数声铁笛响秋风，哀歌人在云际。　露台上，和泪倚，辘轳古井绳系。降幡又出石头城，梦沉故垒。送他六代好江山，秦淮依旧烟水。　蜃楼过眼散雾市，访龙幡羞认闾里。袖手夕阳时世，共齐梁四百僧房闲对，零落丹枫霜天里。

木兰花慢 彊邨师挽词

倚阑干望远，乱山外，暮云横。讶海水禁寒，江关促梦，凄感平生。泠泠，楚歌旧谱，把商弦弹绝更谁听？过眼完人有数，到头天意无凭。　严城，鼓角夜三更，孤月此心明。话别殿春雷，空林夏雪，一例吞声。骑鲸，归来甚日？又要离冢畔草青青。忍对琼楼玉宇，重招河岳英灵。

浣溪沙 二首

榆生得顾太清《东海渔歌》卷二孤本，亡友诸贞壮钞本也。因忆昔年读书醇邸，花时吟赏，屡兴雍门之感。灵芬触手，益难为怀。赋短拍，寄榆生。

湖上春来翠作漪，楼头人去柳垂丝，欲邀缺月酹蛾眉。　寒橐沿街更定后，凉风吹面酒醒时，沧桑残怨费相思。

乔木平泉已就荒，一春烟雨困丁香，当年闲气在闺房。　过眼青山销粉黛，谁家玉笛唱伊凉，阻风中酒事寻常。

木兰花慢 邺城怀古

渡黄河北去，鞭不起，古漳流。想万里风烟，三更灯火，残霸中州。封侯，壮心在否？听西陵歌舞使人愁。高树闲栖乌鹊，空阶长卧貔貅。　平畴，落日下荒丘，忼慷看吴钩。问倾泪移盘，沉沙折戟，谁记恩仇？回头，汉家宫阙，剩鸳鸯瓦冷雉媒秋。欲唤南来王粲，为君重赋《登楼》。

秋思

樊楼秋感，和梦窗。

嘶马樊楼侧，驻梦华前事，废池苔色。高树汴堤，乱莎梁苑，云遏天窄。谱哀曲山亭，候虫吟恨掩更抑。漾市帘，秋焰碧。把万叠关河，六更风露，付与翠绡封泪，耐人寻忆。　听彻，谯门弄，箭波锦绣慵饰。画屏瑶瑟，匆匆催遍，谢郎发白。渐月落参横，夜阑征雁沉去翼。念故国，空记识。问换劫寒尘，沧桑何计避得？望切旌旗向北。

蝶恋花 四首

十二楼前生碧草。珠箔当门，团扇迎风小。赵瑟秦筝弹未了，洞房一夜乌啼晓。　忍把千金酬一笑？毕竟相思，不似相逢好。锦字无凭南雁杳，美人家在长干道。

东去伯劳西去燕。织女黄姑，岁岁还相见。玉露无声银烛短，有人遥夜停针线。　二十四阑闲倚遍。河汉盈盈，争似红墙远？井上朱丝牵不断，中庭谁唱《双蕖怨》？

目极梁王台畔路。千里浮云，一夜西窗雨。倘使行人留得住，不辞化作长亭树。　弹绝幺弦声更苦！红蓼花残，河水东流去。锦带吴钩携手处，小屏山上燕支暮。

冉冉中原歌舞地。叠鼓垂灯，夹道车如水。把酒劝君须著意，人生难得花前醉。　看遍千门桃与李。牵动游人，隔岸抛莲子。一路秋虫啼未已，汝南遥夜鸡声起。

齐天乐

南海木绵，花瓣作鞓红色。榆生赋小令见示，报以此解。

天花飞下兜罗手，朦胧绛云盈岸。梦蝶新巢，呼鸾旧里，匀作珠房娇面。关河路远。听刀尺高楼，唾茸缄怨。泪迸征袍，故人心事岁寒见。　江南柳绵渐少，乱山烽火里，虫语凄变。镜槛凝尘，机丝引月，禁得回肠千转。珊瑚捣遍。怕弹彻哀筝，洗多红浅。待叩通明，为君晴到晚。

右邵瑞彭词十三首，录自《扬荷集》及《词学季刊》。

［小传］

邵瑞彭字次公，浙江淳安人。光绪十四年戊子（1888）生。清季入浙江省优级师范学堂，精研齐《诗》《淮南子》及古历算学。民国初，被选为众议院议员，嗣以反对曹锟贿选，著声于世。其后历任北京师范大学、河南大学教授。晚岁寓居开封，穷愁潦倒，于民国二十七年（1938）一月四日卒。旋值倭乱，遗稿散佚，仅有《泰誓决疑》及所为词曰《扬荷集》四卷、《山禽馀响》一卷，已于生前刻版行世。

［集评］

夏敬观曰：次公为词，宗尚清真，笔力雄健，藻彩丰赡。近自中州寄示所作五词，则体格又稍变，运用典实，如出自然，博综经籍之光，油然于词见之，盖托体高，乃无所不可耳。（《忍古楼词话》）

叶恭绰曰：次公词清浑高华，工于镕翦。残膏剩馥，正可沾溉千人。（《广箧中词》四）

吴 梅

翠楼吟 秦淮遇京华故人

月杵声沉，霜钟响寂，今宵故人无寐。湖山沦小劫，正风鹤、长淮兵气。南云凝睇，又水国阴晴，千花弹泪。情难寄，庾郎凭处，自伤憔悴。　可记残粉宫城？指暮虹亭阁，冶春车骑。玉京芳信阻，怕丝管经年慵理。人间何世？待冷击珊瑚，西台如意。秋心碎，板桥衰柳，莫愁愁未？

临江仙

短衣羸马边尘紧，五年三渡桑乾。漫天晴雪扑归鞍。邮亭呼酒，黄月大如盘。　苦对南云思旧雨，杏花消息阑珊。新词琢就付双鬟。紫箫声里，但看六朝山。

清平乐

题郑所南画兰，次玉田韵。

骚魂呼起，招得灵均鬼。千古伤心留一纸，认取南朝天水。

北风吹散繁华，高丘但有残花。花是托根无地，人还浪迹无家。

桂枝香题 龚半千画

凭高岸帻。爱面郭小楼，红树林隙。妆点晴峦古画，二分秋色。高人去后阑干冷，笑斜阳往来如客。野花盈路，当时俊侣，梁燕能识。　　但破屋西风四壁。对如此江山，谁伴幽寂？湖海元龙未老，醉嫌天窄。笛中唱到《渔歌子》，剩无多金粉堪惜。暮寒人远，何时重认，旧家裙屐？（《词录》题作《登扫叶楼倚王介甫体》，文句亦多窜易，此从《广箧中词》。）

右吴梅词四首，录自《广箧中词》及《忍古楼词话》。

［**小传**］

吴梅字瞿安，号霜厓，江苏长洲人。光绪十年（1884）七月二十二日庚午生。专究南北曲，制谱、填词、按拍，一身兼擅，晚近无第二人也。历任北京大学、中山大学、中央大学教授，凡二十馀年。抗战军兴，转徙湘、桂间，以民国二十八年（1939）阴历正月二十七日辛未卒于云南大姚县，年五十六。著有《霜厓三剧》，旁缀音谱，锓版行世。乱中删定《霜厓诗录》《霜厓词录》，有石印本流传。

[**集评**]

夏敬观曰：瞿安为曲家泰斗，其词亦不让遗山、牧庵诸公。近得其《霜厓读画录》，题郑所南画兰次玉田韵《清平乐》、题龚半千画《桂枝香》、题王东庄画《长亭怨慢》诸词，豪宕透辟，气力可举千钧。予尝谓元初词得两宋气味，不似明、清诸家堕入纤巧。曲盛词衰，实在明代。元曲高过后来，正由继两宋后，词尚未衰也。(《忍古楼词话》)

叶恭绰曰：瞿庵为曲学专家，海内推挹。词其馀事，亦高逸不凡。(《广箧中词》三)

黄 侃

西子妆

二月二十三日，社集北湖祠楼，感会有作。

汀草绿齐，井桃红嫩，共说寻春非晚。偶来高阁认前题，欢昔游岁华空换。沧波泪溅，算留得闲愁未断。凭曲阑，讶瘦杨如我，难招莺燕。　追欢宴，却恨东风，搅起花一片。酒痕唯解渍青衫，比当时醉情终浅。残阳看倦，倩谁慰天涯心眼？待重来，又怕平芜絮满。

小重山令

二月二十五日寒食，游高座寺。

马脑冈头石径微。寂寥高座寺，掩禅扉。种松几度旋成围。人何在？春物镇芳菲。　青史事多违。梅陵留庙祀，也崔巍。野棠如雪落还飞。南朝梦，一例付斜晖。

【评】叶恭绰曰：高华。（《广箧中词》三）

右黄侃词二首，录自《广箧中词》。

[**小传**]

黄侃字季刚，湖北蕲春人。光绪十二年（1886）生。精究《尔雅》《说文》《广韵》之学，为馀杭章炳麟高第弟子。早岁游日本，入同盟会。归国后，历任北京大学、武昌高等师范、南京中央大学教授。民国二十四年（1935）秋卒于南京，年五十。侃博学而不轻易著书，所批注《说文》《广韵》，身后原拟由商务印书馆以手稿影印，以倭难作，未果。传世有《日知录校记》（龙氏忍寒庐刊本）、《文心雕龙札记》（朴社印本）、《携秋华室词》（金陵大学排印本）。

吕碧城

祝英台近

缒银瓶，牵玉井，秋思黯梧苑。蘸渌搴芳，梦堕楚天远。最怜娥月含颦，一般消瘦，又别后依依重见。　倦凝眄，可奈病叶惊霜，红兰泣骚畹？滞粉黏香，绣屧悄寻遍。小栏人影凄迷，和烟和雾，更化作一庭幽怨。

【评】樊增祥曰：稼轩“宝钗分，桃叶渡”一阕，不得专美于前。

玲珑玉

阿尔伯士雪山，游者多乘雪橇，飞越高山，其疾如风，雅戏也。

谁斗寒姿？正青素乍试轻盈。飞云溜屧，朔风回舞流霙。羞拟凌波步弱，任长空奔电，恣汝纵横。峥嵘，诧遥峰时自送迎。　望极山河羃缟，警梅魂初返，鹤梦频惊。悄碾银沙，只飞琼惯履坚冰。休愁人间途险，有仙掌为调玉髓，迆逦填平。怅归晚，又谯楼红灿冻檠。

汨罗怨 过旧都作

翠拱屏嶂，红逦宫墙，犹见旧时天府。伤心麦秀，过眼沧桑，消得客车延伫。认斜阳门巷乌衣，匆匆几番来去？输与寒鸦，占取垂杨终古。　闲话南朝往事，谁踵清游，采香残步？汉宫传蜡，秦镜荧星，一例秾华无据？但江城零乱歌弦，哀入黄陵风雨。还怕说花落新亭，鹧鸪啼苦。

陌上花

木棉花作猩红色，别名烽火树，和榆生教授之作。

丹砂抛处，峰回粤秀，茜云催暝。绚入遥空，漫认霜天枫冷。长堤何限红心草，犹带烽烟馀恨。又花凄蜀道，鹃魂惊化，泪绡痕凝。　料吴蚕应妒，三军挟纩，不待娇丝缫损。脸晕浓酲，艳锁猩屏人影。鄂君绣被春眠暖，谁念苍生无分？待温回黍谷，消寒同赋，绛梅芳讯。

瑞鹤仙

予昔有《齐天乐》雪山观日出之词。今游炎峤，观海日将沉，奇彩愈烈，更赋此词，而感慨深矣！

瘴风宽蕙带。又瘦影扶筇，楚香闲采。登临感清快。对层云曳缟，乱峰横黛。搴裳步隘，正雨过湍奔石濑。战松林万翠鸣秋，并作怒涛澎湃。　凝睐，阴晴弄暝，愁近黄昏，蜃华催改。明霞照海，渲异艳，远天外。竚丹轮半亸，迅颓羲驭，哀入骠（平）姚壮采。渺予怀，此意苍凉，更谁暗解？

右吕碧城词五首，录自《晓珠词》。

［小传］

吕碧城字圣因，安徽旌德人。光绪九年（1883）生。姊妹三人，并工文藻。碧城与长姊惠如兼善填词，早岁为樊增祥所激赏。中年去国，卜居瑞士雪山中，专以弘扬佛法为务。然兴之所寄，不废倚声。第二次世界大战起，始经美洲归香港，民国三十二年（1943）一月二十四日病卒，年六十。（据《觉有情》半月刊龙健行撰《吕碧城女士传》。）遗命火化，骨灰和面为丸，投诸海中，结缘水族。初刊《信芳词》行世。晚年复自删订，益以后来所作，汇印为《晓珠词》四卷，卷尾自识云：“慨夫浮生有限，学道未成，移情夺境，以词为最。风皱池水，狎而玩之，终必沉溺，凛乎其不可留也！”亦足觇其志趣。

后 记

词兴于唐，流衍于五代，而极盛于宋。唐宋人词，以协律为主，其所依声谱为寻常坊曲所共肄习，文人寄兴，酒边命笔，红牙铁板，固可一一按拍而歌也。宋南渡后，大晟遗谱，荡为飞灰，名妓才人，流离转徙，北曲兴而南词渐为士大夫家所独赏，一时豪俊如范成大、张镃之属，并家畜声伎，或别创新声，若姜夔之自度曲，其尤著者也。嗣是歌词日趋于典雅，乃渐与民间流行之乐曲背道而驰，骎衍为长短不葺之诗，而益相高于辞采意格，所谓"词至南宋而遂深"，实由于是。且自苏轼作为横放杰出之词，以发抒其性情襟抱，于是作者个性，益充溢乎字里行间。姜夔以隽上之才，运清刚之笔，兼通音律，卓然以自名家。二派分流，千秋竞爽。明乎苏、姜各擅其胜，不妨脱离乐曲，而自成其为富于音乐性之新体律诗，持此以衡宋、元以后之词，而其起伏盛衰之故，可得而知也。

元、明词学中衰，文人弄笔，既相率入于新兴南北曲之小令、散套，以蕲能被管弦，其自写性灵，则仍以五七言古近体诗相尚，于是词之音节，既无所究心，意格卑靡，亦至明而极矣。夫所谓意格，恒视作者之性情襟抱，与其身世之感，以为转移。三百年来，屡经剧变，文坛豪杰之士，所有幽忧愤悱缠绵芳洁之情，不能无所寄托，乃复取沉晦已久之词体而相习用之，风气既开，兹学遂呈中兴之象。明、清易代之际，江山文藻，不无故国之思，虽音节间有未谐，而意境特胜。迨朱、陈二氏出，衍苏、辛、姜、张之坠绪，而分道扬镳。康、乾之间，海内词坛，几全为二家所笼罩。彝尊倡导尤力，自所辑《词综》行世，遂开浙西词派之宗，所谓“家白石而户玉田”，亦见其风靡之盛矣。末流渐入于枯寂，于是张惠言兄弟起而振之，别辑《词选》一书，以尊词体，拟之“变风之义，骚人之歌”。周济继兴，益畅其说，复撰《词辨》及《宋四家词选》以为圭臬，而常州词派以成。终清之世，两派迭兴，而常州一脉，乃由江、浙而远被岭南，晚近词家如王、朱、况、陈之辈[1]，固皆沿张、周之途辙，而发挥光大，以自抒其身世之悲者也。然则词学中兴之业，实肇端于明季陈子龙、王夫之、屈大均诸氏，而极其致于晚清诸老，馀波至于今日，犹未全绝。论近三百年词者，固当以意格为主，不得以其不复能被管弦而有所轩轾也。

物穷则变，来者难诬，因革损益，期诸后起。继此有作，其或别创新声，以鸣此旷古未有之变局乎？是固非区区之所逆料，而三百年来词坛盛衰之故，与世运为倚伏，盖庶几于此帙觇之矣。

一九四八年，季春之月，忍寒居士书于金陵病榻。

一九五六年三月三十一日，重订付印。

1.编者按：陈，修订本改作“郑”，盖以郑文焯代替陈曾寿，现据初印本改回。

心缘物感，情随事迁，风气转移，胥关世运。然而因革损益之故，固自有其消息可参也。喜见河清，境皆新辟。旧时选本，已多不适于来者之要求。颇思更就唐宋以来，迄于近代，别选长短句歌词二三百首，略加诠释，藉供借镜。而有怀未就，渐疚滋深。闲尝得句云：“要将填海移山志，迸作锵金戛玉声。”倘为读吾两种旧选者所共鞭策乎？

一九六二年七月十日，重校附记。

龙榆生著作精选集

唐宋名家词选

龙榆生 著

团结出版社

图书在版编目（CIP）数据

龙榆生著作精选集 / 龙榆生著.

-- 北京：团结出版社, 2019.12

ISBN 978-7-5126-7580-3

Ⅰ. ①龙… Ⅱ. ①龙… Ⅲ. ①词(文学)—文学研究—中国—文集 Ⅳ. ①I207.23-53

中国版本图书馆CIP数据核字(2019)第284145号

出版：团结出版社

（北京市东城区东皇城根南街84号 邮编：100006）

电话：（010）65228880 65244790（传真）

网址：www.tjpress.com

Email：zb65244790@vip.163.com

经销：全国新华书店

印刷：三河市腾飞印务有限公司

开本：145×210 1/32

印张：84

字数：1650千字

版次：2020年12月 第1版

印次：2020年12月 第1次印刷

书号：978-7-5126-7580-3

定价：316.00元（全9册）

出版说明

龙榆生(1902—1966),本名沐勋,号忍寒,晚年以字行。20世纪最负盛名的词学大师之一,生于江西万载,殁于上海,早年师从黄侃、陈衍、朱祖谋等名师习诗词及文字音韵学,后遂终身致力于词学研究。曾任暨南大学、中山大学、中央大学、上海音乐学院教授。他一生致力于词学研究,被称为中国词学学科的奠基人,创办了现代第一本词学专门刊物《词学季刊》,对词学研究的现代转型影响巨大。

龙榆生词学研究的领域广泛,成就卓著。常年任教于各大学校的他,在写下一部部词学专著的同时,也一直不忘整理概论和选本。这套《龙榆生著作精选集》我们精选了其经典著作九种。在概论中,我们选择了他晚年有代表性的《唐宋词格律》《词曲概论》《词学十讲》三种;选本则选择《东坡乐府笺》《唐宋名家词选》《唐五代词选注》《近三百年名家词选》四种;考虑到目前雅言弱化、语言表现力不足的现状,还特意选择了《古今名人书牍选》《苏黄尺牍选》二种,作为学习文言文的补充读本。读者也可以藉此九种窥见龙先生一生治学的全豹。《龙榆生著作精选集》既可以作为古典诗词爱好者的案头必备典籍加以赏玩,又可以作为青年学子提升文化修养、学习典雅文言的上乘读物。

针对本套系列丛书工程浩大、专业性强的特点，为此我们特地组织了相关专家进行了专门的校勘和梳理。本着尊重作者和原著的精神，此次再版将特殊历史时期下，不符合作者原意的改本加以修订，恢复符合作者理念的原本原貌，并在前人基础上对仍存在的讹误重加订正。考虑到现代读者的阅读习惯，特将原来的繁体竖排调整为简体横排。由于编者水平所限，在编辑过程中，疏漏之处在所难免，恳请广大读者不吝赐教！

编者

2020年10月

凡例

一、本编所录各家，以能卓然自树或别开生面者为主。

一、本编所选作品，以能代表某一作家的作风或久经传诵者为准。

一、词缘乐曲产生，故于声律方面，不容忽视。本编于此亦加注意。

一、本编所录唐、五代词，依《花间》《尊前》诸集先例，兼收若干七言绝句体，如《竹枝》《杨柳枝》《浪淘沙》之类，以见诗、词递嬗之迹。

一、本编所收各作家，酌采旧闻作为传记。其正史有传者，概用节录。

一、本编酌采前人评语，作为参考之助。

一、本编所采参考资料，经用原书覆勘者，概注卷目，其间接引用者，注明某书所引。但仍不免疏漏，容待续订。

一、词为依声之作，举凡抑扬抗坠、声情缓急之间，关系于句读、韵脚者至巨，惟各家亦常小有出入。因之除用标点外，别创符号，置于字下，以·表句，◎表平韵，△表仄韵，藉代词谱。

一、词中领句字，为关纽所在，以用有力之去声字为多，藉以承上起下。有一字领者，如柳永《八声甘州》："渐霜风凄紧，关河冷落，残照当楼。""渐"字领下四字三句；秦观《八六子》："念柳外青骢别后，水边红袂分时。""念"字领下六字二句。有二字领者，如周邦彦《拜星月慢》："似觉琼枝玉树相倚，暖日明霞光烂。""似觉"二字领下六字两句。又四字句有上一、中二、下一者，如辛弃疾《水龙吟》"揾英雄泪"，吴文英《八声甘州》"上琴台去"等句。五字句有上一、下四者，如周邦彦《拜星月慢》"识秋娘庭院"、"总平生稀见"、"苦惊风吹散"、"隔溪山不断"，姜夔《扬州慢》"过春风十里，尽荠麦青青"等句。七字句有上三、下四者，如辛弃疾《贺新郎》"千古事云飞烟灭"、《祝英台近》"倩谁劝啼莺声住"等句。此类句法，未易一一标识，援上数例，即可推知。

目　录

刘禹锡

白居易

温庭筠

皇甫松

韦 庄

薛昭蕴

牛 峤

毛文锡

牛希济

寇 准

范仲淹

张 先

晏 殊

梅尧臣

韩 缜

柳 永

苏 轼

黄庭坚

秦 观

张 耒

贺 铸

晁补之

晁冲之

王 观

舒 亶

毛 滂

李元膺

张舜民

僧 挥

万俟咏

曹 组

苏 庠

李 甲

鲁逸仲

廖世美

陈 克

李清照

范成大

辛弃疾

刘克庄

吴文英

刘辰翁

蒋 捷

周 密

王沂孙

文天祥

张 炎

李白

二首　录自明翻宋刊本《唐宋诸贤绝妙词选·卷一》

〔传记〕　李白（七〇一——七六二）字太白。其先隋末以罪徙西域，神龙初，遁还，客巴西。白生十岁，通诗书。既长，隐岷山。喜纵横术，击剑为任侠，轻财重施。更客任城，与孔巢父等居徂来山。天宝初，南入会稽。旋至长安，往见贺知章。知章见其文，叹曰："子谪仙人也！"言于玄宗，召见金銮殿，有诏供奉翰林。后赐金放还。安禄山反，白转侧宿松、匡庐间，永王璘辟为府僚佐。璘起兵，逃还彭泽。璘败，诏流夜郎。会赦，还寻阳。李阳冰为当涂令，白往依之。卒年六十余。（参考《新唐书·列传第一百二十七·文艺中》）唐诗人以李、杜最为杰出。白所作诗歌，每喜沿用乐府旧曲。世传《菩萨蛮》《忆秦娥》二调，黄花庵所称为"百代词曲之祖"者，有人据苏鹗《杜阳杂编·卷上》，以为菩萨蛮曲调，大中（宣宗）初始传人中国，白不得预为填词。然明皇时，正值新兴乐曲盛行，《菩萨蛮曲》已见于崔令钦之《教坊记》。令钦亦开元时人。域外乐曲，隋唐间次第传人者甚富。以白之天才横逸，偶然兴到，依新声作长短句，亦非绝对不可能。近人杨宪益主张"菩萨蛮"乃"骠苴蛮"或"苻诏蛮"之异译。其曲调乃古缅甸乐，开、天间传入中国。李白原为氐人，或已于幼时熟习此种曲调。约当二十五岁左右，曾徘徊襄、汉间，可能于湖南鼎州沧水驿楼，题此曲辞云云。(《零墨新笺》)任二北亦称："信如此说，验之《教坊记》《奇男子传》，及《敦煌卷子谱》四三三二等所有资料，无不吻合，可知乃较为接近事实者。"(《敦煌曲初探·第五章》)故本编仍依旧说，以白作冠首云。

菩萨蛮 一首

平林漠漠烟如织，寒山一带伤心碧。暝色入高楼，有人楼上愁。 玉梯空伫立，宿鸟归飞急。何处是归程，长亭连短亭。

【宋僧文莹《湘山野录·卷上》】此词不知何人写在鼎州沧水驿楼，复不知何人所撰。魏道辅泰见而爱之。后至长沙，得古集于子宣(曾布)内翰家，乃知李白所作。

忆秦娥 一首

箫声咽，秦娥梦断秦楼月。秦楼月，年年柳色，霸陵伤别。乐游原上清秋节，咸阳古道音尘绝。音尘绝，西风残照，汉家陵阙。

【宋黄昇《唐宋诸贤绝妙词选·卷一》】《菩萨蛮》《忆秦娥》二词，为百代词曲之祖。

【清刘熙载《艺概·卷四》】梁武帝《江南弄》，陶弘景《寒夜怨》，陆琼《饮酒乐》，徐孝穆《长相思》，皆具词体，而堂庑未大。至太白《菩萨蛮》之繁情促节，《忆秦娥》之长吟远慕，遂使前此诸家悉归环内。太白《菩萨蛮》、《忆秦娥》两阕，足抵少陵《秋兴八首》。想其情境，殆作于明皇西幸后乎？

【王国维《人间词话·卷上》】太白纯以气象胜。“西风残照，汉家陵阙。”寥寥八字，遂关千古登临之口。后世唯范文正之《渔家傲》，夏英公之《喜迁莺》，差足继武，然气象已不逮矣！

张志和

一首 录自《唐宋诸贤绝妙词选·卷一》

〔传记〕 张志和字子同，婺州金华人。居江湖，自称烟波钓徒。著《玄真子》，亦以为号。每垂钓，不设饵，志不在鱼也。(《唐宋诸贤绝妙词选·卷一》)西塞山在吴兴。志和盖常往来于太湖附近各地云。

渔歌子 一首

西塞山前白鹭飞，桃花流水鳜鱼肥。 青箬笠，绿蓑衣，斜风细雨不须归。

【《历代诗余·卷二百十一》引《乐府纪闻》】张志和自称烟波钓徒，尝谒颜真卿于湖州，以舴艋敝，请更之，愿为浮家泛宅，往来苕霅间。作《渔歌子》词。

【《艺概·卷四》】张志和《渔歌子》"西塞山前白鹭飞"一阕，风流千古。东坡尝以其成句用人《鹧鸪天》，又用于《浣溪沙》。然其所足成之句，犹未若原词之妙通造化也。太白《菩萨蛮》、《忆秦娥》，张志和《渔歌子》，两家一忧一乐，归趣难名。或灵均《思美人》《哀郢》，庄叟濠上近之耳。

韦应物

三首 录自明刊本《韦江州集》

〔传记〕 韦应物，京兆长安人。少任侠，曾以三卫郎事明皇。大历十四年（七七九），自鄠县令除栎阳令。历任滁州、江州、苏州刺史。罢郡，寓于永定佛寺。应物性高洁，所在焚香扫地而坐，唯顾况、皎然辈得与唱酬。白居易尝语元稹云："韦苏州歌行，才丽之外，深得讽谏之意，而五言尤为高远雅淡，自成一家。"其小词不多见，唯《三台令》《转应曲》流传耳。（参考《唐诗纪事》及《韦江州集》附录）

调啸词 别作调笑令　二首

胡马，胡马，远放燕支山下。跑沙跑雪独嘶，东望西望路迷。迷路，迷路，边草无穷日暮。

河汉，河汉，晓挂秋城漫漫。愁人起望相思，江南塞北别离。离别，离别，河汉虽同路绝。

三台词 一首

冰泮寒塘始绿，雨余百草皆生。朝来门闾无事，晚下高斋有情。

王 建

二首 录自汲古阁刊本《乐府诗集·近代曲辞》

〔传记〕　王建字仲初，颍川人。大历十年（七七五）进士。初为渭南尉，历秘书丞，侍御史。大和中，出为陕州司马，从军塞上。后归咸阳，卜居原上。建工乐府，与张籍齐名。（石印本《全唐诗》第十一册）黄昇曰："王仲初以宫词百首著名，《三台令》《转应曲》，其余技也。"（《历代诗余·卷一百十二》引花庵词客语）

宫中调笑 二首

团扇，团扇，美人病来遮面。玉颜憔悴三年，谁复商量管弦？弦管，弦管，春草昭阳路断。

杨柳，杨柳，日暮白沙渡口。船头江水茫茫，商人少妇断肠。肠断，肠断，鹧鸪夜飞失伴。

【宋郭茂倩《乐府诗集·卷八十二·近代曲辞》】乐苑曰："《调笑》，商调曲也。戴叔伦谓之《转应词》。"

刘禹锡

十二首　录自《乐府诗集·近代曲辞》

〔传记〕　刘禹锡（七七二——八四二）字梦得，彭城人。贞元九年（七九三）擢进士第，又登宏辞科。从事淮南节度使杜佑幕，典记室。从佑入朝，为监察御史。贞元末，为王叔文知奖，以宰相器待之。叔文败，坐贬连州刺史，在道贬朗州司马。禹锡在朗州十年，唯以文章吟咏，陶冶情性。蛮俗好巫，每淫祠鼓舞，必歌俚辞。禹锡或从事于其间，乃依骚人之作，为新辞以教巫祝。故武陵溪洞间夷歌，率多禹锡之辞也。元和十年（八一五）自武陵召还，复出为播州刺史，改连州，又徙夔州、和州。征还，拜主客郎中，转礼部郎中，集贤院学士，旋授苏州刺史，改汝州，迁太子宾客，分司东都。禹锡晚年，与白居易友善，常唱和往来。居易集其诗而序之，以谓"其锋森然，少敢当者"。（参考《旧唐书·列传卷一百十·刘禹锡传》）中唐诗人，刘、白并称。二人皆留意民间歌曲，因之在倚声填词方面，亦能相互切劘，以开晚唐、五代之盛，此治唐、宋诗词所宜特为着眼者也。

竹枝　三首

山桃红花满上头，蜀江春水拍山流。花红易衰似郎意，水流无限似侬愁。

巫峡苍苍烟雨时，清猿啼在最高枝。个里愁人肠自断，由来不是此声悲。

山上层层桃李花，云间烟火是人家。银钏金钗来负水，长刀短笠去烧畬。

【宋刊本《刘梦得文集·卷九·竹枝词引》】四方之歌，异音而同乐。岁正月，余来建平，里中儿（原误作见，依《全唐诗》改。）联歌竹枝，吹短笛、击鼓以赴节，歌者扬袂睢舞，以曲多为贤。聆其音，中黄钟之羽，其卒章激讦如吴声，虽伧伫不可分，而含思宛转，有淇（原误作湛）濮之艳。昔屈原居沅、湘间，其民迎神，词多鄙陋，乃为作《九歌》。到于今，荆楚鼓舞之。故余亦作《竹枝词》九篇，俾善歌者飏之附于末，后之聆巴歈，知变风之自焉。

【宋王灼《碧鸡漫志·卷一》】唐时古意亦未全丧，《竹枝》《浪淘沙》《抛球乐》《杨柳枝》，乃诗中绝句，而定为歌曲。

【宋邵博《闻见后录·卷十九》】夔州营妓为喻迪孺扣铜盘，歌刘尚书《竹枝词》九解，尚有当时含思宛转之艳，他妓者皆不能也。迪孺云：欧阳詹为并州妓赋“高城已不见，况乃城中人”诗，今其家尚为妓，詹诗本亦尚在。妓家夔州，其先必事刘尚书者，故独能传当时之声也。

竹枝 一首

杨柳青青江水平，闻郎江上唱歌声。东边日出西边雨，道是无晴还有晴。

【案】两“晴”字原皆作“情”，此依宋本刘集，谐声双关语也。

杨柳枝 三首

金谷园中莺乱飞，铜驼陌上好风吹。城东桃李须臾尽，争似垂杨无限时？

炀帝行宫汴水滨，数株残柳不胜春。昨刘集作晚来风起花如雪，飞入宫墙不见人。

轻盈袅娜占年华，舞榭妆楼处处遮。春尽絮飞留不得，随风好去落谁家？

浪淘沙 二首

汴水东流虎眼文，清淮晓色鸭头春。君看渡口淘沙处，渡却人间多少人！

八月涛声吼地来，头高数丈触山回。须臾却入海门去，卷起沙堆似雪堆。

潇湘神 二首

湘水流，湘水流，九疑云物至今愁。君问二妃何处所？零陵香草露中秋。

斑竹枝，斑竹枝，泪痕点点寄相思。楚客欲听瑶瑟怨，潇湘深夜月明时。

忆江南 一首

春去也！多谢洛城人。弱柳从风疑举袂，丛兰裛露似沾巾，独笑亦含颦。

【《乐府诗集·卷八十二·近代曲辞》】《忆江南》一曰《望江南》。《乐府杂录》曰："《望江南》本名《谢秋娘》，李德裕镇浙西，为妾谢秋娘所制。后改为《望江南》。"

【况周颐《餐樱庑词话》】唐贤为词，往往丽而不流，与其诗不甚相远也。刘梦得《忆江南》"春去也"云云，流丽之笔，下开北宋子野、少游一派。唯其出自唐音，故能流而不靡，所谓"风流高格调"，其在斯乎？

白居易

六首 录自《乐府诗集·近代曲辞》

〔传记〕 白居易（七七二——八四七）字乐天，其先太原人，徙下邽。贞元十四年（七九八），始以进士就试礼部，授秘书省校书郎，历任盩厔县尉，集贤校理。元和二年（八〇七），入翰林为学士，迁左拾遗。执政恶其言事，贬江州司马。十三年冬，量移忠州刺史。十四年冬，召还京师，拜司门员外郎，转主客郎中，知制诰。出任杭州刺史。秩满，除太子左庶子，分司东都。复出为苏州刺史。太和二年（八二八），转刑部侍郎。三年，称病东归，求为分司官，寻除太子宾客。五年，除河南尹。开成元年（八三六），除同州刺史，辞疾不拜。寻授太子少傅。晚居洛阳履道里，疏沼种树，构石楼香山，自号醉吟先生，又称香山居士。大中元年（八四七）卒，时年七十六。（参考《旧唐书·列传卷一百一十六》及《新唐书·列传卷四十四》）居易最工诗，其与元九书云："感人心者，莫先乎情，莫始乎言，莫切乎声，莫深乎义。诗者，根情，苗言，华声，实义。上自贤圣，下至愚騃，微及豚鱼，幽及鬼神，群分而气同，形异而情一，未有声入而不应，情交而不感者。圣人知其然，因其言经之以六义，缘其声纬之以五音。音有韵，义有类。韵协则言顺，言顺则声易入；类举则情见，情见则感易交。"又云："文章合为时而著，歌诗合为事而作。”其文艺理论，颇合于现实主义精神，所作诗歌，亦力求与群众接近，因有“老妪皆解”之传说，（僧惠洪《冷斋夜话·卷一》：“白乐天每作诗，令一老妪解之，问曰：‘解否？’妪曰‘解’，则录之，‘不解’则易之。”）而为人民所喜爱。居易自言：“自长安抵江西，三四千里，凡乡校、佛寺、逆旅、行舟之中，往往有题仆诗者；士庶、僧徒、孀妇、处女之口，每有咏仆诗者。”其流传之广如是！惟其接近民众，故对新兴歌曲，亦最易接受而乐为加工。倚声填词之风，至中唐而渐盛，其为刘、白诸人所倡导，可推知也。

竹枝 二首

瞿塘峡口冷烟低，白帝城头月向西。唱到竹枝声咽处，寒猿晴鸟一时啼。

巴东船舫上巴西，波面风生雨脚齐。水蓼冷花红簇簇，江蓠湿叶碧萋萋。

杨柳枝 一首

一树春风万万枝，嫩于金色软于丝。永丰西角荒园里，尽日无人属阿谁？

忆江南 三首

江南好，风景旧曾谙：日出江花红胜火，春来江水绿如蓝。能不忆江南？

江南忆，最忆是杭州：山寺月中寻桂子，郡亭枕上看潮头。何日更重游？

江南忆，其次忆吴宫：吴酒一杯春竹叶，吴娃双舞醉芙蓉。早晚复相逢。

温庭筠

十八首 录自四印斋覆宋刊本《花间集》

〔传记〕 温庭筠，太原人。本名岐，字飞卿。大中初（约八五〇），应进士。苦心砚席，尤长于诗赋。初至京师，人士翕然推重。然士行尘杂，不修边幅，能逐弦吹之音，为侧艳之词。屡年不第。徐商镇襄阳，署为巡官。商知政事，用为国子助教。商罢相，贬方城尉，再迁隋县尉，卒。（参考《旧唐书·列传卷一百四十·下》及《历代词人考略·卷二》）庭筠才思艳丽，每入试，押官韵作赋，凡八叉手而八韵成，时号“温八叉”。（《全唐诗话》）诗与李商隐齐名，世称“温李”。更出其余力，依新兴曲调作歌词，遂开五代、宋词之盛，与韦庄并称“温韦”。温丽密而韦清疏，各擅胜场。温词《金荃集》，今已不传。诸家选本，以《花间集》收六十六首为最多，《全唐诗》附词收五十九首，《金奁集》收六十二首。江山刘毓盘辑《金荃词》一卷（北京大学排印本《唐五代宋辽金元名家词集六十种》），共得七十六首。

菩萨蛮 六首

小山重叠金明灭，鬓云欲度香腮雪。懒起画蛾眉，弄妆梳洗迟。 照花前后镜，花面交相映。新帖绣罗襦，双双金鹧鸪。

水精帘里颇黎枕，暖香惹梦鸳鸯锦。江上柳如烟，雁飞残月天。　藕丝秋色浅，人胜参差剪。双鬓隔香红，玉钗头上风。

杏花含露团香雪，绿杨陌上多离别。灯在月胧明，觉来闻晓莺。　玉钩褰翠幕，妆浅旧眉薄。春梦正关情，镜中蝉鬓轻。

玉楼明月长相忆，柳丝袅娜春无力。门外草萋萋，送君闻马嘶。　画罗金翡翠，香烛销成泪。花落子规啼，绿窗残梦迷。

宝函钿雀金鸂鶒，沉香阁上吴山碧。杨柳又如丝，驿桥春雨时。　画楼音信断，芳草江南岸。鸾镜与花枝，此情谁得知？

南园满地堆轻絮，愁闻一霎清明雨。雨后却斜阳，杏华零落香。　无言匀睡脸，枕上屏山掩。时节欲黄昏，无聊独倚门。

【五代孙光宪《北梦琐言·卷四》】宣宗爱唱《菩萨蛮》词。令狐相国（绹）假其（温庭筠）新撰密进之，戒令勿泄，而遽言于人，由是疏之。温亦有言曰：“中书堂内坐将军。”讥相国无学也。

更漏子 三首

柳丝长，春雨细，花外漏声迢递。惊塞雁，起城乌，画屏金鹧鸪。　香雾薄，透帘幕，惆怅谢家池阁。红烛背，绣帘垂，梦长君不知。

星斗稀，钟鼓歇，帘外晓莺残月。兰露重，柳风斜，满庭堆落花。　虚阁上，倚阑望，还似去年惆怅。春欲暮，思无穷，旧欢如梦中。

玉炉香，红蜡泪，偏照画堂秋思。眉翠薄，鬓云残，夜长衾枕寒。…梧桐树，三更雨，不道离情正苦。一叶叶，一声声，空阶滴到明。

【宋胡仔《苕溪渔隐丛话后集·卷十七》】庭筠工于造语，极为绮靡，《花间集》可见矣。《更漏子》（玉炉香）一首尤佳。

【清谭献《评词辨·卷一》】"梧桐树"以下，似直下语，正从"夜长"逗出，亦书家"无垂不缩"之法。

杨柳枝 五首

宜春苑外最长条，闲袅春风伴舞腰。正是玉人肠断处，一渠春水赤栏桥。

苏小门前柳万条，毵毵金线拂平桥。黄莺不语东风起，深闭朱门伴舞腰。

馆娃宫外邺城西，远映征帆近拂堤。系得王孙归意切，不关芳草绿萋萋。

两两黄鹂色似金，袅枝啼露动芳音。春来幸自长如线，可惜牵缠荡子心。

织锦机边莺语频，停梭垂泪忆征人。塞门三月犹萧索，纵有垂杨未觉春。

【明汤显祖评《花间集》】《杨柳枝》，唐自刘禹锡、白乐天而下，凡数十首。然惟咏史咏物，比讽隐含，方能各极其妙。如“飞入宫墙不见人”、“随风好去人谁家”、“万树千条各自垂”等什，皆感物写怀，言不尽意，真托咏之名匠也。此中三五卒章，真堪方驾刘、白。

【清郑文焯评《花间集》】宋人诗好处，便是唐词。然飞卿《杨柳枝》八首，终为宋诗中振绝之境，苏、黄不能到也。唐人以余力为词，而骨气奇高，文藻温丽。有宋一代学人，嫥志于此，骎骎入古，毕竟不能脱唐、五代之窠臼，其道亦难矣！

南歌子 二首

手里金鹦鹉，胸前绣凤凰。偷眼暗形相。不如从嫁与，作鸳鸯。

堕低梳髻，连娟细扫眉。终日两相思。为君憔悴尽，百花时。

【《谭评词辨·卷一》】尽头语，单调中重笔，五代后绝响。（第一首）“百花时”三字加倍法，亦重笔也。（第二首）

梦江南 二首

千万恨，恨极在天涯。山月不知心里事，水风空落眼前花，摇曳碧云斜。

梳洗罢，独倚望江楼。过尽千帆皆不是，斜晖脉脉水悠悠，肠断白蘋洲！

〔集评〕 王士禛云：弇州谓苏、黄、稼轩为词之变体，是也；谓温、韦为词之变体，非也。夫温、韦视晏、李、秦、周，譬赋有《高唐》《神女》而后有《长门》《洛神》，诗有古诗、录别而后有建安、黄初、三唐也；谓之正始则可，谓之变体则不可。又“蝉鬓美人愁绝”，果是妙语。飞卿《更漏子》、《河渎神》，凡两见之。李空同所谓“自家物终久还来”耶？温、李齐名，然温实不及李；李不作词而温为“花间”鼻祖，岂亦同能不如独胜之意耶？（《花草蒙拾》）王拯云：唐之中叶，李白沿袭乐府遗音，觅《菩萨蛮》《忆秦娥》之阕，王建、韩偓、温庭筠诸人复推衍之，而词之体以立。其文窈深幽约，善达贤人君子恺恻怨悱不能自言之情，论者以庭筠为独至。（《龙壁山房文集·忏盦词序》）周济云：词有高下之别，有轻重之别。飞卿下语镇纸，端已揭响人云，可谓极两者之能事。皋文曰：“飞卿之词，深美闳约。”信然。飞卿酝酿最深，故其言不怒不慑，备刚柔之气。针缕之密，南宋人始露痕迹，《花间》极有浑厚气象。如飞卿则神理超越，不复可以迹象求矣。然细绎之，正字字有脉络。（《介存斋论词杂著》）刘熙载云：温飞卿词，精妙绝人；然类不出乎绮怨。（《艺概·卷四》）王国维云：张皋文谓：“飞卿之词，深美闳约。”余谓此四字唯冯正中足以当之。刘融斋谓：“飞卿精艳绝人。”差近之耳。“画屏金鹧鸪”，飞卿语也，其词品似之。温飞卿之词，句秀也。（《人间词话·卷上》）

皇甫松

六首 录自《花间集》

〔传记〕 皇甫松，一作嵩，字子奇，睦州人。工部侍郎湜之子。（《历代诗余·卷一百一》）《花间集》称为“皇甫先辈”，录其词十二首。

浪淘沙 二首

滩头细草接疏林，浪恶罾船半欲沉。宿鹭眠鸥非旧浦，去年沙觜是江心！

【汤评】桑田沧海，一语破尽。红颜变为白发，美少年化为鸡皮老翁，感慨系之矣！

蛮歌豆蔻北人愁，蒲雨杉风野艇秋。浪起䴔䴖眠不得，寒沙细细入江流。

梦江南 二首

兰烬落，屏上暗红蕉。闲梦江南梅熟日，夜船吹笛雨萧萧，人语驿边桥。

楼上寝，残月下帘旌。梦见秣陵惆怅事，桃花柳絮满江城，双髻坐吹笙。

采莲子 二首

菡萏香连十顷陂举棹，小姑贪戏采莲迟年少。晚来弄水船头湿举棹，更脱红裙裹鸭儿年少。

舡动湖光滟滟秋举棹，贪看年少信船流年少。无端隔水抛莲子举棹，遥被人知半日羞年少。

【况周颐《餐樱庑词话》】词以含蓄为佳，亦有不妨说尽者。皇甫子奇摘得新云："繁红一夜经风雨，是空枝。"语淡而沉痛欲绝。《采莲子》云："船动湖光滟滟秋，贪看年少信船流。无端隔水抛莲子，遥被人知半日羞。"写出闺娃稚憨情态，匪夷所思，是何笔妙乃尔！

韦庄

二十首 录自《花间集》

〔传记〕 韦庄（八三六——九一〇）字端己，京兆杜陵人。僖宗广明元年（八八〇），应举入长安。时值黄巢兵至，庄陷重围，又为病困。中和三年（八八三）三月，在洛阳，著《秦妇吟》一篇，内一联云："内库烧为锦绣灰，天街踏尽公卿骨。"尔后公卿亦多垂讶，庄乃讳之。时人号"秦妇吟秀才"。（《北梦琐言·卷六》）旋复南游，携家至越，弟妹散居各郡。（参考《唐才子传》）时已年过五十矣。其游踪所至，自金陵、苏州、扬州、浙西、湖北、湖南、江西、安徽，皆有题咏。（参考《浣花集》）至昭宗景福二年（八九三），始还京师。次年（乾宁元年，公元八九四），第进士，授职为校书郎。乾宁四年，两川宣谕和协使李询辟为判官，奉使入蜀见王建，不久返京。昭宗天复元年（九〇一），再入蜀，王建辟为掌书记。庄时年六十六岁。寻以起居舍人召，建表留之。二年，于浣花溪寻得杜工部草堂遗址。虽芜没已久，而砥柱犹存。因命弟霭，芟夷结茅为一室，遂定居焉。三年，霭为编次历年所作诗，题曰《浣花集》。（参考韦霭《浣花集序》）昭宣帝天祐四年（九〇七），唐亡，王建称帝。一切开国制度，多出庄手。拜左散骑常侍，判中书门下事。屡官至吏部侍郎，兼平章事。蜀高祖武成三年（九一〇）八月，卒于成都花林坊，谥文靖。（参考夏承焘著《韦端己年谱》）韦词收入《花间集》者四十七首，收入《全奁集》者四十八首，收入《全唐诗》附词者五十二首。刘毓盘辑为《浣花词》一卷，共得五十五首，刊入《唐五代宋辽金元词六十种》中。

浣溪沙 三首

清晓妆成寒食天，柳球斜袅间花钿，卷帘直出画堂前。　指点牡丹初绽朵，日高犹自凭朱栏，含颦不语恨春残。

惆怅梦余山月斜，孤灯照壁背红纱，小楼高阁谢娘家。　暗想玉容何所似？一枝春雪冻梅花，满身香雾簇朝霞。

【汤评】以“暗想”句问起，越见下二句形容快绝。

夜夜相思更漏残，伤心明月凭阑干，想君思我锦衾寒。　咫尺画堂深似海，忆来唯把旧书看，几时携手入长安？

【汤评】“想君”、“忆来”二句，皆意中意，言外言也。水中着盐，甘苦自知。

菩萨蛮 五首

红楼别夜堪惆怅，香灯半卷流苏帐。残月出门时，美人和泪辞。　琵琶金翠羽，弦上黄莺语。劝我早归家，绿窗人似花。

【清张惠言《词选·卷一》】此词盖留蜀后寄意之作。一章言奉使之志，本欲速归。

人人尽说江南好，游人只合江南老。春水碧于天，画船听雨眠。　垆边人似月，皓腕凝双雪。未老莫还乡，还乡须断肠。

【张选】此章述蜀人劝留之辞，即下章云“满楼红袖招”也。江南即指蜀。中原沸乱，故曰“还乡须断肠”。

如今却忆江南乐，当时年少春衫薄。骑马倚斜桥，满楼红袖招。　翠屏金屈曲，醉入花丛宿。此度见花枝，白头誓不归。

【张选】上云“未老莫还乡”，犹冀老而还乡也。其后朱温篡成，中原愈乱，遂决劝进之志。故曰“如今却忆江南乐”，又曰“白头誓不归”，则此词之作，其在相蜀时乎？

劝君今夜须沉醉，樽前莫话明朝事。珍重主人心，酒深情亦深。　须愁春漏短，莫诉金杯满。遇酒且呵呵，人生能几何！

【汤评】一起一结，直寓旷达之思，与郭璞游仙、阮籍咏怀，将无同调?

洛阳城里春光好，洛阳才子他乡老。柳暗魏王堤，此时心转迷。　桃花春水渌，水上鸳鸯浴。凝恨对残晖，忆君君不知。

【张选】此章致思唐之意。

归国遥 一首

金翡翠，为我南飞传我意：罨画桥边春水，几年花下醉？别后只知相愧，泪珠难远寄。罗幕绣帏鸳被，旧欢如梦里。

荷叶杯 二首

绝代佳人难得，倾国，花下见无期。一双愁黛远山眉，不忍更思惟。　闲掩翠屏金凤，残梦，罗幕画堂空。碧天无路信难通，惆怅旧房栊。

记得那年花下，深夜，初识谢娘时，水堂西面画帘垂，携手暗相期。　惆怅晓莺残月，相别，从此隔音尘。如今俱是异乡人，相见更无因！

【《历代诗余·卷一百十三》引杨湜《古今词话》】韦庄字端己，

著秦妇吟，称为“秦妇吟秀才”。举乾宁进士。以才名寓蜀，蜀主建羁留之。庄有宠人，姿质艳丽，兼善词翰。建闻之，托以教内人为词，强夺去。庄追念悒怏，作《荷叶杯》《小重山词》，情意凄怨。人相传播，盛行于时。（案：夏承焘《韦端己年谱》，考定庄留蜀时，年已七十左右，杨湜所云，殆不足信也。）

清平乐 二首

野花芳草，寂寞关山道。柳吐金丝莺语早，惆怅香闺暗老！罗带悔结同心，独凭朱栏思深。梦觉半床斜月，小窗风触鸣琴。

莺啼残月，绣阁香灯灭。门外马嘶郎欲别，正是落花时节。妆成不画蛾眉，含愁独倚金扉。去路香尘莫扫，扫即郎去归迟。

【汤评】“门外”二句，情与时会，倍觉其惨。“去路”二句，如此想头，几转《法华》。

天仙子 二首

蟾彩霜华夜不分，天外鸿声枕上闻，绣衾香冷懒重薰。人寂寂，叶纷纷，才睡依前梦见君。

梦觉云屏依旧空，杜鹃声咽隔帘栊，玉郎薄幸去无踪。一日日，恨重重，泪界莲腮两线红。

思帝乡 一首

春日游，杏花吹满头。陌上谁家年少足风流？妾拟将身嫁与一生休。纵被无情弃，不能羞。

【清贺裳《皱水轩词筌》】小词以含蓄为佳，亦有作决绝语而妙者。如韦庄“陌上谁家年少足风流？妾拟将身嫁与一生休。纵被无情弃，不能羞”之类是也。牛峤“须作一生拚，尽君今日欢”抑亦其次。柳耆卿“衣带渐宽终不悔，为伊消得人憔悴”亦即韦意，而气加婉矣。

女冠子 二首

四月十七，正是去年今日，别君时。忍泪佯低面，含羞半敛眉。　不知魂已断，空有梦相随。除却天边月，没人知。

昨夜夜半，枕上分明梦见，语多时。依旧桃花面，频低柳叶眉。　半羞还半喜，欲去又依依。觉来知是梦，不胜悲！

木兰花 一首

独上小楼春欲暮，愁望玉关芳草路。消息断，不逢人，却敛细眉归绣户。　坐看落花空叹息，罗袂湿斑红泪滴。千山万水不曾行，魂梦欲教何处觅？

小重山 一首

一闭昭阳春又春。夜寒宫漏永，梦君恩。卧思陈事暗销魂。罗衣湿，红袂有啼痕。　歌吹隔重阍。绕庭芳草绿，倚长门。万般惆怅向谁论？凝情立，宫殿欲黄昏。

【汤评】向作“新揾旧啼痕”，语更超远。“宫殿欲黄昏”，何等凄绝！宫词中妙句也。

〔集评〕 张炎云：词之难于令曲，如诗之难于绝句。不过十数句，一句一字闲不得。末句最当留意，有有余不尽之意始佳。当以唐《花间集》中韦庄、温飞卿为则。（《词源·卷下》）周济云：端已词清艳绝伦。初日芙蓉春月柳，使人想见风度。（《介存斋论词杂著》）刘熙载云：韦端已、冯正中诸家词，留连光景，惆怅自怜，盖亦易飘飏于风雨者。若第论其吐属之美，又何加焉！（《艺概·卷四》）况周颐云：韦端已《浣溪沙》云：“咫尺画堂深似海，忆来唯把旧书看。”谒金门云：“新睡觉来无力，不忍把君书迹。”一意化两，并皆佳妙。（《餐樱庑词话》）韦文靖词，与温方城齐名，熏香掬艳，眩目醉心，尤能运密入疏，寓浓于淡，花间群贤，殆鲜其匹。（《历代词人考略·卷五》）王国维云：“弦上黄莺语”，端已语也；其词品亦似之。韦端已之词，骨秀也。（《人间词话·卷上》）

薛昭蕴

二首 录自《花间集》

〔传记〕 薛昭蕴(《北梦琐言·卷十一》作昭纬),唐末官侍郎。孙光宪云:薛澄州昭纬,即保逊之子也。恃才傲物,亦有父风。每入朝省,弄笏而行,旁若无人。好唱《浣溪纱》词。知举后,有一门生辞归乡里,临歧,献规曰:"侍郎重德,某乃受恩。尔后请不弄笏与唱《浣溪纱》,即某幸也。"时人谓之至言。(《北梦琐言·卷四》)《花间集》录薛词十九首,《全唐诗》同。

浣溪沙 一首

倾国倾城恨有余,几多红泪泣姑苏,倚风凝睇雪肌肤。 吴主山河空落日,越王宫殿半平芜,藕花菱蔓满重湖。

小重山 一首

春到长门春草青。玉阶华露滴,月胧明。东风吹断紫箫声。宫漏促,帘外晓啼莺。 愁极梦难成。红妆流宿泪,不胜情。手挪裙带绕阶行。思君切,罗幌暗尘生。

牛 峤

一首 录自《花间集》

〔传记〕 牛峤字松卿，一字延峰，陇西人，唐相僧孺之后，乾符五年（八七八），登进士第，历官拾遗、补阙、校书郎。王建镇西川，辟为判官。及开国，拜给事中。（《十国春秋·卷四十四·前蜀十》）《花间集》载峤词三十二首，《全唐诗》附词载二十七首。

望江怨 一首

东风急，惜别花时手频执，罗帏愁独人。马嘶残雨春芜湿。倚门立，寄语薄情郎：粉香和泪泣。

〔集评〕 况周颐云：昔人情语艳语，大都靡曼为工。牛松卿《西溪子》云："画堂前，人不语，弦解语。弹到昭君怨处，翠蛾愁，不抬头。"《望江怨》云："惜别花时手频执，罗帏愁独人。马嘶残雨春芜湿。倚门立，寄语薄情郎：粉香和泪泣。"繁弦促柱间有劲气暗转，愈转愈深。此等佳处，南宋名作中间一见之。北宋人虽绵博如柳屯田，顾未克办。（《餐樱庑词话》）

毛文锡

二首 录自《花间集》

〔传记〕 毛文锡字平珪，高阳人。唐太仆卿龟范子。年十四，登进士第。已而来成都，从高祖（王建），官翰林学士承旨，进文思殿大学士，拜司徒。及国亡，随后主（衍）降唐，未几复事孟氏，与欧阳炯等五人以小词为蜀后主所赏。所撰《巫山一段云》词，当世传咏之。（《十国春秋·卷四十一·前蜀七》）《花间集》录其词三十一首，《全唐诗》同。

醉花间 一首

休相问，怕相问，相问还添恨。春水满塘生，鸂鶒还相趁。
昨夜雨霏霏，临明寒一阵。偏忆戍楼人，久绝边庭信！

【《餐樱庑词话》】余只喜其醉花间后段，情景不奇，写出正复不易。语淡而真，亦轻清，亦沉着。

应天长 一首

平江波暖鸳鸯语，两两钓舡归极浦。芦洲一夜风和雨，飞起浅沙翘雪鹭。　渔灯明远渚，兰棹今宵何处？罗袂从风轻举，愁杀采莲女。

【《餐樱庑词话》】毛文锡《应天长》云：“渔灯明远渚，兰棹今宵何处？”柳屯田《雨霖铃》云：“今宵酒醒何处？杨柳岸、晓风残月。”毛词简质而情景具足。后人但能歌柳词耳。“知者亦不易”，诚哉是言。

牛希济

一首 录自《花间集》

〔传记〕 牛希济，后主时，累官翰林学士，御史中丞。蜀亡，入洛，拜雍州节度副使。(《十国春秋·卷四十四·前蜀十》)《花间集》录希济词十一首，《全唐诗》录十二首。

生查子 一首

春山烟欲收，天澹稀星小。残月脸边明，别泪临清晓。

语已多，情未了，回首犹重道：记得绿罗裙，处处怜芳草！

欧阳炯

五首 录自《花间集》

〔传记〕 欧阳炯（宋史作迥），益州华阳人。少事王衍，为中书舍人。后唐同光中，蜀平，随衍至洛阳。孟知祥镇成都，炯复入蜀。知祥僭号，累迁门下侍郎，兼户部尚书平章事。后从孟昶归宋，为散骑常侍。以开宝四年（九七一）卒，年七十六。炯性坦率，无检操，善长笛。（参考《宋史·卷四百七十九》）曾为赵崇祚叙《花间集》。每言："愁苦之音易好，欢愉之语难工。"其词大抵婉约轻和，不欲强作愁思者也。（《历代诗余·卷一百十三》引《蓉城集》）《花间集》收炯词十七首，《尊前集》收三十一首，《全唐诗》收四十八首。

南乡子 三首

画舸停桡，槿花篱外竹横桥。水上游人沙上女，回顾，笑指芭蕉林里住。

岸远沙平，日斜归路晚霞明。孔雀自怜金翠尾，临水，认得行人惊不起。

路人南中，桄榔叶暗蓼花红。两岸人家微雨后，收红豆，树底纤纤抬素手。

【汤评】短词之难，难于起得不自然，结得不悠远。诸起句无一重复，而结语皆有余思，允称合作。

献衷心 一首

见好花颜色，争笑东风，双脸上，晚妆同。闭小楼深阁，春景重重。三五夜，偏有恨，月明中。　情未已，信曾通，满衣犹自染檀红。恨不如双燕，飞舞帘栊。春欲暮，残絮尽，柳条空。

【汤评】画家七十二色中有檀色，浅赭所合，妇女晕眉色似之。唐人诗词惯喜用此，此其一也。

【郑评】飘忽而来，毫端神妙，不可思议！

江城子 一首

晚日金陵岸草平，落霞明，水无情。六代繁华，暗逐逝波声。空有姑苏台上月，如西子镜照江城！

〔集评〕 况周颐云：欧阳炯词，艳而质，质而愈艳，行间句里，却有清气往来。大概词家如炯，求之晚唐五代，亦不多靓。其《定风波》云：“暖日闲窗映碧纱，小池春水浸晴霞。数树海棠红欲尽，争忍，玉闺深掩过年华？独凭绣床方寸乱，肠断，泪珠穿破脸边花。邻舍女郎相借问，音信，教人羞道未还家。”此等词如淡妆西子，肌骨倾城。（《历代词人考略·卷六》）

顾 敻

五首 录自《花间集》

〔传记〕 顾敻，前蜀通正时，以小臣给事内庭，会秃鹙鸟翔摩诃池上，敻作诗刺之，祸几不测。久之，擢刺史。已而复事高祖（孟知祥），累官至太尉。敻善小词，有《醉公子》曲，为一时艳称。（《十国春秋·卷五十六·后蜀九》）《花间集》收敻词五十五首，《全唐诗》同。

虞美人 一首

深闺春色劳思想，恨共春芜长。黄鹂娇啭泥芳妍，杏枝如画倚轻烟，锁窗前。 凭栏愁立双蛾细，柳影斜摇砌。玉郎还是不还家，教人魂梦逐杨花，绕天涯。

【明杨慎《词品·卷一》】俗谓柔言索物曰泥，乃计切，谚所谓软缠也。字又作泥。《花间集》顾敻辞“黄莺娇啭泥芳妍”，又“记得泥人微敛黛”。字又作妮，王通叟辞：“十三妮子绿窗中。”今山东人目婢曰小妮子，其语亦古矣。

河传 一首

棹举，舟去，波光渺渺，不知何处？岸花汀草共依依，雨微，鹧鸪相逐飞。　天涯离恨江声咽，啼猿切，此意向谁说？倚兰桡，独无聊，魂销，小炉香欲焦。

【《餐樱庑词话》】孙光宪之"两桨不知消息，远汀时起鸂鶒"，确是括顾词。两家并饶简劲之趣；顾尤毫不着力，自然清远。

诉衷情 一首

永夜抛人何处去？绝来音。香阁掩，眉敛，月将沉，争忍不相寻？怨孤衾。换我心，为你心，始知相忆深。

【《花草蒙拾》】顾太尉："换我心，为你心，始知相忆深。"自是透骨情语。徐山民："妾心移得在君心，方知人恨深。"全袭此，然已为柳七一派滥觞。

醉公子 二首

漠漠秋云澹，红藕香侵槛。枕倚小山屏，金铺向晚扃。　睡起横波慢，独望情何限！衰柳数声蝉，魂销似去年。

岸柳垂金线，雨晴莺百啭。家住绿杨边，往来多少年。　马嘶芳草远，高楼帘半卷。敛袖翠蛾攒，相逢尔许难！

【郑评】极古拙，亦极高淡，非五代不能有是词境。

〔集评〕 况周颐云：顾夐艳词，多质朴语，妙在分际恰合。孙光宪便涉俗。顾太尉，五代艳词上驷也。工致丽密，时复清疏。以艳之神与骨为清，其艳乃益入神入骨。其体格如宋院画工笔折枝小帧，非元人设色所及。（《餐樱庑词话》）

鹿虔扆

一首　录自《花间集》

〔传记〕　鹿虔扆，孟蜀时登进士第，累官为学士。广政间（约九三八——九五〇），出为永泰军节度使，进检校太尉，加太保。（《历代词人考略·卷五》）虔扆与欧阳炯、韩琮、阎选、毛文锡等俱以工小词，供奉后主，时人忌之者，号曰“五鬼”。虔扆《思越人》词有“双带绣窠盘锦荐，泪侵花暗香消”之句，词家推为绝唱。（《十国春秋·卷五十六·后蜀九》）国亡，不仕。词多感慨之音。（《乐府纪闻》）《花间集》收虔扆词六首，《全唐诗》同。

临江仙　一首

金锁重门荒苑静，绮窗愁对秋空。翠华一去寂无踪。玉楼歌吹，声断已随风。　烟月不知人事改，夜阑还照深宫。藕花相向野塘中。暗伤亡国，清露泣香红。

〔集评〕　倪瓒云：鹿公高节，偶尔寄情倚声，而曲折尽变，有无限感慨淋漓处。（《历代诗余·卷一百十三》引）

阎选

一首 录自《花间集》

〔传记〕 阎选，故布衣也，酷善小词，有《临江仙》词云：“画帘深殿，香雾冷风残。”又云：“猿啼明月照空滩。”时人目为阎处士。（《十国春秋·卷五十六·后蜀九》）其词录入《花间集》者八首，《全唐诗》录十首。

八拍蛮 一首

愁锁黛眉烟易惨，泪飘红脸粉难匀。憔悴不知缘底事？遇人推道不宜春。

【汤评】仄声七言绝句，唐人以入乐府，谓之《阿那曲》，宋人谓之《鸡叫子》。平声绝句以入乐府者，非《杨柳枝》《竹枝》，即《八拍蛮》也。

尹鹗

一首 录自《花间集》

〔传记〕 尹鹗，成都人也。工诗词，与宾贡李珣友善。珣本波斯之种。鹗性滑稽，常作诗嘲之，珣名为顿损。(《十国春秋·卷四十四·前蜀十》)鹗事王衍，为翰林校书，累官参卿。(《历代诗余·卷一百一》)《花间集》录鹗词六首，《全唐诗》录十六首。

菩萨蛮 一首

陇云暗合秋天白，俯窗独坐窥烟陌。楼际角重吹，黄昏方醉归。 荒唐难共语，明日还应去。上马出门时，金鞭莫与伊。

【刘承幹《历代词人考略·卷五》】唐无名氏《醉公子》云："门外猧儿吠，知是萧郎至。刬袜下香阶，冤家今夜醉。扶得入罗帏，不肯脱罗衣。醉则从他醉，还胜独睡时。"前辈谓读此，可悟作诗之法。韩子苍曰："只是转折多耳。且如喜其至是一转，而苦其今夜醉，又是一转。入罗帏是一转，而不肯脱罗衣，又是一转。二句自家开释，又是一转。直是赋尽醉公子也。"见《怀古录》。尹鹗《菩萨蛮》词，由未归说到醉归，由“荒唐难共语”想到“明日出门时”，层层转折，与无名氏醉公子略同。“金鞭莫与伊”，尤有不尽之情，痴绝，昵绝！

李 珣

九首 录自《花间集》

〔传记〕 李珣字德润，先世本波斯人，家于梓州。（《历代诗余·卷一百一》）珣有诗名，以秀才豫宾贡，事蜀主衍。国亡，不仕。有《琼瑶集》，多感慨之音。其妹（李舜弦）为衍昭仪，亦能词，有“鸳鸯瓦上忽然声”句，误入《花蕊宫词》中。（《历代诗余·卷一百十三》引《茅亭客话》）《花间集》录珣词三十七首，《全唐诗》录五十四首。

渔歌子 二首

荻花秋，潇湘夜，橘洲佳景如屏画。碧烟中，明月下，小艇垂纶初罢。　水为乡，篷作舍，鱼羹稻饭常餐也。酒盈杯，书满架，名利不将心挂。

九疑山，三湘水，芦花时节秋风起。水云间，山月里，棹水穿云游戏。　鼓青琴，倾绿蚁，扁舟自得逍遥志。任东西，无定止，不议人间醒醉。

巫山一段云 一首

古庙依青嶂，行宫枕碧流。水声山色锁妆楼，往事思悠悠！云雨朝还暮，烟花春复秋。啼猿何必近孤舟，行客自多愁。

南乡子 五首

兰棹举，水纹开，竞携藤笼采莲来。回塘深处遥相见，邀同宴，绿酒一卮红上面。

乘彩舫，过莲塘，棹歌惊起睡鸳鸯。游女带香偎伴笑，争窈窕，竞折团荷遮晚照。

倾绿蚁，泛红螺，闲邀女伴簇笙歌。避暑信船轻浪里，闲游戏，夹岸荔枝红蘸水。

渔市散，渡船稀，越南云树望中微。行客待潮天欲暮，送春浦，愁听猩猩啼瘴雨。

相见处，晚晴天，刺桐花下越台前。暗里回眸深属意，遗双翠，骑象背人先过水。

【《餐樱庑词话》】周草窗云：“李珣、欧阳炯辈俱蜀人，各制《南乡子》数首，以志风土，亦《竹枝》体也。”珣所作《南乡子》十七阕。首阕云：“思乡处，潮退水平春色暮。”似乎志风土之作矣。乃后阕句云“采真珠处水风多”，又云“夹岸荔枝红蘸水”，又云“越南云树望中微"，又云"愁听猩猩啼瘴雨"，又云"越王台下春风暖"，又云"刺桐花下越台前"，又云"骑象背人先过水"，又云"出向桄榔树下立"，又云"拾翠采珠能几许"，又云"孔雀双双迎日舞"，又云"谢娘家接越王台，一曲乡歌齐抚掌"，又云"椰子酒倾鹦鹉盏"，又云"惯随潮水采珠来"。珣，蜀人，顾所咏皆东粤景物，何耶？其巫山一段云云："啼猿何必近孤舟，行客自多愁。"《河传》云："依旧十二峰前，猿声到客船。"则诚蜀人之言矣。

河传 一首

去去！何处？迢迢巴楚，山水相连。朝云暮雨，依旧十二峰前，猿声到客船。　愁肠岂异丁香结？因离别，故国音书绝。想佳人花下，对明月春风，恨应同。

【《餐樱庑词话》】李德润《河传》云："想佳人花下，对明月春风，恨应同。"高竹屋《齐天乐·中秋夜怀梅溪》云："古驿烟寒，幽垣梦冷，应念秦楼十二。"两家用意略同。高词伤格，不可学，李词则否，其故当细审之。

〔集评〕　况周颐云：李德润《临江仙》云："强整娇姿临宝镜，小池一朵芙蓉。"是人是花，一而二，二而一。句中绝无曲折，却极形容之妙。昔人名作，此等佳处，读者每易忽之。（《蕙风词话·卷二》）李秀才词，清疏之笔，下开北宋人体格。五代人词，大都奇艳如古蕃锦；惟李德润词，有以清胜者。如《酒泉子》云：“秋雨连绵，声散败荷丛里。那堪深夜枕前听，酒初醒。”《前调》云：“秋月婵娟，皎洁碧纱窗外。照花穿竹冷沉沉，印池心。”《浣溪沙》云：“翠叠画屏山隐隐，冷铺文簟水潾潾，断魂何处一蝉新。”所云下开北宋体格者也。有以质胜者，《西溪子》云：“归去想娇娆，暗魂消。”《中兴乐》云：“忍孤前约，教人花貌，虚老风光。”宋人唯吴梦窗能为此等质句，愈质愈厚，盖五代词已开其先矣。（《历代词人考略·卷五》）

和凝

二首　录自刘毓盘辑《红叶稿》

〔传记〕　和凝（八九八——九五五）字成绩，汶阳须昌人。年十七，举明经，十九登进士第。历事梁、唐、晋、汉、周五代，累官中书侍郎、平章事、太子太傅。周显德二年（九五五）卒，年五十八。凝性好修整，自释褐至登台辅，车服仆从，必加华楚，进退容止伟如也。平生为文章，长于短歌艳曲，有艳词一编，名《香奁集》。凝后贵，乃嫁其名为韩偓。今世传韩偓《香奁集》，乃凝所为也（参考《旧五代史·卷一百二十七》）。凝少年时，好为曲子词，布于汴洛。洎入相，专托人收拾焚毁不暇。契丹入夷门，号为曲子相公。（《北梦琐言·卷六》）《花间集》录凝词二十首，《全唐诗》录二十四首。刘毓盘辑得二十九首为《红叶稿》一卷（北京大学排印本）。跋尾云："余髫龀时，侍先大夫谒秀水杜方伯筱舫（文澜）丈苏州寓庐。丈所藏有宋大字本和凝《红叶稿》一卷，凡百余首。末附宋人跋曰：'鲁公相晋高，悔其少作，悉索而毁之，其存者曰《红叶稿》，故曰唐人也。'其后人不可问，《红叶稿》更无知之者。"此"曲子相公"之艳词，湮没者殆不复重见矣。

江城子 二首

竹里风生月上门。理秦筝，对云屏。轻拨朱弦，恐乱马嘶声。含恨含娇独自语：今夜约，太迟生！

斗转星移玉漏频，已三更，对栖莺。历历花间，似有马蹄声。含笑整衣开绣户，斜敛手，下阶迎。

【《餐樱庑词话》】和鲁公《江城子》云："轻拨朱弦，恐乱马嘶声。"二语熨帖入微，似乎人人意中所有，却未经前人道过，写出柔情密意，真质而不涉尖纤。又一阕云："历历花间，似有马蹄声。"尤为浑雅，进乎高诣。

孙光宪

十二首 录自刘毓盘重刊宋本《荆台佣稿》

〔传记〕 孙光宪字孟文，贵平人。家世业农，至光宪，独读书好学。唐时为陵州判官，有声。天成初（约九二六），避地江陵。武信王（高季兴）奄有荆土，招致四方之士，用梁震荐，入掌书记。光宪事南平三世，皆处幕中，累官荆南节度副使、检校秘书少监。后教高继冲悉献三州之地，宋太祖嘉其功，授光宪黄州刺史。乾德末年卒。性嗜经籍，聚书凡数千卷。或手自钞写，孜孜校雠，老而不废。自号葆光子。所著有《北梦琐言》。（《十国春秋·卷一百二·荆南三》）孙词见《花间集》者六十首，见《尊前集》者二十三首，见《全唐诗》者八十首。刘毓盘于其内戚费文恪公家，见所藏宋元残本，有《荆台佣稿》一册，因录副，刊入所辑《唐五代宋辽金元名家词集六十种》中，共存词八十四首。

杨柳枝 一首

阊门风暖落花干，飞遍江城雪不寒。独有晚来临水驿，闲人多凭赤栏干。

八拍蛮 一首

孔雀尾拖金线长，怕人飞起入丁香。越女沙头争拾翠，相呼归去背斜阳。

竹枝 二首

乱绳千结竹枝绊人深女儿，越罗万丈竹枝表长寻女儿。杨柳在身竹枝垂意绪女儿，藕花落尽竹枝见莲心女儿。

门前春水竹枝白蘋花女儿，岸上无人竹枝小艇斜女儿。商女经过竹枝江欲暮女儿，散抛残食竹枝饲神鸦女儿。

思帝乡 一首

如何？遣情情更多！永日水精帘下敛羞蛾。六幅罗裙窣地，微行曳碧波。看尽满池疏雨打团荷。

酒泉子 一首

空碛无边，万里阳关道路。马萧萧，人去去，陇云愁。　香貂旧制戎衣窄，胡霜千里白。绮罗心，魂梦隔，上高楼。

【汤评】三叠文之《出塞曲》，而长短句之《吊古战场文》也。再读不禁酸鼻。

浣溪沙 四首

蓼岸风多橘柚香，江边一望楚天长，片帆烟际闪孤光。　月送征鸿飞杳杳，思随流水去茫茫，兰红波碧忆潇湘。

半踏长裙宛约行，晚帘疏处见分明，此时堪恨昧平生！　早是销魂残烛影，更愁闻著品弦声，杳无消息若为情。

轻打银筝坠燕泥，断丝高罥画楼西，花冠闲上午墙啼。　粉箨半开新竹径，红苞尽落旧桃蹊，不堪终日闭深闺。

乌帽斜攲倒佩鱼，静街偷步访仙居，隔墙应认打门初。　将见客时微掩敛，得人怜处且生疏，低头羞问壁间书。

【汤评】乐府遗音，词坛丽藻，好书不厌百回读。如此数词，亦应尔尔。

谒金门 一首

留不得！留得也应无益。白纻春衫如雪色，扬州初去日。

轻别离，甘抛掷，江上满帆风疾。却羡彩鸳三十六，孤鸾还一只。

【汤评】"满帆风，吹不上离人小船。"今南调中，最脍炙人口，只此数语，已足该括之矣。

渔歌子 一首

泛流萤，明又灭。夜凉水冷东湾阔。风浩浩，笛寥寥，万顷金波澄澈。　杜若洲，香郁烈。一声宿雁霜时节。经雪水，过松江，尽属侬家日月。

【汤评】竟夺了张志和、张季鹰坐位，忒觉狠些。

张泌

四首 录自《花间集》

〔传记〕 张泌一作佖，常州人。后主朝，仕为考功员外郎，改内史舍人。随后主入宋，以故臣在史馆。后官河南，每寒食，必亲拜后主墓，哭之甚哀。李氏子孙陵替，常分俸赡给焉。(《十国春秋·卷三十·南唐十六》)《花间集》收张词二十七首，《全唐诗》同。

浣溪沙 二首

马上凝情忆旧游，照花淹竹小溪流，钿筝罗幕玉搔头。 早是出门长带月，可堪分袂又经秋？晚风斜日不胜愁。

枕障熏垆隔绣帏，二年终日两相思，杏花明月始应知。 天上人间何处去？旧欢新梦觉来时，黄昏微雨画帘垂。

杨柳枝 一首

腻粉琼妆透碧纱，雪休夸。金凤搔头坠鬓斜，发交加。 倚着云屏新睡觉，思梦笑。红腮隐出枕函花，有些些。

【汤评】此《柳枝》之变体也。“红腮”一语，自见巧思。

胡蝶儿 一首

胡蝶儿，晚春时。阿娇初著淡黄衣，倚窗学画伊。
还似花间见，双双对对飞。无端和泪拭燕脂，惹教双翅垂。

冯延巳

二十三首　录自四印斋本《阳春集》

〔传记〕　冯延巳（九〇四——九六〇）字正中，（夏承焘《冯正中年谱》引焦竑《笔乘》，释氏六时：“可中时，巳也。正中时，午也。”因谓延己之己，当读为辰巳之巳。）广陵人。有辞学，多伎艺。烈祖李升以为秘书郎，使与元宗（李璟）游处。累迁驾部郎中，元帅府掌书记。保大四年（九四六），自中书侍郎拜平章事，出镇抚州。及再入相，元宗悉以庶政委之。罢为宫傅。卒，年五十七。著乐章百余阕。其《鹤冲天》词云：“晓月坠，宿云披，银烛锦屏帏。建章钟动玉绳低，宫漏出花迟。”又《归国谣》词云：“江水碧，江上何人吹玉笛？扁舟远送潇湘客，芦花千里霜月白。伤行色，明朝便是关山隔。”见称于世。（参考马令《南唐书·卷二十一》）陈世修序其《阳春集》云：“公以金陵盛时，内外无事，朋僚亲旧，或当燕集，多运藻思为乐府新词，俾歌者倚丝竹而歌之，所以娱宾而遣兴也。日月寝久，录而成编。观其思深辞丽，均律调新，真清奇飘逸之才也。”又云：“公薨之后，吴王（李煜）纳土，旧帙散失，十无一二。今采获所存，勒成一帙，藏之于家云。”世修于延己为外孙，嘉祐戊戌（一〇五八），辑成此集。清末王鹏运始从彭文勤（元瑞）传钞汲古阁未刻词录出，刊入《四印斋所刻词》中。其中亦有别见五代、北宋其他词家集中者，尤以《鹊踏枝》"谁道闲情"、"几日行云"、"庭院深深"、"六曲阑干"诸阕，为最杰出之作，而世传出欧阳修手。陈振孙云："《阳春录》一卷，南唐冯延己撰，高邮崔公度伯易题其后，称其家所藏最为详确，而《尊前》、《花间》诸集，往往谬其姓氏，近传欧阳永叔词，亦多有之，皆失其真也。"（《直斋书录解题·卷二十一》）据此，则冯集混入他家之作，由来久矣。延己在五代为一大作家，与温、韦分鼎三足，影响北宋诸家者尤巨。南唐歌词种子，向江西发展，辙迹可寻，冯氏实其中心人物，治词史者所不容忽也。

鹊踏枝 八首

谁道闲情抛掷久？每到春来，惆怅还依旧。日日华前常病酒，不辞镜里朱颜瘦。　河畔青芜堤上柳。为问新愁，何事年年有？独立小桥风满袖，平林新月人归后。

华外寒鸡天欲曙。香印成灰，起坐浑无绪。庭际高梧凝宿雾，卷帘双鹊惊飞去。　屏上罗衣闲绣缕。一晌关情，忆遍江南路。夜夜梦魂休谩语，已知前事无寻处。

叵耐为人情太薄。几度思量，真拟浑抛却。新结同心香未落，怎生负得当初约？　休向尊前情索莫。手举金罍，凭仗深深酌。莫作等闲相斗作，与君保取长欢乐。

萧索清秋珠泪坠。枕簟微凉，展转浑无寐。残酒欲醒中夜起，月明如练天如水。　阶下寒声啼络纬。庭树金风，悄悄重门闭。可惜旧欢携手地，思量一夕成憔悴。

烦恼韶光能几许？肠断魂销，看却春还去。只喜墙头灵鹊语，不知青鸟全相误。　心若垂杨千万缕。水阔华蜚，梦断巫山路。满眼新愁无问处，珠帘锦帐相思否？

几日行云何处去？忘了归来，不道春将暮。百草千华寒食路，香车系在谁家树？　泪眼倚楼频独语：双燕飞来，陌上相逢否？撩乱春愁如柳絮，悠悠梦里无寻处。

庭院深深深几许？杨柳堆烟，帘幕无重数。玉勒雕鞍游冶处，楼高不见章台路。　雨横风狂三月暮。门掩黄昏，无计留春住。泪眼问华华不语，乱红飞过秋千去。

六曲阑干偎碧树。杨柳风轻，展尽黄金缕。谁把钿筝移玉柱？穿帘海燕双飞去。　满眼游丝兼落絮。红杏开时，一霎清明雨。浓睡觉来莺乱语，惊残好梦无寻处。

【谭评《词辨·卷一》】金碧山水，一片空濛。此正周氏所谓“有寄托人，无寄托出”也。

采桑子 二首

笙歌放散人归去，独宿江楼，月上云收，一半珠帘挂玉钩。

起来点检经由地，处处新愁。凭仗东流，将取离心过橘洲。

华前失却游春侣，独自寻芳，满目悲凉，纵有笙歌亦断肠。林间戏蝶帘间燕，各自双双。忍更思量？绿树青苔半夕阳。

酒泉子 一首

芳草长川，柳映危桥桥下路。归鸿飞，行人去，碧山边。　风微烟澹雨萧然，隔岸马嘶何处？九回肠，双脸泪，夕阳天。

清平乐 一首

雨晴烟晚，绿水新池满。双燕飞来垂柳院，小阁画帘高卷。黄昏独倚朱阑，西南新月眉弯。砌下落华风起，罗衣特地春寒。

谒金门 三首

杨柳陌，宝马嘶空无迹。新着荷衣人未识，年年江海客。梦觉巫山春色，醉眼飞华狼籍。起舞不辞无气力，爱君吹玉笛。

秋已暮，重叠关山歧路。嘶马摇鞭何处去？晓禽霜满树。梦断禁城钟鼓，泪滴枕檀无数。一点凝红和薄雾，翠娥愁不语。

风乍起，吹皱一池春水。闲引鸳鸯香径里，手挪红杏蕊。斗鸭阑干独倚，碧玉搔头斜坠。终日望君君不至，举头闻鹊喜。

【宋马令《南唐书·卷二十一》】元宗乐府辞云“小楼吹彻玉笙

寒”，延巳有“风乍起，吹皱一池春水”之句，皆为警策。元宗尝戏延巳曰：“‘吹皱一池春水’，干卿何事？”延巳曰：“未如陛下‘小楼吹彻玉笙寒’。”元宗悦。

归自谣 二首

何处笛？终夜梦魂情脉脉，竹风槅雨寒窗滴。　离人数岁无消息。今头白，不眠特地重相忆。

春艳艳，江上晚山三四点，柳丝如翦华如染。　香闺寂寂门半掩。愁眉敛，泪珠滴破燕脂脸。

长命女 一首

春日宴，绿酒一杯歌一遍，再拜陈三愿：一愿郎君千岁，二愿妾身常健，三愿如同梁上燕，岁岁长相见。

喜迁莺 一首

宿莺啼，乡梦断，春树晓朦胧。残镫和烬闭朱栊，人语隔屏风。　香已寒，镫已绝，忽忆去年离别：石城华雨倚江楼，波上木兰舟。

三台令 三首

春色，春色，依旧青门紫陌。日斜柳暗华嫣，醉卧谁家少年？年少，年少，行乐直须及早。

明月，明月，照得离人愁绝。更深影人空床，不道帏屏夜长。长夜，长夜，梦到庭华阴下。

南浦，南浦，翠鬟离人何处？当时携手高楼，依旧楼前水流。流水，流水，中有伤心双泪。

点绛唇 一首

荫绿围红，梦琼家在桃源住。画桥当路，临水双朱户。　柳径春深，行到关情处。颦不语，意凭风絮，吹向郎边去。

〔集评〕　刘熙载云：冯延巳词，晏同叔得其俊，欧阳永叔得其深。（《艺概·卷四》）　冯煦云：词虽导源李唐，然太白、乐天兴到之作，非其颛诣。逮于季叶，兹事始畅。温、韦崛兴，专精令体。南唐起于江左，祖尚声律，二主倡于上，翁（延己）和于下，遂为词家渊薮。翁俯仰身世，所怀万端，缪悠其辞，若显若晦，揆之六义，比兴为多。若《三台令》《归国谣》《蝶恋花》诸作，其旨隐，其词微，类劳人、思妇、羁臣、屏子郁伊怆怳之所为，翁何致而然耶？周师南侵，国势岌岌。中主既昧本图，汶暗不自强，强邻又鹰瞵而鹗睨之，而务高拱，溺浮采，芒乎芴乎，不知其将及也。翁负其才略，不能有所匡救，危苦烦乱之中，郁不自达者，一于词发之。其忧生念乱，意内而言外，迹之唐、五季之交，韩致尧之于诗，翁之于词，其义一也。世宣以靡曼目之，诬已。（四印斋刻《阳春集·序》）又云：吾家正中翁，鼓吹南唐，上翼二主，下启欧、晏，实正变之枢纽，短长之流别。（成肇麟《唐五代词选·叙》）况周颐云：《阳春》一集，为临川、珠玉所宗，愈瑰丽，愈醇朴。南渡名家，霑丐膏馥，辄臻上乘。冯词如古蕃锦，如周、秦宝鼎彝，琳琅满目，美不胜收。词之境诣至此，不易学，并不易知，未容漫加选择，与后主词实异曲同工也。（《历代词人考略·卷四》）王国维云：冯正中词，虽不失五代风格，而堂庑特大，开北宋一代风气。正中词除《鹊踏枝》《菩萨蛮》十数阕最煊赫外，如《醉花间》之“高树鹊衔巢，斜月明寒草”，余谓韦苏州之“流萤度高阁”、孟襄阳之“疏雨滴梧桐”不能过也。正中词品，若欲于其词句中求之，则“和泪试严妆”殆近之欤？（《人间词话·卷上》）

李璟

二首　录自马令《南唐书》

〔传记〕　李璟字伯玉，初名景通，烈祖元子也。美容止，器宇高迈，性宽仁，有文学。甫十岁，吟《新竹》诗云："栖凤枝梢犹软弱，化龙形状已依稀。"人皆奇之。烈祖受禅，封吴王。累迁太尉、中书令、诸道元帅、录尚书事，改封齐王。嗣位，改元保大。在位十九年，以宋建隆二年（九六一）六月，殂于南都（南昌），年四十六。庙号元宗。（参考马令《南唐书·嗣主书》）徐铉曰："嗣主工笔札，善骑射，宾礼大臣，敦睦九族。每闻臣民不获其所者，辄咨嗟伤悯，形于颜色，随加救疗。居处服御，节俭得中。初立，有经营四方之志。邪臣阿谄，职为厉阶。晚岁悔之，已不及矣。少有至性，仍怀高世之量。始出阁，即命于庐山瀑布前构书斋，为他日终焉之计。及迫于绍袭，遂舍为开先精舍。"（《嗣主书注》）璟词传世者只四阕。据陈振孙《直斋书录解题·卷二十一》："《南唐二主词》一卷，中主李璟、后主李煜撰。卷首四阕，《应天长》《望远行》各一，《浣溪沙》二，中主所作，重光尝书之。墨迹在盱江晁氏，题云：'先皇御制歌词。'余尝见之，于麦光纸上作拨镫书，有晁景迂题字。今不知何在矣？余词皆重光作。"今所传明万历间虞山吕远刊本《南唐二主词》，首录中主词四阕，尚仍陈本之旧，而后主词多断缺，其最后《捣练子》一阕，且注“出升庵《词林万选》”，则亦明人所辑，二主词殆久无完本矣。

浣溪沙 二首

菡萏香销翠叶残，西风愁起碧波间。还与容光共憔悴，不堪看。　细雨梦回清漏永，小楼吹彻玉笙寒。簌簌泪珠多少恨，倚栏干。

手卷珠帘上玉钩，依前春恨锁重楼。风里落花谁是主？思悠悠。　青鸟不传云外信，丁香空结雨中愁。回首绿波春色暮，接天流。

【马令《南唐书·卷二十五·谈谐传》】王感化善讴歌，声韵悠扬，清振林木，系乐部为“歌板色”。元宗嗣位，宴乐击鞠不辍。尝乘醉命感化奏水调词，感化唯歌“南朝天子爱风流”一句，如是者数四。元宗辄悟，覆杯叹曰：“使孙、陈二主得此一句，不当有衔璧之辱也！”感化由是有宠。元宗尝作《浣溪沙》二阕，手写赐感化。后主即位，感化以其词札上之。后主感动，赏赐感化甚优。

【案】《历代诗余·卷一百十三》引《耆旧续闻》：“金陵妓王感化，善词翰。元宗手写《山花子》二阕赐之。”（知不足斋丛书本《耆旧续闻》，未见此条。）词同《南唐书》所载，惟“碧波”作“绿波”，“容光”作“韶光”，“清漏永”作“鸡塞远”，“簌簌泪珠多少恨”作

“多少泪珠何限恨”，“珠帘”作“真珠”，“春色”作“三峡”。各选本多从之。

【《苕溪渔隐丛话前集·卷五十九》引《雪浪斋日记》】荆公问山谷：“作小词，曾看李后主词否？”云：“曾看。”荆公云：“何处最好？”山谷以“一江春水向东流”为对。荆公云：“未若‘细雨梦回鸡塞远，小楼吹彻玉笙寒’最好。”

【案】“细雨”二句为中主词，荆公亦误记，可见唐、五代人词常多相混，殊不足怪耳。

【《人间词话·卷上》】南唐中主词：“菡萏香销翠叶残，西风愁起绿波间。”大有“众芳芜秽，美人迟暮”之感。乃古今独赏其“细雨梦回鸡塞远，小楼吹彻玉笙寒”，故知解人正不易得。

李煜

十二首　录自明万历吕远刊本《南唐二主词》

〔传记〕　李煜，字重光，元宗第六子，初名从嘉。文献太子卒，以尚书令知政事，居东宫。元宗十九年，立为太子。元宗南巡，太子留金陵监国。建隆二年（九六一）嗣位，在位十五年。开宝八年（九七五），宋将曹彬攻破金陵，煜出降。明年，至京师，封违命侯。太平兴国三年（九七八）七月七夕殂，年四十二。煜嗣位初，专以爱民为急，蠲赋息役，以裕民力。尊事中原，不惮卑屈。境内赖以少安者，十有五年。殂闻至江南，父老有巷哭者。然酷好浮屠，崇塔庙，度僧尼不可胜算。罢朝，辄造佛屋，易服膜拜，颇废政事。故虽仁爱足感遗民，而卒不能保社稷云。（参考陆游《南唐书·卷三·后主纪》）煜后周氏，善歌舞，尤工琵琶。故唐盛时，《霓裳羽衣》，最为大曲。乱离之后，绝不复传。后得残谱，以琵琶奏之。于是开元、天宝遗音，复传于世。煜以后好音律，因亦耽嗜。（陆书卷十六《后妃诸王列传》）煜对歌词之成就，于家庭父子夫妇间，与当时风气，皆有绝大影响，尤以周昭惠后精通乐律，从旁赞助之力为多焉。煜词传世者，有明万历庚申（一六二〇）虞山吕远墨华斋刊《南唐二主词》本，存后主词三十三首，中多残缺，亦有他人之作混入其中，盖皆后人辑录而成者。清康熙二十八年（一六八九）

侯文灿刻《十名家词集》本二主词，与吕刻本殆出一源，惟无最末《捣练子》“云鬓乱”一首。《全唐诗》载后主词三十四阕，未悉所据何本。此外有刘继曾校笺本、王国维校记本，可供参证。

虞美人 一首

春花秋月何时了，往事知多少？小楼昨夜又东风，故国不堪回首月明中！　　雕阑玉砌依然在，只是朱颜改。问君都有几多愁？恰似一江春水向东流。

【《唐宋诸贤绝妙词选·卷一》】“秋月”作“秋叶”，“依然”作“应犹”，“都有”作“还有”。

【宋王铚《默记·卷上》】徐铉归朝，为左散骑常侍，迁给事中。太宗一日问：“曾见李煜否？”铉对以：“臣安敢私见之。”上曰：“卿第往，但言朕令卿往相见可矣。”铉遂径往其居，望门下马。但一老卒守门。徐言：“愿见太尉。”卒言：“有旨，不得与人接，岂可见也？”铉曰：“我乃奉旨来见。”老卒往报。徐入，立庭下久之。老卒遂入，取旧椅子相对。铉遥望见，谓卒曰：“但正衙一椅足矣。”顷间，李主纱帽道服而出。铉方拜，而李主遽下阶，引其手以上。铉告辞宾主之礼。主曰：“今日岂有此礼？”徐引椅少偏，乃敢坐。后主相持大笑，默不言，忽长吁叹曰：“当时悔杀了潘佑、李平！”铉去，乃有旨再对，询：“后主何言？”铉不敢隐，遂有秦王赐牵机药之事。——牵机药者，服之，前却数十回，头足相就，如牵机状也。——又后主在赐第，因七夕，命故妓作乐，声闻于外。太宗闻之，大怒。又传“小楼昨夜又东风”及“一江春水向东流”之句，并坐之，遂被祸云。

【《默记·卷下》】韩玉汝家有李国主归朝后与金陵旧宫人书云：“此中日夕，只以眼泪洗面。”

【谭评《词辨·卷二》】二词（谓此阕及“风回小院”阕）终当以神品目之。后主之词，足当太白诗篇，高奇无匹。

喜迁莺 一首

晓月坠，宿云微，无语枕频攲。梦回芳草思依依，天远雁声稀。　啼莺散，余花乱，寂寞画堂深院。片红休扫尽从伊，留待舞人归。

清平乐 一首

别来春半，触目愁肠断。砌下落梅如雪乱，拂了一身还满。雁来音信无凭，路遥归梦难成。离恨恰如春草，更行更远还生。

【谭评《词辨·卷二》】“泪眼问花花不语，乱红飞过秋千去”，与此同妙。

乌夜啼 一首

林花谢了春红，太匆匆！常恨朝来寒重晚来风！　胭脂泪，留人醉，几时重？自是人生长恨水长东！

【《全唐诗》附词一】“常恨”作“无奈”，“寒重”作“寒雨”，“留人”作“相留”。

【谭评《词辨·卷二》】濡染大笔。

长相思 一首

云一緺，玉一梭，澹澹衫儿薄薄罗，轻颦双黛螺。　秋风多，雨相和，帘外芭蕉三两窠，夜长人奈何！

捣练子令 一首

深院静，小庭空，断续寒砧断续风。无奈夜长人不寐，数声和月到帘栊！

浪淘沙 一首

往事只堪哀！对景难排。秋风庭院藓侵阶。一行珠帘闲不卷，终日谁来？　金锁已沉埋，壮气蒿莱。晚凉天静月华开。想得玉楼瑶殿影，空照秦淮！

【《全唐诗》附词一】“一行”作“一桁”，“金锁”作“金剑”，“天静”作“天净”。

虞美人 一首

风回小院庭芜绿，柳眼春相续。凭阑半日独无言，依旧竹声新月似当年。　笙歌未散尊前在，池面冰初解。烛明香暗画堂深，满鬓清霜残雪思难任。

【《全唐诗》附词一】“尊前”作“尊罍”，是。“画堂”作“画楼”，“难任”作“难禁”。

破阵子 一首

四十年来家国，三千里地山河。凤阁龙楼连霄汉，琼枝玉树作烟萝，几曾识干戈？　一旦归为臣虏，沈腰潘鬓销磨。最是苍惶辞庙日，教坊犹奏别离歌，垂泪对宫娥。

【《全唐诗》附词一】“凤阁”作“凤阙”，“琼枝玉树”作“玉树琼枝”，“苍惶”作“苍黄”，“犹奏”作“独奏”。【《东坡志林·卷四》】“四十”作“三十”，夺“凤阁”二句，“识”作“惯”。

【宋苏轼《东坡志林·卷四·跋李王词》】后主既为樊若水所卖，举国与人，故当恸哭于九庙之外，谢其民而后行，顾乃挥泪宫娥，听教坊离曲！

浪淘沙 一首

帘外雨潺潺，春意将阑。罗衾不暖五更寒。梦里不知身是客，一晌贪欢。　独自莫凭阑！无限关山。别时容易见时难。流水落花归去也，天上人间！

【《全唐诗》附词一】“将阑”作“阑珊”，“不暖”作“不耐”，“莫”作“暮”，“关山”作“江山”，“归去”作“春去”。

【《苕溪渔隐丛话前集卷五十九》引《西清诗话》】南唐李后主归朝后，每怀江国，且念嫔妾散落，郁郁不自聊，尝作长短句云“帘外雨潺潺”云云，含思凄惋，未几下世。

【《苕溪渔隐丛话后集·卷三十九》引《复斋漫录》】《颜氏家训》云：“别易会难，古今所重。江南饯送，下泣言离。北间风俗，不屑此事，歧路言离，欢笑分首。”李后主盖用此语耳。故长短句云：“别时容易见时难。”

乌夜啼 一首

（此首吕刊本无，依《唐宋诸贤绝妙词选》补。）

无言独上东楼，月如钩。寂寞梧桐深院锁清秋。　剪不断，理还乱，是离愁，别是一般滋味在心头。

【《唐宋诸贤绝妙词选·卷一》】此词最凄惋，所谓“亡国之音哀以思”。

临江仙 一首

（依耆旧续闻补）

樱桃落尽春归去，蝶翻轻粉双飞。子规啼月小楼西。玉钩罗幕，惆怅暮烟垂。　别巷寂寥人散后，望残烟草低迷。炉香闲袅凤凰儿。空持罗带，回首恨依依。

【宋陈鹄《西塘集·耆旧续闻·卷三》】蔡絛作《西清诗话》，载江南李后主《临江仙》云：“围城中书，其尾不全。”以予考之，殆不然。余家藏李后主《七佛戒经》及杂书二本，皆作梵叶。中有《临江仙》，涂注数字，未尝不全。其后则书李太白诗数章，似平日学书也。本江南中书舍人王克正家物，后归陈魏公之孙世功君懋。余，陈氏婿也。其词云“樱桃落尽”云云。后有苏子由题云：“凄凉怨慕，真亡国之音也。”

〔集评〕　余怀曰：李重光风流才子，误作人主，至有入宋牵机之恨。其所作之词，一字一珠，非他家所能及也。（《玉琴斋词·序》）纳兰性德曰：《花间》之词，如古玉器，贵重而不适用。宋词适用而少质重。李后主兼有其美，兼饶烟水迷离之致。（《渌水亭杂识》）周济曰：李后主词，如生马驹，不受控捉。王嫱、西施，天下美妇人也，严妆佳，淡妆亦佳，粗服乱头，不掩国色。飞卿，严妆也；端已，淡妆也；后主则粗服乱头矣。（《介存斋论词杂著》）王鹏运曰：莲峰居士（煜别号）词，超逸绝伦，虚灵在骨。芝兰空谷，未足比其芳华；笙鹤瑶天，讵能方兹清怨？后起之秀，格调气韵之间，或月日至，得十一于千百。若小晏，若徽庙，其殆庶几。断代南渡，嗣音阒然。盖闲气所钟，以谓词中之帝，当之无愧色矣。（《半塘老人遗稿》）王国维曰：李重光之词，神秀也。词至李后主而眼界始大，感慨遂深，遂变伶工之词而为士大夫之词。周介存置诸温、韦之下，可谓颠倒黑白矣。“自是人生长恨水长东”；“流水落花春去也，天上人间”，《金荃》《浣花》，能有此气象耶？词人者，不失其赤子之心者也。故生于深宫之中，长于妇人之手，是后主为人君所短处，亦即为词人所长处。客观之诗人，不可不多阅世，阅世愈深，则材料愈丰富，愈变化，《水浒传》、《红楼梦》之作者是也。主观之诗人，不必多阅世，阅世愈浅，则性情愈真，李后主是也。（《人间词话·卷上》）

潘阆

五首 录自四印斋刊《宋元三十一家词》本《逍遥词》

〔传记〕 潘阆字逍遥，大名人。尝居洛阳，卖药。太宗朝，有荐其能诗者，召见崇政殿，赐进士及第，授四门国子博士。后坐事，遁入中条山，题诗钟楼。寺僧疑而迹之，复逸去。寻出自首，谪信州，移太平。真宗朝，为滁州参军。有《逍遥词》一卷。(《历代词人考略·卷七》)今所传四印斋刊本《逍遥词》，仅存《酒泉子》十首。据崇宁五年(一一〇六)武夷黄静记："《酒泉子》十首，乃得之蜀人。其石本今在彭之使厅。予适为西湖吏，宜镵诸石，庶共其传。"又云："潘阆，谪仙人也。放怀湖山，随意吟咏，词翰飘洒，非俗子所可仰望。"其流传最盛之《忆余杭》三首，即"长忆孤山"、"长忆西湖"、"长忆西山"(《词综》："西山"作"西湖")是也。

忆余杭 五首

长忆钱塘，不是人寰是天上，万家掩映翠微间，处处水潺潺。 异花四季当窗放，出入分明在屏障。别来隋柳几经秋，何日得重游？

长忆西湖，尽日凭阑楼上望，三三两两钓鱼舟，岛屿正清秋。　笛声依约芦花里，白鸟成行忽惊起。别来闲整钓鱼竿，思入水云寒。

长忆孤山，山在湖心如黛簇，僧房四面向湖开，轻棹去还来。　芰荷香喷连云阁，阁上清声檐下铎。别来尘土污人衣，空役梦魂飞。

长忆西山，灵隐寺前三竺后，冷泉亭上几行游，三伏似清秋。　白猿时见攀高树，长啸一声何处去？别来几向画阑看，终是欠峰峦。

长忆观潮，满郭人争江上望，来疑沧海尽成空，万面鼓声中。　弄潮儿向涛头立，手把红旗旗不湿。别来几向梦中看，梦觉尚心寒。

【《历代诗余·卷一百十四》引《古今词话》】潘逍遥狂逸不羁，往往有出尘之语。自制《忆余杭》三首，一时盛传。东坡爱之，书于玉堂屏风，石曼卿使画工绘之作图。

寇 准

一首 录自《词综·卷四》

〔传记〕 寇准（九六一——〇二三）字平仲，华州下邦人。太平兴国中进士，累官尚书右仆射、集贤殿大学士。景德中，同中书门下平章事，封莱国公。乾兴元年（一〇二二），贬雷州司户参军。天圣元年（一〇二三），徙衡州司马。是年卒于雷州。后十一年，追谥忠愍。（参考《宋史·卷二百八十一·寇准传》）有《巴东集》。朱彝尊《词综》录其词三首。

阳关引 一首

塞草烟光阔，渭水波声咽。春朝雨霁，轻尘敛，征鞍发。指青青杨柳，又是轻攀折。动黯然，知有后会，甚时节？　更尽一杯酒，歌一阕。叹人生里，难欢聚，易离别。且莫辞沉醉，听取阳关彻。念故人千里，自此共明月。

范仲淹

三首 录自《词综·卷四》

〔传记〕 范仲淹（九八九——〇五二）字希文，其先邠人，后徙苏州吴县。大中祥符八年（一〇一五）进士，仕至枢密副使、参知政事。以资政殿学士为陕西四路宣抚使，知邠州。仲淹守边数年，羌人亲爱，呼为“龙图老子”。为将号令明白，爱抚士卒。诸羌来者，推心接之不疑，故贼亦不敢辄犯其境。以疾，请邓州，寻徙荆南、杭州、青州。卒，年六十四。谥文正。（参考《宋史·卷三百十四·范仲淹传》）仲淹词传作甚少，《彊村丛书》所刻《范文正公诗余》，只得六首，而《忆王孙》一首为李重元作，见《唐宋诸贤绝妙词选·卷七》，不知何以竟行辑入也？

苏幕遮 一首

碧云天，黄叶地。秋色连波，波上寒烟翠。山映斜阳天接水。芳草无情，更在斜阳外。 黯乡魂，追旅思。夜夜除非，好梦留人睡。明月楼高休独倚。酒入愁肠，化作相思泪。

【清彭孙遹《金粟词话》】范希文《苏幕遮》一调，前段多入丽语，后段纯写柔情，遂成绝唱。

【谭评《词辨·卷二》】大笔振迅。

渔家傲 一首

塞下秋来风景异，衡阳雁去无留意。四面边声连角起。千嶂里，长烟落日孤城闭。　浊酒一杯家万里，燕然未勒归无计！羌管悠悠霜满地。人不寐，将军白发征夫泪。

【宋魏泰《东轩笔录·卷十一》】范文正公守边日，作《渔家傲》乐歌数阕，皆以“塞下秋来”为首句，颇述边镇之劳苦。欧阳公尝呼为穷塞主之词。及王尚书素出守平凉，文忠亦作《渔家傲》一词以送之，其断章曰：“战胜归来飞捷奏，倾贺酒，玉阶遥献南山寿。”顾谓王曰：“此真元帅之事也。”

【谭评《词辨·卷二》】沉雄似张巡五言。

御街行 一首

纷纷坠叶飘香砌。夜寂静，寒声碎。真珠帘卷玉楼空，天淡银河垂地。年年今夜，月华如练，长是人千里！　愁肠已断无由醉。酒未到，先成泪。残镫明灭枕头攲，谙尽孤眠滋味。都来此事，眉间心上，无计相回避。

张先

十四首 录自《彊村丛书》本《张子野词》

〔传记〕 张先（九九〇——一〇七八）字子野，乌程人。天圣八年（一〇三〇）进士。晏殊尹京兆，辟为通判，历官都官郎中。诗格清新，尤长于乐府。晚岁优游乡里，常泛扁舟，垂钓为乐。卒年八十九，葬弁山多宝寺之右。（参考《历代诗余·卷一百二》及《湖州词征·卷一》引谈钥《吴兴志》）李公择守吴兴，招先及苏轼、陈舜俞、杨绘、刘述雅集郡圃，为六客之会。（李堂《湖州府志》）王安石有《寄张先郎中》诗，梅圣俞有《送张子野屯田知渝州》诗，又有《送张子野知虢州先归湖州》诗，可略见子野宦游踪迹。（参考乾隆辛丑葛鸣阳刻《安陆集》）苏轼题其词集云："子野诗笔老妙，歌词乃其余波耳。华州《西溪》诗云：'浮萍破处见山影，小艇归时闻草声。'又和余诗云：'愁似鳏鱼知夜永，懒同蝴蝶为春忙。'若此之类，皆可以追配古人，而世俗但称其歌词。昔周昉画人物，皆入神品，而世但知有周昉士女，盖所谓'未见好德如好色'者欤？"（侯文灿刻十名家词本《安陆集》）王明清云："本朝有两张先，皆字子野。一则枢密副使逊之孙，与欧阳文忠同在洛阳幕府，其后文忠为作墓志，称其'志守端方，临事敢决'者。一乃与东坡先生游，东坡推为前辈，诗中所谓'诗人老去莺莺在，公子归来燕燕忙’，能为乐府，号‘张三影’者。”（《玉照新志·卷一》）张词传世者，有康熙时侯氏亦园刻本，乾隆时葛鸣阳刻本，并题《安陆集》。葛本前有诗八首，皆掇辑而来者。彊村丛书本题《张子野词》。鲍廷博曾得菉斐轩钞本，凡百有六阕，区分宫调，犹属宋时编次。又辑《补遗》二卷，合得一百八十四阕，刻入《知不足斋丛书》中。彊村本即从鲍本出。

醉垂鞭 一首

双蝶绣罗裙。东池宴，初相见。朱粉不深匀，闲花淡淡春。细看诸处好，人人道：柳腰身。昨日乱山昏，来时衣上云。

菩萨蛮 二首

忆郎还上层楼曲，楼前芳草年年绿。绿似去时袍，回头风袖飘。　郎袍应已旧，颜色非长久。惜恐镜中春，不如花草新。

牡丹含露真珠颗，美人折向帘前过。含笑问檀郎：花强妾貌强？　檀郎故相恼，刚道花枝好。花若胜如奴，花还解语无？

谢池春慢 一首

玉仙观道中逢谢媚卿

缭墙重院，时闻有，啼莺到。绣被掩余寒，画幕明新晓。朱槛连空阔,飞絮知多少?径莎平,池水渺。日长风静,花影闲相照。　尘香拂马,逢谢女,城南道。秀艳过施粉,多媚生轻笑。斗色鲜衣薄,碾玉双蝉小。欢难偶,春过了!琵琶流怨,都入相思调。

【《历代诗余·卷一百十四》引《古今词话》】子野于玉仙观道中逢谢媚卿,作《谢池春慢》,一时传唱几遍。

【夏敬观评《张子野词》】长调中纯用小令作法,别具一种风味。晏小山亦如此。

江南柳 一首

隋堤远,波急路尘轻。今古柳桥多送别,见人分袂亦愁生,何况自关情?　斜照后,新月上西城。城上楼高重倚望,愿身能似月亭亭,千里伴君行。

一丛花令 一首

（又见欧阳修《六一词》）

伤高怀远几时穷?无物似情浓。离愁正引千丝乱,更东陌飞絮濛濛。嘶骑渐遥,征尘不断,何处认郎踪?　双鸳池沼水溶溶,南陌小桡通。梯横画阁黄昏后,又还是斜月帘栊。沉恨细思,不如桃杏,犹解嫁东风。

【《历代词人考略·卷十》引《黄孅余话》】“欲见‘云破月来花弄影’郎中。”此宋子京语也。范公称《过庭录》记张子野《一丛花》词云：“不如桃杏，犹解嫁东风。”欧阳永叔尤爱之。子野谒永叔，永叔倒屣迎之，曰：“此乃‘桃杏嫁东风’郎中。”欧公标目，又与小宋不同。世但知子野以“三影”自夸，否则称为“张三中”而已。

蝶恋花 一首

移得绿杨栽后院，学舞宫腰，二月青犹短。不比灞陵多送远，残丝乱絮东西岸。　几叶小眉寒不展，莫唱阳关，真个肠先断。分付与春休细看，条条尽是离人怨。

天仙子 一首

时为嘉禾小倅，以病眠，不赴府会。

水调数声持酒听，午醉醒来愁未醒。送春春去几时回？临晚镜，伤流景，往事后期空记省。　沙上并禽池上暝，云破月来花弄影。重重帘幕密遮灯，风不定，人初静，明日落红应满径。

【《渔隐丛话前集·卷三十七》引《古今诗话》】有客谓子野曰：“人皆谓公张三中，即心中事，眼中泪，意中人也。”子野曰：“何不目之为张三影？”客不晓。公曰：“云破月来花弄影。娇柔懒起，帘压卷花影。柳径无人，堕风絮无影。此余生平所得意也。”

【宋刘攽《贡父诗话》】欧阳文忠公见张安陆，迎谓曰：“好！云破月来花弄影。”

【《渔隐丛话前集·卷三十七》引《遁斋闲览》】张子野郎中，以乐章擅名一时。宋子京尚书奇其才，先往见之，遣将命者谓曰：“尚书欲见‘云破月来花弄影’郎中。”子野屏后呼曰：“得非‘红杏枝头春意闹’尚书耶？”遂出，置酒，甚欢。盖二人所举，皆其警策也。

千秋岁 一首

数声鶗鴂，又报芳菲歇。惜春更把残红折。雨轻风色暴，梅子青时节。永丰柳，无人尽日花飞雪。　莫把么弦拨，怨极弦能说。天不老，情难绝。心似双丝网，中有千千结。夜过也，东方未白凝残月。

木兰花 一首

乙卯吴兴寒食

龙头舴艋吴儿竞，笋柱秋千游女并。芳洲拾翠暮忘归，秀野踏青来不定。　行云去后遥山暝，已放笙歌池院静。中庭月色正清明，无数杨花过无影。

【清朱彝尊《静志居诗话》】张子野《吴兴寒食》词：“中庭月

色正清明，无数杨花过无影。”余尝叹其工绝，在世所传“三影”之上。

浣溪沙 一首

楼倚春江百尺高，烟中还未见归桡，几时期信似江潮？　花片片飞风弄蝶，柳阴阴下水平桥，日长才过又今宵。

惜琼花 一首

汀蘋白，苕水碧。每逢花驻乐，随处欢席。别时携手看春色。萤火而今，飞破秋夕。　汴河流，如带窄。任身轻似叶，何计归得？断云孤鹜青山极。楼上徘徊，无尽相忆。

青门引 一首

乍暖还轻冷，风雨晚来方定。庭轩寂寞近清明，残花中酒，又是去年病。　楼头画角风吹醒，人夜重门静。那堪更被明月，隔墙送过秋千影！

菩萨蛮 一首

哀筝一弄湘江曲，声声写尽江波绿。纤指十三弦，细将幽恨传。　当筵秋水慢，玉柱斜飞雁。弹到断肠时，春山眉黛低。

〔集评〕 周济曰：子野清出处、生脆处，味极隽永。只是偏才，无大起落。（《宋四家词选·序论》）夏敬观曰：子野词，凝重古拙，有唐、五代之遗音。慢词亦多用小令作法。在北宋诸家中，可云独树一帜。比之于书，乃钟繇之体也。（手批《张子野词》）

晏殊

十七首 录自朱彊村校汲古阁《六十家词》本《珠玉词》

〔传记〕 晏殊（九九一——一〇五五）字同叔，抚州临川人。七岁能属文。张知白安抚江南，以神童荐。帝（真宗）召殊，与进士千余人并试廷中。殊神气不慑，援笔立成。帝嘉赏，赐同进士出身。擢秘书省正字，累官至枢密使，进同中书门下平章事。庆历（仁宗年号）中，拜集贤殿学士，同平章事，兼枢密使。殊平居好贤，当世知名之士如范仲淹、孔道辅，皆出其门。及为相，益务进贤材，而仲淹与韩琦、富弼皆进用。后降工部尚书，知颍州、陈州、许州。稍复至户部尚书，以观文殿大学士知永兴军，徙河南府。以疾请归京师，逾年卒。谥元宪。殊性刚简，文章赡丽，应用不穷，尤工诗，闲雅有情思。（参考《宋史·卷三百十一》）殊词承南唐系统，为北宋初期一大家。所传《珠玉词》，有明毛氏汲古阁刊《宋六十家词》本。清咸丰二年（一八五二）晏端书刻《珠玉词钞》，则从《历代诗余》中录出，复以毛本多出三十七首为补遗云。

浣溪沙 二首

一曲新词酒一杯，去年天气旧亭台，夕阳西下几时回？　无可奈何花落去，似曾相识燕归来，小园香径独徘徊。

【《渔隐丛话后集·卷二十》引《复斋漫录》】晏元献赴杭州，道过维扬，憩大明寺，瞑目徐行，使侍史读壁间诗板，戒其勿言爵里姓氏，终篇者无几。又俾诵一诗云："水调隋宫曲，当年亦九成。哀音已亡国，废沼尚留春。仪凤终陈迹，鸣蛙只沸声。凄凉不可问，落日下芜城。"徐问之，江都尉王琪诗也。召至，同饭，饭已，又同步池下。时春晚，已有落花。晏云："每得句，书墙壁间，或弥年未尝强对。且如'无可奈何花落去'，至今未能对也。"王应声曰："似曾相识燕归来。"自此辟置馆职，遂跻侍从矣。

【《花草蒙拾》】或问：诗词、词曲分界？予曰："无可奈何花落去，似曾相识燕归来。"定非《香奁》诗。"良辰美景奈何天，赏心乐事谁家院？"（《牡丹亭·还魂记》）定非《草堂》词也。

【《词林纪事·卷三》】犕案：元献尚有示张寺丞、王校勘《七律》一首："上巳清明假未开，小园幽径独徘徊。春寒不定斑斑雨，宿醉难禁滟滟杯。无可奈何花落去，似曾相识燕归来。梁园赋客多风味，莫惜青钱万选才。"中三句与此词同，只易一字。细玩"无可奈何"一联，情致缠绵，音调谐婉，的是倚声家语。若作《七律》，未免软弱矣。

一向年光有限身，等闲离别易销魂，酒筵歌席莫辞频。　满目山河空念远，落花风雨更伤春，不如怜取眼前人。

清商怨 一首

关河愁思望处满，渐素秋向晚。雁过南云，行人回泪眼。
双鸾衾裯悔展，夜又永、枕孤人远。梦未成归，梅花闻塞管。

诉衷情 一首

芙蓉金菊斗馨香，天气欲重阳。远村秋色如画，红树间疏黄。　流水淡，碧天长，路茫茫。凭高目断，鸿雁来时，无限思量。

采桑子 一首

时光只解催人老，不信多情，长恨离亭，泪滴春衫酒易醒。
梧桐昨夜西风急，淡月胧明，好梦频惊，何处高楼雁一声？

清平乐 二首

金风细细，叶叶梧桐坠。绿酒初尝人易醉，一枕小窗浓睡。
紫薇朱槿花残，斜阳却照阑干。双燕欲归时节，银屏昨夜微寒。

红笺小字，说尽平生意。鸿雁在云鱼在水，惆怅此情难寄！
斜阳独倚西楼，遥山恰对帘钩。人面不知何处，绿波依旧东流。

撼庭秋 一首

别来音信千里，恨此情难寄。碧纱秋月，梧桐夜雨，几回无寐！　楼高目断，天遥云黯，只堪憔悴。念兰堂红烛，心长焰短，向人垂泪。

玉楼春 二首

燕鸿过后莺归去，细算浮生千万绪。长于春梦几多时？散似秋云无觅处。　闻琴解佩神仙侣，挽断罗衣留不住。劝君莫作独醒人，烂醉花间应有数。

池塘水绿风微暖，记得玉真初见面。重头歌韵响铮琮，入破舞腰红乱旋。　玉钩阑下香阶畔，醉后不知斜日晚。当时共我赏花人，点检如今无一半！

【《贡父诗话》】晏元献尤喜江南冯延己歌词，其所自作，亦不减延己。乐府《木兰花》皆七言诗，有云："重头歌韵响铮琮，入破舞腰红乱旋。""重头"、"入破"，皆弦管家语也。

玉楼朱阁横金锁，寒食清明春欲破。窗间斜月两眉愁，帘外落花双泪堕。　朝云聚散真无那！百岁相看能几个？别来将为不牵情，万转千回思想过。

踏莎行 四首

细草愁烟，幽花怯露，凭栏总是销魂处。日高深院静无人，时时海燕双飞去。　带缓罗衣，香残蕙炷，天长不禁迢迢路。垂杨只解惹春风，何曾系得行人住？

祖席离歌，长亭别宴，香尘已隔犹回面。居人匹马映林嘶，行人去棹依波转。　画阁魂消，高楼目断，斜阳只送平波远。无穷无尽是离愁，天涯地角寻思遍。

碧海无波，瑶台有路，思量便合双飞去。当时轻别意中人，山长水远知何处？　绮席凝尘，香闺掩雾，红笺小字凭谁附？高楼目尽欲黄昏，梧桐叶上萧萧雨。

小径红稀，芳郊绿遍，高台树色阴阴见。春风不解禁杨花，濛濛乱扑行人面。　翠叶藏莺，朱帘隔燕，炉香静逐游丝转。一场愁梦酒醒时，斜阳却照深深院。

【谭评《词辨·卷一》】刺词。“树色阴阴”句，正与“斜阳”相映。

蝶恋花 一首

槛菊愁烟兰泣露。罗幕轻寒，燕子双飞去。明月不谙离恨苦，斜光到晓穿朱户。　昨夜西风凋碧树。独上高楼，望尽天涯路。欲寄彩笺兼尺素，山长水阔知何处？

山亭柳 一首

赠歌者

家住西秦，赌薄艺随身。花柳上，斗尖新。偶学念奴声调，有时高遏行云。蜀锦缠头无数，不负辛勤。

数年来往咸京道，残杯冷炙谩消魂。衷肠事，托何人？若有知音见采，不辞遍唱阳春。一曲当筵落泪，重掩罗巾。

〔集评〕　王灼曰：晏元献公长短句，风流缊藉，一时莫及，而温润秀洁，亦无其比。（《碧鸡漫志·卷二》）　冯煦曰：晏同叔去五代未远，馨烈所扇，得之最先。故左宫右徵，和婉而明丽，为北宋倚声家初祖。（《宋六十一家词选·例言》）

宋 祁

一首 录自《唐宋诸贤绝妙词选·卷三》

〔传记〕 宋祁（九九八——一〇六一）字子京，安州安陆人，后徙开封之雍邱。与兄庠同时举进士，人呼曰二宋，以大小别之。历官翰林学士，史馆修撰。主修《唐书》。《唐书》成，进工部尚书，逾月，拜翰林学士承旨。卒，谥景文。（参考《宋史·卷二百八十四》）近人赵万里辑《宋景文公长短句》一卷，得词六首，刊入校辑《宋金元人词》中。

玉楼春 一首

东城渐觉风光好，縠皱波纹迎客棹。绿杨烟外晓寒轻，红杏枝头春意闹。 浮生长恨欢娱少，肯爱千金轻一笑？为君持酒劝斜阳，且向花间留晚照。

【《花草蒙拾》】“红杏枝头春意闹尚书”，当时传为美谈。吾友公𫗴极叹之，以为卓绝千古。然实本《花间》“暖觉杏梢红”，特有青蓝、冰水之妙耳。

【《人间词话·卷上》】“红杏枝头春意闹”，著一“闹”字而境界全出。“云破月来花弄影”，著一“弄”字而境界全出矣。

〔集评〕　刘熙载曰：宋子京词，是宋初体。张子野始创瘦硬之体，虽互相称美，其实趣尚不同。（《艺概·卷四》）

张 昇

一首 录自《词综·卷四》

〔传记〕 张昇字杲卿，韩城人。举进士，为楚丘主簿。历知绛州、邓州、庆州、秦州、青州。嘉祐三年（一〇五八），擢枢密副使，迁参知政事，枢密使。以彰信军节度使，同中书门下平章事判许州，改镇河阳三城。拜太子太师，致仕。熙宁十年（一〇七七）卒，年八十六，谥康节。（参考《宋史·卷三百十八·张昇传》）

离亭燕 一首

一带江山如画，风物向秋潇洒。水浸碧天何处断？霁色冷光相射。蓼屿荻花洲，掩映竹篱茅舍。 云际客帆高挂，烟外酒旗低亚。多少六朝兴废事，尽入渔樵闲话。怅望倚层楼，寒日无言西下。

【《历代词人考略·卷八》】张康节《离亭燕》云："怅望倚层楼，寒日无言西下。"秦少游《满庭芳》云："凭阑久，疏烟淡日，寂寞下芜城。"两歇拍意境相若，而张词尤极苍凉萧远之致。

欧阳修

二十七首 录自吴氏双照楼影宋刊本《欧阳文忠公近体乐府》

〔传记〕 欧阳修（一〇〇七——一〇七二）字永叔，庐陵人。四岁而孤，母郑，亲诲之学。家贫，至以荻画地学书。幼敏悟过人，得唐韩愈遗稿于废书簏中，读而心慕焉，苦志探赜，至忘寝食，必欲并辔绝驰而追与之并。举进士，试南宫第一，擢甲科，调西京推官。始从尹洙游，为古文，议论当世事，迭相师友；与梅尧臣游，为诗歌相唱和；遂以文章名冠天下。入朝为馆阁校勘，累迁龙图阁直学士，知制诰，历知滁州、扬州、颍州。以翰林学士修《唐书》。《唐书》成，拜礼部侍郎，兼翰林侍读学士。迁刑部尚书，知亳州。改兵部尚书，知青州、蔡州。熙宁四年（一〇七一）以太子少师致仕，五年卒，谥文忠。修始在滁州，号醉翁，晚更号六一居士。天资刚劲，见义勇为，虽机阱在前，触发之不顾。放逐流离，至于再三，志气自若也。苏轼叙其文曰："论大道似韩愈，论事似陆贽，记事似司马迁，诗赋似李白。"识者以为知言。（参考《宋史·卷三百十九·欧阳修传》）元吴师道云："欧公小词，间见诸词集。陈氏《书录》云：'一卷，其间多有与《阳春》《花间》相杂者，亦有鄙亵之语一二厕其中，当是仇人无名子所为。'近有《醉翁琴趣外篇》凡六卷，二百余首，所谓鄙亵之词，往往而是，不止一二也。"

(《吴礼部诗话》)今传世有毛氏汲古阁《六十家词本·六一词》,吴氏双照楼影宋刊本《欧阳文忠公近体乐府》及《醉翁琴趣外篇》。毛本即从近体乐府出,亦颇有削减云。

采桑子 十首

西湖念语

昔者王子猷之爱竹,造门不问于主人;陶渊明之卧舆,遇酒便留于道上。况西湖之胜概,擅东颍之佳名。虽美景良辰,固多于高会;而清风明月,幸属于闲人。并游或结于良朋,乘兴有时而独往。鸣蛙暂听,安问属官而属私?曲水临流,自可一觞而一咏。至欢然而会意,亦傍若于无人。乃知偶来常胜于特来,前言可信;所有虽非于己有,其得已多。因翻旧阕之辞,写以新声之调。敢陈薄伎,聊佐清欢。

轻舟短棹西湖好,绿水逶迤,芳草长堤,隐隐笙歌处处随。无风水面琉璃滑,不觉船移,微动涟漪,惊起沙禽掠岸飞。

春深雨过西湖好,百卉争妍,蝶乱蜂喧,晴日催花暖欲然。兰桡画舸悠悠去,疑是神仙。返照波间,水阔风高飏管弦。

画船载酒西湖好,急管繁弦,玉盏催传,稳泛平波任醉眠。行云却在行舟下,空水澄鲜,俯仰留连,疑是湖中别有天。

群芳过后西湖好,狼籍残红,飞絮濛濛,垂柳阑干尽日风。笙歌散尽游人去,始觉春空,垂下帘栊,双燕归来细雨中。

何人解赏西湖好？佳景无时，飞盖相追，贪向花间醉玉卮。谁知闲凭阑干处，芳草斜晖，水远烟微，一点沧洲白鹭飞。

清明上巳西湖好，满目繁华，争道谁家，绿柳朱轮走钿车？游人日暮相将去，醒醉喧哗，路转堤斜，直到城头总是花。

荷花开后西湖好，载酒来时，不用旌旗，前后红幢绿盖随。画船撑入花深处，香泛金卮，烟雨微微，一片笙歌醉里归。

天容水色西湖好，云物俱鲜，鸥鹭闲眠，应惯寻常听管弦。风清月白偏宜夜，一片琼田，谁羡骖鸾？人在舟中便是仙。

残霞夕照西湖好，花坞蘋汀，十顷波平，野岸无人舟自横。西南月上浮云散，轩槛凉生，莲芰香清，水面风来酒面醒。

平生为爱西湖好，来拥朱轮。富贵浮云，俯仰流年二十春！归来恰似辽东鹤，城郭人民，触目皆新，谁识当年旧主人？

【夏敬观评《六一词》】此颍州西湖词。公昔知颍，此晚居颍州所作也。十词无一重复之意。

朝中措 一首

平山堂

平山栏槛倚晴空，山色有无中。手种堂前垂柳，别来几度春风？　文章太守，挥毫万字，一饮千钟。行乐直须年少，尊前看取衰翁。

【宋叶梦得《避暑录话·卷一》】欧阳文忠公在扬州作平山堂，壮丽为淮南第一，上据蜀冈，下临江南数百里，真、润、金陵三州，隐隐若可见。公每暑时，辄凌晨携客往游。

【宋张邦基《墨庄漫录·卷二》】扬州蜀冈上大明寺平山堂前，欧阳文忠公手植柳一株，谓之“欧公柳”，公词所谓“手种堂前杨柳，别来几度春风”者。薛嗣昌作守，相对亦种一株，自榜曰“薛公柳”，人莫不嗤之。嗣昌既去，为人伐之。不度德有如此者！

【《渔隐丛话后集·卷二十三》】《艺苑雌黄》云：送刘贡父守维扬，作长短句云：“平山栏槛倚晴空，山色有无中。”平山堂望江左诸山甚近，或以谓永叔短视，故云“山色有无中”。东坡笑之，因赋快哉亭，道其事云：“长记平山堂上，攲枕江南烟雨，杳杳没孤鸿。认取醉翁语：‘山色有无中。’”盖“山色有无中”，非烟雨不能然也。

踏莎行 一首

候馆梅残，溪桥柳细，草薰风暖摇征辔。离愁渐远渐无穷，迢迢不断如春水。　寸寸柔肠，盈盈粉泪，楼高莫近危阑倚。平芜尽处是春山，行人更在春山外。

望江南 一首

江南蝶，斜日一双双。身似何郎全傅粉，心如韩寿爱偷香，天赋与轻狂。　微雨后，薄翅腻烟光。才伴游蜂来小院，又随飞絮过东墙，长是为花忙。

生查子 一首

去年元夜时，花市灯如昼。月到柳梢头，人约黄昏后。　今年元夜时，月与灯依旧。不见去年人，泪满春衫袖。

瑞鹧鸪 一首

楚王台上一神仙，眼色相看意已传。见了又休还似梦，坐来虽近远如天。　陇禽有恨犹能说，江月无情也解圆。更被春风送惆怅，落花飞絮两翩翩。

蝶恋花 一首

面旋落花风荡漾。柳重烟深，雪絮飞来往。雨后轻寒犹未放，春愁酒病成惆怅。　枕畔屏山围碧浪。翠被华灯，夜夜空相向。寂寞起来褰绣幌，月明正在梨花上。

渔家傲 三首

喜鹊填河仙浪浅，云軿早在星桥畔。街鼓黄昏霞尾暗。炎光敛，金钩侧倒天西面。　一别经年今始见，新欢往恨知何限？天上佳期贪眷恋。良宵短，人间不合催银箭。

乞巧楼头云幔卷，浮花催洗严妆面。花上蛛丝寻得遍。颦笑浅，双眸望月牵红线。　奕奕天河光不断，有人正在长生殿，暗付金钗清夜半。千秋愿：年年此会长相见。

别恨长长欢计短，疏钟促漏真堪怨！此会此情都未半。星初转，鸾琴凤乐匆匆卷。　河鼓无言西北眄，香蛾有恨东南远，脉脉横波珠泪满。归心乱，离肠便逐星桥断。

【夏评】七夕词三阕，意皆不复，此词选韵尤新。

玉楼春 四首

尊前拟把归期说，未语春容先惨咽。人生自是有情痴，此恨不关风与月。　离歌且莫翻新阕，一曲能教肠寸结。直须看尽洛城花，始共春风容易别。

【《人间词话·卷上》】永叔："人间自是有情痴，此恨不关风与月。""直须看尽洛城花，始与东风容易别。"于豪放之中，有沉着之致，所以尤高。

洛阳正值芳菲节，秾艳清香相间发。游丝有意苦相萦，垂柳无端争赠别。　杏花红处青山缺，山畔行人山下歇。今宵谁肯远相随？惟有寂寥孤馆月。

西湖南北烟波阔，风里丝簧声韵咽。舞余裙带绿双垂，酒入香腮红一抹。　杯深不觉琉璃滑，贪看六么花十八。明朝车马各东西，惆怅画桥风与月。

【《碧鸡漫志·卷三》】六么，一名绿腰，一名乐世，一名录要。段安节《琵琶录》云："绿腰，本录要也。乐工进曲，上令录其要者。"欧阳永叔云："贪看《六么》花十八。"此曲内一叠名"花十八"，前后十八拍，又四花拍，共二十二拍。乐家者流所谓花拍，盖非其正也。曲节抑扬可喜，舞亦随之，而舞"筑球六么"，至"花十八"，益奇。（案"花拍"即今之"赠板"，见方成培《香研居词麈》。）

别后不知君远近，触目凄凉多少闷！渐行渐远渐无书，水阔鱼沉何处问？　夜深风竹敲秋韵，万叶千声皆是恨。故攲单枕梦中寻，梦又不成灯又烬。

临江仙 一首

柳外轻雷池上雨，雨声滴碎荷声。小楼西角断虹明。阑干倚处，待得月华生。　燕子飞来窥画栋，玉钩垂下帘旌。凉波不动簟纹平。水精双枕，傍有堕钗横。

【明蒋一葵《尧山堂外纪》】欧阳永叔任河南推官，亲一妓。时钱文僖为西京留守，梅圣俞、尹师鲁同在幕下。一日，宴于后园，客集而欧与妓俱不至。移时方来。钱责妓云："末至，何也？"妓云："中暑，往凉堂睡觉，失金钗，犹未见。"钱曰："若得欧推官一词，当为偿汝。"欧即席云"柳外轻雷池上雨"云云。坐皆击节，命妓满斟送欧，而令公库偿钗。

浪淘沙 一首

把酒祝东风，且共从容。垂杨紫陌洛城东。总是当时携手处，游遍芳丛。　聚散苦匆匆，此恨无穷。今年花胜去年红。可惜明年花更好，知与谁同？

浣溪沙 二首

堤上游人逐画船，拍堤春水四垂天，绿杨楼外出秋千。　白发戴花君莫笑，六么催拍盏频传，人生何处似尊前？

【《能改斋漫录·卷十六》】晁无咎评本朝乐章，欧阳永叔《浣溪沙》云："堤上游人逐画船，拍堤春水四垂天，绿杨楼外出秋千。"要皆绝妙。然只一"出"字，自是后人道不到处。（《侯鲭录·卷八》亦引此段，文字小异。）余案：唐王摩诘《寒食城东即事》诗云："蹴踘屡过飞鸟上，秋千竞出垂杨里。"欧公用"出"字，盖本此。

【《人间词话·卷上》】欧九《浣溪沙》词："绿杨楼外出秋千。"晁补之谓："只一出字，便后人所不能道。"余谓此本于正中（冯延已）上行杯词"柳外秋千出画墙"，但欧语尤工耳。

湖上朱桥响画轮，溶溶春水浸春云，碧琉璃滑净无尘。　当路游丝萦醉客，隔花啼鸟唤行人，日斜归去奈何春！

〔集评〕　刘熙载曰：冯延已词，晏同叔得其俊，欧阳永叔得其深。（《艺概·卷四》）冯煦曰：宋初大臣之为词者，寇莱公、晏元献、宋景文、范蜀公与欧阳文忠，并有声艺林。然数公或一时兴到之作，未为专诣。独文忠与元献，学之既至，为之亦勤，翔双鹄于交衢，驭二龙于天路。且文忠家庐陵而元献家临川，词家遂有西江一派。其词与元献同出南唐，而深致则过之。宋至文忠，文始复古，天下翕然师尊之，风尚为之一变。即以词言，亦疏隽开子瞻，深婉开少游。本传云："超然独骛，众莫能及。"独其文乎哉？独其文乎哉？（《宋六十家词选·例言》）

梅尧臣

一首　录自《能改斋漫录》

〔传记〕　梅尧臣（一〇〇二——一〇六〇）字圣俞，宣州宣城人。工为诗，以深远古淡为意，间出奇巧。用叔询荫为河南主簿。钱惟演留守西京，特嗟赏之。尧臣尝语人曰："凡诗，意新语工，得前人所未道者，斯为善矣。必能状难写之景，如在目前；含不尽之意，见于言外，然后为至也。"世以为知言。历德兴县令，知建德、襄城县。召试，赐进士出身，累迁尚书都官员外郎。预修《唐书》，成，未奏而卒。有《宛陵集》四十卷。（参考《宋史·卷四百四十三·文苑传五》）

苏幕遮　一首

草

露堤平，烟墅杳，乱碧萋萋，雨后江天晓。独有庾郎年最少。地春袍，嫩色宜相照。　接长亭，迷远道。堪怨王孙，不记归期早。落尽梨花春又了。满地残阳，翠色和烟老。

【《能改斋漫录·卷十七》】梅圣俞在欧阳公座，有以林逋《草》词“金谷年年，乱生青草谁为主”为美者。圣俞因别为《苏幕遮》一阕，云：“露堤平”云云，欧公击节赏之。

韩 缜

一首 录自《词综·卷四》

〔传记〕 韩缜（一〇一九——一〇九七）字玉汝，开封雍丘人。登进士第，累官两浙淮南转运使，移河北。朝廷方责夏人不修职贡，欲择人诘其使。神宗命缜至驿问罪，使者引服。改使陕西，历知秦州、瀛州。熙宁七年（一〇七四），辽使萧禧来议代北地界，召缜馆客，遂报聘，令持图牒致辽主，不克见而还。知开封府。禧再至，复馆之。诏乘驿诣河东，与禧分画，以分水岭为界。哲宗立，拜尚书右仆射，以太子太保致仕。绍圣四年（一〇九七）卒，年七十九，谥庄敏。（参考《宋史·卷三百十五·韩缜传》）

凤箫吟 一首

锁离愁，连绵无际，来时陌上初熏。绣帏人念远，暗垂珠露，泣送征轮。长行长在眼，更重重远水孤云。但望极、楼高尽日，目断王孙。　消魂！池塘别后，曾行处、绿妒轻裙。恁时携素手，乱花飞絮里，缓步香茵。朱颜空白改，向年年芳意长新。遍绿野、嬉游醉眼，莫负青春。

【《历代诗余·卷一百十四》引《乐府纪闻》】韩缜有爱姬，能词。韩奉使时，姬作《蝶恋花》送之云：“香作风光浓著露。正恁双栖，又遣分飞去。密诉东君应不许，泪波一洒奴衷素。”神宗知之，遣使送行。刘贡父赠以诗：“卷耳幸容留婉娈，皇华何啻有光辉。”莫测中旨何自而出。后乃知姬人别曲传入内庭也。韩亦有词云云。此《凤箫吟咏》芳草以留别，与《兰陵王》咏柳以叙别同意。后人竟以《芳草》为调名，则失《凤箫吟》原唱意矣。

柳永

二十五首 录自《彊村丛书》本《乐章集》

〔传记〕 柳永字耆卿，初名三变，崇安（《历代诗余》及《词综》皆作乐安）人。景祐元年（一〇三四）进士。（《词林纪事·卷四》）永为举子时，多游狭邪，善为歌辞。教坊乐工，每得新腔，必求永为辞，始行于世。（《避暑录话·卷三》）柳词骫骳从俗，天下咏之。遂传禁中。仁宗颇好其词，每对宴，必使侍从歌之再三。三变闻之，作宫词号“醉蓬莱”，因内官达后宫，且求其助。仁宗闻而觉之，自是不复歌其词矣。（《后山诗话》）尝有《鹤冲天》词云：“忍把浮名，换了浅斟低唱？”及临轩放榜，特落之，曰：“此人风前月下，好去浅斟低唱，何要浮名？且填词去。”三变由此自称“奉旨填词”。后改名永，方得磨勘转官。（《能改斋漫录·卷十六》）历余杭令，盐场大使。（《余杭旧志》）永亦善为他文辞，而偶先以是得名，始悔为己累。一西夏归朝官云：“凡有井水饮处，即能歌柳词。”言其传之广也。永终屯田员外郎，死，旅殡润州僧寺。王和甫为守时，求其后，不得，乃为出钱葬之。（《避暑录话·卷三》）（案：曾敏行《独醒杂志·卷四》：“柳耆卿风流俊迈，闻于一时。既死，葬于枣阳县花山。远近之人，每遇清明，多载酒肴，饮于耆卿墓侧，谓之吊柳会。”与叶说不同，姑录附于此。）徐度尝记柳事云："耆卿以歌词显名于仁宗朝，官为屯田员外郎，故世号柳屯田。其词虽极工致，然多杂以鄙语，故流俗人尤喜道之。其后欧、苏诸公继出，文格一变，至为歌词，体制高雅。柳氏之作，殆不复称于文士之口，然流俗好之自若也。刘季高侍郎，宣和间，尝饭于相国寺之智海院，因谈歌词，力诋柳氏，旁若无人者。有老宦者闻之，默然而起，徐取纸笔，跪于季高之前，请曰：'子以柳词为不佳者，盍自为一篇示我乎？'刘默然无以应。"（《却扫编·卷五》）柳作《乐章集》，有毛氏汲古阁《宋六十家词》本、吴氏石莲庵刻《山左人词》本、《朱氏彊村丛书》本。朱本晚出，最善。

甘草子 一首

秋暮，乱洒衰荷，颗颗真珠雨。雨过月华生，冷彻鸳鸯浦。池上凭阑愁无侣，奈此个单栖情绪！却傍金笼共鹦鹉，念粉郎言语。

【清彭孙通《金粟词话》】柳耆卿："却傍金笼教鹦鹉，念粉郎言语。"《花间》之丽句也。

曲玉管 一首

陇首云飞，江边日晚，烟波满目凭阑久。立望关河萧索，千里清秋，忍凝眸？　杳杳神京，盈盈仙子，别来锦字终难偶。断雁无凭，冉冉飞下汀洲，思悠悠。　暗想当初，有多少幽欢佳会，岂知聚散难期，翻成雨恨云愁！阻追游。每登山临水，惹起平生心事，一场消黯，永日无言，却下层楼。

雨霖铃 一首

寒蝉凄切，对长亭晚，骤雨初歇。都门帐饮无绪，留恋处、兰舟催发。执手相看泪眼，竟无语凝噎。念去去、千里烟波，暮霭沉沉楚天阔。　多情自古伤离别，更那堪冷落清秋节！今宵酒醒何处？杨柳岸、晓风残月。此去经年，应是良辰好景虚设。便纵有千种风情，更与何人说？

【《历代诗余·卷一百十五》引俞文豹《吹剑录》】东坡在玉堂日，有幕士善歌，因问："我词何如柳七？"对曰："柳郎中词，只合十七八女郎，执红牙板，歌'杨柳岸、晓风残月'。学士词，须关西大汉、铜琵琶、铁绰板，唱'大江东去'。"东坡为之绝倒。

【《艺概·卷四》】词有点、有染。柳耆卿《雨淋铃》云："多情自古伤离别，更那堪冷落清秋节！今宵酒醒何处？杨柳岸、晓风残月。"上二句点出离别冷落，"今宵"二句，乃就上二句意染之。点染之间，不得有他语相隔，隔则警句亦成死灰矣。

佳人醉 一首

暮景萧萧雨霁，云淡天高风细。正月华如水，金波银汉，潋滟无际。冷浸书帷梦断，却披衣重起临轩砌。　素光遥指，因念翠娥杳隔，音尘何处？相望同千里。尽凝睇，厌厌无寐，渐晓雕阑独倚。

婆罗门令 一首

昨宵里恁和衣睡，今宵里又恁和衣睡。小饮归来，初更过，醺醺醉。中夜后、何事还惊起？霜天冷，风细细，触疏窗、闪闪灯摇曳。　空床展转重追想，云雨梦、任攲枕难继。寸心万绪，咫尺千里。好景良天，彼此，空有相怜意，未有相怜计。

凤栖梧 一首

伫倚危楼风细细。望极春愁，黯黯生天际。草色烟光残照里，无言谁会凭阑意？　拟把疏狂图一醉。对酒当歌，强乐还无味。衣带渐宽终不悔，为伊消得人憔悴。

卜算子 一首

江枫渐老，汀蕙半凋，满目败红衰翠。楚客登临，正是暮秋天气。引疏砧、断续残阳里。对晚景、伤怀念远，新愁旧恨相继。脉脉人千里。念两处风情，万重烟水。雨歇天高，望断翠峰十二。尽无言、谁会凭高意？纵写得、离肠万种，奈归云谁寄！

【清周济《宋四家词选》】后阕一气转注，联翩而下，清真最得此妙。

二郎神 一首

炎光谢，过暮雨、芳尘轻洒。乍露冷风清庭户爽，天如水、玉钩遥挂。应是星娥嗟久阻，叙旧约、飙轮欲驾。极目处、微云暗度，耿耿银河高泻。　闲雅，须知此景，古今无价。运巧思穿针楼上女，抬粉面、云鬟相亚。钿合金钗私语处，算谁在、回廊影下？愿天上人间，占得欢娱，年年今夜。

定风波 一首

自春来、惨绿愁红，芳心是事可可。日上花梢，莺穿柳带，犹压香衾卧。暖酥消，腻云亸，终日厌厌倦梳裹。无那！恨薄情一去，音书无个！　早知恁么，悔当初、不把雕鞍锁。向鸡窗、只与蛮笺象管，拘束教吟课。镇相随，莫抛躲，针线闲拈伴伊坐，和我，免使年少光阴虚过。

【《宋艳·卷五》引张舜民《画墁录》】柳三变既以词忤仁庙，吏部不放改官。三变不能堪，诣政府。晏公曰：“贤俊作曲子么？”三变曰：“只如相公亦作曲子。”公曰：“殊虽作曲子，不曾道‘彩线慵拈伴伊坐’。”柳遂退。

诉衷情近 一首

雨晴气爽，伫立江楼望处，澄明远水生光，重叠暮山耸翠。遥认断桥幽径，隐隐渔村，向晚孤烟起。残阳里，脉脉朱阑静倚。黯然情绪，未饮先如醉。愁无际！暮云过了，秋光老尽，故人千里，竟月空凝睇！

少年游 二首

长安古道马迟迟，高柳乱蝉嘶。夕阳岛外，秋风原上，目断四天垂。　归云一去无踪迹，何处是前期？狎兴生疏，酒徒萧索，不似去年时。

参差烟树霸陵桥，风物尽前朝。衰杨古柳，几经攀折，憔悴楚宫腰。　夕阳闲淡秋光老，离思满蘅皋。一曲阳关，断肠声尽，独自凭兰桡。

戚氏 一首

晚秋天，一霎微雨洒庭轩。槛菊萧疏，井梧零乱，惹残烟。凄然，望江关，飞云黯淡夕阳间。当时宋玉悲感，向此临水与登山。远道迢递，行人凄楚，倦听陇水潺湲。正蝉吟败叶，蛩响衰草，相应喧喧。　孤馆，度日如年，风露渐变，悄悄至更阑。长天净，绛河清浅，皓月蝉娟。思绵绵。夜永对景，那堪屈指，暗想从前。未名未禄，绮陌红楼，往往经岁迁延。　帝里风光好，当年少日，暮宴朝欢。况有狂朋怪侣，遇当歌对酒竞留连。别来迅景如梭，旧游似梦，烟水程何限！念利名憔悴长萦绊，追往事、空惨愁颜。漏箭移、稍觉轻寒。渐呜咽画角数声残。对闲窗畔，停灯向晓，抱影无眠。

夜半乐 一首

冻云黯淡天气，扁舟一叶，乘兴离江渚。渡万壑千岩，越溪深处，怒涛渐息，樵风乍起，更闻商旅相呼，片帆高举，泛画鹢、翩翩过南浦。　望中酒旆闪闪，一簇烟村，数行霜树，残日下、渔人鸣榔归去。败荷零落，衰杨掩映，岸边两两三三，浣纱游女，避行客、含羞笑相语。　到此因念：绣阁轻抛，浪萍难驻。叹后约丁宁竟何据？惨离怀、空恨岁晚归期阻，凝泪眼、杳杳神京路，断鸿声远长天暮。

【陈锐褒《碧斋词话》】柳词《夜半乐》云："怒涛渐息，樵风乍起，更闻商旅相呼，片帆高举，泛画鹢、翩翩过南浦。"此种长调，不能不有此大开大阖之笔。后吴梦窗《莺啼序》云："长波妒盼，遥山羞黛，渔镫分影春江宿，记当时短楫桃根渡。"三四段均用此法。

望海潮 一首

东南形胜，江吴都会，钱塘自古繁华。烟柳画桥，风帘翠幕，参差十万人家。云树绕堤沙。怒涛卷霜雪，天堑无涯。市列珠玑，户盈罗绮，竞豪奢。　重湖叠巘清嘉。有三秋桂子，十里荷花。羌管弄晴，菱歌泛夜，嬉嬉钓叟莲娃。千骑拥高牙。乘醉听箫鼓，吟赏烟霞。异日图将好景，归去凤池夸。

【宋罗大经《鹤林玉露·卷十三》】孙何帅钱塘，柳耆卿作《望海潮》词赠之云"东南形胜"云云。此词流播，金主亮闻歌，欣然有慕于"三秋桂子，十里荷花"，遂起投鞭渡江之志。近时谢处厚诗云："谁把杭州曲子讴？荷花十里桂三秋。那知卉木无情物，牵动长江万里愁！"余谓此词虽牵动长江之愁，然卒为金主送死之媒，未足恨也。至于荷艳桂香，妆点湖山之清丽，使士夫流连于歌舞嬉游之乐，遂忘中原，是则深可恨耳！

【宋吴自牧《梦粱录·卷十九》】柳永咏钱塘词曰"参差十万人

家”，此元丰前语也。自高庙车驾自建康幸杭驻跸，几近二百余年，户口蕃息，近百万余家。杭城之外城，南西东北，各数十里，人烟生聚，民物阜蕃，市井坊陌，铺席骈盛，数日经行不尽，各可比外路一州郡，足见杭城繁盛耳。

玉胡蝶 一首

望处雨收云断，凭阑悄悄，目送秋光。晚景萧疏，堪动宋玉悲凉。水风轻、蘋花渐老，月露冷、梧叶飘黄。遣情伤，故人何在？烟水茫茫。　难忘：文期酒会，几孤风月，屡变星霜。海阔山遥，未知何处是潇湘？念双燕、难凭远信，指暮天、空识归航。黯相望，断鸿声里，立尽斜阳。

满江红 一首

暮雨初收，长川静、征帆夜落。临岛屿、蓼烟疏淡，苇风萧索。几许渔人飞短艇，尽载灯火归村落。遣行客、当此念回程，伤漂泊。　桐江好，烟漠漠。波似染，山如削。绕严陵滩畔，鹭飞鱼跃。游宦区区成底事？平生况有云泉约。归去来、一曲仲宣吟，从军乐。

【《唐宋诸贤绝妙词选·卷五》】题作“桐川”，“长川”作“长江”，“飞短艇”作“横短艇”，“尽载”作“尽将”，“村落”作“村郭”，“当此”作“到此”，“云泉”作“林泉”，“吟”作“楼”。又云：换头数语最工。

【《湘山野录·卷中》】范文正公谪睦州，过严陵祠下。会吴俗岁祀，里巫迎神，但歌《满江红》，有“桐江好，烟漠漠，波似染，山如削，绕严陵滩畔，鹭飞鱼跃”之句。公曰：“吾不善音律，撰一绝送神。”曰：“汉包六合网英豪，一个冥鸿惜羽毛。世祖功臣三十六，云台争似钓台高？”吴俗至今歌之。

望远行 一首

长空降瑞，寒风剪、淅淅瑶花初下。乱飘僧舍，密洒歌楼，迤逦渐迷鸳瓦。好是渔人，披得一蓑归去，江上晚来堪画。满长安、高却旗亭酒价。　幽雅，乘兴最宜访戴，泛小棹、越溪潇洒。皓鹤夺鲜，白鹇失素，千里广铺寒野。须信幽兰歌断，彤云收尽，别有瑶台琼榭。放一轮明月，交光清夜。

八声甘州 一首

对潇潇暮雨洒江天，一番洗清秋。渐霜风凄惨，关河冷落，残照当楼。是处红衰翠减，苒苒物华休。惟有长江水，无语东流。　不忍登高临远，望故乡渺邈，归思难收。叹年来踪迹，何事苦淹留？想佳人妆楼颙望，误几回天际识归舟？争知我、倚阑干处，正恁凝愁！

【宋赵令畤《侯鲭录·卷七》】东坡云：世言柳耆卿曲俗，非也。如《八声甘州》云："霜风凄紧，关河冷落，残照当楼。"此语于诗句不减唐人高处。

【清刘体仁《七颂堂词绎》】词有与古诗同妙者："问甚时同赋，三十六陂秋色？"（姜夔《惜红衣》）即霸岸（王粲《七哀诗》）之兴也。"关河冷落，残照当楼"，即敕勒之歌也。

【梁令娴《艺蘅馆词选·乙卷》】家大人（梁启超）云：飞卿词："照花前后镜，花面交相映"。此词境颇似之。

竹马子 一首

登孤垒荒凉，危亭旷望，静临烟渚。对雌霓挂雨，雄风拂槛，微收烦暑。渐觉一叶惊秋，残蝉噪晚，素商时序。览景想前欢，指神京非雾非烟深处。向此成追感，新愁易积，故人难聚。凭高尽日凝伫，赢得消魂无语。极目霁霭霏微，暝鸦零乱，萧索江城暮。南楼画角，又送残阳去。

迷神引 一首

一叶扁舟轻帆卷，暂泊楚江南岸。孤城暮角，引胡笳怨。水茫茫，平沙雁，旋惊散。烟敛寒林簇，画屏展。天际遥山小，黛眉浅。　旧赏轻抛，到此成游宦。觉客程劳，年光晚。异乡风物，忍萧索，当愁眼？帝城赊，秦楼阻，旅魂乱。芳草连空阔，残照满。佳人无消息，断云远。

木兰花慢 一首

拆桐花烂漫，乍疏雨，洗清明。正艳杏烧林，缃桃绣野，芳景如屏。倾城，尽寻胜去，骤雕鞍绀幰出郊坰。风暖繁弦脆管，万家竞奏新声。　盈盈，斗草踏青，人艳冶，递逢迎。向路傍往往，遗簪堕珥，珠翠纵横。欢情，对佳丽地，信金罍罄竭玉山倾。拚却明朝永日，画堂一枕春酲。

【元沈义父《乐府指迷》】近时词人，多不详看古曲下句命意处，但随俗念过便了。如柳词《木兰花》云“拆桐花烂漫”，此正是第一句不用空头字在上，故用“拆”字，言开了桐花烂漫也。有人不晓此意，乃云：“此花名为拆桐。”于词中云：“开到拆桐花。”开了又拆，此何意也？

忆帝京 一首

薄衾小枕凉天气，乍觉别离滋味。展转数寒更，起了还重睡。毕竟不成眠，一夜长如岁。　也拟待却回征辔，又争奈已成行计。万种思量，多方开解，只恁寂寞厌厌地。系我一生心，负你千行泪。

安公子 一首

远岸收残雨，雨残稍觉江天暮。拾翠汀洲人寂静，立双双鸥鹭。望几点、渔灯隐映蒹葭浦。停画桡、两两舟人语，道：去程今夜，遥指前村烟树。　游宦成羁旅，短樯吟倚闲凝伫。万水千山迷远近，想乡关何处？自别后、风亭月榭孤欢聚。刚断肠、惹得离情苦。听杜宇声声，劝人不如归去。

【《宋四家词选》】后阕音节态度，绝类《拜星月慢》。清真“夜色催更”一阕，全从此脱化出来，特更较跌宕耳。

倾杯 一首

鹜落霜洲，雁横烟渚，分明画出秋色。暮雨乍歇。小楫夜泊，宿苇村山驿。何人月下临风处，起一声羌笛？离愁万绪，闻岸草切切蛩吟如织。　为忆芳容别后，水遥山远，何计凭鳞翼？想绣阁深沉，争知憔悴损天涯行客？楚峡云归，高阳人散，寂寞狂踪迹。望京国，空目断、远峰凝碧。

【谭评《词辨·卷一》】耆卿正锋，以当杜诗。“何人”二句，扶质立干。“想绣阁深沉”二句，忠厚悱恻，不愧大家。“楚峡云归”三句，宽处坦夷，正见家数。

〔集评〕 陈振孙曰：柳词格固不高，而音律谐婉，语意妥帖。承平气象，形容曲尽，尤工于羁旅行役。（《直斋书录解题·卷二十一》）张炎曰：康（与之）柳词亦自批风抹月中来。风月二字，在我发挥，二公则为风月所使耳。（《词源·卷下》）彭孙通曰：柳七亦自有唐人妙境。今人但从浅俚处求之，遂使金荃、兰畹之音，流入挂枝、黄莺之调，此学柳之过也。（《金粟词话》）宋翔凤曰：柳词曲折委婉，而中具浑沦之气，虽多俚语，而高处足冠群流，倚声家当尸而祝之。如竹垞（《词综》）所录，皆精金粹玉。以屯田一生精力在是，不似东坡辈以余事为之也。（《乐府余论》）周济曰：柳词总以平叙见长，或发端，或结尾，或换头，以一二语钩勒提掇，有千钧之力。（《宋四家词选》）耆卿为世訾謷久矣！然其铺叙委婉，言近意远，森秀幽淡之趣在骨。耆卿乐府多，故恶滥可笑者多。使能珍重下笔，则北宋高手也。（《介存斋论词杂著》）刘熙载曰：柳耆卿词，昔人比之杜诗，为其实说无表德也。余谓此论其体则然；若论其旨，少陵恐不许之。耆卿词，细密而妥溜，明白而家常，善于叙事，有过前人。惟绮罗香泽之态，所在多有，故觉风期未上耳。（《艺概·卷四》）冯煦曰：耆卿词，曲处能直，密处能疏，募处能平，状难状之景，达难达之情，而出之以自然，自是北宋巨手。然好为俳体，词多媟黩，有不仅如提要所云“以俗为病”者。《避暑录话》谓：“凡有井水饮处，即能歌柳词。”三变之为世诟病，亦未尝不由于此。盖与其千夫竞声，毋宁白雪之寡和也。（《宋六十一家词选·例言》）郑文焯曰：屯田，北宋专家，其高浑处不减清真。长调尤能以沉雄之魄，清劲之气，写奇丽之情，作挥绰之声。私辑柳词之深美者，精选三十余解，更冥探其一词之命意所注，确有层折，如画龙点睛，神观飞越，只在一二笔，便尔破壁飞去也。盖能见耆卿之骨，始可通清真之神。不独声律之空积忽微，以岁世绵邈而求之至难，即文字之托于音，切于情，发而中节，亦非深于文章，贯串百家，不能识其流别。（《与人论词遗札》）夏敬观曰：耆卿词，当分雅、俚二类。雅词用六朝小品文赋作法，层层铺叙，情景兼融，一笔到底，始终不懈。俚词袭五代淫波之风气，开金、元曲子之先声，比于里巷歌谣，亦复自成一格。耆卿写景无不工，造句不事雕琢。清真效之。故学清真词者，不可不读柳词。耆卿多平铺直叙。清真特变其法，一篇之中，回环往复，一唱三叹。故慢词始盛于耆卿，大成于清真。（《手评乐章集》）

王安石

四首　前三首录自《四部丛刊》影旧钞本《乐府雅词》

〔传记〕　王安石（一〇二一——一〇八六）字介甫，抚州临川人。少好读书，一过目，终身不忘。其属文动笔如飞，初若不经意，既成，见者皆服其精妙。友生曾巩携以示欧阳修，修为之延誉，擢进士上第。安石议论高奇，能以辨博济其说，果于自用，慨然有矫世变俗之志，于是上万言书。俄直集贤院，知制诰。神宗立，命知江宁府。数月，召为翰林学士，兼侍讲。熙宁二年（一〇六九），拜参知政事，始行新法。三年，拜同中书门下平章事。七年，罢。八年，复相，屡谢病，出判江宁府。元丰二年（一〇七九），复拜左仆射，封舒国公，改封荆。哲宗立，加司空。元祐元年（一〇八六）卒，年六十八，谥曰文。（参考《宋史·卷三百二十七·王安石传》）安石晚居金陵，自号半山老人，工诗、文，并为北宋大家，有《临川集》行世。其论填词云："古之歌者，皆先有词，后有声。故曰：'诗言志，歌永言，声依永，律和声。'如今先撰腔子，后填词，却是永依声也。"（《侯鲭录·卷七》）安石不常作词。宋绍兴重刊《临川集》附有歌曲十八首，近人朱孝臧录出为《临川先生歌曲》一卷，又杂采诸家选本、笔记，得六首，为补遗，刻入《彊村丛书》中。

桂枝香 一首

登临送目，正故国晚秋，天气初肃。千里澄江似练，翠峰如簇。征帆去棹残阳里，背西风、酒旗斜矗。彩舟云淡，星河鹭起，画图难足。　念往昔、繁华竞逐，叹门外楼头，悲恨相续。千古凭高对此，漫嗟荣辱。六朝旧事随流水，但寒烟芳草凝绿。至今商女，时时犹唱，后庭遗曲。

【《临川先生歌曲》】“犹唱”作“犹歌”。

【《历代诗余·卷一百十四》引《古今词话》】金陵怀古，诸公寄调《桂枝香》者三十余家，惟王介甫为绝唱。东坡见之，叹曰：“此老乃野狐精也！”“画图”作“图画”，“芳草”作“衰草”。

【《词源·卷下》】词以意为主，不要蹈袭前人语意。如东坡中秋水调歌、夏夜洞仙歌，王荆公金陵桂枝香，姜白石暗香赋梅，此数词，皆清空中有意趣，无笔力者未易到。

【《艺蘅馆词选·乙卷》】梁启超云：李易安谓：“介甫文章似西汉，然以作歌词，则人必绝倒。”但此作却颉颃清真、稼轩，未可谩诋也。

菩萨蛮 一首

数家茅屋闲临水，轻衫短帽垂杨里。今日是何朝？看余度石桥。 梢梢新月偃，午醉醒来晚。何物最关情？黄鹂一两声。

【《能改斋漫录·卷十七》】王荆公筑草堂于半山，引八功德水作小港，其上叠石作桥，为集句填《菩萨蛮》云：“数间茅屋闲临水，窄衫短帽垂杨里。花是去年红，吹开一夜风。 梢梢新月偃，午醉醒来晚。何物最关情？黄鹂三两声。”其后豫章（黄庭坚）戏效其体云：“半烟半雨溪桥畔，渔翁醉着无人唤。疏懒意何长？春风花草香。江山如有待，此意陶潜解。问我去何之？君行即自知。”

【《渔隐丛话后集·卷三十九》】苕溪渔隐曰：鲁直书荆公集句《菩萨蛮》词碑本云：“数间茅屋闲临水，窄衫短帽垂杨里。花是去年红，吹开一夜风。 娟娟新月偃，午醉醒来晚。何许最关情？黄鹂三两声。”因阅《临川集》，乃云：“今日是何朝？看余度石桥。”余谓不若“花是去年红，吹开一夜风”为胜也。

渔家傲 一首

平岸小桥千嶂抱，揉蓝一水萦花草。茅屋数间窗窈窕。尘不到，时时自有春风扫。 午枕觉来闻语鸟，攲眠似听朝鸡早。忽忆故人今总老。贪梦好，茫然忘了邯郸道。

千秋岁引 一首

（录自《唐宋诸贤绝妙词选·卷二》）

秋 景

别馆寒砧，孤城画角，一派秋声入寥廓。东归燕从海上去，南来雁向沙头落。楚台风，庾楼月，宛如昨。　无奈被些名利缚！无奈被它情担阁！可惜风流总闲却！当初谩留华表语，而今误我秦楼约。梦阑时，酒醒后，思量着。

王安国

一首 录自《唐宋诸贤绝妙词选·卷二》

〔传记〕 王安国(一〇二八——一〇七四)字平甫,安石之弟。熙宁初,以韩绛荐,召试,赐进士及第,历官至秘阁校理。屡以新法力谏安石,又质责曾布误其兄。及安石罢相,吕惠卿遂因郑侠事陷安国,坐夺官,放归田里。卒年四十七。(参考《宋史·卷三百二十七·王安国传》)魏泰尝称:“安国性亮直,嫉恶太甚。王荆公初为参知政事,闲日因阅读晏元献公小词而笑曰:‘为宰相而作小词可乎?’平甫曰:‘彼亦偶然自喜而为尔,顾其事业岂止如是耶?’时吕惠卿为馆职,亦在坐,遽曰:‘为政必先放郑声,况自为之乎?’平甫正色曰:‘放郑声不若远佞人也。’吕大以为议己,自是尤与平甫相失。”(《东轩笔录·卷五》)《唐宋诸贤绝妙词选》录安国词三首。

清平乐 一首

春晚

留春不住,费尽莺儿语。满地残红宫锦污,昨夜南园风雨。

小怜初上琵琶,晓来思绕天涯。不肯画堂朱户,春风自在梨花。

【词综卷七】“梨花”作“杨花”。

【宋周少隐《竹坡老人诗话·卷一》】大梁罗叔共为余言：“顷在建康士人家，见王荆公亲写小词一纸，其家藏之甚珍。其词云‘留春不住，云云。荆公平生不作是语，而有此，何也？”仪真沈彦述谓余言：“荆公诗，如：‘繁绿万枝红一点，动人春色不须多。’‘春色恼人眠不得，月移花影上栏干。’等篇，皆平父诗，非荆公诗也。”沈乃元龙家婿，故尝见之耳。叔共所见，未必非平甫词也。

【《谭评词辨·卷二》】倒装二句（满地二句）以见笔力。结笔品格自高。

晏幾道

三十一首 录自《彊村丛书》本《小山词》

〔传记〕　晏幾道字叔原，殊第七子。（《历代词人考略·卷十二》）监颍昌府许田镇，手写自作长短句，上府帅韩少师（维），少师报书“得新词盈卷，盖才有余而德不足者。愿郎君捐有余之才，补不足之德，不胜门下老吏之望”云。（邵氏《闻见后录·卷十九》）年未至，乞身，退居京城赐第，不践诸贵之门。蔡京重九、冬至日，遣客求长短句，欣然两为作《鹧鸪天》：“九日悲秋不到心，凤城歌管有新音。风雕碧柳愁眉淡，露染黄花笑靥深。初过雁，已闻砧，绮罗丛里胜登临。须教月户纤纤玉，细捧霞觞滟滟金。”“晓日迎长岁岁同，太平箫鼓间歌钟。云高未有前村雪，梅小初开昨夜风。罗幕翠，锦筵红，钗头罗胜写宜冬。从今屈指春期近，莫使金樽对月空。”竟无一语及蔡者。（《碧鸡漫志·卷二》）黄庭坚序其《小山词》云：晏叔原，临淄公之暮子也。磊隗权奇，疏于顾忌，文章翰墨，自立规摹，常欲轩轾人，而不受世之轻重。诸公虽称爱之，而又以小谨望之，遂陆沉于下位。平生潜心六艺，玩思百家，持论甚高，未尝以沽世。余尝怪而问焉。曰：“我槃跚勃窣，犹获罪于诸公，愤而吐之，是唾人面也。”乃独嬉弄于乐府之余，而寓以诗人之句法，清壮顿挫，能动摇人心。士大夫传之，以为有临淄之风耳，罕能味其言也。余尝论：叔原，固人英也，其痴亦自绝人。爱叔原者，皆愠而问其目。曰："仕宦连蹇，而不能一傍贵人之门，是一痴也。论文自有体，不肯一作新进士语，此又一痴也。费资千百万，家人寒饥，而面有孺子之色，此又一痴也。人百负之而不恨，己信人，终不疑其欺己，此又一痴也。"乃共以为然。虽若此，至其乐府，可谓狎邪之大雅，豪士之鼓吹，其合者《高唐》《洛神》之流，其下者岂减《桃叶》《团扇》哉？（彊村丛书本《小山词》）幾道自序其《小山词》云：补亡一编，补乐府之亡也。叔原往者浮沉酒中，病世之歌词，不足以析酲解愠，试续南部诸贤绪余，作五、七字语，期以自娱。不独叙其所怀，兼写一时杯酒间闻见所同游者意中事。尝思感物之情，古今不易，窃以谓篇中之意，昔人所不遗，第于今无传尔。故今所制，通以补亡名之。始时沈十二廉叔、陈十君龙家，有莲、鸿、蘋、云，品清讴娱客。每得一解，即以草授诸儿。吾三人持酒听之，为一笑乐而已。而君龙疾废卧家，廉叔下世。昔之狂篇醉句，遂与两家歌儿酒使，俱流转于人间。自尔邮传滋多，积有窜易。七月己巳，为高平公缀缉成编。追惟往昔过从饮酒之人，或垅木已长，或病不偶。考其篇中所记悲欢合离之事，如幻如电、如昨梦前尘，但能掩卷怃然，感光阴之易迁，叹境缘之无实也！（彊村丛书本《小山词》）观庭坚及幾道自序所言，于《小山词》之风格、蕲向，可窥见一斑矣。《小山词》传世者，有毛氏汲古阁《宋六十家词》本、晏端书刻《二晏词》钞本、朱氏《彊村丛书》本。

临江仙 一首

梦后楼台高锁，酒醒帘幕低垂。去年春恨却来时。落花人独立，微雨燕双飞。　记得小蘋初见，两重心字罗衣，琵琶弦上说相思。当时明月在，曾照彩云归。

【宋杨万里《诚斋诗话》】晏叔原云：“落花人独立，微雨燕双飞。”可谓好色而不淫矣。

【《谭评词辨·卷一》】名句（落花二句）千古不能有二。结笔，所谓柔厚在此。

【《艺蘅馆词选·乙卷》】康南海（有为）云：起二句，纯是华严境界。

蝶恋花 三首

初捻霜纨生怅望。隔叶莺声，似学秦娥唱。午睡醒来慵一饷，双纹翠簟铺寒浪。　雨罢蘋风吹碧涨。脉脉荷花，泪脸红相向。斜贴绿云新月上，弯环正是愁眉样。

醉别西楼醒不记。春梦秋云，聚散真容易！斜月半窗还少睡，画屏闲展吴山翠。　衣上酒痕诗里字，点点行行，总是凄凉意。红烛自怜无好计，夜寒空替人垂泪。

梦入江南烟水路。行尽江南，不与离人遇。睡里消魂无说处，觉来惆怅消魂误。　欲尽此情书尺素，浮雁沉鱼，终了无凭据。却倚缓弦歌别绪，断肠移破秦筝柱。

鹧鸪天 五首

彩袖殷勤捧玉钟，当年拚却醉颜红。舞低杨柳楼心月，歌尽桃花扇影风。　从别后，忆相逢，几回魂梦与君同？今宵剩把银釭照，犹恐相逢是梦中！

【《侯鲭录·卷七》】晁无咎言：叔原不蹈袭人语，而风调闲雅，自是一家。如“舞低杨柳楼心月，歌尽桃花扇底风”，自可知此人不生在三家村中也。

【《渔隐丛话前集·卷五十九》引《雪浪斋日记》】晏叔原工小词。“舞低杨柳楼心月，歌尽桃花扇底风”，不愧六朝宫掖体。

守得莲开结伴游，约开萍叶上兰舟。来时浦口云随棹，采罢江边月满楼。　花不语，水空流，年年拚得为花愁。明朝万一西风动，争奈朱颜不耐秋。

醉拍春衫惜旧香，天将离恨恼疏狂。年年陌上生秋草，日日楼中到夕阳。　云渺渺，水茫茫，征人归路许多长。相思本是无凭语，莫向花笺费泪行。

小令尊前见玉箫，银灯一曲太妖娆。歌中醉倒谁能恨？唱罢归来酒未消。　春悄悄，夜迢迢，碧云天共楚宫遥。梦魂惯得无拘检，又踏杨花过谢桥。

【《邵氏闻见后录·卷十九》】程叔微云：伊川闻诵晏叔原“梦魂惯得无拘检，又踏杨花过谢桥”长短句，笑曰：“鬼语也！”意亦赏之。程、晏二家有连云。

十里楼台倚翠微，百花深处杜鹃啼。殷勤自與行人语，不似流莺取次飞。　惊梦觉，弄晴时，声声只道不如归。天涯岂是无归意？争奈归期未可期！

生查子 四首

金鞭美少年，去跃青骢马。牵系玉楼人，绣被春寒夜。　消息未归来，寒食梨花谢。无处说相思，背面秋千下。

【宋曾季狸《艇斋诗话》】晏叔原小词：“无处说相思，背面秋千下。”吕东莱极喜诵此词，以为有思致。然此语本李义山诗云：“十五泣春风，背面秋千下。”

坠雨已辞云，流水难归浦。遗恨几时休？心抵秋莲苦！　忍泪不能歌，试托哀弦语。弦语愿相逢，知有相逢否？

关山魂梦长，鱼雁音尘少。两鬓可怜青，只为相思老！　归梦碧纱窗，说与人人道：真个别离难，不似相逢好。

长恨涉江遥，移近溪头住。闲荡木兰舟，误人双鸳浦。　无端轻薄云，暗作廉纤雨。翠袖不胜寒，欲向荷花语。

南乡子 一首

新月又如眉，长笛谁教月下吹？楼倚暮云初见雁，南飞，漫道行人雁后归。　意欲梦佳期，梦里关山路不知。却待短书来破恨，应迟，还是凉生玉枕时。

清平乐 一首

留人不住，醉解兰舟去。一棹碧涛春水路，过尽晓莺啼处。渡头杨柳青青，枝枝叶叶离情。此后锦书休寄，画楼云雨无凭。

【《宋四家词选》】结语殊怨，然不忍割。

木兰花 一首

秋千院落重帘暮，彩笔闲来题绣户。墙头丹杏雨余花，门外绿杨风后絮。　朝云信断知何处？应作襄王春梦去。紫骝认得旧游踪，嘶过画桥东畔路。

【沈谦《填词杂说》】填词结句，或以动荡见奇，或以迷离称隽，着一实语，败矣。康伯可："正是销魂时候也，撩乱花飞。"晏叔原："紫骝认得旧游踪，嘶过画桥东畔路。"秦少游："放花无语对斜晖，此恨谁知？"深得此法。

玉楼春 一首

东风又作无情计，艳粉娇红吹满地。碧楼帘影不遮愁，还似去年今日意。　谁知错管春残事，到处登临曾费泪。此时金盏直须深，看尽落花能几醉？

阮郎归 二首

旧香残粉似当初，人情恨不如。一春犹有数行书，秋来书更疏。　衾凤冷，枕鸳孤，愁肠待酒舒。梦魂纵有也成虚，那堪和梦无！

天边金掌露成霜，云随雁字长。绿杯红袖趁重阳，人情似故乡。　兰佩紫，菊簪黄，殷勤理旧狂。欲将沉醉换悲凉，清歌莫断肠。

【况周颐《蕙风词话·卷二》】"绿杯"二句，意已厚矣。"殷勤理旧狂”五字三层意。狂者，所谓“一肚皮不合时宜”，发见于外者也。狂已旧矣，而理之，而殷勤理之，其狂若有甚不得已者。“欲将沉醉换悲凉”，是上句注脚。“清歌莫断肠”，仍含不尽之意。此词沉着厚重，得此结句，便觉竟体空灵。小晏神仙中人，重以名父之贻，贤师友相与沆瀣，其独造处，岂凡夫肉眼所能见及？“梦魂惯得无拘管，又踏杨花过谢桥”，以是为至，乌足与论小山词耶？

归田乐 一首

试把花期数，便早有感春情绪。看即梅花吐。愿花更不谢，春且长住，只恐花飞又春去。　花开还不语。问此意年年，春还会否？绛唇青鬓，渐少花前语。对花又记得，旧曾游处，门外垂杨未飘絮。

六么令 一首

绿阴春尽，飞絮绕香阁。晚来翠眉宫样，巧把远山学。一寸狂心未说，已向横波觉。画帘遮帀，新翻曲妙，暗许闲人带偷掐。

前度书多隐语，意浅愁难答。昨夜诗有回纹，韵险还慵押。都待笙歌散了，记取留时霎。不消红蜡，闲云归后，月在庭花旧阑角。

【夏评】此倒押韵之法，甚峭拔。“币”、“掐”、“答”、“押”、“霎”、“蜡”，皆闭口音，系“合”韵与“觉”韵同叶。

更漏子 一首

柳丝长，桃叶小，深院断无人到。红日淡，绿烟轻，流莺三两声。　雪香浓，檀晕少，枕上卧枝花好。春思重，晓妆迟，寻思残梦时。

御街行 一首

街南绿树春饶絮，雪满游春路。树头花艳杂娇云，树底人家朱户。北楼闲上，疏帘高卷，直见街南树。　阑干倚尽犹慵去，几度黄昏雨。晚春盘马踏青苔，曾傍绿阴深驻。落花犹在，香屏空掩，人面知何处？

占绛唇 一首

花信来时，恨无人似花依旧。又成春瘦，折断门前柳。　天与多情，不与长相守。分飞后，泪痕和酒，占了双罗袖。

少年游 二首

离多最是，东西流水，终解两相逢。浅情终似，行云无定，犹到梦魂中。　可怜人意，薄于云水，佳会更难重。细想从来，断肠多处，不与者番同。

【夏评】云水意相对，上分述而又总之，作法变幻。

西楼别后，风高露冷，无奈月分明。飞鸿影里，捣衣砧外，总是玉关情。　王孙此际，山重水远，何处赋西征？金闺魂梦枉丁宁，寻尽短长亭。

虞美人 二首

曲阑干外天如水，昨夜还曾倚。初将明月比佳期，长向月圆时候望人归。　罗衣着破前香在，旧意谁教改？一春离恨懒调弦，犹有两行闲泪宝筝前。

疏梅月下歌金缕，忆共文君语：更谁情浅似春风？一夜满枝新绿替残红。　蘋香已有莲开信，两桨佳期近。采莲时节定来无？醉后满身花影倩人扶。

留春令 一首

画屏天畔，梦回依约，十洲云水。手拈红笺寄人书，写无限伤春事。　别浦高楼曾漫倚，对江南千里。楼下分流水声中，有当日凭高泪。

【郑文焯评《小山词》】晏小山《留春令》“楼下分流水声中，有当日凭高泪”二语，亦袭冯延巳《三台令》：“流水，流水，中有伤心双泪。”宋人所承如是，但乏质茂气耳。

思远人 一首

红叶黄花秋意晚，千里念行客。飞云过尽，归鸿无信，何处寄书得？　泪弹不尽临窗滴，就砚旋研墨。渐写到别来，此情深处，红笺为无色。

碧牡丹 一首

翠袖疏纨扇，凉叶催归燕。一夜西风，几处伤高怀远。细菊枝头，开嫩香还遍。月痕依旧庭院。　事何限？怅望秋意晚，离人鬓华将换。静忆天涯路，比此情犹短。试约鸾笺，传素期良愿，南云应有新雁。

〔集评〕　王灼曰：叔原如金陵王、谢子弟，秀气胜韵，得之天然，将不可学。（《碧鸡漫志·卷二》）王锤曰：贺方回遍读唐人遗集，取其意以为诗词。然所得在善取唐人遗意也。不如晏叔原，尽见升平气象，所得者人情物态。叔原妙在得于妇人，方回妙在得词人遗意。（《默记·卷下》）陈振孙曰：叔原词在诸名胜中，独可追逼《花间》，高处或过之。（《直斋书录解题·卷二十一》）毛晋曰：诸名胜词集，删选相半，独《小山集》直逼《花间》，字字娉娉袅袅，如揽嫱、施之袂，恨不能起莲、鸿、蘋、云，按红牙板唱和一过。晏氏父子，具足追配李氏父子云。（汲古阁本《小山词·跋》）周济曰：晏氏父子，仍步温、韦，小晏精力尤胜。（《介存斋论词杂著》）冯煦曰：淮海、小山，古之伤心人也。其淡语皆有味，浅语皆有致。求之两宋词人，实罕其匹。子晋欲以晏氏父子追配李氏父子，诚为知言。（《宋六十一家词选·例言》）况周颐曰：《小山词》从《珠玉》出，而成就不同，体貌各具。珠玉比花中之牡丹，小山其文杏乎？（《蕙风词话》未刊稿）夏敬观曰：晏氏父子，嗣响南唐二主，才力相敌，盖不特词胜，尤有过人之情。叔原以贵人暮子，落拓一生，华屋山丘，身亲经历，哀丝豪竹，寓其微痛纤悲，宜其造诣又过于父。山谷谓为“狎邪之大雅，豪士之鼓吹”，未足以尽之也。（《夏评小山词跋尾》）

苏轼

四十二首 录自《彊村丛书》本《东坡乐府》

〔传记〕 苏轼(一〇三六——一一〇一)字子瞻,眉州眉山人。父洵,游学四方。母程氏,亲授以书。闻古今成败,辄能语其要。比冠,博通经史,属文日数千言。好贾谊、陆贽书。既而读《庄子》,叹曰:“吾昔有见,口未能言,今见是书,得吾心矣。”嘉祐元年(一〇五六)试礼部,主司欧阳修语梅圣俞曰:“吾当避此人出一头地。”闻者始哗不厌,久乃信服。历通判杭州,知密州、徐州、湖州。御史李定、舒亶、何正臣摭其表语,并媒蘖所为诗,以为讪谤,逮赴台狱,欲置之死,锻炼久之不决。神宗独怜之,以黄州团练副使安置。轼与田父、野老相从溪山间,筑室于东坡,自号东坡居士。旋移汝州。哲宗立,复朝奉郎,知登州。累迁翰林学士,知杭州。召为吏部尚书,改翰林承旨,出知颍州。绍圣初,御史论轼掌内外制日所作词命,以为讥斥先朝,贬宁远军节度副使,惠州安置。居三年,泊然无所蒂芥。又贬琼州别驾,居昌化。初僦官屋以居,有司犹谓不可,轼遂买地筑室,儋人运甓畚土以助之。独与幼子过处,读书以为乐。徽宗立,移廉州。更三大赦,还,提举玉局观。建中靖国元年(一一〇一),卒于常州,年六十六。轼尝自谓:“作文如行云流水,初无定质,但常行于所当行,止于所不可不止，虽嬉笑怒骂之辞，皆可书而诵之。”其体浑涵光芒，雄视百代，有文章以来，盖亦鲜矣。一时文人如黄庭坚、晁补之、秦观、张耒、陈师道，举世未之识，轼待之如朋俦，未尝以师资自予也。（节录《宋史·卷三百三十八·苏轼传》）轼工诗，与黄庭坚合称“苏黄”。词更别开风气，为后世所宗仰。毛氏汲古阁《宋六十家词》内有《东坡词》，王氏《四印斋所刻词》有影元延祐本《东坡乐府》，朱氏《彊村丛书》复据以编年，为《东坡乐府》三卷。编者得《傅斡注坡词》残本，更依朱本编年，别作笺注，为《东坡乐府笺》，颇便检阅。

少年游 一首

润州作，代人寄远。

去年相送，余杭门外，飞雪似杨花。今年春尽，杨花似雪，犹不见还家。　对酒卷帘邀明月，风露透窗纱。恰似姮娥怜双燕，分明照、画梁斜。

江城子 一首

湖上与张先同赋

凤凰山下雨初晴，水风清，晚霞明。一朵芙蕖，开过尚盈盈。何处飞来双白鹭？如有意，慕娉婷。　忽闻江上弄哀筝，苦含情，遣谁听？烟敛云收，依约是湘灵。欲待曲终寻问取，人不见，数峰青。

【《墨庄漫录·卷一》】东坡在杭州，一日，游西湖，坐孤山竹阁前临湖亭上。时二客皆有服，预焉。久之，湖心有一彩舟，渐近亭前。靓妆数人，中有一人尤丽，方鼓筝，年且三十余，风韵娴雅，绰有态度。二客竞目送之。曲未终，翩然而逝。公戏作长短句云云。

虞美人 一首

有美堂赠述古

湖山信是东南美，一望弥千里。使君能得几回来？便使尊前醉倒更徘徊。　沙河塘里镫初上，水调谁家唱？夜阑风静欲归时，惟有一江明月碧琉璃。

【傅藻《纪年录》】甲寅（一云七四）述古将去作。

【王文诰《苏诗总案》】陈襄将罢任，宴僚佐于有美堂作。

南乡子 一首

送述古

回首乱山横，不见居人只见城。谁似临平山上塔，亭亭，迎客西来送客行？　归路晚风清，一枕初寒梦不成。今夜残镫斜照处，荧荧，秋雨晴时泪不晴。

【王案】甲寅七月，追送陈襄移守南都，别于临平舟中作。

水遇乐 一首

孙巨源以八月十五日离海州，坐别于景疏楼上。既而与余会于润州，至楚州，乃别。余以十一月十五日至海州，与太守会于景疏楼上，作此词以寄巨源。

长忆别时，景疏楼上，明月如水。美酒清歌，留连不住，月随人千里。别来三度，孤光又满，冷落共谁同醉？卷珠帘、凄然顾影，共伊到明无寐。　今朝有客，来从濉上，能道使君深意。凭仗清淮，分明到海，中有相思泪。而今何在？西垣清禁，夜永露华侵被。此时看、回廊晓月，也应暗记。

【《纪年录》】甲寅，海州寄巨源作。

减字木兰花 一首

空床响琢，花上春禽冰上雹。醉梦尊前，惊起湖风人坐寒。
转关濩索，春水流弦霜入拨。月堕更阑，更请宫高奏独弹。

【朱孝臧校注《东坡乐府》】（以下简称朱注）本集，公与蔡景繁书："朐山临海石室，信如所谕。某尝携家一游。时家有胡琴婢，就室中作濩索凉州，凛然有冰车、铁马之声。"案公于甲寅十一月至海州，是词疑赋胡琴婢事。

【《渔隐丛话前集·卷十六》】《蔡宽夫诗话》云：近时乐家，多为新声，其音谱转移，类以新奇相胜，故古曲多不存。顷见一教坊老工，言："惟大曲不敢增损，往往犹是唐本，而弦索家守之尤严。故言凉州者谓之濩索，取其音节繁雄；言六么者谓之转关，取其声调闲婉。"元微之诗云："凉州大遍最豪嘈，录要散序多笼捻。""濩索""转关"，岂所谓"豪嘈"、"笼捻"者耶？唐起乐皆以丝声，竹声次之，乐家所谓"细抹将来"者是也。故王建宫词云："琵琶先抹绿腰头，小管丁宁侧调愁。"近世以管色起乐，而犹存"细抹"之语，盖沿袭弗悟尔。"绿腰"本名"录要"，后讹为此名，今又谓之"六么"。然"六么"自白乐天时已若此云，不知何义也？

蝶恋花 一首

密州上元

镫火钱塘三五夜，明月如霜，照见人如画。帐底吹笙香吐麝，更无一点尘随马。　寂寞山城人老也！击鼓吹箫，却入农桑社。火冷镫稀霜露下，昏昏雪意云垂野。

【纪年录】乙卯作。

【年谱】熙宁八年乙卯，先生年四十，到密州任。

江城子 一首

乙卯正月二十日夜记梦

十年生死两茫茫！不思量，自难忘。千里孤坟，无处话凄凉。纵使相逢应不识，尘满面，鬓如霜。　夜来幽梦忽还乡。小轩窗，正梳妆。相顾无言，惟有泪千行。料得年年肠断处，明月夜，短松冈。

【王案】词注谓公悼亡之作。考通义君卒于治平二年乙巳（一〇六五），至是熙宁八年乙卯，正十年也。

望江南 一首

超然台作

春未老，风细柳斜斜。试上超然台上看，半壕春水一城花，烟雨暗千家。　寒食后，酒醒却咨嗟。休对故人思故国，且将新火试新茶，诗酒趁年华。

【朱注】《纪年录》："乙卯，于超然台作《望江南》。"案公于甲寅十一月，至密州任。《超然台记》谓："移守胶西，处之期年。园之北，因城以为台者旧矣。稍葺而新之，时相与登览，放意肆志焉。"词作于春，当属丙辰。

水调歌头 一首

丙辰中秋，欢饮达旦，大醉，作此篇，兼怀子由。

明月几时有？把酒问青天。不知天上宫阙，今夕是何年？我欲乘风归去，惟恐琼楼玉宇，高处不胜寒。起舞弄清影，何似在人间？　转朱阁，低绮户，照无眠。不应有恨，何事长向别时圆？人有悲欢离合，月有阴晴圆缺，此事古难全。但愿人长久，千里共婵娟。

【宋蔡绦《铁围山丛谈·卷三》】歌者袁绹，乃天宝之李龟年也。宣和间，供奉九重。尝为吾言："东坡公昔与客游金山，适中秋夕，天宇四垂，一碧无际，加江流澒涌，俄月色如昼，遂共登金山山顶之妙高台，命绹歌其《水调歌头》曰：'明月几时有？把酒问青天。'歌罢，坡为起舞而顾问曰：'此便是神仙矣！'吾谓：'文章人物，诚千载一时，后世安所得乎？'"

【《渔隐丛话前集·卷五十九》】先君尝云：坡词"低绮户"，当云"窥绮户"。二字既改，其词益佳。【后集卷三十九】中秋词，自东坡《水调歌头》一出，余词尽废。

【元李冶《敬斋古今黈·卷八》】东坡《水调歌头》："我欲乘风归去，只恐琼楼玉宇，高处不胜寒。起舞弄清影，何似在人间？"一时词手，多用此格。如鲁直云："我欲穿花寻路，直入白云深处，浩气展虹霓。只恐花深里，红露湿人衣。”盖效坡语也。近世闲闲老（赵秉文）亦云：“我欲骑鲸归去，只恐神仙官府，嫌我醉时真。笑拍群仙手，几度梦中身？”

【《艺概·卷四》】词以不犯本位为高。东坡《满庭芳》：“老去君恩未报，空回首弹铗悲歌。”语诚慷慨，究不若《水调歌头》：“我欲乘风归去，又恐琼楼玉宇，高处不胜寒。”尤觉空灵蕴藉。

【郑文焯评《东坡乐府》】发端从太白仙心脱化，顿成奇逸之笔。湘绮（王闿运）诵此词，以为此“全”字韵，可当“三语掾”，自来未经人道。

洞仙歌 一首

江南腊尽，早梅花开后，分付新春与垂柳。细腰肢、自有人格风流，仍更是、骨体清英雅秀。　永丰坊那畔，尽日无人，谁见金丝弄晴昼？断肠是飞絮时，绿叶成阴，无个事、一成消瘦。又莫是东风逐君来。便吹散眉间一点春皱。

阳关曲 一首

中秋作

暮云收尽溢清寒，银汉无声转玉盘。此生此夜不长好，明月明年何处看？

【朱注】《纪年录》:“戊午作。是年在徐州。”案:本集书彭城观月诗云:“余十八年前,中秋与子由观月彭城,作此诗,以《阳关》歌之。今复此夜,宿于赣上,方迁岭表,独歌此曲,聊复书之。”公南迁过赣,在绍圣甲戌,上推至丁巳为十八年。若云戊午中秋,子由已在南京签判任矣。今改编丁巳。

浣溪沙 五首

徐门石潭谢雨道上作五首。潭在城东二十里,常与泗水增减清浊相应。

照日深红暖见鱼,连村绿暗晚藏乌,黄童白叟聚睢盱。 麋鹿逢人虽未惯,猿猱闻鼓不须呼,归来说与采桑姑。

旋抹红妆看使君,三三五五棘篱门,相排踏破蒨罗裙。 老幼扶携收麦社,乌鸢翔舞赛神村,道逢醉叟卧黄昏。

麻叶层层薮叶光,谁家煮茧一村香?隔篱娇语络丝娘。 垂白仗藜抬醉眼,捋青捣麨软饥肠,问言豆叶几时黄?

簌簌衣巾落枣花,村南村北响缫车,牛衣古柳卖黄瓜。 酒困路长惟欲睡,日高人渴漫思茶,敲门试问野人家。

软草平莎过雨新,轻沙走马路无尘,何时收拾耦耕身? 日暖桑麻光似泼,风来蒿艾气如熏,使君元是此中人。

水遇乐 一首

彭城夜宿燕子楼，梦盼盼，因作此词。

明月如霜，好风如水，清景无限。曲港跳鱼，圆荷泻露，寂寞无人见。紞如三鼓，铿然一叶，黯黯梦云惊断。夜茫茫，重寻无处，觉来小园行遍。　天涯倦客，山中归路，望断故园心眼。燕子楼空，佳人何在？空锁楼中燕。古今如梦，何曾梦觉？但有旧欢新怨。异时对，黄楼夜景，为余浩叹。

【《白氏长庆集·卷十五·燕子楼三首并序》】徐州故尚书（建封）有爱妓曰盼盼，善歌舞，雅多风态。予为校书郎时，游徐、泗间。张尚书宴予，酒酣，出盼盼以佐欢，欢甚，予因赠诗云："醉娇胜不得，风袅牡丹花。"一欢而去，尔后绝不相闻，迨兹仅一纪矣。昨日司勋员外郎张仲素缋之访予，因吟新诗，有《燕子楼三首》，词甚婉丽。诘其由，为盼盼作也。缋之后事武宁军累年，颇知盼盼始末，云："尚书既殁，归葬东洛，而彭城有张氏旧第，第中有小楼名燕子。盼盼念旧爱而不嫁，居是楼十余年，幽独块然，于今尚在。"予爱缋之新咏，感彭城旧游，因同其题，作三绝句："满窗明月满帘霜，被冷灯残拂卧床。燕子楼中霜月夜，秋来只为一人长。""钿晕罗衫色似烟，几回欲着即潸然。自从不舞霓裳曲，叠在空箱十一年！""今春有客洛阳回，曾到尚书墓上来。见说白杨堪作柱，争教红粉不成灰？"

【宋曾敏行《独醒杂志·卷三》】东坡守徐州，作燕子楼乐章，方具稿，人未知之，一日，忽哄传于城中。东坡讶焉，诘其所从来，乃谓发端于逻卒。东坡召而问之，对曰："某稍知音律，尝夜宿张建封庙，闻有歌声，细听，乃此词也，记而传之，初不知何谓。"东坡笑而遣之。

【《历代诗余·卷一百十五》引《高斋诗话》】少游自会稽人都，见东坡。坡问："别作何词？"少游举"小楼连苑横空，下窥绣毂雕鞍骤"，东坡曰："十三个字，只说得一个人骑马楼前过。"少游问公近作，乃举"燕子楼空，佳人何在？空锁楼中燕"，晁无咎曰："只三句，便说尽张建封事。"

【宋张炎《词源·卷下》】词，用事最难，要体认著题，融化不涩。如东坡《永遇乐》云："燕子楼空，佳人何在？空锁楼中燕。"用张建封事。白石《疏影》云："犹记深宫旧事，那人正睡里，飞近蛾绿。"用寿阳事。又云："昭君不惯胡沙远，但暗忆江南江北。想佩环月夜归来，化作此花幽独。"用少陵诗。此皆用事不为事所使。

【《一统志·江苏徐州府》】黄楼在铜山县城东门，宋郡守苏轼建。

【郑评】公以"燕子楼空"三句语秦淮海，殆以示咏古之超宕，贵神情，不贵迹象也。

南歌子 一首

雨暗初疑夜，风回便报晴。淡云斜照著山明，细草软沙溪路马蹄轻。　卯酒醒还困，仙村梦不成。蓝桥何处觅云英？只有多情流水伴人行。

浣溪沙 二首

十二月二日，雨后微雪。太守徐君猷携酒见过，坐上作浣溪沙三首。明日，酒醒，雪大作，又作二首。

覆块青青麦未苏，江南云叶暗随车，临皋烟景世间无。　雨脚半收檐断线，雪床（自注：京师俚语，谓霰为雪床。）初下瓦跳珠，归来冰颗乱黏须。

醉梦昏昏晓未苏，门前辘辘使君车，扶头一盏怎生无？　废圃寒蔬挑翠羽，小槽春酒滴真珠，清香细细嚼梅须。

【诗集施元之注】徐君猷，名大受，东海人。东坡来黄州，君猷为守，厚礼之，无迁谪意。君猷秀惠列屋，杯觞流行，多为赋词。满去而殂，坡有祭文、挽词，意甚凄恻。

水龙吟 一首

闾丘大夫孝终公显，尝守黄州，作栖霞楼，为郡中胜绝。元丰五年，余谪居黄。正月十七日，梦扁舟渡江，中流回望，楼中歌乐杂作，舟中人言："公显方会客也。"觉而异之，乃作此曲，盖越调鼓笛慢。公显时已致仕，在苏州。

小舟横截春江，卧看翠壁红楼起。云间笑语，使君高会，佳人半醉。危柱哀弦，艳歌余响，绕云萦水。念故人老大，风流未减，空回首，烟波里。　推枕惘然不见，但空江、月明千里。五湖闻道，扁舟归去，仍携西子。云梦南州，武昌东岸，昔游应记。料多情梦里，端来见我，也参差是。

【吴郡志】闾丘孝终字公显，郡人。尝守黄州。既挂冠，与诸名人耆艾为九老会。东坡经从，必访孝终，赋诗为乐。

【郑评】突兀而起，仙乎！仙乎！“翠壁”句奇崭，不露雕琢痕。上阕全写梦境，空灵中杂以凄丽。过片始言情，有沧波浩渺之致，真高格也。“云梦”二句，妙能写闲中情景。煞拍不说梦，偏说梦来见我，正是词笔高浑不犹人处。读东坡先生词，于气韵、格律，并有悟到空灵妙境，匪可以词家目之，亦不得不目为词家。世每谓其以诗人词，岂知言哉？董文敏论画曰：“同能不如独诣。”吾于坡仙词亦云。

定风波 一首

三月七日，沙湖道中遇雨，雨具先去，同行皆狼狈，余独不觉，已而遂晴，故作此。

莫听穿林打叶声，何妨吟啸且徐行。竹杖芒鞋轻胜马，谁怕？一蓑烟雨任平生。　料峭春风吹酒醒，微冷，山头斜照却相迎。回首向来萧瑟处，归去，也无风雨也无晴。

【郑评】此足征是翁坦荡之怀，任天而动。琢句亦瘦逸，能道眼前景。以曲笔直写胸臆，倚声能事尽之矣！

浣溪沙 一首

游蕲水清泉寺，寺临兰溪，溪水西流。

山下兰芽短浸溪，松间沙路净无泥，萧萧暮雨子规啼。　谁道人生无再少？门前流水尚能西，休将白发唱黄鸡。

【《东坡志林·卷一》】黄州东南三十里为沙湖，亦曰螺师店。予买田其间，因往相田得疾，闻麻桥人庞安常善医而聋，遂往求疗。安常虽聋，而颖悟绝人，以纸画字，书不数字，辄深了人意。余戏之曰："余以手为口，君以眼为耳，皆一时异人也。"疾愈，与之同游清泉寺。寺在蕲水郭门外二里许，有王逸少洗笔泉，水极甘，下临兰溪，溪水西流。余作歌云"山下兰芽"云云。是日剧饮而归。

【《独醒杂志·卷二》】徐公师川尝言：东坡长短句有云："山下兰芽短浸溪，松间沙路净无泥。"白乐天诗云："柳桥晴有絮，沙路润无泥。""净"、"润"两字，当有能辨之者。

哨遍 一首

陶渊明赋归去来，有其词而无其声。余既治东坡，筑雪堂于上。人俱笑其陋，独鄱阳董毅夫（钺）过而悦之，有卜邻之意。乃取《归去来》词，稍加檃括，使就声律，以遗毅夫。使家僮歌之，时相从于东坡，释耒而和之，扣牛角而为之节，不亦乐乎？

为米折腰，因酒弃家，口体交相累。归去来，谁不遣君归？觉从前皆非今是。露未晞，征夫指予归路，门前笑语喧童稚。嗟旧菊都荒，新松暗老，吾年今已如此！但小窗容膝闭柴扉，策杖看孤云暮鸿飞，云出无心，鸟倦知还，本非有意。　噫！归去来兮，我今忘我兼忘世。亲戚无浪语，琴书中有真味。步翠麓崎岖，泛溪窈窕，涓涓暗谷流春水。观草木欣荣，幽人自感，吾生行且休矣！念寓形宇内复几时？不自觉皇皇欲何之？委吾心、去留谁计？神仙知在何处？富贵非吾志。但知临水登山啸咏，自引壶觞自醉。此生天命更何疑？且乘流、遇坎还止。

【《坡仙集外纪》】东坡在儋耳，常负大瓢，行歌田间，所歌皆哨遍也。一日，遇一媪，谓坡曰：“学士昔日富贵，一场春梦耳！”东坡因呼为“春梦婆”。

【《词源·卷下》】东坡词如《水龙吟》咏杨花、咏闻笛，又如《过秦楼》（案集中未见此词）、《洞仙歌》、《卜算子》等作，皆清丽舒徐，高出人表。《哨遍》一曲，檃括《归去来辞》，更是精妙，周、秦诸人所不能到。

洞仙歌 一首

余七岁时，见眉山老尼，姓朱，忘其名，年九十岁。自言尝随其师入蜀主孟昶宫中。一日，大热，蜀主与花蕊夫人夜纳凉摩诃池上，作一词，朱具能记之。今四十年，朱已死久矣！人无知此词者，但记其首两句。暇日寻味，岂《洞仙歌》令乎？乃为足之云。

冰肌玉骨，自清凉无汗。水殿风来暗香满。绣帘开，一点明月窥人，人未寝，攲枕钗横鬓乱。　起来携素手，庭户无声，时见疏星渡河汉。试问夜如何？夜已三更，金波淡、玉绳低转。但屈指西风几时来？又不道流年暗中偷换。

【朱注】公生丙子，七岁为壬午，又四十年为壬戌也。

【《墨庄漫录·卷九》】东坡作长短句《洞仙歌》，所谓“冰肌玉骨，自清凉无汗”者，公自叙云：“予幼时见一老人，能言孟蜀主时事云：‘蜀主尝与花蕊夫人夜起纳凉于摩诃池上，作《洞仙歌》令。’老人能歌之。予但记其首两句，乃为足之。”近见李公彦《季成诗话》，乃云：“杨元素作《本事曲》，记《洞仙歌》：‘冰肌玉骨，自清凉无汗。’钱唐有老尼能诵后主诗首章两句，后人为足其意，以填此词。”

其说不同。予友陈兴祖德昭云："顷见一诗话，亦题云：'李季成作。'乃全载孟蜀主一诗：'冰肌玉骨清无汗，水殿风来暗香满。帘间明月独窥人，攲枕钗横云鬓乱。三更庭院悄无声，时见疏星度河汉。屈指西风几时来？只恐流年暗中换。'云：'东坡少年遇美人，喜《洞仙歌》，又邂逅处景色暗相似，故櫽括稍协律以赠之也。'予以谓此说乃近之。"据此，乃诗耳，而东坡自叙乃云"是《洞仙歌》令"，盖公以此叙自晦耳。《洞仙歌》腔出近世，五代及国初未之有也。

【《渔隐丛话前集·卷六十》】漫叟诗话云：杨元素（绘）作《本事曲》，记《洞仙歌》"冰肌玉骨"云云。钱塘有一老尼，能诵后主诗首章两句，后人为足其意，以填此词。余尝见一士人诵全篇。（文同《墨庄漫录》，惟"满"作"暖"，"间"作"开"，"三更庭院悄"作"起来琼户启"。）苕溪渔隐曰：《漫叟诗话》所载《本事曲》云："钱唐一老尼，能诵后主诗首章两句。"与东坡《洞仙歌》序全然不同，当以序为正也。

念奴娇 一首

赤壁怀古

大江东去，浪淘尽、千古风流人物。故垒西边，人道是：三国周郎赤壁。乱石崩云，惊涛裂岸，卷起千堆雪。江山如画，一时多少豪杰。　遥想公瑾当年，小乔初嫁了，雄姿英发。羽扇纶巾，谈笑间、强虏灰飞烟灭。故国神游，多情应笑我，早生华发。人间如梦，一尊还酹江月。

【《纪年录》】壬戌（一〇八二）七月作。

【清朱彝尊《词综·卷六》】“浪淘尽”作“浪声沉”，“周郎”作“孙吴”，“裂”作“掠”，“强虏”作“樯艣”，“多情应笑我，早生华发”作“多情应是，笑我生华发”，“如梦”作“如寄”，云：“从《容斋随笔》所载黄鲁直手书本。”

【宋张耒《明道杂志》】黄州江南流，在州西，其上流乃谓之东津，其下水谓之下津。去治无百步，有山入江，石崖颇峻峙，土人言：“此赤壁矶也。”按：周瑜破曹公于赤壁，云陈于江北，而黄州江东西流，无江北。至汉阳，江南北流，复有赤壁山。疑汉阳是瑜战处。南人谓山入水处为矶，而黄人呼赤壁讹为赤鼻。

【《艇斋诗话》】东坡“大江东去”词，其中云：“人道是三国周郎赤壁。”陈无已见之，言：“不必道三国。”东坡改云“当日”。今印本两出，不知东坡已改之矣。

【《渔隐丛话后集·卷二十八》】东坡云：黄州西山麓，斗入江中，石色如丹，传云曹公败处所谓赤壁者。或曰：非也。曹公败归，由华容路，路多泥泞，使老弱先行践之而过，曰：“刘备智过人而见事迟，华容夹道皆葭苇，若使纵火，吾无遗类矣。”今赤壁少西对岸即华容镇，庶几是也。然岳州复有华容县，竟不知孰是？今日李委秀才来，因以小舟载酒，饮于赤壁下。李善吹笛，酒酣，作数弄。风起水涌，大鱼皆出，山上有栖鹘，亦惊起。坐念孟德、公瑾，如昨日耳！

【《渔隐丛话前集·卷五十九》】苕溪渔隐曰：东坡“大江东去”赤壁词，语意高妙，真古今绝唱。【《后集·卷二十六》】苕溪渔隐曰：《后山诗话》谓：“退之以文为诗，子瞻以诗为词，如教坊雷大使之舞，虽极天下之工，要非本色。”余谓后山之言过矣。子瞻佳词最多，其时杰出者，如“大江东去，浪淘尽、千古风流人物。”——赤壁词，“明月几时有？把酒问青天。”——中秋词，“落日绣帘卷，亭下水连空。”——快哉亭词，“乳燕飞华屋，悄无人、桐阴转午。”——初夏词，“明月如霜，好风如水，清景无限。”——夜登燕子楼词，“楚山修竹如云，异材秀出千林表。”——咏笛词，“玉骨那愁瘴雾，冰肌自有仙风。”一-咏梅词，“东武南城，新堤固、涟漪初溢。”——宴流杯亭词，“冰肌玉骨，自清凉无汗。”——夏夜词，“有情风万里卷潮来，无情送潮归。”——别参寥词，“缺月挂疏桐，漏断人初静。”——秋夜词，“霜降水痕收，浅碧鳞鳞露远洲。”——重九词，凡此十余词，皆绝去笔墨畦径间，直造古人不到处，真可使人一唱而三叹。若谓以诗为词，是大不然。子瞻自言，平生不善唱曲，故间有不入腔处，非尽如此。后山乃比之教坊司雷大使舞，是何每况愈下，盖其谬耳。

南乡子 一首

重九，涵辉楼呈徐君猷。

霜降水痕收，浅碧鳞鳞露远洲。酒力渐消风力软，飕飕，破帽多情却恋头。　佳节若为酬，但把清尊断送秋。万事到头都是梦，休休，明日黄花蝶也愁。

临江仙 一首

夜饮东坡醒复醉，归来仿佛三更。家童鼻息已雷鸣。敲门都不应，倚杖听江声。　长恨此身非我有，何时忘却营营？夜阑风静縠纹平。小舟从此逝，江海寄余生。

【王案】壬戌九月，雪堂夜饮，醉归临皋作。

【《避暑录话·卷二》】子瞻在黄州，病赤眼，逾月不出，或疑有他疾，过客遂传以为死矣。有语范景仁于许昌者，景仁绝不置疑，即举袂大恸，召子弟，具金帛，遣人赒其家。子弟徐言："此传闻未审，当先书以问其安否，得实，吊恤之，未晚。"乃走仆以往，子瞻发书大笑。故后量移汝州谢表，有云："疾病连年，人皆相传为已死。"未几，复与数客饮江上，夜归，江面际天，风露浩然，有当其意，乃作歌辞，所谓"夜阑风静縠纹平，小舟从此逝，江海寄余生"者，与客大歌数过而散。翼日喧传："子瞻夜作此词，挂冠服江边，拏舟长啸去矣。"郡守徐君猷闻之，惊且惧，以为州失罪人，急命驾往谒，则子瞻鼻鼾如雷，犹未兴也。然此语卒传至京师，虽裕陵亦闻而疑之。

卜算子 一首

黄州定慧院寓居作

缺月挂疏桐，漏断人初静。谁见幽人独往来？缥缈孤鸿影。惊起却回头，有恨无人省。拣尽寒枝不肯栖，寂寞沙洲冷。

【王案】壬戌十二月作。

【《能改斋漫录·卷十六》】东坡先生谪居黄州，作《卜算子》云云，其属意盖为王氏女子也，读者不能解。张右史文潜继贬黄州，访潘邠老，尝得其详，题诗以志之："空江月明鱼龙眠，月中孤鸿影翩翩。有人清吟立江边，葛巾藜杖眼窥天。夜冷月堕幽虫泣，鸿影翘沙衣露湿。仙人采诗作步虚，玉皇饮之碧琳腴。"

【《渔隐丛话前集·卷三十九》】山谷云：东坡道人在黄州，作《卜算子》云云，语意高妙，似非吃烟火食人语，非胸中有数万卷书，笔下无一点尘俗气，孰能至此？苕溪渔隐曰："拣尽寒枝不肯栖"之句，或云："鸿雁未尝栖宿树枝，惟在田野苇丛间，此亦语病也。"此词本咏夜景，至换头但只说鸿。正如《贺新郎》词"乳燕飞华屋"，本咏夏景，至换头但只说榴花，盖其文章之妙，语意到处即为之，不可限以绳墨也。

满庭芳 一首

有王长官者，弃官黄州三十三年，黄人谓之王先生。因送陈慥来过余，因为赋此。

三十三年，今谁存者？算只君与长江。凛然苍桧，霜干苦难双。闻道司州古县，云溪上、竹坞松窗。江南岸，不因送子，宁肯过吾邦？

摐摐，疏雨过，风林舞破，烟盖云幢。愿持此邀君，一饮空缸。居士先生老矣！真梦里、相对残釭。歌声断，行人未起，船鼓已逢逢。

【王案】癸亥五月，陈慥报荆南庄田，同王长官来作。

【诗集施注】陈季常名慥，少时慕朱家、郭解为人，稍壮，折节读书，晚乃遁于光、黄间。东坡至黄，季常数从之游。

【郑评】健句入词，更奇峰特出，此境匪稼轩所能梦到。不事雕凿，字字苍寒，如空岩霜干，天风吹堕颇黎地上，铿然作碎玉声。

水调歌头 一首

黄州快哉亭，赠张偓佺。

落日绣帘卷，亭下水连空。知君为我，新作窗户湿青红。长记平山堂上，攲枕江南烟雨，渺渺没孤鸿。认得醉翁语：山色有无中。　一千顷，都镜净，倒碧峰。忽然浪起，掀舞一叶白头翁。堪笑兰台公子，未解庄生天籁，刚道有雌雄。一点浩然气，千里快哉风。

【朱注】王案："癸亥六月，张梦得营新居于江上，筑亭，公榜曰快哉亭，作《水调歌头》。"《栾城集·黄州快哉亭记》："清河张君梦得，谪居齐安，即其庐之西南为亭，以览睹江流之胜，而余兄子瞻名之曰快哉。"王文诰曰："梦得又字偓佺。"

【郑评】此等句法，使作者稍稍矜才使气，便流入粗豪一派。妙能写景中人，用生出无限情思。

定风波 一首

王定国歌儿曰柔奴，姓宇文氏，眉目娟丽，善应对，家世住京师。定国南迁归，余问柔："广南风土，应是不好？"柔对曰："此心安处，便是吾乡。"因为缀词云：

常羡人间琢玉郎，天应乞与点酥娘。自作清歌传皓齿，风起，雪飞炎海变清凉。　万里归来年愈少，微笑，笑时犹带岭梅香。试问：岭南应不好？却道：此心安处是吾乡。

【朱注】诗集施注："王巩字定国，文正公旦之孙，懿敏公素之子。从东坡学为文。东坡下御史狱，而定国亦坐累，贬宾州监酒税，凡三年，亦几死，而无幽忧愤叹之意。”张宗橚（《词林纪事·卷五》）曰：“柔奴”或作“寓娘”。考《柳州志》“王巩侍儿柔奴”，与词叙同。

鹧鸪天 一首

林断山明竹隐墙，乱蝉衰草小池塘。翻空白鸟时时见，照水红蕖细细香。　村舍外，古城旁，杖藜徐步转斜阳。殷勤昨夜三更雨，又得浮生一日凉。

【郑评】渊明诗：“啸傲东轩下，聊复得此生。”此词从陶诗中得来，逾觉清异。较“浮生半日闲”句，自是诗词异调。论者每谓坡公以诗笔入词，岂审音知言者？

浣溪沙 一首

元丰七年十二月二十四日，从泗州刘倩叔游南山。

细雨斜风作小寒，淡烟疏柳媚晴滩，入淮清洛渐漫漫。　雪沫乳花浮午盏，蓼茸蒿笋试春盘，人间有味是清欢。

水调歌头 一首

欧阳文忠公尝问余：“琴诗何者最善？”答以退之听颖师

琴诗。公曰："此诗固奇丽，然非听琴，乃听琵琶诗也。"余深然之。建安章质夫家善琵琶者，乞为歌词。余久不作，特取退之词，稍加檃括，使就声律以遗之云。

昵昵儿女语，镫火夜微明。恩怨尔汝来去，弹指泪和声。忽变轩昂勇士，一鼓填然作气，千里不留行。回首暮云远，飞絮搅青冥。　众禽里，真彩凤，独不鸣。跻攀寸步千险，一落百寻轻。烦子指间风雨，置我肠中冰炭，起坐不能平。推手从归去，无泪与君倾。

【朱注】诗集查注："楶字质夫，浦城人，仕至资政殿学士，谥庄简。"

【《昌黎先生集·卷五·听颖师弹琴》】昵昵儿女语，恩怨相尔汝。划然变轩昂，勇士赴敌场。浮云柳絮无根蒂，天地阔远随飞扬。喧啾百鸟群，忽见孤凤凰。跻攀分寸不可上，失势一落千丈强。嗟余有两耳，未肯听丝篁。自闻颖师弹，起坐在一旁。推手遽止之，湿衣泪滂滂。颖乎尔诚能，无以冰炭置我肠。

【《渔隐丛话前集·卷十六》】《西清诗话》云：三吴僧义海，以琴名世。六一居士尝问东坡："琴诗孰优？"东坡答以退之听颖师琴。公曰："此只是听琵琶耳。"或以问海。海曰："欧阳公一代英伟，然斯语误矣。'昵昵儿女语，恩怨相尔汝'，言轻柔细屑，真情出见也。'划然变轩昂，勇士赴敌场'，精神余溢，竦观听也。'浮云柳絮无根蒂，天地阔远随飞扬'，纵横变态，浩乎不失自然也。'喧啾百鸟群，忽见孤凤凰'，又见颖孤绝，不同流俗下俚声也。'跻攀分寸不可上，失势一落千丈强'，起伏抑扬，不主故常也。皆指下丝声妙处，惟琴为然。琵琶格上声，乌能尔耶？退之深得其趣，未易讥评也。”苕溪渔隐曰：东坡尝因章质夫家善琵琶者乞歌词，亦取退之听颖师琴诗，稍加紧括，使就声律，为《水调歌头》以遗之。其自序云：“欧公谓退之此诗最奇丽，然非听琴，乃听琵琶耳。余深然之。”观此，则二公皆以此诗为听琵琶矣。今《西清诗话》所载，义海辨证此诗，复曲折能道其趣，为是真听琴诗。世有深于琴者，必能辨之矣。

水龙吟 一首

次韵章质夫杨花词

似花还似非花，也无人惜从教坠。抛家傍路，思量却是，无情有思。萦损柔肠，困酣娇眼，欲开还闭。梦随风万里，寻郎去处，又还被，莺呼起。　不恨此花飞尽，恨西园、落红难缀。晓来雨过，遗踪何在？一池萍碎。春色三分，二分尘土，一分流水。细看来、不是杨花，点点是离人泪。

【《唐宋诸贤绝妙词选·卷五》】章质夫《水龙吟·柳花》云：“燕忙莺懒花残，正堤上柳花飞坠。轻飞点画青林，谁道（别本作“轻飞乱舞，点画青林。”）全无才思。闲趁游丝，静临深院，日长门闭。傍珠帘散漫，垂垂欲下，依前被，风扶起。兰帐玉人睡觉，怪春衣、雪沾琼缀。绣床渐满，香球无数，才圆却碎。时见蜂儿，仰粘轻粉，鱼吞池水。望章台路杳，金鞍游荡，有盈盈泪。”“傍珠帘散漫”数语，形容尽矣。

【宋朱弁《曲洧旧闻·卷五》】章粢质夫作《水龙吟·咏杨花》，其命意用事，清丽可喜。东坡和之，若豪放不入律吕，徐而视之，声韵谐婉，便觉质夫词有织绣工夫。

【《艇斋诗话》】东坡和章质夫杨花词云：“思量却是，无情有思。”用老杜“落絮游丝亦有情”也。“梦随风万里，寻郎去处，依前被莺呼起。”即唐人诗云：“打起黄莺儿，莫教枝上啼，几回惊妾梦，不得到辽西。”“细看来、不是杨花，点点是离人泪。”即唐人诗云：“时人有酒送张八，惟我无酒送张八，君看陌上梅花红，尽是离人眼中血。”皆夺胎换骨手。质夫，建安人。建安有二章，子厚号南章，质夫号北章。子厚（惇），弟也；质夫，兄也。

【宋魏庆之《诗人玉屑·卷二十》】章质夫咏杨花词，东坡和之。晁叔用以为：“东坡如王嫱、西施，净洗却面，与天下妇人斗好，质夫岂可比哉？”是则然矣。余以为质夫词中所谓：“傍珠帘散漫，垂垂欲下，依前被风扶起。”亦可谓曲尽杨花妙处。东坡所和虽高，恐未能及。诗人议论不公如此！

【《词源·卷下》】词中句法，要平妥精粹。一曲之中，安能句句高妙？只要拍搭衬副得去，于好发挥笔力处，极要用工，不可轻易放过，读之使人击节可也。如东坡杨花词云：“似花还似非花，也无人惜从教坠。”又云：“春色三分，二分尘土，一分流水。”此皆平易中有句法。词不宜强和人韵。若倡者之曲韵宽平，庶可赓歌。倘韵险，又为人所先，则必牵强赓和，句意安能融贯？徒费苦思，未见有全章妥溜者。东坡次章质夫杨花水龙吟韵，机锋相摩，起句便合让东坡出一头地，后片愈出愈奇，真是压倒今古！

【《乐府指迷》】近世作词者，不晓音律，乃故为豪放不羁之语，遂借东坡、稼轩诸贤自诿。诸贤之词，固豪放矣，不放处未尝不协律也。如东坡之《哨遍》、杨花《水龙吟》，稼轩之《摸鱼儿》之类，则知诸贤非不能也。

【《艺概·卷四》】东坡水龙吟，起云："似花还似非花。"此句可作全词评语，盖不离不即也。

【《人间词话·卷上》】东坡《水龙吟》咏杨花，和韵而似原唱；章质夫词，原唱而似和韵，才之不可强也如是！

【郑评】煞拍画龙点睛，此亦词中一格。

八声甘州 一首

寄参寥子

有情风万里卷潮来，无情送潮归。问钱塘江上，西兴浦口，几度斜晖？不用思量今古，俯仰昔人非！谁似东坡老，白首忘机？

记取西湖西畔，正春山好处，空翠烟霏。算诗人相得，如我与君稀。约他年东还海道，愿谢公雅志莫相违。西州路，不应回首，为我沾衣。

【诗集施注】僧道潜，字参寥，於潜人，能文章，尤喜为诗。东坡守钱塘，卜智果精舍居之。坡南迁，当路亦捃其诗语，谓有刺讥，得罪，反初服。

【郑评】突兀雪山，卷地而来，真似钱塘江上看潮时，添得此老胸中数万甲兵，是何气象雄且杰！妙在无一字豪宕，无一语险怪，又出以闲逸感喟之情，所谓骨重神寒，不食人间烟火气者，词境至此，观止矣！云锦成章，天衣无缝，是作从至情流出，不假熨贴之工。

木兰花令 一首

次欧公西湖韵

霜余已失长淮阔，空听潺潺清颍咽。佳人犹唱醉翁词，四十三年如电抹。　草头秋露流珠滑，三五盈盈还二八。与余同是识翁人，惟有西湖波底月！

【王案】辛未（一〇九一）五月，到阙。八月，告下，除龙图阁学士，知颍州军州事。到颍州，游西湖，闻唱《木兰花》令词，欧阳修所遗也，和韵。

【宋傅幹《注坡词·卷十一》】《本事曲集》云：汝阴西湖，胜绝名天下，盖自欧阳永叔始。往岁子瞻自禁林出守，赏咏尤多，而去欧阳公时已久，故其继和《木兰花》，有“四十三年如电抹”之句。二词皆奇峭雅丽，如出一人，此所以中间歌咏，寂寥无闻也。文忠公自号醉翁。

青玉案 一首

和贺方回韵，送伯固还吴中。

三年枕上吴中路，遣黄犬，随君去。若到松江呼小渡，莫惊鸳鹭，四桥尽是，老子经行处。 辋川图上看春暮，常记高人右丞句。作个归期天已许。春衫犹是，小蛮针线，曾湿西湖雨。

【诗集施注】苏伯固名坚，博学，能诗。东坡与讲宗盟，自黄移汝，同游庐山，有《归朝欢》词，以刘梦得比之。坡自翰林守杭，道吴兴。伯固以临濮县主簿，监杭州在城商税，自杭来会。作后六客词，伯固与焉。方经理开西湖，伯固建议，谓当参酌古今而用中策，湖成，其力为多。后一岁，又相从于广陵，有和伯固韵送李学博诗。坡归自海南，伯固在南华相待，有诗。黄鲁直谪死宜州，至大观间，伯固在岭外，护其丧归葬双井。其风义如此！

【《蕙风词话·卷二》】东坡词《青玉案》用贺方回韵送伯固归吴中，歇拍云："作个归期天已许。春衫犹是，小蛮针线，曾湿西湖雨。"上三句未为甚艳。"曾湿西湖雨"是清语，非艳语，与上三句相连属，遂成奇艳、绝艳，令人爱不忍释。坡公天仙化人，此等词犹为非其至者，后学已未易模仿其万一。

贺新郎 一首

乳燕飞华屋。悄无人、桐阴转午，晚凉新浴。手弄生绡白团扇，扇手一时似玉。渐困倚、孤眠清熟。帘外谁来推绣户？枉教人梦断瑶台曲。又却是，风敲竹。　石榴半吐红巾蹙。待浮花浪蕊都尽，伴君幽独。秾艳一枝细看取，芳心千重似束。又恐被、西风惊绿。若待得君来向此，花前对酒不忍触。共粉泪，两簌簌。

【宋赵彦卫《云麓漫钞·卷四》】版行东坡长短句，《贺新郎》词云："乳燕飞华屋。"尝见其真迹，乃"栖华屋"。水调歌词，版行者末云"但愿人长久"，真迹云"但得人长久"。以此知前辈文章，为后人妄改亦多矣！

【《艇斋诗话》】东坡《贺新郎》，在杭州万顷寺作。寺有榴花树，故词中云石榴。又是日有歌者昼寝，故词中云："渐困倚孤眠清熟。"其真本云："乳燕栖华屋。"今本作"飞"字，非是。

【元吴师道《礼部诗话》】东坡《贺新郎》词"乳燕飞华屋"云云，后段"石榴半吐红巾蹙"以下皆咏榴；《卜算子》"缺月挂疏桐"云云，"缥缈孤鸿影"以下皆说鸿，别一格也。

【《谭评词辨·卷二》】颇欲与少陵佳人一篇互证。下阕别开异境，南宋惟稼轩有之，变而近正。

浣溪沙 一首

送梅庭老赴上党学官

门外东风雪洒裾，山头回首望三吴，不应弹铗为无鱼。

上党从来天下脊，先生元是古之儒，时平不用鲁连书。

〔集评〕 王直方曰：东坡尝以所作小词示无咎、文潜，曰："何如少游？"二人皆对云："少游诗似小词，先生小词似诗。"（《渔隐丛话前集·卷四十二》引《王直方诗话》）王灼曰：东坡先生以文章余事作诗，溢而作词曲，高处出神入天，平处尚临镜笑春，不顾侪辈。或曰："长短句中诗也。"为此论者，乃是遭柳永野狐涎之毒。诗与乐府同出，岂当分异？若从柳氏家法，正自不分异耳。东坡先生非心醉于音律者，偶尔作歌，指出向上一路，新天下耳目，弄笔者始知自振。今少年妄谓东坡移诗律作长短句，十有八九不学柳耆卿则学曹元宠，虽可笑，亦毋用笑也。（《碧鸡漫志·卷二》）陆游曰：世言东坡不能歌，故所作乐府，多不协律。晁以道谓："绍圣初，与东坡别于汴上，东坡酒酣，自歌《阳关曲》。"则公非不能歌，但豪放，不喜剪裁以就声律耳。试取东坡诸词歌之，曲终，觉天风海雨逼人。（《历代诗余·卷一百十五》引）胡寅曰：词曲者，古乐府之末造也。文章豪放之士，鲜不寄意于此者，随亦自扫其迹，曰谑浪游戏而已也。唐人为之最工者。柳耆卿后出，掩众制而尽其妙，好之者以为不可复加。及眉山苏氏，一洗绮罗香泽之态，摆脱绸缪宛转之度，使人登高望远，举首高歌，而逸怀浩气，超然乎尘垢之外，于是《花间》为皂隶，而柳氏为舆台矣。（汲古阁本向子湮《酒边词·序》） 王若虚曰：晁无咎云：“眉山公之词短于情，盖不更此境耳。”陈后山曰：“宋玉不识巫山神女而能赋之，岂待更而后知？”是直以公为不及于情也。呜呼！风韵如东坡，而谓不及于情，可乎？彼高人逸士，正当如是。其溢为小词，而闲及于脂粉之间，所谓滑稽玩戏，聊复尔尔者也。若乃纤艳淫媟，入人骨髓，如田中行、柳耆卿辈，岂公之雅趣也哉？公雄文大手，乐府乃其游戏，顾岂与流俗争胜哉？盖其天资不凡，辞气迈往，故落笔皆绝尘耳。（《滹南诗话》）元好问曰：唐歌词多宫体，又皆极力为之。自东坡一出，情性之外，不知有文字，真有“一洗万古凡马空”气象。虽时作宫体，亦岂可以宫体概之？人有言，乐府本不难作，从东坡放笔后便难作。此殆以工拙论，非知坡者。所以然者，诗三百所载小夫贱妇幽忧无聊赖之语，时猝为外物感触，满心而发，肆口而成者尔。其初果欲被管弦，谐金石，经圣人手，以与“六经”并传乎？小夫贱妇且然，而谓东坡翰墨游戏，乃求与前人角胜负，误矣。自今观之，东坡圣处，非有意于文字之为工，不得不然之为工也。坡以来，山谷、晁无咎、陈去非、辛幼安诸公，俱以歌词取称，吟咏情性，留连光景，清壮顿挫，能起人妙思。亦有语意拙直，不自缘饰，因病成妍者，皆自坡发之。（《遗山文集·卷三十六·新轩乐府引》）王士祯曰：山谷云：“东坡书挟海上风涛之气。”读坡词，当作如是观，琐琐与柳七较锱铢，无乃为髯公所笑？（《花草蒙拾》）周济曰：人赏东坡粗豪，吾赏东坡韶秀。韶秀是东坡佳处，粗豪则病也。东坡每事俱不十分用力，古文、书、画皆尔，词亦尔。（《介存斋论词杂著》）刘熙载曰：东坡词颇似老杜诗，以其无意不可入，无事不可言也。若其豪放之致，则时与太白为近。太白《忆秦娥》，声情悲壮。晚唐、五代，惟趋婉丽。至东坡始能复古。后世论词者，或转以东坡为变调，不知晚唐、五代乃变调也。东坡《定风波》云："尚余孤瘦雪霜姿。"《荷华媚》云："天然地，别是风流标格。""雪霜姿"，"风流标格"，学坡词者，便可从此领取。东坡词具神仙出世之姿，方外白玉蟾诸家，惜未诣此。（《艺概·卷四》）王鹏运曰：北宋人词，如潘逍遥之超逸，宋子京之华贵，欧阳文忠之骚雅，柳屯田之广博，晏小山之疏俊，秦太虚之婉约，张子野之流丽，黄文节之隽上，贺方回之醇肆，皆可模拟得其仿佛。唯苏文忠之清雄，复乎轶尘绝迹，令人无从步趋。盖霄壤相悬，宁止才华而已？其性情，其学问，其襟抱，举非恒流所能梦见。词家苏辛并称，其实辛犹人境也，苏其殆仙乎！（《半塘遗稿》）沈曾植曰："东坡以诗为词，如雷大使之舞，虽极天下之工，要非本色。"此《后山谈丛》语也。然考蔡绦《铁围山丛谈》，称："上皇在位，时属升平。手艺之人有称者，棋则有刘仲甫、晋士明，琴则有僧梵如、僧全雅，教坊琵琶则有刘继安，舞有雷中庆，世皆呼之为雷大使，笛则孟水清。此数人者，视前代之技皆过之。"然则雷大使乃教坊绝技，谓非本色，将外方乐乃为本色乎？（《菌阁琐谈》）夏敬观曰：东坡词如春花散空，不着迹象，使柳枝歌之，正如天风海涛之曲，中多幽咽怨断之音，此其上乘也。若夫激昂排宕、不可一世之概，陈无己所谓："如教坊雷大使之舞，虽极天下之工，要非本色。"乃其第二乘也。后之学苏者，惟能知第二乘，未有能达上乘者，即稼轩亦然。东坡《永遇乐》词云："紞如三鼓，铿然一叶，黯黯梦云惊断。夜茫茫，重寻无处，觉来小园行遍。"此数语，可作东坡自道圣处。（《映庵手批东坡词》）

黄庭坚

十四首　录自宋刊本《山谷琴趣外篇》者八首，录自汲古阁《宋六十家词》本《山谷词》者六首。

〔传记〕　黄庭坚（一〇四五——一一〇五）字鲁直，洪州分宁人。举进士，调叶县尉。熙宁初，教授北京国子监。苏轼尝见其诗文，以为"超轶绝尘，独立万物之表，世久无此作"，由是声名始震。知太和县。哲宗立，召为校书郎，累擢起居舍人、国史编修官。绍圣初，出知宣州，改鄂州。旋贬涪州别驾，移戎州。庭坚泊然不以迁谪介意，蜀士慕从之游，讲学不倦。徽宗即位，起监鄂州税，知舒州，以吏部员外郎召，皆辞不行。丐郡，得知太平州。至之九日，罢，主管玉龙观。复除名，编管宜州。三年，徙永州，未闻命而卒，年六十一。庭坚与张耒、晁补之、秦观俱游苏轼门，天下称为四学士，而庭坚于文章尤长于诗，蜀、江西君子以庭坚配轼，故称"苏黄"。轼为侍从时，举庭坚自代，其词有"瑰伟之文，妙绝当世；孝友之行，追配古人"之语，其重之也如此！初游灊皖山谷寺石牛洞，乐其林泉之胜，因自号山谷道人云。（节录《宋史·卷四百四十四·文苑传》）庭坚词行世者，有毛氏汲古阁《宋六十家词》本《山谷词》，朱氏《彊村丛书》本《山谷琴趣外篇》。商务印书馆《四部丛刊》影宋本《山谷琴趣外篇》，为彊村本所从出。

念奴娇 一首

八月十七日，同诸甥待月。有客孙彦立者，善吹笛，有名酒酌之。

断虹霁雨，净秋空、山染修眉新绿。桂影扶疏，谁便道、今夕清辉不足？万里青天，姮娥何处？驾此一轮玉。寒光零乱，为谁偏照醽渌？　年少从我追游，晚凉幽径，绕张园森木。共倒金荷，家万里、难得尊前相属。老子平生，江南江北，最爱临风曲。孙郎微笑，坐来声喷霜竹。

【汲古阁本《山谷词》】题作“八月十八日，同诸生步自永安城楼，过张宽夫园，待月。偶有名酒，因以金荷酌众客。客有孙彦立，善吹笛。援笔作乐府长短句，文不加点”。“姮娥”作“常娥”，“从我追游”作“随我追凉”，“晚凉”作“晚寻”，“共倒”作“醉倒”，“临风曲”作“临风笛”。

【宋陆游《老学庵笔记·卷二》】鲁直在戎州，作乐府曰：“老子平生，江南江北，最爱临风笛。孙郎微笑，坐来声喷霜竹。”予在蜀，见其稿。今俗本改“笛”为“曲”以协韵，非也。然亦疑笛字太不入韵。及居蜀久，习其语音，乃知泸、戎间谓“笛”为“独”，故鲁直得借用，亦因以戏之耳。

【《渔隐丛话后集·卷三十一》】山谷云：八月十七日，与诸生步自永安城，入张宽夫园，待月。以金荷叶酌客。客有孙叔敏，善长笛，连作数曲。诸生曰："今日之会乐矣，不可以无述。"因作此曲记之，文不加点，或以为可继东坡赤壁之歌云。

水调歌头 一首

瑶草一何碧？春入武陵溪。溪上桃花无数，花上有黄鹂。我欲穿花寻路，直入白云深处，浩气展虹霓。只恐花深里，红露湿人衣。　坐玉石，攲玉枕，拂金徽。谪仙何处？无人伴我白螺杯。我为灵芝仙草，不为朱唇丹脸，长啸亦何为？醉舞下山去，明月逐人归。

【汲古本】"花上"作"枝上"，"红露"作"红雾"，"攲"作"倚"，"朱唇"作"绛唇"。

满庭芳 一首

茶

北苑春风，方圭圆璧，万里名动京关。碎身粉骨，功合上凌烟。樽俎风流战胜，降春睡、开拓愁边。纤纤捧，研膏溅乳，金缕鹧鸪斑。　相如虽病渴，一觞一咏，宾有群贤。为扶起灯前，醉玉颓山。搜搅胸中万卷，还倾动、三峡词源。归来晚，文君未寝，相对小窗前。

醉蓬莱 一首

对朝云叆叇，暮雨霏微，乱峰相倚。巫峡高唐，锁楚宫朱翠。画戟移春，靓妆迎马，向一川都会。万里投荒，一身吊影，成何欢意！　尽道黔南，去天尺五；望极神州，万重烟水。樽酒公堂，有中朝佳士。荔颊红深，麝脐香满，醉舞泅歌袂。杜宇声声，催人到晓，不如归是。

【汲古本】“乱峰”作“翠峰”，“朱翠”作“佳丽”，“杜宇”二句作“杜宇催人，声声到晓”。

定风波 一首

万里黔中一漏天，屋居终日似乘船。及至重阳天也霁，催醉，鬼门关外蜀江前。　莫笑老翁犹气岸，君看，几人黄菊上华颠？戏马台南追两谢，驰射，风流犹拍古人肩。

【汲古本】题作“次高左藏使君韵”，“关外”作“关近”，“黄菊”作“白发”，“台南”作“台前”，“风流”作“风情”。

【东坡诗集王注】戏马台在徐州彭城县，项羽所筑。宋武建第舍，重九日，引宾客登台赋诗。

清平乐 一首

春归何处？寂寞无行路。若有人知春去处，唤取归来同住。春无踪迹谁知？除非问取黄鹂。百啭无人能解，因风飞过蔷薇。

【汲古本】"飞过"作"吹过"。

【《渔隐丛话后集·卷三十九》】《复斋漫录》云：王逐客送鲍浩然之浙东长短句："水是眼波横，山是眉峰聚。欲问行人去那边？眉眼盈盈处。　才始送春归，又送君归去。若到江南赶上春，千万和春住！"韩子苍在海陵送葛亚卿，用其意以为诗，断章云："明日一杯愁送春，后日一杯愁送君。君应万里随春去，若到桃源记归路。"苕溪渔隐曰：山谷词云："春归何处！寂寞无行路。若有人知春去处，唤取归来同住。"王逐客云："若到江南赶上春，千万和春住。"体山谷语也。

鹧鸪天 一首

黄菊枝头生晓寒，人生莫放酒杯干。风前横笛斜吹雨，醉里簪花倒着冠。　身健在，且加餐，舞裙歌板尽清欢。黄花白发相牵挽，付与时人冷眼看。

【汲古本】题作“坐中有眉山隐客史应之，和前韵，即席答之”。“清欢”作“情欢”，“时人”作“傍人”。

【清沈谦《东江集钞》】东坡“破帽多情却恋头”，翻龙山事，特新。山谷“风前横笛斜吹雨，醉里簪花倒着冠”，尤用得幻。

谒金门 一首

戏赠知命

山又水，行尽吴头楚尾。兄弟灯前家万里，相看如梦寐。君似成蹊桃李，入我草堂松桂。草厌岁寒无气味，余生今已矣！

【汲古本】题作“示知命弟”，“今”作“吾”。

满庭芳 一首

（以下不见《琴趣外篇》，从汲古阁本补录。）

修水浓青，新条淡绿，翠光交映虚亭。锦鸳霜鹭，荷径拾幽蘋。香渡栏干屈曲，红妆映、薄绮疏櫺。风清夜，横塘月满，水净见移星。　堪听，微雨过，媻姗藻荇，琐碎浮萍。便移转胡床，湘簟方屏。练霭鳞云旋满，声不断、檐响风铃。重开宴，瑶池雪满，山露佛头青。

【夏敬观评《山谷词》】方之少游，灵动不足，严整有余。

千秋岁 一首

少游得谪，尝梦中作词云："醉卧古藤阴下，了不知南北。"竟以元符庚辰死于藤州光华亭上。崇宁甲申，庭坚窜宜州，道过衡阳，览其遗墨，始追和其《千秋岁》词。

苑边花外，记得同朝退。飞骑轧，鸣珂碎。齐歌云绕扇，赵舞风回带。严鼓断，杯盘狼籍犹相对。　洒泪谁能会？醉卧藤阴盖。人已去，词空在。兔园高宴悄，虎观英游改。重感慨，波涛万顷珠沉海。

【《渔隐丛话后集·卷三十三》】《复斋漫录》云：少游为《千秋岁》，世尤称之。秦既殁藤州，晁无咎尝和其韵以吊之云："江头苑外，常记春朝退。飞骑轧，鸣珂碎。齐讴云绕扇，赵舞风回带。严鼓断，杯盘藉草犹相对。　洒涕谁能会？醉卧藤阴盖。人已去，词空在。兔园高宴悄，虎观英游改。重感慨，惊涛自卷珠沉海。"中云"醉卧藤阴盖"者，少游临终作词，所谓"醉卧古藤阴下，了不知南北"，故无咎用之。山谷守当涂日，郭功甫寓焉，日过山谷论文。一日，山谷云："少游《千秋岁》词，叹其句意之善，欲和之而海字难押。"功甫连举数海字，若孔北海之类。山谷颇厌，未有以却之。次日，功甫又过山谷，问焉。山谷答曰：“昨晚偶寻得一海字韵。”功甫问其所以。山谷云：“羞杀人也爷娘海。”自是功甫不复论文于山谷矣。盖山谷用俚语以却之。

【《词林纪事·卷六》】橚按：《复斋漫录》，此阕作晁无咎。汲古阁《山谷词》《琴趣外篇》（晁补之作）并收，当以《山谷词·序》为正。

虞美人 一首

宜州见梅作

天涯也有江南信，梅破知春近。夜阑风细得香迟，不道晓来开遍向南枝。 玉台弄粉花应妒，飘到眉心住。平生个里愿杯深，去国十年老尽少年心。

南乡子 一首

重阳日，宜州城楼宴集，即席作。

诸将说封侯，短笛长歌独倚楼。万事尽随风雨去，休休，戏马台南金络头。 催酒莫迟留，酒味今秋似去秋。花向老人头上笑，羞羞，白发簪花不解愁。

【宋王睫《道山清话》】山谷之在宜也，其年乙酉，即崇宁四年也。重九日，登郡城之楼，听边人相语“今岁当鏖战取封侯”，因作小词云："诸将说封侯"云云，（"歌"作"吹"，"尽随"作"总成"，"味"作"似"，"似"作"胜"，结句作"人不羞花花自羞"。）倚栏高歌，若不能堪者。是月三十日，果不起。范寥自言亲见之。

望江东 一首

江水西头隔烟树，望不见江东路。思量只有梦来去，更不怕江阑住。　灯前写了书无数，算没个人传与。直饶寻得雁分付，又还是秋将暮。

诉衷情 一首

小桃灼灼柳鬖鬖，春色满江南。雨晴风暖烟淡，天气正醺酣。　山泼黛，水挼蓝，翠相搀。歌楼酒旆，故故招人，权典青衫。

〔集评〕　陈师道曰：今代词手，惟秦七、黄九耳，唐诸人不逮也。（《渔隐丛话后集·卷三十三》）刘熙载曰：黄山谷词，用意深至，自非小才所能办。惟故以生字、俚语侮弄世俗，若为金、元曲家滥觞。（《艺概·卷四》）冯煦曰：后山以秦七、黄九并称，其实黄非秦匹也。若以比柳，差为得之。盖其得也，则柳词明媚，黄词疏宕，而亵诨之作，所失亦均。（《宋六十一家词选·例言》）夏敬观曰：后山称：

“今代词手，惟秦七、黄九。”少游清丽，山谷重拙，自是一时敌手。至用谚语作俳体，时移世易，语言变迁，后之阅者渐不能明，此亦自然之势。试检扬子云绝代语，有能一一释其义者乎？以市井语入词，始于柳耆卿；少游、山谷各有数篇，山谷特甚之又甚，至不可句读，若此类者，学者可不必步趋耳。曩疑山谷词太生硬，今细读，悟其不然。“超轶绝尘，独立万物之表；驭风骑气，以与造物者游”，东坡誉山谷之语也。吾于其词亦云。（《手批山谷词》）

秦观

十九首 录自《彊村丛书》本《淮海居士长短句》

〔传记〕 秦观（一〇四九——一一〇〇）字少游，一字太虚，扬州高邮人。少豪隽，慷慨溢于文词。举进士，不中。强志盛气，好大而见奇，读兵家书，与己意合。见苏轼于徐，为赋黄楼，轼以为有屈、宋才。又介其诗于王安石，安石亦谓清新似鲍、谢。轼勉以应举为亲养，始登第，调定海主簿、蔡州教授。元祐初，轼荐于朝，除太学博士，兼国史院编修官。绍圣初，坐党籍，出通判杭州，贬监处州酒税。削秩，徙郴州，继编管横州，又徙雷州。徽宗立，复宣德郎，放还，至藤州，出游华光亭，为客道梦中长短句，索水欲饮，水至，笑视之而卒。先自作挽词，其语哀甚，读者悲伤之。年五十三。观长于议论，文丽而思深。及死，轼闻之，叹曰："少游不幸死道路，哀哉！世岂复有斯人乎？"（节录《宋史·卷四百四十四·文苑传》）秦词有毛氏汲古阁《宋六十家词》本《淮海词》，朱氏《彊村丛书》本《淮海居士长短句》。近人叶恭绰复取宋刊本二种，影印行世，最称善本。

望海潮 一首

梅英疏淡，冰澌溶泄，东风暗换年华。金谷俊游，铜驼巷陌，新晴细履平沙。长记误随车。正絮翻蝶舞，芳思交加。柳下桃蹊，乱分春色到人家。　西园夜饮鸣笳。有华灯碍月，飞盖妨花。兰苑未空，行人渐老，重来是事堪嗟！烟暝酒旗斜。但倚楼极目，时见栖鸦。无奈归心，暗随流水到天涯。

【汲古阁本《淮海词》】题作“洛阳怀古”。

【《宋四家词选》】两两相形，以整见劲，以两“到”字作眼，点出“换”字精神。

【《谭评词辨·卷一》】“长记误随车”句顿宕，“柳下桃溪”二句旋断仍连，后遍陈、隋小赋缩本，填词家不以唐人为止境也。

水龙吟 一首

小楼连远横空，下窥绣毂雕鞍骤。朱帘半卷，单衣初试，清明时候。破暖轻风，弄晴微雨，欲无还有。卖花声过尽，斜阳院落，红成阵，飞鸳甃。　玉佩丁东别后，怅佳期、参差难又。名缰利锁，天还知道，和天也瘦。花下重门，柳边深巷，不堪回首。念多情，但有当时皓月，向人依旧。

【《艇斋诗话》】少游词“小楼连苑横空”，为都下一妓姓楼，名琬，字东玉。词中欲藏“楼琬”二字。然少游亦自用出处，张籍诗云：“妾家高楼连苑起。”

八六子 一首

倚危亭，恨如芳草，凄凄刬尽还生。念：柳外青骢别后，水边红袂分时，怆然暗惊。　无端天与娉婷，夜月一帘幽梦，春风十里柔情。怎奈向、欢娱渐随流水，素弦声断，翠绡香减，那堪片片飞花弄晚，濛濛残雨笼晴。正销凝，黄鹂又啼数声。

【宋洪迈《容斋四笔·卷十三》】秦少游《八六子》词云："片片飞花弄晚，濛濛残雨笼晴。正销凝，黄鹂又啼数声。"语句清峭，为名流推激。予家旧有建本《兰畹曲集》，载杜牧之一词，但记其末句云："正销魂，梧桐又移翠阴。"秦公盖效之，似差不及也。

【《尊前集》】杜牧《八六子》："洞房深，画屏灯照，山色凝翠沉沉。听夜雨冷滴芭蕉，惊断红窗好梦，龙烟细飘绣衾。辞恩久归长信，凤帐萧疏，椒殿闲扃。辇路苔侵，绣帘垂，迟迟漏传丹禁。蕣华偷悴，翠鬟羞整，愁坐望处，金舆渐远，何时彩仗重临？正消魂，梧桐又移翠阴。"

【《词源·卷下》】离情当如此作，全在情景交炼，得言外意。

【《宋四家词选》】发端神来之笔。

满庭芳 三首

山抹微云，天连衰草，画角声断谯门。暂停征棹，聊共引离尊。多少蓬莱旧事，空回首、烟霭纷纷。斜阳外，寒鸦万点，流水绕孤村。 销魂！当此际，香囊暗解，罗带轻分。谩赢得青楼，薄幸名存。此去何时见也？襟袖上、空惹啼痕。伤情处，高城望断，灯火已黄昏。

【汲古本】“天连”作“天粘”，“万点”作“数点”，“空惹”作“空染”。附注：“天粘衰草”，今本改“粘”作“连”，非也。韩文：“洞庭漫汗，粘天无壁。”张祜诗：“草色粘天鶗鴂恨。”山谷诗：“远水粘天吞钓舟。”邵博诗：“平浪势粘天。”赵文升词：“玉关芳草粘天碧。”严次山词：“粘云红影伤千古。”叶梦得词：“浪粘天、蒲桃涨绿。”刘行简词：“山翠欲粘天。”刘叔安词：“暮烟细草粘天远。”“粘”字极工，且有出处。若作“连天”，是小儿之语也。

【《避暑录话·卷三》】秦观少游亦善为乐府，语工而人律，知乐者谓之作家歌。元丰间，盛行于淮、楚。“寒鸦千万点，流水绕孤村”，本隋炀帝诗也。少游取以为《满庭芳》词，而首言“山抹微云，天粘衰草”，尤为当时所传。苏子瞻于四学士中最善少游，故他文未尝不极口称善，岂特乐府。然犹以气格为病，故常戏云：“山抹微云秦学士，露花倒影柳屯田。”“露花倒影”，柳永《破阵子》语也。

【《铁围山丛谈·卷四》】范内翰祖禹，作《唐鉴》，名重天下，坐党锢事久之。其幼子温，字元实，与吾善。温尝预贵人家会，贵人有侍儿，善歌秦少游长短句，坐间略不顾温，温亦谨不敢吐一语。及酒酣欢洽，侍儿者始问："此郎何人耶？"温遽起，叉手而对曰："某乃'山抹微云'女婿也。"闻者多绝倒。

【《高斋诗话》】少游自会稽入都，见东坡。东坡曰："不意别后，公却学柳七作词！"少游曰："某虽无学，亦不如是。"东坡曰："'销魂当此际'，非柳七语乎？"

【《宋四家词选》】将身世之感，打并入艳情，又是一法。

【《谭评词辨·卷一》】淮海在北宋，如唐之刘文房。下阕不假雕琢，水到渠成，非平钝所能藉口。

红蓼花繁，黄芦叶乱，夜深玉露初零。霁天空阔，云淡楚江清。独棹孤篷小艇，悠悠过、烟渚沙汀。金钩细，丝纶慢卷，牵动一潭星。　时时横短笛，清风皓月，相与忘形。任人笑生涯，泛梗飘萍。饮罢不妨醉卧，尘劳事、有耳谁听？江风静，日高未起，枕上酒微醒。

碧水惊秋，黄云凝暮，败叶零乱空阶。洞房人静，斜月照徘徊。又是重阳近也，几处处、砧杵声催。西窗下，风摇翠竹，疑是故人来。　伤怀，增怅望，新欢易失，往事难猜。问篱边黄菊，知为谁开？谩道愁须殢酒，酒未醒、愁已先回。凭阑久，金波渐转，白露点苍苔。

江城子 一首

西城杨柳弄春柔。动离忧，泪难收。犹记多情曾为系归舟。碧野朱桥当日事，人不见，水空流。　韶华不为少年留。恨悠悠，几时休？飞絮落花时候一登楼。便做春江都是泪，流不尽，许多愁。

鹊桥仙 一首

纤云弄巧，飞星传恨，银汉迢迢暗度。金风玉露一相逢，便胜却人间无数。　柔情似水，佳期如梦，忍顾鹊桥归路。两情若是久长时，又岂在朝朝暮暮？

减字木兰花 一首

天涯旧恨，独自凄凉人不问。欲见回肠，断尽金炉小篆香。
黛蛾长敛，任是春风吹不展。困倚危楼，过尽飞鸿字字愁。

画堂春 一首

落红铺径水平池，弄晴小雨霏霏。杏园憔悴杜鹃啼，无奈春归！　柳外画楼独上，凭阑独拈花枝。放花无语对斜晖，此恨谁知？

千秋岁 一首

水边沙外，城郭春寒退。花影乱，莺声碎。飘零疏酒盏，离别宽衣带。人不见，碧云暮合空相对。　忆昔西池会，鹓鹭同飞盖。携手处，今谁在？日边清梦断，镜里朱颜改。春去也！飞红万点愁如海。

【汲古本】题作“谪虔州日作”。

【《艇斋诗话》】少游“水边沙外，城郭春寒退”词，为张芸叟作。有简与芸叟云：“古者以代劳歌，此真所谓劳歌。”秦少游词云：“春去也，落红万点愁如海。”今人多能歌此词。方少游作此词时，传至予家丞相（曾布），丞相曰：“秦七必不久于世，岂有愁如海而可存乎？”已而少游果下世。少游第七，故云秦七。

【《独醒杂志·卷五》】少游谪古藤，意忽忽不乐。过衡阳，孙毅甫为守，与之厚，延留，待遇有加。一日，饮于郡斋，少游作《千秋岁》词。毅甫览至“镜里朱颜改”之句，遽惊曰：“少游盛年，何为言语悲怆如此！”遂赓其韵以解之。居数日，别去。毅甫送之于郊，复相语终日，归谓所亲曰：“秦少游气貌大不类平时，殆不久于世矣！”未几果卒。

踏莎行 一首

雾失楼台，月迷津渡，桃源望断无寻处。可堪孤馆闭春寒，杜鹃声里斜阳暮。　驿寄梅花，鱼传尺素，砌成此恨无重数。郴江幸自绕郴山，为谁流下潇湘去？

【汲古本】题作“郴州旅舍”。词后附注：坡翁绝爱此词尾两句，自书于扇云：“少游已矣！虽万人何赎！”

【《渔隐丛话前集·卷五十》】诗眼云：后诵淮海小词云：“杜鹃声里斜阳暮。”公（山谷）曰：“此词高绝。但既云‘斜阳’，又云‘暮’，则重出也。”欲改“斜阳”作“帘栊”。余曰：“既言‘孤馆闭春寒’，似无帘栊。”公曰：“亭传虽未必有帘栊，有亦无害。”余曰：“此词本模写牢落之状，若曰帘栊，恐损初意。”先生曰：“极难得好字，当徐思之。”然余因此晓句法不当重叠。

【《人间词话·卷上》】有有我之境，有无我之境。“泪眼问花花不语，乱红飞过秋千去”、“可堪孤馆闭春寒，杜鹃声里斜阳暮”，有我之境也。“采菊东篱下，悠然见南山”、“寒波澹澹起，白鸟悠悠下”，无我之境也。有我之境，以我观物，故物皆著我之色彩；无我之境，以物观物，故不知何者为我，何者为物。少游词境，最为凄惋，至“可堪孤馆闭春寒，杜鹃声里斜阳暮”，则变而凄厉矣。东坡赏其后二语，犹为皮相。“风雨如晦，鸡鸣不已”，“山峻高以蔽日兮，下幽晦以多雨。霰雪纷其无根兮，云霏霏而承宇”，“树树皆秋色，山山尽落晖”，“可堪孤馆闭春寒，杜鹃声里斜阳暮”，气象皆相似。

浣溪沙 一首

漠漠轻寒上小楼，晓阴无赖是穷秋，淡烟流水画屏幽。
自在飞花轻似梦，无边丝雨细如愁，宝帘闲挂小银钩。

如梦令 二首

门外鸦啼杨柳，春色着人如酒。睡起熨沉香，玉腕不胜金斗。消瘦！消瘦！还是褪花时候。

遥夜沉沉如水，风紧驿亭深闭。梦破鼠窥灯，霜送晓寒侵被。无寐！无寐！门外马嘶人起。

【汲古本】调作“忆仙姿”。

阮郎归 一首

湘天风雨破寒初，深沉庭院虚。丽谯吹罢小单于，迢迢清夜徂。　乡梦断，旅魂孤，峥嵘岁又除。衡阳犹有雁传书，郴阳和雁无！

满庭芳 一首

晓色云开，春随人意，骤雨才过还晴。古台芳榭，飞燕蹴红英。舞困榆钱自落，秋千外、绿水桥平。东风里，朱门映柳，低按小秦筝。　多情，行乐处，珠钿翠盖，玉辔红缨。渐酒空金榼，花困蓬瀛。豆蔻梢头旧恨，十年梦、屈指堪惊。凭阑久，疏烟淡日，寂寞下芜城。

【汲古本】调下有“向误王观”四字，“晓色”作“晚色”，“才过”作“方过”，“古台芳榭”作“高台芳树”。

【《宋四家词选》】“秋千”句一笔挽转。

点绛唇 一首

醉漾轻舟，信流引到花深处。尘缘相误，无计花间住。　烟水茫茫，千里斜阳暮。山无数，乱红如雨，不记来时路。

【汲古本】题作“桃源”。附注：“或刻苏子瞻。”

好事近 一首

梦中作

春路雨添花，花动一山春色。行到小溪深处，有黄鹂千百。

飞云当面化龙蛇，夭矫转空碧。醉卧古藤阴下，了不知南北。

【东坡跋】供奉官莫君沔官湖南，喜从迁客游，尤为吕元钧所称。又能诵少游事甚详，为予诵此词至流涕，乃录本，使藏之。

【鲁直跋少游《好事近》】少游醉卧古藤下，谁与愁眉唱一杯？解作江南断肠句，只今惟有贺方回。

〔集评〕 王灼曰：张子野、秦少游，俊逸精妙。少游屡困京洛，故疏荡之风不除。（《碧鸡漫志·卷二》）张炎曰：秦少游词，体制淡雅，气骨不衰，清丽中不断意脉，咀嚼无滓，久而知味。（《词源·卷下》）董士锡曰：少游正以平易近人，故用力者终不能到。（《介存斋论词杂著·引》）周济曰：少游最和婉醇正，稍逊清真者辣耳。少游意在含蓄，如花初胎，故少重笔。（《宋四家词选·序论》）刘熙载曰：少游词有小晏之妍，其幽趣则过之。秦少游词，得《花间》《尊前》遗韵，却能自出清新。东坡词雄姿逸气，高轶古人，且称少游为词手。山谷倾倒于少游《千秋岁》词“落红万点愁如海”之句，至不敢和。要其他词之妙，似此者岂少哉？（《艺概·卷四》）冯煦曰：少游以绝尘之才，早与胜流，不可一世，而一谪南荒，遽丧灵宝。故所为词，寄慨身世，闲雅有情思，酒边花下，一往而深，而怨悱不乱，悄乎得小雅之遗，后主而后，一人而已。昔张天如论相如之赋云：“他人之赋，赋才也；长卿，赋心也。”予于少游之词亦云：他人之词，词才也；少游，词心也；得之于内，不可以传。虽子瞻之明俊，耆卿之幽秀；犹若有瞠乎后者，况其下耶？（《宋六十一家词选·例言》）况周颐曰：有宋熙、丰间，词学称极盛。苏长公提倡风雅，为一代斗山。黄山谷、秦少游、晁无咎，皆长公之客也。山谷、无咎皆工倚声，体格于长公为近。惟少游自辟蹊径，卓然名家。盖其天分高，故能抽秘骋妍于寻常濡染之外，而其所以契合长公者独深。张文潜赠李德载诗，有云："秦文倩丽舒桃李。"彼所谓文，固指一切文字而言。若以其词论，直是初日芙蓉，晓风杨柳。倩丽之桃李，容犹当之有愧色焉。王晦叔《碧鸡漫志》云："黄、晁二家词，皆学坡公，得其七八。"而于少游独称其"俊逸精妙"，与张子野并论，不言其学坡公，可谓知少游者矣。（《蕙风词话·卷二》）夏敬观曰：少游词清丽婉约，辞情相称，诵之回肠荡气，自是词中上品。比之山谷，诗不及远甚，词则过之。盖山谷是东坡一派，少游则纯乎词人之词也。东坡尝讥少游："不意别后，公却学柳七！"少游学柳，岂用讳言？稍加以坡，便成为少游之词。学者细玩，当不易吾言也。（吷庵手校《淮海词·跋》）

张 耒

二首 录自赵万里校辑《宋金元人词》本《柯山诗余》

〔传记〕 张耒(一〇五二——一一一二)字文潜,楚州淮阴人。游学于陈,学官苏辙爱之,因得从轼游,轼称其文汪洋冲澹,有一倡三叹之声。弱冠第进士,历临淮主簿、寿安尉、咸平县丞,入为太学录。范纯仁以馆阁荐,试秘书省正字,累擢起居舍人。绍圣初,以直龙图阁知润州。坐党籍,徙宣州,谪监黄州酒税。徽宗立,起为通判黄州,知兖州。召为太常少卿,复出知颍州、汝州。崇宁初,复坐党籍落职,贬房州别驾,安置于黄。五年,得自便居陈州。耒仪观甚伟,有雄才,笔力绝健,于骚词尤长。二苏及黄庭坚、晁补之辈相继没,耒独存,士人就学者众,分日载酒殽饮食之。卒年六十一。(节录《宋史·卷四百四十四·文苑传》)耒在苏门四学士中,作词最少。近人赵万里于诸家选本及宋人笔记中辑得六首,题曰《柯山诗余》,刊入校辑《宋金元人词》中。

秋蕊香 一首

帘幕疏疏风透,一线香飘金兽。朱栏倚遍黄昏后,廊上月华如昼。 别离滋味浓于酒,著人瘦。此情不及墙东柳,春色年年如旧。

风流子 一首

木叶亭皋下，重阳近，又是捣衣秋。奈愁人庾肠，老侵潘鬓，谩簪黄菊，花也应羞。楚天晚，白蘋烟尽处，红蓼水边头。芳草有情，夕阳无语，雁横南浦，人倚西楼。　玉容知安否？香笺共锦字，两处悠悠。空恨碧云离合，青鸟沉浮。向风前懊恼，芳心一点，寸眉两叶，禁甚闲愁？情到不堪言处，分付东流。

【《历代诗余·卷一百十五》引《尧山堂外纪》】张文潜十七岁作《函关赋》，从东坡游。元祐中，在秘阁，上巳日集西池，张咏云：“翠浪有声黄伞动，春风无力彩旌垂。”少游云：“帘幕千家锦绣垂。”同人笑曰：“又将入小石调也。”因文潜作大石调《风流子》，故云。

【《餐樱庑词话》】张文潜《风流子》：“芳草有情，夕阳无语，雁横南浦，人倚西楼。”景语亦复寻常，惟用在过拍，即此顿住，便觉老当浑成。换头“玉容知安否”，融景入情，力量甚大。此等句有力量，非深于词，不能知也。“香笺”至“沉浮”，微嫌近滑，幸风前四句，深婉人情，为之补救，而“芳心”、“翠眉”，又稍稍刷色。下云“情到不堪言处，分付东流”，盖至是不能不用质语为结束矣。虽古人用心，未必如我所云，要不失为知人之言也。“香笺共锦字，两地悠悠”，吾人填词，断不堪如此率意，势必缩两句为一句，下句更添一意，由情中、景中生出皆可，情景兼到，又尽善矣。虽然突过前人不易，或反不逮前人，视平昔之功力、临时之杼轴何如耳。

贺铸

二十九首 录自《彊村丛书》本《东山词》及《贺方回词》

〔传记〕 贺铸(一〇五二——一一二五)字方回，卫州人。(案《庆湖遗老诗集自序》录“越人”，彊村丛书本《东山词》题作“山阴贺铸”。)长七尺，面铁色，眉目耸拔。喜谈当世事，可否不少假借。虽贵要权倾一时，少不中意，极口诋之无遗辞。人以为近侠。博学强记，工语言，深婉丽密，如次组绣。尤长于度曲，掇拾人所弃遗，少加紧括，皆为新奇。尝言：“吾笔端驱使李商隐、温庭筠，常奔命不暇。”初娶宗女，隶籍右，选监太原工作。时江淮间有米芾，以魁岸奇谲知名。铸以气侠雄爽，适相先后。二人每相遇，瞋目抵掌，论辩锋起，终日各不能屈，谈者争传为口实。元祐中，李清臣执政，奏换通直郎，通判泗州，又倅太平州。竟以尚气使酒，不得美官，悒悒不得志，食宫祠禄，退居吴下，稍务引远世故，亦无复轩轾如平日。家藏书万余卷，手自校雠，无一字误。其所与交终始厚者，惟信安程俱。铸自裒歌词，名《东山乐府》，俱为序之。尝自言唐谏议大夫知章之后，居越之湖泽所谓镜湖者，本庆湖也，故铸自号庆湖遗老。(摘录《宋史·卷四百四十三·文苑传》)年七十四，以宣和七年二月甲寅，卒于常州之僧舍。(据程俱撰《贺公墓志铭》)谯郡张耒序其《东山词》云：余友贺方回，博学，业文，而乐府之词，高绝一世，携一编示余，大抵倚声而为之词，皆可歌也。或者讥方回好学、能文，而惟是为工，何哉？余应之曰：是所谓满心而发，肆口而成，虽欲已焉而不得者。若其粉泽之工，则其才之所至，亦不自知也。夫其盛丽如游金、张之堂，而妖冶如揽嫱、施之袪，幽洁如屈、宋，悲壮如苏、李，览者自知之，盖有不可胜言者矣。（《彊村丛书》本《东山词》卷首）《东山词》行世者，有侯文灿《名家词集》本、王鹏运《四印斋所刻词》本、陶湘涉园《景宋金元明本词》续刊本、《彊村丛书》本。朱本晚出，最完善。

半死桐 思越人，亦名鹧鸪天 一首

重过阊门万事非，同来何事不同归？梧桐半死清霜后，头白鸳鸯失伴飞。　原上草，露初晞，旧栖新垅两依依。空床卧听南窗雨，谁复挑灯夜补衣！

杵声齐 捣练子 一首

砧面莹，杵声齐，捣就征衣泪墨题。　寄到玉关应万里，戍人犹在玉关西！

望书归 捣练子 一首

边堠远，置邮稀，附与征衣衬铁衣。　连夜不妨频梦见，过年惟望得书归。

【夏敬观评《东山词》】观以上凡七言二句，皆唐人绝句作法。

梦江南 太平时 一首

九曲池头三月三，柳毵毵。香尘扑马喷金衔，流春衫。 苦笋鲥鱼乡味美，梦江南。阊门烟水晚风恬，落归帆。

【夏评】多以唐人成句人词，有天衣无缝之妙。

愁风月 生查子 一首

风清月正圆，正是佳时节。不会长年来，处处愁风月。 心将熏麝焦，吟伴寒虫切。欲遽就床眠，解带翻成结。

陌上郎 生查子 一首

西津海鹘舟，径度沧江雨。双橹本无情，鸦轧如人语。 挥金陌上郎，化石山头妇。何物系君心？三岁扶床女。

芳心苦 踏莎行 一首

杨柳回塘，鸳鸯别浦，绿萍涨断莲舟路。断无蜂蝶慕幽香，红衣脱尽芳心苦。　返照迎潮，行云带雨，依依似与骚人语：当年不肯嫁春风，无端却被秋风误！

掩萧斋 减字浣溪沙 一首

落日逢迎朱雀街，共乘青舫度秦淮，笑拈飞絮罥金钗。洞户华灯归别馆，碧梧红药掩萧斋，愿随明月入君怀。

行路难 小梅花 一首

缚虎手，悬河口，车如鸡栖马如狗。白纶巾，扑黄尘，不知我辈可是蓬蒿人？衰兰送客咸阳道，天若有情天亦老。作雷颠，不论钱，谁问旗亭美酒斗十千？

酌大斗，更为寿，青鬓常青古无有。笑嫣然，舞翩然，当垆秦女十五语如弦。遗音能记秋风曲，事去千年犹恨促。揽流光，系扶桑，争奈愁来一日却为长！

【夏评】稼轩豪迈之处，从此脱胎。豪而不放，稼轩所不能学也。

凌歊 铜人捧露盘引 一首

控沧江，排青嶂，燕台凉。驻彩仗、乐未渠央。岩花磴蔓，妒千门珠翠倚新妆。舞闲歌悄，恨风流不管余香。　繁华梦，惊俄顷；佳丽地，指苍茫。寄一笑、何与兴亡？量船载酒，赖使君相对两胡床。缓调清管，更为侬三弄斜阳。

【宋李之仪《姑溪居士文集·卷四十·跋〈凌歊〉引后》】凌歊台表见江左，异时词人墨客，形容藻绘，多发于诗句，而乐府之传，则未闻焉。一日，会稽贺方回登而赋之，借金人捧露盘以寄其声，于是昔之形容藻绘者，奄奄如九泉下人矣。至其必待到而后知者，皆因语以会其境，缘声以同其感，亦非深造而自得者，不足以击节。方回又以一时所寓，固已超然绝诣，独无桓野王辈相与周旋，遂于卒章以申其不得而已者，则方回之人物，兹可量已。

【夏评】“寄一笑”句，为全词之眼。

独倚楼　更漏子　一首

上东门，门外柳，赠别每烦纤手。一叶落，几番秋，江南独倚楼。　曲阑干，凝伫久，薄暮更堪搔首！无际恨，见闲愁，侵寻天尽头。

台城游　水调歌头　一首

南国本萧洒，六代浸豪奢。台城游冶，擘笺能赋属宫娃。云观登临清夏，璧月留连长夜，吟醉送年华。回首飞鸳瓦，却羡井中蛙。　访乌衣，成白社，不容车。旧时王谢，堂前双燕过谁家？楼外河横斗挂，淮上潮平霜下，樯影落寒沙。商女篷窗罅，犹唱后庭花。

宛溪柳 六幺令　一首

梦云萧散，帘卷画堂晓。残熏烬烛隐映，绮席金壶倒。尘送行鞭袅袅，醉指长安道。波平天渺，兰舟欲上，回首离愁满芳草。　已恨归期不早，枉负狂年少。无奈风月多情，此去应相笑。心记新声缥缈，翻是相思调。明年春杪，宛溪杨柳，依旧青青为谁好？

【朱孝臧评《东山词》】后遍笔如辘轳。

横塘路 青玉案　一首

凌波不过横塘路，但目送，芳尘去。锦瑟华年谁与度？月桥花院，琐窗朱户，只有春知处。　飞云冉冉蘅皋暮，彩笔新题断肠句。若问闲情都几许？一川烟草，满城风絮，梅子黄时雨。

【《碧鸡漫志·卷二》】贺方回初在钱塘（案当作横塘），作《青玉案》。鲁直喜之，赋绝句云：“解道江南断肠句，只今惟有贺方回。”贺集中如《青玉案》者甚众。大抵二公（贺与周邦彦）卓然自立，不肯浪下笔。予故谓语意精新，用心甚苦。

【宋周少隐《竹坡老人诗话·卷一》】贺方回尝作《青玉案》词，有“梅子黄时雨”之句，人皆服其工，士大夫谓之“贺梅子”。郭功父有《示耿天骘》一诗，王荆公尝为书之。其尾云：“庙前古木藏训狐，豪气英风亦何有？”方回晚倅姑孰，与功父游，甚欢。方回寡发，功父指其髻，谓曰：“此真贺梅子也！”方回乃捋其须曰：“君可谓郭训狐矣。”功父白髯而胡，故有是语。

【《鹤林玉露·卷七》】诗家有以山喻愁者，杜少陵云：“忧端如山来，澒洞不可掇。”赵嘏云：“夕阳楼上山重叠，未抵闲愁一倍多。”是也。有以水喻愁者，李颀云：“请量东海水，看取浅深愁。”李后主云：“问君能有几多愁？恰似一江春水向东流。”秦少游云：“落红万点愁如海。”是也。贺方回云：“试问闲愁都几许？一川烟草，满城风絮，梅子黄时雨。”盖以三者比之愁多也，尤为新奇；兼兴中有比，意味更长。

【夏评】稼轩秾丽之处，从此脱胎。细读《东山词》，知其为稼轩所师也。世但言苏、辛为一派，不知方回，亦不知稼轩。

人南渡 感皇恩 一首

兰芷满芳洲，游丝横路。罗袜尘生步。迎顾，整鬟颦黛，脉脉两情难语。细风吹柳絮，人南渡。回首旧游，山无重数。花底深朱户。何处？半黄梅子，向晚一帘疏雨。断魂分付与，春将去。

薄幸 一首

艳真多态，更的的频回眄睐。便认得琴心相许，与写宜男双带。记画堂斜月朦胧，轻颦微笑娇无奈。便翡翠屏开，芙蓉帐掩，与把香罗偷解。 自过了收灯后，都不见踏青挑菜。几回凭双燕，丁宁深意，往来翻恨重帘碍。约何时再？正春浓酒暖，人闲昼永无聊赖。厌厌睡起，犹有花梢日在。

【《宋四家词选》】耆卿于写景中见情，故淡远。方回于言情中布景，故秾至。

伴云来 天香 一首

烟络横林，山沉远照，逦迤黄昏钟鼓。烛映帘栊，蛩催机杼，共苦清秋风露。不眠思妇，齐应和几声砧杵。惊动天涯倦宦，骎骎岁华行暮。 当年酒狂自负，谓东君以春相付。流浪征骖北道，客樯南浦，幽恨无人晤语。赖明月曾知旧游处，好伴云来，还将梦去。

【朱评】横空盘硬语。

以上录自《东山词·卷上》。

拥鼻吟 吴音子 一首

别酒初销，怃然弭棹蒹葭浦。回首不见高城，青楼更何许？大艑轲峨，越商巴贾，万恨龙钟，篷下对语。　指征路，山缺处，孤烟起、历历闻津鼓。江豚吹浪，晚来风转夜深雨。拥鼻微吟，断肠新句，粉碧罗笺，封泪寄与。

点绛唇 一首

一幅霜绡，麝煤熏腻纹丝缕。掩妆无语，的是销凝处。　薄暮兰桡，漾下蘋花渚，风留住。绿杨归路，燕子西飞去。

清平乐 一首

林皋叶脱，楼下清江阔。船里琵琶金捍拨，弹断么弦再抹。

夜潮洲渚生寒，城头星斗阑干。忍话旧游新梦，三千里外长安！

减字浣溪沙 五首

鼓动城头啼暮鸦，过云时送雨些些，嫩凉如水透窗纱。弄影西厢侵户月，分香东畔拂墙花，此时相望抵天涯。

烟柳春梢蘸晕黄，井阑风绰小桃香，觉时帘幕又斜阳。望处定无千里眼，断来能有几回肠？少年禁取恁凄凉！

梦想西池辇路边，玉鞍骄马小辎耕，春风十里斗婵娟。临水登山漂泊地，落花中酒寂寥天，个般情味已三年！

闲把琵琶旧谱寻，四弦声怨却沉吟，燕飞人静画堂深。攲枕有时成雨梦，隔帘无处说春心，一从灯夜到如今！

楼角初销一缕霞，淡黄杨柳暗栖鸦，玉人和月摘梅花。笑拈粉香归洞户，更垂帘幕护窗纱，东风寒似夜来些。

【《渔隐丛话前集·卷五十九》】词句欲全篇皆好，极为难得。如贺方回“淡黄杨柳带栖鸦”，秦处度“藕叶清香胜花气”二句，写景咏物，可谓造微入妙。若其全篇，皆不逮此矣。

以上录自《贺方回词》

六州歌头 一首

少年侠气，交结五都雄。肝胆洞，毛发耸。立谈中，死生同，一诺千金重。推翘勇，矜豪纵，轻盖拥，联飞鞚，斗城东。轰饮酒垆，春色浮寒瓮。吸海垂虹。闲呼鹰嗾犬，白羽摘雕弓，狡穴俄空，乐匆匆。　似黄粱梦，辞丹凤；明月共，漾孤篷。官冗从，怀倥偬，落尘笼，簿书丛。鹖弁如云众，供粗用，忽奇功。笳鼓动，渔阳弄，思悲翁，不请长缨，系取天骄种。剑吼西风。恨登山临水，手寄七弦桐，目送归鸿。

【夏评】与《小梅花》曲，同样功力，雄姿壮采，不可一世！

石州引 一首

薄雨收寒，斜照弄晴，春意空阔。长亭柳蓓才黄，倚马何人先折？烟横水漫，映带几点归鸿，平沙销尽龙荒雪。犹记出关来，恰如今时节。　将发，画楼芳酒，红泪清歌，便成轻别。回首经年，杳杳音尘都绝。欲知方寸，共有几许新愁？芭蕉不展丁香结。憔悴一天涯，两厌厌风月。

【《碧鸡漫志·卷二》】贺方回《石州慢》，予旧见其稿。“风色收寒，云影弄晴”，改作“薄雨收寒，斜照弄晴”。又“冰垂玉筋，向午滴沥檐楹，泥融消尽墙阴雪”，改作“烟横水际，映带几点归鸿，东风消尽龙沙雪”。

小梅花 一首

思前别，记时节，美人颜色如花发。美人归，天一涯，娟娟姮娥三五满还亏。翠眉蝉鬓生离诀，遥望青楼心欲绝。梦中寻，卧巫云，觉来珠泪滴向湘水深。　愁无已，奏绿绮，历历高山与流水。妙通神，绝知音，不知暮雨朝云何山岑？相思无计堪相比，珠箔雕阑几千里。漏将分，月窗明，一夜梅花忽开疑是君。

天门谣 一首

牛渚天门险，限南北、七雄豪占。清雾敛，与闲人登览。　待月上潮平波滟滟，塞管轻吹新阿滥。风满槛，历历数西州更点。

以上录自《东山词补》

〔集评〕　张炎曰：词中一个生硬字用不得，须是深加煅炼，字字敲打得响，歌诵妥溜，方为本色语。如贺方回、吴梦窗，皆善于炼字面，多于温庭筠、李长吉诗中来。（《词源·卷下》）王国维曰：北宋名家，以方回为最次。其词如历下、新城之诗，非不华赡，惜少真味。（《人间词话·卷下》）夏敬观曰：《王直方诗话》谓方回言：学诗于前辈，得八句云："平淡不涉于流俗，奇古不邻于怪僻，题咏不窘于物义，叙事不病于声律，以兴深者通物理，用事工者如己出，格见于成篇浑然不可镌，气出于言外浩然不可屈。”此八语，余谓亦方回作词之诀也。小令喜用前人成句，其造句亦恒类晚唐人诗。慢词命辞遣意，多自唐贤诗篇得来，不施破碎藻采，可谓无假脂粉，自然秾丽。张叔夏谓“与吴梦窗皆善于炼字面者，多于李长吉、温庭筠诗中来”，大谬不然。方回词取材于长吉、飞卿者不多，所以整而不碎也。（手批《东山词》）况周颐曰：按填词以厚为要惜。苏、辛词皆极厚，然不易学，或不能得其万一，而转滋流弊，如粗率，叫嚣、澜浪之类。《东山词》亦极厚，学之却无流弊。信能得其神似，进而窥苏、辛堂奥，何难矣。厚之一字，关系性情。“解道江南断肠句”，方回之深于情也。企鸿轩蓄书万余卷，得力于酝酿者又可知。张叔夏作《词源》，于方回但许其善炼字面，讵深知方回者耶？（《历代词人考略·卷十四》）

晁补之

十首 录自汲古阁《宋六十家词》本《晁氏琴趣外篇》

〔传记〕　晁补之(一〇五三——一一一〇)字无咎，济州钜野人。十七岁，从父官杭州倅，苏轼称其文博辩隽伟，绝人远甚，必显于世，由是知名。举进士，调北京国子监教授。元祐初，为太学正。李清臣荐堪馆阁，召试，除秘书省正字，迁校书郎，以秘阁校理通判扬州。坐修《神宗实录》失实，降通判应天府亳州，又贬监处、信二州酒税。徽宗立，复以著作召，拜礼部郎中，兼国史编修实录检讨官。出知河中府，徙湖州、密州、果州，遂主管鸿庆宫。还家，葺归来园，自号归来子。大观末，出党籍，起知达州，改泗州，卒，年五十八。补之才气飘逸，嗜学不知倦，文章温润典缛，其凌丽奇卓，出于天成。(节录《宋史·卷四百四十四·文苑传》)补之尝评本朝乐章云：世言柳耆卿曲俗，非也。如《八声甘州》云："渐霜风凄紧，关河冷落，残照当楼。"此真唐人语，不减高处矣。欧阳永叔《浣溪沙》云："堤上游人逐画船，拍堤春水四垂天，绿杨楼外出秋千。"要皆绝妙，然只一"出"字，自是后人道不到处。苏东坡词，人谓多不谐音律，然居士词横放杰出，自是曲子中缚不住者。黄鲁直间作小词，固高妙；然不是当行家语，自是著腔子唱好诗。晏元献不蹈袭人语，而风调闲雅。如"舞低杨柳楼心月，歌尽桃花扇底风"，知此人不住三家村也。张子野与柳耆卿齐名，而时以子野不及耆卿；然子野韵高，是耆卿所乏处。近世以来，作者皆不及秦少游。如"斜阳外，寒鸦万点，流水绕孤村"，虽不识字人，亦知是天生好言语。(《能改斋漫录·卷十六》。《渔隐丛话后集·卷三十三》引《复斋漫录》，文字小有出入。)补之词称《琴趣外篇》，有汲古阁刊《宋六十家词》本、吴昌绶双照楼《景宋元明本词》本。

摸鱼儿 一首

东皋寓居

买陂塘、旋栽杨柳，依稀淮岸江浦。东皋嘉雨新痕涨，沙觜鹭来鸥聚。堪爱处，最好是、一川夜月光流渚。无人独舞。任翠幄张天，柔茵藉地，酒尽未能去。

青绫被，莫忆金闺故步，儒冠曾把身误。弓刀千骑成何事？荒了邵平瓜圃。君试觑，满青镜、星星鬓影今如许！功名浪语。便似得班超，封侯万里，归计恐迟暮。

【《西塘集耆旧续闻·卷三》】晁无咎闲居济州金乡，葺东皋归去来园，楼观堂亭，位置极萧洒，尽用陶语名目之，自画为大图，书记其上。

【《艺概·卷四》】无咎词，堂庑颇大。人知辛稼轩《摸鱼儿》"更能消几番风雨"一阕，为后来名家所竞效。其实辛词所本，即无咎摸鱼儿“买陂塘、旋栽杨柳”之波澜也。

黄莺儿 一首

南园佳致偏宜暑。两两三三，修篁新笋出初齐，猗猗过檐侵户。听乱飐芰荷风，细洒梧桐雨。午余帘影参差，远林蝉声，幽梦残处。 凝伫，既往尽成空，暂遇何曾住？算人间事，岂足追思，依依梦中情绪。观数点茗浮花，一缕香萦炷。怪来人道：陶潜做得羲皇侣。

梁州令叠韵 一首

田野闲来惯，睡起初惊晓燕。樵青走挂小帘钩，南园昨夜，细雨红芳遍。 平芜一带烟花（宋本作“光”，是。）浅，过尽南归雁。江云渭树俱远，凭阑送目空肠断。 好景难常占，过眼韶华如箭。莫教鶗鴂送韶华，多情杨柳，为把长条绊。 清樽满酌谁为伴？花下提壶劝：何妨醉卧花底，愁容不上春风面。

金凤钩 一首

送春

春辞我，向何处？怪草草、夜来风雨。一簪华发少欢饶，恨无计、殢春且住。 春回常恨寻无路，试向我、小园徐步。一栏红药，倚风含露，春自未曾归去。

水龙吟 一首

次韵林圣予惜春

问春何苦匆匆？带风伴雨如驰骤。幽葩细萼，小园低槛，壅培未就。吹尽繁红，占春长久，不如垂柳。算春常不老，人愁春老，愁只是，人间有。　春恨十常八九，忍轻辜、芳醪经口。那知自是，桃花结子，不因春瘦。世上功名，老来风味，春归时候。纵樽前痛饮，狂歌似旧，情难依旧。

【《乐府雅词·卷上》】“纵樽前”三句作“最多情犹有，樽前青眼，相逢依旧”。

盐角儿 一首

亳社观梅

开时似雪，谢时似雪，花中奇绝。香非在蕊，香非在萼，骨中香彻。　占溪风，留溪月，堪羞损、山桃如血。直饶更疏疏淡淡，终有一般情别。

迷神引 一首

贬玉溪，对江山作。

黯黯青山红日暮，浩浩大江东注。余霞散绮，回宋本无“回”字，是。向烟波路。使人愁，长安远，在何处？几点渔灯小，迷近坞。一片客帆低，傍前浦。　暗想平生，自悔儒冠误。觉阮途穷，归心阻。断魂素月，一千里，伤平楚。怪竹枝歌，声声怨，为谁苦？猿鸟一时啼，惊岛屿。烛暗不成眠，听津鼓。

忆少年 一首

别历下

无穷官柳，无情画舸，无根行客。南山尚相送，只高城人隔。　罨画园林溪绀碧，算重来、尽成陈迹。刘郎鬓如此，况桃花颜色！

临江仙 一首

信州作

谪宦江城无屋买，残僧野寺相依。松间药臼竹间衣。水穷行到处，云起坐看时。　一个幽禽缘底事，苦来醉耳边啼？月斜西院愈声悲。青山无限好，犹道不如归。

洞仙歌 一首

泗州中秋作

青烟幂处，碧海飞金镜，永夜闲阶卧桂影。露凉时，零乱多少寒螀，神京远，惟有蓝桥路近。　水晶帘不下，云母屏开，冷浸佳人淡脂粉。待都将许多明，付与金尊，投晓共流霞倾尽。更携取胡床上南楼，看玉做人间，素秋千顷。

【《渔隐丛话后集·卷三十九》】苕溪渔隐曰：凡作诗、词，要当如常山之蛇，救首救尾，不可偏也。如晁无咎作中秋《洞仙歌》辞，其首云："青烟幂处，碧海飞金镜，永夜闲阶卧桂影。"固已佳矣。其后云："待都将许多明，付与金樽，投晓共流霞倾尽。更携取胡床上南楼，看玉做人间，素秋千顷。"若此，可谓善救首尾者也。至朱希真作中秋《念奴娇》，则不知出此。其首云："插天翠柳，被何人推上，一轮明月？照我藤床凉似水，飞入瑶台银阙。"亦已佳矣。其后云："洗尽凡心，满身清露，冷浸萧萧发。明朝尘世，记取休向人说。"此两句全无意味，收拾得不佳，遂并全篇气索然矣。

【毛晋《晁氏琴趣外篇·跋》】无咎虽游戏小词，不作绮艳语，殆因法秀禅师谆谆戒山谷老人，不敢以笔墨劝淫耶？大观四年（一一一〇）卒于泗州官舍。自画山水留春堂大屏上，题云："胸中正可吞云梦，残底何妨对圣贤？有意清秋入衡霍，为君无尽写江天。"又咏《洞仙歌》一阕，遂绝笔。

〔集评〕 陈振孙曰：晁尝云："今代词手，唯秦七、黄九，他人不能及也。"然二公之词，亦自有不同者。若晁无咎佳者，固未多逊也。（《直斋书录解题·卷二十一》）刘熙载曰：东坡词，在当时鲜与同调，不独秦七、黄九，别成两派也。晁无咎坦易之怀，磊落之气，差堪骖靳，然悬崖撒手处，无咎莫能追蹑矣。（《艺概·卷四》）冯煦曰：晁无咎为苏门四士之一，所为诗余，无子瞻之高华，而沉咽则过之。（《宋六十一家词选·例言》）张尔田曰：学东坡者，必自无咎始，再降则为叶石林，此北宋正轨也。（《忍寒词·序》）

陈师道

一首 录自汲古阁《宋六十家词》本《后山词》

〔传记〕 陈师道(一〇五三——一一〇一)字履常，一字无己，彭城人。年十六，以文谒曾巩。巩一见奇之，留受业。元祐初，苏轼、傅尧俞、孙觉荐其文行，起为徐州教授。又用梁焘荐为太学博士。家素贫，或经日不炊，妻子愠见，弗恤也。久之，召为秘书省正字。卒年四十九，友人邹浩买棺敛之。师道高介有节，喜作诗，自云学黄庭坚，至其高处，或谓过之，然小不中意，辄焚去。与赵挺之友婿，素恶其人，适预郊祀行礼，寒甚，衣无绵，妻就假于挺之家，问所从得，却去不肯服，遂以寒疾死。(摘录《宋史·卷四百四十四·文苑传》)师道所作《后山词》，刊入汲古阁《宋六十家词》内，仅四十九阕。

菩萨蛮 一首

七 夕

行云过尽星河烂，炉烟未断蛛丝满。想得两眉颦，停针忆远人。 河桥知有路，不解留郎住。天上隔年期，人间长别离。

〔集评〕 王灼曰：陈无己所作数十首，号曰语业，妙处如其诗。但用意太深，有时僻涩。（《碧鸡漫志·卷二》）陆游曰：陈无己诗妙天下，以其余作词，宜其工矣，顾乃不然，殆未易晓也。（《放翁题跋》）王鹏运曰：词名诗余，后山词其诗之余矣。卷中精警之句，亦复隐秀在神，蕃艳为质，秦七、黄九蔑以加。昔杜少陵诗云："文章千古事，得失寸心知。"国朝纳兰容若自言其为诗词，"如鱼饮水，冷暖自知而已。"笃行如后山，讵漫然自矜许者？（案《渔隐丛话》述师道语，谓于词不减秦七、黄九。）特可为知者道耳。（《历代词人考略·卷十二》）

王 雱

二首 录自《唐宋诸贤绝妙词选·卷二》及《词综·卷八》

〔传记〕 王雱字元泽，安石子。性敏甚，未冠，已著书数万言。举进士，调旌德尉。雱气豪，睥睨一世，不能作小官，作策二十余篇，极论天下事。召见，除太子中允，崇政殿说书，擢天章阁待制，兼侍讲。安石更张政事，雱实导之。常称商鞅为豪杰之士，言不诛异议者法不行。卒时才三十三。（节录《宋史·卷三百二十七·王安石附子雱传》）雱词传世，仅二阕。

倦寻芳 一首

露晞向晓，帘幕风轻，小院闲昼。翠径莺来，惊下乱红铺绣。倚危栏，登高榭，海棠著雨胭脂透。算韶华，又因循过了，清明时候。 倦游燕，风光满目，好景良辰，谁共携手？怅被榆钱，买断两眉长皱。忆得高阳人散后，落花流水还依旧。这情怀，对东风、尽成消瘦。

【《词林纪事·卷七》引《扪虱新语》】王元泽一生不作小词。

或者笑之，元泽遂作《倦寻芳慢》一首，时服其工。今人多能诵之。然元泽自此遂不复作。

眼儿媚 一首

杨柳丝丝弄轻柔，烟缕织成愁。海棠未雨，梨花先雪，一半春休。　而今往事难重省，归梦绕秦楼。相思只在，丁香枝上，豆蔻梢头。

【《历代词人考略·卷十八》引《古今词话》】王荆公子雱多病，因令其妻楼居而独处，荆公别嫁之。雱念之，为作《秋波媚》词云云。

晁端礼

一首 录自《四部丛刊》影钞本《乐府雅词·卷中》

〔传记〕 晁端礼，字次膺，其先澶州清丰人，徙家彭门。熙宁六年进士，两为县令，忤上官，坐废。（《词林纪事·卷六》）政和癸巳（一一一三），大晟乐成，嘉瑞既至。蔡元长（京）以晁端礼次膺荐于徽宗，诏乘驿赴阙。次膺至都，会禁中嘉莲生，分苞合趺，夐出天造，人意有不能形容者。次膺效乐府体，属词以进，名《并蒂芙蓉》。上览之，称善，除大晟府协律郎，不克受而卒。（《能改斋漫录·卷十六》）晁补之常与唱和，称之为次膺十二叔。（《晁氏琴趣外篇》）曾慥《乐府雅词》录其词十九首。词集名《闲斋琴趣》，有吴昌绶双照楼影宋刊本。

鸭头绿 一首

晚云收，绀天一片琉璃。烂银盘、来从海底，皓色千里澄辉。莹无尘、素娥澹伫，静可数、丹桂参差。玉露初零，金风未凛，一年无似此佳时。露坐久，疏萤时度，乌鹊正南飞。瑶台冷，栏干凭暖，欲下迟迟。　念佳人音尘隔后，听此应解相思。最关情、漏声正永，暗断肠、花影潜移。料得来宵，清光未减，阴晴天气又争知？共凝恋，如今别后，还是隔年期。人强健，清樽素月，长愿相随。

【《渔隐丛话后集·卷三十九》】苕溪渔隐曰：中秋词，自东坡《水调歌头》一出，余词尽废。然其后亦岂无佳词？如晁次膺《绿头鸭》一词殊清婉，但樽俎间歌喉，以其篇长，惮唱，故湮没无闻焉。

“绀”作“淡”，“露坐”作“回坐”，“疏萤”作“疏星”，“强健”作“纵健”。

赵令畤

四首 前三首录自《乐府雅词·卷中》，后一首录自《唐宋诸贤绝妙词选·卷六》。

〔传记〕 赵令畤，初字景贶，苏轼为改字德麟，自号聊复翁，太祖次子燕王德昭玄孙。元祐六年（一〇九一），签书颍州公事。时轼为守，荐其才于朝。轼被窜，坐交通，罚金。绍圣初，官至右朝请大夫，改右监门卫大将军，历荣州防御使，洪州观察使。绍兴初，袭封安定郡王，迁宁远军承宣使，同知行在大宗正事。（《历代词人考略·卷十六》）传世有《侯鲭录》，内载《蝶恋花》鼓子词十二阕，咏元稹《会真记》事。《乐府雅词》录赵词二十二首，《唐宋诸贤绝妙词》选录九首。近人赵万里从诸选本辑得三十六首，仍题《聊复集》一卷，刊入校辑《宋金元人词》第一册中。

菩萨蛮 一首

轻鸥欲下春塘浴，双双飞破春烟绿。两岸野蔷薇，翠笼薰绣衣。 凭船闲弄水，中有相思意。忆得去年时，水边初别离。

蝶恋花 二首

欲减罗衣寒未去。不卷珠帘，人在深深处。红杏枝头花几许？啼痕只恨清明雨。　尽日沉烟香一缕。宿酒醒迟，恼破春情绪。飞燕又将春信误，小屏风上西江路。

卷絮风头寒欲尽。坠粉飘香，日日红成阵。新酒又添残酒困，今春不减前春恨。　蝶去莺飞无处问。隔水高楼，望断双鱼信。恼乱横波秋一寸，斜阳只与黄昏近。

【清沈雄《古今词话·词品·卷下》】山谷谓：“好词惟取陡健圆转。”屯田意过久许，笔犹未休。待制滔滔漭漭，不能尽变。如赵德麟云：“新酒又添残酒困，今春不减前春恨。”陆放翁云：“只有梦魂能再遇，堪嗟梦不由人做。”又山谷云：“春未透，花枝瘦，正是愁时候。”梁贡父云：“拚一醉留春，留春不住，醉里春归。”此则陡健圆转之榜样也。

乌夜啼 一首

春　思

楼上萦帘弱絮，墙头碍月低花。年年春事关心事，肠断欲栖鸦。　舞镜鸾衾翠减，啼朱凤蜡红斜。重门不锁相思梦，随意绕天涯。

【花草蒙拾】“重门不锁相思梦，随意绕天涯”，与“枕上片时春梦中，行尽江南数千里”同一机杼，然赵词较胜岑诗。

〔集评〕　王灼曰：赵德麟、李方叔（廌），皆东坡客，其气味殊不近，赵婉而李俊，各有所长。晚年皆荒醉汝、颍、京、洛间，时出滑稽语。（《碧鸡漫志·卷二》）

李 廌

一首 录自《唐宋诸贤绝妙词选·卷四》

〔传记〕 李廌，字方叔，其先自郓徙华。谒苏轼于黄州，贽文求知。轼谓其笔墨澜翻，有飞沙走石之势。拊其背曰：“子之才，万人敌也。抗之以高节，莫之能御矣。”乡举试礼部，轼典贡举，遗之，赋诗以自责。中年绝进取意，谓颍为人物渊薮，始定居长社，县令李佐及里人买宅处之，卒年五十一。（节录《宋史·卷四百四十四·文苑传》）《唐宋诸贤绝妙词》选录存其《虞美人》《清平乐》各一首。

虞美人 一首

玉阑干外清江浦，渺渺天涯雨。好风如扇雨如帘，时见岸花汀草涨痕添。 青林枕上关山路，卧想乘鸾处。碧芜千里思悠悠，惟有霎时凉梦到南州。

【《蕙风词话·卷二》】李方叔《虞美人》过拍云：“好风如扇雨如帘，时见岸花汀草涨痕添。”春夏之交，近水楼台，确有此景。“好风”句绝新，似乎未经人道。歇拍云：“碧芜千里思悠悠，唯有霎时凉梦到南州。”尤极淡远清疏之致。

晁冲之

二首 录自赵万里辑《晁叔用词》

〔传记〕 晁冲之，字叔用，一字用道，巨野人。举进士。绍圣初，以党论被逐，隐居具茨山下，号具茨先生。(《历代诗余·卷一百三》)《乐府雅词·卷中》录冲之词十三首，《唐宋诸贤绝妙词选·卷五》录五首。赵万里辑得十六首为《晁叔用词》一卷，刊入校辑《宋金元人词》第一册中。

临江仙 一首

忆昔西池池上饮，年年多少欢娱？别来不寄一行书。寻常相见了，犹道不如初。　安稳锦屏今夜梦，月明好渡江湖。相思休问定何如。情知春去后，管得落花无？

汉宫春 一首

梅

潇洒江梅，向竹梢稀处，横两三枝。东君也不爱惜，雪压风欺。无情燕子，怕春寒、轻失花期。惟是有、南来归雁，年年长见开时。　清浅小溪如练，问玉堂何似，茅舍疏篱？伤心故人去后，冷落新诗。微云淡月，对孤芳、分付他谁？空白倚、清香未减，风流不在人知。

【《独醒杂志·卷四》】政和间，置大晟乐府，建立长属。晁冲之叔用作梅词以见蔡攸，攸持以白其父曰："今日于乐府中得一人。"元长（京）览之，即除大晟丞。词中云："无情燕子，怕春寒、常失花期。惟有南来塞雁，年年长占开时。"时以为燕雁与梅不相关，而挽入，故见笔力。

〔集评〕　况周颐曰：晁叔用慢词，纡徐排调，略似柳耆卿。（《历代词人考略·卷十六》）

王观

二首 录自赵万里辑《冠柳集》

〔传记〕 王观，字通叟，如皋人。试开封府第一，中元祐二年（一〇八七）进士第，官翰林学士，以赋应制词被谪，因自号逐客。（《历代诗余·卷一百三·词人姓氏》。编者案：《能改斋漫录·卷十七》："王观学士尝应制撰《清平乐》词云'黄金殿里'云云，高太皇以为媟渎神宗，翌日罢职，世遂有逐客之号。"）一云：高邮人，嘉祐二年（一〇五七）进士，累迁大理丞，知江都县，著《扬州赋》、《芍药谱》，有《冠柳词》。（《词林纪事·卷五》）《唐宋诸贤绝妙词选·卷五》录通叟词九首。赵万里辑《冠柳集》一卷，都十五首，刊入校辑《宋金元人词》第一册中。

卜算子 一首

送鲍浩然之浙东

水是眼波横，山是眉峰聚。欲问行人去那边？眉眼盈盈处。
才始送春归，又送君归去。若到江南赶上春，千万和春住。

【《能改斋漫录·卷十六》】王逐客送鲍浩然游浙东，作长短句云："水是眼波横"云云。韩子苍在海陵送葛亚卿诗断章云："今日一杯愁送君，明日一杯愁送君。君应万里随春去，若到桃源问归路。"诗、词意同。

庆清朝慢 一首

调雨为酥，催冰做水，东君分付春还。何人便将轻暖，点破残寒？结伴踏青去好，平头鞋子小双鸾。烟郊外，望中秀色，如有无间。　晴则个，阴则个，短仃得天气有许多般。须教镂花拨柳，争要先看。不道吴绫绣袜，香泥斜沁几行斑。东风巧，尽收翠绿，吹在眉山。

【《唐宋诸贤绝妙词选·卷五》】风流楚楚，词林中之佳公子也。世谓柳耆卿工为浮艳之词，方之此作，蔑矣。词名"冠柳"，岂偶然哉？

【《皱水轩词筌》】词之最丑者，为酸腐，为怪诞，为粗莽。然险丽，贵矣，须泯其镂划之痕乃佳。如蒋捷"灯摇缥晕茸窗冷"，可谓工矣，觉斧痕犹在。如王通叟春游曰"晴则个，阴则个"云云，则痕迹都无，真犹石尉香尘，汉皇掌上也。两"个"字尤弄姿无限。

〔集评〕 王灼曰：王逐客才豪，其新丽处与轻狂处，皆足惊人。（《碧鸡漫志·卷二》）

舒 亶

三首 录自《四部丛刊》影钞本《乐府雅词·卷中》

〔传记〕 舒亶，字信道，明州慈溪人。试礼部第一，调临海尉。张商英称其材，用为审官院主簿，迁奉礼郎。郑侠既贬，复被逮。亶承命往捕，遇诸陈，搜侠箧，得所录《名士谏草》，有言新法事及亲朋书，悉按姓名治之，窜侠岭南，冯京、王安国诸人皆得罪。擢亶太子中允。元丰初，加集贤校理，同李定劾苏轼作为歌诗讥讪时事。始亶以商英荐得用，后反陷之。超拜给事中，权直学士院。逾月，为御史中丞，举劾多私，气焰薰灼，见者侧目。坐罪废斥，远近称快。崇宁初，知南康军。蔡京使知荆南，以开边功，由直龙图阁进待制，卒。（节录《宋史·卷三百二十九·舒亶传》）《乐府雅词》录其词四十八首，赵万里辑为《舒学士词》一卷，刊入校辑《宋金元人词》第一册中。

虞美人 一首

寄公度

芙蓉落尽天涵水，日暮沧波起。背飞双燕贴云寒，独向小楼东畔倚栏看。　浮生只合樽前老，雪满长安道。故人早晚上高台，赠我江南春色一枝梅。

一落索 一首

蒋园和李朝奉

正是看花天气，为春一醉。醉来却不带花归，悄不解看花意。　试问此花明媚，将花谁比？只应花好似年年，花不似人憔悴。

菩萨蛮 一首

画船捶鼓催君去，高楼把酒留君住。去住若为情，西江潮欲平。　江潮容易得，只是人南北。今日此樽空，知君何日同？

【《艇斋诗话》】舒信道亦工小词，如云“画船椎鼓催君去”云云，亦甚有思致。

〔集评〕　王灼曰：舒信道、李元膺，思致妍密，要是波澜小。（《碧鸡漫志·卷二》）丁绍仪曰：舒亶与苏门四学士同时，词亦不减秦、黄。（《听秋声馆词话·卷二》）

毛滂

一首　录自《彊村丛书》本《东堂词》

〔传记〕　毛滂，字泽民，江山人。元祐间，为杭州法曹。元符二年（一〇九九），知武康县。苏轼尝以文章典丽可备著述科荐之。官至祠部员外郎，知秀州。（《历代词人考略·卷十四》）王明清曾记其轶事云："毛泽民受知曾文肃，擢寘馆阁。文肃南迁，坐党与得罪，流落久之。蔡元度镇润州，与泽民俱临川王氏婿，泽民倾心事之惟谨。一日，家集，观池中鸳鸯，元度席上赋诗，末句云：'莫学饥鹰饱便飞。'泽民即席和以呈元度曰：'贪恋恩波未肯飞。'元度夫人笑曰：'岂非适从曾相公池中飞过来者耶？'泽民惭，不能举首。"（《挥麈后录·卷七》）滂所作《东堂乐府》二卷，见陈振孙《直斋书录解题》。今行世者改题《东堂词》，有汲古阁《宋六十家词》及《彊村丛书》本。

惜分飞　一首

富阳僧舍代作别语

泪湿阑干花著露，愁到眉峰碧聚。此恨平分取，更无言语空相觑。　断雨残云无意绪，寂寞朝朝暮暮。今夜山深处，断魂分付潮回去。

【宋周煇《清波杂志·卷九》】秦少游发郴州，反顾有所属，其词曰“雾失楼台”云云。山谷云：“语意极似刘梦得楚、蜀间语。”“泪湿阑干花著露”云云，毛泽民元祐间罢杭州法曹至富阳所作赠别词也。因是受知东坡。语尽而意不尽，意尽而情不尽，何酷似少游也？乾道间，舅氏张仁仲宰武康，煇往，见留三日，遍览东堂之胜。盖泽民尝宰是邑，于彼老士人家见别语墨迹。

李元膺

二首 录自《四部丛刊》影钞本《乐府雅词·卷上》

〔传记〕 李元膺，东平人，南京教官。绍圣间，李孝美作《墨谱法式》，元膺为序，盖此时人也。（《词林纪事·卷七》）《乐府雅词》录元膺词八首。赵万里辑得九首，为《李元膺词》一卷，刊入校辑《宋金元人词》第一册中。

鹧鸪天 一首

寂寞秋千两绣旗，日长花影转阶迟。燕惊午梦周遭语，蝶困春游落拓飞。　思往事，入颦眉。柳梢阴重又当时。薄情风絮难拘束，飞过东墙不肯归。

洞仙歌 一首

一年春物，惟梅柳间意味最深。至莺花烂熳时，则春已衰迟，使人无复新意。予作洞仙歌，使探春者歌之，无后时之悔。

雪云散尽，放晓晴池院，杨柳于人便青眼。更风流多处，一点梅心，相映远，约略颦轻笑浅。　一年春好处，不在浓芳，小艳疏香最娇软。到清明时候，百紫千红，花正乱，已失春风一半。蚤占取韶光共追游，但莫管春寒，醉红自暖。

【《词品·卷二》】潘佑，南唐人，事后主，与徐铉、汤悦、张泌俱有文名，而佑好直谏，尝应后主令作小词，有云："楼上春寒山四面，桃李不须夸烂熳，已失了春风一半。"盖讽其地渐侵削也。可谓得讽谕之旨。

【《历代词人考略·卷十八》】李元膺《洞仙歌》句云："已失春风一半。"刘公勇谓是"鲵居之讽"（《七颂堂词绎》），则此词殆作于南渡后乎？

张舜民

一首　录《自知不足斋丛书》本《画墁集·卷四》

〔传记〕　张舜民，字芸叟，邠州人。第进士。元祐初，除监察御史。徽宗朝，以龙图阁待制知同州。坐元祐党，贬商州（《历代诗余·卷一百三》作“谪楚州”），卒。自号浮休居士，又号矴斋。娶陈师道之姊。有《画墁集》。（《词林纪事·卷七》）《彊村丛书》有辑本《画墁词》，仅四首。

卖花声　一首

题岳阳楼

木叶下君山，空水漫漫。十分斟酒敛芳颜。不是渭城西去客，休唱阳关。　醉袖抚危栏，天淡云闲。何人此路得生还？回首夕阳红尽处，应是长安。

【宋张舜民《画墁集·卷八·郴行录》】辛卯，登岳阳楼。据图志，岳阳楼经始于张燕公（说），终唐之世，屡圮，皆完葺。庆历中，滕宗谅谪守，始大加增饰，规制宏敞，甲冠上流。

【宋费衮《梁溪漫志·卷七》】张芸叟词云："回首夕阳红尽处，应是长安。"人喜诵之。乐天题岳阳楼诗云："春岸绿时连梦泽，夕波红处近长安。"盖芸叟用此换骨也。

【《艺蘅馆词选·乙卷》】麦孺博云：声可裂石。

僧挥

五首　录自《四部丛刊》影明刊本《唐宋诸贤绝妙词选·卷九》

〔传记〕　僧仲殊，名挥，姓张氏，安州进士，弃家为僧，居杭州吴山宝月寺，东坡所称“蜜殊”者是也。有词七卷，沈注为序。(《唐宋诸贤绝妙词选·卷九》)其逸事散见诸宋人笔记，采录二则如下：

【《东坡志林·卷二》】苏州仲殊师利和尚，能文，善诗及歌词，皆操笔立成，不点窜一字。予(苏轼)曰：“此僧胸中无一毫发事，故与之游。”

【《老学庵笔记·卷七》】族伯父彦远言：“少时识仲殊长老，东坡为作《安州老人食蜜歌》者。一日，与数客过之，所食皆蜜也。豆腐、面筋、牛乳之类，皆渍蜜食之。客多不能下箸，惟东坡性亦酷嗜蜜，能与之共饱。崇宁中，忽上堂辞众，是夕闭方丈门自缢死。及火化，舍利五色，不可胜计。邹忠公为作诗云：‘逆行天莫测，雉作渎中经。沤灭风前质，莲开火后形。钵盂残蜜白，炉篆冷烟青。空有谁家曲，人间得细听。’”彦远又云：“殊少为士人，游荡不羁，为妻投毒羹胾中，几死，啖蜜而解。医言：‘复食肉则毒发不可复疗。’遂弃家为浮屠。邹公所谓‘谁家曲’者，谓其雅工于乐府词，犹有不羁之余习也。”《仲殊词集》已失传，赵万里辑得三十首为《宝月集》一卷，刊入校辑《宋金元人词》第一册中。

诉衷情 二首

宝月山作

清波门外拥轻衣，杨花相送飞。西湖又还春晚，水树乱莺啼。 闲院宇，小帘帏，晚初归。钟声已过，篆香才点，月到门时。

寒食

涌金门外小瀛洲，寒食更风流。红船满湖歌吹，花外有高楼。 晴日暖，淡烟浮，恣嬉游。三千粉黛，十二阑干，一片云头。

【《唐宋诸贤绝妙词选·卷九》】仲殊之词多矣，佳者固不少，而小令为最，小令之中，《诉衷情》一调又其最。盖篇篇奇丽，字字清婉，高处不减唐人风致也。

南柯子 一首

忆旧

十里青山远，潮平路带沙。数声啼鸟怨年华，又是凄凉时候在天涯！ 白露收残月，清风散晓霞。绿杨堤畔问荷花：记得年时沽酒那人家？

柳梢青 一首

吴 中

岸草平沙，吴王故苑，柳袅烟斜。雨后寒轻，风前香软，春在梨花。　行人一棹天涯，酒醒处、残阳乱鸦。门外秋千，墙头红粉，深院谁家？

夏云峰 一首

伤 春

天阔云高，溪横水远，晚日寒生轻晕。闲阶静、杨花渐少，朱门掩、莺声犹嫩。悔匆匆过却清明，旋占得余芳，已成幽恨。都几日阴沉，连宵慵困，起来韶华都尽。　怨人双眉闲斗损。乍品得情怀，看承全近。深深态、无非自许，厌厌意、终羞人问。争知道梦里蓬莱，待忘了余香，时传音信。纵留得莺花，东风不住，也则眼前愁闷。

〔集评〕　王灼曰：贺方回、周美成、晏叔原、僧仲殊，各尽其才力，自成一家。贺、周语意精新，用心甚苦。毛泽民、黄载万次之。叔原如金陵王、谢子弟，秀气胜韵，得之天然，将不可学。仲殊次之。殊之赡，晏反不逮也。（《碧鸡漫志·卷二》）

李之仪

三首 录自汲古阁《宋六十家词》本《姑溪词》

〔传记〕 李之仪，字端叔，沧州无棣人。登第几三十年，乃从苏轼于定州幕府，历枢密院编修官，通判原州。元符中，监内香药库。御史石豫言其尝从苏轼辟，不可以任京官。诏勒停。徽宗初，提举河东常平，坐为范纯仁遗表作行状，编管太平，遂居姑熟。久之，徙唐州，终朝议大夫。之仪能为文，尤工尺牍，轼谓“入刀笔三昧”。（《宋史·卷三百四十四·李之纯传附》）年八十而卒。（《挥麈后录·卷六》）之仪论词云：“长短句于遣词中最为难工，自有一种风格，稍不如格，便觉龃龉。唐人但以诗句而用和声抑扬以就之，若今之歌《阳关词》是也。至唐末，遂因其声之长短句而以意填之，始一变以成音律。大抵以《花间集》中所载为宗，然多小阕。至柳耆卿，始铺叙展衍，备足无余，形容盛明，千载如逢当日。较之《花间》所集，韵终不胜。由是知其为难能也。张子野独矫拂而振起之，虽刻意追逐，要是才不足而情有余。良可佳者晏元宪，欧阳文忠、宋景文则以其余力游戏，而风流闲雅，超出意表，又非其类也。谛味研究，字字皆有据，而其妙见于卒章，语尽而意不尽，意尽而情不尽，岂平平可得仿佛哉？”（《姑溪居士文集·卷四十·跋吴师道小词》）自作有《姑溪词》，在汲古阁刊《宋六十家词》内。

谢池春 一首

残寒销尽，疏雨过，清明后。花径款余红，风沼萦新皱。乳燕穿庭户，飞絮沾襟袖。正佳时，仍晚昼。著人滋味，真个浓如酒。　频移带眼，空只恁厌厌瘦。不见又思量，见了还依旧。为问频相见，何似长相守？天不老，人未偶。且将此恨，分付庭前柳。

卜算子 一首

我住长江头，君住长江尾。日日思君不见君，共饮长江水。此水几时休？此恨何时已？只愿君心似我心，定不负相思意。

【毛晋《姑溪词·跋》】中多次韵小令，更长于淡语、景语、情语。如“鸳衾半拥空床月”，又如“步懒恰寻床，卧看游丝到地长”，又如“时时浸手心头熨，受尽无人知处凉”，即置之《片玉》、《漱玉》集中，莫能伯仲。至若“我住长江头，君住长江尾，日日思君不见君，共饮长江水”，真是古乐府俊语矣。

忆秦娥 一首

用太白韵

清溪咽，霜风洗出山头月。山头月，迎得云归，还送云别。

不知今是何时节？凌歊望断音尘绝。音尘绝，帆来帆去，天际双阙。

〔集评〕　冯煦曰：《姑溪词》长调近柳，短调近秦，而均有未至。（《宋六十一家词选·例言》）

魏夫人

二首 录自《四部丛刊》影钞本《乐府雅词·卷下》

〔传记〕 魏夫人，襄阳人，道辅之姊，曾子宣（布）丞相之妻，封鲁国夫人。朱晦庵（熹）云："本朝妇人能文者，唯魏夫人及李易安二人而已。"（《词林纪事·卷十九》）曾子宣丞相，元丰间，帅庆州，未至，召还，至陕府，复还庆州，往来潼关。夫人魏氏作诗戏丞相云："使君自为君恩厚，不是区区爱华山。"（《老学庵笔记·卷七》）《乐府雅词》录魏夫人词十首。

菩萨蛮 二首

溪山掩映斜阳里，楼台影动鸳鸯起。隔岸两三家，出墙红杏花。 绿杨堤下路，早晚溪边去。三见柳绵飞，离人犹未归。

红楼斜倚连溪曲，楼前溪水凝寒玉。荡漾木兰船，船中人少年。 荷花娇欲语，笑人鸳鸯浦。波上暝烟低，菱歌月下归。

周邦彦

三十一首　录自郑文焯校覆宋淳熙刊本《清真集》

〔传记〕　周邦彦(一〇五七——一一二一)字美成，钱塘人。疏隽少检，不为州里推重，而博涉百家之书。元丰初，游京师，献汴都赋万余言。神宗异之，命侍臣读于迩英阁，召赴政事堂，自太学诸生一命为正。居五岁不迁，益尽力于辞章。出教授庐州，知溧水县。还为国子主簿。哲宗召对，使诵前赋，除秘书省正字，历校书郎、考功员外郎、卫尉宗正少卿，兼议礼局检讨，以直龙图阁知河中府。徽宗欲使毕礼书，复留之。逾年，乃知隆德府，徙明州。入拜秘书监，进徽猷阁待制，提举大晟府。未几，知顺昌府，徙处州，卒，年六十六。邦彦好音乐，能自度曲，制乐府长短句，词韵清蔚，传于世。(《宋史·卷四百四十四·文苑传》)邦彦词名《片玉集》，有汲古阁《宋六十家词》本、《西泠词萃》本。又名《清真集》，有《四印斋所刻词》本、郑文焯校刊本。又陈元龙注《片玉集》，有武进陶氏涉园《景宋金元明本词》续本、归安朱氏《彊村丛书》本。

瑞龙吟　一首

章台路，还见褪粉梅梢，试华桃树。愔愔坊陌人家，定巢燕子，归来旧处。　黯凝伫，因记个人痴小，乍窥门户，侵晨浅约宫黄，障风映袖，盈盈笑语。　前度刘郎重到，访邻寻里，同时歌舞，唯有旧家秋娘，声价如故。吟笺赋笔，犹记燕台句。知谁伴、名园露饮，东城闲步？事与孤鸿去。探春尽是伤离意绪。官柳低金缕。归骑晚，纤纤池塘飞雨。断肠院落，一帘风絮。

【《唐宋诸贤绝妙词选·卷七》】今按：此词自“章台路”至“归来旧处”是第一段，自“黯凝伫”至“盈盈笑语”是第二段，此谓之“双拽头”，属正平调。自“前度刘郎”以下，即犯大石，系第三段。至“归骑晚”以下四句，再归正平。今诸本皆于“吟笺赋笔”处分段者，非也。

【《乐府指迷》】结句须要放开，含有余不尽之意，以景结情最好。如清真之“断肠院落，一帘风絮”，又“掩重关、遍城钟鼓”之类是也。

【《宋四家词选》】“事与孤鸿去”一句，化去町畦。不过“人面桃花”旧曲翻新耳。看其由无情人、结归无情、层层脱换、笔笔往复处。

【夏敬观评《清真集》】词中对偶句，最忌堆砌板重。如此词“褪粉”二句，“名园”二句，皆极流动，所以妙也。“愔愔”、“侵晨”挺接。末段挺接处尤妙，用“潜气内转”之笔行之。

风流子 二首

枫林凋晚叶，关河迥，楚客惨将归。望一川暝霭，雁声哀怨；半规凉月，人影参差。酒醒后，泪花销凤蜡，风幕卷金泥。砧杵韵高，唤回残梦；绮罗香减，牵起余悲。　亭皋分襟地，难堪处，偏是掩面牵衣。何况怨怀长结，重见无期？想寄恨书中，银钩空满；断肠声里，玉箸还垂。多少暗愁密意，唯有天知。

【夏评】此词四句对偶凡三处，句调皆变换不同。通篇一气衔贯。

新绿小池塘，风帘动，碎影舞斜阳。羡金屋去来，旧时巢燕；土花缭绕，前度莓墙。绣阁里，凤帏深几许？听得理丝簧。欲说又休，虑乖芳信；未歌先噎，愁转清商。　遥知新妆了，开朱户，应自待月西厢。最苦梦魂，今宵不到伊行。问甚时却与，佳音密耗，寄将秦镜，偷换韩香？天便教人，霎时厮见何妨？

【《蕙风词话·卷二》】元人沈伯时作《乐府指迷》，于清真词推许甚至，唯以"天便教人，霎时厮见何妨"、"梦魂凝想鸳侣"等句为不可学，则非真能知词者也。清真又有句云："多少暗愁密意，唯有天知。""最苦梦魂，今宵不到伊行。""拼今生对花对酒，为伊泪落。"此等语愈朴愈厚，愈厚愈雅，至真之情，由性灵肺腑中流出，不妨说尽而愈无尽。

兰陵王 一首

柳

柳阴直，烟里丝丝弄碧。隋堤上，曾见几番，拂水飘绵送行色？登临望故国。谁识，京华倦客？长亭路，年去岁来，应折柔条过千尺。　闲寻旧踪迹。又酒趁哀弦，灯照离席。梨花榆火催寒食。愁一箭风快，半篙波暖，回头迢递便数驿，望人在天北。　凄恻，恨堆积。渐别浦萦回，津堠岑寂。斜阳冉冉春无极。念月榭携手，露桥闻笛。沉思前事，似梦里，泪暗滴。

【宋毛开《樵隐笔录》】绍兴初，都下盛行周清真咏柳《兰陵王慢》，西楼南瓦皆歌之，谓之“渭城三叠”。以周词凡三换头，至末段，声尤激越，惟教坊老笛师能倚之以节歌者。其谱传自赵忠简家。忠简于建炎丁未九日南渡，泊舟仪真江口，遇宣和大晟乐府协律郎某，叩获九重故谱，因令家伎习之，遂流传于外。

【《宋四家词选》】客中送客，一“愁”字代行者设想，以下不辨是情、是景，但觉烟霭苍茫。“望”字、“念”字尤幻。

【《谭评词辨·卷一》】已是磨杵成针手段，用笔欲落不落。（谓起处）此类喷醒，非玉田所知。（谓第二段过片）“斜阳”七字，微吟千百遍，当入三昧，出三昧。

【《艺蘅馆词选·乙卷》】梁启超云：“斜阳”七字，绮丽中带悲壮，全首精神提起。

隔浦莲近拍 一首

中山县圃姑射亭避暑作

新篁摇动翠葆，曲径通深窈。夏果收新脆，金丸落，惊飞鸟。浓霭迷岸草。蛙声闹，骤雨鸣池沼。　水亭小，浮萍破处，檐花帘影颠倒。纶巾羽扇，困卧北窗清晓。屏里吴山梦自到。惊觉，依然身在江表！

苏幕遮 一首

燎沉香，消溽暑。鸟雀呼晴，侵晓窥檐语。叶上初阳乾宿雨。水面清圆，一一风荷举。　故乡遥，何日去？家住吴门，久作长安旅。五月渔郎相忆否？小楫轻舟，梦入芙蓉浦。

【《人间词话·卷上》】美成《青玉案》（案当作《苏幕遮》）词：“叶上初阳干宿雨。水面清圆，一一风荷举。”此真能得荷之神理者。觉白石《念奴娇》、《惜红衣》二词，犹有隔雾看花之恨。

齐天乐 一首

绿芜雕尽台城路，殊乡又逢秋晚。暮雨生寒，鸣蛩劝织，深阁时闻裁剪。云窗静掩。叹重拂罗裀，顿疏花簟。尚有綀囊，露萤清夜照书卷。　荆江留滞最久，故人相望处，离思何限？渭水西风，长安乱叶，空忆诗情宛转。凭高眺远。正玉液新刍，蟹螯初荐。醉倒山翁，但愁斜照敛。

【《宋四家词选》】此清真荆南作也，胸中犹有块垒。南宋诸公多模仿之。身在荆南，所思在关中，故有“渭水”、“长安”之句。碧山用作故实。

【《谭评词辨·卷一》】起句亦是以扫为生法。“荆江”句应“殊乡”。“渭水”二句，点化成句，开后来多少章法。结束出奇，正是哀乐无端。

六丑 一首

蔷薇谢后作

正单衣试酒，恨客里光阴虚掷。愿春暂留，春归如过翼，一去无迹。为问花何在？夜来风雨，葬楚宫倾国。钗钿堕处遗香泽。乱点桃蹊，轻翻柳陌。多情最谁追惜？但蜂媒蝶使，时叩窗隔。

东园岑寂，渐蒙笼暗碧。静绕珍丛底，成叹息。长条故惹行客。似牵衣待话，别情无极。残英小、强簪巾帻。终不似一朵钗头颤袅，向人欹侧。漂流处、莫趁潮汐。恐断红尚有相思字，何由见得？

【《宋四家词选》】“愿春暂留，春归如过翼，一去无迹。”十三字，千回百折，千锤百炼，以下如鹏羽自逝。不说人惜花，却说花恋人。不从无花惜春，却从有花惜春。不惜已簪之“残英”，偏惜欲去之“断红”。

【《谭评词辨·卷一》】“愿春”三句，逆入平出，亦平入逆出。“为问”三句，搏兔用全力。“静绕珍丛底”以下，处处断，处处连。“强簪巾帻”应“愿春暂留”，“莫趁潮汐”应“春归如过翼”。结笔仍用逆挽，此片玉所独。

【夏评】一气贯注，转折处如“天马行空”。所用虚字，无一不与文情相合。

夜飞鹊 一首

别 情

河桥送人处，良夜何其？斜月远堕余辉。铜盘烛泪已流尽，霏霏凉露沾衣。相将散离会，探风前津鼓，树杪参旗。花骢会意，纵扬鞭、亦自行迟。　迢递路回清野，人语渐无闻，空带愁归。何意重经前地，遗钿不见，斜径都迷。兔葵燕麦，向残阳、影与人齐。但徘徊班草，欷歔酹酒，极望天西。

【《宋四家词选》】“班草”是散会处，“酹酒”是送人处，二处皆前地也，双起，故须双结。

【《艺蘅馆词选·乙卷》】“兔葵燕麦”二句，与柳屯田之“晓风残月”，可称送别词中双绝，皆镕情入景也。

满庭芳 一首

夏日溧水无想山作

风老莺雏，雨肥梅子，午阴佳树清圆。地卑山近，衣润费炉烟。人静乌鸢自乐，小桥外、新渌溅溅。凭阑久，黄芦苦竹，疑泛九江船。　年年，如社燕，飘流瀚海，来寄修椽。且莫思身外，长近尊前。憔悴江南倦客，不堪听、急管繁弦。歌筵畔，先安簟枕，容我醉时眠。

【郑文焯校语】案《清真集》强焕序云：“溧水为负山之邑。待制周公，元祐癸酉（一〇九三）为邑长于斯。所治后圃，有亭曰姑射，有堂曰萧闲，皆取神仙中事，揭而名之。”此云无想山，盖亦美成所名，亦神仙家言也。

【《乐府指迷》】词中多有句中韵，人多不晓，不惟读之可听，而歌时最要叶韵应拍，不可以为闲字而不押。如《木兰花》云“倾城尽寻胜去”，“城”字是韵，又如《满庭芳》过处“年年如社燕”，“年”字是韵，不可不察也。

【《宋四家词选》】“人静”二句，体物入微，夹入上下文中，似褒似贬，神味最远。

【《艺蘅馆词选·乙卷》】最颓唐语，却最含蓄。

花犯 一首

咏梅

粉墙低，梅花照眼，依然旧风味。露痕轻缀。疑净洗铅华，无限佳丽。去年胜赏曾孤倚，冰盘共燕喜。更可惜、雪中高士，香篝熏素被。　今年对花最匆匆，相逢似有恨，依依愁悴。吟望久，青苔上、旋看飞坠。相将见、脆圆荐酒，人正在、空江烟浪里。但梦想、一枝潇洒，黄昏斜照水。

【《唐宋诸贤绝妙词选·卷七》】此只咏梅花，而纡余反复，道尽三年间事。昔人谓好诗圆美流转如弹丸，余于此词亦云。

【《宋四家词选》】清真词之清婉者如此，故知建章千门，非一匠所营。

【《谭评词辨·卷一》】“依然”句逆入，“去年胜赏”句平出，“今年对花”句放笔为直干，“吟望久”以下筋摇脉动，“相将见”二句如颜鲁公书，力透纸背。

大酺 一首

春雨

对宿烟收，春禽静，飞雨时鸣高屋。墙头青玉旆，洗铅霜都尽，嫩梢相触。润逼琴丝，寒侵枕障，虫网吹黏帘竹。邮亭无人处，听檐声不断，困眠初熟。奈愁极频惊，梦轻难记，自怜幽独。

行人归意速，最先念、流潦妨车毂。怎奈向、兰成憔悴，卫玠清羸，等闲时、易伤心目。未怪平阳客，双泪落、笛中哀曲。况萧索青芜国，红糁铺地，门外荆桃如菽。夜游共谁秉烛？

【《乐府指迷》】词中用事，使人姓名，须委曲得不用出最好。清真词多要两人名对使，亦不可学。他如《宴清都》云“庾信愁多，江淹恨极”；《西平乐》云“东陵晦迹，彭泽归来”；《大酺》云“兰成憔悴，卫玠清羸”；《过秦楼》云“才减江淹，情伤荀倩”之类是也。

【《谭评词辨·卷一》】“墙头”三句，辟灌皆有赋心。前周后吴，所以为大家也。“行人”二句，亦新亭之泪。“况萧索”下，一句一折，一步一态，然周昉美人，非时世妆也。

【《艺蘅馆词选·乙卷》】“流潦妨车毂”句，托想奇拙，清真最善用之。

渡江云 一首

晴岚低楚甸，暖回雁翼，阵势起平沙。骤惊春在眼，借问何时，委曲到山家。涂香晕色，盛粉饰、争作妍华。千万丝、陌头杨柳，渐渐可藏鸦。　堪嗟，清江东注，画舸西流，指长安日下。愁宴阑、风翻旗尾，潮溅乌纱。今宵正对初弦月，傍水驿、深舣蒹葭。沉恨处，时时自剔灯花。

应天长 一首

寒 食

条风布暖，霏雾弄晴，池台遍满春色。正是夜堂无月，沉沉暗寒食。梁间燕，社前客，似笑我、闭门愁寂。乱花过，隔院芸香，满地狼籍。　长记那回时，邂逅相逢，郊外驻油壁。又见汉宫传烛，飞烟五侯宅。青青草，迷路陌，强载酒、细寻前迹。市桥远，柳下人家，犹自相识。

【《宋四家词选》】前遍生辣，后遍“青青草”以下，反剔所寻不见。

玉楼春 一首

桃溪不作从容住，秋藕绝来无续处。当时相候赤阑桥，今日独寻黄叶路。　烟中列岫青无数，雁背夕阳红欲暮。人如风后入江云，情似雨余黏地絮。

【《宋四家词选》】只赋天台事，态浓意远。

蝶恋花 一首

早行

月皎惊乌栖不定。更漏将阑，辘牵金井。唤起两眸清炯炯，泪花落枕红绵冷。　执手霜风吹鬓影。去意徊徨，别语愁难听。楼上阑干横斗柄，露寒人远鸡相应。

【明王世贞《艺苑卮言》】美成能作景语，不能作情语，能入丽字，不能入雅字，以故价微劣于柳。然至“枕痕一线红生玉”，又“唤起两眸清炯炯，泪花落枕红绵冷”，其形容睡起之妙，真能动人。

少年游 一首

感旧

并刀如水，吴盐胜雪，纤指破新橙。锦幄初温，兽香不断，相对坐吹笙。　低声问：向谁行宿？城上已三更。马滑霜浓，不如休去，直是少人行！

【《宋四家词选》】此亦本色佳制也。本色至此便足，再过一分，便入山谷恶道矣。

【《谭评词辨·卷一》】丽极而清，清极而婉，然不可忽过“马滑霜浓”四字。

解连环 一首

怨怀无托。嗟情人断绝，信音辽邈。纵妙手能解连环，似风散雨收，雾轻云薄。燕子楼空，暗尘锁一床弦索。想移根换叶，尽是旧时手种红药。　汀洲渐生杜若。料舟依岸曲，人在天角。漫记得、当日音书，把闲语闲言，待总烧却。水驿春回，望寄我江南梅萼。拚今生、对花对酒，为伊泪落。

忆旧游 一首

记愁横浅黛，泪洗红铅，门掩秋宵。坠叶惊离思，听寒螀夜泣，乱雨萧萧。凤钗半脱云鬓，窗影烛花摇。渐暗竹敲凉，疏萤照晓，两地魂销。　迢迢，问音信，道径底花阴，时认鸣镳。也拟临朱户，叹因郎憔悴，羞见郎招。旧巢更有新燕，杨柳拂河桥。但满眼京尘，东风竟日吹露桃。

拜星月慢 一首

夜色催更，清尘收露，小曲幽坊月暗。竹槛灯窗，识秋娘庭院。笑相遇，似觉琼枝玉树相倚，暖日明霞光烂。水盼兰情，总平生稀见。　画图中、旧识春风面。谁知道、自到瑶台畔，眷恋雨润云温，苦惊风吹散。念荒寒寄宿无人馆，重门闭、败壁秋虫叹。怎奈向、一缕相思，隔溪山不断。

【《宋四家词选》】全是追思，却纯用实写，但读前阕，几疑是赋也。换头再为加倍跌宕之，他人万万无此力量。

关河令 一首

秋阴时晴渐向暝，变一庭凄冷。伫听寒声，云深无雁影。
更深人去寂静，但照壁孤灯相映。酒已都醒，如何消夜永？

解语花 一首

上元

风销绛蜡，露浥红莲，灯市光相射。桂华流瓦，纤云散、耿耿素娥欲下。衣裳淡雅，看楚女纤腰一把。箫鼓喧，人影参差，满路飘香麝。　因念都城放夜，望千门如昼，嬉笑游冶。钿车罗帕，相逢处、自有暗尘随马。年光是也，唯只见旧情衰谢。清漏移，飞盖归来，从舞休歌罢。

【《词源·卷下》】昔人咏节序，不为不多，付之歌喉者，类是率俗，不过为应时纳祜之声耳。所谓清明“拆桐花烂漫”，端午“梅霖初歇”，七夕“炎光谢”，若律以词家调度，则皆未然。岂如美成《解语花》赋元夕云“风销焰蜡”云云，如此等妙词，不独措辞精粹，又且见时序风物之盛，人家宴乐之同。

【《宋四家词选》】此美成在荆南作，当与《齐天乐》同时，到处歌舞太平，京师尤为绝盛。

【《人间词话·卷上》】词忌用替代字。美成《解语花》之“桂华流瓦”，境界极妙，惜以“桂华”二字代“月”耳。梦窗以下，则用代字更多。其所以然者，非意不足则语不妙也。盖意足则不暇代，语妙则不必代。此少游之“小楼连苑”、“绣毂雕鞍”，所以为东坡所讥也。

过秦楼 一首

水浴清蟾，叶喧凉吹，巷陌马声初断。闲依露井，笑扑流萤，惹破画罗轻扇。人静夜久凭阑，愁不归眠，立残更箭。叹年华一瞬，人今千里，梦沉书远。　空见说、鬓怯琼梳，容销金镜，渐懒趁时匀染。梅风地溽，虹雨苔滋，一架舞红都变。谁信无聊为伊，才减江淹，情伤荀倩。但明河影下，还看稀星数点。

【《宋四家词选》】入"梅风地溽"以下三句，意味深厚。

【陈洵《海绡说词》】换头三句承"人今千里"，"梅风"三句承"年华一瞬"，然后以"无聊为伊"三句结情，以"明河影下"两句结景，篇法之妙，不可思议。

氐州第一 一首

波落寒汀，村渡向晚，遥看数点帆小。乱叶翻鸦，惊风破雁，天角孤云缥缈。官柳萧疏，甚尚挂微微残照？景物关情，川途换目，顿来催老。　渐解狂朋欢意少，奈犹被思牵情绕。座上琴心，机中锦字，觉最萦怀抱。也知人悬望久，蔷薇谢、归来一笑。欲梦高唐，未成眠、霜空已晓。

尉迟杯 一首

离恨

隋堤路，渐日晚、密霭生深树。阴阴淡月笼沙，还宿河桥深处。无情画舸，都不管烟波隔前浦。等行人醉拥重衾，载将离恨归去。　因思旧客京华，长偎傍疏林小槛欢聚。冶叶倡条俱相识，仍惯见珠歌翠舞。如今向渔村水驿，夜如岁、焚香独自语。有何人念我无聊？梦魂凝想鸳侣。

【《宋四家词选》】南宋诸公所断不能到者，出之平实，故胜。一结拙甚。

绕佛阁 一首

旅况

暗尘四敛，楼观迥出，高映孤馆。清漏将短，厌闻夜久签声动书幔。桂华又满，闲步露草，偏爱幽远。花气清婉。望中迤逦城阴度河岸。　倦客最萧索，醉倚斜桥穿柳线。还似汴堤虹梁横水面，看浪飐春灯，舟下如箭。此行重见。叹故友难逢，羁思空乱，两眉愁、向谁舒展？

西河 一首

金陵怀古

佳丽地，南朝盛事谁记？山围故国，绕清江、髻鬟对起。怒涛寂寞打孤城，风樯遥度天际。　断崖树，犹倒倚，莫愁艇子曾系。空余旧迹，郁苍苍、雾沉半垒。夜深月过女墙来，伤心东望淮水。

酒旗戏鼓甚处市？想依稀王谢邻里。燕子不知何世，向寻常巷陌人家相对，如说兴亡斜阳里。

【《艺蘅馆词选·乙卷》】张玉田谓：“清真最长处，在善融化诗句，如自己出。”读此词，可见此中三昧。

瑞鹤仙 一首

悄郊原带郭，行路永、客去车尘漠漠。斜阳映山落，敛余红犹恋，孤城阑角。凌波步弱，过短亭、何用素约？有流莺劝我，重解绣鞍，缓引春酌。　不记归时早暮，上马谁扶？醒眠朱阁。惊飙动幕。扶残醉，绕红药。叹西园已是花深无地，东风何事又恶？任流光过却，犹喜洞天自乐。

【《宋四家词选》】只闲闲说起。不扶残醉，不见红药之系情，东风之作恶。因而追溯昨日送客后，薄暮入城，因所携之妓，倦游访伴，小憩复成酣饮。换头句透出一醒字，“惊飙”句倒插“东风”，然后以“扶残醉”三字点睛，结构精奇，金针度尽。

浪淘沙慢 一首

晓阴重，霜凋岸草，雾隐城堞。南陌脂车待发，东门帐饮乍阕。正拂面垂杨堪揽结，掩红泪、玉手亲折。念汉浦离鸿去何许？经时信音绝。　情切，望中地远天阔。向露冷风清无人处，耿耿寒漏咽。嗟万事难忘，唯是轻别。翠尊未竭，凭断云留取西楼残月。　罗带光销纹衾叠，连环解、旧香顿歇。怨歌永、琼壶敲尽缺。恨春去不与人期，弄夜色，空余满地梨花雪。

【《宋四家词选》】空际出力，梦窗最得其诀。“翠尊”以下三句，一气赶下，是清真长技。钩勒劲健峭举。

浣溪沙 一首

雨过残红湿未飞，疏篱一带透斜晖，游蜂酿蜜窃香归。　金屋无人风竹乱，衣篝尽日水沉微，一春须有忆人时。

夜游宫 一首

叶下斜阳照水，卷轻浪、沉沉千里。桥上酸风射眸子，立多时，看黄昏，灯火市。　古屋寒窗底，听几片、井桐飞坠。不恋单衾再三起。有谁知？为萧娘，书一纸。

【《宋四家词选》】此亦是层层加倍写法。本只“不恋单衾”一句耳，加上前阕，方觉精力弥满。

〔集评〕 陈振孙曰：清真词多用唐人诗语，括入律，浑然天成；长调尤善铺叙，富艳精工，词人之甲乙也。（《直斋书录解题·卷二十》）陈郁曰：美成自号清真，二百年来，以乐府独步。贵人、学士、市儇、妓女，皆知美成词为可爱。（《藏一话腴》）刘肃曰：周美成以旁搜远绍之才，寄情长短句，缜密典丽，流风可仰。其征辞引类，推古夸今，或借字用意，言言皆有来历，真足冠冕词林，欢筵歌席，率知崇爱。（陈元龙集注本《片玉集·序》）张炎曰：古之乐章、乐府、乐歌、乐曲，皆出于雅正。粤自隋、唐以来，声诗闲为长短句，至唐人则有《尊前》《花间》集。迄于崇宁，立大晟府，命周美成诸人讨论古音，审定古调。沦落之后，少得存者，由此八十四调之声稍传。而美成诸人又复增演慢曲、引、近，或移宫换羽，为三犯、四犯之曲，按月律为之，其曲遂繁。美成负一代词名，所作之词，浑厚和雅，善于融化诗句，而于音谱且闲有未谐，可见其难矣。（《词源·卷下》）沈义父曰：凡作词当以清真为主。盖清真最为知音，且无一点市井气，下字运意，皆有法度，往往自唐、宋诸贤诗句中来，而不用经、史中生硬字面，此所以为冠绝也。（《乐府指迷》）彭孙通曰：美成词如十三女子，玉艳珠鲜，政未可以其软媚而少之也。（《金粟词话》）周济曰：美成思力，独绝千古，如颜平原书，虽未臻两晋，而唐初之法，至此大备。后有作者，莫能出其范围矣。读得清真词多，觉他人所作，都不十分经意。钩勒之妙，无如清真。他人一钩勒便薄，清真愈钩勒愈浑厚。（《介存斋论词杂著》）刘熙载曰：周美成词，或称其无美不备。余谓论词莫先于品。美成词信富艳精工，只是当不得一个贞字。是以士大夫不肯学之，学之则不知终日意萦何处矣。周美成律最精审，史邦卿句最警炼，然未得为君子之词者，周旨荡而史意贪也。（《艺概·卷四》）冯煦曰：陈氏子龙曰："以沉挚之思，而出之必浅近，使读之者骤遇之如在耳目之前，久诵之而得隽永之趣，则用意难也。以儇利之词，而制之必工炼，使篇无累句，句无累字，圆润明密，言如贯珠，则铸词难也。其为体也纤弱，明珠翠羽，犹嫌其重，何况龙鸾？必有鲜妍之姿，而不藉粉泽，则设色难也。其为境也婉媚，虽以惊露取妍，实贵含蓄不尽，时在低回唱叹之余，则命篇难也。”张氏纲孙曰：“结构天成，而中有艳语、隽语、奇语、豪语、苦语、痴语、没要紧语，如巧匠运斤，毫无痕迹。”毛氏先舒曰：“北宋词之盛也，其妙处不在豪快而在高健，不在艳冶而在幽咽。豪快可以气取，艳冶可以言工，高健幽咽，则关乎神理，难可强也。”又曰：“言欲层深，语欲浑成。”诸家所论，未尝专属一人，而求之两宋，惟《片玉》《梅溪》足以备之。周之胜史，则又在浑之一字，词至于浑而无可复进矣。（《宋六十一家词选·例言》）王国维曰：美成深远之致，不及欧、秦，唯言情体物，穷极工巧，故不失为第一流之作者。但惟创调之才多，创意之才少耳。词之雅、郑，在神不在貌。永叔、少游，虽作艳语，终有品格，方之美成，便有淑女与倡伎之别。（《人间词话·卷上》）以宋词比唐诗，则东坡似太白，欧、秦似摩诘，耆卿似乐天，方回、叔原则大历十子之流，南宋惟一稼轩可比昌黎，而词中老杜，非先生不可。读先生之词，于文字之外，须更味其音律。今其声虽亡，读其词者，犹觉拗怒之中，自饶和婉，曼声促节，繁会相宣，清浊抑扬，辘轳交往，两宋之间，一人而已。（《清真先生遗事》）

万俟咏

五首　录自《唐宋诸贤绝妙词选·卷七》

〔传记〕　万俟雅言，自号词隐。崇宁中，充大晟府制撰，与晁次膺按月律进词。其清明应制一首尤佳，即“见梨花初带夜月，海棠半含朝雨”之词也。(《历代诗余·卷二百十六》引《古今词话》)有《大声集》五卷，周美成为序，山谷亦称之为一代词人。(《唐宋诸贤绝妙词选·卷七》)王灼记雅言行实云：“万俟咏雅言，元桔诗赋科老手也。三舍法行，不复进取，放意歌酒，自号大梁词隐。每出一章，信宿喧传都下。政和初，召试补官，真大晟乐府制撰之职。新广八十四调，患谱弗传。雅言请以盛德大业及祥瑞事迹制词实谱。有旨：‘依月用律，月进一曲。’自此新谱稍传。”又称：“沈公述、李景元、孔方平、处度叔侄、晁次膺、万俟雅言，皆有佳句，就中雅言又绝出。然六人者，源流从柳氏来，病于无韵。雅言初自集分两体：曰‘雅词’，曰‘侧艳’，目之曰‘胜萱丽藻’。后召试入官，以侧艳体无赖太甚，削去之。再编成集，分五体：曰‘应制’，曰‘风月脂粉’，曰‘雪月风花’，曰‘脂粉才情’，曰‘杂类’。周美成目之曰‘大声’。”(《碧鸡漫志·卷二》)《大声集》失传已久，刘毓盘、赵万里各有辑本，刘辑得二十三首，赵辑得二十七首，赵辑晚出，较精审。

昭君怨 一首

春到南楼雪尽，惊动灯期花信。小雨一番寒，倚阑干。　莫把阑干频倚，一望几重烟水。何处是京华？暮云遮。

诉衷情 一首

送春

一鞭清晓喜还家，宿醉困流霞。夜来小雨新霁，双燕舞风斜。　山不尽，水无涯，望中赊。送春滋味，念远情怀，分付杨花。

忆少年 一首

陇首山

陇云溶泄，陇山峻秀，陇泉呜咽。行人暂驻马，已不胜愁绝。　上陇首、凝眸天四阔，更一声塞雁凄切。征书待寄远，有知心明月。

长相思 二首

雨

一声声，一更更。窗外芭蕉窗里灯，此时无限情。
梦难成，恨难平。不道愁人不喜听，空阶滴到明。

山驿

短长亭，古今情。楼外凉蟾一晕生，雨余秋更清。
暮云平，暮山横。几叶秋声和雁声，行人不要听。

〔集评〕 黄昇曰：雅言之词，词之圣者也。发妙音于律吕之中，运巧思于斧凿之外，平而工，和而雅，比诸刻琢句意而求精丽者远矣。（《唐宋诸贤绝妙词选·卷七》）

曹 组

四首 录自《四部丛刊》影钞本《乐府雅词·卷下》

〔传记〕 曹组字元宠，阳翟人。宣和三年（一一二一），登进士第。（《宋诗纪事·卷四十》）以阁门宣赞舍人为睿思殿应制，以占对开敏得幸。（《宋史·卷三百七十九》）王灼曰："元祐间王齐叟彦龄，政和间曹组元宠，皆能文，每出长短句，脍炙人口。彦龄以滑稽语噪河朔。组潦倒无成，作红窗迥及杂曲数百解，闻者绝倒，滑稽无赖之魁也。夤缘遭遇，官至防御使。"（《碧鸡漫志·卷二》）组有《箕颍集》，久佚。《乐府雅词》录其词三十一首。刘毓盘、赵万里各有辑本，赵辑得三十五首，校勘精审胜刘辑。

如梦令 一首

门外绿阴千顷，两两黄鹂相应。睡起不胜情，行到碧梧金井。 人静，人静，风动一枝花影。

忆少年 一首

年时酒伴，年时去处，年时春色。清明又近也，却天涯为客。　念过眼光阴难再得，想前欢、尽成陈迹。登临恨无语，把阑干暗拍。（原缺暗字，依《唐宋诸贤绝妙词选·卷八》补。）

品令 一首

乍寂寞，帘栊静、夜久寒生罗幕。窗儿外、有个梧桐树，早一叶两叶落。　独倚屏山欲寐，月转惊飞乌鹊。促织儿声响虽不大，敢教贤睡不著。

青玉案 一首

碧山锦树明秋霁，路转陡，疑无地。忽有人家临曲水。竹篱茅舍，酒旗沙岸，一簇成村市。　凄凉只恐乡心起，凤楼远、回头谩凝睇。何处今宵孤馆里？一声征雁，半窗残月，总是离人泪。

苏庠

二首 录自《四部丛刊》影钞本《乐府雅词·卷下》

〔传记〕 苏庠字养直，泮州人，伯固（坚）之子。初以病目，自号眚翁，徙居丹阳之后湖，更号后湖病民。（《宋诗纪事·卷四十一》）绍兴间，与徐师川（俯）同召，师川赴，养直辞。师川造朝，便道过养直，留饮甚欢。二公平日对弈，徐高于苏。是日，养直拈一子，笑视师川曰：“今日须还老夫下此一著。”师川有愧色。（《鹤林玉露·卷五》）《乐府雅词》录庠词二十三首。刘毓盘辑《后湖词》一卷，得二十六首。易大厂校印《北宋三家词》，内有《后湖词》一卷，亦据旧辑本也。

菩萨鬘 一首

宜兴作

北风振野云平屋，寒溪澌澌流冰谷。落日送归鸿，夕岚千万重。　荒陂垂斗柄，直北乡山近。何必苦言归？石亭春满枝。

木兰花 一首

江云叠叠遮鸳浦，江水无情流薄暮。归帆初张去声苇边风，客梦不禁篷背雨。　渚花不解留人住，只作深愁无尽处。白沙烟树有无中，雁落沧洲何处所？

李甲

一首 录自《四部丛刊》影钞本《乐府雅词·卷下》

〔传记〕 李甲字景元，华亭人。(《词综·卷十》)善为词，小令有闻于时。工画，得意外之趣，米海岳尝称之。有自题山水诗曰："谁拔烟云六尺绡，寒山秋树晚萧萧。十年来往吴淞口，错认溪南旧板桥。"苏轼《东坡集》亦有题嘉兴景福寺李景元画竹诗曰："闻说神仙郭恕先，醉中狂笔势澜翻。百年寥落何人在？只有华亭李景元。"其见重如此。(刘毓盘辑《李景元词·跋》)《乐府雅词》录景元词八首。刘辑本得十四首，其中《忆王孙》四首，出于《唐宋诸贤绝妙词选·卷七》，题为李重元作，殆不容牵合为出于景元之手也。

帝台春 一首

芳草碧色，萋萋遍南陌。暖絮乱红，也知人春愁无力。忆得盈盈拾翠侣，共携赏凤城寒食。到今来、海角逢春，天涯为客。

愁旋释，还似织；泪暗拭，又偷滴。漫伫立、倚遍危栏，尽黄昏、也只是暮云凝碧。拚则而今已拚了，忘则怎生便忘得？又还问鳞鸿，试重寻消息。

鲁逸仲

一首 录自《唐宋诸贤绝妙词选·卷八》

〔传记〕 孔夷字方平，孔子四十七代孙，元祐中隐士。父畋，隐居汝州龙兴县龙山之浅阳城，夷因自号滍皋渔父。所作词或托名鲁逸仲云。(《历代词人考略·卷十八》) 王灼曰："兰畹曲会，孔宁极先生之子方平所集，序引称无为莫知非，其自作者称鲁逸仲，皆方平隐名，如子虚、乌有、亡是之类。孔平日自号浅皋渔父，与侄处度齐名，李方叔诗酒侣也。"(《碧鸡漫志·卷二》) 黄昇曰："鲁逸仲词意婉丽，似万俟雅言。"(《唐宋诸贤绝妙词选·卷八》)《花庵词》选录逸仲词三首。

南浦 一首

旅怀

风悲画角，听单于三弄落谯门。投宿骎骎征骑，飞雪满孤村。酒市渐阑灯火，正敲窗乱叶舞纷纷。送数声惊雁，下离烟水，嘹唳度寒云。 好在半胧溪月，到如今、无处不销魂。故国梅花归梦，愁损绿罗裙。为问暗香闲艳，也相思万点付啼痕。算翠屏应是，两眉余恨倚黄昏。

廖世美

二首　录自《唐宋诸贤绝妙词选·卷四》

好事近 一首

夕　景

落日水镕金，天淡暮烟凝碧。楼上谁家红袖？靠阑干无力。

鸳鸯相对浴红衣，短棹弄长笛。惊起一双飞去，听波声拍拍。

烛影摇红 一首

（安陆齐云楼原题“别愁”，此从《词综·卷十》改。）

霭霭春空，画楼森耸凌云渚。（原作汉，依词综改。）紫薇登览最关情，绝妙夸能赋。惆怅相思迟暮，记当日、朱栏共语。塞鸿难问，岸柳何穷，别愁纷绪。　催促年光，旧来流水知何处？断肠何必更残阳，极目伤平楚。晚霁波声带雨，悄无人、舟横古渡。数峰江上，芳草天涯，参差烟树。

【《蕙风词话·卷二》】廖世美《烛影摇红》过拍云："塞鸿难问，岸柳何穷？别愁纷絮。"神来之笔，即已佳矣。换头云："催促年光，旧来流水知何处？断肠何必更残阳，极目伤平楚。晚霁波声带雨，悄无人、舟横古渡。"语淡而情深，令子野、太虚辈为之，容或未必能到。此等词一再吟诵，辄沁人心脾，毕生不能忘。《花庵绝妙词选》中，真能不愧"绝妙"二字，如世美之作，殊不多觏。

陈克

二首 录自《四部丛刊》影钞本《乐府雅词·卷下》

〔传记〕 陈克字子高，天台人。吕安老帅建康，辟为参议。（《唐宋诸贤绝妙词选·卷八》）一云：临海人。绍兴中，为敕令所删定官。自号赤城居士，侨居金陵。（《词林纪事·卷十》）《乐府雅词》录克词三十六首。《彊村丛书》本《赤城词》一卷，共四十首。赵万里别有辑本，得四十一首，刊入校辑《宋金元人词》第一册中。

菩萨蛮 二首

赤栏桥尽香街直，笼街细柳娇无力。金碧上青空，花晴帘影红。 黄衫飞白马，日日青楼下。醉眼不逢人，午香吹暗尘。

绿芜墙绕青苔院，中庭日淡芭蕉卷。蝴蝶上阶飞，烘帘自在垂。 玉钩双语燕，宝甃杨花转。几处簸钱声，绿窗春睡轻。

【《词林纪事·卷十》】卢申之云：子高《菩萨蛮》云："几处簸钱声，绿窗春梦轻。"《谒金门》云："檀炷绕窗灯背壁，画檐闻雨滴。"殊觉其香蓓。

〔集评〕 陈振孙曰：子高词格颇高丽，晏、周之流亚也。(《直斋书录解题·卷二十一》)周济曰：子高不甚有重名，然格韵绝高，昔人谓“晏、周之流亚”。晏氏父子俱非其敌，以方美成，则又拟于不伦；其温、韦高弟乎？比温则薄，比韦则悍，故当出入二氏之门。(《介存斋论词杂著》)

李清照

十三首　录自赵万里辑本《漱玉词》

〔传记〕　易安居士李清照，宋济南人。父格非，母王状元拱辰孙女，皆工文章。居历城城西南之柳絮泉上。易安幼有才藻。元符二年（一〇九九），年十八，适太学生诸城赵明诚。明诚父挺之，时为吏部侍郎，格非为礼部员外郎。李、赵宦族，然素贫俭。每朔望，明诚太学谒告出，质衣，取半千钱，步入相国寺，市碑文、果实归，夫妻相对展玩咀嚼，尝自谓“葛天氏之民”也。后二年，明诚出仕宦，挺之为宰相，居政府，亲旧在馆阁者多，有亡诗、逸史、汲冢、鲁壁所未见之书，尽力传写。或古今名人书画、三代奇器，质衣物市之。挺之在徽宗时，易安进诗曰：“炙手可热心可寒。”挺之排元祐党人甚力，格非以党籍罢。易安上诗挺之曰：“何况人间父子情？”读者哀之。易安自少年兼有诗名，才力华赡，逼近前辈。传诵者：“诗情如夜鹊，三绕未能安。”“少陵也是可怜人，更待明年试春草。”世又传：“两汉本继绍，新室如赘疣，所以嵇中散，至死薄殷周。”以为佳境。明诚后屏居乡里十年，衣食有余。及起知青、莱二州，皆政简，日事铅椠，易安与共校勘，作《金石录》，考证精凿，多足正史书之失。每获一书，即校勘、整集，签题，得书画、彝鼎，摩玩舒卷，指摘疵病，夜尽一烛为率。所藏纸札精致，字画完整，冠诸收书家。易安性强记，每饭罢，与明诚坐归来堂，烹茶，指堆积书史，言某事在某书几卷、几叶、几行，以中否决胜负为饮茶先后，中即举杯，往往大笑，茶倾复怀中，反不得饮而起。其收藏既富，归来堂起书库，大橱簿甲乙，置书册，当讲读，即请钥上簿，关出卷帙，或少损污，必惩责、揩完、涂改。又置副本，便翻讨。书史百家字不刓、本不误谬者，常兼三四本，皆精绝。靖康二年（一一二七）春，明诚奔母丧于金陵，半弃所藏。其年十二日，金人陷青州，火其书十余屋。建炎二年（一一二八），明诚起复，知江宁府。易安在江宁日，每值天大雪，即顶笠、披蓑，循城远览，得句必邀赓和，明诚每苦之。三年，明诚罢，将家于赣水。四月，高宗如江宁，诏明诚知湖州。明诚赴行在，感暑，痞发，八月卒。

绍兴元年（一一三一），易安之越，二年之杭，年五十有一矣，作《金石录后序》。四年，避乱西上，过严子陵钓台，至金华，卜居焉。居金华，有《武陵春》词曰："风住尘香花已尽，日晚倦梳头。物是人非事事休，欲语泪先流。闻说双溪春尚好，也拟泛轻舟。只恐双溪舴艋舟，载不动许多愁。"流寓有故乡之思。其事非闺闱文笔自记者莫能知，或曰依弟远，老于金华。（节录俞正燮《癸巳类稿·易安居士事辑》）易安尝历评唐、宋以来歌词，皆摘其短，无一免者。其言曰："乐府声诗并著，最盛于唐。开元、天宝间，有李八郎者，能歌擅天下。时新及第进士开宴曲江。榜中一名士先召李，使易服，隐名姓，衣冠故敝，精神惨沮，与同之宴所，曰：'表弟愿与坐未。'众皆不顾。既酒行，乐作，歌者进。时曹元谦、念奴为冠，歌罢，众皆咨嗟称赏。名士忽指李曰：'请表弟歌。'众皆哂，或有怒者。及转喉发声歌一曲，众皆泣下，罗拜，曰：'此李八郎也。'自后郑、卫之声日炽，流靡之变日烦，已有《菩萨蛮》《春光好》《莎鸡子》《更漏子》《浣溪沙》《梦江南》《渔父》等词，不可遍举。五代干戈，四海瓜分豆剖，斯文道熄。独江南李氏君臣尚文雅，故有'小楼吹彻玉笙寒'、'吹皱一池春水'之词，语虽奇甚，所谓'亡国之音哀以思'也。逮至本朝，礼乐文武大备，又涵养百余年，始有柳屯田永者，变旧声作新声，出《乐章集》，大得声称于世，虽协音律，而词语尘下。又有张子野、宋子京兄弟、沈唐、元绛、晁次膺辈继出，虽时时有妙语，而破碎何足名家。至晏元献、欧阳永叔、苏子瞻，学际天人，作为小歌词，直如酌蠡水于大海，然皆句读不葺之诗尔，又往往不协音律者。何耶？盖诗文分平侧，而歌词分五音，又分五声，又分六律，又分清浊、轻重。且如近世所谓《声声慢》《雨中花》《喜迁莺》，既押平声韵，又押入声韵。《玉楼春》本押平声韵，又押上、去声，又押入声。本押仄声韵，如押上声则协，如押入声则不可歌矣。王介甫、曾子固文章似西汉，若作一小歌词，则人必绝倒，不可读也。乃知别是一家，知之者少。后晏叔原、贺方回、秦少游、黄鲁直出，始能知之。又晏苦无铺叙，贺苦少典重；秦即专主情致而少故实，譬如贫家美女，虽极妍丽丰逸，而终乏富贵态；黄即尚故实而多疵病，譬如良玉有瑕，价自减半矣。"（《苕溪渔隐丛话后集·卷三十三》）易安所为《漱玉词》，《直斋书录解题》作一卷，《唐宋诸贤绝妙词选》作三卷，《宋史·艺文志》作六卷，元以后皆不存。今所见虞山毛氏《诗词杂俎》本及临桂王氏四印斋本，俱非其旧，惟《乐府雅词》所载二十三首为最可信耳。近人赵万里辑得四十三首，附录十七首，为《漱玉词》定本一卷，刊入校辑《宋金元人词》第二册中，较世行各本为精审。别有大兴李文裿辑《漱玉集》，兼收诗文，亦足为研讨之助。

如梦令 一首

昨夜雨疏风骤，浓睡不消残酒。　试问卷帘人，却道海棠依旧。　知否？知否？应是绿肥红瘦。

【《渔隐丛话前集·卷六十》】苕溪渔隐云：近时妇人能文词如李易安，颇多佳句。小词云："绿肥红瘦。"此语甚新。又九日词云："帘卷西风，人似黄花瘦。"此语亦妇人所难到也。

浣溪沙 二首

淡荡春光寒食天，玉炉沉水袅残烟，梦回山枕隐花钿。　海燕未来人斗草，江梅已过柳生绵，黄昏疏雨湿秋千。

髻子伤春懒更梳，晚风庭院落梅初，淡云来往月疏疏。　玉鸭熏炉闲瑞脑，朱樱斗帐掩流苏，通犀还解辟寒无？

【《谭评词辨·卷一》】易安居士独此篇有唐调。选家炉冶，遂标此奇。

醉花阴 一首

薄雾浓云愁永昼，瑞脑消金兽。佳节又重阳，玉枕纱厨，半夜凉初透。　东篱把酒黄昏后，有暗香盈袖。莫道不消魂，帘卷西风，人比黄花瘦。

【元伊世珍《琅嬛记·卷中》】易安以重阳《醉花阴》词函致明诚。明诚叹赏，自愧弗逮，务欲胜之，一切谢客，忘食忘寝者三日夜，得五十阕，杂易安作以示友人陆德夫。德夫玩之再三，曰："只三句绝佳。"明诚诘之，答曰："莫道不消魂，帘卷西风，人似黄花瘦。"正易安作也。

鹧鸪天 一首

寒日萧萧上琐窗，梧桐应恨夜来霜。酒阑更喜团茶苦，梦断偏宜瑞脑香。　秋已尽，日犹长，仲宣怀远更凄凉。不如随分尊前醉，莫负东篱菊蕊黄。

小重山 一首

春到长门春草青。江梅些子破，未开匀。碧云笼碾玉成尘。留晓梦，惊破一瓯春。　花影压重门。疏帘铺淡月，好黄昏。二年三度负东君。归来也！著意过今春。

一剪梅 一首

红藕香残玉簟秋。轻解罗裳，独上兰舟。云中谁寄锦书来？雁字回时，月满西楼。　花自飘零水自流。一种相思，两处闲愁。此情无计可消除，才下眉头，却上心头。

【《琅嬛记·卷中》】赵明诚、易安结褵未久，明诚即负笈远游，易安殊不忍别，觅锦帕，书《一剪梅》词以送之。

蝶恋花 一首

暖雨晴风初破冻。柳眼梅腮，已觉春心动。酒意诗情谁与共？泪融残粉花钿重。　乍试夹衫金缕缝。山枕斜攲，枕损钗头凤。独抱浓愁无好梦，夜阑犹剪灯花弄。

渔家傲 一首

天接云涛连晓雾，星河欲转千帆舞。仿佛梦魂归帝所。闻天语，殷勤问我归何处？　我报路长嗟日暮，学诗漫有惊人句。九万里风鹏正举。风休住，蓬舟吹取三山去。

凤凰台上忆吹箫 一首

（依《乐府雅词·卷下》）

香冷金猊，被翻红浪，起来人未梳头。任宝奁闲掩，日上帘钩。生怕闲愁暗恨，多少事、欲说还休。今年瘦，非干病酒，不是悲秋。　明朝，这回去也，千万遍阳关，也即难留。念武陵春晚，云锁重楼。记取楼前绿水，应念我、终日凝眸。凝眸处，从今更数，几段新愁。

【《唐宋诸贤绝妙词选·卷十》】“人未”作“慵自”，“闲掩”作“尘满”，“闲愁暗恨”作“离怀别苦”，“今年”作“新来”，“明朝”作“休休”，“也即”作“也则”，“春晚”作“人远”，“云锁重楼”作“烟锁秦楼”，“记取”作“惟有”，“绿水”作“流水”，“更数几段”作“又添一段”。

声声慢 一首

寻寻觅觅，冷冷清清，凄凄惨惨戚戚。乍暖还寒时候，最难将息。三杯两盏淡酒，怎敌他、晚来风急？雁过也，正伤心，却是旧时相识。　满地黄花堆积，憔悴损，如今有谁堪摘？守著窗儿，独自怎生得黑？梧桐更兼细雨，到黄昏、点点滴滴。这次第，怎一个愁字了得？

【宋罗大经《鹤林玉露·卷十二》】近时李易安词云：“寻寻觅觅，冷冷清清，凄凄惨惨戚戚。”起头连叠七字，以一妇人乃能创意出奇如此！

【清刘体仁《七颂堂词绎》】易安居士“最难将息”、“怎一个愁字了得”，深妙稳雅，不落蒜酪，亦不落绝句，真此道本色当行第一人也。

念奴娇 一首

萧条庭院，又斜风细雨，重门须闭。宠柳娇花寒食近，种种恼人天气。险韵诗成，扶头酒醒，别是闲滋味。征鸿过尽，万千心事难寄。 楼上几日春寒，帘垂四面，玉阑干慵倚。被冷香消新梦觉，不许愁人不起。清露晨流，新桐初引，多少游春意！日高烟敛，更看今日晴未？

【《唐宋诸贤绝妙词选·卷十》】前辈尝称易安“绿肥红瘦”为佳句。余谓此篇“宠柳娇花”之语，亦甚奇俊，前此未有能道之者。

【清王又华《古今词论》】毛稚黄曰：李易安春情：“清露晨流，新桐初引。”用世说全句，浑妙。尝论词贵开宕，不欲沾滞，忽悲忽喜，乍远乍近，斯为妙耳。如游乐词，须微著愁思，方不痴肥。李春情词本闺怨，结云“多少游春意”、“更看今日晴未”，忽尔拓开，不但不为题束，并不为本意所苦，直如行云舒卷自如，人不觉耳。

【金粟词话】李易安："被冷香消新梦觉，不许愁人不起。""守著窗儿，独自怎生得黑？"皆用浅俗之语，发清新之思，词意并工，闺情绝调。

永遇乐 一首

落日镕金，暮云合璧，人在何处？染柳烟浓，吹梅笛怨，春意知几许？元宵佳节，融和天气，次第岂无风雨？来相召、香车宝马，谢他酒朋诗侣。　中州盛日，闺门多暇，记得偏重三五。铺翠冠儿，拈金雪柳，簇带争济楚。如今憔悴，风鬟雾鬓，怕见夜间出去。不如向帘儿底下，听人笑语。

【《贵耳集卷上》】易安居士李氏，赵明诚之妻。《金石录》亦笔削其间。南渡以来，常怀京、洛旧事，晚年赋元宵《永遇乐》词云："落日镕金，暮云合璧。"已自工致。至于"染柳烟轻，吹梅笛怨，春意知几许"，气象更好。后段云："于今憔悴，风鬟霜鬓，怕见夜间出去。"皆以寻常语度人音律，炼句精巧则易，平淡入调者难。

〔集评〕　王灼曰：易安居士作长短句，能曲折尽人意，轻巧尖新，姿态百出。（《碧鸡漫志·卷二》）沈谦曰：男中李后主，女中李易安，极是当行本色。（《填词杂说》）王士祯曰：张南湖论词派有二：一曰婉约，一曰豪放。仆谓婉约以易安为宗，豪放惟幼安称首，皆吾济南人，难乎为继矣！（《花草蒙拾》）李调元曰：易安在宋诸媛中，自卓然一家，不在秦七、黄九之下。词无一首不工，其炼处可夺梦窗之席，其丽处直参片玉之班，盖不徒俯视巾帼，直欲压倒须眉。（《雨村词话·卷三》）沈曾植曰：易安跌宕昭彰，气度极类少游，刻挚且兼山谷，篇章惜少，不过窥豹一斑，闺房之秀，固文士之豪也。才锋太露，被谤殆亦因此。自明以来，堕情者醉其芬馨，飞想者赏其神骏，易安有灵，后者当许为知己。渔洋称易安、幼安为济南二安，难乎为继，易安为婉约主，幼安为豪放主，此论非明代诸公所及。（《菌阁琐谈》）

孙道绚

二首 录自《唐宋诸贤绝妙词选·卷十》

〔传记〕 孙道绚，号冲虚居士，黄谷城之母。(《唐宋诸贤绝妙调选·卷十》)谷城名铢，字子厚，富沙浦城人。与朱文公(熹)为交友，长于诗。刘潜夫(克庄)宰建阳，刻其《谷城集》于县斋。黄之母笔力甚高，张世南曾亲见铢亲录其遗词六首以赠郑昭先。(张世南《游宦纪闻·卷八》)《唐宋诸贤绝妙词选》称为“孙夫人”，录其词五首，有三首与铢手录相同。赵万里辑得九首，附录三首，为《冲虚词》一卷，刊入校辑《宋金元人词》第二册中。

清平乐 一首

雪

悠悠扬扬，做尽轻模样。夜半萧萧窗外响，多在梅边竹上。

朱楼向晓帘开，六花片片飞来。无奈熏炉烟雾，腾腾扶上金钗。

醉思仙 一首

寓居妙湛，悼亡，作此。

晚霞红，看山迷暮霭，烟暗孤松。动翩翩风袂，轻若惊鸿。心似鉴，鬓如云，弄清影，月明中。谩悲凉，岁冉冉，蕣华潜改衰容。　前事销凝久，十年光景匆匆。念云轩一梦，回首春空。彩凤远，玉箫寒，夜悄悄，恨无穷。叹黄尘，久埋玉，断肠挥泪东风。

张元幹

七首 录自汲古阁《宋六十家词》本《芦川词》

〔传记〕 张元幹(一〇九一——一一六〇后)字仲宗,三山人,太学上舍。绍兴中,坐送胡铨及寄李纲词除名。自号芦川居士。(《历代诗余·卷一百四》)周必大云:“长乐张元幹,字仲宗,在政和、宣和间,已有能乐府声,今传于世,号《芦川集》,凡百六十篇,以《贺新郎》二篇为首。”(《益公题跋》)《芦川词》有毛氏汲古阁《宋六十家词》本、吴氏双照楼《影刊宋元明本词》本。

贺新郎 二首

送胡邦衡待制赴新州

梦绕神州路。怅秋风、连营画角,故宫离黍。底事昆仑倾砥柱,九地黄流乱注?聚万落千村狐兔。天意从来高难问,况人情老易悲难诉!更南浦,送君去。

凉生岸柳催残暑。耿斜河、疏星淡月,断云微度。万里江山知何处?回首对床夜语。雁不到、书成谁与?目尽青天怀今古,肯儿曹恩怨相尔汝?举大白,听金缕。

【宋王明清《挥麈后录卷十》】绍兴戊午（一一三八），秦会之（桧）再入相，遣王正道（伦）为计议使，以修和盟。十一月，枢密院编修官胡铨邦衡上书（文长不录），请斩王伦、秦桧、孙近三人之头。疏入，责为昭州盐仓，而改送吏部，与合人差遣，注福州签判，盖上初无深怒之意也。至壬戌岁（一一四二），慈宁归养，秦讽台臣，论其前言弗效，诏除名勒停，送新州编管。张仲宗元幹寓居三山，以长短句送其行。

寄李伯纪丞相

曳杖危楼去。斗垂天、沧波万顷，月流烟渚。扫尽浮云风不定，未放扁舟夜渡。宿雁落寒芦深处。怅望关河空吊影，正人间鼻息鸣鼍鼓。谁伴我，醉中舞？

十年一梦扬州路。倚高寒、愁生故国，气吞骄虏。要斩楼兰三尺剑，遗恨琵琶旧语。谩暗涩铜华尘土。唤取谪仙平章看，过苕溪尚许垂纶否？风浩荡，欲飞举。

【《四库全书总目·卷一百九十八·芦川词提要》】绍兴八年十一月，待制胡铨谪新州，元幹作《贺新郎》以送，坐是除名。又李纲疏谏和议，在是年十一月。纲斯时已提举洞霄宫矣，元幹又有寄词一阕。今观此集，即以此二阕压卷，盖有深意。其词慷慨悲凉，数百年后，尚想其抑塞磊落之气。然其他作，则多清丽婉转，与秦观、周邦彦可以肩随。

满江红 一首

自豫章阻风吴城山作

春水迷天，桃花浪、几番风恶。云乍起、远山遮尽，晚风还作。绿遍芳洲生杜若，楚帆带雨烟中落。傍向来沙嘴共停桡，伤飘泊。　寒犹在，衾偏薄。肠欲断，愁难著。倚篷窗无寐，引杯孤酌。寒食清明都过却，最怜轻负年时约。想小楼终日望归舟，人如削。

兰陵王 一首

春恨

卷珠箔，朝雨轻阴乍阁。阑干外、烟柳弄晴，芳草侵阶映红药。东风妒花恶，吹落，梢头嫩萼。屏山掩、沉水倦熏，中酒心情怕杯勺。　寻思旧京洛，正年少疏狂，歌笑迷著。障泥油壁催梳掠。曾驰道同载，上林携手，灯夜初过早共约。又争信飘泊？　寂寞，念行乐。甚粉淡衣襟，音断弦索？琼枝璧月春如昨。怅别后华表，那回双鹤。相思除是，向醉里，暂忘却。

石州慢 一首

己酉秋，吴兴舟中。

雨急云飞，瞥然惊散，暮天凉月。谁家疏柳低迷，几点流萤明灭。夜帆风驶，满湖烟水苍茫，菰蒲零乱秋声咽。梦断酒醒时，倚危樯清绝。　心折，长庚光怒，群盗纵横，逆胡猖獗。欲挽天河，一洗中原膏血。两宫何处？塞垣只隔长江，唾壶空击悲歌缺。万里想龙沙，泣孤臣吴越。

水调歌头

追　和

举手钓鳌客，削迹种瓜侯。重来吴会，三伏行见五湖秋。耳畔风波摇荡，身外功名飘忽，何路射旄头？孤负男儿志，怅望故园愁。　梦中原，挥老泪，遍南州。元龙湖海豪气，百尺卧高楼。短发霜黏两鬓，清夜盆倾一雨，喜听瓦鸣沟。犹有壮心在，付与百川流。

浣溪沙 一首

山绕平湖波撼城，湖光倒影浸山青，水晶楼下欲三更。　雾柳暗时云度月，露荷翻处水流萤，萧萧散发到天明。

〔集评〕　毛晋曰：《芦川词》，人称其长于悲愤。及读花庵、草堂所选，又极妩秀之致，真堪与片玉、白石并垂不朽。（《芦川词跋》）

叶梦得

七首　录自汲古阁《宋六十家词》本《石林词》

〔传记〕　叶梦得（一〇七七——一一四八）字少蕴，苏州吴县人。（据《湖州府志》：叶元辅居乌程，至梦得已四世。）嗜学早成，多识前言往行。绍圣四年（一〇九七）登进士第。徽宗朝，自婺州教授，召为议礼武选编修官。用蔡京荐，召对。累官龙图阁直学士，知汝州、蔡州，移帅颍昌府。高宗驻跸杭州，以梦得深晓财赋，乃除资政殿学士，提举中太一宫，专一提领户部财用，充车驾巡幸顿递使，辞不拜。绍兴初，起为江东安抚大使，兼知建康府。八年（一一三八），除江东安抚制置大使，兼知建康府，行宫留守。梦得兼总四路漕计，以给馈饷，军用不乏，故诸将得悉力以战。诏加观文殿学士，移知福州，兼福建安抚使。上章请老，特迁一官，提举临安府洞霄宫，寻拜崇信军节度使，致仕。十八年，卒湖州。（节录《宋史·卷四百四十五·文苑传》）有《石林词》一卷，刊入汲古阁《宋六十家词》中。

贺新郎　一首

睡起流莺语。掩苍苔、房栊向晚，乱红无数。吹尽残花无人见，惟有垂杨自舞。渐暖霭初回轻暑。宝扇重寻明月影，暗尘侵、上有乘鸾女。惊旧恨，遽如许！　江南梦断横江渚。浪黏天、葡萄涨绿，半空烟雨。无限楼前沧波意，谁采蘋花寄取？但怅望兰舟，容与。万里云帆何时到？送孤鸿、目断千山阻。谁为我，唱金缕？

【宋刘昌诗《芦浦笔记·卷十》】叶石林《贺新郎》词，有“谁采蘋花寄与？但怅望兰舟容与”，下“与”字去声。汉《礼乐志》：“练时日，澹容与。”颜注：“闲舒也。”今歌者不辨音义，乃以其叠两“与”字，妄改上“与”作“寄取”而不以为非，良可笑也。庆元庚申（一二〇〇），石林之孙筠守临江，尝从容语及，谓赋此词时，年方十八。而传者乃云为仪真妓女作。详味句意，皆不相干，或是书此以遗之尔。

水调歌头 二首

九月望日，与客习射西园，余病不能射。

霜降碧天静，秋事促西风。寒声隐地初听，中夜入梧桐。起瞰高城回望，寥落关河千里，一醉与君同。叠鼓闹清晓，飞骑引雕弓。　岁将晚，客争笑，问衰翁：平生豪气安在？走马为谁雄？何似当筵虎士，挥手弦声响处，双雁落遥空。老矣真堪愧！回首望云中。

前调

秋色渐将晚，霜信报黄花。小窗低户深映，微路绕攲斜。为问山公何事？坐看流年轻度，拚却鬓双华。徙倚望沧海，天净水明霞。　念平昔，空飘荡，遍天涯。归来三径重扫，松竹本吾家。却恨悲风时起，冉冉云间新雁，边马怨胡笳。谁似东山老，谈笑净胡沙？

八声甘州 一首

寿阳楼八公山作

故都迷岸草，望长淮依然绕孤城。想乌衣年少，芝兰秀发，戈戟云横。坐看骄兵南渡，沸浪骇奔鲸。转眄东流水，一顾功成。　千岁八公山下，尚断崖草木，遥拥峥嵘。漫云涛吞吐，无处问豪英。信劳生空成今古，笑我来何事怆遗情？东山老，可堪岁晚，独听桓筝！

临江仙 二首

与客湖上饮归

不见跳鱼翻曲港，湖边特地经过。萧萧疏雨乱风荷。微云吹尽散，明月堕平波。　白酒一杯还径醉，归来散发婆娑。无人能唱采菱歌。小轩攲枕簟，檐影挂星河。

熙春台与王取道、贺方回、曾公衮会别。

自笑天涯无定准，飘然到处迟留。兴阑却上五湖舟。鲈莼新有味，碧树已惊秋。　台上微凉初过雨，一尊聊记同游。寄声时为到沧洲。遥知攲枕处，万壑看交流。

虞美人 一首

雨后，同幹誉、才卿置酒来禽花下作。

落花已作风前舞，又送黄昏雨。晓来庭院半残红，惟有游丝千丈罥晴空。　殷勤花下同携手，更尽杯中酒。美人不用敛蛾眉，我亦多情无奈酒阑时！

〔集评〕　关注曰：叶公以经术文章，为世宗儒，翰墨之余，作为歌词，亦妙天下。味其词婉丽，绰有温、李之风。晚岁落其华而实之，能于简淡时出雄杰，合处不减靖节、东坡之妙，岂近世乐府之流哉？（《题石林词》）王灼曰：后来学东坡者，叶少蕴、蒲大受亦得六七，其才力比晁、黄差劣。（《碧鸡漫志·卷二》）毛晋曰：少蕴自号石林居士，晚年居卞山下，奇石森列，藏书数万卷，啸咏自娱。所撰诗文甚富。《石林词》一卷，与苏、柳并传，绰有林下风，不作柔语殢人，真词家逸品也。（《石林词跋》）冯煦曰：叶少蕴主持王学，所著石林诗话，阴抑苏、黄，而其词顾挹苏氏之余波，岂此道与所问学固多歧出耶？（《宋六十一家词选·例言》）

汪 藻

二首 录自《彊村丛书》本《浮溪词》

〔传记〕 汪藻(一〇七九——一一五四)字彦章,饶州德兴人。入太学,中进士第,累官翰林学士,知湖州,升显谟阁学士,知徽州、宣州。藻博极群书,老不释卷。工俪语,所为制词,人多传诵。(《宋史·卷四百四十五·文苑传》)《彊村丛书》收《浮溪词》三首,题婺源汪藻撰。

点绛唇 一首

新月娟娟,夜寒江静山衔斗。起来搔首,梅影横窗瘦。好个霜天,闲却传杯手。君知否?乱鸦啼后,归兴浓于酒。

【《能改斋漫录·卷十六》】汪彦章在翰苑,屡致言者。尝作《点绛唇》。或问曰:"归梦浓于酒,何以在晓鸦啼后?"公曰:"无奈这一队畜生聒噪何!"

小重山 一首

月下潮生红蓼汀。残霞都敛尽，四山青。柳梢风急堕流萤。随波处，点点乱寒星。　别语寄丁宁。如今能间隔，几长亭？夜来秋气入银屏。梧桐雨，还恨不同听。

陈与义

三首 录自《四部丛刊》影宋刊本《简斋诗集》附《无住词》

〔传记〕 陈与义（一〇九〇——一一三八）字去非，洛人。登政和三年（一一一三）上舍甲科，授开德府教授，累迁太学博士。及金人入汴，南宋南迁，遂避乱襄汉，转湖湘，逾岭峤。久之，召为兵部员外郎。绍兴元年（一一三一）夏，至行在，迁中书舍人，兼掌内制，拜吏部侍郎。寻以徽猷阁直学士知湖州。六年，拜翰林学士，知制诰。七年，参知政事。三月，从帝如建康。明年，扈跸还临安，以疾请，复以资政殿学士知湖州。卒年四十九。与义尤长于诗，体物寓兴，清邃纡余，高举横厉，上下陶、谢、韦、柳之间。（节录《宋史·卷四百四十五·文苑传》）有《简斋诗集》附《无住词》十八首，《四部丛刊》影宋刊本。汲古阁《宋六十家词》亦有《无住词》一卷。

临江仙 一首

高咏楚词酬午日，天涯节序匆匆。榴花不似舞裙红。无人知此意，歌罢满帘风。 万事一身伤老矣！戎葵凝笑墙东。酒杯深浅去年同。试浇桥下水，今夕到湘中。

虞美人 一首

大光祖席，醉中赋长短句。

张帆欲去仍搔首，更醉君家酒。吟诗日日待春风，及至桃花开后却匆匆。　歌声频为行人咽，记著樽前雪。明朝酒醒大江流，满载一船离恨向衡州。

临江仙 一首

夜登小阁，忆洛中旧游。

忆昔午桥桥上饮，坐中多是豪英。长沟流月去无声。杏花疏影里，吹笛到天明。　二十余年如一梦，此身虽在堪惊。闲登小阁看新晴。古今多少事，渔唱起三更。

【《渔隐丛话后集·卷三十四》】苕溪渔隐曰：去非《忆洛中旧游》词云：“忆昔午桥桥上饮，坐中多是豪英。长沟流月去无声。杏花疏影里，吹笛至天明。”此数语奇丽。《简斋集》后载数词，惟此词最优。

【《词源·卷下》令曲】若陈简斋“杏花疏影里，吹笛到天明”之句，真是自然而然。

【《艺概·卷四》】词之好处，有在句中者，有在句之前后际者。陈去非《虞美人》：“吟诗日日待春风，及至桃花开后却匆匆。”此好在句中者也。《临江仙》："杏花疏影里，吹笛到天明。"此因仰承"忆昔"，俯注"一梦"，故此二句不觉豪酣，转成怅悒，所谓好在句外者也。傥谓现在如此，则呆甚矣。

〔集评〕　黄昇曰：《无住词》一卷，词虽不多，语意超绝，识者谓其可摩坡仙之垒也。(《中兴以来绝妙词选·卷一》)

岳飞

二首 录自《艺海珠尘》本《岳忠武王集》

〔传记〕 岳飞(一一〇三——一一四一)字鹏举，相州汤阴人。世力农。父和，能节食以济饥者。飞少负气节，沉厚寡言，家贫，力学，尤好《左氏春秋》《孙吴兵法》。宣和四年(一一二二)应募，旋隶留守宗泽，战开德、曹州，皆有功。泽大奇之，曰："尔智勇才艺，古良将不能过。然好野战，非万全计。"因授以阵图。飞曰："阵而后战，兵法之常。运用之妙，存乎一心。"高宗时，屡破金兵，以恢复为己任，不肯附和议。秦桧以飞不死，己必及祸，故力谋杀之。死时年三十九。孝宗诏复飞官，以礼改葬，谥武穆。(节录《宋史·卷三百六十五·岳飞传》)飞兼工诗、词，自抒怀抱，惜传作不多耳。

满江红 一首

怒发冲冠，凭阑处、潇潇雨歇。抬望眼、仰天长啸，壮怀激烈。三十功名尘与土，八千里路云和月。莫等闲、白了少年头，空悲切。 靖康耻，犹未雪。臣子憾，何时灭？驾长车踏破，贺兰山缺。壮志饥餐胡虏肉，笑谈渴饮匈奴血。待从头、收拾旧山河，朝天阙。

小重山 一首

昨夜寒蛩不住鸣。惊回千里梦，已三更。起来独自绕阶行。人悄悄，帘外月胧明。　白首为功名。旧山松竹老，阻归程。欲将心事付瑶筝。知音少，弦断有谁听？

【《历代诗余·卷一百十七》引陈郁《藏一话腴》】武穆《贺讲和赦表》云："莫守金石之约，难充溪壑之求。"故作词云："欲将心事付瑶筝，知音少，弦断有谁听？"盖指和议之非也。又作《满江红》，忠愤可见。其不欲"等闲白了少年头"，足以明其心事。

吕本中

五首 录自赵万里辑《紫微词》

〔传记〕 吕本中(一〇八四——一一四五)字居仁,寿州人,元祐宰相公著之曾孙。绍兴六年(一一三六)赐进士出身,擢起居舍人。累官中书舍人,兼直学士院。以忤秦桧,劾罢,提举太平观,卒,学者称东莱先生。(节录《宋史·卷三百七十六》)尝集江西宗派诗。(《中兴以来绝妙词选·卷一》)曾季狸曰:"东莱晚年长短句,尤浑然天成,不减唐《花间》之作。"(《艇斋诗话》)近人赵万里辑得本中词二十六首,为《紫微词》一卷,刊入校辑《宋金元人词》第二册中。

采桑子 一首

恨君不似江楼月,南北东西。南北东西,只有相随无别离。
恨君却似江楼月,暂满还亏。暂满还亏,待得团圆是几时?

减字木兰花 一首

去年今夜,同醉月明花树下。此夜江边,月暗长堤柳暗船。
故人何处?带我离愁江外去。来岁花前,又是今年忆昔年。

菩萨蛮 一首

高楼只在斜阳里，春风淡荡人声喜。携客不嫌频，使君如酒醇。　花光人不会，月色须君醉。月色与花光，共成今夜长。

踏莎行 一首

雪似梅花，梅花似雪，似和不似都奇绝。恼人风味阿谁知，请君问取南楼月。　记得去年，探梅时节，老来旧事无人说。为谁醉倒为谁醒？到今犹恨轻离别。

清平乐 一首

柳塘书事

柳塘新涨，艇子操双桨。闲倚曲栏成怅望，是处春愁一样。

傍人几点飞花，夕阳又送栖鸦。试问画楼西畔，暮云恐近天涯。

朱敦儒

十四首　录自《彊村丛书》本《樵歌》

〔传记〕　朱敦儒字希真，河南人。志行高洁，虽为布衣，而有朝野之望。避乱客南雄州。绍兴二年（一一三二），诏以为右迪功郎，下肇庆府，敦遣诣行在。既至，赐进士出身，为秘书省正字，俄兼兵部郎官，迁两浙东路提点刑狱。十九年，上疏请归，许之。敦儒素工诗及乐府，婉丽清畅。时秦桧当国，喜奖用骚人墨客，以文太平。桧子熺亦好诗。于是先用敦儒子为删定官，复除敦儒鸿胪少卿。桧死，敦儒亦废。（节录《宋史·卷四百四十五·文苑传》）敦儒晚居嘉禾。所作《樵歌》三卷，有王氏四印斋刊本及朱氏《彊村丛书》本。

水龙吟　一首

放船千里凌波去，略为吴山留顾。云屯水府，涛随神女，九江东注。北客翩然，壮心偏感，年华将暮。念伊嵩旧隐，巢由故友，南柯梦，遽如许！　回首妖氛未扫，问人间英雄何处？奇谋报国，可怜无用，尘昏白羽。铁锁横江，锦帆冲浪，孙郎良苦。但愁敲桂棹，悲吟梁父，泪流如雨。

念奴娇 三首

插天翠柳，被何人推上，一轮明月？照我藤床凉似水，飞入瑶台琼阙。雾冷笙箫，风轻环佩，玉锁无人掣。闲云收尽，海光天影相接。　谁信有药长生？素娥新炼就，飞霜凝雪。打碎珊瑚，争似看、仙桂扶疏横绝。洗尽凡心，满身清露，冷浸萧萧发。明朝尘世，记取休向人说。

【《贵耳集·卷上》】朱希真，南渡以词得名。月词有“插天翠柳，被何人推上，一轮明月”之句，自是豪放。赋梅词如不食烟火人语。“横枝消瘦一如无，但空里疏花数点”，语意奇绝。

晚凉可爱，是黄昏人静，风生蘋叶。谁做秋声穿细柳？初听寒蝉凄切。旋采芙蓉，重熏沉水，暗里香交彻。拂开冰簟，小床独卧明月。　老来应免多情，还因风景好，愁肠重结。可惜良宵人不见，角枕兰衾虚设。宛转无眠，起来闲步，露草时明灭。银河西去，画楼残角呜咽。

垂虹亭

放船纵棹，趁吴江风露，平分秋色。帆卷垂虹波面冷，初落萧萧枫叶。万顷琉璃，一轮金鉴，与我成三客。碧空寥廓，瑞星银汉争白。　深夜悄悄鱼龙，灵旗收暮霭，天光相接。莹澈乾坤，全放出、叠玉层冰宫阙。洗尽凡心，相忘尘世，梦想都销歇。胸中云海，浩然犹浸明月。

临江仙 一首

直自凤凰城破后，擘钗破镜分飞。天涯海角信音稀。梦回辽海北，魂断玉关西。　月解重圆星解聚，如何不见人归？今春还听杜鹃啼。年年看塞雁，一十四番回。

鹧鸪天 二首

检尽历头冬又残，爱他风雪忍他寒。拖条竹杖家家酒，上个篮舆处处山。　添老大，转痴顽，谢天教我老来闲。道人还了鸳鸯债，纸帐梅花醉梦间。

唱得梨园绝代声，前朝惟数李夫人。自从惊破霓裳后，楚奏吴歌扇里新。　秦嶂雁，越溪砧，西风北客两飘零。尊前忽听当时曲，侧帽停杯泪满巾。

朝中措 二首

先生筇杖是生涯，挑月更担花。把住都无憎爱，放行总是烟霞。　飘然携去，旗亭问酒，萧寺寻茶。恰似黄鹂无定，不知飞到谁家。

红稀绿暗掩重门，芳径罢追寻。已是老于前岁，那堪穷似他人！　一杯自劝，江湖倦客，风雨残春。不是酴醾相伴，如何过得黄昏？

好事近 二首

渔父词

摇首出红尘，醒醉更无时节。活计绿蓑青笠，惯披霜冲雪。晚来风定钓丝闲，上下是新月。千里水天一色，看孤鸿明灭。

短棹钓船轻，江上晚烟笼碧。塞雁海鸥分路，占江天秋色。锦鳞拨刺满篮鱼，取酒价相敌。风顺片帆归去，有何人留得？

卜算子 二首

古涧一枝梅，免被园林锁。路远山深不怕寒，似共春相趓。幽思有谁知？托契都难可。独自风流独自香，明月来寻我。

旅雁向南飞，风雨群初失。饥渴辛勤两翅垂，独下寒汀立。鸥鹭苦难亲，矰缴忧相逼。云海茫茫无处归，谁听哀鸣急？

相见欢 一首

金陵城上西楼，倚清秋，万里夕阳垂地大江流。中原乱，簪缨散，几时收？试倩悲风吹泪过扬州。

张孝祥

六首　录自《四部丛刊》影宋本《于湖居士乐府》

〔传记〕　张孝祥字安国，历阳乌江人。读书一过目不忘。绍兴二十四年（一一五四），廷试第一。历中书舍人，直学士院，兼都督府参赞军事，领建康留守，集贤殿修撰，知静江府，广南西路经略安抚使，知潭州，徙知荆南湖北路安抚使。筑守金堤，自是荆州无水患。进显谟阁直学士，致仕，卒，年三十八。（节录《宋史·卷三百八十九·张孝祥传》）所作《于湖词》，有毛氏汲古阁《宋六十家词》本，《四部丛刊》影宋刊《于湖居士集》本，吴氏双照楼影刊《宋元明本词》本。

六州歌头　一首

长淮望断，关塞莽然平。征尘暗，霜风劲，悄边声，黯销凝。追想当年事，殆天数，非人力，洙泗上，弦歌地，亦膻腥。隔水毡乡，落日牛羊下，区脱纵横。看名王宵猎，骑火一川明，笳鼓悲鸣，遣人惊。　念腰间箭，匣中剑，空埃蠹，竟何成！时易失，心徒壮，岁将零，渺神京。干羽方怀远，静烽燧，且休兵。冠盖使，纷驰骛，若为情。闻道中原遗老，常南望、翠葆霓旌。使行人到此，忠愤气填膺，有泪如倾。

【《历代诗余·卷一百十七》引《朝野遗记》】张孝祥《紫微雅词》，汤衡称其平昔未尝著稿，笔酣兴健，顷刻即成，却无一字无来处。一日，在建康留守席上作《六州歌头》，张魏公读之，罢席而入。

【《艺概·卷四》】词莫要于有关系。张元幹仲宗因胡邦衡谪新州，作《贺新郎》送之，坐是除名，然身虽黜而义不可没也。张孝祥安国于建康留守席上赋《六州歌头》，致感重臣罢席。然则词之兴、观、群、怨，岂下于诗哉？

念奴娇 一首

过洞庭

洞庭青草，近中秋、更无一点风色。玉鉴琼田三万顷，著我扁舟一叶。素月分辉，明河共影，表里俱澄澈。悠然心会，妙处难与君说。　应念岭表经年，孤光自照，肝胆皆冰雪。短发萧骚襟袖冷，稳泛沧浪空阔。尽吸西江，细斟北斗，万象为宾客。扣舷独笑，不知今夕何夕。

【清厉鹗《绝妙好词笺·卷一》】《四朝闻见录》云：张于湖尝舟过洞庭，月照龙堆，金沙荡射。公得意命酒，唱歌所作词，呼群吏而酌之曰："亦人子也。"其坦率皆类此。鹤山魏了翁跋此词真迹云：张于湖有英姿奇气，著之湖湘间，未为不遇。洞庭所赋，在集中最为杰特。方其吸江酌斗、宾客万象时，讵知世间有紫微青琐哉？

西江月 一首

丹阳湖（依《绝妙好词》补题，毛本题作“洞庭”。）

问讯湖边春色，重来又是三年。东风吹我过湖船，杨柳丝丝拂面。　世路如今已惯，此心到处悠然。寒光亭下水如天，飞起沙鸥一片。

水调歌头 二首

泛湘江（毛本作“过潇湘寺”）

濯足夜滩急，晞发北风凉。吴山楚泽行遍，只欠到潇湘。买得扁舟归去，此事天公付我，六月下沧浪。蝉蜕尘埃外，蝶梦水云乡。　制荷衣，纫兰佩，把琼芳。湘妃起舞一笑，抚瑟奏清商。唤起九歌忠愤，拂拭三闾文字，还与日争光。莫遣儿辈觉，此乐未渠央。

和庞佑父（毛本作“闻采石战胜”）

雪洗虏尘静，风约楚云留。何人为写悲壮？吹角古城楼。湖海平生豪气，关塞如今风景，剪烛看吴钩。剩喜燃犀处，骇浪与天浮。　忆当年，周与谢，富春秋。小乔初嫁，香囊未解，勋业故优游。赤壁矶头落照，肥水桥边衰草，渺渺唤人愁。我欲乘风去，击楫誓中流。

浣溪沙 一首

荆州约马举先登城楼观塞（宋本无题，依毛本补。）

霜日明霄水蘸空，鸣鞘声里绣旗红，淡烟衰草有无中。　万里中原烽火北，一尊浊酒戍楼东，酒阑挥泪向悲风。

〔集评〕　陈应行曰：比游荆、湖间，得公《于湖集》，所作长短句，凡数百篇。读之，泠然、洒然，真非烟火食人辞语。予虽不及识荆，然其潇散出尘之姿，自在如神之笔，迈往凌云之气，犹可以想见也。（毛本《于湖词·序》）汤衡曰：衡尝获从公游，见公平昔为词，未尝著稿，笔酣兴健，顷刻即成，初若不经意，反复究观，未有一字无来处。如歌头、凯歌、登无尽藏、岳阳楼诸曲，所谓骏发踔厉，寓以诗人句法者也。（同上）

韩元吉

二首 录自《彊村丛书》本《南涧诗余》

〔传记〕 韩元吉（一一一八——一一八七）字无咎，号南涧，许昌人，门下侍郎维四世孙，东莱先生吕伯恭之外舅也。（《绝妙好词笺·卷一》）寓居信州。隆兴间，官吏部尚书。有《南涧甲乙稿》。（《词林纪事·卷十》）元吉与张孝祥、范成大、陆游、辛弃疾等常以词相唱和。《彊村丛书》刊有《南涧诗余·一卷》。

好事近 一首

汴京赐宴，闻教坊乐，有感。

凝碧旧池头，一听管弦凄切。多少梨园声在，总不堪华发。杏花无处避春愁，也傍野烟发。惟有御沟声断，似知人呜咽。

【《绝妙好词笺·卷一》】《金史·交聘表》云：“大定十三年（一一七三）三月癸巳朔，宋遣试礼部尚书韩元吉、利州观察使郑兴裔等贺万春节。”按：宋孝宗乾道九年，为金世宗大定十三年。南涧汴京赐宴之词，当是此时作。

六州歌头 一首

桃花

东风著意，先上小桃枝。红粉腻，娇如醉，倚朱扉。记年时，隐映新妆面，临水岸，春将半，云日暖，斜桥转，夹城西。草软莎平，跋马垂杨渡，玉勒争嘶。认蛾眉凝笑，脸薄拂燕支。绣户曾窥，恨依依。　共携手处，香如雾，红随步，怨春迟。销瘦损，凭谁问？只花知，泪空垂。旧日堂前燕，和烟雨，又双飞。人自老，春长好，梦佳期。前度刘郎，几许风流地，花也应悲。但茫茫暮霭，目断武陵溪，往事难追。

陆游

九首 录自汲古阁《宋六十家词》本《放翁词》

〔传记〕 陆游（一一二五——一二〇九）字务观，越州山阴人。年十二，能诗、文，荫补登仕郎。锁厅荐送第一，秦桧孙埙适居其次。桧怒，至罪主司。明年，试礼部，主司复置游前列。桧显黜之。孝宗即位，赐进士出身，出通判建康府，寻易隆兴府，免归。久之，通判夔州。王炎宣抚川、陕，辟为干办公事。游为炎陈进取之策，以为经略中原，必自长安始，取长安必自陇右始。范成大帅蜀，游为参议官。以文字交，不拘礼法，人讥其颓放，因自号放翁。后累迁江西常平提举，知严州。嘉泰二年（一二〇二），以孝宗、光宗两朝实录及三朝史未就，诏游权同修国史实录院同修撰，寻兼秘书监。三年，书成，遂升宝章阁待制，致仕。嘉定二年卒，年八十五。（节录《宋史·卷三百九十五·陆游传》）游与淞皆佃之孙。游尤长于诗，与尤袤、杨万里、范成大为南宋四大家。兼喜填词，尝作词云："桥如虹，水如空，一叶飘然烟雨中，天教称放翁。"（《鹤林玉露·卷四》）自谓："少时汩于世俗，颇有所为，晚而悔之，然渔歌菱唱，犹不能止。"（《放翁词自序》）汲古阁《宋六十家词》有《放翁词》一卷，吴氏双照楼《景宋元明本词》有景宋本《渭南词》二卷。

鹧鸪天 一首

家住苍烟落照间，丝毫尘事不相关。斟残玉瀣行穿竹，卷罢黄庭卧看山。　贪啸傲，任衰残，不妨随处一开颜。元知造物心肠别，老却英雄似等闲！

钗头凤 一首

红酥手，黄滕酒，满城春色宫墙柳。东风恶，欢情薄。一怀愁绪，几年离索。错！错！错！　春如旧，人空瘦，泪痕红浥鲛绡透。桃花落，闲池阁。山盟虽在，锦书难托。莫！莫！莫！

【《耆旧续闻·卷十》】余弱冠客会稽，游许氏园，见壁间有陆放翁题词，笔势飘逸，书于沈氏园。辛未（一一五一）三月题。放翁先室内琴瑟甚和，然不当母夫人意，因出之。夫妇之情，实不忍离。后适南班士名某，家有园馆之胜。务观一日至园中，去妇闻之，遣遗黄封酒果馔，通殷勤。公感其情，为赋此词。其妇见而和之，有“世情薄，人情恶”之句，惜不得其全阕。未几，怏怏而卒。闻者为之怆然。此园后更许氏。淳熙间，其壁犹存，好事者以竹木来护之。今不复有矣。

【宋周密《齐东野语·卷一》】陆务观初娶唐氏，闳之女也，于其母夫人为姑侄。伉俪相得而弗获于其姑，既出而未忍绝之，则为别馆时时往焉，姑知而掩之，虽先知挈去，然事不得隐，竟绝之，亦人伦之变也。唐后改适同郡宗子士程。尝以春日出游，相遇于禹迹寺南之沈氏园。唐以语赵，遣致酒肴。翁怅然久之，为赋《钗头凤》一词，题园壁间。实绍兴乙亥岁（一一五五）也。翁居鉴湖之三山，晚岁每入城，必登寺眺望，不能胜情。尝赋二绝云："梦断香销四十年，沈园柳老不飞绵。此身行作稽山土，犹吊遗踪一怅然。"又云："城上斜阳画角哀，沈园无复旧池台。伤心桥下春波绿，曾是惊鸿照影来。"盖庆元己未（一一九九）岁也。未久，唐氏死。至绍熙壬子（一一九二）岁，复有诗序云："禹迹寺南，有沈氏小园。四十年前，尝题小词一阕壁间。偶复一到，而园已三易主，读之怅然。"诗云："枫叶初丹槲叶黄，河阳愁鬓怯新霜。林亭感旧空回首，泉路凭谁说断肠？坏壁醉题尘漠漠，断云幽梦事茫茫。年来妄念消除尽，回向蒲龛一炷香。"（案此段应在"翁居鉴湖"一段前，当系传刻之误。）又至开禧乙丑（一二〇五）岁暮，夜梦游沈氏园，又两绝句云："路近城南已怕行，沈家园里更伤情。香穿客袖梅花在，绿蘸寺桥春水生。""城南小陌又逢春，只见梅花不见人。玉骨久成泉下土，墨痕犹锁壁间尘。"沈园后属许氏，又为汪之道宅云。

【《历代诗余·卷一百十八》引夸娥斋主人说】陆放翁娶妇，琴瑟甚和，而不当母夫人意，遂至解褵。然犹馈遗殷勤，尝贮酒赠陆，陆谢以词，有"东风恶，欢情薄"之句，盖寄声《钗头凤》也。妇亦答词云："世情薄，人情恶，雨送黄昏花易落。晓风干，泪痕残。欲笺心事，独语斜阑。难！难！难！人成各，今非昨，病魂常似秋千索。角声寒，夜阑珊。怕人寻问，咽泪妆欢。瞒！瞒！瞒！”未几，以愁怨死。

卜算子 一首

咏梅

驿外断桥边，寂寞开无主。已是黄昏独自愁，更著风和雨。无意苦争春，一任群芳妒。零落成泥碾作尘，只有香如故。

夜游宫 一首

记梦，寄师伯浑。

雪晓清笳乱起，梦游处、不知何地？铁骑无声望似水。想关河，雁门西，青海际。　睡觉寒灯里，漏声断、月斜窗纸。自许封侯在万里。有谁知？鬓虽残，心未死。

渔家傲 一首

寄仲高

东望山阴何处是？往来一万三千里。写得家书空满纸！流清泪，书回已是明年事。　寄语红桥桥下水，扁舟何日寻兄弟？行遍天涯真老矣！愁无寐，鬓丝几缕茶烟里。

鹊桥仙 二首

一竿风月，一蓑烟雨，家在钓台西住。卖鱼生怕近城门，况肯到红尘深处？　潮生理棹，潮平系缆，潮落浩歌归去。时人错把比严光，我自是无名渔父。

夜闻杜鹃

茅檐人静，蓬窗灯暗，春晚连江风雨。林莺巢燕总无声，但月夜常啼杜宇。　催成清泪，惊残孤梦，又拣深枝飞去。故山犹自不堪听，况半世飘然羁旅。

【《词林纪事·卷十一》引《词统》】去国离乡之感，触绪纷来，读之令人于邑。

诉衷情 一首

当年万里觅封侯，匹马戍梁州。关河梦断何处？尘暗旧貂裘。　胡未灭，鬓先秋，泪空流。此生谁料，心在天山，身老沧洲！

谢池春 一首

壮岁从戎，曾是气吞残虏，阵云高、狼烟夜举。朱颜青鬓，拥雕戈西戍。笑儒冠自来多误。　功名梦断，却泛扁舟吴楚。漫悲歌、伤怀吊古。烟波无际，望秦关何处？叹流年又成虚度！

〔集评〕　刘克庄曰：放翁长短句，其激昂感慨者，稼轩不能过；飘逸高妙者，与陈简斋、朱希真相颉颃；流丽绵密者，欲出晏叔原、贺方回之上；而歌之者绝少。(《后村大全集·卷一百八十·诗话续集》)又曰：放翁、稼轩，一扫纤艳，不事斧凿，但时时掉书袋，要是一癖。(《词林纪事·卷十一》引)毛晋曰：杨用修云："放翁词纤丽处似淮海，雄慨处似东坡。"予谓超爽处更似稼轩耳。(《放翁词跋》)刘熙载曰：陆放翁词，安雅清赡，其尤佳者，在苏、秦间。然乏超然之致，天然之韵，是以人得测其所至。(《艺概·卷四》)冯煦曰：剑南屏除纤艳，独往独来，其逋峭沉郁之概，求之有宋诸家，无可方比。提要以为："诗人之言，终为近雅，与词人之冶荡有殊。"是也。至谓："游欲驿骑东坡、淮海之间，故奄有其胜，而皆不能造其极。"则或非放翁之本意欤？(《宋六十一家词选·例言》)

范成大

五首　录自《彊村丛书》本《石湖词》

〔传记〕　范成大（一一二六——一一九三）字致能，吴郡人。绍兴二十四年（一一五四），擢进士第。隆兴元年（一一六四），累迁著作佐郎。旋假资政殿大学士，充金祈请国信使，竟得全节而归。除敷文阁待制，四川制置使。凡人才可用者，悉致幕下，用所长，不拘小节。召对，除权吏部尚书，拜参知政事。出知明州，寻帅金陵。以病请闲，进资政殿学士。绍熙三年，加大学士，四年卒。有《石湖集》《揽辔录》《桂海虞衡集》行于世。（节录《宋史·卷三百八十六》）所作《石湖词》一卷，有鲍氏《知不足斋丛书》本、《彊村丛书》本。彊村本附有补遗。

南柯子　一首

怅望梅花驿，凝情杜若洲。香云低处有高楼，可惜高楼不近木兰舟。　缄素双渔远，题红片叶秋。欲凭江水寄离愁，江已东流那肯更西流。

醉落魄 一首

栖乌飞绝，绛河绿雾星明灭。烧香曳簟眠清樾。花影吹笙，满地淡黄月。　好风碎竹声如雪，昭华三弄临风咽。鬓丝撩乱纶巾折。凉满北窗，休共软红说。

【清宋翔凤《乐府余论》】高江村（士奇）曰："笙字疑当作帘，不然，与下昭华句相犯。"按：高说非也。此词正咏吹笙。上解从夜中情景点出吹笙。下解"好风碎竹声如雪"，写笙声也。"昭华三弄临风咽"，吹已止也。"鬓丝撩乱"，言执笙而吹者，其竹参差，时时侵鬓也。如吹时风来则"纶巾折"，知"凉满北窗"也。若易去笙字，则后解全无意味，且花影如何吹帘？语更不属。

眼儿媚 一首

萍乡道中乍晴，卧舆中困甚，小憩柳塘。

酣酣日脚紫烟浮，妍暖试轻裘。困人天气，醉人花底，午梦扶头。　春慵恰似春塘水，一片縠纹愁。溶溶泄泄，东风无力，欲皱还休。

【范成大《骖鸾录》】乾道癸巳（一一七三）闰正月二十六日，宿萍乡县，泊萍实驿。人以此地为楚王得萍实之地，然距大江远，非是。

【《蕙风词话·卷二》】词亦文之一体，昔人名作，亦有理脉可寻，所谓蛇灰、蚓线之妙。如范石湖《眼儿媚·萍乡道中》云云，“春慵”紧接“困”字、“醉”字来，细极。

秦楼月 一首

楼阴缺，阑干影卧东厢月。东厢月，一天风露，杏花如雪。隔烟催漏金虬咽，罗帏暗淡灯花结。灯花结，片时春梦，江南天阔。

霜天晓角 一首

梅

晚晴风歇，一夜春威折。脉脉花疏天淡，云来去，数枝雪。胜绝，愁亦绝，此情谁共说？惟有两行低雁，知人倚，画楼月。

辛弃疾

四十四首 录自汲古阁影宋钞本《稼轩词甲乙丙丁集》

〔传记〕　辛弃疾（一一四〇——一二〇七）字幼安，齐之历城人。耿京聚兵山东，弃疾为掌书记，即劝京决策南向。绍兴三十二年（一一六二），京令弃疾奉表归宋。高宗劳师建康，召见，嘉纳之，授承务郎，改差江阴签判。弃疾时年二十三。乾道四年（一一六八），通判建康府。六年，孝宗召对延和殿。时虞允文当国，帝锐意恢复。弃疾因论南北形势及三国、晋、汉人才，持论劲直，不为迎合。以讲和方定，议不行。出知滁州，辟江东安抚司参议官。留守叶衡雅重之。衡入相，力荐弃疾慷慨有大略。召见，迁仓部郎官，提点江西刑狱，加秘阁修撰。调京西转运判官，差知江陵府，兼湖北安抚。迁知隆兴府，兼江西安抚。以大理少卿召，出为湖北转运副使，改湖南，寻知潭州，兼湖南安抚。奏乞别创一军，以湖南飞虎为名。军成，雄镇一方，为江上诸军之冠。加右文殿修撰，差知隆兴府，兼江西安抚，以言者落职。绍熙二年（一一九一），起福建提点刑狱。召见，迁大理少卿，加集英殿修撰，知福州，兼福建安抚使。又欲造万铠，招强壮，补军额，严训练。事未行，台臣王蔺劾其"用钱如泥沙，杀人如草芥，旦夕望端坐闽王殿"，遂丐祠归。庆元元年（一一九五）落职。久之，起知绍兴府，兼浙东安抚使。四年，宁宗召见，加显谟阁待制，寻差知镇江府。坐缪举，降朝散大夫，提举冲佑观。进枢密都承旨，未受命而卒。弃疾豪爽，尚气节，识拔英俊。尝谓：“人生在勤，当以力田为先。北方之人，养生之具，不求于人，是以无甚富甚贫之家。南方多末作以病农，而兼并之患兴，贫富斯不侔矣。”故以稼名轩。雅善长短句，悲壮激烈，有《稼轩集》行世。（节录《宋史·卷四百一·辛弃疾传》）今所传《稼轩长短句》十二卷，有王氏《四印斋所刻词》本，吴氏《石莲庵刻山左人词》本，陶氏涉园《影宋金元明本词》续刊本。又《稼轩词》四卷，有毛氏汲古阁《宋六十家词》本。万载辛启泰刻《稼轩集钞存》，诗文辑自永乐大典，并附年谱，词则全依毛本，所谓辛氏祠堂本也。又汲古阁影宋钞《稼轩词甲乙丙丁集》，有商务印书馆影印本，甚精。近人邓广铭著《稼轩词编年笺注》，附《辛稼轩先生年谱》，采辑之富，为历来治辛词者所未有。

摸鱼儿 一首

淳熙己亥，自湖北漕移湖南，同官王正之置酒小山亭，为赋。

更能消几番风雨，匆匆春又归去。惜春长恨花开早，何况落红无数。春且住！见说道、天涯芳草迷归路。怨春不语。算只有殷勤，画檐蛛网，尽日惹飞絮。

长门事，准拟佳期又误。蛾眉曾有人妒。千金纵买相如赋，脉脉此情谁诉？君莫舞，君不见、玉环飞燕皆尘土。闲愁最苦。休去倚危楼，斜阳正在，烟柳断肠处。

【《鹤林玉露·卷一》】辛幼安晚春词“更能消几番风雨”云云，词意殊怨。“斜阳烟柳”之句，其与“未须愁日暮，天际乍轻阴”者异矣。使在汉、唐时，宁不买种豆种桃之祸哉？愚闻寿皇见此词，颇不悦，然终不加罪，可谓至德也已。

【《谭评词辨·卷二》】权奇倜傥，纯用太白乐府诗法。“见说道”句是开，“君不见”句是合。

【《艺蘅馆词选·丙卷》】梁启超曰：回肠荡气，至于此极，前无古人，后无来者。

沁园春 一首

带湖新居将成

三径初成，鹤怨猿惊，稼轩未来。甚云山自许，平生意气；衣冠人笑，抵死尘埃。意倦须还，身闲贵早，岂为莼羹鲈脍哉？秋江上，看惊弦雁避，骇浪船回。

东冈更葺茅斋，好都把轩窗临水开。要小舟行钓，先应种柳；疏篱护竹，莫碍观梅。秋菊堪餐，春兰可佩，留待先生手自栽。沉吟久，怕君恩未许，此意徘徊。

【清《嘉庆重修一统志·江西省广信府古迹》】稼轩在上饶县北，宋辛弃疾所居，因以自号。

水龙吟 二首

为韩南涧尚书寿，甲辰岁。

渡江天马南来，几人真是经纶手？长安父老，新亭风景，可怜依旧！夷甫诸人，神州沉陆，几曾回首？算平戎万里，功名本是，真儒事，君知否？　况有文章山斗，对桐阴满庭清昼。当年堕地，而今试看，风云奔走。绿野风烟，平泉草木，东山歌酒。待他年整顿，乾坤事了，为先生寿。

【案】韩南涧即韩元吉，与弃疾同以北人寓居上饶。甲辰岁为淳熙十一年（一一八四）。

【《一统志·江西省广信府》】韩元吉墓，在上饶县东。

登建康赏心亭

楚天千里清秋，水随天去秋无际。遥岑远目，献愁供恨，玉簪螺髻。落日楼头，断鸿声里，江南游子。把吴钩看了，栏杆拍遍，无人会，登临意。　休说鲈鱼堪脍，尽西风、季鹰归未？求田问舍，怕应羞见，刘郎才气。可惜流年，忧愁风雨，树犹如此！倩何人唤取，盈盈翠袖，揾英雄泪？

【张舜民《画墁集·卷七·郴行录》】率董谋父登赏心亭。赏心、白鹭二亭相连，南北对偶，以扼淮口，凭望烟渚，杳无边际。白鹭、蔡州皆在其下，亦金陵设险之地也。丁晋公登赏心亭，以家藏袁安卧雪图张挂之于屏风。

【《一统志·江苏省江宁府》】赏心亭在江宁县西下水门城上，《舆地纪胜》："亭下临秦淮，丁谓建。"

【《谭评词辨·卷二》】裂竹之声，何尝不潜气内转？

满江红 一首

江行，和杨济翁韵。

过眼溪山，怪都似、旧时曾识。是梦里、寻常行遍，江南江北。佳处径须携杖去，能消几两平生屐？笑尘埃、三十九年非，长为客。　吴楚地，东南坼。英雄事，曹刘敌。被西风吹尽，了无陈迹。楼观才成人已去，旌旗未卷头先白。叹人间、哀乐转相寻，今犹昔。

【宋杨万里《诚斋集·卷一百十四·诗话》】予族弟炎正，字济翁，年五十二，乃登第。

【清厉鹗《宋诗纪事·卷五十九》】杨炎正字济翁，庐陵人。

【鹗案】炎正工词，有《西樵语业》一卷。毛氏汲古阁刊本误作杨炎，号止济翁。予见旧钞本，作杨炎正济翁，是炎正其名，济翁其字也。今考《武林旧事》有杨炎正诗，《全芳备祖》有杨济翁诗，即是一人，毛氏之误可见矣。

水调歌头 二首

盟鸥

带湖吾甚爱，千丈翠奁开。先生杖屦无事，一日走千回。凡我同盟鸥鸟，今日既盟之后，来往莫相猜。白鹤在何处？尝试与偕来。　破青萍，排翠藻，立苍苔。窥鱼笑汝痴计，不解举吾杯。废沼荒丘畴昔，明月清风此夜，人世几欢哀？东岸绿阴少，杨柳更须栽。

【《耆旧续闻·卷五》】近日辛幼安作长短句，有用经语者，水调歌云："凡我同盟鸥鹭，今日既盟之后，来往莫相猜。"亦为新奇。

舟次扬州，和人韵。

落日塞尘起，胡骑猎清秋。汉家组练十万，列舰耸高楼。谁道投鞭飞渡？忆昔鸣髇血污，风雨佛狸愁。季子正年少，匹马黑貂裘。　今老矣！搔白首，过扬州。倦游欲去江上，手种橘千头。二客东南名胜，万卷诗书事业，尝试与君谋。莫射南山虎，直觅富民侯。

念奴娇 一首

书东流村壁

野棠花落，又匆匆过了，清明时节。刬地东风欺客梦，一夜云屏寒怯。曲岸持觞，垂杨系马，此地曾轻别。楼空人去，旧游飞燕能说。　闻道绮陌东头，行人长见，帘底纤纤月。旧恨春江流未断，新恨云山千叠。料得明朝，尊前重见，镜里花难折。也应惊问，近来多少华发？

【《谭评词辨·卷二》】大踏步出来，与眉山同工异曲。然东坡是衣冠伟人，稼轩则弓刀游侠。“楼空”二句，当识其俊逸清新，兼之故实。

鹧鸪天 二首

代人赋

扑面征尘去路遥，香篝渐觉水沉销。山无重数周遭碧，花不知名分外娇。　人历历，马萧萧，旌旗又过小红桥。愁边剩有相思句，摇断吟鞭碧玉梢。

鹅湖归，病起作。

枕簟溪堂冷欲秋，断云依水晚来收。红莲相倚浑如醉，白鸟无言定自愁。　书咄咄，且休休，一丘一壑也风流。不知筋力衰多少，但觉新来懒上楼！

【《一统志·江西省广信府》】鹅湖山在铅山县北稍东十五里。旧志《鄱阳记》云："山上有湖，多生荷，旧名荷湖山。晋末有龚氏蓄鹅于此，更名鹅湖山。周四十余里，诸峰联络，以一二十计，最高处名峰顶，有三峰揭秀。"鹅湖寺在铅山县北十五里，旧名仁寿院。

丑奴儿 一首

博山道中，效李易安体。

千峰云起，骤雨一霎儿价。更远树斜阳，风景怎生图画？青旗卖酒，山那畔别有人间，只消山水光中，无事过这一夏。　午醉醒时，松窗竹户，万千潇洒。野鸟飞来，又是一般闲暇。却怪白鸥，觑著人欲下未下。旧盟都在，新来莫是，别有说话？

【《一统志·江西省广信府》】博山在广丰县西南三十余里，南临溪流，远望如庐山之香炉峰。

菩萨蛮 一首

书江西造口壁

郁孤台下清江水，中间多少行人泪？东北是长安，可怜无数山！　青山遮不住，毕竟江流去！江晚正愁予，山深闻鹧鸪。

【四印斋本】“东北是”作“西北望”。“江流”作“东流”。

【《鹤林玉露·卷三》】吉州吉水县，江滨有石材庙。隆祐太后避虏，御舟泊庙下，一夕，梦神告曰：“速行，虏至矣！”太后惊寤，即命发舟指章贡。虏果蹑其后，追至造口，不及而还。

【《一统志·江西省赣州府》】郁孤台在府治西南，即贺兰山，隆阜郁然孤起，故名。唐郡守李勉，登临北望，改名望阙。宋郡守曾慥，增筑二台，南为郁孤，北为望阙。赵抃、苏轼皆有诗。

【《谭评词辨·卷二》】“西北望长安”二句，宕逸中亦深炼。

【《艺蘅馆词选·丙卷》】《菩萨蛮》如此大声镗鞳，未曾有也。

木兰花慢 一首

滁州送范倅

老来情味减，对别酒，怯流年。况屈指中秋，十分好月，不照人圆。无情水都不管，共西风只等送归船。秋晚莼鲈江上，夜深儿女灯前。　征衫，便好去朝天，玉殿正思贤。想夜半承明，留教视草，却遣筹边。长安故人问我，道寻常泥酒只依然。目断秋霄落雁，醉来时响空弦。

祝英台令 一首

晚春

宝钗分，桃叶渡，烟柳暗南浦。怕上层楼，十日九风雨。断肠片片飞红，都无人管，倩谁唤、流莺声住？

鬓边觑，试把花卜心期，才簪又重数。罗帐灯昏，呜咽梦中语：是他春带愁来，春归何处？却不解、将愁归去。

【《稼轩长短句》】“祝英台令”作“祝英台近”。

【清沈谦《填词杂说》】稼轩词以激扬奋厉为工，至“宝钗分，桃叶渡”一曲，昵狎温柔，魂销意尽，才人伎俩，真不可测。昔人论画云：“能寸人豆马，可作千丈松。”知言哉！

【《谭评词辨·卷二》】“断肠”三句，一波三过折。结笔托兴深切，亦非全用直笔。

青玉案 一首

元夕

东风夜放花千树，更吹落，星如雨。宝马雕车香满路。凤箫声动，玉壶光转，一夜鱼龙舞。　蛾儿雪柳黄金缕，笑语盈盈暗香去。众里寻他千百度。蓦然回首，那人却在，灯火阑珊处。

【《金粟词话》】稼轩：“蓦然回首，那人却在，灯火阑珊处。”秦、周之佳境也。

【《艺蘅馆词选·丙卷》】自怜幽独，伤心人别有怀抱。

霜天晓角 一首

旅兴

吴头楚尾，一棹人千里。休说旧愁新恨，长亭树，今如此！
宦游吾倦矣！玉人留我醉。明日落花寒食，得且住，为佳耳。

清平乐 二首

茅檐低小，溪上青青草。醉里蛮音相媚好，白发谁家翁媪？
大儿锄豆溪东，中儿正织鸡笼。最喜小儿无赖，溪头卧剥莲蓬。

又

独宿博山王氏庵

绕床饥鼠，蝙蝠翻灯舞。屋上松风吹急雨，破纸窗间自语。
平生塞北江南，归来华发苍颜。布被秋宵梦觉，眼前万里江山！

满江红 二首

敲碎离愁，纱窗外、风摇翠竹。人去后，吹箫声断，倚楼人独。满眼不堪三月暮，举头已觉千山绿。但试将、一纸寄来书，从头读。　相思字，空盈幅。相思意，何时足？滴罗襟点点，泪珠盈掬。芳草不迷行客路，垂杨只碍离人目。最苦是、立尽月黄昏，阑干曲。

暮春

家住江南，又过了、清明寒食。花径里，一番风雨，一番狼籍。流水暗随红粉去，园林渐觉清阴密。算年年、落尽刺桐花，寒无力。　庭院静，空相忆。无说处，闲愁极。怕流莺乳燕，得知消息。尺素如今何处也？绿云依旧无踪迹。谩教人、羞去上层楼，平芜碧。

贺新郎 二首

陈同父自东阳来过余，留十日，与之同游鹅湖，且会朱晦庵于紫溪，不至，飘然东归。既别之明日，余意中殊恋恋，复欲追路，至鹭鸶林，则雪深泥滑，不得前矣。独饮方村，怅然久之，颇恨挽留之不遂也。夜半投宿泉湖吴氏四望楼，闻邻笛悲甚，为赋《贺新郎》以见意。又五日，同父书来索词。心所同然者如此，可发千里一笑。

把酒长亭说。看渊明、风流酷似，卧龙诸葛。何处飞来林间鹊？蹙踏松梢微雪，要破帽多添华发。剩水残山无态度，被疏梅料理成风月。两三雁，也萧瑟。

佳人重约还轻别。怅清江、天寒不渡，水深冰合。路断车轮生四角，此地行人销骨。问谁使君来愁绝？铸就而今相思错，料当初费尽人间铁。长夜笛，莫吹裂。

听琵琶 （四印斋本作“赋琵琶”）

凤尾龙香拨。自开元、霓裳曲罢，几番风月？最苦浔阳江头客，画舸亭亭待发。记出塞、黄云堆雪。马上离愁三万里，望昭阳宫殿孤鸿没。弦解语，恨难说。

辽阳驿使音尘绝。琐窗寒、轻拢慢捻，泪珠盈睫。推手含情还却手，一抹凉州哀彻。千古事、云飞烟灭。贺老定场无消息，想沉香亭北繁华歇。弹到此，为呜咽。

【《宋四家词选》】上半阕刺谪逐正人，以致离乱。下半阕刺晏安江沱，不复北望。

【《艺蘅馆词选·丙卷》】琵琶故事，网罗胪列，乱杂无章，惟其大气足以包举之，故不觉粗率，非其人，勿学步也。

水龙吟 一首

用些语再题瓢泉，歌以饮客，声韵甚谐，客为之醋。

听兮清珮琼瑶些，明兮镜秋毫些。君无去此，流昏涨腻，生蓬蒿些。虎豹甘人，渴而饮汝，宁猿猱些。大而流江海，覆舟如芥，君无助狂涛些。　路险兮山高些，愧余独处无聊些。冬槽春盎，归来为我，制松醪些。其外芳芬，团龙片凤，煮云膏些。古人兮既往，嗟余之乐，乐箪瓢些。

【《一统志·江西省广信府》】瓢泉在铅山县东二十五里，形如瓢。宋辛弃疾有《瓢泉词》，稼轩书院在其中。

沁园春 一首

再到期思卜筑

一水西来，千丈晴虹，十里翠屏。喜草堂经岁，重来杜老；斜川好景，不负渊明。老鹤高飞，一枝投宿，长笑蜗牛戴屋行。平章了，待十分佳处，著个茅亭。　青山意气峥嵘，似为我归来妩媚生。解频教花鸟，前歌后舞；更催云水，暮送朝迎。酒圣诗豪，可能无势？我乃而今驾驭卿。清溪上，被山灵却笑，白发归耕。

【清辛启泰《稼轩先生年谱》】庆元二年（一一九六），所居毁于火，徙居铅山县期思市瓜山之下，有期思卜筑词。

水龙吟 一首

过南剑双溪楼

举头西北浮云，倚天万里须长剑。人言此地，夜深长见，斗牛光焰。我觉山高，潭空水冷，月明星淡。待燃犀下看，凭阑却怕，风雷怒，鱼龙惨。　峡束苍江对起，过危楼、欲飞还敛。元龙老矣！不妨高卧，冰壶凉簟。千古兴亡，百年悲笑，一时登览。问何人又卸，片帆沙岸，系斜阳缆？

鹧鸪天 三首

鹅湖归，病起作。

著意寻春懒便回，何如信步两三杯？山才好处行还倦，诗未成时雨早催。　携竹杖，更芒鞋。朱朱粉粉野蒿开。谁家寒食归宁女，笑语柔桑陌上来？

重九席上再赋

有甚闲愁可皱眉？老怀无绪自伤悲。百年旋逐花阴转，万事长看鬓发知。　溪上枕，竹间棋，怕寻酒伴懒吟诗。十分筋力夸强健，只比年时病起时！

代人赋

陌上柔条初破芽，东邻蚕种已生些。平冈细草鸣黄犊，斜日寒林点暮鸦。　山远近，路横斜，青旗沽酒有人家。城中桃李愁风雨，春在溪头野荠花。

西江月 一首

夜行黄沙道中

明月别枝惊鹊，清风半夜鸣蝉。稻花香里说丰年，听取蛙声一片。　七八个星天外，两三点雨山前。旧时茅店社林边，路转溪桥忽见。

鹊桥仙 一首

山行书所见

松冈避暑，茅檐避雨，闲去闲来几度？醉扶孤石看飞泉，又却是前回醒处。　东家娶妇，西家归女，灯火门前笑语。酿成千顷稻花香，夜夜费一天风露。

蝶恋花 一首

戊申元日立春，席间作。

谁向椒盘簪彩胜？整整韶华，争上春风鬓。往日不堪重记省，为花长把新春恨。　春未来时先借问，晚恨开迟，早又飘零近。今岁花期消息定，只愁风雨无凭准。

清平乐 一首

题上卢桥

清溪奔快，不管青山碍。千里盘盘平世界，更著溪山襟带。古今陵谷茫茫，市朝往往耕桑。此地居然形胜，似曾小小兴亡！

贺新郎 二首

别茂嘉十二弟。鹈鴂、杜鹃实两种，见离骚补注。

绿树听鹈鴂。更那堪、鹧鸪声住，杜鹃声切。啼到春归无寻处，苦恨芳菲都歇。算未抵人间离别。马上琵琶关塞黑，更长门翠辇辞金阙。看燕燕，送归妾。　将军百战身名裂，向河梁、回头万里，故人长绝。易水萧萧西风冷，满座衣冠似雪。正壮士悲歌未彻。啼鸟还知如许恨，料不啼清泪长啼血。谁共我，醉明月？

【沈曾植《稼轩长短句小笺》】《龙洲词》有送辛稼轩弟赴桂林官《沁园春》词，有："三齐盗起，两河民散，势倾似土，国泛如杯。猛士云飞，狂胡灰灭，机会之来人共知。何为者？望桂林西去，一骑星驰。"云云。又云："入幕来南，筹边如北，翻覆手高来去棋。"似即赠茂嘉者。词语可与此章相发，第彼显此隐耳。

【《宋四家词选》】上半阕北都旧恨，下半阕南渡新恨。

【《艺蘅馆词选·丙卷》】《贺新郎》调，以第四韵之单句为全篇筋节，如此句最可学。

【《人间词话·卷下》】稼轩《贺新郎》词送茂嘉十二弟，章法绝妙，且语语有境界，此能品而几于神者。然非有意为之，故后人不能学也。

邑中园亭，仆皆为赋此词。一日，独坐停云，水声山色，竞来相娱。意溪山欲援例者，遂作数语，庶几仿佛渊明思亲友之意云。

甚矣吾衰矣！怅平生、交游零落，只今余几？白发空垂三千丈，一笑人间万事，问何物能令公喜？我见青山多妩媚，料青山见我应如是。情与貌，略相似。

一尊搔首东窗里，想渊明、停云诗就，此时风味。江左沉酣求名者，岂识浊醪妙理？回首叫云飞风起。不恨古人吾不见，恨古人不见吾狂耳！知我者，二三子。

沁园春 一首

将止酒，戒酒杯使勿近。

杯汝来前！老子今朝，点检形骸。甚长年抱渴，咽如焦釜；于今喜睡，气似奔雷。漫说刘伶，古今达者，醉后何妨死便埋。浑如此，叹汝于知己，真少恩哉！　更凭歌舞为媒，算合作平居鸩毒猜。况怨无大小，生于所爱；物无美恶，过则为灾。与汝成言，勿留亟退，吾力犹能肆汝杯。杯再拜道：麾之即去，招则须来。

【《七颂堂词绎》】稼轩词“杯汝来前”，《毛颖传》也；“谁共我醉明月”，《恨赋》也：皆非倚声本色。

粉蝶儿 一首

和晋臣赋落花

昨日春如十三女儿学绣，一枝枝不教花瘦。甚无情便下得雨僝风僽，向园林铺作地衣红绉。　而今春似轻薄荡子难久。记前时送春归后，把春波都酿作一江春酎，约清愁杨柳岸边相候。

【夏敬观评《稼轩词》】连续诵之，如笛声宛转，乃不得以他文词绳之，勉强断句。此自是好词，虽去别调不远，却仍是秾丽一派也。

汉宫春 一首

立春日

春已归来，看美人头上，袅袅春幡。无端风雨，未肯收尽余寒。年时燕子，料今宵梦到西园。浑未办黄柑荐酒，更传青韭堆盘。　却笑东风从此，便薰梅染柳，更没些闲。闲时又来镜里，转变朱颜。清愁不断，问何人会解连环？生怕见花开花落，朝来塞雁先还。

【《宋四家词选》】“春旛”九字，情景已极不堪。燕子犹记年时好梦，“黄柑”、“青韭”，极写燕安酖毒。换头又提动党祸；结用“雁”与“燕”激射，却捎带五国城旧恨。辛词之怨，未有甚于此者。

太常引 一首

建康中秋，为吕叔潜赋。

一轮秋影转金波，飞镜又重磨。把酒问姮娥：被白发欺人奈何？　乘风好去，长空万里，直下看山河。斫去桂婆娑，人道是清光更多。

【《宋四家词选》】所指甚多，不止秦桧一人而已。

沁园春 一首

灵山齐庵赋，时筑偃湖未成。

叠嶂西驰，万马回旋，众山欲东。正惊湍直下，跳珠倒溅；小桥横截，缺月初弓。老合投闲，天教多事，检校长身十万松。吾庐小，在龙蛇影外，风雨声中。

争先见面重重，看爽气朝来三数峰。似谢家子弟，衣冠磊落；相如庭户，车骑雍容。我觉其间，雄深雅健，如对文章太史公。新堤路，问偃湖何日，烟水濛濛？

【《词品·卷四》】且说松而及谢家、相如、太史公，自非脱落故常者，未易闯其堂奥。刘改之所作《沁园春》，虽颇似其豪，而未免于粗。

破阵子 一首

为陈同父赋壮语以寄

醉里挑灯看剑，梦回吹角连营。八百里分麾下炙，五十弦翻塞外声，沙场秋点兵。　马作的卢飞快，弓如霹雳弦惊。了却君王天下事，赢得生前身后名，可怜白发生。

【《艺蘅馆词选·丙卷》】无限感慨，哀同父，亦自哀也。

【《历代诗余·卷一百十八》引《古今词话》】陈亮过稼轩，纵谈天下事。亮夜思幼安素严重，恐为所忌，窃乘其厩马以去。幼安赋《破阵子》词寄之。

鹧鸪天 一首

有客慨然谈功名，因追念少年时事，戏作。

壮岁旌旗拥万夫，锦襜突骑渡江初。燕兵夜娖侧角切银胡禄，汉箭朝飞金仆姑。　追往事，叹今吾，春风不染白髭须。都将万字平戎策，换得东家种树书。

【元刘祁《归潜志·卷八》】党承旨怀英、辛尚书弃疾俱山东人，少同舍。属金国初遭乱，俱在兵间。辛一旦率数千骑南渡，显于宋。党在北方，擢第入翰林，有名，为一时文字宗主。二公虽所趋不同，皆有功业荣宠，视前朝陶谷、韩熙载，亦相况也。后辛退闲，有词《鹧鸪天》云“壮岁旌旗拥万夫”云云，盖纪其少时事也。

鹊桥仙 一首

赠鹭鸶

溪边白鹭，来吾告汝：溪里鱼儿堪数。主人怜汝汝怜鱼，要物我欣然一处。　白沙远浦，青泥别渚，剩有虾跳鳅舞。任君飞去饱时来，看头上风吹一缕。

西江月 一首

遣 兴

醉里且贪欢笑，要愁那得工夫？近来始觉古人书，信著全无是处。　昨夜松边醉倒，问松：我醉何如？只疑松动要来扶，以手推松曰：去！

永遇乐 一首

（录自四印斋本《稼轩长短句》）

京口北固亭怀古

千古江山，英雄无觅，孙仲谋处。舞榭歌台，风流总被，雨打风吹去。斜阳草树，寻常巷陌，人道寄奴曾住。想当年金戈铁马，气吞万里如虎。　元嘉草草，封狼居胥，赢得仓皇北顾。四十三年，望中犹记，烽火扬州路。可堪回首，佛狸祠下，一片神鸦社鼓。凭谁问，廉颇老矣，尚能饭否？

【《一统志·江苏省·镇江府》】北固山在丹徒县北一里。《南史》："京城西有别岭入江，高数十丈，号曰北固。蔡谟起楼其上。梁大同十年（五四四），帝登望久之，曰：'此岭不足须固守，然于京口，实乃壮观。'乃改曰北顾。"《元和志》："在县北一里，下临长江，其势险固，因以为名。"《舆地志》："天清景明，登之，望见广陵（扬州）城，如在青霄中。"

〔集评〕　刘克庄曰：公所作大声镗鞳，小声铿鍧，横绝六合，扫空万古，自有苍生所未见。其秾纤绵密者，亦不在小晏、秦郎之下。（《后村大全集·卷九十八·辛稼轩集序》）毛晋曰：稼轩晚年来卜筑奇狮，专工长短句，累五百首有奇。但词家争斗秾纤，而稼轩率多抚时感事之作，磊砢英多，绝不作妮子态。（汲古阁本《稼轩词跋》）邹祗谟曰：稼轩雄深雅健，自是本色，俱从《南华》《冲虚》得来。然作词之多，亦无如稼轩者。中调、短令亦间作妩媚语。观其得意处，真有压倒古人之意。(《远志斋词衷》)彭孙遹曰：稼轩之词，胸有万卷，笔无点尘，激昂排宕，不可一世。今人未有稼轩一字，辄纷纷有异同之论，宋玉罪人，可胜三叹。(《金粟词话》)吴衡照曰：辛稼轩别开天地，横绝古今，《论》《孟》《诗·小序》《左氏春秋》《南华》《离骚》《史》《汉》《世说》《选》学、李、杜诗，拉杂运用，弥见其笔力之峭。(《莲子居词话·卷一》)周济曰：稼轩不平之鸣，随处辄发，有英雄语，无学问语，故往往锋颖太露。然其才情富艳，思力果锐，南北两朝，实无其匹，无怪流传之广且久也。

世以苏、辛并称。苏之自在处，辛偶能到之；辛之当行处，苏必不能到；二公之词，不可同日语也。后人以粗豪学稼轩，非徒无其才，并无其情。稼轩固是才大，然情至处后人万不能及。北宋词多就景叙情，故珠圆玉润，四照玲珑。至稼轩、白石，一变而为即事叙景，使深者反浅，曲者反直。吾十年来，服膺白石，而以稼轩为外道。由今思之，可谓瞽人扪籥也。稼轩郁勃，故情深；白石放旷，故情浅；稼轩纵横，故才大；白石局促，故才小。惟《暗香》《疏影》二词，寄意题外，包蕴无穷，可与稼轩伯仲，余俱据事直书，不过手意近辣耳。(《介存斋论词杂著》)苏、辛并称。东坡天趣独到处，殆成绝诣，而苦不经意，完璧甚少。稼轩则沉着痛快，有辙可循，南宋诸公，无不传其衣盋，固未可同年而语也。稼轩由北开南，梦窗由南追北，是词家转境。(《宋四家词选·序论》)刘熙载曰：苏、辛皆至情至性人，故其词潇洒卓荦，悉出于温柔敦厚。世或以粗犷托苏、辛，固宜有视苏、辛为别调者矣。张玉田盛称白石，而不甚许稼轩，耳食者遂于两家有轩轾意。不知稼轩之体，白石尝效之矣。集中如《永遇乐》《汉宫春》诸阕，均次稼轩韵，其吐属气味，皆若秘响相通，何后人过分门户耶？稼轩词龙腾虎掷，任古书中理语、庾语，一经运用，便得风流，天姿是何夐异！（《艺概·卷四》）谢章铤曰：学稼轩，要于豪迈中见精致。近人学稼轩，只学得莽字、粗字，无怪阑入打油恶道。试取辛词读之，岂一味叫嚣者所能望其顶踵？蒋藏园（士铨）为善于学稼轩者。稼轩是极有性情人。学稼轩者，胸中须先具一段真气、奇气，否则虽纸上奔腾，其中俄空焉，亦萧萧索索，如牖下风耳。（《赌棋山庄词话·卷一》）晏、秦之妙丽，源于李太白、温飞卿；姜、史之清真，源于张志和、白香山。惟苏、辛在词中，则藩篱独辟矣。读苏、辛词，知词中有人，词中有品，不敢自为菲薄。然辛以毕生精力注之，比苏尤为横出。吴子律曰："辛之于苏，犹诗中山谷之视东坡也。东坡之大，殆不可以学而至。"此论或不尽然。苏风格自高，而性情颇歉。辛却缠绵悱恻，且辛之造语俊于苏。若仅以大论也，则室之大不如堂，而以堂为室，可乎？（卷九）王国维曰：南宋词人，白石有格而无情，剑南有气而乏韵，其堪与北宋人颉颃者，唯一幼安耳。近人祖南宋而祧北宋，以南宋之词可学，北宋不可学也。学南宋者，不祖白石则祖梦窗，以白石、梦窗可学，幼安不可学也。学幼安者，率祖其粗犷滑稽，以其粗犷滑稽处可学，佳处不可学也。幼安之佳处，在有性情，有境界，即以气象论，亦有傍素波、干青云之概，宁后世龌龊小生所可拟耶？东坡之词旷，稼轩之词豪。无二人之胸襟而学其词，犹东施之效"捧心”也。读东坡、稼轩词，须观其雅量高致，有伯夷、柳下惠之风。白石虽似蝉蜕尘埃，然不免局促辕下。稼轩中秋饮酒达旦，用“天问”体，作《木兰花慢》以送月曰：“可怜今夜月，向何处，去悠悠？是别有人间，那边才见，光景东头？”词人想象，直悟月轮绕地之理，与科学家密合，可谓神悟！（《人间词话·卷上》）

陈亮

五首　录自汲古阁《宋六十家词》本《龙川词》

〔传记〕　陈亮（一一四三——一一九四）字同父，婺州永康人。为人才气超迈，喜谈兵，论议风生，下笔数千言立就。隆兴初，与金人约和，天下忻然，幸得苏息，独亮持不可。婺州方以解头荐，因上《中兴五论》，奏入，不报。已而退修于家，学者多归之，益力学著书者十年。淳熙五年（一一七八），诣阙上书。孝宗欲官之。亮笑曰："吾欲为社稷开数百年之基，宁用以博一官乎？"亟渡江而归。日落魄醉酒，与邑之狂士饮。亮自以豪侠，屡遭大狱，归家，益厉志读书。尝曰："堂堂之阵，正正之旗，风雨云雷，交发而并至，龙蛇虎豹，变现而出没，推倒一世之智勇，开拓万古之心胸，自谓差有一日之长。"光宗策进士，擢第一，授佥书建康府判官厅公事，未至官，一夕卒。（节录《宋史·卷四百三十六·儒林传》）亮所著《龙川词》，刊入汲古阁《宋六十家词》内。

水调歌头　一首

送章德茂大卿使虏

不见南师久，谩说北群空。当场只手，毕竟还我万夫雄。自笑堂堂汉使，得似洋洋河水，依旧只流东。且复穹庐拜，会向稿街逢。　尧之都，舜之壤，禹之封。于中应有，一个半个耻臣戎。万里腥膻如许，千古英灵安在？磅礴几时通？胡运何须问，赫日自当中。

念奴娇 一首

登多景楼

危楼还望，叹此意、今古几人曾会？鬼设神施，浑认作、天限南疆北界。一水横陈，连岗三面，做出争雄势。六朝何事，只成门户私计？　因笑王谢诸人，登高怀远，也学英雄涕。凭却江山管不到，河洛腥膻无际。正好长驱，不须反顾，寻取中流誓。小儿破贼，势成宁问强对？

【《一统志·江苏省·镇江府》】多景楼在丹徒县北固山甘露寺内，宋郡守陈天麟建，唐时临江亭故址。

鹧鸪天 一首

怀王道甫

落魄行歌记昔游，头颅如许尚何求？心肝吐尽无余事，口腹安然岂远谋？　才怕暑，又伤秋，天涯梦断有书不？大都眼孔新来浅，羡尔微官作计周。

水龙吟 一首

春恨

闹花深处层楼，画帘半卷东风软。春归翠陌，平莎茸嫩，垂杨金浅。迟日催花，淡云阁雨，轻寒轻暖。恨芳菲世界，游人未赏，都付与，莺和燕。　寂寞凭高念远，向南楼一声归雁。金钗斗草，青丝勒马，风流云散，罗绶分香，翠绡封泪，几多幽怨？正销魂又是，疏烟淡月，子规声断。

【《艺概·卷四》】同甫《水龙吟》云："恨芳菲世界，游人未赏，都付与，莺和燕。"言近指远，直有宗留守（泽）大呼渡河之意。

虞美人 一首

春愁

东风荡扬轻云缕，时送萧萧雨。水边台榭燕新归，一口香泥湿带落花飞。　海棠糁径铺香绣，依旧成春瘦，黄昏庭院柳啼鸦，记得那人和月折梨花。

〔集评〕　毛晋曰：《龙川词》一卷，读至卷终，不作一妖语、媚语，殆所称不受人怜者欤？（《龙川词·跋》）刘熙载曰：陈同甫与稼轩为友，其人才相若，词亦相似。（《艺概·卷四》）

刘过

三首 录自《汲古阁宋六十家词》本《龙洲词》

〔传记〕 刘过(一一五四——一二〇六)字改之,号龙洲道人,太和人。(《绝妙好词笺·卷一》)能诗词,流落江湖,酒酣耳热,出语豪纵,自谓晋、宋间人物。(《游宦纪闻·卷一》)卒葬昆山,今其墓尚在。所作《龙洲词》,有汲古阁《宋六十家词》本,《彊村丛书》本,上虞罗氏仿宋聚珍本。

沁园春 一首

寄辛承旨。时承旨招,不赴。

斗酒彘肩,风雨渡江,岂不快哉?被香山居士,约林和靖,与坡仙老,驾勒吾回。坡谓:西湖,正如西子,浓抹淡妆临照台。二公者,皆掉头不顾,只管传杯。

白言:天竺去来,图画里峥嵘楼阁开。爱纵横二涧,东西水绕;两峰南北,高下云堆。逋曰:不然,暗香浮动,不若孤山先访梅。须晴去,访稼轩未晚,且此徘徊。

【宋岳珂《桯史·卷二》】嘉泰癸亥（一二〇三）岁，改之在中都。时辛稼轩弃疾帅越，闻其名，遣介招之。适以事不及行，作书归辂者，因效辛体《沁园春》一词，并缄往，下笔便逼真。其词曰“斗酒彘肩”云云。辛得之，大喜，致馈数百千，竟邀之去，馆燕弥月，酬倡亹亹，皆似之，逾喜，垂别，赒之千缗，曰：“以是为求田资。”改之归，竟荡于酒，不问也。词语峻拔，如尾腔对偶错综，盖出唐王勃体而又变之。余时与之饮西园，改之中席自言，掀髯有得色。余率然应之曰：“词句固佳，然恨无刀圭药疗君白日见鬼证耳。”坐中哄堂一笑。既而别去，如昆山，姓某氏者爱之，女焉。

【《词林纪事·卷十一》引俞文豹《吹剑录》】此词虽粗而局段高。与三贤游，固可睨视稼轩。视林、白之清致，则东坡所谓“淡妆浓抹”已不足道，稼轩富贵，焉能浼我哉？

贺新郎 一首

老去相如倦，向文君、说似而今，怎生消遣？衣袂京尘曾染处，空有香红尚软。料彼此魂销肠断。一枕新凉眠客舍，听梧桐疏雨秋风颤。灯晕冷，记初见。

楼低不放珠帘卷。晚妆残、翠蛾狼藉，泪痕流脸。人道愁来须殢酒，无奈愁深酒浅。但托意焦琴纨扇。莫鼓琵琶江上曲，怕荻花枫叶俱凄怨。云万叠，寸心远。

【自跋】去年秋，余试牒四明，赋赠老娼，至今天下与禁中皆歌之。江西人来，以为邓南秀词，非也。

糖多令 一首

安远楼小集，侑觞歌板之姬黄其姓者，乞词于龙洲道人，为赋此《糖多令》。同柳阜之、刘去非、石民瞻、周嘉仲、陈孟参、孟容。时八月五日也。

芦叶满汀洲，寒沙带浅流。二十年重过南楼。柳下系船犹未稳，能几日？又中秋。 黄鹤断矶头，故人曾到不？旧江山浑是新愁。欲买桂花同载酒，终不似，少年游！

〔集评〕 黄昇曰：改之，稼轩之客。王简卿侍郎尝赠以诗云："观渠论到前贤处，据我看来近世无。"其词多壮语，盖学稼轩者也。（《中兴以来绝妙词选·卷五》）张炎曰：辛稼轩、刘改之作豪气词，非雅词也。于文章余暇，戏弄笔墨，为长短句之诗耳。（《词源·卷下》）刘熙载曰：刘改之词，狂逸之中，自饶俊致，虽沉着不及稼轩，足以自成一家。其有意效稼轩体者，如《沁园春》"斗酒彘肩"等阕，又当别论。（《艺概·卷四》）冯煦曰：龙洲自是稼轩附庸，然得其豪放，未得其宛转。（《宋六十家词选·例言》）

姜夔

二十三首 录自《彊村丛书》本《白石道人歌曲》

〔传记〕 姜夔字尧章，鄱阳人。萧东夫（德藻）爱其词，妻以兄子，因寓居吴兴之武康，与白石洞天为邻，自号白石道人。（《绝妙好词笺·卷二》）夔长于音律，尝著大乐议（详载《宋史·乐志》），欲正庙乐。庆元三年，诏付奉常有司收掌，令太常寺与议大乐。时嫉其能，是以不获尽其所议，人大惜之。（陆钟辉刻本《白石道人诗集》引《吴兴掌故》）夔学诗于萧千岩，琢句精工。（《鹤林玉露·卷十四》）尝为自叙："某早孤不振，幸不坠先人之绪业。少日奔走，凡世之所谓名公钜儒，皆尝受其知矣。内翰梁公，于某为乡曲，爱其诗似唐人，谓长短句妙天下。枢使郑公爱其文，使坐上为之，因击节称赏。参政范公（成大）以为翰墨人品，皆似晋、宋之雅士。待制杨公（万里）以为于文无所不工，甚似陆天随，于是为忘年友。复州萧公，世所谓千岩先生者也，以为四十年作诗，始得此友。待制朱公既爱其才，又爱其深于礼乐。丞相京公不特称其礼乐之书，又爱其骈俪之文。丞相谢公爱其乐书，使次子来谒焉。稼轩辛公，深服其长短句。如二卿孙公从之、胡氏应期、江陵杨公、南州张公、金陵吴公及吴德夫、项平甫、徐子渊、曾幼度、商翚仲、王晦叔、易彦章之徒，皆当世俊士，不可悉数，或爱其人. 或爱其诗，或爱其文，或爱其字，或折节交之。若东州之士，则楼公大防、叶公正则，则尤所赏激者。嗟乎！四海之内，知己者不为少矣，而未有能振之于窭困无聊之地者。旧所依倚，惟有张兄平甫，其人甚贤，十年相处，情甚骨肉，而某亦竭诚尽力，忧乐关念。平甫念其困踬场屋，至欲输资以拜爵，某辞谢不愿，又欲割锡山之膏腴，以养其山林无用之身。惜乎平甫下世，今惘惘然若有所失。人生百年有几？宾主如某与平甫者复有几？抚事感慨，不能为怀。平甫既殁，稚子甚幼。入其门则必为之凄然，终日独坐，逡巡而归。思欲舍去，则念平甫垂绝之言，何忍言去。留而不去，则既无主人矣，其能久乎？”（《齐东野语·卷十二》）夔晚居西湖，卒葬西马塍。有《白石道人诗集》《白石道人歌曲》《续书谱》《绛帖平》等书传世。姜词有汲古阁《宋六十家词》本、江都陆氏《姜白石诗词合集》本、王氏四印斋所刻《双白词》本、许氏《榆园丛刻》本、朱氏《彊村丛书》本、沈氏逊斋影乾隆十四年张奕枢刊本。其自度曲，并缀音谱，为研求宋词乐谱之主要资料。

小重山令 一首

赋潭州红梅

人绕湘皋月坠时，斜横花树小，浸愁漪。一春幽事有谁知？东风冷，香远茜裙归。　鸥去昔游非。遥怜花可可，梦依依。九疑云杳断魂啼，相思血，都沁绿筠枝。

江梅引 一首

丙辰之冬，予留梁溪，将诣淮而不得，因梦思以述志。

人间离别易多时。见梅枝，忽相思。几度小窗幽梦手同携？今夜梦中无觅处，漫裴回。寒侵被，尚未知。　湿红恨墨浅封题。宝筝空，无雁飞。俊游巷陌，算空有古木斜晖。旧约扁舟心事已成非！歌罢淮南春草赋，又萋萋。漂零客，泪满衣。

鬲溪梅令 仙吕调　一首

丙辰冬，自无锡归，作此寓意。

好花不与殢香人，浪粼粼。又恐春风归去绿成阴，玉钿何处寻？　木兰双桨梦中云，小横陈。漫向孤山山下觅盈盈，翠禽啼一春。

点绛唇 一首

丁未冬，过吴松作。

燕雁无心，太湖西畔随云去。数峰清苦，商略黄昏雨。　第四桥边，拟共天随住。今何许？凭阑怀古，残柳参差舞。

【《绝妙好词笺·卷二》】《吴郡志》云：松江在郡南四十五里，

禹贡三江之一也。南与太湖接，吴江县在江渍，垂虹跨其上，天下绝景也。

鹧鸪天 二首

正月十一日观灯

巷陌风光纵赏时，笼纱未出马先嘶。白头居士无呵殿，只有乘肩小女随。　花满市，月侵衣，少年情事老来悲。沙河塘上春寒浅，看了游人缓缓归。

元夕有所梦

肥水东流无尽期，当初不合种相思。梦中未比丹青见，暗里忽惊山鸟啼。　春未绿，鬓先丝，人间别久不成悲。谁教岁岁红莲夜，两处沉吟各自知。

【《太平寰宇记》】庐州合肥县，肥水出县西南八十里蓝家山，东南流，入于巢湖。

踏莎行 一首

自沔东来，丁未元日至金陵，江上感梦而作。

燕燕轻盈，莺莺娇软，分明又向华胥见。夜长争得薄情知？春初早被相思染。　别后书辞，别时针线，离魂暗逐郎行远。淮南皓月冷千山，冥冥归去无人管。

【《人间词话·卷下》】白石之词，余所最爱者，亦仅二语，曰："淮南皓月冷千山，冥冥归去无人管。"

庆宫春 一首

绍熙辛亥除夕，予别石湖归吴兴，雪后，夜过垂虹，尝赋诗云："笠泽茫茫雁影微，玉峰重叠护云衣。长桥寂寞春寒夜，只有诗人一舸归。"后五年冬，复与俞商卿、张平甫、铦朴翁自封禺同载诣梁溪，道经吴松，山寒天迥，云浪四合。中夕相呼步垂虹，星斗下垂，错杂渔火。朔吹凛凛，卮酒不能支，朴翁以衾自缠，犹相与行吟，因赋此阕，盖过旬涂稿乃定。朴翁咎予无益，然意所耽，不能自已也。平甫、商卿、朴翁皆工于诗，所出奇诡。予亦强追逐之。此行既归，各得五十余解。

双桨莼波，一蓑松雨，暮愁渐满空阔。呼我盟鸥，翩翩欲下，背人还过木末。那回归去，荡云雪、孤舟夜发。伤心重见，依约眉山，黛痕低压。　采香径里春寒，老子婆娑，自歌谁答？垂虹西望，飘然引去，此兴平生难遏。酒醒波远，政凝想、明珰素袜。如今安在？唯有阑干，伴人一霎。

【宋周密《癸辛杂识别集上》】葛天民字无怀，后为僧，名义铦，字朴翁。其后返初服，居西湖上，一时所交皆胜士。

【宋张端义《贵耳录·卷上》】铦朴翁，秦望山人，能诗，诗愈工，俗念愈炽，后加冠巾，曰葛天民，筑室苏堤，自号柳下。清明访白石云："花荠悬灯柳插檐，老怀那复似饧甜？画船已载先生去，燕子无人自入帘。"

【清厉鹗《宋诗纪事·卷五十八》】俞灏字商卿，世居杭。绍熙四年（一一九三）进士，历麾节，皆有声。宝庆二年（一二二六）致仕，筑室九里松，自号青松居士。

【唐圭璋《宋词三百首笺》】张平甫名鉴，张镃功甫之异母弟。《苏州府志》：采香径在香山之旁，小溪也。吴王种香于香山，使美人泛舟于溪以采香。今自灵岩山望之，一水直如矢，故俗名箭径。

齐天乐 黄钟宫　一首

丙辰岁，与张功父会饮张达可之堂。闻屋壁间蟋蟀有声，功父约予同赋，以授歌者。功父先成，辞甚美。予裴回末利花间，仰见秋月，顿起幽思，寻亦得此。蟋蟀，中都呼为促织，善斗。好事者或以三二十万钱致一枚，镂象齿为楼观以贮之。

庾郎先自吟愁赋，凄凄更闻私语。露湿铜铺，苔侵石井，都是曾听伊处。哀音似诉。正思妇无眠，起寻机杼。曲曲屏山，夜凉独自甚情绪？　西窗又吹暗雨。为谁频断续，相和砧杵？候馆迎秋，离宫吊月，别有伤心无数。豳诗漫与。笑篱落呼灯，世间儿女。写入琴丝，一声声更苦。宣、政间，有士大夫制蟋蟀吟。

【《中兴以来绝妙词选·卷三》】张功甫名镃，号约斋居士，西秦人。杨诚斋极称其诗。满庭芳《促织儿》云："月洗高梧，露传幽草，宝钗楼外秋深。土花沿翠，萤火坠墙阴。静听寒声断续，微韵转、凄咽悲沉。争求侣，殷勤劝织，促破晓机心。儿时曾记得，呼灯灌穴，敛步随音。任满身花影，犹自追寻。携向华堂戏斗，亭台小、笼巧妆金。今休说，从渠床下，凉夜听孤吟。"

【《词源·卷下》】作慢词，看是甚题目，先择曲名，然后命意，命意既了，思量头如何起，尾如何结，方始选韵而后述曲，最是过片不要断了曲意，须要承上接下。如姜白石词云："曲曲屏山，夜凉独自甚情绪？"于过片则云："西窗又吹暗雨。"则曲之意脉不断矣。

【郑文焯批】《负暄杂录》："斗蛩之戏，始于天宝间，长安富人镂象牙为笼而蓄之，以万金之资付之一喙。"此叙所记"好事者"云云，可知其习尚，至宋宣、政间，殆有甚于唐之天宝时矣。功父《满庭芳》词咏促织儿，清隽幽美，实擅词家能事，有"观止"之叹。白石别构一格，下阕托寄遥深，亦足千古已！

满江红 一首

《满江红》，旧调用仄韵，多不协律。如末句云“无心扑”三字，歌者将“心”字融入去声，方谐音律。予欲以平韵为之，久不能成。因泛巢湖，闻远岸箫鼓声，问之舟师，云：“居人为此湖神姥寿也。”予因祝曰：“得一席风，径至居巢，当以平韵《满江红》为迎送神曲。”言讫，风与笔俱驶，顷刻而成。末句云“闻佩环”则协律矣。书以绿笺，沉于白浪。辛亥（一一九一）正月晦也。是岁六月，复过祠下，因刻之柱间。有客来自居巢，云：“土人祠姥，辄能歌此词。”按：曹操至濡须口，孙权遗操书曰：“春水方生，公宜速去。”操曰：“孙权不欺孤。”乃撤军还。濡须口与东关相近，江湖水之所出入。予意春水方生，必有司之者，故归其功于姥云。

仙姥来时，正一望千顷翠澜。旌旗共乱云俱下，依约前山。命驾群龙金作轭，相从诸娣玉为冠。庙中列坐如夫人者三十人。向夜深风定悄无人，闻佩环。　神奇处，君试看。奠淮右，阻江南。遣六丁雷电，别守东关。却笑英雄无好手，一篙春水走曹瞒。又怎知人在小红楼，帘影间？

一萼红 一首

丙午（一一八六）人日，予客长沙别驾之观政堂。

堂下曲沼，沼西负古垣，有卢橘幽篁，一径深曲。穿径而南，官梅数十株，如椒、如菽，或红破白露，枝影扶疏。著屐苍苔细石间，野兴横生。亟命驾登定王台，乱湘流，入麓山，湘云低昂，湘波容与，兴尽悲来，醉吟成调。

古城阴，有官梅几许，红萼未宜簪。池面冰胶，墙腰雪老，云意还又沉沉。翠藤共闲穿径竹，渐笑语惊起卧沙禽。野老林泉，故王台榭，呼唤登临。　南去北来何事？荡湘云楚水，目极伤心。朱户黏鸡，金盘簇燕，空叹时序侵寻。记曾共西楼雅集，想垂杨还袅万丝金。待得归鞍到时，只怕春深。

念奴娇 一首

予客武陵，湖北宪治在焉。古城野水，乔木参天。予与二三友，日荡舟其间，薄荷花而饮，意象幽闲，不类人境。秋水且涸，荷叶出地寻丈。因列坐其下，上不见日，清风徐来，绿云自动，间于疏处，窥见游人画船，亦一乐也。朅来吴兴，数得相羊荷花中，又夜泛西湖，光景奇绝，故以此句写之。

闹红一舸，记来时、尝与鸳鸯为侣。三十六陂人未到，水佩风裳无数。翠叶吹凉，玉容销酒，更洒菰蒲雨。嫣然摇动，冷香飞上诗句。　日暮，青盖亭亭，情人不见，争忍凌波去？只恐舞衣寒易落，愁入西风南浦。高柳垂阴，老鱼吹浪，留我花间住。田田多少，几回沙际归路。

琵琶仙 一首

《吴都赋》云：“户藏烟浦，家具画船。”唯吴兴为然。春游之胜，西湖未能过也。己酉岁，予与萧时父载酒南郭，感遇成歌。

双桨来时，有人似、旧曲桃根桃叶。歌扇轻约飞花，蛾眉正奇绝。春渐远、汀洲自绿，更添了几声啼鴂。十里扬州，三生杜牧，前事休说。　又还是宫烛分烟，奈愁里匆匆换时节。都把一襟芳思，与空阶榆荚。千万缕、藏鸦细柳，为玉尊起舞回雪。想见西出阳关，故人初别。

【《词源·卷下》】离情当如此作，全在情景交炼，得言外意。

探春慢 一首

予自孩幼，从先人宦于古沔，女须因嫁焉。中去复来，几二十年，岂惟姊弟之爱，沔之父老儿女子亦莫不予爱也。丙午冬，千岩老人约予过苕霅，岁晚乘涛载雪而下，顾念依依，殆不能去，作此曲，别郑次皋、辛克清、姚刚中诸君。

衰草愁烟，乱鸦送日，风沙回旋平野。拂雪金鞭，欺寒茸帽，还记章台走马。谁念漂零久，谩赢得幽怀难写。故人清沔相逢，小窗闲共情话。　长恨离多会少，重访问竹西，珠泪盈把。雁迹波平，渔汀人散，老去不堪游冶。无奈苕溪月，又照我扁舟东下。甚日归来？梅花零乱春夜。

八归 一首

湘中送胡德华

芳莲坠粉，疏桐吹绿，庭院暗雨乍歇。无端抱影销魂处，还见篆墙萤暗，藓阶蛩切。送客重寻西去路，问水面琵琶谁拨？最可惜一片江山，总付与啼鴂！

长恨相从未款，而今何事，又对西风离别？渚寒烟淡，棹移人远，缥缈行舟如叶。想文君望久，倚竹愁生步罗袜。归来后、翠尊双饮，下了珠帘，玲珑闲看月。

【《艺蘅馆词选·丙卷》】麦孺博云：全首一气到底，刀挥不断。

扬州慢 中吕宫　一首

淳熙丙申至日，予过维扬。夜雪初霁，荠麦弥望。入其城则四顾萧条，寒水自碧，暮色渐起，戍角悲吟。予怀怆然，感慨今昔，因自度此曲。千岩老人以为有“黍离”

之悲也。

淮左名都，竹西佳处，解鞍少驻初程。过春风十里，尽荠麦青青。自胡马窥江去后，废池乔木，犹厌言兵。渐黄昏，清角吹寒，都在空城。　杜郎俊赏，算而今重到须惊。纵豆蔻词工，青楼梦好，难赋深情。二十四桥仍在，波心荡冷月无声。念桥边，红药年年，知为谁生？

【郑文焯批】绍兴三十年，完颜亮南寇，江淮军败，中外震骇。亮寻为其臣下弑于瓜洲。此词作于淳熙三年，寇平已十有六年，而景物萧条，依然废池乔木之感。此与凄凉犯当同属江淮乱后之作。

长亭怨慢 中吕宫　一首

予颇喜自制曲，初率意为长短句，然后协以律，故前后阕多不同。桓大司马云："昔年种柳，依依汉南。今看摇落，凄怆江潭。树犹如此，人何以堪？"此语予深爱之。

渐吹尽枝头香絮，是处人家，绿深门户。远浦萦回，暮帆零乱向何许？阅人多矣，谁得似长亭树？树若有情时，不会得青青如此！　日暮，望高城不见，只见乱山无数。韦郎去也，怎忘得玉环分付？第一是早早归来，怕红萼无人为主。算空有并刀，难翦离愁千缕。

【《艺蘅馆词选·丙卷》】麦孺博云：浑灏流转，夺胎稼轩。

淡黄柳 正平调近 一首

客居合肥南城赤兰桥之西，巷陌凄凉，与江左异。唯柳色夹道，依依可怜。因度此阕，以纾客怀。

空城晓角，吹入垂杨陌。马上单衣寒恻恻。看尽鹅黄嫩绿，都是江南旧相识。　正岑寂，明朝又寒食。强携酒，小桥宅。怕梨花落尽成秋色。燕燕飞来，问春何在？唯有池塘自碧。

【《谭评词辨·卷二》】白石、稼轩，同音笙磬。但清脆与镗鞳异响，此事自关性分。

暗香 仙吕宫 一首

辛亥之冬，予载雪诣石湖，止既月，授简索句，且征新声，作此两曲。石湖把玩不已，使工妓隶习之，音节谐婉，乃名之曰暗香、疏影。

旧时月色，算几番照我，梅边吹笛？唤起玉人，不管清寒与攀摘。何逊而今渐老，都忘却春风词笔。但怪得竹外疏花，香冷入瑶席。　江国，正寂寂。叹寄与路遥，夜雪初积。翠尊易泣，红萼无言耿相忆。长记曾携手处，千树压西湖寒碧。又片片吹尽也，几时见得?

疏影 一首

苔枝缀玉，有翠禽小小，枝上同宿。客里相逢，篱角黄昏，无言自倚修竹。昭君不惯胡沙远，但暗忆江南江北。想佩环月夜归来，化作此花幽独。　犹记深宫旧事，那人正睡里，飞近蛾绿。莫似春风，不管盈盈，早与安排金屋。还教一片随波去，又却怨玉龙哀曲。等恁时重觅幽香，已入小窗横幅。

【《词源·卷下》】诗之赋梅，惟和靖（“疏影横斜水清浅，暗香浮动月黄昏。”）一联而已。世非无诗，不能与之齐驱耳。词之赋梅，惟姜白石《暗香》《疏影》二曲，前无古人，后无来者，自立新意，真为绝唱。词用事最难，要体认著题，融化不涩。如白石《疏影》“犹记深宫旧事”三句，用寿阳事；“昭君不惯胡沙远”四句，用少陵诗；皆用事不为事所使。

【张选】此章更以二帝之愤发之，故有昭君之句。

【郑批】此盖伤心二帝蒙尘，诸后妃相从北辕，沦落胡地，故以昭君托喻，发言哀断。考唐王建《塞上咏梅》诗曰：“天山路旁一株梅，年年花发黄云下。昭君已没汉使回，前后征人谁系马？”白石词意当本此。近世读者多以意疏解，或有嫌其举典拟不于伦者，殆不自知其浅暗矣。词中数语，纯从少陵咏明妃诗义檃括，出以清健之笔，如闻空中笙鹤，飘飘欲仙，觉草窗、碧山所作吊雪香亭梅诸词，皆人间语，视此如隔一尘，宜当时传播吟口，为千古绝唱也。至下阕藉《宋书》寿阳公主故事，引申前意，寄情遥远，所谓怨深文绮，弥得风人温厚之旨已。

凄凉犯 一首

合肥巷陌皆种柳，秋风夕起骚骚然。予客居阖户，时闻马嘶，出城四顾，则荒烟野草，不胜凄黯，乃著此解。琴有凄凉调，假以为名。凡曲言犯者，谓以宫犯商、商犯宫之类，如道调宫上字住，双调亦上字住，所住字同，故道调曲中犯双调，或于双调曲中犯道调，其他准此。唐人乐书云："犯有正、旁、偏、侧。宫犯宫为正，宫犯商为旁，宫犯角为偏，宫犯羽为侧。"此说非也。十二宫所住字各不同，不容相犯，十二宫特可犯商、角、羽耳。予归行都，以此曲示国工田正德，使以哑觱栗角吹之，其韵极美。亦曰瑞鹤仙影。

绿杨巷陌秋风起，边城一片离索。马嘶渐远，人归甚处？戍楼吹角。情怀正恶，更衰草寒烟淡薄。似当时将军部曲，迤逦度沙漠。　追念西湖上，小舫携歌，晚花行乐。旧游在否？想如今翠凋红落。漫写羊裙，等新雁来时系著。怕匆匆不肯寄与，误后约。

【郑批】绍兴庚辰，金人败盟犯庐州，王权败归。太师陈秉伯请下诏亲征，以叶义问督江淮军，寻败敌于采石。词中所谓：“似当时将军部曲，迤逦度沙漠。”盖隐寓其时战事也。

翠楼吟 双调 一首

淳熙丙午冬，武昌安远楼成，与刘去非诸友落之，度曲见志。予去武昌十年，故人有泊舟鹦鹉洲者，闻小姬歌此词，问之，颇能道其事，还吴，为予言之。兴怀昔游，且伤今之离索也。

月冷龙沙，尘清虎落，今年汉酺初赐。新翻胡部曲，听毡幕元戎歌吹。层楼高峙。看槛曲萦红，檐牙飞翠。人姝丽，粉香吹下，夜寒风细。　此地，宜有词仙，拥素云黄鹤，与君游戏。玉梯凝望久，叹芳草萋萋千里。天涯情味。仗酒祓清愁，花销英气。西山外，晚来还卷，一帘秋霁。

湘月 一首

长溪杨声伯，典长沙楫棹，居濒湘江，窗间所见，如燕公郭熙画图，卧起幽适。丙午七月既望，声伯约予与赵景鲁、景望、萧和父、裕父、时父、恭父大舟浮湘，放乎中流，山水空寒，烟月交映，凄然其为秋也。坐客皆小冠练服，或弹琴，或浩歌，或自酌，或援笔搜句。予度此曲，即《念奴娇》之鬲指声也，于双调中吹之。鬲指亦谓之过腔，见晁无咎集。凡能吹竹者，便能过腔也。

五湖旧约，问经年底事，长负清景？暝入西山，渐唤我、一叶夷犹乘兴。倦网都收，归禽时度，月上汀洲冷。中流容与，画桡不点清镜。　谁解唤起湘灵，烟鬟雾鬟，理哀弦鸿阵？玉麈谈玄，叹坐客、多少风流名胜。暗柳萧萧，飞星冉冉，夜久知秋信。鲈鱼应好，旧家乐事谁省？

〔集评〕　黄昇曰：白石道人，中兴诗家名流，词极精妙，不减清真乐府，其间高处，有美成所不能及。（《中兴以来绝妙词选·卷六》）沈义父曰：姜白石清劲知音，亦未免有生硬处。（《乐府指迷》）朱彝尊曰：词莫善于姜夔，宗之者张辑、卢祖皋、吴文英、蒋捷、王沂孙、张炎、周密、陈允平、张翥、杨基，皆具夔之一体，基之后，得其门者寡矣。（《词综·序》）周济曰：白石脱胎稼轩，变雄健为清刚，变驰骤为疏宕。盖二公皆极热中，故气味吻合。辛宽、姜窄，宽故容秽，窄故斗硬。白石小序甚可观，苦与词复。若序其缘起，不犯词境，斯为两美矣。（《宋四家词选·序论》）白石词如明七子诗，看是高格响调，不耐人细思。白石以诗法入词，门径浅狭，如孙过庭书，但使后人模仿。白石好为小序，序即是词，词仍是序，反复再观，如同嚼蜡矣。词序，序作词缘起，以此意词中未备也。今人论院本，尚知曲白相生，不许复沓，而津津于白石词序，一何可笑！（《介存斋论词杂著》）王国维曰：白石写景之作，如："二十四桥仍在，波心荡冷月无声。""数峰清苦，商略黄昏雨。""高树晚蝉，说西风消息。"虽格韵高绝，然如雾里看花，终隔一层。梅溪、梦窗诸家写景之病，皆在一隔字。北宋风流，渡江遂绝，抑真有运会存乎其间耶？间隔与不隔之别。曰：陶、谢之诗不隔，延年则稍隔矣。东坡之诗不隔，山谷则稍隔矣。“池塘生春草”、“空梁落燕泥”等二句，妙处唯在不隔。词亦如是。即以一人一词论，如欧阳公《少年游》咏春草上半阕云：“阑干十二独凭春，晴碧远连云。二月三月，千里万里，行色苦愁人。”语语都在目前，便是不隔。至云：“谢家池上，江淹浦畔。”则隔矣。白石《翠楼吟》：“此地宜有词仙，拥素云黄鹤，与君游戏。玉梯凝望久，叹芳草萋萋千里。”便是不隔。至“酒祓清愁，花消英气”则隔矣。然南宋词虽不隔处，比之前人，自有浅深厚薄之别。（《人间词话·卷上》）

史达祖

七首　录自四印斋刊本《梅溪词》

〔传记〕　史达祖字邦卿，号梅溪，汴人，有《梅溪词》一卷。（《绝妙好词笺·卷二》）韩（侂胄）为平章，事无决，专倚省吏史邦卿奉行文字，拟帖撰旨俱出其手。权炙缙绅，侍从简札，至用申呈。时有李其姓者，尝与史游，于史几间大书云："危哉邦卿，侍从申呈。"未几致黥云。（叶绍翁《四朝闻见录戊集》）其词集有嘉泰辛酉（一二〇一）张镃所作序，略云："生之作，辞情俱到，织绡泉底，去尘眼中，妥帖轻圆，特其余事。至于夺苕艳于春景，起悲音于商素，有瑰奇、警迈、清新、闲婉之长，而无訑荡污淫之失，端可以分镳清真，平睨方回，而纷纷三变行辈，几不足比数。山谷以行谊文章，宗匠一代，至序小晏词，激昂婉转，以伸吐其怀抱，而'杨花谢桥'之句，伊川犹称可之。生满襟风月，鸾吟凤啸，锵洋乎口吻之际者，皆自漱涤书传中来。"《梅溪词》有汲古阁《宋六十家词》本及《四印斋所刻词》本。

绮罗香　一首

咏春雨

做冷欺花，将烟困柳，千里偷催春暮。尽日冥迷，愁里欲飞还住。惊粉重、蝶宿西园，喜泥润、燕归南浦。最妨它佳约风流，钿车不到杜陵路。　沉沉江上望极，还被春潮晚急，难寻官渡。隐约遥峰，和泪谢娘眉妩。临断岸、新绿生时，是落红、带愁流处。记当日、门掩梨花，翦灯深夜语。

【《中兴绝妙词选·卷七》】“临断岸”以下数语，最为姜尧章称赏。

双双燕 一首

咏燕

过春社了，度帘幕中间，去年尘冷。差池欲住，试入旧巢相并。还相雕梁藻井，又软语商量不定。飘然快拂花梢，翠羽分开红影。　芳径，芹泥雨润。爱贴地争飞，竞夸轻俊。红楼归晚，看足柳昏花暝。应自栖香正稳，便忘了天涯芳信。愁损翠黛双蛾，日日画阑独凭。

【《人间词话·卷下》】贺黄公谓：“姜论史词，不称其‘软语商量’而称其‘柳昏花暝’，固知不免项羽学兵法之恨。”然“柳昏花暝”，自是欧、秦辈句法，前后有画工、化工之殊，吾从白石，不能附和黄公矣。

三姝媚 一首

烟光摇缥瓦，望晴檐多风，柳花如洒。锦瑟横床，想泪痕尘影，凤弦常下。倦出犀帷，频梦见王孙骄马。讳道相思，偷理绡裙，自惊腰衩。　惆怅南楼遥夜，记翠箔张灯，枕肩歌罢。又入铜驼，遍旧家门巷，首询声价。可惜东风，将恨与闲花俱谢。记取崔徽模样，归来暗写。

临江仙 二首

闺思

倦客如今老矣，旧时不奈春何！几曾湖上不经过？看花南陌醉，驻马翠楼歌。　远眼愁随芳草，湘裙忆著春罗。枉教装得旧时多。向来箫鼓地，犹见柳婆娑。

愁与西风应有约，年年同赴清秋。旧游帘幕记扬州。一灯人著梦，双燕月当楼。　罗带鸳鸯尘暗澹，更须整顿风流。天涯万一见温柔。瘦应因此瘦，羞亦为郎羞。

【况周颐《香海棠馆词话》】“看花”二语，人人能道，上七字妙绝，似乎不甚经意，所谓得来容易却艰辛也。

齐天乐 一首

由秋宿真定驿

西风来劝凉云去，天东放开金镜。照野霜凝，入河桂湿，一一冰壶相映。殊方路永。更分破秋光，尽成悲境。有客踌躇，古庭空白吊孤影。　江南朋旧在许，也能怜天际，诗思谁领？梦断刀头，书开虿尾，别有相思随定。忧心耿耿。对风鹊残枝，露萤荒井。斟酌姮娥，九秋宫殿冷。

秋霁 一首

江水苍苍，望倦柳愁荷，共感秋色。废阁先凉，古帘空暮，雁程最嫌风力。故园信息，爱渠入眼南山碧。念上国，谁是脍鲈江汉未归客？　还又岁晚，瘦骨临风，夜闻秋声，吹动岑寂。露蛩悲、清灯冷屋，翻书愁上鬓毛白。年少俊游浑断得。但可怜处，无奈苒苒魂惊，采香南浦，剪梅烟驿。

〔集评〕　姜夔曰：梅溪词奇秀清逸，有李长吉之韵，盖能融情景于一家，会句意于两得。（《中兴以来绝妙词选·卷七》引姜作《梅溪词序》）王士祯曰：宋南渡后，梅溪、白石、竹屋、梦窗诸子，极妍尽态，反有秦、李未到者。虽神韵天然处或减，要自令人有观止之叹，正如唐绝句，至晚唐刘宾客、杜京兆，妙处反进青莲、龙标一尘。（《花草蒙拾》）

周济曰：梅溪甚有心思，而用笔多涉尖巧，非大方家数，所谓一钩勒即薄者。梅溪词中，喜用偷字，足以定其品格矣。（《介存斋论词杂著》）

朱淑真

三首　录自四印斋刊本《断肠词》

〔传记〕　朱淑真号幽栖居士，钱塘人，世居桃村，工诗，嫁为市井民妻，不得志殁。宛陵魏仲恭辑其诗，名曰《断肠集》。(《宋诗纪事·卷八十七》)四印斋刊本《断肠词》一卷，题"宋海宁幽栖居士朱淑真"，存词三十一首。

菩萨蛮　一首

山亭水榭秋方半，凤帏寂寞无人伴。愁闷一番新，双蛾只暗颦。　起来临绣户，时有疏萤度。多谢月相怜，今宵不忍圆。

清平乐　一首

恼烟撩露，留我须臾住。携手藕花湖上路，一霎黄梅细雨。　娇痴不怕人猜，和衣睡倒人怀。最是分携时候，归来懒傍妆台。

蝶恋花 一首

楼外垂杨千万缕，欲系青春，少住春还去。犹自风前飘柳絮，随春且看归何处？　绿满山川闻杜宇，便做无情，莫也愁人意。把酒送春春不语，黄昏却下潇潇雨。

刘克庄

十一首 录自《彊村丛书》本《后村长短句》

〔传记〕 刘克庄(一一八七——一二六九)字潜夫，莆阳人，后村其号。学于真西山(德秀)。以荫入仕，除潮倅，迁建阳令，移仙都。尝咏《落梅》，有"东君谬掌花权柄，却忌孤高不主张"，谗者笺其诗以示柄臣，由此病废十载。因有《病后访梅》绝句云："梦得因桃却左迁，长源为柳忤当权。幸然不识桃并柳，也被梅花累十年。"后起至将作簿，兼参议。端平初，为玉牒所主簿，奉祠，起知袁州，累迁广东运判，又奉祠，起江东提刑。召对，以将作监直华文阁，赐同进士出身，专史事。无何，用秘阁修撰出为福建提刑。(吴之振《宋诗钞·后村诗钞·小传》)有《后村大全集》一百九十六卷传世。汲古阁《宋六十家词》有《后村别调》一卷。《彊村丛书》则作《后村长短句》五卷，编次不同，盖从大全集出者，较为完善。

沁园春 一首

梦孚若

何处相逢？登宝钗楼，访铜雀台。唤厨人斫就，东溟鲸脍；圉人呈罢，西极龙媒。天下英雄，使君与操，余子谁堪共酒杯？车千两，载燕南赵北，剑客奇才。　饮酣画鼓如雷，谁信被晨鸡轻唤回？叹年光过尽，功名未立；书生老去，机会方来。使李将军，遇高皇帝，万户侯何足道哉？披衣起，但凄凉感旧，慷慨生哀。

【《后村大全集·卷一百六十六·宝谟寺丞诗境方公行状》】方信孺，字孚若，莆田人。开禧三年（一二〇七），曾借知枢密院参谋官，持督帅知院张岩书，通问金国元帅府，不少屈慑。屡官大理丞、淮东转运判官，兼提刑，知真州，转承仕郎。虏入盱眙，游骑出没天长、六合间。公乘小车慰拊，令民勿清野。帅司移文，报扬州已乘障。公方就寝，鼻息如雷。公先筑第城南，奉母居焉。中堂作复阁，扁以“诗境”。凿田为寿湖，中累海石为山，环植荷、柳、松、菊，闲著茅亭、木栈。徜徉其间，若与世相忘者。以嘉定壬午（一二二二）腊月卒，享年四十六。公美姿容，性疏豁豪爽，幼及交辛稼轩、陈同甫诸贤。素不喜治生，视金帛如粪土。尤好士，所至从者如云。闭户累年，家无儋石，而食客常满。著有《南冠萃稿》《曲江啸咏》《击缶编》等书。（《宋史·卷三百九十五》有传）

满江红 三首

夜雨凉甚，忽动从戎之兴。

金甲琱戈，记当日、辕门初立。磨盾鼻、一挥千纸，龙蛇犹湿。铁马晓嘶营壁冷，楼船夜渡风涛急。有谁怜猿臂故将军，无功级？　平戎策，从军什，零落尽，慵收拾。把茶经香传，时时温习。生怕客谈榆塞事，且教儿诵花间集。叹臣之壮也不如人，今何及！

送宋惠父入江西幕

满腹诗书，余事到、穰苴兵法。新受了、乌公书币，著鞭垂发。黄纸红旗喧道路，黑风青草空巢穴。向幼安宣子顶头行，方奇特。　溪峒事，听侬说。龚遂外，无长策。便献俘非勇，纳降非怯。帐下健儿休尽锐，草间赤子俱求活。到崆峒快寄凯歌来，宽离别。

和王实之韵，送郑伯昌。

怪雨盲风，留不住、江边行色。烦问讯、冥鸿高士，钓鳌词客。千百年传吾辈话，二三子系斯文脉。听王郎一曲玉箫声，凄金石。　晞发处，怡山碧。垂钓处，沧溟白。笑而今拙宦，他年遗直。只愿常留相见面，未宜轻屈平生膝。有狂谈欲吐且休休，惊邻壁。

【《词品卷四》】王迈字实之，号臞庵，莆阳人。丁丑（一二一七）第四人及第。刘后村赠之词云："天壤王郎，数人物、方今第一。谈笑里，风霆惊坐，云烟生笔。落落元龙湖海气，琅琅董相天人策。"其重之如此！

水龙吟 一首

自和己亥自寿

平生酷爱渊明，偶然一出归来早。题诗信意，也书甲子，也书年号。陶侃孙儿，孟嘉甥子，疑狂疑傲。与柴桑樵牧，斜川鱼鸟，同盟后，归于好。　除了登临吟啸，事如天、莫相谘报。田园闲静，市朝翻覆，回头堪笑。节序催人，东篱把菊，西风吹帽。做先生处士，一生一世，不论资考。

贺新郎 四首

送陈真州子华

北望神州路。试平章、这场公事，怎生分付？记得太行山百万，曾入宗爷驾驭。今把作握蛇骑虎。君去京东豪杰喜，想投戈下拜真吾父。谈笑里，定齐鲁。

两河萧瑟惟狐兔。问当年祖生去后，有人来否？多少新亭挥泪客，谁梦中原块土？算事业须由人做。应笑书生心胆怯，向车中闭置如新妇。空目送，塞鸿去。

【《词品·卷五》】《后村别调》一卷，大抵直致近俗，效稼轩而不及者也。其送陈子华帅真州词，壮语亦可起懦。

端　午

深院榴花吐。画帘开、練衣纨扇，午风清暑。儿女纷纷夸结束，新样钗符艾虎。早已有游人观渡。老大逢场慵作戏，任陌头年少争旗鼓。溪雨急，浪花舞。

灵均标致高如许！忆生平、既纫兰佩，更怀椒糈。谁信骚魂千载后，波底垂涎角黍？又说是蛟馋龙怒。把似而今醒到了，料当年醉死差无苦。聊一笑，吊千古。

九　日

湛湛长空黑。更那堪、斜风细雨，乱愁如织。老眼平生空四海，赖有高楼百尺。看浩荡千崖秋色。白发书生神州泪，尽凄凉不向牛山滴。追往事，去无迹。

少年自负凌云笔。到而今、春华落尽，满怀萧瑟。常恨世人新意少，爱说南朝狂客，把破帽年年拈出。若对黄花孤负酒，怕黄花也笑人岑寂。鸿北去，日西匿。

实之三和，有忧边之语，走笔答之。

国脉微如缕。问长缨、何时入手，缚将戎主？未必人间无好汉，谁与宽些尺度？试看取当年韩五。岂有谷城公付授，也不干曾遇骊山母。谈笑起，两河路。

少时棋柝曾联句。叹而今、登楼揽镜，事机频误。闻说北风吹面急，边上冲梯屡舞。君莫道投鞭虚语。自古一贤能制难，有金汤便可无张许？快投笔，莫题柱。

风人松 一首

福清道中作

归鞍尚欲小徘徊，逆境难排。人言酒是消忧物，奈病余孤负金罍。萧瑟捣衣时候，凄凉鼓缶情怀。　远林摇落晚风哀，野店犹开。多情惟是灯前影，伴此翁同去同来。逆旅主人相问，今回老似前回！

【《蕙风词话·卷二》】后阕语真质可喜。

玉楼春 一首

戏林推

年年跃马长安市，客舍似家家似寄。青钱换酒日无何，红烛呼卢宵不寐。　易挑锦妇机中字，难得玉人心下事。男儿西北有神州，莫滴水西桥畔泪。

【《蕙风词话·卷二》】后村《玉楼春》云："男儿西北有神州，莫滴水西桥畔泪。"杨升庵谓其壮语足以立懦，此类是已。

〔集评〕　刘熙载曰：刘后村词，旨正而语有致。其《贺新郎·席上闻歌有感》云:“粗识国风关雎乱,羞学流莺百啭,总不涉闺情春怨。”又云:“我有生平离鸾操,颇哀而不愠微而婉。”意殆自寓其词品耶?(《艺概·卷四》)冯煦曰:后村词与放翁、稼轩,犹鼎三足。其生丁南渡,拳拳君国似放翁,志在有为、不欲以词人自域似稼轩。如《玉楼春》云:“男儿西北有神州,莫滴水西桥畔泪。”《忆秦娥》云:“宣和宫殿,冷烟衰草。”伤时念乱,可以怨矣。又其宅心忠厚,亦往往于词得之。《满江红·送宋惠父入江西幕》云:“帐下健儿休尽锐,草间赤子俱求活。”《贺新郎》寿张史君云:“不要汉廷夸击断,要史家编入循良传。”《念奴娇·寿方德润》云:“须信谄语尤甘,忠言最苦,橄榄何如蜜?”胸次如此,岂翦红刻翠者比耶?升庵称其壮语,子晋称其雄力,殆犹之皮相也。(《宋六十一家词选·例言》)

吴文英

十首 录自《彊村丛书》本《梦窗词集》

〔传记〕 吴文英字君特，号梦窗，晚号觉翁，四明人。于翁元龙为亲伯仲，盖本姓翁氏而出后于吴者也。绍定中，入苏州仓幕。景定时，客荣王邸，受知于丞相吴潜，常往来于苏、杭间。（参考杜文澜曼陀罗华阁刊本《梦窗词·刘毓崧序》）沈义父著《乐府指迷》，称："壬寅（一二四二）秋，始识静翁（元龙号处静）于泽滨，癸卯（一二四三）识梦窗。暇日相与倡酬，率多填词，因讲论作词之法，然后知词之作难于诗。盖音律欲其协，不协则成长短之诗；下字欲其雅，不雅则近乎缠令之体；用字不可太露，露则直突而无深长之味；发意不可太高，高则狂怪而失柔婉之意。思此则知所以为难。"此其议论，盖得诸文英兄弟云。梦窗词传世者，有毛氏汲古阁《宋六十家词》本、杜氏曼陀罗华阁本、王氏四印斋本、朱氏《彊村丛书》本、《彊村遗书》本、张氏《四明丛书》本。

宴清都 一首

连理海棠

绣幄鸳鸯柱，红情密，腻云低护秦树。芳根兼倚，花梢钿合，锦屏人妒。东风睡足交枝，正梦枕瑶钗燕股。障滟蜡、满照欢丛，嫠蟾冷落羞度。　人间万感幽单，华清惯浴，春盎风露。连鬟并暖，同心共结，向承恩处。凭谁为歌长恨？暗殿锁秋镫夜语。叙旧期、不负春盟，红朝翠暮。

【朱孝臧手批《梦窗词集》】濡染大笔何淋漓！

浣溪沙 一首

门隔花深梦旧游，夕阳无语燕归愁，玉纤香动小帘钩。
落絮无声春堕泪，行云有影月含羞，东风临夜冷于秋。

玉楼春 一首

京市舞女

茸茸狸帽遮梅额，金蝉罗翦胡衫窄。乘肩争看小腰身，倦态强随闲鼓笛。　问称家住城东陌，欲买千金应不惜。归来困顿殢春眠，犹梦婆娑斜趁拍。

【宋周密《武林旧事·卷二》】都城自旧岁冬孟驾回，则已有乘肩小女、鼓吹舞绾者数十队，以供贵邸豪家幕次之玩，而天街茶肆，渐已罗列灯球等求售，谓之灯市。自此以后，每夕皆然。三桥等处，客邸最盛，舞者往来最多。每夕楼灯初上，则箫鼓已纷然自献于下，酒边一笑，所费殊不多，往往至四鼓乃还。自此日盛一日。姜白石有诗云：“灯已阑珊月色寒，舞儿往往夜深还。只应不尽婆娑意，更向街心弄影看。”又云：“南陌东城尽舞儿，画金刺绣满罗衣。也知爱惜春游夜，舞落银蟾不肯归。”吴梦窗玉楼春云“茸茸狸帽”云云，深得其意态也。

祝英台近 一首

春日客龟溪，游废园。

采幽香，巡古苑，竹冷翠微路。斗草溪根，沙印小莲步。自怜两鬓清霜，一年寒食，又身在云山深处。　昼闲度，因甚天也悭春，轻阴便成雨。绿暗长亭，归梦趁风絮。有情花影阑干，莺声门径，解留我霎时凝伫。

【朱孝臧《梦窗词集小笺》】《德清县志》：龟溪，古名孔愉泽，即余不溪之上流也。昔孔愉微时，常经溪上，见渔者笼一白龟，买而放之中流，龟左顾数四而没。

风入松 一首

听风听雨过清明，愁草瘗花铭。楼前绿暗分携路，一丝柳一寸柔情。料峭春寒中酒，交加晓梦啼莺。

西园日日扫林亭，依旧赏新晴。黄蜂频扑秋千索，有当时纤手香凝。惆怅双鸳不到，幽阶一夜苔生。

【《谭评词辨·卷一》】此是梦窗极经意词，有五季遗响。“黄蜂”二句，西子衾裙拂过来，是痴语，是深语。结笔温厚。

莺啼序 一首

残寒正欺病酒，掩沉香绣户。燕来晚、飞入西城，似说春事迟暮。画船载、清明过却，晴烟冉冉吴宫树。念羁情、游荡随风，化为轻絮。　十载西湖，傍柳系马，趁娇尘软雾。溯红渐招入仙溪，锦儿偷寄幽素。倚银屏、春宽梦窄，断红湿歌纨金缕。暝堤空，轻把斜阳，总还鸥鹭。　幽兰渐老，杜若还生，水乡尚寄旅。别后访六桥无信，事往花委，瘗玉埋香，几番风雨？长波妒盼，遥山羞黛，渔灯分影春江宿，记当时短楫桃根渡。青楼仿佛，临分败壁题诗，泪墨惨澹尘土。　危亭望极，草色天涯，叹鬓侵半苎。暗点检离痕欢唾，尚染鲛绡，亸凤迷归，破鸾慵舞。殷勤待写，书中长恨，蓝霞辽海沉过雁，漫相思弹人哀筝柱。伤心千里江南，怨曲重招，断魂在否？

高阳台 一首

丰乐楼分韵得如字

修竹凝妆，垂杨系马，凭阑浅画成图。山色谁题？楼前有雁斜书。东风紧送斜阳下，弄旧寒、晚酒醒余。自消凝，能几花前，顿老相如！　伤春不在高楼上，在镫前攲枕，雨外熏炉。怕舣游船，临流可奈清臞？飞红若到西湖底，搅翠澜、总是愁鱼。莫重来，吹尽香绵，泪满平芜。

三姝媚 一首

过都城旧居，有感。

湖山经醉惯，渍春衫、啼痕酒痕无限。又客长安，叹断襟零袂，流尘谁浣？紫曲门荒，沿败井、风摇青蔓。对语东邻，犹是曾巢，谢堂双燕。　春梦人间须断！但怪得当年，梦缘能短。绣屋秦筝，傍海棠偏爱，夜深开宴。舞歇歌沉，花未减、红颜先变。伫久河桥欲去，斜阳泪满。

【清周尔墉批《绝妙好词笺·卷四》】伤心哉此言！一“须”字、一“能”字，入破之音。

八声甘州 一首

灵岩陪庾幕诸公游

渺空烟四远，是何年青天坠长星？幻苍崖云树，名娃金屋，残霸宫城。箭径酸风射眼，腻水染花腥。时靸双鸳响，廊叶秋声。宫里吴王沉醉，倩五湖倦客，独钓醒醒。问苍天无语，华发奈山青。水涵空、阑干高处，送乱鸦斜日落渔汀。连呼酒，上琴台去，秋与云平。

【《词源·卷下》】词中句法，要平妥精粹。一曲之中，安能句句高妙？只要拍搭衬副得去，于好发挥笔力处，极要用工，不可轻易放过，读之使人击节可也。如吴梦窗登灵岩云："连呼酒，上琴台去，秋与云平。"闰重九云："帘半卷，带黄花、人在小楼。"姜白石《扬州慢》云："二十四桥仍在，波心荡冷月无声。"皆平易中有句法。

【《艺蘅馆词选·丙卷》】麦孺博云，奇情壮采。

唐多令 一首

何处合成愁？离人心上秋。纵芭蕉不雨也飕飕。都道晚凉天气好，有明月，怕登楼。　年事梦中休，花空烟水流。燕辞归、客尚淹留。垂柳不萦裙带住，漫长是，系行舟。

【《词源·卷下》】吴梦窗词，如七宝楼台，眩人眼目，碎拆下来，不成片段。此清空、质实之说。此词疏快，却不质实。如是者集中尚有，惜不多耳。

【周批《绝妙好词笺·卷四》】词固佳，但非梦窗平生杰构。玉田心赏，特以近自家手笔故也。玉田赏之，是矣，然而是极研炼出之者，看似俊快，其实深美。

〔集评〕尹焕曰：求词于吾宋者，前有清真，后有梦窗，此非焕之言，四海之公言也。（《中兴以来绝妙词选·卷十》引山阴尹焕《梦窗词·叙》）沈义父曰：梦窗深得清真之妙，其失在用事下语太晦处，人不可晓。（《乐府指迷》）周济曰：梦窗奇思壮采，腾天潜渊，返南宋之清泚，为北宋之秾挚。皋文不取梦窗，是为碧山门径所限耳。梦窗立意高，取径远，皆非余子所及。惟过嗜饾饤，以此被议。若其虚实兼到之作，虽清真不过也。（《宋四家词选·序论》）良卿曰：尹惟晓"前有清真，后有梦窗"之说，可谓知言。梦窗每于空际转身，非具大神力不能。梦窗非无生涩处，总胜空滑。况其佳者，天光云影，摇荡绿波，抚玩无斁，追寻已远。君特意思甚感慨，而寄情闲散，使人不能测其中之所有。（《介存斋论词杂著》）周尔墉曰：尧章高远，君特沉厚，各极其能。于逼塞中见空灵，于浑朴中见勾勒，于刻画中见天然，读梦窗词，当于此着眼。性情能不为词藻所掩，方是梦窗法乳。（周批《绝妙好词笺·卷四》）郑文焯曰：君特为词，用隽上之才，别构一格，拈韵习取古谱，举典务出奇丽，如唐贤诗家之李贺，文流之孙樵、刘蜕，锤幽凿险，开径自行，学者匪造次所能陈其细趣也。其取字多从长吉诗中得来，故造语奇丽。世士罕寻其源，辄疑太晦，过矣。（郑校《梦窗词·跋》）况周颐曰：近人学梦窗，辄从密处入手。梦窗密处，能令无数丽字一一生动飞舞，如万花为春，非若琱璚蹙绣，毫无生气也。如何能运动无数丽字？恃聪明，尤恃魄力。如何能有魄力？唯厚乃有魄力。梦窗密处易学，厚处难学。（《香东漫笔》）宋词有三要：重，拙，大。重者，沉着之谓，在气格，不在字句。于梦窗词，庶几见之。即其芬悱铿丽之作，中间隽句艳字，莫不有沉挚之思，灏瀚之气，挟之以流转，令人玩索而不能尽，则其中之所存者厚。沉着者，厚之发见乎外者也。欲学梦窗之致密，先学梦窗之沉着。即致密，即沉着，非出乎致密之外，超乎致密之上，别有沉着之一境也。梦窗之词，与东坡、稼轩诸公，实殊流而同源，其见为不同者，则梦窗致密其外耳。其至高至精处，虽欲拟议形容之，犹苦不得其神似。颖惠之士，束发操觚，勿轻言学梦窗也。（《香海棠馆词话》）张尔田曰：梦窗词，殿天水一朝，分镳清真，碎璧零玑，触之皆宝。虽薶藩溷，其精神行天壤，固自不敝。（《遁堪文存》）

刘辰翁

十一首 录自《彊村丛书》本《须溪词》

〔传记〕 刘辰翁（一二三二——一二九七）字会孟，庐陵人。少登陆象山（九渊）之门，补太学生。景定壬戌（一二六二），廷试对策，忤贾似道，置丙第，以亲老，请濂溪书院山长。荐居史馆，又除太学博士，皆固辞。宋亡，隐居，卒。有《须溪集》。（《宋诗纪事·卷六十八》）《彊村丛书》收《须溪词》一卷，又补遗四首。

霜天晓角 一首

和中斋九日

骑台千骑，有菊知何世？想见登高无处，淮以北，是平地。老来无复味，老来无复泪。多谢白衣迢递，吾病矣，不能醉。

【《历代诗余·卷一百十八》引《遂昌杂录》】邓光荐号中斋，信国公（文天祥）之客也。宋亡，以义行著。其所著《鹧鸪词》，有曰：“行不得也哥哥！瘦妻弱子羸牸驮，天长地阔多网罗，南音渐少北语多，肉飞不起可奈何？行不得也哥哥！”

山花子 一首

春暮

东风解手即天涯，曲曲青山不可遮。如此苍茫君莫怪，是归家。　闾阖相迎悲最苦，英雄知道鬓先华。更欲徘徊春尚肯，已无花！

柳梢青 一首

春感

铁马蒙毡，银花洒泪，春入愁城。笛里番腔，街头戏鼓，不是歌声。　那堪独坐青灯，想故国高台月明！辇下风光，山中岁月，海上心情。

踏莎行 一首

九日牛山作

日月跳丸，光阴脱兔，登临不用深怀古。向来吹帽插花人，尽随残照西风去。　老矣征衫，飘然客路，炊烟三两人家住。欲携斗酒答秋光，山深无觅黄花处。

兰陵王 一首

丙子送春

送春去，春去人间无路。秋千外、芳草连天，谁遣风沙暗南浦？依依甚意绪？漫忆海门飞絮。乱鸦过、斗转城荒，不见来时试灯处。　春去，最谁苦？但箭雁沉边，梁燕无主，杜鹃声里长门暮。想玉树凋土，泪盘如露，咸阳送客屡回顾，斜日未能度。　春去，尚来否？正江令恨别，庾信愁赋。二人皆北去。苏堤尽日风和雨。叹神游故国，花记前度。人生流落，顾孺子，共夜语。

【《历代诗余·卷一百十八》引《卓珂词统》】须溪《兰陵王》首句，九字悲绝。换头四句，凄清何减夜猿？其词悠扬悱恻，即以为小雅、楚骚可也，填词云乎哉？

宝鼎现 一首

红妆春骑，踏月影、竿旗穿市。望不尽楼台歌舞，习习香尘莲步底。箫声断、约彩鸾归去，未怕金吾呵醉。甚辇路喧阗且止？听得念奴歌起。　父老犹记宣和事，抱铜仙、清泪如水。还转盼沙河多丽。混漾明光连邸第，帘影冻、散红光成绮。月浸葡萄十里。看往来神仙才子，肯把菱花扑碎？　肠断竹马儿童，空见说、三千乐指。等多时、春不归来，到春时欲睡。又说向灯前拥髻，暗滴鲛珠坠。便当日亲见霓裳，天上人间梦里。

【《历代诗余·卷一百十八》】张孟浩云：刘辰翁作《宝鼎现》词，时为大德元年(一二九七)，自题曰“丁酉元夕”，亦义熙旧人只书甲子之意。其词反反复复，字字悲咽，真孤竹、彭泽之流。

虞美人 一首

春晓

轻衫倚望春晴稳，雨压青梅损。皱绡池影泛红蔫，看取断云来去似炉烟。　愁春来暮仍愁暮，受却寒无数。年来无地买花栽，向道明年花信莫须来。

八声甘州 一首

送春韵

看飘飘万里去东流，道伊去如风。便锦缆危潮，青山御宿，烟雨啼红。愁是明朝酒醒，听著返魂钟。留得春如故，了不关侬。

春亦去人远矣！是别情何薄？归兴何浓？但江南好□，未便到芙蓉。念今夜初程何处？有何人垂袖舞行宫。青青柳，留君如此，如此匆匆！

永遇乐 一首

余自乙亥上元，诵李易安《永遇乐》，为之涕下。今三年矣！每闻此词，辄不自堪，遂依其声，又托之易安自喻，虽辞情不及，而悲苦过之。

璧月初晴，黛云远澹，春事谁主？禁苑娇寒，湖堤倦暖，前度遽如许！香尘暗陌，华灯明昼，长是懒携手去。谁知道、断烟禁夜，满城似愁风雨。　宣和旧日，临安南渡，芳景犹自如故。缃帙流离，风鬟三五，能赋词最苦。江南无路，鄜州今夜，此苦又谁知否？空相对、残釭无寐，满村社鼓。

沁园春 一首

送春

春汝归欤？风雨蔽江，烟尘暗天。况雁门阨塞，龙沙渺莽，东连吴会，西至秦川。芳草迷津，飞花拥道，小为蓬壶借百年。江南好，问夫君何事，不少留连？　江南正是堪怜！但满眼杨花化白毡。看兔葵燕麦，华清宫里；蜂黄蝶粉，凝碧池边。我已无家，君归何里？中路徘徊七宝鞭。风回处，寄一声珍重，两地潸然！

摸鱼儿 一首

酒边留同年徐云屋

怎知他春归何处？相逢且尽尊酒。少年袅袅天涯恨，长结西湖烟柳。休回首！但细雨断桥，憔悴人归后。东风似旧。问前度桃花，刘郎能记，花复认郎否？　君且住！草草留君翦韭。前宵正恁时候。深杯欲共歌声滑，翻湿春衫半袖。空眉皱，看白发尊前，已似人人有。临分把手，叹一笑论文，清狂顾曲，此会几时又？

〔集评〕　况周颐曰：近人论词，或以《须溪词》为别调，非知人之言也。《须溪词》多真率语，满心而发，不假追琢，有掉臂游行之乐。其词笔多用中锋，风格遒上，略与稼轩旗鼓相当。世俗之论，容或以稼轩为别调，宜其以别调目须溪也。（《餐樱庑词话》）

蒋 捷

六首 录自汲古阁《宋六十家词》本《竹山词》

〔传记〕 蒋捷字胜欲，阳羡人，德祐进士，自号竹山，遁迹不仕，以词名。（《宋诗纪事·卷七十八》）所作《竹山词》一卷，见汲古阁《宋六十家词》中。

贺新郎 一首

怀 旧

梦冷黄金屋。叹秦筝、斜鸿阵里，素弦尘扑。化作娇莺飞归去，犹认纱窗旧绿。正过雨荆桃如菽。此恨难平君知否？似琼台涌起弹棋局。消瘦影，嫌明烛。 鸳楼碎泻东西玉。问芳踪、何时再展？翠钗难卜。待把宫眉横云样，描上生绡画幅。怕不是新来妆束。彩扇红牙今都在，恨无人解听开元曲。空掩袖，倚寒竹。

【《谭评词辨·卷二》】瑰丽处鲜妍自在，词藻太密。

女冠子 一首

元 夕

蕙花香也，雪晴池馆如画。春风飞到，宝钗楼上，一片笙箫，琉璃光射。而今灯谩挂，不是暗尘明月，那时元夜。况年来心懒意怯，羞与蛾儿争耍。　江城人悄初更打，问繁华谁解再向天公借？剔残红灺，但梦里隐隐钿车罗帕。吴笺银粉砑，待把旧家风景，写成闲话。笑绿鬟邻女，绮窗犹唱，夕阳西下。

声声慢 一首

秋 声

黄花深巷，红叶低窗，凄凉一片秋声。豆雨声来，中间夹带风声。疏疏二十五点，丽谯门不锁更声。故人远，问谁摇玉佩？檐底铃声。　彩角声吹月堕，渐连营马动，四起笳声。闪烁邻灯，灯前尚有砧声。知他诉愁到晓，碎哝哝多少蛩声！诉未了，把一半分与雁声。

虞美人 一首

听 雨

少年听雨歌楼上，红烛昏罗帐。壮年听雨客舟中，江阔云低断雁叫西风。　而今听雨僧庐下，鬓已星星也！悲欢离合总无情，一任阶前点滴到天明。

一剪梅 一首

舟过吴江

一片春愁待酒浇，江上舟摇，楼上帘招。秋娘渡与泰娘桥，风又飘飘，雨又萧萧。　何日归家洗客袍？银字笙调，心字香烧。流光容易把人抛，红了樱桃，绿了芭蕉。

【校】“渡”原作“度”，“桥”原作“娇”，依《行香子·舟宿兰湾》一阕“秋娘渡，泰娘桥”改。

燕归梁 一首

风 莲

我梦唐宫春昼迟，正舞到，曳裾时。翠云队仗绛霞衣，慢腾腾，手双垂。　忽然急鼓催将起，似彩凤，乱惊飞。梦回不见万琼妃，见荷花，被风吹。

〔集评〕　刘熙载曰：蒋竹山词，未极流动自然，然洗炼缜密，语多创获，其志视梅溪较贞，其思视梦窗较清。刘文房为五言长城，竹山其亦长短句之长城欤？（《艺概·卷四》）

周 密

五首 录自《彊村丛书》本《蘋洲渔笛谱》

〔传记〕 周密(一二三二——一三〇八)字公谨,号草窗,济南人,流寓吴兴,居弁山,自号弁阳啸翁,又号萧斋。淳祐中,为义乌令。有《蜡屐集》《齐东野语》《癸辛杂识》《志雅堂杂钞》《浩然斋视听钞》《武林旧事》《澄怀录》《云烟过眼录》。(《宋诗纪事·卷八十》)诗集曰《草窗韵语》,有乌程蒋氏密韵楼影宋刊本。词集曰《蘋洲渔笛谱》,有广陵江昱考证及辑本集外词,刊入《彊村丛书》。又题《草窗词》,有鲍氏《知不足斋丛书》本,杜氏曼陀罗华阁本,朱氏无著庵校辑本。

曲游春 一首

禁烟湖上薄游,施中山赋词甚佳,余因次其韵。盖平时游舫,至午后则尽入里湖,抵暮始出断桥,小驻而归,非习于游者不知也。故中山极击节余"闲却半湖春色"之句,谓能道人之所未云。

禁苑东风外,扬暖丝晴絮,春思如织。燕约莺期,恼芳情偏在,翠深红隙。漠漠香尘隔,沸十里乱弦丛笛。看画船尽入西泠,闲却半湖春色。　柳陌，新烟凝碧，映帘底宫眉，堤上游勒。轻暝笼寒，怕梨云梦冷，杏香愁幂。歌管酬寒食，奈蝶怨良宵岑寂。正满湖碎月摇花，怎生去得？

【《武林旧事·卷三》】都城自过收灯。贵游巨室，皆争先出郊，谓之探春，至禁烟为最盛。龙舟十余，彩旗叠鼓，交午曼衍，粲如锦绣。内有曾经宣唤者，则锦衣花帽，以自别于众。京尹为立赏格，竞渡争标，内珰贵客，赏犒无算。都人士女，两堤骈集，几于无置足地。水面画楫，栉比如鱼鳞，亦无行舟之路。歌欢箫鼓之声，振动远近，其盛可以想见。若游之次第，则先南而后北，至午则尽入西泠桥里湖，其外几无一舸矣。弁阳老人有词云："看画船尽入西泠，闲却半湖春色。"盖纪实也。

夷则商国香慢　一首

赋子固凌波图

玉润金明，记曲屏小几，翦叶移根。经年汜人重见，瘦影娉婷。雨带风襟零乱，步云冷、鹅管吹春。相逢旧京洛，素靥尘缁，仙掌霜凝。　国香流落恨，正冰消翠薄，谁念遗簪？水空天远，应念矾弟梅兄。渺渺鱼波望极，五十弦、愁满湘云。凄凉耿无语，梦入东风，雪尽江清。

一萼红 一首

登蓬莱阁，有感。

步深幽，正云黄天淡，雪意未全休。鉴曲寒沙，茂林烟草，俯仰千古悠悠。岁华晚、飘零渐远，谁念我、同载五湖舟？磴古松斜，压阴苔老，一片清愁。　回首天涯归梦，几魂飞西浦，泪洒东州。故国山川，故园心眼，还似王粲登楼。最负他、秦鬟妆镜，好江山、何事此时游？为唤狂吟老监，共赋消忧。阁在绍兴，西浦、东州皆其地。

【周评《绝妙好词笺·卷七》】草窗擅美在缜密，如此章稍空阔，愈益佳妙。

献仙音 一首

吊雪香亭梅

松雪飘寒，岭云吹冻，红破数椒春浅。衬舞台荒，浣妆池冷，凄凉市朝轻换。叹花与人凋谢，依依岁华晚。　共凄黯！问东风、几番吹梦，应惯识当年，翠屏金辇。一片古今愁，但废绿平烟空远。无语消魂，对斜阳衰草泪满。又西泠残笛，低送数声春怨。

高阳台 一首

寄越中诸友

小雨分江，残寒迷浦，春容浅入蒹葭。雪霁空城，燕归何处人家？梦魂欲渡苍茫去，怕梦轻、翻被愁遮。感流年，夜汐东还，冷照西斜。　萋萋望极王孙草，认云中烟树，鸥外春沙。白发青山，可怜相对苍华。归鸿自趁潮回去，笑倦游、犹是天涯。问东风，先到垂杨，后到梅花？

〔集评〕 周济曰：公谨敲金戛玉，嚼雪盥花，新妙无与为匹。公谨只是词人，颇有名心，未能自克，故虽才情诣力，色色绝人，终不能超然遐举。（《介存斋论词杂著》）草窗镂冰刻楮，精妙绝伦，但立意不高，取韵不远，当与玉田抗行，未可方驾王、吴也。（《宋四家词选·序论》）戈载曰：《草窗词》尽洗靡曼，独标清丽，有韶倩之色，有绵渺之思，与梦窗旨趣相侔，二窗并称，允矣无忝。其于律亦极严谨，盖交游甚广，深得切劘之益。（《宋七家词选》）李慈铭曰：南宋之末，终推草窗、梦窗两家为此事眉目，非碧山、竹屋辈所可颉颃。（《孟学斋日记》）

王沂孙

八首　录自四印斋本《花外集》

〔传记〕　王沂孙字圣与，号碧山，又号中仙，会稽人，与周公瑾、唐玉潜诸公倡和，有词，名《花外集》。(《宋诗纪事·卷八十》)延祐四明志："至元中，王沂孙庆元路学正。"(《绝妙好词笺·卷七》)今传世《花外集》，有《知不足斋丛书》本、《四印斋所刻词》本。

水龙吟　一首

落　叶

晓霜初著青林，望中故国凄凉早。萧萧渐积，纷纷犹坠，门荒径悄。渭水风生，洞庭波起，几番秋杪？想重厓半没，千峰尽出，山中路，无人到。　前度题红杳杳，溯宫沟、暗流空绕。啼螿未歇，飞鸿欲过，此时怀抱。乱影翻窗，碎声敲砌，愁人多少？望吾庐甚处？只应今夜，满庭谁扫？

无闷 一首

雪 意

阴积龙荒，寒度雁门，西北高楼独倚。怅短景无多，乱山如此！欲唤飞琼起舞，怕搅碎纷纷银河水。冻云一片，藏花护玉，未教轻坠。　清致，悄无似。有照水一枝，已挽春意。误几度凭栏，莫愁凝睇。应是梨花梦好，未肯放东风来人世。待翠管吹破苍茫，看取玉壶天地。

【《宋四家词选》】何尝不峭拔，然略粗，此其所以为碧山之清刚也。白石好处，无半点粗气矣。

眉妩 一首

新 月

渐新痕悬柳，澹彩穿花，依约破初暝。便有团圆意，深深拜、相逢谁在香径？画眉未稳，料素娥犹带离恨。最堪爱、一曲银钩小，宝帘挂秋冷。　千古盈亏休问。叹漫磨玉斧，难补金镜。太液池犹在，凄凉处、何人重赋清景？故山夜永，试待他窥户端正。看云外山河，还老桂花旧影。

【《谭评词辨·卷一》】“便有”四句，寓意自深，音辞高亮。欧、晏如兰亭真本，此仅一翻。后半阕蹊径显然。

齐天乐 三首

萤

碧痕初化池塘草，荧荧野光相趁。扇薄星流，盘明露滴，零落秋原飞磷。练裳暗近。记穿柳生凉，度荷分暝。误我残编，翠囊空叹梦无准。　楼阴时过数点，倚阑人未睡，曾赋幽恨。汉苑飘苔，秦陵坠叶，千古凄凉不尽。何人为省？但隔水余晖，傍林残影。已觉萧疏，更堪秋夜永！

【《谭评词辨·卷一》】“误我”二句亦寓言。“楼阴”句拓成远势，过变中又一法。“汉苑”三句，可谓盘拏倔强矣。结笔绕梁之音。

蝉

绿槐千树西窗悄，厌厌昼眠惊起。饮露身轻，吟风翅薄，半翦冰绡谁寄？凄凉倦耳。漫重拂琴丝，怕寻冠珥。短梦深宫，向人犹自诉憔悴。　残虹收尽过雨，晚来频断续，都是秋意。病叶难留，纤柯易老，空忆斜阳身世！窗明月碎。甚已绝余音，尚遗枯蜕？鬓影参差，断魂青镜里。

一襟余恨宫魂断，年年翠阴庭树。乍咽凉柯，还移暗叶，重把离愁深诉。西窗过雨。怪瑶珮流空，玉筝调柱。镜暗妆残，为谁娇鬓尚如许？　铜仙铅泪似洗，叹移盘去远，难贮零露。病翼惊秋，枯形阅世，消得斜阳几度？余音更苦！甚独抱清高，顿成凄楚？谩想薰风，柳丝千万缕。

【《宋四家词选》】前阕身世之感，后阕家国之恨。

【《谭评词辨·卷一》】此是学唐人句法、章法，“庾郎先自吟愁赋”逊其蔚跂。“西窗”句亦排宕法。“铜仙”三句，极力排荡。“病翼”三句，玩其弦指收裹处，有变征之音。结笔掉尾，不肯直泻，然未自在。

庆宫春 一首

水仙花

明玉擎金，纤罗飘带，为君起舞回雪。柔影参差，幽芳零乱，翠围腰瘦一捻。岁华相误，记前度湘皋怨别。哀弦重听，都是凄凉，未须弹彻。　国香到此谁怜？烟冷沙昏，顿成愁绝。花恼难禁，酒销欲尽，门外冰澌初结。试招仙魄，怕今夜瑶簪冻折。携盘独出，空想咸阳，故宫落月。

【周评《绝妙好词笺·卷七》】用事有以盐著水之妙，凄然压海之音。

高阳台 一首

残萼梅酸，新沟水绿，初晴节序暄妍。独立雕栏，谁怜枉度华年？朝朝准拟清明近，料燕翎须寄银笺。又争知、一字相思，不到吟边？　双蛾不拂青鸾冷，任花阴寂寂，掩户闲眠。屡卜佳期，无凭却恨金钱。何人寄与天涯信？趁东风急整归船。纵飘零、满院杨花，犹是春前。

【《香海棠馆词话》】结笔低徊掩抑，荡气回肠。

【《艺蘅馆词选·丙卷》】麦孺博云：此言半壁江山，犹可整顿也。眷怀君国，盼望中兴，何减少陵？

〔集评〕　张炎曰：碧山能文，工词，琢语峭拔，有白石意度。（《山中白云词·卷一·琐窗寒词序》）周济曰：中仙最多故国之感，故着力不多，天分高绝，所谓意能尊体也。中仙最近叔夏一派，然玉田自逊其深远。（《介存斋论词杂著》）碧山胸次恬淡，故“黍离”、“麦秀”之感，只以唱叹出之，无剑拔弩张习气。词以思笔为入门阶陛。碧山思笔，可谓双绝，幽折处大胜白石。惟圭角太分明，反复读之，有水清无鱼之恨。（《宋四家词选·序论》）戈载曰：予尝谓白石之词，空前绝后，匪特无可比肩，抑且无从入手，而能学之者则惟中仙。其词运意高远，吐韵妍和；其气清，故无沾滞之音；其笔超，故有宕往之趣；是真白石之入室弟子也。（《宋七家词选》）王鹏运曰：碧山词颉颃双白，揖让二窗，实为南渡之杰。（《花外集跋》）况周颐曰：

初学作词，最宜读《碧山乐府》，如书中欧阳信本，准绳规矩极佳。二晏如右军父子，贺方回如李北海，白石如虞伯施而隽上过之，公谨如褚登善，梦窗如鲁公，稼轩如诚悬，玉田如赵文敏。（《香海棠馆词话》）

文天祥

二首　录自《四部丛刊》影明本《文山先生全集·指南后录》

〔传记〕 文天祥（一二三六——一二八二）字宋瑞，又字履善，吉之吉水人。体貌丰伟，美皙如玉，秀眉而长目，顾盼烨然。年二十，举进士，理宗亲拔为第一。考官王应麟奏曰：“是卷古谊若龟鉴，忠肝如铁石，臣敢为得人贺。”屡官至右丞相，加少保，信国公。奉两孱王，崎岖岭海，以图兴复。兵败，被执，至潮阳，见张弘范，弘范与俱入厓山，使为书招张世杰，乃书所《过零丁洋》诗与之。其末有云：“人生自古谁无死？留取丹心照汗青。”弘范笑而置之，遣使护送天祥至京师。天祥在道，不食，八日不死。在燕凡三年，世祖知天祥终不屈，召入，谕之曰：“汝何愿？”天祥曰：“天祥受宋恩、为宰相，愿赐之一死足矣。”死数日，其妻欧阳氏收其尸，衣带中有赞曰：“孔曰成仁，孟曰取义，惟其义尽，所以仁至。读圣贤书，所学何事？而今而后，庶几无愧。”（节录《宋史·卷四百十八》）传世有《文山先生集》。江标刻《宋元名家词》有《文山乐府》一卷，得词八首，类从本集《指南录》中录出者也。

酹江月 一首

驿中言别友人

水天空阔，恨东风、不借世间英物。蜀鸟吴花残照里，忍见荒城颓壁。铜雀春情，金人秋泪，此恨凭谁雪？堂堂剑气，斗牛空认奇杰。　那信江海余生，南行万里，属扁舟齐发。正为鸥盟留醉眼，细看涛生云灭。睨柱吞嬴，回旗走懿，千古冲冠发。伴人无寐，秦淮应是孤月。

【《词林纪事·卷十四》】陈卧子云：气冲斗牛，无一毫委靡之色。

满江红 一首

和王夫人满江红韵，以庶几后山“妾薄命”之意。

燕子楼中，又捱过、几番秋色？相思处、青年如梦，乘鸾仙阙。肌玉暗消衣带缓，泪珠斜透花钿侧。最无端蕉影上窗纱，青灯歇。　曲池合，高台灭。人间事，何堪说！向南阳阡上，满襟清血。世态便如翻覆雨，妾身元是分明月。笑乐昌一段好风流，菱花缺。

【《指南后录·卷一下》】王夫人至燕，题驿中云：“太液芙蓉，全不是、旧时颜色。尝记得、恩承雨露，玉阶金阙。名播兰簪妃后里，晕潮莲脸君王侧。忽一朝鼙鼓揭天来，繁华歇。龙虎散，风云灭。今古恨，凭谁说？顾山河百二，泪沾襟血。驿馆夜惊尘土梦，宫车晓辗关山月。若嫦娥于我肯相容，从圆缺。”中原传诵，惜末句少商量。

〔集评〕 刘熙载曰：文文山词，有“风雨如晦，鸡鸣不已”之意，不知者以为变声，其实乃正之变也，故词当合其人之境地以观之。（《艺概·卷四》）

张炎

十四首　录自《彊村丛书》本《山中白云》

〔传记〕　张炎(一二四八——？)字叔夏，西秦人，循王(俊)之后。居杭，号玉田，又号乐笑翁。有《词源》二卷、《山中白云》八卷。(《绝妙好词笺·卷六》)郑思肖序其词云："吾识张循王孙玉田先辈，喜其三十年汗漫南北数千里，一片空狂怀抱，日日化雨为醉。自仰扳姜尧章、史邦卿、卢蒲江、吴梦窗诸名胜，互相鼓吹春声于繁华世界，飘飘征情，节节弄拍，嘲明月以谑乐，卖落花而陪笑，能令后三十年西湖锦绣山水，犹生清响。"又舒岳祥序云："玉田张君，自社稷变置，凌烟废堕，落魄纵饮。北游燕、蓟，上公车，登承明有日矣。一日，思江南菰米莼丝，慨然襆被而归，不入古杭，扁舟浙水东西，为漫浪游。散囊中千金装，吴江楚岸，枫丹苇白，一奚童负锦囊自随。诗有姜尧章深婉之风，词有周清真雅丽之思，画有赵子固潇洒之意，未脱承平公子故态，笑语歌哭，骚姿雅骨，不以夷险变迁也。"(并见《山中白云》卷首)于此，可略见其生平志趣。传世《山中白云》，有钱塘龚翔麟本、王氏四印斋《双白词》本、许氏《榆园丛刻》本、朱氏《彊村丛书》江昱疏证本。

高阳台 一首

西湖春感

接叶巢莺，平波卷絮，断桥斜日归船。能几番游？看花又是明年。东风且伴蔷薇住，到蔷薇、春已堪怜。更凄然，万绿西泠，一抹荒烟。　当年燕子知何处？但苔深韦曲，草暗斜川。见说新愁，如今也到鸥边。无心再续笙歌梦，掩重门、浅醉闲眠。莫开帘，怕见飞花，怕听啼鹃。

甘州 一首

辛卯岁，沈尧道同余北归，各处杭、越。逾岁，尧道来问寂寞，语笑数日，又复别去。赋此曲，并寄赵学舟。

记玉关踏雪事清游，寒气脆貂裘。傍枯林古道，长河饮马，此意悠悠。短梦依然江表，老泪洒西州。一字无题处，落叶都愁。　载取白云归去，问谁留楚佩，弄影中洲？折芦花赠远，零落一身秋。向寻常野桥流水，待招来不是旧沙鸥。空怀感，有斜阳处，却怕登楼。

【《谭评词辨·卷一》】一气旋折，作壮词须识此法。“一字”二句颇恢诡。

解连环 一首

孤雁

楚江空晚，怅离群万里，怳然惊散。自顾影欲下寒塘，正沙净草枯，水平天远。写不成书，只寄得相思一点。料因循误了，残毡拥雪，故人心眼。　谁怜旅愁荏苒？谩长门夜悄，锦筝弹怨。想伴侣犹宿芦花，也曾念春前，去程应转。暮雨相呼，怕蓦地玉关重见。未羞他双燕归来，画帘半卷。

【《江疏·卷一》】《至正直记》：钱塘张叔夏，尝赋《孤雁》词，有“写不成书，只寄得相思一点”，人皆称之曰“张孤雁”。

满庭芳 一首

小春

晴皎霜花，晓镕冰羽，开帘觉道寒轻。误闻啼鸟，生意又园林。闲了凄凉赋笔，便而今不听秋声。消凝处，一枝借暖，终是未多情。　阳和能几许？寻芳探粉，也恁忺人。笑邻娃痴小，料理护花铃。却怕惊回睡蝶，恐和他草梦都醒。还知否？能消几日，风雪灞桥深。

【《江疏·卷一》】昱按：此词似以小春喻元朝也。

月下笛 一首

孤游万竹山中，闲门落叶，愁思黯然，因动“黍离”之感。时寓甬东积翠山舍。

万里孤云，清游渐远，故人何处？寒窗梦里，犹记经行旧时路。连昌约略无多柳，第一是难听夜雨。谩惊回凄悄，相看烛影，拥衾谁语？张绪，归何暮？半零落依依，断桥鸥鹭。天涯倦旅，此时心事良苦。只愁重洒西州泪，问杜曲人家在否？恐翠袖正天寒，犹倚梅花那树。

梅子黄时雨 一首

病后别罗江诸友

流水孤村，爱尘事顿消，来访深隐。向醉里谁扶？满身花影。鸥鹭相看如瘦，近来不是伤春病。嗟流景，竹外野桥，犹系烟艇。　谁引，斜川归兴？便啼鹃纵少，无奈时听！待棹击空明，鱼波千顷。弹到琵琶留不住，最愁人是黄昏近。江风紧，一行柳阴吹暝。

声声慢 一首

题吴梦窗遗笔

烟堤小舫，雨屋深灯，春衫惯染京尘。舞柳歌桃，心事暗恼东邻。浑疑夜窗梦蝶，到如今、犹宿花阴。待唤起，甚江蓠摇落，化作秋声。　回首曲终人远，黯消魂忍看，朵朵芳云。润墨空题，惆怅醉魄难醒。独怜水楼赋笔，有斜阳、还怕登临。愁未了，听残莺啼过柳阴。

长亭怨 一首

旧居有感

望花外小桥流水，门巷愔愔，玉箫声绝。鹤去台空，佩环何处弄明月？十年前事，愁千折、心情顿别。露粉风香，谁为主？都成消歇。　凄咽！晓窗分袂处，同把带鸳亲结。江空岁晚，便忘了尊前曾说。恨西风不庇寒蝉，便扫尽一林残叶。谢杨柳多情，还有绿阴时节。

清平乐 一首

候蛩凄断，人语西风岸。月落沙平江似练，望尽芦花无雁。暗教愁损兰成，可怜夜夜关情。只有一枝梧叶，不知多少秋声？

朝中措 一首

清明时节雨声哗，潮拥渡头沙。翻被梨花冷看，人生苦恋天涯。　燕帘莺户，云窗雾阁，酒醒啼鸦。折得一枝杨柳，归来插向谁家？

阮郎归 一首

有怀北游

钿车骄马锦相连，香尘逐管弦。瞥然飞过水秋千，清明寒食天。　花贴贴，柳悬悬，莺房几醉眠？醉中不信有啼鹃，江南二十年！

鹧鸪天 一首

楼上谁将玉笛吹，山前水阔暝云低。劳劳燕子人千里，落落梨花雨一枝。　修禊近，卖饧时，故乡惟有梦相随。夜来折得江头柳，不是苏堤也皱眉。

清平乐 一首

采芳人杳，顿觉游情少。客里看春多草草，总被诗愁分了。去年燕子天涯，今年燕子谁家？三月休听夜雨，如今不是催花。

浪淘沙 一首

题陈汝朝百鹭画卷

玉立水云乡，尔我相忘。披离寒羽庇风霜。不趁白鸥游海上，静看鱼忙。　应笑我凄凉，客路何长！犹将孤影侣斜阳。花底鹓行无认处，却对秋塘。

〔集评〕　仇远曰：山中白云词，意度超玄，律吕协洽，方之古人，当与白石老仙相鼓吹。（《山中白云·序》）邓牧曰：美成、白石，逮今脍炙人口。知者谓丽莫如周，赋情或近俚；骚莫若姜，放意或近率。今玉田张君，无二家所短而兼所长。（《伯牙琴·张叔夏词·序》）凌廷堪曰：美成如杜，白石兼王、孟、韦、柳之长，与白石并有中原者，后起之玉田也。白石老仙去后，只有玉田与之并立。《探春慢》二词，工力悉敌，试掩姓氏观之，不辨孰为尧章，孰为叔夏。（《词洁》）楼敬思曰：南宋词人，姜白石外，唯张玉田能以翻笔、侧笔取胜，其章法、句法俱超，清虚骚雅，可谓脱尽蹊径，自成一家。迄今读集中诸词，一气卷舒，不可方物，信乎其为山中白云也。（《词林纪事·卷十六》引）周济曰：玉田，近人所最尊奉。才情诣力，亦不后诸人，终觉积谷作米，把缆放船，无开阔手段。然其清绝处，自不易到。玉田词佳者匹敌圣与，往往有似是而非处，不可不知。叔夏所以不及前人处，只在字句上着功夫，不肯换意。若其用意佳者，即字字珠辉玉映，不可指摘。近人喜学玉田，亦为修饰字句易，换意难。（《介存斋论词杂著》）刘熙载曰：张玉田词，清远蕴藉，凄怆缠绵，大段瓣香白石，亦未尝不转益多师，即《探芳信》之次韵草窗，《琐窗寒》之悼碧山，《西子妆》之悼梦窗可见。评玉田词者，谓当与白石老仙相鼓吹。玉田作《琐窗寒》悼王碧山，序谓："碧山，其词闲雅，有姜白石意。"今观张、王两家，情韵极为相似，如玉田《高阳台》之"接叶巢莺"，与碧山《高阳台》之"残萼梅酸"，尤同鼻息。玉田论词曰："莲子熟时花自落。"予更益以太白诗二句，曰："清水出芙蓉，天然去雕饰。"（《艺概·卷四》）

后 记

“词”是经过音乐陶冶的文学语言，是“曲子词”的简称。它的形式，是要受声律约束的，所以一般把做词都叫作“倚声填词”。

词的发生和发展，是和隋、唐以来所有燕乐杂曲分不开的。在《旧唐书·卷三十·音乐志》上说起过：“自开元以来，歌者杂用胡夷里巷之曲。”我们知道，汉、魏以来，就有了许多外来音乐，不断地从各方面输入；到了隋代，由于长期南北分裂的局面重归统一，这外来音乐和民间歌曲结合起来，在中国乐坛上放射出异样的光辉，从而打开唐、宋两代“倚声填词”的风气。这种综合古今中外而富于创造性的新兴歌曲，随着经济的繁荣和文化生活的需要，大大受到人民群众的喜爱和欢迎。那时的诗人们，也都以自己的诗篇能够被乐家们所采用，配上流行的曲调，给姑娘们去演唱，引为莫大的荣宠。最初他们还是不肯牺牲个人运用惯了的五、七言诗体，来迁就“曲拍”；只是任凭乐家的摆布，添上许多“泛声”，勉强凑合着来唱。但是后来诗人们终于敌不过时代风气的激荡，也就只好按谱填词，于是“依曲拍为句”的长短句歌词，就逐渐地盛行起来了。

唐末五代之乱，整个社会经济日趋萎缩，因而影响及于这新兴词体的幼苗，不能够很迅速地茁壮成长。只有西蜀、南唐，获得一个比较安定的局面。这歌词种子，也就在这两个地方生起根来，以至开花、结子，再散播到各地方去。

到了宋朝，北宋的汴京（开封），南宋的临安（杭州），是那时的政治中心，加上商业中心的扬州，都给这种新兴歌曲以发荣滋长的有利条件。词到北宋后期，早就发展到了高峰，而渐渐脱离音乐，作为文人用以抒情的新兴诗体了。

在这四五百年中，这新兴形式，经过长期的陶冶提炼和无数作家的创造经营，因之在严格的声律约束中，把它琢磨成"渐近自然"的格局。就是后来它已脱离了音乐而变为"长短不葺之诗"，我们把它朗诵起来，依然会感觉到每一个词调的声音节奏，都有它的特殊情趣。

词一经和音乐脱离关系，就不复可歌了。南北曲次第兴起，跟着产生另外一种新的曲词；但是它的格局，依然是沿着"倚声填词"的道路向前进展。这"倚声填词"的办法，一直应用了一千多年，所有戏曲里面的唱词，也都不能例外。我们要想在伟大祖国的文学遗产中吸取丰富的养料，尤其是歌词和戏曲方面，把来作为"推陈出新"的借鉴，那么，对唐、宋歌词的深入了解，是有其必要的。

我这选本，原是在前暨南大学国文系用来教课的。嗣由开明书店出版发行，经过几次的重印，足有二十多年了。这次得着修订再版的机会，作了不少的增删。只因时间精力的限制和参考图书的不够完备，缺点还是很多的，希望读者们不断予以纠正。

龙榆生

一九五五年一月六日，上海

初版自序

词兴于唐，而大盛于两宋。古今选本，无虑数十百种之多，或以应歌，或以传人，或以尊体，或以建立宗派，强古人以就我范畴。虽意趣各殊，瑕瑜互见，而其采掇茂制、揄扬声学之旨则一也。

自词与乐离，声情之美乃全托于文字。于是操选政者始各出手眼，专注于意格与结构。有清一代，号为词学中兴。朱彝尊《词综》出，家白石而户玉田，左右一时风气，末流之弊，乃入于枯寂。张惠言起而振之，以附于风骚之遗。《词选》一编，独标比兴，而门庭过隘，未足以窥见斯体之全。周济更揭四家，领袖赵宋一代；又教学者问涂碧山，历梦窗、稼轩以还清真之浑化，规模视惠言为宏远矣。独于豪放一派，抑苏而扬辛，未免本末倒置。又取碧山与三家并列，亦觉拟不于伦。承常派之流波而能发扬光大，义丰文约，导来学以从人之涂者，其惟彊村先生之《宋词三百首》乎？

予曩从先生学词，先生辑刻《彊村丛书》方竟，时使予分任覆勘，因得尽窥先生手订各家词集，朱墨烂然，一集有圈识至三五遍者。因为录出，益以郑文焯手订《花间集》及《白石道人歌曲》，复参己意，辑为兹编，以授暨南大学国文系诸生。忽忽又三载矣，顷应开明书店之约，重理印行，既略纪因缘，愿更一申微旨。

予意诗词之有选本，务须从全部作品抉择其最高足以代表其人者，未宜辄以私意妄为轩轾其间。即如唐宋人词，各因时代关系而异其风格，但求其精英呈露，何妨并畜兼容。盖自温、韦以来，迄于南唐之李后主、冯延己，北宋之晏殊、欧阳修、晏幾道，为令词之极则，已俨然自成一阶段焉。迨慢曲既兴，作者益众，疏密二派，疆域粗分。疏极于豪壮沈雄，自范仲淹、苏轼以下，晁补之、叶梦得、张孝祥、辛弃疾、陆游、刘克庄、刘辰翁、元好问之徒属之。密极于精深婉丽，自张先、柳永以下，秦观、贺铸、周邦彦、姜夔、史达祖、吴文英、王沂孙、张炎、周密之徒属之。虽各家亦多开径独行，而渊源所自昭然可睹。学者果能于三派之内撷取精英，进而推求其所以异趣之故，则于欣赏与创作皆当受用无穷矣。虑读吾书者怪其刚柔并用，疏密兼收，因为发凡于此云。

民国二十三年十一月，龙沐勋重校附识于暨南村寓庐

龙榆生著作精选集

唐宋词格律

龙榆生 著

团结出版社

图书在版编目(CIP)数据

龙榆生著作精选集 / 龙榆生著.

-- 北京 : 团结出版社, 2019.12

ISBN 978-7-5126-7580-3

Ⅰ. ①龙··· Ⅱ. ①龙··· Ⅲ. ①词(文学)—文学研究—中国—文集 Ⅳ. ①I207.23-53

中国版本图书馆CIP数据核字(2019)第284145号

出版: 团结出版社

(北京市东城区东皇城根南街84号 邮编: 100006)

电话: (010) 65228880 65244790 (传真)

网址: www.tjpress.com

Email: zb65244790@vip.163.com

经销: 全国新华书店

印刷: 三河市腾飞印务有限公司

开本: 145×210 1/32

印张: 84

字数: 1650千字

版次: 2020年12月 第1版

印次: 2020年12月 第1次印刷

书号: 978-7-5126-7580-3

定价: 316.00元(全9册)

出版说明

龙榆生(1902—1966)，本名沐勋，号忍寒，晚年以字行。20世纪最负盛名的词学大师之一，生于江西万载，殁于上海，早年师从黄侃、陈衍、朱祖谋等名师习诗词及文字音韵学，后遂终身致力于词学研究。曾任暨南大学、中山大学、中央大学、上海音乐学院教授。他一生致力于词学研究，被称为中国词学学科的奠基人，创办了现代第一本词学专门刊物《词学季刊》，对词学研究的现代转型影响巨大。

龙榆生词学研究的领域广泛，成就卓著。常年任教于各大学校的他，在写下一部部词学专著的同时，也一直不忘整理概论和选本。这套《龙榆生著作精选集》我们精选了其经典著作九种。在概论中，我们选择了他晚年有代表性的《唐宋词格律》《词曲概论》《词学十讲》三种；选本则选择《东坡乐府笺》《唐宋名家词选》《唐五代词选注》《近三百年名家词选》四种；考虑到目前雅言弱化、语言表现力不足的现状，还特意选择了《古今名人书牍选》《苏黄尺牍选》二种，作为学习文言文的补充读本。读者也可以藉此九种窥见龙先生一生治学的全豹。《龙榆生著作精选集》既可以作为古典诗词爱好者的案头必备典籍加以赏玩，又可以作为青年学子提升文化修养、学习典雅文言的上乘读物。

针对本套系列丛书工程浩大、专业性强的特点，为此我们特地组织了相关专家进行了专门的校勘和梳理。本着尊重作者和原著的精神，此次再版将特殊历史时期下，不符合作者原意的改本加以修订，恢复符合作者理念的原本原貌，并在前人基础上对仍存在的讹误重加订正。考虑到现代读者的阅读习惯，特将原来的繁体竖排调整为简体横排。由于编者水平所限，在编辑过程中，疏漏之处在所难免，恳请广大读者不吝赐教！

编者

2020年10月

凡例

（一）本编依韵脚分类，计分平韵、仄韵、平仄韵转换、平仄韵通叶、平仄韵错叶等五格。

（二）本编所收诸格，以适宜表达各种不同情感而又为多数人所采用者为主，间亦兼采不甚习见之调，但一般涩体概从省略。

（三）本编所收诸格，以所采标准作品之字数多寡为排列先后。

（四）每一格除标句、豆、韵外，每字逐一标明平仄，以—表平，|表仄，+表可平可仄。其有须兼顾特殊情况，如某字定要去声之类，并见附注。

（五）每一词牌，皆说明来历及所属宫调，间或指出适宜表达何种情感。其无从查考或可泛用者从略。

（六）每一词牌，以诸家所最习用者为定格。其或句豆小有出入者，别为第一、第二等格，或加附注。又习用平韵改作仄韵、或习用仄韵改作平韵者为变格。

（七）每一词牌，原有平仄两体者，视其应用范围之广狭以定隶属，而以使用较少者附见于后。

（八）词有从七言绝句或单调小令增演为引、近、慢者，间亦依万树《词律》旧例，依次排列，以明发展因由。

（九）每一格视传世名作之多寡，举一阕至若干阕以示例，供参考比较。

（十）每一格下所举唐宋词，以、表豆（在句中），·表句，◎表平韵，△表仄韵（均在句下），以便查核。唯少数按格中应作豆者，因文意而或有改标作句者。

目　录

第一类　平韵格

第二类 仄韵格

第三类 平仄韵转换格

第四类 平仄韵通叶格

第五类 平仄韵错叶格

附：词韵简编

第一类 平韵格

十 六 字 令

又名《苍梧谣》《归字谣》。十六字，三平韵。

定 格

—（韵）+|——||—（韵）——|（句）+||——（韵）

例 一

天！休使圆蟾照客眠。人何在？桂影自婵娟。

——蔡伸

例 二

归！猎猎西风卷绣旗。拦教住，重举送行杯。

——张孝祥

南　歌　子

又名《南柯子》、《风蝶令》。唐教坊曲，《金奁集》入“仙吕宫”。二十六字，三平韵，例用对句起。宋人多用同一格式重填一片，谓之“双调”。

定格

｜｜——｜（句）——｜｜—（韵）＋—＋｜｜——（韵）＋｜＋—＋｜｜——（韵）

例一

柳色遮楼暗，桐花落砌香。画堂开处晚风凉，高卷水晶帘额衬斜阳。

——张泌

例二（双调）

驿路侵斜月，溪桥度晓霜。短篱残菊一枝黄，正是乱山深处过重阳。

旅枕原无梦，寒更每自长。只言江左好风光，不道中原归思转凄凉。

——吕本中（旅思）

渔 歌 子

又名《渔父》。唐教坊曲，《金奁集》入“黄钟宫”。二十七字，四平韵。中间三言两句，例用对偶。

定 格

+|——||—（韵）+——||——（韵）—||（句）|——（韵）——|||——（韵）

例

西塞山前白鹭飞◎，桃花流水鳜鱼肥◎。青箬笠•，绿蓑衣◎，斜风细雨不须归◎。

——张志和

忆 江 南

又名《望江南》《梦江南》《江南好》。《金奁集》入“南吕宫”。段安节《乐府杂录》：“《望江南》始自朱崖李太尉（德裕）镇浙日，为亡妓谢秋娘所撰，本名《谢秋娘》，后改此名。”二十七字，三平韵。中间七言两句，以对偶为宜。第二句亦有添一衬字者。宋人多用双调。

定 格

—＋|（句）＋||——（韵）＋|＋——||（句）＋—＋||——（韵）＋||——（韵）

例 一

春去也！多谢洛城人。弱柳从风疑举袂，丛兰裛露似沾巾，独坐亦含颦。

——刘禹锡（和乐天《春词》，依《忆江南》曲拍为句）

例 二

天上月，遥望似（“似”是衬字）一团银。日暮更阑风渐紧，为侬吹散月边云，照见负心人。

——敦煌无名氏

例 三（双调）

春未老，风细柳斜斜。试上超然台上望，半壕春水一城花，烟雨暗千家。

寒食后，酒醒却咨嗟。休对故人思故国，且将新火试新茶，诗酒趁年华。

——苏轼（超然台作）

潇　湘　神

唐代潇湘间祭祀湘妃神曲，刘禹锡为填两词，见《刘梦得文集》卷八。二十七字，三平韵，叠一韵。

定格

—|—（韵）—|—（叠）|—+||——（韵）+||——||（句）

———||——（韵）

例

斑竹枝，斑竹枝，泪痕点点寄相思。楚客欲听瑶瑟怨，潇湘深夜月明时。

——刘禹锡

捣　练　子

又名《深院月》。例作征妇怀念征人之词。《太和正音谱》入"双调"。二十七字，三平韵。

定格

—｜｜(韵)｜——(韵)｜｜——｜｜—(韵)+｜｜——｜｜(句)

｜——｜｜——(韵)

例一

深院静，小庭空，断续寒砧断续风。无奈夜长人不寐，数声和月到帘栊!

——李煜

例二

边堠远，置邮稀，附与征人衬铁衣。连夜不妨频梦见，过年唯望得书归。

——贺铸

浪淘沙

唐教坊曲。刘禹锡、白居易并作七言绝句体，五代时始流行长短句双调小令，又名《卖花声》。五十四字，前后片各四平韵，多作激越凄壮之音。《乐章集》名《浪淘沙令》，入“歇指调”，前后片首句各少一字。复就本宫调演为长调慢曲，共一百三十四字，分三段，第一、二段各四仄韵，第三段两仄韵，定用入声韵(唐宋人词，凡同一曲调，原用平声韵者，如改仄韵，例用人声，原用人声韵者，亦常改作平韵）。《清真集》入“商调”，韵位转密，句豆亦与《乐章集》多有不同，共一百三十三字，第一段六仄韵，第二、三段各五仄韵，并叶入声韵。

格　一（七言绝句式）

＋|——＋|—（韵）＋—＋||——（韵）＋—＋|＋—|（句）＋|——||—（韵）

附注：此用仄起式。亦有用平起者，与七绝平起式全同。

例　一（仄起式）

日照澄洲江雾开，淘金女伴满江隈。美人首饰侯王印，尽是沙中浪底来。

——刘禹锡

例　二（平起式）

滩头细草接疏林，浪恶罾船半欲沉。宿鹭眠鸥非旧浦，去年沙觜是江心。

——皇甫松

格　二（双调小令）

＋|——（韵）＋|——（韵）＋—＋||——（韵）＋|＋——||（句）＋|——（韵）

+丨——(韵)+丨——(韵)+—+丨丨——(韵)+丨+——丨丨(句)+丨——(韵)

例　三(小令定格)

帘外雨潺潺，春意阑珊。罗衾不耐五更寒。梦里不知身是客，一晌贪欢。

独自莫凭栏！无限江山，别时容易见时难。流水落花春去也，天上人间！

——李煜

例　四

把酒祝东风，且共从容。垂杨紫陌洛城东。总是当年携手处，游遍芳丛。

聚散苦匆匆，此恨无穷。今年花胜去年红。可惜明年花更好，知与谁同？

——欧阳修

例　五(小令别格)

有个人人，飞燕精神。急锵环佩上华裀。促拍尽随红袖举，风柳腰身。

簌簌轻裙，妙尽尖新。曲终独立敛香尘。应是西施娇困也，眉黛双颦。

——柳永

格　三（商调慢曲）

丨—丨（句）——丨丨（句）丨丨—丨（入声韵）—丨——丨丨（韵）——丨丨丨丨（韵）丨丨丨———丨丨（韵）丨—丨（豆）丨丨—丨（韵）丨丨丨——丨—丨（句）——丨—丨（韵）

—丨（韵）丨—丨丨—丨（韵）丨丨丨————丨（句）丨丨—丨丨（韵）—丨丨——（句）—丨—丨（韵）丨—丨丨（韵）—丨—（豆）—丨———丨（韵）——丨—丨（韵）

—丨————丨（韵）——丨（豆）丨—丨丨（韵）丨—丨（豆）———丨丨（韵）丨—丨（豆）丨丨——（句）丨丨丨（句）——丨丨——丨（韵）

附注：此种慢曲，必须选用入声韵部。所有拗句与领格字，不但要遵守平仄，更得注意四声，方能符合曲体。

例　六（慢曲）

晓阴重，霜凋岸草，雾隐城堞。南陌脂车待发，东门帐饮乍阕。正拂面垂杨堪揽结，掩红泪、玉手亲折。念汉浦离鸿去何许？经时信音绝。

情切，望中地远天阔。向露冷风清无人处，耿耿寒漏咽。嗟万事难忘，唯是轻别。翠樽未竭，凭断云、留取西楼残月。

罗带光消纹衾叠，连环解、旧香顿歇。怨歌永、琼壶敲尽缺。恨春去、不与人期，弄夜色，空馀满地梨花雪。

——周邦彦

附注：词中领格字，除“嗟”字用平声领四言二句外，馀如“正”、“念”、“向”三字皆得用去声。

江　南　春

单调小令，为北宋寇准所创。三十字，三平韵。

定格

—｜｜（句）｜——（韵）———｜｜（句）—｜｜——（韵）———｜——｜（句）—｜———｜—（韵）

例

波渺渺，柳依依。孤村芳草远，斜日杏花飞。江南春尽离肠断，蘋满汀洲人未归。

——寇準

忆　王　孙

单调小令，又名《豆叶黄》《阑干万里心》。三十一字，五平韵。

定格

+—+||——(韵)+|——+|—(韵)+|——||—(韵)|——(韵)+|——+|—(韵)

例

萋萋芳草忆王孙,柳外楼高空断魂,杜宇声声不忍闻。欲黄昏,雨打梨花深闭门。

——李重元(春词)

江 城 子

一作《江神子》。《金奁集》入“双调”。三十五字,五平韵。结有增一字,变三言两句为七言一句者。宋人多依原曲重增一片。

定格

+—+||——(韵)|——(韵)|——(韵)+—+|(句)+||——(韵)+|+——||(句)—||(句)|——(韵)

附注:第一句可作“||——||—”。第四句中四字亦可作“||——”。

例 一

鹈鹕飞起郡城东。碧江空，半滩风。越王宫殿，蘋叶藕花中。帘卷水楼鱼浪起，千片雪，雨濛濛。

——牛峤

例 二

晚日金陵岸草平。落霞明，水无情。六代繁华，暗逐逝波声。空有姑苏台上月，如（增字）西子镜照江城。

——欧阳炯

例 三（双 调）

十年生死两茫茫。不思量，自难忘。千里孤坟，无处话凄凉。纵使相逢应不识，尘满面，鬓如霜。

夜来幽梦忽还乡。小轩窗，正梳妆。相顾无言，惟有泪千行。料得年年肠断处，明月夜，短松冈。

——苏轼（乙卯正月二十日夜记梦）

长 相 思

又名《双红豆》。唐教坊曲。双调小令。三十六字，前后片各三平韵，一叠韵。

定格

＋＋－（韵）＋＋－（叠）＋｜－－＋｜－（韵）＋－＋｜－（韵）

＋＋－（韵）＋＋－（叠）＋｜－－＋｜－（韵）＋－＋｜－（韵）

例一

汴水流，泗水流。流到瓜州古渡头，吴山点点愁。

思悠悠，恨悠悠。恨到归时方始休，月明人倚楼。

——白居易

例二

长相思，长相思。若问相思甚了期？除非相见时。

长相思，长相思。欲把相思说与谁？浅情人不知。

——晏畿道

醉太平

双调小令，三十八字，前后片各四平韵。第一、二句第三字，第四句第一及第四字，最好用去声，方能将调激起。结句是上一、下四。

定格

－－｜－（韵）－－｜－（韵）＋－＋｜－－（韵）｜－－｜－（韵）

——｜—（韵）——｜—（韵）+—+｜——（韵）｜——｜—（韵）

例一

情高意真，眉长鬓青。小楼明月调筝，写春风数声。
思君忆君，魂牵梦萦。翠绡香暖银屏，更那堪酒醒！

——刘过（闺情）

例二

长亭短亭，春风酒醒。无端惹起离隋，有黄鹂数声。
芙蓉绣裀，江山画屏。梦中昨夜分明，悔先行一程。

——戴复古

玉 蝴 蝶

唐曲，《金奁集》人“仙吕调”。四十一字，前片四平韵，后片三平韵。宋教坊衍为慢曲，《乐章集》亦人“仙吕调”。九十九字，前片五平韵，后片六平韵。

格一

———｜——（韵）—｜｜——（韵）｜｜｜——（韵）——｜｜—（韵）

———｜｜（句）—｜｜——（韵）—｜｜——（韵）｜——｜—（韵）

例 一

秋风凄切伤离，行客未归时。塞外草先衰，江南雁到迟。芙蓉凋嫩脸，杨柳堕新眉。摇落使人悲，断肠谁得知？

——温庭筠

格 二（慢 调）

｜｜｜——｜（句）+—+｜（句）+｜——（韵）｜｜——（句）—｜｜｜——（韵）｜—+（豆）+—+｜（句）+｜+（豆）+｜——（韵）｜——（韵）｜——｜（句）+｜——（韵）

——（韵）——｜｜（句）｜——｜（句）｜｜——（韵）｜｜——（句）｜——｜｜——（韵）｜—+（豆）+—+｜（句）+｜+（豆）+｜——（韵）｜——（韵）｜——｜（句）+｜——（韵）

例 二

望处雨收云断，凭阑悄悄，目送秋光。晚景萧疏，堪动宋玉悲凉。水风轻、蘋花渐老，月露冷、梧叶飘黄。遣情伤，故人何在？烟水茫茫。

难忘，文期酒会，几孤风月，屡变星霜。海阔山遥，未知何处是潇湘？念双燕、难凭远信，指暮天、空识归航。黯相望，断鸿声里，立尽斜阳。

——柳永

浣　溪　沙

唐教坊曲，《金奁集》入“黄钟宫”，《张子野词》入“中吕宫”。四十二字，上片三平韵，下片两平韵，过片二句多用对偶。别有《摊破浣溪沙》，又名《山花子》，上下片各增三字，韵全同。

格　一

+|+—+—（韵）+—+||——（韵）+—+||——（韵）

+|+——||（句）+—+||——（韵）+—+||——（韵）

例　一

惆怅梦馀山月斜，孤灯照壁背红纱，小楼高阁谢娘家。

暗想玉容何所似？一枝春雪冻梅花，满身香雾簇朝霞。

——韦庄

例　二

一曲新词酒一杯，去年天气旧亭台，夕阳西下几时回？

无可奈何花落去，似曾相识燕归来，小园香径独徘徊。

——晏殊

例 三

麻叶层层檾叶光，谁家煮茧一村香？隔篱娇语络丝娘。

垂白杖藜抬醉眼，捋青捣麨软饥肠。问言豆叶几时黄？

——苏轼（徐门石潭谢雨道上作）

例 四

北陇田高踏水频，西溪禾早已尝新，隔篱沽酒煮纤鳞。

忽有微凉何处雨，更无留影霎时云，卖瓜人过竹边村。

——辛弃疾（常山道中即事）

格 二（摊破浣溪沙）

｜｜——｜｜—（韵）———｜｜——（韵）—｜——｜—｜（句）｜——（韵）

＋｜＋——｜｜（句）＋——｜｜——（韵）—｜｜——｜｜（句）｜——｜（韵）—｜｜

附注：上片第三句末三字，可作“—｜｜”。

例 五

菡萏香销翠叶残，西风愁起绿波间。还与韶光共憔悴，不堪看。

细雨梦回鸡塞远，小楼吹彻玉笙寒。多少泪珠何限恨，倚阑干。

——李璟

巫山一段云

唐教坊曲，原咏巫山神女事。双调小令，四十四字，前后片各三平韵。《乐章集》增两字，后片转用两仄韵，两平韵，与此不同。

定格

+|——|(句)——+|—(韵)+—+||——(韵)+||——(韵)

+|——|(句)——+|—(韵)+—+||——(韵)+||——(韵)

例

古庙依青嶂，行宫枕碧流。水声山色锁妆楼，往事思悠悠。

云雨朝还暮，烟花春复秋。啼猿何必近孤舟，行客自多愁。

——李珣

采桑子

又名《丑奴儿令》《罗敷艳歌》《罗敷媚》。唐教坊大曲有《杨下采桑》，南卓《羯鼓录》作《凉下采桑》，属“太簇角”。此双调小令，殆就大曲中截取一遍为之。《尊前集》注“羽调”，《张子野词》入“双调”。四十四字，前后片各三平韵。别有添字格，两结句各添二字，两平韵，一叠韵。

格 一

+—+|——|（句）+|——（韵）+|——（韵）+|——+|—（韵）

+—+|——|（句）+|——（韵）+|——（韵）+|——+|—（韵）

例 一

花前失却游春侣，独自寻芳。满目悲凉，纵有笙歌亦断肠。

林间戏蝶梁间燕，各自双双。忍更思量，绿树青苔半夕阳。

——冯延巳

例 二

轻舟短棹西湖好，绿水逶迤，芳草长堤，隐隐笙歌处处随。

无风水面琉璃滑，不觉船移，微动涟漪，惊起沙禽掠岸飞。

——欧阳修

格 二（添字）

+—+|——|（句）+|——（韵）+|——（叠）+|——（句）

+｜｜——（韵）

+—+｜——｜（句）+｜——（韵）+｜——（叠）+｜——（句）+｜｜——（韵）

例 三

窗前谁种芭蕉树？阴满中庭。阴满中庭，叶叶心心，舒卷有馀情。

伤心枕上三更雨，点滴凄清。点滴凄清，愁损离人，不惯起来听。

——李清照

画 堂 春

最初见《淮海居士长短句》。四十七字，前片四平韵，后片三平韵。《山谷琴趣外篇》于两结句各添一字。

定 格

+—+｜｜——（韵）+—+｜——（韵）+—+｜｜——（韵）+｜——（韵）

+｜+—+｜（句）+—+｜——（韵）+—+｜｜——（韵）+｜——（韵）

例　一

落红铺径水平池，弄晴小雨霏霏。杏园憔悴杜鹃啼，无奈春归！

柳外画楼独上，凭阑手捻花枝。放花无语对斜晖，此恨谁知？

——秦观

例　二（添字）

摩围小隐枕蛮江，蛛丝闲锁晴窗。水风山影上修廊，不到晚来凉。

相伴蝶穿花径，独飞鸥舞溪光。不因送客下绳床，添火炷炉香。

——黄庭坚

阮　郎　归

又名《醉桃源》《碧桃春》。《神仙记》载刘晨、阮肇入天台山采药，遇二仙女，留住半年，思归甚苦。既归，则乡邑零落，经已十世。曲名本此，故作凄音。四十七字，前后片各四平韵。

定　格

＋——｜｜——（韵）——＋｜—（韵）｜——｜｜——（韵）＋—＋

|—(韵)

—||(句)|——(韵)+—+|—(韵)+—+||——(韵)+—+|—(韵)

例 一

旧香残粉似当初,人情恨不如。一春犹有数行书,秋来书更疏。

衾凤冷,枕鸳孤,愁肠待酒舒。梦魂纵有也成虚,那堪和梦无!

——晏幾道

例 二

湘天风雨破寒初,深沉庭院虚。丽谯吹罢小单于,迢迢清夜徂。

乡梦断,旅魂孤,峥嵘岁又除。衡阳犹有雁传书,郴阳和雁无!

——秦观

三 字 令

双调小令,始见《花间集》。《张子野词》人"林钟商"。四十八字,前后片各四平韵。宋人有于第二句下增""一句,作成对偶者。

定格

—｜｜(句)｜——(韵)｜——(韵)—｜｜(句)｜——(韵)｜——(句)—｜｜(句)——(韵)

—｜｜(句)｜——(韵)｜——(韵)—｜｜(句)｜——(韵)｜——(句)—｜｜(句)——(韵)

例

春欲尽，日迟迟，牡丹时。罗幌卷，翠帘垂。彩笺书，红粉泪，两心知。

人不在，燕空归，负佳期。香烬落，枕函欹。月分明，花淡薄，惹相思。

——欧阳炯

朝中措

《宋史·乐志》入"黄钟宫"。四十八字，前片三平韵，后片两平韵。

定格

＋—＋｜｜——(韵)＋｜｜——(韵)＋｜＋—＋｜(句)＋—＋｜——(韵)

+－+|（句）+－+|（句）+|－－（韵）+|+－+|（句）
+－+|－－（韵）

例 一

平山栏槛倚晴空，山色有无中。手种堂前垂柳，别来几度春风？

文章太守，挥毫万字，一饮千钟。行乐直须年少，尊前看取衰翁。

——欧阳修

例 二

黄昏楼阁乱栖鸦，天末淡微霞。风里一池杨柳，月边满树梨花。

阳台路远，鱼沉尺素，人在天涯。想得小窗遥夜，哀弦拨断琵琶。

——周紫芝

眼 儿 媚

又名《秋波媚》。四十八字，前片三平韵，后片两平韵。

定格

—|——|——（韵）+||——（韵）+—+|（句）+—+|（句）+|——（韵）

+—+|——|（句）+||——（韵）+—+|（句）+—+|（句）+|——（韵）

附注：首句前四字，一作“+—+|”。

例一

杨柳丝丝弄轻柔，烟缕织成愁。海棠未雨，梨花先雪，一半春休。

而今往事难重省，归梦绕秦楼。相思只在，丁香枝上，豆蔻梢头。

——王雱

例二

酣酣日脚紫烟浮，妍暖试轻裘。困人天气，醉人花底，午梦扶头。

春慵恰似春塘水，一片縠纹愁。溶溶泄泄，东风无力，欲皱还休。

——范成大（萍乡道中）

人　月　圆

又名《青衫湿》。《中原音韵》入“黄钟宫”。四十八字，前后片各两平韵。

定格

+—+|——|（句）+||——（韵）+—+|（句）——||（句）+|——（韵）

+—+|（句）+—+|（句）+|——（韵）+—+|（句）——||（句）+|——（韵）

例

小桃枝上春来早，初试薄罗衣。年年此夜，华灯竞处，人月圆时。

禁街箫鼓，寒轻夜永，纤手同携。夜阑人静，千门笑语，声在帘帏。

——王诜（元夜）

柳　梢　青

又名《陇头月》。四十九字，前后片各三平韵，后片第十二字宜用去声。别有一种改用人声韵，前片三仄韵，后片两仄韵，平仄略异，附载于此。

定格

+|——|（韵）+—+|（句）||——（韵）+|——（句）+—+|（句）+|——（韵）

+—+|——（韵）|+|（豆）——|—（韵）+|——（句）+—+|（句）+|——（韵）

例一

岸草平沙，吴王故苑，柳袅烟斜。雨后寒轻，风前香细，春在梨花。

行人一棹天涯，酒醒处、残阳乱鸦。门外秋千，墙头红粉，深院谁家？

——秦观（一作僧挥）

别格（仄韵）

|——|（韵）|—+|（句）+——|（韵）+|——（句）+—+|（句）+——|（韵）

——||——（句）|+|（豆）——||（韵）+|——（句）+—+|（句）+——|（韵）

例 二

子规啼血，可怜又是，春归时节。满院东风，海棠铺绣，梨花飞雪。

丁香露泣残枝，算未比、愁肠寸结。自是休文，多情多感，不干风月。

——贺铸

太 常 引

四十九字，前片四平韵，后片三平韵。两结句倒数第二字定要去声。

定 格

＋－＋｜｜－－（韵）＋｜｜－－（韵）＋｜｜－－（韵）｜＋｜（豆）－－｜－（韵）

＋－＋｜（句）＋－＋｜（句）＋｜｜－－（韵）＋｜｜－－（韵）｜＋｜（豆）－－｜－（韵）

例

一轮秋影转金波，飞镜又重磨。把酒问姮娥：被白发、欺人奈何？

乘风好去，长空万里，直下看山河。斫去桂婆娑，人道是、清光更多。

——辛弃疾（建康中秋，为吕叔潜赋）

少 年 游

《乐章集》、《张子野词》皆人“林钟商”，《清真集》分人“黄钟”、“商调”。各家句读亦多出入，兹以柳永词为定格。五十字，前片三平韵，后片两平韵。苏轼、周邦彦、姜夔三家同为别格，五十一字，前后片各两平韵。

定 格

+－+｜｜－－（韵）+｜｜－－（韵）+－+｜（句）+－+｜（句）+｜｜－－（韵）

+－+｜－－｜（句）+｜｜－－（韵）+｜－－（句）+－+｜（句）+｜｜－－（韵）

例 一

参差烟树灞陵桥，风物尽前朝。衰阳古柳，几经攀折，憔悴楚宫腰。

夕阳闲淡秋光老，离思满蘅皋。一曲阳关，断肠声尽，独自凭兰桡。

——柳永

别 格(一)

|——|(句)———|(句)—||——(韵)———|(句)——||(句)—||——(韵)

|||———|(句)—||——(韵)||————|(句)——|(豆)|——(韵)

例 二

去年相送，馀杭门外，飞雪似杨花。今年春尽，杨花似雪，犹不见还家。

对酒卷帘邀明月，风露透窗纱。恰似姮娥怜双燕，分明照，画梁斜。

——苏轼（润州作，代人寄远）

别 格(二)

———|(句)——||(句)—||——(韵)||——(句)|—+|(句)+||——(韵)

——|(句)|——(句)—||——(韵)||——(句)|—+|(句)+||——(韵)

例 三

并刀如水，吴盐胜雪，纤指破新橙。锦幄初温，兽香不断，相对坐调笙。

低声问：向谁行宿？城上已三更。马滑霜浓，不如休去，直是少人行。

——周邦彦

别 格（三）

——｜｜（句）———｜（句）—｜｜——（韵）｜｜——（句）———｜（句）—｜｜——（韵）

——｜｜——｜（句）—｜｜——（韵）—｜——（句）———｜（句）—｜｜——（韵）

例 四

双螺未合，双蛾先敛，家在碧云西。别母情怀，随郎滋味，桃叶渡江时。

扁舟载了匆匆去，今夜泊前溪。杨柳津头，梨花墙外，心事两人知。

——姜夔（戏平甫）

临　江　仙

双调小令，唐教坊曲。《乐章集》入“仙吕调”，《张子野词》入“高平调”。五十八字，上下片各三平韵。约有三格，第三格增二字。柳永演为慢曲，九十三字，前片五平韵，后片六平韵。

格　一

+|+——||（句）+—+|——（韵）+—+||——（韵）+—+|（句）+||——（韵）

+|+——||（句）+—+|——（韵）+—+||——（韵）+—+|（句）+||——（韵）

附注：首句亦可作“+—+|——|”，后片换韵。

例　一

金锁重门荒苑静，绮窗愁对秋空。翠华一去寂无踪。玉楼歌吹，声断已随风。

烟月不知人事改，夜阑还照深宫。藕花相向野塘中。暗伤亡国，清露泣香红。

——鹿虔扆

例　二（后片换韵）

冷红飘起桃花片，青春意绪阑珊。高楼帘幕卷轻寒。酒馀人散，独自倚阑干。

夕阳千里连芳草，风光愁杀王孙。徘徊飞尽碧天云。凤城何处？明月照黄昏。

——冯延巳

格 二

+|+——|（句）+—+|——（韵）+—+||——（韵）+——||（句）+||——（韵）

+|+——|（句）+—+|——（韵）+—+||——（韵）+——||（句）+||——（韵）

例 三

饮散离亭西去，浮生长恨飘蓬。回头烟柳渐重重。淡云孤雁远，寒日暮天红。

今夜画船何处？潮平淮月朦胧。酒醒人静奈愁浓。残灯孤枕梦，轻浪五更风。

——徐昌图

例 四

梦后楼台高锁，酒醒帘幕低垂。去年春恨却来时。落花人独立，微雨燕双飞。

记得小蘋初见，两重心字罗衣。琵琶弦上说相思。当时明月在，曾照彩云归。

——晏幾道

格 三

+|+——||（句）+—+|——（韵）+—+||——（韵）+——||（句）+||——（韵）

+|+——||（句）+—+|——（韵）+—+||——（韵）+——||（句）+||——（韵）

例 五

夜饮东坡醒复醉，归来仿佛三更。家童鼻息已雷鸣。敲门都不应，倚杖听江声。

长恨此身非我有，何时忘却营营？夜阑风静縠纹平。小舟从此逝，江海寄馀生。

——苏轼

例 六

忆昔午桥桥上饮，坐中多是豪英。长沟流月去无声。杏花疏影里，吹笛到天明。

二十馀年如一梦，此身虽在堪惊。闲登小阁看新晴。古今多少事，渔唱起三更。

——陈与义（夜登小阁，忆洛中旧游）

格 四（仙吕调慢曲）

|||—|（句）|—||（句）—|——（韵）|—|（豆）——||——（韵）——（韵）|—||（句）——|（豆）||——（韵）——|

(句)||——|(句)—|——(韵)

——(韵)——||(句)—|—|——(韵)|———|(句)||——(韵)——(韵)——(韵)——(韵)|—+|(句)——|(豆)||——(韵)——|(句)||——|(句)—|——(韵)

例 七

梦觉小庭院，冷风淅淅，疏雨潇潇。绮窗外、秋声败叶狂飘。心摇，奈寒漏永，孤帏悄、泪烛空烧。无端处，是绣衾鸳枕，闲过清宵。

萧条，牵情系恨，争向年少偏饶。觉新来憔悴，旧日风标。魂消，念欢娱事，烟波阻、后约方遥。还经岁，问怎生禁得，如许无聊？

——柳永

附注：词中“奈”、“是”、“觉”、“念”、“问”皆领格字。

鹧 鸪 天

又名《思佳客》。五十五字，前后片各三平韵，前片第三、四句与过片三言两句多作对偶。

定格

+|——+|—(韵)+—+||——(韵)+—+|——|(句)+|——+|—(韵)

—||(句)|——(韵)+—+||——(韵)+—+|——|(句)+|——+|—(韵)

例一

彩袖殷勤捧玉钟，当年拚却醉颜红。舞低杨柳楼心月，歌尽桃花扇底风。

从别后，忆相逢，几回魂梦与君同？今宵剩把银釭照，犹恐相逢是梦中。

——晏幾道

例二

枕上流莺和泪闻，新啼痕间旧啼痕。一春鱼雁无消息，千里关山劳梦魂。

无一语，对芳樽，安排肠断到黄昏。甫能炙得灯儿了，雨打梨花深闭门。

——秦观

例三

陌上柔桑初破芽，东邻蚕种已生些。平冈细草鸣黄犊，斜日寒林点暮鸦。

山远近，路横斜，青旗沽酒有人家。城中桃李愁风雨，春在溪头荠菜花。

——辛弃疾（代人赋）

例四

壮岁旌旗拥万夫，锦襜突骑渡江初。燕兵夜娖银胡簶，汉箭朝飞金仆姑。

追往事，叹今吾，春风不染白髭须。都将万字平戎策，换得东家种树书。

——辛弃疾（有客慨然谈功名，因追念少年时事，戏作）

小 重 山

又名《小重山令》。《金奁集》入“双调”。唐人例用以写“宫怨”，故其调悲。五十八字，前后片各四平韵。

定格

+|——+|—（韵）+——||（豆）|——（韵）+—+||——（韵）—+|（句）+||——（韵）

+||——（韵）+——||（豆）|——（韵）+—+||——（韵）—+|（句）+||——（韵）

例　一

一闭昭阳春又春。夜寒宫漏永、梦君恩。卧思陈事暗销魂。罗衣湿，红袂有啼痕。

歌吹隔重阍。绕庭芳草绿、倚长门。万般惆怅向谁论？凝情立，宫殿欲黄昏。

——韦庄

例　二

昨夜寒蛩不住鸣。惊回千里梦、已三更。起来独自绕阶行。人悄悄，帘外月胧明。

白首为功名。旧山松竹老、阻归程。欲将心事付瑶筝。知音少，弦断有谁听？

——岳飞

一　剪　梅

双调小令，六十字，上下片各三平韵。每句并用平收，声情低抑。亦有句句叶韵者。

定格

+｜——+｜—（韵）+——（句）+｜——（韵）+—+｜｜——（句）+｜——（句）+｜——（韵）

+|——+|—（韵）+——（句）+|——（韵）+—+||——（句）+|——（句）+|——（韵）

例 一

红藕香残玉簟秋。轻解罗裳，独上兰舟。云中谁寄锦书来？雁字回时，月满西楼。

花自飘零水自流。一种相思，两处闲愁。此情无计可消除，才下眉头，又上心头。

——李清照

例 二（句句叶韵）

一片春愁待酒浇，江上舟摇，楼上帘招。秋娘渡与泰娘桥，风又飘飘，雨又潇潇。

何日归家洗客袍？银字笙调，心字香烧。流光容易把人抛，红了樱桃，绿了芭蕉。

——蒋捷（舟过吴江）

唐 多 令

又名《南楼令》。双调，六十字，上下片各四平韵。亦有前片第三句加一衬字者。

定 格

－｜｜－－（韵）＋－＋｜－（韵）｜＋－（豆）＋｜－－（韵）＋｜＋－－｜｜（句）＋＋｜（句）｜－－（韵）

－｜｜－－（韵）＋－＋｜－（韵）｜＋－（豆）＋｜－－（韵）＋｜＋－－｜｜（句）＋＋｜（句）｜－－（韵）

例 一

芦叶满汀洲，寒沙带浅流。二十年、重过南楼。柳下系舟犹未稳，能几日，又中秋。

黄鹤断矶头，故人曾到不（平声，读作浮）？旧江山、浑是新愁。欲买桂花同载酒，终不似，少年游。

——刘过（安远楼小集）

例 二

何处合成愁？离人心上秋。纵芭蕉不雨也（“也”是衬字）飕飕。都道晚凉天气好，有明月，怕登楼。

年事梦中休，花空烟水流。燕辞归、客尚淹留。垂柳不萦裙带住，漫长是，系行舟。

——吴文英

破　阵　子

唐教坊曲。一名《十拍子》。陈旸《乐书》："唐《破阵乐》属龟兹部，秦王（李世民）所制，舞用二千人，皆画衣甲，执旗旆。外藩镇春衣犒军设乐，亦舞此曲，兼马军引入场，尤壮观也。"按：《秦王破阵乐》为唐开国时所创大型武舞曲，震惊一世。玄奘往印度取经时，有一国王曾询及之。见所著《大唐西域记》。此双调小令，当是截取舞曲中之一段为之，犹可想见激壮声容。六十二字，上下片皆三平韵。

定格

｜｜——＋｜（句）＋—＋｜——（韵）＋｜＋——｜｜（句）＋｜——＋｜—（韵）＋—＋｜—（韵）

｜｜——＋｜（句）＋—＋｜——（韵）＋｜＋——｜｜（句）＋｜——＋｜—（韵）＋—＋｜—（韵）

例

醉里挑灯看剑，梦回吹角连营。八百里分麾下炙，五十弦翻塞外声，沙场秋点兵。

马作的卢飞快，弓如霹雳弦惊。了却君王天下事，赢得生前身后名，可怜白发生！

——辛弃疾（为陈同父赋壮词以寄之）

喝　火　令

始见《山谷词》。六十五字，前片三平韵，后片四平韵。

定格

｜｜——｜（句）——｜｜—（韵）｜——｜｜——（韵）＋｜｜——｜（句）＋｜｜——（韵）

｜｜——｜（句）——｜｜—（韵）｜——｜｜——（韵）｜｜——（句）｜｜｜——（韵）｜｜｜——｜（句）＋｜｜——（韵）

例

见晚情如旧，交疏分已深。舞时歌处动人心。烟水数年魂梦，何处可追寻？

昨夜灯前见，重题汉上襟。便愁云雨又难禁。晓也星稀，晓也月西沉。晓也雁行低度，不会寄芳音。

——黄庭坚

行　香　子

双调小令，六十六字，上片五平韵，下片四平韵。音节流美，亦可略加衬字。

定格

+|——（韵）+|——（韵）+—+（豆）+|——（韵）+—+|（句）+|—+（句）+—|（句）+——（韵）

+—+|（句）+|——（韵）+—+（豆）+|——（韵）+—+|（句）+——（韵）|+—+（句）+—|（句）|——（韵）

附注：上下片两结皆以一去声字领下三言三句。下片第二句有与上片平仄相同兼叶韵，亦有两句并用仄收不叶韵者。

例一

一叶舟轻，双桨鸿惊。水天清、影湛波平。鱼翻藻鉴，鹭点烟汀。过沙溪急，霜溪冷，月溪明。

重重似画，曲曲如屏。算当年、虚老严陵。君臣一梦，今古空名。但远山长，云山乱，晓山青。

——苏轼（过七里滩）

例二

树绕村庄，水满陂塘。倚东风、豪兴徜徉。小园几许，收尽春光。有桃花红，李花白，菜花黄。

远远苔墙，隐隐茅堂。飏青旗、流水桥旁。偶然乘兴，步过东冈。正莺儿啼，燕儿舞，蝶儿忙。

——秦观（此据康熙《词谱》卷十四所录，汲古阁本《淮海词》及宋本《淮海居士长短句》皆无）

例三

草际鸣蛩，惊落梧桐。正人间天上愁浓。云阶月地，关锁千重。纵浮槎来，浮槎去，不相逢。

星桥鹊驾，经年才见，想离情别恨无穷。牵牛织女，莫是离中？甚一霎儿晴，一霎儿雨，一霎儿风。

——李清照（见《词谱》卷十四，三“儿”字皆衬）

风 入 松

古琴曲有《风入松》，传为晋嵇康所作，见《乐府诗集》卷五十九。《宋史·乐志》入“林钟商”。双调，七十六字，前后片各四平韵。

定格

+—+||——（韵）+||——（韵）+—+|——|（句）+—+（豆）+|——（韵）+|———|（句）+—+|——（韵）

+—+||——（韵）+||——（韵）+—+|——|（句）+—+（豆）+|——（韵）+|———|（句）+—+|——（韵）

附注：第二句亦有作四言“+|——”者。

例 一

一春长费买花钱，日日醉湖边。玉骢惯识西湖路，骄嘶过、沽酒楼前。红杏香中箫鼓，绿杨影里秋千。

暖风十里丽人天，花压鬓云偏。画船载取春归去，馀情付、湖水湖烟。明日重扶残醉，来寻陌上花钿。

——俞国宝

例 二

听风听雨过清明，愁草瘗花铭。楼前绿暗分携路，一丝柳、一寸柔情。料峭春寒中酒，交加晓梦啼莺。

西园日日扫林亭，依旧赏新晴。黄蜂频扑秋千索，有当时、纤手香凝。惆怅双鸳不到，幽阶一夜苔生。

——吴文英

金人捧露盘

又名《铜人捧露盘引》、《上西平》、《西平曲》。唐李贺有《金铜仙人辞汉歌》，并序云：“魏明帝青龙元年八月，诏宫官牵车西取汉孝武捧露盘仙人，欲立置前殿。宫官既拆盘，仙人临载，乃潸然泪下。”乐家取以制曲，故多苍凉激楚之音。此调别体亦多，兹以《东山寓声乐府》为准。八十一字，前片五平韵，后片四平韵。前六、后七两句，并以一去声字领下七言句。《词谱》于第三字豆，作上三下五句式，非。

定格

｜——（韵）—｜｜（句）｜——（韵）｜｜｜（豆）+｜——（韵）——｜｜（句）｜+——｜｜——（韵）｜——｜（句）｜+—（豆）+｜——（韵）

——｜（句）——｜（句）—｜｜（句）｜——（韵）｜｜｜（豆）+｜——（韵）——｜｜（句）｜+——｜｜——（韵）｜——｜（句）｜+—（豆）+｜——（韵）

附注：起用对偶，可不叶韵。贺铸词“江”字，殆是偶合。

例

控沧江，排青嶂，燕台凉。驻彩仗、乐未渠央。岩花磴蔓，妒千门珠翠倚新妆。舞闲歌悄，恨风流、不管馀香。

繁华梦，惊俄顷；佳丽地，指苍茫。寄一笑、何与兴亡？量船载酒，赖使君相对两胡床。缓调清管，更为侬、三弄斜阳。

——贺铸（凌歊台）

八　六　子

始见《尊前集》所收杜牧之作，九十字，句豆与北宋诸家多有出入。兹以《淮海词》为准，八十八字，前片三平韵，后片五平韵。要注意转折处，有骀荡生姿之感，乃称合作。

定格

｜——（韵）｜——｜（句）——｜｜——（韵）｜｜｜——｜｜（句）｜——｜——（句）｜—｜—（韵）

———｜——（韵）｜｜｜——｜（句）——｜｜——（韵）｜｜｜（豆）——｜——｜（句）｜——｜（句）｜——｜（句）——｜｜——｜｜（句）———｜——（韵）｜——（韵）——｜—｜—（韵）

附注：前片第四句以一去声字领六言两对句，后片第四句以三仄声字领六言一句，四言两对句，第七句以两平声字领六言两对句。前后两结最末四字并宜用“去平去平”，方能发调。

例

倚危亭，恨如芳草，萋萋刬尽还生。念柳外青骢别后，水边红袂分时，怆然暗惊。

无端天与娉婷，夜月一帘幽梦，春风十里柔情。怎奈向、欢娱渐随流水，素弦声断，翠绡香减，那堪片片飞花弄晚，濛濛残雨笼晴。正销凝，黄鹂又啼数声。

——秦观

雪 梅 香

《乐章集》入“正宫”。九十四字，前片四平韵，后片五平韵。第三句是上一、下四句法。

定格

|—|（句）——|||——（韵）|———|（句）——||——（韵）+|——|—|（句）|——||——（韵）|—|（句）||——（句）—|——（韵）

——（韵）|—|（句）||——（句）||——（韵）||——（句）|—||——（韵）+|——|—|（句）|——||——（韵）——|（句）||——（句）—|——（韵）

例

景萧索，危楼独立面晴空。动悲秋情绪，当时宋玉应同。渔市孤烟袅寒碧，水村残叶舞愁红。楚天阔，浪浸斜阳，千里溶溶。

临风，想佳丽，别后愁颜，敛眉峰。可惜当年，顿乖雨迹云踪。雅态妍姿正欢洽，落花流水忽西东。无聊意，尽把相思，分付征鸿。

——柳永

满 庭 芳

又名《锁阳台》，《清真集》入“中吕调”。九十五字，前片四平韵，后片五平韵。过片二字，亦有不叶韵连下为五言句者。

定 格

+|——(句)|—+|(句)|+—|——(韵)|——|(句)—||——(韵)+|——||(句)++|(豆)+|——(韵)——|(句)+—+|(句)+||——(韵)

——(韵)—||(句)——||(句)+|——(韵)|—|——(句)+|——(韵)+|+—||(句)++|(豆)+|——(韵)——|(句)+—+|(句)+||——(韵)

附注：后片第四句是上一、下四句法，亦作“|+——|”。

例 一

三十三年，今谁存者？算只君与长江。凛然苍桧，霜干苦难双。闻道司州古县，云溪上、竹坞松窗。江南岸，不因送子，宁肯过吾邦？

摐從，疏雨过，风林舞破，烟盖云幢。愿持此邀君，一饮空缸。居士先生老矣！真梦里、相对残釭。歌声断，行人未起，船鼓已逢逢。

——苏轼（有王长官者，弃官黄州三十三年，黄人谓之王先生。因送陈性来过余，因为赋此）

例 二

山抹微云，天黏衰草，画角声断谯门。暂停征棹，聊共饮离尊。多少蓬莱旧事，空回首、烟霭纷纷。斜阳外，寒鸦万点，流水绕孤村。

销魂！当此际，香囊暗解，罗带轻分。漫赢得青楼，薄幸名存。此去何时见也？襟袖上、空惹啼痕。伤情处，高城望断，灯火已黄昏。

——秦观

例 三

红蓼花繁，黄芦叶乱，夜深玉露初零。霁天空阔，云淡楚江清。独棹孤篷小艇，悠悠过、烟渚沙汀。金钩细，丝纶慢卷，牵动一潭星。

时时横短笛，清风皓月，相与忘形。任人笑生涯，泛梗飘萍。饮罢不妨醉卧，尘劳事、有耳谁听？江风静，日高未起，枕上酒微醒。

——秦观

例 四

风老莺雏，雨肥梅子，午阴嘉树清圆。地卑山近，衣润费炉烟。人静乌鸢自乐，小桥外、新渌溅溅。凭阑久，黄芦苦竹，拟泛九江船。

年年，如社燕，飘流瀚海，来寄修椽。且莫思身外，长近尊前。憔悴江南倦客，不堪听、急管繁弦。歌筵畔，先安簟枕，容我醉时眠。

——周邦彦（夏日溧水无想山作）

水 调 歌 头

唐大曲有《水调歌》，据《隋唐嘉话》，为隋炀帝凿汴河时所作。宋乐人"中吕调"，见《碧鸡漫志》卷四。凡大曲有"歌头"，此殆裁截其首段为之。九十五字，前后片各四平韵。亦有前后片两六言句夹叶仄韵者，有平仄互叶几于句句用韵者，各为举例。

定 格

＋｜｜－｜（句）＋｜｜－－（韵）＋－＋｜－＋（句）＋｜｜－－（韵）＋｜－－＋｜（句）＋｜－－＋｜（句）＋｜｜－－（韵）＋｜｜－｜（句）＋｜｜－－（韵）

＋＋＋（句）＋＋｜（句）｜－－（韵）＋－＋｜（句）－＋－

｜｜——（韵）+｜——+｜（句）+｜——+｜（句）+｜｜——（韵）+｜+—｜（句）+｜｜——（韵）

附注：前片第三、四句，后片第四、五句，可作上六下五，亦可作上四下七。平仄可出入处颇多，须善掌握调配。

例 一

潇洒太湖岸，淡伫洞庭山。鱼龙隐处，烟雾深锁渺弥间。方念陶朱张翰，忽有扁舟急桨，撇浪载鲈还。落日暴风雨，归路绕汀湾。

丈夫志，当景盛，耻疏闲。壮年何事憔悴？华发改朱颜。拟借寒潭垂钓，又恐相猜鸥鸟，不肯傍青纶。刺棹穿芦荻，无语看波澜。

——苏舜钦（沧浪亭）

例 二（夹叶仄韵）

明月几时有？把酒问青天。不知天上宫阙，今夕是何年？我欲乘风归去，又恐琼楼玉宇，高处不胜寒。起舞弄清影，何似在人间？

转朱阁，低绮户，照无眠。不应有恨，何事长向别时圆？人有悲欢离合，月有阴晴圆缺，此事古难全。但愿人长久，千里共婵娟。

——苏轼（丙辰中秋，欢饮达旦，大醉，作此篇，兼怀子

由）

附注："去"与"宇"，"合"与"缺"，夹叶仄韵。

例　三（平仄韵通叶）

南国本潇洒，六代浸豪奢。台城游冶，襞笺能赋属宫娃。云观登临清夏，璧月留连长夜，吟醉送年华。回首飞鸳瓦，却羡井中蛙。

访乌衣，成白社，不容车。旧时王谢，堂前双燕过谁家？楼外河横斗挂，淮上潮平霜下，樯影落寒沙。商女篷窗罅，犹唱后庭花。

——贺铸（台城游）

例　四

带湖吾甚爱，千丈翠奁开。先生杖屦无事，一日走千回。凡我同盟鸥鹭，今日既盟之后，来往莫相猜。白鹤在何处？尝试与偕来。

破青萍，排翠藻，立苍苔。窥鱼笑汝痴计，不解举吾杯。废沼荒丘畴昔，明月清风此夜，人世几欢哀？东岸绿阴少，杨柳更须栽。

——辛弃疾（盟鸥）

凤凰台上忆吹箫

《词谱》卷二十五引《列仙传拾遗》："萧史善吹箫，作鸾凤之响。秦穆公有女弄玉，善吹箫，公以妻之，遂教弄玉作凤鸣。居十数年，凤凰来止。公为作凤台，夫妇止其上。数年，弄玉乘凤，萧史乘龙去。"宋词始见《晁氏琴趣外篇》。兹以《漱玉词》为准。九十五字，前片四平韵，后片五平韵。

定 格

—|——（句）|——|（句）|——|——（韵）||——|（句）||——（韵）—|——||（句）——||（豆）||——（韵）——|（句）——||（句）||——（韵）

——（韵）|—||（句）—||——（句）||——（韵）||——|（句）—|——（韵）—|———|（句）—||（豆）—|——（韵）——|（句）——|—（句）||——（韵）

例

香冷金猊，被翻红浪，起来慵自梳头。任宝奁尘满，日上帘钩。生怕离怀别苦，多少事、欲说还休。新来瘦，非干病酒，不是悲秋。

休休，这回去也，千万遍阳关，也则难留。念武陵人远，烟锁秦楼。惟有楼前流水，应念我、终日凝眸。凝眸处，从今又添，一段新愁。

——李清照

汉　宫　春

《高丽史·乐志》名《汉宫春慢》，《梦窗词集》入“夹钟商”。各家句豆多有出入，兹以《稼轩长短句》为准。九十六字，前后片各四平韵。

定格

+|——（句）|+—+|（句）+|——（韵）+—+|（句）|++|——（韵）——||（句）|——（豆）+|——（韵）—||（豆）——+|（句）+—+|——（韵）

+|+——|（句）|——||（句）+|——（韵）——|—||（句）+|——（韵）——||（句）|——（豆）+|——（韵）—||（豆）——+|（句）+—+|——（韵）

例

春已归来，看美人头上，袅袅春幡。无端风雨，未肯收尽馀寒。年时燕子，料今宵、梦到西园。浑未办、黄柑荐酒，更传青韭堆盘。

却笑东风从此，便薰梅染柳，更没些闲。闲时又来镜里，转变朱颜。清愁不断，问何人、会解连环？生怕见、花开花落，朝来塞雁先还。

——辛弃疾（立春日）

八声甘州

简称《甘州》。唐边塞曲。据王灼《碧鸡漫志》卷三："《甘州》世不见，今'仙吕调'有曲破，有八声慢，有令，而'中吕调'有《象八声甘州》，他宫调不见也。凡大曲就本宫调制引、序、慢、近、令，盖度曲者常态。若《象八声甘州》，即是用其法于'中吕调'。"今所传《八声甘州》，《乐章集》入"仙吕调"。因全词共八韵，故称"八声"。九十七字，前后片各四平韵。亦有首句增一韵者。

定格

+－｜｜｜－－（句）++｜－－（韵）｜－－+｜（句）+－+｜（句）+｜－－（韵）+｜－－+｜（句）+｜｜－－（韵）+｜－－｜（句）+｜－－（韵）

+｜+－+｜（句）｜+－+｜（句）+｜－－（韵）｜－－+｜（句）+｜｜－－（韵）｜－－（豆）+－－｜（句）｜+－（豆）+｜｜－－（韵）－－｜（豆）｜－－｜（句）+｜－－（韵）

附注：结尾倒数第二句是特殊句法，中间两字多相连属。又诸领格字如柳词“对”、“渐”、“叹”等并宜用去声。前片第一、二句亦有作上五、下八者，亦有首句不用领格字，于第三字豆，结尾倒数第二句不用特殊句法者。

例 一

对潇潇暮雨洒江天，一番洗清秋。渐霜风凄紧，关河冷落，残照当楼。是处红衰翠减，苒苒物华休。惟有长江水，无语东流。

不忍登高临远，望故乡渺邈，归思难收。叹年来踪迹，何事苦淹留？想佳人、妆楼顒望，误几回、天际识归舟。争知我、倚阑干处，正恁凝愁！

——柳永

例 二（首句不用领格字）

有情风万里卷潮来，无情送潮归。问钱塘江上，西兴浦口，几度斜晖？不用思量今古，俯仰昔人非。谁似东坡老，白首忘机？

记取西湖西畔，正春山好处，空翠烟霏。算诗人相得，如我与君稀。约他年、东还海道，愿谢公、雅志莫相违。西州路、不应回首，为我沾衣。

——苏轼（寄参寥子）

例 三（开端上五、下八）

渺空烟四远，是何年青天坠长星？幻苍崖云树，名娃金屋，残霸宫城。箭径酸风射眼，腻水染花腥。时靸双鸳响，廊叶秋声。

宫里吴王沉醉，倩五湖倦客，独钓醒醒。问苍天无语，华发奈山青。水涵空、阑干高处，送乱鸦斜日落渔汀。连呼酒、上琴台去，秋与云平。

——吴文英（灵岩陪庾幕诸公游）

例 四（首句用韵）

记玉关踏雪事清游，寒气脆貂裘。傍枯林古道，长河饮马，此意悠悠。短梦依然江表，老泪洒西州。一字无题处，落叶都愁。

载取白云归去，问谁留楚佩，弄影中洲？折芦花赠远，零落一身秋。向寻常、野桥流水，待招来、不是旧沙鸥。空怀感、有斜阳处，却怕登楼。

——张炎（辛卯岁，沈尧道同余北归，各处杭、越。逾岁，尧道来问寂寞，语笑数日，又复别去。赋此曲，并寄赵学舟）

扬　州　慢

此姜夔自度曲，入“中吕宫”。其序云：“淳熙丙申至日，予过维扬。夜雪初霁，荠麦弥望。入其城，则四顾萧条，寒水自碧，暮色渐起，戍角悲吟。予怀怆然，感慨今昔，因自度此曲。千岩老人以为有

《黍离》之悲也。”九十八字，前后片各四平韵，前片第四、五句及后片第三句、第八句皆上一、下四句法。

定格

—｜——（句）｜——｜（句）｜——｜｜——（韵）｜——｜｜（句）｜｜｜——（韵）｜—｜（豆）——｜｜（句）｜——｜（句）—｜——（韵）｜——（豆）—｜——（句）—｜——（韵）

｜—｜｜（句）｜——（豆）—｜——（韵）｜｜｜——（句）——｜｜（句）—｜——（韵）｜｜｜——｜（句）——｜（豆）｜｜——（韵）｜———｜（句）———｜——（韵）

例

淮左名都，竹西佳处，解鞍少驻初程。过春风十里，尽荠麦青青。自胡马、窥江去后，废池乔木，犹厌言兵。渐黄昏、清角吹寒，都在空城。

杜郎俊赏，算而今、重到须惊。纵豆蔻词工，青楼梦好，难赋深情。二十四桥仍在，波心荡、冷月无声。念桥边红药，年年知为谁生？

——姜夔

高　阳　台

又名《庆春泽》。一百字，前后片各四平韵。亦有于两结三字豆处增叶一韵者。

定 格

+|——(句)——||(句)+—+|——(韵)+|——(句)+—+|——(韵)+—+|——(句)|+—(豆)+|——(韵)|——(豆)+|——(句)+|——(韵)

——||——|(句)|——+|(句)+|——(韵)+|——(句)+—+|——(韵)+—+|——(句)|+—(豆)+|——(韵)|——(豆)+|——(句)+|——(韵)

例

接叶巢莺，平波卷絮，断桥斜日归船。能几番游？看花又是明年。东风且伴蔷薇住，到蔷薇、春已堪怜。更凄然、万绿西泠，一抹荒烟。

当年燕子知何处？但苔深韦曲，草暗斜川。见说新愁，如今也到鸥边。无心再续笙歌梦，掩重门、浅醉闲眠。莫开帘、怕见飞花，怕听啼鹃。

——张炎（西湖春感）

锦堂春慢

始见《青箱杂记》所载司马光作。一百一字，前后片各四平韵。

定格

—｜——（句）——｜｜（句）——｜｜——（韵）｜｜——（句）——｜｜（句）—｜｜｜——（韵）｜｜｜——｜（句）｜｜—｜——（韵）｜｜—｜｜（句）｜｜——（句）—｜——（韵）

｜————｜（句）｜——｜｜（句）｜｜——（韵）—｜———｜（句）｜｜——（韵）｜｜——｜｜（句）｜｜｜（豆）—｜——（韵）｜｜——｜｜（句）—｜——（句）｜｜——（韵）

例

红日迟迟，虚廊影转，槐阴迤逦西斜。彩笔工夫，难状晚景烟霞。蝶尚不知春去，漫绕幽砌寻花。奈猛风过后，纵有残红，飞向谁家？

始知青春无价，叹飘零宦路，荏苒年华。今日笙歌丛里，特地咨嗟。席上青衫湿透，算感旧、何止琵琶！怎不教人易老？多少离愁，散在天涯！

——司马光

寿 楼 春

始见史达祖《梅溪词》，题为“寻春服感念”，殆是悼亡之作。一百一字，前后片各六平韵。中多拗句，尤多连用平声之句，声情低抑，全作凄音。有用以填寿词者，大误。

定 格

——————（韵）|——||（句）—|——（韵）||———|（句）|———（韵）—||（句）———（韵）||—（豆）————（韵）|||——（句）——||（句）—||——（韵）

——|（句）———（韵）|——||（句）—|——（韵）||———|（句）|———（韵）—||（句）———（韵）||—（豆）————（韵）|—|——（句）——||—|—（韵）

例

裁春衫寻芳。记金刀素手，同在晴窗。几度因风残絮，照花斜阳。谁念我，今无裳？自少年、消磨疏狂。但听雨挑灯，攲床病酒，多梦睡时妆。

飞花去，良宵长。有丝阑旧曲，金谱新腔。最恨湘云人散，楚兰魂伤。身是客，愁为乡。算玉箫、犹逢韦郎。近寒食人家，相思

未忘蘋藻香。◎

——史达祖

忆　旧　游

《清真集》入“越调”。一百二字，前片四平韵，后片五平韵。过片二字亦可不叶。

定 格

|——||(句)||——(句)—|——(韵)||——|(句)|——||(句)||——(韵)|—||—|(句)—||——(韵)|||——(句)——||(句)||——(韵)

——(韵)|—|(句)||——(句)—|——(韵)||——|(句)|———|(句)—|——(韵)|—||—|(句)—||——(韵)|||——(句)——||—|—(韵)

附注：此调有六领格字，如周词“记”、“听”、“渐”、“道”、“叹”、“但”，并宜用去声。亦有开端不用领格字，改上一、下四句法为上二、下三，改二、三句为八言一句，过片二字减去一韵者，如例二所举吴文英词是。有前片第四句改五言为上三、下四的七言句式，而将第五句之领格字减去，又于过片五字改作“|——||”的上一、下四句式，并于结尾倒数第二句

增叶一韵者，如例三所举刘将孙词是。

例 一

记愁横浅黛，泪洗红铅，门掩秋宵。坠叶惊离思，听寒蛩夜泣，乱雨萧萧。凤钗半脱云鬓，窗影烛花摇。渐暗竹敲凉，疏萤照晓，两地魂销。

迢迢，问音信，道径底花阴，时认鸣镳。也拟临朱户，叹因郎憔悴，羞见郎招。旧巢更有新燕，杨柳拂河桥。但满眼京尘，东风竟日吹露桃。

——周邦彦

例 二（变格一）

送人犹未苦，苦送春随人去天涯。片红都飞尽，正阴阴润绿，暗里啼鸦。赋情顿雪双鬓，飞梦逐尘沙。叹病渴凄凉，分香瘦减，两地看花。

西湖断桥路，想系马垂杨，依旧欹斜。葵麦迷烟处，问离巢孤燕，飞过谁家？故人为写深怨，空壁扫秋蛇。但醉上吴台，残阳草色归思赊。

——吴文英（别黄澹翁）

例 三（变格二）

正落花时节，憔悴东风，绿满愁痕。悄客梦、惊呼伴侣，断鸿有约，回泊归云。江空共道惆怅，夜雨隔篷闻。尽世外纵横，人间恩怨，细酌重论。

叹他乡异县，渺旧雨新知，历落情真。匆匆那忍别？料当君思我，我亦思君。人生自非麋鹿，无计久同群。此去重销魂，黄昏细雨人闭门。

——刘将孙

夜 飞 鹊

始见《清真集》，入“道宫”。《梦窗词》集入“黄钟商”。一百七字，前片五平韵，后片四平韵。

定 格

——｜—｜（句）—｜——（韵）—｜｜｜——（韵）——｜｜｜—｜（句）+——｜——（韵）——｜—｜（句）｜———｜（句）｜｜——（韵）——｜｜（句）｜——（豆）+｜——（韵）

—｜｜——｜（句）—｜｜——｜（句）—｜——（韵）—｜———｜（句）——｜｜（句）—｜——（韵）｜—｜｜（句）｜——（豆）｜｜——（韵）｜———｜（句）——｜｜（句）+｜——（韵）

附注：调内领格字如周词“探”、“但”两字，并宜去声。

例

河桥送人处，良夜何其？斜月远堕馀辉。铜盘烛泪已流尽，霏霏凉露沾衣。相将散离会，探风前津鼓，树杪参旗。花骢会意，纵扬鞭、亦自行迟。

迢递路回清野，人语渐无闻，空带愁归。何意重经前地，遗钿不见，斜径都迷。兔葵燕麦，向残阳、影与人齐。但徘徊班草，欷歔酹酒，极望天西。

——周邦彦（别情）

望 海 潮

始见《乐章集》，入“仙吕调”。一百七字，前片五平韵，后片六平韵。亦有于过片二字增一韵者。

定 格

——｜（句）——＋｜（句）——｜｜——（韵）—｜｜—（句）——｜｜（句）——｜｜——（韵）—｜｜——（韵）｜—｜—｜（句）—｜——（韵）｜｜——（韵）｜——｜｜——（韵）

——｜｜——（韵）｜——｜｜（句）＋｜——（韵）—｜｜—（句）——｜｜（句）——｜｜——（韵）—｜｜——（韵）｜｜—＋｜（句）—｜——（韵）＋｜——｜｜（句）—｜｜——（韵）

附注：前片第八句有作“｜｜—｜｜”为上一下四句式，后片结尾作“—｜——（句）｜——｜｜——（韵）”者。亦有前片第四

句作“——||（句）”，后片首二字增一韵者。

例 一

东南形胜，三吴都会，钱塘自古繁华。烟柳画桥，风帘翠幕，参差十万人家。云树绕堤沙。怒涛卷霜雪，天堑无涯。市列珠玑，户盈罗绮竞豪奢。

重湖叠巘清嘉。有三秋桂子，十里荷花。羌管弄晴，菱歌泛夜，嬉嬉钓叟莲娃。千骑拥高牙。乘醉听箫鼓，吟赏烟霞。异日图将好景，归去凤池夸。

——柳永

例 二

梅英疏淡，冰澌溶泄，东风暗换年华。金谷俊游，铜驼巷陌，新晴细履平沙。长记误随车。正絮翻蝶舞，芳思交加。柳下桃蹊，乱分春色到人家。

西园夜饮鸣笳。有华灯碍月，飞盖妨花。兰苑未空，行人渐老，重来是事堪嗟。烟暝酒旗斜。但倚楼极目，时见栖鸦。无奈归心，暗随流水到天涯。

——秦观

例 三

梅天雨歇，柳堤风定，江浮画鹢纵横。瀛女弄箫，冯夷伐鼓，云间凤咽鼍鸣。波面走长鲸。卷怒涛来往，搅碎沧溟。两岸游人笑语，罗绮间簪缨。

灵均逝魄无凭。但湘沅一水，到底澄清。菰黍万家，丝桐五彩，年年吊古深情。锦帆片霞明。使操舟妙手，翻动心旌。向晚鱼龙戏罢，千里浪花平。

——黄岩叟

沁 园 春

又名《寿星明》。格局开张，宜抒壮阔豪迈情感。苏、辛一派最喜用之。一百十四字，前片四平韵，后片五平韵，亦有于过片处增一暗韵者。

定 格

+｜——(句)｜｜——(句)｜｜｜—(韵)｜+—+｜(句)+—+｜(句)+—+｜(句)+｜——(韵)+｜——(句)+—+｜(句)+｜——+｜—(韵)——｜(句)｜+—+｜(句)+｜——(韵)

——+｜——(韵)｜+｜——+｜—(韵)｜+—+｜(句)+—+｜(句)+—+｜(句)+｜——(韵)+｜——(句)+—+｜(句)+｜——+｜—(韵)——｜(句)｜+—+｜(句)+｜——(韵)

附注：前片第四句与后片第三句皆以一字领下四言四句，前后片结尾并以一字领下四言二句，宜用去声字。

例 一

孤鹤归飞，再过辽天，换尽旧人。念累累枯冢，茫茫梦境，王侯蝼蚁，毕竟成尘。载酒园林，寻花巷陌，当日何曾轻负春。流年改，叹围腰带剩，点鬓霜新。

交亲零落如云，又岂料如今馀此身。幸眼明身健，茶甘饭软，非惟我老，更有人贫。躲尽危机，消残壮志，短艇湖中闲采莼。吾何恨，有渔翁共醉，溪友为邻。

——陆游

附注：过片“亲”字是暗韵。

例 二

叠嶂西驰，万马回旋，众山欲东。正惊湍直下，跳珠倒溅；小桥横截，缺月初弓。老合投闲，天教多事，检校长身十万松。吾庐小，在龙蛇影外，风雨声中。

争先见面重重，看爽气朝来三数峰。似谢家子弟，衣冠磊落；相如庭户，车骑雍容。我觉其间，雄深雅健，如对文章太史公。新堤路，问偃湖何日，烟水濛濛？

——辛弃疾（灵山齐庵赋。时筑偃湖未成）

例 三（变格）

斗酒彘肩，风雨渡江，岂不快哉！被香山居士，约林和靖，与坡仙老，驾勒吾回。坡谓西湖，正如西子，浓抹淡妆临照台。二公者，皆掉头不顾，只管传杯。

自言天竺去来，图画里峥嵘楼阁开。爱纵横二涧，东西水绕；两峰南北，高下云堆。逋曰不然，暗香浮动，不若孤山先访梅。须晴去，访稼轩未晚，且此徘徊。

——刘过（寄辛承旨。时承旨招，不赴）

例　四

何处相逢？登宝钗楼，访铜雀台。唤厨人斫就，东溟鲸脍；圉人呈罢，西极龙媒。天下英雄，使君与操，馀子谁堪共酒杯？车千两，载燕南赵北，剑客奇才。

饮酣画鼓如雷，谁信被晨鸡轻唤回？叹年光过尽，功名未立；书生老去，机会方来。使李将军，遇高皇帝，万户侯何足道哉！披衣起，但凄凉感旧，慷慨生哀。

——刘克庄（梦孚若）

多　丽

又名《绿头鸭》。一百三十九字，前片六平韵，后片五平韵。亦有于首句起韵者。变格改用入声韵。

定　格

｜——（句）＋—＋｜——（韵）｜——（豆）——｜｜（句）＋＋＋｜——（韵）｜——（豆）＋—＋｜（句）＋＋｜（豆）＋｜——（韵）

+|——(句)——||(句)|——||——(韵)|+|(豆)+——|(句)+||——(韵)——|(豆)+—+|(句)+|——(韵)

|——(豆)——||(句)+—|——(韵)|——(豆)|—||(句)+++(豆)—|——(韵)+|——(句)+—||(句)+——||——(韵)|+|(豆)+—+|(句)—||——(韵)——|(豆)+—+|(句)+|——(韵)

例 一

晚云收，淡天一片琉璃。烂银盘、来从海底，皓色千里澄辉。莹无尘、素娥淡伫，静可数、丹桂参差。玉露初零，金风未凛，一年无似此佳时。露坐久、疏萤时度，乌鹊正南飞。瑶台冷、阑干凭暖，欲下迟迟。

念佳人、音尘隔后，对此应解相思。最关情、漏声正永，暗断肠、花影潜移。料得来宵，清光未减，阴晴天气又争知？共凝恋、如今别后，还是隔年期。人强健、清尊素影，长愿相随。

——晁端礼

变 格（入声韵）

|——(句)||——|(韵)|——(豆)|—||(句)|——|||(韵)|——(豆)|—||(句)|——(豆)||—|(韵)||——(句)———|(句)|——||—|(韵)|—|(豆)|——|(句)—||—|(韵)——|(豆)——||(句)||—|(韵)

｜—｜——｜｜(句)｜——｜—｜(韵)｜——(豆)｜——｜(句)｜｜——｜—｜(韵)｜｜——(句)———｜(句)———｜｜—｜(韵)｜—｜(豆)｜——｜(句)—｜｜—｜(韵)——｜(豆)——｜(豆)—｜｜—(句)｜｜—｜(韵)

例 二

想人生，美景良辰堪惜。向其间、赏心乐事，古来难是并得。况东城、凤台沁苑，泛清波、浅照金碧。露洗华桐，烟霏丝柳，绿阴摇曳荡春色。画堂迥、玉簪琼佩，高会尽词客。清歌久、重然绛蜡，别就瑶席。

有翩若惊鸿体态，暮为行雨标格。逞朱唇、缓歌妖丽，似听流莺乱花隔。慢舞萦回，娇鬟低亸，腰肢纤细困无力。忍分散、彩云归后，何处更寻觅？休辞醉、明月好花，莫漫轻掷。

——聂冠卿（李良定公席上赋）

六 州 歌 头

程大昌《演繁露》："《六州歌头》，本鼓吹曲也。近世好事者倚其声为吊古词，音调悲壮，又以古兴亡事实文之。闻其歌，使人慷慨，良不与艳词同科，诚可喜也。"一百四十三字，前后片各八平韵。又有于平韵外兼叶仄韵者，或同部平仄互叶，或平韵同部、仄韵随时变换，并能增强激壮声情，有繁弦急管、五音繁会之妙。要以平韵为主，仄韵为副，务使“玄黄律吕，各适物宜”耳。兹列三式，各为举例。

格 一（平韵）

——+|（句）+||——（韵）—+|（句）——|（句）|——（韵）|——（韵）+|+—|（句）+—|（句）—+|（句）++|（句）—+|（句）|——（韵）+|+—（句）+|——|（句）+|——（韵）+|—+|（句）+||——（韵）+|——（韵）|——（韵）

|——|（句）+—|（句）—+|（句）|——（韵）++|（句）—+|（句）|——（韵）|——（韵）+|——|（句）++|（句）|——（韵）—+|（句）—+|（句）|——（韵）+|+—+|（句）+—|（豆）+|——（韵）|+—+|（句）+||——（韵）+|——（韵）

例 一

长淮望断，关塞莽然平。征尘暗，霜风劲，悄边声，黯销凝。追想当年事，殆天数，非人力，洙泗上，弦歌地，亦膻腥。隔水毡乡，落日牛羊下，区脱纵横。看名王宵猎，骑火一川明，笳鼓悲鸣，遣人惊。

念腰间箭，匣中剑，空埃蠹，竟何成！时易失，心徒壮，岁将零。渺神京，干羽方怀远，静烽燧，且休兵。冠盖使，纷驰骛，若为情？闻道中原遗老，常南望、翠葆霓旌。使行人到此，忠愤气填膺，有泪如倾。

——张孝祥（建康留守席上作）

格 二（平仄韵互叶）

—｜｜（句）—｜｜——（平韵）—｜｜（仄韵）—｜｜（叶仄）｜——（叶平）｜——（叶平）｜｜——｜（叶仄）——｜（叶仄）——｜（叶仄）—｜｜（叶仄）——｜（叶仄）｜——（叶平）—｜｜—（句）—｜——｜（叶仄）｜｜——（叶平）———｜｜（句）｜｜｜——（叶平）｜｜——（叶平）｜——（叶平）

｜——｜（叶仄）——｜（叶仄）—｜｜（叶仄）｜——（叶平）—｜｜（叶仄）—｜｜（叶仄）｜——（叶平）｜——（叶平）｜｜——｜（叶仄）——｜（叶仄）｜——（叶平）—｜｜（叶仄）——｜（叶仄）———（叶平）｜｜——（句）｜｜——｜（叶仄）｜｜——（叶平）｜———｜（句）｜｜｜——（叶平）｜｜——（叶平）

例 二

少年侠气，交结五都雄。肝胆洞，毛发耸。立谈中，死生同，一诺千金重。推翘勇，矜豪纵，轻盖拥，联飞鞚，斗城东。轰饮酒垆，春色浮寒瓮，吸海垂虹。闲呼鹰嗾犬，白羽摘雕弓，狡穴俄空，乐匆匆。

似黄粱梦，辞丹凤；明月共，漾孤篷。官冗从，怀倥偬，落尘笼，簿书丛。鹖弁如云众，供粗用，忽奇功。笳鼓动，渔阳弄，思悲翁，不请长缨，系取天骄种。剑吼西风。恨登山临水，手寄七弦桐，目送归鸿。

——贺铸

格 三（平仄韵递换）

——｜｜（句）—｜｜——（叶平）—｜｜（换仄韵）——｜（叶仄）｜——（叶平）｜——（叶平）｜｜——｜（二换仄）—｜｜（叶二仄）——｜（叶二仄）—｜｜（叶二仄）——｜（叶二仄）｜——（叶平）｜｜——（句）｜｜——｜（句）｜｜——（叶平）｜———｜（句）｜｜｜——（叶平）｜｜——（叶平）｜——（叶平）

｜—｜｜（三换仄）——｜（叶三仄）——｜（叶三仄）｜——（叶平）—｜｜（四换仄）——｜（叶四仄）｜——（叶平）｜——（叶平）｜｜——｜（句）——｜（句）｜——（叶平）—｜｜（五换仄）——｜（叶五仄）｜——（叶平）—｜——（句）｜｜——｜（句）—｜——（叶平）｜——｜｜（句）｜｜｜——（叶平）｜｜——（叶平）

附注：格二、格三所有可平可仄处，与格一同。

例 三

春风着意，先上小桃枝。红粉腻，娇如醉，倚朱扉。记年时，隐映新妆面，临水岸，春将半，云日暖，斜桥转，夹城西。草软莎平，跋马垂杨渡，玉勒争嘶。认蛾眉凝笑，脸薄拂胭脂。绣户曾窥，恨依依。

共携手处，香如雾，红随步，怨春迟。销瘦损，凭谁问？只花知，泪空垂。旧日堂前燕，和烟雨，又双飞。人自老，春长好，梦佳期。前度刘郎，几许风流地，花也应悲。但茫茫暮霭，目断武陵溪，往事难追。

——韩元吉（桃花）

第二类 仄 韵 格

如 梦 令

又名《忆仙姿》《宴桃源》。五代时后唐庄宗（李存勖）创作。《清真集》入“中吕调”。三十三字，五仄韵，一叠韵。

定 格

+|+——|（韵）+|+——|（韵）+||——（句）+||——|（韵）—|（韵）—|（叠）+||——|（韵）

例 一

曾宴桃源深洞，一曲舞鸾歌凤。长记别伊时，和泪出门相送。如梦，如梦，残月落花烟重。

——李存勖

例 二

遥夜沉沉如水，风紧驿亭深闭。梦破鼠窥灯，霜送晓寒侵被。无寐，无寐，门外马嘶人起。

——秦观

例 三

昨夜雨疏风骤，浓睡不消残酒。试问卷帘人，却道海棠依旧。知否？知否？应是绿肥红瘦。

——李清照

归 自 谣

一作《归国谣》，《词谱》引《乐府雅词》入“道调宫”。三十四字，前后片各三仄韵。

定 格

—｜｜（韵）＋｜＋——｜｜（韵）＋—＋｜——｜（韵）

——＋｜—＋｜（韵）——｜（韵）＋—＋｜——｜（韵）

例

何处笛？深夜梦回情脉脉。竹风檐雨寒窗滴。

离人数岁无消息。今头白，不眠特地重相忆。

——冯延巳

天 仙 子

唐教坊舞曲。段安节《乐府杂录》："龟兹部，《万斯年》曲，是朱崖李太尉（德裕）进。此曲名即《天仙子》是也。"《金奁集》入"歇指调"，所收为韦庄作五首，皆平韵或仄韵转平韵体。《花间集》所收皇甫松二首，则皆仄韵单调小令，三十四字，五仄韵。《张子野词》兼入"中吕"、"仙吕"两调，并重叠一片为之。

格 一

＋｜＋——｜｜（韵）｜——｜——｜（韵）——＋｜｜——（句）—｜｜（韵）｜—｜（韵）｜｜＋——｜｜（韵）

例 一

晴野鹭鸶飞一只，水荭花发秋江碧。刘郎此日别天仙，登绮席，泪珠滴，十二晚峰高历历。

——皇甫松

格 二

＋｜｜——｜｜（韵）＋｜｜——｜｜（韵）＋——｜｜——（句）—｜｜（韵）——｜（韵）＋｜｜——｜｜（韵）

＋｜｜——｜｜（韵）＋｜｜——｜｜（韵）＋——｜｜——（句）—｜｜

（韵）——|（韵）+||——||（韵）

例 二

水调数声持酒听，午醉醒来愁未醒。送春春去几时回？临晚镜，伤流景，往事后期空记省。

沙上并禽池上暝，云破月来花弄影。重重帘幕密遮灯，风不定，人初静，明日落红应满径。

——张先（时为嘉禾小倅，以病眠，不赴府会）

生 查 子

唐教坊曲。《词谱》引《尊前集》入“双调”。四十字，上下片各两仄韵。各家平仄颇多出入，与作仄韵五言绝句诗相仿。多抒怨抑之情。

格 一

+||——（句）+|——|（韵）+||——（句）+|——|（韵）

+||——（句）+|——|（韵）+||——（句）+|——|（韵）

例 一

坠雨已辞云，流水难归浦。遗恨几时休？心抵秋莲苦。

忍泪不能歌，试托哀弦语。弦语愿相逢，知有相逢否？

——晏幾道

格 二

＋－＋|－（句）＋|－－|（韵）＋||－－（句）＋|－－|（韵）

＋－＋|－（句）＋|－－|（韵）＋||－－（句）＋|－－|（韵）

例 二

西津海鹘舟，径度沧江雨。双舻本无情，鸦轧如人语。

挥金陌上郎，化石山头妇。何物系君心？三岁扶床女。

——贺铸

例 三

去年元夜时，花市灯如昼。月上柳梢头，人约黄昏后。

今年元夜时，月与灯依旧。不见去年人，泪湿春衫袖。

——朱淑真（一作欧阳修）

格 三

|||－－（句）||－－|（韵）－－||－（句）||－－|（韵）

|||－－（句）－|－－|（韵）－||－－（句）－－|－|（韵）

例 四

侍女动妆奁，故故惊人睡。那知本未眠，背面偷垂泪。

懒卸凤凰钗，羞入鸳鸯被。时复见残灯，和烟坠金穗。

——韩偓

醉 花 间

唐教坊曲，《词谱》引《宋史·乐志》入“双调”。四十一字，前片三仄韵，一叠韵，后片三仄韵。

定 格

——｜(韵)｜—｜(叠)—｜——｜(韵)—｜｜——(句)｜｜——｜(韵)

———｜｜(韵)｜｜——｜(韵)——｜｜—(句)—｜——｜(韵)

例

深相忆，莫相忆，相忆情无极。银汉是红墙，一带遥相隔。

金盘珠露滴，两岸榆花白。风摇玉佩清，今夕为何夕？

——毛文锡

点　绛　唇

《清真集》入“仙吕调”，元北曲同，但平仄句式略异，今京剧中犹常用之。四十一字，前片三仄韵，后片四仄韵。

定 格

+|——（句）+—+|——|（韵）|——|（韵）+|——|（韵）

+|——（句）+|——|（韵）—+|（韵）|——|（韵）+|——|（韵）

附注：上片第八字，有增一韵者，如第三例。

例 一

荫绿围红，梦琼家在桃源住。画桥当路，临水开朱户。

柳径春深，行到关情处。颦不语，意凭风絮，吹向郎边去。

——冯延巳

例 二

台上披襟，快风一瞬收残暑。柳丝轻举，蛛网黏飞絮。

极目平芜，应是春归处。愁凝伫，楚歌声苦，村落黄昏鼓。

——周邦彦

例 三

不用悲秋，今年身健（韵）还高宴。江村海甸，总作空花观。

尚想横汾，兰菊纷相半。楼船远，白云飞乱，空有年年雁。

——苏轼（庚午重九）

霜 天 晓 角

又名《月当窗》。各家颇不一致，兹以《稼轩长短句》为准。四十三字，前后片各三仄韵。别有平韵格，附着于后。

定 格

+—+|（韵）+|——|（韵）—||——|（句）++|（豆）——|（韵）

+——||（韵）+——||（韵）—||——|（句）++|（豆）——|（韵）

例 一

吴头楚尾，一棹人千里。休说旧愁新恨，长亭树、今如此！

宦游吾倦矣，玉人留我醉。明日落花寒食，得且住、为佳耳。

——辛弃疾（旅兴）

变 格(平韵格)

—|——(韵)|——|—(韵)||——||(句)—||(豆)|——(韵)

——(韵)—|—(韵)|——|—(韵)|||——|(句)—||(豆)|——(韵)

例 二

人影窗纱,是谁来折花?折则从他折去,知折去、向谁家?

檐牙,枝最佳,折时高折些。说与折花人道:须插向、鬓边斜。

——蒋捷

伤 春 怨

据吴曾《能改斋漫录》卷十六,此为王安石梦中作。四十三字,前后片各三仄韵。

定 格

||——|(韵)||———|(韵)|||——(句)||———|(韵)

|———|（韵）||——|（韵）|||——（句）|||（豆）——|
（韵）

例

雨打江南树，一夜花开无数。绿叶渐成阴，下有游人归路。

与君相逢处，不道春将暮。把酒祝东风，且莫恁、匆匆去。

——王安石

卜　算　子

北宋时盛行此曲。万树《词律》以为取义于“卖卜算命之人”。双调，四十四字，上下片各两仄韵。两结亦可酌增衬字，化五言为六言句，于第三字豆。宋教坊复演为慢曲，《乐章集》入“歇指调”。八十九字，前片四仄韵，后片五仄韵。

格 一

+||——（韵）+|——|（韵）+|——||—（句）+|——|
（韵）

+||——（韵）+|——|（韵）+|——||—（句）+|——|
（韵）

例　一

缺月挂疏桐，漏断人初静。谁见幽人独往来？缥缈孤鸿影。

惊起却回头，有恨无人省。拣尽寒枝不肯栖，寂寞沙洲冷。

——苏轼（黄州定慧院寓居作）

例　二（加衬字）

我住长江头，君住长江尾。日日思君不见君，共饮长江水。

此水几时休？此恨何时已？只愿君心似我心，定不负、相思意。

——李之仪

格　二（卜算子慢）

——｜｜（句）—｜｜—（句）｜｜｜——｜（韵）｜｜——（句）｜｜｜——｜（韵）｜——（豆）｜｜——｜（韵）｜｜｜（豆）——｜｜（句）——｜｜—｜（韵）

｜｜——｜（韵）｜｜｜——（句）｜——｜（韵）｜｜——（句）｜｜｜—｜｜（韵）｜——（豆）—｜——｜（韵）｜｜｜（豆）——｜｜（句）｜———｜（韵）

附注：过片第六字领下四言两偶句，结尾是上一下四句法，第一字定要去声，与领格字同。

例　三（慢）

江枫渐老，汀蕙半凋，满目败红衰翠。楚客登临，正是暮秋天气。引疏砧、断续残阳里。对晚景、伤怀念远，新愁旧恨相继。

脉脉人千里。念两处风情，万重烟水。雨歇天高，望断翠峰十二。尽无言、谁会凭高意？纵写得、离肠万种，奈归云谁寄？

——柳永

谒 金 门

唐教坊曲。《金奁集》入“双调”。四十五字，前后片各四仄韵。

定格

－＋|（韵）－||－－|（韵）＋|＋－－||（韵）|－－||（韵）

＋|＋－＋|（韵）＋|＋－－|（韵）＋|＋－－||（韵）|－－||（韵）

例一

空相忆，无计得传消息。天上嫦娥人不识，寄书何处觅？

新睡觉来无力，不忍看君书迹。满院落花春寂寂，断肠芳草碧。

——韦庄

例 二

风乍起，吹皱一池春水。闲引鸳鸯香径里，手挼红杏蕊。

斗鸭阑干独倚，碧玉搔头斜坠。终日望君君不至，举头闻鹊喜。

——冯延巳

好 事 近

又名《钓船笛》，《张子野词》入“仙吕宫”。四十五字，前后片各两仄韵，以入声韵为宜。两结皆上一、下四句法。

定 格

+｜｜——（句）+｜｜——｜（韵）+｜｜——｜（句）｜+——｜（韵）

+—+｜｜——（句）++｜—｜（韵）+｜｜——｜（句）｜+——｜（韵）

例 一

江上探春回，正值早梅时节。两行（去声）小槽双凤，按凉州初彻。

谢娘扶下绣鞍来，红靴踏残雪。归去不须银烛，有山头明月。

——郑獬

例 二

春路雨添花，花动一山春色。行到小溪深处，有黄鹂千百。

飞云当面化龙蛇，夭矫转空碧。醉卧古藤阴下，了不知南北。

——秦观（梦中作）

忆 少 年

又名《十二时》。四十六字，前片两仄韵，后片三仄韵，亦以入声部为宜。两结皆上一、下四句法。亦有于过片处增一领格字者。

定 格

——+｜（句）——｜｜（句）———｜（韵）——｜+｜（韵）｜———｜（韵）

｜｜———｜｜（韵）｜——（豆）｜——｜（韵）——｜—｜（句）｜——+｜（韵）

例 一

无穷官柳，无情画舸，无根行客。南山尚相送，只高城人隔。

罨画园林溪绀碧，算重来、尽成陈迹。刘郎鬓如此，况桃花颜色！

——晁补之（别历下）

例二

年时酒伴，年时去处，年时春色。清明又近也，却天涯为客。

念过眼光阴难再得，想前欢、尽成陈迹。登临恨如此，把阑干暗拍。

——曹组

忆秦娥

又名《秦楼月》。始见黄升《唐宋诸贤绝妙词选》，题李白作。四十六字，前后片各三仄韵，一叠韵，亦以入声部为宜。又有改用平韵者，附见于后。

定格

－＋｜（韵）＋－＋｜－－｜（韵）－－｜（叠）＋－＋｜（句）｜－－｜（韵）

＋－＋｜－－｜（韵）＋－＋｜－－｜（韵）－－｜（叠）＋－＋｜（句）｜－－｜（韵）

例 一

箫声咽，秦娥梦断秦楼月。秦楼月，年年柳色，灞陵伤别。

乐游原上清秋节，咸阳古道音尘绝。音尘绝，西风残照，汉家陵阙。

——李白

变 格（平韵）

＋——（韵）＋—＋|———（韵）———（叠）＋—＋|（句）||——（韵）

|——|———（韵）＋—＋|———（韵）———（叠）＋—＋|（句）||——（韵）

例 二（平韵格）

晓朦胧，前溪百鸟啼匆匆。啼匆匆，凌波人去，拜月楼空。

去年今日东门东，鲜妆辉映桃花红。桃花红，吹开吹落，一任东风。

——贺铸

烛影摇红

《能改斋漫录》卷十六："王都尉（诜）有忆故人词，徽宗喜其词意，犹以不丰容宛转为恨，遂令大晟（徽宗所置音乐研究创作机关）别撰腔，周美成（邦彦）增损其词，而以首句为名，谓之《烛影摇红》云。"王词原为小令，或名《忆故人》。五十字，前片两仄韵，后片三仄韵。周作演为慢曲，《梦窗词集》入"大石调"。九十六字，前后片各五仄韵。

格一

｜｜——（句）｜｜—（句）｜｜—（豆）——｜（韵）——｜（韵）——｜｜——（句）—｜——｜（韵）

—｜——｜｜（韵）｜——（豆）——｜｜（韵）｜——｜（句）｜｜——（句）———｜（韵）

例一

烛影摇红，向夜阑，乍酒醒、心情懒。尊前谁为唱阳关？离恨天涯远。

无奈云沉雨散，凭阑干、东风泪眼。海棠开后，燕子来时，黄昏庭院。

——王诜

格 二

—|——(句)|—||——|(韵)———||——(句)—|——|(韵)||——||(韵)|——(豆)——||(韵)|——|(句)||——(句)——||(韵)

||——(句)—||——|(韵)———||——(句)—|——|(韵)—|——||(韵)|——(豆)——||(韵)|——|(句)||——(句)———|(韵)

例 二

芳脸轻匀(原作"匀红"),黛眉巧画宫妆浅。风流天付与精神,全在娇波转(原作"秋波转")。早是萦心可惯,向尊前、频频顾盼。几回相见,见了还休,争如不见。

烛影摇红,夜阑饮散春宵短。当时谁会唱阳关?离恨天涯远。争奈云收雨散。凭阑干、东风泪眼(原作"满"。以上并依《词谱》改)。海棠开后,燕子来时,黄昏庭院。

——周邦彦

醉 花 阴

小令,五十二字,前后片各三仄韵。兹以《漱玉词》为准。

定 格

+|+——||（韵）+|——|（韵）+||——（句）+|——（句）+|——|（韵）

+—+|——|（韵）||——|（韵）+||——（句）+|——（句）+|——|（韵）

附注：下片第二句是上一下四句法。如改用上二下三句法，则第一字可用平声。

例

薄雾浓云愁永昼，瑞脑销金兽。佳节又重阳，玉枕纱厨，半夜凉初透。

东篱把酒黄昏后，有暗香盈袖。莫道不消魂，帘卷西风，人比黄花瘦。

——李清照

望 江 东

仅见《山谷琴趣外篇》，殆是黄庭坚创作。五十二字，前后片各四仄韵。

定格

—｜——｜—｜（韵）｜+｜（豆）——｜（韵）+—+｜｜—｜（韵）｜｜｜（豆）——｜（韵）

——｜｜——｜（韵）｜+｜（豆）——｜（韵）+—+｜｜—｜（韵）｜+｜（豆）——｜（韵）

例

江水西头隔烟树，望不见、江东路。思量只有梦来去，更不怕、江阑住。

灯前写了书无数，算没个、人传与。直饶寻得雁分付，又还是、秋将暮。

——黄庭坚

木 兰 花

唐教坊曲，《金奁集》入“林钟商调”。《花间集》所录三首各不相同，兹以韦庄词为准。五十五字，前后片各三仄韵，不同部换叶。《尊前集》所录皆五十六字体，北宋以后多遵用之。《乐章集》及《张子野词》并入“林钟商”。其名《木兰花令》者，《乐章集》入“仙吕调”，前后片各三仄韵（平仄句式与《玉楼春》全同，但《乐章集》以《玉楼春》入“大石调”，似又有区别）。别有《减字木兰花》，《张子野词》入“林钟商”,《乐章集》入“仙吕调”。四十四字,前后片第一、三句各减三字,改为平仄韵互换格,每片两仄韵,两平韵。又有《偷声木兰花》,入“仙吕调”。五十字,只两片并于第三句各减三字,平仄韵互换,与《减字木兰花》相同。宋教坊复演为《木兰花慢》,《乐章集》入“南吕调”,一百一字,前片五平韵,后片七平韵。兹列五格,以见一曲演化之由,他可类推。

格　一(仄韵换韵格)

｜｜｜——｜｜(韵)—｜｜——｜｜(韵)—｜｜(句)｜——(句)｜｜｜——｜｜(韵)

｜｜｜——｜｜(换韵)—｜｜——｜｜(韵)——｜｜｜——(句)—｜｜——｜｜(韵)

例　一

独上小楼春欲暮,愁望玉关芳草路。消息断,不逢人,却敛细眉归绣户。

坐看落花空叹息,罗袂湿斑红泪滴。千山万水不曾行,魂梦欲教何处觅?

——韦庄

格　二(仄韵定格)

+—+｜——｜(韵)+｜+——｜｜(韵)+—+｜｜——(句)+

|+——||(韵)

+—+|——|(韵)+|+——||(韵)+—+||——(句)+|+——||(韵)

例　二

儿家夫婿心容易，身又不来书不寄。闲庭独立鸟关关，争忍抛奴深院里？

闷向绿纱窗下睡，睡又不成愁已至。今年却忆去年春，同在木兰花下醉。

——欧阳炯

例　三（木兰花令）

霜馀已失长淮阔，空听潺潺清颍咽。佳人犹唱醉翁词，四十三年如电抹。

草头秋露流珠滑，三五盈盈还二八。与余同是识翁人，惟有西湖波底月！

——苏轼（次欧公西湖韵）

例　四（玉楼春）

东城渐觉风光好，縠皱波纹迎客棹。绿杨烟外晓寒轻，红杏枝头春意闹。

浮生长恨欢娱少，肯爱千金轻一笑？为君持酒劝斜阳，且向花间留晚照。

——宋祁

格 三(减字木兰花)

+－+|(仄韵)+|+－－||(叶仄)+|－－(换平韵)+|－－+|－(叶平)

+－+|(再换仄韵)+|+－－||(叶仄)+|－－(再换平韵)+|－－+|－(叶平)

例 五

天涯旧恨，独自凄凉人不问。欲见回肠，断尽金炉小篆香。

黛蛾长敛，任是春风吹不展。困倚危楼，过尽飞鸿字字愁。

——秦观

格 四(偷声木兰花)

+－+|－－|(仄韵)+|+－－||(叶仄)+|－－(换平韵)+|－－+|－(叶平)

+－+|－－|(再换仄韵)+|+－－||(叶仄)+|－－(再换平韵)+|－－+|－(叶平)

例 六

画楼浅映横塘路，流水滔滔春共去。目送残晖，燕子双高蝶对飞。

风花将尽持杯送，往事只成清夜梦。莫更登楼，坐想行思已是愁。

——张先

格　五（木兰花慢）

｜——｜｜（句）｜—｜（句）｜——（韵）｜＋｜——（句）＋—｜｜（句）＋｜——（韵）——（韵）｜—｜｜（句）｜——｜｜｜——（韵）—｜——｜｜（句）｜—｜｜——（韵）

——（韵）｜｜＋—（韵）—｜｜（句）｜——（韵）｜＋｜——（句）＋—｜｜（句）＋｜——（韵）——（韵）｜—｜｜（句）｜——｜｜｜——（韵）—｜——｜｜（句）｜—｜｜——（韵）

附注：开端是上一、下四句法，前片第四句，后片第五句，皆以去声字领下四言三句，承以两言短韵，紧接“｜—｜｜”的上一、下三的特殊句法，下又以一去声字领七言一句，殆是北宋教坊歌曲时节拍如此。后片第六字亦有不押韵者，第五句亦作“｜｜—｜｜”。南宋诸家颇不一致，开端多改作上二、下三句法，后片二言短韵后，或改作五言两句。亦有略去两片中间诸两言短韵者，并为举例。

例　七（慢调正格）

拆桐花烂漫，乍疏雨，洗清明。正艳杏烧林，缃桃绣野，芳景如屏。倾城，尽寻胜去，骤雕鞍绀幰出郊坰。风暖繁弦脆管，万家竞奏新声。

盈盈，斗草踏青，人艳冶，递逢迎。向路旁往往，遗簪堕珥，珠翠纵横。欢情，对佳丽地，信金罍罄竭玉山倾。拚却明朝永日，画堂一枕春酲。

——柳永

例 八

倚危楼伫立，乍萧索，晚晴初。渐素景衰残，风砧韵响，霜树红疏。云衢，见新雁过，奈佳人自别阻音书。空遣悲秋念远，寸肠万恨萦纡。

皇都，暗想欢游（不叶韵），成往事，动欷歔。念对酒当歌，低帏并枕，翻恁轻孤。归途，纵凝望处，但斜阳暮霭满平芜。赢得无言悄悄，凭阑尽日踟蹰。

——柳永

例 九（慢调变格）

紫骝嘶冻草，晓云锁，岫眉颦。正蕙雪初消，松腰玉瘦，憔悴真真。轻藜渐穿险磴，步荒苔犹认瘗花痕。千古兴亡旧恨，半丘残日孤云。

开尊，重吊吴魂。岚翠冷，洗微醺。问几曾夜宿，月明起看，剑水星纹？登临总成去客，更软红先有探芳人。回首沧波故苑，落梅烟雨黄昏。

——吴文英（游虎丘）

例十

可怜今夕月，向何处，去悠悠？是别有人间，那边才见，光景东头？是天外空汗漫，但长风浩浩送中秋？飞镜无根谁系？姮娥不嫁谁留？

谓经海底问无由，恍惚使人愁。怕万里长鲸，纵横触破，玉殿琼楼。虾蟆故堪浴水，问云何玉兔解沉浮？若道都齐无恙，云何渐渐如钩？

——辛弃疾（中秋饮酒将旦，客谓前人诗词，有赋待月，无送月者，因用《天问》体赋）

鹊　桥　仙

《风俗记》："七夕，织女当渡河，使鹊为桥。"因取以为曲名，以咏牛郎织女相会事。《乐章集》入"歇指调"，较一般所用多三十二字。兹以《淮海词》为准。五十六字，上下片各两仄韵。亦有上下片各四仄韵者。

定格

+－+|（句）+－+|（句）+|+－+|（韵）+－+||－－（句）|+|（豆）－－+|（韵）

+－+|（句）+－+|（句）+|+－+|（韵）+－+||－－

（句）|+|（豆）——+|（韵）

例 一

纤云弄巧，飞星传恨，银汉迢迢暗度。金风玉露一相逢，便胜却、人间无数。

柔情似水，佳期如梦，忍顾鹊桥归路。两情若是久长时，又岂在、朝朝暮暮？

——秦观

例 二

松冈避暑，茅檐避雨，闲去闲来几度？醉扶孤石看飞泉，又却是、前回醒处。

东家娶妇，西家归女，灯火门前笑语。酿成千顷稻花香，夜夜费、一天风露。

——辛弃疾（山行书所见）

夜 游 宫

《清真集》入“般涉调”。五十七字，前后片各四仄韵。

定 格

||——||（韵）|+|（豆）+——|（韵）+|——|+|（韵）

|——(句)|——(句)—||(韵)

||——|(韵)|+|(豆)+——|(韵)+|——|+|(韵)

|——(句)|——(句)—||(韵)

例 一

叶下斜阳照水，卷轻浪、沉沉千里。桥上酸风射眸子。立多时，看黄昏，灯火市。

古屋寒窗底，听几片、井桐飞坠。不恋单衾再三起。有谁知，为萧娘，书一纸！

——周邦彦

例 二

雪晓清笳乱起，梦游处、不知何地。铁骑无声望似水。想关河：雁门西，青海际。

睡觉寒灯里，漏声断、月斜窗纸。自许封侯在万里。有谁知，鬓虽残，心未死！

——陆游（记梦，寄师伯浑）

踏 莎 行

双调小令，《张子野词》入“中吕宫”。五十八字，上下片各三仄韵，四言双起，例用对偶。又有《转调踏莎行》，六十六字，上下片各四仄韵。

格一

+|——(句)+—+|(韵)+—+|——|(韵)+—+||——(句)+—+|——|(韵)

+|——(句)+—+|(韵)+—+|——|(韵)+—+||——(句)+—+|——|(韵)

例一

小径红稀，芳郊绿遍，高台树色阴阴见。春风不解禁杨花，濛濛乱扑行人面。

翠叶藏莺，朱帘隔燕，炉香静逐游丝转。一场愁梦酒醒时，斜阳却照深深院。

——晏殊

例二

雾失楼台，月迷津渡，桃源望断无寻处。可堪孤馆闭春寒，杜鹃声里斜阳暮。

驿寄梅花，鱼传尺素，砌成此恨无重数。郴江幸自绕郴山，为谁流下潇湘去?

——秦观（郴州旅舍）

格 二（转调踏莎行）

｜｜——（句）——+｜（韵）+——｜｜（豆）+—｜（韵）｜——（句）——+｜（句）——+｜（韵）——｜｜｜——｜（韵）

｜｜——（句）——+｜（韵）+——｜｜（豆）+—｜（韵）｜——（句）——+｜（句）｜——+｜（韵）——｜｜｜——｜（韵）

例 三

翠幄成阴，谁家帘幕？绮罗香拥处、觥筹错。清和将近，春寒更薄，高歌看簌簌梁尘落。

好景良辰，人生行乐。金杯无奈是、苦相虐。残红飞尽，袅垂杨轻弱。来岁断不负莺花约。

——曾觌

钗 头 凤

又名《折红英》。六十字，上下片各七仄韵，两叠韵，两部递换，声情凄紧。

定 格

——｜（韵）——｜（叶仄）｜——｜——｜（叶仄）——｜（换仄）——｜（叶二仄）+——｜（句）｜——｜（叶二仄）｜（叶二仄）｜

（叠）|（叠）

——|（叶首仄）——|（叶首仄）|—|——|（叶首仄）——|（叶二仄）——|（叶二仄）+——|（句）|——|（叶二仄）|（叶二仄）|（叠）|（叠）

例

红酥手，黄縢酒，满城春色宫墙柳。东风恶，欢情薄。一怀愁绪，几年离索。错！错！错！

春如旧，人空瘦，泪痕红浥鲛绡透。桃花落，闲池阁。山盟虽在，锦书难托。莫！莫！莫！

——陆游

蝶　恋　花

又名《鹊踏枝》《凤栖梧》。唐教坊曲，《乐章集》《张子野词》并入"小石调"，《清真集》入"商调"。赵令畤有《商调蝶恋花》，联章作"鼓子词"，咏《会真记》事。双调，六十字，上下片各四仄韵。

定格

+|+——||（韵）+|——（句）+|——（韵）+|+——||（韵）+—+|——|（韵）

+|+——||(韵)+|——(句)+|——(韵)+|+——||(韵)+—+|——|(韵)

例 一(鹊踏枝)

萧索清秋珠泪坠。枕簟微凉,展转浑无寐。残酒欲醒中夜起,月明如练天如水。

阶下寒声啼络纬。庭树金风,悄悄重门闭。可惜旧欢携手地,思量一夕成憔悴。

——冯延巳

例 二(凤栖梧)

伫立危楼风细细。望极春愁,黯黯生天际。草色烟光残照里,无言谁会凭阑意?

拟把疏狂图一醉。对酒当歌,强乐还无味。衣带渐宽终不悔,为伊消得人憔悴。

——柳永

例 三(蝶恋花)

庭院深深深几许?杨柳堆烟,帘幕无重数。玉勒雕鞍游冶处,楼高不见章台路。

雨横风狂三月暮。门掩黄昏,无计留春住。泪眼问花花不语,乱红飞过秋千去。

——欧阳修

例 四

春涨一篙添水面。芳草鹅儿，绿满微风岸。画舫夷犹湾百转，横塘塔近依然远。

江国多寒农事晚。村北村南，谷雨才耕遍。秀麦连冈桑叶贱，看看尝面收新茧。

——范成大

渔 家 傲

北宋流行歌曲。有用以作“十二月鼓子词”者。《清真集》入“般涉调”。双调，六十二字，上下片各五仄韵。

定 格

+|+——||(韵)+—+|——|(韵)+|+——||(韵)—+|(韵)+—+|——|(韵)

+|+——||(韵)+—+|——|(韵)+|+——||(韵)—+|(韵)+—+|——|(韵)

例 一

塞下秋来风景异，衡阳雁去无留意。四面边声连角起。千嶂里，长烟落日孤城闭。

浊酒一杯家万里，燕然未勒归无计。羌管悠悠霜满地。人不寐，将军白发征夫泪。

——范仲淹

例 二

喜鹊填河仙浪浅，云軿早在星桥畔。街鼓黄昏霞尾暗。炎光敛，金钩侧倒天西面。

一别经年今始见，新欢往恨知何限？天上佳期贪眷恋。良宵短，人间不合催银箭。

——欧阳修（七夕）

例 三

平岸小桥千嶂抱，揉蓝一水萦花草。茅屋数间窗窈窕。尘不到，时时自有春风扫。

午枕觉来闻语鸟，鼓眠似听朝鸡早。忽忆故人今总老。贪梦好，茫然忘了邯郸道。

——王安石

苏 幕 遮

西域舞曲。慧琳《一切经音义》卷四十：“‘苏幕遮’，西戎胡语也，正云‘飒磨遮’。此戏本出西龟兹国，至今犹有此曲，此国浑脱、大面、拨头之类也。或作兽面，或象鬼神，假作种种面具形状。或以泥水沾洒行人，或持羂索搭钩，捉人为戏。每年七月初，公行此戏，七日乃停。土俗相传云，常以此法攘厌，驱趁罗刹恶鬼食啖人民之灾也。”《张说之文集》卷十有《苏摩遮》诗五首，皆七言绝句，说之于诗题下注云：“泼寒胡戏所歌，其和声云亿岁乐。”《词谱》谓宋词家所用，盖因旧曲另度新声。《清真集》入“般涉调”。双调，六十二字，上下片各四仄韵。

定 格

|——（句）—||（韵）+|——（句）+|——|（韵）+|———||（韵）+|——（句）+|——|（韵）

|——（句）—||（韵）+|——（句）+|——|（韵）+|———||（韵）+|——（句）+|——|（韵）

例 一

碧云天，黄叶地。秋色连波，波上寒烟翠。山映斜阳天接水。芳草无情，更在斜阳外。

黯乡魂，追旅思。夜夜除非，好梦留人睡。明月楼高休独倚。酒入愁肠，化作相思泪。

——范仲淹

例　二

燎沉香，消溽暑。鸟雀呼晴，侵晓窥檐语。叶上初阳干宿雨。水面清圆，一一风荷举。

故乡遥，何日去？家住吴门，久作长安旅。五月渔郎相忆否？小楫轻舟，梦入芙蓉浦。

——周邦彦

淡　黄　柳

宋姜夔自度曲，《白石道人歌曲》入“正平调”。六十五字，前片三仄韵，后片五仄韵，以用入声韵为宜。

定格

——｜｜（句）—｜——｜（韵）｜｜———｜｜（韵）｜｜——｜｜（句）—｜——｜—｜（韵）

｜—｜（韵）——｜—｜（韵）｜—｜（句）｜—｜（韵）｜——｜｜——｜（韵）｜｜——（句）｜——｜（句）—｜——｜｜（韵）

例

空城晓角，吹入垂杨陌。马上单衣寒恻恻。看尽鹅黄嫩绿，都是江南旧相识。

正岑寂，明朝又寒食。强携酒，小桥宅。怕梨花落尽成秋色。燕燕飞来，问春何在？唯有池塘自碧。

——姜夔

锦　缠　道

一名《锦缠头》。六十六字，前片四仄韵，后片三仄韵。过片及第五句并是上一、下四句法。

定 格

｜｜——（句）｜｜｜——｜（韵）｜——（豆）｜——｜（韵）｜——｜——｜（韵）｜｜——（句）｜｜——｜（韵）

｜——｜—（句）｜——｜（韵）｜——（豆）｜——｜（韵）｜——（豆）—｜——（句）｜｜——｜（句）｜｜——｜（韵）

例

燕子呢喃，景色乍长春昼。睹园林、万花如绣，海棠经雨胭脂透。柳展宫眉，翠拂行人首。

向郊原踏青，恣歌携手。醉醺醺、尚寻芳酒。问牧童、遥指孤村，道杏花深处，那里人家有。

——宋祁

酷　相　思

始见《书舟词》。双调，六十六字，上下片各四仄韵，一叠韵。八言句是以一去声字领下七言。

定格

｜｜———｜｜（韵）｜＋｜（豆）——｜（韵）｜—｜———｜｜（韵）＋｜｜（豆）——｜（韵）＋｜｜（豆）——｜（叠）

｜｜———｜｜（韵）｜＋｜（豆）——｜（韵）｜—｜———｜｜（韵）＋｜｜（豆）——｜（韵）＋｜｜（豆）——｜（叠）

例

月挂霜林寒欲坠。正门外、催人起。奈离别如今真个是。欲住也、留无计。欲去也、来无计。

马上离情衣上泪。各自个、供憔悴。问江路梅花开也未？春到也、须频寄。人到也、须频寄。

——程垓

解 佩 令

始见于晏幾道《小山乐府》。调名取义于郑交甫遇汉皋神女解佩事。双调，六十六字，上下片各五仄韵。第一、二句亦有不用韵者。

定 格

——+|（韵）——+|（韵）|——（豆）———|（韵）||——（韵）||——（句）||+（豆）+——|（韵）|——（豆）|—||（韵）

——+|（韵）——+|（韵）|——（豆）———|（韵）||——（韵）||——（句）||+（豆）+——|（韵）|——（豆）|—||（韵）

例

人行花坞，衣沾香雾。有新词、逢春分付。屡欲传情，奈燕子、不曾飞去，倚珠帘、咏郎秀句。

相思一度，浓愁一度。最难忘、遮灯私语。淡月梨花，借梦来、花边廊庑，指春衫、泪曾溅处。

——史达祖

青　玉　案

汉张衡《四愁诗》:“美人赠我锦绣段,何以报之青玉案。”因取以为调名。六十七字,前后片各五仄韵。亦有第五句不用韵者。

定格

+—+|——|(韵)|+|(豆)——|(韵)||———||(韵)+——|(句)+—+|(韵)+|——(韵)

+—+|——|(韵)+——|—|(韵)||———||(韵)+——|(句)+—+|(韵)+|——(韵)

例　一

凌波不过横塘路,但目送、芳尘去。锦瑟年华谁与度?月桥花院,琐窗朱户,只有春知处。

飞云冉冉蘅皋暮,彩笔新题断肠句。试问闲情都几许?一川烟草,满城风絮,梅子黄时雨。

——贺铸

例　二

三年枕上吴中路,遣黄犬、随君去。若到松江呼小渡,莫惊鸥鹭，四桥尽是，老子经行处。

辋川图上看春暮，常记高人右丞句。作个归期天已许。春衫犹是，小蛮针线，曾湿西湖雨。

——苏轼（和贺方回韵，送伯固还吴中）

例 三

东风夜放花千树，更吹落、星如雨。宝马雕车香满路。凤箫声动，玉壶光转，一夜鱼龙舞。

蛾儿雪柳黄金缕，笑语盈盈暗香去。众里寻他千百度。蓦然回首，那人却在，灯火阑珊处。

——辛弃疾（元夕）

千 秋 岁

《宋史·乐志》入“歇指调”，《张子野词》入“仙吕调”。兹以《淮海长短句》为准。七十一字，前后片各五仄韵。别有《千秋岁引》，八十二字，前片四仄韵，后片五仄韵。

格 一

｜——｜（韵）—｜——｜（韵）—｜｜（句）——｜（韵）———｜｜（句）—｜——｜（韵）—｜｜（句）｜—｜｜——｜（韵）

｜｜——｜（韵）—｜——｜（韵）—｜｜（句）——｜（韵）｜——｜｜

(句)||——|(韵)—||(句)|—||——|(韵)

例 一

水边沙外，城郭春寒退。花影乱，莺声碎。飘零疏酒盏，离别宽衣带。人不见，碧云暮合空相对。

忆昔西池会，鹓鹭同飞盖。携手处，今谁在？日边清梦断，镜里朱颜改。春去也，飞红万点愁如海。

——秦观（谪虔州日作）

格 二（千秋岁引）

||——(句)——||(韵)||——|—|(韵)——|—|||(句)——||——|(韵)|——(句)|—|(句)|—|(韵)

—||——||(韵)—||——||(韵)||——|—|(韵)——|—|||(句)——||——|(韵)|——(句)|—|(句)——|(韵)

例 二

别馆寒砧，孤城画角，一派秋声入寥廓。东归燕从海上去，南来雁向沙头落。楚台风，庾（去声）楼月，宛如昨。

无奈被些名利缚，无奈被它情担阁。可惜风流总闲却。当初漫留华（去声）表语，而今误我秦楼约。梦阑时，酒醒后，思量着。

——王安石

离　亭　燕

一作《离亭宴》。《张子野词补遗》有“离亭别宴”之语。因取以为调名。张作七十七字，他家多用七十二字体。上下片各四仄韵。

定格

+|+——|(韵)—||——|(韵)+||——||(句)||+——|(韵)|||——(句)+|+——|(韵)

+|+——|(韵)—||——|(韵)+||——||(句)||+——|(韵)|||——(句)+|+——|(韵)

例

一带江山如画，风物向秋潇洒。水浸碧天何处断？霁色冷光相射。蓼屿荻花洲，掩映竹篱茅舍。

云际客帆高挂，烟外酒旗低亚。多少六朝兴废事，尽入渔樵闲话。怅望倚层楼，寒日无言西下。

——张昇

粉　蝶　儿

始见毛滂《东堂词》。兹以《稼轩长短句》为准。七十二字，上下片各四仄韵。

定格

｜｜——｜—｜—｜｜(句)｜——(豆)｜——｜(韵)｜——(豆)｜｜｜(豆)｜——｜(韵)｜——(豆)—｜｜——｜(韵)

——｜—｜｜｜—｜(韵)｜——(豆)｜——｜(韵)｜——(豆)—｜｜(豆)｜——｜(韵)｜——(豆)—｜｜——｜(韵)

例

昨日春如十三女儿学绣，一枝枝、不教花瘦。甚无情、便下得、雨僝风僽？向园林、铺作地衣红绉。

而今春似轻薄荡子难久。记前时、送春归后，把春波、都酿作、一江醇酎，约清愁、杨柳岸边相候。

——辛弃疾(和赵晋臣敷文赋落梅)

御 街 行

又名《孤雁儿》。《乐章集》及《张子野词》并入“双调”。兹以范仲淹词为准。双调七十八字，上下片各四仄韵。下片亦有略加衬字者，列为变格。

定 格

——｜｜——｜（韵）｜｜｜（豆）——｜（韵）———｜｜——（句）—｜———｜（韵）——＋｜（句）＋——｜（句）—｜——｜（韵）

——｜｜——｜（韵）｜｜｜（豆）——｜（韵）———｜｜——（句）—｜———｜（韵）——＋｜（句）＋——｜（句）—｜——｜（韵）

例 一（正格）

纷纷坠叶飘香砌。夜寂静、寒声碎。真珠帘卷玉楼空，天淡银河垂地。年年今夜，月华如练，长是人千里。

愁肠已断无由醉。酒未到、先成泪。残灯明灭枕头欹，谙尽孤眠滋味。都来此事，眉间心上，无计相回避。

——范仲淹

例 二（变格）

霜风渐紧寒侵被。听孤雁、声嘹唳。一声声送一声悲，云淡碧天如水。披衣起告：雁儿略住，听我些儿事。

塔儿南畔城儿里，第三个、桥儿外，濒河西岸小红桥，门外梧桐雕砌。请教且与，低声飞过，那里有人人无寐。

——《古今词话》所载无名氏

祝 英 台 近

又名《月底修箫谱》。始见《东坡乐府》，元高栻词入“越调”，殆是唐宋以来民间流传歌曲。毛先舒《填词名解》卷二引《宁波府志》：“东晋，越有梁山伯、祝英台尝同学，祝先归，梁后访之，乃知祝为女，欲娶之，然祝已许马氏之子。梁忽忽成疾，后为鄞令，且死，遗言葬清道山下。明年，祝适马氏，过其地而风涛大作，舟不能进。祝乃造冢，哭之哀恸。其地忽裂，祝投而死之。今吴中有花蝴蝶，盖橘蠹所化，童儿亦呼梁山伯、祝英台云。”此调宛转凄抑，犹可想见旧曲遗音。七十七字，前片三仄韵，后片四仄韵。忌用入声部韵。

定 格

丨——（句）—丨丨（句）—丨丨—丨（韵）+丨——（句）+丨丨—丨（韵）+—+丨——（句）+—+丨（句）丨+丨（豆）+——丨（韵）

丨—丨（韵）++—丨——（句）+—丨—丨（韵）+丨——（句）++丨—丨（韵）+—+丨——（句）+—+丨（句）丨+丨（豆）+——丨（韵）

例 一

宝钗分，桃叶渡，烟柳暗南浦。怕上层楼，十日九风雨。断肠片片飞红，都无人管，倩谁劝、流莺声住？

鬓边觑，试把花卜归期，才簪又重数。罗帐灯昏，哽咽梦中语：是他春带愁来，春归何处？却不解、带将愁去。

——辛弃疾(晚春)

例 二

采幽香，巡古苑，竹冷翠微路。斗草溪根，沙印小莲步。自怜两鬓清霜，一年寒食，又身在、云山深处。

昼闲度，因甚天也悭春，轻阴便成雨？绿暗长亭，归梦趁风絮。有情花影阑干，莺声门径，解留我、霎时凝伫。

——吴文英(春日客龟溪，游废园)

蓦 山 溪

又名《上阳春》。《清真集》入“大石调”。八十二字，前片六仄韵，后片四仄韵。亦有前片四仄韵，后片三仄韵者，列为别格。

定 格

——+|(韵)+|——|(韵)+||——(句)|++(豆)——+|(韵)|——|(句)+||——(句)—||(韵)—||(韵)+|——|(韵)

——+|(句)+|——|(韵)+||——(句)|++(豆)——+|(韵)|——|(句)+||——(句)—||(句)—||(韵)+|——|(韵)

例 一

湖平春水，菱荇萦船尾。空翠入衣襟，拊轻桹、游鱼惊避。晚来潮上，迤逦没沙痕，山四倚。云渐起，鸟度屏风里。

周郎逸兴，黄帽侵云水。落日媚沧洲，泛一棹、夷犹未已。玉箫金管，不共美人游，因甚个，烟雾底，独爱莼羹美。

——周邦彦

变 格

+—+|（韵）||——|（韵）|||——（句）|—|（豆）——||（韵）|—+|（句）—||——（句）—||（句）|——（句）+|——|（韵）

+—+|（韵）||——|（韵）|||——（句）|—|（豆）——||（韵）|—+|（句）—||——（句）—||（句）|——（句）+|——|（韵）

例 二

与鸥为客，绿野留吟屐。两行（去声）柳阴垂，是当日、仙翁手植。一亭寂寞，烟外带愁横，荷冉冉，展凉云，横卧虹千尺。

才因老尽，秀句君休觅。万绿正迷人，更愁入、山阳夜笛。百年心事，惟有玉阑知，吟未了，放船回，月下空相忆。

——姜夔（题钱氏溪月）

洞 仙 歌

唐教坊曲，《乐章集》兼入“中吕”、“仙吕”、“般涉”三调，句豆亦参差不一。兹以《东坡乐府》所用《洞仙歌令》为准。音节舒徐，极骀宕摇曳之致。八十三字，前后片各三仄韵。前片第二句是上一、下四句法，后片收尾八言句是以一去声字领下七言，紧接又以一去声字领下四言两句作结。前片第二句亦有用上二、下三句法，并于全阕增一、二衬字，句豆平仄略异者，如后三例是。

定 格

+－+|（句）|+－－|（韵）+|－－|－|（韵）|－－（豆）+|－|－－（句）－+|（句）+|－－+|（韵）

+－－||（句）+|－－（句）+|－－|－|（韵）|||－－（句）||－－（句）－+|（豆）+－+|（韵）|+|－－|－－（句）||－－（句）|－－|（韵）

例 一（正格）

冰肌玉骨，自清凉无汗。水殿风来暗香满。绣帘开、一点明月窥人，人未寝，攲枕钗横鬓乱。

起来携素手，庭户无声，时见疏星渡河汉。试问夜如何？夜已三更，金波淡、玉绳低转。但屈指西风几时来，又不道流年，暗中偷换。

——苏轼

附注：轼原有小序云："余七岁时，见眉山老尼，姓朱，忘其名，年九十岁。自言尝随其师入蜀主孟昶宫中，一日大热，蜀主与花蕊夫人夜纳凉摩诃池上，作一词，朱具能记之。今四十年，朱已死久矣，人无知此词者。但记其首两句。暇日寻味，岂《洞仙歌令》乎？乃为足之云。"后来作者，多依此体。

例 二(变格)

青烟幂处，碧海飞金镜，永夜闲阶卧桂影。露凉时、零乱多少寒螀，神京远，惟有蓝桥路近。

水晶帘不下，云母屏开，冷浸佳人淡脂粉。待都将许多明，付与金尊，投晓共、流霞倾尽。更携取胡床上南楼，看玉做人间，素秋千顷。

——晁补之(泗州中秋作)

例 三

月中丹桂，自风霜难老。阅尽人间盛衰草。望中秋、才有几日十分圆，霾风雨，云表常如永昼。

不得文章力，白首防秋，谁念云中上功守？正注意得人雄，静扫河西(指西夏)，应难纵、五湖归棹。问持节冯唐几时来？看再策勋名，印窠如斗。

——黄庭坚(泸守王补之生日)

例 四

雪云散尽，放晓晴池院。杨柳于人便青眼。更风流多处，一点梅心，相映远，约略颦轻笑浅。

一年春好处，不在浓芳，小艳疏香最娇软。到清明时候，百紫千红，花正乱，已失春风一半。早占取韶光共追游，但莫管春寒，醉红自暖。

——李元膺

附注：元膺原有小序云："一年春物，惟梅柳间意味最深。至莺花烂漫时，则春已衰迟，使人无复新意。予作《洞仙歌》，使探春者歌之，无后时之悔。"

惜 红 衣

《白石道人歌曲》所载"自度曲"之一。其序云："吴兴号水晶宫，荷花盛丽。陈简斋（与义）云：'今年何以报君恩？一路荷花相送到青墩。'亦可见矣。丁未之夏，予游千岩，数往来红香中，自度此曲，以无射宫歌之。"八十八字，前片五仄韵，后片六仄韵，宜人声韵。前片结句与后片倒数第二句皆上一、下四句法。

定 格

||——（句）——||（句）|——|（韵）||——（句）——|—|

（韵）——｜｜（句）—｜｜（豆）———｜（韵）—｜（韵）—｜｜—（句）｜———｜（韵）

——｜｜（韵）—｜——（句）——｜—｜（韵）——｜｜｜｜（韵）｜——｜（韵）｜｜｜——｜（句）｜｜｜——｜（韵）｜｜——｜（句）—｜｜——｜（韵）

例

簟枕邀凉，琴书换日，睡馀无力。细洒冰泉，并刀破甘碧。墙头唤酒，谁问讯、城南诗客？岑寂，高树晚蝉，说西风消息。

虹梁水陌，鱼浪吹香，红衣半狼藉。维舟试望故国，渺天北。可惜柳边沙外，不共美人游历。问甚时同赋，三十六陂秋色？

——姜夔

法 曲 献 仙 音

陈旸《乐书》："法曲兴于唐，其声始出清商部，比正律差四律，有铙、钹、钟、磬之音。《献仙音》其一也。"《乐章集》《清真集》并入"小石调"，《白石道人歌曲》入"大石调"。周、姜两家句豆大体相同，兹以姜词为准。九十二字，前片三仄韵，后片六仄韵。前片结尾是以一去声字领下五言两句，后片结尾是以一去声字领下四言一句、六言一句，周、姜全同。

定 格

—｜——(句)｜——｜(句)｜｜———｜(韵)｜｜——(句)｜——｜(句)——｜｜—｜(韵)｜｜｜——｜(句)——｜｜—｜(韵)

｜—｜(韵)｜——(豆)｜——｜(韵)—｜｜(豆)——｜｜——｜(韵)｜｜｜——(句)｜——(豆)—｜—｜(韵)｜｜——(句)｜——(豆)｜｜｜｜(韵)｜———｜(句)｜｜———｜(韵)

例

虚阁笼寒，小帘通月，暮色偏怜高处。树隔离宫，水平驰道，湖山尽入尊俎。奈楚客淹留久，砧声带愁去。

屡回顾，过秋风、未成归计。谁念我、重见冷枫红舞？唤起淡妆人，问逋仙、今在何许？象笔鸾笺，甚而今、不道秀句。怕平生幽恨，化作沙边烟雨。

——姜夔

附注：夔原有小序云："张彦功官舍在铁冶岭上，即昔之教坊使宅。高斋下瞰湖山，光景奇绝。予数过之，为赋此。"按词中"计"字是韵。姜词第三、四部韵往往同用，殆是江西方音。如《长亭怨慢》"矣"、"此"（三部）与"絮"、"户"、"许"、"树"、"暮"、"数"、"付"、"主"、"缕"（四部）等字同叶，是其证。

满 江 红

《乐章集》《清真集》并入“仙吕调”。宋以来作者多以柳永格为准。九十三字，前片四仄韵，后片五仄韵。一般例用入声韵。声情激越，宜抒豪壮情感和恢张襟抱。亦可酌增衬字。姜夔改作平韵，附着于后，则情调俱变。

定 格

+|——(句)—+|(豆)+—+|(韵)—||(豆)|——|(句)|—+|(韵)+|——||(句)+—+|——|(韵)+++(豆)+||——(句)——|(韵)

++|(句)—||(韵)—||(句)——|(韵)|——+|(句)|——|(韵)+|+——||(句)+—+|——|(韵)+++(豆)+||——(句)——|(韵)

例 一

暮雨初收，长川静、征帆夜落。临岛屿、蓼烟疏淡，苇风萧索。几许渔人飞短艇，尽载灯火归村落。遣行客、当此念回程，伤飘泊。

桐江好，烟漠漠。波似染，山如削。绕严陵滩畔，鹭飞鱼跃。游宦区区成底事？平生况有云泉约。归去来、一曲仲宣吟，从军乐。

——柳永

例 二

怒发冲冠，凭阑处、潇潇雨歇。抬望眼、仰天长啸，壮怀激烈。三十功名尘与土，八千里路云和月。莫等闲、白了少年头，空悲切。

靖康耻，犹未雪。臣子恨，何时灭？驾长车踏破，贺兰山缺。壮志饥餐胡虏肉，笑谈渴饮匈奴血。待从头、收拾旧山河，朝天阙。

——岳飞

例 三

家住江南，又过了、清明寒食。花径里、一番风雨，一番狼藉。红粉暗随流水去，园林渐觉清阴密。算年年、落尽刺桐花，寒无力。

庭院静，空相忆。无说处，闲愁极。怕流莺乳燕，得知消息。尺素如今何处也，绿云依旧无踪迹。漫教人、羞去上层楼，平芜碧。

——辛弃疾（暮春）

例 四（有衬字）

江汉西来，高楼下、葡萄深碧。犹自带，岷峨雪浪，锦江春色。君是南山遗爱守，我为剑外思归客。对此间、风物岂无情，殷勤说。

江表传，君休读。狂处士，真堪惜。空洲对鹦鹉，苇花萧瑟。不独笑书生争底事，曹公黄祖俱飘忽。愿使君、还赋谪仙诗，追黄鹤。

——苏轼(寄鄂州朱使君寿昌)

附注：后片“空洲对鹦鹉”改作“——|—|”，又于第七句增一“不”字，是为变格。

格 二(平韵格)

—|——(句)+||(豆)—||—(韵)—+|(豆)|——|(句)+|——(韵)+|———||(句)+——||——(韵)|+—(豆)+||——(句)—|—(韵)

—+|(句)—|—(韵)++|(句)|——(韵)||——|(句)+|——(韵)+|+——||(句)+——||——|(韵)|+—(豆)+||——(句)—|—(韵)

例 五

仙姥来时，正一望、千顷翠澜。旌旗共、乱云俱下，依约前山。命驾群龙金作轭，相从诸娣玉为冠。向夜深、风定悄无人，闻佩环。

神奇处，君试看。奠淮右，阻江南。遣六丁雷电，别守东关。却笑英雄无好手，一篙春水走曹瞒。又怎知、人在小红楼，帘影间？

——姜夔

附注：原有小序：“《满江红》旧调用仄韵，多不协律。如末句云‘无心扑’三字，歌者将‘心’字融入去声，方谐音律。予欲以平韵为之，久不能成。因泛巢湖，闻远岸箫鼓声。问之舟师，云：‘居人为此湖神姥寿也。’予因祝曰：‘得一席风，径至居巢，当以平韵《满江红》为迎送神曲。’言讫，风与笔俱驶，顷刻而成。末句云‘闻佩环’，则协律矣。书于绿笺，沉于白浪。辛亥正月晦也。是岁六月，复过祠下，因刻之柱间。有客来自居巢云：‘土人祠姥，辄能歌此词。’按：曹操至濡须口，孙权遗曹书曰：‘春水方生，公宜速去。’操曰：‘孙权不欺孤。’乃撤军还。濡须口与东关相近，江湖水之所出入。予意春水方生，必有司之者，故归其功于姥云。”（《白石道人歌曲》卷三）

天　香

此调以贺铸《东山乐府》为准。九十六字，前片四仄韵，后片六仄韵。

定　格

+|——（句）——||（句）||———|（韵）||——（句）——+|（句）||———|（韵）|——|（句）—||（豆）|——|（韵）—|——||（句）——|——|（韵）

——|—||（韵）|——（豆）|——|（韵）—|——||（句）|——|（韵）—|——||（韵）|—|（豆）——|—|（韵）||——（句）——||（韵）

例

烟络横林，山沉远照，逦迤黄昏钟鼓。烛映帘栊，蛩催机杼，共苦清秋风露。不眠思妇，齐应和、几声砧杵。惊动天涯倦宦，骎骎岁华行暮。

当年酒狂自负，谓东君、以春相付。流浪征骖北道，客樯南浦，幽恨无人晤语。赖明月、曾知旧游处，好伴云来，还将梦去。

——贺铸

声 声 慢

历来作者多用平韵格，而《漱玉词》所用仄韵格最为世所传诵，因即据以为准。九十七字，前后片各五仄韵，例用入声部韵。

定 格

——||（韵）||——（句）——||||（韵）||———|（句）|——|（韵）——||||（句）||—（豆）|——|（韵）|||（句）

|——(豆)|||——|(韵)

||———|(韵)—||(豆)——|——|(韵)||——(句)

|||—||(韵)——|—||(句)|——(豆)||||(韵)|||(句)

|||—|||(韵)

例

寻寻觅觅，冷冷清清，凄凄惨惨戚戚。乍暖还寒时候，最难将息。三杯两盏淡酒，怎敌他、晚来风急？雁过也，正伤心、却是旧时相识。

满地黄花堆积，憔悴损、如今有谁堪摘？守着窗儿，独自怎生得黑？梧桐更兼细雨，到黄昏、点点滴滴。这次第，怎一个愁字了得？

——李清照

黄　莺　儿

《乐章集》入“正宫”，殆为柳永创调，即咏黄莺儿。九十六字，前片四仄韵，后片五仄韵。前后片各以一平声字领五言对句。

定 格

———|——|(韵)||——(句)—|——(句)————(句)|——|(韵)—|||——(句)||——|(韵)|——|——(句)||———|—|(韵)

—|(韵)|||——(句)||——|(韵)|——|(句)||——(句)——|——|(韵)—|||——(句)||——|(韵)||||——(句)—|——|(韵)

例

园林晴昼春谁主?暖律潜催,幽谷暄和,黄鹂翩翩,乍迁芳树。观露湿缕金衣,叶映如簧语。晓来枝上绵蛮,似把芳心深意低诉。

无据,乍出暖烟来,又趁游蜂去。恣狂踪迹,两两相呼,终朝雾吟风舞。当上苑柳秾时,别馆花深处。此际海燕偏饶,都把韶光与。

——柳永

剑 器 近

《剑器》,唐舞曲。杜甫有《观公孙大娘舞剑器行》。"近"为宋教坊曲体之一种，如《祝英台近》之类皆是。《宋史·乐志》：“教坊奏《剑器曲》，一属‘中吕宫’，一属‘黄钟宫’。”此当是截取《剑器曲》中之一段为之。九十六字，前片八仄韵，后片七仄韵。音节极低回掩抑。

定格

｜—｜（韵）｜｜｜（豆）———｜（韵）｜—｜——｜（韵）｜—｜（韵）｜—｜（韵）｜｜｜（豆）——｜｜（韵）——｜——｜（韵）｜—｜（韵）

—｜（韵）｜——｜｜（韵）——｜｜（句）｜｜｜（豆）｜｜——｜（韵）———｜｜——（句）｜——｜—（句）｜——｜—｜（韵）｜——｜（韵）｜｜——（句）｜｜——｜｜（韵）｜—｜｜——｜（韵）

例

夜来雨，赖倩得、东风吹住。海棠正妖娆处，且留取。悄庭户，试细听、莺啼燕语。分明共人愁绪，怕春去。

佳树，翠阴初转午。重帘未卷，乍睡起、寂寞看风絮。偷弹清泪寄烟波，见江头故人，为言憔悴如许。彩笺无数，去却寒暄，到了浑无定据。断肠落日千山暮。

——袁去华

醉 蓬 莱

《乐章集》入“林钟商”。九十七字，前后片各四仄韵。前片第一、第五、第八三句，后片第六、第九两句，皆上一、下四句法。

定 格

｜——｜｜(句)｜｜——(句)｜——｜(韵)｜｜——(句)｜———｜(韵)｜｜——(句)｜——｜(句)｜｜——｜(韵)｜｜——(句)——｜｜(句)｜——｜(韵)

｜｜——(句)｜——｜(句)｜｜——(句)｜——｜(韵)—｜——(句)｜｜——｜(韵)｜｜——(句)｜｜—｜(句)｜｜——｜(韵)｜｜——(句)———｜(句)｜——｜(韵)

例

渐亭皋叶下，陇首云飞，素秋新霁。华阙中天，锁葱葱佳气。嫩菊黄深，拒霜红浅，近宝阶香砌。玉宇无尘，金茎有露，碧天如水。

正值升平，万几多暇，夜色澄鲜，漏声迢递。南极星中，有老人呈瑞。此际宸游，凤辇何处？度管弦声脆。太液波翻，披香帘卷，月明风细。

——柳永

暗 香

姜夔自度“仙吕宫”曲。其小序云:“辛亥之冬,予载雪诣石湖,止既月,授简索句,且征新声,作此两曲。石湖把玩不已,使工妓隶习之,音节谐婉,乃名之曰《暗香》《疏影》。”(见《白石道人歌曲》卷四)后张炎用以咏荷花、荷叶,更名《红情》《绿意》。此曲九十七字,前片五仄韵,后片七仄韵,例用入声部韵。前片第五字,后片第六字,皆领格字,宜用去声。

定 格

|—||(韵)||—||(句)———|(韵)|||—(句)||——|—|(韵)—|——||(句)—||(豆)———|(韵)|||(豆)||——(句)—||—|(韵)

—|(韵)|||(韵)||||—(句)||—|(韵)|—||(韵)—|——|—|(韵)—|——||(句)—||(豆)———|(韵)|||(豆)—||(句)|—||(韵)

例 一

旧时月色,算几番照我,梅边吹笛?唤起玉人,不管清寒与攀摘。何逊而今渐老,都忘却、春风词笔。但怪得、竹外疏花,香冷入瑶席。

江国，正寂寂。叹寄与路遥，夜雪初积。翠尊易泣，红萼无言耿相忆。长记曾携手处，千树压、西湖寒碧。又片片、吹尽也，几时见得？

——姜夔

例 二（红情）

无边香色，记涉江自采，锦机云密。翦翦红衣，学舞波心旧曾识。一见依然似语，流水远、几回空忆。看亭亭、倒影窥妆，玉润露痕湿。

闲立，翠屏侧。爱向人弄芳，背酣斜日。料应太液，三十六宫土花碧。清兴凌风更爽，无数满汀洲如昔。泛片叶、烟浪里，卧横紫笛。

——张炎

附注：词中平仄句豆，皆与“定格”小有出入，但多以人作平。如姜词“月色”此作“香色”，姜词“玉人”此作“红衣”，姜词“怪得”此作“亭亭”，姜词“香冷”此作“玉润”，姜词“寂寂”此作“屏侧”，姜词“夜雪”此作“背酣”，可悟宋词平仄出入及变仄韵格为平韵格，亦皆有其一定规矩，非可率意为之。

长亭怨慢

姜夔自度“中吕宫”曲。其小序云：“予颇喜自制曲，初率意为长短句，然后协以律，故前后阕多不同。桓大司马（温）云：‘昔年种柳，依依汉南。今看摇落，凄怆江潭。树犹如此，人何以堪！’此语予深爱之。”全阕九十七字，前片六仄韵，后片五仄韵。

定格

|—|（豆）———|（韵）||——（句）|——|（韵）||——（句）|——|（句）|—|（韵）|——|（韵）—||（豆）——|（韵）|||——（句）|||（豆）———|（韵）

||（韵）|——||（句）|||——|（韵）——||（句）|||（豆）|——|（韵）|||（豆）||——（句）|—|（豆）———|（韵）|||——（句）—|———|（韵）

例

渐吹尽、枝头香絮。是处人家，绿深门户。远浦萦回，暮帆零乱，向何许？阅人多矣，谁得似、长亭树？树若有情时，不会得、青青如此！

日暮，望高城不见，只见乱山无数。韦郎去也，怎忘得、玉环分付？第一是、早早归来，怕红萼、无人为主。算只有并刀，难剪离愁千缕。

——姜夔

附注："渐"、"向"、"望"、"怕"、"算"五字定用去声。"远浦萦回，暮帆零乱"是四言对句，接以"向何许"三字紧束。"矣"、"此"皆属第三部韵，与第四部同叶，盖用方音。

双 双 燕

始见史达祖《梅溪集》，即以咏双燕。九十八字，前片五仄韵，后片七仄韵。

定 格

|—||（句）|—|——（句）|——|（韵）——||（句）|||——|（韵）—|——||（韵）|||（豆）——||（韵）——||——（句）||———|（韵）

—|（韵）——||（韵）|||——（句）|——|（韵）———|（句）|||——|（韵）—|——||（韵）|||（豆）———|（韵）—|||——（句）|||—||（韵）

例

过春社了，度帘幕中间，去年尘冷。差池欲住，试入旧巢相并。还相雕梁藻井，又软语、商量不定。飘然快拂花梢，翠尾分开红影。

芳径，芹泥雨润。爱贴地争飞，竞夸轻俊。红楼归晚，看足柳昏花暝。应自栖香正稳，便忘了、天涯芳信。愁损翠黛双蛾，日日画阑独凭。

——史达祖（咏燕）

附注：首句句式是一、二、一，中间两字相连，等于辛弃疾《水龙吟》结句之“揾英雄泪”。“度”、“爱”是领格字，例用去声。

宴　山　亭

一作《燕山亭》。以赵佶词为准。九十九字，前后片各五仄韵。

定格

＋|——（句）—||—（句）||———|（韵）—||—（句）||——（句）＋||——|（韵）||——（句）|—|（豆）＋——|（韵）—|（韵）|||——（句）|——|（韵）

—|—|——（句）|＋|——（句）|——|（韵）——||（句）

｜｜——（句）——｜——｜（韵）｜｜——（句）++｜（豆）+——｜（韵）—｜（韵）—｜｜（豆）——｜｜（韵）

例

裁剪冰绡，轻叠数重，淡着燕脂匀注。新样靓妆，艳溢香融，羞杀蕊珠宫女。易得凋零，更多少、无情风雨。愁苦！问院落凄凉，几番春暮？

凭寄离恨重重，这双燕何曾，会人言语？天遥地远，万水千山，知他故宫何处？怎不思量，除梦里、有时曾去。无据，和梦也、新来不做。

——赵佶（北行见杏花）

念 奴 娇

又名《百字令》《酹江月》《大江东去》《壶中天》《湘月》。元稹《连昌宫词》自注："念奴，天宝中名倡，善歌。每岁楼下酺宴，累日之后，万众喧隘，严安之、韦黄裳辈辟易不能禁，众乐为之罢奏。玄宗遣高力士大呼于楼上曰：'欲遣念奴唱歌，邠二十五郎吹小管逐，看人能听否？'未尝不悄然奉诏。"（见《元氏长庆集》卷二十四）王灼《碧鸡漫志》卷五又引《开元天宝遗事》："念奴每执板当席，声出朝霞之上。"曲名本此。宋曲人"大石调"，复转入"道调宫"，又转入“高宫大石调”。此调音节高抗，英雄豪杰之士多喜用之。俞文豹《吹剑录》称：“学士（指苏轼）词，须关西大汉，铜琵琶，铁绰板，唱《大江东去》。”亦其音节有然也。兹以《东坡乐府》为准，取“凭高眺远”一阕为定格，“大江东去”一阕为变格。一百字，前后片各四仄韵。其用以抒写豪壮感情者，宜用入声韵部。另有平韵一格，附著于后。

定 格

+－+｜（句）+－++｜（句）+－－｜（韵）+｜+－－｜｜（句）+｜+－－｜（韵）+｜－－（句）+－+｜（句）+｜－－｜（韵）+－+｜（句）｜－－｜+｜（韵）

+｜+｜－－（句）+－+｜（句）+｜－－（韵）+｜+－－｜｜（句）+｜+－－｜（韵）+｜－－（句）+－+｜（句）+｜－－｜（韵）+－－｜（句）｜－－｜－｜（韵）

例 一

凭高眺远，见长空万里，云无留迹。桂魄飞来光射处，冷浸一天秋碧。玉宇琼楼，乘鸾来去，人在清凉国。江山如画，望中烟树历历。

我醉拍手狂歌，举杯邀月，对影成三客。起舞徘徊风露下，今夕不知何夕！便欲乘风，翻然归去，何用骑鹏翼。水晶宫里，一声吹断横笛。

——苏轼（中秋）

例 二

野棠花落，又匆匆过了，清明时节。刬地东风欺客梦，一枕银屏寒怯。曲岸持觞，垂杨系马，此地曾轻别。楼空人去，旧游飞燕能说。

闻道绮陌东头，行人长见，帘底纤纤月。旧恨春江流不尽，新恨云山千叠。料得明朝，尊前重见，镜里花难折。也应惊问，近来多少华发？

——辛弃疾（书东流村壁）

例 三

萧条庭院，又斜风细雨，重门须闭。宠柳娇花寒食近，种种恼人天气。险韵诗成，扶头酒醒，别是闲滋味。征鸿过尽，万千心事难寄。

楼上几日春寒，帘垂四面，玉阑干慵倚。被冷香消新梦觉，不许愁人不起。清露晨流，新桐初引，多少游春意！日高烟敛，更看今日晴未？

——李清照

附注：后片第三句，变作“｜———｜”之上三、下二句式。

变格一

｜——｜（句）｜—｜（豆）—｜———｜（韵）｜｜——（句）—

||（豆）—|——||（韵）||——（句）——||（句）||——|（韵）———|（句）|——|—|（韵）

—|—|——（句）|——||（句）———|（韵）||——（句）—||（豆）—|———|（韵）||——（句）———||（句）|——|（韵）———|（句）|——|—|（韵）

例 四

大江东去，浪淘尽、千古风流人物。故垒西边，人道是、三国周郎赤壁。乱石崩云，惊涛裂岸，卷起千堆雪。江山如画，一时多少豪杰！

遥想公瑾当年，小乔初嫁了，雄姿英发。羽扇纶巾，谈笑处、樯橹灰飞烟灭。故国神游，多情应笑我，早生华发。人间如梦，一尊还酹江月。

——苏轼《赤壁怀古》

例 五

洞庭青草，近中秋、更无一点风色。玉鉴琼田三万顷，着我扁舟一叶。素月分辉，明河共影，表里俱澄澈。悠然心会，妙处难与君说。

应念岭表经年，孤光自照，肝胆皆冰雪。短发萧骚襟袖冷，稳泛沧浪空阔。尽吸西江，细斟北斗，万象为宾客。扣舷独笑，不知今夕何夕？

——张孝祥（泛洞庭）

附注：前片第二句九字，又变作“｜｜——（豆）｜—｜｜—｜（韵）”，馀与正格相仿。

变格二（平韵格）

｜——｜（句）｜———｜（句）—｜——（韵）｜｜———｜｜（句）—｜—｜——（韵）｜｜——（句）———｜（句）—｜｜——（韵）｜——｜（句）｜——｜——（韵）

—｜—｜——（句）———｜｜（句）—｜——（韵）｜｜———｜｜（句）｜｜—｜——（韵）｜｜——（句）———｜（句）—｜｜——（韵）｜——｜（句）｜——｜——（韵）

例六

洞庭波冷，望冰轮初转，沧海沉沉。万顷孤光云阵卷，长笛吹破层阴。汹涌三江，银涛无际，遥带五湖深。酒阑歌罢，至今鼍怒龙吟。

回首江海平生，漂流容易散，佳会难寻。缥缈高城风露爽，独倚危槛重临。醉倒清尊，姮娥应笑，犹有向来心。广寒宫殿，为余聊借琼林。

——叶梦得（中秋燕客，有怀壬午岁吴江长桥）

绕　佛　阁

《清真集》入“大石调”，《梦窗词集》入“夹钟商”。一百字，前片八仄韵，后片六仄韵。

定格

｜—｜｜(句)—｜｜｜(句)—｜—｜(韵)—｜—｜(韵)｜—｜｜——｜—｜(句)｜—｜｜(韵)—｜｜｜(句)—｜—｜(韵)—｜—｜(韵)｜—｜｜——｜—｜(韵)

｜｜｜—｜(句)｜｜———｜｜(韵)—｜｜————｜｜(韵)｜｜｜——(句)—｜—｜(韵)｜——｜(韵)｜｜｜——(句)—｜—｜(韵)｜——(豆)｜——｜(韵)

例

暗尘四敛，楼观迥出，高映孤馆。清漏将短，厌闻夜久签声动书幔。桂华又满，闲步露草，偏爱幽远。花气清婉。望中迤逦城阴度河岸。

倦客最萧索，醉倚斜桥穿柳线。还似汴堤虹梁横水面，看浪飐春灯，舟下如箭。此行重见。叹故友难逢，羁思（去聲）空乱，两眉愁、向谁舒展？

——周邦彦（旅况）

绛 都 春

《梦窗词集》入“仙吕调”。兹以朱淑真咏梅词为准。一百字，前后片各六仄韵。前片第五句，后片第四句，皆以下句前四字与上句为对偶，与一般七言句有所不同。第二句第一字是领格，宜用去声字。

定 格

——||（韵）||||—（句）———|（韵）|||—（句）—|————|（韵）+—+|——|（韵）|+|（豆）———|（韵）|—+|（句）——||（句）|——|（韵）

—|（韵）——||（句）|—|（豆）||———|（韵）|||—（句）+|————|（韵）+——|——|（韵）|+|（豆）+—+|（韵）|—+|——（句）|—||（韵）

例

寒阴渐晓。报驿使探春，南枝开早。粉蕊弄香，芳脸凝酥琼枝小。雪天分外精神好，向白玉堂前应到。化工不管，朱门闭也，暗传音耗。

轻渺，盈盈笑靥，称娇面、爱学宫妆新巧。几度醉吟，独倚阑干黄昏后，月笼疏影横斜照。更莫待、笛声吹老。便须折取归来，胆瓶插了。

——朱淑真（梅）

桂 枝 香

又名《疏帘淡月》。兹以王安石《临川先生歌曲》为准。一百一字。前后片各五仄韵，宜用入声部韵。前后片第二句第一字并是领格，宜用去声字。

定 格

——｜｜（韵）｜｜｜+—（句）++—｜（韵）+｜——+｜（句）｜——｜（韵）+—+｜——｜（句）｜——（豆）+——｜（韵）｜——｜（句）+—+｜（句）｜——｜（韵）

｜++（豆）——｜｜（韵）｜++—+（句）++—｜（韵）+｜——+｜（句）｜——｜（韵）+—+｜——｜（句）｜——｜+｜—｜（韵）｜——｜（句）+—+｜（句）｜——｜（韵）

例

登临送目，正故国晚秋，天气初肃。千里澄江似练，翠峰如簇。征帆去棹残阳里，背西风、酒旗斜矗。彩舟云淡，星河鹭起，画图难足。

念往昔、豪华竞逐。叹门外楼头，悲恨相续。千古凭高对此，漫嗟荣辱。六朝旧事随流水，但寒烟衰草凝绿。至今商女，时时犹唱，后庭遗曲。

——王安石

翠　楼　吟

姜夔自度“双调”曲。其小序云：“淳熙丙午冬，武昌安远楼成，与刘去非诸友落之，度曲见志。予去武昌十年，故人有泊舟鹦鹉洲者，闻小姬歌此词，问之，颇能道其事；还吴，为予言之。兴怀昔游，且伤今之离索也。”（见《白石道人歌曲》卷四）一百一字，前片六仄韵，后片七仄韵。前后片第七句第一字是领格，宜用去声。后片第二句是上一、下四句式。

定　格

||——（句）——||（句）——||—|（韵）———||（句）|—|———|（韵）———|（韵）|||——（句）———|（韵）——|（韵）|——|（句）|——|（韵）

||（韵）—|——（句）||——|（句）|——|（韵）|——||（句）|—|———|（韵）———|（韵）|||——（句）———|

（韵）——|（韵）|——|（句）|——|（韵）

例

月冷龙沙，尘清虎落，今年汉酺初赐。新翻胡部曲，听毡幕元戎歌吹。层楼高峙。看槛曲萦红，檐牙飞翠。人姝丽，粉香吹下，夜寒风细。

此地，宜有词仙，拥素云黄鹤，与君游戏。玉梯凝望久，叹芳草萋萋千里。天涯情味。仗酒祓清愁，花销英气。西山外，晚来还卷，一帘秋霁。

——姜夔

霓裳中序第一

姜夔所填“商调”曲。其小序云：“丙午岁，留长沙，登祝融，因得其祠神之曲，曰《黄帝盐》《苏合香》；又于乐工故书中得《商调·霓裳曲》十八阕，皆虚谱无辞。按沈氏（括）《乐律》（《梦溪笔谈》），《霓裳》‘道调’，此乃‘商调’。乐天诗（白居易《霓裳羽衣歌曲》）云：‘散序六阕’，此特两阕，未知孰是？然音节闲雅，不类今曲。予不暇尽作，作‘中序’一阕，传于世。予方羁游，感此古音，不自知其辞之怨抑也。”（见《白石道人歌曲》卷三，附曲谱）一百一字，前片七仄韵，后片八仄韵，例用入声部韵。前片第四句第一字是领格，宜用去声。

定 格

——|||（韵）||———||（韵）—||—||（韵）|—||—（句）———|（韵）——||（韵）||——|—|（韵）——|（句）|—||（句）|||—|（韵）

—|（韵）|——|（韵）|||——||（韵）———|（韵）————|||（韵）||——（句）||—|（韵）|——||（韵）|||——||（韵）——|（句）———|（句）|||—|（韵）

例

亭皋正望极，乱落江莲归未得。多病却无气力，况纨扇渐疏，罗衣初索。流光过隙，叹杏梁双燕如客。人何在？一帘淡月，仿佛照颜色。

幽寂，乱蛩吟壁，动庾信清愁似织。沉思年少浪迹，笛里关山，柳下坊陌。坠红无信息，漫暗水涓涓溜碧。飘零久，而今何意？醉卧酒垆侧。

——姜夔

水 龙 吟

又名《龙吟曲》《庄椿岁》《小楼连苑》。《清真集》人“越调”。

各家格式出入颇多，兹以历来传诵苏、辛两家之作为准。一百零二字，前后片各四仄韵。又第九句第一字并是领格，宜用去声。结句宜用上一、下三句法，较二、二句式收得有力。

定 格

｜—＋｜——（句）＋—＋｜——｜（韵）＋—｜｜（句）＋—＋｜（句）＋—＋｜（韵）＋｜——（句）＋—＋｜（句）＋——｜（韵）｜＋—＋｜（句）＋—＋｜（句）＋—｜（句）——｜（韵）

＋｜＋—＋｜（句或韵）｜——（豆）＋——｜（韵）＋—＋｜（句）＋——｜（句）＋——｜（韵）＋｜——（句）＋—＋｜（句）＋——｜（韵）｜——｜｜（句）＋—＋｜（句）｜——｜（韵）

附注：开端有用上七、下六句式者。格为“＋——｜——｜（句）＋｜＋——｜（韵）”，作为变格。

例 一

似花还似非花，也无人惜从教坠。抛家傍路，思量却是，无情有思。萦损柔肠，困酣娇眼，欲开还闭。梦随风万里，寻郎去处，又还被，莺呼起。

不恨此花飞尽，恨西园、落红难缀。晓来雨过，遗踪何在，一池萍碎。春色三分，二分尘土，一分流水。细看来不是，杨花点点，是离人泪。

——苏轼（次韵章质夫扬花词）

例 二

楚天千里清秋，水随天去秋无际。遥岑远目，献愁供恨，玉簪螺髻。落日楼头，断鸿声里，江南游子。把吴钩看了，栏杆拍遍，无人会，登临意。

休说鲈鱼堪脍，尽西风、季鹰归未？求田问舍，怕应羞见，刘郎才气。可惜流年，忧愁风雨，树犹如此！倩何人唤取，红巾翠袖，揾英雄泪？

——辛弃疾（登建康赏心亭）

例 三

闹花深处层楼，画帘半卷东风软。春归翠陌，平莎茸嫩，垂杨金浅。迟日催花，淡云阁雨，轻寒轻暖。恨芳菲世界，游人未赏，都付与，莺和燕。

寂寞凭高念远，向南楼、一声归雁。金钗斗草，青丝勒马，风流云散。罗绶分香，翠绡封泪，几多幽怨？正销魂又是，疏烟淡月，子规声断。

——陈亮（春恨）

例 四（变格）

霜寒烟冷蒹葭老，天外征鸿嘹唳。银河秋晚，长门灯悄，一声初至。应念潇湘，岸遥人静，水多菰米。乍望极平田，徘徊欲下，依前被，风惊起。

须信衡阳万里，有谁家、锦书遥寄？万重云外，斜行横阵，才疏又缀。仙掌月明，石头城下，影摇寒水。念征衣未捣，佳人拂杵，有盈盈泪。

——苏轼（雁）

石　州　慢

一作《石州引》，《宋史·乐志》入“越调”。一百二字，前片四仄韵，后片五仄韵，宜用入声韵部，两结句并用上一、下四句法。又有于后片第五、六两句作上六、下四者，附为变格。

定 格

+|——（句）—||—（句）—|—|（韵）——+|——（句）||+——|（韵）+—+|（句）|++|——（句）+—+|——|（韵）+||——（句）|———|（韵）

—|（韵）+——|（句）+|——（句）|——|（韵）+|——（句）||———|（韵）+—+|（句）|++|——（句）+—+|——|（韵）+||——（句）|———|（韵）

附注：前片第二、三句亦作“|——|（句）|——|（韵）”，如第二例。其变格则后片第五句为“—||——|”，第六句为“———|”，如第三例。

例 一

薄雨收寒，斜照弄晴，春意空阔。长亭柳蓓才黄，倚马何人先折？烟横水漫，映带几点归鸿，平沙销尽龙荒雪。犹记出关来，恰如今时节。

将发，画楼芳酒，红泪清歌，便成轻别。回首经年，杳杳音尘都绝。欲知方寸，共有几许新愁？芭蕉不展丁香结。憔悴一天涯，两厌厌风月。

——贺铸

例 二

雨急云飞，瞥然惊散，暮天凉月。谁家疏柳低迷，几点流萤明灭。夜帆风驶，满湖烟水苍茫，菰蒲零乱秋声咽。梦断酒醒时，倚危樯清绝。

心折，长庚光怒，群盗纵横，逆胡猖獗。欲挽天河，一洗中原膏血。两宫何处？塞垣只隔长江，唾壶空击悲歌缺。万里想龙沙，泣孤臣吴越。

——张元幹（己酉秋吴兴舟中）

例 三（变格）

寒水依痕，春意渐回，沙际烟阔。溪梅晴照生香，冷蕊数枝争发。天涯旧恨，试看几许销魂？长亭门外山重叠。不尽眼中青，是愁来时节。

情切，画楼深闭，想见东风，暗销肌雪。辜负枕前云雨，尊前花月。心期切处，更有多少凄凉，殷勤留与归时说。到得再相逢，恰经年离别。

——张元幹

瑞　鹤　仙

《清真集》《梦窗词集》并入“高平调”。各家句豆出入颇多，兹列周邦彦、辛弃疾、张枢三格。一百二字，前片七、后片五或六仄韵。第一格起句及结句倒数第二句，皆上一、下四句式。第三格后片增一字。

格　一

｜——｜｜（韵）—｜｜（豆）｜｜——｜｜（韵）——｜—｜（韵）｜———｜（句）———｜（韵）——｜｜（句）｜｜—（豆）—｜｜｜（韵）｜——｜｜（句）—｜｜—（句）｜｜—｜（韵）

｜｜——｜｜（句）｜｜——（句）｜——｜（韵）——｜｜（韵）——｜（句）｜—｜（韵）｜——｜｜（句）———｜（句）———｜｜｜（韵）｜——｜｜（句）—｜｜—｜｜（韵）

例　一

悄郊原带郭，行路永、客去车尘漠漠。斜阳映山落，敛馀红犹恋，孤城阑角。凌波步弱，过短亭、何用素约？有流莺劝我，重解绣鞍，缓引春酌。

不记归时早暮，上马谁扶？醒眠朱阁。惊飙动幕，扶残醉，绕红药。叹西园已是，花深无地，东风何事又恶？任流光过却，犹喜洞天自乐。

——周邦彦

格二

|——||（韵）|||——（句）|——|（韵）——|—|（韵）|——||（句）|——|（韵）|——||（韵）|——（豆）——||（韵）|——（豆）||——（句）|||——|（韵）

||（韵）———|（句）||——（句）|——|（韵）——||（韵）——||—|（韵）||—（豆）||——||（句）—|——||（韵）|——（豆）||——（句）|—||（韵）

例二

雁霜寒透幕。正护月云轻，嫩冰犹薄。溪奁照梳掠。想含香弄粉，艳妆难学。玉肌瘦弱，更重重、龙绡衬著。倚东风、一笑嫣然，转盼万花羞落。

寂寞。家山何在？雪后园林，水边楼阁。瑶池旧约，鳞鸿更仗谁托？粉蝶儿、只解寻桃觅柳，开遍南枝未觉。但伤心、冷落黄昏，数声画角。

——辛弃疾（赋梅）

格 三

｜——｜｜（韵）｜｜｜——（句）———｜（韵）——｜—｜（韵）｜——（豆）—｜｜——｜（韵）——｜｜（韵）｜｜｜（豆）——｜｜（韵）｜｜—（豆）｜｜——（句）｜｜｜——｜（韵）

—｜（韵）——｜｜（句）｜｜——（句）｜——｜（韵）——｜｜（韵）——｜（豆）—｜—｜（韵）｜｜—（豆）｜｜｜—｜｜（句）｜｜——｜｜（韵）｜——（豆）｜｜——（句）｜—｜｜（韵）

例 三

卷帘人睡起。放燕子归来，商量春事。风光又能几？减芳菲、都在卖花声里。吟边眼底，被嫩绿、移红换紫。甚等闲、半委东风，半委小溪流水。

还是，苔痕湔雨，竹影留云，待晴犹未。兰舟静舣，西湖上、多少歌吹？粉蝶儿、守定落花不去，湿重寻香两翅。怎知人、一点新愁，寸心万里。

——张枢

宴 清 都

《清真集》《梦窗词集》并入“中吕调”。兹以吴文英词为准。一百二字，前片五仄韵，后片四仄韵。后片第六句是上一、下三句式。

定 格

｜｜——｜（韵）——｜（豆）｜——｜—｜（韵）———｜（句）——｜｜（句）｜——｜（韵）——｜｜——（句）｜｜｜（豆）——｜｜（韵）｜｜｜（豆）｜｜——（句）——｜｜—｜（韵）

——｜｜——（句）——｜｜（句）—｜—｜（韵）——｜｜（句）——｜｜（句）｜——｜（韵）——｜——｜（句）｜｜｜（豆）——｜｜（韵）｜｜—（豆）｜｜——（句）——｜｜（韵）

例

绣幄鸳鸯柱。红情密、腻云低护秦树。芳根兼倚，花梢钿合，锦屏人妒。东风睡足交枝，正梦枕、瑶钗燕股。障滟蜡、满照欢丛，嫠蟾冷落羞度。

人间万感幽单，华清惯浴，春盎风露。连鬟并暖，同心共结，向承恩处。凭谁为歌长恨，暗殿锁、秋灯夜语。叙旧期、不负春盟，红朝翠暮。

——吴文英（连理海棠）

齐　天　乐

又名《台城路》《五福降中天》《如此江山》。《清真集》《白石道人歌曲》《梦窗词集》并入“正宫”（即“黄钟宫”）。兹以姜词为准。一百二字，前后片各六仄韵。前片第七句、后片第八句第一字是领格，例用去声。亦有前后片首句皆不用韵者，如第二例。

定格

｜——｜——｜（句或韵）——｜——｜（韵）｜｜——（句）——｜｜（句）—｜———｜（韵）——｜｜（韵）｜—｜——（句）｜——｜（韵）｜｜——（句）｜—＋｜｜—｜（韵）

——｜—｜｜（句或韵）｜——｜｜（句）—｜—｜（韵）｜｜——（句）——｜｜（句）＋｜——＋｜（韵）——｜｜（韵）｜＋｜——（句）｜——｜（韵）｜｜——（句）｜——｜｜（韵）

附注：过片一作“———｜｜｜”，如例二。

例　一

庾郎先自吟愁赋，凄凄更闻私语。露湿铜铺，苔侵石井，都是曾听伊处。哀音似诉。正思妇无眠，起寻机杼。曲曲屏山，夜凉独自甚情绪？

西窗又吹暗雨。为谁频断续，相和砧杵？候馆迎秋，离宫吊月，别有伤心无数。豳诗漫与。笑篱落呼灯，世间儿女。写入琴丝，一声声更苦。

——姜夔（蟋蟀）

例 二

绿槐千树西窗悄，厌厌昼眠惊起。饮露身轻，吟风翅薄，半剪冰绡谁寄？凄凉倦耳。漫重拂琴丝，怕寻冠珥。短梦深宫，向人犹自诉憔悴。

残虹收尽过雨，晚来频断续，都是秋意。病叶难留，纤柯易老，空忆斜阳身世。窗明月碎。甚已绝馀音，尚遗枯蜕？鬓影参差，断魂青镜里。

——王沂孙（蝉）

雨 霖 铃

唐教坊曲，《乐章集》入“双调”。《乐府杂录》：“《雨霖铃》，明皇自西蜀返，乐人张野狐所制。”《碧鸡漫志》卷五引《明皇杂录》及《杨妃外传》云：“帝幸蜀，初人斜谷，霖雨弥旬，栈道中闻铃声。帝方悼念贵妃，采其声为《雨淋铃曲》以寄恨。时梨园弟子惟张野狐一人，善筚篥，因吹之，遂传于世。”《漫志》又称：“今双调《雨淋铃慢》，颇极哀怨，真本曲遗声。”一百三字，前后片各五仄韵，例用入声部韵。前片第二、五句是上一、下三，第八句是上一、下四句式，第一字宜用去声。

定格

——— | (韵) | —— | (句) | | — | (韵) —— | | — | (句) —— | | (句) ——— | (韵) | | —— | | (句) | — | — | (韵) | | | (豆) — | —— (句) | | —— | — | (韵)

—— | | —— | (韵) | —— (豆) | | —— | (韵) —— | | — | (句) — | | (豆) | —— | (韵) | | —— (句) — | (豆) —— | | — | (韵) | | | (豆) — | —— (句) | | —— | (韵)

例

寒蝉凄切，对长亭晚，骤雨初歇。都门帐饮无绪，方留恋处，兰舟催发。执手相看泪眼，竟无语凝噎。念去去、千里烟波，暮霭沉沉楚天阔。

多情自古伤离别，更那堪、冷落清秋节！今宵酒醒何处？杨柳岸、晓风残月。此去经年，应是、良辰好景虚设。便纵有、千种风情，更与何人说？

——柳永

眉妩

一名《百宜娇》。《词律》以王沂孙《碧山词》为准，与《白石道人歌曲》过片处用短韵及结句用三、三句式，稍有出入。一百三字，前片五仄韵，后片六仄韵。前片第一句，后片第二句及结尾倒数第二句所有第一字并是领格，宜用去声。

定格

丨—— —丨（句）丨丨——（句）—丨丨—丨（韵）丨丨——丨（句）——丨（句）———丨—丨（韵）丨—丨丨（韵）丨丨—（豆）—丨—丨（韵）丨—丨（豆）丨丨——丨（句）丨—丨—丨（韵）

—丨———丨（韵）丨丨—＋丨（句）—丨—丨（韵）＋丨——丨（句）——丨（豆）———丨—丨（韵）丨—丨丨（韵）丨丨—（豆）—丨—丨（韵）丨—丨——（句）—丨丨—丨丨（韵）

例

渐新痕悬柳，澹彩穿花，依约破初暝。便有团圆意，深深拜，相逢谁在香径？画眉未稳，料素娥、犹带离恨。最堪爱、一曲银钩小，宝帘挂秋冷。

千古盈亏休问。叹漫磨玉斧，难补金镜。太液池犹在，凄凉处、何人重赋清景？故山夜永，试待他、窥户端正。看云外山河，还老桂花旧影。

——王沂孙（新月）

永 遇 乐

《乐章集》入“歇指调”。晁补之《琴趣外篇》卷一于“消息”之下注：“自过腔，即《越调永遇乐》。”兹以苏、辛词为准。一百四字，前后片各四仄韵。

定 格

—|——（句）+——|（句）—|—|（韵）||——（句）——||（句）||——|（韵）+—+|（句）——||（句）+||——|（韵）|——（豆）——+|（句）|—++—|（韵）

——||（句）———|（句）+|+—+|（韵）||——（句）+——|（句）—|——|（韵）|——|（句）+—+|（句）+|+—+|（韵）+—|（豆）——||（句）|—||（韵）

例 一

明月如霜，好风如水，清景无限。曲港跳鱼，圆荷泻露，寂寞无人见。紞如三鼓，铿然一叶，黯黯梦云惊断。夜茫茫、重寻无处，觉来小园行遍。

天涯倦客，山中归路，望断故园心眼。燕子楼空，佳人何在？空锁楼中燕。古今如梦，何曾梦觉？但有旧欢新怨。异时对、黄楼夜景，为余浩叹。

——苏轼（彭城夜宿燕子楼，梦盼盼，因作此词）

例二

千古江山，英雄无觅，孙仲谋处。舞榭歌台，风流总被，雨打风吹去。斜阳草树，寻常巷陌，人道寄奴曾住。想当年、金戈铁马，气吞万里如虎。

元嘉草草，封狼居胥（读上声），赢得仓皇北顾。四十三年，望中犹记，烽火扬州路。可堪回首，佛狸祠下，一片神鸦社鼓。凭谁问、廉颇老矣，尚能饭否？

——辛弃疾（京口北固亭怀古）

二 郎 神

唐教坊曲，《乐章集》入“林钟商”。徐伸词名《转调二郎神》。兹以柳词为准，一百四字，前后片各五仄韵。结尾倒数第三句第一字是领格，宜用去声。

定格

——|（韵）|||（豆）———|（韵）|||———||（句）——|（豆）|——|（韵）—|———||（句）|||（豆）——||（韵）|||（豆）——||（句）||———|（韵）

—|（韵）——||（句）|——|（韵）|||———||（句）—||（豆）———|（韵）||———||（句）|—|（豆）——||（韵）|—

|——(句)||——(句)———|(韵)

例

炎光谢，过暮雨、芳尘轻洒。乍露冷风清庭户爽，天如水、玉钩遥挂。应是星娥嗟久阻，叙旧约、飙轮欲驾。极目处、微云暗度，耿耿银河高泻。

闲雅，须知此景，古今无价。运巧思穿针楼上女，抬粉面、云鬟相亚。钿合金钗私语处，算谁在、回廊影下？愿天上人间，占得欢娱，年年今夜。

——柳永（七夕）

拜星月慢

唐教坊曲，《宋史·乐志》入“般涉调”，《清真集》入“高平调”。一百四字，前片四仄韵，后片六仄韵。前片第五句及结句，后片第四句及结句，皆上一、下四句式。

定格

||——(句)———|(句)||——||(韵)||——(句)|———|(韵)|—|(句)||(豆)——||—|(句)||———|(韵)||——(句)|———|(韵)

｜——（豆）｜｜——｜（韵）——｜（豆）｜｜——｜（韵）｜｜｜｜——（句）｜———｜（韵）｜——（豆）｜｜——｜（韵）——｜（豆）｜｜——｜（韵）｜｜（豆）｜｜——（句）｜——｜｜（韵）

例

夜色催更，清尘收露，小曲幽坊月暗。竹槛灯窗，识秋娘庭院。笑相遇，似觉、琼枝玉树相倚，暖日明霞光烂。水盼兰情，总平生稀见。

画图中、旧识春风面。谁知道、自到瑶台畔，眷恋雨润云温，苦惊风吹散。念荒寒、寄宿无人馆，重门闭、败壁秋虫叹。怎奈向、一缕相思，隔溪山不断。

——周邦彦

西　河

《碧鸡漫志》卷五引《脞说》：“大历初，有乐工取古《西河长命女》加减节奏，颇有新声。”又称：“《大石调·西河慢》声犯正平，极奇古。”《清真集》入“大石”，当即此曲。一百五字，分三段，第一、二段各四仄韵，第三段五仄韵。

定 格

—｜｜(韵)——｜｜—｜(韵)——｜｜｜——(句)｜—｜｜(韵)｜——｜｜｜——(句)———｜—｜(韵)

｜—｜(句)—｜｜(韵)｜—｜｜—｜(韵)——｜｜｜——(句)｜—｜｜(韵)｜—｜｜｜——(句)———｜—｜(韵)

｜—｜｜｜｜｜(韵)｜——(豆)—｜—｜(韵)｜｜｜——｜(韵)｜——｜｜———｜(韵)—｜—————｜(韵)

例

佳丽地，南朝盛事谁记？山围故国绕清江，髻鬟对起。怒涛寂寞打孤城，风樯遥度天际。

断崖树，犹倒倚，莫愁艇子曾系。空馀旧迹郁苍苍，雾沉半垒。夜深月过女墙来，伤心东望淮水。

酒旗戏鼓甚处市？想依稀、王谢邻里。燕子不知何世，入寻常巷陌人家相对，如说兴亡斜阳里。

——周邦彦（金陵怀古）

西 吴 曲

《词谱》云："调见《龙洲集》。"今所传《龙洲词》无之。可能为刘过自度，音节极苍凉激楚。一百五字，前片五仄韵，后片四仄韵。

定格

｜——｜｜—｜（韵）｜——｜｜｜—｜（韵）｜——｜｜（句）———｜—｜（韵）｜｜——（句）—｜｜———｜（韵）｜｜｜—｜——（句）｜｜｜｜——｜（韵）

｜——｜（句）—｜｜——（句）——｜—｜｜（韵）｜｜｜（韵）｜——｜——（句）———｜（句）｜｜——｜｜（韵）———｜（句）｜｜｜｜——（句）—｜｜——（句）—｜｜—｜（韵）

例

说襄阳旧事重省，记铜驼巷陌醉还醒。笑莺花别后，刘郎憔悴萍梗。倦客天涯，还买个西风轻艇。便欲访骑马山翁，问岘首那时风景。

楚王城里，知几度经过，摩挲故宫柳瘿。漫吊景。冷烟衰草凄迷，伤心兴废，赖有阳春古郢。乾坤谁望，六百里路中原，空老尽英雄，肠断剑锋冷。

——刘过《怀襄阳》

望远行

唐教坊曲，原只小令，《金奁集》入“中吕宫”。北宋演为慢调，《乐章集》入“仙吕调”，又入“中吕调”，句豆小有出入。兹以“仙吕调”一曲为准。一百六字，前片四仄韵，后片五仄韵。结尾倒数第二句第一字是领格，宜用去声。

定格

——||(句)——|(豆)||———|(韵)|——|(句)||——(句)|||——|(韵)||——(句)—||——|(句)—||——|(韵)|——(豆)—|——||(韵)

—|(韵)—||—||(句)|||(豆)|——|(韵)|||—(句)|—||(句)—||——|(韵)—|———|(句)———|(句)||———|(韵)||——|(句)———|(韵)

例

长空降瑞，寒风剪、淅淅瑶花初下。乱飘僧舍，密洒歌楼，迤逦渐迷鸳瓦。好是渔人，披得一蓑归去，江上晚来堪画。满长安、高却旗亭酒价。

幽雅，乘兴最宜访戴，泛小棹、越溪潇洒。皓鹤夺鲜，白鹇失素，千里广铺寒野。须信幽兰歌断，彤云收尽，别有瑶台琼榭。

放一轮明月，交光清夜。

——柳永

疏　影

姜夔自度“仙吕宫”曲。张炎以咏荷叶，改名《绿意》。兹以姜词为准。一百十字，前片五仄韵，后片四仄韵，例用入声部韵。

定 格

——||（韵）||—||（句）—|—|（韵）||——（句）—|——（句）——||—|（韵）——||——|（句）|||（豆）———|（韵）||—（豆）||——（句）|||——|（韵）

—|——||（句）|—|||（句）—|—|（韵）||——（句）||——（句）||———|（韵）——||——|（句）|||（豆）|——|（韵）||—（豆）—|——（句）|||——|（韵）

例 一

苔枝缀玉，有翠禽小小，枝上同宿。客里相逢，篱角黄昏，无言自倚修竹。昭君不惯胡沙远，但暗忆、江南江北。想佩环、月夜归来，化作此花幽独。

犹记深宫旧事，那人正睡里，飞近蛾绿。莫似春风，不管盈盈，早与安排金屋。还教一片随波去，又却怨、玉龙哀曲。等恁时、重觅幽香，已入小窗横幅。

——姜夔

例 二（绿意）

碧圆自洁。向浅洲远渚，亭亭清绝。犹有遗簪，不展秋心，能卷几多炎热？鸳鸯密语同倾盖，且莫与、浣纱人说。恐怨歌、忽断花风，碎却翠云千叠。

回首当年汉舞，怕飞去、漫皱留仙裙褶。恋恋青衫，犹染枯香，还笑鬓丝飘雪。盘心清露如铅水，又一夜、西风吹折。喜静看、匹练秋光，倒泻半湖明月。

——张炎（绿意）

摸 鱼 儿

一名《摸鱼子》，又名《买陂塘》《迈陂塘》《双蕖怨》。唐教坊曲。宋词以《晁氏琴趣外篇》所收为最早，兹即取为准则。一百十六字，前片六仄韵，后片七仄韵。前第四、后第五韵，定十字一气贯注，有作上三、下七，亦有以一字领四言一句，五言一句者，可以不论。双结倒数第三句第一字皆领格，宜用去声。

定格

|——(豆)|——|(句)———|—|(韵)+——|——|(句)—||——|(韵)—||(韵)|+|(豆)+—+|——|(韵)+—+|(韵)|||——(句)+—+|(句)+||—|(韵)

——|(句)+|——||(韵)———|—|(韵)+—+|——|(句)+|+——|(韵)—||(韵)|+|(豆)+—+|——|(韵)+—+|(韵)|||——(句)+—+|(句)+||—|(韵)

例一

买陂塘、旋栽杨柳，依稀淮岸江浦。东皋嘉雨新痕涨，沙觜鹭来鸥聚。堪爱处，最好是、一川夜月光流渚。无人独舞。任翠幄张天，柔茵藉地，酒尽未能去。

青绫被，休忆金闺故步，儒冠曾把身误。弓刀千骑成何事？荒了邵平瓜圃。君试觑，满青镜、星星鬓影今如许！功名浪语。便似得班超，封侯万里，归计恐迟暮。

——晁补之《东皋寓居》

例二

更能消、几番风雨，匆匆春又归去。惜春长怕花开早，何况落红无数。春且住！见说道、天涯芳草无归路。怨春不语。算只有殷勤，画檐蛛网，尽日惹飞絮。

长门事，准拟佳期又误。蛾眉曾有人妒。千金纵买相如赋，脉脉此情谁诉？君莫舞！君不见、玉环飞燕皆尘土。闲愁最苦。休去倚危阑，斜阳正在，烟柳断肠处。

——辛弃疾（淳熙己亥，自湖北漕移湖南，同官王正之置酒小山亭，为赋）

附注："休去倚危阑"改上一、下四为上二、下三句式，着重在第二字，故第一字可用平声。

贺 新 郎

又名《金缕曲》《乳燕飞》《貂裘换酒》。传作以《东坡乐府》所收为最早，惟句豆平仄，与诸家颇多不合。因以《稼轩长短句》为准。一百十六字，前后片各六仄韵。大抵用入声部韵者较激壮，用上、去声部韵者较凄郁，贵能各适物宜耳。

定 格

+|——|（韵）|——（豆）+—+|（句）|——|（韵）+|+——+|（句）+|——+|（韵）+||（豆）——+|（韵）+|+——+|（句）|+—+|——|（韵）+||（句）|—|（韵）

+—+|——|（韵）|——（豆）+—+|（句）|——|（韵）+|+——+|（句）+|——+|（韵）+||（豆）——+|（韵）+|+——+|（句）|+—+|——|（韵）+||（句）|—|（韵）

例 一

绿树听鹈鴂。更那堪、鹧鸪声住，杜鹃声切。啼到春归无寻处，苦恨芳菲都歇。算未抵、人间离别。马上琵琶关塞黑，更长门翠辇辞金阙。看燕燕，送归妾。

将军百战身名裂。向河梁、回头万里，故人长绝。易水萧萧西风冷，满座衣冠似雪。正壮士、悲歌未彻。啼鸟还知如许恨，料不啼清泪长啼血。谁共我，醉明月？

——辛弃疾（别茂嘉十二弟）

例 二

睡起流莺语。掩苍苔、房栊向晚，乱红无数。吹尽残花无人见，惟有垂杨自舞。渐暖霭、初回轻暑。宝扇重寻明月影，暗尘侵上有乘鸾女。惊旧恨，遽如许！

江南梦断横江渚。浪黏天、葡萄涨绿，半空烟雨。无限楼前沧波意，谁采蘋花寄取？但怅望、兰舟容与。万里云帆何时到？送孤鸿目断千山阻。谁为我，唱金缕？

——叶梦得

例 三

梦绕神州路。怅秋风、连营画角，故宫离黍。底事昆仑倾砥柱，九地黄流乱注？聚万落千村狐兔。天意从来高难问，况人情老易悲难诉。更南浦，送君去。

凉生岸柳催残暑。耿斜河、疏星淡月，断云微度。万里江山知何处？回首对床夜语。雁不到、书成谁与？目尽青天怀今古，肯儿曹恩怨相尔汝？举大白，听金缕。

——张元幹（送胡邦衡待制赴新州）

例　四

湛湛长空黑。更那堪、斜风细雨，乱愁如织。老眼平生空四海，赖有高楼百尺，看浩荡千崖秋色。白发书生神州泪，尽凄凉不向牛山滴。追往事，去无迹。

少年自负凌云笔。到而今、春华落尽，满怀萧瑟。常恨世人新意少，爱说南朝狂客，把破帽年年拈出。若对黄花孤负酒，怕黄花也笑人岑寂。鸿北去，日西匿。

——刘克庄（九日）

兰　陵　王

《碧鸡漫志》卷四引《北齐史》及《隋唐嘉话》称："齐文襄之子长恭，封兰陵王。与周师战，尝着假面对敌，击周师金墉城下，勇冠三军。武士共歌谣之，曰《兰陵王入阵曲》。今《越调·兰陵王》，凡三段，二十四拍。或曰遗声也。此曲声犯正宫，管色用大凡字、大一字、勾字，亦名'大犯'。"《清真集》正入"越调"。毛幵《樵隐笔录》："绍兴初，都下盛行周清真咏柳《兰陵王慢》，西楼南瓦皆歌之，谓之《渭城三叠》。以周词凡三换头，至末段，声尤激越，惟教坊老笛师能倚之以节歌者。"此曲音节，犹可于周词反复吟咏得之。一百三十字，分三段。第一段七仄韵，第二段五仄韵，第三段六仄韵，宜用入声部韵。

定格

|—|（韵）—|——||（韵）——|（句）—||—（句）||——|—|（韵）——|||（韵）—|（韵）——||（韵）——|（句）—||—（句）—|——|—|（韵）

——|—|（韵）|||——（句）—|—|（韵）———|——|（韵）—||—|（句）|——|（句）———||||（韵）|—|—|（韵）

—|（韵）|—|（韵）|||——（句）—|—|（韵）——||——|（韵）|||—|（句）|——|（韵）———|（句）|||（句）|||（韵）

例一

柳阴直，烟里丝丝弄碧。隋堤上，曾见几番，拂水飘绵送行色？登临望故国。谁识，京华倦客？长亭路，年去岁来，应折柔条过千尺。

闲寻旧踪迹。又酒趁哀弦，灯照离席。梨花榆火催寒食。愁一箭风快，半篙波暖，回头迢递便数驿，望人在天北。

凄恻，恨堆积。渐别浦萦回，津堠岑寂。斜阳冉冉春无极。念月榭携手，露桥闻笛。沉思前事，似梦里，泪暗滴。

——周邦彦（柳）

附注：词中诸领格字如“又”、“望”、“渐”、“念”并用去声，惟“愁”字用平声为例外。

变格(上、去声韵)

|—|(韵)—|———|(韵)——|(句)—|——(句)—|——|—|(韵)——|||(韵)|||——|(韵)|—|(句)||——(句)||——|—|(韵)

—|(韵)|—|(韵)|||——(句)—|—|(韵)|——|——|(韵)|||—|(句)|——|(韵)——|||—|(韵)—||—|(韵)

—|(韵)|—|(韵)|—|||(句)||—|(韵)——||——|(韵)|——||(句)—|—|(韵)———|(句)|||(句)|||(韵)

例二

送春去，春去人间无路。秋千外、芳草连天，谁遣风沙暗南浦？依依甚意绪？漫忆海门飞絮。乱鸦过，斗转城荒，不见来时试灯处。

春去，谁最苦？但箭雁沉边，梁燕无主，杜鹃声里长门暮。想玉树凋土，泪盘如露，咸阳送客屡回顾，斜日未能渡。

春去，尚来否？正江令恨别，庾信愁赋。苏堤尽日风和雨。叹神游故国，花记前度。人生流落，顾孺子，共夜语。

——刘辰翁(丙子送春)

六　丑

此周邦彦创作“中吕调”曲。据周密《浩然斋雅谈》，邦彦曾对宋徽宗云：“此犯六调，皆声之美者，然绝难歌。昔高阳氏有子六人，才而丑，故以比之。”一百四十字，前片八仄韵，后片九仄韵。例用入声部韵，诸领格字并用去声。

定格

|——||(句)|||(豆)———|(韵)|—|—(句)———||(韵)||—|(韵)||——|(句)|——|(句)||——|(韵)——||——|(韵)||——(句)——||(韵)——|——|(韵)|——||(句)—|—|(韵)

———|(韵)|——||(韵)||——|(句)—||(韵)——||—|(韵)|——||(句)|——|(韵)——|(豆)|——|(韵)—||(豆)||——||(句)|——|(韵)——|(豆)||—|(韵)||—(豆)||——(句)——||(韵)

例

正单衣试酒，怅客里、光阴虚掷。愿春暂留，春归如过翼，一去无迹。为问花何在？夜来风雨，葬楚宫倾国。钗钿堕处遗香泽，乱点桃蹊，轻翻柳陌。多情更谁追惜？但蜂媒蝶使，时叩窗隔。

东园岑寂，渐朦胧暗碧。静绕珍丛底，成叹息。长条故惹行客，似牵衣待话，别情无极。残英小、强簪巾帻。终不似、一朵钗头颤袅，向人欹侧。漂流处、莫趁潮汐。恐断红、尚有相思字，何由见得？

——周邦彦（蔷薇花谢后作）

附注：词中领格字如“正”“但”“似”及上一、下四句式中“葬”“渐”等字并用去声。

夜　半　乐

唐教坊曲，《乐章集》入“中吕调”。段安节《乐府杂录》：“明皇自潞州入平内难，半夜斩长乐门关，领兵入宫剪逆人，后撰此曲，名《还京乐》。”又有谓《夜半乐》与《还京乐》为二曲者。今以柳永词为准。一百四十四字，分三段，前段、中段四仄韵，后段五仄韵。前段第四句是上一、下四句式。全曲格局开展，中段雍容不迫，后段则声拍促数矣。

定格

｜—｜｜—｜（句）——｜｜（句）—｜——｜（韵）｜｜｜——（句）｜——｜（韵）｜—｜｜（句）——｜｜（句）｜——｜——（句）｜——｜（韵）｜｜｜（豆）——｜—｜（韵）

|—||||（句）||——（句）|——|（韵）—||（豆）——————|（韵）|——|（句）——||（句）|—||——（句）|——|（韵）|—|（豆）——|—|（韵）

||—|（句）||——（句）|——|（韵）|||——|—|（韵）|——（豆）—|||——|（韵）—||（豆）||——|（韵）|——|——|（韵）

例

冻云黯淡天气，扁舟一叶，乘兴离江渚。渡万壑千岩，越溪深处，怒涛渐息，樵风乍起，更闻商旅相呼，片帆高举，泛画鹢、翩翩过南浦。

望中酒旆闪闪，一簇烟村，数行霜树。残日下、渔人鸣榔归去。败荷零落，衰杨掩映，岸边两两三三，浣纱游女，避行客、含羞笑相语。

到此因念：绣阁轻抛，浪萍难驻。叹后约丁宁竟何据？惨离怀、空恨岁晚归期阻。凝泪眼、杳杳神京路，断鸿声远长天暮。

——柳永

宝　鼎　现

始见康与之《顺庵乐府》，即以康词为准。一百五十七字，分三段，前段四仄韵，中段五仄韵，后段五仄韵。后附《须溪词》为变格。

定格

｜——｜（句）｜｜—｜（句）———｜（韵）—｜｜（豆）———｜（句）—｜———｜｜（韵）｜｜｜（豆）｜———｜（句）—｜——｜｜（韵）｜｜｜（豆）——｜｜（句）｜｜———｜（韵）

｜｜—｜——｜（韵）｜——（豆）—｜—｜（韵）—｜｜（豆）——｜｜（句）—｜———｜｜（韵）｜｜｜（豆）｜———｜（句）—｜——｜｜（韵）｜｜｜（豆）——｜｜（句）｜｜——｜｜（韵）

—｜｜｜——（句）—｜｜———｜（韵）｜———｜（句）—｜——｜｜（韵）｜｜｜（豆）｜——｜（韵）｜｜——｜（韵）｜｜｜（豆）—｜——（句）｜｜——｜｜（韵）

例一

夕阳西下，暮霭红溢，香风罗绮。乘丽景、华灯争放，浓焰烧空连锦砌。睹皓月、浸严城如昼，花影寒笼绛蕊。渐掩映、芙蕖万顷，迤逦齐开秋水。

太守无限行歌意，拥麾幢、光动珠翠。倾万井、歌台舞榭，瞻望朱轮骈鼓吹。控宝马、耀貔貅千骑，银烛交光数里。似烂簇、寒星万点，拥入蓬壶影里。

来伴宴阁多才，环艳粉瑶簪珠履。恐看看丹诏，催奉宸游燕侍。便趁早、占通宵醉，莫放笙歌起。任画角、吹老寒梅，月满西楼十二。

——康与之(《全宋词》作范周词)

附注：第一段“浸严城如昼”，第二段“耀貔貅千骑”，第三段“恐看看丹诏”，皆上一、下四句式，“占通宵醉”是上一、下三句式。

变 格

———|(句)|||(句)———|(韵)|||(豆)———|(句)||———||(韵)——|(豆)||——|(句)||———|(韵)|||(豆)——||(句)|||——|(韵)

||—|——|(韵)|——(豆)—|—|(韵)—||(豆)———|(韵)||———||(韵)—||(豆)|———|(韵)||——||(韵)||—(豆)———|(句)||——||(韵)

—|||——(句)—||(豆)——||(韵)|——(豆)—|——(句)|——||(韵)|||(豆)——||(韵)||——|(韵)|—|(豆)—|——(句)—|——||(韵)

例 二

红妆春骑，踏月影、竿旗穿市。望不尽、楼台歌舞，习习香尘莲步底。箫声断、约彩鸾归去，未怕金吾呵醉。甚辇路、喧阗且止？听得念奴歌起。

父老犹记宣和事，抱铜仙、清泪如水。还转盼、沙河多丽。滉漾明光连邸第，帘影冻、散红光成绮。月浸葡萄十里。看往来、神仙才子，肯把菱花扑碎？

肠断竹马儿童，空见说、三千乐指。等多时、春不归来，到春时欲睡。又说向、灯前拥髻，暗滴鲛珠坠。便当日、亲见霓裳，天上人间梦里。

——刘辰翁

附注：第一段“约彩鸾归去”，第二段“散红光成绮”，第三段“到春时欲睡”，皆上一、下四句式。

莺 啼 序

始见《梦窗词集》及赵闻礼《阳春白雪》所载徐鼎之词，入何宫调，无考。兹以梦窗词为准。二百四十字，分四段，每段各四仄韵。

定 格

——|—||（句）|——||（句）|—|（豆）—|——（句）||—|—|（韵）|—|（豆）——||（句）——||——|（韵）|——（句）—|——（句）|——|（韵）

||——（句）||||（句）|——||（韵）|—|（豆）—|——（句）|——|—|（韵）|——（豆）——||（句）|—|（豆）———|（韵）|——（句）—|——（句）|——|（韵）

——｜｜(句)｜｜——(句)｜—｜｜｜(韵)｜｜｜(豆)｜——｜(句)｜｜——(句)｜｜——(句)｜——｜(韵)——｜｜(句)———｜(句)———｜——｜(句)｜——(豆)｜｜——｜(韵)——｜｜(句)——｜｜——(句)｜—｜｜—｜(韵)

——｜｜(句)｜｜——(句)｜｜—｜｜(韵)｜｜｜(豆)———｜(句)｜｜——(句)｜｜——(句)｜——｜(韵)——｜｜(句)———｜(句)———｜—｜｜(句)｜——(豆)—｜——｜(韵)———｜——(句)｜｜——(句)｜—｜｜(韵)

例

残寒正欺病酒，掩沉香绣户。燕来晚、飞入西城，似说春事迟暮。画船载、清明过却，晴烟冉冉吴宫树。念羁情，游荡随风，化为轻絮。

十载西湖，傍柳系马，趁娇尘软雾。迦红渐、招入仙溪，锦儿偷寄幽素。倚银屏、春宽梦窄，断红湿、歌纨金缕。暝堤空，轻把斜阳，总还鸥鹭。

幽兰旋（去声）老，杜若还生，水乡尚寄旅。别后访、六桥无信，事往花萎，瘗玉埋香，几番风雨？长波妒盼，遥山羞黛，渔灯分影春江宿，记当时、短楫桃根渡。青楼仿佛，临分败壁题诗，泪墨（作平）惨淡尘土。

危亭望极，草色天涯，叹鬓侵半苎。暗点检、离痕欢唾，尚染鲛绡，亸凤迷归，破鸾慵舞。殷勤待写，书中长恨，蓝霞辽海沉过雁，漫相思、弹入哀筝柱。伤心千里江南，怨曲重招，断魂在否？

——吴文英

附注：词中“掩沉香绣户”是上一、下四句式。“念”、“趁”、“记”、“叹”、“漫”等字是领格，宜用去声。

第三类 平仄韵转换格

南　乡　子

唐教坊曲，《金奁集》入“黄钟宫”。二十七字，两平韵，三仄韵。五代人词略有增减字数者，兹举两式。南唐改作平韵体，《张子野词》入“中吕宫”，重填一片，五十六字，上下片各四平韵。宋以后多遵用之。

格　一

｜｜——（平韵）＋—＋｜｜——（叶平）｜｜———｜｜（换仄韵）—｜（叶仄）｜｜———｜｜（叶仄）

例　一

画舸停桡，槿花篱外竹横桥。水上游人沙上女，回顾，笑指芭蕉林里住。

——欧阳炯

例　二（依上格增一字）

路入南中，桄榔叶暗蓼花红。两岸人家微雨后，收红豆，树底纤纤抬素手。

——欧阳炯

格　二

——||（句）|——（叶韵）+—+||——（叶平）+|+——||（换仄韵）+—|（叶仄）+|+——||（叶仄）

例　三

渔市散，渡船稀，越南云树望中微。行客待潮天欲暮，送春浦，愁听猩猩啼瘴雨。

——李珣

格　三（平韵）

+||——（韵）+|——||—（韵）+|+——||（句）——（韵）+|+——+|—（韵）

+||——（韵）+|——||—（韵）+|+——||（句）——（韵）+|+——+|—（韵）

例　四

细雨湿流光，芳草年年与恨长。回首凤楼无限事，茫茫，鸾镜鸳衾两断肠。

魂梦任悠扬，睡起杨花满绣床。薄幸不来门半掩，斜阳，负你残春泪几行。

——冯延巳

例五

何处望神州？满眼风光北固楼。千古兴亡多少事，悠悠，不尽长江滚滚流。

年少万兜鍪，坐断东南战未休。天下英雄谁敌手？曹刘。生子当如孙仲谋。

——辛弃疾（登京口北固亭有怀）

蕃女怨

《金奁集》入“南吕宫”。三十一字，四仄韵，两平韵。

定格

｜——｜—｜｜（仄韵）｜｜—｜（叶仄）｜——（句）—｜｜（叶仄）｜——｜（叶仄）｜——｜｜——（换平韵）｜——（叶平）

例

万枝香雪开已遍，细雨双燕。钿蝉筝，金雀扇，画梁相见。雁门消息不归来，又飞回。

——温庭筠

调 笑 令

又名《古调笑》《宫中调笑》《调啸词》《转应曲》。《乐苑》入“双调”。白居易《代书诗一百韵寄微之》：“打嫌《调笑》易，饮讶《卷波》迟。”自注：“抛打曲有《调笑令》，饮酒曲有《卷白波》。”三十二字，四仄韵，两平韵，两叠韵。平仄韵递转，难在平韵再转仄韵时，二言叠句必须用上六言的最后两字倒转为之，所以又名为《转应曲》。唐词格式全同，惟句中平仄颇多出入，兹以韦应物一首为准，于举例中兼采王建、戴叔伦诸作，藉资比较。北宋以后，多用不转韵格。三十八字，七仄韵，联章以成“转踏”，藉以演唱故事。兹附列为变格。

定 格

—|（仄韵）—|（叠）||——||（叶仄）——||——（转平韵）——|||—（叶平）—|（再转仄韵）—|（叠）—|——||（叶仄）

例 一

河汉，河汉，晓挂秋城漫漫。愁人起望相思，江南塞北别离。离别，离别，河汉虽同路绝。

——韦应物（调啸词）

例 二

杨柳，杨柳，日暮白沙渡口。船头江水茫茫，商人少妇断肠。肠断，肠断，鹧鸪夜飞失伴。

——王建（宫中调笑）

例 三

边草，边草，边草尽来兵老。山北山南雪晴，千里万里月明。明月，明月，芦笳一声愁绝。

——戴叔伦（转应曲）

变 格

—｜（仄韵）｜—｜（叶仄）+｜+——｜｜（叶仄）+—+｜——｜（叶仄）+｜——+｜（叶仄）+—+｜——｜（叶仄）+｜——+｜（叶仄）

例 四

肠断，越江岸。越女江头纱自浣。天然玉貌铅红浅，自弄芙蓉日晚。紫骝嘶去犹回盼，笑入荷花不见。

——晁补之（调笑转踏）

昭 君 怨

又名《宴西园》《一痕沙》。四十字，全阕四换韵，两仄两平递转，上下片同。

定 格

+|+－+|（仄韵）+|+－+|（叶仄）+||－－（转平韵）|－－（叶平）

+|+－+|（仄韵）+|+－+|（叶仄）+||－－（转平韵）|－－（叶平）

例 一

春到南楼雪尽，惊动灯期花信。小雨一番寒，倚阑干。

莫把阑干频倚，一望几重烟水。何处是京华？暮云遮。

——万俟咏（春望）

例 二

午梦扁舟花底，香满西湖烟水。急雨打篷声，梦初惊。

却是池荷跳雨，散了真珠还聚。聚作水银窝，泻清波。

——杨万里（荷雨）

菩　萨　蛮

又名《子夜歌》《重叠金》。唐教坊曲，《宋史·乐志》《尊前集》《金奁集》并入“中吕宫”，《张子野词》作“中吕调”。唐苏鹗《杜阳杂编》：“大中初，女蛮国入贡，危髻金冠，璎珞被体，号‘菩萨蛮队’。当时倡优遂制《菩萨蛮曲》，文士亦往往声其词。”（见《词谱》卷五引）据此，知此调原出外来舞曲，输入在公元八四七年以后。但开元时人崔令钦所著《教坊记》已有此曲名，可能此种舞队前后不止一次输入中国。小令四十四字，前后片各两仄韵，两平韵，平仄递转，情调由紧促转低沉，历来名作最多。

定 格

+－+｜－－｜（仄韵）+－+｜－－｜（叶仄）+｜｜－－（换平韵）+－－｜－（叶平）

+－－｜｜（再换仄韵）+｜－－｜（叶仄）+｜｜－－（再换平韵）+－－｜－（叶平）

例 一

平林漠漠烟如织，寒山一带伤心碧。暝色入高楼，有人楼上愁。

玉梯空伫立，宿鸟归飞急。何处是归程？长亭连短亭。

——李白

例 二

小山重叠金明灭，鬓云欲度香腮雪。懒起画蛾眉，弄妆梳洗迟。

照花前后镜，花面交相映。新帖绣罗襦，双双金鹧鸪。

——温庭筠

例 三

数间茅屋闲临水，窄衫短帽垂杨里。花是去年红，吹开一夜风。

梢梢新月偃，午醉醒来晚。何物最关情？黄鹂三两声。

——王安石

例 四

郁孤台下清江水，中间多少行人泪？西北是长安，可怜无数山。

青山遮不住，毕竟东流去！江晚正愁余，山深闻鹧鸪。

——辛弃疾（书江西造口壁）

更 漏 子

《尊前集》入“大石调”，又入“商调”，《金奁集》入“林钟商调”。四十六字，前片两仄韵，两平韵，后片三仄韵，两平韵。亦有过片不用韵者，平仄与上片全同。

定 格

｜——（句）—｜｜（仄韵）+｜+—+｜（叶仄）+｜｜（句）｜——（换平韵）+—+｜—（叶平）

—+｜（再换仄韵）+—｜（叶仄）+｜+—+｜（叶仄）+｜（句）｜——（再换平韵）+—+｜—（叶平）

例 一

玉炉香，红蜡泪，偏照画堂秋思。眉翠薄，鬓云残，夜长衾枕寒。

梧桐树，三更雨，不道离情正苦。一叶叶，一声声，空阶滴到明。

——温庭筠

例 二（过片不用韵）

上东门，门外柳，赠别每烦纤手。一叶落，几番秋，江南独倚楼。

曲阑干，凝伫久，薄暮更堪搔首。无际恨，见闲愁，侵寻天尽头。

——贺铸

喜 迁 莺

又名《鹤冲天》《万年枝》《喜迁莺令》《燕归来》。《金奁集》入“黄钟宫”。四十七字，前片四平韵，后片三仄韵，两平韵。

定 格

＋｜｜(句)｜——(平韵)—｜｜——(叶平)｜——｜｜——(叶平)—｜｜——(叶平)

—＋｜(换仄韵)—＋｜(叶仄)｜｜｜——｜(叶仄)＋——｜｜——(再换平韵)—｜｜——(叶平)

例

晓月坠，宿云微，无语枕频攲。梦回芳草思依依，天远雁声稀。

啼莺散，馀花乱，寂寞画堂深院。片红休扫尽从伊，留待舞人归。

——李煜

清　平　乐

又名《忆萝月》《醉东风》。《宋史·乐志》入“大石调”，《金奁集》《乐章集》并入“越调”。《尊前集》载有李白词四首，恐不可信。兹以李煜词为准。四十六字，前片四仄韵，后片三平韵。

定格

+—+|（仄韵）+|——|（叶仄）+|——||（叶仄）+|+—+|（叶仄）

+—+|——（换平韵）+—+|——（叶平）+|+—+|（句）+—+|——（叶平）

例一

别来春半，触目愁肠断。砌下落梅如雪乱，拂了一身还满。

雁来音信无凭，路遥归梦难成。离恨恰如春草，更行更远还生。

——李煜

例二

红笺小字，说尽平生意。鸿雁在云鱼在水，惆怅此情难寄！

斜阳独倚西楼，遥山恰对帘钩。人面不知何处，绿波依旧东流。

——晏殊

例 三

绕床饥鼠，蝙蝠翻灯舞。屋上松风吹急雨，破纸窗间自语。平生塞北江南，归来华发苍颜。布被秋宵梦觉，眼前万里江山。

——辛弃疾（独宿博山王氏庵）

忆 馀 杭

见《逍遥词》，宋初潘阆创作。因忆西湖诸胜，故名《忆馀杭》。四十九字，前片两平韵，后片两仄韵，两平韵。

定 格

—｜——（句）+｜———｜｜（句）——｜｜｜——（平韵）+｜｜——（叶平）

｜——｜——｜（仄韵）｜｜｜—｜—｜（叶仄）——｜｜——（换平韵）｜｜｜——（叶平）

例

长忆西湖，尽日凭栏楼上望，三三两两钓鱼舟，岛屿正清秋。

笛声依约芦花里，白鸟数行忽惊起。别来闲整钓鱼竿，思入水云寒。

——潘阆

河　渎　神

唐教坊曲。花庵《唐宋诸贤绝妙词选》云:“唐词多缘题,所赋《河渎神》则咏祠庙。”兹以孙光宪作为准。四十九字,前片四平韵,后片四仄韵。

定 格

—||——(平韵)—|——|—(叶平)|—|||——(叶平)|——|——(叶平)

||———||(换仄韵)—|———|(叶仄)|||——|(叶仄)|——|—|(叶仄)

例

江上草芊芊,春晚湘妃庙前。一方卵色楚南天,数行斜雁联翩。

独倚朱阑情不极,魂断终朝相忆。两桨不知消息,远汀时起鸂鶒。

——孙光宪

河　传

《碧鸡漫志》卷四引《脞说》云：“《水调河传》，炀帝将幸江都时所制，声韵悲切。”《漫志》又称：“《河传》唐词，存者二。其一属‘南吕宫’，凡前段平韵，后仄韵。其一乃今《怨王孙》曲，属‘无射宫’。以此知炀帝所制《河传》，不传已久。然欧阳永叔（修）所集词内，《河传》附‘越调’，亦《怨王孙》曲。今世《河传》乃‘仙吕调’，皆令也。”《金奁集》所收令词并入“南吕宫”，《乐章集》人“仙吕调”。唐宋人所作令词，句豆韵脚，极不一致。但前后两片皆前仄韵，后平韵，平仄互换，则大抵相同耳。兹选两格：一为五十五字，前片四仄韵，三平韵，后片三仄韵，两平韵。一为五十四字，前片四仄韵，三平韵，后片三仄韵，四平韵。

格　一

—｜（仄韵）—｜（叶仄）｜——｜（叶仄）—｜——（换平韵）｜——｜（夹叶仄）—｜｜｜——（叶平）｜——｜—（叶平）

｜——｜｜——｜（换仄韵）—｜｜（叶仄）｜｜——｜（叶仄）｜——｜（句）—｜｜｜——（再换平韵）｜——（叶平）

例 一

春暮，微雨。送君南浦，愁敛双蛾。落花深处，啼鸟似逐离歌，粉檀珠泪和。

临流更把同心结，情哽咽，后会何时节？不堪回首，相望已隔汀洲，橹声幽。

——李珣

格 二

—｜（仄韵）—｜（叶仄）——｜｜（叶仄）｜——｜（叶仄）｜——｜｜——（换平韵）｜—（叶平）｜——｜—(叶平)

｜——｜｜——｜（再换仄韵）｜—｜（叶仄）｜｜——｜（叶仄）｜——（再换平韵）｜｜—（叶平）｜—（叶平）｜——｜—(叶平)

例 二

春水，千里。孤舟浪起，梦携西子。觉来村巷夕阳斜。几家？短墙红杏花。

晚云做造些儿雨。折花去，岸上谁家女？太狂颠！笑那边，柳绵，被风吹上天。

——辛弃疾（效《花间》体）

虞 美 人

唐教坊曲。《碧鸡漫志》卷四："《脞说》称起于项籍'虞兮'之歌。予谓后世以此命名可也，曲起于当时，非也。"又称："旧曲三，其一属'中吕调'，其一属'中吕宫'，近世又转入'黄钟宫'。"兹取两格：一为五十六字，上下片各两仄韵，两平韵。一为五十八字，上下片各两仄韵，三平韵。

格 一

+－+|－－|（仄韵）+|－－|（叶仄）+－+||－－（换平韵）+|+－－||－－（叶平）

+－+|－－|（换仄韵）+|－－|（叶仄）+－+||－－（再换平韵）+|+－－||－－（叶平）

例 一

春花秋月何时了？往事知多少！小楼昨夜又东风，故国不堪回首月明中！

雕阑玉砌应犹在，只是朱颜改。问君都有几多愁？恰似一江春水向东流。

——李煜

格 二

|—||——|(仄韵)||——|(叶仄)|——||——(换平韵)|——||——(叶平)|——(叶平)

|—||——|(仄韵)||——|(叶仄)|——||——(换平韵)|——||——(叶平)|——(叶平)

例 二

帐前草草军情变，月下旌旗乱。褫衣推枕怆离情，远风吹下楚歌声，正三更。

抚骓欲上重相顾，艳态花无主。手中莲锷凛秋霜，九泉归去是仙乡，恨茫茫。

——宋无名氏(依曾布夫人魏氏《虞美人草行》改作)

第四类 平仄韵通叶格

西 江 月

又名《步虚词》《江月令》。唐教坊曲，《乐章集》《张子野词》并入“中吕宫”。清季敦煌发现唐琵琶谱，犹存此调，但虚谱无词。兹以柳永词为准。五十字，上下片各两平韵，结句各叶一仄韵。沈义父《乐府指迷》：“《西江月》起头押平声韵，第二、第四句就平声切去，押侧声韵。如平韵押‘东’字，侧声须押‘董’字、‘冻’字方可。”

定 格

+|+——|（句）+—+|——（平韵）+—+||——（叶平）+|——+|（叶仄）

+|+——|（句）+—+|——（平韵）+—+||——（叶平）+|——+|（叶仄）

例 一

凤额绣帘高卷，兽环朱户频摇。两竿红日上花梢，春睡厌厌难觉。

好梦狂随飞絮，闲愁浓胜香醪。不成雨暮与云朝，又是韶光过了。

——柳永

例二

问讯湖边春色，重来又是三年。东风吹我过湖船，杨柳丝丝拂面。

世路如今已惯，此心到处悠然。寒光亭下水如天，飞起沙鸥一片。

——张孝祥（丹阳湖）

例三

明月别枝惊鹊，清风半夜鸣蝉。稻花香里说丰年，听取蛙声一片。

七八个星天外，两三点雨山前。旧时茅店社林边，路转溪桥忽见。

——辛弃疾（夜行黄沙道中）

醉翁操

琴曲，属“正宫”。沈遵创作，苏轼始创为填词。其序云：“琅琊幽谷，山川奇丽，泉鸣空涧，若中音会。醉翁喜之，把酒临听，辄欣然忘归。既去十余年，而好奇之士沈遵闻之往游，以琴写其声，曰《醉翁操》，节奏疏宕，而音指华畅，知琴者以为绝伦。然其有声而无其辞。翁虽为作歌，而与琴声不合。又依《楚辞》作《醉翁引》，好事者亦倚其辞以制曲。虽粗合韵度，而琴声为词所绳约，非天成也。后三十余年，翁既捐馆舍，遵亦没久矣。有庐山玉涧道人崔闲，特妙于琴。恨此曲之无词，乃谱其声，而请东坡居士以补之云。”（见《东坡乐府》卷二）九十一字，前片十平韵，后片七平韵，一仄韵。

定格

——（平韵）——（叶平）——（叶平）|——（叶平）——（叶平）——|————（叶平）|——|——（叶平）—|—（叶平）|||——（叶平）||—|—|—（叶平）

|—||（句）—|——（叶平）|—||（句）—|——||（叶仄）—|————（叶平）||————（叶平）———|—（叶平）—————（叶平）|||——（叶平）|——||——（叶平）

例

琅然，清圜，谁弹？响空山，无言，惟翁醉中知其天。月明风露娟娟，人未眠。荷蒉过山前，曰有心也哉此贤！

醉翁啸咏，声和流泉。醉翁去后，空有朝吟夜怨。山有时而童巅，水有时而回川，思翁无岁年。翁今为飞仙，此意在人间，试听徽外两三弦。

——苏轼

渡　江　云

又名《三犯渡江云》。《清真集》入“小石调”。一百字，前后片各四平韵，后片第四句为上一、下四句法，必须押一同部仄韵。

定 格

＋——｜｜(句)｜—｜｜(句)＋｜｜——(平韵)｜——｜｜(句)｜｜——(句)｜｜｜——(叶平)——｜｜(句)｜＋＋(豆)＋｜——(叶平)—｜＋(豆)＋——｜(句)＋｜｜——(叶平)

——(叶平)——＋｜(句)｜｜——(句)｜——＋｜(叶仄)—｜＋(豆)——＋｜(句)＋｜——(叶平)——｜｜——｜(句)｜｜＋(豆)—｜——(叶平)—｜｜(句)——｜｜——(叶平)

例 一

晴岚低楚甸，暖回雁翼，阵势起平沙。骤惊春在眼，借问何时，委曲到山家？涂香晕色，盛粉饰、争作妍华。千万丝、陌头杨柳，渐渐可藏鸦。

堪嗟，清江东注，画舸西流，指长安日下。愁宴阑、风翻旗尾，潮溅乌纱。今宵正对初弦月，傍水驿、深舣蒹葭。沉恨处，时时自剔灯花。

——周邦彦

例二

山空天入海，倚楼望极，风急暮潮初。一帘鸠外雨，几处闲田，隔水动春锄。新烟禁柳，想如今、绿到西湖。犹记得、当年深隐，门掩两三株。

愁余，荒洲古溆，断梗疏萍，更漂流何处？空自觉、围羞带减，影怯灯孤。长疑即见桃花面，甚近来、翻笑无书。书纵远，如何梦也都无。

——张炎（山阴久客，一再逢春，回忆西杭，渺然愁思）

曲玉管

唐教坊曲，《乐章集》入"大石调"。一百五字，前片两仄韵，四平韵，同部互协，后片三平韵。

定格

||——（句）——||（句）——||——|（仄韵）||———|（句）—|——（平韵）|——（叶平）||——（句）———|（句）|—||——|（叶仄）||——（句）||—|——（叶平）|——（叶平）

||——（句）|—|（豆）———|（句）|—||——（句）——||——（叶平）|——（叶平）|———|（句）||———|（句）|——|（句）||——（句）||——（叶平）

例

陇首云飞，江边日晚，烟波满目凭阑久。立望关河萧索，千里清秋，忍凝眸？杳杳神京，盈盈仙子，别来锦字终难偶。断雁无凭，冉冉飞下汀洲，思悠悠。

暗想当初，有多少、幽欢佳会，岂知聚散难期，翻成雨恨云愁！阻追游。每登山临水，惹起平生心事，一场消黯，永日无言，却下层楼。

——柳永

哨　遍

一作《稍遍》，始见《东坡词》。其小序云："陶渊明赋《归去来》，有其词而无其声。余既治东坡，筑雪堂于上，人人俱笑其陋，独鄱阳董毅夫过而悦之，有卜邻之意。乃取《归去来辞》，稍加檃括，使就声律，以遗毅夫。使家僮歌之，时相从于东坡，释耒而和之，扣牛角而为之节，不亦乐乎？"汲古阁本《东坡词》于《稍遍》后附小注："其词盖世所谓'般瞻'之《稍遍》也。'般瞻'，龟兹语也，华言为五声，盖羽声也，于五音之次为第五。今世作'般涉'，误矣。《稍遍》三叠，每叠加促字，当为'稍'，读去声。世作'哨'，或作'涉'，皆非是。"明曼山馆本《东坡先生诗余》注同。元刊《东坡乐府》及《稼轩长短句》则皆作《哨遍》。各家句豆平仄，颇有出入，殆由“每叠加促字”较有伸缩余地耳。兹以苏词一阕为准。二百三字，仍依各本只分两段。前段五仄韵，四平韵，后段五平韵，八仄韵，同部参差错叶。《康熙词谱》谓“其体颇近散文”。

定格

||| —（句）— || —（句）|| —— |（仄韵）— | —（句）— || ——（平韵）| —————— |（叶仄）|| —（叶平）—— | —— |（句）—— || —— |（叶仄）— || ——（句）—— ||（句）——— | — |（叶仄）|| —— || ——（叶平）||| —— | ——（叶平）— | ——（句）|| ——（句）| — ||（叶仄）

—（叶平）— | ——（叶平）| —— | —— |（叶仄）— | — ||（句）——— | — |（叶仄）||| ——（句）| — ||（句）—— || —— |（叶仄）— || ——（句）—— ||（句）——— | — |（叶仄）|| — |||| —（叶平）||| —— | ——（叶平）| ——（豆）| —— |（叶仄）——— | — |（句）|| —— |（叶仄）| —— | —— ||（句）|| —— ||（叶仄）| —— || ——（叶平）| ——（豆）|| — |（叶仄）

例一

为米折腰，因酒弃家，口体交相累。归去来，谁不遣君归？觉从前皆非今是。露未晞，征夫指予归路，门前笑语喧童稚。嗟旧菊都荒，新松暗老，吾年今已如此！但小窗容膝闭柴扉，策杖看孤云暮鸿飞。云出无心，鸟倦知返，本非有意。

噫！归去来兮，我今忘我兼忘世。亲戚无浪语，琴书中有真味。步翠麓崎岖，泛溪窈窕，涓涓暗谷流春水。观草木欣荣，幽人自感，吾生行且休矣！念寓形宇内复几时？不自觉皇皇欲何之？委吾心、去留谁计？神仙知在何处？富贵非吾志。但知临水登山啸咏，自引壶觞自醉。此生天命更何疑？且乘流、遇坎还止。

——苏轼

例 二

一壑自专，五柳笑人，晚乃归田里。问谁知：几者动之微。望飞鸿冥冥天际。论妙理，浊醪正堪长醉，从今自酿躬耕米。嗟美恶难齐，盈虚如代，天耶何必人知！试回头五十九年非，似梦里欢娱觉来悲。夔乃怜蚿，谷亦亡羊，算来何异？

嘻！物讳穷时，丰狐文豹罪因皮。富贵非吾愿，遑遑乎欲何之？正万籁都沉，月明中夜，心弥万里清如水。却自觉神游，归来坐对，依稀淮岸江涘。看一时鱼鸟忘情喜，会我已忘机更忘已。又何曾、物我相视。非鱼濠上遗意，要是吾非子。但教河伯休惭海若，大小均为水耳。世间喜愠更何其，笑先生、三仕三已。

——辛弃疾（用前秋水观韵）

附注：此词大体仍依苏格，惟平仄韵位颇多差异，逐字比较观之自得，不更详标。

戚　氏

始见《乐章集》，入“中吕调”。兹以柳词为准。二百十二字，分三段。前段九平韵，一仄韵，中段六平韵，三仄韵，后段六平韵，三仄韵，同部参错互叶。

定格

|——(平韵)||—||——(叶平)||——(句)|——|(仄韵)|——(叶平)——(叶平)|——(叶平)——|||——(叶平)——||—|(句)||—||——(叶平)||—|(句)———|(句)|—||——(叶平)|——||(句)—|—|(句)—|——(叶平)

—|(叶仄)||——(叶平)—|||(叶仄)|||——(叶平)——|(句)|——|(叶仄)||——(叶平)|——(叶平)||||(句)——||(句)||——(叶平)|—||(句)||——(句)||—|——(叶平)

||——|(句)——||(句)||——(叶平)||——||(句)|——|||——(叶平)|—||——(句)|—||(句)—|——|(叶仄)||——|——|(叶仄)—||(豆)—|——(叶平)||—(豆)||——(叶平)|—||||——(叶平)|——|(叶仄)——||(句)||——(叶平)

例

晚秋天，一霎微雨洒庭轩。槛菊萧疏，井梧零乱，惹残烟。凄然，望江关，飞云黯淡夕阳间。当时宋玉悲感，向此临水与登山。远道迢递，行人凄楚，倦听陇水潺湲。正蝉吟败叶，蛩响衰草，相应喧喧。

孤馆，度日如年。风露渐变，悄悄至更阑。长天净，绛河清浅，皓月婵娟。思绵绵，夜永对景，那堪屈指，暗想从前。未名未禄，绮陌红楼，往往经岁迁延。

帝里风光好，当年少日，暮宴朝欢。况有狂朋怪侣，遇当歌对酒竞留连。别来迅景如梭，旧游似梦，烟水程何限！念利名憔悴长萦绊，追往事、空惨愁颜。漏箭移、稍觉轻寒。渐呜咽画角数声残。对闲窗畔，停灯向晓，抱影无眠。

——柳永

附注：第一段“正”字，第三段“遇”、“念”、“渐”、“对”等字皆领格，宜用去声。又“当年少日”与“对闲窗畔”二句，皆上一、下三句式。在长调慢词中，此等处最宜注意，须于曼声长吟之际，细加玩味，方能有所领悟，掌握节奏声容。此类甚多，读者推寻自得，未一一列举也。

第五类 平仄韵错叶格

荷 叶 杯

唐教坊曲，《金奁集》入“双调”。单调小令，二十三字。温庭筠体以两平韵为主，四仄韵转换错叶。韦庄体重填一片，增四字，以上下片各三平韵为主，错叶两仄韵。

格 一

＋|＋——|（仄韵）—|（叶仄）|——（平韵）|——||—|（换仄韵）—|（叶仄）|——（叶平）

例 一

一点露珠凝冷，波影，满池塘。绿茎红艳两相乱，肠断，水风凉。

——温庭筠

格 二

+｜｜——｜（仄韵）—｜（叶仄）—｜｜——（平韵）+——｜｜——（叶平）—｜｜——（叶平）

+｜｜——｜（换仄韵）—｜（叶仄）—｜｜——（换平韵）+——｜｜——（叶平）—｜｜——（叶平）

例 二

记得那年花下，深夜，初识谢娘时。水堂西面画帘垂，携手暗相期。

惆怅晓莺残月，相别，从此隔音尘。如今俱是异乡人，相见更无因！

——韦庄

诉 衷 情

唐教坊曲，《金奁集》入"越调"。三十三字，六平韵为主，五仄韵两部错叶。

定 格

—｜（仄韵）—｜（叶仄）—｜｜（叶仄）｜——（平韵）—｜｜（换仄韵）—｜（叶仄）｜——（叶平）｜｜｜——（叶平）——（叶

平）— — — | —（叶平）| — —（叶平）

例

莺语，花舞，春昼午，雨霏微。金带枕，宫锦，凤凰帷。柳弱燕交飞，依依。辽阳音信稀，梦中归。

——温庭筠

定 西 番

唐教坊曲，《金奁集》入“高平调”。三十五字，前后片四平韵为主，三仄韵错叶。

定格

+ | + — + |（仄韵）— | |（句）| — —（平韵）| — —（叶平）

+ | + — — |（叶仄）+ — + | —（叶平）+ | + — + |（叶仄）| — —（叶平）

例

汉使昔年离别，攀弱柳，折寒梅，上高台。

千里玉关春雪，雁来人不来。羌笛一声愁绝，月徘徊。

——温庭筠

相　见　欢

一名《乌夜啼》《秋夜月》《上西楼》，唐教坊曲。三十六字，前片三平韵，后片两平韵，过片处错叶两仄韵。两结九言，宜于第二字略豆，旧谱分作六言、三言两句，不尽适合。

定格

+—+|——（平韵）|——（叶平）+|+——||——（叶平）

++|（仄韵）+—|（叶仄）|——（叶平）+|+——||——（叶平）

例一

林花谢了春红，太匆匆！无奈朝来寒雨晚来风！

胭脂泪，想留醉，几时重？自是人生长恨水长东！

——李煜

例二

无言独上西楼，月如钩。寂寞梧桐深院锁清秋。

剪不断，理还乱，是离愁。别是一般滋味在心头。

——李煜

上　行　杯

唐教坊曲，《金奁集》入"歇指调"。三十八字，依孙光宪体，以两平韵为主，五仄韵两部错叶。

定格

||———|（句）—||（豆）||——（平韵）—|———||（仄韵）——||（叶仄）|——（句）—||（换仄韵）||（叶仄）—|（叶仄）—|——（叶平）

例

草草离亭鞍马，从远道、此地分襟。燕宋秦吴千万里，无辞一醉。野棠开，江草湿，伫立，沾泣，征骑骎骎。

——孙光宪

酒　泉　子

唐教坊曲，《金奁集》入"高平调"。兹依温庭筠体。四十一字，全阕以四平韵为主，四仄韵两部错叶。

定格

—||—(平韵)—||——|(仄韵)|——(句)—||(叶仄)|——(叶平)

|——||——(叶平)—||——|(换仄韵)|——(句)—||(叶仄)|——(叶平)

例

罗带惹香，犹系别时红豆。泪痕新，金缕旧，断离肠。

一双娇燕语雕梁，还是去年时节。绿阴浓，芳草歇，柳花狂。

——温庭筠

定风波

一作《定风波令》。唐教坊曲，《张子野词》入“双调”。六十二字，上片三平韵，错叶两仄韵，下片两平韵，错叶四仄韵。《乐章集》演为慢词，一入“双调”，一入“林钟商”，并全用仄韵。兹附九十九字一种，前片六仄韵，后片七仄韵。

定格

+|——||—(平韵)+—+||——(叶平)+|+——||(仄

韵）—｜（叶仄）+—+｜｜——（叶平）

+｜+——｜｜（换仄韵）—｜（叶仄）+—+｜｜——（叶平）+｜+——｜｜（再换仄韵）—｜（叶仄）+—+｜｜——（叶平）

例 一

暖日闲窗映碧纱，小池春水浸明霞。数树海棠红欲尽，争忍，玉闺深掩过年华。

独凭绣床方寸乱，肠断，泪珠穿破脸边花。邻舍女郎相借问，音信，教人羞道未还家。

——欧阳炯

例 二

莫听穿林打叶声，何妨吟啸且徐行。竹杖芒鞋轻胜马，谁怕？一蓑烟雨任平生。

料峭春风吹酒醒，微冷，山头斜照却相迎。回首向来萧瑟处，归去，也无风雨也无晴。

——苏轼（三月七日，沙湖道中遇雨，雨具先去，同行皆狼狈，余独不觉，已而遂晴，故作此）

格 二（仄韵长调）

｜——（豆）｜｜——（句）——｜｜｜｜（仄韵）｜｜——（句）——｜｜（句）—｜——｜（叶仄）｜——（句）｜—｜（叶仄）—｜——｜—｜

(叶仄)—|(叶仄)||—||(句)———|(叶仄)

|—||(叶仄)|——(豆)||——|(叶仄)|——||

(句)——||(句)—|——|(叶仄)|——(句)|—|(叶仄)—

|——|—|(叶仄)—|(叶仄)||—|(句)———|(叶仄)

例 三

自春来、惨绿愁红，芳心是事可可。日上花梢，莺穿柳带，犹压香衾卧。暖酥消，腻云亸，终日恹恹倦梳裹。无那！恨薄情一去，音书无个。

早知恁么，悔当初、不把雕鞍锁。向鸡窗只与，蛮笺象管，拘束教吟课。镇相随，莫抛躲。针线闲拈伴伊坐，和我，免使年少，光阴虚过。

——柳永

最　高　楼

南宋后作者较多，兹以《稼轩长短句》为准。八十一字，前片四平韵，后片三平韵，过片错叶两仄韵。体势轻松流美，渐开元人散曲先河。

定 格

——｜(句)—｜｜——(平韵)+｜｜——(叶平)+—+｜——｜(句)+—+｜｜——(叶平)｜——(句)—｜｜(句)｜——(叶平)

｜｜｜(豆)｜——｜｜(仄韵)｜｜｜(豆)｜——｜｜(叶仄)—｜｜(句)｜——(叶平)+—+｜——｜(句)+—+｜｜——(叶平)｜——(句)—｜｜(句)｜——(叶平)

例

长安道，投老倦游归。七十古来稀。藕花雨湿前湖夜，桂枝风淡小山时。怎消除？须殢酒，更吟诗。

也莫向、竹边孤负雪，也莫向、柳边辜负月。闲过了，总成痴。种花事业无人问，惜花情绪只天知。笑山中，云出早，鸟归迟。

——辛弃疾(醉中有索四时歌，为赋)

附：词韵简编

张珍怀辑

（一）本编依据清戈载著《词林正韵》一书删去僻字，故称“简编”。

（二）《词林正韵》原书韵目用《集韵》标目，分目繁多，标目有僻字，因此，本编改用比较通行的《诗韵》标目，以便于检韵。至于分部，仍分十九部一如《词林正韵》原书。

第一部

平声：一东二冬通用

【一东】东同童僮铜桐峒筒瞳曈中（中间）衷忠盅虫冲终忡崇嵩（崧）菘戎绒弓躬宫穹融雄熊穷冯风枫疯丰（豐）充隆窿空公功工攻蒙濛朦曚瞢笼胧栊咙昽聋珑砻泷蓬篷洪荭红虹鸿丛翁嗡匆葱聪骢通棕烘崆

【二冬】冬咚彤农侬宗淙悰锺钟龙茏舂松鬆淞冲（衝）容榕蓉溶庸佣慵封胸凶匈汹雍邕痈浓脓秾重（重复）从（服从）逢缝峰锋

丰蜂烽葑纵（纵横）踪茸蛩莑邛筇跫恭龚供（供给）蚣喁

仄声：上声一董二肿
去声一送二宋通用

【一董】董懂动孔总笼（东韵同）拢桶捅蓊蠓汞澒（澒洞）

【二肿】肿种（种子）踵宠垅（陇）拥冗氄重（轻重）冢捧勇甬踊涌俑蛹恐拱竦悚耸栱巩怂

【一送】送梦凤洞（岩洞）众瓮贡弄冻痛栋恸仲中（击中）粽讽鞚空（空缺）控哄（喧闹；欺骗）赣

【二宋】宋用颂诵统纵（放纵）讼种（种植）综俸供（供设，名词）从（仆从）缝（隙也）重（再也）共

第 二 部

平声：三江七阳通用

【三江】江缸窗邦降（降伏）双泷庞撞豇扛杠釭腔梆龙桩幢跫（冬韵同）

【七阳】阳扬杨洋羊徉佯芳妨方坊防肪房亡忘望（漾韵同）忙茫芒妆庄装奘香乡湘厢箱镶芗相（相互）襄骧光昌堂唐糖棠塘章张王常长（长短）裳凉粮量（衡量）梁粱良霜藏（收藏）肠场尝偿床央鸯秧殃郎廊狼榔（桹）锒踉浪（沧浪）浆将（持也；送也）疆僵薑姜缰觞娘黄皇遑惶徨煌仓苍舱沧伤殇商帮汤创（创伤）疮强（刚强）墙樯嫱蔷囊狂康慷（养韵同）糠冈岗刚钢纲匡筐荒慌行（行列）杭航桁翔详祥庠桑彰璋漳獐麞猖倡凰邙臧赃昂丧（丧葬）阊

鲞羌枪锵抢（突也）蜣跄篁篢璜潢攘纕瓤亢吭（漾、养韵并同）旁傍（侧也）孀驦当（应当）裆珰铛簹飏泱旸炀蝗隍怏肓汪鞅滂娘螂怆（漾韵同）缃琅颃伥螳

仄声：上声三讲二十二养
去声三绛二十三漾通用

【三讲】讲港项棒蚌耩

【二十二养】养痒象像橡仰朗桨奖蒋敞鳖厂枉往颡强（勉强）惘荡两裲曩丈杖仗（漾韵同）响掌党想蚃榜爽广享向飨幌莽纺长（长幼）网荡上（上升）壤赏仿罔谠傥魍魉昉怳谎蟒漭嗓盎恍脏（肮脏）吭沆慷襁镪抢肮（骯）犷

【三绛】绛降（升降）巷撞（江韵同）戆

【二十三漾】漾上（上下）望（阳韵同）相（卿相）将（将帅）状帐唱让浪（波浪）酿旷壮放向忘仗（养韵同）畅量（数量）葬匠障瘴谤尚涨饷样藏（库藏）舫访贶嶂当（适当）抗桁妄怆宕怅创酱况亮傍（依傍）丧（丧失）恙谅胀鬯脏（内脏）吭砀伉圹纩踼榜桄挡旺炕亢（高亢）飏（阳韵同）阆防（阳韵同）

第 三 部
平声：四支五微八齐十灰（半）通用

【四支】支枝肢移簃（竹移）为（施为）垂吹陂碑奇宜仪皮儿离施知驰池规危夷师姿迟龟眉悲之芝时诗棋旗辞词期祠基疑姬丝司葵医帷思滋持随痴维卮麾墀弥慈遗肌脂雌披嬉尸狸炊湄篱兹差

（参差）疲茨卑亏蕤骑（跨马）歧岐谁斯澌私窥熙欺疵赀羁彝髭颐资糜饥衰锥姨夔祇涯（佳、麻韵同）伊追缁萁箕治（治国）尼而推（灰韵同）匙陲紫魑锤褵璃骊羸帔罴縻蘼脾瀰芪畸牺羲曦欹漪猗崎崖萎筛狮蛳鸱绥虽粢瓷絺椎饴嫠痍惟唯机耆逵岿丕毗枇貔楣黴（霉）辎蚩嗤媸飔坻莳鲥鹚笞漓怡贻禧醾噫其琪祺麒嶷螭栀鹂鳌累踟琵嵋

【五微】微薇晖辉（輝）徽挥韦围帏违闱霏菲（芳菲），妃飞非扉肥威祈旂畿机几（微也，如见几）讥玑鞿稀希衣（衣服）依归饥（饥荒，支韵同）矶欷诽绯晞葳巍沂圻颀

【八齐】齐黎犁梨妻（夫妻）萋凄堤低题提蹄啼鸡稽兮倪霓西栖犀嘶撕梯稊鼙齌迷泥溪蹊圭闺携畦嵇跻豀奚脐醯黧蠡醍鹈奎批砒睽荑篦齑藜猊鲵羝嶲鐫（日旁云气）鹥

【十灰（半）】灰恢魁隈回徊槐（佳韵同）梅枚玫媒煤雷罍隤颓崔催摧堆陪杯醅嵬推（支韵同）诙裴培盔偎煨瑰茴追胚徘坯桅傀儡（贿韵同）莓

仄声：上声四纸五尾八荠十贿（半）去声四寘五未八霁九泰（半）十一队（半）通用

【四纸】纸只（副词，仅）咫是靡彼毁委诡髓累技绮觜此泚蕊徙尔瀰（支韵同）弭婢侈弛豕紫旨指视美否（否泰）痞兕几（桌几）姊比水轨止徵（角徵）市喜己纪跪妓蚁鄙晷子仔梓矢雉死履垒癸趾址以已似耜祀史驶耳使（使令）里理李起杞圮跂士仕俟始齿矣耻麂枳畤峙鲤迤氏玺巳（辰巳）滓苡倚匕迤逦旖旎舣蚍秕芷螭拟

你企诔捶屣箠揣豸祉恃

【五尾】尾苇鬼岂卉几（几多）伟斐菲（菲薄）匪篚娓悱榧韪炜飑玮虮

【八荠】荠礼体米启陛洗邸底抵弟坻柢涕悌济（水名）澧醴诋棨眯砥娣递昵睨蠡

【十贿（半）】贿悔罪馁每块汇（汇合）猥琲璀磊蕾傀儡腿

【四寘】寘置事地意志治思（名词）泪吏赐自字义利器位戏至次累（连累）伪寺瑞智记异致备肆翠骑（车骑，名词）使（使者）试类弃饵媚鼻易（容易）辔坠醉议翅避笥帜炽粹莳谊帅厕寄睡忌贰萃穗二臂嗣吹（鼓吹，名词）遂恣四骥季刺驷泗寐魅积（积蓄）被芰懿觊冀愧匮恚馈蒉篑柜暨庇豉莉腻秘比（近也）鸷毖啻示嗜饲伺遗（馈遗）薏祟值惴屣眦詈企渍譬跛挚燧隧悴尿致（緻）稚雉莅悸肂泌志识（记也）侍踬为（因为）

【五未】未味气贵费沸尉畏慰蔚魏纬胃汇（彙）谓渭讳卉（尾韵同）毅既衣（着衣，动词）蜚溉（队韵同）翡诽

【八霁】霁制计势世丽岁济（渡也）第艺惠慧币弟滞际厉涕（荠韵同）契（契约）敝弊毙帝蔽髻锐戾裔袂系祭卫隶闭逝缀翳替细桂税婿例誓筮蕙诣砺励瘗噬继脆睿毳曳蒂睇妻（以女妻人）递逮蓟蚋薜荔唳捩粝泥（拘泥）媲嬖篲彗睥睨剂嚏谛缔剃屉悌俪锲帨贳掣羿棣蟪薙娣说（游说）赘憩猘髢鳜彘呓谜挤

【九泰（半）】会旆最贝沛霈绘脍荟狈侩桧蜕酹外兑

【十一队（半）】队内辈佩退碎背秽对废悔诲晦味配妹喙溃吠肺耒块碓刈悖焙淬琲琲悴敦（盘敦）

第 四 部

平声：六鱼七虞通用

【六鱼】鱼渔初书舒居裾琚车（麻韵同）渠蕖余予（我）誉（动词）舆馀胥狙锄疏蔬梳虚嘘墟徐猪闾庐驴诸储除滁蜍如畬淤妤苴菹沮砠耡龉茹榈於祛蘧籧疽蛆醵纾樗躇（药韵同）欤旟据（拮据）

【七虞】虞愚娱隅刍无芜巫于衢癯瞿氍儒襦濡须需朱珠株诛铢硃蛛殊俞瑜榆愉逾渝毹窬谀腴区躯驱岖趋扶符凫芙雏敷麸夫肤纡输枢厨俱驹模谟摹蒲逋胡湖瑚乎壶狐弧孤辜姑觚菰徒途涂荼图屠奴吾梧吴租卢鲈炉芦颅垆蚨孥帑苏酥乌污（污秽）枯粗都茱侏姝禺嵎拘鼩桴俘臾萸繻吁滹瓠糊醐呼沽酤泸舻轳鸬驽匍葡铺（铺盖）菟洿诬呜迂盂竽趺柎毋孺酴鸪骷刳蛄晡餔蒱摴葫呱蝴劬殂猢郛孚

仄声：上声六语七麌
去声六御七遇通用

【六语】语（语言）圉圄吕侣旅杼伫与（给予）予（赐予）渚煮汝茹（食也）暑鼠黍杵处（居住、处理）贮女许拒炬距楚础阻俎沮叙绪序屿墅巨去（除也）苣举讵溆御（禦）浒钜醑咀诅苎纻抒楮

【七麌】麌雨宇舞府鼓虎古股贾（商贾）估土吐圃庾户树（种

植，动词）煦诩努辅组乳弩补鲁橹睹腐数（动词）簿竖普侮斧聚午伍釜缕部柱矩武五苦取抚浦主杜坞祖愈堵扈父甫怒（遇韵同）禹羽腑拊俯罟赌卤姥鹉拄莽（养韵同）栩棋窭脯妩庑否（是否）麈褛篓偻酤牡谱怙肚踽虏孥诂瞽牯羖祜沪雇仵缶母某亩蛊琥

【六御】御处（处所）去虑誉（名词）署据驭曙助絮著（显著）箸豫恕与（参与）遽疏（书疏）庶预语（告也）踞倨薁淤锯（虚见）觑狙（鱼韵同）翥薯

【七遇】遇路辂赂露鹭树（树木）度（制度）渡赋布步固素具数（数量）怒（麌韵同）务雾骛附兔故顾句墓慕暮募注住驻炷祚裕误悟寤戍库护屦诉妒惧趣娶铸绔傅付谕喻妪芋捕哺互孺寓吐（麌韵同）赴冱污（动词）恶（憎恶）晤煦酤讣仆（偃仆）赙驸婺锢蛀飓怖铺（店铺）塑酺铺塑愫蠹溯镀璐雇瓠迕妇负阜副富（宥韵同）醋措

第 五 部

平声：九佳（半）十灰（半）通用

【九佳（半）】佳街鞋牌柴钗差（差使）崖涯（支麻韵同）偕阶皆谐骸排乖怀淮豺侪埋霾斋槐（灰韵同）睚崽楷稭揩挨俳

【十灰（半）】开哀埃台苔抬该才材财裁栽哉来莱灾猜孩徕骀胎唉咳垓挨皑呆腮

仄声：上声九蟹十贿（半）

去声九泰（半）十卦（半）十一队（半）通用

【九蟹】蟹解洒楷（佳韵同）拐矮摆买骇罫奶騃

【十贿（半）】海改采彩在宰醢铠恺待殆怠乃载（岁也）凯闿倍蓓迨亥

【九泰（半）】泰太带外盖大（个韵同）濑赖籁蔡害蔼艾丐奈柰汰癞霭

【十卦（半）】懈廨邂隘卖派债怪坏诫戒界介芥械薤拜快迈败稗晒瘵玠瀣湃寨疥届蒯篑蒉喟聩块惫

【十一队（半）】塞（边塞）爱代载（载运）态菜碍戴贷黛概岱溉慨耐在（所在）鼐玳再袋逮埭赉赛忾暧咳嗳昧

第 六 部

平声：十一真十二文十三元（半）通用

【十一真】真因茵辛新薪晨辰臣人仁神亲申身宾滨槟缤邻鳞麟珍瞋尘陈春津秦频蘋颦嚬濒银垠筠巾囷民岷珉泯（轸韵同）贫莼淳醇纯唇伦轮沦抡匀旬巡驯钧均榛遵循甄宸纶椿鹑嶙辚磷驎呻伸绅寅姻荀询峋氤恂嫔彬皴娠闽纫湮肫逡菌臻豳（邠）

【十二文】文闻纹蚊云分（分离）氛纷芬焚坟群裙君军勤斤筋勋薰曛醺芸耘芹欣氲荤汶汾殷雯贲纭昕熏

【十三元（半）】魂浑温孙门尊（樽）存敦墩炖暾蹲豚村屯囤（囤积）盆奔论（动词）昏痕根恩吞荪扪裈昆鲲坤仑婚阍髡馄喷狲饨臀跟辒缊瘟飧

仄声：上声十一轸十二吻十三阮（半）去声十二震十三问十四愿（半）通用

【十一轸】轸敏允引尹尽忍准隼笋盾（阮韵同）楯闵悯菌（真韵同）蚓牝殒紧蠢陨哂诊疹赈肾蜃尽（尽管、尽量）膑黾泯窘吮缜

【十二吻】吻粉蕴愤隐谨近忿抆刎揾齓槿瑾恽韫

【十三阮（半）】混棍焜阃悃梱捆衮滚鲧稳本畚笨损忖囤遁很沌恳垦龈

【十二震】震信印进润阵镇刃顺慎鬓晋骏闰峻衅振俊疢舜赆吝烬讯仞迅汛趁衬仅觐窌蔺浚赈（轸韵同）龀认殡摈缙躏廑谆瞬韧濬殉馑

【十三问】问闻（名誉）运晕韵训粪忿（吻韵同）酝郡分（名分）紊愠近（动词）抆拚奋郓捃靳

【十四愿（半）】论（名词）恨寸困顿遁（阮韵同）钝闷逊嫩溷揾诨潠巽褪喷（元韵同）艮

第 七 部

平声：十三元（半）十四寒十五删一先通用

【十三元（半）】元原源沅鼋园袁猿垣烦蕃樊喧萱暄冤言轩藩媛援辕番繁翻幡璠骞鸳鹓蜿湲爰掀燔圈谖

【十四寒】寒韩翰（翰韵同）丹单安鞍难（艰难）餐檀坛滩弹残干肝竿阑栏澜兰看（翰韵同）刊丸完桓纨端湍酸团攒官观（观

看）冠（衣冠）鸾銮峦欢宽盘蟠漫（大水貌）叹（翰韵同）邯郸摊玕拦磻珊狻鼾杆岦蹒姗殚箪瘅谰獾倌棺剜岏潘拚（问韵同）溥槃般蹒瘢磐瞒谩馒鳗痠钻抟圞邗汗（可汗）

【十五删】删潸关弯湾还环鬟寰班斑蛮颜奸攀顽山闲艰间（中间）悭患（谏韵同）孱潺擐镮阛翾圜菅般（寒韵同）颁鬘疝讪僝媥斓娴鹇萠殷（赤黑色）鳏纶（纶巾）

【一先】先前千阡笺天坚肩贤弦烟燕（地名）莲怜连田填巅鬈宣年颠牵妍研（研究）眠渊涓捐娟边编悬泉迁仙鲜（新鲜）钱煎然延筵毡旃蝉缠廛联篇偏绵全镌穿川缘鸢旋船涎鞭专圆员乾（乾坤）虔愆权拳椽传焉嫣鞯褰搴铅舷跹鹃筌痊诠悛邅鳣鹯禅婵躔颛燃涟琏便（安也）翩骈癫阗钿（霰韵同）沿蜒胭芊鳊胼軿滇佃畋咽湮狷蠲蚿蔫骞膻扇棉拴荃籼砖挛儇翾颧璇卷（曲也）扁（扁舟）单（单于）溅（溅溅）犍

仄声：上声十三阮（半）十四旱十五潸十六铣 去声十四愿（半）十五翰十六谏十七霰通用

【十三阮（半）】阮远（远近）晚苑返反饭（动词）偃蹇琬沅宛婉踠畹菀蜿晅绻巘挽堰幰

【十四旱】旱暖管琯满短馆（翰韵同）缓盥（翰韵同）碗懒伞卵（哿韵同）散（散布）伴诞罕瀚（浣）断（断绝）侃算（动词）款但坦袒篡缎拌懑谰莞

【十五潸】潸眼简版板阪盏产限绾柬拣撰馔赧皖汕刬铲孱醆楝栈

【十六铣】铣善（善恶）遣（遣送）浅典转（霰韵同）衍犬选冕辇免展茧辩辨篆勉剪卷显饯（霰韵同）践喘藓软蹇（阮韵同）演兖件腆鲜（少也）跣缅缱卷殄扁匾蚬岘畎燹隽键娈泫癣阐颤膳鳝舛娩辗邅（先韵同）脔辫捻

【十四愿（半）】愿怨万饭（名词）献健建宪劝蔓券远（动词）侃键贩畈曼挽（挽联）瑗媛圈（猪圈）

【十五翰】翰（寒韵同）瀚岸汉难（灾难）断（决断）乱叹（寒韵同）观（楼观）干（树干，干练）散（解散）旦算（名词）玩烂贯半案按炭汗赞漫（寒韵同。又副词，独用）冠（冠军）灌爨窜幔粲灿璨换焕唤涣悍弹（名词）惮段看（寒韵同）判叛绊鹳伴畔锻腕惋馆扦旰疸但逭罐盥婉锻缦侃蒜钻谰

【十六谏】谏雁患涧间（间隔）宦晏慢盼豢栈（潸韵同）惯串绽幻瓣苋丱办谩讪（删韵同）铲绾孪篡裥扮

【十七霰】霰殿面（脸面）县变箭战扇煽膳传（传记）见砚院练炼燕宴贱馔荐绢彦掾便（便利）眷面（面食）倦羡奠遍恋啭眩钏倩下汴片禅（封禅）谴善（动词）溅饯转（以力转动）卷（书卷）甸电咽茜单念（念书）瑱眄钿（先韵同）淀靛佃镟漩拣缮现咽狷炫衒绚罥绽线煎选旋颤擅缘（衣饰）撰唁谚媛忭弁援研（磨研）

第八部

平声：二萧三肴四豪通用

【二萧】萧箫挑貂刁凋雕迢条髫调（调和）蜩枭浇聊辽寥撩寮

僚尧宵消霄绡销超朝潮嚣骄娇蕉焦燋椒饶硝烧（焚烧）遥徭摇谣瑶韶昭招镳瓢苗猫腰桥乔娆妖飘逍潇鸮骁翛祧鸼鹩缭獠嘹夭（夭夭）幺邀要（要求）姚樵谯憔标飚嫖漂（漂浮）剽佻龆苕岧嶕哓跷侥峣魈蹻描钊轺桡铫鹞翘枵侨窑喓蟏礁

【三肴】肴巢交郊茅嘲钞包胶苞梢姣庖匏坳敲胞抛蛟崤鸡鞘抄蝥咆哮凹殽教（使也）淆跑艄捎爻咬铙茭炮（炮制）泡鲛犛刨抓

【四豪】豪劳毫操（操持）髦绦刀萄猱褒桃糟旄袍挠（巧韵同）蒿涛皋号（号呼）陶鳌曹遭羔糕高搔毛艘滔骚韬缫膏牢醪逃濠壕舠饕洮淘叨咷（啕）篙熬遨翱嗷臊嗥绹忉尻鏖螯獒敖牦漕嘈槽弢掏唠涝芼捞痨

仄声：上声十七筱十八巧十九皓
去声十八啸十九效二十号通用

【十七篠】篠小表鸟了（未了，了得）晓少（多少）扰绕绍杪沼眇矫皎皦杳窈窕枭挑（挑拨）掉（啸韵同）肇缥缈渺淼茑嫋赵兆旐缴缭（萧韵同）夭（夭折）悄舀侥蓼娆硗剿挠晁藐秒殍瞭（萧韵同）

【十八巧】巧饱卯狡爪鲍挠（豪韵同）搅绞拗咬炒吵佼姣（肴韵同）昴茆獠

【十九皓】皓宝藻早枣老好（好丑）道稻造（造作）脑恼岛倒（跌倒）祷（号韵同）捣抱讨考燥扫（号韵同）嫂保鸨稿草昊浩镐杲缟槁堡皂瑙媪燠袄懊葆褓笔澡套涝蚤拷栲

【十八啸】啸笑照庙窍妙诏召邵要（重要）曜耀调（音调）钓

吊叫少（老少）眺诮料疗潦掉（筱韵同）峤徼糶跳嘹漂镣廖尿肖鞘峭悄（筱韵同）哨俏醮爝剿噭燎（筱韵同）鹞鹞轿剽骠票铫（萧韵同）

【十九效】效教（教训）貌校孝闹豹罩棹觉（寤也）较窖爆炮（枪炮）刨（肴韵同）泡（肴韵同）稍钞（肴韵同）拗敲（肴韵同）淖

【二十号】号（号令）帽报导操（操行）盗噪灶奥隩告（告诉）诰暴（强暴）好（爱好）到蹈劳（慰劳）傲躁造（造就）冒悼倒（颠倒）燥犒靠燠（皓韵同）懊瑁耄糙套（皓韵同）纛（沃韵同）潦耗

第九部

平声：五歌（独用）

【五歌】歌多罗河戈阿和（和平）波科柯陀娥蛾鹅萝荷（荷花）何过（经过）磨（琢磨）螺禾珂蓑婆坡呵哥轲沱鼍拖驼跎佗（他）颇（偏颇）峨俄摩么娑莎迦疴苛蹉嵯驮瑳箩啰逻锣哪挪锅诃窠蝌髁倭涡窝緺讹陂鄱皤魔梭唆骡挼靴瘸搓哦痤酡

仄声：上声二十哿
去声二十一个通用

【二十哿】哿火舸亸舵我拖娜荷（负荷）可左果裹朵锁琐堕惰妥坐（坐立）裸跛颇（稍也）夥颗祸棰婀逻爹（麻韵同）卵那坷簸叵垛哆硪么（歌韵同）峨（歌韵同）

【二十一个】个贺佐大（泰韵同）饿过（歌韵同。又过失，独用）和（唱和）座挫课唾播破卧货涴簸轲（轗轲）驮髁（歌韵同）磋作做磨（磨磐）剁懦糯缚锉挼些（楚些）

第十部

平声：九佳（半）六麻通用

【九佳（半）】佳涯（支、麻韵同）娲蜗蛙娃哇

【六麻】麻花霞家茶华沙车（鱼韵同）牙蛇瓜斜邪芽嘉瑕纱鸦遮叉奢涯（支、佳韵同）夸巴耶嗟遐蕸加笳赊槎差（差错）蟆骅虾葭袈裟砂衙枒呀琶耙芭杷笆疤爬葩些（少也）佘鲨查楂渣爹挝咤拿椰琊揶珈跏枷迦痂茄桠丫哑划哗胯抓洼呱

仄声：上声二十一马 去声十卦（半）二十二祃通用

【二十一马】马下（上下）者野雅瓦寡社写泻夏（华夏）也把贾（姓贾）假（真假）厦惹冶且玛鲊姐灺舍喏赭洒斝蝦瘕剐打耍那

【十卦（半）】卦挂画（图画）罣

【二十二祃】祃驾夜下（降也）谢榭罢夏（春夏）霸暇灞嫁赦藉（凭藉）假（休假）蔗化舍（庐舍）价射骂稼架诈亚麝怕借卸帕坝靶鹧贳炙嗄乍咤诧侘罅吓娅哑稏讶迓华（姓华）桦话跨衩胯（遇韵同）柘

第十一部

平声: 八庚九青十蒸通用

【八庚】庚更（更改）羹盲横（纵横）觥彭亨英烹平评枰京惊荆明盟鸣荣莹兵兄卿生甥笙牲擎鲸迎行（行走）衡耕萌甍宏闳茎罂莺樱泓橙争筝清情晴精睛菁晶旌盈楹瀛嬴赢营婴缨贞成盛（盛受）城诚呈程酲声征正（正月）轻名令（使令）并（并州）倾萦琼峥嵘撑粳坑铿撄鹦黥蘅澎膨棚浜坪苹钲伧檠嘤轰琤铮狰宁狞瞪绷怦瓔砰氓饧鲭侦柽赪蛏茔茕赓黉瞠

【九青】青经泾形刑陉亭庭廷霆蜓停丁仃馨星腥醒（醉醒）惺俜灵龄玲铃伶零听（径韵同）冥溟铭瓶屏萍軿荧萤荣扃坰蜻硎苓聆舲瓴翎娉婷宁暝瞑螟猩钉疔叮厅町鸰泠棂醽囹軨羚蛉咛型邢

【十蒸】蒸烝承丞惩澄陵凌绫菱冰膺膺鹰应（应当）蝇绳乘（驾乘，动词）升胜（胜任）兴（兴起）缯凭仍兢矜征（征求）称（称赞）登灯僧憎增曾矰层能朋鹏肱薨腾藤恒罾崩縢誊崚增絙塍冯症簦瞢凝（径韵同）棱楞

仄声: 上声二十三梗二十四迥
去声二十四敬二十五径通用

【二十三梗】梗影景井岭领境警请饼永骋逞颖颍顷整静省幸颈郢猛丙炳杏秉耿矿冷靖哽绠荇艋蜢皿儆悻婧阱狰靓惺打瘿犷眚憬鲠

【二十四迥】迥炯茗挺艇梃醒（青韵同）酩酊并（並，并行，

并且）等鼎顶肯拯謦刭溟

【二十四敬】敬命正（正直）令（命令）证性政镜盛（茂盛）行（学行）圣咏姓庆映病柄劲竞靓净竟孟诤更（更加）并（合并）聘硬横（蛮横）炳泳迸摒阱檠迎郑獍

【二十五径】径定听胜（胜败）罄磬应（答应）赠乘（名词）佞称（相称）秤邓莹（庚韵同）证孕兴（兴趣）剩凭（蒸韵同）迳甑宁（宁可；姓）胫暝（夜也）钉（动词）订饤锭謦泞瞪蹭蹬亘（亘古）镫（鞍镫）滢隥凳磴泾

第十二部

平声：十一尤（独用）

【十一尤】尤邮优尤流旒留骝榴刘由油游猷悠攸牛修羞秋周州洲舟酬雠柔俦畴筹稠丘邱抽瘳遒收鸠搜驺愁休囚求裘仇浮谋牟眸侔矛侯喉猴讴鸥楼陬偷头投钩沟幽纠樛啾鹙鞦楸蚯踌绸惆勾娄琉疣犹邹兜呦咻貅球蜉蝣辀帱阄瘤硫浏庥湫泅酋瓯啁飕鍪篌璆沤（水泡，名词）抠耩篝诌骰偻蝼髅搂欧彪掊虬揉蹂抔不（与有韵“否”通）瓿缪（绸缪）

仄声：上声二十五有　去声二十六宥通用

【二十五有】有酒首口母（麌韵同）後柳友妇（麌韵同）斗（升斗，星斗）狗久负（麌韵同）厚手叟守右否（麌韵同）丑受牖偶走阜（麌韵同）九后咎薮吼帚垢亩（麌韵同）舅纽藕朽臼肘韭剖诱牡（麌韵同）缶酉苟糗扣叩塿某莠寿绶玖授蹂（尤韵同）揉（尤

韵同）溲纣丑钮扭者呕殴纠耦掊瓿拇姆擞绺抖陡蚪篓黝赳取（麌韵同）

【二十六宥】宥候就售（尤韵同）寿（有韵同）秀绣宿（星宿）奏富（遇韵同）兽斗（鬬，争斗）漏陋狩昼寇茂旧胄宙袖岫柚覆复（復，又也）救厩臭佑右囿豆饾窦瘦漱咒究疚谬皱逅嗅遘溜镂逗透骤又侑幼读（句读）堠副（遇韵同）仆锈鹫霤绉僽咮灸籀酎诟蔻僦构扣购彀戊懋贸袤嗽凑鼬瞀沤（动词）

第十三部

平声：十二侵（独用）

【十二侵】侵寻浔临林霖针箴斟沉（沈）心砧深淫琴禽擒衾钦吟今襟（衿）金音阴岑簪（覃韵同）壬任（负荷）歆森禁（力所胜任）祲喑骎参（参差）琛涔忱淋妊掺参（人参）椹郴芩檎琳蟫愔黔嵚

仄声：上声二十六寝去声二十七沁通用

【二十六寝】寝饮（饮食）锦品枕（枕衾）审甚（沁韵同）廪衽稔沈（姓氏）凛懔朕荏婶葚禀噤谂怎恁饪覃

【二十七沁】沁饮（使饮）禁（禁令）任（信任）荫浸谮谶枕（动词）甚（寝韵同）噤鸩赁喑渗窨妊

第十四部

平声：十三覃十四盐十五咸通用

【十三覃】覃潭参（参考）骖南楠男谙庵含涵函（包函）岚蚕探贪耽眈龛堪谈甘三酣柑惭蓝担簪（侵韵同）谭昙坛酖婪毵鬖戡颔痰篮褴蚶憨泔聃邯蟫（侵韵同）

【十四盐】盐檐廉帘嫌严占（占卜）髯谦奁纤签瞻蟾炎添兼缣沾尖潜阎镰蟾黏淹钳甜恬拈砭詹蒹歼黔钤佥瞻觇崦鬑渐鹣腌襜阉

【十五咸】咸函（书函）缄岩谗衔帆衫杉监（监察）凡馋芟搀巉镵喃嵌掺

仄声：上声二十七感二十八俭二十九豏去声二十八勘二十九艳三十陷通用

【二十七感】感览揽胆澹（淡，勘韵同）憺啖坎惨敢颔（覃韵同）撼毯糁湛菡萏罱椠喊嵌（咸韵同）橄榄黪

【二十八俭】俭焰敛（艳韵同）险检脸染掩点簟贬冉苒陕谄忝（艳韵同）俨闪剡琰奄歉芡崭堑渐睒飐罨岭捡弇崦玷

【二十九豏】豏槛范减舰犯湛斩黯瀺巉（咸韵同）

【二十八勘】勘暗滥啖担憾暂三（再三）绀憨澹（感韵同）瞰淡缆

【二十九艳】艳剑念验堑赡店占（占据）敛（聚敛）厌焰（俭韵同）垫欠僭酽潋滟俺砭坫

【三十陷】陷鉴泛梵忏赚蘸嵌站馅

第十五部

入声：一屋二沃通用

【一屋】屋木竹目服福禄谷熟肉族鹿漉腹菊陆轴逐苜蓿牧伏宿（住宿）夙读（读书）犊渎牍椟黩毂复（復，恢复）粥肃碌骕鬻育六缩哭幅斛戮仆（仆人）畜蓄叔淑倏独卜馥沐速祝麓辘镞蹙筑穆睦秃縠覆辐瀑郁（忧郁，郁郁葱葱）舳掬踘蹴踢茯袱鸲鹏髑槲扑匐簌蔟煜复（複，复杂）蝠菔孰塾矗竺曝曲（麴）鞠嗾谡簏副国（职韵同）

【二沃】沃俗玉足曲粟烛属录辱狱绿毒局束鹄蜀促触续浴酷躅褥旭欲笃督赎渌纛碡北（职韵同）瞩嘱荼勖溽缛梏醁

第十六部

入声：三觉十药通用

【三觉】觉（知觉）角桷榷岳乐（音乐）捉朔数（频数）卓斲啄琢剥驳雹璞朴壳确浊擢濯渥幄握学龌龊槊搦镯喔邈荦

【十药】药薄恶（善恶）作乐（哀乐）落阁（閤）鹤爵弱约脚雀幕洛壑索郭错跃若酌托削铎凿箔鹊诺萼度（测度）橐钥籥瀹着著虐掠获（收获）泊搏藿嚼勺谑廓绰霍镬莫箨缚貉各略骆寞膜鄂博昨柝格拓铄铄烁灼杓疟蒻箬芍踖却屩噱矍攫醵踱魄酪络烙饦珞膊粕簿柞漠摸酢怍濩涸郝垩腭谔鳄噩崿锷鹗缴扩椁陌（陌韵同）

第十七部

入声：四质十一陌十二锡十三职十四缉通用

【四质】质日笔出室实疾术一乙壹吉秩率律逸佚失漆栗毕恤密蜜橘溢瑟膝匹述慄黜弼跸七叱卒（终也）虱悉戌嫉帅（动词）蒺侄踬怵术蟋筚篥必泌荜秫栉姞唧帙溧谧昵愜轶聿诘耋垤獝捽茁鹬崒葎蔤鹬苾窒

【十一陌】陌石客白泽伯迹宅席策册碧籍（典籍）格役帛戟璧驿麦额柏魄积（积聚）脉夕液尺隙逆画（动词）百辟赤易（变易）革脊获（猎获）翮屐适（適）索厄隔益窄核舄掷责坼惜癖僻掖腋释译峄择摘弈奕帟迫疫昔赫瘠谪亦硕貊跖鹡碛蹐只炙（动词）踯斥穸鬲骼舶珀吓磔拆喀剨蚱舴剧檗擘槅栅啧帻箦扼划蝪帼蝈刺嵴汐耤螫蓦摭哑（笑声）襞虢绎射（音亦）

【十二锡】锡壁历枥击绩勣笛敌滴镝檄激寂觌溺觅狄荻幂鹢涤的吃沥雳霹惕剔砾翟籴倜析晰淅蜥劈甓嫡皪轹栎阋葯踢迪皙裼逖螅阒汨（汨罗江）

【十三职】职国德食（饮食）蚀色力翼墨极殛息熄直值得北黑侧贼饰刻则塞（闭塞）式轼域蜮殖植敕亟棘惑忒默织匿慝亿忆臆薏特勒肋幅仄昃稷识（知识）逼克即唧（质韵同）弋拭陟侧测翊洫啬穑鲫鸂抑或匐（屋韵同）

【十四缉】缉辑戢立集邑急入泣湿习给十拾袭及级涩粒楫（叶韵同）汁蛰执笠唈隰汲吸絷挹浥岌裛悒熠葺鞡什芨揖煜（屋

韵同）歙笈（叶韵同）圾褶翕

第十八部

入声：五物六月七曷八黠九屑十六叶通用

【五物】物佛拂屈郁（欝，馥郁，郁郁乎文哉）乞掘（月韵同）讫吃（口吃）绂弗勿迄不怫绋沸茀厥倔蔚崛尉蔚䵱契屹熨（未韵同）祓

【六月】月骨发阙越谒没伐罚卒（士卒）竭窟笏钺歇突忽袜鹘（黠韵同）厥（物韵同）蹶蕨曰阀筏殁橛掘（物韵同）核蝎勃孛渤悖（队韵同）揭（屑韵同）碣粤樾鳜脖饽鹁捽（质韵同）猝惚兀讷（呐）咄（曷韵同）羯凸矻

【七曷】曷达末阔钵脱夺褐割沫拔（挺拔）葛闼渴拨豁括抹遏挞跋撮泼秣掇（屑韵同）聒獭（黠韵同）剌喝磕蘖瘌袜活鸹斡怛钹捋

【八黠】黠拔（拔擢）八察杀刹轧戛瞎刮刷滑辖铩猾捌叭札扎鹘帕茁揠萨捺

【九屑】屑节雪绝列烈结穴说血舌洁别缺裂热决铁灭折拙切悦辙诀泄锲咽（呜咽）轶噎彻澈哲鳖设啮劣块截窃孽浙孑桔颉拮撷揭褐（曷韵同）吷缬碣（月韵同）挈抉亵薛拽（曳）爇冽瞥迭跌阅餮耋垤揑页阕觖谲撇鳖篾楔惙辍啜缀撤蔱绁杰桀涅霓（蜺，齐、锡韵同）批（齐韵同）

【十六叶】叶帖贴牒接猎妾蝶叠箧惬涉鬣捷颊楫（檝，缉韵

同）聂摄慑镊蹑协慴侠荚挟铗浃睫厌靥氎蹀蹬燮摺辄婕屧谍堞擛

霎雪箑嗫喋碟鲽捻晔笈哗躐馌褢（缉韵同）

第十九部

入声：十五合十七洽通用

【十五合】合塔答纳榻阁（閤）杂腊匝阖蛤衲沓鸽踏拓拉盍塌

唈盒卅搭褡飒磕榼遢蹋蜡溘遝邋趿

【十七洽】洽狭峡法甲业邺匣压鸭乏怯劫胁插锸押狎夹恰蛱硖

札掐袷眨胛呷歃闸箑霎（叶韵同）

龙榆生著作精选集

唐五代词选注

龙榆生 著

团结出版社

图书在版编目(CIP)数据

龙榆生著作精选集 / 龙榆生著.
-- 北京 : 团结出版社, 2019.12

ISBN 978-7-5126-7580-3

Ⅰ. ①龙… Ⅱ. ①龙… Ⅲ. ①词(文学)—文学研究—中国—文集 Ⅳ. ①I207.23-53

中国版本图书馆CIP数据核字(2019)第284145号

出版: 团结出版社
(北京市东城区东皇城根南街84号 邮编: 100006)
电话: (010) 65228880 65244790 (传真)
网址: www.tjpress.com
Email: zb65244790@vip.163.com
经销: 全国新华书店
印刷: 三河市腾飞印务有限公司

开本: 145×210 1/32
印张: 84
字数: 1650千字
版次: 2020年12月 第1版
印次: 2020年12月 第1次印刷

书号: 978-7-5126-7580-3
定价: 316.00元 (全9册)

出版说明

龙榆生(1902—1966),本名沐勋,号忍寒,晚年以字行。20世纪最负盛名的词学大师之一,生于江西万载,殁于上海,早年师从黄侃、陈衍、朱祖谋等名师习诗词及文字音韵学,后遂终身致力于词学研究。曾任暨南大学、中山大学、中央大学、上海音乐学院教授。他一生致力于词学研究,被称为中国词学学科的奠基人,创办了现代第一本词学专门刊物《词学季刊》,对词学研究的现代转型影响巨大。

龙榆生词学研究的领域广泛,成就卓著。常年任教于各大学校的他,在写下一部部词学专著的同时,也一直不忘整理概论和选本。这套《龙榆生著作精选集》我们精选了其经典著作九种。在概论中,我们选择了他晚年有代表性的《唐宋词格律》《词曲概论》《词学十讲》三种;选本则选择《东坡乐府笺》《唐宋名家词选》《唐五代词选注》《近三百年名家词选》四种;考虑到目前雅言弱化、语言表现力不足的现状,还特意选择了《古今名人书牍选》《苏黄尺牍选》二种,作为学习文言文的补充读本。读者也可以藉此九种窥见龙先生一生治学的全豹。《龙榆生著作精选集》既可以作为古典诗词爱好者的案头必备典籍加以赏玩,又可以作为青年学子提升文化修养、学习典雅文言的上乘读物。

针对本套系列丛书工程浩大、专业性强的特点，为此我们特地组织了相关专家进行了专门的校勘和梳理。本着尊重作者和原著的精神，此次再版将特殊历史时期下，不符合作者原意的改本加以修订，恢复符合作者理念的原本原貌，并在前人基础上对仍存在的讹误重加订正。考虑到现代读者的阅读习惯，特将原来的繁体竖排调整为简体横排。由于编者水平所限，在编辑过程中，疏漏之处在所难免，恳请广大读者不吝赐教！

编者

2020年10月

目　录

刘禹锡

白居易

温庭筠

孙光宪

魏承班

鹿虔扆

阎 选

尹 鹗

毛熙震

李 珣

冯延巳

李璟

李煜

唐五代词导论

一、词的特征和它的由来

词是依附隋、唐以来的新兴曲调，照着它的节拍来填上文词的新体抒情诗，是音乐语言和文学语言紧密结合的特种艺术形式。它本来叫作“曲子词”（见欧阳炯《花间集》序），或径称“杂曲子”（例如敦煌发现的《云谣集杂曲子》），或称“今曲子”（见王灼《碧鸡漫志》卷一），这都表明它和音乐的依存关系。它的长短参差的句法和错综变化的韵式，都得经受音律的严格限制和长期陶冶。因而作者所想表达的起伏变化的感情，必得与某一曲调的声情恰相适应。所以词是“填”的，而不是自由创作的（当然也有例外。南宋姜夔的自度曲，是“先率意为长短句而后协以律”的），一般叫作“倚声填词”。“声”是指各个曲调的音节，是由这个乐曲创作者的思想感情来决定它的形式，在轻重缓急的节奏上构成一个统一体，反过来影响歌词作者，必须选择适当的曲调，运用适当的手法，才能恰如其分地表达各种喜、怒、哀、乐的不同情感。它是沿着乐府诗“由乐定词”（元稹《乐府古题序》）的路线向前发展的。

我们要了解词的发生和发展，就得首先了解它所依的“声”之所从来；而这“声”之所从来，以及滋养它的土壤气候，又和当时的政治经济情况分割不开。《旧唐书·音乐志三》说：“自开元已来，歌者杂用胡夷里巷之曲。”这“胡夷里巷之曲”，又大多数被同时所特设的教坊所采用。据崔令钦《教坊记》所载教坊曲名至325调之多。单就调名的意义来看，除一部分是外来的，如《苏幕遮》《龟兹乐》《菩萨蛮》《望月婆罗门》之类，其余大多数都是民间的创作。而这许多杂曲，又一般受到燕乐的影响。而燕乐的由来，却又以外来成分居多。郭茂倩说：

> 隋自开皇初，文帝（杨坚）置七部乐：一曰西凉（今甘肃武威）伎，二曰清商伎，三曰高丽（今朝鲜）伎，四曰天竺（今印度）伎，五曰安国（今中亚的布哈拉）伎，六曰龟兹（今新疆库车）伎，七曰文康（疑即康国）伎。至大业中，炀帝（杨广）乃立清乐、西凉、龟兹、天竺、康国（今中亚的撒马尔罕）、疏勒（今甘肃疏勒）、安国、高丽、礼毕，以为九部。乐器工衣，于是大备。唐武德（高祖李渊年号）初，因隋旧制，用九部乐。太宗（李世民）增高昌（今新疆吐鲁番）乐，又造谯乐而去礼毕曲；其著令者十部：一曰讌乐，二曰清商，三曰西凉，

四曰天竺，五曰高丽，六曰龟兹，七曰安国，八曰疏勒，九曰高昌，十曰康国，而总谓之燕乐。声辞繁杂，不可胜纪。（《乐府诗集》卷七九“近代曲辞”）

为什么唐乐除清商号称“九代遗声”外，其余全是外来的呢？我们知道唐朝建国的李渊，原是陇西人，为北凉王李暠的后裔。他家世代做着北魏和北周的官吏。唐承隋后，又是继承北朝的系统来统一中国的。隋高祖（杨坚）曾大骂：“梁乐，亡国之音，奈何遣我用耶？”（《隋书》卷一四《音乐志》）恶梁乐而喜胡声，这是北朝的习惯。在周武帝（宇文邕）时，有龟兹人苏祗婆跟着突厥皇后来到了北周。他是一个善弹胡琵琶的音乐家，而且精通乐理。隋时郑译把他所传来的琵琶七调加以改造，以符合中国固有的七声；这样在音乐理论上开始了一个新的系统。一直沿用到隋、唐、五代和北宋，所有教坊乐，都是从这个以胡琵琶为主的燕乐系统发展而来的。我们再看敦煌发现的唐写本琵琶谱，还保存着《倾杯乐》《西江月》《心事子》《伊州》《水鼓子》《胡相问》《长沙女引》（疑为“长命女引”之讹）《撒金砂》等曲调；而且有的注明“慢曲子”和“急曲子”；《倾杯乐》一调更分“慢曲子”、“重头尾”、“急曲子”等九段。从这里可以看出唐、五代词所依的“声”，就是这个燕乐系统的杂曲，而各个曲调的声情是有急、有慢的。

由于唐太宗在扫平群雄之后，迅速实行了所谓均田制，一般农民都得到了耕地；水利和交通事业也都有了很大的发展，促进了农村经济的欣欣向荣。手工业和商业随着兴盛起来，使各大都市顿呈繁荣气象。大唐帝国的威力，在隋朝原有的基础上，不断向外发展，东到高丽、百济、新罗，西到高昌、龟兹、于阗、疏勒，南到南诏等地，很快就全成了唐帝国的属领。由于军事上和经济上的频繁接触，导致文化上的交流；于是印度、波斯等国的音乐舞蹈，除在周、隋间早有输入之外，又都不断地经由西域传来中国。这样就为创作新文化尤其是音乐艺术，提供了各方面的优越条件。自唐高宗（李治）以至明皇（李隆基）的开元年间，无论经济、文化等等，都达到了全盛时代。加上明皇喜歌舞、精音乐，既在西京（长安）置左、右教坊，培养歌舞人才；又选拔一部分优秀人物送进梨园，亲自教习，叫作“皇帝梨园弟子”。同时两域创造的大套舞曲，如《伊州》《凉州》《甘州》《霓裳羽衣》（原名《婆罗门》）等，都陆续进献到了长安。这样吸取古今中外的精华，消融变化，使乐坛面貌为之一新。民间歌曲也就跟着风起云涌，造成“百花齐放”的局面。

有了这样丰富的新声曲调，也就为“倚声填词”创造了发展条件。但那些舞曲，原是有声无词的；而且《凉州排遍》多到二十四段，《霓裳羽衣》也有十二段。王灼就曾说过：“后世就大曲填词者，类从省略。”（《碧鸡漫志》卷三）我们且看郭茂倩所采唐人大曲，是怎样配上歌词去唱的？《伊州歌》有唱词十段，第三段是截取沈佺期《杂诗》的上半首：“闻道黄花（本集“花”作

“龙”）戍，频年不解兵。可怜闺里月，偏照（本集作“长在”）汉家营。”（《乐府诗集》卷七九）《水调歌》有唱词十一段，第七段（入破第二）用的就是杜甫《赠花卿》七言绝句：“锦城丝管日纷纷，半入江风半入云。此曲只应天上去（本集“去”作“有”），人间能得几回闻？”（同上）也有截取李峤《汾阴行》的结尾“山川满目泪沾衣，富贵荣华能几时？不见只今汾水上，惟有年年秋雁飞”（《碧鸡漫志》卷四），作为《水调歌》中一段歌词的。这可看出“就大曲填词”，在唐人也很少；只是由乐工杂采一些诗人们所写的五、七言诗，依其情调所近，勉强凑合着去唱而已。

我们看了“旗亭画壁”的故事，更证以王灼的说法：“唐时古意亦未全丧，《竹枝》《浪淘沙》《抛球乐》《杨柳枝》，乃诗中绝句，而定为歌曲。”（《碧鸡漫志》卷一）也可看出在燕乐曲调兴起之后，和它配合起来演唱的歌词，由五、七言诗转到长短句的词，是有一个过渡办法的。北宋沈括说：

诗之外又有和声，则所谓曲也。古乐府皆有声，有辞，连属书之，如曰“贺、贺、贺”，“何、何、何”之类，皆和声也。今管弦中之缠声，亦其遗法也。唐人乃以词填入曲中，不复用和声。（《梦溪笔谈》卷五《乐律一》）

这里所说的“和声”，又叫作“泛声”。南宋朱熹说：

古乐府只是诗，中间却添许多泛声。后来怕失了那泛声，逐一添个实字，遂成长短句；今曲子便是。（《朱子语类》一四〇）

这两段话，都说明五、七言诗所以递嬗为长短句词的基本原因，是在音乐关系方面。

汉、魏、六朝乐府，已有由弥补声辞混杂的缺点进而演成长短句歌词的趋势。例如沈约《宋书·乐志》所载《东门行》《西门行》等古词，以及梁武帝（萧衍）的《江南弄》等，都受到了曲调的制约，逐渐变成长短参差的句式。但是在燕乐杂曲繁兴之后，为什么不朝这个方向发展，反而采用唐代流行的五、七言律、绝诗，凑合着繁复的新兴曲调，颠三倒四地去唱，有如王维的《阳关曲》，“必三叠而后成音”呢？词和某些乐府诗，走的都是“由乐定词”的路线。但是唐、五代的长短句词，却不同于汉、魏、六朝的乐府诗。虽然一样的句式有长短，而词的长短句中，每一个字都受着平、仄声的严格限制，这却是齐、梁以来“声律论”逐渐严格应用到文学形式上去的结果。所以吾人研究词的发生和发展，不但要了解它和隋、唐新兴音乐的密切关系，同时也要了解它和五、七言近体律、绝诗的关系。词所依的“声”，是燕乐盛行以后包括“胡夷里巷之曲”在内的新声；而它所以能够和参差复杂的新兴曲调紧密结合之故，又是和五、七言近体诗的讲究平仄声韵，有着不可分割的血缘。我们明白了这一点，就可以了解唐人把某些“诗中绝句而定为歌曲”，和《花间》《尊前》等词总集兼收《竹枝》《杨柳枝》《浪淘沙》等七言绝句诗的道理。

只有劳动人民和曾受压迫的知识分子，是最富于创造性的。这批无名英雄不但创造了许多动人的乐曲，有如《教坊记》所采，留给后来词家以丰富的养料；而且在“倚声填词”的尝试方面，专家们也是远远落后于这批无名英雄的。我们只要看看《教坊记》所收杂曲，大多是开元以前或即开元年间的创作；而依照这些杂曲的节拍来填词的，除了一些诙谐小曲，如中宗（李显）时沈佺期等当筵奏过《回波乐》以相嘲弄献媚外，连真伪难辨的李白所写《菩萨蛮》《忆秦娥》等，也只寥寥可数。但从敦煌曲所保留的作品中，却可以看出有一部分可能出于开元间的无名作者之手。《云谣集杂曲子》中也已有了许多长调。从语言风格和思想感情上来看，可能有些是很早的作品。而这些长调，直到晚唐、五代，专家们却还是绝少尝试的。

参差复杂的新兴曲凋，如果不经过许多无名英雄的大胆尝试，要想把它的“声”和“词”配合得十分恰当，是绝对办不到的。我们只要看看敦煌曲词中同一调名，而句式长短，往往有很大的出入；就是《花间集》中的专家作品，也有同样的情形。把同一曲调的歌词，构成普遍遵守的定格，这是经过许多专家不断加工提炼的结果。我们读唐、五代词，常遇到同一调名而字句多有差异的情况，这缘由是可以想象得到的。

二、唐、五代词的发展和它的主要内容

长短句歌词的发展，实际在明皇朝，已具备了多方面的优越条件。但由于“安史之乱”，“渔阳鼙鼓动地来，惊破《霓裳羽衣曲》”（白易居《长恨歌》），逼使沉酣歌舞的李三郎（明皇）仓皇

逃往成都；“梨园子弟散如烟”（杜甫《观公孙大娘舞剑器行》），乃至最负盛名的音乐家李龟年，也流落到了江南。诗人和乐家的接触机会，到这时已是很少的了。刚在萌芽中的新体歌词，受到这个重大挫抑，就不免要缩了回去。直到安史乱平之后，社会秩序有了一些恢复；商业经济由于手工业的发达和国内外的贸易频繁而有了长足的进展，造成了许多繁华的都市，形成了广大的市民阶层。为了适应这些商业都市的要求，各种红楼酒肆、声色歌舞之场，促成了新兴歌曲的迅速发展。一时诗人自韦应物、王建、戴叔伦以至白居易、刘禹锡等，都或多或少地受到这个影响，开始依曲拍为句来填词。到了晚唐的温庭筠，因了他的“士行尘杂，不修边幅，能逐弦吹之音，为侧艳之词”（《旧唐书》卷一四一下），更是符合这个商业都市的生活条件和社会需要；所以他的写作就特别的多，成为后来花间词派“开山作祖”。

这“倚声填词”的风气一开，它那种子也就借着气候土壤的有利条件而迅速滋长起来。自唐末以至五代，中原地区迭经战火，不论农村经济和商业经济，都受到了严重的破坏。只有西蜀、南唐却还保持着相当的安定。词的种子，也就选择了这两块沃壤，向这两个地方茁壮生长起来。

西蜀自王建、孟知祥两建王朝，借着“成都天府之土”和手工业如织锦业等的特别发达，在商业经济上一直保持着繁荣都市的面貌。而且它是个“四塞之国”，可以关起门来，搞它的独立王朝，过着“歌舞升平”的日子。这样也就吸引了许多文士，如韦庄之流，投靠到这个小王朝来；同时把歌词种子也带到了西蜀。我们看了近年发现的王建墓中许多浮雕伎乐，就可以想像这些统治阶级和上层社会是怎样的留连歌舞，而这个新体歌词又是怎样的为这批人所喜爱，从而大大地发扬起来。后蜀赵崇祚所编的《花间集》共收了温庭筠、皇甫松、韦庄等十八家的作品。据欧阳炯所写的序文，当时“绮筵公子，绣幌佳人，递叶叶之花笺，文抽丽锦；举纤纤之玉指，拍按香檀。不无清绝之辞，用助娇娆之态”。这说明了《花间集》中的许多作品，究竟是为谁服务的问题。温庭筠把他自己写的词集题作《金荃》，王世贞说是“取其香而弱”（《艺苑卮言》词评）；也是为了它是迎合市民阶层的心理，写给歌女们，敲起红牙板去唱的。所以除了欣赏它的艺术性外，很难找出它的政治性和思想性来。但《花间集》中也有不少题材，反映了自开元以来一般厌恶向外发动侵略战争和因商业经济特别发展、从而影响到两性间的生活苦痛；这还是有一定的社会意义的。有的作家饱经丧乱流离之痛，把所有难言之隐，托之于男女恩怨之词。韦庄词的不同于温庭筠，自有他的不同思想感情在。还有皇甫松、李珣、欧阳炯等描写南方风土的词，都是曾向民歌吸取过养料，给以提炼加工、富有生活气息的好作品。我们不能因为《花间集》中多数刻画女人情态，缺乏真实感情，而把它一笔抹杀。

南唐建国，拥有江南一带富饶之地，一直保持着“四十年来家国，三千里地山河”，“几曾识干戈”（李煜《临江仙》）的小康局面。这不但有利于农业经济和商业经济的发展，同时也有利于文学、艺术、音乐等的发展。由于中、后二主（李璟、李煜）都是爱好文艺而且自己也有深厚修养的文人，对这一方面的倡导，是不遗余力的。虽然这两个小王朝的统治者，尤其是李煜，和前蜀王衍、后蜀孟昶一样过着豪侈荒淫的生活；一面加深对人民的榨取，卑躬厚币以乞怜于周、宋强邻，希冀苟延"偏安江左"的残局；但在强邻压境之下，加以内部臣僚的互相倾轧，统治者也时时感到威胁，不能像陈叔宝一样"全无心肝"。所以反映在他们的词里的思想感情，是不会和《花间》作者相同的。南唐也曾设置教坊，加上后主和大周后的精通音律，为词的发展创造了优越条件。同时又有冯延巳那样一个杰出的作家，处在那样一种局面之下，尽管他的作品，多为"娱宾而遣兴"（陈世修《阳春集·序》），但"俯仰身世，所怀万端，缪悠其辞，若隐若晦"（冯煦《阳春集·序》），这种作风也是和花间派完全两样的。后至亡国以后，度着"此中日夕只以眼泪洗面"（王铚《默记》卷下）的俘囚生活。他把"自怨自艾"的沉痛心情，用高度艺术的手腕千回百折地表达出来；这样就突破了历来词家的成规，表现了作者的全部性格。近人王国维说："词至李后主而眼界始大，感慨遂深。"（《人间词话》卷上）这评语是恰当的。二李、一冯，显示了南唐词的特色，下开北宋词坛之盛，是该特为一提的。

三、本编的取材和对读者的希望

唐、五代词，只有《花间集》和黄昇《唐宋诸贤绝妙词选》所收比较可靠。之外，还有《彊村丛书》中的《尊前集》和《金奁集》，以及朱彝尊的《词综》和王奕清的《词谱》，都是本编的主要来源。《全唐诗》附词、侯文灿所刻《十名家词集》中的《阳春集》和《南唐二主词》，以至近人任二北所编的《敦煌曲校录》，也都是本编的重要参考资料。

为了帮助读者了解唐“声诗”（主要是五、七言绝句）和长短句词的递嬗关系，以及“曲子词”也和它所依的“声”（曲调）同样是劳动人民的最先创作，一面兼采一些曾经入乐歌唱的专家绝句，如王维的《阳关曲》、元结的《欸乃曲》以及刘禹锡、白居易诸人的《竹枝》《杨柳枝》《浪淘沙》之类；一面又选一些敦煌发现的唐、五代无名作家的作品。至于《花间》作者，则除温、韦二大家外，侧重于作品的内容能够反映一些当时社会面貌和描写地方风土人情之作。在这二百多首作品中，虽然还不能概括唐、五代词的全貌；但作为欣赏和借鉴的资料，是勉强够用了的。

我们首先必须了解词是经过音乐的严格陶冶，由人为的而接近自然的特种诗歌形式；这样进而深入了解每一作品，不但要注意它的思想内容，同时要理解它的艺术形式；也就是要理解它的音乐性，是和它的整体分割不开的。

人们生活在那样一个长期的封建制度下，不合理的社会现象反映到作者的头脑里，产生着许多悲观、消极、不健康的思想感情，这是可以理解的。我们读了这类带有消极情绪的作品，只有加深对旧社会制度的憎恨，而避免受到它的感染；一面吸取它在艺术上的某些精华部分，用来丰富自己的创作。这选本中有丰富的养料，也还难免夹杂一些不够健康的东西，这是要读者注意分别着眼来看的。

唐、五代词的注释工作，过去不曾有人作过。而且词有“意内而言外”和“言在此而意在彼”的说法；有些作品，我们要真正了解它的用意所在，确是很不容易的事情。为了帮助读者对每一作品的体会，除解释字句外，约略点明题旨，间或加以内容分析。只是编者学识有限，一定存在不少错误的地方，恳请读者批评指正。

一九五八年六月十日，于上海。

王 维

王维(699–759)字摩诘,太原祁(今山西祁县)人。迁蒲(今山西永济)。开元九年(721)进士擢第,官至尚书右丞。他是一个多才多艺的文人,兼长诗、画,被称为"诗中有画,画中有诗"。他又精通音乐。所写的《送元二使安西》绝句,被乐家谱成《阳关曲》,流行得很广远。有《王右丞集》传世。

阳关曲①

渭城朝雨浥轻尘②,客舍青青柳色新。劝君更尽一杯酒,西出阳关无故人③!

【注释】

①阳关曲:又叫《渭城曲》。刘禹锡诗:"旧人惟有何戡在,更与殷勤唱渭城。"白居易诗:"劝君且莫推辞醉,听唱阳关第四声。"都是指的这个曲子。它的唱法,据传除第一句只唱一遍外,其余三句,每句都得重复一遍,所以又叫《阳关三叠》。据《康熙词谱》卷一引元《阳春白雪》大石调《阳关三叠》词:"渭城朝雨,一霎浥轻尘,更洒遍客舍青青。弄柔

凝，千缕柳色新。更洒遍客舍青青，千缕柳色新。休烦恼，劝君更尽一杯酒。人生会少。自古富贵功名有定分，莫遗容仪瘦损。休烦恼，劝君更尽一杯酒。只恐怕西出阳关，旧游如梦，眼前无故人！只恐怕西出阳关，眼前无故人！”这除了把第二句以下二十一个字都重复了一遍外，还添上了许多文理不很通顺的字句。从这里也可以看出唐人唱诗的方式，确是要添进许多所谓“虚声”或“泛声”，才会美听的。清初李玉编的《一笠庵北词广正谱》在大石调中也收了这个《阳关三叠》，和上面所举，稍有不同的字句。现在流行的古琴谱，都收了这支古曲。最近还有译成五线谱刊行的本子。它的影响之大，也就可想而知了。

②渭城：在今陕西西安西北。浥：音邑，入声，雨水沾湿。

③阳关：唐代国防要塞，和附近的玉门关同为出塞必经的路线。遗址在今甘肃省敦煌县西南。　故人：老朋友。

【题旨】

抒写送别远行亲友的深厚情感；前半写时间、地点和触动离情的景物；后半慨叹远去边疆者的苦痛，显示依依不舍的心情。

【标韵】

“尘”、“新”、“人”叶三个平声韵。

李白

李白（701–762）字太白，自号青莲居士，蜀郡昌明（今四川彰明）人。壮年爱弄刀剑，慕仙、侠，浪游四方。天宝初年，他从会稽（今浙江绍兴）转去长安。贺知章读了他的作品，惊叹为“天上谪仙人”；把他推荐给唐明皇（李隆基），得到“供奉翰林”的职位。因为他瞧不起那批当权的人，遭到排斥。安禄山造反，明皇逃去成都，太子李亨做了皇帝。那时李白住在庐山（江西九江境内），曾应了明皇另一个儿子李璘（永王）的招聘，参加他的军事计划。璘事失败，白被放流到夜郎（今贵州桐梓）。后遇大赦，回到寻阳（九江）闲住。不久，去当涂（今属安徽），投靠族人李阳冰，就死在那里。李白是唐代最伟大的诗人之一，和杜甫并称“李杜”，他生在一个经济、文化发展到最高峰的大时代，外来音乐和民间歌曲正在结合消融，以进于创造，放出异样的光彩。可是诗人们迁就新兴曲调来填写歌词的风气，还没打开；所以那时的音乐家，只是选取有名的五、七言诗句，勉强配合着曲调去演唱，加上一些“泛声”作为救济的办法。李白原是喜欢乐府歌行的天才作家，经常自由地写出一些长短不齐的句子；这和新兴歌曲的新形式，是易于结合的。后蜀欧阳炯说道：“明皇朝则有李太白之应制《清平乐》调四首”（《花间集》序）。现存宋人所编《尊前集》选有白作

《连理枝》一首、《清平乐》五首、《菩萨蛮》三首、《清平调》三首，虽然未必全部可信；但从长短句歌词的发展形势来看，李白偶然兴到，搞一些新的玩意儿如《菩萨蛮》《忆秦娥》之类，似乎也没有什么必须否定的理由吧？

清平调辞[①] 三首

云想衣裳花想容[②]，春风拂槛露华浓。若非群玉山[③]头见，会向瑶台[④]月下逢。

【注释】

①清平调：据王灼说，是就清调和平调中制作歌词；见于《碧鸡漫志》卷五。唐十部乐中，第二就是清商部。这清商部里面有所谓平调、清调、瑟调，总称清商三调。又有楚调和侧调；据说是周、汉旧声。唐明皇开元年间，宫廷内特别看重木芍药（牡丹）。一天，花开得异常美丽。明皇骑着一匹名叫“照夜白”的骏马，杨贵妃乘着步辇，一同来到沉香亭畔，观赏名花。还有一位音乐家李龟年，领了一队梨园子弟，准备着唱歌助兴。明皇高兴地说：“赏名花，对妃子，怎么能用陈旧的歌词呢？”于是命令李龟年，捧了金花笺，传达皇帝意旨，叫李白立刻撰写《清平调辞》三章；很快就配上了曲调，交给梨园子弟唱了起来；明皇还亲自吹着玉笛，作为伴奏（详见《碧鸡漫志》引《松窗杂录》）。这是三首七言绝句形式。把它配合曲调，演奏起来，必然也要夹杂着许多“虚声”，和《阳关曲》的唱法是相仿佛的。《乐府诗集》把它收入“近代曲辞”一类，《尊前

集》和《康熙词谱》也都收了；这都可以看出当时诗、词嬗递的痕迹。

②云想句：意谓像彩云一般的衣裳，花朵一般的容貌。

③群玉山：又叫玉山，神话中所谓西王母的所在地。见《山海经》和《穆天子传》。

④瑶台：也是神仙所住的地方。屈原《离骚》："望瑶台之偃蹇兮，见有娀之佚女。"

【题旨】

借仙人来比名花，再由名花的美丽烘托出杨妃天仙般的美丽。

【标韵】

"容"、"浓"、"逢"叶三个平声韵。

一枝红艳露凝香⑤，云雨巫山枉断肠⑥。借问汉宫谁得似？可怜飞燕倚新妆⑦！

【注释】

⑤露凝香：露水把花香凝结起来，更显得她的内美。

⑥云雨句：楚人宋玉在他所作的《高唐赋》中，描写楚襄王和巫山神女相遇的故事。神女对楚王说："妾在巫山之阳，高丘之阻。旦为朝云，暮为行雨。朝朝暮暮，阳台之下。"这句是说对着这般娇艳的名花，就会感到那位楚王为了巫山云雨而相思肠断，未免太冤枉了。

⑦飞燕：汉成帝（刘骜）赵皇后，善歌舞，身轻和燕子一般。诗人常

把她来和杨贵妃相比，叫作“燕瘦环（杨妃小字玉环）肥”。“新妆”上着一“倚”字，正是为了显示她的体态轻盈，和花朵当风一般，有攲侧的风度。

【题旨】

借神女和赵后来赞美牡丹的娇姿绝色，反映出杨妃的天然风度。

【标韵】

“香”、“肠”、“妆”叶三个平声韵。

名花倾国[8]两相欢，长得君王带笑看。解释春风无限恨[9]，沉香亭[10]北倚阑干。

【注释】

⑧倾国：喻绝代美人。汉武帝（刘彻）时，李延年想把他的妹妹推荐给这位“风流天子”，趁着一个机会，唱了下面这支歌曲：“北方有佳人，绝世而独立。一顾倾人城，再顾倾人国。岂不知倾城与倾国，佳人难再得？”详见《汉书·外戚传》。倾，哄动的意思。

⑨解释句：忘怀一切的意思。意谓每个人在春风中容易引起年华难驻的感伤，就得设法去宽解消释。

⑩沉香亭：在长安唐宫内。

【题旨】

把花和人结合起来，归到正面的赞美妃子。这个斜靠在沉香亭北雕阑上面的美人，她的娇艳，恰和前两章所赞美的名花互相照映。这三章的结构，是又严密，又空灵的。

【标韵】

“欢”、“看”、“干”叶三个平声韵。

菩萨蛮[1]

平林漠漠烟如织[2]，寒山一带伤心碧。暝色[3]入高楼，有人楼上愁。　　玉阶空伫立[4]，宿鸟归飞急。何处是归程？长亭连短亭[5]！

【注释】

①菩萨蛮：唐教坊曲名。《杜阳杂编》：“大中（唐宣宗年号，公元847—858）初，女蛮国入贡，危髻金冠，缨络被体。号‘菩萨蛮队’。当时倡优遂制《菩萨蛮》曲，文士亦往往声其词。”依照这一记载，这一外来舞曲的输入，还在李白逝世七八十年之后；所以有人怀疑李词是靠不住的。但在开元时人崔令钦著的《教坊记》中，早已有了这个曲名；或者这舞队的来中国，不止一次，有的从西北，有的从西南来。李白这词，曾被收入《尊前集》和宋黄昇所编的《唐宋诸贤绝妙词选》；黄氏把它和《忆秦娥》并列，称“二词为百代词曲之祖”。

②漠漠：形容暮烟笼罩的模样。如织，像织上一层布幕一般。

③暝色：暮色。暝，去声。

④伫立：久立。

⑤长亭连短亭：连，别本作“更”，又作“接”，并通。长亭，短亭是旅客歇脚的地方。古代在交通孔道上，十里置长亭，五里置短亭。

【题旨】

抒写志士漂流的悲感。上片（即上一段。词家叫作“片”或“遍”）登楼远望，只看到暮烟笼住平林，现出一片荒凉景象；再过去就只一带寒山，遮住旅客的望眼，触起思乡情绪，所以不免伤心。下片看到投宿的鸟儿都在紧张地飞向巢里，怎能不引起自己无家可归的感叹？紧接一个疑问，不知什么去处是好？这“弦外之音”，含蕴着无限的悲慨。

【标韵】

“织”、“碧”叶两入，“楼”、“愁”叶两平，“立”、“急”叶两入，“程”、“亭”叶两平。

忆秦娥①

箫声咽②，秦娥梦断秦楼月③。秦楼月！年年柳色，霸陵伤别④。　　乐游原⑤上清秋节，咸阳古道音尘绝⑥。音尘绝！西风残照，汉家陵阙⑦！

【注释】

①忆秦娥：唐曲，或即李白所创。有人声韵和平声韵两体，必须有两个三言叠句。

②箫声：借用春秋时代萧史和弄玉的故事。《列仙传拾遗》："萧史善吹箫，作鸾凤之响。秦穆公有女弄玉，亦善吹箫。公以女妻之。"咽，哽咽不能成声，表示悲伤之极。

③秦娥：生长秦地（今陕西西安一带）的美女。秦楼：美女所住的地方。古乐府《罗敷艳歌》"日出东南隅，照我秦氏楼"，是这个名词的来历。

④霸陵：汉文帝（刘恒）陵墓所在地，在今陕西西安东。有的本子作"灞桥"，和上面的柳色两字相关，比较贴切。汉、唐都长安。所有送客的人，都送到灞桥（在霸陵附近灞水上）为止，折取柳枝，表示依恋。

⑤乐游原：在今西安市南，是当时西京附郭一个最高处，登临游玩的胜地。

⑥咸阳：在今西安市西北，原为秦置县，汉改渭城。音尘绝：断绝音信。

⑦汉家陵阙：汉朝皇帝的陵墓和宫殿。

【题旨】

抒写征妇怨情，对当时统治阶级的向外用兵，给以强烈而深婉的讽刺。刘熙载说它可能是在"明皇西幸后"的作品（《艺概》卷四)，似乎不很恰当。上片是假设一个远离了伴侣的女性，晚上孤独地睡在楼中，被幽咽的箫声惊醒了；面对着楼前冷清清的明月，不免触起离情；从而埋怨明月为什么不教人们像它一样的圆满，反而一年年地映着青青杨柳，使孤栖的少妇只管想起那在灞桥送别时的凄惨情形？下片设想这个女性在寂寞凄凉的清秋时节，闲着无聊，也偶然去郊外的乐游原，登高散心；可到那里放眼一望，却只看到这一条漫长的咸阳古道，过去她那情人就是从这条路上远去的；而今却音信全无，怎能不使人唉声叹气？自己的爱人是消息杳然了！久立在凄紧的西风中，一片斜阳映射着远近高低的皇家陵阙，劳民黩武的结果一样悲凉，统治阶级这究竟是为了什么，要让无数征人一去不返，而平添了多少生离死别的哀怨！这和盛唐诗人们所写“闺怨”、“春怨”一类的题材一样，是当时普遍反战思想的表现。

【标韵】

“咽”、“月”、“月”、“别”、“节”、“绝”、“绝”、“阙”叶八个入声韵。

清平乐[1]

禁闱[2]清夜，月探金窗罅[3]。玉帐鸳鸯喷兰麝[4]，时落银灯香灺[5]。女伴莫话孤眠，六宫罗绮三千[6]。一笑皆生百媚，宸衷[7]教在谁边？

【注释】

①清平乐：唐曲，盛行于晚唐、五代、宋。这一首是《尊前集》所收李白《清平乐》五首之一。《词谱》拈出作例，认为是欧阳炯所称："李白有应制《清平乐》四首"之一；但没有确切的证据，可以决定它的真伪。

②禁闱：皇宫。

③罅：空隙。

④兰麝：香料。

⑤香灺：香油所结的灯焰。

⑥六宫：古代皇帝有六宫。罗绮三千：概说宫内妃嫔数目众多。

⑦宸衷：皇帝的心意。

【题旨】

描写宫女们的望幸心理。上片写深宫夜静时的感受，下片抒自怜、自慰的苦痛心情。

【标韵】

"夜"、"罅"、"麝"、"灺"叶四仄，"眠"、"千"、"边"叶三平。

元 结

元结（723–772）字次山，河南人。自称浪士，又号漫郎。他在任道州（今湖南道县）刺史时，曾写过《舂陵行》和《贼退示官吏》等诗篇，完全站在人民立场讲话，被杜甫所赞扬。在《元次山文集》中有《欸乃曲》五首，是写给船夫唱的。《全唐诗》把它编入词类，和《竹枝》《杨柳枝》《浪淘沙》一类的民歌格调相仿，值得介绍。

欸乃曲[1] 三 首

千里枫林烟雨深，无朝无暮有猿吟。停桡[2] 静听曲中意，好是云山韶濩[3]音。

【注释】

①欸乃：摇船用劲的声音。元结自序："大历丁未（767）中，漫叟以军事诣都；使还州，逢大水，舟行不进；作《欸乃曲》五首。舟子唱之，盖欲取适于道路耳。"

②桡：摇船用的楫。

③韶濩：殷商舞曲名。

【题旨】

描写山溪景色，衬托出摇船用劲声的哀怨而优美。

【标韵】

“深”、“吟”、“音”叶三平。

零陵郡[④]北湘水东，浯溪[⑤]形胜满湘中。溪口石颠[⑥]堪自逸，谁能相伴作渔翁？

【注释】

④零陵郡：郡治在今湖南零陵。

⑤浯溪：在今湖南祁阳西南，北入湘水。元结爱上了这地方的风景，后来就把家搬来，住在溪边，还写了一篇《浯溪铭》。浯，音吾。

⑥石颠：岩石顶上。

【题旨】

抒写自己对溪山栖隐的羡慕心情。

【标韵】

“东”、“中”、“翁”叶三平。

下泷[⑦]船似入深渊，上泷船似欲升天。泷南始到九疑郡[⑧]，应绝高人乘兴船[⑨]。

【注释】

⑦泷：奔湍直下的溪流。

⑧九疑郡：即零陵郡。南有九疑山，为虞舜葬地。

⑨高人乘兴船：用东晋王徽之雪夜访戴的故事。徽之曾在一个下着大雪的夜晚，突然到了一条船，沿着剡溪去访朋友戴逵。刚到戴家的门口，还没见着主人，突然又叫船夫载着他回去。旁人责问他，他却这样说：“乘兴而来，兴尽而去，何必见戴？”见《世说新语》。

【题旨】

感叹山溪行船的艰险。

【标韵】

“渊”、“天”、“船”叶三平。

张松龄

张松龄，金华人。据黄庭坚说，他怕他的弟弟志和“放浪而不返”，和了他一首《渔父》词（见《山谷词·鹧鸪天》题注）。此外，未见其他作品。

渔 父[①]

乐在风波钓是间，草堂松桂已胜攀[②]。太湖[③]水，洞庭山[④]，狂风浪起且须还。

【注释】

①渔父：曲名，又叫《渔歌子》。

②草堂句：意谓茅屋周围所种的树子，都已长得很高，承受得住人们的攀折了。胜，读平声。

③太湖：面积号称三万六千顷，跨有江苏、浙江两省。有震泽、具区、笠泽等别名。

④洞庭山：在江苏省太湖中，有东、西两山，号称“洞天福地”。

【题旨】

放浪江湖，不如隐居岩穴的安稳。

【标韵】

“间”、“攀”、“山”、“还”叶四平。

张志和

张志和，字子同，金华人。自号玄真子。颜真卿任湖州（今浙江吴兴）刺史时，他曾对真卿说："愿浮家泛宅，往来苕、雪间。"留下《渔歌子》一首，为历来词家所称诵。苏轼、黄庭坚等还曾把它演化成《浣溪沙》《鹧鸪天》等新曲。《尊前集》共收其《渔父》五首，除这一首外，大概都是后来人的和作。

渔歌子

西塞山①前白鹭飞，桃花流水鳜鱼肥。青箬笠②，绿蓑衣③，斜风细雨不须归。

【注释】

①西塞山：在浙江吴兴磁湖镇。塞，读去声。

②青箬笠：青翁叶制成的斗笠。翁一作"箬"，竹类。

③绿蓑衣：莎草编成的雨衣。

【题旨】

描写渔家生活的超逸情调。

【标韵】

“飞”、“肥”、“衣”、“归”叶四平。

韩 翃

韩翃，字君平，南阳（今属河南）人。天宝十二载（753）进士，官至中书舍人。传说他曾恋爱过一个姓柳的歌伎，隔别三年，寄了一首词给柳，柳有和作。后来柳氏被番将沙吒利劫去，被虞候（官名）许俊设法救了回来，仍给韩做成了夫妇。事详《太平广记》。

章台柳[1]

章台[2]柳，章台柳！昔日青青今在否？纵使长条似旧垂，也应攀折他人手。

【注释】

①章台柳：唐韩翊创作，即用首句为调名。见《词谱》卷一。

②章台：原在秦王宫内。汉代长安有章台街，就是它的遗址。

【题旨】

借咏柳表示爱人有被强权夺取的忧惧心理。

【标韵】

“柳”、“否”、“手”叶三仄。

柳 氏

章台柳

杨柳枝，芳菲节，可恨年年赠离别。一叶随风忽报秋，纵有君来岂堪折！

【题旨】

借咏柳表示青春易逝、自身难保的愁苦心情。

【标韵】

“节”、“别”、“折”叶三入。

韦应物

韦应物（737–？）京兆长安（今陕西西安）人。比李白、杜甫辈分略后。做过滁（今安徽滁县）、江（今江西九江）、苏（今江苏苏州）三州刺史。白居易很推崇他写的诗，说他“才华之外，深得讽谏之意；而五言尤为高远雅淡，自成一家”。他的词收在《乐府诗集》和《尊前集》中的，共四首。

三 台[①]

冰泮[②]寒塘始绿，雨余[③]百草皆生。朝来衡门[④]无事，晚下高斋[⑤]有情。

【注释】

①三台：唐教坊曲名。有的说是汉末乐府中人所创作，献给蔡邕；有的说是晋代邺（今河南临漳）中乐工所创，是三十拍的促（急）曲，献给石虎，用来催劝饮酒。详见《乐府诗集》卷七五。唐天宝年间，羽调曲有《三台》，又有《急三台》。不知应物所用是哪一种。

②冰泮：冰冻融化。

③雨余：即雨后。

④衡门：把一根木头横着作为门槛，表示贫民住宅简陋。

⑤高斋：洁静的书房。

【题旨】

抒写初春雨后的闲适心情。

【标韵】

“生”、“情”叶两平。

调笑[1] 二首

胡马[2]！胡马！远放燕支山[3]下。跑沙跑雪独嘶[4]，东望西望路迷。迷路，迷路！边草无穷日暮。

【注释】

①调笑：商调曲。它是一种《抛打曲》（见白居易诗句注），唱来开玩笑的。别名《宫中调笑》《调笑令》。这个歌曲的特点，是先叶仄韵，中转平韵，后面又换仄韵；而且开端必定要用两个字的叠句，第五句最末两字又要掉转过来，作为下面两个二字叠句；这样“宛转相生”，所以又叫“转应曲”。

②胡马：胡人所养的马。胡，古代少数民族“北狄”的通称。

③燕支山：即焉支山，在今甘肃山丹东。《西河旧事》：“焉支山水草茂美，宜畜牧，与祁连同。匈奴失祁连、焉支二山，乃歌曰：‘亡我祁连

山，使我六畜不蕃息。失我焉支山，使我妇女无颜色。’”

④嘶：马鸣声。

【题旨】

描写西北边疆的荒凉景象，借以反映当时戍卒的悲苦心情。

【标韵】

“马”、“马”、“下”叶三仄，“嘶”、“迷”叶两平，“路”、“路”、“暮”叶三仄。

河汉[5]，河汉！晓挂秋城漫漫[6]。愁人起望相思，塞北江南别离[7]。离别，离别！河汉虽同路绝！

【注释】

⑤河汉：天上的星河，又称“银河”、“银汉”。

⑥漫漫：长远的模样。

⑦塞北句：意谓征夫在塞北，思妇在江南，虽然同样看到天河，却是没有一条道路可以通向那里。

【题旨】

抒写征人妻子在秋夜思念征夫的愁苦心情，也是当时普遍反战思想的表现。

【标韵】

“汉”、“汉”、“漫”叶三仄，“思”、“离”叶两平，“别”、“别”、“绝”叶三入。

顾 况

顾况，字逋翁，海盐（今属浙江）人。至德二载（757）进士，官著作郎。后来隐居茅山（在江苏句容境），自号“华阳真逸”，活到九十多岁。

渔父引[①]

新妇矶边月明，女儿浦口潮平[②]，沙头鹭宿鱼惊。

【注释】

①渔父引：唐教坊曲名。宋黄庭坚曾把顾氏这词和张志和的《渔歌子》合并起来，增减字句，改写一首《浣溪沙》：“新妇矶头眉黛愁，女儿浦口眼波秋，惊鱼错认月沉钩。　青箬笠前无限事，绿蓑衣底一时休，斜风细雨转船头。”可见顾作的影响之大。录自《词谱》卷一。

②新妇矶、女儿浦：都是地名，未详所在。

【题旨】

描写对自然美的感受。

【标韵】

“明”、“平”、“惊”叶三平。

竹 枝[①]

帝子苍梧不复归[②]，洞庭叶下荆云飞[③]。巴人[④]夜唱竹枝后，肠断晓猿声渐稀。

【注释】

①竹枝：本出“巴歈”，西南少数民族的民间歌曲。说详后刘禹锡《竹枝词》注。

②帝子：指唐尧二女娥皇、女英，嫁给虞舜。相传舜去南方巡视，死在苍梧之野；二妃流落湘滨，死后成为水神。

③洞庭：即湖南洞庭湖。屈原《九歌》：“嫋嫋兮秋风，洞庭波兮木叶下。”荆：《禹贡》九州之一。今湖北、湖南和贵州的东北部、四川的东南部，都是它的属地。

④巴人：周代有巴国，后为秦国所灭。这个少数民族在汉、唐时，散居湖北、湖南、四川三省的边境，现在很难分别他的后裔了。

【题旨】

用湘妃故事衬出竹枝歌曲的悲凉情调。

【标韵】

“归”，“飞”、“稀”叶三平。

王 建

王建，字仲初，颍川（今河南许昌）人。大历十年（775）进士，做过陕州（今河南陕县）司马等小官。他特别长于新乐府诗，关心劳动人民的疾苦，和张籍齐名，世称“张王乐府”。他的词流传下来的，有《三台》六首、《调笑令》四首，都收存《全唐诗附录》中，原见《乐府诗集》和《尊前集》。

三 台

扬州桥边小妇①，长干②市里商人。三年不得消息，独自拜鬼求神③。

【注释】

①小妇：妾媵。

②长干：里巷名，在今南京市南，有大长干、小长干，平民杂居之地。在唐代，却是商业繁荣的场所，李白也写过《长干行》。

③拜鬼求神：为的是希望薄情的商人能够回家。

【题旨】

讽刺商人重利，不顾家室的社会情形，反映了当时的现实。

【标韵】

“人”、“神”叶两平。

调笑令 三首

团扇[1]，团扇！美人病来遮面。玉颜憔悴三年，谁复商量管弦[2]？弦管，弦管！春草昭阳路断[3]！

【注释】

①团扇：古代皇宫中所用的绢扇。汉代班婕妤所写的《怨歌行》，有“新裂齐纨素，皎洁如霜雪，裁为合欢扇，团团似明月”的句子，所以叫作“团扇”。她又说：“常恐秋节至，飙流夺炎热，弃捐箧笥中，恩情中道绝！”用它来比喻宫中美人的失宠。

②管弦：管乐如笙、箫之类；弦乐如琴、瑟、琵琶之类。

③昭阳：汉殿名，在长安，原为汉成帝赵皇后（飞燕）所住。后来诗人们都借用作得宠妃嫔所住的地方。春草遮断了通往昭阳宫殿的道路，意思是说已没了再次得宠的可能。

【题旨】

为失宠宫人申诉苦痛心情。

【标韵】

“扇”、“扇”、“面”叶三仄，“年”、“弦”叶两平，“管”、“管”、“断”叶三仄。

胡蝶，胡蝶！飞上金花枝叶。君前对舞春风，百叶桃花树红。红树，红树！燕语莺啼日暮。

【题旨】

托兴胡蝶的飞舞，映出宫女们的悲惨遭遇。“金花枝叶”以比皇宫的华贵，“百叶桃花”以比宫女们的娇艳。尽管有“如花”的颜色，也难邀得君王的一顾；所以对着开满红花的桃树，听着“燕语莺啼”，在黄昏落日中，只有自叹命薄而已。

【标韵】

“蝶”、“蝶”、“叶”叶三入，“风”、“红”叶两平，“树”、“树”、“暮”叶三仄。

杨柳，杨柳！日暮白沙渡口。船头江水茫茫，商人少妇断肠。肠断，肠断！鹧鸪[4]夜飞失伴。

【注释】

④鹧鸪：鸟名。鸣声好像在说“行不得也哥哥”。

【题旨】

描写商妇的悲苦心情，反映出商业兴盛对男女爱情生活的破坏。

【标韵】

“柳”、“柳”、“口”叶三仄，“茫”、“阳”叶两平，“断”、“断”、“伴”叶三仄。

戴叔伦

戴叔伦，字幼公，金坛（今属江苏）人。唐贞元（785–803）中，做过抚州（今江西临川）刺史，著有诗集。他的词只传《转应曲》一首，见《乐府诗集》。

转应曲

边草，边草！边草尽来兵老。山南山北①雪晴，千里万里月明。明月，明月！胡笳②一声愁绝。

【注释】

①山南山北：当指天山（北祁连山）南北，在今新疆境内。唐代常派士兵到这一带驻扎，由安西都护府指挥。

②胡笳：西北胡人所用乐器，取芦叶卷成管子，随口吹奏。汉张骞使西域，把它的曲调带回长安，作为军乐的一种。

【题旨】

描写当时远戍边疆的士兵生活，也是非战思想的表现。

【标韵】

“草”、“草”、“老”叶三仄，“晴”、“明”叶两平，“月”、“月”、“绝”叶三入。

刘禹锡

刘禹锡（772–842）字梦得，彭城（今江苏徐州）人。贞元九年（793）进士。他曾和吕温、柳宗元等交结王叔文，谋夺宦官兵柄，改革朝政。叔文败，坐贬朗州（今湖南常德）司马。在朗州十年，注意民间歌曲，使他的诗歌作风起了很大的变化。后来他以太子宾客分司东都（今河南洛阳），常与白居易唱和，号称“刘白”。他是有意采取新兴曲调来填词的作者，所以在他的诗集中，就有这样的标题：《和乐天〈春词〉，依〈忆江南〉曲拍为句》。又把其中两卷特别标上“乐府”名目，从《竹枝词》起，有《杨柳枝词》《浪淘沙词》《潇湘神词》《抛球乐词》《纥那曲词》等，和《忆江南》一起，都被郭茂倩编入《乐府诗集》的“近代曲辞”中，这正可看出唐代歌词，由五、七言绝句过渡到长短句的明显痕迹。

竹枝词[1] 九首

白帝城[2]头春草生，白盐山[3]下蜀江清。南人上来歌一曲，北人莫上动乡情[4]。

【注释】

①竹枝词：原是一种民歌，自被诗人采用后，多用来歌咏风土民情。刘禹锡曾有小序："四方之歌，异音而同乐。岁正月，余来建平（今四川巫山），里中儿联歌《竹枝》，吹短笛，击鼓以赴节。歌者扬袂睢（仰目）舞，以曲多为贤。聆其音，中黄钟之羽；其卒章激讦如吴声；虽伧佇不可分，而含思宛转，有《淇》《濮》之艳。"从这一段话中，可以想像到这一歌曲的演奏情况。

②白帝城：在今四川奉节东白帝山。

③白盐山：在奉节东十七里，隔江与赤甲山对峙。

④北人句：谓北方人不要走上这里来，怕会触发思乡的情绪。

【题旨】

歌唱当地景物。

【标韵】

"生"、"清"、"情"叶三平。

山桃红花满上头，蜀江春水拍山流。花红易衰似郎意，水流无限似侬⑤愁。

【注释】

⑤侬：音农，古代南方女性自称。

【题旨】

感叹男女爱情的差别。

【标韵】

“头”、“流”、“愁”叶三平。

江上春来新雨晴，瀼西春水縠文生[⑥]。桥东桥西好杨柳，人来人去唱歌行。

【注释】

⑥瀼：水名，在奉节县东。縠：有皱纹的丝织品。这里形容被小风吹起的波纹。

【题旨】

歌咏春游盛况。

【标韵】

“晴”、“生”、“行”叶三平。

日出三竿春雾消，江头蜀客驻兰桡[⑦]。凭寄狂夫书一纸[⑧]，住在成都万里桥[⑨]。

【注释】

⑦兰桡：用木兰树做的船桨。这里指代船。

⑧凭：托。狂夫：古代女子对薄情丈夫的称呼。

⑨万里桥：在四川成都市南，它的西面有杜甫的浣花草堂。

【题旨】

描述一时所见。

【标韵】

“消”、“桡”、“桥”叶三平。

两岸山花似雪开，家家春酒满银杯。昭君坊[①]中多女伴，永安宫外踏青来[②]。

【注释】

①昭君坊：纪念汉代王昭君（嫱）的地方，当在白帝城附近。

②永安宫：在白帝城。三国时，刘备死在这里。踏青：古代妇女到郊外去春游，叫作踏青。

【题旨】

描述当地风俗。

【标韵】

“开”、“杯”、“来”叶三平。

城西门前滟滪堆[①]，年年波浪不能摧[②]。懊恼[③]人心不如石，少时[④]西去复东来!

【注释】

①滟滪堆：瞿塘峡口长江中流的一块大石。堆旁水势湍急，激成漩涡。船行到此，常遭毁坏。所以当时有这样的歌谣：“滟滪大如马，瞿塘不可下。滟滪大如牛，瞿塘不可留。”

②摧：毁坏。

③懊恼：愤恨。

④少时：极短暂的时间。

【题旨】

慨叹当时社会人心的险恶。

【标韵】

“堆”、“摧”、“来”叶三平。

瞿塘嘈嘈十二滩[①]，此中道路古来难。长恨人心不如水，等闲[②]平地起波澜。

【注释】

①瞿塘：三峡之一，在奉节东南长江中；两岸峭壁高峙，江水怒激，为全蜀江路的门户。嘈嘈：喧闹声。十二滩：在瞿塘峡中。滩：水浅流急之地。

②等闲：随便的意思。

【题旨】

同上一首。

【标韵】

“滩”、“难”、“澜”叶三平。

巫峡①苍苍烟雨时，清猿啼在最高枝。个里愁人肠自断，由来不是此声悲②。

【注释】

①巫峡：三峡之一，在四川巫山东，接湖北巴东县界。

②个里二句：翻用古渔歌。旅客来到这里，自然会感到愁肠寸断，原来不是猿声引起的。《水经注·江水》：“自三峡七百里中，两岸连山，略无阙处。重岩叠嶂，隐天蔽日。自非亭午夜分，不见曦月。每至晴初霜旦，林寒涧肃，常有高猿长啸，属引凄异。故渔者歌曰：‘巴东三峡巫峡

长，猿鸣三声泪沾裳。’”

【题旨】

抒写旅行巫峡中的客子心情。

【标韵】

“时”、“枝”、“悲”叶三平。

山上层层桃李花，云间烟火是人家。银钏金钗来负水①，长刀短笠去烧畲②。

【注释】

①钏：臂环，妇女套在臂上作为装饰之物。这一句是用两种装饰品代表山中妇女，不论贫富，都到山下背水上山，习惯于劳动生活。

②畲：火耕，即用火把枯草杂树烧掉，作为肥料。这一句是用两种器具代表山中男子从事刀耕火种的劳动生活。

【题旨】

描写山居农民的劳动生活。

【标韵】

“花”、“家”、“畲”叶三平。

杨柳枝[1] 五首

南陌东城春早时，相逢何处不依依[2]。桃红李白皆夸好，须得垂杨相发挥[3]。

【注释】

①杨柳枝：唐教坊曲名。据白居易诗注，是洛阳民间所创的新声歌曲。

②依依：恋恋不舍。

③发挥：相映成趣。

【题旨】

赞美柳枝在春景中的地位。

【标韵】

“时”、“依”、“挥”叶三平。

金谷园[1]中莺乱飞，铜驼[2]陌上好风吹。城东桃李须臾[3]尽，争似[4]垂杨无限时？

【注释】

①金谷园：在今河南洛阳西北，晋代石崇所建。

②铜驼：在洛阳中阳门外。二铜驼如马形，夹道相向。

③须臾：极短暂的时间。

④争似：怎样能比。

【题旨】

赞美垂杨的耐久性。

【标韵】

"飞"、"吹"、"时"叶三平。

花萼楼[1]前初种时，美人楼上斗腰肢[2]。如今抛掷长街里，露叶如啼[3]欲恨谁？

【注释】

①花萼楼：在长安兴庆宫内。唐明皇在宫的西面和南面建筑的两座大楼，西面叫"花萼相辉之楼"，南面叫"勤政务本之楼"。

②斗腰肢：扭着腰身竞作舞态。

③啼：哭泣。

【题旨】

慨叹得意与失意时的不同情感。

【标韵】

“时”、“肢”、“谁”叶三平。

炀帝行宫汴水滨[①]，数枝残柳不胜春。晚来风起花如雪，飞入宫墙不见人。

【注释】

①炀帝句：隋炀帝（杨广）刚即位不久，征发民夫十万，开邗沟，通入长江。自长江到江都（扬州），设置离宫四十余所。汴水，源出河南荥阳北，东流经中牟、开封等地。隋炀帝时，曾于两岸种柳，后来叫作“隋堤”。

【题旨】

凭吊隋宫的荒凉遗址。

【标韵】

“滨”、“春”、“人”叶三平。

城外春风吹酒旗[①]，行人挥袂[②]日西时。长安陌上无穷树，唯有垂杨管别离。

【注释】

①酒旗：酒家挂在高竿上的标帜。

②挥袂：古人衣袖很长，送别时高高扬起，表示惜别的意思。袂，衣袖。

【题旨】

赞美杨柳的多情。

【标韵】

“旗”、“时”、“离”叶三平。

浪淘沙[①]——三首

汴水东流虎眼文[②]，清淮晓色鸭头春[③]。君看渡口淘沙处，渡却[④]人间多少人！

【注释】

①浪淘沙：唐教坊曲名。原用七言绝句体，五代时才有长短句小令，北宋教坊又演为长调慢词。

②虎眼文：汴水混浊，有些像老虎眼睛的金黄色。

③鸭头春：淮水清澈，像鸭子头上的绿毛，在春天显得特别美丽。

④渡却：渡过。

【题旨】

感叹人生的漂泊。

【标韵】

“文”、“春”、“人”叶三平。

鹦鹉洲头浪飐沙[①]，青楼[②]春望日将斜。衔泥燕子争归舍，独自狂夫不忆家。

【注释】

①鹦鹉洲：在湖北汉阳西南长江中。飐：受风摇曳的模样。

②青楼：古代泛称指少妇所居，后来改称妓院。

【题旨】

抒写少妇怀人的悲感。

【标韵】

“沙”、“斜”、“家”叶三平。

日照澄洲江雾开，淘金女伴满江隈[1]。美人首饰侯王印，尽是沙中浪底来[2]！

【注释】

①淘金：金粒杂在沙砾中，取沙在水中荡漾，因而得出纯金。江隈：水曲。

②美人二句：贵族妇女头上所戴的金饰和王公贵族腰间所佩的金印，都是劳动人民千辛万苦得来，而被剥削阶级榨取了去的。

【题旨】

这对淘金妇女的劳动果实被剥削阶级夺取了去，致以严肃的指责。

【标韵】

"开"、"隈"、"来"叶三平。

潇湘神[1] 二首

湘水流，湘水流，九疑云物至今愁。君问二妃何处所[2]？零陵香草露中秋。

【注释】

①潇湘神：纪念虞舜二妃的歌曲。潇、湘二水皆在湖南境内。

②何处所：在什么地方。

【题旨】

描述二妃流落湘滨的哀怨心情。从湘水的依旧长流，想起当年的舜妃，对着九疑山的云物，想起她的丈夫（舜）为了关心人民疾苦，到南方来巡视，死在这里；弄得自己也回不了家乡。这种凄凉情况，直到几千年后还使人们感到难受。你如果要问二妃的灵魂究竟到什么地方去了，那么只要想像那虞舜坟头的香草含着露珠，忍受悲凉的秋气，就不难猜测了。

【标韵】

“流”、“流”、“愁”、“秋”叶四平。

斑竹[③]枝，斑竹枝，泪痕点点寄相思。楚客欲听瑶瑟怨[④]，潇湘深夜月明时。

【注释】

③斑竹：即湘妃竹。相传舜死后，二妃将投湘水自尽，遥望苍梧下泪，泪点滴在竹茎上，都成了斑点。

④楚客：原称楚人宋玉，后来作为落拓文人的泛称。瑶瑟：美玉装饰的古乐器，有二十五弦。唐钱起写过《湘灵鼓瑟》诗。

【题旨】

抒写湘灵心事，言外寓自伤流落之感。

【标韵】

“枝”、“枝”、“思”、“时”叶四平。

竹枝

杨柳青青江水平，闻郎江上唱歌声。东边日出西边雨，道是无晴还有晴①。

【注释】

①晴：和“情”字谐声双关。

【题旨】

抒写恋情。

【标韵】

“平”、“声”、“晴”叶三平。

抛球乐[①]

春早见花枝，朝朝恨发迟。及看花落后，却忆未开时。幸有抛球乐，一杯君莫迟。

【注释】

①抛球乐：唐教坊曲名。唐人风俗，在宴会时，抛球为“令”，随唱歌词。

【题旨】

抒写当春行乐的感想。

【标韵】

“枝”、“迟”、“时”、“迟”叶四平。

忆江南[①] 二首

春去也！共惜艳阳[②]年。犹有桃花流水上，无辞竹叶醉尊前[③]。惟待见青天[④]。

【注释】

①忆江南：唐李德裕在浙西时为广妓谢秋娘作。又名“江南好”、

“望江南”。

②艳阳：艳丽的春光。

③竹叶：酒名。尊：酒杯。

④青天：晴天。

【题旨】

抒写留恋春光的情感。

【标韵】

“年”、“前”、“天”叶三平。

春去也！多谢洛城⑤人。弱柳从风疑举袂⑥，丛兰裛露似沾巾⑦。独坐亦含嚬⑧。

【注释】

⑤洛城：洛阳城。

⑥弱柳句：意谓柔软的柳条因风摇摆，好像挥起长袖，向人们表示惜别。

⑦丛兰句：意谓丛生的兰草，含着露珠，好像泪点沾满了手帕。

⑧含嚬：愁眉泪眼。

【题旨】

抒写惜春情绪。

【标韵】

“人”、“巾”、“嚬”叶三平。

白居易

白居易（772–847），字乐天，祖籍太原，迁住下邦（今陕西渭南）。贞元十四年（798）进士，官至左拾遗。在壮年时，他和好友元稹倡导“诗歌合为事而作”，作了很多“讽谕诗”，受到权贵们的嫉视，贬官江州（今江西九江）司马。他写了一篇《琵琶行》，抒发“同是天涯沦落人”的伤感。从此，态度转趋消极，以“乐天”、“知足”自警；但他同情广大人民是始终不渝的。他的诗也多接近口语。晚年寄住洛阳，过着悠闲的生活，自称香山居士，又号醉吟先生。他和刘禹锡都是注意民间歌曲，有意学习新兴长短句形式的伟大诗人。

竹枝 二首

瞿塘峡口水烟低，白帝城头月向西。唱到竹枝声咽[1]处，寒猿闲鸟一时啼。

【注释】

①咽：哭泣声梗塞在喉咙间。

【题旨】

赞叹“竹枝”歌曲的凄怨动人。

【标韵】

“低”、“西”、“啼”叶四平。

巴东船舫上巴西[②]，波面风生雨脚[③]齐。水蓼冷花红簇簇[④]，江蓠湿叶碧凄凄[⑤]。

【注释】

②巴东：巴峡的东面。长江自巫山入巴东（县名）为巴峡。

③雨脚：雨丝飘在水面，有似脚跟下垂。

④蓼：草名，生水涯，秋开红花。簇簇：形容花团丛聚。

⑤江蓠：香草。《离骚》：“扈江蓠与辟芷兮。”凄凄：形容草色的湿润。

【题旨】

描写峡中的风物。

【标韵】

“西”、“齐”、“凄”叶三平。

浪淘沙

白浪茫茫与海连，平沙浩浩四无边。暮去朝来淘不住，遂令东海变桑田[①]！

【注释】

①遂令句：《列仙传》："麻姑谓王方平曰：'接侍以来，已见东海三为桑田。'"令读平声，作"使"字解。

【题旨】

感叹事物的不断迁移变化。

【标韵】

"连"、"边"、"田"叶三平。

忆江南 三首

江南好，风景旧曾谙[①]。日出江花红胜火，春来江水绿如蓝[②]。能不忆江南？

【注释】

①谙：熟习。

②蓝：草名，叶可制染料。

【题旨】

追忆江南春景的美丽。

【标韵】

“谙”、“蓝”、“南”叶三平。

江南忆，最忆是杭州。山寺[③]月中寻桂子，郡亭枕上看潮头[④]。何日更重游？

【注释】

③山寺：指杭州灵隐寺。

④郡亭：杭州刺史衙内的亭子。居易曾任杭州刺史，疏浚西湖，建筑白堤。潮头：钱塘江潮。

【题旨】

追忆杭州秋景的壮丽。

【标韵】

“州”、“头”、“游”叶三平。

江南忆，其次忆吴宫[5]。吴酒一杯春竹叶[6]，吴娃双舞醉芙蓉[7]。早晚得相逢。

【注释】

⑤吴宫：在苏州，春秋时吴王夫差所建。这里泛指苏州。

⑥竹叶：原是一种酒名，这里也说酒的颜色绿得像春天的竹叶一般。

⑦娃：美女。醉芙蓉：形容她们的颜色，如荷花般的艳丽。

【题旨】

追忆苏州的娱乐生活。

【标韵】

"宫"、"蓉"、"逢"叶三平。

长相思[1]

汴水流，泗水[2]流，流到瓜州[3]古渡头。吴山点点愁。思悠悠[4]，恨悠悠，恨到归时方始休。月明人倚楼。

【注释】

①长相思：原是六朝以来的乐府杂曲，用"长相思"三字开端；到自

居易才成了一种定式。

②泗水：源出山东泗水陪尾山，流经曲阜、徐州等地，至清河县入淮。它的支流和汴水合。

③瓜州：在江苏江都南，当运河口，隔江与镇江相对。吴山：指镇江境内的山。

④思：读去声，作心事讲。悠悠：形容不断的心事。

【题旨】

抒写旅客漂流的苦痛心情。

【标韵】

“流”、“流”、“头”、“愁”、“悠”、“悠”、“休”、“楼”叶八平。

花非花①

花非花，雾非雾。夜半来，天明去。来如春梦不多时，去似朝云无觅处。

【注释】

①花非花：见《白氏长庆集》，以首句为调名。采入《词谱》卷一。

【题旨】

描写一段幻想。

【标韵】

“雾”、“去”、“处”叶三仄。

温庭筠

温庭筠，本名岐，字飞卿，太原人。《旧唐书》说他“士行尘杂，不修边幅。能逐弦吹之音，为侧艳之词”。他曾代宰相令狐绹写作《菩萨蛮》词二十首，献给唐宣宗（李忱）；事后他在外泄露了这一秘密，引起了令狐绹的怨恨；因而抑郁不得志，只做过国子助教和方城尉。他的诗和李商隐齐名，世称“温李”。由于他精通音律，于是转换方向来填词，提高了词这种新兴形式的艺术价值，成了“花间”词派的开创者，和韦庄并称“温韦”。他的词虽然脂粉气太重，但对当时妇女们细致曲折的心理变化，描摹得异常深刻。他的《金荃集》早就失传了，现存《花间集》的作品，还有六十六首之多，是唐、五代词中一份最重要的遗产。

菩萨蛮 七首

小山重叠金明灭①，鬓云欲度香腮雪②。懒起画蛾眉③，弄妆梳洗迟。　照花前后镜，花面交相映。新贴绣罗襦④，双双金鹧鸪⑤。

【注释】

①小山：屏山，也有人说是山枕。这句说早上的太阳，映射在屏风上，现出闪闪烁烁的光彩。

②鬓云：浓云一般的鬓发。香腮雪：雪一般白的双颊。这句说美人早起还没梳妆之前，蓬松乌黑的鬓脚，将要把雪白的面庞遮掩住了。

③蛾眉：弯曲细长的蚕蛾触须，比喻女子长而美的眉毛。《诗经》："螓首蛾眉。"

④贴：熨帖。绣罗襦：绣了花的短罗衫。

⑤金鹧鸪：金线绣的鹧鸪鸟。

【题旨】

描写春闺少妇晨起梳妆时的心理变化；上片从卧床写到起身；下片从簪花、照镜写到更换衣服；只在"懒"、"迟"二字上面透露她的心情，结句更用"双双"二字映出她的孤单，便把整个意境，像画一般地烘托出来了。这一类题材，从盛唐诗人所常歌咏的"宫怨"、"闺怨"发展而来，把辞句修饰得十分美丽；反映出过去经济不能独立的妇女，只能过着这种苦闷无聊的生活。清人张惠言把温氏保留在《花间集》中的十四首《菩萨蛮》，都说是"感士不遇"的一套完整组织，不免有些牵强附会。但也不能说它完全没有别的寄托；这只好让各人自己去体会了。

【标韵】

“灭”、“雪”叶两入，“眉”、“迟”叶两平，“镜”、“映”叶两仄，“襦”、“鸪”叶两平。

水精帘里颇黎枕[1]，暖香惹梦鸳鸯锦[2]。江上柳如烟，雁飞残月天。　藕丝秋色浅[3]，人胜[4]参差剪。双鬓隔香红[5]，玉钗头上风[6]。

【注释】

①水精帘：水晶制作的帘子，是透明的。颇黎枕：玻璃制作的枕头，是清凉的。

②鸳鸯锦：绣了鸳鸯的锦被。因了锦被的暖而且香，进而惹出梦境。

③藕丝：指罗衫。

④人胜：古人剪彩作各种形象，叫作旛胜，是插在头发上的。

⑤香红：发上所簪的花。

⑥风：形容钗光和花光都在摇颤。

【题旨】

刻画少妇深夜怀人和晨起弄妆的娇憨情态；上片由室内到室外，由入梦转到梦中所见景物；下片由衣饰转到妆成后的意态，不免顾影自怜。

【标韵】

“枕”、“锦”叶两仄，“烟”、“天”叶两平，“浅”、“剪”叶两仄，“红”、“风”叶两平。

杏花含露团香雪[1]，绿杨陌上多离别。灯在月胧明[2]，觉来[3]闻晓莺。　　玉钩褰翠幕[4]，妆浅旧眉薄。春梦正关情，镜中蝉鬓轻[5]。

【注释】

①团香雪：形容饱含露水的杏花，凝作一团，既香又白。

②胧明：残月的光辉。

③觉来：醒来。

④褰翠幕：挂起绿色的帷幕。

⑤蝉鬓轻：薄如蝉翼的双鬓，有因苦闷之极，头发都稀疏轻飘了的缘故。

【题旨】

描写春闺少妇的苦闷心情；上片从睡醒在床想像着户外情景；下片从起身照镜归结到人瘦发稀；写得异常细致。

【标韵】

“雪”、“别”叶两入，“明”、“莺”叶两平，“幕”、“薄”叶两入，“情”、“轻”叶两平。

玉楼明月长相忆，柳丝袅娜[①]春无力。门外草萋萋[②]，送君闻马嘶。　　画罗金翡翠[③]，香烛销成泪[④]。花落子规[⑤]啼，绿窗残梦迷。

【注释】

①袅娜：长而弱的模样。

②萋萋：草茂盛的模样。

③金翡翠：罗幕上金线绣的小鸟。

④泪：蜡烛上流下的油。

⑤子规：杜鹃鸟。

【题旨】

描写幽闺少妇离别伤春的悲凉情绪；上片追忆别时情景；下片描写当前苦闷。

【标韵】

“忆”、“力”叶两入，“萋”、“嘶”叶两平，“翠”、“泪”叶两仄，“啼”、“迷”叶两平。

牡丹花谢莺声歇，绿杨满院中庭月。相忆梦难成，背窗灯半明。　　翠钿[1]金压脸，寂寞香闺掩。人远泪阑干[2]，燕飞春又残。

【注释】

①翠钿：首饰，点了翠的金花。

②阑干：泪流满脸的样子。

【题旨】

和前阕相同。上片因春尽而自伤孤独，相伴只有孤灯；下片由晨妆而怀念远人，转觉不如双燕；这种情景交融、语脉相通的地方，是值得仔细体会的。

【标韵】

“歇”、“月”叶两入，“成”、“明”叶两平，“脸”、“掩”叶两仄，“干”、“残”叶两平。

南园满地堆轻絮，愁闻一霎[1]清明雨。雨后却斜阳，杏花零落香。　　无言匀睡脸，枕上屏山[2]掩。时节欲黄昏，无聊独倚门。

【注释】

①一霎：极短暂的时间。

②屏山：和山字相像的屏风。

【题旨】

刻画伤春情绪。上片在乍雨乍晴的困人天气中，看到絮飞花落，情难忍受；下片是午睡醒来，仍抑制不住内心的苦闷，勉强设法排遣。

【标韵】

“絮”、“雨”叶两仄，“阳”、“香”叶两平，“脸”、“掩”叶两仄，“昏”、“门”叶两平。

竹风轻动庭除①冷，珠帘月上玲珑②影。山枕隐秾妆③，绿檀金凤凰④。　两蛾愁黛浅⑤，故国吴宫⑥远。春恨正关情，画楼残点⑦声。

【注释】

①庭除：庭阶。

②玲珑：雕镂剔透的模样。

③隐：靠着的意思。秾妆：艳妆。

④绿檀：檀香木制的枕头。金凤凰：黄金制的凤凰钗。

⑤两蛾：指双眉。黛：画眉的颜料。

⑥吴宫：吴王夫差为西施所建，在今苏州城外灵岩山上。这里借指

苏州。

⑦残点：快要滴完的更漏。

【题旨】

刻画失宠宫人的凄凉情境。上片从冷清清的环境写到转侧不眠；下片从思念旧乡写到一身孤苦。

【标韵】

“冷”、“影”叶两仄，“妆”、“凰”叶两平，“浅”、“远”叶两仄，“情”、“声”叶两平。

更漏子[①] 二首

星斗[②]稀，钟鼓[③]歇，帘外晓莺残月。兰露重，柳风斜，满庭堆落花。　虚阁上，倚阑望，还似去年惆怅[④]。春欲暮[⑤]，思无穷，旧欢如梦中。

【注释】

①更漏子：唐人杂曲，一般用来抒写夜长无寐的愁苦心情。

②星斗：天上的星宿。斗，指南斗和北斗星。

③钟鼓：古代谯楼上用钟或鼓来报时。

④惆怅：心中苦闷。

⑤春欲暮：春天快完了。

【题旨】

抒写伤春怀远的愁苦心情；上片触景生情，下片伤今感昔。

【标韵】

“歇”、“月”叶两入，“斜”、“花”叶两平，“上”、“望”、“怅”叶三仄，“穷”、“中”叶两平。

玉炉香，红蜡泪，偏照画堂秋思⑥。眉翠薄⑦，鬓云残⑧，夜长衾枕寒。　梧桐树，三更雨，不道⑨离情正苦。一叶叶，一声声，空阶滴到明。

【注释】

⑥秋思：悲秋情绪。思，读去声。

⑦眉翠薄：眉上画的黛色都淡了。

⑧鬓云残：梳成浓云般的鬓发都松了。

⑨不道：不管。

【题旨】

抒写秋闺怨情；上片是夜深不寐时的感触，下片闻雨伤怀。

【标韵】

“泪”、“思”叶两仄，“残”、“寒”叶两平，“树”、“苦”、“雨”叶三仄，“声”、“明”叶两平。

杨柳枝 二首

苏小[1]门前柳万条，毵毵[2]金线拂平桥。黄莺不语东风起，深闭朱门[3]伴舞腰。

【注释】

①苏小：南齐时钱塘名妓苏小小。白居易诗：“若解多情寻小小，绿杨深处是苏家。”旧时杭州西湖西泠桥畔有苏小小墓，今已不存。

②毵毵：细长貌。

③朱门：豪贵之家，门用朱漆。

【题旨】

慨叹薄命佳人的悲惨遭遇。

【标韵】

“频”、“人”、“春”叶三平。

织锦机边莺语频[4]，停梭垂泪忆征人[5]。塞门三月犹萧索[6]，纵[7]有垂杨未觉春。

【注释】

④织锦：晋人窦滔作秦州刺史，被放逐到流沙。他的妻子苏蕙织锦成回文诗寄给他。事见《晋书·列女传》。莺语频：黄莺叫个不停。

⑤征人：从军远去的丈夫。

⑥塞门：国防前线。塞，读去声。萧索：冷落凄凉的情状。

⑦纵：即使。

【题旨】

抒写征妇怨情。

【标韵】

“频”、“人”、“春”叶三平。

酒泉子[1]

花映柳条，吹向绿萍池上。凭[2]阑干，窥细浪，雨潇潇。　近来音信两疏索[3]，洞房[4]空寂寞。掩银屏，垂翠箔[5]，度春宵。

【注释】

①酒泉子：唐教坊曲名。一般用来抒写征妇怨情，该是远戍西北边

疆的士兵们所创作。

②凭：靠，读凭，去声。

③疏索：稀少。

④洞房：深邃的卧室。

⑤翠箔：竹帘。

【题旨】

描写春闺少妇怀念征人的无聊情态；上片触景伤怀，下片自怜幽独。

【标韵】

“条”、“潇”、“宵”叶三平，“上”、“浪”叶两仄，“索”、“寞”、“箔”叶三入。

定西蕃[①] 二首

汉使[②]昔年离别，攀弱柳，折寒梅，上高台。　千里玉关[③]春雪，雁来人不来。羌笛[④]一声愁绝，月徘徊[⑤]。

【注释】

①定西蕃：唐教坊曲名。一般也用来抒写征妇怀念征夫的情感。

②汉使：汉武帝时，苏武出使匈奴，被拘留十九年之久，才得回国。这里借指唐代远戍西陲的将士。

③玉关：玉门关，在今甘肃敦煌。

④羌笛：出自西羌的笛子。原只四孔，汉代京房加作五孔，以备五音。

⑤月徘徊：写月亮被凄怨的笛声感动，在天空徘徊。

【题旨】

抒写征妇怨情，上片写别时情景，下片是别后相思。

【标韵】

“别”、“雪”、“绝”叶三入，“梅”、“台”、“来”、“徊”叶四平。

细雨晓莺春晚。人似玉，柳如眉，正相思。罗幕翠帘初卷，镜中花一枝。肠断塞门消息，雁来稀⑥。

【注释】

⑥雁来稀：比喻很少看到递信的人。雁足传书是苏武的故事。

【题旨】

同前阕。上片是说青春易逝，下片是说音信无凭。“镜中花一枝”，说花，也说人，是全阕关纽所在。

【标韵】

“晚”、“卷”叶两仄,“眉”、“思”、“枝”、“稀”叶四平。

河渎神[①] 二首

河上望丛祠[②],庙前春雨来时。楚山无限鸟飞迟,兰棹空伤别离。　何处杜鹃[③]啼不歇?艳红[④]开尽如血。蝉鬓[⑤]美人愁绝,百花芳草佳节。

【注释】

①河渎神:唐教坊曲名。因当时妇女送别情人时,经常祈祷于江边的神庙,于是就普遍流传着这支曲子。

②丛祠:丛树中的神庙。

③杜鹃:鸟名。传说是古蜀王杜宇的魂魄变化而成。它常在暮春季节的晚上,叫出一种凄厉的声音,好像在说:“不如归去”或“归去乐”,使旅客感到十分难受。

④艳红:指杜鹃花的颜色。

⑤蝉鬓:妇女的发式。创自魏文帝(曹丕)宫人莫琼树。大概是把靠在耳边的头发,拢成蝉翼一般。

【题旨】

描写少妇伤离的苦闷心情。上片是送别时的难忘景象;下片因山鸟山花所引起的无限伤感。

【标韵】

“祠”、“时”、“飞”、“离”叶四平，“歇”、“血”、“绝”、“节”叶四入。

孤庙对寒潮，西陵[6]风雨萧萧。谢娘[7]惆怅倚兰桡，泪流玉筋[8]千条。　　暮天愁听思归乐[9]，早梅香满山郭。回首两情萧索[10]，离魂何处飘泊？

【注释】

⑥西陵：西陵峡，三峡之一，在湖北宜昌西北。

⑦谢娘：东晋时王、谢两大家族最讲究仪表，因而一般把风度潇洒的妇女叫作谢娘。

⑧玉筯：比喻一条条泪痕。李白《闺情》诗：“玉筯日夜流，双双落朱颜。”

⑨思归乐：杜鹃鸟的叫声。

⑩萧索：衰飒凄凉的景况。

【题旨】

描写送别情人后的悲凉心绪。上片用凄凉风景托出悲苦情怀，下片关切对方，不知魂去何处。

【标韵】

“潮”、“萧”、“桡”、“条”叶四平，“乐”、“郭”、“索”、“泊”叶四入。

玉胡蝶①

秋风凄切伤离，行客未归时。塞外草先衰，江南雁到迟②。

芙蓉凋嫩脸，杨柳堕新眉③。摇落使人悲，断肠谁得知？

【注释】

①玉胡蝶：唐令曲。北宋柳永又演作慢词。

②雁到迟：意思是说没有信息。

③芙蓉二句：用白居易《长恨歌》：“芙蓉如面柳如眉”的意思，说荷花谢了，柳叶也落了，联想到自己独守空闺，忧伤易老，也和花柳一般憔悴。

【题旨】

抒写思妇怨情。上片想念征夫，下片自伤青春易逝。

【标韵】

“离”、“时”、“衰”、“迟”、“眉”、“悲”、“知”叶七平。

梦江南[1] 二首

千万恨，恨极在天涯。山月不知心里事，水风空落眼前花，摇曳[2]碧云斜。

【注释】

①梦江南：即忆江南曲。

②摇曳：飘荡貌。

【题旨】

抒写念远情怀，以外境烘托内心的苦痛。

【标韵】

“涯”、“花”、“斜”叶三平。

梳洗罢，独倚望江楼。过尽千帆皆不是，斜晖脉脉水悠悠[3]，肠断白蘋洲[4]。

【注释】

③脉脉：含情不语。悠悠：含愁不尽。

④白蘋洲：长满白蘋的沙洲。

【题旨】

描写少妇想念情人的忧郁心理。

【标韵】

“楼”、“悠”、“洲”叶三平。

河 传[1]

湖上，闲望，雨萧萧。烟浦花桥路遥。谢娘翠蛾[2]愁不销，终朝，梦魂迷晚潮。　荡子[3]天涯归棹远。春已晚，莺语空肠断。若耶溪[4]，溪水西，柳堤，不闻郎马嘶。

【注释】

①河传：唐南吕宫曲。相传有《水调河传》，隋炀帝将往江都（扬州）时所作。据王灼说，隋代的《河传》早就失传了，晚唐、五代词人所作，用的都是唐代新声。详见《碧鸡漫志》卷四。

②翠蛾：用黛描过的眉毛。

③荡子：古代妇人把远行不归的丈夫叫作“荡子”。《古诗十九首》：“荡子行不归，空房难独守。”

④若耶溪：在浙江绍兴南若耶山下，北流入镜湖。相传为西施浣纱所在地。

【题旨】

描写少妇思念丈夫的感伤情态；上片写孤独无聊中所感触，下片从别后追忆别时情景。

【标韵】

“上”、“望”叶两仄，“遥”、“消”、“朝”、“潮”叶四平，“远”、“晚”、“断”叶三仄，“溪”、“西”、“堤”、“嘶”叶四平。

荷叶杯[①] 二首

一点露珠凝冷，波影，满池塘。绿茎红艳两相乱，肠断，水风凉。

【注释】

①荷叶杯：唐教坊曲名。

【题旨】

刻画荷花神态。

【标韵】

“冷”、“影”叶两仄，“塘”、“凉”叶两平，“乱”、“断”叶两仄。

镜水夜来秋月，如雪，采莲时。小娘红粉对寒浪，惆怅，正思惟。

【题旨】

描写刻画采莲女的心理活动。

【标韵】

“月”、“雪”叶两入，“时”、“惟”叶两平，“浪”、“怅”叶两仄。

皇甫松

皇甫松，字子奇，睦州（今浙江建德）人。他是古文家皇甫湜的儿子。词格很高，可当得起清新朴素的评语。可惜保留在《花间集》和《尊前集》中的作品，共只有二十二首。

浪淘沙

滩头细草接疏林，浪恶罾船①半欲沉。宿鹭眠鸥飞旧浦，去年沙觜②是江心！

【注释】

①罾船：渔船。罾，音增，鱼网。

②觜：通“嘴”。

【题旨】

感叹事物变迁的迅速。

【标韵】

“林”、“沉”、“心”叶三平。

摘得新[①]

酌一卮，须教玉笛吹。锦筵红蜡烛，莫来迟。繁红一夜经风雨，是空枝！

【注释】

①摘得新：唐教坊曲名。

【题旨】

抒写青春易逝的感伤。

【标韵】

“卮”、“吹”、“迟”、“枝”叶四平。

梦江南 二首

兰烬[①]落，屏上暗红蕉[②]。闲梦江南梅熟日，夜船吹笛雨萧萧，人语驿[③]边桥。

【注释】

①兰烬：香油燃点的灯花。

②红蕉：美人蕉。

③驿：驿站，旅店。

【题旨】

追想夜雨江南的清幽境界。

【标韵】

“蕉”、“萧”、“桥”叶三平。

楼上寝，残月下帘旌[4]。梦见秣陵[5]惆怅事，桃花柳絮满江城，双髻[6]坐吹笙。

【注释】

④帘旌：帘子上的饰物。唐李商隐诗：“蝙拂帘旌终展转，鼠翻窗网小惊猜。”

⑤秣陵：古地名，在今南京市。

⑥双髻：借指少女。

【题旨】

追念寄住秣陵时的恋爱情事。

【标韵】

“旌”、“城”、“笙”叶三平。

采莲子[①] 二首

菡萏香连十里陂[②]（举棹），小姑贪戏采莲迟（年少）。

晚来弄水船头湿（举棹），更脱红裙裹鸭儿（年少）。

【注释】

①采莲子：唐教坊曲名。每句末都加上“举棹”或“年少”两字，作为和声。

②菡萏：荷花。陂：蓄水的池沼。

【题旨】

描写采莲女子的天真情态。

【标韵】

“陂”、“迟”、“儿”叶三平。

船动湖光滟滟[③]秋（举棹），贪看年少信船流[④]（年少）。

无端[⑤]隔水抛莲子（举棹），遥被人知半日羞（年少）。

【注释】

③滟滟：波光。

④信船流：听任船儿自由流走。

⑤无端：无缘无故。

【题旨】

描写采莲女子的娇憨情态。

【标韵】

“秋”、“流”、“羞”叶三平。

竹枝① 六首

槟榔②花发（竹枝）鹧鸪啼（女儿），雄飞烟瘴③（竹枝）雌亦飞（女儿）。

【注释】

①竹枝：已见刘禹锡序。他和白居易都用七言绝句体。《尊前集》收录的皇甫松六首《竹枝》，却只有两句，而且每句中夹“竹枝”、“女儿”的和声，和《采莲子》的形式也不全同，这可能是当时民歌的本色。

②槟榔：亚热带植物，树干有些像椰子，果实可助消化。

③瘴：山林间湿热蒸郁而成的疠气；南方多有，接触后易生疾病。

木棉④花尽（竹枝）荔枝垂（女儿），千花万花（竹枝）待郎归（女儿）。

【注释】

④木棉：热带植物，高数十丈，春开大红花。又叫英雄树。

芙蓉并蒂⑤（竹枝）一心连（女儿），花侵隔子（竹枝）眼应穿⑥（女儿）。

【注释】

⑤并蒂：两朵花开在一个蒂上。

⑥隔子：窗格。眼：窗眼。这里和“望眼欲穿”意义双关。

筵中蜡烛（竹枝）泪珠红（女儿），合欢桃核（竹枝）两人同⑦（女儿）。

【注释】

⑦合欢桃核：双仁桃核。“人”和“仁”谐声双关。

斜江风起（竹枝）动横波⑧（女儿），劈开莲子（竹枝）苦心多（女儿）。

【注释】

⑧横波：隐喻目光。

山头桃花（竹 枝）谷底杏（女 儿），两花窈窕[9]（竹 枝）遥相映（女 儿）。

【注释】

⑨窈窕：心地好容貌好。

【题旨】

恋歌。

【标韵】

第一首“啼”、“飞”叶两平，第二首“垂”、“归”叶两平，第三首“连”、“穿”叶两平，第四首“红”、“同”叶两平，第五首“波”、“多”叶两平，第六首“杏”、“映”叶两仄。

抛球乐[1]

金蹙[2]花球小，真珠绣带垂，绣带垂。几回冲凤蜡[3]，千度入香怀。上客终须醉，觥盂[4]且乱排。

【注释】

①抛球乐：刘禹锡用五言六句，这里却在第三句下叠了三字，这和《阳关曲》的唱法消息相通。

②金蹙：用金线紧缩绣成。

③凤蜡：花烛。

④觥盂：杯、碗。

【题旨】

描写抛球情况。

【标韵】

“垂”、“垂”、“怀”、“排”叶四平。

杜牧

杜牧(803–852)字牧之，京兆万年(今陕西西安)人。进士擢第，历任黄、池、睦、湖四州刺史、司勋员外郎等官。他是一个很有抱负的诗人，注过《孙子兵法》；又有《杜氏樊川集》。诗和李商隐齐名，号称“小李杜”。词只留下《八六子》一首。南宋洪迈在他的《容斋四笔》中就曾提到。可见词的长调，在晚唐时，早就引起注意了。

八六子[1]

洞房深，画屏灯照，山色凝翠沉沉。听夜雨冷滴芭蕉，惊断红窗好梦，龙烟[2]细飘绣衾。辞恩久归长信[2]，凤帐[4]萧疏，椒殿深扃[5]。　辇路[6]苔侵。绣帘垂，迟迟漏传丹禁[7]。蕣华[8]偷悴，翠鬟羞整，愁坐，望处金舆[9]渐远，何时彩仗[10]重临。正消魂，梧桐又移翠阴。

【注释】

①八六子：未知由来。唐、宋各家所作，也不完全一致。

②龙烟：瑞龙脑香的烟气。

③长信：宫名，在长安。

④凤帐：皇后所用的帐子。

⑤椒殿：皇后所住的地方，用椒末和泥涂壁。扃：关闭。

⑥辇路：御驾所经行的道路。

⑦丹禁：皇帝所在的地方，饰有丹漆。禁，去声。

⑧蕣华：木槿花，朝开暮落。

⑨金舆：黄金装饰的銮舆，皇帝所御。

⑩彩仗：皇帝出行时的仪仗。

【题旨】

描写失宠后妃的凄凉情景，也就是对统治阶级的一种讽刺；和盛唐诗人王昌龄所作《长信秋词》之类，用意相同。上片全写冷宫夜景，衬托出失宠者内心的苦闷；下片说皇帝长久不来，只听得漏声从里面传到，銮舆又转向别的宫里去了；梧桐移影，又是一晚的失望。

【标韵】

“深”、“沉”、“衾”、“扃”、“侵”、“临”、“阴”叶七平，“信”、“禁”、“整”叶三仄。

司空图

司空图（837–908）字表圣，临淮（今安徽泗县）人。咸通十年（869）进士，官至中书舍人。他看到唐室衰微，托病，隐居中条山王官谷，以至老死。著有《诗品》，为世所称。《尊前集》收有他的《酒泉子》一首。

酒泉子

买得杏花，十载归来方始坼①。假山西畔药阑②东，满枝红。　旋开旋落③旋成空。白发多情人便④惜，黄昏把酒祝东风，且从容⑤。

【注释】

①坼：裂开。

②药阑：保护花药的篱笆。

③旋开旋落：一会儿开，一会儿谢。

④便：《词林纪事》作“更”。

⑤且从容：且请慢些生长。

【题旨】

感叹年光易逝；上片想起养花的费时，下片怜惜花时的短暂。

【标韵】

“坼”、“惜”叶两入，“东”、“红”、“空”、“风”、“容”叶五平。

韩 偓

韩偓，字致光，小字冬郎，京兆万年人。龙纪元年（889）擢进士第，官至兵部侍郎。他不肯依附朱全忠，避往闽王王审知所辖境内，死在泉州（今福建晋江）。他以写香奁诗著名，存词三首，见《全唐诗·附录》。

生查子[1]

侍女动妆奁[2]，故故惊人睡。那知本未眠，背面偷垂泪。

懒卸[3]凤凰钗，羞入鸳鸯被。时复见残灯，和烟坠金穗[4]。

【注释】

①生查子：唐教坊曲名。

②侍女：婢女。妆奁：安放化妆品的盒子。

③卸：除下。

④金穗：灯花。旧传灯花有喜信。

【题旨】

描写少妇怀人的心理状态；上片刻画难言的心事，下片刻画痴望的神情。

【标韵】

“睡”、“泪”、“被”、“穗”叶四仄。

浣溪沙

拢鬓新收玉步摇[①]，背灯初解绣裙腰，枕寒衾冷异香焦。

深院不关春寂寂，落花和雨夜迢迢，恨情残醉两无聊。

【注释】

①玉步摇：妇女首饰。汉代的制作，是把黄金雕作凤形，缀上一串串的五彩玉，向下垂着。把它戴在头上，走起路来，自然摇摆，所以叫作步摇。

【题旨】

描写少妇伤春的心理状态；上片卸妆入睡，下片不眠听雨。这是它的表面，骨子里该是作者借来抒写自己的遭遇，结句透露一些消息。

【标韵】

“摇”、“腰”、“焦”、“迢”、“聊”叶五平。

韦 庄

韦庄（836—910）字端己，京兆杜陵（今陕西西安）人。幼年侨居下邦，复徙虢州（今河南灵宝）。黄巢起义军入长安时，他流转到洛阳，写了一篇《秦妇吟》，时人号称“秦妇吟秀才”。经过长途的流浪生活，于乾宁元年（894）进士及第，入蜀，佐王建建蜀国，官至吏部侍郎同平章事。著有《浣花集》十卷；又选唐人诗为《又玄集》五卷。他的词爱用白描，和温庭筠异趣。作品存《花间集》及《尊前集》中，共五十二首。

浣溪沙[1] 二首

惆怅梦余山月斜，孤灯照壁背红纱，小楼高阁谢娘家。

暗想玉容何所似？一枝春雪冻梅花，满身香雾簇[2]朝霞。

【注释】

①浣溪沙：唐教坊曲名。还有上、下片各多三字一句的，叫作“摊破浣溪沙”。

②簇：攒聚。

【题旨】

抒写恋情；上片梦醒所见，下片推想对方仪态。

【标韵】

“斜”、“纱”、“家”、“花”、“霞”叶五平。

夜夜相思更漏残，伤心明目凭阑干，想君思我锦衾寒。

咫尺画堂深似海③，忆来唯把旧书④看。几时携手入长安？

【注释】

③咫尺：短距离。咫，八尺。这句是借用唐人崔郊的故事。崔家有一个美婢，被家长转卖给豪家。崔郊想念不止，写下了“侯门一入深如海，从此萧郎是路人”的诗句。事详《全唐诗话》。据传，韦庄也有一个宠姬，被王建借口请入宫内教书，强夺了去。庄追念悒怏，写下《小重山》《谒金门》等词，都是为了这事。

④旧书：过去寄来的书信。

【题旨】

抒写恋情；上片追念旧欢，下片企图重聚。

【标韵】

“残”、“干”、“寒”、“看”、“安”叶五平。

菩萨蛮 二首

人人尽说江南好，游人只合[①]江南老。春水碧于天[②]，画船听雨眠。　　炉边人似月[③]，皓腕凝双雪[④]。未老莫还乡，还乡须断肠。

【注释】

①合：该当。

②碧于天：比青天还要绿。

③炉边：酒炉旁。这里是用汉代司马相如和卓文君在临卬卖酒的故事。人似月：美人面如满月。

④皓腕句：谓一双洁白的手腕，好像白雪凝结而成。

【题旨】

借旁人口，描画江南乐事，反映故乡离乱，欲归不得。上片由旁人劝说感到江南风景之美，下片由江南人物之美该可忘却思乡之念。

【标韵】

“好”、“老”叶两仄，“天”、“眠”叶两平，“月”、“雪”叶两入，“乡”、“肠”叶两平。

洛阳城里春光好，洛阳才子他乡老。柳暗魏王堤[⑤]，此时心转迷[⑥]。　桃花春水渌，水上鸳鸯浴。凝恨对斜晖[⑦]，忆君君不知。

【注释】

⑤魏王堤：在今河南洛阳。唐太宗（李世民）曾把这块地赐给魏王李泰，作为东都游玩的好地方。

⑥心转迷：当回想到柳阴笼罩着魏王堤风景是那么美丽的时候，我为什么要离开它而飘流到偏远的西蜀去，连自己也感到有些迷惑了。

⑦凝恨：许多愁恨聚结在一块。对着将要没落的斜阳，想起唐王朝的颓局，要想回到洛阳来，已不为事势所许可了。

【题旨】

怀念将就没落的唐朝，表示自己甘老他乡的不得已。上片因春到追忆旧游，下片就眼前风物触发无穷感慨。

【标韵】

“好”、“老”叶两仄，“堤”、“迷”叶两平，“渌”、“浴”叶两入，“晖”、“知”叶两平。

归国遥[①] 二首

春欲暮，满地落花红带雨。惆怅玉笼鹦鹉，单栖无伴侣。南望去程何许？问花花不语。早晚得[②]同归去，恨无双翠羽[③]。

【注释】

①归国遥：唐教坊曲名。

②得：该当。

③翠羽：青鸟。传说七月七日，忽然有三只青鸟飞到汉武帝（刘彻）的宫殿前。东方朔说："这一定是西王母快要来了！"一会儿，王母娘娘果然驾到。那三只青鸟紧贴在王母身边。说见《汉武故事》。后来就把青鸟作为传递消息者的泛称。

【题旨】

抒写欲归不得的苦闷心情；上片触景伤怀，下片音书阻断。

【标韵】

"暮"、"雨"、"鹉"、"侣"、"许"、"语"、"去"、"羽"叶八仄。

金翡翠[④]！为我南飞传我意：罨画[⑤]桥边春水，几年花下醉？别后只知相愧，泪珠难远寄。罗幕绣帏鸳被[⑥]，旧欢如梦里。

【注释】

④金翡翠：水鸟，毛色赤间青。

⑤罨画：画家用以称杂彩色的画面。

⑥鸳被：绣了鸳鸯的被子。

【题旨】

抒写追念旧欢的深厚感情；上片托水鸟传言，下片感旧欢难忘。

【标韵】

"翠"、"意"、"水"、"醉"、"愧"、"寄"、"被"、"里"叶八仄。

应天长[1]

别来半岁音书绝，一寸离肠千万结[2]。难相见，易相别，又是玉楼花似雪。　暗相思，无处说，惆怅夜来烟月。想得此时情切，泪沾红袖黦[3]。

【注释】

①应天长：双调小令，北宋柳永演作慢调。

②一寸句：形容极度苦闷。

③黦：由湿气蒸成的斑点，带着青黑色。

【题旨】

抒写离情。上片当春怀远，下片触景生悲。

【标韵】

“绝”、“结”、“别”、“雪”、“说”、“月”、“切”、“黦”叶八入。

荷叶杯 二首

绝代佳人难得，倾国，花下见无期。一双愁黛远山眉[1]，不忍更思惟。　　闲掩翠屏金凤[2]，残梦，罗幕画堂空。碧天无路信难通，惆怅旧房栊。

【注释】

①愁黛远山眉：带有愁态而又秀似远山的眉毛。黛，青黑色。

②金凤：饰物。《续齐谐记》：“汉宣帝以皂盖车赐霍光；至夜，车上金凤亡去，晓乃还。”这里借喻美人。所以要把绿色屏风上的金凤掩蔽起来，为的防她飞去，结果还是飞走了。

【题旨】

忆念旧恋人的无缘再会。上片追想当时情态，下片慨叹物是人非。

【标韵】

“得”、“国”叶两入，“期”、“眉”、“惟”叶三平，“凤”、“梦”叶两仄，“空”、“通”、“栊”叶三平。

记得那年花下，深夜，初识谢娘时。水堂西面画帘垂，携手暗相期。　惆怅晓莺残月，相别，从此隔音尘。如今俱是异乡人，相见更无因！

【题旨】

同前阕。上片追忆初恋情景，下片感叹一去竟成永别。

【标韵】

“下”、“夜”叶两仄，“时”、“垂”、“期”叶三平，“月”、“别”叶两入，“尘”、“人”、“因”叶三平。

清平乐 二首

野花芳草，寂寞关山道①。柳吐金丝莺语早，惆怅香闺暗老。　　罗带悔结同心②，独凭朱栏思深。梦觉半床斜月，小窗风触鸣琴③。

【注释】

①关山道：征夫所经历的道路。

②结同心：古代用锦带结成连环回文式，表示男女相爱的意思，叫作“同心结”。

③风触鸣琴：古人以琴瑟喻夫妇的爱情；这里因风来触动琴声，不免联想起当年恩爱，弦外倍觉凄婉。

【题旨】

抒写征妇怨情。上片感征夫远去，误了青春；下片独处深闺，不胜凄切。

【标韵】

“草”、“道”、“早”、“老”叶四仄，“心”、“深”、“琴”叶三平。

莺啼残月，绣阁香灯灭。门外马嘶郎欲别，正是落花时节。妆成不画蛾眉，含愁独倚金扉④。去路香尘莫扫，扫即郎去归迟。

【注释】

④金扉：金漆小门。

【题旨】

抒写惜别心情。上片别时光景；下片别后感触。结句想入非非，意思是说薄情的男人，当他想起远送时依依不舍的情景，或者还会早点回来；如果扫去香尘（足印），不留踪影，那归期就更难说了。

【标韵】

“月”、“灭”、“别”、“节”叶四入，“眉”、“扉”、“迟”叶三平。

谒金门[①]

空相忆，无计得传消息。天上嫦娥[②]人不识，寄书何处觅？新睡觉来无力，不忍把君书迹。满院落花春寂寂，断肠芳草碧。

【注释】

①谒金门：唐教坊曲名。

②嫦娥：本作姮娥，后羿妻。羿曾向西王母要求得到“不死之药”，姮娥却把它偷出，奔向月宫里去。事见《淮南子·览冥训》。这里借指词中人的爱人。

【题旨】

抒写失恋心情。上片无缘通信，下片旧情难遣。“不忍把君书迹”的沉痛，比“忆来唯把旧书看”又深一层。

【标韵】

“忆”、“息”、“识”、“觅”、“力”、“迹”、“寂”、“碧”叶八入。

天仙子[①] 二首

蟾彩[②]霜华夜不分，天外鸿声枕上闻。绣衾香冷懒重熏[③]。人寂寂，叶纷纷，才睡依前梦见君。

【注释】

①天仙子：唐教坊曲名。本名《万斯年》，属龟兹部舞曲。

②蟾彩：月色。蟾蜍：即俗称癞虾蟆。古代神话，嫦娥奔入月宫，变作蟾蜍，见《后汉书·天文志》注。

③熏：用香料烧出烟来烘染衣被。

【题旨】

抒写怀人情绪。

【标韵】

“分”、“闻”、“熏”、“纷”、“君”叶五平。

梦觉云屏[4]依旧空，杜鹃声咽隔帘栊。玉郎薄幸[5]去无踪。一日日，恨重重，泪界莲腮[6]两线红。

【注释】

④云屏：云母石制成的屏风。

⑤薄幸：负心。

⑥泪界莲腮：眼泪流下来，在红莲般的面庞上划出两条界线。

【题旨】

描写春晚怀人情绪。

【标韵】

“空”、“栊”、“踪”、“重”、“红”叶五平。

上行杯[1]

芳草灞陵春岸，柳烟深，满楼弦管。一曲离肠寸寸断。　今日送君千万[2]，红缕玉盘金镂盏[3]。须劝，珍重意，莫辞满。

【注释】

①上行杯：唐教坊曲名。

②千万：反复丁宁的意思。

③红缕句：谓缠有红丝的白玉餐盘和嵌有花朵的黄金酒杯，夸说饯行筵席考究。

【题旨】

描写送客远行时的依恋心情。上片点明时地，下片殷勤劝酒。

【标韵】

“岸”、“管”、“断”、“万”、“盏”、“劝”、“满”叶七仄。

女冠子[①] 二首

四月十七，正是去年今日，别君时。忍泪佯低面[②]，含羞半敛眉[③]。　不知魂已断，空有梦相随。除却天边月，没人知。

【注释】

①女冠子：唐教坊曲名。原是小令，后来柳永演成慢调。

②佯低面：装作低下头来。

③敛眉：皱眉。

【题旨】

抒写离情。上片追忆别时意态，下片诉说别后衷肠。

【标韵】

“七”、“日”叶两入，“时”、“眉”、“随”、“知”叶四平。

昨夜夜半，枕上分明梦见，语多时。依旧桃花面，频低柳叶眉。　半羞还半喜，欲去又依依。觉来知是梦，不胜悲。

【题旨】

同前阕。上片从入梦写到美人情态，下片从梦中写到梦醒。

【标韵】

“半”、“见”叶两仄，“时”、“眉”、“依”、“悲”叶四平。

酒泉子

月落星沉，楼上美人春睡。绿云倾[①]，金枕腻[②]，画屏深。子规啼破相思梦[③]，曙色东方才动。松烟轻，花露重，思难任[④]。

【注释】

①绿云倾：乌黑而丰盛像绿云一般的发髻松落了。

②金枕腻：粉脸贴在描画金花的枕上，感到有些油腻，形容熟睡情态。

③子规句：杜鹃鸟的叫声把她正要和爱人相会的好梦给惊醒了。

④思难任：苦闷的心情，自己都忍受不了。

【题旨】

抒写征妇怨情。上片刻画美人春睡时的环境和情态，下片写梦醒后的伤感。

【标韵】

“睡”、“腻”叶两仄，“沉”、“深”、“任”叶三平，“梦”、“动”、“重”叶三仄。

思帝乡[①]

春日游，杏花吹满头。陌上谁家年少足风流[②]？　　妾拟将身嫁与，一生休[③]。纵被无情弃，不能羞[④]。

【注释】

①思帝乡：唐教坊曲名。

②足风流：十分风流潇洒。

③妾拟二句：我就准备把自己的身子嫁给他，这一生都没有别的念

头了。

④不能句：这句说，就是后来被那薄情的男子抛弃，我也不后悔。

【题旨】

描写少女求爱的迫切心理。因了好花易谢，遏抑不住狂热奔迸的感情，很有些汉乐府《上邪》篇的情调。

【标韵】

“游”、“头”、“流”、“休”、“羞”叶五平。

木兰花①

独上小楼春欲暮，愁望玉关②芳草路。消息断，不逢人，却敛细眉归绣户。　坐看落花空叹息，罗袂湿斑红泪③滴。千山万水不曾行，魂梦欲教何处觅？

【注释】

①木兰花：唐教坊曲名。

②玉关：即玉门关，为汉、唐时前去西北从军必经的路线，遗址在甘肃敦煌附近。

③红泪：和血的眼泪。

【题旨】

刻画征妇怨情。上片望远信不来,下片叹梦魂难去。

【标韵】

“暮”、“路”、“户”叶三仄,“息”、“滴”、“觅”叶三入。

小重山①

一闭昭阳春又春。夜寒宫漏永②,梦君恩。卧思陈事③暗消魂。罗衣湿,红袂有啼痕④。　　歌吹隔重阍⑤。绕庭芳草绿,倚长门⑥。万般惆怅与谁论⑦?颙情⑧立,宫殿欲黄昏。

【注释】

①小重山:双调曲。最初多用以写宫女怨情。

②宫漏永:宫内报时刻的漏声显得漫长。

③陈事:过去的事情。

④啼痕:泪痕。

⑤歌吹:歌唱和管乐。吹,读去声。阍:宫门。

⑥长门:宫名。汉武帝陈皇后失宠后,住在长门宫。司马相如曾受她的嘱托,替她写了一篇《长门赋》。

⑦论:读平,诉说。

⑧颙情:凝情。颙,严肃貌。

【题旨】

抒写失宠妃嫔的悲苦心情。上片失宠后追忆得宠时，下片因别人的欢乐更加感到自己的凄苦。

【标韵】

“春”、“恩”、“魂”、“痕”、“阁”、“门”、“论”、“昏”叶八平。

薛昭蕴

薛昭蕴，又名昭纬。唐末官至侍郎。他最爱唱《浣溪沙》词，事见《北梦琐言》卷四。《花间集》收薛词十九首。

浣溪沙 二首

帘下三间出寺墙，满街垂柳绿阴长，嫩红轻翠间浓妆。瞥地见时犹可可①，却来②闲处转思量，如今情事隔仙乡！

【注释】

①瞥地：忽然。可可：无所谓。

②却来：再来。

【题旨】

抒写恋情。上片从外境写到人，下片从初见写到追想。

【标韵】

“墙”、“长”、“妆”、“量”、“乡”叶五平。

倾国倾城恨有余，几多红泪泣姑苏[3]，倚风凝睇雪肌肤[4]。吴主山河空落日，越王宫殿[5]半平芜，藕花菱蔓满重湖。

【注释】

③姑苏：春秋时，吴王夫差筑姑苏台于灵岩山上，使西施歌舞作乐，以致灭亡。

④凝睇：定神斜看。雪肌肤：指西施的美貌。《庄子·逍遥游》："藐姑射之山，有神人焉；肌肤若冰雪，绰约若处子。"

⑤越王宫殿：越王句践的宫殿。遗址在今浙江绍兴。

【题旨】

凭吊吴宫；上片由吴宫想起西施，下片对吴越兴亡的感慨。

【标韵】

"余"、"苏"、"肤"、"芜"、"湖"叶五平。

小重山

春到长门春草青。玉阶花露滴，月胧明。东风吹断玉箫声。宫漏促[1]，帘外晓啼莺。　　愁极梦难成。红妆流宿泪[2]，不胜情[3]。手挼[4]裙带绕阶行。思君切，罗幌暗尘生[5]。

【注释】

①宫漏促：宫里的漏声快滴完了，天快亮了。

②宿泪：一夜积累下来的眼泪。

③不胜情：压抑不住的悲感。胜，平声。

④挼：双手摩弄。

⑤罗幌：罗幕。暗尘侵入罗幌，表示全没心情。

【题旨】

描写失宠妃嫔的心理状态。上片是不眠人的感触，下片起身排遣。

【标韵】

“青”、“明”、“声”、“莺”、“成”、“情”、“行”、“生”叶八平。

牛 峤

牛峤，字松卿，一字延峰，陇西（今甘肃临洮）人。乾符五年（878）进士。后来跟着王建到了成都，做了前蜀王朝的给事中。他是以写艳词著名的。《花间集》收词三十二首。

望江怨①

东风急，惜别花时手频执。罗帏愁独入。马嘶残雨春芜湿。倚门立。寄语薄情郎：粉香和泪泣。

【注释】

①望江怨：单调小令，仅见《花间集》。

【题旨】

描写惜别心情。从别时情景写到人去，再从马嘶声想到人去已远，不胜依恋。

【标韵】

“急”、“执”、“入”、“湿”、“立”、“泣”叶六入。

定西蕃

紫塞[1]月明千里。金甲[2]冷，戍楼[3]寒，梦长安。

乡思望中天阔，漏残星亦残。画角[4]数声呜咽，雪漫漫。

【注释】

①紫塞：长城。秦筑长城，用的紫色泥土。

②金甲：铁甲。

③戍楼：防守边境的营房。

④画角：军中所用乐器。

【题旨】

抒写戍卒思归情绪。上片从看月写到思乡，下片由希望跌入失望。

【标韵】

“寒”、“安”、“残”、“漫”叶四平，“阔”、“咽”叶两入。

江城子[1]

鸂鶒[2]飞起郡城东。碧江空，半滩风。越王宫殿，蘋叶藕花中。帘卷水楼鱼浪起，千片雪，雨濛濛。

【注释】

①江城子：单调小令，宋人始用双调。

②鸂鶒：水鸟。

【题旨】

凭吊越宫遗址，全从李白《越中怀古》诗“越王句践破吴归，壮士还家尽锦衣。宫女如花满春殿，只今惟有鹧鸪飞”中化出，着重描写眼前景物，反映繁华易散。

【标韵】

“东”、“空”、“风”、“中”、“濛”叶五平。

张泌

张泌，常州（今江苏武进）人。他曾做过南唐的内史舍人。南唐亡后，跟着李煜降宋，任职史馆。《花间集》收了他的词二十七首，把他排在牛峤之后、毛文锡之前；因而也有人怀疑《花间集》中的张泌不是南唐的张泌，但也没有什么确证。

临江仙[①]

烟收湘渚秋江静，蕉花[②]露泣愁红。五云双鹤[③]去无踪。几回魂断，凝碧向长空。　　翠竹暗留珠泪怨[④]，闲调宝瑟[⑤]波中。花鬟月鬓绿云重[⑥]。古祠深殿，香冷雨和风。

【注释】

①临江仙：唐教坊曲名，原是民间纪念湘妃的歌曲。

②蕉花：红蕉花。

③五云双鹤：五彩云，双白鹤，都是仙人所乘。这里借指虞舜死葬苍梧的故事，参看刘禹锡《潇湘神》词注。

④翠竹：湘妃竹。

⑤宝瑟：湘灵所鼓瑟。《楚辞·远游》：“使湘灵鼓瑟兮，令海若舞冯夷。”

⑥绿云重：形容鬓发浓美。

【题旨】

歌咏湘妃怨情。上片写湘灵对虞舜的追慕，下片写神祠像设。

【标韵】

“红”、“踪”、“空”、“中”、“重”、“风”叶六平。

南歌子[①]

岸柳拖烟绿，庭花照日红。数声蜀魄[②]入帘栊，惊断碧窗残梦画屏空。

【注释】

①南歌子：唐教坊曲名，有单调和双调两种。

②蜀魄：指杜鹃鸟，相传为古蜀国望帝魂魄所化。

【题旨】

描写惜春情绪。

【标韵】

“红”、“栊”、“空”叶三平。

河渎神

古树噪寒鸦，满庭枫叶芦花。昼灯当午隔窗纱，画阁珠帘影斜。　门外往来祈赛客[1]，翩翩帆落天涯。回首隔江烟火，渡头三两人家。

【注释】

①祈赛客：向神许愿求福的客人。旧俗，遇到神的生辰，乡民准备仪仗、金鼓杂戏等，迎神像出庙，周游街巷，叫作赛神会。

【题旨】

描写神祠景物。上片从祠外写到祠内，下片从神祠写到求神的贾客，归结到村庄寥落，神未必灵。

【标韵】

“鸦”、“花”、“纱”、“斜”、“涯”、“家”叶六平。

毛文锡

毛文锡，字平珪，高阳（今河北高阳）人。随王建入蜀，官司徒。著有《茶谱》，已失传。《花间集》收了他的词三十一首。

醉花间[①]

休相问，怕相问，相问还添恨。春水满塘生，鸂鶒还相趁[②]。昨夜雨霏霏[③]，临明寒一阵。偏忆戍楼人，久绝边庭[④]信。

【注释】

①醉花间：唐教坊曲名。

②鸂鶒：水鸟，较鸳鸯稍大而毛色多紫，又叫紫鸳鸯。趁：两两互相追逐。

③霏霏：细雨貌。

④边庭：国防前线的军事机关。

【题旨】

描写征妇怨情。上片触景生愁，下片宵寒念远。

【标韵】

“问”、“问”、“恨”、“趁”、“阵”、“信”叶六仄。

应天长①

平江波暖鸳鸯语，两两钓船归极浦②。芦洲一夜风和雨，飞起浅沙翘雪鹭③。　　渔灯明远渚，兰棹④今宵何处？罗袂⑤从风轻举，愁杀采莲女。

【注释】

①应天长：双调小令。北宋另有慢词。

②极浦：远浦。

③翘雪鹭：翘起雪白羽毛的白鹭。

④兰棹：木兰木做的桨。这里是指行客所乘的船。

⑤罗袂：罗袖。

【题旨】

抒写离情。上片送别情人后独立江边所见，下片直到天黑还在痴想。

【标韵】

“语”、“浦”、“雨”、“鹭”、“渚”、“处”、“举”、“女”叶八仄。

牛希济

牛希济，前蜀时，官翰林学士。《花间集》收他的词十一首。

生查子

春山烟欲收，天淡稀星小。残月脸边明，别泪临清晓。　语已多，情未了。回首犹重道：记得绿罗裙，处处怜芳草[①]。

【注释】

①记得二句：意思是说，你看到青青春草，就该联想起我的罗裙来。

【题旨】

抒写离情。上片写别时光景，下片为丁宁情话。

【标韵】

“小”、“晓”、“了”、“道”、“草”叶五仄。

欧阳炯

欧阳炯(895–971),益州华阳(今四川华阳)人。历官前、后蜀,后随孟昶降宋。他是一个精通音乐的词人,吹得一手好笛子。又曾为赵崇祚辑的《花间集》作序,可以看出西蜀词风特盛的原因。他的词收入《花间集》十七首,收入《尊前集》三十一首。

南乡子① 五首

嫩草如烟,石榴花发海南天。日暮江亭春影渌,鸳鸯浴,水远山长看不足。

【注释】

①南乡子:唐教坊曲名。原是单调小令,南唐冯延巳始用双调,形式也全变了。

画舸停桡②,槿花③篱外竹横桥。水上游人沙上女,回顾,笑指芭蕉林里住。

【注释】

②画舸：涂有彩画的小船。舸，去声，桡：船桨。

③槿花：木槿花。

岸远沙平，日斜归路晚霞明。孔雀自怜金翠羽，临水，认得行人惊不起。

洞口谁家？木兰船系木兰花。红袖女郎相引去，游南浦，笑倚春风相对语。

路入南中，桄榔[④]叶暗蓼花红。两岸人家微雨后，收红豆[⑤]，树底纤纤抬素手[⑥]。

【注释】

④桄榔：南方植物，高三四丈，树干很像槟榔，但较光滑。

⑤红豆：又叫相思子。唐王维《相思》诗："红豆生南国，春来发几枝？愿君多采撷，此物最相思。"

⑥纤纤：细长貌。素手：洁白的手。

【题旨】

歌咏南方风土。

【标韵】

第一首"烟"、"天"叶两平，"渌"、"浴"、"足"叶三入。第二首“桡”、“桥”叶两平，“女”、“顾”、“住”叶三仄。第三首“平”、“明”叶两平，“羽”、“水”、“起”叶三仄。第四首“家”、“花”叶两平，“去”、“浦”、“语”叶三仄。第五首“中”、“红”叶两平，“后”、“豆”、“手”叶三仄。

江城子

晚日金陵岸草平。落霞明，水无情。六代①繁华暗逐逝波声。空有姑苏台上月，如西子镜②照江城。

【注释】

①六代：自三国时东吴建都金陵（今南京），历东晋、宋、齐、梁、陈，合称六代。

②西子镜：西施的妆镜。

【题旨】

金陵怀古。

【标韵】

“平”、“明”、“情”、“声”、“城”叶五平。

西江月[1]

月映长江秋水。分明冷浸星河[2]。浅沙汀上白云多，雪散几丛芦苇。　　扁舟倒影寒潭里，烟光远罩轻波。笛声何处响渔歌？两岸蘋香暗起。

【注释】

①西江月：唐教坊曲名。一般在上、下片结句所叶仄韵，要和全阕所有平韵同部；这里却是平、仄韵各叶各的。

②星河：银河倒影。

【题旨】

描写秋江夜景。

【标韵】

“水”、“苇”、“里”、“起”叶四仄，“河”、“多”、“波”、“歌”叶四平。

定风波[1]

暖日闲窗映碧纱，小池春水浸晴霞。数树海棠红欲尽，争忍[2]，玉闺深掩过年华[3]？　　独凭绣床方寸[4]乱，肠断，泪珠穿破脸边花。邻舍女郎相借问⑤，音信，教人羞道未还家。

【注释】

①定风波：唐教坊曲名。要注意中间夹叶六个仄韵。

②争忍：怎样忍耐得住。

③玉闺：少妇所住的房子。年华：光阴。

④方寸：心。

⑤借问：请求指示。

【题旨】

抒写春闺怨情。上片因阳春美景感到年华易逝，下片刻画娇羞心理。

【标韵】

“纱”、“霞”、“华”、“花”、“家”叶五平，“尽”、“忍”叶两仄，“乱”、“断”叶两仄，“问”、“信”叶两仄。

木兰花

儿家夫婿①心容易，身又不来书不寄。闲庭独立鸟关关②，争忍抛奴③深院里。　闷向绿纱窗下睡，睡又不成愁已至。今年却忆去年春，同在木兰花下醉。

【注释】

①儿家夫婿：古代妇女自称儿家或奴家，称丈夫为夫婿。

②关关：和鸣声。《诗经·周南·关雎》："关关雎鸠，在河之洲。"

③奴：古代妇女对男子的谦称。

【题旨】

上片埋怨丈夫薄情，下片回想过去的欢乐。

【标韵】

"易"、"寄"、"里"、"睡"、"至"、"醉"叶六仄。

和凝

和凝(898-955),字成绩,汶阳须昌(今山东东平)人。他在少年时,爱写曲子词,流行于汴(开封)、洛间。等到做了宰相,还被契丹(辽)使节称作“曲子相公”。他的《红叶稿》早就失传了,《花间集》收词二十首,《尊前集》收词七首。

渔父

白芷[①]汀寒立鹭鸶,蘋风轻剪浪花时。烟幂幂[②],日迟迟,香引芙蓉[③]惹钓丝。

【注释】

①白芷:香草。

②幂幂:淡烟笼罩貌。

③芙蓉:荷花。

【题旨】

描写江湖闲适生活。

【标韵】

“鸶”、“时”、“迟”、“丝”叶四平。

江城子 二首

竹里风生月上门。理秦筝①，对云屏。轻拨朱弦，恐乱马蹄声。含恨含娇独自语：今夜月，太迟生②！

【注释】

①秦筝：秦地（今陕西）流行的弦乐器。原只五弦，秦国蒙恬改为十二弦，变形如瑟，唐以后又添一弦。

②太迟生：出得太慢了些。生，语助。

【题旨】

描写少妇期待爱人的心理状态。从室外风景写到室内动作，结出失望神情。

【标韵】

“门”、“筝”、“屏”、“声”、“生”叶五平。

斗转星移③玉漏频。已三更，对栖莺④。历历⑤花间，似有马蹄声。含笑整衣开绣户，斜敛手[6]，下阶迎。

【注释】

③斗转星移：星宿移动位置。

④栖莺：宿在巢里的黄莺。

⑤历历：清清楚楚的。

⑥敛手：整肃仪容。

【题旨】

描写少妇惦记爱人的心理活动。从静候写到归来，刻画得相当细致。

【标韵】

“频”、“更”、“莺”、“声”、“迎”叶五平。

顾 敻

顾敻，前蜀时，因作诗讽刺，几乎被杀。后蜀时，官至太尉。他的《醉公子》曲，在当时是很出名的。《花间集》收了他的词五十五首，作风是比较朴素的。

河传

棹举，舟去。波光渺渺，不知何处？岸花汀草共依依。雨微，鹧鸪相逐飞。　　天涯离恨江声咽，啼猿切。此意向谁说？倚兰桡，独无聊。魂销，小炉香欲焦。

【题旨】

抒写离情。上片从人去写到江边风物，融情于景；下片人去已远，感到孤寂无聊，仍以景语烘托神态。

【标韵】

“举”、“去”、“处”叶三仄，“依”、“微”、“飞”叶三平，“咽”、“切”、“说”叶三入，“聊”、“销”、“焦”叶三平。

诉衷情[1]

永夜[2]抛人何处去？绝来音。香阁掩，眉敛[3]，月将沉。争忍不相寻？怨孤衾。换我心，为你心，始知相忆深。

【注释】

①诉衷情：唐教坊曲名。原有单调、双调两体，字句较多出入。

②永夜：深夜。

③眉敛：皱着眉头。

【题旨】

描写少妇等待情郎未归时的心理状态；从人去写到久候不归，结以诉说衷情。

浣溪沙 二首

红藕香寒翠渚平[1]，月笼虚阁夜蛩[2]清，塞鸿惊梦两牵情。

宝帐玉炉残麝[3]冷，罗衣金缕[4]暗尘生，小窗孤烛泪纵横。

【注释】

①红藕：红莲花。翠渚：绿水池塘。

②蛩：蟋蟀。

③宝帐：缀饰珠玉的帐子。古有七宝流苏帐。残麝：烧剩的麝香。

④金缕：金线绣品。

【题旨】

抒写秋闺怨情。上片融情于景，下片就眼前事物烘托内心苦闷。

【标韵】

“平”、“清”、“情”、“生”、“横”叶五平。

庭菊飘黄玉露⑤浓，冷莎偎砌隐鸣蛩⑥。何期⑦良夜得相逢！

背帐风摇红蜡⑧滴，惹香暖梦绣衾重。觉来枕上怯晨钟。

【注释】

⑤玉露：白露。

⑥莎：原野所生短草。隐：掩蔽。

⑦何期：料想不到。

⑧红蜡：红烛。

【题旨】

描写秋夜相逢的欢会情景。

【标韵】

“浓”、“蛩”、“逢”、“重”、“钟”叶五平。

荷叶杯

一去又乖期信[①]，春尽，满院长莓苔。手挼裙带独徘徊。来摩[②]？来，来摩？来。

【注释】

①乖期信：失了期约。

②摩：么。

【题旨】

描写少女想念情人的心理状态。

【标韵】

“信”、“尽”叶两仄，“苔”、“徊”、“来”、“来”叶四平。

醉公子[①]

岸柳垂金线，雨晴莺百啭[②]。家住绿杨边，往来多少年。

马嘶芳草远，高楼帘半卷。敛袖翠蛾攒[3]，相逢尔许[4]难！

【注释】

①醉公子：唐教坊曲名。

②啭：鸟鸣。

③翠蛾攒：眉皱。

④尔许：这样。

【题旨】

描写少女怀春情绪。上片从景物写到人，下片从别人的马嘶声想到自己意中人的难遇。

【标韵】

“线”、“啭”叶两仄，“边”、“年”叶两平，“远”、“卷”叶两仄，“攒”、“难”叶两平。

孙光宪

孙光宪，字孟文，贵平（今四川仁寿）人。前辈务农。他因避乱寄住江陵（湖北荆州），做过高季兴的僚属。后来跟高继冲归宋，任黄州刺史。光宪喜收藏图书，著有《北梦琐言》，保存不少史料。他的词收入《花间集》六十首，收入《尊前集》二十三首，风格是清隽的。

浣溪沙

蓼岸风多橘柚香，江边一望楚天长，片帆烟际闪孤光。

目送征鸿飞杳杳，思随流水去茫茫，兰红波碧忆潇湘①。

【注释】

①兰红：江淹《别赋》："见红兰之受露。"潇湘：二水名，在今湖南境，两岸风景绝美。

【题旨】

抒写秋江怀远情绪。上片偏于写景，下片情景双融。

【标韵】

“香”、“长”、“光”、“茫”、“湘”叶五平。

菩萨蛮

木棉花映丛祠[①]小，越禽[②]声里春光晓。铜鼓[③]与蛮歌，南人祈赛多。　　客帆风正急，茜袖[④]隈墙立。极浦几回头，烟波无限愁。

【注释】

①丛祠：树林中的神庙。

②越禽：南越地方的鸟。《古诗》：“胡马依北风，越鸟巢南枝。”

③铜鼓：西南少数民族所用乐器。

④茜袖：红袖，茜草所染。

【题旨】

描写旅行西南所接触；上片写地方风物，下片写客中所见。

【标韵】

“小”、“晓”叶二仄，“歌”、“多”叶二平，“急”、“立”叶二入，“头”、“愁”叶二平。

河渎神

江上草芊芊[①]，春晚湘妃庙[②]前。一方柳色楚南天，数行斜雁联翩[③]。　独倚朱栏情不极[④]，魂断终朝相忆。两桨不知消息，远汀时起鸂鶒。

【注释】

①芊芊：草盛貌。

②湘妃庙：纪念虞舜二妃的神庙。

③联翩：雁阵飞翔貌。

④不极：不尽。

【题旨】

抒写旅中怀远心情。上片江天景色，下片江干痴望。

【标韵】

"芊"、"前"、"天"、"翩"叶四平，"极"、"忆"、"息"、"鶒"叶四入。

酒泉子

空碛无边，万里阳关道路。马萧萧[①]，人去去，陇云[②]愁。香貂旧制戎衣窄[③]，胡霜千里白。绮罗心[④]，魂梦隔，上高楼。

【注释】

①萧萧：马鸣声。《诗经·小雅·车攻》："萧萧马鸣。"

②陇云：陇山的云。陇山在今陕西陇县西北，绵亘于陕、甘两省边境，为远戍西北所必经。

③香貂：珍贵的兽皮。戎衣：军服。

④绮罗心：怀念妻室的心情。绮、罗都是妇女制衣的丝织品。

【题旨】

描写出征将士的思乡情绪。上片追忆当初出塞时所经荒凉景象；下片因裘敝霜寒，想起夫妻远隔，只有登楼痴望而已。

【标韵】

"路"、"去"叶两仄，"愁"、"楼"叶两平，"窄"、"白"、"隔"叶三入。

八拍蛮[1]

孔雀尾拖金线长，怕人飞起入丁香[2]。越女沙头争拾翠[3]，相呼归去背斜阳。

【注释】

①八拍蛮：唐教坊曲名。

②丁香：植物。花开紫、白两种。

②拾翠：收取翡翠鸟落下的羽毛，可以加工制成首饰。

【题旨】

描写岭南风土，先写物，后写人。

【标韵】

“长”、“香”、“阳”叶三平。

竹 枝

门前春水（竹枝）白蘋花（女儿），岸上无人（竹枝）小艇斜（女儿）。商女经过（竹枝）江欲暮（女儿），散抛残食（竹枝）饲神鸦（女儿）。

【题旨】

歌咏南方风土，后半对不劳而食的女子加以讽刺。

【标韵】

“花”、“斜”、“鸦”叶三平。

上行杯

离棹逡巡[1]欲动。临极浦，故人相送。去住心情知不共。

金船[2]满捧。绮罗[3]愁，丝管[4]咽。回别，帆影灭，江浪如雪。

【注释】

①逡巡：欲进又退。

②金船：酒杯。

③绮罗：以服装代表饯行的歌女。

④丝管：以乐器代表送别的歌曲。

【题旨】

描写惜别心情。上片临别时的不同感受，下片由饯别写到行人去后的痴望神理。

【标韵】

“动”、“送”、“共”、“捧”叶四仄，“咽”、“别”、“灭”、“雪”叶四入。

谒金门

留不得，留得也应无益。白纻[1]春衫如雪色，扬州初去日。

轻别离，甘抛掷。江上满帆风疾。却羡彩鸳三十六[2]，孤鸾[3]还一只！

【注释】

①白纻：麻织品。

②彩鸳三十六：把成双成对的鸳鸯比作其他情侣。

③孤鸾：喻失恋的自己。

【题旨】

抒写弃妇的悲苦心情。上片说对方别有所恋，下片自伤凄独。这里该是别有寄托，借题说自己的遭遇。

【标韵】

“得”、“益”、“色”、“日”、“掷”、“疾”、“六”、“只”叶八入。

杨柳枝

阊门[①]风暖落花干，飞遍江城雪不寒[②]。独有晚来临水驿，闲人多凭赤栏干。

【注释】

①阊门：苏州城门。

②雪不寒：是说柳絮，翻用东晋谢道蕴《咏雪》诗“未若柳絮因风起”的意思。

【题旨】

描写惜春情绪。

【标韵】

“干”、“寒”、“干”叶三平。

渔歌子

泛流萤，明又灭，夜凉水冷东湾阔。风浩浩，笛寥寥[①]，万顷金波[②]澄澈。　杜若[③]洲，香郁烈[④]。一声宿雁霜时节。经霅水[⑤]过松江[⑥]，尽属侬家[⑦]日月。

【注释】

①寥寥：稀疏。

②金波：月光照在水面的波纹。

③杜若：香草。

④郁烈：香味浓厚。

⑤霅水：在浙江吴兴南。

⑥松江：即吴淞江。源出太湖，流经吴江、苏州、青浦、松江、嘉定，至上海，合黄浦江入海。

⑦侬家：古吴语，对人自称侬或侬家。

【题旨】

描写江湖超旷生活。上片写空江夜景，下片写渔翁情调。

【标韵】

“灭”、“阔”、“澈”、“烈”、“节”、“月”叶六入。

魏承班

魏承班，前蜀驸马都尉。他的词收入《花间集》十三首，《尊前集》六首。

玉楼春①

寂寂画堂梁上燕，高卷翠帘横数扇。一庭春色恼人来，满地落花红几片。　愁倚锦屏低雪面，泪滴绣罗金缕线。好天凉月尽伤心，为是玉郎长不见。

【注释】

①玉楼春：双调小令。

【题旨】

描写春闺怨情。上片伤春，下片伤别。

【标韵】

“燕”、“扇”、“片”、“面”、“线”、“见”叶六仄。

鹿虔扆

鹿虔扆，后蜀进士，官至太保。元倪瓒说他的词“有无限感慨淋漓处”。《花间集》收词六首。

临江仙

金锁重门荒苑静，绮窗愁对秋空。翠华①一去寂无踪。玉楼歌吹，声断已随风。　烟月不知人事改，夜阑还照深宫。藕花相向野塘中。暗伤亡国，清露泣香红。

【注释】

①翠华：翠羽制成的旗饰，皇帝出巡时所用。

【题旨】

抒写兴亡之感。上片凭吊故宫，下片情景交融，结出无限感慨。

【标韵】

“空”、“踪”、“风”、“宫”、“中”、“红”叶六平。

阎选

阎选，后蜀时处士。《花间集》收他的词八首，《尊前集》收二首。

临江仙

十二高峰[①]天外寒，竹梢轻拂仙坛[②]。宝衣行雨在云端[③]，画帘深殿，香雾[④]冷风残。　欲问楚王何处去？翠屏犹掩金鸾[⑤]。猿啼明月照空滩。孤舟行客，惊梦亦艰难。

【注释】

①十二高峰：指巫山十二峰。

②仙坛：神女所在。

③宝衣句：神女着上缀满珠宝的衣裳在云端显示恋情。行雨是给人滋润的意思，出自宋玉《高唐赋》。

④香雾：指神像的蓬松鬓发。杜甫《月夜》诗："香雾云鬟湿。"

⑤金鸾：指神像。古人常把彩鸾比喻美丽多情的女性。

【题旨】

歌咏巫山神女。上片从庙前景物写到庙中神像，下片从怀古转到伤今。

【标韵】

"寒"、"坛"、"端"、"残"、"鸾"、"滩"、"难"叶七平。

八拍蛮

愁锁黛眉烟[①]易惨，泪飘红脸粉难匀。憔悴不知缘底事[②]，遇人推道不宜春[③]。

【注释】

①烟：比喻浓眉。

②缘底事：为了什么事。

③推道不宜春：推托说自己不适宜过春天的日子。

【题旨】

描写少女怀春情绪。

【标韵】

"匀"、"春"叶两平。

尹 鹗

尹鹗，成都人。前蜀时，官参卿。他的词收入《花间集》六首，《尊前集》十三首。内有《金浮图》《秋夜月》两调，长达八、九十字。这对词的发展来说，是值得注意的。

菩萨蛮

陇云暗合秋天白，俯窗独坐窥烟陌。楼际角重吹，黄昏方醉归。　荒唐难共语，明日还应去。上马出门时，金鞭莫与伊。

【题旨】

描写少妇对浮荡丈夫又爱又恨的曲折心理。上片从未归到醉归，下片从归后情形想到来朝状况。

【标韵】

“白”、“陌”叶两入，“吹”、“归”叶两平，“语”、“去”叶两仄，“时”、“伊”叶两平。

金浮图[1]

繁华地，王孙[2]富贵。玳瑁筵[3]开，下朝无事，压红裀凤舞黄金翅[4]。玉立纤腰[5]，一片揭天歌吹。满目绮罗珠翠。和风淡荡，偷散沉檀[6]气。　　堪判[7]醉，韶光正媚。折尽牡丹，艳迷人意。金张许史[8]应难比。贪恋欢娱，不觉金乌[9]坠。不惜会难别易。金船更劝，勒住花骢[10]辔。

【注释】

①金浮图：传作只尹鹗一首，不知何时所创调。

②王孙：古代豪贵子弟的泛称。

③玳瑁筵：饰有玳瑁甲片的筵席。指豪华宴会。

④红裀：歌舞时所铺的地毯。唐、宋时，遇盛大宴会，都有歌舞伎人在红氍毹上奏艺助兴。凤舞黄金翅：形容舞态。

⑤玉立：形容舞女的峻洁风标。纤腰：细腰。

⑥沉檀：沉檀木所制的香料。

⑦判：读作拚，尽兴的意思。

⑧金张许史：汉宣帝时四大豪族，即金日磾、张安世、许伯、史商等。《词谱》"金"字上有"纵"字。

⑨金乌：太阳。古神话，说日球内有三足乌。《词谱》"乌"字下有"西"字。

⑩花骢：身长青白杂毛的马。

【题旨】

铺写豪家游宴盛况。上片纵情歌舞，下片留连荒宴；从这里可以看出西蜀上层社会的豪侈生活，也可了解在全国动乱中这一地方的经济情况。

【标韵】

“地”、“贵”、“事”、“翅”、“吹”、“翠”、“气”、“醉”、“媚”、“意”、“比”、“坠”、“易”、“辔”叶十四仄。

毛熙震

毛熙震，蜀人，官秘书监。《花间集》收他的词二十九首。

清平乐

春光欲暮，寂寞闲庭户。粉蝶双双穿槛舞，帘卷晚天疏雨。含愁独倚闺帷，玉炉烟断香微。正是消魂时节，东风满树花飞。

【题旨】

描写少妇伤春情绪。

【标韵】

“暮”、“户”、“舞”、“雨”叶四仄，“帷”、“微”、“飞”叶三平。

菩萨蛮

绣帘高轴[1]临塘看，雨翻荷芰真珠散。残暑晚初凉，轻风渡水香。　　无聊悲往事，争那[2]牵情思。光影暗相催，等闲[3]秋又来！

【注释】

①轴：卷帘的轴子。这里就作卷起讲。

②争那：怎奈。

③等闲：无端。

【题旨】

抒写感秋情绪。

【标韵】

“看”、“散”叶两仄，“凉”、“香”叶两平，“事”、“思”叶两仄，“催”、“来”叶两平。

李 珣

李珣，字德润。先代是波斯人，侨居梓州（今四川三台）。他曾举过秀才，一直过着隐居生活。著有《琼瑶集》，没有流传下来。他的词格是相当俊逸的。《花间集》收三十七首，《尊前集》收十八首。

渔歌子 二首

荻花秋，潇湘夜，橘洲①佳景如屏画。碧烟中，明月下，小艇垂纶②初罢。　水为乡，篷作舍，鱼羹稻饭常飡也。酒盈杯，书满架，名利不将心挂。

【注释】

①橘洲：在南津（今湖南岳阳南）湘水上。

②纶：钓丝。

【题旨】

描写理想中的渔家生活。上片写秋江美景，下片写日常生活。

【标韵】

“夜”、“画”、“下”、“罢”、“舍”、“也”、“架”、“挂”叶八仄。

九疑山，三湘[3]水，芦花时节秋风起。水云间，山月里，棹月[4]穿云游戏。　　鼓[5]清琴，倾绿蚁[6]，扁舟自得逍遥志[7]。任东西，无定止，不议人间醒醉[8]。

【注释】

③三湘：湘江的三条支流，即漓湘、潇湘、蒸湘。

④棹月：月下摇船。

⑤鼓：弹。

⑥绿蚁：酒名。

⑦逍遥：优游自得貌。《庄子》有《逍遥游》篇。

⑧醒醉：《楚辞·渔父》：“举世皆浊我独清，众人皆醉我独醒。”

【题旨】

同前阕。上片写山水间的自在生活，下片表现超然思想。

【标韵】

“水”、“起”、“里”、“戏”、“蚁”、“志”、“止”、“醉”叶八仄。

巫山一段云①

古庙依青嶂，行宫②枕碧流。水声山色锁妆楼，往事思悠悠。

云雨朝还暮，烟花春复秋。啼猿何必近孤舟，行客自多愁。

【注释】

①巫山一段云：唐教坊曲名。

②行宫：帝王出巡时的驻地。这里指楚王庙。

【题旨】

抒写行经巫山神女庙时的感触。上片凭吊遗踪，下片自伤羁旅。

【标韵】

“流”、“楼”、“悠”、“秋”、“舟”、“愁”叶六平。

南乡子 九首

烟漠漠，雨凄凄，岸花零落鹧鸪啼。远客扁舟临野渡，思乡处，潮退水平春色暮。

【题旨】

抒写旅客思乡情感。

【标韵】

“凄”、“啼”叶两平；“渡”、“处”、“暮”叶三仄。

归路近，扣舷[1]歌，采真珠处[2]水风多。曲岸小桥山月过，烟深锁，荳蔻[3]花垂千万朵。

【注释】

①扣舷：敲击船舷。

②采真珠处：广东省合浦县有珠母海，为群众采取真珠的所在地。

③荳蔻：南方植物，夏日开花。唐杜牧《赠别》诗：“娉娉袅袅十三余，豆蔻梢头二月初。”因之过去文人常称少女为“豆蔻年华”。

【题旨】

描写岭南风土。

【标韵】

“歌”、“多”叶两平，“过”、“锁”、“朵”叶三仄。

乘彩舫，过莲塘，棹歌惊起睡鸳鸯。带香游女偎伴笑，争窈窕，竞折团荷遮晚照。

【题旨】

描写女伴共作水嬉情态。

【标韵】

“塘”、“鸯”叶两平，“笑”、“窕”、“照”叶三仄。

倾绿蚁，泛红螺④，闲邀女伴簇笙歌⑤。避暑信船⑥轻浪里，闲游戏，夹岸荔枝红蘸⑦水。

【注释】

④红螺：螺蚌壳制成的酒杯。

⑤簇笙歌：拥在一堆吹笙唱曲。

⑥信船：听任船只自由漂去。

⑦蘸：以物沾水。

【题旨】

描写南方少女的游乐生活。

【标韵】

“螺”、“歌”叶两平，“里”、“戏”、“水”叶三仄。

渔市散，渡船稀，越南[8]云树望中微。行客待潮天欲暮，送春浦，愁听猩猩[9]啼瘴雨。

【注释】

⑧越南：汉交州地，包括今广东、广西两省及越南国境。

⑨猩猩：猿类兽，产南洋苏门答腊、婆罗洲一带。

【题旨】

描写岭南风土。

【标韵】

“稀”、“微”叶两平，“暮”、“浦”、“雨”叶三仄。

相见处，晚晴天，刺桐花下越台前[1]。暗里回眸深属意[2]，遗双翠[3]，骑象背人先过水。

【注释】

①刺桐：又名海桐。产岭南，叶似梧桐，花附干生，形如金凤。越台：即越王台。在今广州越秀山上，汉南越王尉佗所筑。

②回眸：转过眼珠。属意：有心和他要好。

③遗双翠：故意把她所带的饰物丢下。

【题旨】

描写岭南少女的恋爱生活。

【标韵】

“天”、“前”叶两平，“意”、“翠”、“水”叶三仄。

携笼去，采菱归，碧波风起雨霏霏。趁岸小船齐棹急，罗衣湿，出向桄榔树下立。

【题旨】

描写采菱少女的天真情态。

【标韵】

“归”、“霏”叶两平，“急”、“湿”、“立”叶三人。

双髻坠，小眉弯，笑随女伴下春山。玉纤[4]遥指花深处，争回顾，孔雀双双迎日舞。

【注释】

④玉纤：形容女子的手，如玉一般洁白细长。

【题旨】

描写南方少女的娇憨情态。

【标韵】

“弯”、“山”叶两平，“处”、“顾”、“舞”叶三仄。

山果熟，水花香，家家风景有池塘。木兰舟上珠帘卷，歌声远，椰子酒倾鹦鹉盏⑤。

【注释】

⑤椰子酒：椰子酿成的酒。椰子，热带植物。鹦鹉盏：鹦鹉螺壳所制的酒杯。鹦鹉螺产印度洋和菲律宾等处。

【题旨】

描写岭南农村的美好生活。

【标韵】

“香”、“塘”叶两平，“卷”、“远”、“盏”叶三仄。

冯延巳

冯延巳（903–960），字正中，又名延嗣，广陵（今江苏扬州）人。在南唐，官至平章事（宰相）。这时正值南唐建国，拥有大江南北一大片的肥沃土地，经济繁荣，促进了文学、音乐、艺术的发展。延巳发挥了他的文学天才，倚声填词，于“花间”派外，自成一种风格。他对北宋初期作家的影响很大。清代刘熙载说：“冯延巳词，晏同叔（殊）得其俊，欧阳永叔（修）得其深。”（《艺概》卷四）近人冯煦又说他的词：“其旨隐，其词微，类劳人思妇羁臣屏子郁伊怆恍之所为。”（《阳春集》序）它的内容是比较丰富的。有《阳春集》传世。

鹊踏枝① 四首

花外寒鸡天欲曙。香印②成灰，起坐浑无绪。庭际高梧凝宿雾，卷帘双鹊惊飞去。　屏上罗衣闲绣缕。一晌③关情，忆遍江南路。夜夜梦魂休谩语④，已知前事无寻处。

【注释】

①鹊踏枝：唐教坊曲名，又名《蝶恋花》。

②香印：用印模制成香料。元稹《和友封题开善寺十韵》诗："香印白灰销。"

③一晌：极短暂的时间。

④谩语：欺骗自己的话。

【题旨】

抒写相思无益的悲苦心情。上片闻鸡起坐，喜信无凭；下片枉自关情，旧欢难觅。

【标韵】

"曙"、"绪"、"雾"、"去"、"缕"、"路"、"语"、"处"叶八仄。

萧索[⑤]清秋珠泪坠。枕簟[⑥]微凉，展转浑无寐[⑦]。残酒欲醒中夜起，月明如练[⑧]天如水。　　阶下寒声啼络纬[⑨]。庭树金风[⑩]，悄悄重门闭。可惜旧欢携手地，思量一夕成憔悴。

【注释】

⑤萧索：萧条衰飒的景象。

⑥簟：竹席。

⑦展转浑无寐：翻来覆去，简直没法入睡。

⑧练：经过煮练洁白的丝织品。

⑨络纬：秋虫，俗名纺丝娘。

⑩金风：秋风。秋天属金，故云。

【题旨】

抒写感秋情绪。上片不眠夜起，下片追念前欢。

【标韵】

“坠”、“寐”、“起”、“水”、“纬”、“闭”、“地”、“悴”叶八仄。

烦恼韶光能几许？肠断魂销，看却春还去。只喜墙头灵鹊语，不知青鸟全相误。　　心若垂杨千万缕。水阔花飞，梦断巫山路。满眼新愁无问处，珠帘锦帐相思否？

【题旨】

抒写伤春情绪。上片远信无凭，下片旧欢难再。

【标韵】

“许”、“去”、“语”、“误”、“缕”、“路”、“处”、“否”叶八仄。

几度凤楼[①]同饮宴。此夕相逢，却胜当时见。低语前欢频转面，双眉敛恨春山[2]远。　　蜡烛泪流羌笛怨[3]。偷整罗衣，欲唱情犹懒。醉里不辞金盏满，阳关一曲肠千断。

【注释】

①凤楼：少妇所居。

②春山：喻美人眉。

③羌笛怨：唐王之涣《出塞》诗："羌笛何须怨杨柳，春风不度玉门关。"

【题旨】

抒写重逢又别的凄苦心情。上片是再遇时的感怆无端，下片为将别时的缠绵不尽。

【标韵】

"宴"、"见"、"面"、"远"、"怨"、"懒"、"满"、"断"叶八仄。

采桑子[1] 三首

马嘶人语春风岸，芳草绵绵[2]，杨柳桥边，落日高楼酒旆[3]悬。　　旧愁新恨知多少？目断遥天，独立花前，更听笙歌满画船。

【注释】

①采桑子：唐教坊曲有《杨下采桑》。这个双调小令，该是从中演出。

②绵绵：相连不断。

③酒旆：酒店悬挂的旗形标志。

【题旨】

抒写离情。上片别时景象，下片别后伤感。

【标韵】

“绵”、“边”、“悬”、“天”、“前”、“船”叶六平。

笙歌放散人归去，独宿江楼。月上云收，一半珠帘挂玉钩。起来点检④经由地，处处新愁。凭仗⑤东流，将取⑥离心过橘洲。

【注释】

④点检：查考。

⑤凭仗：委托。

⑥将取：带去。

【题旨】

上片描写别后凄凉景象,下片感叹愁心难寄。

【标韵】

“楼”、“收”、“钩”、“愁”、“流”、“洲”叶六平。

花前失却游春侣,独自寻芳,满目悲凉,纵有笙歌亦断肠。林间戏蝶梁间燕,各自双双。忍更思量?绿树青苔半夕阳!

【题旨】

上片别后心情,下片触景生悲。

【标韵】

“芳”、“凉”、“肠”、“双”、“量”、“阳”叶六平。

酒泉子

芳草长川,柳映危桥桥下路。归鸿飞,行人去,碧山边。风微烟淡雨萧然,隔岸马嘶何处?九回肠①,双脸泪,夕阳天。

【注释】

①九回肠:思来想去的意思。司马迁《报任少卿书》:“肠一夕而九

回。”

【题旨】

上片别时景色，下片别后痴想。

【标韵】

“川”、“边”、“然”、“天”叶四平，“路”、“去”、“处”、“泪”叶四仄。

清平乐

雨晴烟晚，绿水池塘满。双燕飞来垂柳院，小阁画帘高卷。

黄昏独倚朱阑，西南新月眉弯。砌下[1]落花风起，罗衣特地[2]春寒。

【注释】

①砌下：阶下。

②特地：分外。

【题旨】

抒写感春情绪。上片春晴美景，下片触景生悲。

【标韵】

“晚”、“满”、“院”、“卷”叶四仄，“阑”、“弯”、“寒”叶三平。

醉花间

林雀归栖撩乱[①]语，阶前还日暮。屏掩画堂深，帘卷萧萧雨。　　玉人[②]何处去？鹊喜[③]浑无据。双眉愁几许[④]？漏声看却夜将阑[⑤]，点寒灯，扃[⑥]绣户。

【注释】

①撩乱：相互搅扰。

②玉人：洁白如玉的情人。

③鹊喜：民间相传，听到鹊声，就是一种喜庆的预兆，叫作“灵鹊报喜”，见《开元天宝遗事》。

④几许：多少。

⑤看却：看着。阑：尽。

⑥扃：关闭。

【题旨】

描写少妇怀人的心理状态。上片傍晚凄凉景象，下片失望神情。

【标韵】

“语”、“暮”、“雨”、“去”、“据”、“许”、“户”叶七仄。

应天长 二首

当时心事偷相许[①]，宴罢兰堂肠断处。挑银灯，扃朱户，绣被微寒值秋雨。　枕前和泪语[②]，惊觉[③]玉笼鹦鹉。一夜万般情绪，朦胧[④]天欲曙。

【注释】

①偷相许：私订终身。

②和泪语：带着眼泪自言自语。

③惊觉：惊醒。

④朦胧：月亮将要西沉的光景。

【题旨】

抒写失恋心情。上片感旧伤怀，下片不眠到晓。

【标韵】

“许”、“处”、“户”、“雨”、“语”、“鹉”、“绪”、“曙”叶八仄。

兰房一宿还归去，抵死谩生[5]留不住。枕前语，记得否？说尽从来两心素[6]。　　同心牢记取[7]，切莫等闲[8]相许。后会不知何处？双栖人[9]莫妒。

【注释】

⑤抵死谩生：用尽心力的意思。

⑥心素：内心话。

⑦记取：记着。

⑧等闲：随便。

⑨双栖人：同宿的人。

【题旨】

诉说恋情。上片临别丁宁，下片寄以热望。

【标韵】

"去"、"住"、"否"、"素"、"记"、"许"、"处"、"妒"叶八仄。

谒金门 二首

杨柳陌，宝马嘶空无迹[1]。新著荷衣[2]人未识，年年江海客。

梦觉巫山春色[3]，醉眼花飞狼藉[4]。起舞不辞无气力，爱君吹玉笛。

【注释】

①嘶空无迹：形容马跑得飞快。

②荷衣：这里比作放浪江湖者的服装。屈原《九歌》："荷衣兮蕙带。"

③巫山春色：暗用巫山神女事，喻指男女相会。

④狼藉：散乱不整貌。

【题旨】

抒写恋情。上片慨叹对方的行踪无定，下片表示相爱的热烈。

【标韵】

"陌"、"迹"、"识"、"客"、"色"、"藉"、"力"、"笛"叶八入。

风乍起[5]，吹皱一池春水。闲引鸳鸯香径里，手挼红杏蕊。

斗鸭阑干[6]独倚，碧玉搔头[7]斜坠。终日望君君不至，举头闻鹊喜。

【注释】

⑤乍起：突然而起。

⑥斗鸭阑干：斗鸭池畔的阑干。自三国吴时起，直到唐、五代，江南一带都有这种斗鸭的游戏。

⑦碧玉搔头：绿玉制成的簪子。

【题旨】

描写少妇伤春的心理活动。上片于景物中动离愁，下片于失望中见希望。

【标韵】

“起”、“水”、“里”、“蕊”、“倚”、“坠”、“至”、“喜”叶八仄。

归自谣[1] 二首

何处笛？深夜梦回情脉脉[2]，竹风檐雨寒窗隔。　离人数岁无消息。今头白，不眠特地重相忆。

【注释】

①归自谣：道调宫曲。

②梦回：梦醒。脉脉：含情未吐。

【题旨】

抒写怀旧心情。上片写凄凉景象，下片写缠绵情感。

【标韵】

“笛”、“脉”、“隔”、“息”、“白”、“忆”叶六入。

春艳艳，江上晚山三四点，柳丝如剪花如染。　香闺寂寂门半掩。愁眉敛，泪珠滴破燕脂脸。

【题旨】

描写少妇伤春情绪。上片阳春美景，下片孤栖生活。

【标韵】

“艳”、“点”、“染”、“掩”、“敛”、“脸”叶六仄。

长命女①

春日宴，绿酒一杯歌一遍。再拜陈三愿②：一愿郎君③千岁；二愿妾④身长健；三愿如同梁上燕，岁岁长相见。

【注释】

①长命女：唐令曲，属仙吕调。

②陈三愿：陈说三个愿望。

③郎君：古代妇女对丈夫的尊称。

④妾：古代妇女对丈夫或尊长的谦称。

【题旨】

抒写爱恋心情。

【标韵】

“宴”、“遍”、“愿”、“健”、“燕”、“见”叶六仄。

喜迁莺[①]

宿莺啼，乡梦断，春树晓朦胧。残灯和烬闭朱栊[②]，人语隔屏风。　香已寒，灯已绝，忽忆去年离别。石城[③]花雨倚江楼，波上木兰舟。

【注释】

①喜迁莺：双调小令，宋人演成长调。

②烬：灯花燃成的余烬。朱栊：红色帘子。

③石城：在湖北钟祥。古乐府《莫愁乐》：“莫愁在何处？莫愁石城

西。艇子打两桨，催送莫愁来。”后来也有人把这石城当作南京的石头城。

【题旨】

抒写离情。上片不眠情景，下片追怀往事。

【标韵】

“胧”、“风”叶两平，“绝”、“别”叶两入，“楼”、“舟”叶两平。

抛球乐 二首

梅落新春入后庭[1]，眼前风物可无情？曲池波晚冰还合，芳草迎船绿未成。且上高楼望，相共凭阑看月生。

【注释】

①后庭：后院。

【题旨】

抒写留连春景的欢娱情事。

【标韵】

“庭”、“情”、“成”、“生”叶四平。

霜积秋山万树红，倚岩楼上挂朱栊。白云天远重重恨，黄草烟深淅淅风。仿佛梁州曲[2]，吹在谁家玉笛中。

【注释】

②梁州曲：唐舞曲，来自西北边地。

【题旨】

抒写感秋心绪，情景双融。

【标韵】

“红”、“栊”、“风”、“中”叶四平。

三台令[1] 三首

春色，春色！依旧青门紫陌[2]。日斜柳暗花嫣[3]，醉卧谁家少年？年少，年少！行乐直须[4]及早！

【注释】

①三台令：《调笑令》的别名，和六言四句的《三台》有别。

②青门：古长安城门。紫陌：词章家习用为帝京所在的道路。

③嫣：美人娇笑貌。

④直须：合该。

【题旨】

抒写惜春情绪。

【标韵】

“色”、“色”、“陌”叶三入，“嫣”、“年”叶两平，“少”、“少”、“早”叶三仄。

明月，明月！照得离人愁绝。更深影入空床，不道[5]帏屏夜长。长夜，长夜！梦到庭花阴下。

【注释】

⑤不道：无奈或不堪的意思。

【题旨】

抒写伤离情绪。

【标韵】

“月”、“月”、“绝”叶三入，“床”、“长”叶两平，“夜”、“夜”、

"下"叶三仄。

南浦[6]，南浦！翠鬓[7]离人何处？当时携手高楼，依旧楼前水流。流水，流水！中有伤心双泪！

【注释】

⑥南浦：送别的地方。梁江淹《别赋》："春草碧色，春水绿波。送君南浦，伤如之何！"

⑦翠鬓：黑发。

【题旨】

同前阕。此调作法，开端必须提出引起感情的事物，接着开阖变化，宛转相生，结出不尽之意。

【标韵】

"浦"、"浦"、"处"叶三仄，"楼"、"流"叶两平，"水"、"水"、"泪"叶三仄。

点绛唇[1]

荫绿围红[2]，梦琼家在桃源住[3]。画桥当路，临水双朱户。柳径春深，行到关情处。颦不语[4]，意凭风絮，吹向郎边去。

【注释】

①点绛唇：双调小令，最初见于《阳春集》，宋、元词曲都相沿用。

②荫绿围红：上面荫着绿树，四周围着红花。

③梦琼：歌妓名，《词谱》作“飞琼”。桃源：原出陶潜的《桃花源记》，后来习用为神仙所住的地方。

④颦不语：皱着眉头没话说。

【题旨】

描写多情歌女。上片环境之美，下片意态之佳。

【标韵】

“住”、“路”、“户”、“处”、“语”、“絮”、“去”叶七仄。

李 璟

李璟（916–961），字伯玉，史称南唐嗣主或中主。他的父亲李昪，原是徐州（今江苏徐州）人，投在徐温名下做“养子”，改名徐知诰。知诰承袭杨行密、徐温的遗业，拥有淮南、江南、江西一带富庶之地。温死不久，知诰篡夺行密幼子溥的大吴国王位，改国号曰唐，复姓李氏，也就是五代时南唐的开国皇帝。璟以二十八岁嗣帝位，在位十九年。他原是一个文人，承袭了小皇帝的地位；因用人不当，抵不住强邻的威胁，先后称臣割地于周世宗（柴荣）和宋太祖（赵匡胤）。临死的那年，从金陵迁都洪州（今江西南昌），常常郁郁不乐，写过“灵槎思浩渺，老鹤忆空同”的诗句。他的词只留下四首。

摊破浣溪沙[1] 二首

菡萏[2] 香销翠叶残，西风愁起绿波间。还与韶光共憔悴[3]，不堪看。　　细雨梦回鸡塞[4] 远，小楼吹彻[5] 玉笙寒。多少泪珠何限恨，倚阑干。

【注释】

①摊破浣溪沙：又名《山花子》，唐教坊曲。所云“摊破”，就是把《浣溪沙》上、下片七言结句破成七言和三言两句，每片添了三字，因此又叫《添字浣溪沙》。

②菡萏：荷花。

③韶光：美好的光阴。憔悴：颜色枯槁。

④鸡塞：即鸡鹿塞，在今内蒙古鄂尔多右翼黄河西北岸。《汉书·匈奴传》：“甘露二年，单于入朝归国，汉遣董忠等将骑将六千，又发边郦郡士马以千数，送单于出朔方鸡鹿塞。”这里借指北周。

⑤吹彻：吹罢。

【题旨】

抒写强邻压境，无计可施的内心伤感。上片用眼前风景起兴。乍见荷花凋谢，荷叶也衰残了。凄冷的西风，也在水面漾起微波。知道秋气渐深，“香销”、“叶残”，也都是不可避免的必然现象，所以加上“愁起”两字。“韶光”承第二句，“憔悴”应第一句。从“西风”想起“韶光”的易逝，从“香销”、“叶残”想起人生的易老，这是结合作者自己内心的苦闷来说的。下片是感到从北方来的敌人，连梦中也不曾忘却；可是梦醒时那敌人虽然隔得还远，却仍时时刻刻在威胁着自己的国境。深宵细雨，加重苦闷的气氛。在这无可奈何的环境中，听到宫人们吹起了玉笙，只感到特别凄凉，无法开怀。想到这里，千愁万恨，都涌上心来。这满怀悲愤难以述说，只好靠着阑干，发发痴想而已。

【标韵】

“残”、“间”、“看”、“寒”、“干”叶五平。

手卷真珠上玉钩，依前春恨锁重楼。风里落花谁是主？思悠悠。　　青鸟不传云外信，丁香空结雨中愁。回首绿波三峡暮，接天流。

【题旨】

同前阕。上片开帘排闷，依然没法挽救危局；看到风吹花落，自己都作不了主，引起无穷的感叹。下片音信不来，无从推测对方的态度；只有像雨里丁香，愁怀莫展而已！天堑长江，难阻北兵的南渡；想结好西蜀，藉作声援，亦已于事无济。这里面所包含的沉痛心情，应把作者当时的处境深入体会，方可于言外得之。

【标韵】

“钩”、“楼”、“悠”、“愁”、“流”叶五平。

李 煜

李煜(937–978)，字重光，初名从嘉，李璟的第六子。因为几个哥哥都早死了，在他二十五岁的那年，得立为太子。这年六月，李璟死在南昌，他在金陵接了皇位。在位十五年，为宋所灭，俘至汴梁(今河南开封)，接受违命侯的封号。后又改封陇西公。四十二岁那年，宋太宗(赵光义)趁他七月七日的生辰，派人用"牵机药"把他毒死。一般称他为南唐后主或李后主。他的文学、艺术修养都很深，工书，善画，尤精音律，曾创作《念家山破》和《振金铃破》等舞曲。他为了要保持小朝廷的皇位，不惜卑辞厚币称臣于宋；自己在宫中和大、小周后过着豪侈的生活，以致国库空虚；又迷信佛法，不留意于军事政治，卒至灭亡。在他被俘后，尝写信给金陵旧宫人，有"此中日夕只以眼泪洗面"(王铚《默记》)的话。因此，他在亡国后写的歌词，是十分沉痛的。近人王国维说："词至李后主而眼界始大，感慨遂深。"(《人间词话》卷上)这和他的身世是有极大关系的。王辑《南唐二主词》，比较完备。

虞美人[①] 二首

春花秋月何时了，往事[②]知多少？小楼昨夜又东风，故国[③]不堪回首月明中！　　雕阑玉砌应犹在[④]，只是朱颜改[⑤]。问君能有几多愁？恰似一江春水向东流。

【注释】

①虞美人：唐教坊曲，取义于项羽“虞兮”之歌，音节悲凉慷慨。

②往事：作者过去在金陵做皇帝时的种种事情。

③故国：指旧都金陵。

④雕阑：雕刻了图案的栏杆。玉砌：玉石铺砌的庭阶。

⑤朱颜：红润的脸色。这句是说在拘囚生活中，人也很快变老了。把上一句联系起来看，实质是说自己的江山被别人强夺去了；一切是否都变了样？自己无权过问；只有终日忍受压迫，催促面容憔悴而已！

【题旨】

自抒国亡后的惨痛心情。上片触景伤怀：下片多忧易老，把满腔难言的悲恨，运以婉曲之笔，越感凄恻动人。

【标韵】

“了”、“少”叶两仄，“风”、“中”叶两平，“在”、“改”叶两仄，“愁”、“流”叶两平。

风回小院庭芜[1]绿，柳眼[2]春相续。凭[3]阑半日独无言，依旧竹声新月似当年[4]。　　笙歌未散尊罍在[5]，池面冰初解[6]。烛明香暗画楼深，满鬓清霜残雪思难禁[7]。

【注释】

①庭芜：庭前的草。

②柳眼：刚舒开的柳芽。李商隐《二月二日》诗："花须柳眼各无赖。"

③凭：倚靠。

④当年：从前那个时候。

⑤尊罍：古酒器，用陶制或铜铸。

⑥解：融化。

⑦清霜残雪：喻发白。思难禁：苦闷的心情连自己也控制不住。思，读去声。

【题旨】

同前阕。上片物是人非之感，下片乐极生悲之叹。"笙歌"二句是"当年"情景。

【标韵】

"绿"、"续"叶两入，"言"、"年"叶两平，"在"、"解"叶两仄，“深”、“禁”叶两平。

望江南 二首

多少恨，昨夜梦魂中。还似旧时游上苑①，车如流水马如龙，花月正春风。

【注释】

①上苑：皇室的园林。

【题旨】

追念旧时欢游盛况，不可再得。

【标韵】

“中”、“龙”、“风”叶三平。

多少泪，断脸复横颐②。心事莫将和泪滴，凤笙③休向月明吹。肠断更无疑。

【注释】

②颐：下颌。

③凤笙：管乐器。古代的笙长四寸，十三簧，参差似凤翼。

【题旨】

自抒身世之感。

【标韵】

“颐”、“吹”、“疑”叶三平。

清平乐

别来春半，触目愁肠断。砌下落梅如雪乱，拂了一身还满。雁来音信无凭①，路遥归梦难成。离恨恰如春草，更行更远还生。

【注释】

①雁信：借用雁足传书的故事。汉苏武出使匈奴，被拘留十九年之久；匈奴对汉使者说他早已经死了。后来因为有一个同他一起出使的常惠，乘机向汉使者进言，要他们对单于（匈奴的最高统治者）这样说：“汉皇帝偶然在上林苑射下一只雁，它的脚上系着一封用绸子写的书信，说苏武仍旧活在某个湖沼旁边。”这样使得单于无法隐瞒，把苏武还给汉朝了。

【题旨】

自抒去国伤春的苦闷。上片惜花心事，下片念远情怀。

【标韵】

“半”、“断”、“乱”、“满”叶四仄，“凭”、“成”、“生”叶三平。

喜迁莺[①]

晓月坠，宿云[②]微，无语枕频攲[③]。梦回芳草思依依，天远雁声稀。　啼莺散，余花乱，寂寞画堂深院。片红休扫尽从伊[④]，留待舞人归[⑤]。

【注释】

①喜迁莺：唐双调令曲，宋人演成长调。

②宿云：隔宿的云。

③攲：斜靠。

④片红：一片片的落花。不要把落花扫去，尽管由伊（她）躺在地上。

⑤舞人：歌舞伎。颜色如花的美人，看到这片片的落花，该会互相怜惜，引起同情心来的。

【题旨】

抒写惜春伤别的心情。上片远信不来,下片芳韶易逝。

【标韵】

“微”、“皴”、“依”、“稀”、“伊”、“归”叶六平,“散”、“乱”、“院”叶三仄。

乌夜啼[1] 二首

林花谢了春红。太匆匆！无奈朝来寒雨晚来风。　　胭脂泪[2],相留醉[3],几时重[4]?自是人生长恨水长东!

【注释】

①乌夜啼:唐教坊软舞曲,原出南朝乐府,又名《相见欢》。

②胭脂泪:着了雨的林花,像美人脸上流下泪来。

③相留醉:是说饱经风雨摧残的林花,和作者有“同病相怜”之感;仿佛她也在自己表示同情,彼此依依不舍地自我陶醉一番。

④几时重:像这样和落花互相怜惜的机会,什么时候还会再有呢?

【题旨】

自抒亡国后饱经摧折的危惧心情。上片看到林子里的花都谢掉了满含春意的红颜，有开就有谢，原也是自然之理；但是未免太快了一些吧？从早到晚不断的冷雨凄风，又怎能禁受得住呢？下片把落花比作美人，连一滴“同情之泪”的自由，也都难保，那就只有深深感叹人生的不幸而已！

【标韵】

“红”、“匆”、“风”、“重”、“东”叶五平，“泪”、“醉”叶两仄。

无言独上西楼。月如钩。寂寞梧桐深院锁⑤清秋。　　剪不断，理还乱⑥，是离愁；别是一般滋味在心头⑦。

【注释】

⑤锁：禁闭。

⑥理还乱：刚才整理过，很快又紊乱了。

⑦是离愁：说明“剪不断，理还乱”为的是什么。但这万分难堪的境地，“怎一个愁字了得”（李清照《声声慢》）？所以紧接着转出结尾九字，表明这苦闷却是另外一种滋味，只能按在心头而不能说出口来，恰和开首“无言”二字遥相呼应。

【题旨】

自抒被俘囚禁生活中的惨痛心情。上片只从凄凉景色中映出内心的悲苦,下片转出难言的惨痛。

【标韵】

“楼”、“钩”、“秋”、“愁”、“头”叶五平,“断”、“乱”叶两仄。

破阵子[①]

四十年来家国[②],三千里地山河[③]。凤阙龙楼连霄汉[④],玉树琼枝作烟萝[⑤],几曾识干戈[⑥]? 一旦归为臣虏[⑦],沈腰潘鬓销磨[⑧]。最是苍黄辞庙日[⑨],教坊犹奏别离歌,垂泪对宫娥[⑩]。

【注释】

①破阵子:唐教坊曲名,一名《十拍子》。唐太宗(李世民)击破刘武周,军中相与创作《秦王破阵乐》曲,用来歌颂他的武功。玄奘法师去印度求佛法时,那位戒日王还问起:“彼支那国有《秦王破阵乐》歌舞曲;秦王何人,致此歌咏?”(《续高僧传》卷四)依据这段记载,可以想见这《秦王破阵乐》曲流传的广远。它本是大套的舞曲。从大曲里面抽出一段来作为清唱的令曲,这是唐、宋教坊中经常有的事情。这《破阵子》的音节,依然保持着激昂的情调。

②四十句:南唐自李昪建国,在位四年;传嗣至璟,在位十九年;至后主煜,在位十五年;共三十八年,为宋太祖所灭。四十年,约举成数。

③三千句:南唐领有今江苏、安徽、江西等地,约三千里。

④凤阙龙楼：皇帝的宫殿，上面塑有龙凤图案。阙，门观。霄汉：云汉。汉，天河。这是形容宫殿的高度，仿佛和天河相连接。

⑤玉树琼枝：宫内的玩物，用玉石琢成。烟萝：野烟笼罩的兔丝草。这是形容宫中宝物丰富，把玉树琼枝看作野草一般。

⑥干戈：古兵器，借指战争。

⑦臣虏：被俘虏的臣子。

⑧沈腰：用南朝沈约的故事。沈约在给他的朋友徐勉的信中说："百日数旬，革带常应移孔。"意思就是说腰部越来越瘦了。后来把"沈腰"当作形容躯体消瘦的代用语。潘鬓：用晋朝潘岳的故事。潘岳《秋兴赋》序："余春秋三十有二，始见二毛。"意思是说，刚到三十二岁，鬓毛就出现花白了。后来把"潘鬓"二字当作未老先衰的代用语。

⑨苍黄：一作"仓皇"，匆促的意思。辞庙：向祖先告别。

⑩教坊：教习歌舞的机构。始于唐开元间，下及南唐、北宋，都有设置。宫娥：宫中美貌歌女。

【题旨】

自抒亡国后的沉痛心情。上片追想当年盛况，下片难忘去国惨景。

【标韵】

"河"、"萝"、"戈"、"磨"、"歌"、"娥"叶六平。

浪淘沙 二首

帘外雨潺潺[①]，春意阑珊[②]。罗衾不耐[③]五更寒。梦里不知身是客，一晌[④]贪欢。　独自莫凭栏。无限江山，别时容易见时难。流水落花春去也，天上人间[⑤]！

【注释】

①潺潺：雨水声。

②阑珊：衰谢的意思。

③不耐：忍受不了。

④一晌：一会儿。这两句是说，只有在做梦的时候，才能忘却自己是在过着俘虏生活，还可以在异常短暂的时间内贪图一些安慰。

⑤天上人间：无限江山的别易会难，是属于人事方面的变化；断送春归的落花流水，却属于天时方面的自然现象。把天时和人事联系起来仔细想想，究竟天上、人间，什么地方是自己的归宿呢？许多思想上的矛盾，在无可言说的囚虏生活中，只得出以无可奈何的唱叹之音，以寄其无穷悲慨而已。

【题旨】

抒写亡国忧生的悲慨心情。上片以梦里贪欢映出醒时的苦痛；下片追怀故国，感怆万端；结以无可奈何的慨叹。

【标韵】

“潺”、“珊”、“寒”、“欢”、“栏”、“山”、“难”、“间”叶八平。

往事只堪哀，对景难排。秋风庭院藓侵阶[①]。一桁[②]珠帘闲不卷，终日谁来？　　金剑已沉埋[③]，壮气蒿莱[④]。晚凉天净月华[⑤]开。想得玉楼瑶殿影，空照秦淮[⑥]！

【注释】

①藓侵阶：青苔暗上庭阶。

②桁：挂帘子的架子。

③金剑：用丰城剑气的故事。晋代张华看到斗、牛两星宿间常有一股紫气。当时有个雷焕说是：“宝剑之精，上彻于天。”后来雷焕到了丰城，在监狱屋基下掘出一双宝剑：一名“龙泉”，一名“太阿”。

④壮气蒿莱：豪壮的气概都丢在草莱中了。

⑤月华：月亮的光辉。

⑥秦淮：南京的秦淮河。这两句是说，自己原来的玉楼瑶殿都交给了别人；冷清清的月色，把它的影子摇漾在秦淮河面，该是何等的凄凉冷落！

【题旨】

抒写在秋风中追怀故国的怆痛心情。上片全是寂寞悲凉景象；下片抒情后忽然拓开，现出一幅壮阔画面，再融情入景，结以凄壮之音，笔力何等豪迈！

【标韵】

“哀”、“排”、“阶”、“来”、“埋”、“莱”、“开”、“淮”叶八平。

菩萨蛮

人生愁恨何能免，销魂[1]独我情何限！故国梦重归，觉来[2]双泪垂。　高楼谁与上？长记秋晴望。往事已成空，还如一梦中。

【注释】

①销魂：人们受到意外刺激时，连魂魄都消散了。江淹《别赋》：“黯然销魂者，惟别而已矣！”

②觉来：醒来。

【题旨】

抒写追怀故国的沉痛心情。上片表白他的感伤不是一般的离愁别恨；下片感到今昔处境迥然不同，说不尽的伤心忏悔。

【标韵】

“免”、“限”叶两仄，“归”、“垂”叶两平，“上”、“望”叶两仄，“空”、“中”叶两平。

临江仙[①]

樱桃落尽春归去，蝶翻轻粉双飞。子规[②]啼月小楼西。玉钩罗幕，惆怅暮烟垂。　　别巷寂寥人散后，望残烟草低迷。炉香闲袅凤凰儿[③]。空持罗带，回首恨依依。

【注释】

①临江仙：这词有的说是李煜在金陵围城中作的；还缺最后三句而城已陷落。据陈鹄《耆旧续闻》，说他家藏李氏手写《七佛戒经》和杂书两本中，就有《临江仙》词，只涂注数字，并非不曾完成的作品。宋兵围金陵，达一年之久，或者就是在这一段时间写的。

②子规：杜鹃鸟。

③凤凰儿：当是一种妆饰品。

【题旨】

抒写凄凉冷落的苦闷心情。上片说春去后的环境全都变了；下片写束手无策中的感喟。

【标韵】

“飞”、“西”、“垂”、“迷”、“儿”、“依”叶六平。

一斛珠[①]

晚妆初过，沉檀轻注些儿个[②]。向人微露丁香颗[③]。一曲清歌，暂引樱桃[④]破。　　罗袖裛残殷[⑤]色可，杯深旋被香醪流[⑥]。绣床斜凭娇无那[⑦]。烂嚼红绒，笑向檀郎[⑧]唾。

【注释】

①一斛珠：一名《一斛夜明珠》，又名《醉落魄》。这是李煜前期的作品。

②沉檀：两种香料，此指深绛或浅绛的颜色，唐宋时妇女多用来妆点眉端或口唇。注：点上。些儿个：一点儿。

③丁香颗：喻舌尖。

④樱桃：喻红唇口。白居易《杨柳词》诗："樱桃樊素口，杨柳小蛮腰。"

⑤殷：赤黑色。

⑥香醪：美酒。流：弄脏。

⑦无那：无奈。

⑧檀郎：夫婿的美称。李商隐《亡日近不去因寄》诗："今朝歌管属檀郎。"

【题旨】

描写少女的娇憨情态。上片妆成度曲，下片酒后调情。

【标韵】

“过”、“个”、“颗”、“破”、“可”、“涴”、“那”、“唾”叶八仄。

无名氏

凤归云[1] 二首

闺 怨[2]

征夫数载，萍寄[3]他邦。去便无消息，累换星霜[4]。月下愁听砧杵[5]起，塞雁南行。孤眠鸾帐[6]里，枉劳魂梦，夜夜飞扬。　想君薄行[7]，更不思量。谁为传书与，表妾衷肠？倚牖无言垂血泪，暗祝三光[8]。万般无奈处，一炉香尽，又更添香。

【注释】

①凤归云：唐教坊曲名。柳永《乐章集》中有叶平韵的一种，入仙吕调；叶仄韵的一种，入林钟商调。敦煌写本《云谣集杂曲子》中收《凤归云》四首，字句颇有讹夺，经过许多专家的校订，才勉强可以读通。这里所选无名氏词，都是从任二北《敦煌曲校录》中录出的。

②闺怨：唐人诗中常有这种题目，用来描述征妇想念征夫的苦闷心情，反映非战思想。

③萍寄：像浮萍一般漂泊。

④星霜：喻年岁。星宿的位置，跟着地球的运转而递相变移，以一年为一循环；霜到每年天气转寒时下降，所以古人把星霜变换来比年岁改

易。

⑤砧杵：捣衣的丁具。

⑥鸾帐：妇人所用的帐子。传说，罽宾国王得到一只五彩的鸾鸟，希望听到它的鸣声，它却始终不开口。国王夫人说："鸟类看到它的伴侣就会叫的。何不挂一面镜子映出它的身影来试试看？"这只鸾鸟看到镜子里面的形象，想起它的伴侣来，悲鸣一夜，死了。所以古人常把独守空闺的少妇所用器物，加上一个"鸾"字，如"鸾镜"、"鸾帐"等。

⑦薄行：同薄幸，负心的意思。

⑧三光：指日、月、星。

【题旨】

抒写征妇怨情。上片写征夫去后，消息全无，不免引起独守空闺的苦闷；下片写寄书不得，只有祈祷他有朝一日平安回家。

【标韵】

"邦"、"霜"、"行"、"扬"、"量"、"肠"、"光"、"香"叶八平。

绿窗独坐，修得君书。征衣裁缝了，远寄边隅。想得为君贪苦战，不惮崎岖[1]。终朝沙碛里，只凭三尺[2]，勇战奸愚。　　岂知红脸，泪滴如珠？枉把金钗卜[3]，卦卦皆虚。魂梦天涯无暂歇[4]，枕上长嘘。待卿回故里，容颜憔悴，彼此何如？

【注释】

①崎岖：道路不平貌。

②三尺：三尺剑的歇后语。

③金钗卜：金钗当作卦用，占卜吉凶。

④魂梦句：说梦向天涯不断地寻找。

【题旨】

抒写征妇思念征夫的苦闷心情。上片因远寄征衣想起征夫的边疆苦战；下片因归期难卜推想他日归来，难免互伤憔悴。

【标韵】

“书”、“隅”、“岖”、“愚”、“珠”、“虚”、“嘘”、“如”叶八平。

洞仙歌[①]

悲雁随阳[②]，解引秋光，寒蛩响，夜夜堪伤。泪珠串滴，旋流枕上。无计恨征人，争向金风[③]飘荡？

捣衣嘹亮，懒寄回文[④]先往。战袍待缓[⑤]，絮重更熏香。殷勤凭驿使[⑥]追访。愿四塞来朝明帝，令戍客休施流浪。

【注释】

①洞仙歌：唐教坊曲名。《乐章集》分入般涉、仙吕、中吕三调。宋人例叶仄韵，《云谣集》则平仄通叶。

②随阳：跟着温暖的阳光飞去。

③争：怎。金风：秋风。

④回文：用晋人苏蕙织锦回文故事，见温庭筠《杨柳枝》注。

⑤繵：缝衣。

⑥驿使：传递书信的使者。

【题旨】

描写征妇寄寒衣时的心理状态。上片写秋夜怀人，下片表达因寄寒衣而引起的愿望。

【标韵】

“阳”、“光”、“伤”、“香”叶四平，“响”、“上”、“荡”、“亮”、“往”、“访”、“浪”叶七仄。

破阵子

莲脸柳眉羞晕[1]，青丝罢拢云[2]。暖日和风花带媚，画阁雕梁燕语新。卷帘恨去人。　寂寞长垂珠泪，焚香祷尽灵神。应是潇湘红粉恋[3]，不念当初罗帐恩，抛儿虚度春。

【注释】

①莲脸：红艳像荷花一样的脸。柳眉：浓翠像柳叶一般的眉。羞晕：懒得涂脂描黛。晕是搽匀的意思。

②青丝：黑发。云：形容发多。这句的意思是说没有心情再把鬓发梳拢得好看。

③潇湘红粉恋：是说她的男人作客湖南别有所恋。

【题旨】

描写春闺怨情。上片从无心打扮感到景物撩人，更觉薄情郎的可恨；下片因郎君归期无准，疑他别有所恋，耽误了自己的青春。

【标韵】

“云”、“新”、“人”、“神”、“恩”、“春”叶六平。

菩萨蛮 五首

霏霏点点回塘雨，双双只只鸳鸯语。灼灼野花香，依依金缕[①]黄。　盈盈[②]江上女，两两溪边舞。皎皎绮罗光，轻轻云粉妆。

【注释】

①金缕：金线般的嫩柳条。

②盈盈：端丽貌。

【题旨】

描写春郊景物。上片写物，下片写人。

【标韵】

“雨”、“语”、“女”、“舞”叶四仄，“香”、“黄”、“光”、“妆”叶四平。

清明节近千山绿，轻盈士女腰如束[③]。九陌[④]正花芳，少年骑马郎。　罗衫香袖薄，佯醉[⑤]抛鞭落。何用更回头？谩添春夜愁。

【注释】

③腰如束：形容腰细。

④九陌：大路。刘禹锡《宣上人远寄贺礼部王侍郎放榜后诗因而继和》诗：“礼闱新榜动长安，九陌人人走马看。”

⑤佯醉：假装吃醉了酒。

【题旨】

描写游春男女的恋情。上片点出时间、地点和人，下片写初恋。

【标韵】

“绿”、“束”叶两入，“芳”、“郎”叶两平，“薄”、“落”叶两入，“头”、“愁”叶两平。

清明时节樱桃熟，卷帘嫩笋初成竹。小玉[6]莫添香，正嫌红日长。　四肢无气力，鹊语虚消息。愁对牡丹花，不曾君在家。

【注释】

⑥小玉：唐大历间有名妓霍小玉，后来就把小玉当作婢女的称呼。

【题旨】

描写春闺少妇的苦闷心情。上片写时令，下片写心理状态。

【标韵】

“熟”、“竹”叶两入，“香”、“长”叶两平，“力”、“息”叶两入，“花”、“家”叶两平。

香消罗幌堪魂断，唯闻蟋蟀吟相伴。每岁送寒衣，到头归不归？　千行欹枕泪，恨别添憔悴。罗带结同心，不曾看至今！

【题旨】

描写秋闺怀念的苦闷心情。上片从虫吟想起远客，下片从别后追念前欢。任二北先生说："结处是倒装语。"

【标韵】

“断”、“伴”叶两仄，“衣”、“归”叶两平，“泪”、“悴”叶两仄，“心”、“今”叶两平。

自从涉远为游客，乡关迢递千山隔。求宦一无成，操劳不暂停。　　路逢寒食节⑦，处处樱花发。携酒步金堤⑧，望乡关，双泪垂。

【注释】

⑦寒食节：冬至后一百五日，叫作寒食节。相传春秋时晋文公为了纪念介子推，下令国人在他被烧死的那天，禁止生火。

⑧金堤：坚牢似铁一般的堤。

【题旨】

抒写流落他乡的苦闷心情。上片谋事无成，下片看花堕泪。

【标韵】

“客”、“隔”叶两入，“成”、“停”叶两平，“节”、“发”叶两入，“堤”、“垂”叶两平。

西江月 三首

女伴同寻烟水，今宵江月分明。舵头无力一船横，波面微风暗起。　　拨棹行船无定止，渔歌处处闻声。连天江浪浸秋星，误入蓼花丛里。

【题旨】

据任二北先生说，这和下面两首是联章，同咏一事。从它的次第来看，是写一个女子因了丈夫出门，闲着无聊，邀同女伴泛舟散心。第一首是无目的的游玩；第二首又想起她的丈夫来；第三首女伴散去，独自摇橹，不免发出哀怨的歌声。把它综合起来看，是很有意思的。

【标韵】

“水”、“起”、“止”、“里”叶四仄，“明”、“横”、“声”、“星”叶四平。

浩渺天涯无际，旅人船薄[①]孤洲。团团明月照高楼，远望荻花风起。　　东去不回千万里，乘船正值高秋。此时变作望乡愁，一夜苦吟云水。

【注释】

①薄：靠拢。

【题旨】

抒写对丈夫的关怀。上片推测丈夫所在，下片推想丈夫必然也在思家。

【标韵】

“际”、“起”、“里”、“水”叶四仄，“洲”、“楼”、“秋”、“愁”叶四平。

云散金乌初吐[②]，烟迷沙渚沉沉。棹歌惊起乱栖禽，女伴各归南浦。　船压波光摇橹，贪欢不觉更深。楚歌哀怨出江心，正值月当南午[③]。

【注释】

②金乌初吐：太阳刚升上来。

③南午：《十二时曲》：“正南午。”

【题旨】

抒写离开女伴后的凄凉情景。上片夜深人散，下片摇橹独归。

【标韵】

“吐”、“浦”、“橹”、“午”叶四仄，“沉”、“禽”、“深”、

"心"叶四平。

浣溪沙 二首

五里滩头风欲平，张帆举棹觉船轻。柔橹不施停却棹，是船行。　满眼风波多陕约[1]，看山却似走来迎。子细看山山不动，是船行。

【注释】

①陕约：任二北说是"战栗"的意思，王重民校作"闪灼"。

【题旨】

描写山溪行船的特殊感觉。上片顺风扬帆，下片急流看山。

【标韵】

"平"、"轻"、"行"、"迎"、"行"叶五平。

浪打轻船雨打篷，遥看篷下有渔翁。蓑笠不收船不系，任西东。　即问渔翁何所有？一壶清酒一竿风。山月与鸥长作伴，五湖[2]中。

【注释】

②五湖：太湖。

【题旨】

描写逍遥自在的渔翁生活。

【标韵】

"篷"、"翁"、"东"、"风"、"中"叶五平。

临江仙

岸阔临江底见沙，东风吹柳向西斜，春光催绽[1]后园花。莺啼燕语撩乱[2]，争忍不思家？　每恨经年离别苦，等闲抛弃生涯。如今时世已参差[3]。不如归去，归去也，沉醉卧烟霞。

【注释】

①绽：开裂。

②撩乱：相互搅扰的意思。

③参差：不齐貌。这里作时运不济解。

【题旨】

抒写失意文人的悲苦心情。上片因客中春好，引起思家；下片念谋事无成，不如归隐。

【标韵】

“沙”、“斜”、“花”、“家”、“涯”、“差”、“霞”叶七平。

望江南 二首

天上月，遥望似[1]一团银。夜久更阑[2]风渐紧，为奴吹散月边云，照见负心人！

【注释】

①似：衬字。

②更阑：报时刻的更声快要完了。

【题旨】

抒写对月思夫的幽怨心情。用意极新，语言却很朴素。

【标韵】

“银”、“云”、“人”叶三平。

台上月，一片玉无瑕。迤逦[3]看归西海去，横云出来不敢遮，叆叇[4]绕天涯。

【注释】

③迤逦：旁行连接貌。

④叆叇：云盛貌。

【题旨】

赞美明月的光辉，不是浮云所能遮掩。

【标韵】

“瑕”、“遮”、“涯”叶三平。

生查子

一树涧生松，迥向长林起。劲枝接青霄，秀气遮天地。　郁郁覆云霞，直拥高峰际。金殿选忠良，合赴君王意。

【题旨】

托兴高松，写出英雄气概。

【标韵】

“起”、“地”、“际”、“意”叶四仄。

雀踏枝

叵耐灵鹊多瞒语[①]，送喜何曾有凭据？几度飞来活捉取，锁在金笼休共语。　比拟好心来送喜，谁知锁我在金笼里。愿他征夫早归来，腾身却放我向青云里。

【注释】

①叵耐：原是没奈何的意思，引申成为咒骂的话头，像是说可恶的或可恨的。瞒语：欺骗的话。

【题旨】

描写少妇思夫的心理状态。上片咒诅喜鹊说的不灵；下片作为鹊的对话，很曲折地把那复杂变化的心理表达得恰到好处。

【标韵】

"语"、"据"、"取"、"语"、"喜"、"里"、"里"叶七灰。

送征衣[①]

今世共你如鱼水[②]，是前世因缘。两情准拟过千年。转转计较难，教汝独自孤眠。　每见庭前双飞燕，他家好自然。梦魂往往到君边。心穿石也穿，愁甚不团圆？

【注释】

①送征衣：唐教坊曲名。《乐章集》中有《送征衣》长调，和这首敦煌留传下来的曲子格式全然不同。

②鱼水：喻感情融洽。三国时，刘备说过："孤之有孔明，犹鱼之有水也。"（《三国志·蜀书·诸葛亮传》）

【题旨】

抒写坚贞的情爱。上片是说暂别出于不得已，下片是说心中坚信必再团圆。

【标韵】

"缘"、"年"、"难"、"眠"、"然"、"边"、"穿"、"圆"叶八平。

别仙子①

此时模样，算来似，秋天月。无一事，堪惆怅，须圆阙。穿窗牖，人寂静，满面蟾光如雪。照泪痕何似？两眉双结。　晓楼钟动，执纤手，看看别。移银烛，偎身泣，声哽噎②。家私事，频付嘱，上马临行说：长相忆，莫负少年时节。

【注释】

①别仙子：这个曲名只见敦煌写本，别无可考。

②哽噎：泣不出声。

【题旨】

抒写惜别心情。上片是夜起整装时的诸般感触，下片为将晓临别时的依恋情形。

【标韵】

“月”、“阙”、“雪”、“结”、“别”、“噎”、“说”、“忆”、“节”叶九入。

龙榆生著作精选集

东坡乐府笺

龙榆生 著

团结出版社

图书在版编目(CIP)数据

龙榆生著作精选集 / 龙榆生著.

-- 北京：团结出版社, 2019.12

ISBN 978-7-5126-7580-3

Ⅰ. ①龙… Ⅱ. ①龙… Ⅲ. ①词(文学)—文学研究—中国—文集 Ⅳ. ①I207.23-53

中国版本图书馆CIP数据核字(2019)第284145号

出版：团结出版社

（北京市东城区东皇城根南街84号 邮编：100006）

电话：（010）65228880 65244790（传真）

网址：www.tjpress.com

Email：zb65244790@vip.163.com

经销：全国新华书店

印刷：三河市腾飞印务有限公司

开本：145×210 1/32

印张：84

字数：1650千字

版次：2020年12月 第1版

印次：2020年12月 第1次印刷

书号：978-7-5126-7580-3

定价：316.00元（全9册）

出版说明

龙榆生(1902—1966)，本名沐勋，号忍寒，晚年以字行。20世纪最负盛名的词学大师之一，生于江西万载，殁于上海，早年师从黄侃、陈衍、朱祖谋等名师习诗词及文字音韵学，后遂终身致力于词学研究。曾任暨南大学、中山大学、中央大学、上海音乐学院教授。他一生致力于词学研究，被称为中国词学学科的奠基人，创办了现代第一本词学专门刊物《词学季刊》，对词学研究的现代转型影响巨大。

龙榆生词学研究的领域广泛，成就卓著。常年任教于各大学校的他，在写下一部部词学专著的同时，也一直不忘整理概论和选本。这套《龙榆生著作精选集》我们精选了其经典著作九种。在概论中，我们选择了他晚年有代表性的《唐宋词格律》《词曲概论》《词学十讲》三种；选本则选择《东坡乐府笺》《唐宋名家词选》《唐五代词选注》《近三百年名家词选》四种；考虑到目前雅言弱化、语言表现力不足的现状，还特意选择了《古今名人书牍选》《苏黄尺牍选》二种，作为学习文言文的补充读本。读者也可以藉此九种窥见龙先生一生治学的全豹。《龙榆生著作精选集》既可以作为古典诗词爱好者的案头必备典籍加以赏玩，又可以作为青年学子提升文化修养、学习典雅文言的上乘读物。

针对本套系列丛书工程浩大、专业性强的特点，为此我们特地组织了相关专家进行了专门的校勘和梳理。本着尊重作者和原著的精神，此次再版将特殊历史时期下，不符合作者原意的改本加以修订，恢复符合作者理念的原本原貌，并在前人基础上对仍存在的讹误重加订正。考虑到现代读者的阅读习惯，特将原来的繁体竖排调整为简体横排。由于编者水平所限，在编辑过程中，疏漏之处在所难免，恳请广大读者不吝赐教！

编者

2020年10月

凡 例

一、本书依据1958年线装版为底本，改繁体竖排为简体横排，并规范标点与文字。

二、对原书中明显排印错讹、异体字予以改正。龙氏《笺》引用前人著作多用节录；征引前人诗文，文字与今所见者也存有异同；龙氏《笺》词头与正文或有不完全对应处：为保持原貌，整理时未作改动。

三、龙氏《笺》所征引前人的诗文，篇名或标或不标；前注复见后文者，曰见某卷某阕，然该阕之首句或出或不出。整理时为统一体例，凡未出篇名、首句者皆予补出，并加（ ）标示，以便读者。对部分征引来源不明者，未能考知确切篇名，就保留了原貌。

四、龙氏《笺》征引前人诗文偶有错讹处，在必要时加了按语说明。讹字加（ ）标示，正字、补字加［ ］标示。

五、龙氏《笺》卷下题“朱彊村先生编年圈点”。朱氏编年，仍按原书以“朱注”标出。原有圈点则不予保留。

六、为方便检索，目录中对各词均列首句；书末后附《篇目索引》可以依据笔画一览相同词牌下的所有内容，且按照书页先后顺序排列。

序 论

我们祖国的诗歌，自《诗经》以来，绵历二千数百年之久，不断产生着丰富多彩的新形式。这些新形式的产生，最初都是经过劳动人民的辛勤创作，和音乐有着不可分割的关系。但是发展到了相当时期，它就会脱离母体而独立生存，开拓它的广大园地，在诗歌史上特放异彩。苏轼在长短句歌词上的伟大贡献，就是一个最好的例证。

一般所说的词，宋人也把它叫作乐府。它是依附唐、宋以来新兴曲调从而创作的新体诗，是音乐语言和文学语言紧密结合的特种艺术形式。这种“倚声填词”的新形式，从唐、五代以迄北宋仁宗朝的作家柳永，积累了许多的经验，把长短句的新体诗完全音乐化了。五、七言近体诗进一步发展以后，由于不断的音乐陶冶，不期然而然地会有“句读不葺”（李清照说）的长短句的新体格律诗的出现。苏轼看准了这个发展规律，也就不妨“一洗绮罗香泽之态，摆脱绸缪宛转之度”（胡寅《酒边词序》），从“曲子”中解放出来，在词坛独树一帜，打开“以诗为词”（陈师道说）的新局面。这正好表示他的积极性和创造性，确是能够“指出向上一路，新天下耳目”（王灼《碧鸡漫志》卷二）的。

在“横放杰出”的东坡词派尚未崛兴之前，对长短句歌词形式的建立有很大功绩的，在晚唐则有温庭筠，“能逐弦吹之音，为侧艳之词”（《旧唐书》列传卷一百四十下）；在北宋则有柳永，为教坊乐工所得新腔创作歌曲（《避暑录话》卷三）。这样，把唐、宋以来新兴歌曲的音乐语言和文学语言紧密结合起来了。一般不懂音律的诗人，有了这个定型的新形式，如令、引、近、慢等，就可以照着它们的固定形式，体会每一词牌的不同情调，“从心所欲”地来说作者自己所要说的话。温、柳二家的开创之功，是不容抹杀的。南宋爱国诗人陆游也曾说过：“飞卿《南乡子》八阕，语意工妙，殆可追配刘梦得《竹枝》。”（《渭南文集》卷二十七《跋金奁集》）。苏轼虽与柳永立于对立地位，但读到他的《八声甘州》“霜风凄紧，关河冷落，残照当楼”，还不免要赞美一声：“此语于诗句，不减唐人高处。”（《侯鲭录》卷七）苏词的作风，固然脱尽了温、柳二家的羁绊；但对创调方面，如果没有温、柳在前为词坛广辟园地，那他也就很难写出这许多“无意不可入，无事不可言”（《艺概》卷四）的好词来。饮水思源，不能不在这里特提一下。

从九六〇年至一一二六年，就是所谓北宋时代。五代以来长期割据的分裂局面，到了宋太祖赵匡胤定都汴京（开封）以后，中国复归于统一。人民经过长期的休养生息，社会经济也渐渐繁荣了起来。孟元老《东京梦华录序》谈到当日汴京的繁盛情形，是：“新声巧笑于柳陌花衢，按管调弦于茶坊酒肆。”都市繁华达到这样的程度，就为新声歌曲创造了发荣滋长的必要条件。柳词所以为当时广大人民所喜爱，是有它的社会基础的。可是统治阶级的粉饰太平，掩盖不了当时的阶级矛盾。宰相吕蒙正就曾说起：“都城，天子所在，士庶走集，故繁盛至此。臣尝见都城外不数里，饥寒而死者甚众。”（《宋史》卷二百六十五）人民遭受到这样凄惨的境遇，有良心的诗人，是不能熟视无睹的。加上仁宗朝（一〇二三—一〇六三）对西夏用兵的累遭惨败，民族矛盾因之日益加深。富有爱国主义思想的诗人如苏轼、黄庭坚等，就把西夏这个敌国刻刻放在心上，而有“甘心赴国忧”的雄图。不但苏词有“会挽雕弓如满月，西北望，射天狼”（《江城子·猎词》）的豪语，连黄庭坚谪贬黔中时，还把“静扫河西”（《山谷词·洞仙歌·泸守王补之生日》）寄希望于他的朋友。这些情况，反映到诗人们的思想感情上，是不容许再像柳永那样，把生活圈子局限在“浅斟低唱”的“偎红倚翠”中了。“关西大汉，铁绰板，铜琵琶，唱大江东去”（《吹剑录》），恰好是适应时代要求，发挥了苏轼的创造性，用来打开南渡诸爱国词人的新局面，这不是什么偶然的。

苏轼是一个“奋厉有当世志”（《墓志铭》）的文人。虽然他的政治见解偏向保守，和王安石立于反对地位，但他毕竟具有爱国思想，而且是站在人民一边的。他到处兴修水利，抑制豪强，连在谪贬黄州和惠州、琼州时，都和农民相处得很好，并不把个人遭遇戚戚于怀。这是何等坦荡的胸襟，何等壮阔的抱负！他自己说：“作文如行云流水，初无定质，但当行于所当行，止于所不可不止。虽嬉笑怒骂之词，皆可书而诵之。”（《宋史》卷三百三十八本传）他的散文和诗、词，风格都是一贯这样的。苏辙替他作的《墓志铭》，提到他的思想发展，最初是留意于贾谊、陆贽的政论；后来又爱好《庄子》，说是：“吾昔有见于中，口未能言；今见《庄子》，得吾心矣！”终乃深契于佛教的禅宗，“参之孔、老，博辩无碍”。他的思想无疑还有消极的一面，但他在实际行动中，关心人民的痛苦，所以能够在颠连困苦的谪贬生活中，得到广大群众的同情和敬爱。同时他的胸襟开阔，不介怀于个人的得失，不以一时挫抑动摇他的心志，一直抱着积极精神来追求现实和真理。像那最为广大读者所传诵不衰的作品，如《赤壁赋》及《水调歌头·中秋》词，都是这种思想感情的表现。他的创作方法是“随物赋形”，做到“非有意于文字之为工，不得不然之为工”（《遗山文集》卷三十六《新轩乐府引》）。所谓“满心而发，肆口而成”，所谓“不自缘饰，因病成妍”。（同上）就是说他不过分注意文字的雕琢，而作品中贯串着真实的思想感情。这是从多方面的学养和实际生活的体验中得来的。

所谓“横放杰出，自是曲中缚不住”的东坡词，不等于说他全不讲究音律。王灼说：“东坡先生非心醉于音律者。”（《碧鸡漫志》卷二）陆游说：“先生非不能歌，但豪放，不喜裁剪以就声律耳。”（《历代诗馀》卷一百十五）这都只是说明苏词不肯牺牲内容来迁就形式，千万不可误解，认为学习苏词可以破坏格律。破坏格律，就不能够算作长短句歌词；死守格律而不能够充实内容，那也就会失却它的文学价值。陆游曾经听到晁以道说起：“绍圣初，与东坡别于汴上，东坡酒酣，自歌古《阳关》。”（同上）我们再看他自己写的《阳关曲》“暮云收尽溢清寒，银汉无声转玉盘。此生此夜不长好，明月明年何处看”，把来和王维的《渭城曲》“渭城朝雨浥轻尘，客舍青青柳色新。劝君更尽一杯酒，西出阳关无故人”逐字对勘，连四声都不肯轻易出入。他在黄州，檃栝陶渊明《归去来辞》作《哨遍》，明明说道：“使就声律，以遗［董］毅夫。使家僮歌之，时相从于东坡，释耒而和之，扣牛角而为之节。”（《东坡乐府》卷二）这难道不是作者重视词的音律的最好证明吗？南宋以后所谓“豪杰之词”，自侪于苏、辛一派，如陈亮、刘过、刘克庄等，虽然集子中也有些“壮颜毅色”、

“可以立懦”的佳作，但是充满了生硬字面，读来格格不易上口，失掉了词的音乐性，这是不能借口学苏而自护其短的。

当柳七乐章风靡一世的时候，苏轼挺身而出，指出向上一路，和他对抗。虽然他的朋友和学生如陈师道、张耒、晁补之等，都不但不敢明目张胆地起来拥护他的主张，而且还是抱着怀疑态度，但他自己却凭着满腔的“逸怀浩气”，只管“我自用我法”地不断写作。这也证明他是确有远见卓识，看准了长短句歌词的发展道路，才有勇气这样坚持到底的。风气一开，于是他的学生黄庭坚、晁补之跟着他走了，他的后起政敌叶梦得也仿效起他的作风来了。北宋末、南宋初期，所有诗人志士，于丧乱流离中，往往藉这个长短句歌词来发抒爱国思想，以及种种悲愤激越的壮烈怀抱，有如岳飞的《满江红》，张孝祥的《六州歌头》，张元干的《贺新郎》、《石州慢》等，以至陈与义、朱敦儒、韩元吉、向子諲、杨万里、范成大、陆游、陈亮、刘过等的某些作品，几乎没有一个不受东坡影响的。这个“横放杰出”的词风，一方面也推向北方发展，有如金代作家吴激、蔡松年等，以及元好问《中州集》中所录诸作家，也很少不是苏词的流派。辛弃疾怀抱“喑呜鸷悍”（刘辰翁《辛稼轩词序》）的雄才，突骑渡江，以恢复中原自任；同时把移植金国的苏词种子，挟以俱南，于原有基础上作进一步的发展。所谓“稼轩敛雄心，抗高调；变温婉，成悲凉”（周济《宋四家词选序论》）。苏词发展到了稼轩，于是文学史上所大书特书的“苏辛词派”才得正式建立，从而使这个特种艺术形式充实了它的内容，不妨脱离音乐而独立生存，为长短句歌词延长了七八百年的生命。宋末作家如刘克庄、文天祥、刘辰翁等，金末作家如元好问，以迄清代作家如陈维崧、吴伟业、曹贞吉、顾贞观、蒋士铨、王鹏运、文廷式、朱祖谋等，虽然因了作者的身世不同而异其造诣，都或多或少地受到东坡词格的熏陶，在一些代表作品中，还凛然有它的生气。穷源竟委，苏轼在词学上的地位，是不可动摇的。

二十二年前，我曾从南陵徐积余先生借得旧钞傅干《注坡词》残本，并依朱彊村先生编年本《东坡乐府》重加排比笺释，写定为《东坡乐府笺》三卷。初版刚出，遇到日本侵略者来犯，传本遂稀。兹因各方要求，略为订补，并增苏辙所撰《墓志铭》及各家对苏词的评语，仍托商务印书馆重印。试论苏词的特点和它的影响所及，以供参考。不当的地方，希望读者随时指正。

一九五七年九月十四日，龙榆生写于上海。

序 一

诗文集非出手定，为后人所辑录者，往往次序凌猎，读者不得寻迹相证，以窥其旨，于是乎有编年；摘藻遣词，字有来历，校正讹舛，必详其源，于是乎有笺注。东坡诗前有百家王注，毗陵邵长蘅、海宁查慎行、桐乡冯应榴、仁和王文诰踵起编年校补，可谓备矣。独其词别本单行，未有从事编注者。归安朱沤尹侍郎，始为之校订编年，刊之《彊村丛书》中。吾友万载龙君榆生，好学深思，以能诗词，先后教授于厦门、上海诸大学。暇日复取沤尹所编本，考证笺注，精核详博，靡溢靡遗。夫词于文章，先辈所视为小道也。然以古例今，街巷讴谣，輶轩所采，士夫润色，升歌庙堂，《三百篇》亦周代之词耳。古今文字嬗降，诗变为五七言，又变而为词，为南北曲，愈近则愈切于民俗国故。词莫盛于赵宋，《乐章》、《片玉》，几乎家弦户诵。东坡在当时，异军特起，孤抱幽忧，托于风人微旨，宜榆生好之笃而考订之勤也。比集朋辈为沤社，月课一词，座中榆生年最少，著述最矜慎。笺方毕，赍稿就予，殷殷求益。予不能有助于榆生也，因为序言以归之。 新建夏敬观。

序 二

宋人论苏子瞻词者曰：东坡乐府如教坊雷大使舞，虽极工，终非本色。又曰：东坡词如天仙化人，飞空无迹。综二者之说，似东坡词不得为正宗者。吾谓古今中外之文学，皆以表其心灵。故胸襟见识、情感兴趣，触景而发，遂成咏唱，初无一定之矩矱也。后人艰于创作，自缚于窠世而不能出，遂反奉为金科玉律。其合者固亦足趾美前修，下者遂驯致遗神存貌。声病严而诗道衰，九宫格出而字学坏，岂不皆以是欤？东坡词之于律何如，今已不能详析，抑亦无事争辩。要其胸襟见识、情感兴趣，非犹乎其时之人之作也。前之李重光、冯延巳、大小晏、欧阳永叔，后之辛稼轩、王碧山，肸蠁潜通者，仅此而已。此数子之作，其有当于词之本色否欤？抑别有其本色，如诗之墨守声病，字之牢依九宫格，然后为工欤？盖声病、九宫格，规矩准绳之事也。胸襟见识、情感兴趣，神而明之之事也。舍神明而拘绳墨，斯正轨欤？所谓上继风骚者，仅如是欤？抑宋代词家多矣，卓然名世者，无虑数十，撦挦规橅，笼罩至今。自元讫今，仿晏、张、秦、柳、周、贺、姜、辛、吴、王，以至花间、阳春、南唐二主者，盖靡所不有，独未闻有真能学苏者。粗才摇笔称学苏、辛，实则苏、辛真谛毫未梦见，此不能称为学苏也。岂超绝古今，直不容人学步欤？盖东坡之词，纯表其胸襟见识、情感兴趣者也，规矩准绳，乃其余事。故论者至以为非本色，而不能以学。所谓天仙化人，殆亦此意。为词者不究其胸襟见识、情感兴趣，而徒规矩准绳之是务，宜其于苏门无从问津也。此乃论词之体格耳，偭越者幸勿以为借口。张皋闻、周保绪颇知此意，故所作间涉藩篱。近日，王幼遐、文道希益畅其说。缘是词之体益尊而境益广，斯实词学兴衰一大关键，论学者所不可不察也。治词者沿此以求其本，犹习画者冥通摩诘、道子，复何院本之足云？故论词而尊苏，实为正眼法藏，而非旁门左道。至力薄者举鼎绝膑，貌取者画虎类犬，则学者之过，而非师之咎也。东坡词夙少完本，兹龙君萸生萃各本互勘，写定为《东坡乐府笺》三卷，体例详赡，搜采广博，于词之独到处，尤多发微。余喜其志之同也，漫述所见如右，期相印证。至编校之精核，有目共赏，固无事赘言也。是为序。

一九三二年五月，番禺叶恭绰。

序三

昔李东阳论坡诗，谓汉魏以前，诗格简古，不得著细事长语。杜诗稍为开辟，韩一衍之，苏再衍之，于是情与事无不可尽。此说也，予以为尤合于论坡词。盖诗至玉川、逋翁，纵横奇诡，已非杜、韩所能牢笼，虽坡无以远过。若其词横放杰出，尽覆《花间》旧轨，以极情文之变，则洵前人所未有。撷其粗迹，凡有数创焉。杜、韩以议论为诗，宋人推波以及词，若山谷、圣求、坦庵、竹斋诸家之论禅，重阳、丹阳、磻溪、清庵诸羽流之论道，以及稼轩、中庵、方壶、西崖之论文，徐鹿卿、陆墙东之论政，枝歧蜕嬗，溯其源实出于坡之《如梦令》《无愁可解》，仲淹、半山，未足比数。此其一也。曹公谢客，好摭经子入诗，在词则坡之《醉翁操》《西江月》《浣溪沙》为其权舆。后来龙洲、竹斋之用《语》《孟》，稼轩、方壶之用《诗》《骚》，清庵、虚靖之用《易》《老》，以及方壶衣絮之取义《淮南》，芦川稷雪之数典《诗疏》，虽落言筌，无嫌质实。《乐府指迷》以不用经典为清真冠绝者，非可持绳诸贤不羁之驾。此其二也。汤衡序《于湖词》，谓元祐诸公嬉弄乐府，寓以诗人句法，发自坡公。此殆指《水调歌头》之檃括韩诗，《定风波》之裁成杜句。他如以《归去来辞》谐《哨遍》，以《山海经》协《戚氏》，合文入乐，尤坡之创制。继起如石林、阳春、遁庵、道园、后村、竹山，皆有括渊明、李、杜之诗，马迁、苏、欧之文。吾乡林正大《风雅遗音》且裒为专集，固近绪余，亦见创格。此其三也。荆公、子野始稍稍具词题，然寂寥短语，引意而止。坡之《西江月》《满江红》《定风波》，皆系详序，《水龙吟》一章，尤斐然长言，自成体制。效之者稼轩、明秀、遗山、秋涧、苹洲，皆二百余字，方是间之《哨遍》，明秀之《雨中花》，皆逾三百字，白石且以四百数十字序《征招》。诗人制题之风，浸淫及词，撢其朔亦必及坡。此其四也。要之，令词自晏、欧以降，其势渐穷，耆卿阐其变于声情，东坡肆其奇于文字，昔之以莹冰晖露、不著迹象为尚者，至是泮为江河而沛然莫御，盖自凝而散，合其道于诗文矣。四端旨要，无以逾此。虽云禁囿既开，横流亦滥，其功罪未可遽论，然此岂暖姝拘墟之徒所当容议哉？榆生此笺，繁征博稽，十倍旧编，东坡功臣，无俟乎扬赞。委为弁言，聊举碎义，祈为读坡词者之一助。若云管窥筐举，未览其全，则詹詹固无所逃难也。

一九三四年十月，永嘉夏承焘敬序。

东坡先生墓志铭

苏 辙

予兄子瞻谪居海南。四年春正月，今天子即位，推恩海内，泽及鸟兽。夏六月，公被命渡海北归。明年，舟至淮浙，秋七月，被病，卒于毘陵。吴越之民相与哭于市，其君子相与吊于家。讣闻四方，无贤愚皆咨嗟出涕，太学之士数百人，相率饭僧惠林佛舍。呜呼，斯文坠矣，后生安所复仰！公始病，以书属辙曰："即死，葬我嵩山下，子为我铭。"辙执书哭曰："小子忍铭吾兄！"

公讳轼，姓苏氏，字子瞻，一字和仲。世家眉山。曾大父讳杲，赠太子太保。妣宋氏，追封昌国太夫人。大父讳序，赠太子太傅。妣史氏，追封嘉国太夫人。考讳洵，赠太子太师。妣程氏，追封成国太夫人。公生十年，而先君宦学四方，太夫人亲授以书，闻古今成败，辄能语其要。太夫人尝读《东汉史》，至《范滂传》，慨然太息。公侍侧，曰："轼若为滂，夫人亦许之否乎？"太夫人曰："汝能为滂，吾顾不能为滂母耶？"公亦奋厉有当世志。太夫人喜曰："吾有子矣！"比冠，学通经史，属文日数千言。

嘉祐二年，欧阳文忠公考试礼部进士，疾时文之诡异，思有以救之。梅圣俞时与其事，得公《论刑赏》，以示文忠。文忠惊喜，以为异人，欲以冠多士，疑曾子固所为。子固，文忠门下士也。乃置公第二。复以《春秋》对义居第一。殿试中乙科，以书谢诸公。文忠见之，以书语圣俞曰：“老夫当避此人，放出一头地。”士闻者始哗不厌，久乃信服。丁太夫人忧，终丧。五年，授河南福昌主簿。文忠以直言荐之秘阁，试六论。旧不起草，以故文多不工。公始具草，文义粲然，时以为难。比答制策，复入三等。除大理评事，签书凤翔府判官。长吏意公文人，不以吏事责之，公尽心其职，老吏畏服。关中自元昊叛命，人贫役重，岐下岁以南山木机自渭入河，经砥柱之险，衙前以破产者相继也。公遍问老校，曰：“木栰之害，本不至此。若河、渭未涨，操栰者以时进止，可无重费也。患其乘河、渭之暴，多方害之耳。”公即修衙规，使衙前得自择水工。栰行无虞，乃言于府，使得系籍。自是衙前之害减半。

治平二年，罢还，判登闻鼓院。英宗在藩闻公名，欲以唐故事召入翰林，宰相限以近例，欲召试秘阁。上曰：“未知其能否，故试。如苏轼有不能耶？”宰相犹不可。及试二论，皆入三等，得直史馆。丁先君忧，服除，时熙宁二年也。王介甫用事，多所建立。公与介甫议论素异，既还朝，置之官告院。四年，介甫欲变更科举，上疑焉，使两制三馆议之。公议上，上悟曰：“吾固疑此，得苏轼议，意释然矣。”即日召见，问何以助朕。公辞避久之，乃曰：“臣窃意陛下求治太急，听言太广，进人太锐。愿陛下安静以待物之来，然后应之。”上竦然听受，曰：“卿三言，朕当详思之。”介甫之党皆不悦，命摄开封推官，意以多事困之。公决断精敏，声闻益远。会上元有旨市浙灯，公密疏旧例无有，不宜以玩好示人。即有旨罢。殿前初策进士，举子希合，争言祖宗法制非是。公为考官，退拟答以进，深中其病。自是论事愈力，介甫愈恨。御史知杂事者，乃诬奏公过失，穷治无所得。公未尝以一言自辩，乞外任避之，通判杭州。是时四方行青苗、免役、市易，浙西兼行水利、盐法。公于其间常因法以便民，民赖以少安。高丽入贡，使者凌蔑州郡，押判使臣皆本路筦库，乘势骄横，至与钤辖亢礼。公使人谓之曰："远夷慕化而来，理必恭顺，今乃尔暴恣，非汝导之，不至是也。不悛当奏之。"押伴者惧，为之小戢。使者发币于官吏，书称甲子，公却之曰："高丽于本朝称臣，而不禀正朔，吾安敢受？"使者亟易书称熙宁，然后受之。时以为得体。吏民畏爱，及罢去，犹谓之学士而不言姓。

自杭徙知密州，时方行手实法，使民自疏财产以定户等，又使人得告其不实。司农寺又下诸路，不时施行者以违制论。公谓提举常平官曰："违制之坐，若自朝廷，谁敢不从？今出于司农，是擅造律也，若何？"使者惊曰："公姑徐之。"未几，朝廷亦知手实之害，罢之。密人私以为幸。郡尝有盗窃发而未获，安抚转运司忧之，遣一三班使臣，领悍卒数十人入境捕之。卒凶暴恣行，以禁物诬民，入其家争鬬至杀人，畏罪惊散，欲为乱。民诉之，公投其书不视，曰："必不至此。"溃卒闻之少安。徐使人招出，戮之。

自密徙徐，是岁河决曹村，泛于梁山泊，溢于南清河，城南两山环绕，吕梁、百步扼之，汇于城下。涨不时泄，城将败，富民争出避水。公曰："富民若出，民心动摇，吾谁与守？吾在是，水决不能败城。"驱使复入。公履屦杖策，亲入武卫营，呼其卒长，谓之曰："河将害城，事急矣，虽禁军，宜为我尽力。"卒长呼曰："太守犹不避涂潦，吾侪小人效命之秋也。"执梃入火伍中，率其徒短衣徒跣，持畚锸以出，筑东南长堤，首起戏马台，尾属于城。堤成，水至堤下，害不及城，民心乃安。然雨日夜不止，河势益暴，城不沉者三板。公庐于城上，过家不入，使官吏分堵而守，卒完城以闻。复请调来岁夫，增筑故城，为木岸，以虞水之再至。朝廷从之。讫事，诏褒之。徐人至今思焉。

徙知湖州，以表谢上。言事者摘其语以为谤，遣官逮赴御史狱。初公既补外，见事有不便于民者，不敢言，亦不敢默视也，缘诗人之义，托事以讽，庶几有补于国。言者从而媒孽之。上初薄其过，而浸润不止，至是不得已从其请。既付狱，必欲置之死，锻炼久之不决。上终怜之，促具狱，以黄州团练副使安置。公幅巾芒屩，与田父野老相从溪谷之间，筑室于东坡，自号东坡居士。五年，上有意复用，而言者沮之。上手札徙汝州，略曰："苏轼黜居思咎，阅岁滋深，人材实难，不忍终弃。"未至，上书自言有饥寒之忧，有田在常，愿得居之。书朝入，夕报可，士大夫知上之卒喜公也。会晏驾，不果复用。

至常，以哲宗即位，复朝奉郎，知登州。至登，召为礼部郎中。公旧善门下侍郎司马君实及知枢密院章子厚，二人冰炭不相入。子厚每以谑侮困君实，君实苦之，求助于公。公见子厚曰："司马君实时望甚重。昔许靖以虚名无实，见鄙于蜀先主，法正曰：'靖之浮誉，播流四海，若不加礼，必以贱贤为累。'先主纳之，乃以靖为司徒。许靖且不可慢，况君实乎？"子厚以为然，君实赖以少安。既而朝廷缘先帝意欲用公，除起居舍人。公起于忧患，不欲骤履要地，力辞之，见宰相蔡持正自言。持正曰："公徊翔久矣，朝中无出公右者。"公固辞，持正曰："今日谁当在公前者？"公曰："昔林希同在馆中，年且长。"持正曰："希固当先公耶？"卒不许。然希亦由此继补记注。

元祐元年，公以七品服入侍延和，即改赐银绯。二月，迁中书舍人。时君实方议改免役为差役。差役行于祖宗之世，法久多弊。编户充役不习，府官吏虐使之，多以破产，而狭乡之民，或有不得休息者。先帝知其然，故为免役，使民以户高下出钱，而无执役之苦。行法者不循上意，于雇役实费之外，取钱过多，民遂以病。若量出为入，毋多取于民，则足矣。君实为人，忠信有余而才智不足，知免役之害而不知其利，欲一切以差役代之。方差官置局，公亦与其选，独以实告，而君实始不悦矣。尝见之政事堂，条陈不可，君实忿然。公曰：“昔韩魏公刺陕西义勇，公为谏官，争之甚力，魏公不乐，公亦不顾。轼昔闻公道其详，岂今日作相，不许轼尽言耶？”君实笑而止。公知言不用，乞补外，不许。君实始怒，有逐公意矣，会其病卒乃已。时台谏官多君实之人，皆希合以求进，恶公以直形己，争求公瑕疵。既不可得，则因缘熙宁谤讪之说以病公。公自是不安于朝矣。

寻除翰林学士。二年，复除侍读。每进读，至治乱盛衰、邪正得失之际，未尝不反复开导，觊上有所觉悟。上虽恭默不言，闻公所论说，辄首肯喜之。三年，权知礼部贡举。会大雪苦寒，士坐庭中，噤不能言。公宽其禁约，使得尽其技。而巡铺内臣伺其坐起，过为凌辱，公以其伤动士心，亏损国体，奏之。有旨送内侍省挞而逐之，士皆悦服。尝侍上读祖宗宝训，因及时事，公历言今赏罚不明，善恶无所劝沮；又黄河势方西流，而强之使东；夏人寇镇戎，杀掠几万人，帅臣拚蔽不以闻，朝廷亦不问。事每如此，恐寖成衰乱之渐。当轴者恨之。公知不见容，乞外任。四年，以龙图阁学士知杭州。时谏官言前宰相蔡持正知安州，作诗借郝处俊事以讥刺时事，大臣议逐之岭南。公密疏，言朝廷若薄确之罪，则于皇帝孝治为不足；若深罪确，则于太皇太后仁政为小累。谓宜皇帝降敕，置狱逮治，而太皇太后内出手诏赦之，则仁孝两得矣。宣仁后心善公言而不能用。公出郊，未发，遣内侍赐龙茶、银合，用前执政恩例，所以慰劳甚厚。

及至杭，吏民习公旧政，不劳而治。岁适大旱，饥疫并作，公请于朝，免本路上供米三之一，故米不翔贵。复得赐度僧牒百，易米以救饥者。明年方春，即减价粜常平米，民遂免大旱之苦。公又多作饘粥药剂，遣吏挟医分坊治病，活者甚众。公曰："杭水陆之会，因疫病死比他处常多。"乃裒羡缗，得二千，复发私橐，得黄金五十两，以作病坊，稍畜钱粮以待之，至于今不废。是秋复大雨，太湖泛溢，害稼。公度来岁必饥，复请于朝，乞免上供米半。又多乞度牒，以籴常平米并义仓所有，皆以备来岁出粜。朝廷多从之，由是吴越之民复免流散。

杭本江海之地，水泉咸苦，居民稀少。唐刺史李泌始引西湖水作六井，民足于水，故井邑日富。及白居易复浚西湖，放水入运河，自河入田，所溉至千顷。然湖水多葑，自唐及钱氏，岁辄开治，故湖水足用。近岁废而不理，至是湖中葑田积二十五万余丈，而水无几矣。运河失湖水之利，则取给于江潮，潮浑浊多淤，河行阛阓中，三年一淘，为市井大患，而六井亦几废。公始至，浚茅山、盐桥二河，以茅山一河专受江潮，以盐桥一河专受湖水。复造堰闸，以为湖水畜泄之限，然后潮不入市。且以余力复完六井，民稍获其利矣。公间至湖上，周视良久，曰："今欲去葑田，葑田如云，将安所置之？湖南北三十里，环湖往来，终日不达，若取葑田积之湖中，为长堤以通南北，则葑田去而行者便矣。吴人种菱，春辄芟除，不遗寸草。葑田若去，募人种菱，收其利以备修湖，则湖当不复湮塞。"乃取救荒之余，得钱粮以贯石数者万，复请于朝得百僧度牒，以募役者。堤成，植芙蓉杨柳其上，望之如图画，杭人名之苏公堤。

杭僧有净源者，旧居海滨，与舶客交通牟利，舶至高丽，交誉之。元丰末，其王子义天来朝，因往拜焉。至是源死，其徒窃持其画像附舶往告，义天亦使其徒附舶来祭。祭讫，乃言国母使以金塔二祝皇帝、太皇太后寿。公不纳，而奏之曰："高丽久不入贡，失赐予厚利，意欲来朝，以未测朝廷所以待之薄厚，故因祭亡僧而行祝寿之礼，礼意鲜薄，盖可见矣。若受而不答，则远夷或以怨怒；因而厚赐之，正堕其计。臣谓朝廷宜勿与知，而使州郡以理却之。然庸僧猾商，敢擅招诱外夷，邀求厚利，为国生事，其渐不可长，宜痛加惩创。"朝廷皆从之。未几，高丽贡使果至。公按旧例，使之所至，吴越七州，实费二万四千余缗，而民间之费不在，乃令诸郡量事裁损。比至，民获交易之利，而无侵扰之害。

浙江潮自海门东来，势如雷霆，而浮山峙于江中，与渔浦诸山犬牙相错，洄洑激射，岁败公私船不可胜计。公议自浙江上流地名石门，并山而东，凿为运河，引浙江及溪谷诸水二十余里以达于江。又并山为岸，不能十里，以达于龙山之大慈浦，自浦北折抵小岭，凿岭六十五丈，以达于岭东古河，浚古河数里以达于龙山运河，以避浮山之险。人皆以为便。奏闻，有恶公成功者。会公罢归，使代者尽力排之，功以不成。公复言三吴之水潴为太湖，太湖之水溢为松江以入海。海日两潮，潮浊而江清，潮水尝欲淤塞江路，而江水清驶，随辄涤去，海口常通，则吴中少水患。昔苏州以东，公私船皆以篙行，无陆挽者。自庆历以来，松江大筑挽路，建长桥以扼塞江路，故今三吴多水。欲凿挽路为千桥以迅江势。亦不果用，人皆恨之。公二十年间再莅此州，有德于其人，家有画像，饮食必祝，又作生祠以报。

六年，召入为翰林承旨，复侍迩英。当轴者不乐，风御史攻公。

公之自汝移常也，受命于宋，会神考晏驾，哭于宋，而南至扬州。常人为公买田，书至，公喜作诗，有“闻好语”之句，言者妄谓公闻讳而喜，乞加深谴。然诗刻石有时日，朝廷知言者之妄，皆逐之。公惧，请外补，乃以龙图阁学士守颍。先是，开封诸县多水患，吏不究本末，决其陂泽，注之惠民河，河不能胜，则陈亦多水。至是又将凿邓艾沟与颍河并，且凿黄堆，注之于淮，议者多欲从之。公适至，遣吏以水平准之，淮之涨水高于新沟几一丈，若凿黄堆，淮水顾流浸州境，决不可为。朝廷从之。郡有宿贼尹遇等数人群党惊劫，杀变主及捕盗吏兵者非一。朝廷以名捕不获，被杀者噤不敢言。公召汝阴尉李直方，谓之曰：“君能擒此，当力言于朝，乞行优赏。不获，亦以不职奏免君矣。”直方退，缉知群盗所在，分命弓手往捕其党，而躬往捕遇。直方有母年九十，母子泣别而行，手戟刺而获之。然小不应格，推赏不及，公为言于朝，请以年劳改朝散郎阶，为直方赏。朝廷不从。其后吏部以公当迁，以符会考，公自谓已许直方，卒不报。

七年，徙扬州。发运司旧主东南漕法，听操舟者私载物货，征商不得留难。故操舟者富厚，以官舟为家，补其弊漏，而周船夫之乏困，故其所载，率无虞而速达。近岁不忍征商之小失，一切不许，故舟弊人困，多盗所载以济饥寒，公私皆病。公奏乞复故，朝廷从之。未阅岁，以兵部尚书召还，兼侍读。是岁亲祀南郊，为卤簿使，导驾入太庙。有贵戚以其车从争道，不避仗卫，公于车中劾奏之。明日，中使传命，申敕有司严整仗卫。寻迁礼部，复兼端明殿、翰林侍读二学士。高丽遣使请书于朝，朝廷以故事，尽许之。公曰：“汉东平王请诸子及《太史公书》，犹不肯予，今高丽所请有甚于此，其可予之乎？”不听。公临事必以正，不能俯仰随俗，乞守郡自效。

八年，以二学士知定州。定久不治，军政尤弛，武卫卒骄惰不教，军校蚕食其廪赐，故不敢何问。公取其贪污甚者，配隶远恶，然后缮修营房，禁止饮博。军中衣食稍足，乃部勒以战法，众皆畏服。然诸校多不自安者，有卒史复以赃诉其长，公曰："此事吾自治则可，汝若得告，军中乱矣。"亦决配之，众乃定。会春大阅，军礼久废，将吏不识上下之分。公命举旧典，元帅常服坐帐中，将吏戎服奔走执事。副总管王光祖自谓老将，耻之，称疾不出。公召书吏作奏，将上，光祖震恐而出。讫事，无敢慢者。定人言：自韩魏公去，不见此礼至今矣。北戎久和，边兵不试，临事有不可用之忧，惟沿边弓箭社兵与寇为邻，以战射自卫，犹号精锐。故相庞公守边，因其故俗，立队伍将校，出入赏罚，缓急可使。岁久法弛，复为保甲所挠，渐不为用。公奏为免保甲及两税折变科配，长吏以时训劳。不报，议者惜之。

时方例废旧人，公坐为中书舍人日草责降官制，直书其罪，诬以谤讪，绍圣元年，遂以本官知英州，寻复降一官。未至，复以宁远军节度副使安置惠州。公以侍从齿岭南编户，独以少子过自随。瘴疠所侵，蛮蜑所侮，胸中泊然，无所蒂芥。人无贤愚，皆得其欢心，疾苦者畀之药，殒毙者纳之竁，又率众为二桥以济病涉者，惠人爱敬之。居三年，大臣以流窜者为未足也，四年，复以琼州别驾安置昌化。昌化非人所居，食饮不具，药石无有。初僦官屋以庇风雨，有司犹谓不可，则买地筑室，昌化士人畚土运甓以助之，为屋三间。人不堪其忧，公食芋饮水，著书以为乐。时从其父老游，亦无间也。

元符三年，大赦，北还。初徙廉，再徙永，已乃复朝奉郎提举成都玉局观，居从其便。公自元祐以来，未尝以岁课乞迁，故官止于此，勋上轻车都尉封武功县开国伯，食邑九百户。将居许，病暑，暴下，中止于常。建中靖国元年六月，请老，以本官致仕，遂以不起。未终旬日，独以诸子侍侧，曰："吾生无恶，死必不坠，慎无哭泣以怛化。"问以后事，不答，湛然而逝，实七月丁亥也。公娶王氏，追封通义郡君，继室以其女弟，封同安郡君，亦先公而卒。子三人，长曰迈，雄州防御推官，知河间县事。次曰迨，次曰过，皆承务郎。孙男六人，箪、符、箕、籥、筌、筹。明年闰六月癸酉，葬于汝州郏城县钧台乡上瑞里。

公之于文，得之于天。少与辙皆师先君，初好贾谊、陆贽书，论古今治乱，不为空言。既而读《庄子》，喟然叹息曰："吾昔有见于中，口未能言，今见《庄子》，得吾心矣。"乃出《中庸论》，其言微妙，皆古人所未喻。尝谓辙曰："吾视今世学者，独子可与我上下耳。"既而谪居于黄，杜门深居，驰骋翰墨，其文一变，如川之方至，而辙瞠然不能及矣。后读释氏书，深悟实相，参之孔、老，博辩无碍，浩然不见其涯也。先君晚岁读《易》，玩其爻象，得其刚柔、远近、喜怒、逆顺之情，以观其词，皆迎刃而解。作《易传》，未完，疾革，命公述其志。公泣受命，卒以成书，然后千载之微言，焕然可知也。复作《论语说》，时发孔氏之秘。最后居海南，作《书传》，推明上古之绝学，多先儒所未达。既成三书，抚之曰："今世要未能信，后有君子当知我矣。"至其遇事所为诗、骚、铭、记、书、檄、论、譔，率皆过人。有《东坡集》四十卷，《后集》二十卷，《奏议》十五卷，《内制》十卷，《外制》三卷。公诗本似李、杜，晚喜陶渊明，追和之者几遍，凡四卷。幼而好书，老而不倦，自言不及晋人，至唐褚、薛、颜、柳，仿佛近之。

平生笃于孝友，轻财好施。伯父太白早亡，子孙未立，杜氏姑卒未葬，先君没，有遗言。公既除丧，即以礼葬姑。及当可荫补，复以奏伯父之曾孙彭。其于人，见善称之如恐不及，见不善斥之如恐不尽，见义勇于敢为而不顾其后，用此数困于世，然终不以为恨。孔子谓伯夷、叔齐古之贤人，曰：“求仁而得仁，又何怨？”公实有焉。铭曰：

苏自乐城，西宅于眉。世有潜德，而人莫知。猗与先君，名施四方。公幼师焉，其学以光。出而从君，道直言忠。行险如夷，不谋其躬。英祖擢之，神考试之。亦既知矣，而未克施。晚侍哲皇，进以诗书。谁实间之，一斥而疏。公心如玉，焚而不灰。不变生死，孰为去来？古有微言，众说所蒙。手发其枢，恃此以终。心之所涵，遇物则见。声融金石，光溢云汉。耳目同是，举世毕知。欲造其渊，或眩以疑。绝学不继，如已断弦。百世之后，岂无其贤？我初从公，赖以有知。抚我则兄，诲我则师。皆迁于南，而不同归。天实为之，莫知我哀！

东坡词评

龙榆生辑录

宋陈师道《后山诗话》

退之以文为诗，子瞻以诗为词，如教坊雷大使之舞，虽极天下之工，要非本色。今代词手，惟秦七、黄九尔，唐诸人不迨也。

宋胡仔《苕溪渔隐丛话前集·卷四十二》引《王直方诗话》

东坡尝以所作小词示元咎、文潜，曰："何如少游？"二人皆对曰："少游诗似小词，先生小词似诗。"

《渔隐丛话后集·卷二十六》

苕溪渔隐曰：《后山诗话》谓退之以文为诗，子瞻以诗为词，如教坊雷大使之舞，虽极天下之工，要非本色。余谓后山之言过矣。子瞻佳词最多，其间杰出者，如"大江东去，浪淘尽、千古风流人物"赤壁词，"明月几时有，把酒问青天"中秋词，"落日绣帘卷，庭下水连空"快哉亭词，"乳燕飞华屋，悄无人，桐阴转午"初夏词，"明月如霜，好风如水，清景无限”夜登燕子楼词，“楚山修竹如云，异材秀出千林表”咏笛词，“玉骨那愁瘴雾，冰肌自有仙风”咏梅词，“东武南城，新堤固，涟漪初溢”宴流杯亭词，“冰肌玉骨，自清凉无汗”夏夜词，“有情风万里卷潮来，无情送潮归”别参寥词，“缺月挂疏桐，漏断人初静”秋夜词，“霜降水痕收，浅碧鳞鳞露远洲”重九词。凡此十余词，皆绝去笔墨畦径间，直造古人不到处，真可使人一唱而三叹。若谓以诗为词，是大不然。子瞻自言平生不善唱曲，故间有不入腔处，非尽如此。后山乃比之教坊司雷大使舞，是何每况愈下，盖其谬耳。

《渔隐丛话后集·卷三十三》引晁无咎评本朝乐章

东坡词，人谓多不谐音律，然居士词横放杰出，自是曲中缚不住者。

《渔隐丛话后集·卷三十三》引李清照评语

晏元献、欧阳永叔、苏子瞻，学际天人，作为小歌词，直如酌蠡水于大海，然皆句读不葺之诗耳。

宋王灼《碧鸡漫志·卷二》

东坡先生以文章余事作诗，溢而作词曲，高处出神入天，平处尚临镜笑春，不顾侪辈。或曰长短句中诗也。为此论者，乃是遭柳永野狐涎之毒。诗与乐府同出，岂当分异？若从柳氏家法，正自不分异耳。晁元咎、黄鲁直皆学东坡，韵制得七八。黄晚年间放于狭邪，故有少疏荡处。后来学东坡者，叶少蕴、蒲大受亦得六七，其才力比晁、黄差劣。苏在庭、石耆翁，入东坡之门矣，短气局步，不能进也。

长短句虽至本朝盛，而前人自立与真情衰矣。东坡先生非心醉于音律者，偶尔作歌，指出向上一路，新天下耳目，弄笔者始知自振。今少年妄谓东坡移诗律作长短句，十有八九不学柳耆卿则学曹元龙，虽可笑，亦毋用笑也。

宋胡寅《题酒边词》

词曲者，古乐府之末造也。古乐府者，诗之傍行也。诗出于《离骚》《楚词》，而《离骚》者，变风变雅之怨而迫、哀而伤者也，其发乎情则同，而止乎礼义则异。名之曰曲，以其曲尽人情耳。方之曲艺犹不逮焉，其去曲礼则益远矣。然文章豪放之士，鲜不寄意于此者，随亦自扫其迹，曰谑浪游戏而已也。唐人为之最工者。柳耆卿后出，掩众制而尽其妙，好之者以为不可复加。及眉山苏氏，一洗绮罗香泽之态，摆脱绸缪宛转之度，使人登高望远，举首高歌，而逸怀浩气超然乎尘垢之外，于是《花间》为皂隶，而柳氏为舆台矣。

宋陆游《渭南文集·卷二十八·跋东坡七夕词后》

昔人作七夕诗，率不免有珠栊绮疏惜别之意，惟东坡此篇居然是星汉上语，歌之曲终，觉天风海雨逼人。学诗者当以是求之。

清康熙《御选历代诗余卷·一百十五》引陆游说

世言东坡不能歌，故所作乐府多不协律。晁以道谓绍圣初，与东坡别于汴上，东坡酒酣，自歌《阳关曲》。则公非不能歌，但豪放不喜剪裁以就声律耳。试取东坡诸词歌之，曲终觉天风海雨逼人。

宋刘辰翁《须溪集·卷六·辛稼轩词序》

词至东坡，倾荡磊落，如诗如文，如天地奇观，岂与群儿雌声学语较工拙？然犹未至用经用史，牵《雅》《颂》入《郑》《卫》也。

宋张炎《词源·卷下·杂论》

东坡词如《水龙吟》咏杨花、咏闻笛，又如《过秦楼》（榆案：现行《东坡词》未见此调）、《洞仙歌》《卜算子》等作，皆清丽舒徐，高出人表，《哨遍》一曲檃栝《归去来辞》，更是精妙，周、秦诸人所不能到。

金王若虚《滹南遗老集·卷三十九·诗话》

晁元咎云：眉山公之词短于情，盖不更此境耳。陈后山曰：宋玉不识巫山神女，而能赋之，岂待更而后知，是直以公为不及于情也。呜呼，风韵如东坡而谓不及于情，可乎？彼高人逸士正当如是，其溢为小词，而间及于脂粉之间，所谓滑稽玩戏，聊复尔尔者也。若乃纤艳淫媟，入人骨髓，如田中行、柳耆卿辈，岂公之雅趣也哉？公雄文大手，乐府乃其游戏，顾岂与流俗争胜哉？盖其天资不凡，辞气迈往，故落笔皆绝尘耳。

金元好问《遗山文集·卷三十六·新轩乐府引》

唐歌词多宫体，又皆极力为之。自东坡一出，情性之外不知有文字，真有"一洗万古凡马空"气象。虽时作宫体，亦岂可以宫体概之？人有言乐府本不难作，从东坡放笔后便难作。此殆以工拙论，非知坡者。所以然者，《诗三百》所载小夫贱妇幽忧无聊赖之语，时猝为外物感触，满心而发，肆口而成者尔，其初果欲被管弦，谐金石，经圣人手以与六经并传乎？小夫贱妇且然，而谓东坡翰墨游戏，乃求与前人角胜负，误矣。自今观之，东坡圣处，非有意于文字之为工，不得不然之为工也。坡以来山谷、晁元咎、陈去非、辛幼安诸公，俱以歌词取称，吟咏情性，留连光景，清壮顿挫，能起人妙思，亦有语意拙直，不自缘饰，因病成妍者，皆自坡发之。

明王世贞《艺苑卮言》

子瞻“与谁同坐，明月清风我”，“明月几时有，把酒问青天”，快语也；“大江东去，浪淘尽、千古风流人物”，壮语也；“杏花疏影里，吹笛到天明”（榆案：此二句为陈与义《临江仙》词，王氏误记），又“高情已逐晓云空，不与梨花同梦”，爽语也。其词浓与淡之间也。

清王士禛《花草蒙拾》

山谷云：东坡书挟海上风涛之气。读坡词，当作如是观。琐琐与柳七较锱铢，无乃为髯公所笑。

清周济《宋四家词选·序论》

苏、辛并称，东坡天趣独到处，殆成绝诣，而苦不经意，完璧甚少。稼轩则沉著痛快，有辙可循，南宋诸公无不传其衣钵，固未可同年而语也。

周济《介存斋论词杂著》

人赏东坡粗豪，吾赏东坡韶秀。韶秀是东坡佳处，粗豪则病也。东坡每事俱不十分用力，古文、书画皆尔，词亦尔。

清吴衡照《莲子居词话·卷四》

苏、辛并称，辛之于苏，亦犹诗中山谷之视东坡也。东坡之大，与白石之高，殆不可以学而至。

清刘熙载《艺概·卷四·词曲概》

东坡词颇似老杜诗，以其无意不可入，无事不可言也。若其豪放之致，则时与太白为近。

太白《忆秦娥》声情悲壮，晚唐、五代惟趋婉丽，至东坡始能复古。后世论词者或转以东坡为变调，不知晚唐、五代乃变调也。

东坡《定风波》云："尚余孤瘦雪霜姿。"《荷华媚》云："天然地、别是风流标格。"雪霜姿、风流标格，学坡词者便可从此领取。

东坡词具神仙出世之姿，方外白玉蟾诸家，惜未诣此。

清王鹏运《半塘未刊稿》

北宋人词，如潘逍遥之超逸，宋子京之华贵，欧阳文忠之骚雅，柳屯田之广博，晏小山之疏俊，秦太虚之婉约，张子野之流丽，黄文节之隽上，贺方回之醇肆，皆可抚拟得其彷佛，唯苏文忠之清雄，敻乎轶尘绝迹，令人无从步趋。盖霄壤相悬，宁止才华而已，其性情、其学问、其襟抱，举非恒流所能梦见。词家苏、辛并称，其实辛犹人境也，苏其殆仙乎！

清陈廷焯《白雨斋词话·卷一》

苏、辛并称，然两人绝不相似。魄力之大，苏不如辛；气体之高，辛不逮苏远矣。东坡词寓意高远，运笔空灵，措语忠厚，其独至处，美成、白石亦不能到。昔人谓东坡词非正声，此特拘于音调言之，而不究本原之所在，眼光如豆，不足与之辩也。

词至东坡，一洗绮罗香泽之态，寄慨无端，别有天地。《水调歌头》《卜算子·雁》《贺新凉》《水龙吟》诸篇，尤为绝构。

太白之诗，东坡之词，皆是异样出色，只是人不能学，乌得议其非正声？

近人冯煦《宋六十一家词选·例言》

兴化刘氏熙载所著《艺概》，于词多洞微之言，而论东坡尤为深至，如云：东坡词颇似老杜诗，以其无意不可入，无事不可言也。若其豪放之致，则时与太白为近。又云：东坡《定风波》云："尚余孤瘦雪霜姿。"《荷华媚》云："天然地、别是风流标格。"雪霜姿、风流标格，学东坡词者便可从此领取。又云：词以不犯本位为高，东坡《满庭芳》"老去君恩未报，空回首，弹铗悲歌"，语诚慷慨，然不若《水调歌头》"我欲乘风归去，又恐琼楼玉宇，高处不胜寒"，尤觉空灵蕴藉。观此可以得东坡矣。

近人沈曾植《菌阁琐谈》

东坡以诗为词，如雷大使之舞，虽极天下之工，要非本色。此《后山谈丛》语也。然考蔡绦《铁围山丛谈》，称上皇在位，时属升平，手艺之人有称者，棋则有刘仲甫、晋士朋，琴则有僧梵如、僧全雅，教坊琵琶则有刘继安，舞有雷中庆，世皆呼之为雷大使，笛则孟水清。此数人者，视前代之技皆过之。然则雷大使乃教坊绝技，谓非本色，将外方乐乃为本色乎？

近人王国维《人间词话·卷上》

东坡之词旷，稼轩之词豪，无二人之胸襟而学其词，犹东施之效捧心也。

读东坡、稼轩词，须观其雅量高致，有伯夷、柳下惠之风。白石虽似蝉蜕尘埃，然不免局促辕下。

苏、辛词中之狂，白石犹不失为狷。

近人夏敬观《手批东坡词》

东坡词如春花散空，不著迹象，使柳枝歌之，正如天风海涛之曲，中多幽咽怨断之音，此其上乘也。若夫激昂排宕，不可一世之概，陈无已所谓如教坊雷大使之舞，虽极天下之工，要非本色，乃其第二乘也。后之学苏者惟能知第二乘，未有能达上乘者，即稼轩亦然。

东坡《永遇乐》词云：“统如三鼓，铿然一叶，黯黯梦云惊断。夜茫茫，重寻无处，觉来小园行遍。”此数语可作东坡自道圣处。

予既重校二十年前所纂《东坡乐府笺》，随录诸家对苏词之总评若干则，以便参考。其有未备，容俟续编。

一九五七年九月十日，龙榆生记于上海寓庐之葵倾室。

目 录

东坡乐府笺卷一

壬子《年谱》：神宗熙宁五年壬子，先生年三十七，在杭州通判任。

浪　淘　沙

昨日出东城，试探春情。墙头红杏暗如倾。槛内群芳芽未吐，早已回春。　绮陌敛香尘，雪霁前村。东君用意不辞辛。料想春光先到处，吹绽梅英。

【校】

傅注本及四印斋景元延祐本俱无。　毛本题作“探春”。

【朱注】

王文诰《苏诗总案》：熙宁五年壬子正月，城外探春作。　又曰：此倅杭作，而年无所考，首载于此。今从其说。

【评】

总批：《本传》：“轼尝自谓：‘作文如行云流水，初无定质，但当行于所当行，止于所不可不止。’虽嬉笑怒骂之词，皆可书而诵之。”

南歌子　八月十八日观潮

海上乘槎侣，仙人萼绿华。飞升元不用丹砂，住在潮头来处渺天涯。　雷辊夫差国，云翻海若家。坐中安得弄琴牙。写取余声归向《水仙》夸。　**傅注本卷五**

【朱注】

王《案》：壬子八月十八日作。

【笺】

乘槎　《博物志》：近世有人居海上，每年八月，见海槎来不违时，赍一年粮，乘之到天河。见妇人织，丈夫饮牛，问之不答。遣归，问严君平。某年某月日，客星犯牛斗，即此人也。又云：天河与海通。

萼绿华　《真诰》（《运象》第一）：萼绿华者，自云是南山人。女子，年可二十许，颜色绝整。以晋穆帝升平三年十一月十日，夜降羊权家，自此往来。后赠权诗、火浣布、金条脱。访问，曰："是九疑山得道女罗郁也。"李商隐诗（《无题二首》）："闻道阊门萼绿华，昔年相望抵天涯。"

潮头来处　《列子》（《汤问》）：渤海之东不知几亿万里，有大壑焉，实为无底之谷。其中有五山，一曰代舆，二曰圆峤，三曰方壶，四曰瀛州，五曰蓬莱。而五山之根无所连著，常随潮上下往来。

雷辊　《广韵》：辊，古本切，音衮。《六书故》：辊，转之速也。傅注：今余杭乃吴王夫差之故国。雷辊，言其潮声如雷。

云翻　《庄子·秋水》：北海若曰："井鼃不可以语于海者，拘于虚也。"司马注：若，海神。　傅注：云翻，言其潮势如云。

弄琴牙 傅注：弄琴牙，伯牙也，而善抚琴。古者抚琴亦谓之弄。司马相如饮卓氏而弄琴。《乐府解题》：伯牙学琴于成连，三年不成。成连云："吾师方子春，今在东海中，能移人情。"乃与伯牙俱往。至蓬莱山，留伯牙曰："子居习之，吾将迎子。"刺船而去，旬日不返。伯牙延望无人，但闻海涛汹涌，山林窅冥，怆然叹曰："先生移我情矣！"乃援琴而歌，作《水仙操》。曲终，成连回，刺船迎之而还，因而鼓琴妙绝天下。今《水仙操》乃伯牙之所作。

癸丑《年谱》：熙宁六年癸丑，先生年三十八，在杭州通判任。运司又差先生往润州，出秀州。

行香子 过七里濑

一叶舟轻，双桨鸿惊。水天清、影湛波平。鱼翻藻鉴，鹭点烟汀。过沙溪急，霜溪冷，月溪明。 重重似画，曲曲如屏。算当年、虚老严陵。君臣一梦，今古空名。但远山长，云山乱，晓山青。 傅注本卷七

【校】

元本题阙。"水"误"冰"。 毛本题作"七里滩"。"虚"、"空"二字互误。此从傅注本。

【朱注】

傅《纪年录》：甲子十二月，同泗州太守游南山，过十里滩作。王《案》据地类编癸丑二月，谓自新城放棹桐庐，过严陵濑作。又曰：诗文事实均无经由浙江踪迹，惟新城水出浙江，樯楫所通，或由此放棹桐庐，未可知也。案词正赋子陵故事，王说较合，从之。下阕疑同时作。

【笺】

七里濑　《一统志·严州府》：七里濑一名七里滩，在桐庐县严陵山西。《元和郡县志》：在建德县东四十里。《寰宇记》：七里濑即富春渚也。叶梦得《避暑录》：七里滩两山耸起壁立，连亘七里，土人谓之泷。

严陵　《后汉书·逸民列传》：严光字子陵，会稽余姚人。少有高名，与光武同游学。及光武即位，光乃变名姓，隐身不见。帝令以物色访之。后齐国上言：有一男子，披羊裘钓泽中。帝疑其光，遣使聘之。三反而后至，除为谏议大夫，不屈。乃耕于富春山。后人名其钓处为严陵濑焉。李贤注：顾野王《舆地志》曰：七里滩在东阳江下，与严陵濑相接，有严山。桐庐县南有严子陵渔钓处，今山边有石，上下可坐十人，临水，名为严陵钓坛也。

空名　韩偓诗（《招隐》）：“时人未会严陵志，不钓鲈鱼只钓名。”傅注引滕白《严陵钓台》诗：“只将溪畔一竿竹，钓却人间万古名。”

【评】

“水天清、影湛波平”两句：写景。“重重似画”句：转。“但远山长，云山乱，晓山青”三句：融情于景。

祝英台近

挂轻帆，飞急桨，还过钓台路。酒病无聊，攲枕听鸣橹。断肠簇簇云山，重重烟树，回首望、孤城何处？　间离阻，谁念萦损襄王，何曾梦云雨。旧恨前欢，心事两无据。要知欲见无由，痴心犹自，倩人道、一声传语。

【校】

傅注本、元本俱无。　毛本题作“惜别”。

【笺】

襄王　宋玉《高唐赋》：昔者楚襄王与宋玉游于云梦之台，望高唐之观，其上独有云气。玉曰：“昔者先王尝游高唐，怠而画寝，梦见一妇人，曰：‘妾巫山之女也，为高唐之客。闻君游高唐，愿荐枕席。’王因幸之。去而辞曰：‘妾在巫山之阳，高丘之阻，旦为朝云，暮为行雨，朝朝暮暮，阳台之下。’旦朝视之如言。故为立庙，号曰朝云。”

【评】

“飞急桨”句：直叙。“还过钓台路”句：着一“还”字，起下有力。“攲枕听鸣橹”句：感喟。“断肠簇簇云山”句：呼起离情。“谁念萦损襄王”句：追思。

瑞鹧鸪

寒食未明至湖上，太守未来，两县令先在。

城头月落尚啼乌，朱舰红船早满湖。鼓吹未容迎五马，水云先已漾双凫。　映山黄帽螭头舫，夹岸青烟鹊尾炉。老病逢春只思睡，独求僧榻寄须臾。

【校】

傅注本、元本俱无。　毛本无题，从《诗集》补。　《诗集》“朱舰”作“乌榜”，“漾”作“扬”，“岸”作“道”。

【朱注】

案《诗集》并载此词，编癸丑。

【笺】

五马　《汉官仪》：四马载车，此常礼也。惟太守出则增一马，故曰五马。程氏《演繁露》：五马未详所出，疑始于《毛诗》“良马五之”。郑注：《周礼》：州长建旟。汉太守比州长，御五马，故云。

双凫　《后汉书·方术传》：王乔者，河东人也。显宗世为叶令。乔有神术，每月朔望，常自县诣台朝。帝怪其来数而不见车骑，密令太史伺望之。言其临至，辄有双凫从东南飞来。于是候见至，举罗张之，但得一只舄焉。

黄帽　《汉书》(《佞幸传》)：邓通以濯船为黄头郎。文帝尝梦欲上天不能，有一黄头郎推上天。觉而之渐台，以梦阴求推者郎，见邓通，梦中所见也。注：刺船之郎皆著黄帽，故名。

【评】

“城头月落尚啼乌，朱榜红船早满湖”二句：点时地。“鼓吹未容迎五马”句：太守。“水云先已漾双凫”句：县令。“映山黄帽螭头舫，夹岸青烟鹊尾炉”二句：写观潮之胜况。“老病逢春只思睡”句：感喟。

又 观潮

碧山影里小红旗，侬是江南蹋浪儿。拍手欲嘲山简醉，齐声争唱浪婆词。　西兴渡口帆初落，渔浦山头日未攲。侬欲送潮歌底曲，尊前还唱使君诗。　傅注本卷十二

【校】

傅注本及元本题并阙。从毛本。

【朱注】

王《案》：熙宁癸丑八月十五日观潮作。是日与陈襄同游，故落句及之。

【笺】

蹋浪儿　孟郊《送澹公》诗："侬是清浪儿，每蹋清浪游。笑伊乡贡郎，蹋土称风流。"

山简　《晋书·山涛传》：涛子简，字季伦。性温雅，有父风。永嘉三年，出镇襄阳。优游卒岁，唯酒是耽。诸习氏，荆土豪族，有佳园池。简每出嬉游，多之池上，置酒辄醉，名之曰高阳池。时有童儿歌曰："山公出何许，往至高阳池。日夕倒载归，酩酊无所知。时时能骑马，倒著白接篱。举鞭向葛疆，何如并州儿？"疆家在并州，简爱将也。

浪婆　孟郊诗（《送澹公》）："铜斗饮江酒，手拍铜斗歌。侬是蹋浪儿，饮则拜浪婆。脚蹋小船头，独速舞转莎。笑伊《渔阳掺》，空持文章多。闲倚青竹竿，白日奈我何。"

西兴渔浦　傅注：西兴、渔浦，皆吴地。　《清一统志》：西兴渡在浙江萧山县西十二里。本名西陵，马吴越通津。

送潮　傅注：唐陆龟蒙有《迎潮》《送潮曲》。（今按："曲"，傅注作"诗"，《全唐诗》卷六二一同。）

【评】

"拍手欲嘲山简醉"句：写弄潮儿之神态。"西兴渡口帆初落"句：写潮退。"尊前还唱使君诗"句：余韵。

临江仙 风水洞作

四大从来都遍满，此间风水何疑。故应为我发新诗。幽花香涧谷，寒藻舞沦漪。　借与玉川生两腋，天仙未必相思。还凭流水送人归。层巅余落日，草露已沾衣。　傅注本卷三

【朱注】

《纪年录》：癸丑八月作。　《咸淳临安志》：风水洞在杨村慈岩院，洞极大，流水不竭。顶上又一洞，立夏清风自生，立秋则止。

【笺】

四大　傅注：释氏以地、水、火、风为四大。

沦漪　《诗·魏风·伐檀》："河水清且沦漪。"《毛传》："小风（吹）水成文，转如轮也。"柳宗元《南涧》诗："羁禽响幽谷，寒藻舞沦漪。"

玉川　傅注：卢仝号玉川子，有《茶》诗云："惟觉两腋习习生清风。"

层巅二句　杜甫诗（《西枝村寻置草堂夜宿赞公土室二首》）：“层巅余落日，草蔓已多露。”

【评】

“借与玉川生两腋”句：谓风。“天仙未必相思”句：凌风上征。“层巅余落日”：感喟。

甲寅《年谱》：熙宁七年甲寅，先生年三十九，在杭州通判任。《纪年录》：元日以事过丹阳，二十九日过毗陵。六月，自常润还。所至作诗。秋，捕蝗至浮云岭，又至于潜。九月，移知密州。十月，赴密州，早行马上作《沁园春》。十一月到任。

南　乡　子

晚景落琼杯。照眼云山翠作堆。认得岷峨春雪浪，初来，万顷蒲萄涨渌醅。　春雨暗阳台。乱洒歌楼湿粉腮。一阵东风来卷地，吹回，落照江天一半开。　傅注本卷四

【校】

傅注本题作“黄州临皋亭作”。“渌醅”作“绿醅”，“春雨”作“暮雨”。毛本题作“春情”。“春”作“暮”，“歌”作“高”。

【朱注】

《纪年录》：甲寅，润州作。

【笺】

琼杯　傅注：《杨妃外传》：贵妃进见，初处即授以合欢条脱紫琼杯。

岷峨　岷山在今四川松潘县北。峨嵋山在今四川峨嵋县西南。两山相对如蛾眉，故又名蛾眉。

蒲萄渌醅　傅注：李太白："遥看汉水鸭头绿，恰似葡萄初酦醅。"盖西域人每以葡萄酿酒。

阳台　注见本卷《祝英台近》"挂轻帆"阕。

乱洒歌楼　郑谷《雪》诗："乱飘僧舍茶烟湿，密洒歌楼酒力微。"

【评】

"万顷蒲萄涨渌醅"句：写风涛之大。末批：健笔凌云。

【附考】

案此词傅注本既作"黄州临皋亭作"，则当编辛酉，时先生年四十六，方寓居临皋亭也。朱刻既从《纪年录》编入甲寅，姑仍之，以待更考。

行　香　子　丹阳寄述古

携手江村，梅雪飘裙。情何限、处处消魂。故人不见，旧曲重闻。向望湖楼，孤山寺，涌金门。　寻常行处，题诗千首。绣罗衫、与拂红尘。别来相忆，知是何人。有湖中月，江边柳，陇头云。　傅注本卷七

【校】

毛本题作“冬思”。

【朱注】

《纪年录》：甲寅，自京口还，寄述古作。案词云“梅雪”，应是正月赴润州过丹阳时作。《诗集》查注：陈襄字述古，文惠公尧佐长子。《咸淳临安志》：熙宁五年五月，陈襄自陈州移知杭州。

【笺】

丹阳　《一统志·镇江府》：丹阳县在府东南七十里。战国楚云阳邑，唐置县，属润州，宋属镇江府。

销魂　江淹《别赋》：“黯然销魂者，唯别而已矣。”

望湖楼　傅注：望湖楼、孤山寺、涌金门并在钱塘。《诗集》王注：《图经》：“望湖楼一名看经楼，乾德七年忠懿王钱氏建，去钱塘一里。”

孤山寺　白居易诗（《钱唐湖春行》）：“孤山寺北贾亭西，水面初平云脚低。”《一统志》：孤山在钱塘县西二里，里外二湖之间，一屿耸立，旁无联附，为湖山胜绝处。亦曰孤屿。

涌金门　《一统志》：杭州府城周三十五里有奇，门十，正西曰涌金，西南曰清波，西北曰钱唐，皆近湖。

题诗千首　杜牧诗（《登池州九峰楼寄张祜》）：“千首诗轻万户侯。”

罗衫拂尘　《青箱杂记》：寇莱公典陕日，与处士魏野同游僧寺，观览旧游，有留题处，公诗皆用碧纱笼之，至野诗则尘蒙其上。时从行官妓之慧黠者，辄以红袖拂之。野顾公曰：“若得常将红袖拂，也应胜著碧纱笼。”莱公大笑。

【评】

“梅雪飘裙”句：即景怀人。“故人不见”句：转。“题诗千首”句：追念旧游。“绣罗衫、与拂红尘”两句：为自己占身分。“别来相忆，知是何人”两句：感喟。末批：空灵幽咽。

昭君怨　金山送柳子玉

谁作桓伊三弄，惊破绿窗幽梦。新月与愁烟，满江天。　欲去又还不去，明日落花飞絮。飞絮送行舟，水东流。傅注本卷十二

【校】

毛本题作“送别”。　换头三字，元本作“人欲去”。今从傅注本，毛本同。

【朱注】

《纪年录》：甲寅，金山送柳子玉作。王《案》：甲寅二月，再送柳瑾作。　《诗集》查注：柳子玉名瑾，吴人，与王介甫同年。王文诰曰：瑾，丹徒人。其子仲远，中都公壻，公之妹壻也。公赴常润赈饥，瑾往监灵仙观，因附载以行。

【笺】

金山　《诗集》施注：南唐僧应之《头陀岩记》：金山昔名浮玉，因裴头陀江际获金，贞元二十一年，节帅李锜奏易名金山。

桓伊三弄　《晋书》(《桓伊传》)：伊字叔夏，善音乐，尽一字之妙，为江左第一。有蔡邕柯亭笛，常自吹之。王徽之赴召京师，泊舟青溪侧。素不与徽之相识，伊于岸上过，船中客称伊小字曰：“此桓野王

也。”徽之便令人谓伊曰：“闻君善吹笛，试为我一奏。”伊是时已贵显，素闻徽之名，便下车，踞胡床为作三调。弄毕，便上车去，客主不交一言。

【评】

“谁作桓伊三弄”句：喻柳之萧洒。“新月与愁烟，满江天”两句：写别时景。“欲去又还不去”句：欲留恋得乎？“飞絮送行舟，水东流”两句：感喟。

醉落魄　离京口作

轻云微月，二更酒醒船初发。孤城回望苍烟合。记得歌时，不记归时节。　巾偏扇坠藤床滑，觉来幽梦无人说。此生飘荡何时歇。家在西南，常作东南别。　傅注本卷九

【校】

傅注本及元本《醉落魄》有“醉醒醒醉”一首。毛本注：“山谷老人云‘醉醒醒醉’非东坡作。删去。”　“记得歌时”傅本、毛本并作“公子佳人”。

【朱注】

《纪年录》：甲寅作。

【笺】

京口　《诗集》查注：《吴志》：建安十四年，孙权谋拒曹操，始于吴迁京口，谓之京城。十六年徙居秣陵，而置京口镇。《南徐志》：京口旧名须口，即西浦也。《一统志》：京岘山在丹徒县东五里，京口

因山得名。

【评】

“孤城回望苍烟合”句：别时景况。“记得歌时，不记归时节”两句：醉。“此生飘荡何时歇”句：□写。“常作东南别”句：感喟。

蝶恋花　京口得乡书

雨后春容清更丽。只有离人，幽恨终难洗。北固山前三面水，碧琼梳拥青螺髻。　一纸乡书来万里。问我何年，真个成归计。回首送春拚一醉，东风吹破千行泪。

【校】

傅注本阙。　毛本题作“送春”。“后”作“过”，“回”作“白”。

【朱注】

《纪年录》：甲寅作。

【笺】

北固山　《一统志》：北固山在丹徒县北一里。梁大同十年，帝登望久之，曰：“此岭不足资固守，然于京口实乃壮观。”乃改曰北顾。《元和志》：下临长江，其势险固，因以为名。《寰宇记》：山斗入江，三面临水。

少　年　游

润州作，代人寄远。

去年相送，余杭门外，飞雪似杨花。今年春尽，杨花似雪，犹不见还家。　对酒卷帘邀明月，风露透窗纱。恰似姮娥怜双燕，分明照，画梁斜。　傅注本卷十一

【校】

毛本题无下四字。此从傅本及元本。

【朱注】

《纪年录》：甲寅，代人寄远作。王《案》：甲寅四月，有感雪中行役作。公以去年十一月发临平，及是春尽犹行役未归，故托为此词。

【笺】

润州　《元和郡县志》：润州东有润浦口，因以名。《一统志·镇江府》：隋开皇十五年置润州，唐天宝元年改丹阳郡。宋仍曰润州丹阳郡，开宝八年改镇江军。

余杭　《一统志·杭州府》：隋置杭州，大业三年改曰余杭郡。宋仍曰杭州余杭郡。

邀明月　李白《月下独酌》诗："举杯邀明月，对影成三人。"

姮娥　《淮南子》（《览冥训》）：羿请不死之药于西王母，姮娥窃之，奔月宫。

照画梁　宋玉《神女赋》："月初出，照屋梁。"

【评】

"分明照，画梁斜"两句：寓感喟于时景。末批：宛转苍凉之调。

卜　算　子

自京口还钱塘，道中寄述古太守。

蜀客到江南，长忆吴山好。吴蜀风流自古同，归去应须早。

还与去年人，共藉西湖草。莫惜尊前子细看，应是容颜老。

傅注本卷十二

【校】

元本无题。　毛本题作“感旧”。此从傅注本。

【朱注】

《纪年录》：甲寅，自京口还寄述古作。

【笺】

钱塘　《一统志》：秦置钱唐县，后汉省入余杭县，隋为余杭郡治。唐改“唐”曰“塘”，为杭州治。五代及宋初因之。

吴山　《一统志·杭州府》：吴山在府城内西南隅，旧名胥山，上有子胥祠。

藉草　孙绰《游天台山赋》：“藉萋萋之纤草。”

【评】

“应是容颜老”句：感喟。

江　城　子

陈直方妾嵇，钱塘人也，求新词，为作此。钱塘人好唱《陌上花》缓缓曲，余尝作数绝以纪其事。

玉人家在凤凰山。水云间，掩门闲。门外行人，立马看弓弯。十里春风谁指似，斜日映，绣帘斑。　多情好事与君还。闵新鳏，拭余潸。明月空江，香雾著云鬟。陌上花开春尽也，闻旧曲，破朱颜。

【校】

傅注本《江城子》作《江神子》，此阕无。　毛本题“求”作“丐”。“春尽”作“看尽”。

【朱注】

案《诗集·陌上花三首》编癸丑，此词似为甲寅前在杭州作，酌编于此。

【笺】

陌上花　《诗集·陌上花三首并引》云：游九仙山，闻里中儿歌《陌上花》。父老云，吴越王妃每岁春必归临安，王以书遗妃曰：“陌上花开，可缓缓归矣。”吴人用其语为歌，含思宛转，听之凄然。而其词鄙野，为易之云。“陌上花开蝴蝶飞，江山犹是昔人非。遗民几度垂垂老，游女长歌缓缓归。”“陌上山花无数开，路人争看翠軿来。若为留得堂堂去，且更从教缓缓回。”“生前富贵草头露，身后风流陌上花。已作迟迟君去鲁，犹教缓缓妾还家。”

凤凰山　傅注：凤凰山在钱塘。　《一统志》：凤凰山在仁和县南十里，与钱塘县接界。自唐以来州治在山右，宋建行宫，山遂环入禁苑。其顶砥平，可容万马，有宋时御教场。

立马看弓弯　古乐府《日出东南隅行》：“观者见罗敷，下担捋髭须。少年见罗敷，脱巾著幧头。耕者忘其耕，锄者忘其锄。来归自相喜，但坐观罗敷。使君从南来，五马立踟蹰。”弓弯，谓美人足也。稼轩词(《念奴娇·书东流村壁》):“闻道绮陌东头,行人曾见,帘底纤纤月。”疑从坡词脱化。

十里春风　杜牧诗(《赠别》):“春风十里扬州路,卷上珠帘总不如。”

新鳏　《书》孔传:无妻曰鳏。《释名》:鳏,昆也。昆,明也。愁悒不寐,目恒鳏鳏然也。故其字从鱼,鱼目恒不闭者也。

香雾　杜甫诗(《月夜》):“香雾云鬟湿,清辉玉臂寒。”

【评】

“十里春风谁指似,斜日映,绣帘斑”三句:赞嵇氏容色之美。“闵新鳏,拭余潸”两句:嘲讽弃旧怜新之意。“香雾著云鬟”句:谓嵇。“陌上花开春尽也,闻旧曲,破朱颜”三句:讽其不可须臾离也。

【附考】

《西湖游览志余》:陈直方之妾嵇,本钱塘妓人也,乞新词于苏子瞻。子瞻因直方新丧正室,而钱塘人好唱《陌上花》缓缓曲,乃引其事以戏之,其词则《江神子》也。　案《志余》引此词,惟“掩门闲”作“掩门关”,余并同。

又

湖上与张先同赋,时闻弹筝。

凤凰山下雨初晴。水风清,晚霞明。一朵芙蕖,开过尚盈盈。何处飞来双白鹭,如有意,慕娉婷。　忽闻江上弄哀筝。苦含情,遣谁听。烟敛云收,依约是湘灵。欲待曲终寻问取,人不见,数峰青。　傅注本卷六

【校】

元本、毛本题下皆无“时闻弹筝”四字。此从傅注本。《瓮牖闲评》引此词，“江上”作“筵上”。

【朱注】

案此词亦甲寅以前作。

【笺】

张先　谈钥《吴兴志》：张先字子野，乌程人，天圣八年进士。诗格清丽，尤长于乐府。晚岁优游乡里，常泛扁舟垂钓为乐，至今号“张公钓鱼湾”。仕至都官郎。卒年八十九，葬弁山多宝寺之右。有文集一百卷。《石林诗话》：张先郎中能为诗及乐府，至老不衰。居钱塘，苏子瞻作倅时，先年已八十余，视听尚精强，犹有声妓。子瞻尝赠以诗云：“诗人老去莺莺在，公子归来燕燕忙。”盖全用张氏故事戏之。先和云：“愁似鳏鱼知夜永，懒同蝴蝶为春忙。”极为子瞻所赏。俚俗多喜传咏先乐府，遂掩其诗声，识者皆以为恨云。

芙蕖　《尔雅》：荷，芙渠。郭注：别名芙蓉，江东呼荷。

白鹭　杜牧《晚晴赋》：“复引舟于深湾，忽八九之红芰。姹然如妇，敛然如女。堕蕊黦颜，似见放弃。白鹭潜来兮，邈风标之公子。窥此美人兮，如慕悦其容媚。”

哀筝　魏文帝《与吴质书》：“高谈娱心，哀筝顺耳。”《通典》：筝，秦声也。《急就篇》注：筝，瑟类。本十二弦，今则十三。

湘灵　傅注：湘灵，帝舜二妃娥皇、女英，帝尧之二女也。从舜南征三苗不返，道死沅湘之间，后世谓之湘灵。《离骚》、《九歌》有湘君、湘夫人者，即此也，故《文选》有“湘灵鼓瑟”之句。

曲终 唐钱起《湘灵鼓瑟》诗："曲终人不见，江上数峰青。"

【评】

眉批：极烟水微茫、空灵缥缈之致。"一朵芙蕖，开过尚盈盈"两句：象征美人。"何处飞来双白鹭，如有意，慕娉婷"三句：中间藏过一段。"数峰青"句：在□韵。

【附考】

《墨庄漫录》：东坡在杭州，一日游西湖，坐孤山竹阁前临湖亭上。时二客皆有服，预焉。久之，湖心有彩舟渐近亭前，靓妆数人，中有一人尤丽，方鼓筝，年巳三十余，风韵娴雅，绰有态度。二客竟目送之。曲未终，翩然而逝。公戏作长短句云。

郑文焯手批《东坡乐府》：宋袁文《瓮牖闲评》记此词为刘贡父兄弟作，换头处作"忽闻筵上起哀筝"，此误作"江上"，盖后人因"江上数峰青句"而以意改之。不知此词本事，实于湖上遇小舟载佳人，自云慕公十余年，善筝，愿当筵献一曲，并赐以词为荣。词中所咏，皆当时事也。

案《彊村丛书》本《张子野词》有《江城子》两阕，特皆单调，当时与东坡同赋，不知系用何体。宋词散佚至多，深可惜也。

虞美人　有美堂赠述古

湖山信是东南美，一望弥千里。使君能得几回来，便使尊前醉倒更徘徊。　沙河塘里灯初上，《水调》谁家唱。夜阑风静欲归时，惟有一江明月碧琉璃。　傅注本卷八

【校】

傅注本题作“为杭守陈述古作”。 毛本题作“陈述古守杭，已及瓜代，未交前数日，宴僚佐于有美堂，因请贰车苏子瞻赋词。子瞻即席而就，寄摊破虞美人云”。“弥”作“须”，“更”作“且”。

【朱注】

《纪年录》：甲寅，述古将去作。王《案》：甲寅七月，陈襄将罢任，宴僚佐于有美堂作。 《庚溪诗话》：嘉祐初，梅公仪守杭，上特制诗宠赐，其首章曰：“地有湖山美，东南第一州。”梅既到杭，遂筑堂山上，名曰有美。

【笺】

湖山　傅注：学士梅挚出镇钱塘，仁庙赐诗宠行，首句云：“郡有东南美。”既到任，选胜地建堂，以写御诗，勒石，立名曰有美堂。

沙河塘　傅注：沙河塘，钱塘繁会之地。《诗集》王注：《唐·地理志》：钱塘县南五里，有沙河塘。咸通二年，刺史崔彦曾开。昔潮水冲击钱塘江岸，至于奔逸入城，势莫能御，故开沙河以决之。河有三，曰外沙、中沙、里沙。

水调　《碧鸡漫志》：《水调歌》，《理道要诀》所载唐乐曲，南吕商，时号水调。予数见唐人说水调，各有不同，予因疑水调非曲名，乃俗呼音调之异名，今决矣。按《隋唐嘉话》，炀帝凿汴河，自制《水调歌》，即是水调中制歌也。世以今曲《水调歌》为炀帝自制，今曲乃中吕调，而唐所谓南吕商，则今俗呼中管林钟商也。《脞说》云：水调《河传》，炀帝将幸江都时所制，声韵悲切，帝喜之。乐工王令言谓其弟子曰：“不返矣。水调《河传》，但有去声。”此说与《安公子》事相类，盖水调中《河传》也。《明皇杂录》云：禄山犯顺，议欲迁幸，帝置酒楼上，命作乐。有进《水调歌》者，曰：“山川满目泪沾衣，富贵荣华能几时。不见只今汾水上，惟有年年秋雁飞。”上问：“谁为此曲？”曰：“李峤。”上曰：“真才子。”不终饮而罢。此水调中一句七字曲也。白乐天《听水调》诗云：“五言一遍最殷勤，调少情多似有因。不会当时翻曲意，此声肠断为何人。”《脞说》亦云：水调第五遍五言，调声最愁苦。此水调中一句五字曲。又有多遍，似是大曲也。乐天诗又云：“时唱一声新水调，谩人道是采菱歌。”此水调中新腔也。《南唐近事》云：元宗留心内宠，宴私击鞠无虚日。尝命乐工杨花飞奏水调词进酒，花飞惟唱“南朝天子好风流”一句，如是数四。上悟，覆杯，赐金帛。此又一句七字。然既曰“命奏水调词”，则是令杨花飞水调中撰词也。《外史梼杌》云：王衍泛舟巡阆中，舟子皆衣锦绣，自制水调《银汉曲》。此水调中制《银汉曲》也。今世所唱中吕调《水调歌》，乃是以俗呼音调异名者名曲，虽首尾亦各有五言两句，决非乐天所闻之曲。《河传》唐词存者二，其一属南吕宫，凡前段平韵，后仄韵；其一乃今《怨王孙曲》，属无射宫。以此知炀帝所制《河传》不传已久。然欧阳永叔所集词内，《河传》附越调，亦《怨王孙曲》。今世《河传》乃仙吕调，皆令也。

琉璃　杜甫《渼陂行》：“波涛万顷堆琉璃。”

【评】

“惟有一江明月碧琉璃”句：美其高洁，其风泠然。

【本事】

傅注：《本事集》云：陈述古守杭，已及瓜代，未交前数日，宴寮佐于有美堂。侵夜月色如练，前望浙江，后顾西湖，沙河塘正出其下。陈公慨然，请贰车苏子瞻赋之，即席而就。

诉 衷 情

送述古，迓元素。

钱塘风景古今奇，太守例能诗。先驱负弩何在，心已浙江西。　花尽后，叶飞时，雨凄凄。若为情绪，更问新官，向旧官啼。傅注本卷八

【校】

傅注本、元本“浙”并误作“晳”。从毛本。　毛本“今”作“来”。

【朱注】

《纪年录》：甲寅作。王《案》：甲寅七月，杨绘自应天来代作。《诗集》王注：杨绘字元素。查注：《宋史》：杨绘，绵竹人。神宗朝为御史中丞，出知亳州，历应天、杭州。

【笺】

太守能诗　傅注：白乐天为杭州太守，以诗名。初乐天为苏守，刘禹锡以诗寄乐天云：“苏州太守例能诗，西掖吟来替左司。”

先驱负弩　《汉书·司马相如传》：相如，成都人。持节使巴蜀，太守以下郊迎，县令负弩矢先驱，蜀人以为宠。

新官旧官　傅注：陈太子舍人徐德言之妻，后主叔宝之妹，封乐昌公主，才色冠绝。时陈政方乱，德言知不相保，谓其妻曰：“君之才貌，国亡必入权豪之家，斯永绝矣。倘情缘未断，犹冀相见，宜有以信之。”乃破一照，人执其半，约曰：“他日必以正月望日卖于都市，

我当在，即以是日访之。”及陈亡，其妻果入越公杨素之家，宠嬖殊厚。德言流离，仅能至京，遂以正月望日访于都市。有苍头卖半照者，大高其价，人皆笑之。德言直引至其居，设食，具言其故。出半照以合之，仍题诗曰：“照与人俱去，照归人不归。无复姮娥影，空留明月辉。”公主得诗，悲泣不已。素诘知之，怆然改容，即召德言，还其妻。仍三人共宴，命公主作诗以自解。诗曰：“此日何迁次，新官对旧官。笑啼都不敢，方验作人难。”遂与德言归江南，竟以终老。案傅注出《本事诗》。

【评】

“先驱负弩何在，心已浙江西”两句：谓尚未到任也。末批：疑代妓作。

菩　萨　蛮

杭妓往苏迓新守杨元素，寄苏守王规甫。

玉童西迓浮丘伯，洞天冷落秋萧瑟。不用许飞琼，瑶台空月明。　清香凝夜宴，借与韦郎看。莫便向姑苏，扁舟下五湖。　傅注本卷七

【校】

毛本题作“杭妓往苏”。“向”作“过”。

【朱注】

《纪年录》：甲寅作。　《吴郡志》：王诲字规父，熙宁六年以朝散大夫、司勋郎中知苏州。

【笺】

杭妓往苏迓新守　郑文焯手批《东坡乐府》：李东川有送人携妓赴任诗，此词又记杭妓往苏迓新守，是知唐宋时赴任迎任，皆有官妓为导之例。此风盖自元明已来，微论废绝，国朝且悬为厉禁，著之律绦，并饮酒挟妓亦有罪已。古今风气之硕异如是。

玉童　李白诗（《古风》）："两两白玉童，双吹紫鸾笙。去影忽不见，回风送天声。"

浮丘伯　《列仙传》：浮丘伯本嵩山道士，后得仙去。

许飞琼　《汉武帝内传》：西王母乘紫云之辇，履玄琼之舄。下辇上殿，呼帝共坐，命侍女许飞琼鼓云和之簧。

瑶台　傅注：瑶台，昆仑之别名。李白《清平调》词："若非群玉山头见，会向瑶台月下逢。"

韦郎　韦应物诗（《郡斋雨中与诸文士燕集》）："兵备森画戟，宴寝凝清香。"《云溪友议》：韦皋少游江夏，止于姜使君之馆，有小青衣曰玉箫，常令承侍，因而有情。廉使陈常侍得韦季父书，发遣归觐，遂与玉箫言约，少则五载，多则七年来取。因留玉指环并诗遗之。至八年春不至，玉箫叹曰："韦家郎君一别七年，是不来矣。"

姑苏　《史记·河渠书》赞：上姑苏，望五湖。《吴越春秋》：越进西施于吴，请退师。吴得之，筑姑苏台，游宴其上。

扁舟五湖　傅注：世说范蠡相越，平吴之后，因取西子，遂乘扁舟泛五湖而去。杜牧之《杜秋娘》诗："夏姬灭两国，逃作巫臣妻。西子下姑苏，一舸逐鸱夷。"

【评】

"不用许飞琼，瑶台空月明"两句：言人去楼空，湖山减色也。

末批：下半阕戏规甫，恐其恋妓也。

又

西湖席上，代诸妓送陈述古。

娟娟缺月西南落，相思拨断琵琶索。枕泪梦魂中，觉来眉晕重。　华堂堆烛泪，长笛吹新水。醉客各西东，应思陈孟公。　傅注本卷七

【校】

傅注本题作“述古席上”。　毛本题作“代妓送陈述古”。“华”作“画”。此题从《西湖游览志余》。　元本题作“灵璧寄彭城故人”，朱刻因之，编入己未。察词中情意，似与代妓送述古较合，改编甲寅。

【笺】

相思　陶谷词（《春光好》）：“琵琶拨断相思调。”

新水　注见本卷《虞美人》“湖山信是东南美”阕。

陈孟公　《后汉书》（《游侠传》）：陈遵字孟公，好客，每大宴，宾客满堂，辄关门，取客车辖投井中。虽有急，终不得去。

【附考】

《西湖游览志余》：唐宋间郡守新到，营妓皆出境而迎。既出，犹得以鳞鸿往返，腼不为异。苏子瞻“送杭妓往苏州迎新守”《菩萨蛮》词云云，又《西湖席上代诸妓送陈述古》云云。此亦足觇一时之风气矣。

江城子　孤山竹阁送述古

翠蛾羞黛怯人看。掩霜纨，泪偷弹。且尽一尊，收泪听《阳关》。漫道帝城天样远，天易见，见君难。　画堂新创近孤山。曲阑干，为谁安。飞絮落花，春色属明年。欲棹小舟寻旧事，无处问，水连天。　傅注本卷六

【校】

傅注本“尊”作“樽”，“听”作“唱”，“漫”作“谩”，“新创”作“新缔”。毛本题作“述古去余杭，为去思者作”。“听”作“唱”，“创”作“构”。

【朱注】

《纪年录》：甲寅，送述古赴南都作。王《案》：甲寅七月，与陈襄放舟湖上，宴于孤山竹阁作。　《传灯录》：乌窠禅师见秦望山有长松，枝叶繁茂，盘屈如盖，遂栖止其上。白居易出守兹郡，因入山礼谒。乃起竹阁于湖上，迎师居之。

【笺】

竹阁　白居易诗（《宿竹阁》）：“晚坐松檐下，宵眠竹阁间。”《咸淳临安志》：白公竹阁，旧在广化寺柏堂之后。

霜纨　班婕妤《怨歌行》：“新织齐纸素，皎洁如霜雪。”

阳关　傅注：王维诗：“劝君更尽一杯酒，西出阳关无故人。”后人以为《阳关曲》唱之。

帝城天远　《世说新语》（《夙惠》）：晋明帝数岁，坐元帝膝

上。有人从长安来，元帝问洛下消息，潸然流涕。明帝问何以致泣，具以东渡意告之。因问明帝："汝意谓长安何如日远？"答曰："日远。不闻人从日边来，居然可知。"元帝异之。明日，集群臣宴会，告以此意，更重问之，乃答曰："日近。"元帝失色曰："尔何故异昨日之言邪？"答曰："举目见日，不见长安。"

水连天　傅注：杜甫诗："水天相与永。"胡曾诗："黄金台上草连天。"

【评】

"孤山竹阁送述古"题下批：亦代妓作。"漫道帝城天样远，天易见，见君难"三句：竟体空灵，天姿是何夐异。"飞絮落花，春色属明年"两句：春色谁主，惜之之意。"欲棹小舟寻旧事，无处问，水连天"三句：无穷感喟，只以唱叹出之。

菩萨蛮　西湖送述古

秋风湖上萧萧雨，使君欲去还留住。今日漫留君，明朝愁杀人。　佳人千点泪，洒向长河水。不用敛双蛾，路人啼更多。　傅注本卷七

【校】

毛本题作"西湖"。"佳人"作"尊前"。　傅注本"洒"作"洒"。

【朱注】

《纪年录》：甲寅，送述古赴南都作。

【笺】

洒向长河水　傅注：《倦游录》：令狐挺《题相思河》云："只应自古征人泪，洒向空川作浪波。"江淹《别赋》："别复别兮远山曲，去复去兮长河湄。"

【评】

"不用敛双蛾，路人啼更多"两句：遗爱在人，善颂善祷。

清平乐　送述古赴南都

清淮浊汴，更在江西岸。红旆到时黄叶乱，霜入梁王故苑。

秋原何处携壶，停骖访古踟蹰。双庙遗风尚在，漆园傲吏应无。　傅注本卷十二

【校】

傅注本"江西"作"西南"。　元本、朱本并无题。　毛本题作"秋词"。此从傅注本。

【朱注】

《纪年录》：甲寅，送述古作。

【笺】

清淮　《水经》：淮水出南阳平氏县胎簪山，东北过桐柏山。又东过原鹿县南，汝水从西北来流注之。又东北至九江寿春县东，颍水从西北来流注之。又东过寿春县北，肥水从县东北流注之。又东过当涂县北，又东过钟离县北。又东北至下邳淮阴县西，泗水从西北来流注之。又东至广陵淮浦县，入于海。

浊汴　汴渠故道有二，一为隋以后汴河故道。由前故道至商邱县治南改东南流，历安徽之宿县、灵璧、泗县，入淮。

梁王故苑　傅注：梁孝王都陈留，大治宫室。为东苑，方三百里，及景亳之间，中为鴈池、兔园、鹤洲、凫渚焉。

双庙　傅注：唐张巡、许远。天宝之乱，二人守睢阳，力困城破，死于贼。列于《忠义传》。今睢阳有二祠，世谓之双庙。　案《新唐书·忠义传》：大中时，图巡、远、霁云像于凌烟阁。睢阳至今祠享，号双庙云。傅注本此。

漆园傲吏　《史记·老庄申韩列传》：庄周尝为蒙漆园吏，与梁惠王、齐宣王同时。楚威王闻庄周贤，使使厚币迎之，许以为相。庄周笑谓楚使者曰："千金重利，卿相尊位也。子独不见郊祭之牺牛乎？养食之数岁，衣以文绣，以入太庙。当是之时，虽欲为孤豚，岂可得乎？子亟去，无污我。我宁游戏污渎之中自快，无为有国者所羁，终身不仕，以快吾志焉。"

南乡子　送述古

回首乱山横，不见居人只见城。谁似临平山上塔，亭亭，迎客西来送客行。　归路晚风清，一枕初寒梦不成。今夜残灯斜照处，荧荧，秋雨晴时泪不晴。　傅注本卷四

【校】

毛本"归"作"临"。

【朱注】

《纪年录》：甲寅，送述古作。王《案》：甲寅七月，追送陈襄移守南都，别于临平舟中作。

【笺】

临平　傅注：临平山在杭州。《诗集》查注：《九域志》：仁和县有临平镇。

南　歌　子

苒苒中秋过，萧萧两鬓华。寓身此世一尘沙，笑看潮来潮去了生涯。　方士三山路，渔人一叶家。早知身世两聱牙，好伴骑鲸公子赋雄夸。　傅注本卷五

【校】

毛本题作“再用前韵”。“此”作“化”。

【朱注】

王《案》：甲寅八月十八日，江上观潮作。

【笺】

尘沙　傅注：《内典》：化佛以三千大千世界，其众犹微尘，其数犹恒河沙。

三山路　《史记·封禅书》：蓬莱、方丈、瀛州，此三神山者，其传在勃海中，去人不远，患且至，则船风引而去。盖尝有至者，诸仙人及不死之药皆在焉。其物、禽兽尽白，而黄金、银为宫阙。未至，望之如云，及到，三神山反居水下。临之，风辄引去，终莫能至云。

一叶家　傅注：唐颜真卿为湖州刺史，以张志和舟敝，请更之。志和曰："愿为浮家泛宅，往来苕霅间耳。"

聱牙　韩愈《进学解》：周《诰》殷《盘》，诘屈聱牙。傅注：聱牙，龃龉不合之谓。

骑鲸　杜甫诗（《送孔巢父谢病归江东兼呈李白》）："若逢李白骑鲸鱼，道甫问讯今何如。"傅注：骑鲸公子，谓李白。赋雄夸，则白所著《大鹏赋》是也。

泛金船　流杯亭和杨元素

无情流水多情客，劝我如相识。杯行到手休辞却，似轩冕相逼。曲水池上，小字更书年月。还对茂林修竹，似永和节。　纤纤素手如霜雪，笑把秋花插。尊前莫怪歌声咽，又还是轻别。此去翱翔，遍上玉堂金阙。欲问再来何岁，应有华发。　傅注本卷十一

【校】

傅注本调作"劝金船"，与子野词合。题作"和元素自撰腔，命名亦作泛金船"。"相识"作"曾识"，"似轩冕"句作"这公道难得"，"似永和节"作"永和时节"，"还对"作"如对"，"遍上"作"遍赏"。　毛本调同傅本，题作"和元素韵自撰腔命名"。余字并同傅本。　元本"节"上衍"时"字，从毛本删。

【朱注】

《纪年录》：甲寅，和元素。王《案》：甲寅九月，公以太常博士权知密州军州事，罢杭州通守任。杨绘饯别于中和堂，和韵作。案

张子野有“流杯堂唱和翰林主人元素自撰腔”《劝金船》词，当是同作。中和堂在杭州，亭或近其地，非东武之流杯亭也。

【笺】

杯行到手　韩愈诗（《赠郑兵曹》）：“杯行到君莫停手。”

永和节　王羲之《兰亭序》：永和九年，岁在癸丑。暮春之初，会于会稽山阴之兰亭，修禊事也。群贤毕至，少长咸集。此地有崇山峻岭，茂林修竹，又有清流激湍，映带左右。引以为流觞曲水，列坐其次，虽无丝竹管弦之盛，一觞一咏，亦足以畅叙幽情。

玉堂金阙　傅注：汉武帝作玉堂于太液池南，去地二十丈。阙，门旁两观也，饰之以黄，故曰金阙。

【附录】

《彊村丛书》本《张子野词补遗》：“流杯堂唱和翰林主人元素自撰腔”《劝金船》词云：“流泉宛转双开窦，带染轻纱皱。何人暗得金船酒，拥罗绮前后。绿定见花影，并照与、艳妆争秀。行尽曲名，休更再歌杨柳。　光生飞动摇琼甃，隔障笙箫奏。须知短景欢无足，又还过清昼。翰阁迟归来，传骑恨留住难久。异日凤凰池上，为谁思旧。”案此阕与东坡作同和元素，而韵既不同，句度又复参差，岂自撰腔可随意偷声减字耶？附志于此，以俟知音者考定。

南　乡　子

和杨元素，时移守密州。

东武望余杭，云海天涯两渺茫。何日功成名遂了，还乡，醉笑陪公三万场。　不用诉离觞，痛饮从来别有肠。今夜送归灯火冷，

河塘，堕泪羊公却姓杨。 傅注本卷四

【校】

傅注本“渺茫”作“杳茫”。 毛本题无下五字。

【朱注】

《纪年录》：甲寅，移守密，和元素。王《案》：甲寅九月，杨绘再饯别于湖上作。

【笺】

密州 苏辙《超然台赋序》：子瞻通守余杭，三年不得代。以辙之在济南也，求为东州守。既得请高密，五月乃有移知密州之命。《一统志》：莱州府高密县，后魏置高密郡，治高密。北齐徙郡治东武。隋属高密郡，唐属密州。

功成名遂 《老子》：功成名遂身退，天之道。

三万场 李白诗（《襄阳歌》）：“百年三万六千日，一日须倾三百杯。”

痛饮 傅注：一说王孝伯云：“名士不可须奇才，但常得无事，痛饮，读《离骚》，可称名士。”

堕泪 《晋书·羊祜传》：祜为荆州都督，卒，襄阳百姓于岘山祜平生游憩之所建碑立庙，岁时飨祭焉。望其碑者莫不流涕。杜预因名为“堕泪碑”。

【评】

“云海天涯两渺茫”句：离情。“还乡，醉笑陪公三万场”两句：希望之词。“不用诉离觞，痛饮从来有别肠”两句：感喟。“今夜送归灯火冷”句：留恋。

又　和杨元素

凉簟碧纱厨，一枕清风昼睡余。睡听晚衙无个事，徐徐，读尽床头几卷书。　搔首赋归欤，自觉功名懒更疏。若问使君才与气，何如，占得人间一味愚。　傅注本卷四

【校】

傅注本题无“杨”字，“睡听”作“卧听”，“个事”作“一事”，“气”作“术”。毛本题作“自述”，余同傅本。

【笺】

归欤　《论语》(《公冶长》)：子在陈，曰：“归与，归与。”

懒更疏　傅注：嵇叔夜不涉经学，性复疏懒。孔文举才疏意广，卒无成功。

【评】

眉批：稼轩晚年闲适之作，多从坡公此种来。“读尽床头几卷书”句：清简之致。“搔首赋归欤”句：翻空而来，仍与前半相应。“占得人间一味愚”句：总括前意。

又

梅花词，和杨元素。

寒雀满疏篱，争抱寒柯看玉蕤。忽见客来花下坐，惊飞，蹋散芳英落酒卮。　痛饮又能诗，坐客无毡醉不知。花谢酒阑春到

也，离离，一点微酸已著枝。 傅注本卷四

【校】

毛本"花谢"作"花尽"。

【朱注】

案二词题、调皆同前首，似是一时唱和之作。

【笺】

玉蕤 傅注：梅花缀树，葳蕤如玉。戎昱诗："一树梅花白玉条。"

惊飞二句 皇甫冉诗："繁蕊风惊散，轻红鸟蹋翻。"（按：此承傅注。查《全唐诗》皇甫冉卷内无此诗。乃为王质诗，题为《金谷园花发怀古》，见《全唐诗》卷四八八。）

无氈 杜甫《赠郑虔》诗："才名四十年，坐客寒无氈。"

【评】

"争抱寒柯看玉蕤"句：侧面烘托法。"痛饮又能诗"句：带过。"坐客无毡醉不知。花谢酒阑春到也"两句：与"看玉蕤"相应。"一点微酸已著枝"句：感喟。

浣 溪 沙

自杭移密守，席上别杨元素，时重阳前一日。

缥缈危楼紫翠间，良辰乐事古难全。感时怀旧独凄然。

璧月琼枝空夜夜，菊花人貌自年年。不知来岁与谁看。

【校】

傅注本阙。　元本《浣溪沙》有“风压轻云”一首，毛注是李后主作，删去。　毛本题作“菊节别元素”。“古”作“苦”。

【朱注】

《纪年录》：甲寅，答元素。

【笺】

璧月琼枝　《陈书·皇后传》：后主与狎客共赋新诗，互相赠答，采其尤艳丽者以为曲词，被以新声。其曲有《玉树后庭花》《临春乐》等，大指所归，皆美张贵妃、孔贵嫔之容色也。其略曰：“璧月夜夜满，琼树朝朝新。”《庄子》：积石生树，名曰琼枝。其高一百二十仞，大三十围，以琅玕为之实。（按：此所引不见今本《庄子》。）

【评】

“缥缈危楼紫翠间”句：即景微嫌离题。“璧月琼枝空夜夜”句：喻美人。“菊花人貌自年年”句：感时序。

又

《白雪》清词出坐间，爱君才器两俱全。异乡风景却依然。

可恨相逢能几日。不知重会是何年。茱萸子细更重看。

【校】

傅注本阙。　毛本题作“重九”。

【朱注】

案韵同前首，疑同时答元素作也。

【笺】

白雪　宋玉《对楚王问》：其为《阳春》《白雪》，国中属而和者，不过数人而已。

茱萸　杜甫《九日》诗："明年此会知谁健，醉把茱萸子细看。"

【评】

"白雪清词出坐间"句：谓彼方有词也。"异乡风景却依然"句：感喟。末批：后半阕率，两用"重"字亦一病。

南　乡　子

沈强辅雯上出犀丽玉作胡琴送元素还朝，同子野各赋一首。

裙带石榴红，却水殷勤解赠侬。应许逐鸡鸡莫怕，相逢，一点灵心必暗通。　何处遇良工，琢刻天真半欲空。愿作龙香双凤拨，轻拢，长在环儿白雪胸。　傅注本卷四

【校】

傅注本题首有"公旧序"三字，"犀"字上有"文"字，于义为长，宜据补。　元本无题，此从毛本。

【笺】

逐鸡　《抱朴子》(《内篇·登涉》)：通天犀有一白理如线者，以盛米，置鸡群中，鸡欲往啄米，至则惊却。故南人名为骇鸡犀。得其角一尺以上，刻为鱼，衔以入水，水常开，方三尺，可得气息水中耳。欧阳修诗(《代鸠妇言》)："人家嫁鸡逐鸡飞。"

灵心　李商隐诗(《无题》)："身无彩凤双飞翼，心有灵犀一点

通。”傅注误作李后主词。

双凤　傅注：《杨妃外传》：妃子琵琶，乃寺人白季贞使蜀还所进，用逻逤檀为之。木温润如玉，光耀可鉴。有金缕红文，蹙成双凤。弦乃末弥诃罗国所贡绿冰丝蚕也，光莹如贯瑟。

轻拢　傅注：乐天《琵琶行》：“轻拢漫捻抹复挑。”

环儿　傅注：环儿，贵妃小字玉环也。凡作乐，若琴瑟类皆置而抚弦，惟琵琶则抱以按曲，故曰“长在环儿白雪胸”。

【评】

眉批：郑大鹤校：以“犀丽玉”为妓名，于“作”字断句，而以“胡琴”以下为第二首之题，似较妥。“却水殷勤解赠侬”句：文犀。“应许逐鸡鸡莫怕”句：本质。“愿作龙香双凤拨”句；新制。“一点灵心必暗通”句：喻其有姬侍大妇，亦怜中妇□也。

【附考】

郑文焯手批《东坡乐府》：此词题当分为二，以胡琴送元素还朝为第二题。集中《采桑子慢》题序：有胡琴者姿色尤好，三公皆一时英秀，景之秀，妓之妙，真为希遇云云。是胡琴为妓女可证。次阕过片所谓“粉泪怨离居”，即胡琴送元素之意。《定风波》送元素作，亦有“红粉尊前添懊恼”之句，可知胡琴为元素所眷已。朱云一赋胡琴，一送元素，误甚。至“犀丽玉”亦妓名，词中用典切，正可证托喻其人。本集中咏姬人名字并如是例。此“作”字即结束前题，断无咏作胡琴之理。况以玉作胡琴，更与送元素无关。词中“良工”“琢刻”云云，皆喻言丽玉之天真，故下有“愿作龙香双凤拨”之语，益足征命题之义。且集中谓某出妓或侍姬某，亦词人恒例，岂可泥于“琢刻”等字，即谓其切“作”字，不亦死于句下乎？集中《双荷叶》，本耘老侍儿小（女）〔名〕，公即以为曲名，且词中以荷叶贴切，尤尽清妙之致。此犀丽玉并姓字亦曲曲写出，独何疑乎？

又

旌旆满江湖，诏发楼船万舳舻。投笔将军因笑我，迂儒，帕首腰刀是丈夫。　粉泪怨离居，喜子垂窗报捷书。试问伏波三万语，何如，一斛明珠换绿珠。　傅注本卷四

【校】

傅注本、元本并无题。　毛本题作“赠行”。

【朱注】

案二词一赋胡琴，一送元素，所谓各赋一首也。元素典兵，史无明文。张子野《送元素》词云：“浴殿词臣亦议兵，禁中颇牧党羌平。”或当时有是命，寝而未行。

【笺】

楼船舳舻　傅注：汉武帝征南越、东瓯，始置楼船、戈船将军之号。建武时，尝以刘隆为楼船将军，副马援讨交趾。《汉·纪》：舳舻千里。注：舳，船后也。舻，船前头也。

投笔　《后汉书·班超传》：超字仲升，扶风平陵人。为人有志，不修细节。与母随兄固至洛阳，家贫，常为官佣书以供养，久劳苦。尝辍业投笔叹曰：“大丈夫无他志略，犹当效傅介子、张骞立功异域，以取封侯，安能久事笔砚间乎？”左右皆笑之。超曰：“小子安知壮士志哉！”

帕首腰刀　韩愈《送郑尚书序》：岭南节度为大府，其余四府亦各置帅，然大府帅或过其府，府帅必戎服，左握刀，右属弓矢，帕首袴靴迎于郊。及既至，大府帅入据馆，帅守若将趋拜，大府与之为让，至一至再，乃敢改服，以宾主见焉。

离居　《礼记·檀弓》：子夏曰："吾离群而索居，亦已久矣。"

喜子　傅注：《西京杂记》云：蜘蛛集而百事喜，故俗以蜘蛛为喜子。

伏波　《后汉书·马援传》：建武十七年，交阯女子征侧及女弟征贰反，攻没其郡。九真、日南、合浦蛮夷皆应之，寇略岭外六十余城。侧自立为王。于是玺书拜援伏波将军，缘海而进，随山刊道千余里，斩征侧、征贰，传首洛阳，峤南悉平。援奏言：西于县户有三万二千，远界去庭千余里，请分为封溪、望海二县。许之。

绿珠　傅注：《岭表异录》：绿珠井在白水双角山下。昔梁氏之女有容貌，石季伦为交趾采访使，以真珠三斛买之。梁氏之居，旧井存焉。耆老传云，汲饮此井者，生女必多美丽。闾里有识者以美色无益于时，遂以巨石填之。尔后虽时有产或端严，则七窍四肢多不完具。异哉！

【评】

眉批：爽快之言。"诏发楼船万舳舻。投笔将军因笑我，迂儒，帕首腰刀是丈夫"四句：元素有总戎之命，语含讥谑，正与后阕"红粉"等句相映射。"一斛明珠换绿珠"句：书生看事太易，所谓儿女情长，正处处加以嘲讽。

定风波　送元素

今古风流阮步兵，平生游宦爱东平。千里远来还不住，归去，空留风韵照人清。　红粉尊前添懊恼，休道，如何留得许多情。记取明年花絮乱，看泛，西湖总是断肠声。　傅注本卷四

【校】

傅注本“今”作“千”，“添”作“深”，“如何”作“怎生”。　毛本“休”作“知”，“取”作“得”，“看泛”五字作“须看泛西湖”。余同傅本。

【朱注】

案张子野《送元素》《送子瞻》词，皆同此韵，当在二公过湖州时作。元素守杭未久即内召，子野词有“诏卷促归”语，与此词“千里远来还不住”情事正合。“明年花絮”，与子野之“黄莺相识晚”，又俱谓元素去之速也。

【笺】

阮步兵　《晋书·阮籍传》：籍容貌瑰杰，志气宏放，傲然独得，任性不羁，而喜怒不形于色。本有济世志，属魏晋之际，天下多故，名士少有全者。籍由是不与世事，遂酣饮为常。及文帝辅政，籍尝从容言于帝曰：“籍平生曾游东平，乐其风土。”帝大悦，即拜东平相。籍乘驴到郡，坏府舍屏障，使内外相望，法令清简，旬日而还。帝引为大将军从事中郎。籍闻步兵营厨人善酿，有酒三百斛，乃求为步兵校尉。遗落世事，虽去佐职，恒游府内，朝宴必与焉。

【评】

“千里远来还不住，归去”两句：喻元素之暂来西湖，匆匆又去也。“空留风韵照人清”句：高风。“休道”句：元素谓。“如何留得许多情”句：怎生忘得。“西湖总是断肠声”句：遗爱。

【附录】

《张子野词补遗·定风波令·次子瞻韵送元素内翰》云：“浴殿词臣亦议兵，禁中颇牧党羌平。诏卷促归难自缓，溪馆，彩花千数酒泉清。春草未青秋叶暮，□去，一家行色万家情。可恨黄莺相识晚，望断，湖边亭上不闻声。”又《再次韵送子瞻》云：“谈辨才疏堂上兵，画船齐岸暗潮平。万乘靴袍曾好问，须信，文章传口齿牙清。　三百寺应游未遍，□算，湖山风物岂无情。不独渠丘歌叔度，行路，吴谣终日有余声。”

减字木兰花

秘阁古《笑林》云：晋元帝生子，宴百官，赐束帛。殷羡谢曰：“臣等无功受赏。”帝曰：“此事岂容卿有功乎？”同舍每以为笑。余过吴兴，而李公择适生子三日会客，求歌辞。乃为作此戏之，举坐皆绝倒。

惟熊佳梦，释氏老君亲抱送。壮气横秋，未满三朝已食牛。

犀钱玉果，利市平分沾四坐。多谢无功，此事如何著得侬。

傅注本卷九

【校】

傅注本题作"过吴兴，李公择生子三日会客，作此词戏之"。自"秘阁古笑林"至"岂容卿有功乎"移作后半阕小注，减去"同舍"一句，易为"世说亦云"四字。"亲"作"曾"，"著"作"到"。 毛本题及"曾""到"二字并同傅本。

【朱注】

《纪年录》：甲寅作。王《案》：甲寅九月，访李常于湖州作。案公择，建昌人。

【笺】

李公择 《淮海集·李公择行状》：神宗初，为右正言，力诋新法，落职，通判滑州。岁余复职，知鄂州，徙知湖州。迁尚书祠部员外郎，徙知齐州。《诗集》施注：公择知湖州，东坡以杭倅来会。

维熊 《诗·小雅·斯干》："大人占之，维熊维罴，男子之祥。"

食牛 《尸子》："虎豹之驹，虽未成文，已有食牛之气。"杜甫《徐卿二子歌》："徐卿二子生绝奇，感应吉梦相追随。孔子释氏亲抱送，尽是天上麒麟儿。大儿九龄色清澈，秋水为神玉为骨。小儿五岁气食牛，满堂宾客皆回头。"

犀钱 谓洗儿钱，以犀角为之者也。

利市 《乾淳岁时记》：腊月二十四日，市井迎傩，以锣鼓遍至人家乞求利市。

【评】

眉批：孔武有力，故以熊罴喻男子。"壮气横秋"句：大毛头。"此事如何著得侬"句：开顽笑。

河满子 湖州寄南守冯当世

见说岷峨凄怆，旋闻江汉澄清。但觉秋来归梦好，西南自有长城。东府三人最少，西山八国初平。　莫负花溪纵赏，何妨药市微行。试问当墟人在否，空教是处闻名。唱著子渊新曲，应须分外含情。　傅注本卷八

【校】

傅注本题作“湖州作寄益守冯当世”。　毛本题作“湖州作”。

【朱注】

案《宋史》：熙宁六年，复熙、河、洮、岷、叠、岩等州。七年，平泸夷木征寇岷州，王韶败降之。词云“西山八国初平”，当作于甲寅。《诗集》查注：冯京字当世，江夏人。富郑公壻，谥文简。

【笺】

长城　傅注：唐李勣治并州十六年，以威肃闻。太宗尝曰：“炀帝不择人守边，劳中国筑长城以备虏。今我用勣守并，突厥不敢南，贤长城远矣。”

东府　《元经》：冬十月，城东府。《薛氏传》：城东府者，何尚书府也。自道子、元显分东府西府掌其事，至刘裕因之居东府。

西山八国　《唐书·韦皋传》：皋字城武，京兆万年人。贞元初，代张延赏为剑南西川节度使，蛮部震服。于是西山羌女、诃陵、南水、白狗、逋租、弱水、清远、咄霸八国酋长，皆因皋请入朝，乃诏皋统押近界诸蛮，西山八国，加云南安抚使。

花溪　傅注：西蜀游赏，始正月上元日，终四月十九日，而浣花溪

最为盛集。

药市　傅注：益州有药市，期以七月，四远皆集。其药物品甚众，凡三月而罢，好事者多市取之。

当垆　《汉书·司马相如传》：相如与临邛令王吉饮富人卓王孙家，相如酒酣弄琴，卓氏女文君新寡，窃从户窥，心悦而好之，乃夜奔相如。相如乃与驰归成都，家徒四壁。久之，相如与俱之临邛，尽卖车骑，置一酒舍酤酒。令文君当垆，相如身著犊鼻裈，与佣保杂作，涤器于市。王孙耻之，诸公更谓王孙曰："司马长卿故倦游，虽贫而人材足依也，且又令客，奈何相辱如此？"王孙不得已，分与僮仆财物。文君乃与相如归成都，买田宅，而为富人矣。

子渊　傅注：汉王褒字子渊，蜀人。王襄为益州刺史，闻有俊才，请与相见。使褒作《中和》《乐职》《宣布》诗，选好事者，令依《鹿鸣》之声，习而歌之。下传而上闻，宣帝召见，悦之，擢褒为谏大夫，使侍太子。太子喜褒所为《甘泉》及《洞箫颂》，令后宫贵人左右皆诵读之。

【评】

眉批：二句词性微有不合。所谓嬉笑怒骂，皆成文章。"但觉秋来归梦好"句：亦赞亦讽，亦喜亦悲。"试问当垆人在否，空教是处闻名"两句：此讽其应稍萧散，不可固守官仪也。"唱著子渊新曲"句：自喻。

菩萨蛮　席上和陈令举

天怜豪俊腰金晚，故教月向松江满。清景为淹留，从君都占

秋。　身闲惟有酒，试问遨游首。帝梦已遥思，匆匆归去时。　**傅注本卷七**

【校】

毛本题阙，词阙十四字。

【朱注】

案本集《书游垂虹亭记》：吾昔自杭移守高密，与杨元素同舟，而陈令举、张子野皆从吾过公择于湖，遂与刘孝叔俱至松江。词必是时作。

【笺】

腰金　《殷芸小说》：有客言志，一愿为扬州刺史，一愿多赀财，一愿骑鹤上升。其一人曰："愿腰缠十万贯，骑鹤上扬州。"欲兼三者。

松江　傅注：吴松江也。　《一统志》：松江源出苏州府之太湖，自昆山县东南流入，经青浦县北二十里，北接太仓州嘉定县界。又东经上海县北，南与黄浦江合，又东入海，曰吴松海口。

遨游首　傅注：成都风俗，以遨游相尚。绮罗珠翠，杂沓衢巷，所集之地，行肆毕备，须得太守一往后方盛，土人因目太守为"遨头"云。

帝梦　《尚书传》：高宗梦得说，使百工营求诸野，得诸傅岩。

【评】

"天怜豪俊腰金晚。故教月向松江满。清景为淹留"三句：谓显达稍迟，天赋雅怀，亦应无恨也。"帝梦已遥思。匆匆归去时"：谓富贵即在目前也。

鹊桥仙　七夕送陈令举

缑山仙子，高情云渺，不学痴牛騃女。凤箫声断月明中，举手谢时人欲去。　客槎曾犯，银河波浪，尚带天风海雨。相逢一醉是前缘，风雨散飘然何处。　傅注本卷六

【校】

毛本题作“七夕”，“波”作“微”。

【朱注】

案本集《王中甫哀词》，施注原编丙辰七月五日。诗前叙云“哭中甫于密州”，则令举役矣。又《祭陈令举文》云：“余与令举别二年而令举没。”公以甲寅九月与令举访公择于湖州，六客之会，令举与焉。既过松江，令举匆匆归去，此词乃送之也。

【笺】

陈令举　《一统志·湖州府·人物》：陈舜俞字令举，乌程人。博学强记，登进士，又举制科第一。熙宁中，知山阴县。青苗法行，舜俞不奉令，上疏自劾，谪监南康军酒税，卒。苏轼为文哭之，称其学术才能，兼百人之器。

缑山仙子　《列仙传》：王子晋，周灵王太子也。好吹笙作凤鸣。游伊洛间，道士浮丘公接上山，三十余年。后来于山上告桓良曰：“我家七月七日，待我缑氏山。”至日果乘白鹤驻山头，望之不得到，举手谢时人而去。　案缑氏山在今河南偃师县南。

痴牛騃女　《荆楚岁时记》：天河之东有织女，天帝之子也。年年机杼劳役，织成云锦天衣。天帝怜其独处，许嫁河西牵牛郎，遂废织

纴。天帝怒，责令归河东，唯每年七月七日夜渡河一会。卢仝诗（《月蚀》）："痴牛与騃女，不肯勤农桑。徒劳含淫思，夕旦遥相望。"

客槎 注见本卷《南歌子》"海上乘槎侣"阕。

风雨散 曹植诗："风流云散，一别如雨。"（按：此承傅注。查非曹植诗，乃王粲诗，题为《赠蔡子笃》，见《文选》卷二十三。）

【评】

"缑山仙子，高情云渺"两句：言令举将飘然远游也。"客槎曾犯，银河波浪"两句：言令举曾官京师，中遭□折也。"尚带天风海雨"句：衣冠身惹御炉香。"风雨散飘然何处"句：与"谢时人"相应。

阮 郎 归

一年三过苏，最后赴密州，时有问这回来不来，其色凄然。太守王规父嘉之，令作此词。

一年三度过苏台，清尊长是开。佳人相问苦相猜，这回来不来。　情未尽，老先催，人生真可咍。他年桃李阿谁栽，刘郎双鬓衰。　傅注本卷六

【校】

元本题下注云："一本名《醉桃源》。"　傅注本题作"苏州席上作"，"衰"作"摧"。　毛本同傅本。

【朱注】

《纪年录》：甲寅，赴密过苏作。王《案》：甲寅十月，至金阊，饮

于王诲席上作。

【笺】

王规父　见本卷《菩萨蛮》“玉童西迓浮丘伯”阕朱注。

苏台　傅注：姑苏台在苏州。《越绝书》曰：阖闾起姑苏台，三年聚材，五年乃成，高可见五百里。余详本卷《菩萨蛮》(玉童西迓浮丘伯)注。

咍　《唐韵》：咍，呼来切，音痞。《说文》：蚩笑也。

刘郎　《本事诗》：刘尚书禹锡自屯田员外左迁朗州司马，凡十年，始征还。方春，作《赠看花诸君子》诗曰：“紫陌红尘拂面来，无人不道看花回。玄都观里桃千树，尽是刘郎去后栽。”其诗一出，传于都下。有素嫉其名者，白于执政，又诬其有怨愤。他日见时宰，与坐，慰问甚厚。既辞，即曰：“近有新诗，未免为累，奈何？”不数日，出为连州刺史。其自叙云：“贞元十一年春，余为屯田员外，时此观未有花。是岁出牧连州，至荆南，又贬朗州司马。居十年，诏至京师，人人皆言有道士手植仙桃满观，盛如红霞，遂有前篇，以记一时之事。旋又出牧，于今十四年，始为主客郎中，重游玄都，荡然无复一树，唯兔葵燕麦动摇于春风耳。因再题二十八字，以俟后再游。”时大和二年三月也。诗曰：“百亩庭中半是苔，桃花净尽菜花开。种桃道士归何处，前度刘郎今又来。”

【评】

“佳人相问苦相猜，这回来不来”两句：信手拈来，头头是道。从“来不来”三字发出感喟。“他年桃李阿谁栽”句：喻美人。

醉落魄　苏州阊门留别

苍颜华发，故山归计何时决？旧交新贵音书绝，惟有佳人，

犹作殷勤别。　离亭欲去歌声咽，潇潇细雨凉吹颊。泪珠不用罗巾裛，弹在罗衫，图得见时说。　傅注本卷九

【校】

傅注本“吹”作“生”，“衫”作“衣”。　毛本“衫”作“衣”，注云：“一刻山谷。但‘故山归计何时决’作‘故乡归路无因得’。”“颜”作“头”。

【朱注】

案此与前调疑同时作。

【笺】

阊门　《一统志·苏州府》：阖闾城西，阊、胥二门。《吴越春秋》：阊门者，以象天门，通阊阖风也。阖闾欲破楚，楚在西北，故立阊门以通天气。复名破楚门。《寰宇记》云：吴城西门也。春申君改为阊门。

旧交新贵　《汉书》（《郑当时传》）：翟公云：“一死一生，乃知交情。一贫一富，乃知交态。一贵一贱，交情乃见。”杜诗（《狂夫》）：“厚禄故人书断绝，恒饥稚子色凄凉。”

【评】

“故山归计何时决”句：伤人生之飘泊。“旧交新贵音书绝”句：感世态之炎凉。“潇潇细雨凉吹颊”句：衬。“弹在罗衫，图得见时说”两句：钟情不断，凄抑之音。

菩萨蛮　润州和元素

玉笙不受珠唇暖，离声凄咽胸填满。遗恨几千秋，心留人不

留。　他年京国酒，堕泪攀枯柳。莫唱短因缘，长安远似天。　傅注本卷七

【校】

傅注本"秋"作"愁"，误。"心"作"恩"，"堕"作"泫"。　毛本题作"感旧"，"心"、"堕"二字同傅本。

【朱注】

《纪年录》：甲寅，和元素。

【笺】

润州　见本卷《少年游》"去年相送"阕题注。

玉笙　李商隐诗（《银河吹笙》）："怅望银河吹玉笙。"傅注：陆罕《笙》诗："响合绛唇吹。"

攀柳　《晋书·桓温传》：温自江陵北伐，行经金城，见少为琅邪时所种柳皆已十围，慨然曰："木犹如此，人何以堪！"攀枝执条，泫然流涕。

短因缘　《太平广记》（卷三四九《韦鲍生妓》）：鲍生者，有妾二人，遇外弟韦生有良马，鲍出妾为酒劝韦。韦请以马换妾，鲍许以抱胡琴者，仍命歌以送韦酒。既而妾又歌以送鲍酒，歌曰："风飐荷珠难暂圆，多生信有短因缘。西楼今夜三更月，还照离人泣断弦。"

长安远　注见本卷《江城子》"翠蛾羞黛怯人看"阕。

【评】

"玉笙不受朱唇暖"句：别筵有妓。"他年京国酒"句：同感旧游。"长安远似天"句：益伤飘泊。

减字木兰花

赠润守许仲涂，且以郑容落籍、高莹从良为句首。

郑庄好客，容我尊前先堕帻。落笔生风，籍籍声名不负公。

高山白早，莹骨冰肤那解老。从此南徐，良夜清风月满湖。

傅注本卷九

【校】

傅注本“清风”作“风清”。　《东皋杂录》引此词，“尊”作“楼”，“冰肤”作“柔肌”，“清风”作“风清”。　毛本题作“自钱塘被召，林子中作郡守，有会，坐中营妓出牒，郑容求落籍，高莹求从良，子中呈东坡，东坡索笔为减字木兰花书牒后，时用郑容落籍、高莹从良八字于句端也，兼赠润守许仲涂”。

【朱注】

《纪年录》：甲寅作。　《诗集》查注：许遵字仲涂，泗州人。神宗朝以大理寺请知润州。

【笺】

郑庄　傅注：郑当时字庄，为汉太子舍人。每五日洗沐，常置驿马长安诸郊，请谢宾客，夜以继日，至明旦，常恐不遍。

堕帻　《晋书·庾峻传》：峻子敳，字子嵩，为陈留相。参东海王越太傅军事，有重名，为搢绅所推，而聚敛积实，谈者讥之。时刘舆见任于越，人士多为所构，惟敳纵心事外，无迹可间。后以其性俭家富，说越令就换钱千万，冀其有吝，因此可乘。越于众坐中间于敳，而敳乃颓然已醉，帻堕机上，以头就穿取。徐答曰：“下官家有二千万，随公所取矣。”舆于是乃服。越甚悦，因曰：“不可以小人之虑，度君子之心。”

落笔生风　杜甫诗（《寄李十二白二十韵》）：“笔落惊风雨。”李白诗（《赠从弟宣州长史昭》）：“摇笔起风霜。”

籍籍　李白诗（《赠韦秘书子春》）：“高名动京师，天下皆籍籍。”

高山白早　刘禹锡诗（《苏州白舍人寄新诗有叹早白无儿之句因以赠之》）：“雪里高山头白早。”

莹骨冰肤　宋玉《神女赋》：“温乎如莹。”《庄子·逍遥游》：“藐姑射之山有神人居焉，肌肤若冰雪，淖约若处子。”

南徐　傅注：南徐，润州也。晋元帝渡江，而淮北之地皆陷于胡。后幽、冀、青、并、兖、徐之流人相率过江，帝并侨立诸县以司牧之，各仍其旧号，而为南北之别矣。今润州乃南徐之地。

良夜　傅注：鬼仙诗：“明月清风，良宵会同。”

【评】

“容我尊前先堕帻”：大方。“落笔生风。籍籍声名不负公”两句：有长才。“高山白早，莹骨冰肤那解老”两句：谓风貌不减也。“良夜清风月满湖”句：言脱籍后风月凄清也。

【附考】

《东皋杂录》：东坡自钱塘被召，过京口，林子中作郡守，有宴会，座中营妓出牒，郑容求落籍，高莹求从良。子中命呈牒东坡，坡索笔题《减字木兰花》于牒后云云，暗用“郑容落籍、高莹从良”八字于句端也。一作润守许仲远。　案《聚兰集》作许仲涂，毛本题从此出。

南歌子　别润守许仲涂

欲执河梁手，还升月旦堂。酒阑人散月侵廊，北客明朝归去雁南翔。　窈窕高明玉，风流郑季庄。一时分散水云乡，惟有落花芳草断人肠。　傅注本卷五

【校】

毛本题“润守”作“润州”。

【朱注】

案此词仍赋高、郑事，因类编之。

【笺】

河梁　李陵诗（《与苏武三首》）：“携手上河梁，游子暮何之。”

月旦　《后汉书·许劭传》：劭字子将，汝南平舆人。与从兄靖俱有高名，好共核论乡党人物，每月辄更其品题。故汝南俗有月旦评焉。

窈窕二句　傅注：高明玉，莹也。郑季庄，容也。高莹、郑容，皆南徐之名妓。

水云乡　傅注：江南地卑湿而多沮泽，故谓之水云乡，亦谓之水国。

【评】

“还升月旦堂”句：赞许有人伦鉴也。“北客明朝归去雁南翔”句：别情。“一时分散水云乡”句：脱籍。

采　桑　子

润州甘露寺多景楼，天下之殊景也。甲寅仲冬，余同孙巨源、王正仲参会于此，有胡琴者姿色尤好。三公皆一时英秀，景之秀，妓之妙，真为希遇。饮阑，巨源请于余曰："残霞晚照，非奇才不尽。"余作此词。

多情多感仍多病，多景楼中，尊酒相逢，乐事回头一笑空。

停杯且听琵琶语，细捻轻拢，醉脸春融，斜照江天一抹红。

傅注本卷十二

【校】

傅注本题作"润州多景楼与孙巨源相遇"。　毛本同傅本，惟"多"作"东"。

【朱注】

《纪年录》：甲寅，多景楼与孙巨源相遇作。　《诗集》王注：《图经》：甘露寺在北固山，唐宝历中，李德裕建，时甘露降此山，因以名之。又施注：孙巨源名洙，广陵人。在谏院时，王介甫行新法，巨源心知不可，恳乞补外，知海州。又王文诰注：公至扬州，与李公择书云："涂中与完夫、正仲、巨源相会，所至辄作数剧饮笑乐，人生如此有几。"胡完夫坐封还李定词头落职，家在晋陵。王存字正仲，润州人。官左右史正言，知制诰，是时以事至家也。王注、查注脱去完夫，今补载。案完夫为胡宗愈字，题云"三公皆一时英秀"，盖指王、孙与胡也。

【笺】

多景楼　《诗集》查注：《京口志》：甘露寺有多景楼，中刻东坡熙宁甲寅与孙巨源辈会此赋采桑子词，碑石今尚存。《清一统志》：多景楼在今江苏北固山甘露寺内，北面大江，颇据形势。始建于宋郡守陈天麟，即唐临江亭故址。

尊酒相逢　韩愈诗（《赠郑兵曹》）：“尊酒相逢十载前，君为壮夫我少年。”

琵琶语　白居易《琵琶行》：“今夜闻君琵琶语。”

细捻轻拢　注见本卷《南乡子》“裙带石榴红”阕。

【评】

“斜照江天一抹红”句：人面波光相映。

【附考】

《诗集》冯注引杨元素云：孙洙巨源、王存正仲，与东坡同游多景楼，京师官妓皆在，而胡琴者姿伎尤妙。三公皆一时英彦，境之胜，客之秀，伎之妙，真为希遇。酒阑，巨源请于东坡曰：“残霞晚照，非奇词不尽。”遂作《采桑子》，所谓“多情多感仍多病，多景楼中”是也。又傅氏《注坡词》引《本事集》云：润州甘露寺多景楼，天下之殊景。甲寅仲冬，苏子瞻、孙巨源、王正仲参会于此，有胡琴者姿色尤好。三公皆一时英秀，景之秀，妓之妙，真为希遇。饮阑，巨源请于子瞻曰：“残霞晚照，非奇才不尽。”子瞻作此词。案二说同出一源，虽字句颇有参差，然味其语意，必皆元素纪录之词。而王文诰注以三公为不可解，遽引胡完仲以足之，殊为可笑。元本如此标题，疑亦旁注混入，或他人引《本事集》为之，《彊村》本亦沿其谬。愚意此词题自当从傅注本为妥。

更漏子　送孙巨源

水涵空，山照市，西汉二疏乡里。新白发，旧黄金，故人恩义深。　海东头，山尽处，自古客槎来去。槎有信，赴秋期，使君行不归。　傅注本卷十二

【朱注】

《纪年录》：甲寅，送巨源作。王《案》：甲寅十月作。

【笺】

二疏　《汉书·疏广传》：疏广、疏受，东海人。广为太子太傅，受为少傅。并乞骸骨归乡里，宣帝赐黄金二十斤，太子赠五十斤。公卿大夫、故人邑子设祖道，供帐东都门外，观者皆曰："贤哉，二大夫！"广既归乡里，日与故旧宾客相与饮乐。问其家金余有几所，趣卖以共具，曰："此圣主所以惠养老臣也。"于是乡党族人悦服焉。

客槎　注见本卷《南歌子》"海上乘槎侣"阕。

醉落魄　席上呈杨元素

分携如昨，人生到处萍飘泊。偶然相聚还离索。多病多愁，须信从来错。　尊前一笑休辞却，天涯同是伤沦落。故山犹负平生约。西望峨嵋，长羡归飞鹤。　傅注本卷九

【校】

傅注本题无“杨”字。

【朱注】

《纪年录》：甲寅，离京口，呈元素作。

【笺】

萍飘　杜甫诗（《秦州见敕目薛三璩授司议郎……凡三十韵》）：“浩荡逐浮萍。”　傅注：萍无根，逐流而已，岂复有定居。

离索　注见本卷《南乡子》“旌旆满江湖”阕。

沦落　白居易《琵琶行》：“同是天涯沦落人，相逢何必曾相识。”

归飞鹤　《搜神后记》：丁令威学道于灵虚山，后化鹤归辽，集华表柱云：“有鸟有鸟丁令威，去家千年今始归。城郭如故人民非，何不学仙冢累累。”杜甫诗（《卜居》）：“归羡辽东鹤。”　傅注：韩溉《咏鹤》诗：“王孙若问归飞处，万里秋风是故乡。”

浣　溪　沙

赠陈海州。陈尝为眉令，有声。

长记鸣琴子贱堂，朱颜绿发映垂杨。如今秋鬓数茎霜。

聚散交游如梦寐，升沉闲事莫思量。仲卿终不忘桐乡。

【校】

傅注本阙。　毛本题作“忆旧”，“忘”作“避”。

【朱注】

案《诗集》甲寅十月，《次韵陈海州书怀》诗：“酒醒却忆儿童事，长恨双凫去莫攀。”自注：“陈尝令乡邑。”词当是同时作。

【笺】

鸣琴　《说苑》（《政理》）：子贱宰单父，鸣琴而治。巫马期亦宰单父，以星出，以星入，日夜不处，以身亲之，而单父亦治。

朱颜　宋玉《招魂》：“美人既醉，朱颜酡些。”

桐乡　在今安徽桐城县北，春秋桐国地。《汉书·循吏传》：朱邑字仲卿，庐江舒人。少时为舒桐乡啬夫，廉平不苛，以爱利为行，未尝笞辱人，存问耆老孤寡，遇之有恩，所部吏民爱敬焉。后官至大司农，病且死，属其子曰：“我故为桐乡吏，其民爱我，必葬我桐乡。后世子孙奉尝我，不如桐乡民。”及死，其子葬之桐乡西郭外。民果然共为邑起冢立祠，岁时祠祭，至今不绝。

【评】

“朱颜绿发映垂杨”句：少年文治。“升沈闲事莫思量”句：言有遗□也。

沁园春

赴密州，早行，马上寄子由。

孤馆灯青，野店鸡号，旅枕梦残。渐月华收练，晨霜耿耿，云山摛锦，朝露团团。世路无穷，劳生有限，似此区区长鲜欢。微吟罢，凭征鞍无语，往事千端。　当时共客长安，似二陆初来俱少年。有笔头千字，胸中万卷，致君尧舜，此事何难。用舍由时，行藏在我，袖手何妨闲处看。身长健，但优游卒岁，且斗尊前。　傅注本卷十一

【校】

傅注本前半阕残。 毛本无题，“团团”作“漙漙”。

【朱注】

《纪年录》：甲寅十月作。王《案》：公时由海州赴密，不复绕道至齐一视子由，故其词如此耳。

【笺】

子由 《宋史·苏辙传》：辙字子由，年十九，与兄轼同登进士科。熙宁五年，授齐州掌书记。又三年，改著作佐郎。后以大中大夫致仕，筑室于许，号颍滨遗老。自作传万余言，不复与人相见，终日默坐，如是者几十年。政和二年卒，年七十四。追复端明殿学士。淳熙中，谥文定。辙性沉静简洁，为文汪洋澹泊，似其为人，不愿人知之，而秀杰之气终不可掩，其高处殆与兄轼相迫。所著《诗传》《春秋传》《古史》《老子解》《乐城文集》，并行于世。

野店鸡号 《温庭筠》《商山早行》诗：“鸡声茅店月，人迹板桥霜。”

耿耿 小明也。谢朓诗（《暂使下都夜发新林至京邑赠府同僚》）：“秋河曙耿耿。”

漙漙 露多貌。《诗经》（《郑风·野有蔓草》）：“野有蔓草，零露漙兮。”

世路二句 杜甫诗（《绝句漫兴九首》）：“莫思身外无穷事，且尽生前有限杯。”

二陆 《晋书·陆机传》：机字士衡，吴郡人。抗子。少有异才，文章冠世。抗卒，领父兵为牙门将。年二十而吴灭。太康末，与弟云俱入洛，造太常张华。华素重其名，如旧相识，曰："伐吴之役，利获二俊。"云字士龙，六岁能属文。性清正，有才理。少与机齐名，虽文章不及机，而持论过之，号曰"二陆"。年十六，吴平，入洛。机初诣张华，华问云何在，机曰："云有笑疾，未敢自见。"俄而云至，华为人多姿制，又好帛绳缠须，云见而大笑，不能自已。

万卷　杜甫诗（《奉赠韦左丞丈二十二韵》）："读书破万卷，下笔如有神。"

致君　《孟子》（《万章》上）：伊尹曰："吾岂若使是君为尧舜之君哉？"杜甫诗（《奉赠韦左丞丈二十二韵》）："致君尧舜上，再使风俗淳。"

用舍二句　《论语》（《述而》）：用之则行，舍之则藏，惟我与尔有是夫。

优游二句　《家语》：优哉游哉，聊以卒岁。杜牧诗（按：此为牛僧孺诗《席上赠刘梦得》）："且斗尊前见在身。"

【评】

眉批：后半阕过于平实，少温宛之趣。"孤馆灯青，野店鸡号，旅枕梦残"三句：写逆旅中不能寐情形。"晨霜耿耿"句：晨景。"云山摛锦，朝露团团"两句：何等美景。"世路无穷，劳生有限"两句：可惜在逆旅中。"似此区区长鲜欢"句：感喟。"凭征鞍无语，往事千端"两句：含蓄。"当时共客长安"句：追叙。"致君尧舜"句：少年意气。"行藏在我"句：强自宽解。"但优游卒岁"句：勉为慰藉。

【附考】

《遗山文集·东坡乐府集选引》：绛人孙安常注坡词，参以汝南文伯起《小雪堂诗话》，删去他人所作《无愁可解》之类五十六首，其所是正亦无虑数十百处，坡词遂为完本，不可谓无功。然尚有可论者，如“古岸开青葑”《南柯子》以末后二句倒入前篇。此等犹为未尽，然特其小小者耳。就中“野店鸡号”一篇，极害义理，不知谁所作，世人误为东坡，而小说家又以神宗之言实之，云神宗闻此词不能平，乃贬坡黄州，且言“教苏某闲处袖手，看朕与王安石治天下”。安常不能辨，复收之集中。如“当时共客长安，似二陆初来俱少年。有胸中万卷，笔头千字，致君尧舜，此事何难。用舍由时，行藏在我，袖手何妨闲处看”之句，其鄙俚浅近，叫呼衒鬻，殆市驵之雄醉饱而后发之，虽鲁直家婢仆且羞道，而谓东坡作者，误矣。又前人诗文有一句或一二字异同，盖传写之久，不无讹谬，或是落笔之后，随有改定。而安常一切以别本为是，是亦好奇尚异之蔽也。就孙集录取七十五首，遇语句两出者，择而从之。自余“玉龟山”一篇，予谓非东坡不能作，孙以为古词，删去之，当自别有所据。姑存卷末，以候更考。丙申九月朔书于阳平寓居之东斋，元某引。

永遇乐

孙巨源以八月十五日离海州，坐别于景疏楼上。既而与余会于润州，至楚州乃别。余以十一月十五日至海州，与太守会于景疏楼上，作此词以寄巨源。

长忆别时，景疏楼上，明月如水。美酒清歌，留连不住，月随人千里。别来三度，孤光又满，冷落共谁同醉。卷珠帘、凄然顾影，共伊到明无寐。　今朝有客，来从濉上，能道使君深意。凭仗

清淮，分明到海，中有相思泪。而今何在，西垣清禁，夜永露华侵被。此时看、回廊晓月，也应暗记。　傅注本卷七

【校】

傅注本题首有“公自序云”四字，“上”作“下”，“濉”作“淮”。　毛本题作“寄孙巨源”，“露”作“云”，余同傅本。

【朱注】

《纪年录》：甲寅，海州寄巨源作。　《诗集》施注：东坡与巨源既别于海州景疏楼，后登此楼，怀巨源作。王《案》：此词有“别来三度，孤光又满”，乃与巨源相别三月，而客至东武，为道巨源寄语，故作此词。时巨源以同修起居注、知制诰召还，计其必已自淮入京，故又有“而今何在，西垣清禁”及“此时看、回廊晓月”等句，道其锁宿之情事也。此词作于乙卯正月，确不可易。案词叙称巨源八月十五日坐别楼上，则词中“别来三度”，乃谓巨源之别海州，历九月、十月，至公至之十一月十五日恰为三度，非公与别三月也。仍从《纪年录》编甲寅。《名胜志》：景疏楼在海州治东北。石刻云宋叶祖洽慕二疏之贤而建。疏广、疏受皆东海人也。本集《次韵孙巨源》诗：“高才晚岁终难进，勇退常年正急流。不独二疏为可慕，他时当有景孙楼。”自注：“巨源近离东海，郡有景疏楼。”

【笺】

海州　《元和郡县志》：海州，春秋鲁之东鄙，秦分薛郡为郯郡，汉改郯为东海郡，武德四年改海州。《元丰九域志》：淮南东路海州，治朐山县，东南至涟水军三百四十里，北至密州四百五十里。

景疏楼　傅注：今东武有景疏楼，有景慕之意也。二疏，东海

人。案：此亦以是词为在密州作，故臆说东武有景疏楼耳。

明月如水　杜甫诗（《江月》）：“江月光于水。”

月随人千里　鲍照《月》诗（《玩月城西门廨中》）：“三五二八时，千里与君同。”

别来三度　《诗集·次韵孙巨源寄涟水李盛二著作并见寄五绝》自注云：“昔与巨源、刘贡父、孙莘老相遇于山阳，自尔契阔，惟巨源近者复相遇于京口。”详朱注。

濉上　《括地志》：濉水首受浚仪县浪荡渠水，东经临虑县入泗。

西垣　傅注：中书省谓之西掖。刘桢诗：“谁谓相去远，隔此西掖垣。拘限清切禁，中情无由宣。”

露华　李白《清平调》：“春风拂槛露华浓。”

【评】

“长忆别时，景疏楼上”两句：追忆前欢。“留连不住”句：急转直下。“别来三度，孤光又满”两句：即景伤怀。“凄然顾影”句：正从“共谁”二字来。“凭仗清淮，分明到海，中有相思泪”三句：写对方想念之殷。“西垣清禁，夜永露华侵被”：推想巨源别后生活应同此情境。末批：一气旋转，天马行空，去留无迹。

减字木兰花

空床响琢，花上春禽冰上雹。醉梦尊前，惊起湖风入坐寒。

《转关》《镬索》，春水流弦霜入拨。月堕更阑，更请宫高奏独弹。

【校】

傅注本、毛本俱无。

【朱注】

本集公《与蔡景繁书》：朐山临海石室，信如所谕。某尝携家一游，时家有胡琴婢，就室中作《濩索凉州》，凛然有冰车铁马之声。案公于甲寅十一月至海州，是词疑赋胡琴婢事。

【笺】

转关镬索　《石湖诗集·复作韵记昨日坐中剧谈及赵家琵琶之妙呈王正之提刑二绝》自注云："正之云，《转关六么》《濩索梁州》《历弦薄媚》《醉吟商胡渭州》，此四曲承平时专入琵琶，今不复有能传者。"《白石道人歌曲·醉吟商小品序》："石湖老人谓予曰：琵琶有四曲，今不传矣。曰《濩索梁州》《转关绿腰》《醉吟商胡渭州》《历弦薄媚》也。"《敖陶孙诗话》："乐谱琵琶曲有《转关六么》，取其声调谐婉。又有《濩索梁州》，谓其音节间繁。"

春水流弦　白居易《琵琶行》："间关莺语花底滑，幽咽流泉水下滩。"

【评】

眉批：一片神行，不著成象。"空床响琢"句：弹。"花上春禽"：柔和。"冰上雹"：刚劲。此谓啄木鸟。"醉梦尊前"句：听。"惊起湖风入坐寒"句：赞琴韵。"转关镬索"句：变调。"春水流弦霜入拨"句：赞其技艺之精巧。

乙卯《年谱》：熙宁八年乙卯，先生年四十，到密州任。有《后杞菊赋》，其叙云：予仕宦十有九年，家日益贫。移守胶西，而斋厨索然。案：先生丁酉年登第，至是恰十九年矣。

蝶恋花 密州上元

灯火钱塘三五夜，明月如霜，照见人如画。帐底吹笙香吐麝，更无一点尘随马。　寂寞山城人老也，击鼓吹箫，却入农桑社。火冷灯稀霜露下，昏昏雪意云垂野。

【校】

傅注本阙。　毛本“更无”句作“此般风味应无价”，“却”作“乍”，“稀”作“希”。

【朱注】

《纪年录》：乙卯作。王《案》：乙卯正月十五日作。

【笺】

上元　《白六帖》：正月十五日为上元。

香吐麝　《说文》：麝如小麋，脐有香。一名射父。刘遵诗（《繁华应令》）：“腕动香飘麝。”

尘随马　苏味道诗（《正月十五夜》）：“暗尘随马去。”

击鼓二句　谓社祭也。《周礼》（《鼓人》）：以灵鼓鼓社祭。

【评】

眉批：此期生活可参看《超然亭记》。前半阕极写旧游之欢畅，后半阕归到眼前，两两相形，感慨见于言外，而随笔抒写，不假雕饰，结笔尤为凄惋。

江城子　乙卯正月二十日夜记梦

十年生死两茫茫。不思量，自难忘。千里孤坟，无处话凄凉。纵使相逢应不识，尘满面，鬓如霜。　夜来幽梦忽还乡。小轩窗，正梳妆。相顾无言，惟有泪千行。料得年年肠断处，明月夜，短松冈。

【校】

傅注本阙。毛本无题。

【朱注】

《纪年录》：乙卯作。王《案》：词注谓公悼亡之作，考通义君卒于治平二年乙巳，至是熙宁八月乙卯，正十年也。　本集《亡妻王氏墓志铭》：治平二年五月丁亥，赵郡苏轼之妻卒于京师。其明年六月壬子，葬于眉之东北彭山县安镇乡可龙里先君先夫人墓之西北。

【评】

“千里孤坟，无处话凄凉”两句：泛写感伤。“纵使相逢应不识”句：加倍写感伤。“尘满面，鬓如霜”两句：“闲坐悲君亦自悲”。“小轩窗。正梳妆。相顾无言，惟有泪千行”四句：“梳妆”从上阕尘鬓映出，人间天上，滋味如何，读之倍增凄黯。“料得年年断肠处，明月夜，短松冈”三句：逼出结语。

雨中花慢

初至密州，以累年旱蝗，斋素累月。方春牡丹盛开，遂不获

一赏。至九月，忽开千叶一朵，雨中特为置酒，遂作。

今岁花时深院，尽日东风，轻扬茶烟。但有绿苔芳草，柳絮榆钱。闻道城西，长廊古寺，甲第名园。有国艳带酒，天香染袂，为我留连。　清明过了，残红无处，对此泪洒尊前。秋向晚、一枝何事，向我依然。高会聊追短景，清商不假余妍。不如留取，十分春态，付与明年。 **傅注本卷十一**

【校】

傅注本题存词阙。调名无"慢"字，题首有"公"字，题末有"此词"二字。　元本调名亦脱"慢"字，"假"误作"暇"。从毛本。　毛本题作"初至密州，以旱蝗斋素者累月，方春牡丹盛开，不获一赏，至九月，忽开千叶一朵，雨中为置酒作"。"轻扬"作"荡漾"。

【朱注】

《纪年录》：乙卯九月作。

【笺】

累年旱蝗　《诗集》查注：《水经注》：扶淇之水，出西南常山。本集《记略》云：山不甚高大，而下临城中，如在山上。岁旱祷雨兹山，未尝不应。盖有常德者，故谓之常山。熙宁八年春夏旱，再祷焉，皆应如响，乃新其庙。熙宁九年七月，诏封常山神为润民侯。

柳絮榆钱　杜甫诗（《送路六侍御入朝》）："不分桃花红胜锦，生憎柳絮白于绵。"施肩吾诗（《戏咏榆荚》）："风吹榆钱落如雨，绕林绕屋来不住。"先生《次韵田国博部夫南京见寄》诗："深红落尽东风恶，柳絮榆钱不当春。"

古寺　《诗集·玉盘盂》小序：东武旧俗，每岁四月，大会于南禅、资福两寺，以芍药供佛。而今岁最盛，凡七千余朵，皆重跗累萼，繁丽丰硕。中有白花，正圆如覆盂，其下十余叶稍大，承之如盘，姿格绝异，独出于七千朵之上，云得之于城北苏氏园中，周宰相莒公之别业也。据此知此词所称城西古寺，南禅、资福，必居其一。

甲第　《汉书》(《高帝纪》下)：列侯居邑，皆赐大第室。注云：有甲乙次第，故曰甲第。

国艳天香　《松窗杂录》：明皇内殿赏牡丹，问侍臣牡丹诗谁为首。奏云，李正封诗曰："国色朝酣酒，天香夜染衣。"

清商　魏文帝《燕歌行》："援琴鸣弦发清商，短歌微吟不能长。"《文选》注引宋玉《笛赋》："吟清商，追流征。"

【评】

眉批：大有及时用世之志。观此阕及后《江城子》，可见凄抑中见豪壮。"但有绿苔芳草，柳絮榆钱"两句：反衬逗出不克赏花之感。"为我留连"句：名花倾国两相欢。"残红无处"句：感叹不获一赏。"高会聊追短景，清商不暇余妍"两句：大有时不我与、胜会难常之慨。"付与明年"句：一种无可奈何之致，充分表出惜花谢耶？叹人老耶？驹隙难留，朱颜易变，奈何！

江城子　密州出猎

老夫聊发少年狂。左牵黄，右擎苍。锦帽貂裘，千骑卷平冈。为报倾城随太守，亲射虎，看孙郎。　酒酣胸胆尚开张。鬓微霜，又何妨。持节云中，何日遣冯唐。会挽雕弓如满月，西北望，射天狼。　傅注本卷六

【校】

毛本题作“猎词”。

【朱注】

《纪年录》：乙卯冬，祭常山回，与同官习射放鹰作。

【笺】

牵黄、擎苍　傅注：黄，黄狗也。苍，苍鹰也。　《梁书·张克传》：克字延符，吴郡人。父绪，有名前代。克少时不持操行，好逸游。绪尝请假还吴，始入西郭，值克出猎，左手臂鹰，右手牵狗。遇绪船至，便放绁脱韝，拜于水次。绪曰：“一身两役，无乃劳乎？”克跪对曰：“克闻三十而立，今二十九矣，请至来岁而敬易之。”

锦帽貂裘　傅注：锦帽，锦蒙帽也。貂裘，貂鼠裘也。李白：“绣衣貂裘明白雪。”古者诸侯千乘，今太守，古诸侯也，故出拥千骑。

倾城　《汉书·外戚传》：李延年性知音，善歌舞，武帝爱之。每为新声变曲，闻者莫不感动。延年侍上，起舞，歌曰：“北方有佳人，绝世而独立。一顾倾人城，再顾倾人国。宁不知倾城与倾国，佳人难再得。”上叹息，以为世无其人。平阳主因言延年有女弟，上乃召见之，实妙丽善舞，由是得幸。

孙郎　《三国志·吴志》：二十三年十月，权将如吴，亲乘马射虎于庱亭。马为虎所伤，权投以双戟，虎却废，常从张世击以戈，获之。

鬓霜　王禹偁《老将》诗：“归来两鬓霜。”

冯唐　《汉书·冯唐传》：唐事文帝，帝曰：“公何以言吾不能用颇、牧也？”唐对曰：“今臣窃闻魏尚为云中守，军市租尽以给士卒，出私养钱，五日壹杀牛，以飨宾客军吏舍人，是以匈奴远避，不近云中之塞。虏尝一入，尚帅车骑击之，所杀甚众。夫士卒尽家人子，起田中从军，安知尺籍伍符。终日力战，斩首捕虏，上功莫府，一言不相应，文吏以法绳之。其赏不行，吏奉法必用。愚以为陛下法太明，赏太轻，罚太重。且云中守尚坐上功首虏差六级，陛下下之吏，削其爵，罚作之。繇此言之，陛下虽得李牧，不能用也。臣诚愚，触忌讳，死罪！”文帝说，是日令唐持节赦魏尚，复以为云中守，而拜唐为车骑都尉。

天狼 《楚辞·九歌·东君》：“举长矢兮射天狼。”王逸注：天狼，星名，以喻贪残。《晋书·天文志》：狼一星在东井南，为野将，主侵掠。

【评】

眉批：锋芒甚露。“为报倾城随太守，亲射虎”两句：豪情逸兴。“鬓微霜，又何妨”两句：廉颇强饭之意。“持节云中，何日遣冯唐”两句：大有用世之志。遣唐赦魏尚。“西北望，射天狼”两句：指西夏。慷慨激昂。

【附录】

《诗集·祭常山回小猎》一首云：“青盖前头点皂旗，黄茅冈下出长围。弄风骄马跑空立，趁兔苍鹰掠地飞。回望白云生翠巘，归来红叶满征衣。圣明若用西凉簿，白羽犹能效一挥。”

水龙吟 赠赵晦之吹笛侍儿

楚山修竹如云，异材秀出千林表。龙须半翦，凤膺微涨，玉肌匀绕。木落淮南，雨晴云梦，月明风袅。自中郎不见，桓伊去后，知孤负，秋多少。　闻道岭南太守，后堂深、绿珠娇小。绮窗学弄，《梁州》初遍，《霓裳》未了。嚼征含宫，泛商流羽，一声云杪。为使君洗尽，蛮风瘴雨，作《霜天晓》。　傅注本卷一

【校】

傅注本题作“咏笛村。公旧序云，时太守闾邱公显已致仕，居姑苏，后房懿卿者甚有才色，因赋此词云。赠赵晦之”。“嫋”作“袅”，“孤”作“辜”。　毛本题作“岭南太守闾邱公显致仕居姑苏，东坡每过必留连。尝言过姑苏，不游虎丘，不谒闾丘，乃二欠事，其重之如此。一日出其后房佐酒，有懿卿者甚有才色，善吹笛，因作《水龙吟》赠之”。案：此说出《鹤林玉露》。《贵耳录》引此词，“桓伊”作“将军”，“梁州初遍”作“凉州初试”。

【朱注】

《纪年录》：乙卯作。案晦之名昶。

【笺】

楚山　傅注：今蕲州笛村，故楚地也。

龙须三句　傅注：笛制取良篺通洞之，若于首颈处则存一节，节间留纤枝，剪而束之，节以下若膺处则微涨，而全体皆要匀净。若《汉书》所谓生其窍厚均者，断两节间而吹之。审如是，然后可制。故能远可通灵达微，近可以写情畅神。谓之龙须、凤膺、玉肌，皆取其美好之名也。

木落三句　傅注：善吹笛者，必俟气肃天清，风微月亮，聊作一二弄，遂臻其妙。《汉书·诸侯王年表》：北界淮濒，略衡、庐为淮南。《初学记》：淮南道者，《禹贡》扬州之域。又得荆州之东界，自淮

以南，略江而西，尽其地也。曹植《与吴质书》：伐云梦之竹以为笛。《周礼·职方氏》：荆州，其泽薮曰云瞢。瞢，模红切，与梦同。《一统志》：云梦泽在天门县西。《寰宇记》：竟陵城西大泽，即古云梦。

中郎　傅注：蔡邕初避难江南，宿于柯亭之馆，以竹为椽。邕仰而眄之，曰："此良材也。"取以为笛，奇声独绝。历代传之至于今。邕尝为中郎将。　案《后汉书》注引张骘《文士传》曰：邕告吴人曰：吾昔尝经会稽高迁亭，见屋椽竹东间第十六可以为笛。取用果有异声。伏滔《长笛赋序》云：柯亭之观，以竹为椽。邕取为笛，奇声独绝也。与傅注微异。傅或别有所本。

桓伊　注见本卷《昭君怨》"谁作桓伊三弄"阕。

绿珠　傅注：绿珠，石崇家妓名也。素善吹笛。余详本卷《南乡子》（旌旆满江湖）注。

梁州二句　傅注：《杨妃外传》：《梁州》，乃开元间西凉州所献之曲也。其词则贵妃为之。天宝初，罗公远侍明皇中秋宴，公远奏曰："陛下能从臣月宫游乎？"命取桂枝杖，向空掷之为大桥，色如白金。上同行数十里，至大城阙，公远曰："此月宫也。"仙女数百，素衣飘然，舞于广庭中。上问："此为何曲？"曰："《霓裳羽衣曲》也。"上密记其声节，及回，即喻伶人象其音调，制为《霓裳羽衣》之曲。初遍者，今乐府诸大曲，凡数十解，于攧前则有排遍，攧后则有延遍。此谓之初遍，岂非排遍之首谓乎？　案：傅说与《碧鸡漫志》所言微异。又今本《太真外传》无《梁州词》乃贵妃所作之说。

嚼征二句　宋玉《对楚王问》："引商刻羽，杂以流征，国中属而和者，不过数人。"

云杪　傅注：诸乐器中，唯笛有穿云裂石之声。

霜天晓　曲名有《霜天晓角》。

【评】

“异材秀出千林表”句：笛所从出。“凤膺微涨，玉肌匀绕”两句：笛初制成。“木落淮南，雨晴云梦，月明风袅”三句：吹笛情景。“自中郎不见，桓伊去后，知孤负、秋多少”四句：笛之故事。“闻道岭南太守”句：引起下文。“梁州初遍，霓裳未了”两句；笛曲。“嚼征含宫，泛商流羽”两句：笛音。“蛮风瘴雨，作霜天晓”两句：笛之功用。

【附考】

《贵耳录》：东坡《水龙吟》咏笛词，传有八字谥：“楚山修竹如云，异材秀出千林表”，此笛之质也；“龙须半翦，凤膺微涨，玉肌匀绕”，此笛之状也；“木落淮南，雨晴云梦，月明风袅”，此笛之时也；“自中郎不见，将军去后，知孤负，秋多少”，此笛之事也；“闻道岭南太守，后堂深、绿珠娇小”，此笛之人也；“绮窗学弄，《凉州》初试，《霓裳》未了”，此笛之曲也；“嚼征含宫，泛商流羽，一声云杪”，此笛之音也；“为使君洗尽，蛮烟瘴雨，作《霜天晓》”，此笛之功也。嚼征、含宫、泛商、流羽，五音已用其四，唯少一“角”字。末句作“《霜天晓》”，歇后一“角”字。

减字木兰花　送东武令赵昶失官归海州

贤哉令尹，三仕已之无喜愠。我独何人，犹把虚名玷搢绅。
不如归去，二顷良田无觅处。归去来兮，待有良田是几时？

傅注本卷九

【校】

傅注本“赵昶”作“赵晦之”，余同元本。 毛本题作“送东武令赵晦之”。

【朱注】

《纪年录》：乙卯作。

【笺】

海州 见本卷《永遇乐》“长忆别时”阕题注。

令尹 《论语》（《公冶长》）：令尹子文三仕为令尹，无喜色；三已之，无愠色。

搢绅 傅注：搢，笏。绅，大带也。“搢”或作“缙”。

二顷田 《史记》（《苏秦列传》）：苏秦曰：“使我有洛阳负郭田二顷，吾岂能佩六国相印乎？”

归去来兮 晋陶潜为彭泽令，解印去县，乃赋《归去来辞》。

【评】

“三仕已之无喜愠”句：慰其失官。“犹把虚名玷搢绅”句：自惭思位。“不如归去，二顷良田无觅处。归去来兮，待有良田是几时”：四句二层转折，无限凄婉。

丙辰《年谱》：熙宁九年丙辰，先生年四十一，在密州任。

蝶 恋 花

微雪，客有善吹笛击鼓者，方醉中，有人送《苦寒诗》求和，遂以此答之。

帘外东风交雨霰。帘里佳人，笑语如莺燕。深惜今年正月暖，灯光酒色摇金盏。　掺鼓《渔阳》挝未遍。舞褪琼钗，汗湿香罗软。今夜何人吟古怨，清诗未了冰生砚。傅注本卷六

【校】

傅注本存目阙词。　毛本题作“密州冬夜文安国席上作”，“了”作“就”。

【朱注】

王《案》：丙辰春夜，文勋席上作。又曰：正月，迁祠部员外郎。案王说据毛本题也。后一首类编。

【笺】

雨霰　《诗·小雅·頍弁》：“如彼雨雪，先集维霰。”

掺鼓渔阳　《后汉书·祢衡传》：曹操闻衡善击鼓，乃召为鼓史。因大会宾客，阅试音节。诸史过者，令脱其故衣，更著岑牟单绞之服。次至衡，衡方为《渔阳》掺挝，蹀而前，容态有异，声节悲壮，听者莫不慷慨。注：挝，击鼓杖也。掺挝，击鼓之法。

【评】

眉批：中有佳人美酒，故满座生温。“掺鼓渔阳挝未遍”句：鼓。“舞褪琼钗，汗湿香罗软”句：舞。“清诗未了冰生砚”句：苦寒诗。

满　江　红

正月十三日，雪中送文安国还朝。

天岂无情，天也解、多情留客。春向暖、朝来底事，尚飘轻雪。君遇时来纡组绶，我应老去寻泉石。恐异时、杯酒复相思，云山隔。　浮世事，俱难必。人纵健，头应白。何辞更一醉，此欢难觅。不用向佳人诉离恨，泪珠先已凝双睫。但莫遣、新燕却来时，音书绝。　**傅注本卷二**

【校】

傅注本题夺“三”字，“遇时”作“过春”，“先”误“光”。　毛本题“文”作“姜”，“遇时”作“过春”，“老”作“归”，“寻”作“耽”，“复”作“忽”，“不用”作“欲”，“遣”作“追”。

【朱注】

案《诗集》，丙辰有《立春日病中邀安国仍请率禹功同来》诗二首。词疑作于是时。　《诗集合注》：《东坡全集》有“文安国席上作”《蝶恋花》词，即庐江文勋也。倪涛《六艺之一录》载《书史会要》云：勋官太府寺丞，工篆书。

【笺】

组绶　《说文》：组，绶属，其小者以为冕缨。《急就篇》注：绶，受也，所以承受印环也。亦谓之璲。《后汉·舆服志》：韨佩既废，秦乃以采组连结于璲，光明章表，转相结受，故谓之绶。

新燕　傅注：燕子以秋分去，春分至。江文通诗：“袖中有短诗，愿寄双飞燕。”

【评】

“春向暖、朝来底事，尚飘轻雪”，下雨天留客。“君遇春来纡组绶”，还朝。“我应归去耽泉石”：卸任。“何辞更一醉，此欢难觅”，沈痛。

殢人娇　戏邦直

别驾来时，灯火荧煌无数。向青琐、隙中偷觑，元来便是，共彩鸾仙侣。方见了、管须低声说与。　百子流苏，千枝宝炬，人间有、洞房烟雾。春来何事，故抛人别处。坐望断、楼中远山归路。

傅注本卷八

【校】

傅注本夺“荧煌”二字。　毛本次句作“满城灯火无数”。

【朱注】

案《诗集》，丙辰春有《和邦直》诗。施注：邦直名清臣，魏人。居高密时，以京东提刑按部至密也。又《次韵李邦直感旧》诗注：《感旧》诗有“入梦”、“还乡”之戏。东坡又为长短句云：“谁教幽梦里，插他花。”亦此意也。

【笺】

邦直　《诗集》施注：李邦直，名清臣，魏人。七岁知诵书，日数千言。韩忠献公闻其名，妻以兄子。举进士，应材识兼茂科。欧阳公壮其文，廷对策入等，名声籍甚。以荐知太常礼院。从韩绛使陕西，坐贬出通判海州。还故官，提点京东刑狱。召为两朝国史编修官，同修起居注，知制诰，拜吏部尚书，擢尚书左丞。哲宗立，以资政殿学士出守三郡。徽宗立，入为门下侍郎，出知大名府。年七十一，薨。邦直早以词藻受知人主，为文简重宏放，然志于利禄，谋国无公心，一意欲取宰相，故操持悖谬，竟不如愿以死。后追治其罪，贬雷州司户。邦直居高密时，以京东提刑行部至密也。东坡晚年瘴海，仅得生还，推原祸本，实自邦直发之。

别驾　傅注：晋庾亮云："别驾任居刺史之半，安可非其人？"

青琐　傅注：《汉武故事》：西王母尝见帝于承华殿，东方朔从青琐窃窥之。青琐，谓青琐牕闼耳。《汉书》注：青琐者，刻为连琐文而青涂之。

彩鸾　傅注：《传奇集》：大和末，有书生文箫游钟陵，因中秋许仙君上升日，吴、蜀、楚、越士女骈集，生亦往焉。忽遇一姝，风韵出尘，吟诗曰："若能相伴陟仙坛，应得文箫驾彩鸾。自有绣襦并甲帐，琼台不怕雪霜寒。"生曰："吾姓名其兆乎？此必神仙之俦侣也。"夜四鼓，姝与三四辈独秉烛登山，生潜蹑其后。姝觉，回首曰："岂非文箫耶？"至绝顶，乃知其为女仙矣。彩鸾与生有夙契，遂同归钟陵，仅十载。后至会昌间，遂入越王山，各乘一虎，登仙而去。

流苏　傅注：《倦游录》：流苏者，乃盘线绘绣之球，五色错为之，同心而下垂者是也。今此谓流苏者，乃百子帐之流苏也，盖昔人以流苏系帐之四隅为饰耳。

宝炬　傅注：江淹《灯赋》："双流百枝，艳帐充庭。"　李贺诗（《河阳歌》）："蜜炬千枝烂。"

望江南　超然台作

春未老，风细柳斜斜。试上超然台上看，半壕春水一城花，烟雨暗千家。　寒食后，酒醒却咨嗟。休对故人思故国，且将新

火试新茶，诗酒趁年华。　**傅注本卷十二**

【校】

毛本无题。

【朱注】

《纪年录》：乙卯，于超然台作《望江南》。案公于甲寅十一月至密州任。《超然台记》谓移守胶西，处之期年，园之北因城以为台者旧矣，稍葺而新之，时相与登览，放意肆志焉。词作于春，当属丙辰。后一首疑同时作，以类附焉。

【笺】

半壕　《广韵》：壕，城下池也。柳宗元诗："雁鸣寒雨下空壕。"（按：此非柳宗元诗，乃许浑诗，题为《登故洛阳城》，见《全唐诗》卷五三三。）

寒食　《荆楚岁时记》：冬节一百五日，即有疾风甚雨，谓之寒食，禁火三日。

思故国　杜甫诗（《题衡山县文宣王庙新学堂呈陆宰》）："思国延归望。"

新火　傅注：《周官》以季春出火，则寒食后乃其时尔，故曰"新火"。

又

春已老，春服几时成？曲水浪低蕉叶稳，舞雩风软纻罗轻，酣咏乐升平。　微雨过，何处不催耕。百舌无言桃李尽，柘林深处

鹁鸪鸣，春色属芜菁。 **傅注本卷十二**

【校】

傅注本“酣咏”作“酣歌”。 毛本题作“暮春”，“纻”作“苎”，“林”作“枝”。

【笺】

春服 《论语》(《先进》)：莫春者，春服既成，冠者五六人，童子六七人，浴乎沂，风乎舞雩，咏而归。

曲水 《文选》颜延年《三月三日曲水诗序》，李善注：《韩诗》曰：三月桃花水之时，郑国之俗，三月上巳，于溱、洧两水之上，执兰招魂，祓除不祥也。《续齐谐记》曰：晋武帝问尚书挚虞曰：“三月曲水，其义何？”答曰：“汉章帝时，平原徐肇以三月初生三女，至三日而俱亡，一村以为怪，乃招携至水滨盥洗，遂因水以泛觞。曲水之义起于此。”帝曰：“若所谈非好事。”尚书郎束皙曰：“仲治小生，不足以知。臣请说其始。昔周公成洛邑，因流水以泛酒，故逸诗曰：‘羽觞随流波。’又秦昭王三日置酒河曲，见有金人出奉水心剑曰：‘令君制有西夏。’乃因其处立为曲水。二汉相沿，皆为盛集。”帝曰：“善。”赐金五十斤，左迁仲治为阳城令。

蕉叶 傅注：蕉叶，乃杯名耳。

纻罗 傅注：纻，枲属，可为缕布。纻罗，则纻之纤缟者。吴有《白纻歌》。

酣咏 宋之问诗(《寒食还陆浑别业》)：“野老不知尧舜力，酣歌一曲太平人。”

催耕 《周礼·酇长》《里宰》：趣其耕耨。杜甫诗(《洗兵马》）：“田家望望惜雨干，布谷处处催春种。”

百舌 《虫荟》：角舌，伯劳之一种，一名反舌。似伯劳而小，全体黑色，喙甚尖，色黄黑相杂，鸣声圆滑。人或畜之，至冬则死。杜甫《百舌》诗：“过时如发口，君侧有谗人。”无则《百舌》诗：“千愁万恨过花时。”

鹁鸪 傅注：鹁鸪，鸠也。杜甫诗：“鸣鸠乳燕青春深。”

芜菁 傅注：芜菁，《本草》以为蔓菁也。方春易盛，梗短叶大，连生地上，故诸葛亮所止，必令人种此，以其才出可食，其利亦博。今三蜀人呼蔓菁为诸葛菜。韩退之诗云：“黄黄芜菁花，桃李事已退。”

满 江 红

东武会流杯亭，上巳日作。城南有坡，土色如丹，其下有堤，壅郏淇水入城。

东武南城，新堤就、郏淇初溢。微雨过、长林翠阜，卧红堆碧。枝上残花吹尽也，与君试向江头觅。问向前、犹有几多春，三之一。 官里事，何时毕？风雨外，无多日。相将泛曲水，满城争出。君不见兰亭修禊事，当时坐上皆豪逸。到如今、修竹满山阴，空陈迹。 傅注本卷二

【校】

傅注本题作“东武会流杯亭”，次句作“新堤畔涟漪初溢”，“微雨过”作“隐隐遍”，“翠阜”作“高阜”，“江头”作“江边”。

元本“邦”误“郏”。 毛本题同傅本，次句作“新堤固、涟漪初溢”，“微雨过”作“隐隐遍”，“翠”作“高”，“试”作“更”。

【朱注】

《纪年录》：丙辰上巳日，流觞于南禅小亭作。 《诗集》王注：援曰：《水经注》：邦淇之水出西南常山，东北流注潍。潍自箕县北径东武县西北流，合邦淇之水。汉琅琊有扶县，盖“邦”与“扶”同音。《名胜志》：诸城县有柳林河，出石门山，流径县西北，入于邦淇。密人为上巳祓除之所。

【笺】

东武　傅注：东武，密州。详本卷《南乡子》（东武望余杭）注。

曲水　《荆楚岁时记》：三月三日，都人并出水渚，为流杯曲水之饮。余详本卷《望江南》（春已老）注。

兰亭　晋王羲之《兰亭序》：“向之所欣，俯仰之间，已为陈迹，犹不能不以之兴怀，况修短随化，终期于尽。”余详本卷《泛金船》（无情流水多情客）注。

水调歌头

丙辰中秋，欢饮达旦，大醉，作此篇，兼怀子由。

明月几时有，把酒问青天。不知天上宫阙，今夕是何年。我欲乘风归去，惟恐琼楼玉宇，高处不胜寒。起舞弄清影，何似在人间。　转朱阁，低绮户，照无眠。不应有恨，何事长向别时圆。人有悲欢离合，月有阴晴圆缺，此事古难全。但愿人长久，千里共婵娟。　傅注本卷一

【校】

毛本“惟”作“又”。

【朱注】

王宗稷《年谱》:丙辰作。

【笺】

明月二句　李白诗(《把酒问月》):“青天有月来几时,我今停杯一问之。”

今夕　杜甫诗(《今夕行》):“今夕何夕岁云徂。”

乘风　傅注:《列子》:随风东西,犹木叶干壳,竟不知我乘风耶?风乘我耶?

琼楼　傅注:唐段成式云,翟天师尝于江上望月,或曰:“此中竟何有?”翟笑曰:“可随吾指观之。”忽见月规半天,琼楼金阙满焉,顷刻不复见。

不胜寒　傅注:《明皇杂录》:八月十五夜,叶静能邀上游月宫,将行,请上衣裘而往。及至月宫,寒凛特异,上不能禁。静能出丹二粒进,上服之,乃止。

起舞　李白《月下独酌》诗:“我歌月徘徊,我舞影零乱。”

有恨　傅注:唐诗:“月如无恨月长圆。”

阴晴圆缺　傅注:公《中秋寄子由》诗云:“尝闻此宵月,万里同阴晴。”

千里　谢庄《月赋》:“美人迈兮音尘绝,隔千里兮共明月。”

【评】

张炎《词源》:此词清空中有意趣,无笔力者未易到。

王闿运《湘绮楼词选》：“人有”三句，大开大阖之笔，他人所不能。

郑文焯手批《东坡乐府》：发端从太白仙心脱化，顿成奇逸之笔。湘绮诵此词，以为此全字韵，可当三语掾，自来未经人道。

眉批：“明月几时有，把酒问青天。不知天上宫阙，今夕是何年”四句：一起便有许多感喟，但出以凄厉之音，便觉哀婉动人。“我欲乘风归去，惟恐琼楼玉宇，高处不胜寒”三句：欲脱人间悲欢离合之苦，凌虚上驭，然而人间如此，天上又可知耶？极凄酸掩抑之致。“起舞弄清影，何似在人间”两句：此处又飘飘欲仙，然而其音酸楚矣。“不应有恨，何事长向别时圆”两句：反诘一句起下，极空灵之至。“但愿人长久，千里共婵娟”两句：虑人不能长共相保也。

【附考】

《坡仙集外纪》：苏轼于中秋夜宿金山寺，作《水调歌头·寄子由》云云。神宗读至“琼楼玉宇”二句，乃叹曰：“苏轼终是爱君。”即量移汝州。案此词既称寄子由，则词中“琼楼”二句，正谓世出世间，两俱难处耳。寻绎再四，何有于爱君？王编丙辰，似较可据。（今按：此案语据讲义本补。）

《铁围山丛谈》卷三：歌者袁绹，乃天宝之李龟年也，宣和间供奉九重。尝为吾言：东坡公昔与客游金山，适中秋夕，天宇四垂，一碧无际，加江流澒涌，俄月色如昼。遂共登金山山顶之妙高台，命绹歌其《水调歌头》曰：“明月几时有，把酒问青天。”歌罢，坡为起舞而顾问曰：“此便是神仙矣。”吾谓文章人物，诚千载一时，后世安所得乎？

画堂春 寄子由

柳花飞处麦摇波，晚湖净，鉴新磨。小舟飞棹去如梭，齐唱采菱歌。　平野水云溶漾，小楼风日晴和。济南何在暮云多，归去奈愁何。

【校】

傅注本、毛本俱无。

【朱注】

案《颍滨遗老传》，张文定知淮阳，以学官见辟，从之三年，授齐州掌书记，复三年。考子由以癸丑九月自陈至齐，迨丙辰九月，三年成资罢任，即以上书还京。词必于是时寄之，故有“济南”、“归去”等语。前段则追述辛亥七八月同游陈州柳湖事。

【笺】

济南　《一统志》：济南府，《禹贡》青州之域。周为齐地，秦属齐郡，汉初分置济南郡，后魏改曰齐州，宋初曰齐州济南郡。

江　城　子

前瞻马耳九仙山。碧连天，晚云闲。城上高台，真个是超然。莫使匆匆云雨散，今夜里，月婵娟。　小溪鸥鹭静联拳。去翩翩，点轻烟。人事凄凉，回首便他年。莫忘使君歌笑处，垂柳下，矮槐前。

【校】

傅注本、元本俱无。

【朱注】

《纪年录》：丙辰十二月，东武道中作。王《案》：丙辰十月，晚登超然台望月作。又曰：十一月告下，以祠部员外郎移知河中府。《名胜志》：卢山在诸城县东南四十五里。又二十五里为九仙山，高耸摩空，常有仙人居之。

【笺】

马耳　先生《雪后书北台壁》诗："试扫北台看马耳，未随埋没有双尖。"《水经注》：马耳山高百丈，上有二石并举，望齐马耳，故世取名焉。陈沂《山东志》：马耳山在诸城县西南六十里。

九仙　《诗集·次韵周邠寄雁荡山图》："九仙今已压京东。"自注："将赴河中，密迩太华，九仙在东武，奇秀不减雁荡也。"《一统志·青州府》：九仙山在诸城县西南九十里，潮河出此。山势高耸摩空，尝有仙人居之。

超然　子由《超然台赋叙》略云：子瞻守高密，因其城上之废台而增葺之，以告辙曰："将何以名之？"辙曰："天下之士，奔走于是非之场，浮沉于荣辱之海，嚣然尽力而忘反，亦莫自知也。而达者哀之，非以其超然不累于物耶？老子曰：'虽有荣观，燕处超然。'试以'超然'名之，可乎？"乃为之赋云云。

联拳　谢庄《玩月》诗："水鹭足联拳。"杜甫《漫成一绝》："沙头宿鹭联拳静，船尾跳鱼拨剌鸣。"

又　东武雪中送客

相从不觉又初寒。对尊前，惜流年。风紧离亭，冰结泪珠圆。雪意留君君不住，从此去，少清欢。　转头山上转头看。路漫漫，玉花翻。云海光宽，何处是超然。知道故人相念否，携翠袖，倚朱阑。

【校】

傅注本阙。　毛本题作“冬景”，“不住”作“且住”，“上”作“下”，“云”作“银”。

【朱注】

《纪年录》：丙辰十二月，东武雪中送章传道作。案《诗集》，乙卯《有游卢山次韵章传道》诗。

【笺】

转头山　《一统志·青州府》：转头山在诸城县南四十里。

云海　《诗集·雪后书北台壁》：“冻合玉楼寒起粟，光摇银海眩生花。”蔡卞曰：此句不过咏雪之状，妆点楼台如玉楼，弥漫万象若银海耳。据此，“云海”宜从毛本作“银海”为是。

丁巳　《年谱》：熙宁十年丁巳，先生年四十二。正月，自密州至京师。四月后赴徐州任。

南乡子　席上劝李公择酒

不到谢公台，明月清风好在哉。旧日髯孙何处去，重来，短李风流更上才。　秋色渐摧颓，满院黄英映酒杯。看取桃花春二月，争开，尽是刘郎去后栽。　傅注本卷四

【校】

傅注本“好”作“安”。

【朱注】

《纪年录》：丁巳，过齐，时公择守齐，席上作。　《诗集》查注：李公择，神宗初为右正言，力诋新法，落职，通判滑州，徙知齐州。东坡离密，正公择知齐州时也。

【笺】

谢公台　傅注：谢公台在维扬。

髯孙　《三国志》（《吴书·吴主传》裴松之注）：张辽问吴降人：“向有紫髯将军，长上短下，是谁？”答曰：“是孙会稽仲谋也。”

短李　傅注：唐李绅为人短小精悍，于诗最有名，时号“短李”。初孙莘老、李公择及公同会，至是惟公择在焉。

刘郎　注见本卷《阮郎归》“一年三度过苏台”阕。

【评】

“旧日髯孙何处去”句：孙莘老。

阳关曲 答李公择

济南春好雪初晴，才到龙山马足轻。使君莫忘霅溪女，还作《阳关》肠断声。 傅注本卷九

【校】

《诗集》“曲”作“词”，“才”作“行”，“还”作“时”。 傅注本、元本题俱脱“答”字，毛本同。从《诗集》补。毛本“还”作“时”。

【朱注】

案《诗集》并载此词，编丁巳，从之。 《诗集》翁注：王文简曰，济南郡城东七十里龙山镇，即《水经注》巨合城也。施注：公择先知湖州，自湖移济南，故东坡以“霅溪女”戏之。

【笺】

霅溪 《诗集》王注：霅溪在湖州。《一统志·湖州府》：霅溪在府治南，即诸水所汇也。《寰宇记》：在乌程县东南一里，自浮玉山曰苕溪，自铜岘山曰前溪，自天目山曰余不溪，自德清县前北流至州南兴国寺前曰霅溪，凡四水合为一溪，东北流四十里入太湖。字书云：霅者，四水激射之声也。

阳关 李商隐诗（《赠歌妓二首》）：“断肠声里唱《阳关》。”

眉批：是阕第三句第五字，以入声为协律，盖昉于“劝君更尽一杯酒”也。

【附考】

案：冯注《诗集》卷十五有《阳关词》三首，王注：次公曰，三诗

各自说事，惟是皆可歌之，故曰《阳关三绝》。按《王立之诗话》云，先生作彭门守时，过齐州李公择，中秋席上赋一绝云云。其后山谷在黔南，令以《小秦王》歌之。次公谓先生名之为《阳关三绝》，则必用“西出阳关无故人”之声歌之矣。王立之说恐非也。盖《赠张继愿》言戏马台，则在徐州所赠也；《答李公择》云“济南春好雪初晴”，则自是春初之作，岂可便指为过齐州作耶？意者三诗先生皆以《阳关》歌之，乃聚为一处，标其题曰《阳关三绝》。榴案：此段注自“按”字以下似另出一手，引次公语以驳《王立之诗话》者，然无从考别矣。

郑文焯手批《东坡乐府》：是阕第三句第五字，以入声为协律，盖昉于“劝君更尽一杯酒”也。

蝶恋花　暮春别李公择

簌簌无风花自堕。寂寞园林，柳老樱桃过。落日有情还照坐，山青一点横云破。　路尽河回人转柁。系缆渔村，月暗孤灯火。凭仗飞魂招楚些，我思君处君思我。

【校】

傅注本阙。　元本阙题，从毛本。　毛本“堕”作“亸”，“有”作“多”，“人”作“千”。

【朱注】

《纪年录》：丁巳作。

【笺】

簌簌　元稹《连昌宫词》：“风动落花红。”

楚些　《楚辞·招魂》句尾，皆用“些”字为语助，故词人沿称“楚些”。《梦溪笔谈》（《辩证》一）：今夔、峡、湖、湘，凡禁咒句尾皆称“些”，乃楚人旧俗。

殢人娇　小王都尉席上赠侍人

满院桃花，尽是刘郎未见。于中更、一枝纤软。仙家日月，笑人间春晚。浓睡起、惊飞乱红千片。　密意难传，羞容易变。平白地、为伊肠断。问君终日，怎安排心眼？须信道、司空自来见惯。

傅注本卷八

【校】

傅注本“难传”作“难窥”，“易变”作“易见”。　毛本题无“小”字，余同傅本。

【朱注】

王《案》：丁巳二月，告下，以尚书祠部员外郎直史馆，徙知徐州军州事。三月二日寒食，与王诜饮于四照亭上作。案《纪年录》，丁巳三月一日，与王诜会四照亭，有倩奴者求曲，遂作《洞仙歌》《喜长春》与之。元本、毛本皆无此二词，疑《喜长春》为《殢人娇》别名。今据王说编丁巳，而以《洞仙歌》列于次焉。

【笺】

小王都尉　《宋史》本传：王诜字晋卿，能诗善画。尚蜀国长公主，官至留后。

刘郎　傅注：《续齐谐记》：汉明帝永平中，剡县有刘晨、阮肇入天台山采药，迷失道路。望山头有一桃树，共取食之。下山，得涧水，饮之。又见蔓菁从山后出，次有一杯流出，中有胡麻饭屑。二人因过水，行一里许，又度一山，出大溪。见二女颜容绝妙，唤刘、阮姓名如有旧。问："郎等来何晚也。"因邀过家，床帐帷幔，非世所有。又有数仙客，将三五桃至，云："来庆女壻。"各出乐器作乐。二人就女家止宿，行夫妇之礼。住半年，天气和适，常如二三月，百鸟哀鸣，求归甚切。女曰："罪根未减，使君等如此。"送刘、阮从此山洞口去。乡里怪异，验得七代子孙。却欲还女家，寻山路不获。至太康八年，失二人所在。又刘禹锡诗："玄都观里桃千树，尽是刘郎去后栽。"见本卷《阮郎归》一年三度过苏台注。

乱红　傅注：张舜民《调笑词》："潺潺流水武陵溪，洞里春长日月迟。红英满地无人到，此度刘郎去路迷。"

平白地　傅注：李白《越女词》："东阳素足女，会稽素舸郎。相看月未堕，白地断肝肠。"

司空见惯　《本事诗》(《情感》)：刘尚书禹锡罢和州，为主客郎中，集贤殿学士。李司空罢镇在京，慕刘名，尝邀至第中，厚设饮馔。酒酣，命妙妓歌以送之。刘于席上赋诗曰："鬌鬌梳头宫样妆，春风一曲《杜韦娘》。司空见惯浑闲事，断尽江南刺史肠。"李因以妓赠之。

【评】

"满院桃花，尽是刘郎未见"两句：谓席上多侍姬也。"于中更、一枝纤软"两句：出群之妓。"笑人间春晚。浓睡起、惊飞乱红千片"三句：因艳丽而误作天仙，因沈酣而骤惊春晚。正喻交写，情景双融。"羞容易变，平白地、为伊肠断"三句：谓其情态动人也。"断尽苏州刺史肠"。"怎安排心眼"句：谓应接不暇也。

洞 仙 歌

江南腊尽，早梅花开后。分付新春与垂柳。细腰肢、自有入格风流，仍更是，骨体清英雅秀。　永丰坊那畔，尽日无人，谁见金丝弄晴昼。断肠是飞絮时，绿叶成阴，无个事、一成消瘦。又莫是东风逐君来，便吹散眉间，一点春皱。　傅注本卷五

【校】

傅注本题作"咏柳"。　毛本题同傅本，"谁"作"惟"。

【朱注】

案毛本题与纪年未合，然细绎词意，与《殢人娇》词略同，非止赋物也。

【笺】

细腰肢　杜甫诗（《绝句漫兴九首》）："隔户垂杨弱袅袅，恰如十五女儿腰。"

永丰坊　傅注：《白乐天集》有河南卢贞和乐天诗序云：永丰坊西南角园中有垂柳一株，柔条极茂。白尚书曾赋诗，传入乐府，流遍京都。近有诏旨，取两枝植于禁苑，乃知一顾增十倍之价，非虚语也。白诗曰："一树春风千万枝，嫩于金色软于丝。永丰西角荒园里，尽日无人属阿谁？"卢诗曰："一树依依在永丰，两枝飞去杳无踪。玉皇曾采人间曲，应逐歌声入九重。"

眉间　傅注：辛寅逊《柳》诗："才闻暖律先开眼，直待和风始展眉。"

【评】

眉批：此调为曼声，《太真外传》所谓“迟其声以媚之”，此借柳比人。“分付新春与垂柳”句：以“垂柳”兴下“腰肢”。“细腰肢、自有入格风流，仍更是、骨体清英雅秀”四句：美侍人之标格。“永丰坊那畔，尽日无人”两句：柳映人。“谁见金丝弄晴昼”句：谓卖弄风情也。“绿叶成阴，无个事、一成消瘦”三句：伤春伤别。“又莫是东风逐君来”两句：人映柳。“便吹散眉间，一点春皱”两句：半嗔半喜。柳如眉。末批：后半阕全借柳以美其娇憨。

阳关曲　中秋作

暮云收尽溢清寒，银汉无声转玉盘。此生此夜不长好，明月明年何处看？　傅注本卷九

【校】

傅注本题作“中秋作，本名小秦王，入腔即阳关”。　毛本同傅本，惟“阳关”下尚有“曲”字。　元本脱“即阳关曲”四字。

【朱注】

《纪年录》：戊午作，是年在徐州。案本集《书彭城观月诗》云：余十八年前中秋与子由观月彭城，作此诗，以《阳关》歌之。今复此夜，宿于赣上，方迁岭表，独歌此曲，聊复书之。公南迁过赣，在绍圣甲戌，上推至丁巳为十八年。若云戊午中秋，子由已在南京签判任矣。今改编丁巳。

【笺】

玉盘 李太白诗（《古朗月行》）："小时不识月，唤作白玉盘。"

【评】

郑文焯手批《东坡乐府》：不字律，妙句天成。

眉批："暮云收尽溢清寒。银汉无声转玉盘"两句：月明之夜，风露浩然，所谓乾坤浩气，不容少许渣滓也。"此生此夜不长好，明月明年何处看"两句：后半无穷感喟。

【附考】

《诗集》查注：慎案《诗话总龟》，谓东坡作彭城守时过齐州李公择，中秋席上作绝句"暮云收尽溢清寒"云云。此诗与前一首似是同时作。以愚考之，先生过济南在本年正月，有诗载卷首，四月赴徐州，未尝在齐州过中秋也。

水调歌头

余去岁在东武，作《水调歌头》以寄子由。今年子由相从彭门百余日，过中秋而去，作此曲以别。余以其语过悲，乃为和之，其意以不早退为戒，以退而相从之乐为慰云。

安石在东海，从事鬓惊秋。中年亲友难别，丝竹缓离愁。一旦功成名遂，准拟东还海道，扶病入西州。雅志困轩冕，遗恨寄沧洲。　岁云暮，须早计，要褐裘。故乡归去千里，佳处辄迟留。我醉歌时君和，醉倒须君扶我，惟酒可忘忧。一任刘玄德，相对卧高楼。 傅注本卷一

【校】

傅注本题首有“公旧序云”四字，“为慰云”下多一“耳”字。

【朱注】

《年谱》：丁巳，有和子由《水调歌头》词。《纪年录》：丁巳，子由过中秋而别作。

【笺】

彭门 《一统志》：徐州府，《禹贡》徐州之域，古大彭氏国，春秋属宋为彭城邑，唐曰彭成郡，宋仍为徐州。

安石二句 《晋书·谢安传》：安字安石，少有重名，栖迟东土，放情丘壑。安妻，刘惔妹也，既见家门富贵，而安独静退，乃谓曰：“丈夫不如此也。”安掩鼻曰：“恐不免耳。”及万黜废，安始有仕进志，时年已四十余矣。

中年丝竹 《晋书·王羲之传》：谢安尝谓羲之曰：“中年以来，伤于哀乐，与亲友别，辄作数日恶。”羲之曰：“年在桑榆，自然至此。顷正赖丝竹陶写，恒恐儿辈觉，损其欢乐之趣。”

功成名遂 注见本卷《南乡子》“东武望余杭”阕。

东还二句 《谢安传》：安虽受朝寄，然东山之志，始末不渝，每形于言色。及镇新城，尽室而行，造泛海之装，欲须经略粗定，自江道还东。雅志未就，遂遇疾笃，上疏请量宜旋旆。诏遣侍中慰劳，遂还都。闻当舆入西州门，自以本志不遂，深自慨失，因怅然谓所亲曰：“吾病殆不起乎！”

困轩冕 《庄子》（《缮性》）：“今之所谓得志者，轩冕之谓也。轩冕在身，物之傥来寄也。”张九龄诗（《商洛山行怀古》）：“避世辞轩冕，逢时解薜萝。” 傅注：一作“傲轩冕”。

沧洲　杜甫诗(《奉赠卢五丈参谋琚》):“辜负沧洲愿。”

褐裘　《诗·豳风·七月》:“无衣无褐,何以卒岁。”《杨子》(《法言·寡见》):“大寒然后索衣裘,不亦晚乎?”

忘忧　傅注:晋顾荣谓张翰曰:“惟酒可以忘忧,但无如作病何耳。”

玄德　傅注:《三国志》:陈登字符龙。许汜曰:“陈元龙湖海之士,豪气未除。”刘备谓汜曰:“君言豪,宁有事耶?”汜曰:“昔过下邳,见元龙。元龙无主客之意,久不与语,自上大床卧,使客卧下床。”备曰:“天下大乱,望君有救世之意,而君求田问舍,言无可采,如小人,欲卧百尺楼,而卧君于地,何但上下床之间耶?”玄德,备字。

【评】

“从事鬓惊秋”句:言本无宦情也。“中年亲友难别,丝竹缓离愁”两句:谓伤别情深也。“缓”,减也。“准拟东还海道”句:希望早返初服。“雅志困轩冕”句:仕宦遂未得。“遗恨寄沧洲”句:放浪不得。“须早计,要褐裘”两句:为终老计。“故乡归去千里,佳处辄迟留”两句:欲归不得,随处而安。“一任刘玄德,相对卧高楼”两句:任被讥无大志也。末批:豪迈清雄之笔,友于挚爱之情。

【附录】

子由《徐州中秋作》:“离别一何久,七度过中秋。去年东武今夕,明月不胜愁。岂意彭城山下,同泛清河古汴,船上载《凉州》。鼓吹助清赏,鸿雁起汀洲。坐中客,翠羽帔,紫绮裘。素娥无赖西去,曾不为人留。今夜清尊对客,明夜孤帆水驿,依旧照离忧。但恐同王粲,相对永《登楼》。”

朱孝臧案:此词为子由原作,元本、毛本题固甚明,王《案》于题首增“与”字，遂目为坡公自作。不知公词叙固谓子由作此曲以别也。

【评】

“去年东武今夕”句：追感前情。东武，密州。“明月不胜愁”句：正谓“明月几时有”阕。“同泛清河古汴”句：暂欣聚首。转下。“船上载凉州”句：歌曲。“今夜清尊对客，明夜孤帆水驿，依旧照离忧”三句：伤感离多会少。“但恐同王粲，相对永登楼”两句，谓后会无期也。

【附考】

《诗集》施注：子由《逍遥堂会宿二首并引》云：辙幼从子瞻读书，未尝一日相舍。既壮，将游宦四方，读韦苏州诗，至“那知风雨夜，复此对床眠”，恻然感之。乃相约早退，为闲居之乐。故子瞻始为凤翔幕府，留诗为别曰：“夜雨何时听萧瑟。”其后子瞻通守余杭，复移守胶西，而辙滞留于睢阳、济南，不见者七年。熙宁十年二月，始复会于澶、濮之间，相从来徐，留百余日。时宿于逍遥堂，追感前约，为二小诗云。 案：此引于词意足相映发，特并著之。

浣　溪　沙

赠闾丘朝议，时还徐州。

一别姑苏已四年，秋风南浦送归船。画帘重见水中仙。

霜鬓不须催我老，杏丹依旧驻君颜。夜阑相对梦魂间。

傅注本卷十

【校】

傅注本阙题。 毛本“还”作“过”，“丹”作“花”。

【朱注】

《纪年录》：甲寅，再过苏，赠闾丘公显作。王《案》：丁巳八月，闾丘公显过彭城作。案公甲寅有《苏州闾丘江君二家饮酒》诗，至丁巳，故云“一别四年”也。 《吴郡志》：闾丘孝终字公显，郡人。尝守黄州。既挂冠，与诸名人耆艾为九老会。东坡经从，必访孝终，赋诗为乐。

【笺】

姑苏 此泛指苏州也。《元和郡县志》：江南道苏州，《禹贡》扬州之地。周时为吴国，太伯初置城，在今吴县西北五十里，至阖闾始迁都于此。后汉顺帝永建四年，割浙江以东为会稽，浙江以西为吴郡。隋开皇九年，改为苏州，因姑苏山为名，南至杭州三百七十里。别见本卷《菩萨蛮》（玉童西迓浮丘伯）注。

南浦 江淹《别赋》：“春草碧色，春水绿波，送君南浦，伤如之何。”

水中仙 傅注：《湘中怨》：郑生晨出，渡洛桥，遇艳丽，载而与俱，号曰泛人。居岁满，无以久留，生持泣留之不能，竟去。后十余年，生之兄为岳州刺史，上巳日与家徒登岳阳楼，望岳渚，张乐宴酣。生愁思，吟诗曰：“情无限兮荡洋洋，怀佳期兮属三湘。”声未终，有画舻浮漾而来，中有彩楼，高百尺，其上施帷帐栏笼，画饰帏褰。有弹弦鼓吹者，皆神仙蛾眉，被服烟霞，裾袖皆广尺。中有一人起舞，含颦怨望，形类泛人，舞而歌曰：“泝青春兮江之隅，拖湖波兮裊绿裾。荷拳拳兮未舒，非同归兮焉如。”舞毕，敛袖翔然，凝望楼中。纵观方临槛，须臾风涛崩怒，遂迷所往。

杏丹　《神仙传》：董奉居庐山，为人治病，重者种杏五株，轻者种一株，号董仙杏林。

夜阑　杜甫《羌村》诗："夜阑更秉烛，相对如梦寐。"

【评】

"画帘重见水中仙"句：谓闾丘家多伎乐也。"夜阑相对梦魂间"句：从"催老"来。

戊午　《年谱》：元丰元年戊午，先生年四十三，在徐州任。二月，有旨赐钱二千四百一十万，起夫四千二十三人，及发常平钱米，改筑徐州外小城。乃即徐州城之东门为大楼，垩以黄土，名之曰黄楼。八月癸丑，楼成。九月庚辰，大合乐以落之。是年秦少游将入京应举，至徐谒见先生。黄鲁直以《古风二首》上先生。秦、黄二君奉教于先生始此。

临江仙　送李公恕

自古相从休务日，何妨低唱微吟。天垂云重作春阴。坐中人半醉，帘外雪将深。　闻道分司狂御史，紫云无路追寻。凄风寒雨更骎骎。问囚长损气，见鹤忽惊心。　傅注本卷三

【校】

傅注本"更"误作"有"，元本同。从毛本。　毛本题作"冬日即

事”，“忽”作“总”。

【朱注】

案《诗集》，元丰元年正月有《送李公恕赴阙》诗，词编戊午。

《诗集》施注：李公恕时为京东转运判官，召赴阙。公恕一再持节山东，子由亦有诗送行云：“幸公四年持使节，按行千里长相见。”

【笺】

休务　徐坚《初学记》：《汉律》，吏五日得一休沐。言休息以洗沐也。《世说》：车武子为侍中，每休沐，与东亭诸人期共游集。案：休务即休沐。（按：龙笺引《世说》之文乃承傅注，不见今本《世说新语》。见于宋叶廷珪《海录碎事·职官》。）文同诗（《闲遣》）：“掩门休务外，隐几坐忘中。”休务当为宋人语也。

低唱微吟　傅注：世传陶谷学士买得党太尉家故妓，过定陶，取雪冰烹团茶，谓妓曰：“党家应不识此。”妓曰：“彼粗人，安有此景。但能于销金暖帐下浅斟低唱，吃羊羔儿酒耳。”陶默然，愧其言。微吟，注见本卷《雨中花慢》“今岁花时深院”阕。

半醉　卢思道《后园宴》诗：“欲眠衣先解，半醉脸逾红。”　傅注：韩愈诗：“金钗半醉坐添春。”

紫云　《本事诗》（《高逸》）：杜牧为御史，分务洛阳。时李司徒罢镇闲居，声伎豪华，为当时第一，洛中名士咸谒见之。李乃大开筵席，当时朝客高流，无不臻赴。以杜持宪，不敢邀置。杜遣座客达意，愿与斯会。李不得已驰书。方对花独酌，亦已酣畅，闻命遽来。时会中已饮酒，女奴百余人，皆绝艺殊色。杜独坐南行，瞪目注视。引满三卮，问李云：“闻有紫云者，孰是？”李指示之。杜凝睇良久，曰：“名不虚得，宜以见惠。”李俯而笑，诸妓亦皆回首破颜。杜又自饮三爵，朗吟而起曰："华堂今日绮筵开，谁唤分司御史来。忽发狂言惊满座，两行红粉一时回。"意殊闲逸，傍若无人。

见鹤　庾信《小园赋》："龟言此地之寒，鹤讶今年之雪。"

【评】

"何妨低唱微吟"句：言居官时酬唱之乐也。"闻道分司狂御史"句：喻己之风流自赏也。"问因长损气"句：言己不乐居官也。

浣　溪　沙

徐门石潭谢雨，道上作五首。潭在城东二十里，常与泗水增减，清浊相应。

照日深红暖见鱼，连村绿暗晚藏乌。黄童白叟聚睢盱。

麋鹿逢人虽未惯，猿猱闻鼓不须呼。归来说与采桑姑。

傅注本卷十

【校】

傅注本"徐门"作"徐州"，"村"作"溪"，"来"作"家"。　毛本题无"潭在"下十七字，余同傅本。

【笺】

石潭　《诗集·起伏龙行》序：徐州城东二十里有石潭，父老云与泗水通，增损清浊，相应不差，时有河鱼出焉。元丰元年春旱，或云置虎头潭中，可以致雷雨。用其说，作《起伏龙行》。

泗水　《一统志·徐州府》：泗水自山东鱼台县流入，径沛县城北，又径县东南至铜山县东北，循城而东，又东南入邳州界。

藏乌　古乐府："暂出白门前，杨柳可藏乌。"

睢盱　《易·豫》："六三，盱豫，悔。迟，有悔。"孔疏：盱者，睢盱。睢盱者，喜悦之貌。傅注引《唐韵》：睢盱，仰目视也。睢音隳，盱音吁。

【评】

总批：数阕写农村生话，为词坛别开生面。

又

旋抹红妆看使君，三三五五棘篱门。相排踏破蒨罗裙。

老幼扶携收麦社，乌鸢翔舞赛神村。道逢醉叟卧黄昏。

同前

【校】

傅注本"排"作"挨"，毛本同。

【笺】

蒨罗裙　傅注：蒨罗，红罗也。　案："蒨"与"茜"通。《史记·货殖传》：千亩卮茜。注：其花染缯赤黄也。

乌鸢翔舞　傅注：乌鸢以下有所搏食，故翔舞于其上。

【评】

"三三五五棘篱门，相挨踏破蒨罗裙"两句：村妇写真。

又

麻叶层层檾叶光，谁家煮茧一村香。隔篱娇语络丝娘。

垂白杖藜抬醉眼，捋青捣麨软肌肠。问言豆叶几时黄。

同前

【校】

元本“捋”作“扶”。从傅、毛二本。

【笺】

檾叶　檾音顷。《说文》：枲属，从林，𤇾声。《尔雅翼》：檾高四五尺，或六七尺，叶似苎而薄，实如大麻子。今人绩为布。或作“苘”。

络丝娘　《尔雅翼》：莎鸡以六月振羽作声，连夜札札不止，其声如纺丝之声，故一名梭鸡，一名络纬。今俗人谓之络丝娘。

垂白杖藜　杜诗（《屏迹三首》）：“杖藜从白首。”

捋青捣麨　麨音尺沼切。《急就篇》师古注：今通以熬米麦谓之麨。　傅注：麨，干粮也。以麦为之，野人所食。《汉书》曰：小麦青青大麦枯。则青者已足捋，而枯者可为麨矣。

【评】

“隔篱娇语络丝娘”句：天趣横溢。“问言豆叶几时黄”句：蔼然仁爱之言。

又

簌簌衣巾落枣花，村南村北响缲车。牛衣古柳卖黄瓜。

酒困路长惟欲睡，日高人渴漫思茶。敲门试问野人家。

同前

【校】

傅注本“牛衣”作“牛依”。

【笺】

缫车　傅注：即缫丝车也。“缫”与“缫”通，音骚。《说文》：绎茧出丝也。

牛衣　《后汉书·王章传》注：牛衣，编乱麻为之。《艇斋诗话》：东坡在徐州作长短句云：“半依古柳卖黄瓜。”今印本作“牛依古柳卖黄瓜”，非。予尝见东坡墨迹作“半依”，乃知“牛”字误也。

【评】

“簌簌衣巾落枣花。村南村北响缫车。牛衣古柳卖黄瓜”三句：此三事。“日高人渴漫思茶”句，自然。

又

软草平莎过雨新，轻沙走马路无尘。何时收拾耦耕身。

日暖桑麻光似泼，风来蒿艾气如熏。使君元是此中人。

同前

【朱注】

《纪年录》：戊午作。

【笺】

耦耕　《论语·微子》：长沮、桀溺耦而耕，孔子过之，使子路问津焉。郑注：耜广五寸，二耜为耦。

如熏　《说文》：熏，香草也。《南方草木状》：熏陆香出大秦。

又　徐州藏春阁园中

惭愧今年二麦丰，千歧细浪舞晴空。化工余力染夭红。

归去山公应倒载，阑街拍手笑儿童。甚时名作锦薰笼。

【校】

傅注本阙。　元本无题，“应”误作“因”。从毛本。　毛本“歧”作“畦”，“细”作“翠”。

【朱注】

《纪年录》：戊午，藏春阁作。

【笺】

千歧　《汉书·张堪传》：堪为渔阳守，民歌之曰：“桑无附枝，麦秀两歧。张公为政，乐不可支。”

山公　注见本卷《瑞鹧鸪》“碧山影里小红旗”阕。

锦薰笼　《天禄识余》：瑞香一名锦薰笼，一名锦被堆。

又

缥缈红妆照浅溪，薄云疏雨不成泥。送君何处古台西。

废沼夜来秋水满，茂林深处晚莺啼。行人肠断草凄迷。

【校】

傅注本、毛本俱无。

【朱注】

案《纪年录》：戊午，送颜、梁，作《浣溪沙》。集中无是题，疑即是词。古台，戏马台也。颜、梁，谓颜复、梁吉。

【笺】

古台　《诗集》王注：次公曰，戏马台在徐州彭城县，项羽所筑。宋武建第舍，重九日引宾客登台赋诗。自春秋以来，乃用武之处。春秋郑伯取宋彭城，而汉高祖、项羽皆起于此。后汉吕布自下邳相持，筑城于彭城。　《一统志》：戏马台在铜山县南。

【评】

“废沼夜来秋水满”句：“秋”，疑“春”之误。“茂林深处晚莺啼”句：逗出“肠断”。

永　遇　乐

彭城夜宿燕子楼，梦盼盼，因作此词。

明月如霜，好风如水，清景无限。曲港跳鱼，圆荷泻露，寂寞无人见。紞如三鼓，铿然一叶，黯黯梦云惊断。夜茫茫、重寻无处，觉来小园行遍。　天涯倦客，山中归路，望断故园心眼。燕子楼空，佳人何在，空锁楼中燕。古今如梦，何曾梦觉，但有旧欢新怨。异时对、黄楼夜景，为余浩叹。　傅注本卷七

【校】

傅注本题作“公旧注云，夜宿燕子楼，梦盼盼，因作此词。一云徐州夜梦觉，登燕子楼作”。“清景”作“清光”，“铿”作“铮”，“处”

上衍“觅”字。　元本题下云：“一云徐州夜梦觉，此登燕子楼作。”毛本题无“彭城”二字，“紞如”作“沉沉”，“铿”作“飘”，“处”上衍“觅”字，“黄”作“南”。　郑文焯曰：燕子楼未必可宿，盼盼更何必入梦。东坡居士断不作此痴人说梦之题，亟宜改正。又曰：题当从王《案》云云。

【朱注】

王《案》：戊午十月，梦登燕子楼，翼日往寻其地作。

【笺】

彭城　《诗集》王注：次公曰，徐州彭城县，以彭祖而得名。按《寰宇记》，殷之贤臣彭祖，颛顼之元孙，至殷末寿七百六十七岁。今墓犹存，故邑号大彭。余详本卷《水调歌头》（安石在东海）注。

燕子楼　傅注：张建封镇武宁，盼盼乃徐府奇色，公纳之于燕子楼，三日乐不息。后别为新燕子楼，独安盼盼，以宠嬖焉。暨公薨，盼盼感激深恩，誓不他适。后往往不食，遂卒。　《嗱呓集》：唐张建封妾盼盼，誓节燕子楼，今在徐州州廨。

盼盼　白居易和《燕子楼诗》序：徐州张尚书有爱妓盼盼，善歌舞，雅多风态。予为校书郎时，游淮、泗间，张尚书宴予。酒酣，出盼盼佐欢。予因赠诗，落句云：“醉娇胜不得，风袅牡丹花。”

明月如霜　傅注：李频《月》诗：“看共雪霜同。”

紞如三鼓　《晋书·邓攸传》：紞如打五鼓，鸡鸣天欲曙。紞，都感切，击鼓声。

铿然一叶　韩愈诗（《秋怀诗十一首》）：“空阶一片下，铮若摧琅玕。”

梦云 注见本卷《祝英台近》“挂轻帆”阕。

故园心眼 杜甫诗(《春日梓州登楼二首》):“天畔登楼眼，随春入故园。”

梦觉 《庄子》(《大宗师》):“吾与汝，其梦未始觉者也。”

黄楼 傅注：公守徐州，河决澶渊，徐当水冲，而城几坏。水既去，公请增筑徐城。于是为大楼于城东门之上，垩以黄土，曰土实胜水，因名之黄楼。 《一统志》：黄楼在铜山县城东门，宋郡守苏轼建。

【评】

郑文焯手批《东坡乐府》：公以“燕子楼空”三句语秦淮海，殆以示咏古之超宕，贵神情，不贵迹象也。余尝深味是言，若发奥悟。昨赋吴小城观梅《水龙吟》，有句云：“对此茫茫，何曾西子，能倾一顾。又水漂花出，无人见也，回阑绕，空怀古。”自信得清空之致，即从此词悟得法门。以视旧咏吴小城词，竟有仙凡之别。

眉批：此词纯借“玉骨成尘”，以写劳生之感。一起纯用衬托法，中间却有许多掩护。而一气流转，去留无迹，非坡仙才调，曷克臻此耶？“曲港跳鱼，圆荷泻露”两句：静夜之景。“铿然一叶，黯黯梦云惊断”两句：藏过一段。“天涯倦客”句：羁游之感。“燕子楼空”句：怀旧之情。“何曾梦觉”句：正意在此。“异时对、黄楼夜景，为余浩叹”三句：后之视今，亦犹今之视昔。

【附录】

《独醒杂志》：东坡守徐州，作燕子楼乐章，方具稿，人未知之。一日，忽哄传于城中，东坡讶焉。诘其所从来，乃谓发端于逻卒。东坡召而问之，对曰：“某稍知音律，尝夜宿张建封庙，闻有歌声，细听乃此词也，记而传之，初不知何谓。”东坡笑而遣之。

千秋岁 徐州重阳作

浅霜侵绿，发少仍新沐。冠直缝，巾横幅。美人怜我老，玉手簪金菊。秋露重，真珠满袖沾余馥。　坐上人如玉，花映花奴肉。蜂蝶乱，飞相逐。明年人纵健，此会应难复。须细看，晚来明月和银烛。 傅注本卷十二

【校】

傅注本“明月”作“月上”。　元本题作“重阳作徐州”，“露”作“霜”。从傅本。　毛本题作“湖州暂来徐州，重阳作”。“金”作“黄”，“满”作“落”，“明月”作“月上”。

【朱注】

《纪年录》：戊午九月作。

【笺】

冠巾二句　傅注：《礼》曰：古者冠缩缝，今也横缝。缩缝则直缝是也。《晋·志》：汉末王公名士好服幅巾，盖裂取幅缣而横著之也。

花奴　傅注：《羯鼓录》：花奴，汝阳王琎小字也。善羯鼓，明皇极钟爱焉，尝曰：“花奴姿质明莹，肌发光细，非人间人，必神仙谪堕也。”杜子美诗：“红颜白面花映肉。”

明年人纵健　注见本卷《浣溪沙》“白雪清词出坐间”阕。

【评】

“浅霜侵绿”句：双关。“美人怜我老”句：应“发少”。“真珠

落袖沾余馥”句：应“簪菊”。“花映花奴肉”句：赞美人。“飞相逐”句：双关。“此会应难复”句：嗟后会难常。“晚来明月和银烛”句：宜及时行乐。

阳关曲 赠张继愿

受降城下紫髯郎，戏马台南旧战场。恨君不取契丹首，金甲牙旗归故乡。 傅注本卷九

【校】

傅注本、元本俱无题，从《诗集》补。 毛本题作“军中”。《诗集》“南”作“前”，“旧”作“古”。

【朱注】

《纪年录》：戊午作。

【笺】

受降城 《旧唐书》（《张仁愿传》）：神龙三年，张仁愿于河北筑三受降城，首尾相应，以绝南寇之路。以拂云祠为中城，与东西两城相去各四百余里。北拓地三百余里，置烽堆一千八百所。自是突厥不敢度山放牧。《元和郡县志》：东受降城，汉云中郡地，在榆林县东北八里。中受降城，本汉五原郡地，今为天德军。西受降城，在丰州西北八十里，盖汉朔方郡地。

紫髯郎 注见本卷《南乡子》“不到谢公台”阕。

戏马台 《太平寰宇记》：戏马台在彭城县南三里。《文集·上神宗书》曰：彭城三面阻水，独其南可通车马，而戏马台在焉。其高十

仞，广袤百步。若用武之世，屯千人其上，凡战守之具，与城相表里，虽用十万人，未易取也。傅注：刘、项尝战此地，故曰“旧战场”。余详本卷《浣溪沙》（缥缈红妆照浅溪）注。

契丹　《隋书》（《契丹传》）：契丹之先，与库莫奚异种而同类，居黄龙之北。傅注：契丹，北虏号也。在汉谓之匈奴，在唐谓之契丹。

金甲牙旗　傅注：蔡文姬诗：“金甲耀朝阳。”曹子建诗：“高牙乃建。”盖高牙，大旗也，立于元帅帐前。《诗集》冯注：金甲，当用《唐书·李勣传》振旅还，服金甲事。施注：《文选》潘安仁《关中》诗：“桓恒将军，高牙乃建。”注云：牙，牙旗也。《兵书》曰，牙旗，将军之旗。冯注：蔡琰诗：“金甲耀日光。”

【评】

“受降城下紫髯郎”句：杰出之才。“戏马台南旧战场”句：用武之地。“金甲牙旗归故乡”句：希望之词。

己未　《年谱》：元丰二年己未，先生年四十四，在徐州任。三月，自徐州移知湖州。四月二十九日，到湖州任。是岁，言事者以先生《湖州到任谢表》以为谤，七月二十八日，中使皇甫遵到湖追摄，八月十八日赴台，已而狱具。十二月二十九日，责授黄州团练副使，本州岛安置。是年，子由闻先生下狱，上书乞以见任官职赎先生罪，责筠州酒官。

江城子　别徐州

天涯流落思无穷。既相逢，却匆匆。携手佳人，和泪折残红。为问东风余几许，春纵在，与谁同？　隋堤三月水溶溶。背归鸿，去吴中。回首彭城，清泗与淮通。欲寄相思千点泪，流不到，楚江东。

【校】

傅注本阙。　毛本题作“恨别”，“首”作“望”，“欲寄”作“寄我”。

【朱注】

《纪年录》：己未二月作。王《案》：己未三月，告下，以祠部员外郎直史馆知湖州军州事。留别田叔通、寇元弼、石坦夫作。

【笺】

隋堤　《开河记》：隋大业年，开汴河，筑堤，自大梁至灌口，龙舟所过，香闻百里。既过雍丘，渐达宁陵，水势紧急，龙舟阻碍。虞世基请为铁脚木鹅，验水深浅。自雍州至灌口，得一百二十九浅处。今亦名隋堤。吴融诗（《彭门用兵后经汴路》）：“隋堤风物已凄凉。”

【评】

眉批：坡翁自杭州移密，颇不适意。在徐官民极相款洽，故不免于留恋。“春纵在，与谁同”两句：留恋春光，暗寓惜别之意。“欲寄相思千点泪，流不到，楚江东”三句：纵一水可通，犹恐不免徒劳怅望耳。

减字木兰花　彭门留别

玉觞无味，中有佳人千点泪。学道忘忧，一念还成不自由。如今未见，归去东园花似霰。一语相开，匹似当初本不来。

傅注本卷九

【校】

毛本题作“送别”。

【朱注】

案是词当与《江城子》词同时作。

【笺】

学道忘忧　《汉书·杨恽传》：君子游道，乐以忘忧。

一念　傅注：释氏以邪心正性，皆生乎一念。

花似霰　傅注：梁元帝《别》诗：“昆明夜月光如练，上林朝花色如霰。朝花夜月动春心，谁忍相思今不见。”

【评】

“归去东园花似霰”句：花落句。

西江月　平山堂

三过平山堂下，半生弹指声中。十年不见老仙翁，壁上龙蛇飞动。　欲吊文章太守，仍歌杨柳春风。休言万事转头空，未转头时是梦。　傅注本卷二

【校】

傅注本、元本题俱阙，从毛本。　傅注本“是”作“皆”。

【朱注】

王《案》：己未四月，同张大亨游平山堂。公倅杭、赴密、守湖，三过扬。熙宁辛亥，见欧阳公于汝阴，至是元丰己未，凡九年。词云“十年”，举成数也。时鲜于侁自京东转运使移知扬州，此燕集平山堂主人也。　德洪《石门题跋》：东坡登平山堂，怀醉翁，作此词。张嘉父谓余曰：“时红妆成轮，名士堵立，看其落笔置笔，目送万里，殆欲仙去尔。”

【笺】

平山堂　傅注：欧阳文忠公守扬州，于僧舍建平山堂，颇得观览之胜。《舆地纪胜》：在大明寺侧。负堂而望，江南诸山拱列檐下，故名，为士女游观之所。

弹指　《吕氏春秋》：二十瞬为一弹指。（按：此所引不见今本《吕氏春秋》。）

老仙翁　傅注：老仙翁，谓文忠公也。文忠公墨妙多著于平山堂，“龙蛇飞动”，言其笔势之腾扬如此。

文章太守　傅注：欧阳文忠公知滁州日，作亭琅琊山，自号醉翁，因以名亭。后守扬州，于僧寺建平山堂，甚得观览之胜，堂下手植柳数株。后数年，公在翰林，金华刘原父出守维扬，公出家乐饮饯，亲作《朝中措》词。议者谓非刘之才不能当公之词，可谓双美矣。词曰：“平山栏槛倚晴空，山色有无中。手种堂前杨柳，别来几度春风。文章太守，挥毫万字，一饮千钟。行乐直须年少，樽前看取衰翁。”

万事转头空　白居易诗（《自咏》）："百年随手过，万事转头空。"

【评】

"半生弹指声中"句：感人生如幻。"十年不见老仙翁。壁上龙蛇飞动"两句：凭吊遗踪徒在。"未转头时皆是梦"句：应上"弹指声"。极悲抑苍凉之致。

南歌子　湖州作

山雨萧萧过，溪风浏浏清。小园幽榭枕苹汀，门外月华如水彩舟横。　苕岸霜花尽，江湖雪阵平。两山遥指海门青，回首水云何处觅孤城。　傅注本卷五

【校】

傅注本"萧萧"作"潇潇"，风作"桥"，毛本同。　傅注本"苕岸"作"苕坼"。　毛本"苕"作"岧"。　朱孝臧曰：案"湖"疑"潮"误。

【朱注】

王《案》：己未五月十三日，钱氏园送刘撝赴余姚作。　《诗集》施注：撝赴余姚，公即席赋《南柯子》饯之，"山雨潇潇过"者是也。后题"元丰二年五月十三日吴兴钱氏园作"。今集中乃指他词为送行甫，而此词第云湖州，误也。案撝字行甫，湖州人。集中有《送刘寺丞赴余姚》诗，即其人也。别有"日出西山雨"一首，题作《送行甫赴余姚》，即施注所谓他词者，疑与是词题互误。今编于次以待孜，而题

皆姑仍其旧云。

【笺】

湖州　《一统志》：湖州府，《禹贡》扬州之域。三国吴始于乌程置吴兴郡，唐置湖州，宋曰湖州吴兴郡。

月华如水　谢庄《月赋》："柔祇雪凝，圆灵水镜。连观霜缟，周除冰净。"

苕岸　《寰宇记》：苕溪在安吉县西南七十五里，北流径长兴县东四十五里，乌程县南五十步。以其两岸多生芦苇，故曰苕溪。

海门　傅注：钱塘江海门，两山对起。

【评】

"门外月华如水彩舟横"句：此谓湖州清景。"两山遥指海门青"句：赴余杭。

又　送行甫赴余姚

日出西山雨，无晴又有晴。乱山深处过清明，不见彩绳花板细腰轻。　尽日行桑野，无人与目成。且将新句琢琼英，我是世间闲客此闲行。　傅注本卷五

【校】

傅注本题作"送刘行甫赴余杭"。　毛本题作"和前韵"，以编于"雨暗初疑夜"一首后也。

【笺】

西山雨　王勃《滕王阁》诗："画栋朝飞南浦云，珠帘暮卷西山

雨。”

无晴有晴　刘禹锡《竹枝》：“东边日出西边雨，道是无晴还有晴。”

彩绳花板　傅注：秋千戏也。《开元遗事》：天宝宫中，至寒食节竞竖秋千，令宫嫔戏笑以为宴乐，帝呼为半仙之戏。

目成　《楚辞·九歌》：“满堂兮美人，忽独与余兮目成。”

闲客　杜牧诗（《八月十二日得替后移居霅溪馆因题长句四韵》）：“景物登临闲始见，愿为闲客此闲行。”

【评】

“不见彩绳花板细腰轻”句：无此乐事。

又

雨暗初疑夜，风回便报晴。淡云斜照著山明，细草软沙溪路马蹄轻。　卯酒醒还困，仙村梦不成。蓝桥何处觅云英，只有多情流水伴人行。　同前

【校】

傅注本“便”作“忽”，“仙村”作“仙材”。毛本题作“寓意”，“便”作“忽”。

【笺】

斜照著山　梁朱超诗（《对雨》）：“落照依山尽。”

卯酒　白居易诗（《蔷薇正开春酒初熟因招刘十九张大夫崔二十四同饮》）：“明日早花应更好，心期同醉卯时杯。”

仙村　傅注：《汉武内传》：西王母曰："刘彻好道，然形慢神秽，虽语之以至道，殆恐非仙材也。"故郭璞诗曰："汉武非仙材。"案：《参同契》：得长生，居仙村。先生诗亦云："蓝舆西出登山门，嘉与我友寻仙村。"傅注作"仙材"，非是。

蓝桥　《裴硎传奇》：唐长庆中，有裴航秀才下第游襄汉，与樊夫人同舟。樊赠诗："一饮琼浆百感生，玄霜捣尽见云英。蓝桥便是神仙宅，何必崎岖上玉京。"后经蓝桥驿，道渴，求浆，见女子云英，愿纳厚礼娶之。访得玉杵臼，更为捣药百日。仙姬迎航往一大第就礼，遂遣航将妻入玉峰洞中，饵绛雪琼英之丹，神化自在，超为上仙。

【评】

眉批：大抵行甫乃风流自赏之人，故有"目成"、"云英"等语。

又

带酒冲山雨，和衣睡晚晴。不知钟鼓报天明，梦里栩然胡蝶一身轻。　老去才都尽，归来计未成。求田问舍笑豪英，自爱湖边沙路免泥行。　同前

【校】

傅注本"胡"作"蝴"。　毛本题作"再用前韵"。

【朱注】

案二首与前同韵，附编。

【笺】

钟鼓　杜甫诗（《偪侧行赠毕曜》）："睡美不闻钟鼓传。"

胡蝶　《庄子·齐物论》：昔者庄周梦为胡蝶，栩栩然胡蝶也。自喻适志与，不知周也。俄然觉，则蘧蘧然周也。不知周之梦为胡蝶与，胡蝶之梦为周与？周与胡蝶则必有分矣，此之谓物化。

老去　杜甫诗（《寄彭州高三十五使君适虢州岑二十七长史参三十韵》）："老去才虽尽，愁来兴甚长。"

归来　郑谷诗（《兴州江馆》）："向蜀还秦计未成。"

求田问舍　注见本卷《水调歌头》"安石在东海"阕。

沙路免泥　杜甫诗（《到村》）："碧涧虽多雨，秋沙先少泥。"

双荷叶　湖州贾耘老小妓名双荷叶

双溪月，清光偏照双荷叶。双荷叶。红心未偶，绿衣偷结。

背风迎雨流珠滑，轻舟短棹先秋折。先秋折。烟鬟未上，玉杯微缺。

【校】

傅注本存目阙词。　元本脱迭文"双荷叶"三字，误从"滑"字分段。并从毛本改补。　毛本无题，"流"作"泪"。　朱孝臧曰：案是调为《忆秦娥》，或公易以新名。

【朱注】

《纪年录》：己未作。　《诗集》查注：贾收字耘老，乌程人，所著有《怀苏集》。本集《与耘老尺牍》：念贾处士贫甚，乃作怪石枯木一纸，可令双荷叶收掌，须添丁长以付之也。

【笺】

双溪　谓苕、霅二溪也。

绿衣　《诗·卫风》(《绿衣》):“绿兮衣兮,绿衣黄里。”

烟鬟　韩愈《题炭谷湫祠堂》诗:“祠堂像侔真,擢玉纡烟鬟。”

玉杯　《述异记》:庐山上有三石梁,长数十丈,广不盈尺。吴猛将弟子登山,见一老公坐桂树下,以玉杯承甘露与猛,猛遍与弟子饮之。谢朓诗(《金谷聚》):“渠椀送佳人,玉杯邀上客。”

渔家傲　七夕

皎皎牵牛河汉女,盈盈临水无由语。望断碧云空日暮。无寻处,梦回芳草生春浦。　鸟散余花纷似雨,汀洲苹老香风度。明月多情来照户。但揽取,清光长送人归去。　傅注本卷三

【校】

傅注本“春浦”作“南浦”。　毛本无题。

【朱注】

案词有“汀洲苹老”语,疑在湖州时作。公在湖州遇七夕,惟元丰己未也。

【笺】

皎皎二句　《古诗》:“迢迢牵牛星,皎皎河汉女。河汉清且浅,相去复几许。盈盈一水间,脉脉不得语。”

碧云　《选》诗(江淹《休上人怨别》):“日暮碧云合,佳人殊未来。”

梦回芳草　谢灵运《登池上楼》诗："池塘生春草，园柳变鸣禽。"《南史·谢惠连传》：惠连十岁能属文。灵运云："每有篇章，对弟惠连辄有佳句。"尝于永嘉西堂，诗思不就，忽梦见惠连，即得"池塘生春草"之句，大以为工。

鸟散　谢朓诗（《游东田》）："鱼戏新荷动，鸟散余花落。"

汀洲　宋玉《风赋》："夫风起于地，生于青苹之末。"

明月　鲍照诗（《拟明月何皎皎》）："明月入我牖。"（今按：此承傅注。查此诗乃陆机作，见《文选》卷三十。）

揽取　陆机诗（《拟明月何皎皎》）："照之有余辉，揽之不盈手。"

【评】

"梦回芳草生春浦"句：疑为忆子由之作。"鸟散余花纷似雨"：梦境。

庚申　《年谱》：元丰三年庚申，先生年四十五。责黄州，自京师道出陈州，子由自南都来陈相见，三日而别。至岐亭，访故人陈慥季常，为留五日，赋诗一首而去。乃以二月一日至黄州，寓居定惠院，未久，迁临皋亭。

临　江　仙

龙丘子自洛之蜀，载二侍女，戎装骏马，至溪山佳处辄留数日，见者以为异人。其后十年，筑室黄冈之北，号曰静安居士，作此词赠之。

细马远驮双侍女，青巾玉带红靴。溪山好处便为家。谁知巴峡路，却见洛城花。　面旋落英飞玉蕊，人间春日初斜。十年不见紫云车。龙丘新洞府，铅鼎养丹砂。　傅注本卷三

【校】

傅注本“作此词赠之”作“乃作临江仙以纪之”。　《苕溪渔隐丛话》“却见”作“却是”。

【朱注】

王《案》：己未八月，送御史台根勘。十二月，责授检校尚书水部员外郎，充黄州团练副使，本州岛安置。庚申正月，赠故人陈慥季常作。《诗集》施注：陈季常名慥，少时慕朱家、郭解为人，稍壮，折节读书，晚乃遁于光、黄间。东坡至黄，季常数从之游。

【笺】

龙丘子　《诗集》施注：陈季常名慥，父希亮，字公弼。其先自京兆迁于眉。公弼知凤翔，东坡始筮仕为签书判官，相从二年。公弼后家洛阳。季常少时慕朱家、郭解为人，稍壮，折节读书。晚乃遁于光、黄间，曰岐亭，不与世相闻，弃车马，徒步往来山中。环堵萧然，而妻子奴婢皆有自得之意。东坡在岐下识之，至黄，季常数从之游。既为公弼作传，又为季常作《方山子传》。

黄冈　《唐书·地理志》：黄州齐安郡黄冈县，武德二年，省木兰县入焉。《一统志》：黄冈县，唐为黄州治，宋、元因之，明为黄州府治。

细马二句　李白诗（《对酒》）：“吴姬十五细马驮，青黛画眉红

锦靴。”

溪山　僧皎然诗“是山皆有寺，何处不为家。”（按：此承傅注。查《全唐诗》皎然卷内无此诗句，乃闽僧可士《送僧》诗句，见《诗话总龟》后集卷四十四所引《西清诗话》。）

巴峡路　陈子昂诗（《初入峡苦风寄故乡亲友》）：“宁知巴峡路，辛苦石尤风。”

洛城花　傅注：牡丹花出洛阳者，为天下第一。

面旋　曾巩《亳州雪》诗：“繁英飞面旋，艳舞起翩跹。”

玉蕊　傅注：唐长安唐昌观旧有玉蕊花，其花每发，若琼林瑶树。唐元和中，忽有女子，年可十七八，容色婉娩，从以二女冠、三小仆。既下马，以白角扇障面，直造花所，异香芬馥，闻于数十步之外。良久，令小仆取花数枝而出，举辔百余步，而轻风拥尘，随之而去。须臾尘灭，已在半天，方悟神仙之游。刘禹锡作诗云：“玉女来看玉树花，异香先引七香车。攀枝弄雪时回首，惊怪人间日易斜。”出《剧谈传》。

紫云车　傅注：杜牧《赠妓人张好好》诗：“聘之碧瑶佩，载以紫云车。”《汉武外传》：七月七日夜，帝于寻真台见王母乘紫云辇来。则紫云车，神仙事也。

龙丘　《后汉书·任延传》：吴有龙丘苌者，隐居太末。掾吏白请召之，延曰：“龙丘先生躬德履义，有原宪、伯夷之节，都尉扫洒其门犹惧辱焉，召之不可。”《东阳记》：龙丘山有九石，特秀林表，色丹白，远望尽如莲花。龙丘苌隐居于此，因以为名。《一统志》：龙丘在黄冈县北一百二十里，宋陈慥居此，以地为号。

洞府　隋炀帝诗（《步虚词二首》）：“洞府凝玄液，灵山体自然。”

铅鼎　《金华玉女丹经》：烹铅为砂，化砂为饼，化资玉液，实为通汁也。以饼归炉，收铅为砂，砂而复饼，终始数九。九，阳也。九九相乘，化之为砂。其不尔者，粉白可用，是为九转矣。

丹砂　《史记·封禅书》：李少君言上曰：“祀灶则致物，致物则丹砂可化为黄金。”

【评】

郑文焯曰：词句亦飘飘欲仙。

【附录】

《苕溪渔隐丛话》：东坡云：龙丘子自洛之蜀，载二侍女，戎装骏马，至溪山佳处辄留数日，见者以为异人。后十年，筑室黄冈之北，号静庵居士，作《临江仙》赠之云云。龙丘子即陈季常也。《西清诗话》云：季常自以为饱禅学，妻柳，颇悍忌，季常畏之，故东坡因诗戏之，有“忽闻河东狮子吼，拄杖落手心茫然”之句。观此，则知季常载二侍女以远游，及暮年甘于枯寂，盖有所制而然，亦可悯笑也。

西江月　黄州中秋

世事一场大梦，人生几度新凉。夜来风叶已鸣廊，看取眉头鬓上。　酒贱常愁客少，月明多被云妨。中秋谁与共孤光，把盏凄然北望。　傅注本卷二

【校】

傅注本题作“中秋寄子由”，“盏”作“酒”。元本题阙，从毛本。毛本“新”作“秋”。

【朱注】

王《案》：庚申八月十五日作。　《渔隐丛话》：《古今词话》：东坡在黄州，中秋对月独酌，作《西江月》词。《聚兰集》载此词，注曰“寄子由”，故后句云云。疑是在钱塘作，时子由为睢阳幕客。

【笺】

大梦　《庄子》（《齐物论》）：且有大觉，而后知此其大梦也。

人生二句　唐徐寅赋（《人生几何赋》）：“落叶辞柯，人生几何。”

酒贱二句　韩愈诗（《醉后》）：“人生如此少，酒贱且勤置。”潘阆诗（《中秋无月》）：“西风妒秋月，浮云重迭生。”

共孤光　注见本卷《水调歌头》“明月几时有”阕。

【附录】

《苕溪渔隐丛话》：《古今词话》：东坡在黄州，中秋夜对月独酌，作《西江月》词云云。坡以谗言谪居黄州，郁郁不得志，凡赋诗缀词，必写其所怀，然一日不负朝廷。其怀君之心，末句可见矣。《苕溪渔隐》曰：《聚兰集》载此词，注曰“寄子由”，故后句云：“中秋谁与共孤光，把酒凄凉北望。”则兄弟之情，见于句意之间矣。疑是在钱唐作，时子由为睢阳幕客。若《词话》所云，则非也。

定　风　波

十月九日，孟亨之置酒秋香亭。有双拒霜独向君猷而开，坐客喜笑，以为非使君莫可当此花，故作是篇。

两两轻红半晕腮，依依独为使君回。若道使君无此意，何

为，双花不向别人开？　但看低昂烟雨里，不已，劝君休诉十分杯。更问尊前狂副使，来岁，花开时节与谁来？　傅注本卷四

【校】

毛本题无“双”字。

【朱注】

《纪年录》：庚申，孟亨之置酒西风亭作。《诗集》施注：孟亨之名震，东平人，举进士。东坡来黄州，君为倅。

【笺】

拒霜　《本草》：芙蓉一名拒霜，艳如荷花。八九月始开，故名拒霜。《益部方物记》：添色拒霜花，生彭汉蜀州，花常多叶，始开白色，明日稍红，又明日则若桃花然。

君猷　《诗集》施注：徐君猷名大受，东海人。东坡来黄州，君猷为守，厚礼之，无迁谪意。君猷秀惠列屋，杯觞流行，多为赋词。满去而殂，坡有祭文挽词，意甚凄恻。查注：王明清《挥麈录》云，徐得之君猷，阳翟人，韩康公婿也。知黄州日，东坡迁谪于郡，君猷周旋不遗余力。子端益，字辅之。案：施注与《挥麈》异，未详孰是，录存俟考。

辛酉　《年谱》：元丰四年辛酉，先生年四十六，在黄州，寓居临皋亭。正月，往岐亭，访陈季常。先生至黄二年，日以困匮，故人马正卿哀其乏食，于郡请故营地，使躬耕其中。是岁始营东坡。

少 年 游

黄之侨人郭氏，每岁正月迎紫姑神，以箕为腹，箸为口，画灰盘中为诗，敏捷立成。余往观之，神请余作《少年游》，乃以此戏之。

玉肌铅粉傲秋霜，准拟凤呼凰。伶伦不见，清香未吐，且糠粃吹扬。　到处成双君独只，空无数、烂文章。一点香檀，谁能借箸，无复似张良。

【校】

傅注本、元本俱无。

【朱注】

案本集《子姑神记》：余始来黄州，进士潘丙谓余曰："异哉！公之始受命，黄人未知也，有神降于侨人郭氏之第，曰：'苏公将至，而吾不及见也。'"其明年正月，神复降于郭氏，余往观之。公以庚申来黄，明年则辛酉也。

【笺】

紫姑神　《异苑》：世有紫姑神，云是人家妾，为大妇所嫉，每以秽事相次役。正月十五日，感激而死。故世人以其日作其形，夜于厕间迎之。李商隐诗（《昨日》）："昨日紫姑神去也，今朝青鸟使来赊。"郑文焯曰：今南北犹有此箕神，能占休咎。

铅粉　沈约《木兰》诗："易却纨绮裳，洗却铅粉妆。"

伶伦　《风俗通》（《声音》）：昔黄帝使伶伦自大夏之西、昆仑之阴，取竹于嶰谷，生其窍厚均者，断两节而吹之，以为黄钟之管。案：《汉书·律历志》“伶伦”作“泠纶”。

糠秕　《庄子·逍遥游》：“是其尘垢秕糠，将以陶铸尧舜者也。”《玉篇》：糠，谷皮也。秕，音比。《说文》：秕，不成粟也。

借箸　《史记·留侯世家》：郦食其劝汉王立六国后，张良从外来谒汉王，方食，曰：“子房前，客有为我计挠楚权者。”具以郦生语告于子房，曰：“何如？”良曰：“谁为陛下画此计者？陛下事去矣。”汉王曰：“何哉？”张良曰：“臣请藉前箸为大王筹之。”《集解》张晏曰：求借所食之箸用指画也。

又　端午赠黄守徐君猷

银塘朱槛麹尘波，圆绿卷新荷。兰条荐浴，菖花酿酒，天气尚清和。　好将沉醉酬佳节，十分酒、一分歌。狱草烟深，讼庭人悄，无吝宴游过。　傅注本卷十一

【校】

毛本“一”作“十”。

【朱注】

《纪年录》：辛酉端午作。王《案》：辛酉五月五日，过徐大受饮作。

【笺】

端午　《风土记》：仲夏端午，烹鹜、角黍。注：端，始也。

曲麹　白居易诗（《春江闲步赠张山人》）：“晴沙金屑色，春水

麴尘波。红簇交枝杏，青含卷叶荷。”《西溪丛话》：刘禹锡诗：“龙池遥望麴尘丝。”按《礼记》“鞠衣”注：如鞠尘色。又《周礼·内司服》“鞠衣”，郑氏云：黄桑服，如鞠尘色。乃知用“麴蘖”字非是。

兰浴 《大戴礼记》（《夏小正》）：五月五，蓄兰沐浴。

菖酒 《荆楚岁时记》：端午，以菖蒲一寸九节者泛酒，以辟瘟气。 傅注：近世五月五日，必以菖蒲渍酒而饮，谓之饮浴。

天气清和 《选》诗（谢灵运《游赤石进帆海》）：“首夏犹清和。”

酬佳节 杜牧诗（《九日齐山登高》）：“但将酩酊酬佳节。”

浣 溪 沙

十二月二日雨后微雪，太守徐君猷携酒见过，坐上作《浣溪沙》三首。明日酒醒，雪大作，又作二首。

覆块青青麦未苏，江南云叶暗随车。临皋烟景世间无。

雨脚半收檐断线，雪床初下瓦跳珠。归来冰颗乱黏须。

傅注本卷十

【校】

傅注本题后有“时元丰五年也”六字。据此，是此词作于壬戌，惟别无旁证，仍依朱本从《纪年录》编辛酉。 傅注本、元本、毛本“雪床”并作“雪林”。从墨迹。 毛本“跳”作“疏”。 傅注本“线”误“绝”。

【笺】

青青麦　《庄子》(《外物》):青青之麦,生于陵陆。韩愈诗(《过南阳》):"桑下麦青青。"

云叶随车　陈蔡凝《春云》诗(《赋得春云处处生》):"入风衣暂敛,随车盖转轻。作叶还依树,为楼欲近城。"杜甫诗(《夏夜李尚书筵送宇文石首赴县联句》):"雨稀云叶断。"

临皋　《诗集》查注:许端夫《齐安拾遗》云:夏澳口之侧本水驿,有亭曰临皋。《名胜志》:临皋馆在黄州朝宗门外,其上有快哉亭,县令张梦得建。子由记略云:亭之所见,南北百里,东西一舍。昼则舟楫出没于其前,夜则鱼龙悲啸于其下。西望武昌诸山,冈陵起伏,草木行列。烟消日出,渔父樵夫之舍,皆可指数。

雨脚　杜甫《茅屋为秋风所破歌》:"雨脚如麻未断绝。"

雪床　《汪穰卿笔记》言在张文襄幕,见苏文忠手书《浣溪沙》五首,"雪林初下瓦跳珠"句,"林"作"床",注:"京师俚语,霰为雪床。"

黏须　罗邺《早行》诗:"时整帽檐风刮顶,旋呵鞭手冻黏须。"(按:此承傅注。查《全唐诗》罗邺《早行》诗无此句,乃杜荀鹤诗,题为《早发》,见《全唐诗》卷六九二。)

又

醉梦昏昏晓未苏,门前轣辘使君车。扶头一盏怎生无?
废圃寒蔬挑翠羽,小槽春酒滴真珠。清香细细嚼梅须。

同前

【校】

傅注本“昏昏”作“醺醺”。 墨迹“挑”作“排”。 毛本“軅軅”作“軅軅”，“滴”作“冻”。

【笺】

扶头一盏　白居易诗（《早饮湖州酒寄崔使君》）：“一榼扶头酒，泓澄泻玉壶。十分蘸甲酌，潋滟满银盂。”

寒蔬翠羽　杜甫诗（《园官送菜》）：“青青佳蔬色，埋没在荒园。”又（《行官张望补稻畦水归》）：“芊芊烟翠羽。”

小槽真珠　李贺诗（《将进酒》）：“琉璃钟，琥珀秾，小槽酒滴真珠浓。”

梅须　傅注：花香多在须间粉上。 杜甫诗（《陪李金吾花下饮》）：“随意数花须。”

【评】

“废圃寒蔬排翠羽，小槽春酒滴真珠”两句：贫家风味。

又

雪里餐氈例姓苏，使君载酒为回车。天寒酒色转头无。

荐士已闻飞鹗表，报恩应不用蛇珠。醉中还许揽桓须。

同前

【校】

墨迹“闻”作“曾”，注：“公近荐仆于朝。”

【朱注】

《纪年录》：辛酉，微雪作。

【笺】

餐氈　《汉书·苏武传》：武使匈奴，胁使降，武不可。匈奴乃幽武，置大窖中，绝其饮食。天雨雪，武卧啮雪，与氈毛并咽之，数日不死。匈奴以为神。徙武北海上，使牧羝，羝乳乃得归。

鹗表　孔融《荐祢衡表》：鸷鸟累百，不如一鹗。

蛇珠　高诱《淮南子注》：隋侯见大蛇伤断，以药傅而涂之。后蛇于夜中衔大珠以报之，因曰隋侯之珠。

桓须　《晋书·桓伊传》：谢安女壻王国宝专利无检行，安恶其为人，每抑制之。及孝武末年，嗜酒好内，而会稽王道子昏蒈尤甚，惟狎昵谄邪，于是国宝谗谀之计，稍行于主相之间。而好利险诐之徒，以安功名盛极而构会之，嫌隙遂成。帝召伊饮燕，安侍坐。帝命伊吹笛，伊神色无迕，即吹为一弄。乃放笛云："臣于筝，分乃不及笛，然自足以韵合歌管，请以筝歌，并请一吹笛人。"帝善其调达，乃敕御妓奏笛。伊又云："御府人于臣必自不合。臣有一奴，善相便串。"帝弥赏其放率，乃许召之。奴既吹笛，伊便抚筝而歌怨诗曰："为君既不易，为臣良独难。忠信事不显，乃有见疑患。周旦佐文武，《金縢》功不刊。推心辅王政，二叔反流言。"声节慷慨，俯仰可观。安泣下沾衿，乃越席而就之，捋其须曰："使君于此不凡。"帝甚有愧色。

【评】

"使君载酒为回车"句：书事。"报恩应不用蛇珠"句：感恩。"醉中还许揽桓须"句：言能为东坡进言以悟主上也。

又

半夜银山上积苏，朝来九陌带随车。涛江烟渚一时无。

空腹有诗衣有结，湿薪如桂米如珠。冻吟谁伴捻髭须。

同前

【笺】

银山积苏　《诗苑》：刘师道《雪》诗："三千世界银成色，十二楼台玉作层。"《列子》(《周穆王》)：穆王游化人之宫，实以为清都紫微，钧天广乐，帝之所居。王俯而视之，其宫榭若累瑰积苏焉。

九陌随车　韩愈诗(《咏雪赠张籍》)："随车翻缟带，逐马散银杯。"

腹诗衣结　《晋书·隐逸传》：董京能诗，逍遥吟咏，常宿白社中。时丐于市，得残碎缯絮，结以自覆，全帛佳绵，则不肯受。

薪桂米珠　《战国策》(《楚策》)：苏秦谓楚王曰："楚国食贵于玉，薪贵于桂。"晋张景阳诗(《杂诗十首》)："尺烬重寻桂，红粒贵琼瑶。"

冻吟捻须　王维诗："平旦东风骑蹇驴，旋呵冻手暖髭须。"(按：查《全唐诗》王维卷中无此诗句。《苕溪渔隐丛话》后集卷八载之，云是碑本子美画像上之诗，不见杜甫集中，必好事者为之。)卢延让《苦吟》诗："吟安一个字，捻断数茎须。"

【评】

"半夜银山上积苏"句：结冰。"朝来九陌带随车"句：天时。飘雪。"涛江烟渚一时无"句：雪后景。"空腹有诗衣有结"句：人事。

又

万顷风涛不记苏，雪晴江上麦千车。但令人饱我愁无。

翠袖倚风萦柳絮，绛唇得酒烂樱珠。尊前呵手镊霜须。

同前

【朱注】

《纪年录》：辛酉大雪，又作。

【笺】

不记苏　墨迹先生自注：“公田在苏州，今年风潮荡尽。”傅注：旧注云：“公有薄田在苏，今岁为风涛荡尽。”

翠袖二句　方干诗（《赠美人四首》）：“翠袖低徊真蹀躞，朱唇得酒假樱桃。”

【评】

“雪晴江上麦千车”句：天时。“绛唇得酒烂樱珠”句：人事。

江　城　子

大雪，有怀朱康叔使君，亦知使君之念我也，作此以寄之。

黄昏犹是雨纤纤。晓开帘，欲平檐。江阔天低，无处认青帘。孤坐冻吟谁伴我，揩病目，捻衰髯。　使君留客醉厌厌。水晶盐，为谁甜。手把梅花，东望忆陶潜。雪似故人人似雪，虽可爱，有人嫌。

【校】

傅注本阙。

【朱注】

王《案》：辛酉十二月，雪中有怀朱寿昌作。　《宋史》：朱寿昌字康叔，扬州天长人。知鄂州，提举崇禧观。

【笺】

青帘　郑谷诗（《旅寓洛南村舍》）：“白鸟窥鱼网，青帘认酒家。”

厌厌　《诗·小雅·湛露》：“厌厌夜饮，不醉无归。”

水晶盐　《北史·崔浩传》：帝语至中夜，赐浩缥醪酒十斛，水晶戎盐一两，曰：“朕味卿言，若此盐酒，故与卿同其味也。”李白题《东溪公幽居》诗：“客到但知留一醉，盘中只有水晶盐。”

【评】

“无处认青帘”句：酒家。“揩病目”句：伤感。“使君留客醉厌厌，水晶盐，为谁甜”三句：言朱君相过之厚。“手把梅花，东望忆陶潜”两句：所谓知君念我。“雪似故人人似雪”句：洁白。

满江红　寄鄂州朱使君寿昌

江汉西来，高楼下、蒲萄深碧。犹自带、岷峨雪浪，锦江春色。君是南山遗爱守，我为剑外思归客。对此间、风物岂无情，殷勤说。《江表传》，君休读。狂处士，真堪惜。空洲对鹦鹉，苇花萧瑟。独笑书生争底事，曹公黄祖俱飘忽。愿使君、还赋谪仙诗，追

黄鹤。 傅注本卷二

【校】

傅注本、元本“独笑”上有“不”字,“愿使君”句无“使”字。从毛本。

【朱注】

案是词当在黄州作,附编于此。

【笺】

蒲萄深碧 注见本卷《南乡子》“晚景落琼杯”阕。

岷峨二句 傅注:李白诗:“江带岷峨雪,川横山峡流。”盖峨嵋积雪,经春不消。郑谷《峨嵋雪》诗:“万仞白云端,经春雪未残。夏消江峡满,清照蜀楼寒。”杜子美诗:“朝来巫峡水,远逗锦江波。”注云:“锦江水与巫峡相通也。”杜诗:“锦江春色逐人来。”余详本卷《南乡子》(晚景落琼杯)注。

遗爱 《春秋左氏传》(昭公二十年):子产,古之遗爱也。又(襄公十四年):乐武子之德在民,如周人之思召公,爱其甘棠,况其子乎?

剑外 谓剑门外也。《水经注》:小剑戍西去大剑山三十里,连山绝险,飞阁通衢,谓之剑阁。杜甫诗(《恨别》):“草木变衰行剑外,兵戈阻绝老江边。”

江表传 傅注:《江表传》载江左吴时事,多见汉末群雄角逐之义,《三国志》每引以为证也。

狂处士 《后汉书·文苑传》:祢衡字正平,平原般人。少有才辩,而气尚刚傲,好矫时慢物。孔融既爱衡才,数称述于曹操,操喜,敕门者有客便通，待之极晏。衡乃着布单衣疏巾，手持三尺棁杖，坐大营门，以杖棰地大骂。吏白："外有狂生，坐于营门，言语悖逆，请收案罪。"操怒，谓融曰："祢衡竖子，孤杀之犹鼠雀耳。顾此人素有虚名，远近将谓孤不能容之。今送与刘表，视当何如。"于是遣人骑送之。表及荆州士大夫先服其才名，甚宾礼之。后复侮慢于表，表耻不能容，以江夏太守黄祖性急，故送衡与之。祖亦善待焉。衡为作书记，轻重疏密，各得体宜。祖持其手曰："处士，此正得祖意，如祖腹中之所欲言也。"后黄祖在蒙冲船上大会宾客，而衡言不逊顺。祖惭，乃诃之。衡更熟视曰："死公，云等道？"祖大怒，令五百将出，欲加棰，衡方大骂。祖恚，遂令杀之。

鹦鹉洲　傅注：衡死，埋于沙洲之上，后人因号其洲曰鹦鹉洲，以衡尝为《鹦鹉赋》故也。崔灏诗（《黄鹤楼》）："晴川历历汉阳树，芳草萋萋鹦鹉洲。"李白《赠江夏韦太守》诗："一忝青云客，三登黄鹤楼。顾惭祢处士，虚对鹦鹉洲。樊山霸气盛，寥落天地秋。"《一统志》：鹦鹉洲在江夏县西南二里。《水经注》：江之右岸当鹦鹉洲南。《寰宇记》：鹦鹉洲在大江中，与汉阳县分界。后汉黄祖为江夏太守，祖长子射，大会宾客，有献鹦鹉于此洲，故名。

飘忽　李白诗（《淮阴书怀寄王宋城》）："徘徊且不定，飘忽怅徂征。"

谪仙　《本事诗》（《高逸》）：李太白初自蜀至京师，舍于逆旅。贺监知章闻其名，首访之。既奇其姿，复请所为文，出《蜀道难》以示之。读未竟，称叹者数四，号为谪仙。解金龟换酒，与倾尽醉，期不间日。由是称誉光赫。

黄鹤　李白《赠韦使君》诗（《江夏赠韦南陵冰》）："我且为君

槌碎黄鹤楼，君亦为我倒却鹦鹉洲。赤壁争雄如梦里，且须歌舞宽离忧。”

【评】

题下批：大抵朱君曾官蜀中，因此引起思乡之感。眉批：“书生”二句，他家皆一句七字，则此“不”字定为衍文，当从毛本（今按：讲义本原有“不”字，商务初刊本删去）。“犹自带”句：三字力举千钧。“君是南山遗爱守，我为剑外思归客”两句：大气盘旋。“殷勤说”句：转下文。“曹公黄祖俱飘忽”句：而今安在。末批：轼以文字被谗，横遭贬斥，辄因祢衡旧事，藉遣寄幽忧。末以超然高举勉朱。

东坡乐府笺卷二

壬戌 《年谱》：元丰五年壬戌，先生年四十七，在黄州。寓居临皋亭，就东坡筑雪堂，自号东坡居士。三月，以事至蕲水。秋七月，与客泛舟游于赤壁之下。十月，又游之。

水 龙 吟

闾丘大夫孝终公显尝守黄州，作栖霞楼，为郡中绝胜。元丰五年，余谪居黄，正月十七日，梦扁舟渡江，中流回望，楼中歌乐杂作，舟中人言公显方会客也。觉而异之，乃作此曲，盖越调《鼓笛慢》。公显时已致仕，在苏州。

小舟横截春江，卧看翠壁红楼起。云间笑语，使君高会，佳人半醉。危柱哀弦，艳歌余响，绕云萦水。念故人老大，风流未减，空回首，烟波里。　推枕惘然不见，但空江、月明千里。五湖闻道，扁舟归去，仍携西子。云梦南州，武昌东岸，昔游应记。料多情梦里，端来见我，也参差是。 傅注本卷一

【校】

傅注本题首有“公旧注云”四字，“终”作“直”，“郡”误“野”，“曲”作“词”，“盖越调鼓笛慢”六字阙，“东”作“南”。 毛本“终”作“直”，“盖越调鼓笛慢”六字阙，“空”作“独”，“东”作“南”。

【朱注】

《年谱》：壬戌，梦扁舟望栖霞，作《鼓笛慢》。《纪年录》：壬戌作。《荆州记》：栖霞楼，宋临川康王义庆建。《诗集》施注：许端夫《齐安拾遗》云：栖霞楼在郡城最高处，江淮绝境也。

【笺】

闾丘大夫 见卷一《浣溪沙》“一别姑苏已四年”阕朱注。

鼓笛慢 《康熙钦定词谱》：《水龙吟》，姜夔词注无射商，俗名越调。吕渭老词名《鼓笛慢》。

翠壁 杜甫诗（《涪城县香积寺官阁》）：“含风翠壁孤云细。”

半醉 注见卷一《临江仙》“自古相从休务日”阕。

危柱哀弦 《宋史·乐志》：八音之中，革为燥湿所薄，丝有弦柱，缓急不齐，故二者其声难定。魏文帝诗（《善哉行二首》）：“哀弦微妙，清气含芳。”杜甫诗（《题柏大兄弟山居屋壁二首》）：“哀弦绕白雪，未与俗人操。”

绕云 《列子》（《汤问》）：薛谭学讴于秦青，未穷青之技，自谓尽之，遂辞归。秦青弗止，饯于郊衢，抚节悲歌，声振林木，响遏行云。薛谭乃谢求反，终身不敢言归。

五湖三句 注见卷一《菩萨蛮》“玉童西迓浮丘伯”阕。

云梦二句 傅注：齐安在云梦泽之南。武昌，今江夏之地，又在大江之南岸。　《周礼·夏官·职方氏》：正南曰荆州，其山镇曰衡山，其泽薮曰云梦。余详卷一《水龙吟》（楚山修竹如云）注。

参差　白居易《长恨歌》："中有一人字太真，雪肤花貌参差是。"

【评】

郑文焯曰：突兀而起，仙乎，仙乎！"翠壁"句，奇崭不露雕琢痕。上阕全写梦境，空灵中杂以凄丽。过片始言情，有沧波浩渺之致。真高格也。"云梦"二句，妙能写闲中情景。煞拍不说梦，偏说梦来见我，正是词笔高浑不犹人处。　读东坡先生词，于气韵格律，并有悟到，空灵妙境，匪可以词家目之，亦不得不目为词家。世每谓其以诗入词，岂知言哉？　董文敏论画曰：同能不如独诣。吾于坡仙词亦云。

"使君高会，佳人半醉。危柱哀弦"三句：梦境逼真，有声有色。"风流未减"句：梦中感想。"推枕惘然不见"句：梦醒时。"但空江、月明千里"两句：一转有千钧力。"扁舟归去"句：传闻之词。"端来见我"句：逆笔。

江　城　子

陶渊明以正月五日游斜川，临流班坐，顾瞻南阜，爱曾城之独秀，乃作《斜川诗》，至今使人想见其处。元丰壬戌之春，余躬耕于东坡，筑雪堂居之。南挹四望亭之后丘，西控北山之微泉。慨然而叹，此亦斜川之游也。乃作长短句，以《江城子》歌之。

梦中了了醉中醒。只渊明，是前生。走遍人间，依旧却躬耕。昨夜东坡春雨足，乌鹊喜，报新晴。　雪堂西畔暗泉鸣。北山倾，小溪横。南望亭丘，孤秀耸曾城。都是斜川当日境，吾老矣，寄余龄。　傅注本卷六

【校】

傅注本“江城子”作“江神子”，题首有“公旧注云”四字，“使人”作“彼人”，“春”误“新”。　元本“使”亦作“彼”。从毛本。

【朱注】

《年谱》：壬戌作。王《案》：壬戌二月作。

【笺】

斜川　陶潜《游斜川》诗序：辛丑正月五日，天气澄和，风物闲美，与二三邻曲同游斜川。临长流，望曾城，魴鲤跃鳞于将夕，水鸥乘和以翻飞。彼南皋者，名实旧矣，不复乃为叹嗟。若夫曾城，傍无依接，独秀中皋。适想灵山，有爱嘉名。欣对不足，率尔赋诗。悲日月之遂往，悼吾年之不留。各疏年纪乡里，以纪其时日。

雪堂　《年谱》：以东坡图考之，自黄州门南至雪堂四百三十步。《雪堂问》云：苏子得废圃于东坡之胁，号其正曰雪堂，以大雪中为之，因绘雪于四壁之间无容隙。其名盖起于此。

梦中三句　傅注：世人于梦中颠倒，醉中昏迷，而能在梦而了，在醉而醒者，非公与渊明之徒，其谁能哉？

鹊喜　傅注：乌鹊，阳鸟，先事而动，先物而应。汉武帝时，天新雨止，闻鹊声，帝以问东方朔。方朔曰：“必在殿后柏木枯枝上，东向而鸣也。”验之果然。

余龄　韩愈诗(《过南阳》):“吾其寄余龄。”

【评】

“走遍人间，依旧却躬耕”两句：悲音。“昨夜东坡春雨足，乌鹊喜，报新晴”三句：忧中有乐。“雪堂西畔暗泉鸣”句：雨后。

定　风　波

三月七日，沙湖道中遇雨，雨具先去，同行皆狼狈，余独不觉。已而遂晴，故作此。

莫听穿林打叶声，何妨吟啸且徐行。竹杖芒鞵轻胜马，谁怕？一蓑烟雨任平生。　料峭春风吹酒醒，微冷，山头斜照却相迎。回首向来萧瑟处，归去，也无风雨也无晴。　**傅注本卷四**

【校】

傅注本题首有“公旧序云”四字，“此”下有“词”字，“鞵”作“鞋”，“萧瑟”作“潇洒”。　元本题无“独”字，“蓑”作“莎”。从傅本。　毛本“萧瑟”作“潇洒”。

【朱注】

王《案》：壬戌，相田至沙湖，道中遇雨作。

【笺】

吟啸　《晋书·阮籍传》：登山临水，啸咏自若。

竹杖芒鞵　无则诗：“腾腾兀兀恣闲行，竹杖芒鞵称野情。”(按：此承傅注。《全唐诗》卷八二五收无则诗三首，未见此二句。又《江湖小集》卷二十二载李龏集句诗《重寄》，首句即“竹杖芒鞋称野情”，为无则诗句。）

一蓑烟雨　郑谷诗（《钓翁》）：“来往烟波非定居，生涯蓑笠外无余。”魏野诗（《暮春闲望》）：“何日扁舟去，江上负烟蓑。”（今按：此承傅注。《东观集·暮春闲望》作“扁舟何日去”。）

料峭　先生有诗（送《范德孺》）云：“渐觉春风料峭寒。”

【评】

郑文焯曰：此足征是翁坦荡之怀，任天而动。琢句亦瘦逸，能道眼前景，以曲笔直写胸臆，倚声能事尽之矣。

眉批：移步换形法。“也无风雨也无晴”句：淡雅中饶风度。

浣　溪　沙

游蕲水清泉寺。寺临兰溪，溪水西流。

山下兰芽短浸溪，松间沙路净无泥。萧萧暮雨子规啼。

谁道人生无再少，门前流水尚能西。休将白发唱黄鸡。

傅注本卷十

【校】

《东坡志林》“门前”作“君看”。

【朱注】

王《案》：壬戌三月，与庞医游清泉寺，饮王羲之洗笔泉，徜徉兰溪之上作。　本集《书清泉寺词》：清泉寺在蕲水郭门外二里许，有王逸少洗笔泉，水极甘。下临兰溪，溪水西流。

【笺】

蕲水 《太平寰宇记》：淮南蕲春郡，领县四。其一蕲水，在州西北，本汉蕲春县地，唐武德四年，改曰兰溪，天宝中，改蕲水。

清泉寺 《东坡志林》：黄州东南三十里为沙湖，亦曰螺师店，予买田其间。因往相田得疾，闻麻桥人庞安常善医而聋，遂往求疗。安常虽聋而颖悟绝人，以指画字，不书数字，辄深了人意。予戏之曰："予以手为口，君以眼为耳，皆一时异人也。"疾愈，与之同游清泉寺。寺在蕲水郭门外二里许，有王逸少洗笔泉，水极甘。下临兰溪，溪水西流，予作歌云云。是日，剧谈而归。（今按："予戏之"、"予以手为口"、"予作歌"之"予"，《东坡志林》均作"余"，又"不书"作"书不"，《唐宋名家词选》引文同此。）

松间 杜甫诗（《到村》）："碧涧虽多雨，秋沙先少泥。"《独醒杂志》：徐公师川尝言，东坡长短句有云"山下兰芽短浸溪，松间沙路净无泥"，白乐天诗云"柳桥晴有絮，沙路润无泥"。"净"、"润"两字，当有能辨之者。

子规 《成都记》：杜宇亦曰杜主，自天而降，称望帝。好稼穑，教人务农，至今蜀之将农者，必先祀杜主。望帝时以国相开明有治水功，因禅位焉。后望帝死，其魄化为鸟，名曰杜鹃，亦曰子规云。唐吴娘曲："暮雨萧萧郎不归。"

再少 古诗："花有重开日，人无再少年。"

白发黄鸡 白居易《醉歌示妓人商玲珑》："罢胡琴，掩秦瑟，玲珑再拜歌初毕。谁道使君不解歌，听唱黄鸡与白日。黄鸡催晓丑时鸣，白日催年酉前没。腰间红绶系未稳，镜里朱颜看已失。玲珑玲珑奈老何，使君歌了汝更歌。"

【评】

“松间沙路净无泥”句：纪事。“萧萧暮雨子规啼”句：逗出情感。“谁道人生无再少，门前流水尚能西，休将白发唱黄鸡”三句：无可奈何之情，勉作达观，愈为悲痛。

西 江 月

顷在黄州，春夜行蕲水中，过酒家，饮酒醉。乘月至一溪桥上，解鞍，曲肱醉卧少休。及觉已晓，乱山攒拥，流水锵然，疑非尘世也。书此语桥柱上。

照野弥弥浅浪，横空隐隐层霄。障泥未解玉骢骄，我欲醉眠芳草。　可惜一溪风月，莫教踏碎琼瑶。解鞍攲枕绿杨桥，杜宇一声春晓。　傅注本卷二

【校】

傅注本题作“公自序，春夜行蕲水山中，过酒家，故饮酒醉。乘月至一溪桥上，解鞍，曲肱少休。及觉已晓，乱山葱茏，不谓人世也。书此词桥柱上”。“野”误作“墅”，“风月”作“明月”。　元本题首有“公自序云”四字。　毛本题无“顷在黄州”、“醉卧”、“流水锵然”十字，“攒拥”作“葱茏”，“疑非尘世”作“不谓人世”，“语”作“词”，“隐隐”作“暧暧”，“层”作“微”，“风”作“明”，“一声”作“数声”。

【朱注】

《年谱》：壬戌三月作。

【笺】

弥弥　弥，密蚁切。弥弥，水流貌。《诗经》（《邶风·新台》）：“河水弥弥。”

障泥　《晋书》（《王济传》）：王济善解马性，常乘一马，著连乾障泥，前有一水，终不肯渡。济曰：“此必是惜障泥。”使人解去，便渡。故当时谓济有马癖。

醉眠　郑谷《草》诗（《曲江春草》）：“香轮莫辗青青破，留与愁人一醉眠。”

【评】

眉批：清绝之境。

满　江　红

董毅夫名钺，自梓漕得罪，罢官东川。归鄱阳，过东坡于齐安。怪其丰暇自得，余问之，曰：“吾再娶柳氏，三日而去官。吾固不戚戚，而忧柳氏不能忘怀于进退也。已而欣然，同忧患若处富贵，吾是以益安焉。”命其侍儿歌其所作《满江红》。嗟叹之不足，乃次其韵。

忧喜相寻，风雨过、一江春绿。巫峡梦、至今空有，乱山屏簇。何似伯鸾携德耀，箪瓢未足清欢足。渐粲然、光彩照阶庭，生兰玉。　幽梦里，传心曲。肠断处，凭他续。文君婿知否，笑君卑辱。君不见《周南》歌《汉广》，天教夫子休乔木。便相将、左手抱琴书，云间宿。　傅注本卷二

【校】

傅注本题首有“杨元素本事曲集”七字，无“罢官东川”四字，“过”作“遇”，无“余问之”三字，“若处”作“如处”，“命其侍儿”作“乃令家童”，“嗟叹”上有“东坡”二字，“何似”误作“何以”。毛本题无“罢官东川”、“余问之”七字，“嗟叹”上有“东坡”二字，“毅”作“义”，“梓”作“倅”，“过”作“遇”，“若”作“如”，“命其侍儿”作“乃令家童”，“粲”作“灿”。

【朱注】

王《案》：壬戌三月，和董钺。又曰：董义夫因朱寿昌纳交于公，不一年，以病没。见本集《与蔡景繁书中》。至公《与朱蔡书》及《满江红》词叙均作义夫，独《哨遍》词叙作毅夫。义略可通毅，似两用之者。

【笺】

巫峡梦　注见卷一《祝英台近》“挂轻帆”阕。

乱山　傅注：巫峡有十二峰，故云“乱山屏簇”。

伯鸾　《后汉书·逸民传》：梁鸿字伯鸾，扶风平陵人。邻里势家慕其高节，多欲女之，鸿并绝不娶。同县孟氏有女，状肥丑而黑，力举石臼，择对不嫁，至年三十。父母问其故，女曰：“欲得贤如梁伯鸾者。”鸿闻而聘之。女求作布衣麻屦，织作筐缉绩之具。及嫁，始以装饰入门，七日而鸿不答。妻乃跪床下，请曰：“窃闻夫子高义，简斥数妇，妾亦偃蹇数夫矣。今而见择，敢不请罪。”鸿曰：“吾欲裘褐之人，可与俱隐深山者尔。今又衣绮缟，傅粉墨，岂鸿所愿哉？”妻曰：“以观夫子之志耳。妾自有隐居之服。”乃更为椎髻，著布衣，操作而前。鸿大喜曰：“此真梁鸿妻也，能奉我矣。”字之曰德曜，名孟光。居有顷，妻曰：“常闻夫子欲隐居避患，今何为默默，无乃欲低头就之乎？”鸿曰：“诺。”乃共入霸陵山中，以耕织为业，咏诗书，弹琴以自娱。东出关，过京师，作《五噫之歌》。肃宗闻而非之，求鸿不得。乃易姓名，遂至吴，依大家皋伯通，居庑下，为人赁舂。每归，妻为具食，不敢于鸿前仰视，举案齐眉。伯通察而异之，曰：“彼佣能使其妻敬之如此，非凡人也。”乃方舍之于家。

箪瓢　《论语》（《雍也》）：“一箪食，一瓢饮，在陋巷，人不堪其忧，回也不改其乐。贤哉回也。”

兰玉　《晋书·谢安传》：安尝戒约子侄，因曰：“子弟亦何豫人家事，而正欲使其佳？”诸人莫有言者。谢玄答曰：“譬如芝兰玉树，欲使其生于庭阶耳。”安大悦。

心曲　《诗·秦风》（《小戎》）：“在其板屋，乱我心曲。”

文君壻　注见卷一《河满子》“见说岷峨凄怆”阕。《闻见后录》：东坡为董毅夫作长短句：“文君壻知否，笑君卑辱。”奇语也。文君壻犹虞姬壻云。今刻本者不知有自，改“文君细知否”，可笑耳。

汉广　《诗·汉广》：“南有乔木，不可休思。汉有游女，不可求思。”

琴书二句　白居易《庐山草堂记》：“左手引妻子，右手抱琴书，终老于斯，以成就平生之志。清泉白石，实闻斯言。”秦系诗（《山中奉寄钱起员外兼简苗发员外》）：“逸妻相共老烟霞。”

【评】

“风雨过”句：点时序。“一江春绿”句：交“乱山”。“至今空有”句：自钺绮思。“何似伯鸾携德耀，箪瓢未足清欢足”两句：赞美歆美之词。“肠断处，凭他续。文君婿知否，笑君卑辱”四句：言其夫妇相得，又非如当垆卖酒之自低身价也。故作嘲笑之词，正对钺文“忧柳氏不能忘怀进退”言。“便相将、左手抱琴书，云间宿”三句：言得其所也。

哨遍

陶渊明赋《归去来》，有其词而无其声。余既治东坡，筑雪堂于上，人俱笑其陋，独鄱阳董毅夫过而悦之，有卜邻之意。乃取《归去来词》，稍加檃括，使就声律，以遗毅夫。使家僮歌之，时相从于东坡，释耒而和之，扣牛角而为之节，不亦乐乎?

为米折腰，因酒弃家，口体交相累。归去来，谁不遣君归?觉从前皆非今是。露未晞，征夫指余归路，门前笑语喧童稚。嗟旧菊都荒，新松暗老，吾年今已如此。但小窗容膝闭柴扉，策杖看孤云暮鸿飞。云出无心，鸟倦知还，本非有意。　噫!归去来兮，我今忘我兼忘世。亲戚无浪语，琴书中有真味。步翠麓崎岖，泛溪窈窕，涓涓暗谷流春水。观草木欣荣，幽人自感，吾生行且休矣。念寓形宇内复几时，不自觉皇皇欲何之。委吾心、去留谁计?神仙知在何处，富贵非吾志。但知临水登山啸咏，自引壶觞自醉。此生天命更何疑，且乘流、遇坎还止。　傅注本卷八

【校】

傅注本题首有“公旧序云”四字，“余”下无“既”字，“弃家”作“弃官”。毛本“志”作“愿”。

【朱注】

《纪年录》：壬戌春，以渊明《归去来辞》檃括为《哨遍》。

【笺】

哨遍　《侯鲭录》：东坡在昌化，负大瓢行歌田间，盖《哨遍》也。

归去来　陶潜《归去来》：归去来兮，田园将芜胡不归。既自以心为形役，奚惆怅而独悲。悟已往之不谏，知来者之可追。实迷途其未远，觉今是而昨非。舟遥遥以轻扬，风飘飘而吹衣。问征夫以前路，恨晨光之熹微。乃瞻衡宇，载欣载奔。僮仆欢迎，稚子候门。三径就荒，松菊犹存。携幼入室，有酒盈罇。引壶觞以自酌，眄庭柯以怡颜。倚南窗以寄傲，审容膝之易安。园日涉以成趣，门虽设而常关。策扶老以流憩，时矫首而遐观。云无心以出岫，鸟倦飞而知还。景翳翳以将入，抚孤松而盘桓。归去来兮，请息交以绝游。世与我而相违，复驾言兮焉求。悦亲戚之情话，乐琴书以消忧。农人告余以春及，将有事乎西畴。或命巾车，或棹孤舟。既窈窕以寻壑，亦崎岖而经丘。木欣欣以向荣，泉涓涓而始流。善万物之得时，感吾生之行休。已矣乎，寓形宇内复几时，曷不委心任去留，胡为遑遑欲何之。富贵非吾愿，帝乡不可期。怀良辰以孤往，或植杖而耘耔。登东皋以舒啸，临清流而赋诗。聊乘化以归尽，乐夫天命复奚疑。

乘流遇坎　贾谊《鵩鸟赋》："乘流则逝兮，遇坎则止。"

【评】

"吾年今已如此"句：增出许多感慨。"本非有意"句：稍嫌事复。

渔家傲　赠曹光州

些小白须何用染，几人得见星星点。作郡浮光虽似箭。君莫厌，也应胜我三年贬。　我欲自嗟还不敢，向来三郡宁非忝。婚嫁事稀年冉冉。知有渐，千钧重担从头减。

【校】

傅注本、元本俱无。

【朱注】

王《案》：壬戌六月，曹焕来谒。为《渔家傲》，使焕寄其父九章。本集《吊李台卿诗叙》：曹光州演甫以书报其亡。查注：曹光州，曹焕九章之父。王文诰曰：本集《记朱元经》云：光州有朱元经道人者，百许岁。闻其死，故人曹九章适为光守，敛葬之。又《记神清洞》云：苏辙之壻曹焕。又《乐城集·祭曹演父》文云：始于朋友，求我婚姻。匪我知公，我兄实知。以上合诗叙观之，皆曹光州名九章、字演甫之确证，而其子则焕也。

【笺】

染须　刘禹锡诗（《与歌者米嘉荣》）："近来时世轻前辈，好染髭须事后生。"

星星　《宋书·谢灵运传》：何长瑜尝于江陵寄书与宗人何勖，以韵语序义庆府僚佐云："陆展染鬓发，欲以媚侧室。青青不解久，星星行复出。"

三郡　先生历知密州、徐州、湖州，故云"三郡"。

【评】

“几人得见星星点”句：谓年华易老。“也应胜我三年贬”句：慰藉之词。“婚嫁事稀年冉冉”句：自为宽慰之词。

定 风 波

元丰五年七月六日，王文甫家饮酿白酒，大醉。集古句作墨竹词。

雨洗娟娟嫩叶光，风吹细细绿筠香。秀色乱侵书帙晚，帘卷，清阴微过酒尊凉。　人画竹身肥拥肿，何用？先生落笔胜萧郎。记得小轩岑寂夜，廊下，月和疏影上东墙。　**傅注本卷四**

【校】

傅注本题“家饮”二字倒。 元本题“五年”作“六年”，“娟娟”作“涓涓”。

【朱注】

《年谱》：壬戌，饮王文甫家作。《纪年录》：壬戌作。　《诗集》查注：王齐万，蜀人，时寓居武昌县。王文诰曰：齐万字子辩，乃齐愈字文甫之弟。其居在武昌之东湖，与伍洲相对。

【笺】

雨洗五句　杜甫《严郑公咏竹》诗：“绿竹半含箨，新梢才出墙。色侵书帙晚，阴过酒尊凉。雨洗娟娟静，风吹细细香。但令无翦伐，会见拂云长。”

拥肿　《庄子·逍遥游》：惠子谓庄子曰：“吾有大树，人谓之樗，其大本拥肿而不中绳墨，其小枝卷曲而不中规矩。”注：拥肿，犹盘瘿。

萧郎　傅注：唐协律郎萧悦善画竹，举世无伦。白乐天尝为《画竹歌》曰：“萧郎下笔独逼真，丹青已来惟一人。人画竹身肥拥肿，萧画茎瘦节节竦。”

【评】

眉批：仅于口间点画竹，此避实击虚法也。“雨洗娟娟嫩叶光，风吹细细绿筠香”两句：写竹，虚起。“秀色乱侵书帙晚，帘卷”两句：转到人事。“月和疏影上东墙”句：虚结。

洞　仙　歌

余七岁时，见眉山老尼，姓朱，忘其名，年九十岁。自言尝随其师入蜀主孟昶宫中。一日大热，蜀主与花蕊夫人夜纳凉摩诃池上，作一词，朱具能记之。今四十年，朱已死久矣，人无知此词者。但记其首两句，暇日寻味，岂《洞仙歌令》乎？乃为足之云。

冰肌玉骨，自清凉无汗。水殿风来暗香满。绣帘开、一点明月窥人，人未寝，攲枕钗横鬓乱。　起来携素手，庭户无声，时见疏星渡河汉。试问夜如何？夜已三更，金波淡、玉绳低转。但屈指西风几时来，又不道流年，暗中偷换。　傅注本卷五

【校】

《苕溪渔隐丛话》引此词，“余”作“仆”，“眉山”作“眉州”，

“九十岁”作“九十余”，“夜纳凉”作“夜起避暑”，“死”字下无“久”字，“但记”作“独记”，“两句”下有“云冰肌玉骨自清凉无汗”十字，“鬓”字上有“云”字，“但屈指”作“细屈指”。傅注本题首有“公自序云”四字，“余”作“仆”，“山”作“州”，“岁”作“余”，“纳凉”作“起避暑”，“但”作“独”，“但屈指”作“细屈指”。毛本题无“久”字、“云”字，“岁”作“余”，“纳凉”作“起避暑”，“但”作“独”，“三更”上衍“是”字。

【朱注】

案：公生丙子，七岁为壬午，又四十年为壬戌也。

【笺】

孟昶 《十国春秋》：后蜀主孟昶好学，为文皆本于理。居恒谓李昊、徐光溥曰：“王衍浮薄，而好轻艳之词，朕不为也。”然昶亦工声曲，有《相见欢》词。

花蕊夫人 《能改斋漫录》：徐匡璋纳女于孟昶，拜贵妃，别号花蕊夫人，意花不足拟其色，似花蕊翾轻也。又升号慧妃，如其性也。王师下蜀，太祖闻其名，命别护送。陈无已云姓费，误矣。《铁围山丛谈》：国朝降下西蜀，而花蕊夫人又随昶归中国。昶至且十日，则召花蕊夫人入宫中，而昶遂死。昌陵后亦惑之。太宗在晋邸时，数数谏昌陵而不克，去。一日兄弟相与猎苑中，花蕊夫人在侧，晋邸方调弓矢引满，政拟走兽，忽回射花蕊夫人，一箭而死焉。

冰肌玉骨 “冰肌”注见卷一《减字木兰花》“郑庄好客”阕。杜甫《徐卿二子歌》：“秋水为神玉为骨。”

钗横 欧阳修《临江仙》词：“水晶双枕，傍有堕钗横。”

夜未央 《诗·小雅·庭燎》：“夜如何其？夜未央，庭燎之光。”

玉绳 《春秋元命苞》：玉衡北两星为玉绳。谢朓诗（《暂使下都夜发新林至京邑赠西府同僚》）：“金波丽鳷鹊，玉绳低建章。”

【评】

郑文焯曰：坡老改添此词数字，诚觉气象万千，其声亦如空山鸣泉，琴筑竞奏。

眉批：逆起逆收，直来直去。“起来”两句连上“钗横鬓乱”语之细心体会，便觉天艳已极。“一点明月窥人”句：天艳之至。“时见疏星渡河汉”句：转下。“夜已三更”句：雍容细腻之至。“但屈指、西风几时来”两句：凄黯之至。“八尺龙须方锦褥，已凉天气未寒时”。“又不道流年，暗中偷换”两句：末批：感□乐之难常，何等风流蕴藉。

【附录】

《苕溪渔隐丛话》：《漫叟诗话》云，杨元素作《本事曲》，记《洞仙歌》云云。钱塘有老尼，能诵后主诗首章两句，后人为足其意，以填此词。余尝见一士人诵全篇云：“冰肌玉骨清无汗，水殿风来暗香满。帘开明月独窥人，鼓枕钗横云鬓乱。起来琼户启无声，时见疏星渡河汉。屈指西风几时来，只恐流年暗中换。”又东坡《洞仙歌序》云云。苕溪渔隐曰：《漫叟诗话》所载《本事曲》云钱塘一老尼，能诵后主诗首章两句，与东坡《洞仙歌序》全然不同，当以《序》为正也。

《温叟诗话》：蜀主孟昶令罗城上尽种芙蓉，盛开四十里。语左右曰：“古以蜀为锦城，今观之，真锦城也。”尝夜同花蕊夫人避暑摩诃池上，作《玉楼春》词云：“冰肌玉骨清无汗，水殿风来暗香满。绣帘一点月窥人，攲枕钗横云鬓乱。起来琼户启无声，时见疏星渡河汉。屈指西风几时来，只恐流年暗中换。”

《西溪丛话》：孟蜀主水殿诗，东坡续为长短句。一云昶与花蕊夫人避暑摩诃池上所咏《玉楼春》词也。一云东坡少年遇美人，喜《洞仙歌》，又邂逅处景色暗相似，故檃括稍协律以赠之也。然考东坡《洞仙歌序》云云，惟朱尼作宋尼，与诸本异。

《古今词话》：沈雄曰：东京人士檃括东坡《洞仙歌》为《玉楼春》，以记《摩诃池》上之事。

《味水轩日记》：东坡墨迹行书《洞仙歌》词一首，字如当三钱大，丰茂多姿，全法徐季海。此词首语“冰肌玉骨，自清凉无汗”，旧传蜀花蕊夫人句，后皆坡翁续成之，豪华婉逸，如出一手，亦公自所得意者。染翰洒洒，想见其轩渠满志也。

念奴娇　赤壁怀古

大江东去，浪淘尽、千古风流人物。故垒西边，人道是、三国周郎赤壁。乱石崩云，惊涛裂岸，卷起千堆雪。江山如画，一时多少豪杰。　遥想公瑾当年，小乔初嫁了，雄姿英发。羽扇纶巾，谈笑间、强虏灰飞烟灭。故国神游，多情应笑我，早生华发。人间如梦，一尊还酹江月。　傅注本卷二

【校】

傅注本“崩云”作“穿空”，“裂”作“拍”，“酹”作“醉”。毛本“穿空”、“拍岸”同傅本。　郑文焯曰：《容斋续笔》“诗词改字”一条，谓向巨原云，元不伐家有鲁直所书东坡《念奴娇》，与今人歌不

同者数处，如“浪淘尽”为“浪声沉”，“周郎赤壁”为“孙吴赤壁”，“穿空”为“崩云”，“拍岸”为“掠岸”，“多情应笑我早生华发”为“多情应是笑我生华发”，“如梦”为“如寄”。不知此本今何在也。案此从元祐云间本，唯“崩云”二字与山谷所录无异。汲古刻固作“穿空”、“拍岸”，此又作“裂岸”，亦奇。愚谓他无足异，只“多情应是”句，当从鲁直写本校正。又云：曩见陈伯弢斋头有王壬老读是词校字，改“了”为“与”，伯弢极倾倒。余笑谓此正是湘绮不解词格之证，即以音调言，亦哑凤也。

【朱注】

《纪年录》：壬戌七月作。

【笺】

赤壁　《诗集》王注：厚曰：周瑜以兵三万败曹公于赤壁山，在鄂州蒲圻县。援曰：赤壁在武昌之西也。查注：《江夏辨疑》云，江汉之间指赤壁者三焉，一在汉水之侧，竟陵之东；一在齐安郡之步下；一在江夏西南二百里。本集《杂记》云：黄州少西山麓斗入江中，石色如丹，相传所谓赤壁者，或曰非也。曹公败归由华容路，今赤壁少西对岸即华容镇，庶几是也。然岳州亦有华容县，未知孰是。

大江　傅注：《汉书·地理志》：岷山，岷江所出，故为大江，至九江为中江，至徐陵为北江，盖一源而三目。《尚书》称岷山导江，东别为沱，又东至于澧，东迤北，会于淮。

浪淘　白居易《浪淘沙》词：“白浪茫茫与海连，平沙浩浩四无边。暮去朝来淘不住，遂令东海变桑田。”

周郎　《吴志》(《周瑜传》)：周瑜字公瑾，庐江舒人。长壮有姿貌。孙策与瑜同年，独相友善。策众已数万，亲自迎瑜，授建威中郎将。瑜时年二十四，吴中皆呼为周郎。曹公入荆州，刘琮举众降，曹公得其水军船及步兵数十万，将士闻之皆恐惧。时刘备为曹公所破，欲引南渡江，与鲁肃遇于当阳，遂共图计。因进驻夏口，遣诸葛亮诣权。权遂遣瑜及程普等，与备并力逆曹公，遇于赤壁。时曹公军众已有疾病，初一交战，公军败退，引次江北。瑜等在南岸。瑜部将黄盖曰："今寇众我寡，难与持久。然观操军方连船舰，首尾相接，可烧而走也。"乃取蒙冲斗舰数十艘，实以薪草，膏油灌其中，裹以帷幕，上建牙旗。先书报曹公，欺以欲降，又豫备走舸，各系大船后，因引次俱前。曹公军吏士皆延颈观望，指言盖降。盖放诸船，同时发火，时风盛火猛，悉延烧岸上营落，顷之，烟炎涨天，人马烧溺，死者甚众。军遂败退，还保南郡。备与瑜等复共追曹公。

小乔　《吴志》（《周瑜传》）：策欲取荆州，以瑜为中护军，领江夏太守，从攻皖，拔之。时得桥公两女，皆国色也，策自纳大桥，瑜纳小桥。《江表传》：策从容戏瑜曰："桥公二女虽流离，得吾二人作壻，亦足为欢。"

英发　《吴志》（《吕蒙传》）：孙权与陆逊论周瑜、鲁肃及蒙，曰："子明少时，孤谓不辞剧易，果敢有胆而已。及身长大，学问开益，筹略奇至，可以次于公瑾，但言议英发不及之耳。"子明，吕蒙字。

羽扇纶巾　《蜀志》：诸葛武侯与宣王在渭滨将战，宣王戎服莅事，使人视武侯，乘素车，葛巾毛扇，指麾三军，皆从其进止。宣王闻之，叹曰："可谓名士也。"傅注引，今本《三国志》无此节。《晋书·顾荣传》：广陵相陈敏反，周玘与荣及甘卓、纪瞻潜谋起兵攻敏。荣发檄敛舟南岸，敏率万余人出，不获济，荣麾以羽扇，其众溃散。《晋书·谢万传》：万早有时誉，简文帝作相，召为抚军从事中郎，著白纶巾，鹤氅裘，履版而前。既见，与帝共谈移日。

灰飞烟灭　《闻见后录》：东坡《赤壁》词“灰飞烟灭”之句，《圆觉经》中佛语也。李白《赤壁歌》：“二龙争斗决雌雄，赤壁楼船扫地空。烈火初张燕云海，周瑜于此破曹公。”

神游 《列子》(《周穆王》)：化人曰：“吾与王神游，形奚动哉？”

【评】

眉批：极写江山形势，托出英雄本色。　空际转身，大起大落。隼飞鹘落式。螺旋式。“千古风流人物”句：感喟怀古。“一时多少豪杰”句：虚写。“多情应笑我，早生华发”两句：伤今。“一樽还酹江月”句：江月曾经照古人。

【附录】

《吹剑录》：东坡在玉堂日，有幕士善歌，因问：“我词何如柳七？”对曰：“柳郎中词，只合十七八女郎，执红牙板，歌‘杨柳岸晓风残月’。学士词须关西大汉，铜琵琶，铁绰板，唱‘大江东去’。”东坡为之绝倒。

《艺苑卮言》：昔人谓铜将军，铁绰板，唱苏学士“大江东去”，十八九岁好女子，唱柳屯田“杨柳岸晓风残月”，为词家三昧。然学士此词，亦自雄壮，感慨千古，果令铜将军于大江奏之，必能使江波鼎沸。至咏杨花《水龙吟慢》，又进柳妙处一层矣。

又　中秋

凭高眺远，见长空万里，云无留迹。桂魄飞来光射处，冷浸一天秋碧。玉宇琼楼，乘鸾来去，人在清凉国。江山如画，望中烟树历历。　我醉拍手狂歌，举杯邀月，对影成三客。起舞徘徊风露下，今夕不知何夕。便欲乘风，翻然归去，何用骑鹏翼。水晶宫里，一声吹断横笛。

【校】

傅注本、元本俱无。

【朱注】

王《案》：壬戌八月十五日作。

【笺】

桂魄　《参同契》：阳神日魂，阴神月魂，魂之与魄，互为室宅。《酉阳杂俎》（《天咫》）：月中有桂，高五百丈，下有一人常斫之，树创随合。其人姓吴名刚，西河人。学仙有过，谪伐桂。王维诗（按此为王涯诗《秋夜曲》）："桂魄初生秋露微。"

玉宇琼楼　注见卷一《水调歌头》"明月几时有"阕。

乘鸾　《异闻录》：开元中，明皇与申天师游月中，见素娥十余人，皓衣，乘白鸾，笑舞于广庭大桂树下，乐音嘈杂清丽。明皇归，制《霓裳羽衣曲》。《集仙录》：天使降时，鸾鹤千万，众仙毕集，高者乘鸾，次乘骐麟，次乘龙。

清凉国　陆龟蒙诗："溪山自是清凉国，松竹合封潇洒侯。"

狂歌四句　李白《月下独酌》诗："我歌月徘徊，我舞影零乱。醒时同交欢，醉后各分散。"余详卷一《少年游》（玉肌铅粉傲秋霜）注。

今夕何夕　《诗·唐风》（《绸缪》）："绸缪束薪，三星在天。今夕何夕，见此良人。”

鹏翼　《庄子·逍遥游》：鹏之背，不知其几千里也，怒而飞，其翼若垂天之云。

水晶宫　《述异记》：阖闾水晶宫，备极珍巧，皆出自水府。杜甫诗（《曲江对酒》）：“水晶宫殿转霏微。”

横笛　《梦溪笔谈》（《乐律》一）：后汉马融所赋长笛，空洞无底，正似今之尺八。李善为之注云：七空，长一尺四寸。此乃今之横笛耳。《青琐高议》：唐庄宗最爱夜月，月夜自吹横笛数曲。

南　乡　子

重九涵辉楼呈徐君猷。

霜降水痕收，浅碧鳞鳞露远洲。酒力渐消风力软，飕飕。破帽多情却恋头。　佳节若为酬，但把清尊断送秋。万事到头都是梦，休休。明日黄花蝶也愁。　傅注本卷四

【朱注】

《纪年录》壬戌作。

【笺】

水痕　杜甫诗（《冬深》）：“寒水落依痕。”薛能诗：“旧痕依石落，初冻著槎生。”

破帽　《三山老人语录》：从来九日用落帽事，东坡独云“破帽多情却恋头”，语为奇特，不知东坡用杜子美诗：“羞将短发还吹帽，笑倩旁人为整冠。”

佳节　注见卷一《少年游》“银塘朱槛麹尘波”阕。

是梦　潘阆诗（《樽前勉兄长》）：“须信百年都似梦，莫嗟万事不如人。”（今按：此承傅注。“落”，《杜诗详注》卷二十二作“各”。）

蝶愁　郑谷《十日菊》诗：“节去蜂愁蝶不知，晓庭还绕折空枝。”先生《九日次韵王巩》云：“相逢不用忙归去，明日黄花蝶也愁。”

临江仙　夜归临皋

夜饮东坡醒复醉，归来仿佛三更。家童鼻息已雷鸣。敲门都不应，倚杖听江声。长恨此身非我有，何时忘却营营。夜阑风静縠纹平。小舟从此逝，江海寄余生。　傅注本卷三

【校】

元本、毛本俱无题。从傅注本补。

【朱注】

王《案》：壬戌九月，雪堂夜饮，醉归临皋作。　《避暑录》：子瞻在黄州，与数客饮江上。夜归，江面际天，风露浩然，有当其意，乃作歌词，所谓“小舟从此逝，江海寄余生”者，与客大歌数过而散。翼日喧传子瞻夜作此词，挂冠服江边，拏舟长啸去矣。郡守徐君猷闻之惊且惧，以为州失罪人，急命驾往谒，则子瞻鼻鼾如雷，犹未兴也。然此语卒传至京师，裕陵亦闻而疑之。

【笺】

鼻息雷鸣　韩愈《石鼎联句》序：衡山道士轩辕弥明，与进士刘

师服、校书郎侯喜联石鼎诗已毕，道士曰：“此皆不足与语，吾闭口矣。”即倚墙睡，鼻息如雷鸣。二子怛然失色。

身非我有　《庄子》(《知北游》)：舜问乎丞曰：“道可得而有乎？”曰：“汝身非汝有也，女何得有夫道？”舜曰：“吾身非吾有也，孰有之哉？”曰：“是天地之委形也。”

营营　《庄子》(《庚桑楚》)：无使汝思虑营营。

縠纹　傅注：风息浪平，水纹如縠。《选》诗：“风浪吹纹縠。”刘禹锡《竹枝词》：“江上春来新雨晴，瀼西春水縠纹生。”

小舟二句　高适诗(《奉酬睢阳李太守》)：“寸心仍有适，江海一扁舟。”

减字木兰花

赠徐君猷三侍人，一妩卿。

娇多媚杀，体柳轻盈千万态。殢主尤宾，敛黛含颦喜又瞋。
徐君乐饮，笑谑从伊情意恁。脸嫩肤红，花倚朱阑裹住风。

【校】

傅注本、元本俱无。

【笺】

体柳　注见卷一《洞仙歌》“江南腊尽”阕。

含颦　温庭筠《照影曲》：“黄印额山轻为尘，翠鳞红稚俱含颦。”

【评】

“花倚朱阑裹住风”，谓恐被风吹去也，应上“体柳”。

又 胜之

双鬟绿坠，娇眼横波眉黛翠。妙舞蹁跹，掌上身轻意态妍。
曲穷力困，笑倚人旁香喘喷。老大逢欢，昏眼犹能子细看。

【校】

傅注本、元本俱无。

【笺】

双鬟　白居易诗(《续古诗十首》)：“窈窕双鬟女，容德俱如玉。”

横波　傅毅《舞赋》：“眉连娟以增绕兮，目流睇而横波。”

蹁跹　《南都赋》：“翘遥迁延，蹩躠蹁跹。”

掌上身轻　《赵飞燕外传》：飞燕体轻，能为掌上舞。《南史·羊侃传》：儛人张净琬，腰围一尺六寸，时人咸推能掌上舞。

香喘　欧阳炯《浣溪沙》词：“兰麝细香闻喘息，绮罗纤缕见肌肤。此时还恨薄情无？”

【评】

“娇眼横波眉黛翠”句：体态。“掌上身轻意态妍”句：舞姿。“笑倚人旁香喘喷”句：风韵。

又　庆姬

天真雅丽，容态温柔心性慧。响亮歌喉，遏住行云翠不收。
妙词佳曲，啭出新声能断续。重客多情，满劝金卮玉手擎。

【校】

傅注本、元本俱无。

【朱注】

王《案》：壬戌十二月，张商英过黄州，会于徐大受席上作。《春渚纪闻》：张无尽过黄州，徐君猷有四侍人，适张夫人携其一往壻家为浴儿之会，无尽因戏语云："厥有美妾，良由令妻。"公即续之云："道得征章郑赵，姓称孙姜阎齐。浴儿于玉润之家，一夔足矣；侍坐于冰清之仄，三英粲兮。"既暮而张夫人还，其一还，乃阎姬也，最为徐所宠。

【篓】

遏云　注见本卷《水龙吟》"小舟横截春江"阕。

又　赠君猷家姬

柔和性气，雅称佳名呼懿懿。解舞能讴，绝妙年中有品流。
眉长眼细，淡淡梳妆新绾髻。懊恼风情，春著花枝百态生。

【校】

傅注本、元本俱无。

【笺】

品流　《南史·王僧绰传》：累迁尚书郎，参掌大选，究识流品，任举咸尽其分。

绾髻　梅尧臣诗（《桓妒妻》）："妾初见主来，绾髻下庭隅。"

懊恼　《宋书·五行志》：晋安帝隆安中，民忽作《懊恼歌》，其曲中有"草生可揽结，女儿可揽抱"之言。白居易诗（《听竹枝赠李侍御》）："巴童蛮女《竹枝歌》，懊恼何人怨咽多。"

又　赠胜之

天然宅院，赛了千千并万万。说与贤知，表德元来是胜之。
今来十四，海里猴儿奴子是。要赌休痴，六只骰儿六点儿。

傅注本卷九

【校】

傅注本题下多"乃徐君猷侍儿"六字。

【笺】

千千万万　杜牧《晚晴赋》："闲草甚多，丛者束兮，靡者杳兮。仰风猎日，如立如笑兮，千千万万之容兮，不可得而状也。"

海猴　傅注：海猴儿，言好孩儿也。

骰儿　骰，音头，骰子，博陆彩具。傅注：六点儿，言没赛也。

西　江　月

送建溪双井茶、谷帘泉与胜之。徐君猷家后房，甚慧丽，自陈叙本贵种也。

龙焙今年绝品，谷帘自古珍泉。雪芽双井散神仙，苗裔来从北苑。　汤发云腴酽白，盏浮花乳轻圆。人间谁敢更争妍，斗取红窗粉面。　傅注本卷二

【校】

傅注本“徐君猷”上更有“胜之”二字，下无“慧”、“陈”二字，“粉面”作“白面”。　毛本题作“送茶并谷帘与王胜之”。郑文焯曰：题“胜之”下当是旁注。

【朱注】

《诗集》查注：《茶事杂录》：双井在宁州西三十里，黄山谷所居也。其南溪心有二井，土人汲以造茶，为草茶第一。《方舆记》：谷帘泉在南康府城西，泉水如帘，布岩而下，三十余派。陆羽品其味，为天下第一。

【笺】

龙焙　傅注：建溪龙焙出腊茶，天下奇特。　《宋史·地理志》：建宁府建安县，有北苑茶龙焙监库，及石舍、永兴、丁地三银场。

谷帘　傅注：谷帘泉在今星子县。《茶经》：陆羽第水高下，有二十品，庐山谷帘水居第一。

雪芽　傅注：洪州双井出草茶绝品。　《北苑贡茶录》：茶芽凡数品，最上曰小芽，如雀舌鹰爪，以其劲直纤挺，故号芽茶。早春

极少。轼诗（《次韵完夫再赠之什某已卜居毗陵与完夫有庐里之约也》）：“雪芽为我求阳羡，乳水君应饷惠山。”

北苑　傅注：北苑即建州之龙焙。《避暑录话》：北苑茶正所产为曾坑，谓之正焙，非曾坑为沙溪，谓之外焙。二地相去不远，而茶种悬绝。沙溪色白过于曾坑，但味短而微涩，识茶者一啜，如别泾渭也。

云腴　傅注：唐陆龟蒙《茶》诗云：“柸压云腴为酪奴。”时号茶为酪奴。

花乳　傅注：云腴、花乳，茶之佳品如此。曹邺《茶》诗：“碧波霞脚碎，香泛乳花轻。”又丁谓诗：“花随僧筋破，云逐客瓯圆。”

争妍　轼诗（《次韵曹辅寄壑源试焙新芽》）：“从来佳茗似佳人。”

【评】

“苗裔来从北苑”句：映贵种。

菩萨蛮　赠徐君猷笙妓

碧纱微露纤掺玉，朱唇渐暖参差竹。越调变新声，龙吟彻骨清。　夜阑残酒醒，惟觉霜袍冷。不见敛眉人，胭脂觅旧痕。　傅注本卷七

【校】

傅注本“纤掺”作“纤纤”，“彻”作“澈”，“胭”作“燕”。　毛本无题，“掺”作“纤”，次句作“一曲云和湘水绿”，“阑”作“长”，

"惟"作"顿"，"敛眉"作"意中"，"胭脂觅"作"新啼压"。

【朱注】

案四词皆在黄州作，以类编。

【笺】

纤掺玉　傅注：张祜客淮南幕中，赴宴时，杜紫微为支使，南座有属意之处，索骰子赌酒。牧微吟曰："骰子逡巡裹手拈，无因得见玉纤纤。"祜应曰："但知报道金钗落，仿佛还因露指尖。"　《诗》（《魏·葛屦》）："掺掺女手。"传：掺掺，犹纤纤也。

参差竹　沈约《笙》诗："孤筱定参差。"

越调新声　傅注：《水龙吟》曲，乃越调也。《汉书·外戚传》：李延年性知音，善歌舞，武帝爱之。每为新声变曲，闻者莫不感动。

龙吟　罗邺《笙》诗："筠管参差排凤翅，月堂凄戚胜龙吟。最宜稍动纤纤玉，醉送当歌滟滟春。"（今按："滟滟春"之"春"字，《全唐诗》卷六五四作"金"。）

敛眉　韦庄《女冠子》词："含羞半敛眉。"

醉　翁　操

琅琊幽谷，山川奇丽，泉鸣空涧，若中音会。醉翁喜之，把酒临听，辄欣然忘归。既去十余年，而好奇之士沈遵闻之往游，以琴写其声，曰《醉翁操》。节奏疏宕而音指华畅，知琴者以为绝伦。然有其声而无其辞，翁虽为作歌，而与琴声不合。又依《楚词》作《醉翁引》，好事者亦倚其辞以制曲，虽粗合韵度，而琴华为词所绳约，非天成也。后三十余年，翁既捐馆舍，遵亦没久矣。有庐山玉涧道人崔闲，特妙于琴，恨此曲之无词，乃谱其声，而请东坡居士以补之云。

琅然，清圜，谁弹？响空山，无言，惟翁醉中知其天。月明风露娟娟，人未眠。荷蒉过山前，曰有心也哉此贤。　醉翁啸咏，声和流泉。醉翁去后，空有朝吟夜怨。山有时而童巅，水有时而同川，思翁无岁年。翁今为飞仙，此意在人间，试听徽外三两弦。

【校】

傅注本、元本、毛本俱无。从《后集》补。

【朱注】

王《案》：壬戌，为崔闲作。案《词谱》云，此本琴曲，所以苏词不载。自辛稼轩编入词中，后遂沿为词调。今遵此说补编。

【笺】

琅琊　《欧阳文忠公集·醉翁亭记》：环滁皆山也。其西南诸峰，林壑尤美，望之蔚然而深秀者，琅琊也。

醉翁引　《欧阳文忠公集·醉翁吟》：余作醉翁亭于滁州，太常博士沈遵，好奇之士也，闻而往游焉。爱其山水，归而以琴写之，作《醉翁吟》三迭。去年秋，余奉使契丹，沈君会余恩、冀之间。夜阑酒半，援琴而作之，有其声而无其辞，乃为之辞以赠之。其辞曰：“始翁之来，兽见而深伏，鸟见而高飞。翁醒而往兮醉而归，朝醒而暮醉兮无有四时。鸟鸣乐其林，兽出游其蹊。咿嘤啁哳于翁前兮醉不知。有心不能以无情兮，有合必有离。水潺潺兮翁忽去而不顾，山岑岑兮翁复来而几时。风袅袅兮山木落，春年年兮山草菲。嗟我无德于其人兮，有情于山禽与野麋。贤哉沈子兮，能写我心而慰彼相思。”

琅然清圜　琅然，玉声。《楚辞·九歌》：“抚长剑兮玉珥，璆锵鸣兮琳琅。”杜诗（《舟中》）：“今朝云影荡，昨夜月清圆。”（今按：此承傅注。“影荡”，《杜诗详注》二十一作“细薄”。）

娟娟　杜甫诗（《狂夫》）：“风含翠筱娟娟静，雨浥芙蕖冉冉香。”（今按：此承傅注。“芙”，《杜诗详注》卷九作“红”。又东坡《鹧鸪天》词“照水红蕖细细香”，本于杜诗，亦作“红”。）

荷蒉　《论语》（《宪问》）：子击磬于卫，有荷蒉而过孔氏之门者，曰：“有心哉，击磬乎！”既而曰：“鄙哉，硁硁乎！莫己知也，斯已而已矣。深则厉，浅则揭。”子曰：“果哉，末之难矣。”

童巅　《释名》：山无草木曰童，若童子未冠然。

飞仙　《十洲记》：蓬莱山周回五千里，有圆海绕山，无风而洪波百丈，不可往来，惟飞仙能到其处耳。

【评】

黄庭坚《豫章先生文集·跋子瞻醉翁操》曰：人谓东坡作此文，因难以见巧，故极工。余则以为不然。彼其老于文章，故落笔皆超逸绝尘耳。

郑文焯曰：读此词，髯苏之深于律可知。

【附录】

《渑水燕谈录》：庆历中，欧阳文忠公谪守滁州。有琅琊幽谷，山川奇丽，鸣泉飞瀑，声若环佩，公临听忘归。僧智仙作亭其上，公刻石为记，以遗州人。既去十年，太常博士沈遵，好奇之士，闻而往游。爱其山水秀绝，以琴写其声，为《醉翁吟》，盖宫声三迭。后会公河朔，遵援琴作之，公歌以遗遵，并为《醉翁引》以叙其事。然调不主声，为知琴者所惜。后三十余年，公薨，遵亦殁。其后庐山道人崔闲，遵客也，妙于琴理，常恨此曲无词，乃谱其声，请于东坡居士子瞻，以补其阙。然后声词皆备，遂为琴中绝妙，好事者争传。（词不具录，“惟翁醉中”作“惟有醉翁”，“此贤”作“此弦”，下注“第二迭泛声同此”七字，“童巅”作“同巅”，“回川”作“回渊”。）方其补词，闲为弦其声，居士倚为词，顷刻而就，无所点窜。遵之子为比丘，号本觉真禅师，居士书以与之云：二水同器，有不相入；二琴同手，有不相应。沈君信手弹琴而与泉合，居士纵笔作词而与琴会，此必有真同者矣。

卜算子　黄州定慧院寓居作

缺月挂疏桐，漏断人初静。谁见幽人独往来，缥缈孤鸿影。

惊起却回头，有恨无人省。拣尽寒枝不肯栖，寂寞沙洲冷。

傅注本卷十二

【校】

傅注本“慧”作“惠”，“谁见”下注云：“一作时见，一作唯有。”　元本末句作“枫落吴江冷”。从傅本。　毛本题作“惠州有温都监女，颇有色，年十六，不肯嫁人。闻坡至甚喜，每夜闻坡讽咏，则徘徊窗下。坡觉而推窗，则其女踰墙而去。坡从而物色之，曰：‘吾当呼王郎与之子为姻。’未几而坡过海，女遂卒，葬于沙滩侧。坡回惠，为赋此词”。

【朱注】

王《案》：壬戌十二月作。

【笺】

定慧院　《诗集》作定惠院。查注：《名胜志》：定惠院在黄冈县东南。

幽人　《周易》(《履卦》)："履道坦坦，幽人贞吉。"

孤鸿　张九龄《感遇》诗："孤鸿海上来，池潢不敢顾。"

寒枝　《滹南遗老集·诗话》：东坡雁词云"拣尽寒枝不肯栖"，以其不栖木，故云尔。盖激诡之致，词人正贵其如此，而或者以为语病，是尚可与言哉？近日张吉甫复以"鸿渐于木"为辨，而怪昔人之寡闻，此益可笑。《易·象》之言，不当援引为证也。其实雁何尝栖木哉？

沙洲　傅注：一作"枫落吴江冷"。唐崔信明美文章，郑世翼者亦自负。二人相遇江中，郑谓崔曰："闻公有'枫落吴江冷'，愿见其余。"崔出之，郑览未终，曰："所见不逮所闻。"投诸水，引舟而去。

【评】

黄庭坚曰：东坡道人在黄州时作，语意高妙，似非吃烟火食人语。非胸中有万卷书，笔下无一点尘俗气，孰能至此？

张惠言曰：此东坡在黄州时作。鲖阳居士云：缺月，刺明微也。漏断，暗时也。幽人，不得志也。独往来，无助也。惊鸿，贤人不安也。回头，爱君不忘也。无人省，君不察也。拣尽寒枝不肯栖，不偷安于高位也。寂寞沙洲冷，非所安也。此词与《考盘》诗极相似。

谭献曰：以《考盘》为比，其言非河汉也。此亦鄙人所谓作者未必然，读者何必不然。

郑文焯曰：此亦有所感触，不必附会温都监女故事，自成馨逸。

【附录】

《能改斋漫录》：东坡先生谪居黄州，作《卜算子》云云（“漏断”作“梦断”），其属意盖为王氏女子也，读者不能解。张右史文潜继贬黄州，访潘邠老，尝得其详，题诗以志之：“空江月明鱼龙眠，月中孤鸿影翩翩。有人清吟立江边，葛巾藜杖眼窥天。夜冷月堕幽虫泣，鸿影翘沙衣露湿。仙人采诗作步虚，玉皇饮之碧琳腴。”

《古今词话》：《女红余志》云，惠州温氏女超超，年及笄，不肯字人。闻东坡至，喜曰：“我婿也。”日徘徊窗外，听公吟咏，觉则亟去。东坡知之，乃曰：“吾将呼王郎与子为姻。”及东坡渡海归，超超已卒，葬于沙际。公因作《卜算子》词，有“拣尽寒枝不肯栖”之句。按词为咏雁，当别有寄托，何得以俗情傅会也。

《吴礼部诗话》：东坡《贺新郎》词“乳燕飞华屋”云云，后段“石榴半吐红巾蹙”以下皆咏榴，《卜算子》“缺月挂疏桐”云云，“缥缈孤鸿影”以下皆说鸿，别一格也。

癸亥 《年谱》：元丰六年癸亥，先生年四十八，在黄州。

满　庭　芳

有王长官者，弃官黄州，三十三年，黄人谓之王先生。因送陈慥来过余，因为赋此。

三十三年，今谁存者？算只君与长江。凛然苍桧，霜干苦难双。闻道司州古县，云溪上、竹坞松窗。江南岸，不因送子，宁肯过吾邦。　摐摐，疏雨过，风林舞破，烟盖云幢。愿持此邀君，一饮空缸。居士先生老矣，真梦里、相对残釭。歌声断，行人未起，船鼓已逢逢。　傅注本卷一

【校】

傅注本题首有“公旧序云”四字，无“黄州”二字，“摐摐”作“枞枞”。　毛本题无“黄州”二字，“声”作“舞”。

【朱注】

王《案》：癸亥五月，陈慥报荆南庄田，同王长官来作。

【笺】

苍桧　《尔雅·释木》：桧，柏叶松身。

司州　傅注：按《唐书·地理志》：武德三年，以黄陂县置南司州，七年州废。此言“司州古县”，谓黄陂也。

竹坞　《说文》：坞，小障也。《唐韵》：村坞也。与坞同。

摐摐　摐，七恭切。《博雅》：撞也。韩愈《赠张籍》诗（《病中赠张十八》）：“扶几导之言，曲节初摐摐。”

烟盖云幢　《说文》：幢，旌旗之属。《释名》：幢，童也，其貌童童也。韩愈诗（《楸树》）：“青幢紫盖立重重，细雨浮空作彩笼。”

空缸　《广韵》：罂，缸。韩愈诗（《病中赠张十八》）：“倾樽与斟酌，四壁堆罂缸。”

残釭　《广韵》：釭，镫也。谢朓诗（《咏幔》）：“但愿置樽酒，

兰釭当夜明。”

逢逢　《集韵》：逢，音蓬，鼓声也。《诗·大雅》（《灵台》）：“鼍鼓逢逢。”韩愈诗（《病中赠张十八》）：“不踏晓鼓朝，安眠听逢逢。”

【评】

郑文焯曰：健句入词更奇峰，此境匪稼轩所能梦到。不事雕凿，字字苍寒，如空岩霜干，天风吹堕颇黎地上，铿然作碎玉声。

水调歌头

黄州快哉亭赠张偓佺。

落日绣帘卷，亭下水连空。知君为我新作，窗户湿青红。长记平山堂上，攲枕江南烟雨，渺渺没孤鸿。认得醉翁语，山色有无中。　一千顷，都镜净，倒碧峰。忽然浪起，掀舞一叶白头翁。堪笑兰台公子，未解庄生天籁，刚道有雌雄。一点浩然气，千里快哉风。　傅注本卷一

【校】

傅注本题作“快哉亭作”，“渺渺”作“杳杳”，“认得”作“认取”。毛本题同傅本。

【朱注】

《纪年录》：癸亥作。王《案》：癸亥六月，张梦得营新居于江上，筑亭，公榜曰“快哉亭”，作《水调歌头》。　《乐城集·黄州快哉亭记》：清河张君梦得谪居齐安，即其庐之西南为亭，以览睹江流之

胜，而余兄子瞻名之曰“快哉”。王文诰曰：梦得又字偓佺。

【笺】

水连空　朱湾诗（《九日登青山》）：“水将空合色。”李端诗（《宿洞庭》）：“白水连天暮。”

窗户青红　杜甫诗（《越王楼歌》）：“孤城西北起高楼，碧瓦朱甍照城郭。”

烟雨孤鸿　罗虬《雁》诗：“影沉江雨暝。”韦庄《东湖》诗：“何处最添诗客兴，黄昏烟雨乱蛙声。”

醉翁语　宋本《醉翁琴趣外篇·醉偎香》词：“平山栏槛倚晴空，山色有无中。”《醉偎香》毛本作《朝中措》。详卷一《西江月》（三过平山堂下）注。

千顷三句　韩愈诗（《奉酬卢给事云夫四兄……张十八助教》）：“曲江千顷秋波净，平铺红蕖盖明镜。”李白诗（《陪从祖济南太守泛鹊山湖三首》）：“湖阔数千里，湖光摇碧山。”徐铉《孺子亭记》：平湖千亩，凝碧乎其下；西山万迭，倒影乎其中。

白头翁　《江表传》：会有白头鸟集殿前，孙权问：“此何鸟？”诸葛恪曰：“白头翁也。”张昭自以坐中最老，疑恪戏之，因曰：“恪欺陛下，未闻鸟名白头翁者。试使恪复寻白头母。”恪曰：“鸟名鹦母，未必有对。试使辅吴复求鹦父。”坐中皆笑。郑谷诗（《淮上渔者》）：“白头波上白头翁，家逐船移浦浦风。”

兰台公子　宋玉《风赋》：楚襄王游于兰台之宫，宋玉、景差侍。有风飒然而至，王乃披襟而当之，曰：“快哉此风，寡人所与庶人共者邪？”宋玉对曰：“此独大王之风耳，庶人安得而共之。”又：“清凉雄风，清清泠泠，愈病析酲，发明耳目，宁体便人。此所谓大王之雄风也。庶人之风，中心惨怛，生病造热，中唇为胗，得目为蔑，啗齰嗽获，死生不卒。此所谓庶人之雌风也。”

庄生天籁　《庄子·齐物论》：颜成子游曰：“地籁则众窍是已，人籁则比竹是已，敢问天籁。”南郭子綦曰：“夫吹万不同，而使其自已也，咸其自取，怒者其谁邪？”

浩然气　《孟子》（《公孙丑》上）：“我知言，我善养吾浩然之气。其为气也，至大至刚，以直养而无害，则塞于天地之间。”

【评】

郑文焯曰：此等句法，使作者稍稍矜才使气，便流入粗豪一派。妙能写景中人，用生出无限情思。

蝶恋花　送潘大临

别酒劝君君一醉。清润潘郎，又是何郎婿。记取钗头新利市，莫将分付东邻子。　回首长安佳丽地。三十年前，我是风流帅。为向青楼寻旧事，花枝缺处余名字。

【校】

傅注本、元本俱无。《能改斋漫录》“劝”作“送”，“又”作“更”。

【朱注】

案《能改斋漫录》载此词，谓是公在黄州送潘邠老省试作。疑在癸亥年。

【笺】

潘大临　《诗集》查注：张文潜《宛邱集》中《潘大临文集序》云：大临字邠老，故闽人，后家黄州。尝举于有司，无知其才而力振之于困者。后客死于蕲春。《潘子真诗话》：潘邠老，唐太仆卿季荀之后，衢之曾孙，鲠之子。寓居齐安，得句法于东坡。年未五十殁。

潘郎　《晋书·潘岳传》：岳字安仁，举秀才为郎。少时常挟弹出洛阳道，妇人遇之者，皆连手萦绕，投之以果，遂满车而归。徐陵《洛阳道》乐府："潘郎车欲满，争奈掷花何。"

何郎　《语林》：何平叔晏美姿仪，面纯白，魏明帝疑其傅粉，夏日以汤饼食之，汗出，以朱衣拭面，色转皎然。韩偓诗（《闲情》）："何郎灯暗谁能咏，韩寿香焦亦任偷。"

利市　《周易》（《说卦》）：为近利，市三倍。余详卷一《减字木兰花》（惟熊佳梦）注。

东邻　宋玉《登徒子好色赋》："楚国之丽者，莫若臣东家之子。此女登墙窥臣三年，至今未许也。"

风流帅　《抱朴子》（《外篇·崇教》）：行为会饮之魁，坐为博弈之帅。

青楼　曹植《美女篇》："青楼临大路，高门结重关。"王昌龄《青楼曲》："驰道杨花满御沟，红妆谩绾上青楼。"

【评】

"又是何郎婿"句：谓其风流自赏也。"记取钗头新利市。莫将分付东邻子"两句：讽其不必沾花惹草也。"花枝缺处余名字"，谓残花败柳中犹有相识者也。

【附录】

《能改斋谩录》:“别酒送君”云云。右《蝶恋花》词,东坡在黄时,送潘邠老赴省试作也,今集不载。

醉　蓬　莱

余谪居黄州,三见重九,每岁与太守徐君猷会于栖霞楼。今年公将去,乞郡湖南。念此惘然,故作是词。

笑劳生一梦,羁旅三年,又还重九。华发萧萧,对荒园搔首。赖有多情,好饮无事,似古人贤守。岁岁登高,年年落帽,物华依旧。　此会应须烂醉,仍把紫菊红萸,细看重嗅。摇落霜风,有手栽双柳。来岁今朝,为我西顾,酹羽觞江口。会与州人,饮公遗爱,一江醇酎。　傅注本卷三

【校】

傅注本题无“州”、“楼”二字。毛本题作“重九上君猷”,“红”作“茱”。

【朱注】

《年谱》:壬戌重九作。《纪年录》:癸亥君猷将去作。

【笺】

君猷将去　《诗集》查注:予考本集代巢元修所作《遗爱亭记》云:东海徐君猷以朝散郎为黄州,每岁之春,与子瞻游安国寺,饮酒

于竹间亭。公既去郡，寺僧请名，子瞻名之曰“遗爱”。据此则君猷之没，在去黄州之后，非终于黄也。但其去郡后踪迹无可考耳。

劳生　李白诗（《春日醉起言志》）：“处世若大梦，胡为劳其生。”

羁旅　《左传》（庄公二十二年）：羁旅之臣。注：羁，寄也。旅，客也。

华发　傅注：唐褚遂良帖云：“华发萧然。”盖贬长沙时也。公时贬黄，故云。

好饮无事　《史记》（《陈轸传》）：陈轸为楚使秦，过梁，欲见犀首，谢弗见。已乃见之。陈轸曰：“公何好饮也？”犀首曰：“无事也。”曰：“吾请令公餍事可也。”　郑文焯曰：东坡诗中恒用无事酒，以此。

登高　《续齐谐记》：桓景随费长房学数年，房忽谓之曰：“九月九日，汝家有大灾。可速去，令家人各作绛囊，盛茱萸系臂，登高山，饮菊花酒，祸乃可消。”景如其言，举家登高。夕还，见牛羊鸡犬等皆暴死。

落帽　《世说》（《识鉴》）：孟嘉为征西将军桓温参军事，温甚礼之。及九月九日，温宴龙门山，参寮毕至。有风吹嘉帽落，温令左右勿言，以观其举止也。

物华　卢思道《美女篇》：“京洛多妖艳，余香爱物华。”

烂醉　杜甫诗（《杜位宅守岁》）：“烂醉是生涯。”

紫菊红萸　《西京杂记》：九月九日，佩茱萸，饮菊花酒，令人长寿。

细看　注见卷一《浣溪沙》“白雪清词出坐间”阕。

摇落　宋玉《九辩》："悲哉秋之为气也，萧瑟兮草木摇落而变衰。"

手栽双柳　《诗集》《徐君猷挽词》："雪后独来栽柳处，竹间行复采茶时。"然则此语盖纪实也。

羽觞　陆机诗（《拟今日良宴会》）："四座感同志，羽觞不可算。"注：羽觞，置鸟羽于觞，以取急饮也。（今按：此承傅注。"感"，《文选》卷三十作"咸"。）

醇酎　傅注：醇酎，三重酿酒也。《黄石公记》：昔者良将有馈箪醪者，投于河，令士逐流而饮之，三军皆告醉。

【评】

郑文焯曰：结处掉入苍茫，便有无限离景。

"有手栽双柳"句：感叹。"酹羽觞江口"句：丁宁别后自思。"饮公遗爱，一江醇酎"两句：赞语。

好事近　黄州送君猷

红粉莫悲啼，俯仰半年离别。看取雪堂坡下，老农夫凄切。

明年春水漾桃花，柳岸隘舟楫。从此满城歌吹，看昔州阗咽。　傅注本卷五

【校】

傅注本、毛本题俱无"黄州"二字。

【朱注】

《纪年录》：癸亥，君猷将去作。王《案》：此词乃君猷置家于

黄而去，故云“半年离别”也。

【笺】

红粉　谓官妓也。唐宋时，太守赴任离任，皆有官妓迎送。详卷一《菩萨蛮》(玉童西迓浮丘伯)注。

雪堂　傅注：公于东坡自作雪堂，耕于其下。见本卷《江城子》(梦中了了醉中醒)注。

春水桃花　《汉书·沟洫志》：来春桃花水盛，必羡溢，有填淤反壤之害。王维《桃源行》：“春来遍是桃花水，不辨仙源何处寻。”

阗咽　《梁书·陶弘景传》：永明十年，上表辞禄，诏许之。及发，公卿祖之，供帐甚盛，车马填咽。

【评】

“老农夫凄切”句：言德政及人之深也。“看黄州阗咽”句：纪君遗爱也。

西江月　重阳栖霞楼作

点点楼头细雨，重重江外平湖。当年戏马会东徐，今日凄凉南浦。　莫恨黄花未吐，且教红粉相扶。酒阑不必看茱萸，俯仰人间今古。　傅注本卷二

【校】

元本、毛本题俱作“重九”，无“栖霞楼作”四字。从傅注本。

【笺】

戏马东徐　傅注：东徐，彭城也。《南史》：宋武帝为宋公，在彭

城，九月九日出项羽戏马台，至今相承，以为故事。余详卷一《浣溪沙》（缥缈红妆照浅溪）注。

南浦　注见卷一《浣溪沙》“一别姑苏已四年”阕。

俯仰今古　古乐府：“俯仰逝将过，倏忽几何间。”

【评】

“当年戏马会东徐，今日凄凉南浦”两句：悲郁之音。

【附记】

案：《彊村》本此词列在卷三，不编年，以当时未见傅本，不敢臆定故也。今据傅本题文与词中“戏马东徐”之语，断为先生谪居黄州三年间作，因为改编癸亥。

定　风　波

王定国歌儿曰柔奴，姓宇文氏，眉目娟丽，善应对，家世住京师。定国南迁归，余问柔：“广南风土应是不好？”柔对曰：“此心安处，便是吾乡。”因为缀词云。

常羡人间琢玉郎，天应乞与点酥娘。自作清歌传皓齿，风起，雪飞炎海变清凉。　万里归来年愈少，微笑，笑时犹带岭梅香。试问岭南应不好，却道，此心安处是吾乡。　傅注本卷四

【校】

傅注本题作“南海归赠王定国侍人寓娘”，“常”作“谁”，“自作”作“尽道”。元本题同傅本，“人”作“儿”，“酥”作“苏”。从毛本。　毛本“应乞与”作“教分付”，“年”作“颜”，“笑时”作“时

时”。

【朱注】

案本集《王定国诗集序》云：定国以余故，贬海上三年。又《次韵王巩南迁初归》诗，施注编癸亥，词亦是年之作。 《诗集》施注：王巩字定国，文正公旦之孙，懿敏公素之子。从东坡学为文，东坡下御史狱，而定国亦坐累贬宾州监酒税，凡三年，亦几死，而无幽忧愤叹之意。张宗橚曰：柔奴或作寓娘，考《柳州志》，王巩侍儿柔奴，与词叙同。

【笺】

定国南迁　《诗集》冯注：《续通鉴长编》元祐六年六月注载刘挚云：巩奇俊有文词，然不就规检，喜立事功，往往犯分，躁于进取。苏辙兄弟奖引之甚力。然好作议论夸诞，轻易臧否人物，其口可畏，以是颇不容于人。昔坐事窜南荒三年，安患难，一不戚于怀，归来颜色和豫，气益刚实。此其过人远甚，不得谓无入于道也。

柔奴　《东皋杂录》：王定国自岭表归，出歌者柔奴，劝东坡饮。坡问：“广南风土应不好？”柔奴曰：“此心安处，便是吾乡。”东坡喜其语，作《定风波》词以记之。“应乞与”作“教分付”。

琢玉点酥　傅注：琢玉郎，言其美姿容如玉也。点酥娘，言其如凝酥之滑腻也。

皓齿　杜甫诗（《听杨氏歌》）：“佳人绝代歌，独立发皓齿。”

岭梅　《六帖》：庾岭上梅花，南枝已落，北枝方开，寒暖之候异也。杜甫诗（《秋日荆南述怀三十韵》）：“秋水漫湘竹，阴风过岭梅。”

安处　白居易诗（《四十五》）：“安处是吾乡。”（按：此承傅注。

查白居易《四十五》诗云："安处即为乡。"又《吾土》诗云："身心安处为吾土。"

鹧　鸪　天

林断山明竹隐墙，乱蝉衰草小池塘。翻空白鸟时时见，照水红蕖细细香。　村舍外，古城旁，杖藜徐步转斜阳。殷勤昨夜三更雨，又得浮生一日凉。　傅注本卷十一

【校】

傅注本题作"东坡调黄州时作此词，真本藏林子敬家"。　毛本题作"时谪黄州"。

【朱注】

案公以甲子四月去黄，此词乃六月景事，酌编癸亥。

【笺】

杖藜　杜甫诗（《绝句漫兴九首》）："杖藜徐步立芳洲。"

浮生　杜甫诗（《戏作俳谐体遣闷二首》）："是非何处定，高枕笑浮生。"

【评】

郑文焯曰：渊明诗："啸傲东轩下，聊复得此生。"此词从陶诗中得来，逾觉清异。较"浮生半日闲"句，自是诗词异调。论者每谓坡公以诗笔入词，岂审音知言者？

十　拍　子

白酒新开九酝，黄花已过重阳。身外傥来都似梦，醉里无何即是乡。东坡日月长。　玉粉旋烹茶乳，金虀新捣橙香。强染霜髭扶翠袖，莫道狂夫不解狂。狂夫老更狂。　傅注本卷十二

【校】

傅注本"都是"作"都似"。　元本"粉"误作"尘"。从傅本。毛本题作"暮秋"。

【朱注】

王《案》：癸亥九月作。

【笺】

九酝　《西京杂记》：汉制，宗庙八月饮酎，用九酝太牢，皇帝侍祠。以正月旦作酒，八月成，名曰酎。一曰九酝，一名醇酎。唐中宗《九日登高诗序》："陶潜盈把，既浮九酝之欢；毕卓持螯，须尽一生之兴。"　傅注：《酒经》云：空桑秽饭，酝以稷麦，以成醇醪，酒之始也。乌梅女䓛，绿醽九投，澄清百品，酒之终也。今之醇酎，一名九酝。䓛，胡板切。醽音乳。

傥来　《庄子》（《缮性》）：物之傥来，寄也。

无何有　《庄子·逍遥游》：庄子曰："今子有大树，患其无用，何不树之于无何有之乡，广漠之野，彷徨乎无为其侧，逍遥乎寝卧其下。不夭斤斧，物无害者。无所可用，安所困苦哉？"

日月长　白居易诗（《偶作二首》）："无事日月长。"

玉粉二句　傅注：《试茶》诗有"黄金碾畔玉尘飞，碧玉瓯心素

涛起”。金橙捣虀，以馔鱼脍用之。虀：昂鹥切，音跻，盐菜也。 欧阳修《茶歌》：“浮之白花如粉乳，乍见紫面生光华。”

染髭 注见本卷《渔家傲》“些小白须何用染”阕。

老更狂 杜甫诗（《狂夫》）：“欲填沟壑惟疏放，自笑狂夫老更狂。”

南 歌 子

黄州腊八日饮怀民小阁。

卫霍元勋后，韦平外族贤。吹笙只合在缑山，同驾彩鸾归去趁新年。 烘暖烧香阁，轻寒浴佛天。他时一醉画堂前，莫忘故人憔悴老江边。 傅注本卷五

【校】

傅注本“同”误“闻”，“他时”作“他年”。 毛本题“腊”下有“月”字，“同”作“间”。

【朱注】

王《案》：癸亥，饮张梦得小阁作。

【笺】

腊八 《月令通考》：南方专用腊月八日灌佛。宋朝东京，于此月都城诸大寺作浴佛会，并送七宝五味粥，谓之腊八粥。《譬喻经》：佛腊月八日，降伏六师，投佛请死。言佛以法水洗我心垢，今我请僧洗浴以除身秽，仍为常缘。

怀民 东坡小品《记承天夜游》：十月十二夜，至承天寺寻张怀

民，相与步于中庭。庭中如积水空明，水中藻荇交横，盖竹柏影也。

卫霍　潘岳《西征赋》："怀夫萧曹魏丙之相，辛李卫霍之将。"注：卫霍，谓卫青、霍去病也。

韦平　傅注：韦贤，其子元成。平当，其子晏。班史云：汉兴，惟韦、平父子至丞相。

缑山　注见卷一《鹊桥仙》"缑山仙子"阕。

彩鸾　《裴硎传奇》：钟陵西山有游帷观，每至中秋，车马喧阗。太和末，有书生文箫往观，忽遇一姝，甚丽，吟诗相引，至绝顶坦然之地。俄有仙童持天判曰："吴彩鸾以私欲泄天机，谪为民妻一纪。"姝乃与生下，归钟陵。余详卷一《殢人娇》（别驾来时）注。《山海经》：女床之山有鸟焉，其状如翟而五彩文，名曰鸾鸟，见则天下安宁。

浴佛　傅注：《法云记》：佛于周穆王二年癸未，年三十，将成道，以腊月八日浴，食乳粥等。

【评】

"卫霍元勋后，韦平外族贤"两句：谓其家也。"吹笙只合在缑山，同驾彩鸾归去趁新年"两句：谓其飘逸有仙风也。

瑶　池　燕

闺怨，寄陈季常。

飞花成阵，春心困。寸寸，别肠多少愁闷。无人问，偷啼自揾，残妆粉。　抱瑶琴、寻出新韵，玉纤趁，《南风》来解幽愠。低云鬓，眉峰敛晕，娇和恨。

【校】

元本、傅本俱无，从毛本及《侯鲭录》补。　毛本“来”作“未”。

【笺】

南风　《史记·五帝纪》：舜作五弦之琴，以歌《南风》诗曰：“南风之薰兮，可以解吾民之愠兮。”

眉峰　陈师道诗：“眉耸三峰秀。”（按：查《全宋诗》陈师道卷中无此诗句。卷一一一六《次韵无斁二首》之一起句云：“肩耸三峰峻。”疑龙先生误记。）

【评】

“玉纤趁”句：弄琴。

【附录】

《侯鲭录》东坡云：琴曲有《瑶池燕》，其词不协，而声亦怨咽。变其词作《闺怨》，寄陈季常去。此曲奇妙，勿妄与人云。案：先生在黄州，与季常往还最密，则此词亦居黄时作也。附编于此，以俟更考。

甲子　《年谱》：元丰七年甲子，先生年四十九。在黄州。二月，与徐得之、参寥子步自雪堂至乾明寺。四月，乃有量移汝州之命。郡人潘邠老及弟大观俱以诗知名，多从先生游，先生去，以雪堂付之，郊老因以居焉。四月六日，别黄州，送先生者皆至于慈湖，陈季常独至九江。既到江州，因游庐山。取道兴国至高安，视子由。留十日，复往奉新。七月，过金陵。逼岁，到泗州。十二月十八日，浴雍熙塔下。除夜在泗州。

满 庭 芳

元丰七年四月一日，余将去黄移汝，留别雪堂邻里二三君子。会李仲览自江东来别，遂书以遗之。

归去来兮，吾归何处，万里家在岷峨。百年强半，来日苦无多。坐见黄州再闰，儿童尽楚语吴歌。山中友，鸡豚社酒，相劝老东坡。　云何，当此去，人生底事，来往如梭？待闲看秋风，洛水清波。好在堂前细柳，应念我、莫翦柔柯。仍传语，江南父老，时与晒渔蓑。　傅注本卷一

【校】

傅注本题首有“公旧序云”四字，“去黄”作“自黄”，“邻里”作“邻曲”。　元本题“去”作“自”，“州”作“洲”，“酒”作“饮”，“此”作“远”。

【朱注】

《纪年录》：甲子作。王《案》：甲子三月，告下，特授检校尚书水部员外郎，汝州团练副使，本州岛安置。　《雪山集》：杨元素起

为富川，闻先生自黄移汝，欲顺大江逆西江适筠见子由，令富川弟子员李翔要先生道富川，《满庭芳》叙所谓“会李仲览自江南来”者是。

【笺】

去黄移汝　《续通鉴长编》：是年正月，责授黄州团练副使苏轼言汝州无田产，乞居常州。从之。元丰中，轼系御史狱，上本无意深罪之，遂薄其罪，以黄州团练副使安置。然上每怜之，一日语执政曰：“国史大事，朕欲俾苏轼成之。”执政有难色。上曰：“非轼，则用曾巩。”其后巩亦不副上意，上复有旨起轼，以本官知江州。中书蔡确、张璪受命，王震当词头，明日改承议郎，江州太平观。又明日，命格不下。于是卒出手札，徙轼汝州，有“苏轼黜居思咎，阅岁滋深，人材实难，不忍终弃”之语。轼即上表谢。前此京师盛传轼已白日仙去，上对左丞蒲宗孟叹息久之，故轼于表内有“疾病连年，人皆相传为已死；饥寒并日，臣亦自厌其余生”之句也。　案：后魏汝北郡，齐改为汝阴，隋置汝州。今为河南临汝县。

岷峨　《水经》：岷山在蜀郡氐道县，大江所出。注：岷山，即渎山也，水曰渎水矣。又谓之汶阜。山在徼外，江水所导也。余详卷一《南乡子》（晚景落琼杯）注。

百年　《列子》（《杨朱》）：杨朱曰：“百年寿之大齐，得百年者，千无一焉。设有一者，孩抱以逮昏老，几居其半矣。”韩愈诗（《除官赴阙至江州寄鄂岳李大夫》）：“年皆过半百，来日苦无多。”

再闰　傅注：公作《黄州安国寺记》云：元丰二年，余自吴兴守得罪，为黄州团练副使。明年二月至黄州。与陈季常诗序云：余在黄州四年，余三往见季常。七年四月，余量移汝州。以是二者考之，则知公自元丰三年二月到郡，七年四月移汝州，其实在黄州四年零两月也。元丰三年闰九月，六年闰六月，则再闰可知。

楚语吴歌　《汉书》师古注：楚歌者，楚人之歌，犹吴饮越吟也。乐府有《子夜吴歌》。杜甫诗（《秋野五首》）："儿童学蛮语，不必作参军。"

社酒　韩愈诗（《南溪始泛三首》）："愿为同社人，鸡豚燕春秋。"

东坡　傅注：公在黄州，卜东坡以居。见本卷《江城子》（梦中了了醉中醒）题。

如梭　寇准诗（《和倩桃》）："将相功名终若何，不堪急景似奔梭。"

秋风洛水　吕洞宾诗（《促拍满路花》）："秋风吹洛水，落叶满长安。"

堂前细柳　傅注：公手植柳于东坡雪堂之下。

莫翦柔柯　《诗经》（《召南·甘棠》）："蔽芾甘棠，勿翦勿伐，召伯所茇。"

江南父老　傅注：齐安在江北，与武昌对岸。公每渡江而南，历游武昌之地，故有"江南父老"之句。

【评】

郑文焯曰：使君抱负不凡。

"儿童尽楚语吴歌"句：极写离乡之感。"山中友，鸡豚社酒，相劝老东坡"三句：相爱之情。"洛水清波"句：谓将北行也。"时与晒渔蓑"句：谓有厌倦风尘之意，久以渔钓为生也。凄凉掩抑之至。

西　江　月

姑熟再见胜之，次前韵。

别梦已随流水，泪巾犹裛香泉。相如依旧是臞仙，人在瑶台阆苑。　花雾萦风缥缈，歌珠滴水清圆。蛾眉新作十分妍，走马归来便面。　傅注本卷二

【校】

毛本注："或刻山谷词。"

【朱注】

《挥尘后录》：徐君猷后房甚盛，东坡尝闻堂上丝竹，词中所谓"表德原来字胜之"者，所最宠也。东坡北归过南都，其人已归张乐全之子厚之恕矣。东坡复见之，不觉掩面号恸，妾乃顾其徒而大笑。东坡每以语人，为蓄婢之戒。案公去黄北归过姑熟，在甲子七月。

【笺】

姑熟　今安徽当涂县，晋时置城戍守，后遂为重镇。《元和郡县志》：姑熟城以姑熟溪名。

香泉　杜甫诗（《杜鹃》）："泪下如迸泉。"赵嘏《送僧》诗："题诗片石侵云在，洗钵香泉覆菊流。"

臞仙　《汉书·司马相如传》：相如见上好仙，因曰："上林之事，未足美也，尚有靡者。臣尝为《大人赋》，未就，请具而奏之。"相如以为列仙之儒，居山泽间，形容甚臞，此非帝王之仙意也，乃遂奏

《大人赋》。

瑶台阆苑　傅注：瑶台、阆苑，皆昆仑之别名。　《离骚》："望瑶台之偃蹇兮，见有娀之佚女。"许敬宗诗（《游清都观寻沈道士得清字》）："风衢通阆苑，星使下层城。"

花雾　傅注：《广记》云：弱质纤腰，如雾蒙花。

歌珠　杜牧诗（《羊栏浦夜陪宴会》）："珠唱铺圆袅袅长。"

蛾眉　《诗·卫风》（《硕人》）："螓首蛾眉。"

走马　《汉书·张敞传》：敞无威仪，时罢朝会，过走马章台街，使御吏驱，自以便面拊马。又为妇画眉，长安中传张京兆眉妩。有司以奏敞，上问之，对曰："臣闻闺房之内，夫妇之私，有过于画眉者。"上爱其能，弗备责也。师古注：便面，所以障面，盖扇之类也。不欲见人，以此自障面，则得其便，故曰便面，亦曰屏面。今之沙门所持竹扇，上袤平而下圜，即古之便面也。

【评】

"泪巾犹裛香泉"句：谓去君猷未久也。"相如依旧是臞仙"句：自喻。"人在瑶台阆苑"句：谓胜之改服事人也。"走马归来便面"句：极写为人作春妍，看似赞美，实极沈痛。

渔　家　傲

金陵赏心亭送王胜之龙图。王守金陵，视事一日，移南郡。

千古龙蟠并虎踞，从公一吊兴亡处。渺渺斜风吹细雨。芳草渡，江南父老留公住。　公驾风车凌彩雾，红鸾骖乘青鸾驭。却讶此洲名白鹭。非吾侣，翩然欲下还飞去。　傅注本卷三

【校】

傅注本“风车”作“飞车”。 毛本“翩”作“翻”，余同傅本。

【朱注】

《纪年录》：甲子作。王《案》：甲子八月，与王益柔游蒋山作。《诗集》施注：王胜之名益柔，河南人，枢密使晦叔子也。抗直尚气，喜论天下事。用荫入官，历知制诰直学士院，连守大郡。至江宁才一日，移守南郡。

【笺】

赏心亭 《一统志》：赏心亭在江宁县西下水门城上。《桯史》：王荆公罢相镇金陵，是秋江左大蝗，有人题诗赏心亭曰：“青苗免役两妨农，天下嗷嗷怨相公。惟有蝗虫感恩德，又随钧旆过江东。”荆公因饯客至亭，览之大不悦。据此则赏心亭固为当时饯别之地也。

胜之 《东都事略》：王益柔少力学，尹洙见其文，曰：“赡而不流，制而不窘，未可量也。”杜衍荐于朝，除集贤校理。苏舜钦以祠神会客事除名，益柔坐夺职。久之，为开封推官，历知制诰，迁龙图直学士，除秘书监。出知蔡、扬、亳州、江宁应天府。 《诗集》施注：东坡与胜之唱和，介甫时居金陵，数与坡游，叹息谓人曰：“不知更几百年，方有如此人物。”

龙蟠虎踞 《诗集》王注：《寰宇记》载诸葛亮谓吴大帝曰：“钟山龙蟠，石城虎踞，真帝王都也。”

兴亡处 傅注：金陵，汉末六朝所都，故云“兴亡处”。

斜风细雨 张志和《渔父词》：“青箬笠，绿蓑衣，斜风细雨不须归。”

风车　傅注:《括地图》曰:奇肱氏能为飞车,从风远行。汤时,西风吹奇肱车至豫州,汤破其车,不以示民。十年,西风至,乃复使作车遣归,去王门四万里。又傅注:乘云、游雾、驾鹤、骖鸾,皆神仙之事。

红鸾青鸾　《洽闻记》:光武时,有大鸟,高五尺,五色备举而多青。诏问百僚,咸以为凤。太史令蔡衡对曰:“凡象凤者有五,多赤色者凤,多青色者鸾。此青者乃鸾,非凤也。”李贺诗(《谢秀才有妾……贺复继四首》):“铜镜立青鸾,燕脂拂紫绵。”曹唐《游仙诗》:“紫水风吹剑树寒,水边年少下红鸾。”

白鹭洲　《一统志》:白鹭洲在应天府西南江中。李白《登金陵凤凰台》诗:“三山半落青天外,二水中分白鹭洲。”

【评】

“从公一吊兴亡处”句:吊古。“渺渺斜风吹细雨”句:转到惜别。“红鸾骖乘青鸾驭”句:谓其志极远大也。“非吾侣,翩然欲下还飞去”两句:谓其暂来还去,语含讥讽。

【附录】

《侯鲭录》:东坡自黄移汝,过金陵,见舒王,适陈和叔作守,多同饮会。一日游蒋山,和叔被召将行,舒王顾江山曰:“子瞻可作歌。”坡醉中书云云。(“渡”作“路”,“风车”作“飞軿”,“彩”作“紫”。)和叔到任数日而去,舒王笑曰:“白鹭者得无意乎?”案:此与施注异,录以备考。

浣溪沙　席上赠楚守田待问小鬟

学画鸦儿正妙年，阳城下蔡困嫣然。凭君莫唱短因缘。

雾帐吹笙香袅袅，霜庭按舞月娟娟。曲终红袖落双缠。

【校】

傅注本阙。　毛本题作“赠楚守田待制小鬟”。

【笺】

鸦儿　杜牧诗（《闺情》）：“娟娟却月眉，新鬓学鸦飞。”镏炳诗（《暮春写怀四绝》）：“病目涂鸦不成字，粉笺香墨惜乌丝。”

阳城下蔡　宋玉《登徒子好色赋》：“东家之子，增之一分则太长，减之一分则太短，著粉则太白，施朱则太赤。眉如翠羽，肌如白雪，腰如束素，齿如含贝。嫣然一笑，惑阳城，迷下蔡。”

短因缘　注见卷一《菩萨蛮》“玉笙不受珠唇暖”阕。

吹笙　皇甫松《梦江南》词：“梦见秣陵惆怅事，桃花柳絮满江城。双髻坐吹笙。”

双缠　古乐府《双行缠曲》：“新罗绣行缠，足趺如春妍。”

【评】

“阳城下蔡困嫣然”句：一笑。“凭君莫唱短因绿”句：谓能长共相保也。“霜庭按舞月娟娟”句：有情事在。“曲终红袖落双缠”句：舞带之类。

又

一梦江湖费五年，归来风物故依然。相逢一醉是前缘。

迁客不应常旺躁，使君为出小婵娟。翠鬟聊著小诗缠。

【校】

傅注本阙。 毛本“逢”作“从”。

【朱注】

《纪年录》：戊午，赠田楚州小鬟作。案戊午，公未尝至楚州。己未，自徐道楚；到湖州任。甲子，乞常，赴南都，再过楚州，中间谪黄五载，故次首有“一梦五年”之语。王《案》谓公过淮上，正待问官楚州时，改编是词于甲子。从之。王文诰曰：待问字仲宣。

【笺】

迁客 《通鉴·后晋纪》：池州多迁客。注：以罢迁降外州者，其州人谓之迁客。

旺躁 《唐国史补》：进士不捷而饮，谓之打旺躁。

【评】

“一梦江湖费五年”句：阔别之怀。“迁客不应常旺躁”句：不得意。

虞 美 人

波声拍枕长淮晓，隙月窥人小。无情汴水自东流，只载一船离恨向西州。 竹溪花浦曾同醉，酒味多于泪。谁教风鉴在尘

埃，酝造一场烦恼送人来。 傅注本卷八

【校】

傅注本题作“冷斋夜话云，东坡与秦少游维扬饮别，作此词。世传以为贺方回所作，非也。山谷亦云。大观中，于金陵见其亲笔，醉墨超逸，诗压王子敬，盖实东坡词也”。毛本题作“东坡与少游维扬饮别，作此词”。

【朱注】

王《案》：甲子十一月，与秦观淮上饮别作。此词作于淮上，词意甚明，而《冷斋夜话》以为维扬饮别者，误。公与少游未尝遇于维扬，且少游见公金山而归，有公竹西所寄书为据。

【笺】

长淮三句 注见卷一《清平乐》“清淮浊汴”阕。

西州 傅注：扬州廨，王敦所创，开东西南三门，俗谓之西州也。

风鉴 傅注：晋王衍字夷甫，神情朗秀，风姿详雅，又有重名于世，时人许以人伦风鉴。 案：《晋书·王衍传》无“人伦风鉴”之说，惟其从兄《戎传》称戎有人伦鉴，尝目衍神姿高彻，如瑶林琼树，自然是风尘表物云云。傅注误混为一耳。

【评】

“隙月窥人小”句：朝景。“无情汴水自东流，只载一船离恨向西州”两句：无穷感喟。“谁教风鉴在尘埃，酝造一场烦恼送人来”两句：自恨为聪明误。

【附录】

《能改斋漫录》：东坡长短句云："无情汴水自东流，只载一船离恨向西州。"张文潜用其意以为诗云："亭亭画舸系东潭，只待行人酒半酣。不管烟波与风雨，载将离恨过江南。"王平甫尝爱而诵之，彼不知其出于东坡也。

行 香 子

与泗守过南山晚归作。

北望平川，野水荒湾，共寻春、飞步孱颜。和风弄袖，香雾萦鬟。正酒酣时，人语笑，白云间。飞鸿落照，相将归去。澹娟娟、玉宇清闲。何人无事，宴坐空山。望长桥上，灯火乱，使君还。

【校】

傅注本无。　元本无题。从毛本。　毛本"时"作"适"。

【朱注】

《纪年录》：甲子十二月作。王《案》：甲子，与刘士彦山行晚归作。　《挥麈后录》：东坡自黄州移汝州，舟次泗上，偶作词云："何人无事，宴坐空山。望长桥上，灯火闹，使君还。"太守刘士彦，本出法家，山东木强人也。闻之，亟谒东坡，曰："知有新词。学士名满天下，京师便传。在法，泗州夜过长桥者徒二年，况知州耶？"切告收起，勿以示人。

【笺】

南山　《诗集》查注：《苕溪渔隐丛话》：淮北之地平夷，自京师至汴口并无山，惟隔淮方有南山，米元章谓为第一山。《太平寰宇记》：盱眙县在泗州南五里，都梁山在县南六十里。又公自注：“南山名都梁山，山出都梁香故也。”

孱颜 《汉书》司马相如《大人赋》：“放散畔岸，骧以孱颜。注：孱颜，不齐也。”

香雾 注见卷一《江城子》“玉人家在凤凰山”阕。

鸿飞 《周易》：鸿飞冥冥，弋人何篡焉。（按：此非《周易》中文，语出扬雄《法言·问明》。）

玉宇 《云笈七签》（卷八《释三十九章经》第五章）：太微之所馆，天帝之玉宇也。

【评】

郑文焯曰：人外之游，澹然仙趣。

“正酒酣时，人语笑，白云间”三句：风发韵流，闲逸之致。“何人无事，宴坐空山。望长桥上，灯火乱，使君还”四句：如此颂扬，乃如此畏惧，真俗事不可言也。

如　梦　令

元丰七年十二月十八日，浴泗州雍熙塔下，戏作《如梦令》两阕。此曲本唐庄宗制，名《忆仙姿》，嫌其名不雅，故改为《如梦令》。庄宗作此词，卒章云：“如梦，如梦，和泪出门相送。”因取以为名云。

水垢何曾相受，细看两俱无有。寄语揩背人，尽日劳君挥

肘。轻手，轻手，居士本来无垢。　傅注本卷九

【校】

毛本题无“两”字。

【笺】

泗州塔　《中山诗话》：泗州塔，人传下藏真身，后阁上碑道兴国中塑僧伽事甚详。塔本喻都料造，极工巧，俗谓塔顶为天门。《桯史》：余至泗，亲至僧伽塔下。中为大殿，两旁皆荆榛瓦砾之区。塔院在东厢，无塔而有院。

忆仙姿　后唐庄宗《如梦令》词：“曾宴桃源深洞，一曲舞鸾歌凤。长记别伊时，和泪出门相送。如梦，如梦，残月落花烟重。”《词林纪事》：樠按东坡词注：此曲本唐庄宗制，名《忆仙姿》，嫌其名不雅，故改为《如梦令》。《古今词话》乃云：庄宗修内苑，得断碑，中有三十二字，令乐工入律歌之。一名《忆仙姿》者，非。

无垢　《维摩诘经》：八解之浴池，定水湛然满。布以七净华，浴于无垢人。

【评】

眉批：中多禅语。

又

自净方能净彼，我自汗流呀气。寄语澡浴人，且共肉身游戏。但洗，但洗，俯为人间一切。　同前

【校】

傅注本“净彼”作“洗彼”，“人间”作“世间”。　毛本“净彼”作“洗彼”。

【朱注】

《纪年录》：甲子作。

【笺】

汗流呀气　呀，许加切。《说文》：张口貌。韩愈诗（《月蚀诗效玉川子作》）：“汝口开呀呀。”《淮南子》（《精神》）：“盐汗交流，喘息薄喉。”

肉身游戏　傅注：释氏有“游戏三昧”之语。卢仝《月蚀》诗：“臣有血肉身，无由飞上天。”

人间一切　傅注：《本行经》云：太子至泥连河侧，思维一切众生根缘，六年后方可度之。乃求修苦行，亦以自试。后悟此非真修，乃受美食，洗浴于河也。

浣　溪　沙

元丰七年十二月二十四日，从泗州刘倩叔游南山。

细雨斜风作小寒，淡烟疏柳媚晴滩。入淮清洛渐漫漫。

雪沫乳花浮午盏，蓼茸蒿笋试春盘。人间有味是清欢。

【校】

傅注本阙。　毛本“小”作“晓”，“茸”作“芽”。

【朱注】

《纪年录》：甲子作。王《案》：甲子同刘倩叔游都梁山作。

【笺】

乳花　《茶寮记》：云脚渐垂，乳花浮面。余详本卷《西江月》（龙焙今年绝品）注。

蓼茸蒿笋　《说文》：蓼，辛菜。《礼记·月令》注：蒿亦蓬萧之属。

【评】

“入淮清洛渐漫漫”句：感喟。

满　庭　芳

余年十七，始与刘仲达往来于眉山。今年四十九，相逢于泗上。淮水浅冻，久留郡中。晦日同游南山，话旧感叹，因作《满庭芳》云。

三十三年，飘流江海，万里烟浪云帆。故人惊怪，憔悴老青衫。我自疏狂异趣，君何事、奔走尘凡。流年尽，穷途坐守，船尾冻相衔。　巉巉，淮浦外，层楼翠壁，古寺空岩。步携手林间，笑挽攕攕。莫上孤峰尽处，萦望眼、云海相搀。家何在，因君问我，归梦绕松杉。　傅注本卷一

【校】

傅注本题“淮水”作“洛水”，末注作“因作此词”，“攕攕”作“纤纤”。 毛本题“淮”作“洛”，“云海”作“云水”，“梦”作“步”。

【朱注】

《纪年录》：甲子作。案刘仲达名巨，《年谱》作元达。

【笺】

烟浪云帆　白居易乐府（《海漫漫》）："云涛烟浪最深处，人传中有三神山。"李白诗（《行路难三首》）："长风破浪会有时，直挂云帆济沧海。"

青衫　白居易《琵琶行》："座中泣下谁最多，江州司马青衫湿。"

疏狂　白居易诗（《代书诗一百韵寄微之》）："疏狂属年少，闲散为官卑。"

穷途　《晋书·阮籍传》：时率意独驾，不由径路，车迹所穷，辄恸哭而返。

相衔　傅注：相衔，所谓舳舻衔尾是也。

巉巉　《诗·小雅》（《渐渐之石》）："渐渐之石，维其高矣。"注：渐，土衔反，高峻貌。俗作"巉"。

攕攕　注见本卷《菩萨蛮》"碧纱微露纤掺玉"阕。

家何在　韩愈诗（《左迁至蓝关示侄孙湘》）："云横秦岭家何在，雪拥蓝关马不前。"

【评】

"万里烟浪云帆"句：感叹飘零之苦。"憔悴老青衫"句：今吾非故吾。"君何事、奔走尘凡"两句：互相怜惜。"船尾冻相衔"句：旅途之苦。"层楼翠壁"句：南山之景。"步携手林间，笑挽攕攕"两句：流美。忧中有乐。"萦望眼、云海相搀"两句：兴尽悲来。

水 龙 吟

昔谢自然欲过海求师蓬莱，至海中，或谓自然："蓬莱隔弱水三十万里，不可到。天台有司马子微，身居赤城，名在绛阙，可往从之。"自然乃还，受道于子微，白日仙去。子微著《坐忘论》七篇，《枢》一篇。年百余，将终，谓弟子曰："吾居玉霄峰，东望蓬莱，尝有真灵降焉。今为东海青童君所召。"乃蝉脱而去。其后李太白作《大鹏赋》云："尝见子微于江陵，谓余有仙风道骨，可与神游八极之表。"元丰七年冬，余过临淮，而湛然先生梁公在焉，童颜清彻，如二三十许人，然人亦有自少见之者。善吹铁笛，嘹然有穿云裂石之声。乃作《水龙吟》一首，记子微、太白之事，倚其声而歌之。

古来云海茫茫，道山绛阙知何处？人间自有，赤城居士，龙蟠凤翥。清净无为，《坐忘》遗照，八篇奇语。向玉霄东望，蓬莱晻霭，有云驾，骖风驭。　行尽九州岛四海，笑纷纷、落花飞絮。临江一见，谪仙风采，无言心许。八表神游，浩然相对，酒酣箕踞。待垂天赋就，骑鲸路稳，约相将去。 傅注本卷一

【校】

傅注本题文在前半阕注内，上冠"杨元素本事曲集载公自序云"十二字，"或谓自然"下有"曰"字，"身居"作"自居"，"年百余"上无"著坐忘论七篇枢一篇"九字，"弟子"二字误倒，"青童"下无"君"字，"蝉脱"作"蝉蜕"，"湛然"上无"而"字，"梁公"作"梁

君”，“清彻”作“清澈”，“如二”下无“三”字，“然人”下无“亦”字，“见之”下无“者”字，“善”作“喜”，“嘹然”作“辽然”，“记”作“寄”，“凤翥”作“凤举”。　元本无题。从毛本。　毛本“道”作“蓬”，“翥”作“举”。

【朱注】

《年谱》：甲子作。《纪年录》：甲子冬作。

【笺】

谢自然　韩愈《谢自然诗》：“果州南充县，寒女谢自然。童騃无所识，但闻有神仙。轻生学其术，乃在金泉山。繁华荣慕绝，父母慈爱捐。凝心感魑魅，慌惚难具言。一朝坐空室，云雾生其间。如聆笙竽韵，来自冥冥天。白日变幽晦，萧萧风景寒。檐楹暂明灭，五色光属联。观者徒倾骇，踯躅讵敢前。须臾自轻举，飘若风中烟。茫茫八弦大，影响无由缘。”注：果州谢真人上升，在金泉山。贞元十年十一月十二日辰时，白昼轻举。时郡守李坚以闻，有赐诏褒谕，谓所部之中，灵仙表异，玄风益振，至道弥彰。其诏今尚有石刻在焉。

蓬莱　注见卷一《南歌子》“苒苒中秋过”阕。

弱水　《十洲记》：凤麟洲在西海之中央，洲四面有弱水绕之，鸿毛不浮，不可越也。

天台　《会稽记》：赤城山内，则有天台灵岳，玉室璇台。孙绰《游天台山赋序》：天台山者，盖山岳之神秀者也。涉海则有方丈、蓬莱，登陆则有四明、天台，皆玄圣之所游化，神仙之所窟宅。《文选》注引支遁《天台山铭序》曰：余览内经《山记》云：剡县东南有天台山。

赤城　《文选》(《游天台山赋》)注：支遁《天台山铭序》曰：往天台，常由赤城山为道径。孔灵符《会稽记》曰：赤城，山名。色皆赤，状似云霞。悬霤千仞，谓之瀑布，飞流洒散，冬夏不竭。《天台山图》曰：赤城山，天台之南门也。

绛阙　《云笈七签》（卷九十八《云林右英夫人喛杨真人许长史诗》）：“绛阙排广霄，披丹登景房。”

司马子微　傅注：司马子微隐居天台之赤城，自号赤城居士。尝著《坐忘论》八篇，云：神宅于内，遗照于外，自然而异于俗人，则谓之仙也。《大唐新语》：司马承祯字子微，隐于天台山，自号白云子，有服饵之术。则天、中宗朝，频征不起。睿宗雅尚道教，稍加尊异，承祯方赴召。无何，苦辞归，乃赐宝琴花帔以遣之。

玉霄峰　《一统志》：玉霄峰在天台山，司马子微隐处。有蜀女谢自然，将诣蓬莱求师，遇一叟，指言司马承祯者，名在赤台，身居赤城，真良师也。遂从承祯得道，白日冲举。

青童君　《真诰》（《稽神枢》第一）：茅山天师坛，昔东海青童君曾乘独轮飞飙之车按行此山，埋宝金白玉。

大鹏赋　李白《大鹏赋序》：余昔于江陵见天台司马子微，谓余有仙风道骨，可与神游八极之表。因著《大鹏遇希有鸟赋》以自广。此赋已传于世，往往人间见之。悔其少作，未穷宏达之旨，中年弃之。及读《晋书》，睹阮宣子《大鹏赞》，鄙心陋之，遂更记忆，多将旧本不同，今复存手集。岂敢传诸作者，庶可示之子弟而已。

八极　《淮南子》（《地形》）：八纮之外，乃有八极。

临淮　《唐书·地理志》：泗州临淮郡，本下邳郡，治宿县。开元二十三年，徙治临淮，天宝元年，更郡名。

湛然先生　未详。

道山　傅注：道山、绛阙，皆神仙所居。

龙蟠凤翥　龙蟠，注见本卷《渔家傲》“千古龙蟠并虎踞”阕。《禽经》：凤翥鸾举，百羽从之。

清净无为　《史记·老庄申韩列传》：李耳无为自化，清净自正。

坐忘　《庄子》（《大宗师》）：颜回曰：“回坐忘矣。”仲尼曰：“何谓坐忘？”回曰：“堕肢体，黜聪明，离形去知，同于大通，此谓坐忘。”

晻霭　《离骚》：“扬云霓之晻霭兮，鸣玉鸾之啾啾。”五臣注：晻霭，旌旗蔽日貌。

风驭　《庄子·逍遥游》：夫列子御风而行，泠然善也。

九州岛　《禹贡》：冀、兖、青、徐、扬、荆、豫、梁、雍为九州岛。《夏书》：九州既同，四隩既宅。

谪仙　傅注：李太白初至长安，贺知章见之，叹曰：“子谪仙人也。”余详卷一《满江红》（江汉西来）注。“临江一见”，谓子微见太白于江陵。

八表　八方之外也。陶潜《停云》诗：“霭霭停云，濛濛时雨。八表同昏，平路伊阻。”

酒酣箕踞　《汉书》颜师古注：箕踞者，谓曲两脚，其形如箕。刘伶《酒德颂》：棒罂承槽，衔杯嗽醪。奋髯箕踞，枕曲藉糟。

垂天　傅注：《庄子》言鹏翼若垂天之云。“垂天赋”，谓大鹏也。

骑鲸　注见卷一《南歌子》“苒苒中秋过”阕。

【评】

“道山绛阙知何处”句：山在虚无缥缈间。“赤城居士，龙蟠凤翥”两句：司马子微人间有道术之士，容貌之奇伟。“清净无为，坐忘遗照”两句：道术之精微。“蓬莱晻霭，有云驾，骖风驭”三句：谓去仙境不远也。“笑纷纷、落花飞絮”两句：人间如此空虚。“谪仙风采”句：惟太白有仙风耳。“浩然相对，酒酣箕踞”两句：神仙与酒仙相遇，此引以自况之词。

乙丑 《年谱》：元丰八年乙丑，先生年五十。正月四日，离泗州，表请常州居住。五月内，复朝奉郎，知登州，再过密州、海州。到郡五日，以礼部郎官召。到省半月，除起居舍人。

满 庭 芳

余谪居黄州五年，将赴临汝，作《满庭芳》一篇别黄人。既至南都，蒙恩放归阳羡，复作一篇。

归去来兮，清溪无底，上有千仞嵯峨。画楼东畔，天远夕阳多。老去君恩未报，空回首、弹铗悲歌。船头转，长风万里，归马驻平坡。　无何，何处有，银潢尽处，天女停梭。问何事人间，久戏风波。顾谓同来稚子，应烂汝、腰下长柯。青衫破，群仙笑我，千缕挂烟蓑。

【校】

傅注本无。　毛本题无“谪”字、“州”字，“别”上有“以”字，“楼”作“桥”，“东”作“西”，“何处有”作“何处是”，“何事人间”

作“人间何事”，“谓”作“问”。

【朱注】

《纪年录》：乙丑作。王《案》：乙丑二月，告下，仍以检校尚书水部员外郎、团练副使，不得签书公事，常州居住，再作《满庭芳》词。

【笺】

临汝　唐置郡，属汝州，宋升陆海军节度，即今河南临汝县。

阳羡　《风土记》：阳羡县东有大湖，中有包山。山下有洞穴，潜行地中，云无所不通，谓之洞庭地脉。

嵯峨　淮南小山《招隐士》：“山气巃嵸兮石嵯峨。”

弹铗　《史记·孟尝君列传》：初冯驩闻孟尝君好客，蹑属而见之，置传舍十日。孟尝君问传舍长曰：“客何所为？”答曰：“冯先生甚贫，犹有一剑耳，又蒯缑，弹其剑而歌曰：‘长铗归来乎，食无鱼。’”孟尝君迁之幸舍，食有鱼矣。五日，又问传舍长，答曰：“客又弹剑而歌曰：‘长铗归来乎，出无舆。’”孟当君迁之代舍，出入乘舆车矣。五日，孟尝君复问传舍长，舍长答曰：“先生又尝弹剑而歌曰：‘长铗归来乎，无以为家。’”孟尝君不悦。

无何　注见本卷《十拍子》“白酒新开九酝”阕。

银潢　《史记·天官书》：王良旁有八星，绝汉曰天潢。

停梭　邢邵《七夕》诗：“秋期忽云至，停梭理容色。”

烂柯　《水经注》：晋中朝时，有民王质伐木至石室中，见童子四人，弹琴而歌，质倚柯听之。童子以一物如枣核与质，质含之，不复饥。俄顷，童子曰：“其归。”承声而去，斧柯摧然烂尽。既归，质去家已数十年，亲戚凋落，无复向时比矣。

【评】

“清溪无底”句：即景。“天远夕阳多。老去君恩未报“两句：感时抚事，烈士暮年。“空回首、弹铗悲歌”两句：不堪回首。“归马驻平坡”句：幸得安全之地。“银潢尽处，天女停梭”两句：上天下地，同感倦意。“问何事人间，久戏风波”两句：自伤感。“应烂汝、腰下长柯”两句：人生如梦。“千缕挂烟蓑”句：何自苦如此。

【附录】

郑文焯曰：《桃溪客语》载：阳羡邵氏因东坡此词，遂名所居曰天远堂。余曾于吴市见一古砂壶，底有篆文，即此堂名，乃知为宋制邵家故物。惜未购致为憾耳。

南乡子　宿州上元

千骑试春游，小雨如酥落便收。能使江东归老客，迟留，白酒无声滑泻油。　飞火乱星球，浅黛横波翠欲流。不似白云乡外冷，温柔，此去淮南第一州。

【校】

傅注本、毛本俱无。

【朱注】

案本集《泗岸喜题》云：谪居黄州五年，今日离泗州北行，岸上闻骡驮铎声空笼，意亦欣然。元丰八年正月四日书。据此则上元至宿州，情事适合，编乙丑。

【笺】

宿州 唐置，即今安徽宿县。

上元 见卷一《蝶恋花》“灯火钱塘三五夜”阕题注。

如酥 《玉篇》：酥，酪也。韩愈《早春呈水部张十八员外》诗：“天街小雨润如酥，草色遥看近却无。”

白云乡 《飞燕外传》：后进合德，帝大悦，以辅属体，无所不靡，谓为温柔乡，曰：“吾老是乡矣，不能效武皇帝求白云乡也。”

淮南 注见卷一《水龙吟》“楚山修竹如云”阕。

【评】

“滑泻油”：待考。“飞火乱星球”句：灯夕。“浅黛横波翠欲流”句：仕女嬉游。“不似白云乡外冷”句：双关。“此去淮南第一州”句：地方富庶。

又

用前韵，赠田叔通舞鬟。

绣鞅玉镮游，灯晃帘疏笑却收。久立香车催欲上，还留，更且檀唇点杏油。 花遍《六幺》球，面旋回风带雪流。春入腰肢金缕细，轻柔，种柳应须柳柳州。

【校】

傅注本、元本俱无。

【朱注】

王《案》：乙丑四月作。

【笺】

田叔通 未详。

杏油 《齐民要术》: 杏可以为油。

六幺 《琵琶录》: 乐工进曲, 录出要者名《录要》, 误为《绿腰》《六么》。

金缕 杜秋娘诗(《金缕衣》): "劝君莫惜金缕衣, 劝君须惜少年时。"

柳州 柳宗元诗(《种柳戏题》): "柳州柳刺史, 种柳柳江边。"

【评】

"绣鞅玉镮游" 句: 油壁香车之类。"久立香车催欲上, 还留" 两句: 娇态。"花遍六幺球" 句: 曲名。"面旋回风带雪流" 句: 舞姿。"种柳应须柳柳州" 句: 谓得其所也。

又 用韵和道辅

未倦长卿游, 漫舞夭歌烂不收。不是使君能□世, 谁留, 教有琼梳脱麝油。　香粉缕金球, 花艳红笺笔欲流。从此丹唇并皓齿, 清柔, 唱遍山东一百州。

【校】

傅注本、元本俱无。　毛本□作 "矫", "球" 作 "裘", 据前二阕韵改。

【朱注】

案调、韵俱同前词, 一时之作。

【笺】

道辅　未详。

长卿　注见卷一《河满子》"见说岷峨凄怆"阕。

漫舞　白居易《长恨歌》："缓歌漫舞凝丝竹，尽日君王看不足。"

麝油　谓以麝香合香油也。《云仙杂记》：周光禄诸妓，掠鬓用郁金油，傅面用龙消粉，染衣以沉水香。

花艳　《晋书·卫恒传》：恒为《四体书势》曰：处篇籍之首目，粲斌斌其可观。摛华艳于纨素，为学艺之范先。

丹唇皓齿　成公绥《啸赋》："发妙声于丹唇，激哀音于皓齿。"

【评】

"不是使君能□世，谁留"两句：风情未减。"从此丹唇并皓齿"句：共传清唱。

渔　父

渔父饮，谁家去，鱼蟹一时分付。酒无多少醉为期，彼此不论钱数。

【笺】

醉为期　《南史·陶潜传》：或置酒招之，造饮辄尽，期在必醉。

又

渔父醉，蓑衣舞，醉里却寻归路。轻舟短棹任横斜，醒后不知何处。

【笺】

蓑衣舞　孟郊《送澹公》诗："短蓑不怕雨，白鹭相争飞。短楫画菰蒲，斗作豪横归。笑伊水健儿，浪战求光辉。不如竹枝弓，射鸭无是非。"余详卷一《瑞鹧鸪》（碧山影里小红旗）注。

又

渔父醒，春江午，梦断落花飞絮。酒醒还醉醉还醒，一笑人间今古。

【笺】

酒醒　白居易诗（《自问行何迟》）："酒醒夜深后，睡足日高时。"

又

渔父笑，轻鸥举，漠漠一江风雨。江边骑马是官人，借我孤舟南渡。

【校】

以上四首，傅注本、元本、毛本俱无，从《诗集》补。

【朱注】

案张志和、戴复古皆有《渔父词》，字句各异。恭案《三希堂帖》，公书此词前二首，题作《渔父破子》，是确为长短句，而《词律》未收，前人亦无之，或公自度曲也。从《诗集》编乙丑。

【笺】

漠漠　杜甫诗（《滟滪》）："江天漠漠鸟双去，风雨时时龙一吟。"

官人　韩愈《王君墓志》：高处士曰："吾以龃龉穷，一女，怜之，必嫁官人，不以与凡子。"刘禹锡《插田歌》："君看二三年，我作官人去。"

【评】

"江边骑马是官人"句：遗落世务。

菩　萨　蛮

买田阳羡吾将老，从来不为溪山好。来往一虚舟，聊从造物游。　有书仍懒著，且漫歌归去。筋力不辞诗，要须风雨时。　傅注本卷七

【校】

傅注本"不为"作"只为"，"造物"作"物外"，"且漫"作"水调"。毛本"聊从"作"聊随"，余同傅本。

【朱注】

王《案》：乙丑五月，归宜兴作。

【笺】

阳羡　傅注：阳羡，毗陵之宜兴也。公爱其有荆溪西山之乐，而

将老于是。见本卷《满庭芳》(归去来兮)注。

将老　《左传》(隐公十一年):公子翚请杀桓公以求太宰,隐公曰:“为其少故也,吾将授之矣。使营菟裘,吾将老焉。”杜预注:老,致仕也。

虚舟　《庄子》(《列御寇》):泛若不系之虚舟,而遨游者也。

著书　《史记》(《虞卿列传》):虞卿去赵,困于梁,乃著书,上采《春秋》,下观近世,曰《节义》《称号》《揣摩》《政谋》,凡八篇,以讥刺国家得失。世传之,曰《虞氏春秋》。

归去　傅注:公在彭城,尝和子由《水调歌头》,其意以不早退为戒,以退而相从为乐云。

风雨　傅注:韦苏州诗:“那知风雨夜,复此对床眠。”子由尝感是语,遂与公相约,有早休之意,情见于诗。见卷一《水调歌头》(安石在东海)附考。

【评】

“来往一虚舟,聊从造物游”两句:顺自然也。“筋力不辞诗,要须风雨时”两句:伫兴而作。

蝶　恋　花

云水萦回溪上路。迭迭青山,环绕溪东注。月白沙汀翘宿鹭,更无一点尘来处。　溪叟相看私自语。底事区区,苦要为官去。尊酒不空田百亩,归来分取闲中趣。

【校】

傅注本阙。　毛本题作“述怀”，“取”作“得”。

【朱注】

王《案》：乙丑五月，起知登州，将行，有怀荆溪作。六月，告下，复朝奉郎，起知登州军州事。

【笺】

尊酒不空　《后汉书·孔融传》：坐上客常满，尊中酒不空。

又

过涟水军赠赵晦之。

自古涟漪佳绝地。绕郭荷花，欲把吴兴比。倦客尘埃何处洗，真君堂下寒泉水。　左海门前鱼酒市。夜半潮来，月下孤舟起。倾盖相逢一醉，双凫飞去人千里。

【校】

傅注本阙。　毛本题无“军”字，“绝”作“丽”，“鱼”作“酤”。

【朱注】

王《案》：乙丑十月作。以吴兴比涟水，故有“绕郭荷花”之句，非十月见荷花也。

【笺】

涟水　故城在今江苏涟水县东。

涟漪　《诗·魏风》（《伐檀》）：“河水清且涟漪。”毛传：涟，风行水成文也。

真君　《庄子》(《齐物论》):百骸、九窍、六藏,赅而存焉,其递相为君臣乎?其有真君存焉?注:真君,真宰也。案:此所称真君堂当在涟水,待考。

左海　东海一称左海。

倾盖　邹阳《狱中上梁王书》:白头如新,倾盖如故。

双凫　注见卷一《瑞鹧鸪》"城头月落尚啼乌"阕。

【评】

"左海门前鱼酒市"句:何等清逸。

丙寅　《年谱》:哲宗元祐元年丙寅,先生年五十一。以七品服入侍延和,改赐银绯,寻除中书舍人。案先生是年所作词无考。

丁卯　《年谱》:元祐二年丁卯,先生年五十二。为翰林学士,复除侍讲。

水调歌头

欧阳文忠公尝问余:"琴诗何者最善?"答以退之《听颖师琴》诗。公曰:"此诗固奇丽,然非听琴,乃听琵琶诗也。"余深然之。建安章质夫家善琵琶者乞为歌词，余久不作，特取退之词稍加檃括，使就声律，以遗之云。

昵昵儿女语，灯火夜微明。恩怨尔汝来去，弹指泪和声。忽变轩昂勇士，一鼓填然作气，千里不留行。回首暮云远，飞絮搅青冥。　众禽里，真彩凤，独不鸣。跻攀寸步千险，一落百寻轻。烦子指间风雨，置我肠中冰炭，起坐不能平。推手从归去，无泪与君倾。 傅注本卷一

【校】

傅注本题首有“公旧序云”四字，“公曰”上有“最善”二字，“固”作“最”，“听琴”下有“也”字，“琵琶”下无“诗”字，“声律”作“音律”，“恩怨”作“恩冤”，“寸步”作“分寸”。 毛本题无“听”字，“公曰”上有“最善”二字，“固”作“最”，“怨”作“冤”。

【朱注】

王《案》：乙丑十月，告下，以礼部郎中召还。丙寅，迁中书舍人、翰林学士。此词无年月可考，据《续通鉴长编》，元祐二年正月，章楶为吏部郎中，四月，出知越州。时楶正在京也，因附载于此。今从其说，编丁卯。　《诗集》查注：楶字质夫，浦城人。仕至资政殿学士，谥庄简。

【笺】

听颖师琴诗　《韩昌黎集·听颖师琴》诗：“昵昵儿女语，恩怨相尔汝。划然变轩昂，勇士赴敌场。浮云柳絮无根蒂，天地阔远随飞扬。喧啾百鸟群，忽见孤凤凰。跻攀分寸不可上，失势一落千丈强。

嗟予有两耳，未省听丝簧。自闻颖师琴，起坐在一旁。推手遽止之，湿衣泪滂滂。颖乎尔诚能，无以冰炭置我肠。”

昵昵 《尚书疏》(《说命》下)：昵，亲近也。

尔汝 《世说》(《排调》)：晋武帝谓孙浩曰：“闽南人好作《尔汝歌》，能否？”浩曰：“昔与汝为邻，今与汝为臣。上汝一杯酒，愿汝寿万春。”帝悔之。杜甫诗(《醉时歌》)：“忘形到尔汝。”

填然作气 《孟子》(《梁惠王》上)：填然鼓之，或百步而后止，或五十步而后止。《左传》(庄公十年)：曹刿论战，一鼓作气，再而衰，三而竭。

千里不留行 《庄子·说剑》：臣之剑，十步一人，千里不留行。

彩凤 谢朓乐府(《永明乐十首》)：“彩凤鸣朝阳，玄鹤舞清商。”

冰炭 《盐铁论》(《刺复》)：冰炭不同器，日月不并明。《淮南子·说山》：天下莫相憎于胶漆，而莫相爱于冰炭。注：冰得炭则解，水复其性，炭得冰则保其炭，故曰相爱。

【评】

“灯火夜微明”句：调弦。“恩怨尔汝来去”句：低声。“忽变轩昂勇士，一鼓填然作气”两句：高声。“回首暮云远，飞絮搅青冥”：微妙之声。“众禽里，真彩凤，独不鸣”三句：特出之声。“跻攀寸步千险，一落百寻轻”两句：抗坠之声。“起坐不能平”句：感人之至。

水 龙 吟

次韵章质夫《杨花》词。

似花还似非花，也无人惜从教坠。抛家傍路，思量却是，无情有思。萦损柔肠，困酣娇眼，欲开还闭。梦随风万里，寻郎去处，又还被，莺呼起。　不恨此花飞尽，恨西园、落红难缀。晓来雨过，遗踪何在，一池萍碎。春色三分，二分尘土，一分流水。细看来，不是杨花，点点是离人泪。　傅注本卷一

【校】

傅注本“又还”作“依前”。 毛本“家”作“街”。

【朱注】

案是词和章楶作，仍依王说编丁卯。

【笺】

非花　白居易词（《花非花》）：“花非花，雾非雾。”

莺呼　唐诗（金昌绪《春怨》）：“打起黄莺儿，莫教枝上啼。啼时惊妾梦，不得到辽西。”

萍碎　公旧注云：杨花落水为浮萍，验之信然。

尘土　唐陆龟蒙《惜花》诗：“人寿期满百，花开惟一春。其间风雨至，旦夕旋为尘。”

【评】

郑文焯曰：煞拍画龙点睛，此亦词中一格。

王国维曰：东坡《水龙吟》咏杨花，和韵而似原唱，章质夫词原唱而似和韵，才之不可强也如是。又曰：咏物之词，自以东坡《水龙吟》为最工。

眉批：藉杨花以写思妇之情。絮乱丝繁，看似是多情多感。“似花还似非花”句：摄影点题。“也无人惜从教坠”句：抒情感喟。“无

情有思”句：应上起下。“萦损柔肠，困酣娇眼，欲开还闭”三句：暗喻摄魂。人格化。“恨西园、落红难缀”两句：宕开。“春色三分，二分尘土，一分流水”三句：惜春之感。“点点是离人泪”句：一句点清，是花是人，缠绵掩抑，而有条不紊。

又眉批：质夫词非不工，但太著迹象耳。

【附录】

章质夫《水龙吟·杨花》词：燕忙莺懒芳残，正堤上柳花飘坠。轻飞乱舞，点画青林，全无才思。闲趁游丝，静临深院，日长门闭。傍珠帘散漫，垂垂欲下，依前被，风扶起。　兰帐玉人睡觉，怪春衣、雪沾琼缀。绣床渐满，香球无数，才圆却碎。时见蜂儿，仰粘轻粉，鱼吞池水。望章台路杳，金鞍游荡，有盈盈泪。

《曲洧旧闻》：章楶质夫作《水龙吟》咏杨花，其命意用事，清丽可喜。东坡和之，若豪放不入律吕，徐而视之，声韵谐婉，便觉质夫词有织绣工夫。晁叔用云：“东坡如毛嫱、西施，净洗却面，与天下妇人斗好，质夫岂可比耶？”

《艇斋诗话》：东坡《和章质夫杨花词》云“思量却是，无情有思”，用老杜“落絮游丝亦有情”也。“梦随风万里，寻郎去处，依前被，莺呼起”，即唐人诗云：“打起黄莺儿，莫教枝上啼。几回惊妾梦，不得到辽西。”“细看来，不是杨花，点点是离人泪”，即唐人诗云：“时人有酒送张八，惟我无酒送张八。君看陌上梅花红，尽是离人眼中血。”皆夺胎换骨手。

《词源》：词不宜强和人韵。若倡者之曲韵宽平，庶可赓歌；倘韵险，又为人所先，则必牵强赓和，句意安能融贯。徒费苦思，未见有全章妥溜者。东坡《次章质夫杨花·水龙吟》韵，机锋相摩，起句便合让东坡出一头地。后片愈出愈奇，真是压倒今古。

《艺概》：邻人之笛，怀旧者感之；斜谷之铃，溺爱者悲之。东坡《水龙吟·和章质夫咏杨花》云“细看来，不是杨花，点点是离人泪”，亦同此意。又东坡《水龙吟》起调云“似花还似非花”，此句可作全词评语，盖不离不即也。

厉鹗手批《词律》：东坡此词虽和质夫作，而结句确不同章词读法。此十三字一气，大抵用一五两四句法者居多，而作一七两三者，亦非绝无之事也。苏词句法本是如此，语意何等明快。若依红友一定铁板，则既云“细看来不是”矣，下文当直云“点点是离人泪”耳，何复赘“杨花”二字也。且秃然于“是”字断句，语气亦拦拉不住。

满 庭 芳

香醱雕盘，寒生冰箸，画堂别是风光。主人情重，开宴出红妆。腻玉圆搓素颈，藕丝嫩、新织仙裳。歌声罢，虚檐转月，余韵尚悠飏。　人间何处有，司空见惯，应谓寻常。坐中有狂客，恼乱愁肠。报道金钗坠也，十指露、春笋纤长。亲曾见，全胜宋玉，想象赋高唐。　傅注本卷一

【校】

傅注本“醱”作“叆”，“搓”作“瑳”，“歌声”作“双歌”，“檐”作“櫊”。毛本题作“佳人”，“歌声”作“双歌”。

【朱注】

王《案》：丁卯五月，集于王诜西园。张宗橚曰：案《西园雅集图

跋》，此阕当在王都尉晋卿席上为啭春莺作也。

【笺】

香叆雕盘　叆，乌代切。《玉篇》：叆䨴，云貌。昭明太子《七契》："瑶俎既已丽奇，雕盘复为美玩。"

素颈　曹植《洛神赋》："延颈秀项，皓质呈露。"柳耆卿词（《昼夜乐》）亦云："腻玉圆搓素颈。"

藕丝　李贺诗（《天上谣》）："粉霞红绶藕丝裙。"

余韵　《列子》（《汤问》）：昔韩娥东之齐，匮粮，过雍门，鬻歌假食。既去而余音绕梁欐，三日不绝，左右以其人弗去。过逆旅，逆旅人辱之，韩娥因曼声哀哭，一里老幼悲愁，垂涕相对，三日不食。遽而追之，娥还，复为曼声长歌，一里老幼喜跃抃舞，弗能自禁，忘向之悲也。乃厚赂发之。故雍门之人至今善歌哭，仿娥之遗声。

司空见惯　傅注：唐杜鸿渐司空镇洛时，刘禹锡为苏州刺史，过洛，杜出二妓为宴。酒酣，命妓乞诗于刘。刘醉甚，就寝。中夜酒醒，见二妇人侍侧，惊问其故，对以席上作诗，司空因命侍寝。令诵其诗曰："高髻云鬟宫样妆，秋风一曲杜韦娘。司空见惯浑闲事，断尽苏州刺史肠。"或云是韦应物也。别详卷一《殢人娇》（满院桃花）注，与傅注微异。

金钗坠也　韩愈《酒中留上襄阳李相公》诗："银烛未消窗送曙，金钗半坠座添春。"余见本卷《菩萨蛮》"碧纱微露纤掺玉"阕。

亲曾见　《孟子》（《万章》上）：岂若吾身亲见之哉？

高唐　傅注：楚襄王梦与巫山神女接，且以告宋玉，且言其神女之妙丽，宋玉因为《高唐赋》云。余详卷一《祝英台》近（挂轻帆）注。

【评】

“画堂别是风光”句：宴席。“腻玉圆搓素颈，藕丝嫩、新织仙裳”三句：美人容态服饰。“余韵尚悠扬”句：歌声。“人间何处有”句：赞赏。“坐中有狂客，恼乱愁肠”句：动心。“春笋纤长”句：皓腕先攘。

【附考】

《梁溪漫志》程子山敦厚《跋坡词满庭芳》云：予闻苏仲虎云，有传此词以为先生作，东坡笑曰：“吾文章肯以藻绘一香篆盘乎？”其间如“画堂别是风光”及“十指露”之语，诚非先生肯云。子山之说，固人所共晓。

戊辰 《年谱》：元祐三年戊辰，先生年五十三。任翰林学士。是年省试，先生知贡举，又充馆伴北使。

西江月 送钱待制穆父

莫叹平齐落落，且应去鲁迟迟。与君各记少年时，须信人生如寄。　白发千茎相送，深杯百罚休辞。拍浮何用酒为池，我已为君德醉。 傅注本卷二

【校】

傅注本“平齐”作“平原”。 毛本题无“穆父”二字，余同傅本。

【朱注】

案《诗集》施注：钱勰字穆父，以龙图阁待制知开封府。坐奏狱

空不实，出知越州，时元祐三年九月。词有“去鲁”语，当为是年作。编戊辰。

【笺】

落落　《后汉书·耿弇传》：弇讨张步，步平散去。车驾至临淄劳军，群臣大会，帝谓弇曰：“将军前在南阳，建此大策，常以为落落难合，有志者事竟成也。”

迟迟　《孟子》（《万章》下）：孔子去鲁，迟迟吾行。

如寄　魏武帝《短歌行》：“人生如寄，多忧何为。”（按：此承傅注。此二句出自魏文帝曹丕《善哉行》，见《文选》卷二十七。）

白发二句　杜甫诗（《乐游园歌》）：“数茎白发那抛得，百罚深杯亦不辞。”

拍浮　《晋书·毕卓传》：卓尝谓人曰：“得酒满数百斛船，四时甘味置两头，右手持酒杯，左手持蟹螯，拍浮酒船中，便足了一生矣。”

酒池　《史记·大宛传》：于是大觳抵，出奇器诸怪物，多聚观者。行赏赐，酒池肉林，令外国客遍观各仓库府藏之积，见汉之广大，倾骇之。

德醉　《诗·小雅·宾之初筵》：“既醉而出，并受其福。醉而不出，是谓伐德。”《大雅·既醉》：“既醉以酒，既饱以德。君子万年，介尔景福。”

己巳　《年谱》：元祐四年己巳，先生年五十四。任翰林学士。三月内，累章请郡，除龙图阁学士，知杭州。以七月三日到杭州任。是年过吴兴，又作《定风波》为六客词。

定 风 波

余昔与张子野、刘孝叔、李公择、陈令举、杨元素会于吴兴，时子野作六客词，其卒章云：“见说贤人聚吴分，试问，也应旁有老人星。”凡十五年，再过吴兴，而五人者皆已亡矣。时张仲谋与曹子方、刘景文、苏伯固、张秉道为坐客，仲谋请作后六客词云。

月满苕溪照夜堂，五星一老斗光芒。十五年间真梦里，何事，长庚配月独凄凉。　绿发苍颜同一醉，还是，六人吟笑水云乡。宾主谈锋谁得似，看取，曹刘今对两苏张。　傅注本卷四

【校】

傅注本题首有“公自序云”四字，“元素”作“公素”，“卒章”下无“云”字，“见说”作“尽道”，“配月”作“对月”，“还是”作“谁是”。　毛本“配”作“对”。

【朱注】

王《案》：己巳三月，告下，除龙图阁学士，充浙西路兵马钤辖，知杭州军州事。《年谱》：己巳过吴兴作。案《纪年录》编此入甲寅，误据张子野作词年也。　《诗集》王注：次公曰：刘述，吴兴人。施注：刘孝叔名述。东坡倅杭。与孝叔会虎丘。吴兴六客堂，孝叔其一人也。曹辅字子方，海陵人，元祐三年自太仆丞为福建转运判官。刘景文名季孙，开封祥符人，以左藏副使为两浙兵马都监。东坡为守，一

见遇以国士，表荐之。《宋诗纪事》：曹辅字子方，华州人，号静常先生。王文诰曰：张秉道名弼，杭人，公屡称髯张者也。张仲谋，徐君猷妻舅。

【笺】

苕溪　注见卷一《南歌子》“山雨萧萧过”阕。

五星一老　傅注：《汉书》：高祖元年，五星聚于东井。又孝武元朔中，用邓平所造历，故日月如合璧，五星如连珠。《晋志》：老人一星，在弧南，见则治平，主寿昌。常以秋分候之南郊。

长庚配月　傅注：长庚，太白星也。韩退之诗云：“东方未明大星没，独有太白配残月。”　案：《诗经》（《小雅·大东》）：“东有启明，西有长庚。”马融《广成颂》：“曳长庚之飞霄，载日月之太常。”注：长庚即太白星。

水云乡　注见卷一《南歌子》“欲执河梁手”阕。

曹刘苏张　傅注：即后六客也。　案：世称曹植、刘祯为曹刘，苏秦、张仪为苏张。杜甫《寄高常侍》诗：“总戎楚蜀应全未，方驾曹刘不啻过。”班固《答宾戏序》：感东方朔、扬雄自喻，以不遭苏、张、范、蔡之时，曾不折之以正道，明君子之所守，故聊复应焉。

点　绛　唇

己巳重九和苏坚

我辈情钟，古来谁似龙山宴。而今楚甸，戏马余飞观。

顾谓佳人，不觉秋强半。筝声远，鬓云撩乱，愁入参差雁。

傅注本卷八

【校】

傅注本“撩乱”作“吹乱”。 元本题“己”作“乙”。从傅本。毛本“筝”作“箫”。

【朱注】

《年谱》：己巳，和苏伯固。《纪年录》：己巳作。

【笺】

苏坚 《诗集》施注：苏伯固名坚，博学能诗，东坡与讲宗盟。自黄徙汝，同游庐山，有《归朝欢》词，以刘梦得比之。坡自翰林守杭，道吴兴，伯固以临濮县主簿、监杭州在城商税，自杭来会，作后六客词，伯固与焉。方经理开西湖，伯固建议，谓当参酌古今而用中策。湖成，其力为多。后一岁，又相从于广陵，有《和伯固韵送李学博》诗。坡归自海南，伯固在南华相待，有诗。黄鲁直谪死宜州，至大观间，伯固在岭外，护其丧归葬双井，其风义如此。

情钟 《晋书·王衍传》：衍尝丧幼子，山简吊之，衍悲不自胜。简曰：“孩抱中物，何至如此？”衍曰：“圣人忘情，最下不及情。然则情之所钟，正在我辈。”简闻其言，更为之恸。

龙山 《晋书·孟嘉传》：嘉为桓温参军，九月九日，温宴龙山，时佐吏并著戎服，有风至，吹嘉帽落，嘉不之觉。温命孙盛作文嘲嘉，嘉即答之，其文甚美，四坐嗟叹。余详本卷《醉蓬莱》（笑劳生一梦）注。

楚甸 傅注：彭城楚地，今为甸服。

戏马 傅注：戏马台在彭城，项羽所作。余详卷一《浣溪沙》（缥缈红妆照浅溪）注。飞观，楼观也。曹子建诗：“飞观百余尺。”

参差雁 傅注：雁，筝雁也。筝柱斜列，参差如雁，故贯休诗云：

“刻成筝柱雁相挨。”

庚午 《年谱》：元祐五年庚午，先生年五十五。在杭州任。是年用监税苏坚之议，浚盐桥、茅山二河。又用钱塘尉许敦仁之议，开西湖，以壅土作堤，筑桥其上，从北山直抵南屏，后人号为苏公堤。

临 江 仙

疾愈登望湖楼，赠项长官。

多病休文都瘦损，不堪金带垂腰。望湖楼上暗香飘。和风春弄袖，明月夜闻箫。　酒醒梦回清漏永，隐床无限更潮。佳人不见董娇娆。徘徊花上月，空度可怜宵。　傅注本卷二

【校】

傅注本“娆”作“饶”。

【朱注】

王《案》：庚午正月作。　《诗集》王注：洪朋曰：望湖楼一名看经楼，乾德七年忠懿王钱氏建。查注：《西湖游览志》：楼在昭庆寺前，一名先德楼。

【笺】

项长官　未详。

多病休文　《宋书》(《沈约传》)：沈约字休文。武帝立，累迁光禄大夫。初，约久处端揆，有志台司，而帝终不用。乃求外出，遂以书陈情于徐勉，言己老病，百日数旬，革带常应移孔，以手握臂，率计月小半分。欲谢事求归老之秩。

董娇娆　《玉台新咏》有汉宋子侯《董娇娆》诗。杜甫诗(《春日戏题恼郝使君兄》)：“细马时鸣金腰袅，佳人屡出董娇娆。”注：娇娆，名姬也。

可怜宵　沈玄机《感异记》：玄机名警，因奉使秦陇上，过张女郎庙，酌水献花以祝云：“酌彼寒泉水，红芳掇岩谷。虽致之非远，而荐之异俗。丹诚在此，神其感录。”既而日暮，短亭税驾，望月弹琴，作《凤将雏雏衔娇》曲。其词曰：“命啸无人啸，含娇何处娇。徘徊花上月，空度可怜宵。”

南歌子　杭州端午

山与歌眉敛，波同醉眼流。游人都上十三楼，不羡竹西歌吹古扬州。　菰黍连昌歜，琼彝倒玉舟。谁家《水调》唱歌头，声绕碧山飞去晚云留。　傅注本卷五

【校】

傅注本“杭州”作“钱塘”。毛本题作“游赏”。

【朱注】

《西湖志》：十三间楼在石佛院，东坡守杭日，每治事于此。

【笺】

歌眉二句　梁谢堰（偃）《听歌赋》：“低翠蛾而敛色，睇横波而流光。”

竹西歌吹　傅注：扬州有蜀冈，有竹西亭。杜牧诗：“斜阳竹西路，歌吹是扬州。”

菰黍昌歜　《风土记》：五月五日，以菰叶裹黏米，楚祭屈原之遗风。又俗饮菖蒲酒。《左传》：飨有昌歜。注云：菖蒲也。

琼彝玉舟　傅注：《周礼·司尊彝》：有鸡、虎等六彝之名，所以纳五齐三酒也。而彝皆有舟，则舟者彝下之台，所以承载彝，若今承盘然。世俗或用琼玉为之。

水调歌头　《明皇杂录》：明皇好《水调歌》。及胡羯犯京，上欲迁幸，犹登花萼楼，置酒，四顾凄怆。有进《水调歌》者，上闻之，潸然曰：“谁为此词？”左右对曰：“宰相李峤。”上曰：“真才子也。”傅注：《水调曲》颇广，谓之歌头，岂非首章之一解乎？白居易诗（《柳枝词八首》）：“《六幺》《水调》家家唱。”余详卷一《虞美人》（湖山信是东南美）注。

云留　注见本卷《水龙吟》“小舟横截春江”阕。

又

古岸开青葑，新渠走碧流。会看光满万家楼，记取他年扶病入西州。　佳节连梅雨，余生寄叶舟。只将菱角与鸡头，更有月明千顷一时留。　傅注本卷五

【校】

毛本题作“湖景和前韵”,“病”作“路”。

【朱注】

案公于元祐五年五月五日《申三省起请开湖六条状》。本传云:取葑田,积湖中为长堤。词赋此事,韵同前首,一时作也。

【笺】

青葑　傅注:《广韵》:葑,菰根也。今江东有葑田。公时请修西湖,大开水利。葑,方用切。

碧流　柳宗元诗(《酬曹侍御过象县见寄》):“破额山前碧玉流。”

西州　《晋书·谢安传》:安还都,闻当舆入西州门,自以本志不遂,深自慨失。羊昙者,太山人,知名士也,为安所爱重。安薨后,辍乐弥年,行不由西州路。尝游石头大醉,扶路唱乐,不觉至州门,左右白曰:“此西州门。”昙悲感不已,以马策扣扉,诵曹子建诗曰:“生存华屋处,零落归山丘。”恸哭而去。余详卷一《水调歌头》(安石在东海)注。

梅雨　周处《风俗记》:梅熟时雨,谓之梅雨。

叶舟　古诗:“生涯一叶舟。”韩愈诗(《湘中酬张十一功曹》):“清湘一叶舟。”(今按:此承传注。“清湘一叶舟”,《全唐诗》卷三百四十三作“共泛清湘一叶舟”,此脱“共泛”二字。)

菱角鸡头　《周礼》(《天官冢宰·笾人》):菱芡栗脯。注:菱,芰也。芡,鸡头也。

减字木兰花

钱塘西湖有诗僧清顺，所居藏春坞，门前有二古松，各有凌霄花络其上，顺常昼卧其下。时余为郡，一日屏骑从过之，松风骚然。顺指落花求韵，余为赋此。

双龙对起，白甲苍髯烟雨里。疏影微香，下有幽人昼梦长。

湖风清软，双鹊飞来争噪晚。翠飐红轻，时上凌霄百尺英。

傅注本卷九

【校】

傅注本题文入注，前有“本事集云”四字，“所居藏春坞”作“居其上，自名藏春坞”，“时余”作“子瞻”，“求韵”作“觅句”，“余为”作“子瞻为”。“红轻”作“红倾”，“时上”作“时下”。毛本题小异，“上”作“下”。

【朱注】

王《案》：庚午五月作。　《冷斋夜话》：西湖僧清顺字怡然，清苦多佳句，东坡亦与游，多唱和。

【笺】

藏春坞　《长编》：刁约作藏春坞，日游其中。

凌霄花　《诗·苕之华》笺：陵苕，今谓之陵霄花。一作“凌”。《本草图经》：凌霄花多生山中，人家园圃亦或种莳。初作藤依大木，至其颠而有花，色黄赤，夏中乃盛如锦绣。不可仰望，露滴目中，有失明者。

鹊桥仙　七夕和苏坚

乘槎归去，成都何在，万里江沱汉漾。与君各赋一篇诗，留织女、鸳鸯机上。　还将旧曲，重赓新韵，须信吾侪天放。人生何处不儿嬉，看乞巧、朱楼彩舫。　傅注本卷六

【校】

傅注本题无“和苏坚”三字。元本“沱”作“涛”。从傅本。

【朱注】

王《案》：庚午七月七日和苏坚。

【笺】

乘槎　注见卷一《南歌子》“海上乘槎侣”阕。

江沱汉漾　傅注：江、汉二水，源皆在蜀。江水出岷山，故《书》称“岷山导江，东别为沱”。汉水出嶓冢，故《书》称“嶓冢导漾，东流为汉”。

织女　《诗》(《小雅·大东》)：“跂彼织女，终日七襄。”

鸳机　李商隐诗(《即日》)：“几家缘锦字，含泪坐鸳机。”

天放　《庄子》(《马蹄》)：“一而不党，命曰天放。”

乞巧　傅注：《荆楚岁时记》：七夕，妇人结彩楼，穿七孔针，陈瓜果于中庭以乞巧。有蟢子网于瓜上，则以为得。今世七夕作小彩舫以乞巧。

点绛唇　庚午重九

不用悲秋，今年身健还高宴。江村海甸，总作空花观。

尚想横汾，兰菊纷相半。楼船远，白云飞乱，空有年年雁。

傅注本卷八

【校】

元本“村”字下注云：“一作‘封’。”毛本题未有“再用前韵”四字。

【朱注】

《纪年录》：庚午，再和苏坚前年韵。王《案》：庚午九月九日，和去岁重九。

【笺】

悲秋　宋玉《九辩》：“悲哉秋之为气也。”

今年身健　注见卷一《浣溪沙》“《白雪》清词出坐间”阕。

空花　傅注：释氏以圆明达观，视世界如空中花耳。　《圆觉经》：用此思维，辨于佛镜，犹如空华，复结空果。

横汾　汉武帝《秋风辞》序：上行幸河东，祠后土，顾视帝京欣然。中流与群臣饮燕，上欢甚，乃自作《秋风辞》曰：“秋风起兮白云飞，草木黄落兮雁南归。兰有秀兮菊有芳，携佳人兮不能忘。泛楼舡兮济汾河，横中流兮扬素波。箫鼓鸣兮发棹歌，欢乐极兮哀情多。少壮几时兮奈老何。”李白诗（《九日登巴陵置酒望洞庭水军》）：“忆昔传游豫，楼船壮横汾。”

年年雁　李峤《汾阴行》：“不见只今汾水上，惟有年年秋雁飞。”见卷一《虞美人》(湖山信是东南美)注。

又 再和送钱公永

莫唱《阳关》，风流公子方终宴。秦山禹甸，缥缈真奇观。

北望平原，落日山衔半。孤帆远，我歌君乱，一送西飞雁。

傅注本卷八

【校】

傅注本“秦”作“泰”，元本同。从毛本。

【朱注】

案仍和前韵，附编。

【笺】

阳关 傅注：唐王维诗“西出阳关无故人”，今人多画为图，谓之《阳关图》，即此曲也。见卷一《江城子》(翠蛾羞黛怯人看)注。

禹甸 《诗》(《大雅·韩奕》)：“弈弈梁山，维禹甸之。”

山衔半 李白诗(《乌栖曲》)：“吴歌楚舞欢未毕，青山犹衔半边日。”

我歌君乱 傅注：言之不足故歌，歌之不足则乱。乱者理也，重理一篇之义。故古之词赋，多著乱词于末章，如《楚词》之类是也。

好事近 西湖夜归

湖上雨晴时，秋水半篙初没。朱槛俯窥寒鉴，照衰颜华发。

醉中吹堕白纶巾，溪风漾流月。独棹小舟归去，任烟波摇兀。 傅注本卷五

【校】

傅注本“吹”作“欲”，“摇”作“飘”。毛本题作“湖上”，余同傅本。

【朱注】

王《案》：庚午九月泛湖作。

【笺】

白纶巾 傅注：纶，青丝也。白纶巾，则有青白织纹矣。见本卷《念奴娇》（大江东去）注。

辛未 《年谱》：元祐六年辛未，先生年五十六，在杭州任。三月九日，被旨赴阙。寒食去郡，过润州，别张秉道。既到京师，除翰林承旨，复侍迩英。数月，以弟嫌请郡，复以旧职知颍州。是年颍州灾伤，先生奏乞罢黄河夫万人，开本州岛沟渎，从之。

渔家傲 送吉守江郎中

送客归来灯火尽，西楼淡月凉生晕。明日潮来无定准。潮来稳，舟横渡口重城近。 江水似知孤客恨，南风为解佳人愠。莫

学时流轻久困。频寄问，钱塘江上须忠信。 **傅注本卷三**

【校】

傅注本、元本、毛本题“吉”俱作“台”。 毛本“潮来稳”作“风未稳”。

【朱注】

王《案》：庚午五月，送江公著赴台州作。案《诗集》辛未有《送江公著知吉州》诗。施注：公著字晦叔，元祐初以近臣荐通判陈州，入为太学太常博士。出守庐陵，元符间知泉州，建中靖国初，知虔州。未几，除广东转运判官、提点湖南刑狱、京西转运判官。据此，公著未为台守，“台”当作“吉”，形近而误。今从诗编辛未。

【笺】

吉守江郎中 《宋诗纪事》：江公著字晦叔，睦州建德人，治平四年进士。《元和郡县志》：吉州本秦庐陵，属九江郡。兴平二年，分豫章于此，置庐陵郡，隋改吉州。《太平寰宇记》：吉州以界内吉阳水为郡名，南至虔州五百三十里。

月晕 周王褒诗（《关山月》）：“风多晕欲生。”《正韵》：晕，禹愠切，音运。日旁气也。《释名》：晕，卷也。气在外卷结之也。日月俱然。

潮来 李白诗（《新林浦阻风寄友人》）：“潮水宁可信，大风难与期。”

南风 注见本卷《瑶池燕》“飞花成阵春心困”阕。

久困 《史记·苏张列传》：苏秦出游，大困而归，兄弟嫂妹妻妾窃皆笑之，曰：“周人之俗，治产业，力工商，逐十一以为务。今子释本而事口舌，困，不亦宜乎？”

忠信　傅注：《列子》：孔子自卫至鲁，息驾于河梁而观焉。有悬水三十仞，圜流九千里，鱼鳖弗能游，鼋鼍弗能居。有一丈夫，方将游之，孔子使人并涯止之曰："此悬水三十仞，圜流九千里，鱼鳖弗能游，鼋鼍弗能居也，意者难可以济乎。"丈夫不以措意，遂渡而出。孔子从而问之："巧乎？有道术乎？所以能入而出者，何也？"对曰："始吾之入也，先以忠信；及吾之出也，又从以忠信。忠信错吾躯于彼流，而吾不敢用私，所以能入而出者此也。"孔子谓弟子曰："二三子识之。水者犹可以忠信诚身亲之，而况人乎？"钱塘江险恶，多覆行舟，故云。案傅注所引《列子》，与今本《列子·黄帝篇》（按：当为《说符篇》。）所载丈夫游水事大有出入，疑所见古本如此也。

【评】

"西楼淡月凉生晕"句：送别筵景况。"明日潮来无定准"句：转。"潮来稳，舟横渡口重城近"两句：别地。"南风为解佳人愠"句：慰藉之词。"频寄问，钱塘江上须忠信"两句：劝勉之词。末批：此当别有所感，或公著不甚得意，故云然。

浣　溪　沙

雪颔霜髯不自惊，更将翦彩发春荣。羞颜未醉已先赪。
莫唱黄鸡并白发，且呼张丈唤殷兄。有人归去欲卿卿。
傅注本卷十

【校】

傅注本题作"公守湖，辛未上元日，作会于伽蓝中。时长老法惠在坐，人有献翦彩花者，甚奇，谓有初春之兴。作浣溪沙二首，因寄袁公济”。 元本同傅本。 毛本“丈”作“友”。

【笺】

翦彩 《荆楚岁时记》：正月人日，翦彩为人，或缕金箔为之，以贴屏风。梁简文帝《雪里觅梅花》诗：“定须还翦彩，学作两三枝。”

黄鸡白发 注见本卷《浣溪沙》“山下兰芽短浸溪”阕。

张丈殷兄 白居易《元日内宴呈张侍御二十八丈殷判官二十三兄》：“犹有夸张少年处，笑呼张丈唤殷兄。”

卿卿 《世说》：王浑妻钟夫人言尝卿浑，浑曰：“讵可？”妻曰：“怜卿爱卿，是以卿卿。我不卿卿，谁当卿卿？”（按：此承傅注。检今本《世说新语·溺惑》所载为王戎（安丰）与其妇之事。傅注将王戎妇与王浑妻误混，龙笺承误。）

【评】

“羞颜未醉已先赪”句：言对花自惭年老也。“莫唱黄鸡并白发”句：勿伤老。“且呼张丈唤殷兄”句：喜得朋。“有人归去欲卿卿”句：更喜□作有之妻，此戏谑之词。

又

料峭东风翠幕惊，云何不饮对公荣。水晶盘莹玉鳞赪。
花影莫孤三夜月，朱颜未称五年兄。翰林子墨主人卿。

同前

【校】

傅注本“孤”作“辜”。

【朱注】

《年谱》：辛未作。王《案》：辛未游伽蓝院，寄袁彀。 《诗集》施注：袁公济名彀，四明人。时倅杭，后知处州。

【笺】

公荣 《晋书·王戎传》：戎尝与阮籍饮，时兖州刺史刘昶字公荣在坐，籍以酒少，酌不及昶，昶无恨色。戎异之，他日问籍曰：“彼何如人也？”答曰：“胜公荣，不可不与饮；若减公荣，则不敢不共饮；惟公荣可不与饮。”

水晶盘 杜甫《丽人行》：“紫驼之峰出翠釜，水精之盘行素鳞。”

三夜月 傅注：元宵三夕。

五年兄 《礼记·曲礼》：年长以倍，则父事之。十年以长，则兄事之。五年以长，则肩随之。

翰林子墨 扬雄《长杨赋》序：雄从至射熊馆，还，上《长杨赋》。聊因笔墨成文章，故藉翰林以为主人，子墨为客卿以风。

【评】

“料峭东风翠幕惊”句：时序。“云何不饮对公荣。水晶盘莹玉鳞赪”句：宴席。“朱颜未称五年兄”句：喜宾主之尽欢也。合当也。“翰林子墨主人卿”：主人倒装。

又 送叶淳老

阳羡姑苏已买田，相逢谁信是前缘。莫教便唱水如天。

我作洞霄君作守，白头相对故依然。西湖知有几同年？

【校】

傅注本、毛本俱无。

【朱注】

案《诗集》辛未正月，有《与叶淳老侯敦夫张秉道同相视新河次韵》诗，词当亦是时作。施注：淳老，温叟字。

【笺】

叶淳老　冯应榴曰：《续通鉴长编》：元祐六年正月，两浙路转运副使叶温叟为主客郎中。先生作诗时，尚在浙也。又温叟为先生同年，见《避暑录话》。

水如天　赵嘏《江楼感旧》："独上江楼思渺然，月光如水水如天。同来望月人何处，风景依稀似去年。"

洞霄　《唐书·地理志》：真源县有洞霄宫，先天太后祠也。先生诗（《和张子野见寄三绝句·过旧游》）："更欲洞霄为隐吏，一庵闲地且相留。"

【评】

"相逢谁信是前缘"句：乍见还离。"我作洞霄君作守"句：往事。"西湖知有几同年"句：伤感。

西江月　宝云真觉院赏瑞香

公子眼花乱发，老夫鼻观先通。领巾飘下瑞香风，惊起谪仙春梦。　后土祠中玉蕊，蓬莱殿后鞓红。此花清绝更纤秾，把酒

何人心动。 傅注本卷二

【校】

傅注本题作“真觉赏瑞香三首”。 元本“清绝”作“青色”，从傅本。 毛本题无“宝云院”三字。

【朱注】

王《案》：辛未二月，诏下，以翰林学士承旨召还，罢杭州任。三月，和曹辅《龙山真觉院瑞香花》诗，再作《西江月》词。《诗集》查注：《咸淳临安志》：北山宝云寺，乾德二年钱氏建，旧名千光王寺，雍熙二年改今额。《武林梵志》：宝云寺在宝云山下，即玛瑙寺东空园也。《西湖游览志》：龙山稍北为玉厨山，有真觉院。

【笺】

瑞香 《庐山记》：一比丘昼寝盘石上，梦中闻花香酷烈，及觉，求得之，因名睡香。四方奇之，谓为花中祥瑞，遂名瑞香。《诗集》查注：桑乔《庐山纪事》：瑞香产山中，南唐中主爱之，移植于含风殿，名曰紫蓬莱。《咸淳临安志》：今东西马塍，瑞香最多，大者名锦熏笼。见卷一《浣溪沙》（惭愧今年二麦丰）注。

眼花 杜甫《饮中八仙歌》：“知章骑马似乘船，眼花落井水底眠。”

鼻观 傅注：鼻观，见《圆觉经》。先生《烧香》诗：“不是闻思所及，且令鼻观先参。”

领巾 《杨太真外传》：乾元元年，贺怀智又上言曰：“昔上夏日与亲王棋，令臣独弹琵琶，贵妃立于局前观之。上数枰子将输，贵妃放康国猧子上局乱之，上大悦。时风吹贵妃领巾于臣巾上，良久回身，方落。及反归，觉满身香气，乃卸头帻贮于锦囊中。今辄进所贮幞头。”上皇发囊，且曰：“此瑞龙脑香，吾曾施于暖池玉莲朵，再幸尚有香气宛然，况乎丝缕润腻之物哉！”遂凄怆不已。

谪仙　《唐书·文艺传》：李白字太白，天宝初，南入会稽，与吴筠善。筠被召，故白亦至长安。往见贺知章，知章见其文，叹曰：“子谪仙人也。”言于玄宗，召见金銮殿，论当世事，奏颂一篇。帝赐食，亲为调羹，有诏供奉翰林。白犹与饮徒醉于市，帝坐沉香亭子，意有所感，欲得白为乐章。召入而白已醉，左右以水頮面，稍解。援笔成文，婉丽精切无留意。帝爱其才，数宴见。白尝侍帝，醉，使高力士脱靴。力士素贵，耻之，摘其诗以激杨贵妃。帝欲官白，妃辄沮止。余详卷一《满江红》（江汉西来）注。

玉蕊　傅注：扬州后土夫人祠有琼花一本，天下所无。　案《扬州府志》及朱显祖《琼花志》，昔惟扬州后土祠有琼花一株，世传为唐人所植，叶柔平莹泽，花大瓣厚，色淡黄，清馥异常。后土祠在宋为蕃厘观，曾筑无双亭于花旁。仁宗时，尝从观中移植禁苑，逾年而枯，载还扬州，复活。元至正中，枯死。

鞓红　傅注：欧阳文忠公《禁中见鞓红牡丹》诗：“盛游西洛方年少，晚落南谯号醉翁。白首归来玉堂上，君王殿后见鞓红。”又陈充诗：“蓬莱殿后花如锦。”又《牡丹记》云：鞓红者，单叶，青红花，出青州，亦曰青州红。故张仆射齐贤有第西京贤相坊，自青州以既驼驮其种，遂传洛中。其色类腰带鞓，故谓之鞓红。

【评】

“公子眼花乱发”句：色。“老夫鼻观先通”句：香。“领巾飘下瑞香风”句：感触。“后土祠中玉蕊”句：陪衬。“此花清绝更纤句：□转。“把酒何人心动”句：放开。

又

坐客见和，复次韵。

小院朱阑几曲，重城画鼓三通。更看微月转光风，归去香云入梦。　翠袖争浮大白，皂罗半插斜红。灯花零落酒花秾，妙语一时飞动。　傅注本卷二

【朱注】

王《案》：辛未三月，又次韵。

【笺】

三通　傅注：三通，三迭鼓声也。

光风　宋玉《招魂》："光风转蕙，泛崇兰些。"

浮白　《汉书》(《叙传》)注：师古曰：谓引取满觞而饮，饮讫，举觞告白尽不也。一说白者，罚爵之名也。饮有不尽者，则以此爵罚之。魏文侯与大夫饮酒，令曰："不釂者浮以大白。"于是公乘不仁举白浮君是也。

皂罗　傅注：皂罗特髻也。　《宋史·舆服志》：重戴，唐士人多尚之，盖古大裁帽之遗制，以皂罗为之。先生诗(《李钤辖坐上分题戴花》)："绿珠吹笛何时见，欲把斜红插皂罗。"

酒花　孟郊诗(《送殷秀才南游》)："酒花熏别颜。"李群玉诗(《望月怀友》)："酒花荡漾金尊里。"

【评】

"重城画鼓三通"句：时地。"更看微月转光风，归去香云入

梦”句：为瑞香传神。“翠袖争浮大白”句；欢宴。“灯花零落酒花秾，妙语一时飞动”两句：款洽。

又

再用前韵，戏曹子方。坐客云瑞香为紫丁香，遂以此曲辨证之。

怪此花枝怨泣，托君诗句名通。凭将草木记吴风，继取相如云梦。　点笔袖沾醉墨，谤花面有惭红。知君却是为情秾，怕见此花撩动。　傅注本卷二

【校】

傅注本题作“真觉府瑞香一本，曹子方不知，以为紫丁香，戏用前韵”。“坐客”下十六字移作小注置词后，而冠以“公旧注云”四字。“秾”作“浓”。　元本题无“坐客”下十六字，从毛本。

【朱注】

王《案》：辛未三月，又用前韵。

【笺】

曹子方　《诗集》施注：曹辅字子方，海陵人。元祐三年九月，自太仆丞为福建转运判官。东坡继出守钱塘，同过吴兴，作后六客词，子方其一也。子方自闽归，道钱塘，有《真觉院瑞香花》《雪中同游西湖》二诗。后提点广西刑狱，先生在惠，数有往来书帖。元祐党祸，诸贤皆在巡内，子方不阿时好，周恤备至，士论与之。绍圣二年，移至衢州。

丁香　《本草》：丁香一名丁子香，生东海及昆仑国。二月三月，花开紫白色，至七月方始成实，小者为丁香，大者如巴豆，为母丁香。杜牧诗（《代人寄远二首》）：“绣领任垂蓬髻，丁香自结春梢。”

相如云梦　傅注：汉司马相如为《子虚赋》，而载云梦之饶，故山泉土石、草木禽鱼，无不毕究。　案《子虚赋》：臣闻楚有七泽，尝见其一，未睹其余也。臣之所见，盖特其小小者耳，名曰云梦。别详卷一《水龙吟》（楚山修竹如云）注。

醉墨　陆龟蒙诗（《奉和袭美醉中偶作见寄次韵》）：“怜君醉墨风流甚，几度题诗小谢斋。”

【评】

“怪此花枝怨泣，托君诗句名通”两句：为花抱屈。“凭将草木记吴风。继取相如云梦”两句：辨正，宜加参考。“点笔袖沾醉墨，谤花面有惭红”：谓其率然置议也。“知君却是为情秾，怕见此花撩动”两句：应上“怨泣”。大约子方颇恨坐客之不辨花名也。

木兰花　令次马中玉韵

知君仙骨无寒暑，千载相逢犹旦暮。故将别语恼佳人，欲看梨花枝上雨。　落花已逐回风去，花本无心莺自诉。明朝归路下塘西，不见莺啼花落处。　傅注本卷十一

【校】

傅注本“欲”作“要”，毛本同。　元本题“中”误作“仲”，“回风”作“风回”，从傅本。

【朱注】

王《案》：辛未三月，马瑊赋《木兰花令》送别，再和瑊词。《诗集》查注：《黄山谷年谱》：马瑊茌平人。《玉照新志》：东坡先生知杭州，马中玉瑊为浙漕。东坡被召赴阙，中玉席间作词曰："来时吴会犹残暑，去日武林春已暮。欲知遗爱感人深，洒泪多于江上雨。

欢情未举眉先聚，别酒多斟君莫诉。从今宁忍看西湖，抬眼尽成肠断处。"东坡和之。

【笺】

仙骨　傅注：得仙道者，深冬不寒，盛夏不热。

梨花雨　白居易《长恨歌》："玉容寂寞泪阑干，梨花一枝春带雨。"

【评】

"千载相逢犹旦暮"句：谓其容色不衰。"故将别语恼佳人，欲看梨花枝上雨"两句：谓其风情未减。"落花已逐回风去。花本无心莺自诉"两句：谓彼本无意，特马君故作此态耳。"不见莺啼花落处"句：转眼成空，饶有韵致。

虞美人　送马中玉

归心正似三春草，试著莱衣小。橘怀几日向翁开，怀祖已瞋文度不归来。　禅心已断人间爱，只有平交在。笑论瓜葛一枰同，看取《灵光》新赋有家风。　傅注本卷八

【校】

傅注本题送下有“浙宪”二字。“瞋”作“嗔”。　元本无题，从毛本。

【朱注】

案中玉，元祐五年改两浙路提刑。是时或去官宁亲，故词有“橘怀”、“怀祖”等语。公答中玉诗云“灵运子孙俱得凤”，亦谓其父也。

【笺】

三春草　孟郊《游子吟》：“慈母手中线，游子身上衣。临行密密缝，意恐迟迟归。谁言寸草心，报得三春晖。”

莱衣　《高士传》：老莱子孝奉二亲，行年七十，常身著五色斑斓之衣，为小儿戏啼，欲亲之喜也。

橘怀　《吴志·陆续传》：绩字公纪，吴人也。父康，汉末为庐江太守。绩年六岁，于九江见袁术，术出橘，绩怀三枚去，拜辞堕地。术谓曰：“陆郎作宾客而怀橘乎？”绩跪答曰：“欲归遗母。”术大奇之。

怀祖　《晋书·王湛传》：湛孙述，字怀祖。子坦之，为桓温长史，温欲为子求婚于坦之。及还家省父，而述爱坦之，虽长大，犹抱置膝上。坦之因言温意，述大怒，遽排下曰：“汝竟痴耶？讵可畏温面而以女妻兵也。”坦之乃辞以他故。温曰：“此尊君不肯耳。”遂止。坦之字文度。

人间爱　傅注：《法镜经》曰：凡夫贪著六尘，不知厌足，今圣人断除贪爱，除六情饥馑也。

瓜葛　《晋书·王导传》：导子悦，字长豫。弱冠有高名，事亲色养，导甚爱之。导尝共悦弈棋，争道，导笑曰："相与有瓜葛，那得为尔耶？"

灵光新赋　傅注：后汉王逸工词赋，尝欲作《鲁灵光殿赋》，命其子延寿往录其状。延寿因韵之，以简其父。父曰："吾无以加。"遂不复作。　《文选·鲁灵光殿赋》注：范晔《后汉书》曰，王逸字叔师，南郡宜城人也。子延寿，字文考，有儁才，游鲁，作《灵光殿赋》。后蔡邕亦造此赋，未成，及见延寿所为，甚奇之，遂辍翰而止。后溺水死，时年二十余。

【评】

"归心正似三春草，试著莱衣小"两句：谓其思归者亲也。"橘怀几日向翁开，怀祖已瞋文度不归来"两句：谓其亲之罣念也。"禅心已断人间爱"：谓交情。"笑论瓜葛一枰同，看取灵光新赋有家风"：谓其家世书香兼饶乐趣也。

临江仙　送钱穆父

一别都门三改火，天涯踏尽红尘。依然一笑作春温。无波真古井，有节是秋筠。　惆怅孤帆连夜发，送行淡月微云。尊前不用翠眉颦。人生如逆旅，我亦是行人。　傅注本卷三

【校】

毛本无题。

【朱注】

《诗集》施注：钱穆父，元祐初拜中书舍人，迁给事中，知开

封。出守越州，归从班，再知开封。　案穆父罢越守北归，在辛未春，是词当送之于过杭时也。

【笺】

改火　傅注：《论语》：钻燧改火。《周官·司爟》：季春出火。然则出火为改新火也。见卷一《望江南》（春未老）注。

红尘　《汉书》：红尘四合。（按：此承傅注。此句出自班固《西都赋》，载《后汉书》中。）祖咏诗："停车傍明月，走马入红尘。"（按：此二句非祖咏诗，出自王諲《十五夜观灯诗》，见《全唐诗》卷一四五。）

春温　《庄子》（《大宗师》）：暖然似春，凄然似秋。《史记·田齐世家》：驺忌子以鼓琴见威王，威王悦而舍之右室。须臾，王鼓琴，驺忌子推户入曰："善哉，鼓琴。"王勃然不悦，曰："夫子见容未察，何以知其善也？"驺忌子曰："夫大弦浊以春温者，君也；小弦廉折以清者，相也；攫之深，醳之愉者，政令也；均谐以鸣，大小相益，回邪而不相害者，四时也。吾是以知其善也。"

古井秋筠　孟郊《列女操》："波澜誓不起，妾心井中水。"白居易诗（《赠元稹》）："无波古井水，有节青竹竿。"

逆旅　李白《春夜宴桃李园诗序》："夫天地者，万物之逆旅。光阴者，百代之过客。而浮生若梦，为欢几何？"

【评】

"天涯踏尽红尘"句：谓其去国日远。"依然一笑作春温。无波真古井，有节是秋筠"三句：谓其心境甚宽，饶有操守也。"送行淡月微云。尊前不用翠眉颦"两句：别时景况。"人生如逆旅"句：感伤。

八声甘州　寄参寥子

有情风万里卷潮来，无情送潮归。问钱塘江上，西兴浦口，几度斜晖。不用思量今古，俯仰昔人非。谁似东坡老，白首忘机。

记取西湖西畔，正春山好处，空翠烟霏。算诗人相得，如我与君稀。约他年、东还海道，愿谢公、雅志莫相违。西州路，不应回首、为我沾衣。　傅注本卷五

【校】

傅注本题下有“时在巽亭”四字。“春山”作“暮山”。　毛本“春”作“暮”。

【朱注】

案《渔隐丛话》：东坡别参寥长短句，“有情风万里卷潮来”云云，其词石刻后东坡自题云：“元祐六年三月三日。”余以《东坡年谱》考之，元祐四年知杭州，六年召为翰林学士承旨，则长短句盖此时作也。据编辛未。　《诗集》施注：僧道潜字参寥，于潜人。能文章，尤喜为诗。坡守钱塘，卜智果精舍居之。坡南迁，当路亦捃其诗语，谓有刺讥，得罪，反初服。

【笺】

参寥子　《诗集》施注：僧道潜字参寥，于潜人。能文章，尤喜为诗，尝有句云：“风蒲猎猎弄轻柔，欲立蜻蜓不自由。五月临平山下路，藕花无数满汀洲。”过东坡于彭城，甚爱之，以书告文与可，谓其诗句清绝，与林逋上下，而通了道义，见之令人萧然。苏黄门每称其体制绝类储光羲，非近时诗僧所能及。坡守吴兴，会于松江。坡既谪

居，不远二千里，相从于齐安。留期年，遇移汝海，同游庐山，有《次韵留别》诗。坡守钱塘，卜智果精舍居之，入院分韵赋诗，又作《参寥泉铭》。坡南迁，遂欲转海访之，以书力戒勿萌此意，自揣余生必须相见。当路亦捃其诗语，谓有刺讥，得罪，反初服。建中靖国初，曾子开在翰苑，言其非罪，诏复攫发。　《咸淳临安志》：参寥本姓何。幼不茹荤，以童子诵《法华经》为比邱，于内外典无所不窥。崇宁末示寂，赐号妙总大师。

钱塘西兴　傅注：钱塘、西兴，并吴中之绝景。　《唐书·地理志》：杭州余杭郡，县钱塘。《钱塘记》：大海在县东一里（符）[许]，郡议曹华信家议立此塘，以防海水。始开募，有能致一斛土者，即与钱一千。旬月之间，来者云集。塘未成而不复取，于是载土石者皆弃而去，塘以之成。故改名钱塘焉。《水经注》：浙江又东北流至钱塘县，谷水入焉。余详卷一《卜算子》（蜀客到江南）注。《会稽志》：西陵在萧山县，吴越改为西兴。郎士元《送李遂之越》诗："西兴待潮信，落日满孤舟。"余详卷一《瑞鹧鸪》（碧山影里小红旗）注。

俯仰人非　注见卷一《满江红》"东武南城"阕。

谢公雅志　注见卷一《水调歌头》"安石在东海"阕。

西州　傅注：西州者，《晋志》：扬州廨，王敦所创。开东、南、西三门，俗谓之西州。今润州是也。见本卷《南歌子》（古岸开青葑）注。

【评】

郑文焯曰：突兀雪山，卷地而来，真似（泉）[钱]塘江上看潮时，添得此老胸中数万甲兵，是何气象雄且桀。妙在无一字豪宕，无一语险怪，又出之以闲逸感喟之情，所谓骨重神寒，不食人间烟火气者。词境至此观止矣。又曰：云锦成章，天衣无缝，是作从至情流出，不假熨贴之工。

眉批：淡淡落笔，情态却极浓挚。“无情送潮归”句：谓聚散之无常。“几度斜晖”句：感岁华之易暮。“不用思量今古，俯仰昔人非”句：故作宽慰之词。“谁似东坡老，白首忘机”两句：言外兼饶悲感。“正春山好处，空翠烟霏”两句：共游之地。“算诗人相得，如我与君稀”两句：契合之情。“愿谢公、雅志莫相违”两句：思遂归老之约。“西州路，不应回首，为我沾衣”三句：以羊昙拟之，期得长共相保也。

西　江　月

苏州交代，林子中席上作。

昨夜扁舟京口，今朝马首长安。旧官何物对新官，只有湖山公案。　此景百年几变，个中下语千难。使君才气卷波澜，与把新诗判断。　傅注本卷二

【校】

傅注本、元本俱无题，从毛本。　傅本“对”作“与”，毛本同。毛本“夜”作“日”。

【朱注】

《咸淳临安志》：元祐六年二月，召轼为翰林承旨。是月癸巳，天章阁待制林希自润州移知杭州。案题云“交代”，当作于是时。苏州疑杭州之误。《东都事略》：林希字子中，元祐初为秘书少监，改

集贤修撰，知苏州。久之，以天章阁待制知杭州。

【笺】

京口　傅注：京口，今丹阳。《润州志》：扬子江一名京江。江从蜀来，数千里至京口，北距广陵，东注大海。《通鉴》胡三省注：大江径京口城北，谓之京口。余详卷一《醉落魄》（轻云微月）注。

新官旧官　注见卷一《诉衷情》“钱塘风景古今奇”阕。

湖山公案　傅注：公倅杭日作诗，后下狱，令供诗帐。此言“湖山公案”，亦谓诗也。禅家以言语为公案。

下语　傅注：禅家有下语之说。

波澜　杜甫诗（《追酬故人高蜀州人日见寄》）：“文章曹植波澜阔。”公尝有诗（《元祐六年六月自杭州台还……次诸公韵三首》）云：“文章曹植今堪笑，却卷波澜入小诗。”

判断　《羯鼓录》：上洞晓音律，尤爱羯鼓玉笛，常云：“八音之领袖，不可无也。”尝遇二月初，诘旦，巾栉方毕，时当宿雨初晴，景物明丽，小殿内庭柳杏将吐，睹而叹曰：“对此景物，岂得不与他判断之乎？”左右相目，将命备酒，独高力士遣取羯鼓。上旋命之临轩纵击一曲，名《春光好》，神思自得。及顾柳杏，皆已发坼。上指而笑谓嫔御曰：“此一事不唤我作天公可乎！”嫔御侍官皆呼万岁。

【评】

“苏州交代，林子中席上作”：此在苏州交代杭州事作也。“昨夜扁舟京口，今朝马首长安”两句：从京口来，往汴梁去也。“只有湖山公案”句：谓别无政绩也。“此景百年几变，个中下语千难”两句：谓湖山胜处，不易治理也。“与把新诗判断”句：以文德化民也。

临　江　仙

辛未离杭至润，别张弼秉道。

我劝髯张归去好，从来自己忘情。尘心消尽道心平。江南与塞北，何处不堪行。　俎豆庚桑真过矣，凭君说与南荣。愿闻吴越报丰登。君王如有问，结袜赖王生。　傅注本卷三

【朱注】

王《案》：辛未四月作。

【笺】

张弼　见本卷《定风波》"月满苕溪照夜堂"阕朱注。

髯张　杜甫《洗兵马》："张公一生江海客，身长七尺须眉苍。"又《送张参军》诗："好去张公子，通家别恨添。"

尘心　王维《桃源行》："不疑灵境难闻见，尘心未尽思乡县。"

道心　《虞书》：人心惟危，道心惟微。惟精惟一，允执厥中。

庚桑　《庄子·庚桑楚篇》：老聃之役，有庚桑楚者，偏得老聃之道，以北居畏垒之山。其臣之画然知者去之，其妾之挈然仁者远之。拥肿之与居，鞅掌之为使。居三年，畏垒大壤，畏垒之民相与言曰："庚桑子之始来，吾洒然异之。今吾日计之而不足，岁计之而有余，庶几其圣人乎。子胡不相与尸而祝之，社而稷之乎？"庚桑子闻之，南面而不释然。弟子异之，庚桑子曰："弟子何异于予？夫春气发而百草生，正得秋而万宝成。夫春与秋，岂无得而然哉？天道已行矣。吾闻至人尸居环堵之室，而百姓猖狂，不知所如往。今以畏垒之细民，而窃窃焉欲俎豆予于贤人之间，我其杓之人邪？吾是以不释于老聃

之言。”南荣趎蹵然正坐曰：“若趎之年者已长矣，将恶乎托业，以及此言耶？”庚桑子曰：“全汝形，抱汝生，无使汝思虑营营。若此三年，则可以及此言也。”

结袜王生　《汉书·张释之传》：释之为公车令，太子与梁王共车入朝，释之劾不下公门，不敬。文帝崩，景帝立，释之恐，称疾欲免去，惧大诛至；欲见［谢］，则未知何如。用王生计，卒见谢，景帝不过也。王生者，善为黄老言，处士。尝召居廷中，公卿尽会立，王生老人曰：“吾袜解。”顾谓释之：“为我结袜。”释之跪而结之。既已，人或让王生：“独奈何廷辱张廷尉如此？”王生曰：“吾老且贱，自度终亡益于张廷尉。廷尉方天下名臣，吾故聊使结袜，欲以重之。”诸公闻之，贤王生而重释之。释之事景帝岁余，为淮南相，犹尚以前过也。年老，病卒。

【评】

“尘心消尽道心平。江南与塞北，何处不堪行”三句：谓世情见惯，可以任运而行。“俎豆庚桑真过矣”句：谓招抚无功也。“凭君说与南荣”句：谓友好。“君王如有问，结袜赖王生”两句：冀其能为己向君王解释误会也。

木兰花令　次欧公西湖韵

霜余已失长淮阔，空听潺潺清颍咽。佳人犹唱醉翁词，四十三年如电抹。　草头秋露流珠滑，三五盈盈还二八。与余同是识翁人，惟有西湖波底月。　傅注本卷十一

【校】

傅注本、元本俱无题，从毛本。 毛本“颍”作“濑”。

【朱注】

王《案》：辛未五月到阙，八月告下，除龙图阁学士，知颍州军州事。到颍州，游西湖，闻唱《木兰花令》词，欧阳修所遗也，和韵。《六一词》：“西湖南北烟波阔，风里丝簧声韵咽。舞余裙带绿双垂，酒入香腮红一抹。 杯深不觉琉璃滑，贪看《六幺》《花十八》。明朝车马各东西，惆怅画桥风与月。”

【笺】

清颍 傅注：颍州有颍河、汝水。 案颍水出河南登封西境颍谷，东南流经禹县、临颍、西华、商水，与沙河合而东流，是为沙河。东至淮阳之周家口，会贾鲁河，东南流经沈丘，是为大沙河。又东南流入安徽，经太和、阜阳、颍上，至西正阳关，入于淮。

醉翁 傅注：《本事曲集》云：汝阴西湖胜绝名天下，盖自欧阳永叔始。往岁子瞻自禁林出守，赏咏尤多，而去欧阳公时已久，故其继和《木兰花》有“四十三年如电抹”之句。二词俱奇峭雅丽，如出一人，此所以中间歌咏寂寥无闻也。文忠公自号醉翁。见卷一《西江月》（三过平山堂下）注。

三五二八 古诗（鲍照《玩月城西门廨中》）：“三五二八时，千里与君同。”

西湖 《诗集》查注：《名胜志》：颍州西二里有湖，袤十里，广二里，翳然林木，为一邦之胜。欧阳公自扬移汝，有“都将二十四桥月，换得西湖十顷秋”之句。秦少游亦有诗云：“十里荷花菡萏初，我公所至有西湖。”

【评】

“霜余已失长淮阔，空听潺潺清颍咽”两句：谓秋高水落，但余呜咽细流而已。“四十三年如电抹”句：悲感。“草头秋露流珠滑”句：仍从“电抹”来。“与余同是识翁人，惟有西湖波底月”两句：明月常新，予亦何能久乎？。

壬申 《年谱》：元祐七年壬申，先生年五十七，在颍州任。与赵德麟同治西湖，三月十六日，湖成。未几，有维扬之命。已而以兵部尚书召，复兼侍读。是年南郊，先生为卤簿使，寻迁礼部尚书，迁端明侍读学士。

减字木兰花

二月十五日夜与赵德麟小酌聚星堂。

春庭月午，摇荡香醪光欲舞。步转回廊，半落梅花婉娩香。

轻烟薄雾，总是少年行乐处。不是秋光，只与离人照断肠。

傅注本卷九

【校】

傅注本题作“按赵德麟侯鲭录云，元祐七年正月，东坡在汝阴州，堂前梅花大开，月色鲜霁，王夫人曰，春月色胜如秋月色，秋月令人凄惨，春月令人和悦。何如召赵德麟辈来，饮此花下。先生大喜曰，吾不知子亦能诗耶，此真诗家语耳。遂召德麟饮，因作此词”。“轻烟”作“轻风”。 元本题作“春月”。“烟”作“风”。

眉批：东坡有两王夫人，“十年生死两茫茫”一阕，谓元配王氏也。

【朱注】

《年谱》：壬申正月作。《纪年录》：壬申二月作。 《侯鲭录》：元祐七年正月，东坡先生在汝阴州，堂前梅花大开，月色轩霁。先生王夫人曰：“春月色胜如秋月色，秋月色令人凄惨，春月色令人和悦。何不召赵德麟辈来，饮此花下？”先生大喜曰：“吾不知子能诗耶，此真诗家语耳。”遂相召，与二欧饮，用是语作《减字木兰花》。《诗集》施注：赵景贶字令时，以承议郎签书判官，在东坡颍州幕府。公谓其吏事通敏，文采俊丽，志节端亮，议论英发。既力荐于朝，又为著说，改字德麟。

【笺】

婉娩 《礼记》（《内则》）：姆教婉娩听从。正义：按“九嫔”注云：妇德贞顺，妇言辞令，妇容婉娩，妇功丝枲。

聚星堂 《名胜志》：欧阳文忠公守颍时，于州治起聚星堂，与侯官王回深父、临江刘攽贡父、州人常秩夷甫、六安焦千之伯强，为日夕燕游之所。

【评】

“摇荡香醪光欲舞”句：月光照水杯。“半落梅花婉娩香”句：梅花花开已盛。“轻云薄雾”句：夜境。“只与离人照断肠”句：感梦。反结。

满江红　怀子由作

清颍东流，愁来送、征鸿去翮。情乱处、青山白浪，万重千迭。孤负当年林下语，对床夜雨听萧瑟。恨此生、长向别离中，雕华发。　一尊酒，黄河侧。无限事，从头说。相看恍如昨，许多年月。衣上旧痕余苦泪，眉间喜气占黄色。便与君、池上觅残春，花如雪。傅注本卷二

【校】

傅注本题下无“作”字。“来送”作“目断”，“征鸿去翮”作“孤帆明灭”，“情乱”作“宦游”，“万重千迭”作“万里重迭”，“孤”作“辜”，“语”作“意”，“雕”作“添”，“如昨”作“如梦”，“占黄”作“添黄”。　元本无题。“恍如”下脱“昨”字。并从毛本。毛本次句及“情”、“乱”、“雕”、“占”四字并同傅本，“语”误作“忆”。

【朱注】

王《案》：壬申二月作。

【笺】

子由　案《年谱》，元祐四年，先生出牧余杭，子由代先生为学士。六年，先生自杭州召还，寓居子由东府数月。八年九月十四日，先生有《东府雨中别子由》诗，是此时子由当在京师也。

对床夜雨　傅注：子由幼从子瞻读书，未尝一日相舍。既仕，将游宦四方。子由尝读韦苏州诗，有“那知风雨夜，复此对床眠”，恻然感之，乃相约早退，为闲居之乐。见卷一《水调歌头》（安石在东海）附考。

黄色　傅注：《玉管照神书》曰：气青黄色喜重重。韩退之诗："眉间黄色见归期。"

花如雪　傅注：落花纷纷如雪也。

【评】

"清颍东流，愁来送、征鸿去翮"三句：以水流雁去，喻相见无由。"青山白浪，万重千迭"两句：关河修阻。"对床夜雨听萧瑟"句：感念旧盟。"长向别离中，雕华发"两句：思君令人老。"从头说。相看恍如昨"两句：皆感别离之久。"眉间喜气添黄色"句：谓相见匪遥也。"池上觅残春，花如雪"两句：希望之词。

浣　溪　沙

芍药樱桃两斗新，名园高会送芳辰。洛阳初夏广陵春。
红玉半开菩萨面，丹砂秾点柳枝唇。尊前还有个中人。

【校】

傅注本阙。　毛本题作"扬州赏芍药樱桃"。

【朱注】

王《案》：壬申二月，告下，以龙图阁学士充淮南东路兵马钤辖，知扬州军州事。四月，赏芍药樱桃作。

【笺】

芍药　《诗·郑风》（《溱洧》）："惟士与女，伊其相谑，赠之以勺药。"《古今注》：勺药一名将离，故将别而赠之。《摭异记》：开元中，禁中初重木勺药，得四本，植于兴庆池东沉香亭前。

樱桃　《礼记》(《月令》)：仲夏之月，天子乃以雏尝黍羞，以含桃先荐寝庙。注：含桃，樱桃也。

广陵　《汉书·地理志》：广陵国，景帝四年，更名江都，武帝元狩三年，更名广陵。韩琦诗(《和袁陟节推龙兴寺芍药》)：“广陵芍药真奇美，名与洛花相上下。”

菩萨面　《朝野佥载》：裴谈崇奉释氏，妻悍妒，谈畏如严君。尝谓妻有可畏者三，少妙之时，视之如生菩萨，安有人不畏生菩萨耶?

柳枝唇　《唐语林》：退之二侍妾，名柳枝、绛桃。

【评】

“洛阳初夏广陵春”：谓正值花时也。“红玉半开菩萨面”：正喻夹写。

减字木兰花

五月二十四日，会于元咎之随斋。主人汲泉置大盆中，渍白芙蓉，坐客翛然，无复有病暑意。

回风落景，散乱东墙疏竹影。满座清微，入袖寒泉不湿衣。
梦回酒醒，百尺飞澜鸣碧井。雪洒冰麾，散落佳人白玉肌。

【校】

傅注本、毛本俱无。

【朱注】

《纪年录》壬申作。

【笺】

无咎 《诗集》施注：晁无咎名补之，济州巨野人。年十七，从父官新城，后通判扬州。东坡来为守，无咎以诗相迎。坡和陶靖节《饮酒》诗，其一篇为无咎作，有“晁子天麒麟，结交及未仕”之句。章子厚当国，由著作郎出守齐州。徽宗立，还为郎。党论再起，出守泗州。忘情仕进，葺归来园，自号归来子。出籍，知达州，改泗州。卒年五十八。无咎文章温润典缛，其凌厉奇卓，出于天成，与黄、张、秦并驱联镳，世号“元祐四学士”。

白芙蓉 《尔雅》疏：江东人呼荷华为芙蓉。《说文》：芙之言敷也，蓉之言动容也。孟郊诗（《古意》）：“手持未染彩，绣为白芙蓉。”

玉肌 韦庄诗（《伤灼灼》）：“玉肌香腻透红纱。”

【评】

“散乱东墙疏竹影”句：夜境。“入袖寒泉不湿衣”句：谓有凉意也。“百尺飞澜鸣碧井”句：洒泉祛暑。

生查子 送苏伯固

三度别君来，此别真迟暮。白尽老髭须，明日淮南去。
酒罢月随人，泪湿花如雾。后月送君时，梦绕湖边路。

傅注本卷十二

【校】

傅注本无题。“真”作“应”，“后月”五字作“后夜逐君还”。

毛本题作“诉别”。“后月”句同傅本。　《诗集》题作“古别离送苏伯固”。第七句亦作“后夜逐君还”。

【朱注】

案《诗集》并载此词，编壬申。

【笺】

迟暮　杜甫诗（《寄刘峡州伯华使君四十韵》）：“迟暮嗟为客。”

淮南　注见卷一《水龙吟》“楚山修竹如云”阕。

花如雾　杜甫诗（《小寒食舟中作》）：“春水船如天上坐，老年花似雾中看。”

青　玉　案

和贺方回韵，送伯固还吴中。

三年枕上吴中路，遣黄犬、随君去。若到松江呼小渡，莫惊鸳鹭。四桥尽是，老子经行处。　《辋川图》上看春暮，常记高人右丞句。作个归期天已许。春衫犹是，小蛮针线，曾湿西湖雨。

傅注本卷十二

【校】

《阳春白雪》作姚志道词。　傅注本题“还”作“归”。“犬”作“耳”，“鸳”作“鸥”，“尽”作“都”。　毛本题末有“故居”二字。“犬”字、“鸳”字同傅本。

【朱注】

案伯固于己巳年从公杭州，至壬申三年未归，故首句云然。王《案》：壬申八月，诏以兵部尚书召还。

【笺】

贺方回　叶梦得《贺铸传》：方回名铸，卫州人。自言唐谏议大夫知章后，故号鉴湖遗老。长七尺，眉目耸拔，面铁色。喜剧谈天下事，可否不略少假借，人以为近侠。然博学强记，工语言，深婉丽密，如比组绣。尤长于度曲，掇拾人所遗弃，少加檃括，皆为新奇。尝言："吾笔端驱使李商隐、温庭筠，当奔命不暇。"初仕监太原工作。建中靖国间，黄庭坚鲁直自黔中还，得其"江南梅子"之句，以为似谢玄晖。然以尚气使酒，终不得美官。后为泗州通判，悒悒不得志，食宫祠禄，退居吴下。自裒其生平所为歌词，名《东山乐府》。方回《青玉案》词："凌波不过横塘路，但目送、芳尘去。锦瑟华年谁与度？月桥花院，琐窗朱户，惟有春知处。飞云冉冉蘅皋暮，彩笔新题断肠句。若问闲情都几许？一川烟草，满城风絮，梅子黄时雨。"

黄犬　《晋书·陆机传》：机有犬曰黄耳，甚爱之。既而羁寓京师，久无家问，笑语犬曰："我家绝无书信，汝能赍书取消息否？"犬摇尾作声。机乃为书，以竹筒盛书而系其颈。犬寻路南走，遂至其家，得报还洛。其后因以为常。

松江　注见卷一《菩萨蛮》"天怜豪俊腰金晚"阕。

四桥　傅注：姑苏有四桥，长为绝景。

辋川图　傅注：王维字摩诘，肃宗朝为尚书右丞。有别墅在辋川，地奇胜。维尝于蓝田清凉寺壁上画《辋川图》，笔力雄壮。　王维《辋川集序》：余别业在辋川山谷，其游止有孟城坳、华子冈、文杏馆、斤竹岭、鹿柴、木兰柴、茱萸沜、宫槐陌、临湖亭、南垞、欹湖、柳浪、乐家濑、金屑泉、白石滩、北垞、竹里馆、辛夷坞、漆园、椒园等，与裴迪闲暇各赋绝句云。

高人　《唐书·文艺传》：王维工草隶，善画，名盛于开元、天宝间。笃志奉佛，食不荤，衣不文彩，丧妻不娶，孤居三十年。母亡，表辋川第为寺，终葬其西。杜甫诗（《解闷十二首》）："不见高人王右丞，蓝田丘壑蔓寒藤。"

小蛮　《本事诗》：白尚书姬人樊素善歌，妓人小蛮善舞。尝为诗曰："樱桃樊素口，杨柳小蛮腰。"

【评】

况周颐《餐樱庑词话》：东坡词《青玉案·用贺方回韵送伯固归吴中》歇拍云："作个归期天已许。春衫犹是，小蛮针线，曾湿西湖雨。"上三句未为甚艳，"曾湿西湖雨"是清语，非艳语，与上三句相连属，遂成奇艳绝艳，令人爱不忍释。坡公天仙化人，此等词犹为非其至者，后学已未易模仿其万一。

"三年枕上吴中路，遣黄犬，随君去"三句：因伯固归，怅触旧游也。"春衫犹是，小蛮针线，曾湿西湖雨"三句：谓睹物怀人，未能忘情于儿女也。

【附考】

彊村先生曰：《桐江诗话》谓此词乃姚进道作，见《苕溪渔隐丛话》。

癸酉　《年谱》：元祐八年癸酉，先生年五十八。任端明、侍读二学士。是年先生继室同安郡君王氏卒于京师。寻以二学士出知定州。九月二十七日出都门，十月到定州任。本年所作词无考。

甲戌 《年谱》：绍圣元年甲戌，先生年五十九。知定州。就任落两职，追一官，知英州，未到任间，再贬宁远军节度副使，惠州安置。八月二十一日，过虔州。九月，过广州，访道士何德顺。以十月三日到惠州，寓居嘉祐寺。

戚　氏

玉龟山，东皇灵姥统群仙。绛阙岩峣，翠房深迥倚霏烟。幽闲，志萧然，金城千里锁婵娟。当时穆满巡狩，翠华曾到海西边。风露明霁，鲸波极目，势浮舆盖方圆。正迢迢丽日，玄圃清寂，琼草芊绵。　争解绣勒香鞯，鸾辂驻跸，八马戏芝田。瑶池近、画楼隐隐，翠鸟翩翩。肆华筵，间作脆管鸣弦，宛若帝所钧天。稚颜皓齿，绿发方瞳圆极，恬淡高妍。　尽倒琼壶酒，献金鼎药，固大椿年。缥缈飞琼妙舞，命双成、奏曲醉留连，云璈韵响泻寒泉。浩歌畅饮，斜月低河汉。渐绮霞、天际红深浅。动归思、回首尘寰，烂漫游、玉辇东还。杏花风、数里响鸣鞭。望长安路，依稀柳色，翠点春妍。

【校】

傅注本存目阙词。 毛本调下注云:"此词详叙穆天子、西王母事,世不知所谓,遂谓非东坡作。李端叔跋云:东坡在中山,宴席间有歌《戚氏》调者,坐客言调美而词不典,以请于公。公方观《山海经》,即叙其事为题,使妓再歌之,随其声填写,歌竟篇就,才点定五六字而已。" 元本"姥"作"嬷",毛本作"媪",从《历代诗余》。"岧嶤"作"苕荛",从毛本。毛本"脆"字脱,"颜"作"头",元本并误,今从《历代诗余》。毛本"绮"作"倚","回首""首"误"兮"。郑文焯曰:案毛本所注,实出于陈振孙《直斋书录解题》,此当据补。《能改斋漫录》引此词,"灵姥"作"灵媪","萧然"作"悄然","鸾"作"銮","脆"作"翠","春妍"作"秦川"。

【朱注】

王《案》:癸酉八月,告下,公以两学士充河北西路安抚使,兼马步军都总管,出知定州军州事。甲戌正月,闻歌者歌《戚氏》,方论穆天子事,因依其声成《戚氏》词。 《老学庵笔记》:东坡先生在中山,作《戚氏》乐府词,最得意。幕客李端叔跋三百四十余字,叙述甚备,愿刻石传后,为定武盛事,会谪去不果。今乃不载集中,至有立论排诋,以为非公作者。识真之难如此哉!

【笺】

戚氏 《钦定词谱》:《戚氏》,柳永《乐章集》注中吕调,丘处机词名《梦游仙》。

玉龟山 古乐府《玉龟曲》:"玉龟山,真长仙,九光耀,五云生。"

东皇灵姥 《尚书纬》:春为东皇,又为青帝。灵姥,谓西王姥也。

《淮南子》(览冥训)：西姥折胜，黄神吟啸。飞鸟铩翼，走兽废脚。

绛阙 傅休奕《云中白子高行》："阊阖辟见，紫微绛阙。"

翠房 孙逖诗(《寻龙湍》)："渔父歌金洞，江妃舞翠房。"李白诗(《留别曹南群官之江南》)："闭剑琉璃匣，炼丹紫翠房。"

金城 《墉城集仙录》：王母所居，有金城千里，玉楼十二。

穆满巡狩 荀勖《穆天子传序》：其书言周穆王游行之事。《春秋左氏传》曰：穆王欲肆其心，周行于天下，将皆使有车辙马迹焉。此书所载，则其事也。王好巡守，得骅骝騄耳之乘，造父为御，以观四荒。北绝流沙，西登昆仑，见西王母。与《太史公记》同。

翠华 谓车驾也。《上林赋》注：以翠羽为旗上葆也。

鲸波 江总诗(《秋日游昆明池》)："蝉噪金堤柳，鹭饮石鲸波。"骆宾王诗(《和孙长史秋日卧病》)："决胜鲸波静，腾谋鸟谷开。"

舆盖 《周礼·冬官考工记》：轮人为盖以象天，崇十尺。

玄圃 《淮南子》(《地形训》)：昆仑去地一万一千里，上有层城九重。或上倍之，是为阆风。或上倍之，是谓玄圃。以次相及。

琼草芊绵 《山海经》：梁地有香炉峰，神仙所居之迹。瑶草乃珊瑚之类，仙家用以合丹药服饵。又：姑瑶之山，帝女死焉，名曰女尸，化为瑶草。李白《送族弟襄归桂阳》诗："春潭琼草绿可折，西寄长安明月楼。"《说文》：芊芊，草盛貌。谢灵运《山居赋》："孤岸竦秀，长洲芊绵。"

绣勒香鞯 《说文》：勒，马头络衔也。从革，力声。一说马辔也。有衔曰勒，无曰羁。任询诗(《庚辰十二月十九日雪》)："绣勒锦鞯生羽翮。"《说文》：鞯，马鞁具也。韩偓《马上见》诗："自怜输厩吏，余暖在香鞯。"

鸾辂驻跸 《释名》：天子所乘曰玉辂，谓之辂者，言行于道路也。《礼记》（《月令》）：孟春之月，天子居青阳左个，乘鸾辂，驾苍龙。《汉官仪》注：皇帝辇左右侍帷幄者称警，出殿则传跸，止行人清道也。《古今注》：警跸，所以戒行徒。周礼跸而不警。秦制出警入跸，谓出军者皆警戒，入国者皆跸止也。又：跸，路也，所行者皆警于涂路。

八马芝田 《拾遗记》：穆王八骏，一名绝地，二名翻羽，三名奔宵，四名超影，五名踰辉，六名超光，七名腾雾，八名挟翼。王融《曲水诗序》：夏后两龙，载驱璇台之上；穆满八骏，如舞瑶水之阴。《十洲记》：祖洲有不死之草，生琼田中，或名为养神芝。其叶似菰苗丛生，一株可活一人。

瑶池 《穆天子传》：吉日甲子，天子宾于西王母，乃执白圭玄璧，以见西王母，好献锦组百纯，组三百纯。西王母再拜受之。乙丑，天子觞西王母于瑶池之上。西王母为天子谣曰："白云在天，山陵自出。道里悠远，山川间之。将子无死，尚能复来。"

翠鸟 《竹书纪年》：穆王十三年，西征，至于青鸟之所憩。《汉武故事》：七月七日，忽有青鸟飞集殿前。东方朔曰："此西王母欲来。"有顷，王母至，三青鸟夹侍王母旁。陶潜诗（《读山海经十三首》）："翩翩三青鸟，毛色奇可怜。"

脆管 白居易诗（《霓裳羽衣舞歌》）："清弦脆管纤纤手。"

帝所钧天 《穆天子传》：觞天子于盘石之上，天子乃奏《广乐》。郭璞注：《史记》云，赵简子疾不知人，七日而寤，曰："我之帝所，甚乐，与百神游于钧天，《广乐》九奏万舞，不类三代之乐，其声动心。"广乐"义见此。

方瞳　《南史》(《陶弘景传》):眼方寿千岁。陶弘景末年,眼有时而方。《拾遗记》:老聃居山,有父老五人,方瞳,握青筠杖,共谈天地五方五行之精。

金鼎　江淹《别赋》:"守丹灶而不顾,炼金鼎而方坚。"陈子昂诗(《感遇诗三十八首》):"金鼎合神丹,世人将见欺。"

大椿　《庄子·逍遥游》:上古有大椿者,以八千岁为春,八千岁为秋。

飞琼　《汉武内传》:王母乃命侍女许飞琼鼓震灵之簧。《本事诗》(《事感》):诗人许浑尝梦登山,有宫室凌云,人云:"此昆仑也。"既入,见数人方饮酒,招之,至暮而罢。赋诗云:"晓入瑶台露气清,坐中惟有许飞琼。尘心未断俗缘在,十里下山空月明。"他日复梦至其处,飞琼曰:"子何故显余姓名于人间?"座上即改为"天风吹下步虚声",曰:"善。"

双成　《汉武内传》:王母命侍女王子登弹八琅之璈,董双成吹云和之笙。项斯《送宫人入道》诗:"愿随仙女董双成,王母前头结伴行。"

云璈　《汉武内传》:上元夫人自弹云林之璈,歌步玄之曲。《名山记》:《太微玄清左夫人曲》:"西庭命长歌,云璈乘虚弹。"

绮霞　谢灵运诗(按:此为谢朓《晚登三山还望京邑》诗):"余霞散成绮,澄江静如练。"

烂漫游　白居易诗(《代人赠王员外》):"静接殷勤语,狂随烂漫游。"

玉辇　丘迟诗(《侍宴乐游苑送徐州应诏》):"轻荑承玉辇,细草藉龙骑。"

【评】

眉批：穆王会王母于瑶池，词盖用其事。“翠房深迥倚霏烟”句：以上言神仙之所在。“金城千里锁婵娟”句：以上言神仙之体态。“当时穆满巡狩，翠华曾到海西边”两句：以上言穆王出巡时之光景。“风露明霁，鲸波极目，势浮舆盖方圆”三句：海波浩荡，仙山缥缈。“玄圃清寂，琼草芊绵”二句：经过仙境，别有天地非人间。“八马戏芝田”句：初到时之光景。“绿发方瞳圆极，恬淡高妍”两句：欢宴时之光景。“尽倒琼壶酒，献金鼎药，固大椿年。缥缈飞琼妙舞，命双成、奏曲醉留连”：庆祝时之光景。“云璈韵响泻寒泉。浩歌畅饮”两句：酣畅时之光景。“斜月低河汉。渐绮霞、天际红深浅”三句：转到归思。“数里响鸣鞭。望长安路”两句：归途中之光景。“依稀柳色，翠点春妍”两句：人间春回，饶有余韵。

【附录】

《能改斋漫录》：东坡元祐末自礼部尚书帅定州日，官妓因宴，索公为《戚氏》。公方坐与客论穆天子事，颇讶其虚诞，遂资以应之，随声随写，歌竟篇就，才点定五六字。坐中随声击节，终席不间他词，亦不容别进一语。且曰：“足为中山一时盛事。”

《梁溪漫志》：予尝怪李端叔谓坡在山中，歌者欲试坡仓卒之才，于其侧歌《戚氏》，坡笑而颔之。邂逅方论穆天子事，颇摘其虚诞，遂资以应之，随声随写，竟篇才点定五六字。坐中随声击节，终席不问他辞，亦不容别进一语。临分曰：“足以为中山一时盛事。”然其词有曰“玉龟山，东皇灵姥统群仙”，又“争解绣勒香鞯”，又“銮辂驻跸”，又“肆华筵，间作脆管鸣弦，宛若帝所钧天”，又“尽倒琼壶酒，献金鼎药，固大椿年”，又“浩歌畅饮”，“同首尘寰，烂漫游、玉辇东还”。东坡御风骑气，下笔真神仙语。此等鄙俚猥俗之词，殆是教坊倡优所为，虽东坡灶下婢亦不为之，而顾称誉若此，岂果端叔之言耶？恐疑误后人，不可不辨。

归朝欢 和苏坚伯固

我梦扁舟浮震泽，雪浪摇空千顷白。觉来满眼是庐山，倚天无数开青壁。此生长接淅，与君同是江南客。梦中游，觉来清赏，同作飞梭掷。　明日西风还挂席，唱我新词泪沾臆。灵均去后楚山空，澧阳兰芷无颜色。君才如梦得，武陵更在西南极。《竹枝词》，莫傜新唱，谁谓古今隔。　傅注本卷二

【校】

傅注本题作“公尝有诗与苏伯固，其序曰：昔在九江，与苏伯固唱和，其略曰我梦扁舟浮震泽，雪浪横江千顷白。觉来满眼是庐山，倚天无数开青壁。盖实梦也。然公诗复云扁舟震泽定何时，满眼庐山觉又非”。“傜”误作“摇”。　毛本“傜”误同傅本。

【朱注】

王《案》：甲戌闰四月，告下，落端明殿学士，兼翰林侍读学士，依前左朝奉郎，知英州军州事。又告下，降充左承议郎，仍知英州。又告下合叙，复曰不得与叙，仍知英州。六月告下，落左承议郎，责授建昌军司马，惠州安置。七月，达九江，与苏坚别作。

【笺】

震泽　《尔雅》：吴越之间有具区。郭璞注：今吴县南太湖，即

震泽是也。《扬州记》：太湖一名震泽。

庐山　傅注：《庐山记》曰：周威王时，有匡俗者，生而神灵，隐沦潜景，庐于此山，时人谓之匡君庐，故山因以取号。

倚天　沈彬《庐山》诗："约破云霞独倚天。"

接淅　《孟子》（《万章》下）：接淅而行。注：淅，渍米也，不及炊，乃反接之而去。

飞梭　寇准诗（《和倩桃》）："将相功名终若何，不堪急景似奔梭。人间万事君休问，且向樽前听艳歌。"

挂席　李白《江上》诗（《金陵江上遇蓬池隐者》）："明晨挂帆席，离恨满沧波。"孟浩然诗（《晚泊浔阳望庐山》）："挂席几千里，名山都未逢。泊舟浔阳郭，始见香炉峰。"

泪沾臆　杜甫《哀江头》："人生有情泪沾臆，江草江花岂终极。"

灵均　《离骚》："名余曰正则兮，字余曰灵均。"

兰芷　《离骚》："兰芷变而不芳兮，荃蕙化而为茅。"《九歌》："沅有芷兮澧有兰，思公子兮未敢言。"

梦得　《旧唐书·刘禹锡传》：禹锡字梦得，彭城人。贞元九年，擢进士第。精于古文，善五言诗。官监察御史，坐王叔文党，贬连州刺史，在道贬朗州司马。地居西南夷，土风僻陋，举目殊俗，无可与言者。禹锡在朗州十年，唯以文章吟咏，陶冶情性。蛮俗好巫，每淫祠鼓舞，必歌俚辞。禹锡或从事于其间，乃依骚人之作，为新辞以教巫祝。故武陵溪洞间夷歌，率多禹锡之辞也。禹锡晚年与少傅白居易友善，诗笔文章，时无出其右者，时号刘白。

竹枝　《乐府诗集》：《竹枝》本出于《巴渝》。唐贞元中，刘禹锡在沅湘，以俚歌鄙陋，乃依骚人《九歌》作《竹枝》新辞九章，教里中儿歌之，由是盛于贞元、元和之间。禹锡曰："《竹枝》，《巴歈》也。巴儿联歌，吹短笛击鼓以赴节，歌者扬袂睢舞，其音协黄钟羽，末如吴声，含思宛转，有淇濮之艳焉。"

莫傜 《隋书·地理志》：长沙郡有夷蜑，名莫傜，自言其先祖有功，常免征役，故以为名。杜甫诗（《岁晏行》）："莫傜射雁鸣桑弓。"

古今隔 谢灵运诗（《七里濑》）："谁谓古今殊，异代可同调。"

【评】

"我梦扁舟浮震泽"句：峭笔凌空。"雪浪摇空千顷白"句：江湖之思。"觉来满眼是庐山，倚天无数开青壁"两句：羁旅之感，两层写出凄壮□。"此生长接淅"句：忙碌也。"同作飞梭掷"句：倒钩前段，倍觉凄黯。"君才如梦得"句：吊屈所以自伤，兼慰伯固将为江山留文藻也。

【校律】

郑文焯曰：此与柳词同一体，其平侧微异处，正是音律之清浊相和，匪若万红友所注可平可仄之例也。

【附考】

《艇斋诗话》：《东坡词》中《归朝欢·送苏伯固》者，为送伯固往澧阳，故用灵均、梦得等事。今词中但云"和伯固"，而不言往澧阳也。

木兰花令

宿造口，闻夜雨，寄子由、才叔。

梧桐叶上三更雨，惊破梦魂无觅处。夜凉枕簟已知秋，更听寒蛩促机杼。　梦中历历来时路，犹在江亭醉歌舞。尊前必有问君人，为道别来心与绪。　**傅注本卷十一**

【校】

元本无题，从傅、毛二本。

【朱注】

案辛弃疾《书江西造口壁》词有“郁孤台下清江水”语，地当在赣州。词为南迁时作。

【笺】

梧桐雨　温庭筠《更漏子》词：“梧桐树，三更雨，不道离情正苦。一叶叶，一声声，空阶滴到明。”

寒蛩　蛩，通作“蛬”。《尔雅·释虫》：蟋蟀，蛬。郭璞注：今促织也。

【附考】

彊村先生曰：杨诚斋有《宿皋口驿》及《晓过皋口岭》二诗，亦由江西之岭南时作。疑“造”亦作“皋”。

【评】

“夜凉枕簟已知秋”句：曲笔。“更听寒蛩促机杼”句：旅愁。“犹在江亭醉歌舞”句：不堪回首。

浣　溪　沙

绍圣元年十月二十三日，与程乡令侯晋叔、归善簿谭汲同

游大云寺，野饮松下，仍设松黄汤，作此阕。余近酿酒，名之曰“万家春”，盖岭南万户酒也。

罗袜空飞洛浦尘，锦袍不见谪仙人。携壶藉草亦天真。

玉粉轻黄千岁药，雪花浮动万家春。醉归江路野梅新。

傅注本卷十一

【校】

傅注本题首有“公旧序云”四字，“月”字下无“二”字，“设”字上无“仍”字。“药”作“藥”，元本同。从毛本。 毛本题亦小讹，“人”作“神”。

【朱注】

《纪年录》：甲戌，游大云作。王《案》：八月告下，落建昌军司马，贬宁远军节度副使，仍惠州安置。十月到贬所，游大云寺作。 本集《与程正辅书》：侯晋叔实佳士，颇有文采气节，恐兄归阙，此人不当遗也。《归善县志》：大云寺在邑治西八十里。

【笺】

松黄 《本草》：松花名松黄，服之轻身。

罗袜 曹植《洛神赋》：“凌波微步，罗袜生尘。”

锦袍 傅注：李白初至长安，贺知章见其文，叹曰：“子谪仙人也。”后供奉翰林，恳求还山，帝赐金放还。白浮游四方，尝乘月与崔宗之自采石至金陵，著宫锦袍，坐舟中，旁若无人。余详卷一《满江红》（江汉西来）注。

千岁药 傅注：《广志》曰：千岁老松子，色黄白，味似栗，可食，久服轻身。

【评】

“罗袜空飞洛浦尘”句：佳人已远。“锦袍不见谪仙人”：豪气都非。“玉粉轻黄千岁药”句：松黄酒质。“雪花浮动万家春”句：酒状。

乙亥 《年谱》：绍圣二年乙亥，先生年六十，在惠州。自嘉祐寺迁居合江楼。三月四日，同太守詹范器之、柯常、林袢、王原、赖仙芝同游白水山。有《与徐得之书》云：到惠已半年，凡百粗遣，既习其水土风气。绝欲息念之外，浩然无疑，殊觉安健也。

临江仙 惠州改前韵

九十日春都过了，贪忙何处追游。三分春色一分愁。雨翻榆荚阵，风转柳花球。　我与使君皆白首，休夸年少风流。佳人斜倚合江楼。水光都眼净，山色总眉愁。 傅注本卷三

【校】

傅注本题作“熙宁九年四月一日，同成伯公谨辈赏藏春馆残花，密州邵家园也”。后阕作“阆苑先生须自责，蟠桃动是千秋。不知人世苦厌求。东皇不拘束，肯为使君留”。附注：“公在惠州，改前词云：我与使君皆白首，休夸年少风流。佳人斜倚合江楼。水光都眼净，

山色总眉愁。”毛本无题，后阕同傅本。

【朱注】

案公以绍圣元年十月至惠州，此词当是次年乙亥春作。毛本异文，所谓前韵者也。

【笺】

惠州　《诗集》查注：《元和郡县志》：秦南海郡，隋分立循州。《舆地广记》：五代时，南汉改曰祯州，而别立循州于北境。《太平寰宇记》：祯州本循州旧理，伪汉刘龚移循州于雷乡县，于归善县置祯州。天禧中避仁宗讳，改惠州，西至广州四百二里。

三分春色　杨元素《本事曲集》：叶道卿《贺圣朝》词："三分春色，一分愁闷，一分风雨。"

榆荚　傅注：榆钱也。　李商隐（《和人题）真娘墓》诗："榆荚还飞买笑钱。"

柳花　傅注：柳絮风衮如球。

使君　当指惠守。《诗集》查注：《惠州志》：詹范字器之，建安人，绍圣间知惠州。时兵荒之后，野多暴骨，范取而掩之，为丛冢焉。先生《答徐得之书》云：詹使君，仁厚君子也。极蒙他照管，仍不辍携具来相就。

合江楼　《诗集》查注：《名胜志》：东江源自江西赣州，经龙川县来绕白鹤峰之阴，至惠州城东，亦谓之龙川江。西江自九龙山西流一百二十里，亦至城东，与龙江合流，至石湾西南，经虎头门入海。其汇流处有合江楼，即府城之东门楼也。危太朴《东坡书院记》：公初至惠州，寓居合江楼，数日，迁嘉祐寺。

眼净眉愁　先生诗（《次韵送张山人归彭城》）："水洗禅心都

眼净，山供诗笔总眉愁。”

【评】

“雨翻榆荚阵，风转柳花球”两句：伤春。“水光都眼净，山色总眉愁”两句：伤老。融情于景。

殢人娇　赠朝云

白发苍颜，正是维摩境界。空方丈、散花何碍。朱唇筯点，更髻鬟生彩。这些个、千生万生只在。　好事心肠，著人情态。闲窗下、敛云凝黛。明朝端午，待学纫兰为佩。寻一首好诗，要书裙带。　傅注本卷八

【校】

傅注本题前有“或云”二字。“彩”作“菜”。　元本无题，“采”误作“菜”，从毛本。　毛本“待”字脱。

【朱注】

王《案》：乙亥五月作。

【笺】

朝云　《诗集·朝云诗序》：世谓乐天有“鬻骆马放杨柳枝”词，嘉其主老病不忍去也。然梦得有诗云：“春尽絮飞留不得，随风好去落谁家。”乐天亦云：“病与乐天相伴住，春随樊子一时归。”则是樊素竟去也。予家有数妾，四五年相继辞去，独朝云者随予南迁。因读乐天集，戏作此诗。朝云姓王氏，钱唐人。尝有子曰干儿，未期而夭云。《艺苑雌黄》：东坡尝令朝云乞词于少游，少游作《南歌子》赠之

云:“霭霭迷春态,溶溶媚晓光。不应容易下巫阳,只恐翰林前世是襄王。　暂为清歌住,还因春雨忙。瞥然归去断人肠,空使兰台公子赋高唐。”

维摩　《维摩诘经》:毗耶离城中,有长者名维摩诘,虽为白衣,持奉沙门清净律行,虽处居家,不着三界,亦有妻子,常修梵行。《翻译名义集》:维摩罗诘,什曰“秦言净名”,生曰“此云无垢称”。其晦迹五欲,超然无染,清名遐布,故致斯号。旧曰维摩诘者,讹也。

方丈　傅注:维摩诘以一丈之室,能容三万二千师子座,无所妨碍。室中有一天女,每闻说法,便现其身,即以天花散诸菩萨大弟子上。

散花　《维摩诘经》:天女以天花散诸菩萨,即皆堕落。至大弟子,便著不堕。天女曰:“结习未尽,故花著身。结习尽者,花不著身。”

筋点　傅注:筋点,言最小也。

生彩　傅本作“生菜”,注云:白乐天《苏家女子简简吟》:“玲珑云髻生菜样,飘飘风袖蔷薇花。”

端午　详卷一《少年游》(银塘朱槛曲尘波)注。

纫兰　《离骚》:“纫秋兰以为佩。”

【评】

“正是维摩境界”句:超然无染。“空方丈、散花何碍”两句:谓不碍清修也。“这些个、千生万生只在”两句:谓难空色根也。“闲窗下、敛云凝黛”两句:言其情态。“要书裙带”句:言其风度。

丙子 《年谱》：绍圣三年丙子，先生年六十一，在惠州。惠州修东西新桥，先生助以犀带。七月，朝云卒，先生有诗悼之。又于惠州栖禅寺大圣塔葬处作亭覆之，名之六如亭。冬，营白鹤峰新居。

西 江 月

玉骨那愁瘴雾，冰姿自有仙风。海仙时遣探芳丛，倒挂绿毛么凤。素面常嫌粉涴，洗妆不褪唇红。高情已逐晓云空，不与梨花同梦。 傅注本卷二

【校】

傅注本题作“梅”。“姿”作“肌”。 毛本题作“梅花”。“常”作“翻”。词注曰：惠州梅花上珍禽曰倒挂子，似绿毛凤而小。 《冷斋夜话》“骨”作“质”，“仙”作“山”。 《鸡肋编》引此词，“瘴雾”作“烟瘴”，“涴”作“汗”，“褪”作“退”，“已”作“易”，“晓”作“海”。

【朱注】

王《案》：丙子十月，梅开作。 《渔隐丛话》：《冷斋夜话》云，东坡在惠州，作梅词，时侍儿朝云新亡，其寓意为朝云作也。

【笺】

冰姿 注见卷一《减字木兰花》“郑庄好客”阕。

绿毛么凤 《鸡肋编》：东坡在惠州作梅词云云。广南有绿羽丹嘴禽，其大如雀，状类鹦鹉，栖集皆倒悬于枝上，土人呼为“倒挂

子”。而梅花叶四周皆红，故有“洗妆”之句。二事皆北人所未知者。《古今词话》：么凤，惠州梅花上珍禽，名倒挂子，似绿毛凤而小，其矢亦香，俗人蓄之帐中。东坡《西江月》云“倒挂绿毛么凤”是也。

素面　《杨太真外传》：封三姨为虢国夫人。虢国不施妆粉，自炫美艳，常素面朝天。当时张祜有诗云：“虢国夫人承主恩，平明骑马入宫门。却嫌脂粉污颜色，淡扫蛾眉朝至尊。”

唇红　《冷斋夜话》：岭外梅花与中国异，其花几类桃花之色，而唇红香著。

梨花同梦　傅注：公自跋云：诗人王昌龄梦中作《梅花》诗。南海有珍禽，名倒挂子，绿毛，如鹦鹉而小。惠州多梅花，故作此词。《诗话》云：王昌龄《梅》诗曰：“落落寞寞路不分，梦中唤作梨花云。”方知公引用此诗。

【评】

“倒挂绿毛么凤。素面常嫌粉涴，洗妆不褪唇红”三句：以喻朝云不辞辛苦随已南行，竟以疾卒，未免负负也。“不与梨花同梦”句：言已无心绮习也。

【附考】

《冷斋夜话》：东坡《蝶恋花》词云：“花褪残红青杏小。燕子飞时，绿水人家绕。枝上柳绵吹又少，天涯何处无芳草。　墙里秋千墙外道。墙外行人，墙里佳人笑。笑渐不闻声渐悄，多情却被无情恼。”东坡渡海，惟朝云王氏随行，日诵“枝上柳绵”二句，为之流泪，病极犹不释口。东坡作《西江月》悼之。　案先生《悼朝云诗》引：绍圣元年十一月，戏作《朝云》诗。三年七月五日，朝云病亡于惠州，葬之栖禅寺松林中，东南直大圣塔。予既铭其墓，且和前诗以自解。朝云始不识字，晚忽学书，粗有楷法，盖尝从泗上比邱尼义冲学佛，亦略闻大义。且死，诵《金刚经》四句偈而绝。

《古今词话》：《太平乐府》曰：东坡贬惠州归，晁以道见公“海山时遣探芳丛，倒挂绿毛么凤”，便道：“此老须得过海，只为古今人不能道及，应教罚去。”

丁丑 《年谱》：绍圣四年丁丑，先生年六十二，在惠州。二月十四日，白鹤峰新居成。闰二月，先生长子挈家至。五月，先生责授琼州别驾，昌化军安置，遂寄家于惠州，独与幼子过渡海。时子由亦谪雷州。五月十一日，相遇于藤，同行至雷。六月十一日，相别渡海。七月十三日，至儋州，初僦官屋以庇风雨，有司犹谓不可，则买地筑室，昌化士人畚土运甓以助之，为屋三间。 案先生是年所作词无考。

戊寅 《年谱》：元符元年戊寅，先生年六十三，在儋州。案先生是年所作词无考。

己卯 《年谱》：元符二年己卯，先生年六十四，在儋州。正月十三日，录卢仝、杜子美诗遣懑。是时久旱无雨，阴翳未快，至上元夜，老书生数人相过曰：“良月佳夜，先生能一出乎？”先生欣然从之，步城西，入僧舍，历小巷，民夷杂糅，屠沽纷然，归舍已三鼓矣。是岁闰九月，有琼州进士姜君弼、唐佐自琼州来儋耳，从先生学。

减字木兰花　己卯儋耳春词

春牛春杖，无限春风来海上。便丐春工，染得桃红似肉红。
春旛春胜，一阵春风吹酒醒。不似天涯，卷起杨花似雪花。
傅注本卷九

【校】

傅注本“丐”作“与”。　毛本题作“立春”。“丐”作“与”。

【朱注】

《纪年录》：己卯立春日作。王《案》：丁丑四月，责授琼州别驾，昌化军安置。戊寅立春日，作《减字木兰花》词。案王说即谓此词，云戊寅者误也。

【笺】

儋耳　《元和郡县志》：汉武帝始置珠崖、儋耳二郡。唐贞观五年，以崖州之琼山县置琼州。贞元五年，升都督府，以儋、崖、振、万四州隶焉。《琼州府志》：儋州城西高麻都，有儋耳城遗址。唐平萧铣，置儋州，始迁治城东。天宝元年，改昌化郡。宋改昌化军，南渡后废为宜伦县。

春牛春杖　傅注：今立春前五日，郡邑并造土牛、耕夫、犁具于门外之东。是日质明，有司为坛以祭先农，而官吏各具缕杖环击牛者三，所以示劝耕之意。　《隋书·礼仪志》：立春前五日，于州大门外之东造青土牛两头，耕夫犂具。立春，有司迎春于东郊，登青旛于青牛之傍焉。

春旛春胜　《续汉·礼仪志》：立春之日，立青旛于门外。贾充《典戒》：人日造华胜相遗，象瑞图金胜之形，又象西王母戴胜。

杨花　傅注：桃红杨花，每见仲春之时，南海地暖，方春已盛。

庚辰　《年谱》：元符三年庚辰，先生年六十五，在儋州。三月，张君弼还琼州。五月，大赦，量移廉州安置。在廉州，有《廉州龙眼质味珠绝可敌荔枝》诗。是岁又自廉州移舒州节度副使，永州居住。行至英州，复朝奉郎，提举成都府玉局观，任便居住。经由广州过韶州，度岭北归。

鹧　鸪　天

陈公密出侍儿素娘，歌《紫玉箫》曲劝老人酒，老人饮尽，为赋此词。

笑捻红梅亸翠翘，扬州十里最妖娆。夜来绮席亲曾见，撮得精神滴滴娇。　娇后眼，舞时腰，刘郎几度欲魂消。明朝酒醒知何处，肠断云间《紫玉箫》。　傅注本卷十一

【校】

傅注本题首有“公自序云”四字。 元本《鹧鸪天》有“西塞山边”一首，毛注：“考是黄山谷作，删去。” 元本题“素娘”作“素姐”，从毛本。 毛本“梅”作“牙”。

【朱注】

王《案》：元符三年庚辰五月，告下，仍以琼州别驾廉州安置。七月，迁舒州团练副使，永州居住。十一月，复朝奉郎，提举成都玉局观，在外州军任便居住。十二月，抵韶州，陈公密出素娘佐酒，为赋《鹧鸪天》词。

【笺】

陈公密 未详。

翠翘 宋玉《招魂》：“砥室翠翘，絓曲琼些。”注：翠，鸟名。翘，羽也。言内卧之室，以砥石为壁，平而滑泽，以翠鸟之羽雕饰玉钩，以悬衣物也。

扬州十里 注见卷一《江城子》“玉人家在凤凰山”阕。

妖娆 曹植《感婚赋》：“顾有怀兮妖娆，用搔首兮屏营。”

娇后眼 傅注：旧注：东坡书此词，至“娇”字下误笔再点，因续作下语。

刘郎 李郢诗（《张郎中宅戏赠二首》）：“一声歌罢刘郎醉，脱取明金压绣鞋。”

东坡乐府笺卷三 不编年

水龙吟

小沟东接长江，柳堤苇岸连云际。烟村潇洒，人间一哄，渔樵早市。永昼端居，寸阴虚度，了成何事。但丝莼玉藕，珠秔锦鲤，相留恋，又经岁。　因念浮丘旧侣，惯瑶池、羽觞沉醉。青鸾歌舞，铢衣摇曳，壶中天地。飘堕人间，步虚声断，露寒风细。抱素琴独向，银蟾影里，此怀难寄。

【校】

傅注本、元本俱无。　毛本“蟾”误作“蝉”。

【笺】

珠秔　《广韵》：秔，古行切。《玉篇》：秈稻也。韩愈孟郊（《城南）联句》：“庖霜脍玄鲫，淅玉炊香秔。”

浮丘　郭璞诗（《游仙诗》）：“左挹浮丘袖，右拍洪崖肩。”余详卷一《菩萨蛮》（玉童西迓浮丘伯）注。

瑶池　《神仙传》：昆仑阆风苑有玉楼十二，玄台九层，左瑶池，右翠水，有弱水九重，盖不可到。余详卷二《戚氏》（玉龟山）注。

羽觞　注见卷二《醉蓬莱》“笑劳生一梦”阕。

青鸾　《汉武内传》：神仙次药，有灵丘苍鸾。《山海经》：轩辕之国，诸沃之野，鸾鸟自歌。

铢衣　《博异志》：贞观中，岑文本于山顶避暑，有叩门云上清童子。岑问曰：“衣服皆轻细，何土所出？”答云：“此上清五铢服。”又问曰：“比闻六铢者天人衣，何五铢之异？”答云：“尤细者则五铢也。”出门忽不见，惟见古钱一枚。李商隐《重过圣女祠》诗：“无质易迷三里雾，不寒长著五铢衣。”

壶中天地　《后汉书·费长房传》：长房曾为市掾，市中有老翁卖药，悬一壶于肆头，及市罢，辄跳入壶中，市人莫之见。唯长房于楼上睹之，异焉，因往，再拜奉酒脯。翁知长房之意其神也，谓之曰：“子明日可更来。”长房旦日复诣翁，翁乃与俱入壶中，唯见玉堂严丽，旨酒甘肴盈衍其中。共饮毕而出，翁约不听与人言之。

步虚　注见卷二《戚氏》“玉龟山”阕。

【评】

郑文焯曰：有声画，无声诗，胥在其中。

又

露寒烟冷蒹葭老，天外征鸿寥唳。银河秋晚，长门灯悄，一声初至。应念潇湘，岸遥人静，水多菰米。□望极平田，徘徊欲下，依前被，风惊起。　须信衡阳万里，有谁家、锦书遥寄。万重云外，斜行横阵，才疏又缀。仙掌月明，石头城下，影摇寒水。念征衣未捣，佳人拂杵，有盈盈泪。

【校】

傅注本、元本俱无。　毛本题作“咏鴈”。“重”作“里”。　郑文焯曰：此题当作“雁”一字。

【笺】

蒹葭　《诗·秦风》(《蒹葭》)：“蒹葭苍苍，白露为霜。”

银河　《白帖》：天河谓之银汉，亦曰银河。江总歌(《内殿赋新诗》)：“织女今夕渡银河，当见新秋停玉梭。”

长门　《文选·长门赋序》：孝武皇帝陈皇后时得幸，颇妒，别在长门宫，愁闷悲思。闻司马相如天下工为文，奉黄金百斤，为相如、文君取酒，因于解悲愁之辞。而相如为文以悟主上，陈皇后复得亲幸。杜牧《早雁》诗：“金河秋半虏弦开，云外惊飞四散哀。仙掌月明孤影过，长门灯暗数声来。须知胡骑纷纷在，岂逐春风一一回。莫厌潇湘少人处，水多菰米岸莓苔。”

衡阳　卢思道《孤鸿赋序》：南寓衡阳，避祁寒也。

万重云外　杜甫《孤雁》诗：“谁怜一片影，相失万重云。”

锦书　《汉书·苏武传》：常惠教使者言，天子射上林中，得雁，足有系帛书，言武等在某泽中。

仙掌　《史记·武帝纪》：作柏梁、铜柱承露仙人掌之属。

石头　《吴志·孙权传》：建安十六年，权徙治秣陵。明年，城石头。高适诗(《奉酬睢阳李太守》)：“郡邑连京口，山城望石头。”

捣衣　张籍诗(《宿临江驿》)：“离家久无信，又听捣衣声。”又谢惠连有《捣衣》诗。

满　庭　芳

蜗角虚名，蝇头微利，算来著甚干忙。事皆前定，谁弱又谁强。且趁閒身未老，须放我、些子疏狂。百年里，浑教是醉，三万六千场。　思量，能几许，忧愁风雨，一半相妨。又何须抵死，说短论长。幸对清风皓月，苔茵展、云幕高张。江南好，千钟美酒，一曲《满庭芳》。　傅注本卷一

【校】

傅注本"算"作"筭"，"閒"作"闲"。毛本题作"或注警悟"。"须"作"尽"。

【笺】

蜗角　《庄子》（《则阳》）：有国于蜗之左角者，曰触氏，有国于蜗之右角者，曰蛮氏。时相与战，伏尸数万，逐北旬有五日而后反。

蝇头　《南史》（《衡阳元王道度传》）：齐衡阳王子钧尝手自细书五经，贺玠曰："殿下家自有坟索，何用蝇头细书？"　傅注：蜗角、蝇头，言其细尔。

干忙　犹言空忙也。杜甫诗（《寄邛州崔录事》）："终朝有底忙。"

三万六千　注见卷一《南乡子》"东武望余杭"阕。

忧愁风雨　叶道卿《贺圣朝》词："二分春色，一分愁闷，一分风雨。"

苔茵　顾况诗（《送友人失意南归》）："屋古布苔茵。"

云幕　傅注引《归藏》曰：昔女娲筮张云幕，而枚占神明。

千钟美酒　《孔丛子》(《儒服》)：昔平原君与子高饮，强子高酒，曰："昔有遗谚：'尧舜千钟，孔子百觚。子路嗑嗑，尚饮十榼。'古之圣贤，无不能饮也。"

永　遇　乐

天末山横，半空箫鼓，楼观高起。指点裁成，东风满院，总是新桃李。纶巾羽扇，一尊饮罢，目送断鸿千里。揽清歌、余音不断，缥缈尚萦流水。　年来自笑无情，何事犹有，多情遗思。绿鬓朱颜，匆匆拚了，却记花前醉。明年春到，重寻幽梦，应在乱莺声里。拍阑干、斜阳转处，有谁共倚。

【校】

傅注本、元本俱无。毛本题作"眺望"。　郑文焯曰：按此词又见《石林词》，元刻既无之，毛本又以意题作"眺望"，当据元刻及叶梦得词删去此阕。　榆生案：《石林词》题作"蔡州移守颍昌，与客会别临芳观席上"。闻之彊村先生云："东坡词境超绝，千年来惟一叶梦得差能彷佛一二。"然则此词果为谁作，终成悬案矣。

【笺】

纶巾羽扇　注见卷二《念奴娇》"大江东去"阕。

尚萦流水　《韩诗外传》：伯牙鼓琴，钟子期听之，方鼓琴，志在山，钟子期曰："善哉鼓琴，巍巍乎如太山。"志在流水，钟子期曰："善哉鼓琴，洋洋乎若江河。"

雨中花慢

邃院重帘何处，惹得多情，愁对风光。睡起酒阑花谢，蝶乱蜂忙。今夜何人，吹笙北岭，待月西厢。空怅望处，一株红杏，斜倚低墙。　羞颜易变，傍人先觉，到处被著猜防。谁信道、些儿恩爱，无限凄凉。好事若无间阻，幽欢却是寻常。一般滋味，就中香美，除是偷尝。

【校】

傅注本、元本俱无。

【笺】

吹笙北岭　许浑诗（《送萧处士归缑岭别业》）：“缑山住近吹笙庙，湘水行逢鼓瑟祠。”余详卷一《鹊桥仙》（缑山仙子）注。

待月西厢　《丽情集》：莺莺与张生诗：“待月西厢下，迎风户半开。拂墙花影动，疑是玉人来。”

红杏　孟郊《城南联句》：“竞墅碾砯砰，醉结红满杏。”

又

嫩脸羞蛾因甚，化作行云，却返巫阳。但有寒灯孤枕，皓月空床。长记当初，乍谐云雨，便学鸾凰。又岂料正好，三春桃李，一夜风霜。　丹青□画，无言无笑，看了漫结愁肠。襟袖上、犹存残黛，渐减余香。一自醉中忘了，奈何酒后思量。算应负你，枕前珠泪，万点千行。

【校】

傅注本、元本俱无。

【笺】

羞蛾　刘孝绰（《同武陵王）看妓》诗："回羞出曼脸，送态表嚬蛾。"

行云　注见卷一《祝英台近》"挂轻帆"阕。

巫阳　宋玉《招魂》：帝告巫阳曰："有人在下，我欲辅之。魂魄离散，汝筮予之。"王逸注：女曰巫，阳其名也。

鸾凰　祢衡《鹦鹉赋》："配鸾凰而等美，焉比德于众禽。"

丹青　《周礼·秋官·职金》：掌凡金、玉、锡、石、丹、青之戒令，受其入征者。杜甫《丹青引》："丹青不知老将至，富贵于我如浮云。"

一丛花　初春病起

今年春浅腊侵年，冰雪破春妍。东风有信无人见，露微意、柳际花边。寒夜纵长，孤衾易暖，钟鼓渐清圆。　朝来初日半衔山，楼阁淡疏烟。游人便作寻芳计，小桃杏、应已争先。衰病少悰，疏慵自放，惟爱日高眠。　傅注本卷十一

【校】

傅注本"衔"作"含"，"悰"作"情"。　毛本无题，"含"、

"情"二字同傅本。

三　部　乐

美人如月，乍见掩暮云，更增妍绝。算应无恨，安用阴晴圆缺。娇甚空只成愁，待下床又懒，未语先咽。数日不来，落尽一庭红叶。　今朝置酒强起，问为谁减动，一分香雪。何事散花却病，维摩无疾，却低眉、惨然不答。唱《金缕》、一声怨切。堪折便折，且惜取、年少花发。　**傅注本卷五**

【校】

傅注本"落尽"作"落成"。　毛本题作"清景"。"年少"作"少年"。

【笺】

如月　梁简文帝《释迦文佛像铭》：满月为面，青莲在眸。

无恨　唐诗（按此为宋石曼卿句）："月如无恨月长圆。"

娇甚成愁　刘禹锡《三阁》诗："不应有恨事，娇甚却成愁。"

下床又懒　傅注引《会真记》崔氏与张籍诗："自从别后减容光，万转千回懒下床。"

香雪　李商隐《小桃园》诗："啼久艳粉薄，舞多香雪翻。"

散花却病　维摩诘尝以方便现身有疾，以其疾故，无数千人，皆往问疾。余详卷二《殢人娇》（白发苍颜）注。

金缕　唐李锜妾《杜秋娘》诗（《金缕衣》）："劝君莫惜金缕衣，劝君须惜少年时。花开堪折君须折，莫待无花空折枝。"

无愁可解

国工花日新作越调《解愁》，洛阳刘几伯寿闻而悦之，戏作俚语之词，天下传咏，以为几于达者。龙丘子犹笑之："此虽免乎愁，犹有所解也。若夫游于自然而托于不得已，人乐亦乐，人愁亦愁，彼且恶乎解哉？"乃反其词，作《无愁可解》云。

光景百年，看便一世，生来不识愁味。问愁何处来，更开解个甚底。万事从来风过耳，何用不著心里。你唤做、展却眉头，便是达者，也则恐未。　此理，本不通言，何曾道、欢游胜如名利。道即浑是错，不道如何即是。这里元无我与你，甚唤做、物情之外？若须待醉了，方开解时，问无酒、怎生醉。　傅注本卷六

【校】

傅注本存目阙词。　毛本题小有讹异。"头"字脱，"即"作"则"。

【朱注】

《风月堂诗话》：刘伯寿，洛阳九老之一也。筑室嵩山玉华峰下，号玉华庵主。《避暑录话》：刘几在神宗时，与范蜀公复位大乐。洛阳花品曰状元红，为一时之冠。乐工花日新能为新声，汴妓部懿以色著，秘监致仕刘伯寿精音律。熙宁中，几携花日新就部懿家赏花欢咏，乃撰此曲。

【笺】

龙丘子 见卷一《临江仙》“细马远驮双侍女”阕题注。

【附记】

案东坡好以禅理入诗词。此词纯用白话，大抵皆禅家语；非多读禅宗语录，未易了达也。（今按：讲义本有附记，据补。）

贺 新 郎

乳燕飞华屋，悄无人、桐阴转午，晚凉新浴。手弄生绡白团扇，扇手一时似玉。渐困倚、孤眠清熟。帘外谁来推绣户，枉教人梦断瑶台曲。又却是，风敲竹。 石榴半吐红巾蹙。待浮花、浪蕊都尽，伴君幽独。秾艳一枝细看取，芳心千重似束。又恐被、秋风惊绿。若待得君来向此，花前对酒不忍触。共粉泪，两簌簌。 傅注本卷三

【校】

毛本题作“余倅杭日，府僚湖中高会，群妓毕集，惟秀兰不来，营将督之再三乃来。仆问其故，答曰：沐浴倦卧，忽有扣门声，急起询之，乃营将催督也。整妆趋命，不觉稍迟。时府僚有属意于兰者，见其不来，恚恨不已，云必有私事。秀兰含泪力辩，而仆亦从旁冷语阴为之解，府僚终不释然也。适榴花开盛，秀兰以一枝藉手献坐中。府僚愈怒，责其不恭。秀兰进退无据，但低首垂泪而已。仆乃作一曲名贺新凉，令秀兰歌以侑觞。声容妙绝，府僚大悦，剧饮而罢”。案此说出《古今词话》。《词话》“芳心”作“芳意”。

【笺】

乳燕飞华屋　杜甫诗（《题省中壁》）：“落絮游丝白日静，鸣鸠乳燕青春深。”曹植诗（《野田黄雀行》）：“生存华屋处，零落归山丘。”

白团扇　《晋书·乐志》：《团扇歌》者，中书令王珉与嫂婢有情，爱好甚笃。嫂捶挞婢过苦，婢素善歌，而珉好捉白团扇，故制此歌。乐府《团扇郎歌》：“白团扇，憔悴非昔容，羞与郎相见。”

似玉　《世说新语》（《容止》）：王夷甫容貌整丽，妙于谈玄，恒捉白玉柄尘尾，与手都无分别。

瑶台　注见卷二《西江月》“别梦已随流水”阕。

风敲竹　唐李益诗（《竹窗闻风寄苗发司空曙》）：“开门风动竹，疑是故人来。”

石榴红巾　白居易石榴诗（《题孤山寺石榴花示众僧》）：“山榴花似结红巾，容艳新妍占断春。”又：“泪痕裛损胭脂脸，翦刀裁破红绡巾。”

浮花浪蕊　韩愈诗（《杏花》）：“浮花浪蕊镇长有，才开还落瘴雾中。”　傅注：石榴繁盛时，百花零落尽矣。

秋风惊绿　皮日休《石榴》诗：“蝉噪秋枝槐叶黄，石榴香老愁寒霜。”

簌簌　注见卷一《蝶恋花》“簌簌无风花自堕”阕。

【附录】

《苕溪渔隐丛话》：《古今词话》云：苏子瞻守钱唐，有官妓秀兰天性黠慧，善于应对。湖中有宴会，群妓毕至，惟秀兰不来，遣人督之，须臾方至。子瞻问其故，具以发结沐浴，不觉困睡，忽有人叩门声，急起而问之，乃乐营将催督之。非敢怠忽，谨以实告。子瞻亦怒之。坐中倅车属意于兰，见其晚来，恚恨未已，责之曰："必有他事，以此晚至。"秀兰力辩，不能止倅之怒。是时榴花盛开，秀兰以一枝藉手告倅，其怒愈甚，秀兰收泪无言。子瞻作《贺新凉》以解之，其怒始息。其词云云。子瞻之作，皆目前事，盖取其沐浴新凉，曲名《贺新凉》也。后人不知之，误为《贺新郎》，盖不得子瞻之意也。子瞻真所谓风流太守也，岂可与俗吏同日语哉？苕溪渔隐曰：野哉，杨湜之言，真可入《笑林》矣。东坡此词，冠绝古今，托意高远，宁为一娼而发耶？"帘外谁来推绣户，枉教人梦断瑶台曲。又却是，风敲竹"，用古诗"卷帘风动竹，疑是故人来"之意。今乃云忽有人叩门声，急起而问之，乃乐营将催督。此可笑者一也。"石榴半吐红巾蹙。待浮花、浪蕊都尽，伴君幽独。秾艳一枝细看取，芳意千重似束"，盖初夏之时，千花事退，榴花独芳，因以申写幽闺之情。今乃云是时榴花盛开，秀兰以一枝藉手告倅，其怒愈甚，此可笑者二也。此词腔调寄《贺新郎》，乃古曲名也。今乃云取其沐浴新凉，曲名《贺新凉》，后人不知之，误为《贺新郎》。此可笑者三也。《词话》中可笑者甚众，姑举其尤者。第东坡此词深为不幸，横遭点污，吾不可无一言雪其耻。宋子京云：江左有文拙而好刻石者，谓之詅嗤符。今杨湜之言俚甚，而锓板行世，殆类是也。

《艇斋诗话》：东坡《贺新郎》，在杭州万顷寺作。寺有榴花树，故词中云石榴。又是日有歌者昼寝，故词中云"渐困倚、孤眠清熟"。其真本云"乳燕栖华屋"，今本作"飞"字，非是。

《吴礼部诗话》：东坡《贺新郎》词"乳燕飞华屋"云云，后段"石榴半吐红巾蹙"以下皆咏榴，别一格也。

哨遍

睡起画堂，银蒜押帘，珠幕云垂地。初雨歇，洗出碧罗天，正溶溶养花天气。一霎暖风回芳草，荣光浮动，捲皱银塘水。方杏靥匀酥，花须吐绣，园林排比红翠。见乳燕捎蝶过繁枝，忽一线炉香逐游丝。昼永人闲，独立斜阳，晚来情味。便乘兴携将佳丽，深入芳菲里。拨胡琴语，轻拢漫捻总伶俐。看紧约罗裙，急趣檀板，《霓裳》入破惊鸿起。颦月临眉，醉霞横脸，歌声悠扬云际。任满头红雨落花飞。渐鳷鹊楼西玉蟾低，尚徘徊、未尽欢意。君看今古悠悠，浮幻人间世。这些百岁光阴几日，三万六千而已。醉乡路稳不妨行，但人生、要适情耳。 **傅注本卷八**

【校】

傅注本“捲”作“卷”，“总伶俐”作“摠利”，“扬”作“飏”，“浮幻”作“浮宦”。 元本“总伶俐”作“总利”，“浮幻”作“浮宦”。 毛本题作“春词”。“排比红翠”作“翠红排比”，“落花飞”下衍“坠”字。 彊村老人曰：醉翁《琴趣外篇·减字木兰花》有云：“拨头总利，怨日愁花无限意。”此词元本“总利”二字似不误，但上句按谱当五字耳。

【笺】

银蒜 庾信诗（《梦入堂内》）：“幔绳金麦穗，帘钩银蒜条。”

珠幕 《汉武故事》：上起押屋，以真珠为帘箔，玳瑁押之。

养花 傅注：今乐府《啄木儿曲》有“洗出养花天气”之句。

皱水 傅注：南唐李国主尝戏其臣曰："风乍起，吹皱一池春水，干卿甚事？"盖其臣赵公所作《谒金门》词，此最为警策。 案此词见《阳春集》，世传为冯延巳事，傅注当别有所本。

杏靥 杜甫诗（《琴台》）："野花留宝靥。"

捎蝶 杜甫诗（《重过何氏五首》）："花妥莺捎蝶，溪喧獭趁鱼。"

游丝 杜甫（《宣政殿退朝晚出左掖》）诗："炉姻细细驻游丝。"

胡琴 傅注：胡琴，琵琶也。杜牧诗："黄金捍拨紫檀槽。"

轻拢慢捻 注见卷一《南乡子》"裙带石榴红"阕。

檀板 《太真外传》：李龟年以歌擅一时，手捧檀板，押众乐而前。

霓裳入破 《碧鸡漫志》：《霓裳羽衣曲》，说者多异，予断之曰：西凉创作，明皇润色，又为易美名。其他饰以神怪者，皆不足信也。《唐史》云河西节度使杨敬述献，凡十二遍。 傅注：今乐府拍谓之乐句，故舞者取此以为应。诸大曲攧遍之后谓之入破，故舞者每以此为入舞之节。则《霓裳羽衣》之曲亦莫不然。

惊鸿 谢偃《舞赋》："纡修袂而将举，似惊鸿之欲翔。"

悠扬云际 傅注：秦青之歌，响遏行云。戚夫人之歌，声入云霄。

红雨 李贺诗（《将进酒》）："况是青春日将暮，桃花乱落如红雨。"

鳷鹊 《三辅黄图》：甘泉宫，秦始皇作，汉武帝建元中，作石阙、封峦、鳷鹊观于苑垣内。谢朓诗（《暂使下都夜发新林至京邑赠西府同僚》）："金波丽鳷鹊，玉绳低建章。"

三万六千 注见卷一《南乡子》"东武望余杭"阕。

醉乡　傅注：唐王元功作《醉乡记》。

木 兰 花 令

元宵似是欢游好，何况公庭民讼少。万家游赏上春台，十里神仙迷海岛。　平原不似高阳傲，促席雍容陪语笑。坐中有客最多情，不惜玉山拚醉倒。

【校】

傅注本、元本俱无。

【笺】

春台　《老子》：众人熙熙，如登春台。

平原　《史记·平原君列传》：平原君赵胜者，赵之诸公子也。诸子中胜最贤，喜宾客，盖至者数千人。

高阳　《史记·郦生传》：沛公引兵过陈留，郦生踵军门上谒，使者入通，沛公曰："为我谢之，言我方以天下为事，未暇见儒人也。"使者出谢，郦生瞋目按剑叱曰："走！复入言而公，吾高阳酒徒也，非儒人也。"

玉山　李白《襄阳歌》："清风明月不用一钱买，玉山自倒非人推。"

又

经旬未识东君信，一夕熏风来解愠。红绡衣薄麦秋寒，绿绮韵低梅雨润。　瓜头绿染山光嫩，弄色金桃新傅粉。日高慵卷水晶帘，犹带春醪红玉困。

【校】

傅注本、元本俱无。

【笺】

熏风　注见卷二《瑶池燕》“飞花成阵春心困”阕。

红绡　薛涛《试新服》诗：“紫阳宫里赐红绡，仙雾朦胧隔海遥。”

麦秋　《礼记》(《月令》)：孟夏之月，靡草死，麦秋至。

绿绮　傅休弈《琴赋》序：楚王有琴曰绕梁，司马相如有绿绮，蔡邕有焦尾，皆名器也。张载诗(《拟四愁》)：“佳人遗我绿绮琴，何以报之双南金。”

梅雨　《埤雅》：江南三月为迎梅雨，五月为送梅雨。《扪虱新话》：江湖二浙，四五月间梅欲黄而雨，谓之梅雨。

金桃　《汉书·西域传》：康国致金桃、银桃，诏令植苑中。(按：《汉书·西域传》中不载此语，查见《新唐书·西域传》中。)杜甫《山寺》诗：“麝香眠石竹，鹦鹉啄金桃。”

傅粉　注见卷二《蝶恋花》“别酒劝君君一醉”阕。

水晶帘　宋之问《明河篇》：“云母帐前初泛滥，水精帘外转逶迤。”

红玉　《西京杂记》：赵飞燕与女弟昭仪，皆色如红玉，为当时第一，并宠擅后宫。李贺《贵主征行乐》：“春营骑将如红玉，走马梢鞭上空绿。”

又

高平四面开雄垒，三月风光初觉媚。园中桃李使君家，城上亭台游客醉。　歌翻杨柳金尊沸，饮散凭阑无限意。云深不见玉关遥，草细山重残照里。

【校】

傅注本、元本俱无。

【笺】

高平　《汉书·地理志》：临淮郡高平县。

杨柳　白居易诗（《杨柳枝词》）：“古歌旧曲君休听，听取新翻《杨柳枝》。”

玉关　《后汉书·班超传》：臣不敢望到酒泉郡，但愿生入玉门关。注：玉门关属炖煌郡，今沙州也。去长安三千六百里。李白诗（《子夜吴歌》）：“春风吹不尽，总是玉关情。”

西　江　月

闻道双衔凤带，不妨单著鲛绡。夜香知与阿谁烧，怅望水沉烟袅。　云鬓风前绿卷，玉颜醉里红潮。莫教空度可怜宵，月与佳人共僚。　傅注本卷二

【校】

毛本“僚”误作“撩”，从傅本。

【笺】

双衔凤带　李商隐代离筵伎作(《饮席代官妓赠两从事》):"新人桥上著春衫,旧主江边侧帽檐。愿得化为红绶带,许教双凤一时衔。"

鲛绡　《搜神记》:南海之外有鲛人,水居,亦谓之泉客。织轻绡于泉室,出以卖之,价千金。

水沉　《南史·林邑国传》:沉水香者,土人斫断,积以岁年,朽烂而心节独在,置水中则沉,故名曰沉香。次浮者栈香。

云鬓二句　傅注:旧注:此二句梦中得之。李群玉《赠美人》诗:"鬓耸巫山一朵云。"又:"眼底桃花酒半醺。"

可怜宵　注见卷二《临江仙》"多病休文都瘦损"阕。

月僚　《诗》《陈风》(《月出》):"月出皎兮,佼人僚兮。"毛传:僚,好貌。《释文》:僚本亦作"嫽",同音了。

华　清　引

平时十月幸莲汤,玉甃琼梁。五家车马如水,珠玑满路旁。

翠华一去掩方床,独留烟树苍苍。至今清夜月,依前过缭墙。　傅注本卷十二

【校】

元本调作"华胥引"。"莲"作"兰",从傅、毛二本。　毛本题作"感旧"。"前"作"旧"。

【笺】

莲汤　《杨妃外传》：华清宫有莲华汤，即贵妃沐浴之室也。以玉石为之。《明皇杂录》：上于华清宫新广一汤泉，制度宏丽。禄山于范阳，以玉为鱼龙凫雁、石渠石莲华进献，雕镌巧妙，殆非人工。上大悦，命陈于汤中，仍以石梁横于其上，而莲华才出于水际。上因幸华清宫，至泉所，解衣将入汤，而鱼龙凫雁皆若奋鳞举翼，状若飞动。上恐，遽命去之。　傅注：莲华石至今犹在。

五家　《杨妃外传》：每十月，帝幸华清宫，五宅车骑皆从。家别为队，队一色，俄五家队合，烂若万花川谷，团成锦绣。国忠导以剑南旌节，遗钿堕舄，琴瑟玑琲，狼籍于道，香闻数十里。　傅注：五家谓铦、锜、国忠、韩、虢是也。时秦国已早亡矣。

车马如水　《后汉书》(《明德马皇后纪》)：马太后曰："前过濯龙门上，见外家门起居者，车如流水，马如游龙。顾视御者，不及远矣。虽不加谴怒，但绝岁用，冀以默愧其心耳。"

翠华　傅注：翠华，天子之旗，以象华盖也。相如赋："建翠华之旗。"注：以翠羽为旗上葆耳。禄山之乱，明皇西幸，华清宫无复至矣。

烟树　杜牧《华清宫》诗："秦树远微茫。"

缭墙　杜牧《华清宫》诗："绣岭明珠殿，层峦下缭墙。"

苏幕遮　咏选仙图

暑笼晴，风解愠，雨后余清，暗袭衣裾润。一局选仙逃暑困，笑指尊前，谁向青霄近。　整金盆，轮玉笋。凤驾鸾车，谁敢争先进。重五休言升最紧。纵有碧油，到了输堂印。　傅注本卷十二

【校】

傅注本“暗”作“闇”，“笋”作“筍”。

【朱注】

《湘烟录》:《郑氏书目》有《骰子选格》《汉官仪彩选》《新彩选》《文武彩选》《元丰官制彩选》《庆历彩选图》《寻仙彩选》《选仙格》《选佛图》。

【笺】

解愠　注见卷二《瑶池燕》“飞花成阵春心困”阕。

选仙　《牧猪闲话》:宋时有《选仙图》,用骰子比色,先为散仙,次为上洞,以渐至蓬莱、大罗。亦重徘色,有过者谪作采樵思凡之人。王珪《宫词》“尽日窗间赌选仙”即此。

金盆　《南史·扶南国传》:国王坐则偏踞翘膝,以白氎敷前,设金盆,置香炉于其上。

玉笋　韩偓《咏手》诗:“腕白肤红玉笋芽,调琴抽线露尖斜。”

凤驾鸾车　扬雄赋(《河东赋》):“乃抚翠凤之驾。”《礼记·月令》:孟春之月,天子乘鸾路,驾苍龙。注:鸾路,有虞氏之车,有鸾和之节,而饰之以青,取其名耳。

重五　傅注:重五、碧油、堂印,皆选仙彩名,若六博之枭卢。

乌　夜　啼

莫怪归心速,西湖自有蛾眉。若见故人须细说,白发倍当时。　小郑非常强记,二南依旧能诗。更有鲈鱼堪切脍,儿辈莫教

知。 傅注本卷十二

【校】

傅注本"脍"作"鲙"。 毛本题作"寄远"。"速"上有"甚"字。

【笺】

蛾眉 谢朓诗(《夜听妓》):"蛾眉已共笑。"

小郑 《南史》(按:事不载《南史》,载《北史·郑述祖传》中。):郑述祖仕齐,与父皆为兖州刺史。歌曰:"大郑公,小郑公,相去五十载,风教犹尚同。"

二南 傅注:旧注:湖妓有周、召者,号二南。

鲈脍 《晋书·张翰传》:齐王辟为大司马东曹掾,因秋风起,思吴中菰菜、莼羹、鲈鱼脍,曰:"人生贵得适意,何为羁宦数千里,以要名爵乎?"遂命驾归。《春渚纪闻》:吴兴溪鱼之美,甲于他郡。郡人会集,必以斫鲙为劝,其操刀者名鲙匠。

儿辈 注见卷一《水调歌头》"安石在东海"阕。

临 江 仙

诗句端来磨我钝,钝锥不解生铓。欢颜为我解冰霜。酒阑清梦觉,春草满池塘。 应念雪堂坡下老,昔年共采芸香。功成名遂早还乡。回车来过我,乔木拥千章。 傅注本卷三

【校】

毛本题作"赠送"。"端"作"揣"。

【笺】

钝锥　《晋书·祖纳传》：梅陶及钟雅好谈辩，纳辄困之，因谓曰："君汝颍之士，利如锥，我幽冀之士，钝如槌。持我钝槌，捶君利锥，皆当摧矣。"陶、雅并称有神锥，不可得捶。纳曰："假有神锥，必有神槌。"雅无以对。

池塘　注见卷一《渔家傲》"皎皎牵牛河汉女"阕。

雪堂　见卷二《江城子》"梦中了了醉中醒"阕题注。

芸香　傅注：谓同在书职也。鱼豢《典略》曰：芸香辟纸鱼蠹，故藏书台称芸台。

千章　傅注：《史记》：居千章之材。又曰：木千章。注：章，材也。旧将作大匠掌材曰章曹掾。

又　送王缄

忘却成都来十载，因君未免思量。凭将清泪洒江阳。故山知好在，孤客自悲凉。　坐上别愁君未见，归来欲断无肠。殷勤且更尽离觞。此身如传舍，何处是吾乡？　傅注本卷三

【笺】

王缄　彊村先生曰：按本集《仲天既王元直自眉山来见余钱塘既行送之》诗，施注：王箴字符直，东坡夫人同安君之弟也。王缄未知即箴否。

江阳　傅注：江阳，江北也。水北为阳。

无肠　《广记》：祖价遇鬼，鬼作思家诗云："佳人应有梦，远客

已无肠。”

传舍　《汉书·盖宽饶传》：平恩侯许伯入第，盖宽饶贺之。酒酣，宽饶仰视屋而叹曰：“美哉！然富贵无常，忽则易人。此如传舍，所阅多矣，惟谨慎为能得久。君侯可不戒哉？”

又

夜到扬州，席上作。

尊酒何人怀李白，草堂遥指江东。珠帘十里卷香风。花开花谢，离恨几千重。　轻舸渡江连夜到，一时惊笑衰容。语音犹自带吴侬。夜阑对酒，依旧梦魂中。　傅注本卷三

【校】

傅注本题“夜”误作“衣”。　毛本“花谢”作“花又谢”，“对酒”作“相对处”。

【笺】

尊酒　杜甫天末怀李白诗(《春日忆李白》)：“何时一尊酒，重与细论文。”

江东　傅注：太白自翰林赐归，遂放浪江东，往来金陵、采石之间。见卷二《浣溪沙》(罗袜空飞洛浦尘)注。

珠帘　注见卷一《江城子》“玉人家在凤凰山”阕。

吴语　傅注：杜子美：“贺公雅吴语，在位常清狂。”盖谓贺知章也。知章虽贵为秘书监，而吴音不改。后告老归吴中，玄宗加重之。将行，涕泣辞上。上曰：“何所欲？”知章曰：“臣有男未定名，幸陛下

赐之，归为乡里荣。”上曰：“为道之要，莫若于信。孚者，信也，履信思乎顺。卿子必信顺之人也，宜名曰孚。”知章再拜而受命。久而谓人曰：“上何谑我耶？且实矣。孚字乃瓜下为子，岂非呼我为瓜子耶？”

夜阑　注见卷一《浣溪沙》“一别姑苏已四年”阕。

又

冬夜夜寒冰合井，画堂明月侵帏。青釭明灭照悲啼。青釭挑欲尽，粉泪裛还垂。　未尽一尊先掩泪，歌声半带清悲。情声两尽莫相违。欲知肠断处，梁上暗尘飞。　傅注本卷三

【笺】

冰合井　傅注：井泉温，非盛寒则不冰。《汉书·五行志》：光和间，琅琊井冰厚丈余。所以记异。

肠断　傅注：唐武宗疾笃，迁便殿，孟才人以笙歌获宠者，密侍其右。上目之曰：“吾当不讳，尔何为哉？”指笙囊泣曰：“请以此就缢。”上恻然。复曰：“妾尝艺歌，愿对上歌一曲，以泄其愤。”上以其恳，许之。乃歌一声《河满子》，气亟立殒。上令医候之，曰：“脉尚温而肠已断。”

梁尘　《七略》：昔善歌者有虞公，发声动梁上尘。李白《夜坐吟》：“冬夜夜寒觉夜长，沉吟久坐坐北堂。冰合井，月入闺，青釭明灭照悲啼。青釭灭，啼转多，掩妾泪，听君歌。歌有声，妾有情，情声相合两无违。一语不入意，从君万曲梁尘飞。”

又　赠王友道

谁道东阳都瘦损，凝然点漆精神。瑶林终自隔风尘。试看披鹤氅，仍是谪仙人。　省可清言挥玉麈，真须保器全真。风流何似道家纯。不应同蜀客，惟爱卓文君。

【校】

傅注本、元本俱无。

【笺】

王友道　未详。

东阳　《南史·沈约传》：隆昌元年，除吏部郎，出为东阳太守。李商隐诗（《韩冬郎即席为诗相送……因成二绝寄酬兼呈畏之员外》）："为凭何逊休联句，瘦尽东阳姓沈人。"

点漆　《晋书·杜乂传》：王羲之见而目之曰："肤若凝脂，眼如点漆，此神仙人也。"刘孝绰文（《司空安成王碑》）：卫子之朗月映山，杜生之凝脂点漆。

瑶林　《世说》（《赏誉》）：王戎云："太尉神姿高彻，如瑶林琼树，自然是风尘外物。"

鹤氅　《晋书·王恭传》：尝披鹤氅裘，涉雪而行，孟昶窥见之，叹曰："此真神仙中人也。"

谪仙　注见卷一《满江红》"江汉西来"阕。

玉麈　卢照邻《行路难》："金貂有时须换酒，玉麈恒摇莫计钱。"别详本卷《贺新郎》（乳燕飞华屋）注。

保器全真　《易》（《系辞》下）：君子藏器于身，待时而动。《汉书·艺文志》：神仙者，所以保性命之真，而游求于外者也。高适诗（《答侯少府》）：“浮沉各异宜，老大贵全真。”

卓文君　杜甫诗（《琴台》）：“茂陵多病后，尚爱卓文君。”余详卷一《河满子》（见说岷峨凄怆）注。

又

昨夜渡江何处宿，望中疑是秦淮。月明谁起笛中哀。多情王谢女，相逐过江来。　云雨未成还又散，思量好事难谐。凭陵急桨两相催。想伊归去后，应似我情怀。

【校】

傅注本、毛本俱无。

【笺】

秦淮　《晋阳秋》：秦始皇东游，望气者云：“五百年后，金陵有天子气。”于是始皇于方山掘流，西入江，亦曰淮，土俗号曰秦淮。

王谢　《南史·侯景传》：景请娶于王谢，帝曰：“王谢门高非偶，可于朱张以下访之。”

渔家傲　送张元康省亲秦州

一曲《阳关》情几许，知君欲向秦川去。白马皂貂留不住。回首处，孤城不见天霏雾。　到日长安花似雨，故关杨柳初飞絮。渐见鞾刀迎夹路。谁得似，风流膝上王文度。　傅注本卷三

【校】

元本题末有“或作秦亭”四字。 毛本题“康”作“唐”。“霏”作“霖”。

【笺】

张元康 未详。

阳关 注见卷一《江城子》“翠蛾羞黛怯人看”阕。

秦川 卢照邻诗(《于时春也慨然有江湖之思寄赠柳九陇》):“关山悲蜀道,花鸟忆秦川。”

白马皂貂 杜甫《至后》诗:“青袍白马有何意,金谷铜驼非故乡。”武元衡《送张谏议回朝》诗:“诏书前日下丹霄,头戴儒冠脱皂貂。” 傅注:皂貂,黑貂裘也。

孤城 杜甫《野望》诗:“孤城隐雾深。”

鞬刀 傅注:唐制,诸府帅见大府帅,皆戎服,左握刀,右属弓矢,帕首袴鞬,迎于道左。见卷一《南乡子》(旌旆满江湖)注。

王文度 注见卷二《虞美人》“归心正似三春草”阕。

又

临水纵横回晚鞚,归来转觉情怀动。梅笛烟中闻几弄。秋阴重,西山雪淡云凝冻。 美酒一杯谁与共,尊前舞雪狂歌送。腰跨金鱼旌旆拥。将何用,只堪妆点浮生梦。

【校】

傅注本、元本俱无。

【笺】

梅笛　《乐府诗集》:《梅花落》,本笛中曲也。李白黄鹤楼闻笛诗(《听黄鹤楼上吹笛》):“黄鹤楼中吹玉笛,江城五月落梅花。”

舞雪　张衡《观舞赋》:“裾似飞鸾,袖如回雪。”李商隐《歌舞》诗:“遏云歌响清,回雪舞腰轻。”

金鱼　杜甫《陪郑广文游何将军山林》诗:“银甲弹筝用,金鱼换酒来。”

定风波　重阳括杜牧之诗

与客携壶上翠微,江涵秋影雁初飞。尘世难逢开口笑,年少,菊花须插满头归。　酩酊但酬佳节了,云峤,登临不用怨斜晖。古往今来谁不老,多少,牛山何必更沾衣。　傅注本卷四

【校】

傅注本、元本并题作“重阳”,从毛本。

【朱注】

杜牧《九日齐安登高》诗:“江涵秋影雁初飞,与客携壶上翠微。尘世难逢开口笑,菊花须插满头归。但将酩酊酬佳节,不用登临怨落晖。古往今来只如此,牛山何必泪沾衣。”

【笺】

翠微　《尔雅》:山未半曰翠微。

牛山　《晏子》（《内篇·谏上》）：齐景公游于牛山，北临其国城而流涕，曰：“美哉国乎！郁郁芊芊，若何滴滴去此国而死乎？使古无死者，寡人将去斯而之何？”史孔、梁丘据从之泣，晏子独笑于旁。公雪涕而顾晏子曰：“寡人今日之游悲，孔与据皆从而泣，子之独笑何也？”晏子对曰：“使贤者常守之，则太公、桓公将常守之矣。使有勇者而常守之，则庄公、灵公将常守之矣。数君者将守之，吾君方将被蓑笠而立乎畎亩之中，惟事之恤，何暇念死乎？此臣之所以独窃笑也。”景公惭焉。

又

莫怪鸳鸯绣带长，腰轻不胜舞衣裳。薄幸只贪游冶去，何处，垂杨系马恣轻狂。　花谢絮飞春又尽，堪恨，断弦尘管伴啼妆。不信归来但自看，怕见，为郎憔悴却羞郎。　傅注本卷四

【校】

毛本题作“感旧”。

【笺】

鸳鸯带　徐彦伯诗（《拟古》三首）：“赠君鸳鸯带，因以鹔鹴裘。”

腰轻　傅注：梁简文《舞赋》：“信身轻而钗重，亦腰羸而带急。”《诗话》：唐元载末年，纳薛瑶英，处以金丝帐、却尘褥，衣以龙绡衣，一袭无一两。载以瑶英体轻，不胜重衣，于异国求此服也。惟贾至、杨公南与载交善，往往得见其歌舞。贾至赠诗云：“舞怯铢

衣重，笑疑桃脸开。方知汉成帝，虚筑避风台。”

系马　傅注：王维《年少行》：“新丰美酒斗十千，洛阳游侠多少年。相逢意气为君饮，系马高楼柳树边。”又苏少卿《答双渐》诗：“青骢马系绿杨阴，低鬟便与迎相见。”

断弦　庾信《怨歌行》：“为君能歌此曲，不觉心随断弦。”《后汉书·五行志》：桓帝元嘉中，妇女作愁眉啼妆。啼妆者，薄拭目下若啼处。李峤《桃》诗：“山风凝笑脸，朝露泫啼妆。”

为郎　傅注：《传奇》崔氏与张籍诗：“自从别后减容光，万转千回懒下床。不为旁人羞不起，为郎憔悴却羞郎。”

又　咏红梅

好睡慵开莫厌迟，自怜冰脸不时宜。偶作小红桃杏色，闲雅，尚余孤瘦雪霜姿。　休把闲心随物态，何事，酒生微晕沁瑶肌。诗老不知梅格在，吟咏，更看绿叶与青枝。　傅注本卷四

【校】

傅注本“冰”误作“水”。

【笺】

咏红梅　《诗集·红梅》：“怕愁贪睡独开迟，自恐冰容不入时。故作小红桃杏色，尚余孤瘦雪霜姿。寒心未肯随春态，酒晕无端上玉肌。诗老不知梅格在，更看绿叶与青枝。”公自注：石曼卿《红梅》诗云：“认桃无绿叶，辨杏有青枝。”

好睡　《太真外传》：上皇登沉香亭，召妃子，妃子卯酒未醒，命

力士、侍儿持掖而至。妃子醉韵残妆，鬓乱钗横，不能再拜。上皇笑曰："是岂妃子醉，直海棠睡未足耳。" 傅注：红梅微类海棠，因用此事。

绿叶青枝 傅注：石曼卿《红梅》诗云："认桃无绿叶，辨杏有青枝。"公尝讥其浅近。

南乡子

冰雪透香肌，姑射仙人不似伊。濯锦江头新样锦，非宜，故著寻常淡薄衣。 暖日下重帏，春睡香凝索起迟。曼倩风流缘底事，当时，爱被西真唤作儿。 傅注本卷四

【校】

毛本题作有感。

【笺】

冰雪 注见卷一《减字木兰花》"郑庄好客"阕。

濯锦江 《成都记》：濯锦江，秦相张仪所作。土人言此水濯锦则鲜明，他水则否。

淡薄衣 张籍《倡女词》："画罗金缕难相见，故著寻常淡薄衣。"

春睡香凝 白居易诗（《江州赴忠州至江陵已来舟中示舍弟五十韵》）："卧稳贪春睡。"韦应物诗（《郡斋雨中与诸文士燕集》）："宴寝凝清香。"

曼倩西真 《汉武帝故事》：西王母尝见帝于承华殿，东方朔从

青琐窃窥之，王母笑指朔曰：“仙桃三熟，此儿已三偷之矣。” 傅注：曼倩，方朔字。西真，西王母。

又 双荔支

天与化工知，赐得衣裳总是绯。每向华堂深处见，怜伊，两个心肠一片儿。 自小便相随，绮席歌筵不暂离。苦恨人人分拆破，东西，怎得成双似旧时。 傅注本卷四

【校】

傅注本“怜”作“怜”。 毛本“拆”作“析”。

【笺】

荔支 《后汉书·和帝纪》：旧南海献龙眼荔支，十里一置，五里一候，奔腾险阻，死者继路。临武长唐羌上书言状，帝勅太官勿复受献。嵇含《草木状》：荔支如桂树，冬夏荣茂，青华朱实，大如鸡子，白如肪，甘而多汁。一树下子百斛。白居易《荔支图序》：荔支生巴峡间，树形如帷盖，叶如冬青，花如橘而春荣，实如丹而夏熟，朵如蒲桃，核如枇杷，壳如红缯，膜如紫绡，〔瓤〕肉（洁）〔莹〕白如冰雪，浆液甘酸如醴酪。

化工 贾谊《鹏鸟赋》：“天地为炉兮造化为工，阴阳为炭兮万物为铜。”李商隐诗（《今月二日不自量度以诗一首……咏叹不足之义也》）：“固是符真宰，徒劳让化工。”

衣绯 《说文》新附字：绯，赤字。《唐书·车服志》：袴褶之制，五品以上绯。

又　集句

寒玉细凝肤吴融，清歌一曲倒金壶郑谷。冶叶倡条遍相识李商隐，争如，豆蔻花梢二月初杜牧。　年少即须臾白居易，芳时偷得醉工夫白居易。罗帐细垂银烛背韩偓，欢娱，豁得平生俊气无杜牧。

又

怅望送春杯杜牧，渐老逢春能几回杜甫。花满楚城愁远别许浑，伤怀，何况清丝急管催刘禹锡。　吟断望乡台李商隐，万里归心独上来许浑。景物登临闲始见杜牧，徘徊，一寸相思一寸灰李商隐。

又

何处倚阑干杜牧，弦管高楼月正圆杜牧。胡蝶梦中家万里崔涂，依然，老去愁来强自宽杜甫。　明镜借红颜李商隐，须著人间比梦间韩愈。蜡烛半笼金翡翠李商隐，更阑，绣被焚香独自眠李商隐。　**傅注本卷四**

【校】

右三首元本无注，从傅、毛二本。 傅本“愁来”作“悲秋”。

菩　薩　蛮

七夕黄州朝天门上二首。

画檐初挂弯弯月，孤光未满先忧缺。遥认玉帘钩，天孙梳洗楼。　佳人言语好，不愿求新巧。此恨固应知，愿人无别离。　傅注本卷七

【校】

元本题作“七夕朝天门上作”，毛本题作“新月”，从傅注本。傅注本“遥”作“还”，毛本同。

【笺】

玉钩　鲍明远《月》诗（《玩月城西门廨中》）：“始出西南楼，纤纤如玉钩。”

天孙　《史记·天官书》：织女者，天孙女也。吴兢诗（《永泰公主挽歌二首》）：“河汉天孙合，潇湘帝子游。”

梳洗楼　傅注：唐连昌宫有梳洗楼，乃天宝中为杨贵妃所建也。元稹《连昌宫词》：“寝殿相连端正楼，太真梳洗楼上头。”

求巧　注见卷二《鹊桥仙》“乘槎归去”阕。

又

风回仙驭云开扇，更阑月堕星河转。枕上梦魂惊，晓来疏雨零。　相逢虽草草，长共天难老。终不羡人间，人间日似年。　傅注本卷七

【校】

傅注本“堕”作“坠”。 元本题作“七夕”，从傅本。 毛本“驭云”二字阙。“堕”作“坠”，“来”作“檐”，“日”作“夜”。

【笺】

仙驭 唐太宗《秋日悬清光》诗：“仙驭随轮转，灵乌带影飞。”

雨零 傅注：世俗以牛女相见之夕必有微雨，以明会遇之征。

草草 《诗·小雅·巷伯》：“骄人好好，劳人草草。”毛传：草草，劳心也。

又

城隅静女何人见，先生日夜歌彤管。谁识蔡姬贤，江南顾彦先。 先生那久困，汤沐须名郡。惟有谢夫人，从来是拟伦。 傅注本卷七

【校】

毛本题作“有寄”。“是”作“见”。

【笺】

静女 《诗·邶风》(《静女》)：“静女其姝，俟我于城隅。爱而不见，搔首踟蹰。静女其娈，贻我彤管。彤管有炜，悦怿女美。”

蔡姬 《后汉书》《列女传》：陈留董祀妻者，同郡蔡邕之女也，名琰，字文姬。博学有才辩，又妙于音律。适河东卫仲道，夫亡无子，归宁于家。兴平中，天下丧乱，文姬为胡骑所获，没于南匈奴左贤

王。在胡中十二年，生二子。曹操素与邕善，痛其无嗣，乃遣使者以金璧赎之，而重嫁于祀。

顾彦先　《晋书·顾荣传》：荣字彦先，吴国吴人也，为南土著姓。机神朗悟，弱冠仕吴为黄门侍郎。吴平，与陆机兄弟同入洛，时人号为“三俊”。荣素好琴，及卒，家人常置琴于灵座。吴郡张翰哭之恸，既而上床，鼓琴数曲，抚琴而叹曰：“顾彦先，复能赏此不？”因又恸哭，不吊丧主而去。

汤沐　《汉书·外戚传》：邓皇后母新野君，汤沐邑万户。颜师古注：凡言汤沐邑者，谓以其赋税供汤沐之具也。

谢夫人　《晋书·列女传》：王凝之妻谢氏字道蕴，安西将军奕之女也，聪识有才辩。初，同郡张玄妹亦有才质，适于顾氏，玄每称之，以敌道蕴。有济尼者，游于二家，或问之，济尼答曰：“王夫人神情散朗，故有林下风气。顾家妇清心玉映，自是闺房之秀。”

又

绣帘高卷倾城出，灯前潋滟横波溢。皓齿发清歌，春愁入翠蛾。　悽音休怨乱，我已无肠断。遗响下清虚，累累一串珠。　傅注本卷七

【校】

毛本题作“歌妓”。“愁”作“山”，“我已”二句作“我已先偷玩，梅萼月窗虚”。

【笺】

倾城　柳宗元《浑鸿胪宅闻歌》诗："翠帷双卷出倾城。"别详卷一《江城子》（老夫聊发少年狂）注。

皓齿　注见卷二《定风波》"常羡人间琢玉郎"阕。

翠蛾　刘禹锡《冬夜宴》诗："翠蛾发清响，曲尽有余思。"

肠断　注见卷一《殢人娇》"满院桃花"阕。

清虚　杜甫诗（《听杨氏歌》）："响下清虚里。"

串珠　《礼记·乐记》：歌者上如抗，下如坠，曲如折，止如槁木，倨中矩，句中钩，累累乎端如贯珠。

又 回文

落花闲院春衫薄，薄衫春院闲花落。迟日恨依依，依依恨日迟。　梦回莺舌弄，弄舌莺回梦。邮便问人羞，羞人问便邮。　傅注本卷七

又

火云凝汗挥珠颗，颗珠挥汗凝云火。琼暖碧纱轻，轻纱碧暖琼。　晕颙嫌枕印，印枕嫌颙晕。闲照晚妆残，残妆晚照闲。　傅注本卷七

【校】

傅注本“顋”作“腮”。 毛本题作“夏景回文”。

又

峤南江浅红梅小，小梅红浅江南峤。窥我向疏篱，篱疏向我窥。 老人行即到，到即行人老。离别惜残枝，枝残惜别离。 傅注本卷七

【校】

傅注本题作“红梅赠别”。 毛本题作“回文”。

又 回文四时闺怨

翠鬟斜幔云垂耳，耳垂云幔斜鬟翠。春晚睡昏昏，昏昏睡晚春。 细花梨雪坠，坠悉尼花细。颦浅念谁人，人谁念浅颦。 傅注本卷七

【校】

傅注本题作“四时闺怨回文，效刘十五贡父体”。 毛本题作“回文春闺怨”。

又

柳庭风静人眠昼，昼眠人静风庭柳。香汗薄衫凉，凉衫薄汗

香。　手红冰椀藕，藕椀冰红手。郎笑藕丝长，长丝藕笑郎。　**同前**

【校】

傅注本二“椀”字俱作“盌”。　毛本题作“回文夏闺怨”。二“椀”字俱作“腕”。

又

井桐双照新妆冷，冷妆新照双桐井。羞对井花愁，愁花井对羞。　影孤怜夜永，永夜怜孤影。楼上不宜秋，秋宜不上楼。　**同前**

【校】

毛本题作“回文秋闺怨”。“桐”作“梧”，“秋”作“愁”。

又

雪花飞暖融香颊，颊香融暖飞花雪。欺雪任单衣，衣单任雪欺。　别时梅子结，结子梅时别。归不恨开迟，迟开恨不归。　**同前**

【校】

傅注本末二句作“归恨不开迟，迟开不恨归”。　毛本题作“回文冬闺怨"。

又

娟娟侵鬓妆痕浅，双蟹相媚弯如翦。一瞬百般宜，无论笑与啼。 酒阑思翠被，特故腾腾地。生怕促归轮，微波先泥人。

【校】

傅注本、元本俱无。

又 咏足

涂香莫惜莲承步，长愁罗袜凌波去。只见舞回风，都无行处踪。 偷穿宫样稳，并立双趺困。纤妙说应难，须从掌上看。

【校】

傅注本、元本俱无。

【笺】

莲步 《南史》（《齐·本纪》下）：东昏侯凿金为莲花以贴地，令潘妃行其上，曰："此步步生莲花也。"

回风 杜甫诗（《对雪》）："急雪舞回风。"

宫样 韩偓《忍笑》诗："宫样衣裳浅画眉，晓来梳洗更相宜。"

双趺 《广韵》：跗，足趾也。与"趺"同。

又

玉镮坠耳黄金饰，轻衫罩体香罗碧。缓步困春醪，春融脸上桃。　花钿从委地，谁与郎为意。长爱月华清，此时憎月明。

【校】

傅注本、元本俱无。

【笺】

玉镮　张载《拟四愁》诗："佳人遗我双角端，何以赠之雕玉镮。"

花钿　《旧唐书·舆服志》：内外命妇服花钿，翟衣青质。白居易《长恨歌》："花钿委地无人收。"

浣溪沙　重九

珠桧丝杉冷欲霜，山城歌舞助凄凉。且餐山色饮湖光。
共挽朱轓留半日，强揉青蕊作重阳。不知明日为谁黄。
傅注本卷十

【校】

傅注本题作"九月九日二首"，毛本同。

【笺】

珠桧丝杉　傅注：桧柏叶端雪，炯然如珠。松柏叶条，纤细如丝。

且餐　傅注：山秀可餐，湖清可饮。

朱轓　《汉·志》(《后汉书·舆服志》)：中二千石、二千石，皆皁盖朱两轓。

青蕊　杜甫《叹庭前甘菊花》诗："檐前甘菊移时晚，青蕊重阳不堪摘。明日萧条尽醉醒，残花烂熳开何益。"

又

霜鬓真堪插拒霜，哀弦危柱作《伊》《凉》。暂时流转为风光。　未遣清尊空北海，莫因长笛赋山阳。金钗玉腕泻鹅黄。　**傅注本卷十**

【校】

元本"哀"作"衰"，从傅、毛二本。　毛本题作"和前韵"。

【笺】

拒霜　见卷一《定风波》"两两轻红半晕腮"阕题注。

伊凉　傅注：唐开元二十四年，升胡部乐于堂上。而天宝乐曲，皆以边地名，《凉州》《伊州》《甘州》之类是也。然《凉州曲》本开元中西凉州所献，时宁王审音，闻之，且知其后有播迁之祸。

流转　杜甫《曲江》诗："传语风光共流转，暂时相赏莫相违。"

清尊北海　注见卷二《蝶恋花》"云水萦回溪上路"阕。

长笛山阳　向秀《思旧赋序》：余与嵇康、吕安居止接近，其人并有不羁之才，然嵇志远而疏，吕心旷而放，其后各以事见法。余逝将西迈，经其旧庐，邻人有吹笛者，发声寥亮。追思曩昔游宴之好，感音而叹。赋云："济黄河以泛舟兮，经山阳之旧居。"马融《长笛赋》："近世双笛从羌起，羌人伐竹未及已。龙鸣水中不见己，截竹吹之声相似。剡其上孔通洞之，裁以当箠便易持。"李善注：箠，马策也。竹瓜切。

鹅黄　傅注：鹅黄，酒色也。杜甫（《舟前小鹅儿》）诗："鹅儿黄似酒，对酒爱新鹅。"

又

傅粉郎君又粉奴，莫教施粉与施朱。自然冰玉照香酥。

有客能为《神女赋》，凭君送与雪儿书。梦魂东去觅桑榆。

傅注本卷十

【校】

毛本题作"有感"。

【笺】

傅粉　注见卷二《蝶恋花》"别酒劝君君一醉"阕。

施朱　注见卷二《浣溪沙》"学画鸦儿正妙年"阕。

神女赋　傅注：楚宋玉尝作《神女赋》。

雪儿书　傅注：韩定辞，不知何许人。为镇州王镕书记，聘燕帅刘仁裕女，舍于宾馆，命幕客马郁延接。一日燕会，韩即席有诗赠郁曰："崇霞台上神仙客，学辨痴龙艺最多。盛德好将银管述，丽词堪与雪儿歌。"坐中诸宾靡不钦讶，称为妙句。他日郁从容问韩以雪儿之事，韩曰：“雪儿，孝密之爱姬（或云孝齐），能歌舞，每见宾僚文章有奇丽中意者，即付雪儿协音律以歌之。”见《诗话总龟》。

桑榆　唐玄宗《题薛令之》诗：“若嫌松柏寒，任逐桑榆暖。”

又　咏橘

菊暗荷枯一夜霜，新苞绿叶照林光。竹篱茅舍出青黄。
香雾噀人惊半破，清泉流齿怯初尝。吴姬三日手犹香。

傅注本卷十

【笺】

新苞绿叶　沈约《橘》诗：“绿叶迎露滋，朱苞待霜润。”

青黄　韦应物《答郑骑曹求青橘》诗：“知君独卧思新橘，始摘犹酸亦未黄。书后欲题三百颗，洞庭须待满林霜。”

香雾二句　傅注：郑云诗：“擘开金粉腻，嚼破玉浆寒。”

又

道字娇讹语未成，未应春阁梦多情。朝来何事绿鬟倾。
彩索身轻长趁燕，红窗睡重不闻莺。困人天气近清明。

傅注本卷十

【校】

傅注本“语”作“苦”，“阁”误“回”。　毛本题作“春情”。

“语”作“苦”。

【笺】

道字　李白诗(《对酒》):“道字不正娇唱歌。”

趁燕　傅注:戏秋千也。妇女体轻,高低往来如飞燕。

闻莺　李益《蜀川闻莺》诗(一作《奉和武相公春晓闻莺》):“蜀道山川意不平,绿窗残梦晓闻莺。分明似把文君恨,万怨千愁弦上声。”

【评】

《皱水轩词筌》:苏子瞻有“铜琶铁板”之讥,然其《浣溪沙·春闺》曰:“彩索身轻常趁燕,红窗睡重不闻莺。”如此风调,令十七八女郎歌之,岂在“晓风残月”之下?

又

桃李溪边驻画轮,鹧鸪声里倒清尊。夕阳虽好近黄昏。

香在衣裳妆在臂,水连芳草月连云。几时归去不销魂。

傅注本卷十

【校】

毛本题作“春情”。“时”作“人”。

【笺】

画轮　魏武帝《与杨彪书》:今赠足下画轮四望通幰七香车二乘。

鹧鸪　韦应物《鹧鸪》诗:“客思乡愁动晚春,那堪路入鹧鸪群。

管弦声里愁难听，烟雨村中争合闻。”郑谷诗（《席上贻歌者》）：“花月楼台近九衢，笙歌一曲倒金壶。坐中亦有江南客，莫向春风唱鹧鸪。”

夕阳　李商隐诗（《乐游原》）：“夕阳无限好，只是近黄昏。”

香在　傅注：《传奇》：张生与崔氏谐遇，张生飘飘然，且疑神仙之徒，不为从人间至矣。有顷，寺钟鸣，红娘促起，崔氏娇啼宛转，红娘拥之而去。张生辨色而兴，自疑于心曰：“岂其梦耶？”所可明者，妆在臂，香在衣，泪光荧荧然，犹莹于茵席而已。

销魂　江淹《别赋》：“黯然销魂者，惟别而已矣。”

又

四面垂杨十里荷，问云何处最花多？画楼南畔夕阳过。
天气乍凉人寂寞，光阴须得酒消磨。且来花里听笙歌。
傅注本卷十

【校】

傅注本“里”作“顷”，“云”作“言”，“过”作“和”。　毛本题作“荷花”。“过”作“和”。

【笺】

花多　韩愈《奉酬卢给事云夫四兄曲江荷花行见寄》诗：“我今官闲得婆娑，问言何处芙蓉多？撑舟昆明渡云锦，脚敲两舷叫吴歌。”

消磨　郑谷诗（《梓潼岁暮》）：“酒美消磨日。”

又　彭门送梁左藏

怪见眉间一点黄，诏书催发羽书忙。从教娇泪洗红妆。
上殿云霄生羽翼，论兵齿颊带风霜。归来衫袖有天香。
傅注本卷十

【校】

元本无题，从傅本。 傅本“风”作“冰”。 毛本题作“有赠”。“怪”作“惟”。

【笺】

眉黄　注见卷二《满江红》“清颍东流”阕。

诏书羽书　傅注：诏书，天子之召命也。羽书，兵檄，必插羽以示其急。 《汉书·高帝纪》注：檄者以木简为书，长尺二寸，用征召也。有急事则加以鸟羽插之，名曰羽书。

羽翼　唐太宗赐马周飞白书：“鸾凤冲霄，必假羽翼。”

风霜　先生诗（《寄高令》）：“论极冰霜生齿牙。”

天香　杜甫《和贾至舍人早朝》诗：“朝罢香烟携满袖，诗成珠玉待挥毫。”李郢诗（《赠羽林将军》）：“雕没夜云知御苑，马随仙仗识天香。”

又　送梅庭老赴上党学官

门外东风雪洒裾，山头回首望三吴。不应弹铗为无鱼。
上党从来天下脊，先生元是古之儒。时平不用鲁连书。

【校】

傳注本阙。 毛本题“上党”作“潞州”。

【笺】

梅庭老 未详。

三吴 《指掌图》:以苏、常、湖为三吴。《图经》:汉高祖得天下,分会稽为吴郡,与吴兴、丹阳为三吴。

弹铗 注见卷二《满庭芳》“归去来兮”阕。

上党 《汉书·地理志》:上党郡,秦置,属并州。有上党关。《史记·张仪传》:仪说楚王曰:“秦主严以明,将智以武,虽无出甲,席卷常山之险,必折天下之脊。”《索隐》:常山于天下在北,有若人之背脊也。

鲁连 《史记·鲁仲连传》:燕将攻下聊城,聊城人或谗之燕,燕将惧诛,因保守聊城,不敢归。齐田单攻聊城,岁余,士卒多死而聊城不下。鲁连乃为书,约之矢以射城中,遗燕将。

又 端午

轻汗微微透碧纨,明朝端午浴芳兰。流香涨腻满晴川。

彩线轻缠红玉臂,小符斜挂绿云鬟。佳人相见一千年。

傳注本卷十一

【校】

傳注本略有残阙。

【笺】

浴兰　《楚辞·九歌》："浴兰汤兮沐芳。"别详卷一《少年游》（玉肌铅粉傲秋霜）注。

流香涨腻　傅注：杜牧《阿房宫赋》云："明星荧荧，开妆镜也。绿云扰扰，梳晓鬟也。渭流涨腻，弃脂水也。烟斜雾横，焚椒兰也。"又《诗话》：吴故宫有香水溪，俗云西施浴处，人呼为脂粉塘，吴王宫人濯妆于此。溪上源至今犹香。古诗云："安得香水泉，濯郎衣上尘。"

彩线　《风俗通》：五月五日，以五彩丝系臂，名之曰长命缕也。

小符　《抱朴子》（《内篇·杂应》）：或问辟五兵之道，答以五月五日，作赤灵符著心前。傅注：今世俗或为之，多簪于髻鬟之上。

又

徐邈能中酒圣贤，刘伶席地幕青天。潘郎白璧为谁连？

无可奈何新白发，不如归去旧青山。恨无人借买山钱。

傅注本卷十一

【校】

毛本题作"感旧"。

【笺】

徐邈　《魏志·徐邈传》：邈字景山，燕国蓟人。魏国初建，为尚书郎。时科禁酒，而邈私饮，至于沉醉。校事赵达问以曹事，邈曰："中圣人。"达白之太祖，太祖甚怒。度辽将军鲜于辅进曰："平日醉客，谓酒清者为圣人，浊者为贤人。邈性修慎，偶醉言耳。”竟坐得免刑。文帝践阼，历官至中郎将，所在著称。车驾幸许昌，问邈曰：“颇复中圣人不？”邈对曰：“昔子反毙于谷阳，御叔罚于饮酒。臣嗜同二子，不能自惩，时复中之。然宿瘤以丑见传，而臣以醉见识。”帝大笑，顾左右曰：名不虚立。迁抚军大将军军师。

刘伶　《晋书·刘伶传》：伶字伯伦，沛国人。尝著《酒德颂》云：幕天席地，纵意所如。

潘郎　《晋书·夏侯湛传》：湛幼有盛才，文章宏富，善构新词，而美容观。与潘岳友善，每行止同舆接茵，京都谓之连璧。

买山　傅注：支遁字道林，晚年入会稽剡山沃洲小岭，买山为嘉遁之乡。又《世说》：支公因人就深公买印山，深公曰：“未闻巢、由买山而隐。”

又

倾盖相逢胜白头，故山空复梦松楸。此心安处是菟裘。
卖剑买牛吾欲老，乞浆得酒更何求。愿为同社宴春秋。

傅注本卷十一

【校】

傅注本“逢”作“看”，“吾”作“真”。　元本“社”作“舍”，毛本同，从傅本。　毛本题作“自适”，“吾”作“真”，“同”作“辞”。

【笺】

倾盖　邹阳《狱中上梁王书》：语有“白头如新，倾盖如故”，何则？知与不知也。

菟裘　注见卷二《菩萨蛮》“买田阳羡吾将老”阕。

卖剑买牛　《汉书·龚遂传》：遂为渤海太守，民有带持刀剑者，使卖剑买牛，卖刀买犊。曰：“何为带牛佩犊？”

乞浆得酒　傅注：阴阳书云：太岁在酉，乞浆得酒。

同社　韩愈诗（《南溪始泛三首》）：“愿为同社人，鸡豚燕春秋。”

又

炙手无人傍屋头，萧萧晚雨脱梧楸。谁怜季子敝貂裘。

顾我已无当世望，似君须向古人求。岁寒松柏肯惊秋。

傅注本卷十一

【校】

毛本题作“寓意和前韵”。

【笺】

炙手　白居易诗（《放言五首》）：“昨日屋头堪炙手，今朝门外好张罗。”

敝貂裘　《战国策》（《秦策》）：苏秦说李兑，抵掌而谈。李兑送苏子明月之珠、和氏之璧、黑貂之裘、黄金百镒。又：苏秦始将连横说秦王，书十上而说不行，黑貂之裘敝，黄金百斤尽。杜甫《暮秋将归秦留别湖南幕中亲友》诗：“北归冲雨雪，谁悯敝貂裘。”

当世望　傅注：晋周顗以雅望获当世盛名。　案《晋书·周顗传》：王敦问导曰：“周顗、戴若思南北之望，当登三司，无所疑也。”导不答。傅注未知所本。

古人求　《晋书·王衍传》：衍字夷甫，幼而俊悟。武帝闻其名，问王戎曰：“夷甫当世谁比？”戎曰：“未见其比，当从古人中求耳。”

岁寒　《论语》（《子罕》）：岁寒然后知松柏之后凋也。

又

画隼横江喜再游，老鱼跳槛识清讴。流年未肯付东流。

黄菊篱边无怅望，白云乡里有温柔。挽回霜鬓莫教休。

傅注本卷十一

【校】

毛本题作“即事”。

【笺】

画隼　傅注：画隼，盖画鸟隼之旗也。《周官·司常》：九旗名物，曰鸟隼为旟。又曰州里建旟。则今之为州者，建隼旟宜矣。柳耆卿《上杭守》词云“隼旟前后”，盖用此事。

老鱼　《韩诗外传》：昔伯牙鼓琴，而渊鱼出听。

黄菊　《续晋阳秋》：陶潜九日无酒，乃于宅篱边菊丛中，摘菊盈把而坐。怅望久之，见白衣人至，乃太守王弘送酒使也。即便就酌，醉而后归。

白云乡　注见卷二《南乡子》“千骑试春游”阕。

又

入袂轻风不破尘，玉簪犀璧醉佳辰。一番红粉为谁新？
团扇不堪题往事，柳丝那解系行人。酒阑滋味似残春。
傅注本卷十一

【校】

傅注本题作“端午”，毛本同，从元本。　傅本“风”作“飘”，元本同，从毛本。　元本“柳”作“新”，毛本同，从傅本。　毛本“不堪”作“只堪”。

【笺】

玉簪犀璧　《西京杂记》：武帝过李夫人，就取玉簪搔头，自此宫人搔头皆用玉，玉价倍贵焉。先生得辩才歙砚歌（《偶于龙井辩才处得歙砚甚奇作小诗》）：“罗细无纹角浪平，半丸犀璧浦云泓。”

团扇　王献之《桃叶团扇歌》：“七宝画团扇，灿烂明月光。为郎却暄暑，相忆莫相忘。”

柳丝　傅注：昔人赠别必折柳者，以取丝条留系之意。魏野《柳》诗：“映渡临桥绕客亭，丝丝能系别离情。”罗隐《柳》诗：“自家飞絮犹无定，争把长条系得人。”

又

风卷珠帘自上钩，萧萧乱叶报新秋。独携纤手上高楼。
缺月向人舒窈窕，三星当户照绸缪。香生雾縠见纤柔。

【校】

傅注本阙。 毛本题作“新秋”。

【笺】

缺月 《诗·陈风》(《月出》):“月出皎兮,佼人僚兮。舒窈纠兮,劳心悄兮。”毛传:窕纠,舒之姿也。

三星 《诗·唐风》(《绸缪》):“绸缪束楚,三星在户。今夕何夕,见此粲者。”毛传:绸缪,犹缠绵也。三星,一参也。郑笺:三星在户,谓五月之末,六月之中。

雾縠 《汉书·礼乐志》:被华文,厕雾縠,曳阿锡,佩珠玉。注:厕,杂也。雾縠,言轻细若云雾也。

又

玄真子《渔父词》极清丽,恨其曲度不传,故加数语,令以《浣溪沙》歌之。

西塞山边白鹭飞,散花洲外片帆微。桃花流水鳜鱼肥。

自庇一身青箬笠,相随到处绿蓑衣。斜风细雨不须归。

傅注本卷十

【校】

元本无题,从傅本。 毛本题作“玄真子渔父云,西塞山边白鸟飞,桃花流水鳜鱼肥。青箬笠,绿蓑衣,斜风细雨不须归。此语妙绝,恨莫能歌者,故增数语,令以浣溪沙歌之”。注云:“或刻黄山谷。”

【笺】

玄真子　《唐书·张志和传》：志和居江湖，自称烟波钓叟。著《玄真子》，亦以自号。

西塞二句　傅注：旧注云，西塞山、散花洲皆在豫章。按西塞山乃唐张志和《渔父词》首句，若散花洲，乃在伍洲之下。公集中有《与王齐万》诗，且云寓居武昌刘郎洑，正与伍洲相对。齐万蜀人，公尝往来其家，尝为王氏作门符对云：“湖外秋风聚萤苑，门前春浪散花洲。”谓此也。

桃花流水　傅注：《汉·沟洫志》：杜钦云：来春桃花水盛，必羡溢。注云：《月令》：仲春之月，始雨水，桃始华。盖桃方华时，既有雨水，川谷冰泮，众流猥集，波澜盛长，故谓之桃花水。见卷二《好事近》（红粉莫悲啼）注。

斜风细雨　傅注：唐开元间，隐者张志和为颜鲁公门下诗酒客，鲁公为豫章太守。一日宴集，坐客皆作《渔父词》，志和词曰：“西塞山边白鹭飞，桃花流水鳜鱼肥。青箬笠，绿蓑衣，斜风细雨不须归。”

【附录】

黄庭坚《山谷琴趣外篇·浣溪沙》云：“新妇滩头眉黛愁，女儿浦口眼波秋。惊鱼错认月沉钩。　青箬笠前无限事，绿蓑衣底一时休。斜风吹雨转船头。”又《鹧鸪天》序云：表弟李如篪云，玄真子《渔父》语，以《鹧鸪天》歌之，极入律，但少数句耳。因以玄真子遗事足之。宪宗时画玄真子像，访之江湖，不可得，因令集其歌诗上之。玄真之兄松龄惧玄真放浪而不返也，和答其《渔父》云：“乐在风波钓是闲，草堂松桂已胜攀。太湖水，洞庭山，狂风浪起且须还。”此余续成之意也。其词云:"西塞山边白鹭飞,桃花流水鳜鱼肥。朝廷尚觅玄真子,何处如今更有诗。青箬笠,绿蓑衣,斜风细雨不须归。人间底是无波处,一日风波十二时。"

向子諲《酒边词·浣溪沙》序:《渔父词》,张志和之兄松龄所作也,有招玄真子归隐之意。居士为姑苏郡守,浩然有归志,因广其声为《浣溪沙》,示姑苏诸友。其词云:"乐在烟波钓是闲,草堂松桂已胜攀。梢梢新月几回弯。一碧太湖三万顷,屹然相对洞庭山。狂风浪起且须还。"

又 方响

花满银塘水漫流,犀槌玉板奏《凉州》。顺风环佩过秦楼。
远汉碧云轻漠漠,今宵人在鹊桥头。一声敲彻绛河秋。

【校】

傅注本、元本俱无。

【笺】

方响 《唐书·礼乐志》:木有拍板方响,以体金应石,而备八音。《明皇杂录》:胡部无方响,以直板声不应诸调。惟太宗内库片铁方响,应二十八调。《乐府杂录》:乐吏廉郊尝宿平泉,携琵琶池上弹蕤宾调。忽闻一物铿然,跃出池岸之上,视乃方响一片。盖蕤宾铁,以指拨精妙,律吕相应也。

犀槌 《杜阳杂(俎)〔编〕》:有宫人沈阿翘,为上舞《河满子》,调声风态,率皆宛畅。曲罢,上问其所从来,曰:"妾本吴元济妓女。”俄遂进白玉方响，云本吴元济所与也，光明皎洁，可照十数步。言其犀槌即响犀也，凡物有声，乃响应其中焉。

凉州　《碧鸡漫志》引《开元传信记》：西凉州献此曲，宁王宪曰：“音始于宫，散于商，成于角征羽。斯曲也，宫离而不属，商乱而加暴，君卑逼下，臣僭犯上，臣恐一日有播迁之祸。”及安史之乱，世颇思宪审音。张祜诗：“春风南内百花时，道调《凉州》急遍吹。揭手便拈金椀舞，上皇惊笑悖拏儿。”余详本卷《浣溪沙》（霜鬓真堪插拒霜）注。

秦楼　李白《忆秦娥》词：“箫声咽，秦娥梦断秦楼月。”

鹊桥　《白帖》：乌鹊填河成桥而渡织女。宋之问《明河篇》：“鸳鸯机上疏萤度，乌鹊桥边一雁来。”

绛河　《武帝内传》：上元夫人遣一侍女〔答〕问云：“上问起居，远隔绛河，扰以官事，遂替颜色。”《拾遗记》：绛河去日南十万里，波如绛色。

又

几共查梨到雪霜，一经题品便生光。木奴何处避雌黄。
北客有来初未识，南金无价喜新尝。含滋嚼句齿牙香。

【校】

傅注本、元本俱无。

【笺】

查梨　《庄子》（《天运》）：三王五帝之礼义法度不同，譬其犹樝梨橘柚耶，其味相反，而皆可于口。樝亦作查。

木奴　《襄阳耆旧传》：李衡作宅于武陵龙阳泛洲上，种橘千株，勅其子曰："吾有千头木奴，不责汝衣食。岁上一匹绢，可以不贫矣。"《本草》：柑一名木奴。柳宗元《柳州城西北隅种柑树》诗："方同楚客怜皇树，不学荆州利木奴。"

雌黄　《晋阳秋》：王衍能言，于意有不安者辄更易之，时号"口中雌黄"。

南金　《诗·鲁颂·泮水》："大赂南金。"毛传：南谓荆、扬也。

又

山色横侵蘸晕霞，湘川风静吐寒花。远林屋散尚啼鸦。
梦到故园多少路，酒醒南望隔天涯。月明千里照平沙。

【校】

傅注本、元本俱无。

又

晚菊花前敛翠蛾，挼花传酒缓声歌。柳枝团扇别离多。
拥髻凄凉论旧事，曾随织女度银梭。当年今夕奈愁何。

【校】

傅注本、元本俱无。　毛本题作"重阳"。

【笺】

援花　冯延巳《谒金门》词："闲引鸳鸯香径里，手挼红杏蕊。"

缓声歌　杜甫诗："绿杨垂手舞，啼鸟缓声歌。"（按：此二句不见杜集。查《苕溪渔隐丛话》卷二十五引《洪驹甫诗话》，云是宋人丁谓诗句。）古乐府有《小垂手舞》《大垂手舞》《前缓声歌》《后缓声歌》。

柳枝团扇　《乐府诗集》：《杨柳枝》，汉铙歌鼓吹曲。本作《折杨柳》，至隋时始为宫词。张祜诗（《折杨柳枝》二首）："莫折宫中杨柳枝，当时曾向笛中吹"是也。团扇，注见本卷《贺新郎》"乳燕飞华屋"阕。

拥髻　《拾遗记》：伶玄买妾樊通德，谈道赵飞燕姊妹事，以手拥髻，凄然泣下。

织女梭　鲍照诗（《代堂上歌行》）："晖晖朱颜酡，纷纷织女梭。"

又

风压轻云贴水飞，乍晴池馆燕争泥。沈郎多病不胜衣。

沙上不闻鸿雁信，竹间时有鹧鸪啼。此情惟有落花知。

傅注本卷十

【校】

元本、毛本俱无此阕。世共传为南唐中主词，或为傅氏误收，录以备考。

南　歌　子

日薄花房绽，风和麦浪轻。夜来微雨洗郊垧，正是一年春好近清明。　已改煎茶火，犹调入粥饧。使君高会有馀清，此乐无声无味最难名。　傅注本卷五

【校】

毛本题作“晚春”。

【笺】

花房　韩愈《感春》诗：“辛夷花房忽全开，将衰正盛频频来。”

麦浪　柳宗元诗（《闻黄鹂》）：“麦芒涨天摇青波。”

改火　傅注：《荆楚岁时记》曰：寒食风俗，以介子推之故则禁火。按《周官·司烜氏》：仲春以木铎修火禁于国中。注云：为季春将出火也。然则今寒食禁火为近季春之时，盖断故火而改新火。魏野诗曰：“殷勤旋乞新钻火，为我亲煎岳麓茶。”别详卷二《临江仙》（一别都门三改火）注。

调饧　《玉烛宝典》：今人以寒食悉为大麦粥，研杏仁为酪，煮饧以沃之。

此乐　李白《赠褚司马》诗：“此堂千万寿，侍奉有光辉。人间无此乐，此乐世中稀。”（今按：此承傅注。“此堂”，《李太白全集》卷十二作“北堂”。）

又

师唱谁家曲，宗风嗣阿谁？借君拍板与门槌，我也逢场作戏莫相疑。　溪女方偷眼，山僧莫皱眉。却愁弥勒下生迟，不见老婆三五少年时。　**傅注本卷五**

【校】

傅注本题作“冷斋夜话：东坡镇钱塘，无日不在西湖。尝携妓谒大通禅师，大通愠形于色，东坡作长短句，令妓歌之”。元本、毛本同，“愠”下无“形”字。　毛本“皱”作“贬”。　《冷斋夜话》“莫相”作“不须”，“愁”作“嫌”，“老婆”作“阿婆”。

【朱注】

《诗集》查注：杭州净慈寺善本禅师，赐号大通禅师。《冷斋夜话》：仲殊和词曰：“解舞《清平乐》，如今说向谁？红炉片雪上钳锤，打就金毛狮子也堪疑。　木女明开眼，泥人暗皱眉。蟠桃已是著花迟，不向东风一笑待何时。”

【笺】

师唱二句　《传灯录》：关南道吾和尚，因见巫师乐神，打鼓作舞，云：“还识神也。”师于此大悟。后往德山，申其悟旨。德山乃印可。师往后每至升座时，著绯衣，执木简作礼。僧问：“师唱谁家曲，宗风嗣阿谁？”师云：“打动关南鼓，唱起德山歌。”问：“如何是和尚家风？”师云：“禅床作女人。”拜云：“谢子远来，无可相待。”

拍板门槌　傅注：梁武帝请志公和尚讲经，志公对曰：“自有大士，见在渔行，善能讲唱。”帝乃召大士入内，问曰：“用何高座？”大士对曰：“不用高座，只用拍板一具。”大士得板，遂乃唱经，并四十九颂，唱毕而去。大士乃傅大士也。又武帝尝一夕焚章而召诸法师斋，人莫有知之者。大士诘朝即手持一铁槌，径往以叩梁之端门，而先赴召。时若娄约法师者犹或后至，若云先法师等，终不知所召矣。

逢场作戏 《传灯录》：僧邓隐峰云：“竿木随身，逢场作戏。”

弥勒下生 傅注：释氏有当来下生弥勒佛，言百千万亿劫后，阎浮世界复散为虚空，则弥勒佛乃当下生时也。

老婆三五 傅注：《摭言集》：唐薛逢尝策羸以赴朝，值新进士榜下缀行，导曰：“回避新郎君。”逢輾然，即遣一介语之曰：“报道莫贫相，阿婆三五少年时，也曾东涂西抹来。”又黄鲁直文集载僧偈亦云。

又

紫陌寻春去，红尘拂面来。无人不道看花回，惟见石榴新蕊一枝开。　冰簟堆云髻，金尊滟玉醅。绿阴青子莫相催，留取红巾千点照池台。　**傅注本卷五**

【校】

毛本题作“暮春”。

【笺】

紫陌三句 注见卷一《阮郎归》“一年三度过苏台”阕。

石榴新蕊 傅注：唐明皇幸蜀，至扶风，路旁见一石榴树团团，爱玩之，因呼为“端正树”，盖有所思也。

冰簟 李商隐诗（《可叹》）：“冰簟且眠金镂枕，琼筵不醉玉交杯。”

玉醅 《酒名记》：金波磁州风曲，法酒深州玉醅。

红巾 注见本卷《贺新郎》“乳燕飞华屋”阕。

又

笑怕蔷薇罥，行忧宝瑟僵。美人依约在西厢，只恐暗中迷路认馀香。　午夜风翻幔，三更月到床。簟纹如水玉肌凉，何物与侬归去有残妆。 傅注本卷五

【校】

傅注本“罥”误作“骨”。 毛本题作“有感”。

【笺】

蔷薇罥 傅注：《酉阳杂俎》云：江南地本无棘，或固墙隙，但植蔷薇枝而已。白乐天《蔷薇》诗：“留妓罥罗裳。”蔷薇罥乃隋炀帝宫中事，备见《南部烟花记》。 《容斋续笔》：绍兴初，有傅洪秀才《注坡词》，镂板钱塘。至于“不知天上宫阙，今夕是何年”，不能引“共道人间惆怅事，不知今夕是何年”之句；“笑怕蔷薇罥”，“学画鸦黄未就”，不能引《南部烟花录》。如此甚多。段克己《游青阳峡》诗：“葛屦偏宜苔径滑，行襟时被蔷薇罥。”

宝瑟僵 《汉书·金日磾传》：莽何罗谋为逆，袖白刃从东箱上，见日磾，色变，走趋卧内，欲入，行触宝瑟，僵。日磾得抱何罗，因传曰：“莽何罗反！”上惊起，左右拔刃欲格之。上恐并中日磾，止勿格。

日磾捽胡投何罗殿下，得禽缚之。穷治，皆伏辜。

西厢　注见本卷《雨中花慢》“邃院重帘何处”阕。

残妆　注见本卷《浣溪沙》“桃李溪边驻画轮”阕。

又

寸恨谁云短，绵绵岂易裁。半年眉绿未曾开，明月好风闲处是人猜。　春雨消残冻，温风到冷灰。尊前一曲为谁回，留取曲中一拍待君来。　傅注本卷五

【校】

傅注本“谁回”误作“谁开”。　元本“一曲”作“舞雪”。　毛本题作“感旧”。“回”作“哉”。

【笺】

温风　《礼记·月令》：温风始至。

又　楚守周豫出舞鬟

绀绾双蟠髻，云鼓小偃巾。轻盈红脸小腰身，迭鼓忽催花拍斗精神。　空阔轻红歇，风和约柳春。蓬山才调更清新，胜似缠头千锦共藏珍。　傅注本卷五

【校】

傅注本无题。　毛本题“舞鬟”下有“因作二首赠之”六字。

【笺】

周豫　未详。

绀绾　《广韵》：绀，古暗切，音赣。《说文》：帛深青扬赤色。《广韵》：绾，乌患切，音畹，钩系也。

迭鼓花拍　傅注：今乐府大鼓则有迭奏之声，曲拍则有花十八花九之数，盖舞曲至于迭鼓花拍之际，其妙在此，故曰斗精神。　谢朓《鼓吹曲》："凝笳翼高盖，迭鼓送华辀。"《碧鸡漫志》：六么前后十八拍，又四花拍，共二十二拍。乐家者流所谓花拍，盖非正也。

蓬山　傅注：汉之图书，悉聚东观，是时文学之士称东观为老氏藏道来蓬莱山。盖蓬莱海中神山，而仙府幽径，秘录皆在焉。　李商隐诗（《贾生》）："刘郎已恨蓬山远，更隔蓬山一万重。"

缠头　杜甫诗（《即事》）："笑时花近眼，舞罢锦缠头。"

又

琥珀装腰佩，龙香入领巾。只应飞燕是前身，共看剥葱纤手舞凝神。　柳絮风前转，梅花雪里春。鸳鸯翡翠两争新，但得周郎一顾胜珠珍。　同前

【校】

毛本题作"同前"。

【笺】

琥珀腰佩　《博物志》：松脂沦入地，千年化为茯苓，茯苓千岁化为虎魄。虎魄同琥珀。　傅注：《汉武内传》：上元夫人带六山火五

兵佩。《搜神记》：元康中，妇人饰五兵佩。盖古者妇人未始不佩也。此言琥珀，则以琥珀装饰之耳。

龙香领巾　注见卷二《西江月》“公子眼花乱发”阕。

飞燕　傅注：飞燕，汉成帝赵后也。体轻，能为掌上之舞。《汉书·外戚传》：孝成赵皇后，本长安宫人。及壮，属阳阿主家，学歌舞，号曰飞燕。

剥葱　白居易诗（《筝》）：“双眸翦秋水，十指剥春葱。”

柳絮梅花　傅注：柳絮梅花，言舞态轻飞若此。

周郎　《三国·吴志·周瑜传》：瑜字公瑾，少精意于音乐，虽三爵之后，其有缺误，瑜必知之，知之必顾。人曰：“曲有误，周郎顾。”

又

云鬟裁新绿，霞衣曳晓红。待歌凝立翠筵中，一朵彩云何事下巫峰。　趁拍鸾飞镜，回身燕漾空。莫翻红袖过帘栊，怕被杨花勾引嫁东风。

【校】

傅注本、元本俱无。　毛本题作“舞妓”。

【笺】

霞衣　《杜阳杂编》：元和五年，给事张惟则自新罗使回，云于海上泊舟洲岛间，忽闻鸡犬鸣吠，似有烟火，遂乘月闲步。约及一二里，则见花木台殿，金户银阙，其中有数公子，戴章甫冠，著紫霞衣，吟啸自若。惟则知其异，遂请谒见。公子曰：“汝何所从来？”惟则具言其故。公子曰："唐皇帝乃我友也。"惟则达京师，具以事进，上曰："朕前生岂非仙人乎？"

彩云　李白诗（《宫中行乐词八首》）："只愁歌舞散，化作彩云飞。"

巫峰　《天中记》：巫山十二峰，曰望霞、翠屏、朝云、松峦、集仙、聚鹤、净坛、上升、起云、飞凤、登龙、圣泉。李端诗（《巫山高》）："巫山十二峰，皆在碧虚中。"

鸾镜　《异苑》：罽宾王一鸾，三年不鸣。夫人曰："闻见影则鸣。"悬镜照之，鸾睹影悲鸣，中宵一奋而绝。

又

见说东园好，能消北客愁。虽非吾土且登楼，行尽江南南岸此淹留。　短日明枫缬，清霜暗菊球。流年回首付东流，凭仗挽回潘鬓莫教秋。

【校】

傅注本、元本俱无。

【笺】

登楼　王粲《登楼赋》："虽信美而非吾土兮，曾何足以少留。"杜甫《长沙送李十一》诗："竟非吾土倦登楼。"

潘鬓　潘岳《秋兴赋序》：余春秋三十有二，始见二毛。赵嘏《春游慈恩寺》诗："秦城马上少年客，潘鬓水边今日愁。"

江　城　子

银涛无际卷蓬瀛。落霞明，暮云平。曾见青鸾，紫凤下层城。二十五弦弹不尽，空感慨，惜离情。　苍梧烟水断归程。卷霓旌，为谁迎？空有千行，流泪寄幽贞。舞罢鱼龙云海晚，千古恨，入江声。

【校】

傅注本、元本俱无。案是阕又见《石林词》，题作“湘灵鼓瑟”。《西清诗话》谓《江城子》“银涛”云云，乃叶少蕴所作，见《苕溪渔隐丛话》。

【笺】

蓬瀛　《拾遗记》：昆台之山有垂白之叟，宛若少童，貌若冰雪，肤实肠轻，历蓬瀛而超碧海。

青鸾紫凤　李商隐诗（《相思》）：“相思树上合欢枝，紫凤青鸾并羽仪。”

二十五弦　《汉书·郊祀志》：泰帝使素女鼓五十弦瑟，悲，帝禁不止，故破其瑟为二十五弦。钱起《归雁》诗：“二十五弦弹夜月，不胜清怨却飞来。”

苍梧　《史记·五帝纪》：舜南巡，崩于苍梧之野。钱起《湘灵鼓瑟》诗：“苍梧来怨慕，白芷动芳馨。”

霓旌　《上林赋》：“拖霓旌，靡云旗。”注：折羽毛，染以五采，缀以缕为旌，有似虹蜺之气也。一作“霓”。

幽贞　注见卷二《卜算子》“缺月挂疏桐”阕。

鱼龙　《汉书·西域传》赞：作曼衍鱼龙角纸之戏，以观视之。注：鱼龙者，为舍利兽，先戏于庭。及毕，乃入殿前激水，化成比目鱼，跳跃嗽水作雾障日，化成黄龙八丈，遨戏于庭，炫曜日光。杜甫《秋兴》诗："鱼龙寂寞秋江冷，故国平居有所思。"案此所谓"舞罢鱼龙"，犹《赤壁赋》云"舞幽壑之潜蛟"也。

又

墨云拖雨过西楼。水东流，晚烟收。柳外残阳，回照动帘钩。今夜巫山真个好，花未落，酒新篘。　美人微笑转星眸。月华羞，捧金瓯。歌扇萦风，吹散一春愁。试问江南诸伴侣，谁似我，醉扬州。

【校】

傅注本、元本俱无。　毛本"篘"作"刍"。

【笺】

帘钩　杜甫诗(《落日》)："落日在帘钩，溪边春事幽。"

巫山　李白《清平调》："一枝秾艳露凝香，云雨巫山枉断肠。"

新篘　《正韵》：篘，楚搜切，音搊。酒笼漉取酒也。

星眸　崔生诗："误到蓬莱顶上游，明珰玉女动星眸。"

又

腻红匀脸衬檀唇。晚妆新，暗伤春。手捻花枝，谁会两眉颦。

连理带头双□□，留待与，个中人。　淡烟笼月绣帘阴。画堂深，夜沉沉。谁道□□□系得人心。一自绿窗偷见后，便憔悴，到如今。

【校】

傅注本、元本俱无。

【笺】

腻红　韩偓《落花》诗："皱白离情高处切，腻红愁态静中深。"

檀唇　李后主词（《一斛珠》）："沉檀轻注些儿个。向人微露丁香颗。一曲清歌，暂引樱桃破。"

连理　白居易《长恨歌》："在天愿作比翼鸟，在地愿为连理枝。"

蝶　恋　花

花褪残红青杏小。燕子飞时，绿水人家绕。枝上柳绵吹又少，天涯何处无芳草。　墙里鞦韆墙外道。墙外行人，墙里佳人笑。笑渐不闻声渐悄，多情却被无情恼。

【校】

傅注本阙。　毛本题作"春景"。"子"作"小"。

【评】

王士禛《花草蒙拾》曰："枝上柳绵"，恐屯田缘情绮靡，未必能过。孰谓坡但解作“大江东去”耶？髯直是超伦绝群。

【附录】

《冷斋夜话》：东坡《蝶恋花》词云云。东坡渡海，惟朝云王氏随行，日诵“枝上柳绵”二句，为之流泪。病极，犹不释口。东坡作《西江月》悼之。

《林下词谈》：子瞻在惠州，与朝云闲坐，时青女初至，落木萧萧，凄然有悲秋之意，命朝云把大白，唱“花褪残红”。朝云歌喉将啭，泪满衣襟。子瞻诘其故，答曰：“奴所不能歌，是‘枝上柳绵吹又少，天涯何处无芳草’也。”子瞻翻然大笑曰：“是吾政悲秋，而汝又伤春矣。”遂罢。朝云不久抱疾而亡，子瞻终身不复听此词。

又　代人赠别

一颗樱桃樊素口。不要黄金，只要人长久。学画鸦儿犹未就，眉间已作伤春皱。　扑蝶西园随伴走。花落花开，渐解相思瘦。破镜重来人在否，章台折尽青青柳。

【校】

傅注本阙。　毛本题作“佳人”。二“要”字俱作“爱”，“间”作“尖”，“来”作“圆”。

【笺】

樱桃　注见卷二《青玉案》“三年枕上吴中路”阕。

学画鸦儿　注见卷二《浣溪沙》“学画鸦儿正妙年”阕。

破镜　注见卷一《诉衷情》“钱塘风景古今奇”阕。

章台柳　《全唐诗话》：韩翃有宠姬柳氏，从辟淄青置之都下。数岁，寄诗曰："章台柳，章台柳，昔日青青今在否。纵使长条似旧垂，也应攀折他人手。"柳答曰："杨柳枝，芳菲节，可恨年年赠离别。一叶随风忽报秋，纵使君来岂堪折。"

又

春事阑珊芳草歇。客里风光，又过清明节。小院黄昏人忆别，落红处处闻啼鴂。　咫尺江山分楚越。目断魂销，应是音尘绝。梦破五更心欲折，角声吹落梅花月。

【校】

傅注本、元本俱无。　毛本题作"离别"。

【笺】

芳草歇　《香海棠馆词话》：东坡词"春事阑珊芳草歇"，《升庵词品》引唐刘瑶诗"瑶草歇芳心耿耿"，《传奇》女郎玉贞诗"燕折莺离芳草歇"，谓是坡词出处。不知谢灵运有"芳草亦未歇"句也。

啼鴂　《离骚》："恐鹈鴂之先鸣兮，使夫众草为之不芳。"《汉书·扬雄传》注：鷤鴂鸟一名买鶬，一名子规，一名杜鹃。常以立夏鸣，鸣则众芳皆歇。鷤鴂同鹈鴂。

楚越　陈子昂诗（《合州津口别舍弟至东阳峡步趁不及眷然有忆作以示之》）："同衾成楚越，别岛类胡秦。"

音尘绝　李白《忆秦娥》词："乐游原上清秋节，咸阳古道音尘绝。"

落梅　注见本卷《渔家傲》“临水纵横回晚鞚”阕。

【评】

《花草蒙拾》：“春事阑珊芳草歇”一首，凡六十字，字字惊心动魄。“只为一声《河满子》，下泉须吊孟才人”，恐无此魂消也。

又

同安君生日放鱼，取《金光明经》救鱼事。

泛泛东风初破五。江柳微黄，万万千千缕。佳气郁葱来绣户，当年江上生奇女。　一盏寿觞谁与举。三个明珠，膝上王文度。放尽穷鳞看圉圉，天公为下曼陀雨。

【校】

傅注本、元本俱无。

【朱注】

本集《金光明经跋》云：同安郡君王氏讳闰之，字季章。又《祭文》云：致奠于亡妻同安郡君王氏二十七娘之灵。呜呼！昔通义君，没不待年，嗣为兄弟，莫如君贤。王文诰曰：君生于庆历八年戊子，乃通义君堂妹也。

【笺】

金光明经　《隋书·经籍志》：天竺沙门昙摩罗谶又译《金光明》等经。《金光明经》：尔时流水长者子至大王所，作如是言：“我为大王国土人民，治种种病。渐渐游行，至彼空泽，见有一池，其水枯涸，有十千鱼为日所曝，今日困厄，将死不久。惟愿大王借二十大象，令得负水，济彼鱼命，如我与诸病人寿命。”又：时长者子复作是念：是鱼何缘随我而行，是鱼必为饥火所恼，复欲从我求索饮食。我今当与。又：我今当入池水之中，为是诸鱼说深妙法。

郁葱　《后汉书·光武帝纪》：望气者至南阳，曰：“气佳哉，郁郁葱葱。”

明珠　《北齐书·陆印传》：少善属文，甚为河间邢邵所赏。邵又与印父子彰交游，尝谓子彰曰：“吾以卿老蚌，遂出明珠。”

王文度　注见卷二《虞美人》“归心正似三春草”阕。

圉圉　《孟子》（《万章》上）：始舍之，圉圉焉，少则洋洋焉，悠然而逝。

曼陀　《翻译名义集》：曼陀罗，此云适意，又云白华。《金光明经》：时长者子在楼屋上露卧眠睡，是大千天子以十千真珠、天妙璎珞置其头边，复以十千置其足边，复以十千置右胁边，复以十千置左胁边，雨曼陀罗华、摩诃曼陀罗华，积至于膝，作种种天乐，出妙音声。阎浮提中有睡眠者，皆悉觉寤。

又

记得画屏初会遇。好梦惊回，望断高唐路。燕子双飞来又去，纱窗几度春光暮。　那日绣帘相见处。低眼佯行，笑整香云缕。敛尽春山羞不语，人前深意难轻诉。

【校】

傅注本、元本俱无。

【笺】

高唐　注见卷一《祝英台近》“挂轻帆”阕。

香云春山　香云喻发，春山喻眉也。《诗》（《墉风·君子偕老》）：“鬒发如云，不屑也。”《西京杂记》：文君姣好，眉色如望远山，脸际常若芙蓉。为人放诞风流，故悦长卿之才而越礼焉。

又

昨夜秋风来万里。月上屏帏，冷透人衣袂。有客抱衾愁不寐，那堪玉漏长如岁。　羁舍留连归计未。梦断魂消，一枕相思泪。衣带渐宽无别意，新书报我添憔悴。

【校】

傅注本、元本俱无。

【笺】

抱衾　《诗·召南·小星》：“抱衾与裯，寔命不犹。”

相思泪　常建诗（《岭猿》）：“相思岭上相思泪，不到三声合断肠。”

衣带宽　梁简文帝《当垆曲》：“欲知心恨急，翻令衣带宽。”

又

玉枕冰寒消暑气。碧簟纱厨，向午朦胧睡。莺舌惺忪如会意，无端画扇惊飞起。　雨后初凉生水际。人面桃花，的的遥相似。眼看红芳犹抱蕊，丛中已结新莲子。

【校】

傅注本、元本俱无。

【笺】

惺忪　惺忪，动摇不定也。

人面桃花　《本事诗》（《情感》）："去年今日此门中，人面桃花相映红。人面不知何处去，桃花依旧笑春风。"

又

雨霰疏疏经泼火。巷陌鞦韆，犹未清明过。杏子梢头香蕾破，淡红褪白胭脂涴。　苦被多情相折挫。病绪厌厌，浑似年时个。绕遍回廊还独坐，月笼云暗重门锁。

【校】

傅注本、元本俱无。

【笺】

雨霰　注见卷一《蝶恋花》"帘外东风交雨霰"阕。

又

蝶懒莺慵春过半。花落狂风，小院残红满。午醉未醒红日晚，黄昏帘幕无人卷。　云鬓鬅松眉黛浅。总是愁媒，欲诉谁消遣。未信此情难系绊，杨花犹有东风管。

【校】

傅注本、元本俱无。

【笺】

鬅松　《广韵》：鬅松，发乱貌。

减字木兰花

云鬟倾倒，醉倚阑干风月好。凭仗相扶，误入仙家碧玉壶。

连天衰草，下走湖南西去道。一舸姑苏，便逐鸱夷去得无。

傅注本卷九

【校】

毛本题作“寓意”。“下”作“不”。

【笺】

碧玉壶　注见本卷《水龙吟》“小沟东接长江”阕。

连天衰草　胡曾诗（《黄金台》）：“黄金台上草连天。”

下走　傅注：走音奏。汉文帝曰“北走邯郸道”是也。

一舸姑苏　注见卷一《菩萨蛮》“玉童西迓浮丘伯”阕。

又　西湖食荔支

闽溪珍献，过海云帆来似箭。玉坐金盘，不贡奇葩四百年。

轻红酽白，雅称佳人纤手擘。骨细肌香，恰是当年十八娘。

傅注本卷九

【校】

傅注本“荔支”作“荔子”，“坐”作“座”，“恰是”作“恰似”。毛本“酽”作“酿”。

【朱注】

本集《次韵曾仲锡承议食蜜渍生荔支》诗：“攀条与立新名字，儿女称呼恐不经。”自注：“俗有十八娘荔芰。”

【笺】

荔支　蔡襄《荔枝谱》：荔枝之于天下也，惟闽粤、南粤、巴蜀有之。汉初，南粤王尉佗以之备方物，于是始通中国。司马相如赋上林云“苔沓离支”，盖夸言之，无有是也。东京交趾七郡，贡生荔枝，十里一置，五里一堠，昼夜奔腾，有毒蛇猛兽之害。临武长唐羌上书言状，和帝诏大官省之。魏文帝有西域蒲萄之比，世讥其谬论，岂当时南北断隔，所拟出于传闻耶？唐天宝中，妃子尤爱嗜，涪州岁命驿致，时之词人多所称咏，张九龄赋之以托意。白居易刺忠州，既形于诗，又图而叙之，虽仿佛颜色，而甘滋之胜莫能著也。洛阳取于岭南，长安来于巴蜀，虽曰鲜献，而传致之速，腐烂之余，色香味之存者亡几矣。是生荔枝中国未始见之也。九龄、居易虽见新实，验今之广南州郡，夔、梓之间所出，大率早熟，肌肉薄而味甘酸，其精好者仅比东闽之下等耳。是二人者，亦未始遇夫真荔枝也。闽中惟四郡有之，福州最多，而兴化军最为奇特，漳、泉时亦知名。列品虽高而寂寥无纪，将尤异之物，昔所未有乎？盖亦有之而未始遇乎人也。余详本卷《南乡子》(天与化工知)注。

云帆　傅注：荔枝经日则色香味俱变。必由海道以进者，欲速致也。　李白诗(《行路难》)："长风破浪会有时，欲挂云帆济沧海。"

玉坐金盘　杜甫诗(《解闷》)："京中旧见君颜色，红颗酸甜只自知。"又："先帝贵妃今寂寞，荔枝还复入长安。炎方每续朱樱献，玉座应悲白露漙。"

不贡　隋炀帝《海山记》：大业中，闽地贡五种荔枝。

轻红酽白　傅注：壳轻红而肉酽白也。　《荔枝谱》：今列陈紫之所长，以例众品。其树晚熟，其实广上而圆下，大可径寸有五分。香气清远，色泽鲜紫。壳薄而平，瓤厚而莹。膜如桃花红，核如丁香母。剥之凝如水晶，食之消如绛雪。其味之至，不可得而状也。

纤手擘　杜甫诗(《宴戎州杨使君东楼》)："轻红擘荔枝。"

十八娘　《荔枝谱》：十八娘荔枝，色深红而细长，时人以少女比之。俚传闽王王氏有女第十八娘，好啖此品，因而得名。其冢在城东报国院，冢旁今犹有此树云。

又　送赵令晦之

春光亭下，流水如今何在也。岁月如梭，白首相看拟奈何。
故人重见，世事年来千万变。官况阑珊，惭愧青松守岁寒。
傅注本卷九

【校】

元本、毛本题俱无"晦之"二字，从傅本。

【笺】

赵令　见卷一《水龙吟》“楚山修竹如云”阕朱注。

流水何在　杜牧诗（《题安州浮云寺楼寄湖州张郎中》）：“当时楼下水，今日知何处？”

岁寒　注见本卷《浣溪沙》“炙手无人傍屋头”阕。

又

晓来风细，不会鹊声来报喜。却羡寒梅，先觉春风一夜来。

香笺一纸，写尽回纹机上意。欲卷重开，读遍千回与万回。

傅注本卷九

【校】

傅注本“回纹”作“回文”。　毛本题作“得书”。

【笺】

鹊喜　《西京杂记》：乾鹊噪而行人至。杜甫诗（《得舍弟消息》）：“浪传乌鹊喜。”

寒梅　李白《早春》诗：“闻道春还未相识，走傍寒梅访消息。”

回纹　《晋书·列女传》：窦滔妻苏氏，始平人也。名蕙，字若兰，善属文。滔，苻坚时为秦州刺史，被徙流沙。苏氏思之，织锦为回文《璇玑图》诗以赠滔。宛转循环以读之，词甚凄惋，凡八百四十字。

又

天台旧路，应恨刘郎来又去。别酒频倾，忍听《阳关》第四声。　刘郎未老，怀恋仙乡重得到。只恐因循，不见而今劝酒人。

傅注本卷九

【校】

毛本题作“送别”。“而”作“如”。

【笺】

天台　注见卷一《殢人娇》“满院桃花”阕。

阳关第四声　傅注引公杂书云：旧传《阳关》三迭，然今世歌者，每句再迭而已，若通一首言之，又是四迭，皆非是。或每句三唱，以应三迭之说，则丛然无复旧节奏。予在密州有文勋长官者，以事至密，自云得古本《阳关》，其声宛转凄断，不类向之所闻。每句皆再唱，而第一句不迭，乃知唐有三迭皆如此。及在黄州，偶得白居易《对酒》诗云：“相逢且莫推辞醉，听唱《阳关》第四声。”注云：“劝君更尽一杯酒。”以此验之，若第一句再迭则此句为第五声。今为第四声，则第一句不迭审矣。

又

琵琶绝艺，年纪都来十一二。拨弄幺弦，未解将心指下传。
主人瞋小，欲向春风先醉倒。已属君家，且更从容等待他。

傅注本卷九

【校】

傅注本“十一二”作“才十二”，“拨弄”作“试抹”，“欲向”句作“拟向樽前拚醉倒”，“他”作“些”。　毛本题作“赠小鬟琵琶”。“纪”作“记”，“春”作“东”。

【笺】

琵琶　《隋书·音乐志》：今曲项琵琶，竖头箜篌之类，并出自西域，非华夏旧器。白居易《琵琶行》：“十三学得琵琶成，名属教坊第一部。”

幺弦　傅注：幺弦，第四弦也。　《唐诗纪事》：刘梦得曰：“诗僧多出江左，如幺弦孤韵，瞥入人耳，非大音之乐。”

将心　《琵琶行》：“低眉信手续续弹，说尽心中无限事。”

又　雪

云容皓白，破晓玉英纷似织。风力无端，欲学杨花更耐寒。
相如未老，梁苑犹能陪俊少。莫惹闲愁，且折江梅上小楼。
傅注本卷九

【校】

毛本题作“雪词”。“云”作“雪”。

【笺】

玉英　《韩诗外传》：雪花白英，谓之玉英。

杨花　《摭言》载唐诗云：“杨花满地如飞雪。”

相如　谢惠连《雪赋》："岁将暮，时既昏，寒风积，愁云繁。梁王不悦，游于兔园。乃置旨酒，命宾友，召邹氏，延枚叟。相如末至，居客之右。俄而微霰零，密雪下，王乃歌《北风》于卫诗，咏《南山》于周雅。授简于司马大夫曰：抽子秘思，骋子妍辞，侔色揣称，为寡人赋之。"

又

玉房金蕊，宜在玉人纤手里。淡月朦胧，更有微微弄袖风。
温香熟美，醉慢云鬟垂两耳。多谢春工，不是花红是玉红。
傅注本卷九

【校】

傅注本"慢"作"幔"。

【笺】

玉房金蕊　白居易诗（《牡丹芳》）："牡丹芳，牡丹芳，黄金蕊绽红玉房。"

玉红　注见本卷《木兰花令》"经句未识东君信"阕。

又　以大琉璃杯劝王仲翁

海南奇宝，铸出团团如栲栳。曾到昆仑，乞得山头玉女盆。
绛州王老，百岁痴顽推不倒。海口如门，一派黄流已电奔。

【校】

傅注本、毛本俱无。

【笺】

琉璃　《前汉书·西域传》师古注：大秦出赤、白、黑、黄、青、绿、缥、绀十种流离，此自然之物，今所用皆销冶石汁，加以众药灌而为之。始于元魏月氏人，商贩至京，采矿铸之。

王仲翁　未详。

奇宝　《世说》（《排调》）：王公与朝士共饮酒，举琉璃盌谓伯仁曰："此盌腹殊空，为之宝器何耶？"答曰："此盌英英，诚为清彻，所以可贵耳。"

栲栳　《广韵》：栲栳，柳器也。卢延让《樊川寒食》诗："五陵年少粗于事，栲栳量金买断春。"

昆仑　《山海经》：赤水之后，黑水之前，有大山，名曰昆仑之丘。

玉女盆　《集仙录》：玉女庙前有五石臼，号曰玉女洗头盆。杜甫《望岳》诗："安得仙人九节杖，拄倒玉女洗头盆。"

绛州　《春秋左氏传》注：绛，晋所都也，今平阳绛邑县。案汉临汾县，北周改绛州。

电奔　李商隐诗（《魏侯第东北楼堂郢叔言别聊书所见成篇》）："旧欢尘自积，新岁电犹奔。"

又　琴

神闲意定，万籁收声天地静。玉指冰弦，未动宫商意已传。

悲风流水，写出寥寥千古意。归去无眠，一夜余音在耳边。

【校】

傅注本、元本俱无。

【笺】

琴　《说文》：琴，禁也，神农所作。洞越练朱，五弦，周加二弦。《三礼图》：琴第一弦为宫，次商、角、羽、征，次少宫，次少商。

万籁　常建《破山寺后禅院》诗："万籁此俱寂，惟闻钟磬音。"

悲风流水　李陵《答苏武书》：但闻悲风萧条之声。流水，注见本卷《永遇乐》"天末山横"阕。

又

银筝旋品，不用缠头千尺锦。妙思如泉，一洗闲愁十五年。为公少止，起舞属公《公莫》起。风里银山，摆撼鱼龙我自闲。

【校】

傅注本、元本俱无。

【笺】

银筝　《宋书·乐志》：筝，秦声也，世以为蒙恬所造。今观其体合法度，节究哀乐，乃仁智之器，岂亡国之臣所能关思哉？《南史·何承天传》：承天好弈棋，颇用废事。又善弹筝。文帝赐以局子及银装筝。

缠头　白居易《琵琶行》："五陵年少争缠头，一曲红绡不知数。”

起舞　《晋书·乐志》:《公莫舞》,今之巾舞也。相传云项庄剑舞,项伯以袖隔之,使不得害汉高祖,且语项庄云:“公莫。”古人相呼曰公,言公莫害汉王也。

银山　《神异经》:西南有银山,长五十余里,高百余丈,皆白金。

鱼龙　注见本卷《江城子》“银涛无际卷蓬瀛”阕。

又

莺初解语,最是一年春好处。微雨如酥,草色遥看近却无。

休辞醉倒,花不看开人易老。莫待春回,颠倒红英间绿苔。

【校】

傅注本、元本俱无。

【笺】

微雨二句　韩愈《早春呈水部张十八员外》诗:“天街小雨润如酥,草色遥看近却无。最是一年春好处,绝胜花柳满皇都。”

又

江南游女,问我何年归得去。雨细风微,两足如霜挽纻衣。

江亭夜语,喜见京华新样舞。莲步轻飞,迁客今朝始是归。

【校】

傅注本、元本俱无。

【笺】

纻衣　《左传》(襄公二十九年):吴公子札聘于郑,见子产如旧相识,与之缟带,子产献纻衣焉。韩偓《卜隐》诗:“世间华美无心问,藜藿充肠纻作衣。”

行香子　茶词

绮席才终,欢意犹浓。酒阑时、高兴无穷。共夸君赐,初拆臣封。看分香饼,黄金缕,密云龙。　斗赢一水,功敌千钟。觉凉生、两腋清风。暂留红袖,少却纱笼。放笙歌散,庭馆静,略从容。

傅注本卷七

【校】

毛本题下注云:“密云龙,茶名,极为甘馨。宋廖正一字明略,晚登苏东坡之门,公大奇之。时黄、秦、晁、张号‘苏门四学士’,东坡待之厚,每来必令侍妾朝云取密云龙,家人以此知之。一日,又命取密云龙,家人谓是四学士,窥之,乃廖明略也。”

【笺】

君赐　傅注:杨大年《谈苑》:贡茶凡十品,曰龙茶、凤茶、京挺、的乳、石乳、白乳、头金、蜡面、头骨、次骨。龙茶以贡乘舆,及赐执政亲王长主。余皇族、学士、将帅,皆得凤茶。又:近臣赐京挺、的乳,馆阁赐白乳。

臣封　傅注：御茶分赐，御封犹在。曹邺《茶》诗："剑外九华英，衔封下玉京。开时微月上，碾处乱泉声。"

香饼三句　傅注：供御茶品曰龙茶，为云龙之象，以金缕之。欧阳修《归田录》：庆历中，蔡君谟始造小片龙茶以进，谓之小团，价真金二两。每因南郊致斋，中书枢密院各赐一饼，四人分之。宫人往往缕金花于上，以贵重之。

一水　蔡君谟《茶录》：建安人斗茶，试以水痕先者为负，耐久者为胜。故较胜负之说，曰相去一水两水。

千钟　傅注：《孔丛子》曰：遗谚："尧舜千钟。"茶能消酒，故曰"功敌千钟"。

两腋清风　注见卷一《临江仙》"四大从来都遍满"阕。

红袖纱笼　注见卷一《行香子》"携手江村"阕。

【附考】

《古今词话》：东坡有二韵事，见于《行香子》。秦、黄、张、晁为苏门四学士，每来必命取密云龙供茶，家人以此记之。廖明略晚登东坡之门，公大奇之。一日，又命取密云龙，家人谓是四学士，窥之，则廖明略也。坡为赋《行香子》一阕。又尝约刘器之参玉版和尚，至帘泉寺，烧笋而食。刘问之，东坡指笋曰："此玉版僧最善说法，使人得禅悦味。"遂有"曲生禅，玉版局，一时参"之句，亦《行香子》也。　案后阕各本俱失载。

又

三人承明，四至九卿，问儒生、何辱何荣？金张七叶，纨绮貂缨。无汗马事，不献赋，不明经。　成都卜肆，寂寞君平。郑子真、岩谷躬耕。寒灰炙手，人重人轻。除竺乾学，得无念，得无名。

傅注本卷七

【校】

毛本题作“寓意”。“儒”作“书”。

【笺】

三入承明　《汉书·严助传》：君厌承明之庐。注：承明庐在石渠阁外。直宿所止曰庐。应璩《百一诗》：“问我何功德，三入承明庐。”

四至九卿　《汉书·汲黯传》：黯姊子司马安文深巧善宦，四至九卿。又《儒林传》：长安许商，四至九卿。

金张七叶　《汉书·盖宽饶传》：宽饶上无许史之属，下无金张之托。注：许伯，宣帝皇后父。史高，宣帝外家也。金，金日磾也。张，张安世也。许氏、史氏，有外属之恩，金氏、张氏，自托在于近狎也。左思诗（《咏史八首》）：“金张藉旧业，七叶珥汉貂。”

纨绮貂缨　傅注：绮襦纨袴，贵者之服。貂蝉，侍中常侍之冠。江淹诗：“金貂服玄缨。”

汗马　《汉书·公孙弘传》：臣愚驽，无汗马之劳。

献赋　《西京杂记》：相如将献赋，梦一黄衣翁谓之曰：“可为《大人赋》。”遂言神仙之事以献之，赐锦百匹。

明经　《汉书·平当传》：以明经为博士，公卿荐当议论通明，给事中。每有灾异，当辄傅经术，言得失。子晏以明经历位大司徒，封防乡侯。汉兴，惟韦、平父子至宰相。

君平子真　《汉书·王贡传》序：谷口有郑子真，蜀有严君平，皆修身自保，非其服弗服，非其食弗食。成帝时，大将军王凤以礼聘子真，子真遂不诎而终。君平卜筮于成都市，以为卜筮者贱业，而可以惠众人。有邪恶非正之问，则依蓍龟为言利害，与人子言依于孝，与人弟言依于顺，与人臣言依于忠，各因势导之以善。从吾言者已过半矣。裁日阅数人，得百钱，足以自养，则闭肆下帘而授《老子》，遂以其业终。及扬雄著书，称此二人，其论曰：谷口郑子真，不诎其志，耕于岩石之下，名震于京师，岂其卿，岂其卿！蜀严湛冥，不作苟见，不治苟得，久幽而不改其操，虽随和何以加诸。

寒灰炙手　傅注：李太白诗："寒灰重暖生阳春。"唐崔铉，宣宗时为宰相，所善者郑鲁、杨绍复、段瓌、薛蒙，颇参议论，时语云："郑杨段薛，炙手可热。欲得命通，鲁绍瓌蒙。"帝闻之，题于扆。《史记·韩长孺列传》：安国坐法抵罪，蒙狱吏田甲辱安国，安国曰："死灰独不复然乎？"田甲曰："然即溺之。"杜甫《丽人行》："炙手可热势绝伦。"

竺乾　傅注：佛教本自西竺乾天。

无念无名　傅注：释氏以灭五欲，故无念；以存四谛，故无名。

又

清夜无尘，月色如银。酒斟时、须满十分。浮名浮利，虚苦劳神。叹隙中驹，石中火，梦中身。　虽抱文章，开口谁亲。且陶陶、乐尽天真。几时归去，作个闲人。对一张琴，一壶酒，一溪云。　傅注本卷七

【校】

毛本题作“述怀”。“虚”作“休”。

【笺】

如银　梁戴暠《月》诗：“浮川疑让璧，入户类烧银。”

十分　白居易诗（《早饮湖州酒寄崔使君》）：“十分蘸甲酌。”

隙中驹　《庄子》（《知北游》）：人生天地间，如白驹之过隙，忽然而已。

石中火　李白诗（《拟古十二首》）：“石火无烟光，还如世中人。”《传灯录》：如击石火，似闪电光。

梦中身　《关尹子》（《四符》）：知此身如梦中身，随情所见，可以飞神。

陶陶　刘伶《酒德颂》：无思无虑，其乐陶陶。

又　病起小集

昨夜霜风，先入梧桐。浑无处、回避衰容。问公何事，不语书空。但一回醉，一回病，一回慵。　朝来庭下，飞英如霰。似无言、有意催侬。都将万事，付与千钟。任酒花白，眼花乱，烛花红。傅注本卷七

【校】

傅注本“昨”作“凉”，“朝”作“秋”，“飞英如霰”作“光阴如箭”。毛本题作“秋兴”。“催”作“伤”，余同傅本。

【笺】

梧桐 韩愈《秋怀》诗："霜风侵梧桐，众叶著树干。"

书空 《晋书·殷浩传》：浩被黜放，口无怨言，但终日书空，作"咄咄怪事"四字而已。

如霰 注见卷一《减字木兰花》"玉觞无味"阕。

万事 韩愈诗（《赠郑兵曹》）："破除万事无过酒。"

千钟 注见本卷《满庭芳》"蜗角虚名"阕。

酒花 孟郊诗（《送殷秀才南游》）："酒花熏别颜。"

烛花红 李后主《玉楼春》词："归时休照烛花红，待放马蹄清夜月。"

点 绛 唇

闲倚胡床，庾公楼外峰千朵。与谁同坐，明月清风我。

别乘一来，有唱应须和。还知么，自从添个，风月平分破。

【校】

傅注本、元本俱无。 毛本题作"杭州"。

【笺】

胡床 《晋书·庾亮传》：亮在武昌，诸佐吏乘秋夜往，共登南楼。俄而亮至，便据胡床，谈咏竟日。

庾公楼 杜甫诗（《秋日寄题郑监湖上亭三首》）："池要山简马，月静庾公楼。"

别乘 犹称别驾也。

又

红杏飘香，柳含烟翠拖金缕。水边朱户，门掩黄昏雨。
烛影摇风，一枕伤春绪。归不去，凤楼何处，芳草迷归路。

【校】

傅注本、元本俱无。　毛本注云：“或刻贺方回。”

【笺】

凤楼　梁武帝《凤笙曲》：“飞且停，在凤楼。弄娇响，间清讴。”

又

醉漾轻舟，信流引到花深处。尘缘相误，无计花间住。
烟水茫茫，千里斜阳暮。山无数，乱红如雨，不记来时路。
傅注本卷八

【校】

傅注：此后二词，洪甫云亲见东坡手迹于潮阳吴子野家。毛本注云：俱秦淮海作，依宋本删。《彊村丛书》本亦依毛说删去。今从傅注及元本补录。

【笺】

醉漾　郑獬《渔父》诗：“醉漾轻丝信慢流。”　傅注：此词全用刘晨事。见卷一《殢人娇》“满院桃花”阕注。

又

月转乌啼，画堂宫征生离恨。美人愁闷，不管罗衣褪。

清泪斑斑，挥断柔肠寸。瞋人问，背灯偷揾，拭尽残妆粉。

傅注本卷八

【笺】

宫征　《汉书·律历志》：声者，宫、商、角、征、羽也，所以为乐者。

皂罗特髻

采菱拾翠，算似此佳名，阿谁消得。采菱拾翠，称使君知客。千金买、采菱拾翠，更罗裙、满把珍珠结。采菱拾翠，正髻鬟初合。　真个采菱拾翠，但深怜轻拍。一双子、采菱拾翠，绣衾下、抱著俱香滑。采菱拾翠，待到京寻觅。　傅注本卷十二

【校】

傅注本“珍”作“真”，无下半阕。　毛本题作“采菱拾翠”。“子”作“手”。

【笺】

皂罗特髻　《词律》：《词谱》注云：此调无别词可按，想其体例

应然。按此为一时游戏之作，与《阮郎归》等之福唐体等耳。易大厂云：皂罗特髻为宋代村姑髻名。录以待考。

采菱拾翠　《楚辞》：《涉江》《采菱》，发《阳阿》些。《洛神赋》："或采明珠，或拾翠羽。"

虞　美　人

定场贺老今何在，几度新声改。怨声坐使旧声阑，俗耳只知繁手不须弹。　断弦试问谁能晓，七岁文姬小。试教弹作辊雷声，应有开元遗老泪纵横。　傅注本卷八

【校】

傅注本"怨声"作"新声"。毛本题作"琵琶"。余同傅本。

【笺】

贺老　《明皇杂录》：贺老即贺怀智，开元时乐工也。元稹《连昌宫词》："夜半月高弦索鸣，贺老琵琶定场屋。"

新声　孟郊《薄命妾》诗："不惜十指弦，为君千万弹。常恐新声至，坐使旧声残。"

繁手　《赵飞燕外传》：飞燕祖马大力，工理乐器。事江都王，为协律舍人。父万金，不肯传家业，偏习乐声。亡章曲，任为繁手哀声，自号凡靡之乐，闻者莫不心动焉。

文姬　《蔡琰别传》：琰六岁，父邕夜鼓琴，弦绝，琰闻曰："第二弦。"邕故断一弦，问之，曰："第四弦。"

辊雷　《杨妃外传》：开元中，有贺怀智善琵琶，用鹍鸡筋为弦，

铁为捍拨。辊雷，其声如之也。别详卷一《南歌子》（海上乘槎侣）注。

开元遗老　白居易《江南遇乐叟》诗：“白头病叟泣且言，禄山未乱入梨园。能弹琵琶和法曲，多在华清随至尊。”

又

落花已作风前舞，又送黄昏雨。晓来庭院半残红，惟有游丝千丈袅晴空。　殷勤花下重携手，更尽杯中酒。美人不用敛歌眉，我亦多情无奈酒阑时。

【校】

傅注本、元本俱无。是阕又见《石林词》。

又

冰肌自是生来瘦，那更分飞后。日长帘幕望黄昏，及至黄昏时候转消魂。　君还知道相思苦，怎忍抛奴去？不辞迢递过关山，只恐别郎容易见郎难。

【校】

傅注本、元本俱无。

【笺】

分飞　孟浩然《送从弟邕下第后寻会稽》诗：“落羽更分飞，谁能不惊骨。”

又

深深庭院清明过，桃李初红破。柳丝搭在玉阑干，帘外潇潇微雨做轻寒。　晚晴台榭增明媚，已花前醉。更阑人静月侵廊，独自行来行去好思量。

【校】

傅注本、元本俱无。

又

持杯遥劝天边月，愿月圆无缺。持杯更复劝花枝，且愿花枝长在莫离披。　持杯月下花前醉，休问荣枯事。此欢能有几人知，对酒逢花不饮待何时。

【校】

傅注本、元本俱无。

如　梦　令

为向东坡传语，人在玉堂深处。别后有谁来，雪压小桥无路。归去，归去，江上一犁春雨。　傅注本卷九

【校】

傅注本题作“寄黄州杨使君二首公时在翰苑”。 毛本题作“有寄”。“玉”作“画”。 案此二首，据傅本可移编卷二元祐丁卯、戊辰间公官翰林学士时。

【笺】

玉堂 《梦溪笔谈》：唐翰林院在禁中，乃人主燕居之所，玉堂、承明、金銮殿皆在其间。又：学士院玉堂，太宗皇帝曾亲幸，至今惟学士上日许正坐，他日皆不敢独坐。玉堂东承旨阁子窗格上有火然处。太宗尝夜幸玉堂，苏易简为学士，已寝，遽起，无烛具衣冠，宫嫔自窗格引烛入照之。至今不欲更易，以为玉堂一盛事。案公居翰苑，故称“玉堂”。傅注云“公于东坡筑雪堂”，违词旨矣。

又

手种堂前桃李，无限绿阴青子。帘外百舌儿，惊起五更春睡。居士，居士，莫忘小桥流水。 **傅注本卷九**

【校】

傅注本“惊”作“唤”。毛本题作“春思”。

【笺】

百舌 《礼记·月令》：仲夏之月，小暑至，螳螂生，鵙始鸣，反舌无声。注：反舌，百舌鸟。严郾《百舌》诗：“星未没河先报曙，玉楼还有晏眠人。”余详卷一《望江南》（春已老）注。

居士　傅注：维摩诘虽处居家，常修梵行，故号居士。后人因袭此名，若庞居士、香山居士之类是也。

小桥流水　见卷二《西江月》“照野弥弥浅浪”阕题。

又　题淮山楼

城上层楼迭巘，城下清淮古汴。举手揖吴云，人与暮天俱远。魂断，魂断，后夜松江月满。

【校】

傅注本、元本俱无。

【笺】

淮山楼　《舆地纪胜》：淮山楼在泗州郡治。其治即旧都梁台也。

清淮古汴　注见卷一《清平乐》“清淮浊汴”阕。

松江　注见卷一《菩萨蛮》“天怜豪俊腰金晚”阕。

阮　郎　归

绿槐高柳咽新蝉，熏风初入弦。碧纱窗下水沉烟，棋声惊昼眠。　微雨过，小荷翻，榴花开欲然。玉盆纤手弄清泉，琼珠碎却圆。　傅注本卷六

【校】

傅注本“翻”作“飜”。　毛本题作“初夏”。“却”作“又”。

【笺】

高柳　陆机诗（《拟明月何皎皎》）：“寒蝉鸣高柳。”

熏风　注见卷二《瑶池燕》“飞花成阵春心困”阕。

水沉　注见本卷《西江月》“闻道双衔凤带”阕。

榴花　梁孝元《榴花》诗：“然灯疑夜火。”杜甫诗（《绝句二首》）：“山青花欲然。”李白诗（《寄韦南陵冰余江上乘兴访之遇寻颜尚书笑有此赠》）：“月色醉远客，山花开欲然。”

却圆　杜甫诗（《宇文晁尚书之甥崔彧司业之孙尚书之子重泛郑监审前湖》）：“棹拂荷珠碎却圆。”

又　梅花

暗香浮动月黄昏，堂前一树春。东风何事入西邻，儿家常闭门。　雪肌冷，玉容真，香腮粉未匀。折花欲寄岭头人，江南日暮春。　傅注本卷六

【校】

毛本末一字注云：“一作云。”《彊村》本以“春”韵复，据改。毛本题作“集句梅花”。“岭”作“陇”。

【笺】

暗香　林逋诗（《山园小梅》）：“疏影横斜水清浅，暗香浮动月黄昏。”

儿家　傅注引唐诗：“白玉堂前一树梅，今朝忽见数枝开。儿家门户重重闭，春色因何得入来？”

雪肌　注见卷一《减字木兰花》“郑庄好客”阕。

玉容　白居易《长恨歌》：“玉容寂寞泪阑干。”

岭头　《开州记》：陆凯与范晔相善，自江南寄梅花一枝诣长安与晔，赠诗曰：“折花逢驿使，寄与陇头人。江南无所有，聊寄一枝春。”

江南　柳恽诗（《江南曲》）：“汀洲采白苹，日暮江南春。”

诉衷情

海棠珠缀一重重，清晓近帘栊。胭脂谁与匀淡，偏向脸边浓。　看叶嫩，惜花红，意无穷。如花似叶，岁岁年年，共占春风。

傅注本卷八

【校】

傅注本“共占”作“占取”。　毛本题作“海棠”，注云：“或刻晏同叔。”

【笺】

匀淡　郑谷《海棠》诗：“春风用意匀颜色，消得携觞与赋诗。”

岁岁年年　刘希夷诗（《代悲白头翁》）：“年年岁岁花相似，岁岁年年人不同。”

又

小莲初上琵琶弦，弹破碧云天。分明绣阁幽恨，都向曲中

传。　肤莹玉，鬓梳蝉，绮窗前。素娥今夜，故故随人，似斗婵娟。 傅注本卷八

【校】

毛本题作“琵琶女”。

【笺】

小莲　杜牧《朱坡》诗：“小蓬娃欲语，幽笋稚相携。”

碧云　傅注引《诗话》：柳还古《赠柳将军家妓》诗：“眼看《白纻曲》，欲上碧云天。”

曲中　杜甫《咏怀古迹》诗：“千载琵琶作胡语，分明怨恨曲中论。”

莹玉　宋玉《神女赋》：“温乎如莹。”又曰：“苞温润之玉颜。”

梳蝉　《古今注》：魏文帝宫人慕琼树始制为蝉鬓，望之缥缈如蝉翼，故号为蝉鬓。

素娥　傅注：素娥，月也。婵娟，姿好貌。唐人诗：“姮娥若没怀春思，因甚随人不奈何。”　李商隐诗（《霜月》）：“青女素娥俱耐冷，月中霜里斗婵娟。”

谒　金　门

秋帷里，长漏伴人无寐。低玉枕凉轻绣被，一番秋气味。

晓色又侵窗纸，窗外鸡声初起。声断几声还到耳，已明声未已。 傅注本卷九

【校】

傅注本“起”上夺“初”字，元本同，从毛本。　毛本题作“秋夜”。

【笺】

玉枕　晏元献诗“老觉腰金重，慵便枕玉凉。”（按：此龙笺承傅注。据《苕溪渔隐丛话》前集卷二十六引《归田录》，此二句为晏殊所评论之他人诗句，非晏氏诗。）

窗纸　白居易诗（《晓寝》）：“纸窗明觉晓。”

鸡声　李白诗（《代别情人》）：“哀哀长鸡鸣，夜夜达五晓。”

又

秋池阁，风傍晓庭帘幕。霜叶未衰吹未落，半惊鸦喜鹊。

自笑浮名情薄，似与世人疏略。一片懒心双懒脚，好教闲处著。　傅注本卷九

【校】

傅注本、元本俱无“似”字，从毛本。　毛本题作“秋兴”。

【笺】

霜叶　李白诗（《江上寄元六林宗》）：“霜落江始寒，枫叶绿未脱。”

疏略　杜甫诗（《壮游》）：“脱略小时辈。”

闲处　傅注：司空图作《耐辱居士歌》曰：“休休莫莫，伎俩虽多性灵恶，懒足长教闲处著。”

又

今夜雨，断送一年残暑。坐听潮声来别浦，月明何处去？

孤负金尊绿醑，来岁今宵圆否？酒醒梦回愁几许，夜阑还独语。 傅注本卷九

【校】

毛本题作“秋感”。“月明”作“明朝”。

好 事 近

烟外倚危楼，初见远灯明灭。却跨玉虹归去、看洞天星月。当时张范风流在，况一尊浮雪。莫问世间何事、与剑头微吷。

【校】

傅注本、元本俱无。

【笺】

玉虹 《搜神记》：孔子修《春秋》，制《孝经》，既成，斋戒，向北辰而拜，告备于天。忽有赤虹自上而下，化为黄玉，长三尺，上有刻文。孔子受之。

洞天 《茅君内传》：大天之内，有地之洞天三十六所，乃真仙所居。

张范 《后汉书·范式传》：式与汝南张劭为友，式曰：“后二

年，当过拜尊亲，视孺子焉。”至期，劭白母，请杀鸡为黍待之。母曰：“二年之别，千里约言，尔何相信之审耶？”至日，果至。

浮雪　虞世南诗（《飞来双白鹤》）：“映海疑浮雪。”

剑吷　《庄子·则阳篇》：吹剑者，吷而已矣。注：司马彪曰：剑环头小孔，吹之吷然，如风过也。

天　仙　子

走马探花花发未，人与化工俱不易。千回来绕百回看，蜂作婢，莺为使，谷雨清明空屈指。　白发卢郎情未已，一夜翦刀收玉蕊。尊前还对断肠红，人有泪，花无意，明日酒醒应满地。　傅注本卷十二

【校】

傅注本“探”作“采”。　毛本无。

【笺】

谷雨　傅注：二十四气，清明之后谷雨。盖谷雨三月之候，正花发之时，故《牡丹记》云：洛花以谷雨为开候。

卢郎　唐诗（崔氏《述怀》）：“不恨卢郎年纪大，不恨卢郎官职卑。自恨妾身生太晚，不见卢郎年少时。”

玉蕊　庾阐诗（《游仙诗》）：“朝餐云英玉蕊，夕挹玉膏石髓。”

翻 香 令

金炉犹暖麝煤残，惜香更把宝钗翻。重闻处，余熏在，这一番、气味胜从前。　背人偷盖小蓬山，更将沉水暗同然。且图得，氤氲久，为情深、嫌怕断头烟。　傅本注卷十二

【校】

傅注本调下注云："此词苏次言传于伯固家，云老人自制腔名。"元本同。傅本"久"作"又"。

【笺】

麝煤　韩偓诗（《横塘》）："蜀纸麝煤添笔媚，越瓯犀液发茶香。"

小蓬山　傅注：蓬山，金博山香炉也。镂作蓬瀛之状，故谓之"蓬山"。

沉水　注见本卷《西江月》"闻道双衔凤带"阕。

断头烟　今苏、皖、赣各地，谓情好中断，犹有"烧断头香"之语，未知所出。

桃 源 忆 故 人

华胥梦断人何处，听得莺啼红树。几点蔷薇香雨，寂寞闲庭户。　暖风不解留花住，片片著人无数。楼上望春归去，芳草迷归路。　傅注本卷十二

【校】

毛本调名作《虞美人影》，题作“暮春”。

【笺】

华胥　《列子》(《黄帝》)：黄帝昼寝，而梦游于华胥氏之国。既寤，怡然自得，曰：“今知至道不可以情求矣。”

片片　杜甫诗(《城上》)：“风吹花片片。”

调笑令　效韦应物体

渔父，渔父，江上微风细雨。青蓑黄蒻裳衣，红酒白鱼暮归。归暮，归暮，长笛一声何处？

【校】

傅注本存目阙词。　元本、毛本二首俱误合为一。案韦词亦作二首，据改。　元本“暮归”作“归暮”，从毛本。

又

归雁，归雁，饮啄江南南岸。将飞却下盘桓，塞外春来苦寒。寒苦，寒苦，藻荇欲生且住。

【校】

元本“苦寒”作“寒苦”，从毛本。　毛本“桓”作“旋”。

【笺】

韦应物体　《韦江州集·调笑令》："胡马，胡马，远放燕支山下。跑沙跑雪独嘶，东望西望路迷。迷路，迷路，边草无穷日暮。""河汉，河汉，晓挂秋城漫漫。愁人起望相思，塞北江南别离。离别，离别，河汉虽同路绝。"

荷　花　媚

霞苞电荷碧，天然地、别是风流标格。重重青盖下。千娇照水，好红红白白。　每怅望、明月清风夜，甚低迷不语，夭邪无力。终须放、船儿去，清香深处住，看伊颜色。

【校】

傅注本存目阙词。　元本题作"湖州贾耘老小妓号双荷叶"，盖涉《双荷叶》词误衍。　毛本题作"荷花"。"电"作"霓"，"怅"作"恨"。

【笺】

荷碧　李白诗（《古风》）："碧荷生幽泉，朝日艳且鲜。"

标格　高适诗（《送蔡少府赴登州推事》）："标格谁尝见，风谣信可听。"

占　春　芳

红杏了，夭桃尽，独自占春芳。不比人间兰麝，自然透骨生香。

对酒莫相忘，似佳人兼合明光。只忧长笛吹花落，除是宁王。

【校】

傅注本、元本俱无。

【笺】

夭桃　《诗·周南》(《桃夭》)："桃之夭夭，灼灼其华。"

兰麝　《晋书·石崇传》：崇婢妾数十人，皆蕴兰麝，被罗縠。梁武帝《游女曲》："氛氲兰麝体芳滑，容光玉耀眉如月。"

明光　王褒《日出东南隅行》："银镂明光带，金地织成襦。"

宁王　《唐书·礼乐志》：明皇好羯鼓，而宁王善吹笛，达官大臣慕之，皆喜言音律。

一　斛　珠

洛城春晚，垂杨乱掩红楼半。小池轻浪纹如篆，烛下花前，曾醉离歌宴。　自惜风流云雨散，关山有限情无限。待君重见寻芳伴，为说相思，目断西楼燕。

【校】

傅注本、元本俱无。案《一斛珠》即《醉落魄》，毛本分列，仍之。

意　难　忘

花拥鸳房，记驼肩髻小，约鬓眉长。轻身翻燕舞，低语啭莺簧。相见处，便难忘，肯亲度瑶觞？向夜阑、歌翻郢曲，带换韩香。　别来音信难将，似云收楚峡，雨散巫阳。相逢情有在，不语意难量。些个事，断人肠，怎禁得恓惶？待与伊、移根换叶，试又何妨。

【校】

傅注本、元本俱无。　毛本题作“妓馆”。

【笺】

莺簧　皮日休诗（《闻鲁望游颜家林园病中有寄》）：“蝶欲试飞犹护粉，莺初学啭尚羞簧。”

瑶觞　曹唐《游仙诗》：“怨入清尘愁锦思，酒倾玄露醉瑶觞。”（今按：“锦思”之“思”，《全唐诗》卷六四〇作“瑟”。）

郢曲　宋玉《对楚王问》：客有歌于郢中者，其始曰《下里》《巴人》，国中属而和者数千人。

韩香　《晋书·贾充传》：韩寿美姿貌，充女见而悦焉，潜通音好。时西域贡奇香，一著人则经月不歇，帝惟赐充，充女密盗以遗寿。

楚峡　武元衡诗（《送兄归洛使谒严公》）：“楚峡饶云雨，巴江足梦思。”

巫阳　注见卷一《祝英台近》“挂轻帆”阕。

恓惶　骆宾王诗（《在江南赠宋五之问》）：“谋已谬观光，牵迹强凄惶。”

移根　李商隐诗（《临发崇让宅紫薇》）：“天涯地角同荣谢，岂要移根上苑栽。”

附录 序 跋

傅共注坡词序

东坡□□□□天下，其为长短句数百章，世以其名尚□□□□闺窗孺弱，亦知爱玩。然其寄意幽渺，指事深远，片词只字，皆有根柢。是以世之玩者，未易识其佳处。譬犹瓌奇珍怪之宝，来于异域，光彩眩耀，人人骇瞩，而□辨质其名物者盖寡矣。展玩虽□□□□□兹可慨焉。余族子干尝以旧□□□□□□用事，彰而解之，削其附会者数十□□□□（传张芸叟所作私期数章，旧于文忠公集见之；以至《更漏子》有"柳丝长"、"春夜阑"之类，则见于《花间集》，乃温庭筠、牛峤之词。《鹊踏□》有"□霎秋风"、"紫菊初生"之类，则见□《本事集》，乃晏元献公之词。凡是皆削而不取）。益之以遗轶者百余□□十有二卷。敷陈演析，指摘源流，开卷烂然，众美在目。予曰：兹一奇也！不可不传之好事者，使其当琐窗虚明，棐几净滑，据胡床而支颐，钩绣幌而曲肱，咀□名之味于口吻之间，轩眉而颔首，□□□破颜，悠然而思，跫然而跃者，皆自子而发之也。自兹以往，列屋闲居，交口教授，吾知秦柳晁贺之伦，东于高阁矣。干字子立，博览强记，有前辈风流。视其所作，可以知其人焉。竹溪散人傅共洪甫序。

直斋书录解题　陈振孙

《东坡词》二卷，苏文忠公轼撰。集中《戚氏》叙穆天子西王母事，世不知所谓，李端叔跋详之。盖在中山燕席间，有歌此阕者；坐客言调美而词不典，以请于公；公方观《山海经》，即叙其事为题，使妓再歌之，随其声填写，歌竟篇就，才点定五六字而已。端叔时在幕府，目击，必不诬。或言非坡作，岂不见此跋耶？今坡词多有刊去此篇者。（卷二十一）

《注坡词》二卷，仙溪傅干撰。（同上。案南陵徐氏藏旧钞《注坡词》残本作十二卷）

延祐云间本东坡乐府序　四印斋翻刻本

今之长短句，古三百篇之遗旨也。自风雅隳散，流为郑卫侈靡之音，不能复古之淳厚久矣！东坡先生以文名于世，吟咏之余，乐章数百篇，乐而不淫，哀而不伤，真得六义之体。观其含意吐词，非浅学窥测。好事者或为之注释，中间穿凿甚多，为识者所诮。旧板湮没已久。诚有家藏善本，再三校正，一新刻梓，以永流布。使先生文章之光焰，复盛于明时，不亦幸乎？延祐庚申正月望日，括苍云深叶曾刻于云间南阜书堂。

延祐云间本东坡乐府跋　清黄丕烈

余所藏宋元人词极富，皆精钞，或旧钞而名人校藏者，若宋元刻本，向未有焉。既从骨董铺中，获一元刻《稼轩长短句》，可称绝无仅有之物。其时余友顾千里馆余家，共相欣赏，以为“此种实物，竟以贱直得之，何世之不知实，而子幸遇之乎”？盖辛词直不过白镪七金也。近年无力购书，遇宋元刻，又不忍释手，必典质借贷而购之，未免室人交徧谪我矣。故以卖书为买书，取其可割爱者去之；如钞本词屡欲去，而为买宋刻《太平御览》计是已。今秋顾千里自黎川归，余访之城南思适斋。千里曰：“闻子欲卖词，余反有一词，欲子买之。”余曰：“此必宋刻矣。”千里曰：“非宋刻，却胜于宋刻。昔钱遵王已云宋本殊不足观，则元本信亦可宝。请观之。”则延祐庚申刻《东坡乐府》也。其时需直卅金。余以囊涩未及购取。后思余欲去词，辛词本欲留存；且苏辛本为并称，合之实为双璧。因检书一二种，售诸友人，得银廿四两，千里意犹不足，余力实无余，复益以日本刻《简斋集》，如前需数，而交易始成。余遂得以书归，取毛钞《东坡词》勘之，非一本，二卷虽同，其序次前后，〔字句〕歧异，当两存之。钞本附《东坡词拾遗》一卷，有绍兴辛未孟冬至游居士曾慥跋，谓“东坡先生长短句既镂版，复得张宾老所编并载于蜀本者悉收之”。似前二卷，亦系曾刊，而《直斋解题》但云“《东坡词》二卷”，不云有《拾遗》，似非此本。然《直斋》云“集中《戚氏》叙穆天子西王母事”，今毛钞本亦有此语，似宋刻即毛钞所自出；而此刻《戚氏》下，无此注释，大概钱所云“穿凿附会”者也。且毛钞遇注释处，往往云“公旧注”云云，俱与此刻合，而〔其〕余多不同，或彼有此无，或彼无此有。余以毛钞注释，多标明“公自注”，则此刻之注释，乃其旧文。遵王欲弃宋留元，未始无意。此书未必述古旧藏，前明迭经文、王两家收藏，本朝又为健庵、沧苇鉴赏，宜此书之益增声价矣。癸亥季冬六日，荛翁黄丕烈识。

延祐云间本东坡乐府跋　王鹏运

右延祐云间本《东坡乐府》二卷。钱遵王《读书敏求记》：“《东坡乐府》二卷，刻于延祐庚申。旧藏注释宋本，穿凿芜陋，殊不足观。弃彼留此可也。”其说与叶序吻合。按《文献通考》：“《注坡词》二卷。”陈氏曰：“仙溪傅干撰。”而黄尧圃跋，即以毛钞中《戚氏》叙穆天子西王母云云，为宋本穿凿之证，或未尽然。光绪戊子春，凤阿同年闻余有缩刻《稼轩长短句》之役，复出此册叚我。遂借钞合刻。中间字句间有讹夺，与缺笔敬避，及不合六书字体者，悉仍其旧，略存影写之意。文忠诗文传刻极夥；倚声一集，独少别本单行。且苏辛本属并称，而二书踪迹，始并见于季沧苇《延令书目》中。继复同归黄氏士礼居，汪氏艺芸书舍。余复从杨氏海源阁叚刻以行。三百年来，合并如故。洵乎艺林佳话；而凤阿善与人同之量，亦良足多矣。越月刊成，志其缘起如此。临桂王鹏运半塘识。

（附记）

《申报》济南通讯：“聊城杨氏海源阁藏书，为中国四大私人藏书名家之一。杨氏历经三代之搜罗，极为宏富，宋元善本，不下四五百种，连其他零星者，共约二千余种。关系中国文化，至为重大。惜乎杨氏后人，不知善为保存，或被军队盗运，或自行售于外人，截至现在，已损失完尽；致中国文物，尽流入外人之手，言之令人发指。”据此，则苏辛二词，当已无踪迹；非四印斋曾为翻刻，则东坡词舍毛本外，更无别本可参矣。

汲古阁宋六十家词本东坡词跋

东坡诗文，不啻千亿刻，独长短句罕见。近有金陵本子，人争喜其详备。多浑入欧黄秦柳作，今悉删去。至其词品之工拙，则鲁直、文潜、端叔辈，自有定评。古虞毛晋记。

四库全书总目提要东坡词提要

《东坡词》一卷，宋苏轼撰。轼有《易传》，已著录。《宋史·艺文志》，载轼词一卷；《书录解题》则称《东坡词》二卷。此本乃毛晋所刻，后有晋跋云：“得金陵刊本，凡混入黄晁秦柳之作，俱经芟去。”然刊削尚有未尽者，如开卷《阳关曲》三首，已载入诗集中，乃饯李公择绝句。其曰“以小秦王歌之”者，乃唐人歌诗之法，宋代失传；唯《小秦王》调近绝句，故借其声律以歌之；非别有词调谓之《阳关曲》也。使当时有《阳关曲》一调，则必自有本调之宫律，何必更借《小秦王》乎？以是收之词集，未免泛滥。至集中《念奴娇》一首，朱彝尊《词综》据《容斋随笔》所载黄庭坚手书本，改“浪淘尽”为“浪声沈”，“多情应笑我，早生华发”为“多情应是，我笑生华发”。因谓“浪淘尽”三字，于调不协；“多情”句应上四下五。然考毛幵此调，如“算无地”、“阆风顶”，皆作仄平仄，岂可俱谓之未协？石孝友此调云："九重频念此，衮衣华发。"周紫芝此调云："白头应记得，尊前倾盖。"亦何尝不作上五下四句乎？又赵彦卫《云麓漫钞》辨《贺新凉》词板本，"乳燕飞华屋"句，真迹"飞"作"栖"，《水调歌》词板本，"但愿人长久"句，真迹"愿"作"得"，指为妄改古书之失。然二字之工拙，皆相去不远；前人著作，时有改定；何以定以真迹为断乎？晋此刻不取洪赵之说，则深为有见矣。词自晚唐五代以来，以清切婉丽为宗；至柳永而一变，如诗家之有白居易；至轼而又一变，如诗家之有韩愈；遂开南宋辛弃疾等一派。寻源溯流，不能不谓之别格；然谓之不工则不可。故至今日，尚与花间一派，并行而不能偏废。曾敏行《独醒杂志》载轼守徐州日，作燕子楼乐章，其稿初具，逻卒已闻张建封庙中有鬼歌之。其事荒诞不足信；然足见轼之词曲，舆隶亦相传诵，故造作是说也。

彊村丛书本东坡乐府序　冯煦

词之有南北宋，以世言也。曰秦柳，曰姜张，以人言也。若东坡之于北宋，稼轩之于南宋，并独树一帜，不域于世，亦与他家绝殊；世第以豪放目之，非知苏辛者也。顾二家专刻，世不恒有；坡词尤鲜善本。古微前辈，词家之南董也；酷嗜坡词，乃取世所传毛、王二刻，订讹补阙，以年为经，而纬以词。既定本，属煦一言简端。煦嗜坡词，与前辈同。综其旨要，厥有四难。词尚要眇，不贵质实；显者约之使隐，直者揉之使曲；一或不善，钩辀格磔，比于禽言；扑朔迷离，或侪兔迹；而东坡独往独来，一空羁靮；如列子御风以游无穷；如藐姑射神人，吸风饮露，而超乎六合之表；其难一也。词有二派，曰刚曰柔；

眦刚者斥温厚为妖冶，眦柔者目纵轶为粗犷；而东坡刚亦不吐，柔亦不茹；缠绵芳悱，树秦柳之前旃；空灵动荡，导姜张之大辂；唯其所之，皆为绝诣；其难二也。文不苟作，寄托寓焉；所谓文外有事在也；于词亦然。然世非怀襄，而效灵均九歌之奏；时非天宝，而拟杜陵八哀之篇；无病而呻，识者恫之；而东坡夙负时望，横遭谗口，连蹇廿年，飘萧万里；酒边花下，其忠爱之诚，幽忧之隐，旁礴郁积于方寸间者，时一流露，若有意，若无意，若可知，若不可知；后之读者，莫不罩然思，逌然会，而得其不得已之故，非无病而呻者比；其难三也。夫侧艳之作，止以导淫；悠缪之辞，或将损性；拘墟小儒，悬为徽纆；而东坡涉乐必笑，言哀已叹；暗香水殿，时轸旧国之思；缺月疏桐，空吊幽人之影；皆属寓言，无惭大雅；其难四也。噫！东坡往矣！前辈早登鹤禁，晚栖虎阜；沈冥自放，聊乞玉局之祠；峭直不阿，几蹈乌台之案；其于东坡，若合符契。今乐府一刻，殆亦有旷百世而相感者乎？若夫校订之审，笺注之精，则前辈发其凡矣；此不具书。时宣统二年庚戌夏五月，金坛冯煦。

彊村丛书本东坡乐府凡例　朱孝臧

（一）东坡词今行世者，只毛氏汲古阁、王氏四印斋二本。毛跋谓得金陵刊本，未详所自。王刻从元延祐云间本出，较为近古。中有十首，为汲古所未载；而汲古多于元刻者六十一首。今以元刻为主，毛本异文著于词后。元刻之确为讹阙者，则依毛本正之。

（一）旧本分调编次，今依编年体例，以傅（钱塘丁氏藏书志作傅藻）《纪年录》，王宗稷《年谱》，皆出南宋人手，自足征信。近则王文诰《苏诗总案》，搜辑最详。合此三家，证以题注，参酌审定，大凡可考者十之六七。因仿冯孟亭注玉溪生诗例，以无从编年者，别为一卷；仍依元刻，以调类别。其间元刻与毛本互有出入，悉为标注。

（一）诗集互见，如《瑞鹧鸪》《阳关曲》，据《苕溪渔隐丛话》，谓唐初歌词，所存止此二调，则归诸词集为允。琴曲《醉翁操》，元本、毛本所无，竹垞《词综》始录之。案稼轩拟《醉翁操》，编入词集；白石歌曲亦有琴曲古怨，坡词自可据补。又诗集中《渔父》四首，谱律诸书俱未收录：然音拍则确为长短句也；今亦编入。至其单词断句，如"谁教幽梦里，插他花"，见诸诗集施注；"喜鹊桥成催凤驾，天为欢迟，乞与新凉夜"，见诸《岁时广记》之类，未遑搜辑也。

（一）集中有误入他人之作，金绛人孙安常注苏词，尝删去《无愁可解》之类五十六首，元遗山称为完本。今孙本已佚，不知何者为其所删。兹据毛本删去者，附注调下。元刻中有五首，即为毛氏所已删；顾尚疑其未尽，如《意难忘》之"花拥鸳房"，《雨中花慢》之"邃院重帘"、"嫩脸羞蛾"二首，不类坡词，苦无显证。若《瑶池宴》一首，《乐府雅词拾遗》作廖明略词，本集杂书琴曲赠季常，则称或作《闺怨》，"飞花成阵"云云，其非坡词无疑。又《全芳备祖》之《菩萨蛮》赋梅花，《踏青游》赋草，《词统》之《踏青游》赠妓崔念四三词，皆托名公作，并可削而不论矣。

（一）毛本标题，如《减字木兰花》"郑庄好客"一首云"东坡分牒"，"双龙对起"一首云"子瞻为郡"，阑入他人语意，多出宋人杂说。至《贺新郎》之"营妓秀兰"，《卜算子》之"温都监女"，依托谬妄，并违词中本旨。又如《满庭芳》之"警悟"，《三部乐》之"情景"，及“即事”、“寓意”、“送别”、“感旧”之类，皆沿选家陋习，今一依元刻正之。元刻亦间有非公原本者，如《浣溪沙》“雪颔霜髯”一首云“公守湖”，《南歌子》“师唱谁家”一首云“冷斋夜话”，《虞美人》“湖山信是”一首云“子瞻即席”，《翻香令》云“此老人自制腔”等题，并为移注词后。

（一）傅、王诸家谱录，考核虽详，漏误间亦未免。如《定风波》“后六客词”叙云“凡十五年，再过吴兴”，乃己巳所作；而《纪年录》误为甲寅。《渔家傲》“送客”一首，王文诰云“送江公著赴台州”，而公著实未为台守，斯类并为更订。

（一）元本、毛本，已有舛异。坡词为世传诵，宋人诗话说部，征引既繁；复有墨迹石刻，字句悬区，殆不胜校；略采要实，附著于篇。至其同时交游事迹，亦间录存，以资考证。

彊村丛书本东坡乐府跋　朱孝臧

曩纂次《东坡乐府》编年本，以急于观成，漏误滋甚。今年春，徐君积余以旧钞傅干《注坡词》残本见示。《南歌子》“海上乘槎侣”、“苒苒中秋过”二阕，题作“八月十八日观潮，和苏伯固”。《南乡子》“晚景落琼杯”一阕，题作“黄州临皋作”。《临江仙》“夜饮东坡醒复醉”一阕，题作“夜归临皋”。《八声甘州》“有情风万里卷潮来”一阕，题作“寄参寥子，时在巽亭”。《临江仙》“九十日春都过了”一阕，题作“熙宁九年四月一日，同成伯公谨辈，赏长春馆残花，密州邵家园也”（词同毛本）。《菩萨蛮》“画檐初挂弯弯月”一阕，题作“七夕黄州朝天门上作”。又《汪穰卿笔记》，言在张文襄幕，见苏文忠手书《浣溪沙》五首，“雪林初下晚跳珠”句，“林”作“床”，注：“京师俚语，霰为雪床”。“废圃寒蔬挑翠羽”句，“挑”作“排”。“荐士已闻飞鹗表”句，“闻”作“曾”，注：“公近荐仆于朝”。“万顷风涛不记苏”句，注：“公田在苏州，今年风潮荡尽”云云。事实佚闻，胥足为考订坡词之一助。姑类记之，以俟他日补编焉。乙丑残岁，孝臧记。

附记

前年为暨南大学国文系诸生讲授苏词，适从南陵徐积余先生假得旧钞宋傅干《注坡词》残本。循览既竟，疏漏甚多；所引故实，又不表明出处。爰用博稽群籍，重加校订。更依《彊村丛书》本编年，以便读者。历时二载，粗克完篇。惟随编随印，体例未能纯一；讹文脱简，触目皆是。二三两卷，校勘稍佳。俟有余闲，当再写定，另行出版。姑记其缘起如此。阅者谅之。

一九三一年一月十二日，编者附记。

后 记

曩从上虞罗子经先生假得南陵徐氏藏旧钞傅干《注坡词》残本，取校毛氏汲古阁本、王氏四印斋影元延祐本、朱氏《彊村丛书》编年本，时有胜义，而所注典实多不标出原书。因为博稽群籍，更依朱本编年，作为此笺，以便读者。其原注可用者仍之，并于每阕之下别标傅本卷目，以存其旧。案《直斋书录解题》："《注坡词》二卷，仙溪傅干撰。"今所见钞本则为十二卷，卷首有竹溪散人傅共序，称干字子立，为其族子。考元人黄真仲《重订仙溪志》：共，傅权子，绍兴二年张九成榜特奏名。洪迈《容斋随笔》则言绍兴中，有傅洪秀才注苏词版行，颇讥其纰谬。疑其书即此本，殆以卷首有共序，共字洪甫，牵涉而率诋之欤？苏学大盛于金源，据《元遗山文集》，知当世选注苏词者不止一家，而代远年湮，遗编莫睹，仅此傅氏残本犹得流传于天壤间，亦一大幸事。予既加以采录，又从徐积余先生假得郑叔问手评《东坡乐府》，于本笺不少补助，特并附著于此。至于校订之役，则得力于扬州丁宁女士为多云。

一九三五年七月，龙榆生附记。

篇目索引

七 画

八 画

九 画

十 画

十一画

十二画

十三画

十四画

十五画

十六画

十七画

十八画

十九画

廿二画

龙榆生著作精选集

苏黄尺牍选

龙榆生 著

团结出版社

图书在版编目（CIP）数据

龙榆生著作精选集 / 龙榆生著.

-- 北京：团结出版社, 2019.12

ISBN 978-7-5126-7580-3

Ⅰ. ①龙… Ⅱ. ①龙… Ⅲ. ①词(文学)—文学研究—中国—文集 Ⅳ. ①I207.23-53

中国版本图书馆CIP数据核字(2019)第284145号

出版： 团结出版社

（北京市东城区东皇城根南街84号 邮编：100006）

电话：（010）65228880　65244790（传真）

网址： www.tjpress.com

Email： zb65244790@vip.163.com

经销： 全国新华书店

印刷： 三河市腾飞印务有限公司

开本： 145×210　1/32

印张： 84

字数： 1650千字

版次： 2020年12月 第1版

印次： 2020年12月 第1次印刷

书号： 978-7-5126-7580-3

定价： 316.00元（全9册）

出版说明

龙榆生(1902—1966)，本名沐勋，号忍寒，晚年以字行。20世纪最负盛名的词学大师之一，生于江西万载，殁于上海，早年师从黄侃、陈衍、朱祖谋等名师习诗词及文字音韵学，后遂终身致力于词学研究。曾任暨南大学、中山大学、中央大学、上海音乐学院教授。他一生致力于词学研究，被称为中国词学学科的奠基人，创办了现代第一本词学专门刊物《词学季刊》，对词学研究的现代转型影响巨大。

龙榆生词学研究的领域广泛，成就卓著。常年任教于各大学校的他，在写下一部部词学专著的同时，也一直不忘整理概论和选本。这套《龙榆生著作精选集》我们精选了其经典著作九种。在概论中，我们选择了他晚年有代表性的《唐宋词格律》《词曲概论》《词学十讲》三种；选本则选择《东坡乐府笺》《唐宋名家词选》《唐五代词选注》《近三百年名家词选》四种；考虑到目前雅言弱化、语言表现力不足的现状，还特意选择了《古今名人书牍选》《苏黄尺牍选》二种，作为学习文言文的补充读本。读者也可以藉此九种窥见龙先生一生治学的全豹。《龙榆生著作精选集》既可以作为古典诗词爱好者的案头必备典籍加以赏玩，又可以作为青年学子提升文化修养、学习典雅文言的上乘读物。

针对本套系列丛书工程浩大、专业性强的特点，为此我们特地组织了相关专家进行了专门的校勘和梳理。本着尊重作者和原著的精神，此次再版将特殊历史时期下，不符合作者原意的改本加以修订，恢复符合作者理念的原本原貌，并在前人基础上对仍存在的讹误重加订正。考虑到现代读者的阅读习惯，特将原来的繁体竖排调整为简体横排。由于编者水平所限，在编辑过程中，疏漏之处在所难免，恳请广大读者不吝赐教！

编者

2020年10月

导 言

近来有不少的人，正在提倡晚明公安、竟陵派的文字，尤其是他们的书牍和小品文。《袁中郎全集》的翻印，以及明代散文小品的钞选，一时成了风尚。所有旧刻明人的集子，一般书贾，莫不以为“奇货可居”。据我看来，这一派的文字，虽然打破了古文家的所谓格局，以抒发性灵、复返自然为主，说了许多的俏皮话，却有时不免于尖酸刻薄，少沉着浑厚之趣。公安派的代表作者袁宏道，他是反对模拟古人的。可是他生平所宗尚，和他的朋友陶石蒉之流，都很爱好苏东坡的文字。他的尺牍里面，有过这样的一套话：

> 宏近日始读李唐及赵宋诸大家诗文，如元、白、欧、苏与李、杜、班、马，真是雁行，坡公尤不可及，宏谬谓前无作者。而学语之士，乃以“诗不唐、文不汉”病之，何异责南威以脂粉，而唾西施之不能效颦乎？（《与冯琢庵师》）

这可见他对东坡是何等的赞佩。明代王圣俞选了一部《苏长公小品》，他所采录的评语，要算陶石蒉的占最多数。更可证明公安派的人物，都在《东坡全集》里用过苦功的。此外，如李卓吾（贽）、陈眉公（继儒）、茅鹿门（坤）的话，也采的不少。我们再来翻翻明人选刻的书，有杨慎的《三苏文范》，附了袁中郎的评点。又有茅坤的《苏文忠公文钞》、钟惺的《三苏文盛》和《东坡文选》、陈仁锡的《苏文奇赏》、陶石蒉的《精选·苏长公合作》、钱士鳌的《苏长公集选》。这一类评选的工作，很可藉以推测当代文人所受的影响，多少对东坡，是曾经"沾丐余馥"的。至焦竑校定的《东坡二妙集》，索性把他的书牍和小词抽出单行。他的意思，是说东坡最妙的作品，要算这种小品东西。虽然这话未必确当，却是我们可以从这上面参透晚明文坛的消息。我们与其提倡公安、竟陵一派的小品，何如直截了当的，把他们的老祖宗抬出来，岂不更好吗？

近人周作人在他做的《重印袁中郎全集序》里面，曾经说过这样的几句话：

> 尺牍虽多妙语，但视苏、黄终有间。……不知怎的，尺牍与题跋，后来的人总写不过苏、黄。只有李卓吾特别点，他信里那种斗争气分也是前人所无，后人虽有而外强中干，却很要不得了。

"外强中干"这句话，我说是深中晚明文人之病。不但尺牍如此，其他各种的小品文字，又何尝有能和苏、黄“真气流转”的作品相提并论的呢？尺牍这件东西，本是家常便饭，是要信手拈来，自然语妙天下，不容有丝毫矫揉造作的。要他写的好，全凭平日的修养。有了渊博的学问，超旷的胸襟，真挚的性情，伟大的抱负，涵蓄酝酿，自然出语不凡。这种信笔写来的东西，后来的人总写不过苏、黄的道理，也就在平日的修养不足罢了。

苏、黄尺牍的合刊，不知起自何时？至于把他们的尺牍，从全集里抽出单行，山谷反较东坡为早。据《四库全书总目·别集类存目》，有《山谷刀笔》二十卷，云：“此乃所著尺牍也。以年为次，自初仕至馆职四卷，居忧时三卷，在黔州三卷，戎州七卷，荆渚二卷，宜州二卷，皆于全集中摘出别行者。然是编向有宋椠本，非后人所为。”可见尺牍一门，在宋代就很重视。《东坡二妙集》里的尺牍，共是二十卷。他的编次，也和通行本吴门黄始所编的《苏黄尺牍》不同。因为时间的关系，不能够把《四库》本的《山谷刀笔》拿来同校，这是编者所引为憾事的！

苏、黄并称，原来是因为都善作诗的关系。《宋史·文苑传》说：“庭坚学问文章，天成性得。……尤长于诗。蜀、江西君子，以庭坚配轼，故称‘苏黄’。轼为侍从时，举庭坚自代，其词有‘瑰伟之文，妙绝当世，孝友之行，追配古人’之语。其重之也如此。”我们由此可以见到苏、黄文字所以能够“冠绝一世”，并不是偶然幸致的。他们的品性和修养，都有过人的所在，所以他们信笔写来的东西，特别是书信一类，尤其“天趣盎然”。能够打动人们的心坎。这两家的尺牍，各有各的好处，我们且把他分开来谈谈。

提到东坡，大家都晓得他是一位天才冠绝的诗人。据朱弁的《风月堂诗话》，有这样一段记载：

> 参寥尝与客评诗，客曰："世间故实小说，有可以入诗者，有不可以入诗者，惟东坡全不拣择，入手便用。如街谈巷说、鄙俚之言，一经其手，似神仙点瓦砾为黄金，自有妙处。"参寥曰："老坡牙颊间别有一副炉鞴也，他人岂可学耶？"

我们读了东坡的文字，就会觉到"老坡牙颊间别有一副炉鞴"这句话，不但是他的诗如此，他的尺牍小品，特别见出"点瓦砾为黄金"的手段。《宋史》本传也说过：

> 轼与弟辙师父洵为文，既而得之于天。尝自谓：作文如行云流水，初无定质，但当行于所当行，止于所不可不止。虽嬉笑怒骂之辞，皆可书而诵之。

这种纯任自然，游行自在的精神，的确只有东坡一人才能办到。他那超旷的襟怀和卓荦的天禀，果然是"绝尘拔俗"，高不可攀。但是，他的作品也颇受他的思想和环境的支配。我们要了解他的尺牍的妙处，必得先把这种种关系提出略加说明：

东坡弱龄的时候，就颇崇尚风节。《宋史》本传说：

> 轼生十年，父洵游学四方，母程氏亲授以书，闻古今成败，辄能语其要。程氏读东汉《范滂传》，慨然太息。轼请曰："轼若为滂，母许之否乎？"程氏曰："汝能为滂，吾顾不能为滂母耶？"

范滂是东汉时候最有气节的人，曾遭党锢之祸。我们看了上面的记载，就可以证明东坡的性格是讲究砥砺节操的。至于他的思想，受庄周的影响最大。他开始读《庄子》的时候，就这样说："昔吾有见，口未能言，今见是书，得吾心矣！"他的哲学基础，就在这时确立。后来他更泛览佛教经典，又欢喜和一般和尚做"方外之交"。所以他的思想是极其超脱的。有人说他的文章得力于《维摩诘所说经》，大致也有几分可信。

讲到东坡的身世，他名轼，字子瞻，眉州眉山人。他的父母都是很有学识的。他在二十一岁的时候，就举了进士。二十二岁，赴试礼部。这次的考官便是鼎鼎大名的欧阳修，把他取在第一，又对他的朋友梅圣俞说："吾当避此人出一头地。"他的声名，从此就震耀一世了。做了几年的小官，到过荆楚、凤翔等地。三十一岁，在京师直史馆。旋丁父忧，归蜀。三年，免丧，还朝，因和王安石论事不合，求外任避之，改官杭州通判。在杭州三年，放浪湖山，纵情诗酒。这在东坡的生活史上可算是一个最快乐的时期。他和和尚往来，也是从这时期开始，思想上就不免要受他们的影响了。四十岁，移知密州，旋改知徐州。在这几年中，他颇为得意。四十四岁，自徐州移知湖州。到任不久，就有人害他，说他做的谢表诽谤君上，突然把他逮赴台狱。一面派人搜查他的书籍。他家的妇女吓得要死，把他著的书都烧了，还骂他说：“是好著书，书成，何所得，而怖我如此！”后来案子了结，责授黄州团练副使，本州安置。住在黄州五年，天天和一般田父野老找他的“穷开心”。到了这时，他的涵养工夫日加精进了。虽然是在危疑困苦的环境里，他却能“乐天安命”，并且不改他那平日的诙谐风趣。他初到黄州，有这样的几句诗：

自笑平生为口忙，老来事业转荒唐。长江绕郭知鱼美，好竹连山觉笋香。……

这很可看出他的襟抱，是何等的洒脱啊！四十九岁，有量移汝州之命。沿长江而下，便游庐山。旋自泗州求居常州。五十岁，复朝奉郎，知登州。逾年，入京，官翰林学士。在任四年，请郡，得知杭州。杭州本是他的旧游之地，这次重来，自然是得意极了。在杭州三年，疏浚西湖，筑苏堤，直到今日，还为世人所乐道。后又移知颍州。五十八岁还朝。任端明、侍读二学士。逾年，出知定州，就任落两职，追一官，知英州。未到任间，再贬宁远军节度副使，惠州安置。从此就过他的南迁生活了。这回得罪的原因，也是关于文字方面。御史说他掌内外制日所作的词命有诋斥先朝的嫌疑。所以东坡在南迁以后，绝对不敢轻易动笔。这在他的尺牍里面，是处处表现着这种隐痛的。他在惠州住了三年，《宋史》说他“泊然无所蒂芥，人无贤愚，皆得其欢心”。后来又贬作琼州别驾，叫他住在昌化。那个地方，就是现在广东的海南岛，那时还是一个半开化的所在。一切应用药品都没有，那真亏了他。一般官吏们连房子都不给他住，他弄得没法，只好自己买点地皮，造起土屋子来。他的感化力真是了不得，那地方上的人都出来帮助他。听说惠州一带的人士至今还是称颂不衰呢！他这时年龄过了六十，在这荒岛上又差不多住过三年。到了六十五岁，才有量移廉州之命。又自廉州移舒州节度副使，永州居住。他经由广州北行，刚到英州，复朝奉郎，提举成都府玉局观，算把他恢复自由了。后来过韶州，度大庾岭，由赣州出江西境，行至真州，瘴毒大发，赶到常州暂住，就在常州病死了。看他在病中给米元章的信说：

某两日病不能动，口亦不欲言，但困卧耳。……河水污浊不流，薰蒸益病。今日当迁往通济亭泊。虽不当远去左右，且就快风活水一洗病滞，稍健，当奉笑谈也。

又另一封里面说：

某食则胀，不食则羸甚，昨夜通旦不交睫，端坐饱蚊子耳！

他到了临危的时候，吐属还是这般的饶有诙谐风趣；他的胸襟的超旷，和平日的修养，也就可以窥见一斑了。

我们对于东坡的生平史实，既经大致明了，再去看他写给朋友和亲戚们的书信，更可证明他的天才卓绝，和他的尺牍为他人万万写不过的道理，并不是偶然的了。

东坡的全部尺牍，可以说是“信手拈来，都成妙谛”。他虽然处处表现着“诙谐的风趣”，可是他那萧洒的态度、超旷的胸襟和真挚的感情、热烈的抱负，都是值得我们万分赞佩的。试看他在黄州写给李公择的信：

> ……吾侪虽老且穷，而道理贯心肝，忠义填骨髓，直须谈笑死生之际。若见仆困穷便相怜，则与不学道者大不相远矣！……虽怀坎壈于时，遇事有可尊主泽民者，便忘躯为之，祸福得失，付与造物。

你看，这是何等的硬汉！中国文人的特质，就是讲究骨气，也就是孟子所提倡的“浩然之气”。这一方面也就表现东坡的为人，颇受儒家的影响。再看他写给蔡景繁的信：

> ……情爱着人，如黐胶油腻，急手解雪，尚为沾染。若又反复寻绎，更缠绕人矣。区区愿公深照，一付维摩、庄周，令处置为佳也。

这又可见他的思想是出入于释、道之间。至于他那超旷的胸襟和萧洒的态度，到处都可见到。譬如他在黄州，所处的环境是很恶劣的，他却能“处之泰然”，到处找他的穷开心。现在把他抄出几段：

此间但有荒山大江，修竹古木。每饮村酒醉后，曳杖放脚，不知远近，亦旷然天真，与武林旧游，未见议优劣也。

——《答言上人》

但有少望，或圣恩许归田里，得款段一仆，与子众丈、杨文宗之流，往来瑞草桥，夜过何村，与君对坐庄门，喫瓜子、炒豆，不知当复有此日否？

——《与王元直》

岁行尽矣，风雨凄然。纸窗竹屋，灯火青荧。时于此间，得少佳趣。无由持献，独享为愧，想当一笑也。

——《与毛维瞻》

这都可以看出他的修养功夫。可是到了南迁以后，他的感伤气分增多了。有时淡淡的一两句话，叫人读了为之黯然。且看他在儋耳的作品：

新春海上啸咏之余，有足乐者。岛中孤寂，春色所不到也！

——《与张朝请》

新酿四壶，开尝如宿昔，香味醇冽，有京、洛之风。逐客何幸得此？但举杯属影而已！

——同上

轻描淡写的“春色所不到也”和“但举杯属影而已”这么两句寻常的话，他那感伤的气分，确就敌过人家的数百千言。试把眼睛闭着一想，这是何等难堪的境地！像这种“弦外之音”，在他的尺牍里，是应该到处细心领略的。

再说他的诙谐风趣，特别善于调侃。例如他给徐得之贺生子的信：

得之晚得子，闻之喜慰可知。不敢以俗物为贺，所用石砚一枚送上。须是学书时矣。知似太早计，然俯仰间便自见其成立，但催迫吾侪日益潦倒尔！恐得之惜别，又复前去，家中阙人抱孩儿，深为不皇。呵呵！

再看他给贾耘老的信：

贫固诗人之常。齿落目昏，当是为双荷叶所困，未可专咎诗也。

双荷叶是贾家的小妓。这个玩笑，可是开得不小。总之，东坡的尺牍无论关于那一方面，都是富有诗意，而且一任自然，没有半点做作。我们读了它，大可开拓胸襟，化除滞相。可是，要想做到这种程度，那就要靠平日的修养，不是这本小册子所能奏功了。

山谷是东坡的得意门生。他名庭坚，字鲁直，洪州分宁人。曾经举过进士，起初做叶县尉，后来教授北京国子监。东坡看见他的诗文，夸奖他说是："超轶绝尘，独立万物之表，世久无此作。"(《宋史·文苑传》)旋知太和县。哲宗立，召为校书郎，《神宗实录》检讨官。逾年，迁著作佐郎，加集贤校理。后又累迁国史编修官，知宣州，改鄂州。章惇、蔡卞说他修的《实录》不合事实，坐贬涪州别驾，黔州安置，又移戎州。他在戎州，泊然不以迁谪介意。蜀中人士多仰慕他从他讲学，造就不少的人才。徽宗即位，起监鄂州税，知舒州，以吏部员外郎召，皆不行。丐郡，得知太平州。到任才九日，罢主管玉龙观。因为和赵挺之有宿嫌，挺之说他做的《荆南承天院记》有些"幸灾乐祸"，又坐除名，羁管宜州。三年，徙永州，未闻命就死了。他的生平，也是矜尚气节的。因了文字得罪，又和东坡相同。虽然齐名不忝，可是我们不能不替他感叹啊！

讲到山谷的尺牍，多半是教人怎样做人和治学的，对于青年修养方面是有很多的益处。可是论起风趣来，似乎不及东坡。他对东坡南迁后的文字是佩服到"五体投地"的。看他答李端叔的信：

老来懒作文，但传得东坡及少游岭外文，时一微吟，清风飒然。顾同味者难得尔！

这可得到他晚年的趋向。他的尺牍，有时也仿佛东坡风度。例如《答李端叔》：

数日来骤暖，瑞香、水仙、红梅皆开，明窗净室，花气撩人，似少年时都下梦也。但多病之余，懒作诗尔！公比来亦游戏翰墨间耶？

这种笔调，是很近东坡的。

他教人治学和做人的道理，比较在全部尺牍里占的成分最多。他是注意躬行实践的学者，所以他在给洪甥驹父的信上说：

孝友忠信，是此物之根本，极当加意。养以敦厚醇粹，使根深蒂固，然后枝叶茂尔。

又在给徐甥师川的信上说：

学有要道，读书须一言一句，自求己事，方见古人用心处。如此，则不虚用功。

又在给秦少章的信上说：

> 作文字不必多，每作一篇，要商榷精尽，检阅不厌勤耳。

又在答王子予的信上说：

> 古人有言曰："并敌一向，千里杀将。"要须心地收汗马之功，读书乃有味；弃书册而游息时，书味犹在胸中，久之乃见古人用心处。如此，则尽心一两书，其余如破竹节，皆迎刃而解也。

这些看去似老生常谈，可是立身治学的要道，不外乎此，也是值得我辈当作"座右铭"的。

总之，尺牍是应世的主要文字，而《苏黄尺牍》又是古今尺牍中第一部杰作。两家的风趣，虽然各有不同，而信手拈来，都是作者全部人格和修养的表现，"超凡入圣"，读了可以启发人们的天机。这里面有的是妙语真情，挹之无尽。倘若把他当作寻常书信来看，那又不免"失之千里"了。

目 录

苏 轼

黄庭坚

苏　轼

与李方叔[一]　黄州

久不奉书问为愧！递中[二]辱手书，劳勉益厚。无状[三]何以致足下拳拳[四]之不忘如此！比日起居何如？今岁暑毒，十倍常年，雨昼夜不止者十余日，门外水天相接。今虽已晴，下潦上蒸，病夫气息而已。想足下闭门著述，自有乐事。间从诸英唱和谈论，此可羡也。何时得会合？惟万万自重！不宣。

〔一〕李荐字方叔，华州人。少以文为苏轼所知，轼亡，荐哭之恸。著有《师友谈记》、《济南集》等书。

〔二〕递中：犹言邮中。

〔三〕无状：自谦之辞。

〔四〕拳拳：恳挚之意。

又 北归

顷年于稠人〔一〕中骤得张、秦、黄、晁及方叔、履常〔二〕，意谓天不爱宝，其获盖未艾也〔三〕！比来经涉世故，间关〔四〕四方，更欲求其似，邈不可得！以此知人决不徒出，不有立于先，必有觉于后。决不碌碌与草木同腐也。迨、过〔五〕皆不废学，可令参侍几研。

〔一〕稠人：犹言众人。

〔二〕张耒字文潜，楚州淮阴人，有《宛丘集》。秦观字少游，一字太虚，高邮人，有《淮海集》。黄庭坚字鲁直，号山谷道人，洪州分宁人，有《山谷全集》。晁补之字无咎，钜野人，有《鸡肋编》。四人皆以文字受知于轼，时称"苏门四学士"。陈师道字履常，一字无己，彭城人，工诗，为轼所爱重，与黄庭坚齐名，时称"黄陈"，有《后山集》。

〔三〕未艾：犹未已也。

〔四〕间关：艰涩之义，状道路之难行。

〔五〕迨、过：皆轼子。

又 北归

某启：比〔一〕辱手教，迩来所履如何？某自恨不以一身塞罪，坐累朋友。如方叔飘然一布衣〔二〕，亦几不免。淳甫〔三〕、少游、又安所获罪于天，遂断弃其命，言之何益，付之清议〔四〕而已！忧患虽已过，更宜掩口以安晚节也。不讶！不讶〔五〕！

〔一〕比：近也。

〔二〕布衣：谓未入仕途之人。

〔三〕范祖禹字淳甫，一作纯夫，华阳人。

〔四〕清议：谓清流所持之议论，犹言舆论也。

〔五〕讶：惊怪之状。

与徐仲车〔一〕

昨日既蒙言赠，今日又荷心送，盎然〔二〕有得，载之而南矣。辱手教，极荷厚爱。孔子所谓："忠焉能勿诲乎？"〔三〕当书诸绅〔四〕，寝食不忘也。

〔一〕徐仲车：名积，山阳人，治平四年进士，有《节孝集》。

〔二〕盎：厄浪切，漾韵。盎然，盛貌。

〔三〕见《论语·宪问篇》。

〔四〕绅：诗音切，音申，大带也。《论语》："子张书诸绅。"

与吴秀才 黄州

某启：相闻久矣，独未得披写相尽，常若有所负。罪废沦落，屏迹郊野，初不意舟从便道，有失修敬。不谓过予，冲冒大热，间关榛莽，曲赐照顾，一见洒然〔一〕，遂若平生之欢。典刑〔二〕所钟，既深叹仰，而大篇璀璨〔三〕，健论抑扬，盖自去中州，未始得此胜侣也！钦佩不已，俯求衰晚，何以为对？送别堤下，恍然如梦，觉陈迹具存，岂有所遇而然耶？留示珠玉〔四〕，正快如九鼎〔五〕之珍，徒咀嚼一脔〔六〕，宛转而不忍下咽也。未知舟从定作几日计？早晚过金陵，当得款奉。

〔一〕洒然：惊貌。

〔二〕《诗》："虽无老成人，尚有典刑。"《郑笺》："犹有常事故法可案用也。"

〔三〕璀：取悔切，催上声。璨：次案切，音粲。璀璨，玉光也。

〔四〕珠玉：指文章。

〔五〕鼎：铜器，古以盛食物。

〔六〕脔：吕转切，恋上声，块切肉也。

与彦正判官

古琴当与响泉、韵磬〔一〕并为当世之宝，而铿金瑟瑟〔二〕，遂蒙辍惠，报赐之间，赧汗〔三〕不已！又不敢远逆来意，谨当传示子孙，永以为好也。然某素不解弹，适纪老枉道见过，令其侍者快作数曲，拂历铿然，正如若人之语也。试以一偈〔四〕问之：“若言琴上有琴声，放在匣中何不鸣？若言声在指头上，何不于君指上听？”录以奉呈，以发千里一笑也。寄惠佳纸、名荈〔五〕，重烦厚意，一一捧领讫，感怍〔六〕不已。适有少冗，书不周谨。

〔一〕磬：器径切，音罄，乐器，以玉或石为之。

〔二〕铿：渴耕切，音硁，金声。瑟瑟：风声。

〔三〕赧：你板切，潸韵。赧然汗下，言惭愧也。

〔四〕偈：极艺切，音忌。佛家所唱词句谓之偈。

〔五〕荈：杵转切，音舛，茶之晚取者。

〔六〕怍：字号切，药韵，惭愧也。

与毛泽民推官〔一〕 惠州

公素人来，得书累幅。既闻起居之详，又获新诗一篇，及公素寄示《双石记》。居夷久矣，不意复闻韶、濩〔二〕之余音。喜慰之极，无以云喻。久废笔砚，不敢继和，必识此意。会合无期，临书惘惘。秋暑，万万以时自厚。

寓居粗遣，本带一幼子来。今者长子又授韶州〔三〕仁化令，冬中当挈家至此。某已买得数亩地，在白鹤峰上，古白鹤观基也。已令斫木陶瓦，作屋三十许间，今冬成。去七十无几，矧未能必至耶，更欲何之？以此神气粗定，他更无足为故人念者。圣主方设科求宏词，公傥有意乎？

〔一〕毛滂字泽民，江山人。元祐中，轼守杭州，滂为法曹。轼得其所为文，深器重之。有《东堂集》。

〔二〕韶、濩：乐名，殷汤所作。一说，舜乐和汤乐。

〔三〕韶州：今广东曲江县。

又 黄州

新居在大江上，风云百变，足娱老人也。有一书斋名思无邪〔一〕，闲知之。寄示奇茗，极精而丰，南来未始得也！亦时复有山僧逸民，可与同赏，此外但缄而藏之耳。佩荷厚意，永以为好。《秋兴》之作，追配骚人矣！不肖何足以窥其粗？遇不遇自有定数，然非厄穷无聊，何以发此奇思，以自表于世耶？敬佩来贶〔二〕，传之知音，感愧之极！数日适苦壅嗽，殆不可堪，强作报，灭裂〔三〕。死罪！

〔一〕《论语》："《诗》三百，一言以蔽之，曰思无邪。"

〔二〕贶：许旺切，音况，赐与也。

〔三〕《庄子》："君为政焉勿卤莽，治民焉勿灭裂。"《注》："卤莽灭裂，轻脱末略，未尽其分。”

与温公〔一〕 徐州

春末，景仁丈〔二〕自洛还，伏辱赐教，副以《超然》〔三〕雄篇，喜忭累日。寻以出京无暇，比到官，随分纷纠，久稽裁谢，悚怍无已！比日，不审台候何如？某强颜忝窃，中所愧于左右者多矣。未涯瞻奉，惟冀为国自重。谨奉启问。

某再启：《超然》之作〔三〕，不惟不肖附托以为宠，遂使东方陋州，为不朽之盛事，然所以奖与则过矣。久不见公新文，忽领《独乐园记》，诵味不已。辄不自揆，作一诗，聊发一笑耳。彭城〔四〕佳山水，鱼蟹侔江湖，争讼寂然，盗贼衰少，聊可藏拙。但朋游阔远，舍弟非久赴任，益岑寂矣。

〔一〕司马光字君实，夏县人。官至尚书左仆射，卒赠太师、温国公。著有《资治通鉴》《独乐园集》等书。

〔二〕范镇字景仁，华阳人。

〔三〕轼知密州时，曾于署后筑超然台。

〔四〕彭城：即徐州。时轼自密州移知徐州。

又 黄州

谪居穷僻〔一〕，如在井底，杳不知京洛〔二〕之耗，不审迩日寝食何如？某以愚暗获罪，咎自己招，无足言者。但波及左右，为恨殊深，虽高风伟度，非此细故所能尘垢，然某思之，不啻芒背尔〔三〕。寓居去江无十步，风涛烟雨，晓夕百变，江南诸山，在几席下，此幸未殆有也！虽有窘乏之忧，亦布褐藜藿而已。瞻晤无期，临书惘然！伏乞以时善加调护。

〔一〕时轼贬官黄州团练副使。

〔二〕京洛：谓汴京、洛阳也。

〔三〕芒背：谓知芒刺之在背。

与鲁直

晁君〔一〕寄骚〔二〕，细看甚奇，信其家多异材耶！然有少意，欲鲁直以己意微箴之〔三〕。凡人文字，当务使平和，至足之余，溢为奇怪，盖出于不得已尔。晁文奇怪似差早，然不可直云耳。非谓避讳也，恐伤其迈往之奇；当为朋友讲磨之语乃宜。不知公谓然否？

〔一〕晁君：当谓晁补之。

〔二〕骚：《离骚》体文字也。

〔三〕箴：支音切，音斟，规戒也。

又 惠州

某启：方惠州遣人致所惠书，承中途相见，尊候甚安。即日想已达黔中〔一〕，不审起居何如，土风何似？或云大率似长沙，审尔，亦不甚恶也。惠州〔二〕久已安之矣，度黔亦无不可处之道也。开行囊中无一钱，途中颇有好事者，能相济给否？某虽未至此，然亦凛凛然；水到渠成，不须预虑。但数日苦痔病，百药不瘳，遂断肉菜五味，日食淡面两碗，胡麻、茯苓〔三〕数杯。其戒又严于鲁直，但未能作文自誓，且日戒一日，庶几能终之。非特愈痔，所得多矣！子由得书，甚能有益于枯槁也。文潜在南极安，少游谪居甚自得，淳甫亦然，皆可喜。独元老奄忽，为之流涕。病剧久矣，想非由远适也。幽绝，书问难继，惟倍万保重！不宣。

有侄婿王郎，名庠，荣州人。文行皆超然，笔力有余，出语不凡，可收为吾党也。自蜀遣人来惠，云："鲁直在黔，决当往见，求书为先容。"嘉其有奇操，故为作书。然旧闻太夫人多病，未易远去，谩为一言。眉山有程道诲者，亦奇士，文益老，王郎盖师之。此两人者，有致穷之具，而与不肖为亲，又欲往求鲁直，其穷殆未易量也！

〔一〕黔中：今贵州地。时庭坚坐轼党贬官黔中。

〔二〕惠州：今广东惠阳县，时轼方贬官于此。

〔三〕胡麻、茯苓：皆药名。

与陈传道 京师

某启：久不接奉，思仰不可言！辱专人以书为贶，礼意兼重，捧领惕然〔一〕。且审比来起居佳胜。某以衰病，难于供职，故坚乞一闲郡，不谓更得烦剧！然已得请，不敢更有所择，但有废旷不治之忧耳。而来书乃有遇不遇之说，甚非所以安全不肖也。某凡百无取，入为侍从〔二〕，出为方面〔三〕，此而不遇，复以何者为遇乎？来使立告回，区区百不尽一。乍远，千万自爱！

〔一〕惕：梯激切，音剔，惧也。

〔二〕侍从：谓文学侍从之臣。

〔三〕方面：谓官太守，独当一面也。

又

久不上问，愧负深矣！忽枉手讯，劳来〔一〕勤甚，夙昔之好，不替有加。兼审比来起居佳胜，感慰兼集。新旧诸诗，幸得敬览，不意余生复见斯作！古人日远，俗学衰陋，作者风气，犹存君家伯仲间。近见报，履常作正字〔二〕，伯仲介特之操，处险益励，时流孰知之者？用是占之，知公议少伸耶。传道岂久筦库者？未由面谈，惟冀厚自爱重而已！

〔一〕劳来：慰勉之意。劳，读去声。

〔二〕正字：官名。

与王敏仲 惠州

某垂老投荒〔一〕，无复生还之望。昨与长子迈诀，已处置后事矣！今到海南，首当作棺，次便作墓，仍留手疏与诸子，死即葬于海外。庶几延陵季子嬴博之义〔二〕，父既可施之子，子独不可施之父乎？生不挈家，死不扶柩，此亦东坡之家风也。此外燕坐寂照〔三〕而已。所云途中邂逅，意谓不如其已，所欲言者，岂有过此者乎？故覼缕〔四〕此纸，以代面别。

〔一〕投荒：远窜也。

〔二〕春秋时吴季札居延陵，称延陵季子，尝葬其子于嬴博之间，不封不树。

〔三〕寂照：佛家语，谓静寂而心光明朗也。

〔四〕覼：卢讹切，歌韵。覼缕，委曲也。

又 惠州

某再启：林医遂蒙补授，于旅泊处〔一〕衰病，非小补也。又工小儿、产科。幼累将至，且留调理，渠欲往谢，未令去也，乞不罪。治瘴止用姜、葱、豉三物浓煮热呷，无不效者。而土人不知作豉，又此州无黑豆，闻五羊〔二〕颇有之，便乞为致三石，得为作豉，散饮病者。不罪！不罪！

〔一〕旅泊：谓羁旅漂泊也。

〔二〕五羊城即今广州城。昔高固为楚相，五羊衔谷萃于楚庭，故广州厅事，梁上画五羊像。

与郑靖老 北归

某启：到雷州〔一〕见张君俞，首获公手书累幅，欣慰之极，不可云喻！到廉〔二〕，廉守乃云公已离邕矣〔三〕。方怅然，欲求问从者所在，少通区区，忽得来教，释然。又得新诗，皆秀杰语，幸甚！幸甚！别来百罹〔四〕，不可胜言，置之不足道也。《志林》竟未成，但草得《书传》十三卷〔五〕，甚赖公两借书籍检阅也。向不知公所存，又不敢带行，封作一笼，寄迈处，令访寻归纳。如未有便，且寄广州何道士处，已深嘱之，必不敢坠。某留此过中秋，或至月末乃行。至北流〔六〕，作竹筏下水，历容、藤至梧〔七〕。与迈约令般家至梧相会。中子追亦至惠矣，却雇舟诉贺江〔八〕而上，水陆数节，方至永〔九〕。老业可奈可奈！未会间以时自重！不宣。

〔一〕雷州：今广东海康县。

〔二〕廉：今广东合浦县。

〔三〕邕：今广西邕宁县。

〔四〕百罹：犹百忧也。

〔五〕《志林》《书传》皆轼所著书。

〔六〕北流：今广西县名。

〔七〕容：今广西容县。藤：今广西藤县。梧：今广西苍梧县。

〔八〕贺江：源出广西富川县南，至广东，入西江。

〔九〕永：今湖南零陵县。

又

某见张君俞，乃知公中间亦为小人所捃摭〔一〕。令史〔二〕以下，固不知退之《讳辩》〔三〕也。而卿贰〔四〕等亦尔耶！进退有命，岂此辈所制？知公奇伟，必不经怀也。某须发尽白，然体力元不减旧，或不即死，圣恩汪洋，更一赦，或许归农，则带月之锄，可以对秉也〔五〕。本意专欲归蜀，不知能遂此计否？蜀若不归，即以杭州为佳。朱邑〔六〕有言：“子孙奉祠我，不如桐乡之民。”不肖亦云。然外物不可必，当更临事随宜，但不即死，归田可必也，公欲相从于溪山间，想是真诚之愿。水到渠成，亦不须预虑也。此生真同露电〔七〕，岂适把玩耶？某顿首。

〔一〕捃摭：拾取之也。捃，据运切，君去声。摭，之益切，音只。

〔二〕令史：官阶，较卿贰低。

〔三〕韩愈字退之，曾著《讳辩》。

〔四〕卿贰：官阶，较令史高。

〔五〕陶潜诗：“晨兴理荒秽，带月荷锄归。”秉：执持也。

〔六〕朱邑：汉舒人，曾为桐乡令，官至大司农，死葬桐乡。

〔七〕《金刚经》：“如露亦如电。”

与滕达道

某到此，时见荆公〔一〕，甚喜，时诵诗说佛也。公莫略往一见和甫〔二〕否？余非面莫能尽。某近到筠见子由〔三〕，他亦得旨指射近地差遣，想今已得替矣。吴兴风物，足慰雅怀。郡人有贾收耘老者，有行义，极能诗，公择〔四〕、子厚皆礼异之，某尤与之熟，愿公时顾，慰其牢落也。近过文肃公楼，徘徊怀想风度不能去。某至楚、泗间，欲入一文字乞于常州[五]住。若幸得请，则扁舟谒公有期矣。

〔一〕王安石字介甫，号半山，临川人，官至宰相，封荆国公，有《临川集》。

〔二〕王安礼字和甫，安石弟。

〔三〕苏辙字子由，轼弟。筠，今江西高安县。时子由方监筠州酒税。

〔四〕公择：李常也，曾知湖州。

〔五〕常州：今江苏武进县。

又

闻张郎已授得发勾，春中赴任，安道[一]必与之俱来。某若得旨，当与之同舟而南，穷困之中，一段乐事，古今罕有也。不知遂此意否？秦太虚言，公有意拆却逍遥堂[二]横廊。窃谓宜且留之，想未必尔，聊且言之。明年见公，当馆于此。公雅度宏伟，欲其轩豁[三]，卑意又欲其窈窕[四]深密也。如何？不罪。四声可罢之，万一浮沉，反为患也。幸深思之。不罪。

〔一〕张方平字安道。

〔二〕逍遥堂：在徐州。

〔三〕轩豁：开朗貌。

〔四〕窈窕：深远貌。

又

某再启：前蒙惠建茗〔一〕，甚奇，醉中裁谢不及，悚愧之极。本州见阙，不敢久住。远接人到便行，会合邈未有期，不免怅惘。舍弟召命，盖虚传耳。君实恩礼既异，责望又重。不易，不易！某旧有《独乐园诗》云："儿童诵君实，走卒知司马。持此将安归？造物不我舍。"今日类诗谶矣〔二〕。见报中宪〔三〕言玉汝右揆〔四〕，当世见在，告必知之。京东有干，幸示谕。

〔一〕建茗：谓福建所产茶也。

〔二〕谶：差谮切，沁韵，兆也。

〔三〕中宪：官名。

〔四〕韩缜字玉汝，开封雍邱人。右揆：右丞相也。

又

某闲废无所用心，专治经书，一二年间欲了《论语》《书》《易》，舍弟亦了却《春秋》《诗》。虽拙学，然自谓颇正古今之误，粗有益于世，瞑目无憾。往往又笑不会取快活，是措大[一]余业。闻令子手笔甚高，见其写字，想见其人超然者也。

〔一〕《资暇录》："代称士流为措大，言其峭醋而冠四民之首。一说衣冠俨然，望望有不可犯之色，如醋之酸而难饮也，故亦谓之酸子。"

又 黄州

某启：知前事尚未已，言既非实，终当别白，但目前纷纷众所共悉也。然平生学道，专以待外物之变，非意之来，正须理遣耳。若缘此得暂休逸，乃公之雅意也。黄当江路[一]，过往不绝，语言之间，人情难测，不若称病不见为良计。二年不知出此，今始行之耳。西事[二]得其详乎？虽废弃，未忘为国家虑也。此信的可示其略否？书不能尽区区。

〔一〕黄：黄州也，前临长江。

〔二〕西事：谓西夏犯边事也。

又

示喻宜甫梦遇，于传有无。某闻见不广，何足以质[一]？然冷暖自知，殆未可以前人之有无为证也。自闻此事，而士大夫多异论，意谓中途必一见，得相参扣，竟不果。此意众生流浪火宅[二]，缠绕爱贼[三]，故为饥火所烧。然其间自有烧不着处，一念清净，便不服食，亦理之常，无足怪者。方其不食，不可强使食，犹其方食，不可强使之不食也。此间何必生异论乎？愿公以食不食为旦暮，以仕不仕为寒暑，此外默而识之。若以不食为胜解，则与异论者相去无几矣。偶蒙下问，辄此奉启而已。不罪。

〔一〕质：证明之意。

〔二〕火宅：佛家语，以火宅喻三界之死生也。

〔三〕爱贼：亦佛家语，言爱者害人，有如盗贼也。

又 扬州

少恳布闻，不罪！某好携具野饮，欲问公求红朱累子两桌二十四隔者[一]，极为左右费，然遂成藉草之乐，为赐不浅也。有便，望颁示。悚息！悚息！某感时气，卧疾逾月，今已全安。但幼累更卧，尚纷纷也。措道人名世昌，绵竹人[二]，多艺。然可闲考验，亦足以遣懑也。

留此几一年，与之稍熟，恐要知。

〔一〕累子：所以盛食物，犹今之食隔也。

〔二〕绵竹：今四川县名。

又 扬州

某再启：近在扬州入一文字〔一〕，乞常州住，如向所面议。若未有报，至南都当再一入也。承郡事颇烦齐整，想亦期月之劳尔。微疾虽无大患，然愿公无忽之，常作猛兽、毒药、血盆、脓囊观乃可，勿孤吾党之望，而快群小之志也。情切言尽，恕其拙，幸甚。所有二赋，稍晴写得寄上。次只有近寄潘谷求墨一诗，录呈可以发笑也。衲衣寻得，不用更寻。累卓感留意，悚怍之甚。甘子已拜赐矣。北方有干，幸示谕。

〔一〕入一文字：谓上一次奏折也。

又

某启：一别四年，流离契阔〔一〕，不谓复得见公。执手恍然，不觉涕下！风俗日恶，忠义寂寥，见公使人，差增气也！别来情怀不佳，忽得来教，甚解郁郁。且审起居佳胜为慰。某以少事，更数日方北去。宜兴〔二〕田已问去，若得稍佳者，当扁舟径往视之，遂一至湖〔三〕。见公固所愿，然事有可虑者，恐未能往也。若得请居常，则固当至治下搅挠公数月也。未间，惟万万为时自重。

〔一〕契：乞噎切，读若揭。契阔，勤苦也。

〔二〕宜兴：今江苏县名。

〔三〕湖：谓湖州。

与朱康叔〔一〕 黄州

某再拜。近奉书，并舍弟书，想必达。胡掾至〔二〕，领手教，具审起居佳胜。兼承以舍弟及贱累至〔三〕，特有厚贶，羊面酒果，一捧领讫，但有惭怍。舍弟离此数日，来教寻付洪州递与之〔四〕。

已迁居江上临皋亭〔五〕，甚清旷。风晨月夕，杖履野步，酌江水饮之，皆公恩庇之余波，想味风义，以慰孤寂。寻得去年六月所写诗一轴，寄去以为一笑。酷暑，万乞保练！

〔一〕朱寿昌字康叔，扬州天长人。

〔二〕掾：欲倦切，缘去声，古佐贰官之通称。

〔三〕贱累：谓家眷也。

〔四〕洪州：今江西南昌。递：递信之人，犹今之邮差也。

〔五〕临皋亭：在湖北黄州。

又 黄州

某启：酷暑不可过，百事堕废，稍疏上问，想不深讶。比日伏想尊履佳胜。别乘过郡，承赐教及惠新酒，到此如新出瓮，极为珍奇，感愧不可言。因与二三佳士会饮，同感德也。秋热，更望保练，行膺〔一〕峻陟〔二〕。

〔一〕膺：受也。

〔二〕峻陟：犹言高升也。

又 黄州

阁名久思未获佳者，更乞详阁之所向及侧近故事、故迹为幸。董义夫〔一〕相聚多日，甚欢，未尝一日不谈公美也。旧好诵陶潜《归去来》，尝患其不入音律，近辄微加增损，作〔般涉调〕《哨遍》〔二〕，虽微改其词，而不改其意，请以《文选》及本传考之，方知字字皆非创入也。谨作小楷一本寄上，却求为书，抛砖〔三〕之谓也。亦请录一本与元弼，为病倦，不及别作书也。数日前饮，醉后作顽石乱篆一纸，私甚惜之。念公笃好，故以奉献，幸检至。

〔一〕董钺字义夫，鄱阳人，自东川罢官归，曾过黄州访轼。

〔二〕般涉调：为燕乐所用宫调之一。《哨遍》：曲牌名。

〔三〕抛砖引玉，自谦之辞，语出于唐代赵嘏、常建题诗故事。

又 黄州

某启：武昌传到手教，继辱专使堕简〔一〕，感服并深。比日尊体佳胜。节物清和，江山秀美，府事整办，日有胜游，恨不得陪从耳！双壶珍贶，一洗旅愁，甚幸！甚幸！佳果收藏有法，可爱！可爱！拙疾，乍到不谙土风所致，今已复常矣。子由尚未到，真寸步千里也！未由展奉，尚冀以时自重。

〔一〕堕简：犹言赐书。

与李之仪〔一〕 北归

某年六十五矣！体力毛发，正与年相称，或得复与公相见，亦未可知。已前者皆梦，已后者独非梦乎？置之不足道也。所喜者，在海南了得《易》《书》《论语传》数十卷，似有益于骨朽后人耳目也。少游遂卒于道路〔二〕，哀哉痛哉！世岂复有斯人乎？端叔亦老矣，迨〔三〕云须发已皓然，然颜极丹且渥〔四〕，仆亦正如此。各宜闳啬〔五〕，庶几复见也。儿侄辈在治下，频与教督，一书幸送与。某大醉中不成字，不罪！不罪！

〔一〕李之仪：字端叔，无棣人。能文，尤工尺牍，轼称其入刀笔三昧，有《姑溪词》。

〔二〕秦观南迁，死于藤州。

〔三〕迨：轼次子。

〔四〕渥：润泽也。

〔五〕闳啬：犹言保养也。

又 真州

某以囊装罄尽，而子由亦久困无余，故欲就食淮浙。已而深念老境，知有几日，不可复作两处。又得子由书，及见教，语尤切已，决归许下矣〔一〕。但须少留仪真〔二〕，令儿子往宜兴，刮制变转，往还须月余，约至许下已七月矣。去岁在廉州托孙叔静寄书及小诗，达否？叔静云："端叔一生坎轲〔三〕，晚节益牢落〔四〕。正赖鱼轩〔五〕贤德，能委曲相顺，适以忘百忧。此岂细事？不尔，人生岂复有佳味乎？”叔静相友，想得其详，故辄以奉庆。忝契，不罪。

〔一〕许下：今河南许昌县。

〔二〕仪真：今江苏仪征县。

〔三〕坎轲：行不利也。

〔四〕牢落：落拓不偶也。

〔五〕鱼轩：谓夫人也。《左传注》：“鱼轩，夫人事，以鱼皮为饰。”

又 北归

近孙叔静奉书，远递得达否？比来尊体如何？眷聚各安胜。某蒙恩领真祠[一]，世间美仕复有过此者乎？伏惟君恩之重，不可量数，遥知朋友为我喜而不寐也。今已到虔[二]，即往淮浙间居处，多在毗陵也[三]。子由闻已归许，秉烛相对，非梦而何[四]？一书乞便与。余惟万万自爱。某再拜。

〔一〕宋代官府之卸任者，多食祠禄。时轼南迁放归，有提举玉局观之命，所谓领祠也。

〔二〕虔：今江西赣县。

〔三〕毗陵：今江苏常州。

〔四〕杜甫诗："夜阑更秉烛，相对如梦寐。"

与冯祖仁 南迁

蒙示长笺，粲然累幅，光彩下烛，衰朽增华。但以未拜告命〔一〕，不敢具启答谢，感怍不可言喻。老瘁不复畴昔，但偶未死耳。水道间关寸进，更二十余日，方至曲江〔二〕，首当诣宇下。区区非面不既〔三〕，乏人写大状，不罪。手拙，简略不次。

〔一〕未拜告命：谓未奉诏书也。

〔二〕曲江：今广东县名。

〔三〕不既：不尽也。

与广西宪曹司勋 惠州

某启：专人至，赐教累幅，慰附周至。且审比来起居佳胜，感慰兼至！某得罪几二年矣，愚陋贪生，辄缘圣主宽贷之慈，灰心槁形〔一〕，以尽天年，即目殊健也。公别后，闻微疾尽去，想今益康佳。养生亦无他术，安寝无念，神气自复。知吕公读《华严》〔二〕有得，固所望于斯人也。居闲偶念一事，非吾子方莫可告者。故崇仪陈侯，忠勇绝世，死非其罪。庙食西路〔三〕，威灵肃然，愿公与程之邵议之。或同一削〔四〕，乞载祀典，使此侯英魄，少信眉〔五〕于地中。如何如何？然慎勿令人知不肖有言也。陈侯有一子在高邮〔六〕，自首，颇有立知之。蒙惠奇茗、丹砂、乌药，敬饵之矣。西路洞丁，足制交人〔七〕，而近岁绥驭〔八〕少方，殆不可用，愿为朝廷熟讲之。此外惟万万自重。

〔一〕《庄子》："形固可使如槁木，而心固可使如死灰乎？"

〔二〕《华严》：佛经。

〔三〕庙食：谓立庙祭飨也。

〔四〕一削：谓削简上书也。

〔五〕信眉：犹言扬眉吐气。信，与伸通。

〔六〕高邮：今江苏县名。

〔七〕洞丁：蛮洞中丁壮，即苗子也。交：交趾也。

〔八〕绥驭：谓安抚驾驭也。

又 惠州

公劝某不作诗，又却索近作。闲中习气，不免有一二，然未尝传出也。今录三首奉呈，看毕便毁之，切祝千万！惠州风土差厚，山水秀邃，食物粗有，但少药耳。近报有"永不叙复"〔一〕旨挥〔二〕，正坐稳处，亦且任运也。子由频得书，甚安。某惟少子随侍，余皆在宜兴。见今全是一行脚僧〔三〕，但喫些酒肉耳。此书此诗，只可令之邵一阅，余人勿示也。

〔一〕永不叙复：谓永久不得复官也。

〔二〕旨挥：犹言命令。

〔三〕行脚僧：犹言游方和尚。

与范梦得

某启：一别俯仰十五年，所喜君子渐用，足为吾道之庆。比日起居何如？某旦夕南迁，后会无期，不能无怅惘也。过扬，见东平公极安，行复见之矣。新著必多，无缘借观，为耿耿耳。乍暄〔一〕，惟顺候自重。因李豸秀才行，附启上问。不宣。

〔一〕暄，虚鸳切，元韵，日暖也。

与孙叔静

昨日辱临顾，夙昔之好，不替有加，感叹深矣！属饮药汗后，不可以风〔一〕，未即诣谢。又枉使旌〔二〕，重增悚惕。捧手教，且审尊体佳胜。旦夕造谒，以究所怀。

〔一〕不可以风：犹言不可以受风凉也。

〔二〕使旌：使者之旌节。此犹今言劳驾也。

又 北归

已别，瞻企不去心。辱手教，且审佳胜，感慰之极。早来，风起，舟不敢解〔一〕，故复少留，因来净惠〔二〕与惠州三道人语耳。无缘重诣，临纸惋怅。

〔一〕解：解缆也，此谓不可开船。

〔二〕净惠：寺名。

又 北归

眉山人〔一〕有巢谷者，字元修，曾应进士武举，皆无成。笃于风义，已七十余矣！闻某谪海南〔二〕，徒步万里，来相劳问，至新兴〔三〕病亡。官为藁殡〔四〕，录其遗物于官库。元修有子蒙，在里中，某已使人呼蒙来迎丧，颇助其路费，仍约过永而南，当更资之。但未到耳，旅殡无人照管，或毁坏暴露，愿公愍其不幸。因巡检至其所，特为一言于彼守令，得稍治其殡，常戒主者保护之，以须〔五〕其子之至，则恩及存亡耳。死罪！死罪！

〔一〕眉山：今县名，属四川。

〔二〕海南：今广东琼崖地。

〔三〕新兴：今县名，属广东。

〔四〕藁殡：谓草草殡殓也。

〔五〕须：待也。

答刘贡父〔一〕

久阔暂聚，复此违异，怅惘至今！公私纷纷，有失驰问。辱书，感怍无量！字画妍洁，及问来使，云："尊貌比初下车〔二〕时，皙〔三〕且泽矣。"闻之喜甚。比来起居想益佳。何日归觐〔四〕，慰士大夫之望？未闲，万万为时自重！不宣。

〔一〕刘攽字贡父，号公非，新喻人。官至中书舍人，曾佐司马光修《资治通鉴》，有《公非先生集》。

〔二〕下车：犹言上任也。

〔三〕皙：屑檄切，音析，明辨也，沿用为"白皙"之皙。

〔四〕觐：忌印切，音仅。朝见天子曰觐。

答曾子宣[一]

某启：辱教，伏承台候万福为慰。《塔记》非敢慢，盖供职数日，职事如麻，归即为词头[二]所迫，率以半夜乃息，五更复起，实未有余暇。乞限一月，所敢食言者有如河[三]。愿公一笑而恕之。旦夕当卜一邂逅而别。

〔一〕曾布字子宣，南丰人。巩弟，官至右仆射，与蔡京不相能，责授舒州司户，卒。

〔二〕词头：当指案牍。

〔三〕食言：行反其言也。有如河：指河水为誓也。

与李公择[一]

秋色佳哉！想有以为乐。人生惟寒食、重九，慎不可虚掷，四时之变，无如此节者。近有潮州人[二]寄一物，其上云“扶劣膏”，不言何物。状似羊脂而坚，盛竹筒中，公识此物否？味其名，必佳物也。若识之，当详以示，可分去，或问习海南者。子由近作《栖贤僧堂记》[三]，读之惨懔，觉崩崖飞瀑，逼人寒栗。

〔一〕李常字公择，建昌人。与王安石善，而极言安石所行新法不便，官至御史中丞。

〔二〕潮州：今广东潮安县。

〔三〕庐山有栖贤寺，风景绝幽。

与姜唐佐秀才〔一〕

今者霁色尤可喜。食已，当取天庆〔二〕乳泉，泼建茶之精者，念非君莫与共之。然蚤来市无肉，当相与啖菜饭尔。不嫌，可只今相过。某启上。

〔一〕姜唐佐：名君弼，琼州进士。

〔二〕天庆：道观名。

又

适写此简，得来示，知巡检有会，更不敢邀请。会若散早，可来啜茗否？酒、面等承佳惠，感愧！感愧！来旦饭必如诺。十月十五日白。

又 儋耳

某已得合浦[一]文字，见治装，不过六月初离此。只从石排或澄迈[二]渡海，无缘更到琼[三]会见也。此怀甚惘惘。因见贰车[四]，略道下恳。有一书至儿子迈处，从者往五羊时为带去，转托何崇道附达为幸。

儿子治装冗甚，未及奉启。所借《烟萝子》两卷、《吴志》四册、《会要》两册，并驰纳。

〔一〕合浦：今县名，属广东。

〔二〕澄迈：今县名，清属广东琼州府。

〔三〕琼州：今广东琼山县。

〔四〕贰车：谓佐杂官也。

与傅维岩秘校 儋耳

某启：专人至，承不鄙罪废，长笺见及，援证今古，陈义甚高，伏读感愧。仍审比来起居佳胜，至慰至慰！守局海徼[一]，淹屈才美。然仕无高下，但能随时及物，中无所愧，即为达也。伏暑，万万自爱。不宣。

〔一〕徼：记要切，音叫，边徼也，以木栅为蛮夷界也。

又 儋耳

官事有暇，得为学不辍否？有可与往还者乎！此间百事不类海北，但杜门〔一〕面壁〔二〕而已。彼中如有麄〔三〕药治病者，为致少许。此间如苍术、橘皮之类，皆不可得；但不嫌麄贱，为相度致数品。不罪不罪！

〔一〕杜门：闭门也。
〔二〕面壁：面朝壁而坐，如老僧入定时情景也。
〔三〕麄：与粗通。

与林天和长官

某启：近数奉书，想皆达。雨后清和，起居佳胜。花木悉佳品，又根拨不伤，遂成幽居之趣。荷雅意无穷，未即面谢为愧耳！人还，匆匆。不宣。

又

某启：昨辱访别，尤荷厚眷。恨老病龙钟[一]，不果诣达，愧负多矣。经宿起居如何？果成行未？忘己为民，谁如君者？愿益进此道，譬之农夫，不以水旱而废穮蓘也[二]。此外万万自爱。不宣。

〔一〕龙钟：占叠韵形容字，本作陇种，言身体衰惫也。

〔二〕穮：卑夭切，读如标，耘田也。除草也。蓘：古稳切，音衮，以土壅苗根也。《左传》："是穮是蓘。"

又

某启：比日蒸热，体中佳否？承惠杨梅，感佩之至！闻山姜花欲出，录梦得[一]诗去，庶致此馈也。呵呵。丰乐桥数木匠请假暂归，多日不至，敢烦旨麾勾押[二]送来为幸。草草奉启，不罪。

〔一〕刘禹锡字梦得，唐代诗人。

〔二〕旨麾勾押：谓发令遣差役将其勾取押解也。

又 僧耳

高君一卧遂化[一]，深可伤念！其家不失所否？瘴疫横流，僵仆者不可胜计。奈何！奈何！某亦旬日之间丧两女使，谪居牢落，又有此狼狈[二]，想闻之亦为之怃然也[三]。某再启。

〔一〕古称人死为乘化。

〔二〕狼狈：谓颠蹶困顿也。《博物典汇》："狼前二足长，后二足短，狈前二足短，后二足长，狼无狈不立，狈无狼不行。"

〔三〕怃然：失意貌。怃，无辅切，音武。

又

某启：近日辱书，伏承别后起居佳胜，甚慰驰仰。数夕月色清绝，恨不同赏，想亦对景独酌而已！未即披奉[一]，万万自重！人还，布启，不宣。

〔一〕披奉：犹言披心奉见也。

又

某启：近辱过访，病中恨不款奉[一]！人来，枉手教，具审起居佳胜，至慰！至慰！旦夕中秋，想复佳风月，莫由陪接，增怅仰也。乍凉，万万自重！不宣。

〔一〕款奉：谓款待接奉也。

又

某启：辱书，伏承起居佳胜。示谕幼累已到，诚流寓中一喜。然老稚纷纷，口众食贫，向之孤寂，未必不佳也。可以一笑。蒸郁未解，万万以时自重！不宣。

又

某启：昨日江干邂逅[一]，未尽所怀。来日欲奉屈蚤膳，庶小款曲[二]。阙人，不获躬诣，不罪。

〔一〕邂：系隘切，读如械。逅：荷漏切，音候。邂逅，不期而会也。

〔二〕款曲：谓表示诚意。

与张朝请 儋耳

某启：兄弟流落，同造治下〔一〕，蒙不鄙遗，眷待有加，感服高谊，悚佩不已！别来未几，思仰日深。比来起居何如？某已到琼，过海无虞，皆托余庇〔二〕。旦夕西去，回望逾远，后会无期，惟万万若时自重〔三〕，慰此区区！途次裁谢，草草，不宣。

〔一〕治下：谓所治之境内也。

〔二〕余庇：犹余荫。

〔三〕若时：犹言顺时也。

又 儋耳

海南风物，与治下略相似。至于食物，人烟萧条之甚，去海康〔一〕远矣。到后，杜门默坐，喧寂一致也。蒙差人津送，极得力，感感。舍弟居止处，若得早成，令渠获一定居，遗物离人而游于独，乃公之厚赐也。儿子干事，未暇上状，不罪。某上启。

〔一〕海康：今县名，清属广东雷州府。

又 儋耳

某再启：闻已有诏命，甚慰舆议〔一〕，想旦夕登途也，当别具贺幅。某阙人写启状，止用手书，乞加恕也。子由荷存庇深矣，不易一二言谢也。新春海上啸咏之余，有足乐者。岛中孤寂，春色所不到也。某再拜。

〔一〕舆议：犹言舆论。

又 儋耳

某启：久不上状，想察其衰疾多畏，非简慢也。新军使来，捧教字，且审比日起居佳胜，感慰兼极！某到此，数卧病，今幸少闲。久逃空谷，日就灰槁而已！因书瞻望，又复怅然！尚冀若时自厚，区区之余意也。不宣。

又 僧耳

新酿四壶，开尝如宿昔，香味醇冽，有京洛[一]之风，逐客何幸得此？但举杯属影而已。海错[二]亦珍绝。此虽岛外，人不收此，得之又一段奇事也。眷意之厚，感怍无已！

〔一〕京洛：谓汴京与洛阳也。

〔二〕海错：谓海中产物，种类复杂也。《禹贡》："厥贡盐絺，海物惟错。"

谢吕龙图[一]

前以拙讷[二]，上尘听览，方惧获罪于门下，而无以容其诛。又辱答教，言辞款密，礼遇优隆，而褒扬之句有加于前日，此不肖所以且喜且惧，而莫知所措也。珍函已捧受讫，谨藏之于家，以为子孙之美观。蔀[三]屋之陋，复生光彩；陈根之朽，再出英华，乃阁下暖然之春，有以妪育[四]成就之故也。择日斋沐[五]，再诣馆下。临纸涩讷，情不能宣，伏惟恕其愚。

〔一〕龙图：阁名。宋代有龙图阁学士之官。

〔二〕讷：奴没切，读如纳，难言也。

〔三〕蔀：普殴切，音剖。《易注》：“蔀，覆暖、障光明之物也。”

〔四〕妪：郁据切，遇韵。老妇人之称。妪育，谓妪煦养育，如保护儿童也。

〔五〕斋沐：斋戒沐浴也。

与蒲诚之 凤翔

某启：闻轩马已至多时，而性懒作书，不因使赍〔一〕手教来，虽有倾渴〔二〕之心，终不能致一字左右也。悚愧！悚愧！盛热殊不可过，承起居佳裕，甚喜！甚喜！某比并无恙，京师得信亦安。但近得山南书，报伯母于六月十日倾背，伯父之丧，未及一年，而灾祸仍重如此，何以为心？家兄惟三哥在左右，大哥、二哥必取次一人归山南，谋扶护〔三〕还乡也。人生患难，至有如此极者，烦恼！烦恼！知郡事颇简，足以寻绎〔四〕旧学也。同僚中有可与相处而乐者否？新牧、倅〔五〕皆在此，常相见，恐知悉。残暑，更冀顺时自重。

〔一〕赍：笺西切，音跻，送也。

〔二〕倾渴：言倾慕若渴也。

〔三〕扶护：谓扶柩护送也。

〔四〕寻绎：犹言研究。绎，移籍切，音亦，引其端绪而穷之也。

〔五〕牧：谓州官。倅：谓州通判。

答杨济甫 除丧还朝

某近领腊下教墨，感服眷厚，兼审起居佳胜。某比与贱累如常。舍弟差入贡院〔一〕，更半月可出。都下春色已盛，但块然独处，无与为乐！所居厅前有小花圃，课童种菜，亦少有佳趣。傍宜秋门〔二〕，皆高槐古柳，一似山居，颇便野性也。渐暖，惟千万珍重！

〔一〕贡院：犹今之考试院。

〔二〕宜秋门：开封城门。

答宝月大师

屡蒙寄纸，一一愧荷。附马都尉王晋卿〔一〕画山水寒林，冠绝一时，非画工能仿佛。得一古松帐子奉寄，非吾兄别识，不寄去也。幸秘藏之！亦使蜀中工者见长意思也。他甚珍惜，不妄与人。

〔一〕王诜字晋卿，太原人，徙居开封，尚英宗女魏国大长公主，为驸马都尉，能诗，善书画，与轼为友。

与大觉禅师琏公 杭悴

人至，辱书，伏承法候安裕，倾向！倾向！昨奉闻欲舍禅月罗汉〔一〕，非有他也。先君爱此画，私心以为舍施，莫如舍所甚爱，而先君所与厚善者莫如公。又此画颇以灵异，累有所觉于梦寐，不欲尽谈，嫌涉怪尔。以此益不欲于俗家收藏。意只如此。而来书乃见疑，欲换金水罗汉，开书不觉失笑！近世土风薄恶，动有可疑，不谓世外之人犹复尔也！请勿复谈此。某比乏人可令赍去，兵卒之类，又不足分付，告吾师差一谨干小师，赍笼伏来迎取，并古佛一轴，亦同舍也。钱塘〔二〕景物，乐之忘归。舍弟今自陈州〔三〕得替，当授东南幕官，冬初恐到此，亦未甚的。诗笔计益老健，或借得数首一观，良幸！到此，亦有拙恶百十首，闲暇当录寄也。

〔一〕禅月所画罗汉。

〔二〕钱塘：即今杭州。

〔三〕陈州：今河南淮阳县。

与康公操都官 杭倅

某稔〔一〕闻才业之美，尚淹擢用，向承非罪被移，众论可怪，贤者处之，想恬适也。希声久不得书，承示谕，方知得蜀州，应甚慰意。二浙〔二〕处处佳山水，守官殊可乐。乡人之至此者绝少。举目无亲故，而杭又多事，时投余隙，辄出访览，亦自可卒岁〔三〕也。东阳〔四〕自昔胜处，见刘梦得有“三伏生秋”之句，此境犹在否？未知会晤之日，但有企咏。

〔一〕稔：日饮切，音衽，谷熟也，引申为熟悉之义。

〔二〕二浙：谓浙东浙西也。

〔三〕卒岁：犹言度此岁月也。

〔四〕东阳：今县名，清属浙江金华府。

与杨济甫　杭倅

久不奉书，亦少领来讯，思念不去心。不审即日起居佳否？眷爱各无恙。某比安健。官满本欲还乡，又为舍弟在京东，不忍连年与之远别，已乞得密州〔一〕。风土事体皆佳，又得与齐州〔二〕相近，可以时得沿牒〔三〕相见，私愿甚便之。但归期又须更数年。瞻望坟墓，怀想亲旧，不觉潸然〔四〕。未缘会面，惟冀顺候自重。

〔一〕密州：今山东诸城县。

〔二〕齐州：今山东历城县。

〔三〕牒：迪协切，音蝶，札也。官文书亦称牒。

〔四〕潸：师奸切，音删。潸然，泪流不止貌。

与周开祖　去杭

某忝命皆出奖借。寻自杭至吴兴，见公择，而元素、子野、孝叔、令举〔一〕皆在湖，燕集甚盛，深以开祖不在坐为恨。别后，每到佳山水处，未尝不怀想谈笑。出京北去，风俗既椎鲁〔二〕，而游从诗酒如开祖者，岂可复得？乃知向者之乐不可得而继也。令举特来钱塘相别，遂见送至湖。久在吴中，别去真作数日恶〔三〕。然诗人不在，大家省得三五十首唱酬〔四〕，亦非细事。

〔一〕公择：李常也。元素：杨绘也。子野：张先也。孝叔：刘述也。令举：陈舜俞也。轼有《六客词》咏其事。

〔二〕椎鲁：钝也。

〔三〕作数日恶：言数日心绪恶劣也。

〔四〕彼此以诗歌相赠答，谓之唱酬。

答水陆通长老　密州

近过苏台〔一〕，不得一见而别，深为耿耿！专人来，辱书，且喜法履清胜。某到此旬日，郡僻事少，足养衰拙。然城中无山水，寺衰朴陋，僧粗野，复求苏杭湖山之游，无复仿佛矣！何日会集，慰此牢落？

唯万万自重。

〔一〕苏台：指苏州。

又 密州

《三瑞堂诗》已作了，纳去。恶诗竟何用？是家求之如此其切，不敢不作也。惠及温柑〔一〕甚奇，此中未尝识也。枣子两篭，不足为报，但此中所有只此耳。单君贶必常相见，路中屡有书去。久望来书，且请附密州递寄数字，告为速达此意！

〔一〕温柑：谓温州所产柑也。

又 密州

别后一向冗忙，有疏奉问。叠辱手教，愧悚良深！仍审履兹初凉，法体增胜为慰。承开堂〔一〕未几，学者日增。吾师久安闲独，迫于众意，无乃少劳，然以济物为心，应不计劳逸也！未缘奉谒，千万珍重！人还，布谢。

〔一〕开堂：登座说法也。

又 密州

且说与姚君勿疑讶，只为自来不受非亲旧之馈，恐他人却见怪也。元伯昆仲，因见各为致恳。乍到，未及奉书。

答程彝仲 密州

得圣此行，得失必且西归，计无缘过我。而东武〔一〕任满，当在来岁冬杪，亦无缘及见于京师矣。比任满日，舍弟亦解罢，当求乡里一任，与之西还。近制既得连任蜀中，遂可归老，守死坟墓也。心貌衰老，不复往日，惟念斗酒只鸡，与亲旧相从耳。星桥别业，比来更增葺否？因便无惜一两字。

〔一〕东武：即密州。

与王庆源 密州

陵州〔一〕递中辱书及诗，如接风论，忽不知万里之远也！即日履兹秋暑，尊候何似？某此粗遣，虽有江山风物之美，而新法严密，风波险恶，况味殊不佳。退之所谓“闲居食不足，从官力难任。两事皆害性，一生长苦心”，正谓此矣。知叔丈年来颇窘，此事有定分。但只以安健无事，多子孙为乐，亦可自遣。何时归休，得相从田里？但言此，心已驰于瑞草桥〔二〕之西南矣。秋暑，更冀以时珍重！

〔一〕陵州：在今四川仁寿县东。

〔二〕瑞草桥：在轼故乡眉山。

又 密州

高密〔一〕风土食物稍佳。但省租公库减削，索然贫俭。始至，值岁饥，人豪剽劫〔二〕无虚日。凡督捕奸凶五七十人，近始肃然，斗讼颇简。稍葺治园亭，居之，亦粗可乐。但时登高，西南引领，即怅然终日！近稍能饮酒，终日可饮十五银盏。他日粗可奉陪于瑞草桥路上，放歌倒载也。

〔一〕高密：即密州。

〔二〕剽：劈要切，漂去声，劫也。

答金山[一]宝觉禅师 密州

去岁赴官，迫于程限，不能枉舟一别。中流纵望，云山杳然，有不可及之叹！既渡江，遂蒙轻舟见饯，复得笑语一饷之乐，暂荷之怀，殆不可胜言。别来，因循未及奉书。专人至，辱教累幅，慰喻反复。读之爽然，如对妙论。仍审比来法履佳胜。某此粗遣，但未有会见之期。临纸惘然，惟万万自重！《至游堂记》即当下笔，递中寄去。近有《后杞菊赋》一首，写寄，以当一笑。

〔一〕金山：在镇江城外，俯临长江，形势绝胜。

答周开祖 密州

递中辱书教累幅，如接笑语。即日远想起居佳胜。某此无恙，已被旨[一]移河中府[二]，候替人，十二月上旬中行，相去益远矣。往日相从湖山之景，何缘复有？别后百事纷纷，皆不足道。惟令举[三]逝去，令人不复有意于兹世。细思此公所以不寿者而不可得，不免为之出涕！读所示祭文，纪述略尽其美，甚善！其家能入石否？亦欲作一首哀辞，未暇也。当作寄去。开祖笔力颇长，魏武[四]所谓“老而能学，惟予与袁伯业”，真难得也！寄示山图，欲寻善本而不可得者。新诗清绝，辄和两首，取笑。《浩然亭》续和寄去。今日大雪，与客饮于玉山堂，适遣人往舍弟处，遂作此书。手冷，殊不成字，惟冀自重而已。

〔一〕被旨：犹言奉命也。

〔二〕河中府：今山西永济县。

〔三〕令举：陈圣俞字。

〔四〕魏武：魏武帝曹操也。

答蜀僧几演

几演大士：蒙惠《蟠龙集》，向已尽读数册，乃诗乃文，笔力奇健，深增叹伏！仆尝观贯休、齐已诗〔一〕，尤多凡陋，而遇知得名，赫奕〔二〕如此！盖时文凋敝，故使此二僧为雄强。今吾师老于吟咏，精敏豪放，而汨没流俗，岂亦有幸不幸耶？然此道固亦淡泊寂寞，非以蕲〔三〕人知而鼓誉〔四〕也，但鸣一代之风雅而已。既承厚贶，聊奉广耳。

〔一〕贯休、齐已：皆唐代诗僧。

〔二〕赫奕：声名显耀也。

〔三〕蕲：与祈通，求也。

〔四〕鼓誉：犹言鼓吹声誉。

与眉守黎希声 徐州

去岁王秀才西归，奉状必达。即日远想起居佳胜。承朝廷俯徇民欲，有旨借留[一]，虽滞留高步，士论未厌，而乡闾之庆，特以自私而已。然山水之秀，园亭之胜，士人之众多，食物之便美，计公亦自乐之忘归也。某久去坟墓，贪禄忘家，念之辄面热，但差使南北，不敢自择尔。何时复得一笑为乐？尚冀为时自重！

〔一〕有旨借留：谓有诏命许借留任也。

答晁叔美 徐州

向承出按淮甸[一]，不即具贺幅者，以吾兄素性亮直，而此职多有可愧者，计非所乐耳。然仁者于此时力行宽大之政，少纾吏民于网罗中，亦所益不小。此中常赋之外，征敛杂出，而盐禁繁密，急于兵火，民既无告[二]，吏亦仅且免罪，益苟简矣！向闻吾兄议论，颇与时辈不合；今兹躬履其事，必有可观者矣。令兄佳士久淹，诸君亦自知之。

〔一〕淮甸：谓近淮水之地也。

〔二〕无告：谓痛苦无可申诉也。

与范子丰 徐州

近专人奉状，达否？即日起居何如？贵眷各安，局事渐清简否？某幸无恙。水旱相继，流亡盗贼渐起，决口〔一〕未塞，河水日增，劳苦纷纷，何时定乎？近乞四明〔二〕，不知可得否？不尔，但得江淮间一小郡，皆可乐，更不敢有择也。子丰能为一言于诸公间乎？试留意。人还，仍乞一报，幸甚！奉见无期，惟万万以时自重！

〔一〕决口：谓堤崩处。

〔二〕四明：今浙江宁波。

答参寥〔一〕 徐州

别来思企不可言，每至逍遥堂，未尝不怅然也！为书勤勤不忘如此！仍审比来法体康佳，感服兼至！三诗皆清妙，读之不释手，且和一篇为答。所要真赞，尚未作，来人又不敢久留，甚愧！甚愧！知且伴太虚为汤泉之游，甚善！甚善！某开春乞江浙一郡，候见去处，当以书奉约也。要墨，纳两笏，皆佳品也。余惟为法自重！适有数客远来相看，陪接少暇，奉启不尽意。

〔一〕僧道潜字参寥，於潜人，能诗，与轼善，后得罪还俗。

与文与可〔一〕　徐州

与可抱才不试，循道弥久，尚未闻大用。公议不厌，计当在即，然廊庙间〔二〕谁为恤公议者乎？老兄既不计较，但乍失为郡之乐，而有桂玉之困〔三〕，又却不见使者嘴面，得失相乘除，亦略相当也。彭门〔四〕无事，甚可乐。但未知今夏得免水患否？子由频得书，甚安。示谕秋冬过亲，甚幸甚幸！令嗣昆仲，各计安胜，为学想皆成就矣。

〔一〕文同字与可，梓潼人，善画竹及山水，曾守湖州，故亦称文湖州。

〔二〕廊庙间：犹言朝廷内也。

〔三〕桂玉之困：谓生活程度之高，米如珠玉薪如桂也。

〔四〕彭门：今江苏徐州。

与鲜于子骏〔一〕　徐州

忝厚眷，不敢用启状，必不深讶。所惠诗文，皆萧然有远古风味。然此风之亡也久矣！欲以求合世俗之耳目，则疏矣。但时独于闲处开看，未尝以示人，盖知爱之者绝少也。所索拙诗，岂敢措手？然不可不作，特未暇耳！近却颇作小词，虽无柳七郎[二]风味，亦自是一家。呵呵！数日前猎于郊外，所获颇多。作得一阕，令东州壮士抵掌顿足而歌之，吹笛击鼓以为节，颇壮观也！写呈，取笑。

〔一〕鲜于侁字子骏，朗州人。

〔二〕柳永字耆卿，崇安人，亦称柳七。善为歌词，骫骳从俗，天下咏之。教坊乐工每得新腔，必求永为辞，始行于世。

答周开祖 湖州

长篇奇妙。无状，每蒙存录如此之厚，但赐多而报寡，故人知其惭拙，必不罪也。今辄和一首，少谢不敏，且资一笑。惠及海味，珍感。来人遽还，未有以报，但愧怍无穷！到郡不见令举，此恨何极！尝奠其殡，不觉一恸。有刻石，必见之，更不录呈。有干，一一示及。李无悔近见访，留此旬余，亦许秋凉再过也。

答吕熙道 湖州

南都住半月，恍然[一]如一梦耳！思企德义，每以怅然！舍弟朴讷寡徒，非长者轻势重道，谁肯相厚者？湖州[二]江山风物，不类人间，加以事少睡足，真拙者之庆！有幹，不外！

〔一〕恔：许枉切，养韵，失意貌。

〔二〕湖州：今浙江吴兴县。

答范纯夫 湖州

向者深望轩从[一]一来。而还领手示，知径赴治[二]，实增怅惘！比日起居佳胜。日对五老[三]，想有佳思。此间湖山信美，而衰病不堪烦，但有归蜀之兴耳。未由会集，千万以时自爱！

〔一〕轩：大夫以上之乘车也。从：读去声，谓侍从之人。

〔二〕治：谓官守所在地，犹言任所。

〔三〕五老：在江西庐山，五峰峙立，如环拱状。

答李昭玘[一] 黄州

无便，久不奉书。王子中来，且出所惠书，益知动止之详，为慰无量！比日尊体何如？既拜赐雪堂[二]新诗，又获观负日轩诸诗文，耳目眩[三]骇，不能窥其浅深矣！老病废学已久而此心犹在，观足下新制，及鲁直、无咎、明略[四]等诸人唱和，于拙者便可格笔[五]，不复措辞。近有李豸者，阳翟人[六]，虽狂气未除，而笔墨澜翻，已有漂沙走石之势，尝识之否？子中殊长进，皆左右之赐也。何时一笑？未间，惟万万自重！

〔一〕李昭玘：字成季，钜野人，官起居舍人，有《乐静集》。

〔二〕轼谪官黄州，曾于其地建雪堂，《后赤壁赋》所谓“步自雪堂将归于临皋”是也。

〔三〕眩：穴绢切，音街，目无常主也，犹俗言眼花。

〔四〕明略：廖明略也。

〔五〕格笔：犹言阁笔。

〔六〕豸：直矮切，读如柴上声，与廌通。阳翟：今河南禹县。

答范蜀公[一]　黄州

李成伯长官至，辱书，承起居佳胜，甚慰驰仰！新居已成，池圃胜绝，朋旧子舍[二]皆在，人间之乐，复有过此者乎？某凡百粗遣，春夏间多患疮及赤目，杜门谢客，而传者遂云物故[三]，以为左右忧。闻李长官说，以为一笑，平生所得毁誉，殆皆此类也！何时获奉几杖？临书惘惘。

〔一〕范镇字景仁，华阳人，举进士第一，论新法与王安石不合，官至端明殿学士，累封蜀郡公。

〔二〕子舍谓小房。

〔三〕物故：死亡也。

又 黄州

蒙示谕，欲为卜邻，此平生之至愿也。寄身函丈〔一〕之侧，旦夕闻道，又况忝姻戚之末，而风物之美，足以终老，幸甚！幸甚！但囊中止有数百千，已令儿子持往荆渚〔二〕，买一小庄子矣。恨闻命之后！然京师尚有少房缗〔三〕，若果许为指挥从者干当，卖此业，可得八百余千，不识可纳左右否？所赐手书，小字如芒，知公目益明，此大庆也！某早衰多病，近日亦能屏去百事，淡泊自持，亦便佳健，异日必能陪从也。

〔一〕函丈：讲席也。《礼》：“席间函丈。”函，犹容也。

〔二〕荆渚：即荆溪，水名，在江苏宜兴县南。

〔三〕缗：迷寅切，音民，钱贯也。

又 黄州

承别纸示谕：“曲蘖〔一〕有毒，平地生出醉乡；土偶作祟，眼前妄见佛国。”公欲哀而救之，问所以救者。小子何人，固不敢不对。公方立仁义以为城池，操《诗》《书》以为干楯〔二〕，则舟中之人，尽为敌国，虽公盛德，小子亦未知胜负所在。愿公宴坐静室，常作是念，当观彼能惑之性，安所从生？又观公欲救之心，作何形段？此犹不立，彼复何依？虽黄面瞿昙〔三〕，亦须敛衽，而况学之者耶？聊复信笔，以发公千里一笑而已。

〔一〕曲：区郁切，穹入声，屋韵。蘖：逆杰切，音孽。曲蘖，酒母也。

〔二〕干：盾也，以革为之，战时用以御兵刃者。楯：与盾通。

〔三〕瞿昙：亦作乔答摩，梵语。佛之先世，本姓瞿昙，故世称佛为瞿昙。

又 黄州

颠仆罪戾，世所鄙远，而大丈独收录。欲令撰先府君墓碑，至为荣幸，复何可否之间？而不肖平生不作墓志及碑者，非特执守私意，盖有先戒也。反复计虑，愧汗而已！仁明洞照，必深识其意。所赐五体书，谨为子孙之藏，幸甚！幸甚！无缘躬伏门下，道所以然者，皇恐之至！

答言上人〔一〕 黄州

去岁吴兴仓卒为别，至今耿耿！谴居穷陋，往还断尽。远辱不遗，尺书见及，感怍殊深！比日法体佳胜，札翰愈精健，诗必称是，不蒙见示，何也？雪斋清境，发于梦想。此间但有荒山大江，修竹古木，每饮村酒，醉后曳杖放脚，不知远近，亦旷然天真，与武林〔二〕旧游，未见议优劣也。何时会合，一笑，惟万万自爱。

〔一〕上人：和尚之称。

〔二〕武林：今浙江杭县。

与王庆源 黄州

窜逐以来，日欲作书为问。旧既懒惰，加以闲废，百事不举，但惭怍而已！即日体中何如？眷爱各佳？某幼累并安。但初到此，丧一老乳母，七十二矣，悼念久之，近亦不复置怀。寓居官亭，俯迫大江，几席之下，云涛接天，扁舟草履，放浪山水间。客至，多辞以不在，往来书疏如山，不复答也。此味甚佳，生来未尝有此适，知之免忧。近文郎行，寄纸笔与从郎，到甚迟也。未缘会面，惟万万自爱！

答李寺丞 黄州

远蒙分辍清俸二千，极愧厚意！然长者清贫，仆所知也，此不敢请，又重违至意，辄请至年终来春即纳上，感愧不可言也！仆虽遭忧患狼狈，然匹〔一〕如当初不及第〔二〕，即诸事易了，荷忧念之深，故以解悬虑。

〔一〕匹：犹譬也。

〔二〕不及第：谓不登进士第也。

与陈季常〔一〕 黄州

近因往螺师店看田，既至境上，潘尉与庞医来相会。因视臂肿，云非风气，乃药食毒也。非针去之，恐作疮乃已。遂相率往麻桥庞家，住数日，针疗。寻如其言，得愈矣。归家，领所惠书及药，并荷忧爱之深至。仍审比来起居佳安。曾青老翁须《传灯录》〔二〕，皆已领，一一感佩。《五代史》〔三〕亦收得。所看田乃不甚佳，且罢之。蕲水溪山，乃尔秀邃耶？庞医熟接之，乃奇士。知新近撰《本草尔雅》，谓一物而多名也。见刘颂具说，深欲走观。近得公择书云，四月中乃到此。想季常亦未遽北行，当与之偕往耳。非久，太守处借人遣赍家传去，别细奉书。

〔一〕陈慥字季常，少时慕朱家、郭解为人，稍壮折节读书，晚乃遁迹光、黄间。轼在黄，与之厚善。

〔二〕《传灯录》：释道原撰，所辑皆禅宗语。

〔三〕《旧五代史》，薛居正撰。《新五代史》，欧阳修撰。

又 黄州

王家人力来，及专人，并获二缄，及承雄编赞咏。异梦证成仙果，甚喜幸也！某虽窃食灵芝，而君为国铸造，药力纵在君前，阴功必在君后也。呵呵！但累书听流言以诬平人，不得无所损也。悬弧之日〔一〕，请一书示谕，当作贺诗，切祝！切祝！比日起居佳否？何日决可一游郡城？企望日深矣！临皋〔二〕虽有一室可憩从者，但西日可畏。承天〔三〕极相近，或门前一大舸亦可居，到后相度。未间，万万以时自重！

〔一〕悬弧之日：谓生日也。《礼》："子生，男子设弧于门左。"弧，滑吾切，音胡，木弓也。

〔二〕临皋：亭名，在黄州。

〔三〕承天：寺名。

又 黄州

欲借《易》家文字及《史记索隐》、《正义》〔一〕。如许，告季常为带来。季常未尝为王公屈，今乃特欲为我入州，州中士大夫闻之耸然，使不肖增重矣！不知果能命驾否？春瓮〔二〕但不惜，不须更为恨也。

〔一〕《史记》有司马贞《索隐》，张守节《正义》。

〔二〕春瓮：谓瓮中所储春酒也。

又 黄州

郑巡检到，领手诲。具审到家尊履康胜，羁孤结恋之怀，至今未平也。数日前，率然与道源过江，游寒溪西山，奇胜殆过于所闻。独以坐无狂先生，为深憾耳！呵呵！示谕武昌田〔一〕，曲尽利害，非老成人，吾岂得闻此？送还人诸物已领。《易》义须更半年功夫练之，乃可出。想秋末相见，必得拜呈也。近得李长吉〔二〕二诗，录去，幸秘之！目疾必已差，茂木清阴，自可愈此。余惟万万顺时自重！

〔一〕武昌：今湖北鄂城县。

〔二〕李长吉：名贺，唐代大诗人。

答吴子野 黄州

济南境上为别，便至今矣！其间何所不有？置之不足道也！专人来，忽得书，且喜乡居安稳，尊体康健。某到黄已一年半，处穷约〔一〕，故是宿昔所能，比来又加便习。自惟罪大罚轻，余生所得，君父之赐也。躬耕渔樵，真有余乐。承故人千里问讯，忧恤之深，故详言之。何时会合？临纸惘惘！

〔一〕穷约：犹言贫窘也。

又 黄州

承三年庐墓〔一〕，葬事诚尽，又以余力葺治园亭，教养子弟，此皆古人之事业，所望于子野也。复览诸公诗文，益增愧叹！介夫素不识之，笔力乃尔奇逸耶！仆所恨近日不复作诗文，无缘少述高致，但梦想其处而已！子由不住得书，无恙。寄示墓志及诸刻，珍感！虞直讲〔二〕一帖，不类近世笔迹。可爱！可爱！近日始解畏口慎事，虽已迟，犹胜不悛也〔三〕。奉寄书简，且告勿入石〔四〕。至恳！至恳！

〔一〕庐墓：谓结庐于父母墓旁守孝也。

〔二〕直讲：官名。

〔三〕悛：趋宣切，音铨，改也。

〔四〕入石：犹言刻石。

又 黄州

每念李六丈之死，使人不复有处世意。复一览其诗，为涕下也！黄州风物可乐，供家之物亦易致。所居江上，俯临断岸，几席之下，即是风涛掀天。对岸即武昌诸山，时时扁舟独往。若子野北行能迂路一两程，即可相见也。

与李公择 黄州

知治行[一]窘用不易。仆行年五十，始知作活，大要是悭尔，而文以美名谓之俭素。然吾侪为之，则不类俗人，真可谓淡而有味者。又诗云："不戢不难，受福不那。"[二]口体之欲，何穷之有？每加节俭，亦是惜福延寿之道，此似鄙吝，且出之不得已也。然自谓长策，不敢独用，故献之左右。住京师，尤宜用此策也。一笑。

〔一〕治行：整治行装也。

〔二〕《诗·小雅·桑扈》："不戢不难，受福不那。"毛《传》："那，多也。"郑《笺》："王者位至尊，天所子也。然而不自敛以先王之法，不自难以亡国之戒，则其受福禄亦不多也。"

又 黄州

示及新诗，皆有远别惘然之意，虽兄之爱我厚，然仆本以铁心石肠待公，何乃尔耶？吾侪虽老且穷，而道理贯心肝，忠义填骨髓，直须谈笑死生之际，若见仆困穷便相怜，则与不学道者大不相远矣！兄造道深，中必不尔，出于相爱好之笃而已。然朋友之义，专务规谏，辄以狂言广兄之意尔！虽怀坎壈[一]于时，遇事有可尊主泽民者[二]，便忘躯为之，祸福得丧，付与造物。非兄，仆岂发此？看讫便火之，不知者以为诟病也。

〔一〕坎壈：不得志也。

〔二〕尊主：谓尊君。泽民：谓福利民众也。

答湖守刁景纯[一] 黄州

因循不奉书，不觉岁月乃尔久耶！过辱不遗，远赐存问，感激不可言也！比日窃惟镇抚多暇，起居胜常。吴兴风物，梦想见之，啸咏之乐，恨不得相陪。闻风谣[二]蔼然，足慰所望。夏暄，万万自重！

〔一〕刁约字景纯，上蔡人，天圣进士。后居润州。

〔二〕风谣：犹言歌颂也。

又 黄州

旧诗过烦镌刻，及墨竹桥字，并蒙寄惠，感愧兼集！吴兴自晋以来，贤守风流相望，而不肖独以罪去，垢累溪山。景纯相爱之深，特与洗饰，此意何可忘耶？在郡虽不久，亦作诗数十首，久皆忘之。独忆四首，录呈为一笑。耘老病而贫，必赐清顾，幸甚！

答苏子平先辈

违别滋久，思咏不忘。中间累辱书教，久不答，知罪！知罪！远烦专使手书劳问，且审比日起居佳安，感慰殊甚！书词华润，字法精美，以见穷居笃学，日有得也。某凡百粗遣，厄困既久，遂能安之。昔时浮念杂好，扫地尽矣！何时会合？慰此惘惘。

与蔡景繁 黄州

近奉书，想必达。比日不审履兹隆暑，尊体何如？某卧病半年，终未清快。近复以风毒攻右目，几至失明，信是罪重责轻，召灾未已。杜门僧斋，百想灰灭，登览游从之适，一切罢矣！知爱之深，辄以布闻。何日少获瞻望前尘？惟万万为时自重！

又 黄州

前日亲见许少张暴卒，数日间，又闻董义夫化去。人命脆促，真在呼吸间耶！益令人厌薄世故也。少张徒步奔丧，死之日，囊橐罄然，殆无以敛。其弟麻城令尤贫，云无寸垅〔一〕可归，想公闻之凄恻也。料朝廷亦怜之。如公言重，可为一言否？辄此僭言〔二〕，不深谴否？

〔一〕寸垅：犹言寸土。

〔二〕僭：子念切，尖去声。越职而言，谓之僭言。

又 黄州

特承惠寄奇篇，伏读惊耸。李白自言“名章俊语，络绎间起”，正如此耳！谨已和一首，并藏笥中，为不肖光宠，异日当奉呈也。坐废已来，不惟人嫌，私亦自鄙。不谓公顾待如此，当何以为报？冬至后，便杜门谢客，斋居小室，气味深美。坐念公行役之劳，以增永叹。春间行部〔一〕若果至此，当有少要事面闻。近见一僧甚异，其所得深远矣。非书所能一一。

〔一〕行部：犹言巡视所属也。

又 黄州

承爱女微疾，今必已全安矣。某病咳逾月不已，虽无可忧之状，而无憀甚矣！临皋南畔，竟添却屋三间，极虚敞便夏，蒙赐不浅！朐山〔一〕临海石室，信如所谕。前某尝携家一游，时家有胡琴婢，就室中作《濩索凉州》〔二〕，凛然有兵车铁马之声。婢去久矣！因公复起一念，果若游此，当有新篇。果尔者，亦当破戒奉和也。呵呵！

〔一〕朐：权于切，音劬。朐山，在今江苏东海县南四里。

〔二〕濩：胡郭切，音获。《濩索凉州》，琵琶曲名。

又 黄州

近专人还，奉状必达。忽复中夏，永日杜门，无如思渴仰荷！不审履兹薄热，起居何似？向虽画扇，比已绝笔。昨日忽饮数酌，醉甚，正如公传舍[一]中见饮时状也。不觉书画十扇皆遍，笔迹粗略，大不佳，真坏却也！适会人便，寄去为一笑耳！

〔一〕传：音转。传舍，犹今言旅馆也。

又 黄州

黄陂[一]令李吁[二]到未几，其声蔼然，与之语，格韵殊高。比来所见，纵小有才，多俗吏。俦辈如此人殆难得。公好人物，故辄不自外耳。近葺小屋，强名南堂，暑月少纾。蒙德殊厚，小诗五绝，乞不示人。

〔一〕黄陂：县名，今属湖北。

〔二〕吁：羽遽切，音裕。

又 黄州

辱书，伏承尊体佳胜。惊闻爱女遽弃左右，切惟悲悼之切，痛割难堪，奈何奈何！情爱着人，如黐胶[一]油腻，急手解雪，尚为沾染，若又反复寻绎，更缠绕人矣。区区愿公深照，一付维摩、庄周[二]，令处置为佳也。劣弟久病，终未甚清快，或传已物故，故人皆有书惊问，真尔犹不恤，况谩传耶[三]？无由面谈，为耿耿耳！何时当复迎谒？未间，惟万万为国自重！

〔一〕黐：敕伊切，音摛，黏鸟之胶也。

〔二〕维摩：维摩诘也。庄周：庄子也。二氏皆能达观。

〔三〕谩传：犹谣言。

又 黄州

近来颇佳健。一病半年，无所不有，今又一时失去，无分毫在者。足明忧喜浮幻，举非真实，因此颇知卫生之经[一]，平日妄念杂好，扫地尽矣。公比来诸况何如？划刷之来，不少劳乎？思渴之至，非笔墨所能尽也。

〔一〕语出《庄子》。犹言卫生之法也。

答陈季常 黄州

别后凡四辱书，一一领厚意。具审起居佳胜为慰。又惠新词，句句警拔，诗人之雄，非小词也。但豪放太过，恐造物者不容人如此快活，一枕无碍睡，辄亦得之耳。公无多奈我何，呵呵！所要谢章寄去。闻车马早晚北来，恐此书到日，已在道矣。故不覼缕。

与钱世雄 黄州

久不奉书，盖无便，亦懒惰之罪，未深讶否？比日起居何如？某与贱累如常。曾托施宣德附书及《遗教经》〔一〕跋尾，必达也。吴江〔二〕宦况如何？僚有佳士否？垂虹〔三〕闻已复旧，信否？旅寓不觉岁复尽，江上久居益可乐，但终未有少田，生事漂浮无根耳！儿子明年二月赴德兴〔四〕，人口渐少，当稍息肩，余无可虑。会合何时？万万自爱。因便往三衢〔五〕，奉启。

〔一〕《遗教经》：佛教经典。

〔二〕吴江：今县名，属江苏。

〔三〕垂虹：桥名。亦曰长桥，在吴江县东，凡七十二洞，旧有垂虹亭。

〔四〕德兴：县名，属江西。

〔五〕三衢：《明一统志》："三衢，浙江衢州府。"

与杨元素〔一〕

笔冻，写不成字，不罪不罪！舍弟近得书，无恙，不知相去几里，但递中书须半月乃至也！奇方承录示，感戴不可言，固当珍秘也。近一相识录得公所编《本事曲子》〔二〕，足广奇闻，以为闲居之鼓吹也。然切谓宜更广之，但嘱知识间令各记所闻，即所载日益广矣。辄献三事，更乞拣择，传到百四十许曲，不知传得足否？

〔一〕杨绘字元素，绵竹人，曾知杭州。

〔二〕绘有《时贤本事曲子集》，多记词林逸事，当即此书。

答上官长官 黄州

专人至，辱书及诗文二册，捧领惊喜，莫知所从。得伏观书词，博雅纯健，有味其言；次观古、律诗，用思深妙，有意于古作者；卒读《庄子论》，笔势浩然，所寄深矣，非浅学所能到！自惟无状，罪戾汩没，不缘半面，获此三贶，幸甚！幸甚！老谬荒废，不近笔砚，忽已数年，顾视索然，无以为报，但藏之巾笥，永以为好而已！适病中，人还，草率。

又 黄州

诗篇多写洞庭〔一〕君山〔二〕景物，读之超然神驰于彼矣。见教作诗，既才思拙陋，又多难畏人，不作一字者已三年矣！所居临大江，望武昌诸山如咫尺，时复叶舟纵游其间，风雨云月，阴晴早暮，态状千万，恨无一语略写其仿佛耳！会面末由，惟万万以时珍重！何时美解，当一过我耶？

〔一〕洞庭：湖名，在湖南。

〔二〕君山：在洞庭湖中，与岳州相近。

与人 黄州

示谕《燕子楼记》〔一〕。某于公契义如此，岂复有所惜？况得托附老兄，与此胜境，岂非不肖之幸？但困踬〔二〕之甚，出口落笔，为见憎者所笺注〔三〕。儿子自京师归，言之详矣，意谓不如牢闭口，莫把笔，庶几免矣！虽托云向前所作，好事者岂论前后？即异日稍出灾厄，不甚为人所憎，当为公作耳。千万哀察！

〔一〕燕子楼：在徐州，为唐节度使张建封妾盼盼所居。

〔二〕踬：知肄切，音致。困踬：事不利也。

〔三〕笺注：谓人将傅会事实，妄加说明也。

与巢元修 黄州

日日望归，今日得文甫书，乃云昨日始与君瑞成行。东坡荒废，春笋渐老，饼餤〔一〕已入末限，闻此当俟驾耶？老兄别后想健。某五七日来，苦壅嗽殊甚，饮食语言殆废，矧有乐事？今日渐佳。近牢城〔二〕失火，烧荡十九，雪堂亦危，潘家皆奔避，堂中飞焰已燎檐矣！幸而先生两瓢无恙，四柏亦吐芽矣。

〔一〕餤：驼蓝切，音谈。《六书故》："今以薄饼卷肉，切而荐之曰餤。"

〔二〕牢城：黄州小地名。

与蒲传正〔一〕

千乘侄屡言大舅全不作活计，多买书画奇物，常典钱使，欲老弟苦劝公。卑意亦深以为然。归老之计，不可不及今办治。退居之后，决不能食淡衣粗，杜门绝客，贫亲知相干，决不能不应副。此数事岂可无备？不可但言我有好儿子，不消与营产业也。书画奇物，老弟近年视之，不啻如粪土也。纵不以鄙言为然，且看公亡甥面，少留意也！

〔一〕蒲宗孟字传正，新井人，皇祐进士，官至尚书右丞，知杭州。性侈汰，每日刲羊十豕十，然烛三百入郡舍。轼曾与书劝以慈俭云。

与子安兄 黄州

近于城中得荒地十数亩，躬耕其中，作草屋数间，谓之东坡雪堂，种蔬接果，聊以忘老。有一大曲，寄呈为一笑。为书角大，远路恐被拆，更不作四小哥、二哥及诸亲知书，各为致下恳。巢三见在东坡安下，依旧似虎，风节愈坚。师授某两小儿极严。常亲自煮猪头，灌血腈，作姜豉菜羹，宛有太安滋味。此书到日，相次岁猪鸣矣。老兄嫂团坐火炉头，环列儿女，坟墓咫尺，亲眷满目，便是人间第一等好事，更何所羡？可转此纸呈子明也。近购获先伯父亲写《谢蒋希鲁及第启》一通，躬亲标背题跋，寄与念二，令寄还二哥，因书问取。

与王元直 黄州

黄州真在井底！杳不闻乡国信息，不审比日起居何如？郎娘各安否？此中还百粗遣，江上弄水挑菜，便过一日。每见一邸报〔一〕，须数人下狱得罪。方朝廷综核名实，虽才者犹不堪其任，况仆顽钝如此，其废弃固宜。但有少望，或圣恩许归田里，得款段〔二〕一仆，与子众丈、杨文宗之流往来瑞草桥，夜还何村，与君对坐庄门，喫瓜子、炒豆，不知当复有此日否？存道奄忽〔三〕，使我至今酸辛，其家亦安在？人还，详示数字。余惟万万保爱。

〔一〕邸报：谓朝内公报也。

〔二〕款段：《后汉书注》："款，犹缓也。"言形款迟缓也。

〔三〕奄忽：疾貌，此谓死亡之速。

答赵晦之〔一〕 黄州

性喜写字，而怕作书，亲知书问，动盈箧笥，而终岁不答，对之太息而已。乃知剖符南徼〔二〕，贤者处之，固不择远近剧易，矧风土旧谙习。而兵兴多事，适足以发明利器，但恨愚暗，何时复得攀接耳！

〔一〕赵昶字晦之，曾官东武令。

〔二〕符：以竹为之，书文字其上，剖而为二，各存其一，合之以为征信者也。徼：边也。剖符南徼，犹言奉命至南边作官也。

又 黄州

示谕处患难不戚戚〔一〕，只是愚人无心肝耳，与鹿豕木石何异！所谓道者，何曾梦见？旧收得蜀人蒲永昇〔二〕山水四轴，亦近岁名笔，其人已亡矣！聊致斋阁，不罪浼渎。藤〔三〕既美风土，又少诉讼，优游卒岁，又复何求？某亦甚乐此，安土忘怀，如一黄人，元不出仕而已。

〔一〕戚戚：忧貌。

〔二〕蒲永昇：成都人，善画山水，性嗜酒放浪，人或以势使之，则嬉笑舍去，遇欲画，不择贵贱。

〔三〕藤：藤州也。

与蹇序辰

前日已奉书。昨日食后，垂欲上马赴约，忽儿妇眩倒，不知人者久之，救疗至今，虽稍愈，尚昏昏也。小儿辈未更事，义难舍去，遂成失信。想仁明必恕其不得已也。然负愧深矣！乍暖，起居何如？闲废之人，径往一见，谓必得之，乃尔龃龉〔一〕，人事真不可必也！后会何可复期，惟万万为国自重！

〔一〕龃龉：音咀语，齿不正而参差出入也。故意见不相合，亦曰龃龉。

答濠州陈章朝请〔一〕　黄州

钱塘一别，如梦中事。尔后契阔，何所不有，置之不足道也！独中间述古捐馆〔二〕，有识相吊，矧故人僚吏相爱之深者，然终无一字以解左右，盖罪废穷奇，动辄累人，故往还杜绝。至今思之，惭负无量！昨远辱书问，便欲裁谢，而春夏以来，卧病几百日，今尚苦目病。再枉手教，喜知尊体康胜，贵眷各佳安。罪废屏居，交游皆断绝，纵复通问，不过相劳慰而已，孰能如公远发药石以振吾过者哉？已往者布出不可复掩矣，期于不复作而已。无缘一见，临纸耿耿，万万以时自重！

〔一〕濠州：今安徽凤阳县。朝请：官名。

〔二〕陈襄字述古，福州侯官人，曾知杭州。捐馆：谓捐弃馆舍，即死亡也。

与徐得之

昨日已别，情悰惘然！辱教，喜起居佳胜。风雨如此，淮浪如山，舟中摇撼，不可存济，亦无由上岸，但阖户拥衾耳！想来日亦未能行，若再访，幸甚！

又

得之晚得子，闻之喜慰可知。不敢以俗物为贺，所用石砚一枚送上。须是学书时矣。知似太早计，然俯仰间便自见其成立，但催迫吾侪日益潦倒尔！恐得之惜别，又复前去，家中阙人抱孩儿，深为不皇〔一〕。呵呵！

〔一〕皇与遑通，暇也。

又

定省〔一〕之暇，稍葺闲轩，箪瓢鸡黍，有以自娱，想无所慕于外也。闽中多异人，隐屠钓，得之不为簪组所縻[二]，倘得见斯人乎？仆益衰老，强颜少留，如传舍耳！因风时惠问。

〔一〕定省：谓定其衽席，省其安否也。《礼》："凡为人子之礼，冬温而夏凊，昏定而晨省。"

〔二〕簪：首笄，连冠于发者也。组：绶属。簪组，谓官吏服饰。縻：密宜切，音糜，系也。

答程彝仲推官 黄州

某与幼累皆安。子由频得书，无恙。元修去已久矣，今必还家。所要亭记，岂敢于吾兄有所惜？但多难畏人，不复作文字，惟时作僧佛语耳！千万体察，非推辞也。远书不欲尽言。所示自是一篇高文，大似把饭叫饥，聊发千里一笑。会合无期，临书凄然。

与孟亨之

今日斋素，食麦飦[一]、笋脯[二]有余味，意谓不减刍豢[三]。念非吾亨之莫识此味，故饷一合，并建茗两片，食已，可与道媪对啜也。

〔一〕飰：与饭通。

〔二〕笋脯：笋干也。

〔三〕刍豢：音初宦。刍，草食，谓牛羊。豢，谷食，谓犬豕。

与毛维瞻

岁行尽矣！风雨凄然，纸窗竹屋，灯火青荧〔一〕，时于此间得少佳趣。无由持献，独享为愧！想当一笑也。

〔一〕荧：穴扃切，音萤，光也，明也。

代夫人与福应真大师 南迁

久不闻法音，驰仰殊深！即日远想起居安稳。儿随夫远谪，百念灰灭，持诵〔一〕之余，幸无恙。何时复见，一洗岭瘴？春寒，千万为法自重。不宣。旌德县君王氏儿再拜。

〔一〕持诵：谓持咒念佛也。

答开元明座主

久别，思企不忘。辱书，具审法履安胜为慰！贤上人前年来此，寻往金山，多时不得消息，不知今安在也？石桥用功初不灭裂，云何一水，便尔败坏？无乃亦是不肖穷蹇[一]所累耶？何时复相见？千万保爱！

〔一〕穷蹇：困阨也。

与清隐老师

净因[一]之会，茫然如隔生矣！名言绝境，寤寐不忘。何日得脱缨绊[二]，一闻笑语？思渴！思渴！

〔一〕净因：寺名。

〔二〕缨绊：簪缨羁绊，谓官守也。

与王文甫 黄州

数日不审尊候何如？前蒙恩量移汝州[一]，比欲乞依旧黄州住，细思罪大责轻，君恩至厚，不可不奔赴。数日念之，行计决矣。见已射得一舟，不出此月下旬起发，沿流入淮，泝汴至雍丘、陈留间〔二〕，出陆，至汝。劳费百端，势不得已。本意终老江湖，与公扁舟往来，而事与心违，可胜慨叹。计公闻之，亦凄然也。甚有事欲面话，治行殊未集，冗迫之甚，公能三两日间特一见访乎？至望！至望！元弼药并书，乞便与送达。三五日间，买得瓷器，更烦差人得否？

〔一〕汝州：今河南临汝县。

〔二〕雍丘：在今河南杞县。陈留：今县名，属河南。

答贾耘老〔一〕

久不奉书，尚蒙纪录。远枉手教，且审比日动止佳胜，感慰兼集！寄示石刻，足见故人风气之深，且与世异趣也。新诗不蒙录示数篇，何也？贫固诗人之常，齿落目昏，当是为双荷叶〔二〕所困，未可专咎诗也。某发少加白耳，余如故。未缘往见，万万自爱！

〔一〕贾收字耘老，乌程人，著有《怀苏集》。

〔二〕双荷叶：耘老家小妓。

又

久放江湖，不见伟人。昨在金山，滕元发[一]以扁舟破巨浪来相见。出船巍然，使人神耸，好个没兴底张镐相公[二]。见时且为致意，别后酒狂，甚长进也。老杜[三]云："张公一生江海客，身长九尺须眉苍。"谓张镐也。萧嵩[四]荐之云："用之则为帝王师，不用则穷谷一病叟耳！"

〔一〕滕元发：东阳人，举进士，历知郓州、真定、太原，治边凛然，号称名帅。

〔二〕张镐：字从周，博州人，起布衣，唐肃宗时，官至宰相。

〔三〕老杜：杜甫也。

〔四〕萧嵩：唐开元中，官河西节度使。

又

今日舟中无他事，十指如悬槌。适有人致嘉酒，遂独饮一杯，醺然径醉。念贾处士贫甚，无以慰其意，乃为作怪石古木一纸，每遇饥时，辄以开看，还能饱人否？若吴兴有好事者，能为君月致米三石、酒三㪷[一]，终君之世者，便以赠之。不尔者，可令双荷叶收掌，须添丁，长以付之也。

〔一〕斟：即斗字。

与千之侄

必强侄近在泗州〔一〕，得书，喜知安乐。房眷子孙各无恙。秋赋又不利，老叔甚失望。然慎勿动心，益务积学而已。人苟知道，无适而不可，初不计得失也。闻侄欲暂还乡，信否？叔舟行几一年，近于阳羡〔二〕买得少田，意欲老焉。寻奏乞居常，见邸报，已许。文字必在南都。此行略到彼，葬却老奶二姨。子由干奶也。住二十来日，却乘舟还阳羡。侄能来南都一相见否？叔甚欲一往见传正，自惟罪废之余，动辄累人，故不果尔。甚有欲与侄言者，非面不尽，想不惮数舍之远也。寒暖不定，惟万万自爱！

〔一〕泗州：今安徽泗县。

〔二〕阳羡：今江苏宜兴县。

与开元明师

石桥之坏，每为怅然！吾师经营，非不坚尽，当由穷蹇之人，所向无成，累此桥耶？知尚未有涯，但勿废此志，岁丰人纾，会当成耳。

仆已请居常州，暂至南京，即还南也。知之。

又

近过南都，见致政太保张公〔一〕。公以所藏禅月罗汉十六轴见授，云："衰老无复玩好，而私家畜画像，乏香灯供养，可择名蓝〔二〕高僧施之。"今吾师远来相别，岂此罗汉契缘在彼乎？敬以奉赠，亦太保公之本意也。

〔一〕致政：谓交卸政事也。太保：官名。

〔二〕僧寺亦称伽蓝。名蓝：谓有名之寺院也。

答王定国〔一〕

辱惠书，并新诗妙曲，大慰所怀。河冻胶舟，咫尺千里，意思牢落可知。得此佳作，终日喜快，滞闷冰释，幸甚！近在常，置一小庄子，岁可得百石，似可足食。非不知扬州之美，穷猿投林，不暇择木也。承欲一相见，固鄙怀至愿，但不如彼此省事之为愈也。

〔一〕王巩字定国，旦孙。从轼学为文，轼下御史台狱，而巩亦坐贬宾州监酒税，凡三年。

又

御瘴之术，惟绝欲、练气一事。本自衰晚当然，初不为瘴而作也。其余坦然无疑，鸡猪鱼蒜，遇着便吃，生老病死，符到奉行，此法差似简径也。君实〔一〕尝云："王定国瘴烟窟里五年，面如红玉。"不知道，能如此否？老人知道，则不如尔，顽愚即过之。先帝升遐〔二〕，天下所共哀慕，而不肖与公蒙恩尤深，固宜作挽词，少陈万一。然有所不敢者耳！必深察此意。无状罪废，众欲置之死，而先帝独哀之。而今而后，谁复出我于沟壑者？归耕没齿而已矣！

〔一〕君实：司马光字。

〔二〕古称皇帝死曰升遐。

又

近绝少过临，宾客知其衰懒，不能与人为轻重。见顾者渐少，殊觉自幸。昨日偶见子华，嗟叹老弟之远外〔一〕，蒙嘱，闻过必相告。吾弟大节过人而小事亦不经意，正如作诗，高处可以追配古人，而失处亦受嗤于拙目。薄俗正好点检人小疵，不可不留意也。

〔一〕远外：谓疏远自外也。

与杨康功

两日大风，孤舟掀舞雪浪中，但阖户拥衾，瞑目块坐耳〔一〕。杨次公惠法酝〔二〕一器，小酌径醉。醉中与公作得《醉道士石诗》，托楚守寄去，一笑。某有三儿，其次者十六岁矣，颇知作诗，今日忽吟《淮口遇风》一篇，粗有可观，戏为和之，并以奉呈。子由过彼，可出示之，令一笑也。

〔一〕块坐：孑然孤坐也。

〔二〕法酝：名酒也。

答王庆源 登州还朝

令子两先辈，必大富学术，非久腾踔矣〔一〕。五五哥、五七哥及十六郎，临行冗迫，不果拜书，因见，道意。登州〔二〕下临涨海，枕簟之下，天水相连，蓬莱三山〔三〕，仿佛可见。春夏间常见海市〔四〕，状如烟云，为楼观人物之象。数日前偶见之，有一诗录呈为笑也。史三儒长老近蒙书，冗中未及答，因见，乞道区区。《海市》诗可转呈也。京师有干，乞示下。

〔一〕踔：音卓，逾越也。腾踔，高举之意。

〔二〕登州：今山东蓬莱县。

〔三〕《史记》："蓬莱、方丈、瀛洲，此三神山者，在渤海中。"

〔四〕《三齐纪略》："海上蜃气，时结楼台，名海市。"

与潘彦明

东坡甚烦葺治，乳媪坟亦蒙留意，感戴不可言！令子各计安，宝儿想见颀然矣[一]。郭兴宗旧疾，必全平愈，酒坊果如意否？韩氏园亭，曾与葺乎？若果有亭榭佳者，可以小图示及，当为作名写牌，然非华事者，则不足名也。张医博计安胜。一场灾患，且喜无事。风颠不少减否？何亲必安，竹园复增葺否？以上诸人，各为再三申意。仆暂出苟禄耳[二]，终不久客尘间，东坡不可令荒茀[三]，终当作主，与诸君游，如昔日也。愿遍致此意。

〔一〕颀：劝沂切，音祈，长貌。

〔二〕苟禄：谓窃取俸禄也。

〔三〕茀：夫物切，音弗，草多也。

与王庆源

远沐寄示，老手高风，咏叹不已！甚欲和谢，公私纷纷，少暇，竟未果，悚悚！七八两秀才各计安，为学想日益，早奋场屋〔一〕，慰亲意也！知宅酝甚奇，日与蔡子华、杨君素聚会，每念此，即致仕〔二〕之兴愈浓也。示谕要画，酒后信手，岂能复佳？寄一扇、一小轴去，作笑耳。

〔一〕场屋：科举时试士之地，言于广场中为屋也。

〔二〕致仕：谓辞官而退隐也。

答佛印禅师〔一〕

经年不闻法音，经术荒涩，无与锄治。忽领手教累幅，稍觉洒然。仍审比来起居佳胜。行役二年，水陆万里，近方弛担〔二〕，老病不复往日，而都下人事，十倍于外，吁，可畏也！复欲如去年相对溪上，闻八万四千偈，岂可得哉？南望山门，临书凄断！苦寒，为众自重！

〔一〕佛印：宋金山寺僧，名了元，有辩才，与轼友善。

〔二〕弛担：谓松下负担也。

与知县

儿子遂获托庇，知幸。鲁钝多不及事，惟痛与督励也。切祝！切祝！晋卿相见殿门外，惘然如梦中人也！人世何者非梦耶！亦不足多谈，但喜其容貌蔚然如故，非有过人，能如是耶？

与王庆源

近奉慰疏必达。比日尊体何如？某与幼弱，凡百粗遣。人生悲乐，过眼如梦幻，不足追，惟以时自娱为上策也。某名位过分，日负忧责，惟得幅巾〔一〕还乡，平生之愿足矣！幸公千万保爱，得为江边携壶藉草之游，乐如之何！

〔一〕幅巾：用缣全幅向后幞发，俗亦谓之幞头。

答刘贡父 京师

某江湖之人，久留辇下〔一〕，如在樊笼，岂复佳思也？人情责重百端，而衰病不能应副，动是罪戾。故人知我，想复见怜耶？后会未可期，临书怅惘，禅理气术，比来加进否？世间关身事，特有此耳，愿更着鞭，区区之祷也。

〔一〕辇：里演切，连上声，天子之车也。辇下，天子辇毂之下，谓京城也。

答吕元钧 京师

中间承进职，虽少慰人望，然公当在庙堂〔一〕，此岂足贺也？此间语言纷纷，比来尤甚，士大夫相顾避罪而已，何暇及中外利害大计乎？示谕，但闵然而已！非久，季常人行，当尽区区。

〔一〕庙堂：天子庙堂，谓居要职也。

与千之侄 京师

独立不惧者，惟司马君实与叔兄弟耳！万事委命，直道而行，纵以此窜逐，所获多矣。因风寄书，此外勤学自爱。近来史学凋废，去岁作试官，问史传中事，无一两人详者。可读史书，为益不少也。

与杨君素

某去乡二十一年，里中尊宿〔一〕，零落殆尽，惟公龟鹤不老，松柏益茂，此大庆也！无以表异，辄送暖脚铜缶一枚。每夜热汤注满，密塞其口，仍以布单裹之，可以达旦不冷也。道气想不假此，聊致区区之意而已。令子三七秀才及外甥十一郎，各计安。

〔一〕尊宿：谓老辈也。

答庞安常

人生浮脆，何者为可恃？如君能著书传后有几？念此，便当为作数百字，仍欲送杭州开板也。知之。

答李方叔

叠辱手教，愧荷不已！雪寒，起居佳胜。示谕，固识孝心深至。然某从来不独不作，不书铭志，但缘子孙欲追述祖考而作者，皆未尝措手也。近日与温公作行状、书墓志者，独以公尝为先妣墓铭，不可不报耳！其他决不为，所辞者众矣，不可独应命。想必获罪左右，然公度某无他意，意尽于此矣。悚息！悚息！

又

某以虚名过实，士大夫不察，责望逾涯，朽钝不能副其求，复致纷纷，欲自致省静寡过之地，以饯〔一〕余年，不知果得此愿否？故人见爱以德，不应更虚华粉饰以重其不幸。承示谕，但有愧汗耳。

〔一〕饯：集彦切，音贱，以酒食送行也。

与程懿叔

承拜命，移漕〔一〕巴峡〔二〕，薄慰众望。方欲奉书，使至，辱教字，且审起居清胜。懿叔才地治状，当召还清近，此何足道？得一省坟墓，仍见亲知，为可贺耳！衰病疲厌，何时北趁〔三〕归路？仰羡而已！知在江上，咫尺莫缘一见，临纸惘惘！

〔一〕漕：督运粮食之官也。

〔二〕巴峡：在湖北巴东县西二十里。江自巫山入巴东为巴峡。

〔三〕趍：即趋字。

与佛印禅师 京师

尘劳衮衮，忽得来书，读之如蓬蒿藜藿之径而闻謦欬[一]之音，可胜慰悦！且审即日法履轻安，又重以慰也。某蒙恩擢寘词林[二]，进陪经幄[三]，是为儒者之极荣，实出禅师之善祷也。余热，千万自重！

〔一〕謦：起顶切，罄上声，欬也。声之轻者曰謦，重者曰欬。

〔二〕旧称翰林院为词林。

〔三〕经幄：设帷幄以讲经，谓任经筵讲官也。

与吴子野

《文公庙碑》[一]，近已寄去。潮州自文公未到，则已有文行之士如赵德者，盖风俗之美久矣！先伯父与陈文惠公相知，公在政府，未尝一日忘潮也。云："潮人虽小民，亦知礼义。"信如子野言也，碑中已具论矣。然谓瓦屋始于文公者，则恐不然。尝见文惠公与伯父书云："岭外瓦屋，始于宋广平[二]，自尔延及支郡，而潮尤盛。鱼鳞鸟翼，信如张燕公之言也[三]。"以文惠书考之，则文公前已有瓦屋矣。传莫若实，故碑中不欲书此也。察之。

〔一〕文公：韩愈也。潮州有韩文公庙，轼为碑文。

〔二〕宋璟，唐南和人，玄宗时为相，与姚崇并称“姚宋”，封广平公。

〔三〕张说，唐洛阳人，累官中书令，封燕国公。

答王定国 颍州

辱书，感慰。谤焰已熄，端居委命，甚善！然所云百念灰灭，万事懒作，则亦过矣！丈夫功名，在晚节者甚多，定国岂愧古人哉！某未尝求事，但事来，即不以大小为之。在杭所施，亦何足道？但无愧怍而已！过蒙示谕，惭汗！若使定国居此，所为当更惊人，亦岂特止此而已。本州职官董华，密人，能具道政事，叹服不已，但恨公命未通尔！静以待之，勿令中途龃龉，自然获济。如国手棋，不须大段用意，终局便须赢也。

与赵德麟〔一〕

数日不接，思渴之至！冲冒风雪，起居何如？端居者知愧矣！佛陁〔二〕波利之虐，一至此耶？乃知退之〔三〕排斥，不为无理也。呵呵！酒二壶迎劳，惟加鞭！

〔一〕赵令畤字德麟，坐与轼游，入党籍，后从高宗南渡，封安定郡王。

〔二〕佛陁：又作浮图，略名曰佛。

〔三〕韩愈字退之，力排佛教。

答参寥

两得手书，具审法体佳胜。辩才〔一〕遂化去，虽来去本无，而情钟我辈，不免凄怆也！今有奠文一首，并银二两，托为致茶果一奠之。颖师得书，且喜进道。纸尾待得闲写去。余惟万万自重！

〔一〕辩才：杭州高僧。

与孔毅父〔一〕 扬州

到扬，吏事清暇，而人事十倍于杭，甚非老拙所堪也。熟观所历数路，民皆积欠为大患。仁圣〔二〕抚养八年，而民未苏者，正坐此事尔！方欲出力理会，谁肯少助我者乎？此间去公咫尺尔，而过往妄造言语者，或言公欲括田而招兵，近问得皆虚，想出于欲邀功赏而不愿公来者也。事之济否皆天也，君子尽心而已！无由面见，临纸惘惘！

〔一〕孔平仲字毅父，清江人。以进士知衡州，坐不推行常平法，谪惠州别驾。

〔二〕仁圣：谓仁宗皇帝也。

与范纯夫

《忠文公碑》，固所愿托附，但平生本不为此，中间数公，盖不得已，不欲卒负初心；自出都后，更不作不为，已辞数家矣，如大观[一]，其一也。今不可复写，千万亮察！鲁直日会，且致区区。两辱书皆未答，直懒尔，别无说。然鲁直不容我，谁复能容我者？

〔一〕潘大观：黄冈人，大临弟，兄弟皆以诗名，尝从轼及黄庭坚游。

与人

钦服下风，为日久矣！迟暮相从，倾盖如故[一]，非气类自然，抑宿昔缘契也。人来，辱手教，得闻起居胜常，堂上康福，感慰深矣。某凡百如故，又得无咎切磨〔二〕，知幸。

〔一〕倾盖：行道相遇，并车对语，两盖相切而下倾也。倾盖如故，谓一见如旧相识也。

〔二〕切磨：谓互相勉励也。《诗》：“如切如磋，如琢如磨。”

答潘彦明

辱书，感慰无量！比日起居何如？别来不觉九年，衰病有加，归休何日？往来纷纷，徒有愧叹！知东坡甚葺治，故人仍复往还其间否？会合无期，临纸怅惘！

与子安兄

每闻乡人言，四九、五九两侄，为学勤谨，事举业尤有功，审如此，吾兄不亡矣！惟深念负荷之重，益自修饬，乃是颜、闵〔一〕之孝，贤于毁顿〔二〕远矣！此间五郎、六郎乍失母，毁痛难堪，亦以此戒之矣！吾兄清贫，遭此固不易处。某亦为一年两丧，困于医药殡敛，未有以相助，且只令杨济甫送二千为一奠，余俟少暇也。

〔一〕颜、闵：谓颜渊、闵子骞，孔子弟子也。

〔二〕毁顿：哀毁困顿也。

与钱济明 定州

别后至今，遂不上问，想察其家私忧患也。远辱专使手书，且审侍奉起居康胜，感慰兼极！老妻奄忽，今已半年。衰病岂复以此汩缠。但晚景牢落，亦人情之不能免。重烦慰谕，铭佩至意。然公亦自有爱女之戚，初不知，奉疏后时，惭负不已！出守中山〔一〕，谓有缓带〔二〕之乐，而边政颓坏，不堪开眼，颇费锄治。近日逃军衰止，盗贼皆出疆矣。幕客得李端叔，极有助。闻两浙连熟，呻吟疮痍，遂一洗耳。何时会合，临书惘惘！

〔一〕中山：今河北定县。

〔二〕缓带：谓放松腰带，态度从容也。

与程德孺 南迁

在定辱书，未裁答问，仓卒南来，遂以至今！比日切惟起居佳胜。老兄罪大责薄，未塞公议，再有此命，兄弟俱窜，家属流离，污辱亲旧。然业已如此，但随缘委命而已！任德翁同行月余，具见老兄处忧患次第，可具问，更不详书也。懿叔赴阙〔一〕，今何在？因书道区区。后会无期，临书惘惘！余热，万万以时珍重！

〔一〕阙：天子宫阙也。赴阙，犹言入朝。

答钱济明 惠州

专人远辱书，存问加厚，感悚无已！比日郡事余暇，起居何如？某到贬所，阖门省愆〔一〕之外，无一事也。瘴乡风土，不问可知，少年或可久居，老者殊畏之；唯绝嗜欲，节饮食，可以不死。此言已书诸绅矣。余则信命而已！近来亲旧书问已绝，理势应尔。济明独加于旧，高义凛然，固出天资，但愧不肖何以得此？会合无期，临纸怆恨！

〔一〕省愆：省察罪过也。

答徐得之 惠州

张君来，辱书，存问周至，感激不已！即日哀慕〔一〕之余，孝履如宜。某到惠已半年，凡百粗遣，既习其水土风气，绝欲息念之外，浩然无疑，殊觉安健也。儿子过颇了事，寝食之余，百不知管，过亦颇力学长进也。子由频得书，甚安。一家今作四处，住惠、筠、许、常也〔二〕，然皆无恙。得之见爱之深，故详及之，不须语人也。瞻企邈然，临书惘惘。乍热，惟万万节哀，顺变自重！

〔一〕哀慕：谓悲念亡亲也。

〔二〕惠州在广东，筠州在江西，许州在河南，常州在江苏。

答参寥　惠州

专人远来，辱手书，并示近诗，如获一笑之乐，数日喜慰忘味也！某到贬所半年，凡百粗遣，更不能细说，大略只似灵隐、天竺和尚退院后〔一〕，却住一个小村院子，折足铛中罨糙米饭吃〔二〕，便过一生也得。其余瘴疠病人，北方何尝不病？是病皆死得人，何必瘴气？但苦无医药；京师国医手里，死汉尤多。参寥闻此一笑，当不复忧我也。故人相知者，即以此语之，余人不足与道也。未会合间，千万为道善爱自重。

〔一〕灵隐、天竺：皆杭州佛寺。退院：谓不任事之僧也。

〔二〕铛：音当，温器也。罨：音奄。掩覆之曰罨。

又 惠州

颍沙弥〔一〕书迹巉耸可畏，他日真妙总门下龙象也！老夫不复止以诗句字画期之矣。老师年纪不少，尚留情诗句字画间，为儿戏事耶？然此回示诗超然，真游戏三昧也〔二〕！居闲，不免时时弄笔。见索书字要楷法，辄作数篇，终不甚楷也。只一读了，付颍师收，勿示余人也。《雪浪斋诗》尤奇伟，感激感激！转海相访，一段奇事，但闻海舶遇风，如在高山上坠深谷中，非愚无知与至人〔三〕，皆不可处。胥靡〔四〕遗生，恐吾辈不可学。若是至人无一事，冒此崄做什么？千万勿萌此念。意颍师喜于得预乘桴之游耳〔五〕。所谓无所取裁者，其言不可听，切切！相知之深，不可不尽道其实耳。自揣余生，必须相见，公但记此言，非妄语也。

〔一〕沙弥：初出家者之称。梵语息慈之义，得安息于慈悲之地。

〔二〕三昧：梵语，其义为正定。今谓奥妙之处曰三昧。

〔三〕至人：犹言圣人。《庄子》："至人无己。"

〔四〕胥靡：刑徒也。

〔五〕桴：拂鸟切，音敷，编竹木代舟也。《论语》："子曰：道不行，乘桴浮于海，从我者其由与？"

答王商彦 惠州

忝亲戚之末，未常修问左右，又方得罪屏居，敢望记及之？专人远来，辱笺教累幅，称述过重，慰劳加等，幸甚！即日履兹秋暑，尊体何如？某仕不知止，临老窜逐，罪垢增积，玷污亲友。足下昆仲，曲敦风义，万里遣人问安否，意其可忘？书词雅健，陈义甚高，但非不肖所称也。蜀、粤相望天末，何时会合，临书惘惘！未审受任何地。来岁科诏，竚闻峻擢[一]，以慰愿望。未间，更冀若时自重！

〔一〕峻擢：犹言高升也。

与程天侔 惠州

白鹤峰新居成，当从天侔求数色果木，太大则难活，太小则老人不能待，当酌中者。又须土碪稍大不伤根者为佳。不罪！不罪！

与程正辅提刑 惠州

窜逐海上，诸况可知。闻老兄来，颇有佳思。昔人以三十年为一世，今吾老兄弟，不相从四十二年矣，念此，令人凄断。不知兄果能为弟一来否？然亦有少拜闻，某获谴至重，自到此旬日，便杜门自屏〔一〕，虽本郡守，亦不往拜其辱〔二〕，良以近臣得罪，省躬念咎，不得不尔。老兄到此，恐亦不敢出迎。若以骨肉之爱，不责末礼而屈临之，余生之幸，非所敢望也！其余区区，殆非纸墨所能尽。惟千万照悉而已。德孺、懿叔久不闻耗，想频得安问。八郎、九郎亦然。令子几人侍行？若巡按必同行，因得一见，又幸。舍弟近得书，云在湖口，见令子新妇，亦具道尊意，感服不可言！

〔一〕屏：彼影切，音丙，除也，去也，斥也。自屏，谓自行屏斥，不欲与人交接也。

〔二〕往拜其辱：谓辱彼相访，未往答拜也。

又 惠州

老兄近日酒量如何？弟终日把盏，积计不过五银盏耳。然近得一酿法，绝奇，色、香、味皆疑于官法矣。使旆来此有期，当预酝也。向在中山，创作松醪〔一〕，有一赋，闲录呈，以发一笑。

〔一〕醪：勒敖切，音劳，浊酒也。松醪，酒名。

又 惠州

谪居穷寂，谁复顾者？兄不惜数舍之劳，以成十日之会，惟此恩意，如何可忘？别后不免数日牢落，窃惟尊怀亦怅然也。但痴望沛泽〔一〕北归，得复会见尔！到广〔二〕少留否？比日起居何如？某到家无恙，不烦念及。未参候间，万万若时自重！

〔一〕沛泽：沛然降雨泽，喻天恩也。

〔二〕广：广州。

又 惠州

近乡僧法舟行，奉书必达。惠州急足还，辱手教，且审起居佳胜，感慰兼集！宠示《诗域》《醉乡》二首，格力益清妙。深欲继作，不惟高韵难攀，又子由及诸相识皆有书痛戒作诗。有说不欲详言。其言切甚，不可不遵用。空被来贶，但惭汗而已！兄欲写陶体诗〔一〕，不敢奉违，今写在扬州日二十首寄上，亦乞不示人也。未由会合，日听除音〔二〕而已！惟万万若时自重！

〔一〕陶：陶潜也。轼有和陶诗。

〔二〕古谓任命官吏曰除。除音：谓任命消息也。

又 惠州

少恳冒闻〔一〕：向所见海会长老，甚不易得，院子亦渐兴葺。已建法堂甚宏壮，某亦助施三十缗，足令起寝堂，岁终当圆备也。院旁有一陂，诘曲〔二〕群山间，长一里有余。意欲买此陂，属百姓见说数十千可得。稍加葺筑，作一放生池。囊中已罄，辄欲缘化老兄及子由各出十五千足，某亦竭力共成此一事。所活鳞介〔三〕，岁有万数矣。老大没用处，犹欲作少有为功德，不知兄意如何？如可，便乞附至，不罪！不罪！

〔一〕少恳冒闻：谓有少许事奉求，冒昧上达也。

〔二〕诘曲：犹言屈曲。

〔三〕鳞：鱼类。介：龟鳖之属。

又 惠州

此中湖鱼之利，下塘常为启闭之所，岁终竭泽而取，略无脱者。今若作放生池，但牢筑下塘，永不开口，水涨溢，即听其自在出入，则所活不赀矣[一]！

〔一〕不赀：犹言不可胜数也。

又 惠州

忽复残腊，会合无缘，不能无天末流离之念也！急足回，辱书，具审尊体康胜。仍示佳语五章，字字新奇，叹咏不已。老嫂奄隔，更此徂岁[一]，想加凄断，然终无益，惟日远日忘为得理也。某近苦痔，殊无聊，杜门谢客，兀然坐忘尔！新春，为国自爱，早膺北归殊宠。

〔一〕徂：往也。徂岁，犹言将尽之岁。

又 惠州

某睹近事，已绝北归之望。然中心甚安之。未话妙理达观，但譬如元是惠州秀才，累举不第[一]，有何不可？知之免忧。诗累欲和，韵崄[二]，又已更老手五赓[三]，殆难措辞也，亦苦痔无情思耳。惠黄雀，感愧感愧！子由一书，告早入皮筒，幸甚！幸甚！

〔一〕不第：谓不登进士第也。

〔二〕崄：与险通。凡作诗所用之韵不易多押者，谓之险韵。

〔三〕赓：和也。

又 惠州

人来，辱书，伏蒙履兹新春，起居佳胜。至孝通直，已还左右，感慰良深。且闻有北辕之耗〔一〕，尤副卑望。《咏史》等诗高绝，每篇乃是一论，屈滞他作绝句也。前后惠诗皆未和，非敢懒也。盖子由近有书深戒作诗，其言切至，云当焚砚弃笔，不但作而不出也。不忍违其忧爱之意，所以遂不作一字，惟深察！吾兄近诗益工，孟德有言："老而能学，惟余与袁伯业。"此事不独今人不能，古人亦自少也。未拜命间，频示数字，慰此牢落。余惟万万为时自重！

〔一〕辕：于元切，音袁，驾车之木，施于舆底轴上，左右各一外出向前者。北辕，犹言北归。耗：消息也。

答王敏仲 惠州

春候清穆，切惟抚驭〔一〕多暇，起居百福，甘雨应期，远迩滋洽，助喜慰也。某凡百粗遣，适迁新居，已浃旬日〔二〕，小窗疏篱，颇有幽趣。贱累亦不久到矣。未期瞻奉，万万为国自重。

〔一〕抚驭：谓安抚驾驭，犹言施政也。

〔二〕浃日：谓自甲至癸，周匝十日也。

又 惠州

两蒙赐教，感慰深至。曾因周循州行〔一〕，奉状，想已尘览。即日台候何如？越人事嬉游，盛于春时，高怀俯就，想复与众同之。天色澄穆，亦惟此时也。莫缘陪后乘〔二〕，西望增慨！

〔一〕循州：在今广东惠阳县北。周循州，谓循州刺史周氏。

〔二〕后乘：犹言后车。

与范纯夫

某谓居瘴乡，惟静绝欲念，为万全之良药，公久已尔，不在多祝也。子由极安常，燕坐〔一〕胎息而已。有一书，附纳。长子迈即宜兴挈两房来，已到循州，一行并安。过近往迎之，得耗，旦夕到此。某见独守舍耳！次子迨在许下。子由长子名迟者，官满来筠[二]省觐，亦不久到。恐要知。六妇与二孙并安健。过去日，留一书并数品药在此，今附何秀才去。如闻公目疾尚未平，幸勿过服凉药。暗室瞑坐数息，药功何缘及此？两承惠锡器，极荷重意！丹霞观张天师遗迹，傥有良药异事乎？令子不及别书，侍奉外多慰。子功之丧，忽已除祥[三]，哀哉奈何！诸子想各已之官。某孙妇甚长，旦夕到此矣。

〔一〕燕坐：犹言安坐。胎息：道家修炼之术。《抱朴子》："得胎息者，能不以口鼻嘘吸，如在胞胎之中，则道成矣。"

〔二〕筠州，今江西高安县。

〔三〕除祥：除谓除服。祥，丧祭名。《礼》："父母之丧，期而小祥，又期而大祥。"

与循守周文之　惠州

近日屡获教音，及林增城至[一]，又得闻动止之详，并深感慰。桃、荔、米酒诸信皆达矣，荷佩厚眷，难以尽喻！今岁荔子不熟，土产早者，既酸且少，而增城晚者不至，方有空寓岭表之叹。忽信使至，坐有五客，人食百枚，饱外又以归遗。皆云，其香如练家紫[二]，但差小耳。二广未尝有此，异哉！又使人健行，八百枚无一损者，此尤异也！林令奇士，幸此少留，公所与[三]者，故自不凡也。蒸暑异常，万万以时珍啬[四]！

〔一〕增城：县名，属广东。

〔二〕练家紫：荔枝之有名者。

〔三〕所与：犹言所交。

〔四〕啬：爱惜之意。

又 惠州

近蒙寄示画图及新堂面势，仍求榜名。岭南无大寒甚暑，秋冬之交，勾萌[一]盗发，春夏之际，柯叶潜改，四时之运，默化而人不知。民居其间，衣食之奉，终岁一律，寡求而易安，有足乐者。若吏治不烦，即其所安而与之俱化，岂非牧养[二]之妙手乎？文之治循，已用此道，故以“默化”名此堂，如何？可用，便请题榜也。

〔一〕勾萌：草木始生时，屈者为勾，直者为萌。

〔二〕牧养：谓畜养人民也。古称州长曰牧。

与林济甫 儋耳[一]

眉兵至，承惠书，具审尊体佳胜，眷爱各安。某与幼子过南来，余皆留惠州。生事狼狈，劳苦万状，然胸中亦自有翛然处也[二]。今到海岸，地名递角场，明日顺风，即过海矣。回望乡国，真在天末！留书为别。未间，远惟以时自重！

〔一〕儋耳：在今广东儋县，清属琼州府。

〔二〕翛：西腰切，音宵。翛然，自得貌。

答程全父推官 儋耳

别遽逾年，海外穷独，人事断绝，莫由通问。舶到，忽枉教音，喜慰不可言！仍审起居清安，眷爱各佳。某与儿子初无病，但黎、蜒[一]杂居，无复人理，资养所急，求辄无有。初至，僦官屋数椽[二]，近复遭追逐，不免买地结茅，仅免露处，而囊为一空。困厄之中，何所不有，置之不足道，聊为一笑而已！平生交旧，岂复梦见？怀想清游，时诵佳句，以解牢落。

〔一〕黎：即后汉之俚人。粤俗呼山岭为黎，俚人居其中，因讹为黎，今居琼州之五指山。蜒：惰懒切，音但，南蛮之一种，以渔为业，以舟楫为家。

〔二〕僦：即宥切，酒去声。租赁房舍曰僦屋。

又 儋耳

阁下才气秀发，当为时用久矣，遐荒安可淹驻？想益辅以学，以昌其诗乎！仆焚毁笔砚已五年，尚寄味此学，随行有《陶渊明集》，陶写伊郁，正赖此耳！有新作，递中示数篇，乃珍惠也。山川风气，能清佳否？孰与惠州比？此间海气蒸溽不可言，引领素秋，以日为岁也！寄贶佳酒，岂惟海南所无，殆二广未尝见也。副以糖水、精面等，一一感铭，非眷存至厚，何以得此？悚怍之至。此间纸不堪覆瓿〔一〕，来者已竭。有便，可寄百十枚否？不必甚佳者。

〔一〕覆：盖也。瓿：泊藕切，音剖，又婆吾切，音蒲，缶也。以瓦为之，盛醯酱之物也。

又 儋耳

便舟来，辱书问讯既厚矣，又惠近诗一轴，为赐尤重。流转海外，如逃深谷，既无与晤语者，又书籍举无有，惟陶渊明一集、柳子厚诗文数册常置左右，目为二友。今又辱来贶，清深温丽，与陶、柳真为三矣。此道比来几熄，海北亦岂有语此者耶？新春，伏想起居佳胜。某与儿子亦粗遣，穷困日甚，亲友皆疏绝矣！公独收恤如旧，此古人所难也。感怍不可言，惟万万以时自爱！

又 儋耳

儿子比抄得《唐书》一部[一]，又借得《前汉》[二]欲抄。若了此二书，便是穷儿暴富也。呵呵！老拙亦欲为此，而目昏心疲，不能自苦，故乐以此告壮者尔。纸、茗佳惠，感怍！感怍！丈丈惠药、米、酱、姜、盐、糖等，皆已拜赐矣。江君先辈辱书，深欲裁谢，连写数书，倦甚，且为多谢不敏也。

〔一〕《旧唐书》，刘昫撰。《新唐书》，宋祁等撰。

〔二〕《前汉书》，班固撰。

又 儋耳

久不得毗陵信[一]，如闻浙中去岁不甚熟，曾得家信否？彼土出药否？有易致者，不拘名物，为寄少许。此间举无有，得者即为希奇也。间或有粗药，以授病者，入口如神，盖未尝识耳。

〔一〕毗陵：今江苏常州。

答程天侔 儋耳

去岁僧舍屡会，当时岂知为乐？今者海外无复梦见！聚散忧乐，如反复手，幸而此身尚健。得来讯，喜侍奉清安。知有爱子之戚，襁褓〔一〕泡幻，不须深留恋也。仆离惠州后，大儿子房下亦失一男孙，悲怆久之，今则已矣。此间食无肉，病无药，居无室，出无友，冬无炭，夏无寒泉，然亦未易悉数，大率皆无尔！惟有一幸，无甚瘴也。近与儿子结茅屋数椽居之，仅庇风雨，然劳费已不赀矣！赖十数学生助工作，供泥水之役，愧之不可言也！尚有此身，付与造物者，听其运转，流行坎止〔二〕，无不可者。故人知之，免忧。夏热，万万自爱！

〔一〕襁：纪养切，音繦。褓：补袄切，音保。襁褓，小儿衣被也。《金刚经》：“如梦幻泡影，如露亦如电。”

〔二〕贾谊《鵩鸟赋》：“乘流则逝兮，得坎则止。”谓随遇而安也。

又

近得子野书，甚安。陆道士竟以疾不起，葬于河源矣！前会岂非一梦耶？仆既病倦不出，然亦无与往还者，阖门面壁而已！新居在军城南，极湫隘，粗有竹树，烟雨蒙晦，真蜒坞獠洞也〔一〕。惠酒绝佳。旧在惠州以梅酝为冠，此又远过之。牢落中得一醉之适，非小补也。

〔一〕獠：鲁脑切，音老，西南夷之一种，常居山洞中。

与郑嘉会　儋耳

舶人回，奉状必达。比日起居佳胜，贵眷令子各安。某与过亦幸如昨。初赁官屋数间居之，既不佳，又不欲与官员相交涉。近买地起屋五间，一龟头在南污池之侧，茂林之下，亦萧然可以杜门面壁少休也。但劳费贫窘耳！此中枯寂，殆非人世，然居之甚安。况诸史满前，甚可与语者也。著书则未，日与小儿编排齐整之，以须异日归之左右也。小客王介石者，有士君子之趣。起屋一行，介石躬其劳辱，甚于家隶，然无丝发之求也。顾某念之，有可以照庇之者，幸不惜也。死罪！死罪！柯仲常旧有契，因见，道区区。

与元老侄孙〔一〕　儋耳

元老侄孙秀才：屡得书，感慰！十九郎墓表，本是老人欲作，今岂推辞？向者犹作宝月志文，况此文义当作，但以日近忧畏愈深，饮食语默，百虑而后动，想喻此意也。若不死，终当作耳！近来须鬓雪白加瘦，但健及啖啜如故耳。相见无期，惟当勉力进道，起门户为亲荣。老人僵仆海外，亦不恨也。

〔一〕元老：名在庭，东坡从孙，官太常少卿，有《九峰集》。

又 儋耳

侄孙元老秀才：久不闻问，不识即日体中佳否？蜀中骨肉，想不住得安信。老人住海外如昨，但近来多病，瘦悴，不复往日，不知余年复得相见否？循、惠不得书久矣！旅况牢落，不言可知。又海南连岁不熟，饮食百物艰难，及泉、广〔一〕海舶绝不至，药物、酱酢等皆无，厄穷至此，委命而已！老人与过子相对，如两苦行僧耳！然胸中亦超然自得，不改其度，知之，免忧。所要志文，但数年不死便作，不食言也。侄孙既是东坡骨肉，人所觑看。住京，凡百倍加周防，切祝！切祝！今有书与许下诸子，又恐陈浩秀才不过许，只令送与侄孙，切速为求便寄达。余惟千万自重！

〔一〕泉、广：谓泉州与广州也。

又 儋耳

侄孙近来为学何如？恐不免趋时。然亦须多读书史，务令文字华实相副，期于实用乃佳，勿令得一第后，所学便为弃物也。海外亦粗有书籍，六郎亦不废学，虽不解对义，然作文极俊壮，有家法。二郎、五郎见说亦长进，曾见他文字否？侄孙宜熟看前、后《汉书》〔一〕及韩、柳文〔二〕。有便，寄近文一两首来，慰海外老人意也！

〔一〕《后汉书》：范晔撰。

〔二〕韩、柳：谓韩愈、柳宗元也。

与范元长 儋耳

毒暑，远惟孝履如宜。海外粗闻近事，南来诸人，恐有北辕之渐，而吾友翰林公，独隔幽显〔一〕，言之痛裂忘生，矧昆仲纯笃之性，感恸摧割，如何可言！奈何！奈何！老朽一言，非苟以相宽者，先公清德绝识，高文博学，非独今世所无，古人亦罕有能兼者，岂世间混混生死流转之人哉？其超然世表，如仙佛之所云必矣。况其平生自有表见于无穷者，岂必区区较量顷刻之寿否耶？此意卓然，唯昆弟深自爱。得归，亦勿亟遽，俟秋稍凉而行为佳。某深欲一见左右，赴合浦，不惜数舍之迂，但再三思虑，不敢尔！必深察。临行，必预有书相报。热甚，万万节哀自重！

〔一〕幽显：犹言死生。

与秦少游 儋耳

某已封书讫，乃得移廉〔一〕之命，故复作此纸。治装十日可办，但须得泉人许九船，即牢稳可恃，余蜑舟多不堪。而许见在外邑未还，须至少留待之，约此二十五六间可登舟。并海岸行一日，至石排，相风色过渡，一日至递角场。但相风难刻日尔！已有书托吴君雇二十壮夫来递角场相等，但请雇下，未要发来，至渡海前一两日，当别遣人去报。若得及见少游，即大幸也。今有一书与唐君，内有儿子书，托渠转附去，料舍弟已行矣。余非面莫究。

〔一〕廉州，今广东合浦县。

与杨子微 北归

某如闻有移黄〔一〕之命，若果尔，当自梧〔二〕而广，须惠州骨肉到同往。计公昆仲扶护舟行当过黄，又恐公自湖南路，行不由江，即不过黄，不知某能及公前到黄乎？漂零江海，身非己有，未知归宿之地，其敢必会见之日耶？惟昆仲金石乃心，困而不折，庶几先公之风，没而不亡也。临纸哽塞，言不尽意。

〔一〕黄：湖北黄州。

〔二〕梧：广西梧州。

又 北归

过雷州〔一〕，奉书必达。到容南〔二〕，知昆仲皆苦瘴痢，又闻寻已痊损，不知即日如何？扶护哀苦，又须勉强开解，卑心忧悬，书不能尽。奉嘱之意，惟深察此心。哀哉少游！痛哉少游〔三〕！遂丧此杰耶！赖昆仲之力，不至狼狈。某日夜前去，十六七间可到梧。若少留，一见尤幸。某到梧，当留以待惠州人至，同泝贺江也。速遣此人达书。

〔一〕雷州：今广东海康县。

〔二〕容南：谓广西容县南境也。

〔三〕秦观南迁放归，行至藤州，病卒。

又 北归

永州[一]人来，辱书，承孝履粗遣，甚慰思望。比谓梧州追及，又将相从泝贺，已而水干无舟，遂有番禺[二]之行。与公隔绝，不得一拜先公及少游之灵，为大恨也！同贬先逝者十人，圣政日新，天下归仁，惟逝者不可返，如先公及少游，真为冀北之空也[三]！徒存仆辈何用？言之痛陨何及！某即度庾岭[四]，欲径归许昌[五]，与舍弟处，必遂一见昆仲。未间，惟万万强食自重。

〔一〕永州：今湖南零陵县。

〔二〕番禺：今广东省会。

〔三〕冀北群空，喻人才消乏也。

〔四〕庾岭：即大庾岭，在赣粤交界处。

〔五〕许昌：今属河南。

又 北归

某忽有玉局之除[一]，可为归田之渐矣。痛哲人之亡，诵殄瘁之章[二]，如何可言？早收拾事迹，编次著撰，相见日以授也。处素因会，多方勉之，以不坠门户为急。监司无与相知者，及毛君亦不识，未敢发书。前路问人，有可宛转为言者，专在意也。漂流江湖，未能赴救，以为惭负。有银五两，为少游斋僧[三]，乞转与处素也。

〔一〕玉局：道观名。轼北归，有提举玉局观之命。

〔二〕《诗经》："人之云亡，邦国殄瘁。"

〔三〕斋僧：谓请僧人作佛事，追荐亡灵也。

与欧阳晦夫 北归

愁霖终日，坐企谈晤，不审尊候佳否？《地狱变相》[一]已跋其后，可详味之，似有补于世者。并字数纸纳去。某所苦已平，无忧。闻少游恶耗，两日为之食不下，然来卒说得灭裂，未足全信。非久，唐簿必有书来言。旦夕话别，次仁人之馈，固当捧领。但以离海南，僚人争致赡遗，受之则若饕餮然[二]，所以一路俱不受。若至此独拜宠赐，则见罪者必众。谨命驰纳，千万恕察，仍寝[三]来耗，幸甚！幸甚！

〔一〕唐吴道子尝画《地狱变相图》。

〔二〕饕：他鏖切，音滔。餮：畅噎切，音铁。贪财为饕，贪食为餮。

〔三〕寝：阁置也。

答钱济明　北归

某忽又闻公有闺门之戚，悲惋不已。贤淑令人，久同忧患，乍失内助，哀毒〔一〕何堪！然人生此苦，十人而九，结发偕老，殆无而仅有也。惟深照痛遣，勿留胸次。令子哀疚难堪，惟当勉为亲庭节减摧慕〔二〕。本欲作慰疏，适旅中有少纷扰，灯下倦怠，不能及也。千万恕察。某若住常，即自与公相聚；若常不可居，亦须到润〔三〕与程德儒相见。公若枉驾一至金山，又幸也。

〔一〕哀毒：犹言哀痛。

〔二〕摧慕：谓毁伤身体，思慕亡亲也。

〔三〕润州：今江苏镇江。

答苏伯固〔一〕　北归

人至，辱书，承别后起居佳胜，感慰深矣。念亲怀旧之心，何时可以易此？顾未有以为计，当且少安之。神明知公心如此，当自有感应。非久见师，是当谋之。某留虔州〔二〕已四十日，虽得舟，犹在赣外，更五七日，乃乘小舫往即之〔三〕，劳费百端。又到此长少卧病，幸而皆愈，仆卒死者六人，可骇！住处非舒〔四〕则常，老病惟退为上策。子由闻已归至颍昌矣〔五〕。会合何日？万万保啬！

〔一〕苏坚，字伯固。

〔二〕虔州：今江西赣县。

〔三〕即之：就之也。

〔四〕舒：今安徽舒城县。

〔五〕颍昌：即许州，今河南许昌县。

又 北归

某凡百如昨，但抚视《易》《书》《论语》三书，即觉此生不虚过，如来书所谕，其他何足道！三复诲语，钦诵不已！寄惠钟乳〔一〕及檀香，大济要用，乳已足剩，不烦更寄也。感愧之至！江晦叔已到。霍子侔往太和〔二〕听命。三儿子促装登舟，未暇上状。《春晦亭记》亦以忙未暇作，少间，当为作也。令子疾知减退，可喜！可喜！

〔一〕钟乳：药品，即石钟乳也。

〔二〕太和：县名，属江西。

又 北归

住计龙舒〔一〕为多，大盆如命取去，为暑中浮瓜沉李之一快也。

《论语说》得暇当录呈。源、修二老，行当见之，并道所谕也。到虔州日，往诸刹〔二〕游览，始见中原气象，泰然不肉而肥矣！何时得与公久聚，尽发所蕴相分付耶？龙舒闻有一官庄可买，已托人问之。若遂，则一生足食杜门矣。灯下倦书，不尽所怀。

〔一〕龙舒：今舒城县南有龙舒河。

〔二〕刹：差瞎切，梵语瑟刹之简称，佛寺所立之幡竿也，后遂通称佛寺曰刹。

与钱志仲　北归

某去此不复滞留，至安居处，当缕细驰问，不敢外，辄用手启，恃深眷也，乌丝〔一〕当用写道书一篇，非久纳上。恶诗不足录也。事简客稀，高堂清风，有足乐者。想时复见念耶？吉州〔二〕幕柳致与之久，故知其吏干过人，不能和众，多获嫌忌，然其实无他也。憔悴将老矣！念非大度盛德孰能收而用之？试以众难，必有可观者。药有毒，乃能已疾；马不蹄啮，多拙于行。惟深念才难，勿责全也。若公遂成就之，此子极有可采，必为门下用。恃明照，僭言，死罪！死罪！

〔一〕世称笺纸画有黑色格子为乌丝栏。

〔二〕吉州：今江西吉安县。

与人 北归

某日望归蜀耳！终当过岐、雍间[一]，徜徉少留，以偿宿昔之意。君自名臣子，才美渐著，岂复久浮沉里中？宜及今为乐。异时一为世故所縻，求此闲适，岂可复得耶？偶记旧与彭年一诗，读之盖泪下也。斯人有才而病废，故常多感慨，可念！可念！聊复录此奉呈，想亦为之惘然也！

〔一〕岐州，今陕西凤翔县。雍州，今陕西、甘肃之境。

与宋汉杰 北归

某初仕，即佐先公，蒙顾遇之厚，何时可忘？流落阔远，不闻昆仲息耗，每以惋叹！辱书累幅，话及畴昔，良复慨然！三十余年矣，如隔晨耳，而前人凋丧略尽，仆亦仅能生还。人世一大梦，俯仰百变，无足怪者。唐辅令兄今复何在？未及奉书，因信略道区区。某只候水来即行矣。余留面尽。

答廖明略[一] 北归

远去左右，俯仰十年，相与更此百罹[二]，非复人事，置之勿污笔墨可也。所幸平安，复见天日。彼数子者何辜，独先朝露！吾侪皆可庆，宁复戚戚于既往哉？公议皎然，荣辱竟安在？其余梦幻去来，何啻蚊虻之过目前也。矧公才学过人远甚，虽欲忘世而世不我忘，晚节功名，直恐不免尔！老朽欲屏居田里，犹或得见，蜂蚁之微，寻以变灭，终不足道。区区仰念，有以广公之意者，切欲启事上答，冗迫不能就，惟深亮之！

〔一〕廖明略：名正，元祐中，召试馆职，东坡在翰林，见其文，大奇之。有《竹林集》。

〔二〕百罹：犹言百忧也。《诗经·兔爰》："我生之后，逢此百罹。"

答孔毅夫　北归

中间常父倾逝，不能一奉慰疏，但荒微一慨而已，惭负至今！承谕子由不甚觉老，闻公亦蔚然如昔，不肖虽皤然〔一〕，亦无苦恙，刘器之乃是铁人。但逝者数子，百身莫赎〔二〕，奈何！江上微雨，饮酒薄醉，书不能谨。

〔一〕皤：蒲讹切，音婆，白也。

〔二〕《诗经·黄鸟》："如可赎兮，人百其身。"

答苏伯固 北归

辱书劳问愈厚，实增感慨，兼审尊体佳胜。今日到金山寺下，虽极艰涩，然尚可寸进，则且乘大舟，以便幼累。必不可前，则固不可辞小艇也。余生未知所归宿，且一切信任，乘流得坎，行止非我也。离英州日〔一〕，已得玉局敕，感恩之外，实荷余庇。得来示，又知少游乃至如此。某全躯得还，非天幸而何！但益痛少游无穷已也！同贬死去大半，最可惜者，范纯父及少游，当为天下惜之，奈何！奈何！子由想已在巴陵〔二〕，得宫观指挥，计便沿流还颍昌。某行无缘追及。昨在途中，风闻公下痢，想安复矣。

〔一〕英州：在今广东英德县。

〔二〕巴陵：今湖南岳阳县。

答王幼安 北归

蒙示谕过重，虽爱念如此，然忧患之余，未忘忧畏。朋友当思有以保全之者，过实之誉，愿为掩讳之也。许暂假大第，幸甚！幸甚！非所敢望也。得托庇偏庑，谨不敢薰污。稍定居，当求数亩荒隙，结茅而老焉。若未即填沟壑〔一〕，及见伯仲功成而归，为乡里房舍客，伏腊[二]相劳问，何乐如之！余非面莫究。

〔一〕填沟壑：谓死亡也。

〔二〕伏腊：伏日在夏，腊日在冬，秦汉时以为令节。

答胡道师 北归

再过庐阜[一]，俯仰十九年，陵谷草木，皆失故态，栖贤、开先[二]之胜，殆亡其半。幻景虚妄，理固当尔。独山中道友契好如昔，道在世外，良非虚语。道师又不远数百里负笈相从，秉烛相对，恍若梦寐。秋声宿云，了然在吾目中矣。幸甚！幸甚！

乍别，远枉专使手书，且审已还旧隐，起居胜常。明日解舟愈远，万万以时自重。

〔一〕庐阜：即庐山。

〔二〕栖贤、开先：皆庐山名刹。

与子由 真州

子由弟：得黄师是遣人赍来四月二十二日书，喜知近日安胜。兄在真州，与一家亦健。行计南北，凡几变矣。遭值如此，可叹！可笑！兄已决计从弟之言，同居颍昌，行有日矣。适值程德孺过金山，往会之，并一二亲故皆在坐。颇闻北方事，有决不可往颍昌近地居者。事皆可信。人所报大抵相忌安排攻击者，北行渐近，决不静尔。今已决计居常州，借得一孙家宅，极佳。浙人相喜，决不失所也。更留真十数日，便渡江往常。逾年行役，且此休息。恨不得老境兄弟相聚，此天也，吾其如天何！亦不知天果于兄弟终不相聚乎？士君子作事，但只于省力处行，此行不遂相聚，非本意，甚省力避害也。候到定叠一两月，方遣迈去注官〔一〕，迨去般家〔二〕，过则不离左右也。葬地，弟请一面果决。八郎妇可用，吾无不用也。更破十缗买地，何如留作葬事？千万莫徇俗也。林子中病伤寒十余日便卒，所获几何，遗恨无穷，哀哉！兄万一有稍起之命，便具所苦疾状力辞之，与迨、过闭户治田，养性而已。千万勿相念！今托师是致此书。

〔一〕注官：谓向官厅报告也。

〔二〕般家：即搬家。

与米元章〔一〕　常州

岭海八年，亲友旷绝，亦未尝关念。独念吾元章迈往凌云之气，清雄绝俗之文，超妙入神之字，何时见之，以洗我积岁瘴毒耶？今真见之矣，余无足云者。

〔一〕米芾，字元章，襄阳人。为文奇险，兼善书、画，自成一家。

又 常州

两日来，疾有增无减，虽迁闸外，风气稍清，但虚乏不能食，口殆不能言也。儿子于何处得《宝月观赋》，琅然诵之，老夫卧听之未半，蹶然〔一〕而起，恨二十年相从，知元章不尽。若此赋当过古人，不论今世也。天下岂常如我辈聩聩耶〔二〕？公不久当自有大名，不劳我辈说也。若欲与公谈，则实未能，想当更后数日耶。

〔一〕蹶：固卫切，读若桂。蹶然，惊动貌。

〔二〕聩：误坏切，读如溃。聩聩，无知貌。

又 常州

某两日病不能动，口亦不欲言，但困卧耳！承示太皇、草圣及谢帖，皆不敢于病中草草题跋，谨且驰纳，俟少愈也。河水污浊不流，薰蒸益病，今日当迁往通济亭泊。虽不当远去左右，且就快风活水，一洗病滞。稍健，当奉谈笑也。

又 常州

某昨日啖冷过度，夜暴下〔一〕，旦复疲甚。食黄耆〔二〕粥甚美。卧阅四印奇古，失病所在。明日会食，乞且罢。需稍健，或雨过翛然时也。印却纳。

〔一〕暴下：谓突然泄泻也。

〔二〕黄耆：药草，性温。

又 常州

某食则胀，不食则羸甚〔一〕，昨夜通旦不交睫，端坐饱蚊子耳！不知今夕云何度？示及古文，幸甚！谢帖未敢轻跋，欲书数句，了无意思，正坐老谬耳！眠食皆未佳，无缘遂东，当续拜简。

〔一〕羸：庐为切，音累，瘠也，疲弱也。

与径山长老惟琳 常州

卧病五十日，日以增剧，已颓然待尽矣！两日始微有生意，亦未可必也。适睡觉，忽见刺字，惊叹久之。暑毒如此，岂耆年者出山旅次时耶？不审比来眠食何如？某扶行不过数步，亦不能久坐，老师能相对卧谈少顷否？晚凉，更一访。

又 常州

岭南万里不能死，而归宿田野，遂有不起之忧，岂非命也夫！然生死亦细故耳，无足道者，惟为佛为法为众生自重！

黄庭坚

与洪甥驹父[一]

驹父知录外甥：得手书，知官下安胜为慰。所寄文字，更觉超迈，当是读书益有味也。学问文章，如甥才气笔力，当求配于古人，勿以贤于流俗遂自足也。然孝友忠信，是此物之根本，极当加意，养以敦厚醇粹，使根深蒂固，然后枝叶茂尔。仕宦如农夫之耕，其得秋在深耕而熟耰之[二]，岁事之成，则有命焉。每见邠老[三]，亦为之道此，不审以为何如？至亲中失公择、莘老[四]，胸中至今愦愦，不可思念。余惟自爱耳！舅某书致。

〔一〕洪刍，字驹父，南昌人。与兄朋、弟炎、羽俱负才名，号四洪。刍诗尤工。

〔二〕耰：衣休切，音忧，覆种也。

〔三〕潘大临字邻老，黄冈人，与弟大观皆以诗名，有《柯山集》。

〔四〕公择：李常也。孙觉字莘老，高邮人。

又

驹父：别后惘然者累日。虽道途悠远，鸿雁相依，颇不索漠。黄州人来，得平安之音，甚慰也。即日想安胜。太守书颇相知，更希善事之。尺璧之阴〔一〕，当以三分之一治家，以其一读书，以其一为棋酒，公私皆办矣。玉父〔二〕若且留黄，亦自佳，不知能如此否？外婆比来意思殊胜，比去冬十分减六七，望夏秋间得佳也。

〔一〕《淮南子》："圣人不贵尺之璧，而重寸之阴。"阴：谓光阴也。

〔二〕洪炎，字玉父，诗似庭坚，有《西渡集》。

又

驹父外甥：昨得书，见笔札已眼明，及见诗，叹息弥日，不谓便能入律如此！可谓江南泽中产此千里驹也〔一〕。然望甥不以今之所能者骄稚人，而思不如舜、禹、颜渊。禹七年三过其门而不入，观《禹贡》之书〔二〕，厥功茂矣，然而终不伐，此必有长处。寡怨寡言，是为进德之阶，千万留意！犹望官下勤劳俗事勿懈。古人之言，犹钩其深，彼俗吏事，聪明者少加意，即当书最〔三〕。既以立家为事，荣及父母为心，当念如此。夜二十刻，许大郎来，言黄人不肯留，呼灯作此，极草草，续别为问。九舅白。

〔一〕屈原《卜居》："宁昂昂若千里之驹乎？"千里驹：名马也。

〔二〕《禹贡》：《夏书》篇名。禹制九州贡法，而详其山川道里之远近，物产之所宜，故曰《禹贡》。

〔三〕书最：谓考续列上等也。

又

驹父外甥推官：得来书，并寄近诗，句甚秀而气有余，慰喜不可言！甥风骨清润，似吾家尊行中有文者，忽见句法如此，殆欲不孤老舅此意。君子之事亲，当立身行道，扬名于后，文章直是太仓稊米耳〔一〕！此真实语，决不相欺。又闻颇以诗酒废王事〔二〕，此虽小疵，亦不可不勉除之。牛羊会计，古人以养其禄。老舅昔尝亦有此过，三折肱而成医〔三〕，其说痛可信也。邓翁亦甚相爱，论亦及此，切希加爱。不具。

〔一〕稊：田倪切，音题，草也，中有米而细。《庄子》："稊米之在太仓。"

〔二〕王事：犹言公务。

〔三〕《左传》："三折肱知为良医。"言其阅历多也。

又

所寄《释权》一篇，词笔纵横，极见日新之效[一]。更须治经，探其渊源，乃可到古人耳。《青琐祭文》，语意甚工，但用字时有未安处。自作语最难。老杜作诗，退之作文，无一字无来处，盖后人读书少，故谓韩、杜自作此语耳。古之能为文章者，真能陶冶万物，虽取古人之陈言入于翰墨，如灵丹一粒，点铁成金也。文章最为儒者末事，然既学之，又不可不知其曲折，幸熟思之！至如推之使高如泰山之崇，崛如垂天之云，作之使雄壮如沧江八月之涛，海运吞舟之鱼，又不可守绳墨、令俭陋也。

〔一〕汤之盘铭："苟日新，日日新，又日新。"

与徐甥师川[一]

师川外甥奉议：别来无一日不奉思。春气暄暖，想侍奉之余，必能屏弃人事，尽心于学。前承示谕自当用十年之功，养心探道，每咏叹此语。诚能如是，足以追配古人，刷前人之耻。然学有要道，读书须一言一句，自求己事，方见古人用心处。如此则不虚用功。又欲进道，须谢去外慕，乃得全功。古人云："纵此欲者，丧人善事；置之一处，无事不办。"读书先净室焚香，令心意不驰走，则言下理会。少年志气方强，时能如此，半古之人，功必倍之。甥性识颖悟，必能解此，故详悉及之。夏初或得相见。因五舅行，草草。

〔一〕徐俯字师川，分宁人，七岁能诗，为舅黄庭坚所器，有《东湖集》。

又

比遣李掾〔一〕人报书，灭裂。及今欲一二作，临书头眩，意绪可知也。累日得雨，天气差凉，虽阻江山，风气不殊。比来八姊郡君尊候何似？甥读书益有味否？须精治一经，知古人关捩子〔二〕，然后所见书传，知其指趣，观世故在吾术内。古人所谓"胆欲大而心欲小"。不以世之毁誉爱憎动，此胆欲大也；非法不言，非道不行，此心欲小也。文章乃其粉泽，要须探其根本，本固则世故之风雨不能漂摇。古人特立独行者，盖用此道耳。洪、潘〔三〕皆是佳少年，但未得严师畏友，追琢其相耳。忠信孝友，立则见其参于前，在舆则见其倚于衡〔四〕，当久而后能安之。若但绣其鞶帨〔五〕，又安能美七尺之躯哉？非甥辈有可以追古人之才，老舅不出此语也。末缘趋席，千万强学自重！

〔一〕掾：读如砚，古佐贰官之通称。

〔二〕捩：力啮切，屑韵。关捩子，与机轴同。

〔三〕洪、潘：谓洪刍兄弟及潘大临兄弟也。

〔四〕《论语》注："衡，轭也。言思念忠信，立则常想见参然在目前，在舆则若倚车轭。"

〔五〕鞶：蒲完切，音槃，大带也。帨：暑卫切，音税，佩巾也。《法言》："今之孝也，非独为之华藻，又从而绣其鞶帨。"

与秦少章〔一〕

辱惠教，审安胜为慰！学问之本，以自见其性为难。诚见其性，坐则伏于几，立则垂于绅，饮则列于尊彝〔二〕，食则形于笾豆〔三〕，升车则鸾和与之言〔四〕，奏乐则钟鼓为之说，故见己者无适而不当。至于世俗之事，随人有工拙者，君子虽欲尽心，夫有所不暇。相见乃尽之。

〔一〕秦觏字少章，高邮人。

〔二〕尊彝：古礼器，谓六尊六彝也。

〔三〕笾豆：古食器。笾以竹为之，豆以木为之。

〔四〕鸾和：皆铃也。《周礼》："以鸾和为节。"

又

辱简记，承学问不怠为慰！前得所惠书，展读颇有家法。此事要须从治心养性中来，济以学古之功。三月聚粮，可至千里。如足下才性之美，何患不及古人？但勿欲速成耳。诗轴都为谢公定借去，未取得，来即遣去。前承陈无己语〔一〕，有人问老杜诗如何是好处，但云："直须有孔窾〔二〕始得。"因相见，试道之。

〔一〕陈师道字无己，一字履常，彭城人。

〔二〕孔窾：空处也。窾，苦碗切，音款。

又

辱前惠教，并示新文累纸，又屡屈车马。公私匆匆不办，眼前盛意未报，然钦爱之诚则勤，足下当亮此。天气日夜凉，渐宜灯火，想于文字益有功。凡可以养生事亲者用心焉。事无道俗，一以贯之，独愿勿载得失于心术耳。尔后稍暇，当约过酺〔一〕，领略闲谈。

〔一〕酺：婆吾切，音蒲，大饮酒也。

又

作文字不必多，每作一篇，要商榷精尽，检阅不厌勤耳。举场[一]下笔迟涩，盖是平时读书不贯穿也。并书十扇，甚愧勤国士也。笔意殊有佳处。公旧学苏余杭书[二]，已有功，政坐变从不肖规摹，笔力小嫩耳！写字鄙事也，亦安用功？然贤于博弈，游息时聊尔为之。能使笔力悉从腕中来笔尾上，直当得意。

〔一〕举场：谓科举场中也。

〔二〕苏余杭：谓苏轼。

与俞清老　澹

得手教，承行李到淮阳[一]安稳，甚慰。俗间酒中，亦得磊落人知此道者否？不肖沉埋尘土中，已成流俗人，时时梦想，犹有曩时江湖云月尔！思欲弄舟风烟之外，婴缚[二]似未有脱期。永怀方外之人，自是宿债轻，不可更作茧自缠缚也。相望千里，无缘奉面，惟强饭自爱！

〔一〕淮阳：今河南淮阳县。

〔二〕婴：绕也。婴缚，犹言缠缚。

又

辱书，审宴居有以自乐。开轩陈书，想见柴桑道人〔一〕，甚慰怀仰。寄惠荆公自录诗，极荷勤笃不忘。"景陶轩"名未为佳，《诗》云："高山仰止，景行行止。"景，明也。高山明仰之，则行明行之尔。晋、魏间人所谓景庄、景俭等，从一人差误，遂相承谬耳！亦如所谓郡守为一麾也〔二〕。辄为题为"今是轩"〔三〕，并写去。某自去年三月已不作诗，徐为公作数语，并写渊明诗十数首，可作櫈，张之轩中也。秀老归未？为致千万意！

〔一〕陶潜，浔阳柴桑人。

〔二〕古有"一麾出守"之语，遂谓郡守为一麾。

〔三〕陶潜《归去来辞》："觉今是而昨非。"

与王立之承奉

伏承手诲，审霜寒侍奉万福为慰！惠示时文，皆有为为之，甚善！更权以古人之言，求合于六艺〔一〕，当有日新之功。书室可名曰"求定斋”。古人有言:“我徂惟求定。”木之能茂其枝叶者,以其根定也;水之能鉴万物者,以其尘定也,故曰“能定而后能虑”〔二〕。不审以为何如?适为亲老,今且苦痰久眩,故稽来使,又未能写所示纸轴,想熟察也。

〔一〕六艺:《诗》《书》《易》《礼》《乐》《春秋》也。亦谓之六经。

〔二〕出《小戴礼记·大学篇》。

与潘邠老

比辱车马,瞻相风度,殊有尘外之韵,中心窃独喜。知足下胸中造于忠厚之实,故见此光华耳!得手诲并新文,匆匆中疾读,已觉沉疴去体,未三复也。蒲圻〔一〕纸佳惠,亦未暇省录。

〔一〕蒲圻:今湖北蒲圻县。

又

西方之书〔一〕,论圣人之学,以为由初发心以至成道,惟一直心,无委曲相，此最近之。

〔一〕佛经来自西方，故称西方之书。

又

子瞻论作文法，须熟读《檀弓》，大为妙论。书字甚工，然少波峭，政以观古人书少耳！可取古法帖，日陈左右，事业之余，辄临写数纸，颇胜弈棋废日。

又

辱教墨，甚勤惠顾，相与款曲之意，无日不勤。身在公家，又至过四十，渐不能堪，如此碌碌度岁月尔！承强学以祈不辱，此胜德之举。充斯言也，足以追配古人，文章安足道哉？

与王立之承奉

每思足下有日新时迈之气，颇欲以文字相从。所居既南北相望，又公私匆匆，初无暇日，但驰仰耳！辱教，审体力胜健为慰。承尊府往怀州，几时当归也？复少游书，词意自相了，佳作也。若读经史贯穿，使词气益道，便为不愧古人矣。刘勰《文心雕龙》、刘子玄《史通》[一]，此两书曾读否？所论虽未极高，然讥弹古人，大中文病，不可不知也。高丽[二]纸得暇即写，多事，草草。

〔一〕梁刘勰著《文心雕龙》。唐刘知幾著《史通》。子玄，知幾字。

〔二〕高丽：一名高句骊，即今朝鲜。

又

比辱宠临，甚惠。匆匆不得款伫车马，多愧！得手字，知侍奉万福为慰！潘家珍渠已取去，《范蜀公墓铭》纳上。昨日市中已见蜡梅开者数枝矣！

又

笔十五、墨一，皆自用佳物，以公留意翰墨，故以相奉。研偶留局中，不携来，他日送上。来日恐子瞻来，可备少纸，于清凉处设几案陈之，如张武笔，其所好也。来日午后亦一到馆下。某顿首上。

又

如公之明敏，固若琼枝琪树，常欲在人目前；特以公私匆匆，又老亲常须医药，故不能数相见，然未尝忘怀也。辱手诲，审侍奉万福为慰！《蜡梅》佳句，并荷勤意。二年来不作诗，遂失句读矣〔一〕！才自局中还，奉答草草。

〔一〕读：音豆。凡经书成文语绝处，谓之句；语未绝而点分之，以便诵咏，谓之读。

又

辱教，并惠示《蜡梅诗》，感叹，恨多病不能继声〔一〕尔！论题候三二日间检上，策题不须作，但取《通典》〔二〕凡事目大者，类取古今沿革与今日所宜者，作文一篇，大略得三十篇，即纵横贯穿矣。小诗若能令每篇不苟作，须有所属乃善。顷来诗人，惟陈无己得此意，每令人叹服之。盖渠勤学不倦，味古人语精深，非有为不发于笔端耳！

〔一〕继声：谓和作。

〔二〕《通典》：唐杜佑撰，皆关于历代典章制度之言。

又

辱教，惠蜡梅，并得佳句，甚慰怀仰！数日天气骤暖，固宜木根有春意动者，遂为诗人所觉，亟叹足下韵胜也。比来自觉才尽，吟诗亦不成句，无以报佳贶，但觉后生可畏尔！

又

辱教，审侍奉熙庆为慰！雨气差凉，颇得近文字，但苦为俗事所夺耳！寄《寂斋赋》，语简，秀气郁然，大为佳作，钦叹！钦叹！然作赋须要以宋玉、贾谊、相如、子云为师〔一〕，略依仿其步骤，乃有古风。老杜咏吴生〔二〕画云："画手看前辈，吴生远擅场。"盖古人于能事，不独求跨时辈，须要于前辈中擅场尔！

〔一〕宋玉：楚人。贾谊、司马相如、扬子云（雄）皆汉代人，以辞赋著称。

〔二〕吴生：吴道子，唐代名画家。

又

比以亲老，时时小不快，又身亦多病，故百事废弛，思欲胥疏江湖之上耳。如所谕云云，皆非鄙人所任责者，但审侍奉万福为慰！所问应举事，恐不必尔。士大夫平居事父兄之余力，固以读书学文。不免为亲应举，得失便有数科，宁有利不利耶？思义理则欲精，知古今则欲博，学文则观古人之规摹耳。盛暑，懒出入，不欲公冒热远来，但怀思耳。

与徐彦和 常

比因太和普觉院人回，寓书信左右，当已呈彻。专人辱手诲勤恳，审监郡草偃风行〔一〕，又得从容于文字，惟恻怛以惠鳏寡，忠实以教官吏，力行所闻，不以才高位下而自贬损，神之听之，实百福之所会。惠示《坛经笺训》〔二〕，极见用心之美。今时道俗，往往不护言行。斯文之作，实不虚费笔墨。若欲究竟兹事，更须退步，损之又损。恨不得相见尔。

〔一〕《论语》："君子之德，风也；小人之德，草也，草上之风必偃。"偃：仆也。

〔二〕《坛经》：唐代禅宗六祖慧能所说。

与景善节推

得仲谋书，承以失举将不遂迁官。公颇历世故艰难，当解此物去来矣。不知今调何官？洵仁得安问否？无缘会面，千万强学自重，当官爱民，以行所闻。谨勒手状。

答曹荀龙

辱书勤恳，感慰！承奉亲在江湖间，县僻无事，何乐如之！在康庄〔一〕尘埃中，常苦人事夺光阴。得岑寂处，可读书作字佳耳！读书勿求多，唯要贯穿，使义理融畅，则欲下笔时不蹇吃也〔二〕。阻面，故云此。

〔一〕康庄：大道也。《尔雅》："五达谓之康，六达谓之庄。"
〔二〕蹇吃：犹言滞钝。

与宜春朱和叔

承颇留意于学书，修身治经之余，诚胜他习。然要须以古人为师，笔法虽欲清劲，必以质厚为本。古人论书，以沉着痛快为善。唐之书家，称徐季海书〔一〕如怒猊抉石、渴骥奔泉，其大意可知。凡书之害，姿媚是其小疵，轻佻是其大病，直须落笔一一端正。至于放笔，自然成行，草则虽草，而笔意端正。最忌用意装缀，便不成书。

〔一〕徐浩字季海，长城人，善书法，四体皆备，草隶尤精。

与晋甫

损惠赐茶，感刻！送酒，香味极佳。从来苦郡城厨酝，味如稀饧，不谓步兵奇酝〔一〕乃出大旆之下，细酌风味，如对清论，钦羡！钦羡！

〔一〕晋阮籍闻步兵厨有佳酿，遂求为步兵校尉。

与俞清老

惠及荆公遗墨。入手喟然，想见风流余韵，昭庆、定林〔一〕之间，无复斯人矣！亲老，年来多苦足弱臂痛，未能脱然，然眠食亦不恶。承眷与不浅，故及此。弟侄辈皆荷齿记，感戢！感戢！

〔一〕昭庆、定林：皆寺院，在南京钟山麓，王安石晚岁所常游也。

答王子飞 云

陈履常正字〔一〕，天下士也！读书如禹之治水，知天下之络脉，有开有塞，而至于九川涤源，四海会同者也。其作诗渊源，得老杜句法，今之诗人不能当也。至于作文，深知古人之关键。其论事，救首救尾，如常山之蛇，时辈未见其比。公有意于学者，不可不往扫斯人之门。古人云："读书十年，不如一诣习主簿。"〔二〕端有此理。若见，为问讯，千万！

〔一〕陈师道官秘书省正字。

〔二〕习主簿：晋习凿齿也。

又

比急足回，奉状，必已彻几下。数日秋暑尤逼人，不审何如？伏维侍奉不訾调护。诏行之策何如？漕台[一]有来音未？尊公去泸[二]，虽田野小民，亦耿耿然。在公家以理自遣，固已无纤芥矣，唯行李须令出于万全耳。瞿唐、滟滪[三]，非可玩之水也。士大夫聪明文学，世颇易得，至于秉不凋之节，奉以终始，万人乃一耳。乐公父子好善不倦，故书此《独行》一篇往，所谓轻尘足岳，坠露增流者。孔子曰："重耳之伯，心生于曹。小白之伯，心生于莒[四]。安知我不得之桑落之下？"小小逆境，皆进德之门户也，愿加意焉。

〔一〕漕台：谓督粮官也。

〔二〕泸：今四川泸县。

〔三〕瞿唐：为三峡之一。滟滪：在瞿唐峡口，为江流最险处。

〔四〕重耳：晋文公也。小白：齐桓公也。曹、莒：皆春秋时地名。

答王子予 雩

比来不审读书何似？想以道义敌纷华之兵，战胜久矣。古人有言曰："并敌一向，千里杀将。"要须心地收汗马之功[一]，读书乃有味；弃书册而游息时，书味犹在胸中，久之乃见古人用心处。如此则尽心一两书，其余如破竹节，皆迎刃而解也〔二〕。古人常喻植杨。盖杨，天下易生之木也，倒植之而生，横植之而生。然一人植之，一人拔之，虽千日之功皆弃。此最善喻。顾衰老终无益于高明，子予以为何如？

〔一〕汗马：言战功也。战马疾驰而汗出，故云。

〔二〕刃：刀锋也。迎刃而解，谓不费力也。语出《庄子·养生主》篇。

答南溪宰石信道人

放逐颠沛〔一〕，人所简贱，阴拱而窥三川之涂者，惟恐不肖之尘玷辱之也。道出贵部，而轩盖弈弈，来顾憔悴，终日不懈，窃深叹服。意此邦鳏寡，被岂弟〔二〕之泽深矣！不有君子，其能国乎？奉别来忽复一月，病余疲惫，终未复常，以是阙其修敬。乃蒙示书先之，存问勤恳，感愧无以为喻。秋暑溷浊，似欲不堪，不审尊候何如？

〔一〕颠沛：偃仆也。人事挫折，亦称颠沛。

〔二〕岂弟：与“恺悌”通，乐易也。

又

雅闻南溪〔一〕民淳事简，况君子居之，亦有以新其风俗之陋。邑廷清虚，想时与僚佐同文字之乐，诸郎读书，亦有自新之功。某寓舍无恙，虽无登览江山之胜，得一堂亦且粗遣朝夕，来御魑魅〔二〕。处此盖已有余，俟他日稍以私力葺之。旁近有禅子道人，欲相从寂寞者，亦蔽其风雨而已。

〔一〕南溪：即戎州，今四川宜宾县。

〔二〕《左传》："投诸四裔，以御魑魅。"魑魅：山林异气所生，为人害者，即所谓妖精也。

答宋子茂殿直

顷辱书，审在公夙夜，体力轻安为慰！虞候〔一〕周章及峨眉〔二〕僧晓贤去，继奉书皆彻兄案否？某寓舍已渐完，使令者但择三四人差谨廉者耳。既不出谒，所与游者亦不多，山花野草，微风动摇，以此终日。衣食所资，随缘厚薄，更不劳治也。此方米面皆胜黔中，饱饭摩腹，婆娑以卒岁耳！闲居亦强作文字，有乐府长短句数篇〔三〕，后信写寄。未缘会集，千万勤官自寿，偷余日以近诗书为望！

〔一〕虞候：官名。

〔二〕峨眉：山名，在四川峨眉县西南。

〔三〕乐府长短句：即曲子词。

又

子飞、子均、子予想数相见否？每相聚，辄读数叶《前汉书》，甚佳。人胸中久不用古今浇灌之，则俗尘生其间，照镜觉面目可憎，对人亦语言无味也！

又

两辱手诲，承病起及今，乃安和矣。能以覆辙兢慎如此，即是万全安乐人矣。人生以身为本，其余于我何有？自今可研物理，求道术否？王帅之去，民有甘棠〔一〕之思，而门下之士，失嘉木之荫，想亦耿耿不易平也！或闻有理之者，冀或便得一阙耳。

〔一〕《诗经》："蔽芾甘棠，勿翦勿伐，召伯所茇。"《毛传》："《甘棠》，美召伯也。"

答㵒道尉句宗卨

雨余便热，喜承起居轻安。伏奉手诲，委扫除之币于不肖之庭，自视欿然〔一〕，何敢当先生之礼？至所以为币，又不敢当也。闻古者相见之礼，以束脩〔二〕、乘壶、一犬，言其足以将至意，易致而不费也。朝觐之礼，天子受其贽〔三〕而反其玉，虽千乘之富〔四〕，亦不以其货也。惟足下之诚已达于不肖，其币则反诸从者。衰俗之中，稍以古道自振，亦吾侪之职也。

〔一〕欿：可感切，音坎，意不自满也。

〔二〕脩：脯也。十脡为束。古者相见，必执贽以为礼。束脩，礼之薄者。

〔三〕贽：止肆切，音至，初见时所执物也。

〔四〕千乘：谓能出车千乘之国也。

答王周彦 庠

辱手书勤恳，并寄诗文，意气骎骎翼翼，出门已无万里，古人所谓“断以不疑，鬼神避之”。如公笔力，他日孰能当之？往年元祐〔一〕初，与秦少游、张文潜论诗，二公初谓不然，久之，东坡先生以为一代之诗，当推鲁直，而二公遂舍其旧而图新。方其改辕易辙，如枯弦敝轸〔二〕，虽成声，而疏阔跌宕，不满人耳。少焉，遂能使师旷忘味，钟期改容〔三〕也！如足下之作，深之以经术之义味，宏之以史氏之品藻〔四〕，合之以作者之规矩，不但使两川之豪士拱手也！未即得面，驰情无量！秋初，觊能一来，快尽此事。

〔一〕元祐：宋哲宗年号。

〔二〕轸：止引切，音诊。瑟下转弦者谓之轸。

〔三〕师旷：晋之乐师，能审音以知吉凶。钟子期：春秋楚人。伯牙鼓琴，志在高山流水，子期听而知之。

〔四〕《汉书注》："品藻者，定其差品及文质。"

答王秀才

足下气宇甚裕，窃揣量之，但从师取友之功少，读书未及根本耳！深根固蒂，然后枝叶茂；导源去塞，然后川流长。浮图〔一〕书云："无有一善从懒惰懈怠中得，无有一法从骄慢自恣中得。"此佳语也，愿少垂意。不加功而谈命，犹不凿井而俟泉也。此乃齐智〔二〕之所知，既承倾倒见与，故聊助聪明之万一。

〔一〕浮图：即佛陀之异译。浮图书，即佛经。

〔二〕齐智：犹言普通有智慧者。

答王太虚

某屏弃不毛之乡〔一〕，以御魑魅，耳目昏塞，旧学废忘，直是黔中一老农矣！足下何所取重而赐之书教？陈义甚高，犹河汉而无极〔二〕，皆非不肖之所敢承。古之人不得躬行于高明之势，则心亨于寂寞之宅。功名之途，不能使万夫举首，则言行之实，必能与日月争光。卧云轩中主人，盖以此傲睨一世耶〔三〕？先达有言"老去自怜心尚在"者，若某则枯木寒灰〔四〕，心亦不在矣！足下富于春秋，才有余地，使有力者能挽而致之通津〔五〕，恐不当但托之空言而已。无缘承教，以开固陋，近来有所述作，幸能寄惠。灌园之余，尚须呻吟，以慰衰疾。

〔一〕不毛：谓不能种植之地。《公羊传》："锡之不毛之地。"后沿用为僻远之称。

〔二〕语出《庄子·逍遥游》。成玄英云："犹上天河汉，迢递清高，寻其源流，略无穷极。"

〔三〕傲睨：倨傲旁视，目空一切也。

〔四〕枯木寒灰：喻无知觉。

〔五〕通津：犹言重要地位。

与陈斌老

斌老：累得书，喜侍奉安庆，读书不懈。黔中难得师，惟可闭门自读书。古人云："读书百遍，其义自见。"惟要不杂学，悉心一缘，义理之性开发，但以韩文〔一〕为法，学作文字，且不用作时文、经义〔二〕之类。如此等物，若修学成，看《大学经义》三五日，便可成就有余也。草书、水墨之类，且置之勿作，亦妨人读书全功。胡斯立清修，节行甚美，可与游从，恨渠遂随计入都耳！《左传》、《前汉》读得彻否？书不用求多，但要涓涓不废。江出岷山〔三〕，源若瓮口，及其至于楚国，横绝千里，非方舟不可济，惟其有源而不息，受下流多故也。既无人讲劝，但焚香正坐静虑，想见古人，自当心源开发，日胜进也。今寄王献之《黄庭》、张长史草书《千字文》〔四〕，可观古人用笔之意。

〔一〕韩文：韩愈之文也。

〔二〕时文、经义：皆当时应试文字，犹明、清之八股。

〔三〕岷山：在今四川松潘县北。

〔四〕王献之：晋代人，羲之子。《黄庭》：道教经典。张长史：名旭，又号张颠，唐代大书家。《千字文》：周兴嗣撰。

答黔州谭司理 存之

贤郎性和易，济以经术，即成佳士。但师友非长育人才之匠，恐不能尽其才耳！公垫江〔一〕生事既优裕，一岁费百千，便可致一佳士在门，勿令与悠悠之辈杂处焉，则子弟日闻所不闻，公亦得博约〔二〕之益矣。

〔一〕垫：底念切，音店。垫江，县名，属四川。

〔二〕《论语》："博我以文，约之以礼。"

与清长老

承怀宁〔一〕富尉出于名家，而孝弟学问。恨未相识也！寄芝草石刻，但老人不作诗已十余年，如老婆不复可施粉泽矣！幸为道此意。德素诸人，不能来叩关键，盖是护惜旧闻，以习禅家爱着木槵子〔二〕，换人眼睛，但不知乃是一对木槵子耳。知命百事长进，惟此道全无交涉，渠既不及，亦无下手处。四十性和厚不争，而义理之性终未发，且令熟诵书，勤为讲解浸润之耳！知命来峡中，得一子如牛儿，头骨奇壮，性气磊落，他日或是吾家千里驹也！

〔一〕怀宁：即今安徽怀宁县。

〔二〕木槵子：即无患子，落叶乔木，实圆，中含一子，色黑而坚，可作念珠。

答徐甥师川

每见贤士大夫，及林下得意人，言师川言行之美，未尝不叹息也！所寄诗，正忙时读数过，辞皆尔雅，意皆有所属，规模远大。自东坡、秦少游、陈履常之死，常恐斯文之将坠，不意复得吾甥，真颓波之砥柱也〔一〕！续当写魏郑公《砥柱铭》奉寄。甥能忍夏蚊之噆肤〔二〕，而从莹中游〔三〕，真旷世之奇事也。蒙谕当涂〔四〕不可作久计，诚然，似闻已别有命。须近诗，谩往数篇，老拙岂能如所云，观一节可以知其侏儒也〔五〕。

〔一〕砥柱：山名，在黄河中。

〔二〕噆：此坎切，音惨，啮也。

〔三〕陈瓘字莹中，号了翁，沙县人，有《了翁易说》。

〔四〕当涂：今安徽当涂县。

〔五〕侏儒：短小人也。

答廖宣叔 铎

烛下所见惠简，喜承体力渐胜。所谓忧患无种，夺人生理，诚如来示。惟利衰毁誉，称讥苦乐，此八物，无明〔一〕种子也。人从无明种子中生，连皮带骨，岂有可逃之地？但以百年观之，则人与我及彼八物，皆成一空。古人云："众生身同太虚，烦恼何处安脚？"细思熟念，烦恼从何处来？有益于事，有益于身否？入风之波，渺然无涯，而以百年有涯之生，种种计较，欲利恶衰，怒毁喜誉，求称避讥，厌苦逐乐。得丧又自有宿因，决不可计较而得之，然且猿腾马逐，至于澌尽而后休，不可谓智也。所欲知近道之涂，亦穷于是。

〔一〕无明者，痴暗之心，体无慧明，故曰无明。又一切烦恼之异名也。

答王观复

公决行在几时？此别不足恨，中原亭驿如流，虽南北，可数通书，不比剑外〔一〕及牂牁、夜郎之洪荒无诏也。前卒还，附书谢何静翁，不草草，而静翁乃云不得不肖书，试为根究，恐小人辄以货取之耳！今年戎州荔枝岁登，一种柘枝头出于遏腊，大如鸡卵，味极美，每斤才八钱。日饫〔二〕此品，凡一月，此行又似不虚来。恨公不同此味，又念公无罪耳。一笑一笑!

〔一〕剑外:剑门之外也。剑门,山名,在四川剑阁县北。牂牁:音臧柯,郡名。今贵州旧遵义府以南,至思南石阡等府,皆其地。夜郎:国名。今贵州西境,古为南夷夜郎国地。

〔二〕饫:郁据切,音淤,饱也。

答苏大通

惠示东坡《试墨帖》,虽二十五年前书,如鸾凤之雏,一日坠地,便非孔翠〔一〕可拟,况山鸡〔二〕辈也!昙相《十生记》,佳惠也。旧闻此道人奇怪,而不详悉,得此,甚慰寡闻。欲书数大榜,令无为〔三〕山中作金字,但未知山中何类榜额,未经前哲书耳。

〔一〕孔翠:谓孔雀翠鸟也。

〔二〕山鸡:惊雉,爱其羽毛,照水则舞。

〔三〕无为:今安徽无为县。

又

辱书,勤恳千万。观所自道,从学就仕,而知病之所在,窃窥公学问之意甚美。顾既在宫，则难得师友，又少读书之光阴。然人生竟何时得自在、饱闲散耶？“三人行，必有我师”〔一〕，此居一州一县求师法也。读书光阴，亦可取诸鞍乘间耳。凡读书法，要以经为主。经术深邃，则观史易知人之贤不肖，遇事得失易以明矣。又读书先务精而不务博，有余力乃能纵横。以公家二父〔二〕学术跨天下，公当得之多，辄复贡此，此运水以遗河伯者耶〔三〕？盖窃观公所论极入理，人才难得，故相望于后凋雪霜之意耳〔四〕。治行匆匆，奉书极不如礼。

〔一〕《论语》：“三人行必有我师焉，择其善者而从之，其不善者而改之。”

〔二〕公家二父：谓轼与辙也。

〔三〕河伯：河神也。

〔四〕《论语》：“岁寒，然后知松柏之后凋也。”

与王君全

旦来伏想起居轻安。细事恳烦：有一紫竹轿子，未有竿，欲乞两枝饱风霜紧小桂竹，又须时月无毛病者，便得之佳。或无，为乞邻，不嫌似微生高也〔一〕。

〔一〕《论语》：“孰谓微生高直？或乞醯焉，乞诸其邻而与之。”

与人

僦居城南，虽小屋而完洁。舍后亦有三二亩闲地，畦蔬植果，亦有饭后逍遥之地。所谓“园日涉以成趣，门虽设而常关”者也〔一〕。生事虽竟未能有根本，然衣食随缘厚薄，亦自寡过少累耳。但以舍弟知命，不乐静居数出入，然流湿就燥〔二〕，水火自有性，虽圣人不能易，亦命也！恐欲知，故具之。

〔一〕语出陶潜《归去来辞》。

〔二〕《易·系辞》：“水流湿，火就燥。”

答人

重蒙委曲诲谕，感佩不忘！人志行不同，亦如程、李〔一〕之为将，张竦、陈遵〔二〕之处世耳。张竦曰：“人各有性，长短自裁。子欲为我亦不能，吾而效子亦败矣。虽然，学我者易持，效子者难将，吾常道也。”亦知百虑而后行者寡矣。然推心不疑，性已成敝，未易琢磨也。

〔一〕程、李：谓程不识、李广，皆汉武帝时名将，其治兵一严一宽。

〔二〕张竦、陈遵：皆汉哀帝时人。

与周达夫

久为萍客〔一〕，烦内外亲旧多矣，愧悚不可言！辱书勤恳，馈米面及数种，恩意曲折。衰朽无堪，何以得此于长者耶？感愧！感愧！承旦夕遣人如端彦，此美意也。圣人云：“供养百千阿罗汉〔二〕，不如供养一无心道人。”如端彦，朝夕与之游，真有益也。方阻参承，临纸怀仰。

〔一〕谓作客如浮萍，漂流无定也。

〔二〕阿罗汉：梵语，小乘极悟者之位名也。

答李端叔〔一〕

老来懒作文，但传得东坡及少游岭外文，时一微吟，清风飒然，顾同味者难得尔！

〔一〕李端叔名之仪，见前。

又

数日来骤暖，瑞香、水仙、红梅皆开，明窗净室，花气撩人，似少年时都下梦也。但多病之余，懒作诗尔！公比来亦游戏翰墨间耶？或传陈履常病且死，岂有是乎？比得荆州〔一〕一诗人高荷，极有笔力，使之凌厉中州〔二〕，恐不减晁、张也〔三〕；恨公未识耳！方叔〔四〕安否？

〔一〕荆州今湖北江陵县。

〔二〕凌厉：奋迅无前之貌。中州：今河南地。

〔三〕晁、张：谓晁补之、张耒，并见前。

〔四〕方叔：即李廌，见前。

与人

甲子雷雨，深慰民望，乃尊公清静忧民之应，钦叹！钦叹！暑气未解，计复作大雨，当了此下种插秧事尔！

与王子飞 云

伏奉手诲，喜承侍奉吉庆。惠醋，极副所需，感刻！感刻！鲜自源本不敢重烦左右，乃亦辱哀王孙〔一〕之意，愧悚！愧悚！闻比来得将护，气体遂完壮，不废观书，何慰如之！承换差遣不得，不能无耿耿。阴阳家〔二〕谓克己者为官，既已从仕，则受制于官，不得悉如意也。然人生而游斯世，逆顺之境常相半；强壮时少历阻艰，亦一佳事耳！无缘瞻望，惟冀为亲自重，慰此怀想！

〔一〕帝王后裔曰王孙。杜甫有《哀王孙》诗。

〔二〕阴阳家：古九流之一，专言遁甲、六壬、择日、占星之事。

与王子飞兄弟

示谕作笺，以为不可废之礼，其义盖不然也。古无此礼，近世李宗谔〔一〕始以公状施于私敬，如先达王元之、杨大年〔二〕，其道德至今可爱敬，凛然有大臣风节者，盖不用此礼也。窃尝病世俗好为苛礼细谨，故在高位而不可望以相知察者，未尝与书，虽曩时在州县亦然。其可望以相知察者，亦不复修世俗之礼也。窃意如子飞风度智术者，可共此不疑也。

〔一〕李宗谔：字昌武，饶阳人。真宗时，累拜右谏议大夫。风流儒雅，尤好勤接士类。

〔二〕王禹偁字元之，巨野人，有《小畜集》。杨亿字大年，浦城人。

性耿介，尚气节，文格雄健，有《武夷新集》。

与明叔少府

待罪穷壑，与魑魅为邻。平生学问，亦以老病昏塞，既无书史可备检寻，又无朋友相与琢磨，直一谭一笑，流俗相看耳！忽蒙赐书，存问勤恳，且承安贫乐义，不溷乡党，卖屋以为道路之资，载书以为到官之业。想见风采，定慰人心。国有君子，何陋之有？不肖早衰，五十而无闻〔一〕，使得终寿，日月余几？得好学之士相从，尚或有所发明。望风钦叹，无以为喻！谨奉状道愿见之意。心之精微，非笔墨所及，伏惟照察！

〔一〕无闻：谓无声誉也。《论语》："四十五十而无闻焉，斯亦不足畏也已！"

又

比承动静，行李涉险，来归闲居，亦匆匆，未能遣记。辱手诲，审冲冒少失调护。伏想休息得所，已经安矣。适有少急事，衮衮至夜，不果奉答。鄙文编已领略一篇不？踳駮〔一〕还多，二十年前文字也。前所借编，今送吉[二]。闻公在吉，以避武隆检覆，意不必尔。仕宦劳逸常相半，如狙公七芧，但朝暮辨耳[三]。人生与忧患俱生，仕宦则与劳苦同处。事固多藏于隐伏，实无可避，愿深思之。食其禄而避事，则灾怪生矣。

〔一〕踳：杵陨切，音蠢。踳駮亦作踳驳，乖舛驳杂也。

〔二〕吉：今江西吉安县。

〔三〕狙：促于切，音疽，猿属。宋有狙公者，爱狙，养之成群。食匮，将限其食，恐狙不驯，先诳之曰："与若芧朝四而暮三足乎？"众狙皆起而怒。俄而曰："与若芧朝三而暮四足乎？"众狙皆伏而喜。语出《庄子》及《列子》。

又

本纸用此八幅，写和晁、张八篇，昨日已书小卷中，今辄作王维摩诘八诗。盖蜀中士大夫罕诵此作，故书往，贵人稍寻讨耳。承今日遂成行，早起太守来约同饭，遂得安韶款语矣。闻昨颇以公厨不馈，烦料理，寻已豁然。柳下惠与乡人处，袒裼裸裎而不辱[一]，盖其胸中视一世人特鸣吠耳[二]，又何足与之论轻重厚薄耶？仰看青天行白云，万事不置。非公高明，语不及此。

〔一〕柳下惠：春秋时鲁人，居柳下，谥曰惠。孟子称为圣之和者也。袒：惰懒切，音但，裸露也。裼：屑激切，音锡，卷袖也。裸：鲁伙切，音卵，赤体也。裎：池盈切，音呈，倮身也。《孟子》：“虽袒裼裸裎于我侧，尔焉能浼我哉？”

〔二〕鸣吠：谓如驴鸣狗吠也。

答荆州族人颜徒

宗子之礼废，同姓之子孙，数世之后，遂为路人，窃尝深悲之。盖尝闻先君绪言，长沙〔一〕一族，初亦零替。闻有晦甫者，儒学里行，人所推崇，恨未相识。及不肖游学在淮南〔二〕，则闻闽漕〔三〕以侍御史召，名动京师矣！衰宗坠绪，犹当敦睦，况贤者之子孙乎？今日相见，欢慰无已。重烦简诲，悚惕悚惕！

〔一〕长沙：今湖南省会。

〔二〕淮南：淮水以南之地。

〔三〕闽漕：谓福建漕运官也。

与益修四弟强宗

某承手示，喜晴寒，日用轻安。数日来，不平之气，想已消歇。古人云："事不如意，十常八九。"况此小小，何足置怀！世间逆顺境界，如寒暑昼夜，必至之理。周公〔一〕以大圣扶倾定难，远则四国流言，近则同僚不悦。而周公从容不动，而天下和平。此小小者如蚊蚋〔二〕过前耳，又何怏怏耶〔三〕？十五郎甚安，纯谨可喜。

〔一〕武王崩，成王幼，周公摄政。管、蔡流言于国曰："公将不利于孺子。"周公乃避居东都。其后成王迎周公归，管、蔡惧，挟纣子武庚叛。王命周公讨之，杀武庚，诛管叔，囚蔡叔，其乱始平。

〔二〕蚋：汝卫切，音芮，虫名，形略似蜂。

〔三〕怏：音央，上声。怏怏，情不满足也。

龙榆生著作精选集

古今名人书牍选

龙榆生 著

团结出版社

图书在版编目（CIP）数据

龙榆生著作精选集 / 龙榆生著.

-- 北京 : 团结出版社, 2019.12

ISBN 978-7-5126-7580-3

Ⅰ. ①龙… Ⅱ. ①龙… Ⅲ. ①词(文学)–文学研究–中国–文集 Ⅳ. ①I207.23-53

中国版本图书馆CIP数据核字(2019)第284145号

出版: 团结出版社

（北京市东城区东皇城根南街84号 邮编: 100006）

电话:（010）65228880　65244790（传真）

网址: www.tjpress.com

Email: zb65244790@vip.163.com

经销: 全国新华书店

印刷: 三河市腾飞印务有限公司

开本: 145×210　1/32

印张: 84

字数: 1650千字

版次: 2020年12月 第1版

印次: 2020年12月 第1次印刷

书号: 978-7-5126-7580-3

定价: 316.00元（全9册）

出版说明

龙榆生(1902—1966)，本名沐勋，号忍寒，晚年以字行。20世纪最负盛名的词学大师之一，生于江西万载，殁于上海，早年师从黄侃、陈衍、朱祖谋等名师习诗词及文字音韵学，后遂终身致力于词学研究。曾任暨南大学、中山大学、中央大学、上海音乐学院教授。他一生致力于词学研究，被称为中国词学学科的奠基人，创办了现代第一本词学专门刊物《词学季刊》，对词学研究的现代转型影响巨大。

龙榆生词学研究的领域广泛，成就卓著。常年任教于各大学校的他，在写下一部部词学专著的同时，也一直不忘整理概论和选本。这套《龙榆生著作精选集》我们精选了其经典著作九种。在概论中，我们选择了他晚年有代表性的《唐宋词格律》《词曲概论》《词学十讲》三种；选本则选择《东坡乐府笺》《唐宋名家词选》《唐五代词选注》《近三百年名家词选》四种；考虑到目前雅言弱化、语言表现力不足的现状，还特意选择了《古今名人书牍选》《苏黄尺牍选》二种，作为学习文言文的补充读本。读者也可以藉此九种窥见龙先生一生治学的全豹。《龙榆生著作精选集》既可以作为古典诗词爱好者的案头必备典籍加以赏玩，又可以作为青年学子提升文化修养、学习典雅文言的上乘读物。

针对本套系列丛书工程浩大、专业性强的特点，为此我们特地组织了相关专家进行了专门的校勘和梳理。本着尊重作者和原著的精神，此次再版将特殊历史时期下，不符合作者原意的改本加以修订，恢复符合作者理念的原本原貌，并在前人基础上对仍存在的讹误重加订正。考虑到现代读者的阅读习惯，特将原来的繁体竖排调整为简体横排。由于编者水平所限，在编辑过程中，疏漏之处在所难免，恳请广大读者不吝赐教！

编者

2020年10月

导 言

写信是社交上一件最重要的事，那是人人都晓得的，可不须编者再来"饶舌"了。

现在所说的书信，古代只叫做"书"。《春秋左氏传》说："晋侯不见郑伯，以为贰于楚也。郑子家使执讯而与之书，以告赵宣子。"又说：楚子重、子反，以夏姬故，怨巫臣而杀其族，巫臣自晋遗二子书。又说："范宣子为政，诸侯之币重，郑人病之……子产寓书于子西，以告宣子。"这三个"书"字，都是后来书信的名称所托始。《礼记·檀弓》上面，也有"滕成公之丧，使子服敬叔吊进书"的一段话。梁刘勰在他著的《文心雕龙·书记》篇内说得好："书者，舒也，舒布其言，陈之简牍。"这可见书信的效用，就是要把个人所想说的话，尽量写在文字上面，叫对方澈底了解他的意思罢了。

写字用的纸，相传是汉代蔡伦才发明制造的。在这以前，普通都用木片和竹片。一块木片或竹片，写不了多少字，就把绳子穿起来，联做一串，这就叫做"札"和"笺"。现在中央研究院历史语言研究所从新疆方面搜集得来的这类东西，还不在少数。近人罗振玉编了一本书，叫做《流沙坠简》，收的都是些汉、晋间人写的短信和记载各种物事的数目，也是在新疆方面发现的，可惜原物都被外国人拿走。这书是向外国摄来的影片，比不上中央研究院所藏的，可以叫我们看到我们祖宗写信用的东西的原形。

我们明白了上面的话，再来谈谈书信的各种名称。有的叫做“书牍”，有的叫做“书简”，有的叫做“书札”，有的叫做“尺牍”，有的叫做“笺启”。《说文解字》：“牍，书版也。”又说：“札，牒也。”又说：“笺，表识书也。”《汉书》师古注：“牍，木简也。”刘熙《释名》：“札，栉也，编之如栉齿相比也。”《尔雅·释器》疏：“简，竹简也。古未有纸，载文于简，谓之简札。”这可见“书牍”等等名称，都不过就所用的工具来说罢了。“启”的应用，原和章奏相同。刘勰说：“启者，开也。……自晋来盛启，用兼表奏，陈政言事。既奏之异条，让爵谢恩，亦表之别干。”（《文心雕龙·奏启》）又据《晋书·山涛传》：涛为吏部尚书，凡用人行政，皆先密启，然后公奏，举无失才，时称“山公启事”。可见“启”是臣下对君上用的。到了后来，也就一般通用了。“尺牍”的称谓始于《史记·仓公传赞》有“缇萦通尺牍”的话，后来都把它当作小简的称呼了。

人事日繁，书牍的需要也就日甚一日。我国最古的书牍，要数到周、秦之间。刘勰说：“三代政暇，文翰颇疏。春秋聘繁，书介弥盛：绕朝赠士会以策，子家与赵宣以书，巫臣之遗子反，子产之谏范宣，详观四书，辞若对面。又子服敬叔进吊书于滕君，固知行人挈辞，多被翰墨矣。”（《文心雕龙·书记》）这可见春秋时代书牍的应用，已极频繁。那时各国争霸，常修聘问之礼，所谓“行人之官”，便要长于“辞令”的人去充任。“辞令”是要微婉而合于“诗教”的，无论腾于口舌，或者写在简牍上面，都是一样的道理。所以孔子说：“诵诗三百……使于四方，不能专对，虽多，亦奚以为？”当时国际间的往还，都极重视此事。这种体裁，既然出于春秋行人的“辞令”，所以对于交际方面是最要紧不过的。他的诀窍，既贵明决，又要婉转，好比纯绵裹针，软中自有力量。我们读过《左传》上面的吕相《绝秦书》，就可晓得那种软硬兼施，辞锋何等利害了。

战国策士纵横，献书画策，大开风气。虽然不免夸张的恶习，有时候还要颠倒是非，可是那种锐利的辞锋，剖析利害，曲尽情理，倒很值得研究。从这以后，应用的工具渐渐改良了，笔和绢素，以至于后来通用的纸，都在秦汉而后逐渐通行。书牍的流传，也就跟着日盛日多了。到了东汉末年，文人学士，就有专门注意这种工作，并且以此擅名的。建安才子，如陈琳、阮瑀、应璩这一班人，都因善为书记，被当代要人所看重。《后汉书·文苑传》说：祢衡为黄祖作书记，轻重疏密，各得体宜。魏文帝《与吴质书》又说：“元瑜书记翩翩，致足乐也。”这些说话，正可看出当时重视书牍的一斑。

魏晋之间，俗尚玄谈，一班阀阅子弟更注意于应对的漂亮，所谓“王谢家风”，影响于社会风尚，非凡之大。加上当时的士大夫都很讲究书法，由篆、隶变做行、草，极其简便美观。钟繇、王羲之都是产生在这个时代的重要人物。因为书法的精妙和吐属的隽雅，应用在书牍上面，何等悦目！这一时期的书牍，可说完全美术化了！只是短短的几行居多数，较少长篇大幅的作品。我们打算把这一类的小简，另外编成小册子，这里就不用多说了。这个时期较长篇、较重要的作品，大半收在《昭明文选》里面，读者不妨取来一读。

六朝人的书牍，就美的立场来讲，可说是好极了！只因骈偶过多，不免有“文浮于质”的毛病，对于人生方面，没有多大的补益。这种风气，是从建安文人开始，一直到了隋唐之际，还很流行。唐代韩愈、柳宗元一班人拿“古文”相号召，所有书牍也跟着化骈偶为单行，以比六朝，完全变了模样。从这以后，书牍就分“骈”、“散”两体。大抵陈说事理的多用散文，敷衍应酬，或是褒扬赞美，如庆贺答谢一类，需要冠冕堂皇的则以骈体为宜。我们打开宋人的集子来看，不管他是什么古文家，如王安石、苏轼之流，都有“四六”笺启。这可见书牍的体裁，要看应用如何，才能把它决定。

宋人尺牍，最为从来所称道的，要算苏轼和黄庭坚两家。——编者另有《苏黄尺牍选》，也由本馆印行。——这是属于小简一类的，后来影响于明人最大。明人也是讲究书法的，所以对于尺牍方面尽多清隽的作品。世行《明贤书牍》和《赖古堂名贤尺牍新钞》之类，也都有一读的价值。就普通应用方面来讲，尺牍小简占了相当地位。我们如果能够把魏晋以来下迄宋、明诸家的小简汇集起来，做写信的模范，再抽点功夫学学他们的书法，那就不愁书信写的不漂亮了！

现在要谈到选辑这本小册子的宗旨和目的来了。这里面所包涵的作品，是详于近代而略于古代的，是注重内容的充实，而不很注重形式的美丽的。是希望读者了解些做人、办事、立身、处世的道理，和研究学术的态度及门径的。是希望读者把这里面所有的人物当做自己的师友，把他们所说的话拿来身体力行的。是希望读者无论要想做个学术家或者政治家，都要拿扶衰拯溺的精神来做出发点，以求有益于社会民生的。所以对于内容不很充实，以及颓废放诞、不切人生的作品，虽然十分漂亮，也只好暂从“割爱”了。

真实的学问，要从经验中得来。把许多经验丰富的人所说的话，来做我们青年人的圭臬，给我们以立身处世的道理，我想这并不能说是什么迂阔之见吧！

本书所收的作者，除了曹丕、曹植、韩愈、柳宗元、元稹、白居易纯粹是个文人或诗人外，——曹丕虽然做了皇帝，可是除了文学的成就外，对于政治上并没有什么表现。——其余的如马援、范仲淹、司马光、王安石、王守仁、张居正、曾国藩、胡林翼、曾纪泽等，都是些抱负非凡，而且在事功方面都有过实际表现的。朱熹、陆九渊、顾炎武，是学术史上最有权威的学者。这般人所说的话，都是从学识经验上得来，而且多是把一个“诚”字做出发点的。我们因为先要了解书牍的体裁，有骈文和古文两大派，所以把曹丕、曹植、卢谌、刘琨的作品来代表前一派，韩愈、柳宗元的作品来代表后一派。元、白二人，虽然除了诗的成就外，也并不见得有什么表现，可是他们对于诗的见解，是和其他诗人专门“嘲风雪弄花草”，或者堆砌故实，一味干“雕虫小技”的把戏的，完全站在相反的地位。他们对于文学的主张，也是要间接有补于社会民生的。所以特地把他两个论诗的信收在这里。我们看了这两封信，可见他们从事诗歌的动机完全是出于“悲悯”的热诚，而以唤醒群众起来改革社会现状为主旨的。居易说：“文章合为时而著，歌诗合为事而作。”这种从事文学的态度，是值得我们景仰而效法的！此外，论诗的作品，有朱熹的《答陈体仁》、陆九渊的《与程帅》，论文的作品，有柳宗元的《答韦中立论师道》、曾国藩的《复陈右铭太守》、《复吴南屏》，虽然只是几篇短短的书牍，也就很够表现一般学者和古文家对于诗和散文的见解了。

宋代的政治家司马光和王安石，完全站在反对的地位。司马光是比较守旧的，王安石是极力主张变法的，虽然政见不同，可是他们的出发点都是站在“福国利民”四个字上面，所以两人往复辩论，态度是光明磊落的。安石新法的是非功罪，我们在这里姑且不去管他。可是制度虽好，如果运用不得法，或者推动这部机器的不得其人，那么他的结果恰恰会和先前的希望相反。我们且把司马光给安石的一封长信细读一遍，就可以看出新法失败的原因了。他说：

> 介甫固大贤，其失在于用心太过、自信太厚而已。
>
> ——《与王介甫书》

又说：

彼谄谀之人，欲依附介甫，因缘改法以为进身之资。一旦罢局，譬如鱼之失水。此所以挽引介甫，使不得由直道行者也。介甫奈何徇此曹之欲，而不思国家之大计哉？孔子曰：“巧言令色，鲜矣仁！”彼忠信之士，于介甫当路之时，或龃龉可憎，及失势之后，必徐得其力。谄谀之士，于介甫当路之时，诚有顺适之快，一旦失势，必有卖介甫以自售者矣。

——《与王介甫书》

这是何等透澈诚恳的说话。一个人平日有抱负，有学识，有主张，而且抱着大公无私的态度，要干就干，一切浮言非议本无所用其顾恤。可是过于“刚愎自用”，有时就难免为左右一班小鬼所包围，弄得福国转以病民，良法变为弊政。古今多少大事，都坏在这班谄谀逢迎的小鬼手里！“君子爱人以德”，我们读了这一段话，应该怎样佩服司马光这种对朋友的诚恳态度，和处在领导地位的人应付是何等的不容易啊！

朱熹和陆九渊，在宋代的思想界也是站在相反的地位。在他们的集子里，往复辩难的书信尤其不少。他们所争的是真理而不是意气，是学术是非之公，而不是权利地位之私，这精神也是极可敬佩的。可惜多数是涉及哲学范围的话，不是一般人能够判断是非的。所以编者只把他们教人怎样做人、怎样治学、怎样办事的短篇书信选了一些放在这小册子里。他那严正的态度和笃实浅近的道理，已经够做我们的模范了。

王守仁是明代一位明体达用的儒者，他的学说主张“致良知”，和“知行合一”。他的思想渊源是从陆九渊来的。他在当时所表现的事功，在历史上是很显赫的。谁说“书生无用”，儒者只会“坐而论道”呢？现在的日本人，还是很崇拜他的，明治维新据说都是受了他的学说的影响。这样一位伟大的人物，不值得做我们的典型么？这里所择的几篇书牍，多是有关于论学和处事的。他斤斤于劝人“立志”，他说：

> 今时友朋美质不无，而有志者绝少。谓圣贤不复可冀，所视以为准的者，不过建功名，炫耀一时，以骇愚夫俗子之观德。呜呼！此身可以为尧、舜，参天地，而自期若此，不亦可哀也乎？
>
> ——《寄张世文》

这和陆九渊鼓励学者向上的志愿，说“有志，有勇，有立”，是同样的苦口婆心。现在的青年，容易被人收买，供人利用，皆由平时太看轻了自己。对症发药，这类浅近的话也是值得“书绅”的。

张居正是明代一位独裁的宰相。他那勇于负责的精神，和光明磊落的态度，在他的书牍里面充分表出。他是主张“奉公守法”，不务姑息的。他说：

仆以一身当天下之重，不难破家以利国，陨首以求济，岂区区浮议，可得而摇夺者乎？

——《答应天巡抚宋阳山书》

又说：

自仆受事以来，一切付之于大公，虚心鉴物，正己肃下。法所宜加，贵近不宥；才有可用，孤远不遗，务在强公室，杜私门，省议论，核名实，以尊主庇民，率作兴事。亦知绳墨不便于曲木，明镜见憎于丑妇。然审时度势，政固宜尔。

——《与李太仆渐庵论治体书》

这是何等“斩钉截铁”的话！他又说：

得失毁誉关头，若打不破，天下事无一可为者。

——《答南学院李公言得失毁誉》

又说：

荐贤本以为国，非欲市德于人。

——《答张巡抚濂滨言士称知己》

好一个做领袖的态度!

曾国藩和胡林翼在清代的事功，我想是大家都明白的。他们都是文士出身，能够在军事上和政治上有了这样的成就，大可替“百无一用”的书生吐口闷气。他们的得力所在，是拿道家的精神、法家的手段来达到儒家的目的，而特别注意于人才的消长和精诚的感召。国藩说：

> 窃尝以为无兵不足深忧，无饷不足痛哭，独举目斯世，求一攘利不先、赴义恐后、忠愤耿耿者，不可亟得。或仅得之，而又屈居卑下，往往抑郁不伸，以挫，以去，以死。而贪饕退缩者，果骧首而上腾，而富贵，而名誉，而老健不死。此其可为浩叹者也！
>
> ——《复彭丽生》

又说：

> 今日百废莫举，千疮并溃，无可收拾。独赖此精忠耿耿之寸衷，与斯民相对于骨岳血渊之中，冀其塞绝横流之人欲，以挽回厌乱之天心，庶几万有一补。
>
> ——《与江岷樵左季高》

林翼说：

夫人才随取才者之分量而生，亦视用才者之轻重而至。我之分量，穷极夫天下古今，则必有天下之才应之。

——《致严渭春观察》

又说：

居今日而图治，必以痛扫书差积弊为先着，除莠安良为中权至计，而非用霹雳手段，不能显菩萨心肠。

——《复枣阳县贺月樵》

这都是“真知灼见”，而且由救国救民的热忱发出的一套话。近人蔡锷曾把他们两位所写的书牍和日记里面所有关于政治军事的话摘出编做一书，叫做《曾胡治兵语录》，现在都把它当做精神训练的宝典，这可见出曾、胡书牍的重要了。

曾纪泽是国藩的长子，受了良好的家庭教育和他父亲的人格感化。在清代末年，和薛福成先后到过外国做出使大臣。在那时候，号称最为了解国际形势的人物。我们看了他的书信，便会感觉到近百年来国是日非的缘由，和国土日蹙的悲愤。他在那时还说：

弟愚以为办洋务并非别有奥窔，遇事仍宜以吾华之情理酌之。理之所在，百折不回，不可为威力所诎；理有不足，则见机退让，不自恃中华上国而欺陵远人。

——《巴黎复陈俊臣中丞》

又对法谋安南，极端主战。他说：

法、越之事，虽强邻蓄意已久，然实由吾华示弱太甚酝酿而成。目前相持不下，日在危机，我诚危矣。彼亦未尝不危。若我能坚持不让之心，一战不胜，则谋再战；再战不胜，则谋屡战，此彼之所甚畏也。

——《伦敦复陈俊臣中丞》

这些话，我想就是到了现在，还是值得参考的！

现在把本编所收的重要作者，大约都介绍过了。书牍是和对方表示自己的意见，或者发抒情绪传给对方的。一个人的意见，究竟是不是正确，要靠他平日的学识、修养和经验来判断。编者把这一二十位学识精到、修养淳深、经验丰富的名人，介绍给青年们做个“益友”，希望多多接受这班“益友”的善言，借作做人干事的参镜。而且历史是前进的，时代愈近，所说的话，对于我们也愈密切。所以本编所收的作者，比较偏重于近代。然而举一漏万，在所不免。希望读者们“触类而长之”，更加身体力行，或者这一本小册子也有“受用不尽”的所在，那是编者所最引为欢慰的一件事啊！

最后我要引顾炎武的一段话来做自己的忏悔，兼和一般从事著作的人共同策勉。他的话是：

> 尝谓今人纂辑之书，正如今人之铸钱。古人采铜于山，今人则买旧钱，名之曰废铜，以充铸而已。所铸之钱，既已粗恶，而又将古人传世之宝，舂剉碎散，不存于后，岂不两失之乎？
>
> ——《与人书》

我们读了这段话，应该表示十二分的惭愧。

二十六年七月十八日，脱稿于沪西之康桥寓居。

目　录

王安石

苏 轼

朱 熹

陆九渊

王守仁

张居正

顾炎武

曾国藩

胡林翼

曾纪泽

薛福成

马 援

字文渊，扶风茂陵人。初依隗嚣，后归光武。建武中，拜伏波将军，征交趾，平之，立铜柱以表功。武陵五溪蛮反，援复将兵讨之，时年已八十余。尝谓宾客曰："丈夫立志，穷当益坚，老当益壮。"又言："男儿要当死于边野，以马革裹尸还。"后果卒于军，封新息侯。事详《后汉书》本传。

诫兄子严敦书〔一〕

吾欲汝曹闻人过失，如闻父母之名，耳可得闻，口不可得言也。好议论人长短，妄是非正法，此吾所大恶也，宁死不愿闻子孙有此行也。汝曹知吾恶之甚矣，所以复言者，施衿结缡申父母之戒〔二〕，欲使汝曹不忘之耳。

龙伯高敦厚周慎〔三〕，口无择言，谦约节俭，廉公有威。吾爱之重之，愿汝曹效之。杜季良豪侠好义〔四〕，忧人之忧，乐人之乐，清浊无所失，父丧致客，数郡毕至。吾爱之重之，不愿汝曹效也。效伯高不得，犹为谨敕之士，所谓刻鹄不成尚类鹜者也〔五〕。效季良不得，陷为天下轻薄子，所谓画虎不成反类狗者也。讫今季良尚未可知，郡将下车辄切齿[六]，州郡以为言，吾当为寒心，是以不愿子孙效也。

〔一〕援兄子严、敦，并喜讥议，而通轻侠客，援在交趾，贻书诫之。后有讼杜保者，引援书为证，即此篇也。梁松素与保往来，几得罪，以是怨援。援没于军，松遂构成其罪。

〔二〕施衿结缡：以嫁女时情事喻也。衿，交衽也。缡，帨也。父母送女出阁，亲为施衿而结缡，申之训戒也。

〔三〕龙伯高：名述，京兆人，时为山都长。

〔四〕杜季良：名保，京兆人，时为越骑司马。

〔五〕敕：修正也。今或作饬。鹄：俗名天鹅。鹜：音木，野鸭也。

〔六〕切齿：怀恨也。

曹丕

字子桓，沛国谯人，操长子。操卒，嗣为丞相、魏王。汉建安末，废献帝为山阳公，篡汉，国号魏，都洛阳，改元黄初。性好文学，博闻强识，以著述为务。即位后，吴与蜀亦相继称帝，凡两伐吴，皆无功。在位六年崩，谥文。事详《三国志》。

与吴质书〔一〕

二月三日，丕白：岁月易得，别来行复四年〔二〕。三年不见，《东山》犹叹其远〔三〕，况乃过之，思何可支？虽书疏往返，未足解其劳结。

昔年疾疫，亲故多离其灾，徐、陈、应、刘，一时俱逝〔四〕，痛可言邪！昔日游处，行则连舆，止则接席，何曾须臾相失。每至觞酌流行，丝竹并奏，酒酣耳热，仰而赋诗，当此之时，忽然不自知乐也！谓百年已分〔五〕，可长共相保，何图数年之间，零落略尽，言之伤心！顷撰其遗文，都为一集〔六〕。观其姓名，已为鬼录〔七〕。追思昔游，犹在心目，而此诸子化为粪壤，可复道哉！

观古今文人，类不护细行，鲜能以名节自立[八]。而伟长独怀文抱质，恬淡寡欲，有箕山之志[九]，可谓彬彬君子者矣[一〇]，著《中论》二十余篇，成一家之言，辞义典雅，足传于后，此子为不朽矣！德琏常斐然有述作之意，其才学足以著书，美志不遂，良可痛惜。间者历览诸子之文，对之抆泪[一一]，既痛逝者，行自念也。孔璋章表殊健，微为繁富。公幹有逸气，但未遒耳[一二]！其五言诗之善者，妙绝时人。元瑜书记翩翩，致足乐也。仲宣续自善于辞赋[一三]，惜其体弱，不足起其文，至于所善，古人无以远过。昔伯牙绝弦于钟期[一四]，仲尼覆醢于子路[一五]，痛知音之难遇，伤门人之莫逮。诸子但为未及古人，自一时之隽也。今之存者，已不逮矣。后生可畏，来者难诬，然恐吾与足下不及见也！

年行已长大，所怀万端，时有所虑，至通夜不瞑，志意何时复类昔日？已成老翁，但未白头耳！光武言："年三十余，在兵中十岁，所更非一。"[一六]吾德不及之，年与之齐矣！以犬羊之质，服虎豹之文，无众星之明，假日月之光，动见瞻观，何时易乎？恐永不复得为昔日游也！少壮真当努力[一七]，年一过往，何可攀援？古人思炳烛夜游，良有以也。顷何以自娱？颇复有所述造不[一八]？东望於邑[一九]，裁书叙心。丕白。

〔一〕吴质：字季重，南皮人，时为元城令。

〔二〕行：且也。复：去声。

〔三〕《毛诗·豳风·东山》："自我不见，于今三年！"

〔四〕徐幹字伟长，陈琳字孔璋，应玚字德琏，刘桢字公幹。建安二十二年，魏大疫，诸人多死，故书中及之。

〔五〕已分：犹言分所当得也。分，去声。

〔六〕撰：选定也。都：总也，通也。

〔七〕鬼录：犹云鬼之名录。

〔八〕护：爱惜也。鲜：去声，少也。

〔九〕箕山：许由隐居之处。

〔一〇〕《论语》："质胜文则野，文胜质则史，文质彬彬，然后君子。"

〔一一〕抆：音吻，拭也。

〔一二〕遒：劲也。

〔一三〕元瑜：阮瑀字。仲宣：王粲字。续：继也。言仲宣最少，续彼众贤，自善于辞赋也。

〔一四〕伯牙、钟期：皆楚人。《吕氏春秋》："子期死而伯牙乃破琴绝弦。"

〔一五〕《礼记·檀弓》上："孔子哭子路于中庭，有人吊者，而夫子拜之。既哭近使者而问故，使者曰：'醢之矣！'遂命覆醢。"醢音海，肉酱也。

〔一六〕三句见《东观汉记》光武赐隗嚣书。更，平声，经历也。

〔一七〕《古诗》："少壮不努力，老大徒伤悲。"

〔一八〕不：同否。

〔一九〕於邑：气逆结不下也。《楚辞》："气於邑而不可止。"通作呜咽。

曹植

字子建，操第三子。十岁善属文，任性而行，不事雕饰。晚封陈王，卒谥曰思。植文才富艳，谢灵运尝言："天下文章只一石，子建独得八斗。"有《曹子建集》。事详《三国志》本传。

与杨德祖书〔一〕

植白：数日不见，思子为劳，想同之也。仆少小好为文章，迄至于今，二十有五年矣！然今世作者，可略而言也。昔仲宣独步于汉南〔二〕，孔璋鹰扬于河朔〔三〕，伟长擅名于青土〔四〕，公幹振藻于海隅〔五〕，德琏发迹于此魏〔六〕，足下高视于上京〔七〕。当此之时，人人自谓握灵蛇之珠〔八〕，家家自谓抱荆山之玉〔九〕。吾王于是设天网以该之〔一〇〕，顿八纺以掩之〔一一〕，今悉集兹国矣。然此数子，犹复不能飞轩绝迹〔一二〕，一举千里。以孔璋之才，不闲于辞赋，而多自谓能与司马长卿同风〔一三〕，譬画虎不成反为狗也。前书嘲之，反作论盛道仆赞其文。夫钟期不失听，于今称之。吾亦不能妄叹者，畏后世之嗤余也。

世人之著述，不能无病。仆常好人讥弹其文[一四]，有不善者，应时改定。昔丁敬礼常作小文[一五]，使仆润饰之[一六]，仆自以才不过若人，辞不为也。敬礼谓仆："卿何所疑难？文之佳恶，吾自得之，后世谁相知定吾文者邪？"吾常叹此达言，以为美谈。昔尼父之文辞[一七]，与人通流。至于制《春秋》，游、夏之徒[一八]，乃不能措一辞。过此而言不病者，吾未之见也。盖有南威之容，乃可以论其淑媛[一九]；有龙泉之利，乃可以议其断割[二〇]。刘季绪才不能逮于作者，而好诋诃文章，掎摭利病[二一]。昔田巴毁五帝，罪三王，訾五霸于稷下，一旦而服千人，鲁连一说，使终身杜口[二二]。刘生之辩，未若田氏，今之仲连，求之不难，可无息乎？人各有好尚，兰茝荪蕙之芳，众人所好，而海畔有逐臭之夫[二三]；《咸池》、《六茎》之发，众人所共乐，而墨翟有非之之论[二四]，岂可同哉？

今往仆少小所著辞赋一通相与[二五]。夫街谈巷说，必有可采；击辕之歌，有应《风》、《雅》[二六]。匹夫之思，未易轻弃也。辞赋小道，固未足以揄扬大义，彰示来世也。昔扬子云先朝执戟之臣耳[二七]，犹称壮夫不为也[二八]。吾虽德薄，位为蕃侯，犹庶几勠力上国，流惠下民，建永世之业，留金石之功，岂徒以翰墨为勋绩，辞赋为君子哉？若吾志未果，吾道不行，则将采庶官之实录，辩时俗之得失，定仁义之衷，成一家之言。虽未能藏之于名山，将以传之于同好，非要之皓首[二九]。岂今日之论乎？其言之不惭，恃惠子之知我也[三〇]。明早相迎，书不尽怀。植白。

〔一〕杨德祖：名修，弘农人，好学有俊才。自曹丕以下，皆与交好。

〔二〕仲宣曾投刘表，流寓荆州，故云汉南。

〔三〕孔璋在冀州，依袁绍，故云河朔。鹰扬：言威武奋扬如鹰也。《毛诗》："维师尚父，时维鹰扬。"

〔四〕伟长居北海郡，《禹贡》之青州也，故云青土。

〔五〕公幹东平宁阳人，宁阳边齐，故云海隅。

〔六〕德琏南顿人，近许都，故云此魏。

〔七〕德祖为太尉彪之子，夙居上京。

〔八〕高诱《淮南子注》："隋侯见大蛇伤断，以药傅而涂之，后蛇于大江中衔珠以报之。"

〔九〕《韩子》："楚人和氏得玉璞于楚山之中，奉而献之文王，使玉人治其璞而得宝。"

〔一〇〕吾王：谓操也。崔实《本论》："举弥天之网，以罗海内之雄。"

〔一一〕《淮南子》："九州之外，是有八泽。八泽之外，乃有八纮。"顿：安置也。

〔一二〕轩：翥也。

〔一三〕司马长卿：名相如，汉赋家。

〔一四〕讥弹：纠举其短也。

〔一五〕丁敬礼：名廙，沛郡人。

〔一六〕润饰：犹言修改。《论语》："行人子羽修饰之，东里子产润色之。"

〔一七〕尼父：孔子也。

〔一八〕游夏：孔门弟子。《史记》："孔子文辞有可与共者，至于《春秋》，子游、子夏之徒，不能赞一辞。"

〔一九〕《战国策》："晋平公得南威，三日不听朝。"《尔雅》："美女为媛。"

〔二〇〕龙泉：剑名。《战国策》苏秦说韩王曰："韩之剑戟，龙渊大阿，陆断牛马，水击鸿雁。"

〔二一〕刘季绪：名修，表子。诃：呼歌切，大言也。掎：居绮切。音以，偏引也。摭：之石切，音炙。拾取也。

〔二二〕《文选注》引鲁连子："齐之辩者曰田巴，辩于狙丘，而议于稷下，毁五帝，罪三王，一日而服千人。有徐劫弟子曰鲁连，谓劫曰：臣愿当田子，使不敢复说。"呰：音紫，毁也。稷：齐城门名。

〔二三〕茝：音齿。茝、荪皆香草。《吕氏春秋》："人有大臭者，其亲戚、兄弟、妻妾知识，无能与居者，自苦而居海上。人有悦其臭者，昼夜随而不去。"

〔二四〕黄帝乐曰《咸池》，颛顼乐曰《六茎》。《墨子》有《非乐篇》。

〔二五〕往：犹送也。相与：犹言相赠。

〔二六〕《汉书·艺文志》："小说家者，街谈巷语，道听途说之所造也。"击辕：野人之歌也。

〔二七〕扬子云：名雄，蜀郡人。执戟：谓侍卫之臣。《通典》："凡郎官皆当更直，执戟宿卫诸殿门以侍卫，故亦通称侍郎。"

〔二八〕扬子《法言》："雕虫篆刻，壮夫不为也。"

〔二九〕要：平声，期待也。皓首：白头也。

〔三〇〕惠子：为庄子之友，借以喻修。

卢谌

字子谅，钦从孙，范阳涿人。清敏有理思，好《老》《庄》，善属文，尚武帝女荥阳公主，后从段匹磾。事详《晋书》本传。

赠刘琨书

故吏从事中郎卢谌〔一〕，死罪死罪。谌稟性短弱，当世罕任。因其自然，用安静退。在木阙不材之资，处雁乏善鸣之分〔二〕。卷异蘧子，愚殊宁生〔三〕。匠者时眄，不免膜宾〔四〕。尝自思惟，因缘运会，得蒙接事，自奉清尘，于今五稔〔五〕。谟明之效不著，候人之讥以彰〔六〕。大雅含弘，量苞山薮。加以待接弥优，款眷逾昵〔七〕，与运筹之谋〔八〕，厕宴私之欢〔九〕。绸缪之旨，有同骨肉〔一〇〕，其为知己，古人罔喻。昔聂政殉严遂之愿，荆轲慕燕丹之义〔一一〕，意气之间，靡躯不悔〔一二〕。虽微达节，谓之可庶〔一三〕。然苟曰有情，孰能不怀？故委身之日，夷险以之〔一四〕。

事与愿违，当忝外役〔一五〕，遂去左右，收迹府朝。盖本同末异，杨朱兴哀；始素终玄，墨翟垂涕〔一六〕。分乖之际，咸可叹慨；

致感之途，或迫乎兹。亦奚必临路而后长号，睹丝而后歔欷哉？是以仰惟先情，俯览今遇〔一七〕，感存念亡，触物眷恋。《易》曰："书不尽言，言不尽意。"〔一八〕然则书非尽言之器，言非尽意之具矣。况言有不得至于尽意，书有不得至于尽言邪？不胜猥懑〔一九〕，谨贡诗一篇，抑不足以揄扬弘美，亦以摅其所抱而已。若公肆大惠，遂其厚恩〔二〇〕，锡以咳唾之音，慰其违离之意，则所谓《咸池》酬于北里，夜光报于鱼目〔二一〕，谌之愿也，非所敢望也。谌死罪死罪。

〔一〕谌父志与琨相善。琨为并州刺史，辟谌为从事中郎。谌后为连州牧段匹磾别驾，以书与琨，琨答之，均媵以诗。见《文选》。从事中郎：晋代官名，司空僚属也。

〔二〕《庄子·山木篇》：庄子行于山中，见大木枝叶茂盛，伐木者止其傍而不取也。问其故，曰："无所可用。"庄子曰："此木以不材得终其天年。"夫子出于山，舍故人之家，故人喜，令竖子杀雁，烹之。竖子请曰："其一能鸣，其一不能鸣，请奚杀？"主人曰："杀不能鸣者。"明日，弟子问于庄子曰："昨山中之木，以不材得终其天年；主人之雁，以不能鸣死，先生将何处？"庄子笑曰："周将处夫材与不材之间矣。"晋灼《汉书注》："资，材量也分，谓己所当得也。"分：去声。

〔三〕《论语》子曰："蘧伯玉，邦无道可卷而怀之。"又曰："宁武子，邦无道则愚。"

〔四〕《文选注》："言在木阙不材，故匠者时眄；在雁之善鸣，故不免膑宾也。"膑：同馔。

〔五〕《文选注》：“行必尘起，不敢指斥尊者，故假尘以言之。清，尊之也。”稔：日饮切，音衽，谷熟也，谷一熟为一年。

〔六〕谟明：谓才猷克著也。《尚书》：“允迪厥德，谟明弼谐。”《毛诗序》云：“《候人》，刺近小人也。”

〔七〕款眷：犹言诚爱。昵：近也。

〔八〕与：去声，同预。《汉书》高祖曰：“运筹策于帷幄之中。”

〔九〕厕：置身其间也。《毛诗》：“诸父兄弟，备言燕私。”

〔一〇〕绸缪：缠绵也。《晋书·卢谌传》：“琨妻即谌之从母，既加亲爱，又重其才地，故有绸缪骨肉云云。”

〔一一〕聂政为严遂刺韩相侠累，荆轲为燕太子丹刺秦王，皆战国时人，详《史记·刺客列传》。

〔一二〕靡躯：犹言粉骨碎身也。靡，烂也，古通糜。

〔一三〕微：无也。《左传》：“圣达节，次守节。”

〔一四〕夷险：《文选注》：“喻治乱也。”

〔一五〕役：谓别驾也。对琨言，故谓之外。忝：叨窃之意。

〔一六〕《淮南子》：“扬子见陆路而哭之，为其可以南，可以北。墨子见练丝而泣之，为其可以黄，可以黑。”

〔一七〕先情：谓谌父也。今遇：谓琨也。

〔一八〕二句见《易·系辞》。

〔一九〕猥：众也。懑：愤也。

〔二〇〕肆：展也。

〔二一〕《咸池》：黄帝之乐。夜光：隋侯之珠。《史记》：“纣使师涓作新淫声北里之舞。”郑玄云：“鱼目乱真珠。”二句皆尊琨而自谦之语。

刘琨

字越石，中山魏昌人，为晋司空，后为段匹磾所害。事详《晋书》。

答卢谌书

琨顿首。损书及诗〔一〕，备辛酸之苦言，畅经通之远旨〔二〕。执玩反复，不能释手，慨然以悲，欢然以喜。

昔在少壮，未尝检括〔三〕，远慕老、庄之齐物，近嘉阮生之放旷〔四〕，怪厚薄何从而生，哀乐何由而至。自顷辀张〔五〕，困于逆乱，国破家亡，亲友凋残。负杖行吟，则百忧俱至；块然独坐，则哀愤两集。时复相与举觞对膝，破涕为笑。排终身之积惨，求数刻之暂欢。譬由疾疢弥年，而欲一丸销之〔六〕，其可得乎？

夫才生于世，世实须才。和氏之璧，焉得独曜于郢握？夜光之珠，何得专玩于随掌〔七〕？天下之宝，当与天下共之。但分析之日，不能不怅恨耳。然后知聃、周之为虚诞，嗣宗之为妄作也〔八〕。昔騄骥倚辀于吴坂，长鸣于良、乐，知与不知也〔九〕；百里奚愚于虞而智于秦，遇与不遇也〔一〇〕。今君遇之矣，勖之而已。

不复属意于文，二十余年矣。久废则无次，想必欲其一反，故称指送一篇〔一一〕，适足以彰来诗之益美耳。琨顿首顿首。

〔一〕损书：谓贬损地位，以书见及。谦辞也。

〔二〕董仲舒《对策》："天地之常经，古今之通义。"

〔三〕检：法度也。括：约束也。

〔四〕老、庄：老聃、庄周也。阮生：阮籍也。《庄子》有《齐物论》。《晋书》："阮籍放诞，不拘礼教。"旷：疏旷也。

〔五〕辀张：惊惧貌。辀，张由切。

〔六〕疢：耻印切，音趁，病也。一丸：谓药丸一颗也。

〔七〕《韩非子》：楚人和氏得玉璞于楚山中，献之于王，玉人相为石，王以为诳，刖其左足，再献而刖其右足。后理其璞而得宝，遂名曰和氏之璧。郢为春秋楚地名，其匠石能运斤如风，见《庄子》。此即指玉人而言。又《淮南子注》：随侯见大蛇伤断，以药傅而涂之，后蛇衔夜光之珠以报。

〔八〕嗣宗：阮籍字。

〔九〕《战国策》：楚客谓春申君曰："昔骐骥驾盐车，上吴坂，迁延负辕而不能进，遭伯乐，仰而鸣之，知伯乐知己也。"辀：辕也。良：王良也。王良无遇骥之事，因伯乐而连言之。

〔一〇〕《汉书》：韩信谓广武君曰："仆闻百里奚居虞而虞亡，之秦而秦伯，非愚于虞而智于秦，用与不用，听与不听耳。"

〔一一〕称指：谓称量其意旨也。称，去声。

韩 愈

字退之，昌黎人，擢进士第，张建封辟为府推官，迁监察御史。元和中，复为博士，累官刑部侍郎，以谏迎佛骨，贬潮州刺史，改袁州，召拜国子祭酒，转吏部侍郎，卒赠礼部尚书，谥文。愈文章宏深奥衍，佐佑六经，卓然成一家言，为世师法。有《昌黎先生集》。事详《唐书》本传。

与鄂州柳中丞书〔一〕

淮右残孽〔二〕，尚守巢窟。环寇之师，殆且十万，嗔目语难〔三〕，自以为武人不肯循法度，颉颃作气势〔四〕，窃爵位自尊大者，肩相摩，地相属也〔五〕。不闻有一人援桴鼓〔六〕，誓众而前者，但日令走马来求赏给，助寇为声势而已。

阁下书生也，《诗》《书》《礼》《乐》是习，仁义是修，法度是束。一旦去文就武，鼓三军而进之，陈师鞠旅〔七〕，亲与为辛苦，慷慨感激，同食下卒，将二州之牧〔八〕，以壮士气，斩所乘马，以祭踶死之士〔九〕，虽古名将，何以加于兹！此由天资忠孝，郁于中而大作于外，动皆中于机会〔一〇〕，以取胜于当世，而为戎臣师，岂常习于威暴之事，而乐其斗战之危也哉？

愈诚怯弱，不适于用，听于下风〔一一〕，窃自增气，夸于中朝稠人广众会集之中，所以羞武夫之颜，令议者知将国兵而为人之司令者，不在彼而在此也。临敌重慎，诫轻出入，良食自爱，以副见慕之徒之心，而果为国立大功也。幸甚幸甚！不宣。愈再拜。

〔一〕鄂州：今湖北武昌县地。柳中丞：名公绰，字宽，京兆华原人。自御史中丞出为湖南观察使，后徙鄂岳观察使。

〔二〕淮右：即淮西，今河南汝南县。残孽：指吴元济也。时元济尚为淮西节度。

〔三〕难：去声，诘难也。

〔四〕颉颃：上下也。《毛诗·邶风·燕燕》："燕燕于飞，颉之颃之。"

〔五〕属：连接也。

〔六〕桴：与抱同，音孚，击鼓杖也。

〔七〕鞠：告也。《毛诗·小雅·采芑》："征人伐鼓，陈师鞠旅。"

〔八〕二州：鄂州、安州也。

〔九〕踶：音提，马足蹋人也。公绰所乘马，尝踶死兵士，命杀马祭之。

〔一〇〕中：去声。

〔一一〕《左传》："皇天后土，实闻君之言，群臣敢在下风。"言居下风而闻君言，谦辞也。

又与鄂州柳中丞书[一]

愈愚，不能量事势可否，比常念淮右以靡弊困顿三州之地[二]，蚊蚋蚁虫之聚，感凶竖呴濡饮食之惠[三]，提童子之手，坐之堂上，奉以为帅，出死力以抗逆明诏，战天下之兵，乘机逐利，四出侵暴，屠烧县邑，贼杀不辜，环其地数千里，莫不被其毒，洛、汝、襄、荆、许、颍、淮、江[四]，为之骚然。丞相公卿士大夫劳于图议，握兵之将、熊罴貙虎之士，畏懦蹇蹜[五]，莫肯杖戈为士卒前行者。独阁下奋然率先，扬兵界上，将二州之守，亲出入行间，与士卒均辛苦，生其气势。见将军之锋颖凛然，有向敌之念；用儒雅文字章句之业，取先天下武夫，关其口而夺之气。愚初闻时方食，不觉弃匕箸起立，岂以为阁下真能引孤军单进，与死寇角逐，争一旦侥幸之利哉？就令如是，亦不足贵；其所以服人心，在行事适机宜，而风采可畏爱故也。是以前状辄述鄙诚，眷惠手翰还答，益增欣悚！

夫一众人心力耳目，使所至如时雨，三代用师，不出是道。阁下果能充其言，继之以无倦，将形便之地，甲兵足用，虽国家故所失地[六]，旬岁可坐而得，况此小寇，安足置齿牙闲？勉而卒之，以俟其至，幸甚！

夫远征军士，行者有羁旅离别之思，居者有怨旷骚动之忧，本军有馈饷烦费之难，地主多姑息形迹之患；急之则怨，缓之则不用命。浮寄孤悬，形势销弱，又与贼不相谙委[七]，临敌恐骇，难以有功。若召募土人，必得豪勇，与贼相熟，知其气力所极，无望风之惊，爱护乡里，勇于自战；征兵满万，不如召募五千。阁下以为何如？倘可上闻行之否？计已与裴中丞相见〔八〕，行营事宜，不惜时赐示及，幸甚！不宣。愈再拜。

〔一〕柳公绰为鄂岳观察使。时方讨吴元济，诏发鄂岳卒五千，隶安州刺史李听。公绰曰："朝廷谓吾儒生不知兵耶？"即请自行。许之，引兵渡江，每战辄克，事见《唐书》。

〔二〕比：去声近也。三州：申州、光州、蔡州也。

〔三〕凶竖：谓吴元济。以其年幼，故云。《庄子》："泉涸，鱼相与处于陆，相呴以湿，相濡以沫。"呴：况于切，又去声。

〔四〕洛：今河南洛阳县。汝：今汝南梁县。襄：今湖北襄阳县。荆：今湖北荆门县。许：今河南许昌县。颍：今安徽阜阳县。淮：今江苏淮安县。江：今江西德化县。

〔五〕貙：音踰，兽名，似虎而五爪。蹙蹜：音蹴缩，缩步不进貌。

〔六〕故所失地：谓往时所失地也。

〔七〕谙委：谙悉曲折也。

〔八〕裴中丞：名度。是时宪宗遣度视淮西诸军。

上张仆射书〔一〕

九月一日，愈再拜。受牒之明日〔二〕，在使院中，有小吏持院中故事节目十余事来示愈。其中不可者，有"自九月至明年二月之终，皆晨入夜归，非有疾病事故，辄不许出”。当时以初受命不敢言。古人有言曰：“人各有能有不能。”若此者，非愈之所能也。抑而行之，必发狂疾，上无以承事于公，忘其将所以报德者；下无以自立，丧失其所以为心。夫如是，则安得而不言？

凡执事之择于愈者〔三〕，非为其能晨入夜归也，必将有以取之。苟有以取之，虽不晨入而夜归，其所取者犹在也。下之事上，不一其事；上之使下，不一其事。量力而任之，度才而处之，其所不能，不强使为〔四〕。是故为下者不获罪于上，为上者不得怨于下矣。孟子有云：今之诸侯无大相过者，以其皆“好臣其所教，而不好臣其所受教”。今之时，与孟子之时又加远矣，皆好其闻命而奔走者，不好其直己而行道者。闻命而奔走者，好利者也；直己而行道者，好义者也。未有好利而爱其君者，未有好义而忘其君者。今之王公大人，惟执事可以闻此言，惟愈于执事也可以此言进。

愈蒙幸于执事，其所从旧矣。若宽假之使不失其性，加待之使足以为名，寅而入，尽辰而退；申而入，终酉而退，率以为常，亦不废事。天下之人，闻执事之于愈如是也，必皆曰：执事之好士也如此！执事之待士以礼如此！执事之使人不枉其性而能有容如此！执事之欲成人之名如此！执事之厚于故旧如此！又将曰：韩愈之识其所依归也如此！韩愈之不谄屈于富贵之人如此！韩愈之贤能使其主待之以礼如此！而死于执事之门无悔也。若使随行而入，逐队而趋，言不敢尽其诚，道有所屈于己；天下之人，闻执事之于愈如此，皆曰：执事之用韩愈，哀其穷，收之而已耳；韩愈之事执事，不以道，利之而已耳。苟如是，虽日受千金之赐，一岁九迁其官，感恩则有之矣，将以称于天下曰知己，知己则未也。伏维哀其所不足，矜其愚，不录其罪；察其辞，而垂仁采纳焉。愈恐惧再拜。

〔一〕张仆射：名建封，为徐泗濠节度使。公以十五年二月，脱汴州之乱，依建封于徐。

〔二〕牒：音蝶，官文书也。

〔三〕执事：谓供使令之人也。《左传》："使下臣犒执事。"今与人书不敢直指其人，则称执事，敬词也。

〔四〕强：上声，勉强也。

柳宗元

字子厚，河东人。为文卓伟精致。第进士，中博学弘词，拜监察御史。坐王叔文党，贬永州司马，徙柳州刺史。为文益进，世号柳柳州，韩愈谓其“雄深雅健，似司马子长”云。有《柳先生集》。事详《唐书·文艺传》。

与李翰林建书〔一〕

杓直足下：州传递至〔二〕，得足下书。又于梦得处〔三〕，得足下前次一书，意皆勤厚。庄周言：“逃蓬藋者，闻人足音，则跫然喜〔四〕”。仆在蛮夷中，比得足下二书〔五〕，及致药饵，喜复何言！

仆自去年八月来，痞疾稍已〔六〕，往时间一二日作，今一月乃二三作。用南人槟榔、余甘〔七〕，破决壅隔大过，阴邪虽败，已伤正气。行则膝颤，坐则髀痹〔八〕。所欲者补气丰血，强筋骨，辅心力，有与此宜者，更致数物。忽得良方偕至，益喜。

永州于楚为最南，状与越相类〔九〕。仆闷即出游，游复多恐：涉野则有蝮虺、大蜂〔一〇〕，仰空视地，寸步劳倦；近水即畏射工、沙蝨[一一]，含怒窃发，中人形影，动成疮痏[一二]。时到幽树好石，暂得一笑，已复不乐。何者？譬如囚拘圜土[一三]，一遇和景，负墙搔摩，伸展支体，当此之时，亦以为适。然顾地窥天，不过寻丈，终不得出，岂复能久为舒畅哉？明时百姓，皆获欢乐。仆士人，颇识古今理道，独怆怆如此，诚不足为理世下执事[一四]，至比愚夫愚妇，又不可得，窃自悼也！

仆曩时所犯，足下适在禁中，备观本末，不复一一言之。今仆癃残顽鄙[一五]，不死幸甚。苟为尧人[一六]，不必立事程功，惟欲为量移宫[一七]，差轻罪累；即便耕田艺麻，取老农女为妻，生男育孙，以共力役[一八]，时时作文，以咏太平。摧伤之余，气力可想。假令病尽，己身复壮，悠悠人世，不过为三十年客耳！前过三十七年，与瞬息无异，复所得者，其不足把玩，亦已审矣！杓直以为诚然乎？

仆近求得经史诸子数百卷，尝候战悸稍定时，即伏读，颇见圣人用心、贤士君子立志之分。著书亦数十篇，心病，言少次第，不足远寄，但用自释。贫者士之常，今仆虽羸馁，亦甘如饴矣[一九]。

足下言已白常州煦仆[二〇]，仆岂敢以众人待常州耶？若众人，即不复煦仆矣。然常州未尝有书遗仆，仆安敢先焉？裴应叔、萧思谦各有书[二一]，足下求取观之，相戒勿示人。敦诗在近地，简人事，今不能致书，足下默以此书见之。勉尽志虑，辅成一王之法，以宥罪戾。不悉。某白。

〔一〕李建：字杓直，逊弟。杓音标。

〔二〕传递，驿站传递文书者也。传，逐院切。

〔三〕梦得：即刘禹锡，中山人，累官集贤直学士。

〔四〕庄周言三句：见《庄子·徐无鬼》篇。蓬藋：草名。跫：音蛩，足声也。

〔五〕比：去声。

〔六〕痞：并履切，音圮，慢性脾脏肿大病也。

〔七〕槟榔：木名，产于热地，用以入药，为消导品。余甘：橄榄之别名，生岭南。

〔八〕髀：音俾，股也。痺：音畀，痿痺也。

〔九〕永州：今湖南零陵县。楚：今湖南、湖北之地。越：指广东。

〔一〇〕蝮虺：音福灰，俱毒蛇名。

〔一一〕射工：虫名。《博物志》："射工虫口中有弩形，气射人影，随所著处发疮。"沙蝨：亦虫名。《博雅》："沙蝨，蝡蝬也。雨后晨昏时，人践沙，则必着人，细如毛发，刺人便入皮里，能耗人血液，亦毒虫。"

〔一二〕中：去声。痏：音洧，瘢疮也。

〔一三〕圜土：狱城也。

〔一四〕怆怆：失意貌。理世：犹治世也。

〔一五〕癃：音隆，罢病也。

〔一六〕尧人：唐尧治下之人，犹言盛世之民也。

〔一七〕唐代人臣得罪，贬窜远方，遇赦改近地安置，谓之量移。

〔一八〕共：平声，同供。

〔一九〕羸：卢为切，音累，瘠也。《国语》："民之羸馁。"饴：逸其切，音怡，饧之属，今亦谓之糖浆。《毛诗》："堇荼如饴。"

〔二〇〕常州：本地名，当时往往以地名名其人，不著姓，无考。煦：虚羽切，恩惠相加也。

〔二一〕萧思谦：名俛，官翰林。

答韦中立论师道

二十一日，宗元白。辱书，云欲相师。仆道不笃，业甚浅近，环顾其中，未见可师者。虽尝好言论，为文章，甚不自是也。不意吾子自京师来蛮夷间，乃幸见取。仆自卜固无取，假令有取，亦不敢为人师。为众人师且不敢，况敢为吾子师乎？

孟子称："人之患，在好为人师。"由魏晋氏以下，人益不事师。今之世不闻有师；有，辄哗笑之以为狂人。独韩愈奋不顾流俗，犯笑侮，收召后学，作《师说》，因抗颜而为师。世果群怪聚骂，指目牵引，而增与为言辞。愈以是得狂名，居长安，炊不暇熟〔一〕，又挈挈而东，如是者数矣〔二〕。屈子赋曰："邑犬群吠，吠所怪也。"〔三〕仆往闻庸、蜀之南〔四〕，恒雨少日，日出则犬吠，予以为过言。前六七年，仆来南。二年冬，幸大雪，踰岭，被南越中数州〔五〕，数州之犬，皆仓黄吠噬狂走者累日，至无雪乃已。然后始信前所闻者。今韩愈既自以为蜀之日，而吾子又欲使吾为越之雪，不以病乎〔六〕？非独见病，亦以病吾子。然雪与日岂有过哉？顾吠者犬耳！度今天下不吠者几人，而谁敢衒怪于群目〔七〕，以召闹取怒乎？仆自谪过以来，益少志虑。居南中九年，增脚气病，渐不喜闹，岂可使呶呶者早暮咈吾耳〔八〕、骚吾心？则固僵仆烦愦，逾不可过矣。平居望外遭齿舌不少〔九〕，独欠为人师耳。

抑又闻之，古者重冠礼〔一〇〕，将以责成人之道，是圣人所尤用心者也。数百年来，人不复行。近有孙昌允者，独发愤行之。既成礼，明日造朝〔一一〕，至外廷，荐笏言于卿士曰〔一二〕："某子冠毕。"应之者咸怃然〔一三〕。京兆尹郑叔则，怫然曳笏却立曰〔一四〕："何预我耶？"廷中皆大笑。天下不以非郑尹而怪孙子，何哉？独为所不为也。今之命师者大类此。

吾子行厚而辞深，凡所作，皆恢恢然有古人形貌〔一五〕，虽仆敢为师，亦何所增加也？假而以仆年先吾子，闻道著书之日不后，诚欲往来言所闻，则仆固愿悉陈中所得者，吾子苟自择之，取某事，去某事，则可矣。若定是非以教吾子，仆才不足，而又畏前所陈者，其为不敢也决矣。吾子前所欲见吾文，既悉以陈之，非以耀明于子，聊欲以观子气色，诚好恶何如也。今书来言者皆大过。吾子诚非佞誉诬谀之徒，直见爱甚，故然耳。

始吾幼且少，为文章以辞为工。及长，乃知文者以明道，是故不苟为炳炳烺烺〔一六〕，务采色，夸声音而以为能也。凡吾所陈，皆自谓近道，而不知道之果近乎，远乎？吾子好道而可吾文，或者其于道不远矣。故吾每为文章，未尝敢以轻心掉之，惧其剽而不留也〔一七〕；未尝敢以怠心易之，惧其弛而不严也〔一八〕；未尝敢以昏气出之，惧其昧没而杂也；未尝敢以矜气作之，惧其偃蹇而骄也[一九]。抑之欲其奥，扬之欲其明，疏之欲其通，廉之欲其节，激而发之欲其清，固而存之欲其重，此吾所以羽翼夫道也。本之《书》以求其质，本之《诗》以求其恒，本之《礼》以求其宜，本之《春秋》求以其断，本之《易》以求其动，此吾所以取道之原也[二〇]。参之谷梁氏以厉其气，参之《孟》、《荀》以畅其支，参之《庄》、《老》以肆其端，参之《国语》以博其趣，参之《离骚》以致其幽，参之太史公以著其洁，此吾所以旁推交通而以为之文也[二一]。凡若此者，果是耶，非耶？有取乎，抑其无取乎？吾子幸观焉，择焉，有余以告焉。苟亟来以广是道[二二]，子不有得焉，则我得矣，又何以师云尔哉？取其实而去其名，无招越、蜀吠怪，而为外廷所笑，则幸矣！宗元复白。

〔一〕炊不暇熟：言不安也。即《庄子》言“孔席不暇暖，墨突不得黔”意。

〔二〕挈挈：与汲汲同音，借用字。数：入声，屡也。

〔三〕屈子：即屈原。二句见《楚辞》。

〔四〕庸：古庸国地，今湖南太庸县。蜀：今四川成都。

〔五〕越：同粤，即岭南地。

〔六〕以：同已。

〔七〕度：入声，揣量也。衒：穴绢切，音县，夸耀也。

〔八〕咈：符勿切，违逆也。

〔九〕愦：音溃，心乱也。望外：犹言意外。齿舌：犹言讥议。

〔一〇〕冠：去声，童子加冠也。古者二十而冠。

〔一一〕造：诣也。

〔一二〕荐：同搢，手持也。笏：即手版，古礼朝见时所执者。卿士：官名。

〔一三〕怃然：茫然自失貌。怃，音武。

〔一四〕怫然：不悦也。却：退也。

〔一五〕恢恢：宽大貌。

〔一六〕炳炳烺烺：有声色之貌。

〔一七〕掉：弄也。剽：劈要切，漂去声，急也，轻也。

〔一八〕弛：音矢，松懈也。

〔一九〕偃蹇：夭挢也，沿用为傲慢之意。

〔二〇〕《书》、《诗》、《礼》、《春秋》、《易》：即五经。

〔二一〕谷梁：《春秋》三传之一。《孟》、《荀》：《孟子》、《荀子》也。《庄》、《老》：《庄子》、《老子》也。《国语》：左邱明所著。《离骚》：屈原所著。太史公：即司马迁所著《史记》，亦称《太史公书》。

〔二二〕亟：去声，数也。

元 稹

字微之，河南人。元和初，对策制举科第一，拜左拾遗，旋官监察御史，遇事敢言，谪江陵参军。长庆中，由监军崔潭峻进稹歌词，擢知制诰，未几入相。裴度屡劾之，遂俱罢。后官武昌节度使，卒。稹为诗务归平易。与白居易齐名，时称元白，号“元和体”。有《元氏长庆集》。事详《唐书》本传。

叙诗寄乐天书〔一〕

稹九岁学赋诗，长者往往惊其可教。年十五六，粗识声病〔二〕。时贞元十年已后〔三〕，德宗皇帝春秋高，理务因人〔四〕，最不欲文法吏生天下罪过。外阃节将〔五〕，动十余年不许朝觐〔六〕，死于其地不易者十八九。而又将豪卒愎之处，因丧负众，横相贼杀，告变骆驿〔七〕，使者迭窥，旋以状闻天子曰：“某邑将某能遏乱，乱众宁附，愿为帅。”名为众情，其实逼诈，因而可之者又十八九。前置介倅，因缘交授者亦十四五。

由是诸侯敢自为旨意，有罗列儿孩以自固者，有开导蛮夷以自重者。省寺符篆固于几阁〔八〕，甚者拟诏旨，视一境如一室，刑杀其下，不啻仆畜。厚加剥夺，名为进奉〔九〕，其实贡入之数百一焉。京城之中，亭第邸店，以曲巷断；侯甸之内〔一〇〕，水陆腴沃〔一一〕，以乡里计。其余奴婢资财，生生之备称之〔一二〕。朝廷大臣，以谨慎不言为朴雅，以时进见者不过一二亲信。直臣义士。往往抑塞。禁省之间，时或缮完隤坠〔一三〕。豪家大帅，乘声相扇，延及老、佛，土木妖炽，习俗不怪。上不欲令有司备宫闼中，小碎须求〔一四〕，往往持币帛以易饼饵，吏缘其端，剽夺百货，势不可禁。仆时孩騃〔一五〕，不惯闻见，独于书传中，初习理乱萌渐，心体悸震，若不可活，思欲发之久矣！

适有人以陈子昂《感遇诗》相示〔一六〕，吟玩激烈，即日为《寄思玄子诗》二十首。故郑京兆于仆为外诸翁〔一七〕，深赐怜奖，因以所赋呈献，京兆翁深相骇异。秘书少监王表在座〔一八〕，顾谓表曰："使此儿五十不死，其志义何如哉？惜吾辈不见其成就！"因召诸子训责泣下。仆亦窃不自得，由是勇于为文。又久之，得杜甫诗数百首，爱其浩荡津涯，处处臻到，始病沈、宋之不存寄兴〔一九〕，而讶子昂之未暇旁备矣。

不数年，与诗人杨巨源友善〔二〇〕，日课为诗；性复僻懒，人事常有闲暇，间则有作。识足下时，有诗数百篇矣。习惯性灵，遂成病蔽。每公私感愤，道义激扬，朋友切磨，古今成败，日月迁逝，光景惨舒，山川胜势，风云景色，当花对酒，乐罢哀余，通滞屈伸，悲欢合散，至于疾恙躬身，悼怀惜逝，凡所对遇异于常者，则欲赋诗。又不幸，年三十二时有罪谴弃〔二一〕。今三十七矣！五六年之间，是丈夫心力壮时，常在闲处，无所役用。性不近道，未能淡然忘怀，又复懒于他欲。全盛之气，注射语言，杂糅精粗，遂成多大，然亦未尝缮写。

适值河东李明府景俭在江陵时〔二二〕，僻好仆诗章，谓为能解，欲得尽取观览，仆因撰成卷轴。其中有旨意可观而词近古往者为古讽，意亦可观而流在乐府者为乐讽，词虽近古而止于吟写性情者为古体，词实乐流而止于模象物色者为新题乐府，声势沿顺、属对隐切者为律诗，仍以七言、五言为两体。其中有稍存寄兴、与讽为流者为律讽。不幸少有伉俪之悲〔二三〕，抚存感往，成数十诗，取潘子《悼亡》为题〔二四〕。又有以干教化者，近世妇人晕淡眉目，绾约头鬟，衣服修广之度，及匹配色泽，尤剧怪艳，因为艳诗百余首。词有今古，又两体。自十六时，至是元和七年矣〔二五〕！有诗八百余首，色类相从，共成十体，凡二十卷。自笑冗乱，亦不复置之于行李。昨来京师，偶在筐箧，及通行，尽置足下，仅亦有说：

仆闻上士立德，其次立事，不遇立言〔二六〕。凡人急位，其次急利，下急食。仆天与不厚，既乏全然之德；命与不遇，未遭可为之事；性与不惠，复无垂范之言。兀兀狂痴，行近四十，徼名取位，不过于第八品，而冒宪已六七年〔二七〕。授通之初〔二八〕，有习通之熟者曰："通之地，湿垫卑褊，人士稀少，近荒札死之过半〔二九〕，邑无吏，市无货，百姓茹草木，刺史以下计粒而食。大有虎、貘、虵、虺之患〔三〇〕，小有蟆、蚋、浮尘、蜘蛛、蛒、蜂之类〔三一〕，皆能钻啮肌肤，使人疮痏。夏多阴霪，秋为痢疟，地无医巫药石，万里病者有百死一生之虑。”夫何以仆之命不厚也如此，智不足也又如此，其所诣之忧险也又复如此！则安能保持万全，与足下必复京辇，以须他日立言事之验耶〔三二〕？但恐一旦与急食相扶而终，使足下受天下友不如己之诮，是用悉所为文，留秽箱笥。比夫格弈樗塞之戏〔三三〕，犹曰愈于饱食，仆所为不又愈于格弈樗塞之戏乎？

昨行巴南道中〔三四〕，又有诗五十一首，文书中得七年已后所为，向二百篇，繁乱冗杂，不复置之执事。前所为《寄思玄子》者，小岁云为，文不能自足其意，贵其起予之始，且志京兆翁见遇之由，今亦写为古讽之一，移诸左右。

仆少时授吹嘘之术于郑先生〔三五〕，病懒不就，今在闲处，思欲怡神保和，以求其病，异日亦不复费词于无用之文矣。省视之烦，庶亦已于是乎？

〔一〕乐天：白居易也。

〔二〕声病：四声、八病也。其说始于沈约，后世言诗者宗之。

〔三〕贞元：德宗年号。

〔四〕理务：治理政务也。

〔五〕阃：苦稳切，音悃，国门也。《史记》：“阃以内者寡人制之，阃以外者将军制之。”后因谓将兵者曰阃寄。节将：谓秉节钺之将帅也。

〔六〕朝觐：诸侯北面而见天子也。

〔七〕骆驿：同络绎，往来不绝也。

〔八〕省寺：皆官署名，如尚书省、中书省，太常寺、鸿胪寺之类。符篆：官府印信也。固于几阁：谓自然阁置几案间也。

〔九〕进奉：以财物贡献于天子也。

〔一〇〕侯甸：谓侯服、甸服近畿之地也。王畿之外，每五百里为一区画，而有侯、甸、绥、要、荒之五等，谓之五服。

〔一一〕腴沃：肥美之田产也。

〔一二〕称：去声，相等也。

〔一三〕禁省：天子及宰臣所居之地。缮完：犹修葺也。隤坠：犹破败也。隤，徒回切。

〔一四〕宫闼：宫中小门也。闼，音挞。

〔一五〕騃：我骇切，痴也。

〔一六〕陈子昂：射洪人，有《感遇诗》，极为世所推重。

〔一七〕郑京兆：郑姓之曾官京兆者。外诸翁：外家之长辈也。

〔一八〕秘书少监：唐代官名。

〔一九〕沈宋：沈佺期、宋之问也，为律诗之祖。

〔二〇〕杨巨源：字景山，蒲州人，贞元进士。

〔二一〕谴弃：谓谴谪弃逐也。

〔二二〕江陵：今县名，属湖北，原为荆州地。明府：太守牧令之称。

〔二三〕伉俪：谓夫妇也。《左传疏》："伉俪者，言是相敌之匹偶。"

〔二四〕晋潘岳有《悼亡诗》，见《昭明文选》。

〔二五〕元和：唐宪宗年号。

〔二六〕立德、立事、立言：谓之三不朽，出《左传》。立事，即立功也。

〔二七〕冒宪：冒犯宪法也。

〔二八〕通：州名，今江苏南通县。

〔二九〕垫：底念切，音店，溺也。札：音扎，夭死也。

〔三〇〕貘：暮额切，音陌。《尔雅》：“貘，白豹。”

〔三一〕蟆：音莫，虫名，似蚋而小、色黑，齿人甚毒。蚋：汝卫切，音芮，形略似蜂。烙：音格，蚰蜒也。

〔三二〕京辇：谓京师，在天子辇毂之下也。须：待也。

〔三三〕格弈樗塞：皆赌博之名。格，格五也。弈，棋也。樗，樗蒲也。塞，博塞也。

〔三四〕巴南：今四川地。

〔三五〕吹嘘：谓吐纳修炼之术也。

白居易

字乐天，下邽人。贞元中，擢进士拔萃。元和初，入翰林为学士，迁左拾遗，后对殿中，论执强鲠，贬江州司马，寻迁杭、苏二州刺史。文宗立，转刑部侍郎。二李党事兴，居易耻缘党人升，乃移病分司东都，以太子少傅进冯翊侯。会昌初，以刑部尚书致仕，与香山僧如满结香火社，自称香山居士。卒谥文。居易工诗，平易近人，老妪都解。有《白氏长庆集》。事详《唐书》本传。

与元九书〔一〕

月日，居易白。微之足下：自足下谪江陵〔二〕，至于今，凡枉赠答诗仅百篇。每诗来，或辱序，或辱书，冠于卷首，皆所以陈古今歌诗之义，且自叙为文因缘，与年月之远近也。仆既受足下诗，又谕足下此意，常欲承答来旨，粗论歌诗大端，并自述为文之意，总为一书，致足下前。累岁已来，牵故少暇，间有容隟〔三〕，或欲为之，又自思所陈，亦无出足下之见；临纸复罢者数回，卒不能成就其志，以至于今！

今俟罪浔阳[四]，除盥栉食寝外[五]，无余事，因览足下去通州日所留新旧文六十六轴，开卷得意，忽如会面，心所畜者，便欲快言。往往自疑，不知相去万里也！既而愤悱之气，思有所泄，遂追就前志，勉为此书。足下幸试为仆留意一省。

夫文尚矣！三才各有文[六]，天之文，三光首之[七]；地之文，五材首之[八]；人之文，六经首之[九]。就六经言，《诗》又首之。何者？圣人感人心而天下和平。感人心者，莫先乎情，莫始乎言，莫切乎声，莫深乎义。诗者，根情，苗言，华声，实义。上自贤圣，下至愚騃，微及豚鱼，幽及鬼神，群分而气同，形异而情一；未有声入而不应，情交而不感者。圣人知其然，因其言，经之以六义；缘其声，纬之以五音[一〇]。音有韵，义有类。韵协则言顺，言顺则声易入；类举则情见，情见则感易交。于是乎孕大含深，贯微洞密，上下通而一气泰，忧乐合而百志熙。五帝三皇所以直道而行，垂拱而理者[一一]，揭此以为大柄，决此以为大宝也。故闻"元首明，股肱良"之歌，则知虞道昌矣[一二]。闻五子洛汭之歌，则知夏政荒矣[一三]。言者无罪，闻者作戒。言者闻者，莫不两尽其心焉。

洎周衰秦兴，采诗官废[一四]，上不以诗补察时政，下不以歌泄导人情。乃至于谄成之风动，救失之道缺，于时六义始刓矣[一五]。《国风》变为《骚辞》，五言始于苏、李。苏、李骚人，皆不遇者，各系其志，发而为文，故河梁之句，止于伤别；泽畔之吟，归于怨思[一六]。彷徨抑郁，不暇及他耳。然去《诗》未远，梗概尚存。故兴离别则引双凫、一雁为喻，讽君子小人则引香草、恶鸟为比〔一七〕。虽义类不具，犹得风人之什二三焉。于时六义始缺矣。

晋、宋已还，得者盖寡。以康乐之奥博，多溺于山水〔一八〕；以渊明之高古，偏放于田园〔一九〕。江、鲍之流〔二〇〕，又狭于此。如梁鸿《五噫》之例者〔二一〕，百无一二焉。于时六义寖微矣。陵夷至于梁、陈间，率不过嘲风雪、弄花草而已！噫！风雪花草之物，《三百篇》中，岂舍之乎？顾所用何如耳。设如“北风其凉”，假风以刺威虐也〔二二〕；“雨雪霏霏”，因雪以愍征役也〔二三〕；“棠棣之华”，感华以讽兄弟也〔二四〕；“采采芣苢”，美草以乐有子也〔二五〕。皆兴发于此，而义归于彼。反是者，可乎哉？然则“余霞散成绮，澄江净如练”、“离花先委露，别叶乍辞风”之什〔二六〕，丽则丽矣，吾不知其所讽焉。故仆所谓嘲风雪、弄花草而已。于时六义尽去矣。

唐兴二百年，其间诗人，不可胜数。所可举者，陈子昂有《感遇诗》二十首，鲍鲂有《感兴诗》十五首〔二七〕。又诗之豪者，世称李、杜。李之作，才矣奇矣，人不逮矣！索其风雅比兴，十无一焉。杜诗最多，可传者千余首，至于贯穿今古，𬼘缕格律〔二八〕，尽工尽善，又过于李。然撮其《新开安》、《石壕》、《潼关吏》、《芦子关》、《花门》之章〔二九〕，“朱门酒肉臭，路有冻死骨”之句〔三〇〕，亦不过十三四。杜尚如此，况不逮杜者乎？

仆常痛诗道崩坏，忽忽愤发，或食辍哺，夜辍寝，不量才力，欲扶起之。嗟乎！事有大谬者，又不可一二而言，然亦不能不粗陈于左右。

仆始生六七月时，乳母抱弄于书屏下，有指“无”字、“之”字示仆者，仆虽口未能言，心已默识。后有问此二字者，虽百十其试，而指之不差。则仆宿习之缘，已在文字中矣。及五六岁便学为诗，九岁谙识声韵。十五六，始知有进士〔三一〕，苦节读书。二十已来，昼课赋，夜课书，间又课诗，不遑寝息矣。以至于口舌成疮，手肘成胝〔三二〕，既壮而肤革不丰盈，未老而齿发早衰白，瞥瞥然如飞蝇垂珠在眸子中也〔三三〕，动以万数。盖以苦学力文所致，又自悲矣！

家贫多故，二十七，方从乡试〔三四〕。既第之后，虽专于科试，亦不废诗。及授校书郎时，已盈三四百首。或出示交友如足下辈，见皆谓之工，其实未窥作者之域耳。自登朝来，年齿渐长，阅事渐多，每与人言，多询时务，每读史，多求理道，始知文章合为时而著，歌诗合为事而作。是时皇帝初即位，宰府有正人，屡降玺书，访人急病。仆当此日，擢在翰林〔三五〕，身是谏官，手请谏纸，启奏之外，有可以救济人病，裨补时阙，而难于指言者，辄咏歌之。欲稍稍递进闻于上，上以广宸聪，副忧勤；次以酬恩奖，塞言责；下以复吾平生之志。岂图志未就而悔已生，言未闻而谤已成矣！又请为左右终言之。

凡闻仆《贺雨诗》而众口籍籍〔三六〕，已谓非宜矣。闻仆《哭孔戡诗》，众面脉脉〔三七〕，尽不悦矣。闻《秦中吟》，则权豪贵近者相目而变色矣。闻乐游园寄足下诗，则执政柄者扼腕矣。闻《宿紫阁村》诗，则握军要者切齿矣。大率如此，不可遍举。不相与者，号为沽名，号为诋讦，号为讪谤〔三八〕。苟相与者，则如牛僧孺之戒焉〔三九〕。乃至骨肉妻孥，皆以我为非也。其不我非者，举世不过三两人。有邓鲂者，见仆诗而喜，无何而鲂死；有唐衢者，见仆诗而泣，未几而衢死〔四〇〕；其余则足下，足下又十年来困踬若此。呜呼！岂六义、四始之风〔四一〕，天将破坏不可支持耶？抑又不知天之意，不欲使下人之病苦闻于上耶？不然，何有志于诗者，不利若此之甚也！

然仆又自思，关东一男子耳！除读书属文外，其他懵然无知。乃至书画棋博可以接群居之欢者，一无通晓，即其愚拙可知矣。初应进士时，中朝无缌麻之亲〔四二〕，达官无半面之旧；策蹇步于利足之途，张空拳于战文之场。十年之间，三登科第，名入众耳，迹升清贯，出交贤俊，入侍冕旒〔四三〕。始得名于文章，终得罪于文章，亦其宜也。

日者又闻亲友间说，礼、吏部举选人，多以仆私试赋判，传为准的〔四四〕；其余诗句，亦往往在人口中。仆恧然自愧，不之信也〔四五〕。及再来长安，又闻有军使高霞寓者，欲娉倡妓〔四六〕，妓大夸曰：“我诵得白学士《长恨歌》，岂同他妓哉？”由是增价。又足下书云，到通州日，见江馆柱间，有题仆诗者，复何人哉？又昨过汉南日〔四七〕，适遇主人集众乐，娱他宾，诸妓见仆来，指而相顾曰：“此是《秦中吟》《长恨歌》主耳。”自长安抵江西，三四千里，凡乡校、佛寺、逆旅、行舟之中，往往有题仆诗者，士庶、僧徒、孀妇、处女之口，每每有咏仆诗者。此诚雕虫之戏，不足为多。然今时俗所重，正在此耳。虽前贤如渊、云者〔四八〕，前辈如李、杜者，亦未能忘情于其间哉。

古人云："名者公器，不可以多取。"仆是何者，窃时之名已多。既窃时名，又欲窃时之富贵，使已为造物者，肯兼与之乎？今之迍穷〔四九〕，理固然也。况诗人多蹇，如陈子昂、杜甫，各授一拾遗，而迍剥至死；李白、孟浩然辈，不及一命〔五〇〕，穷悴终身；近日孟郊六十，终试协律；张籍五十，未离一太祝〔五一〕。彼何人哉！彼何人哉！况仆之才，又不逮彼。今虽谪佐远郡，而官品至第五，月俸四五万，寒有衣，饥有食，给身之外，施及家人，亦可谓不负白氏之子矣。微之微之，勿念我哉！

仆数月来，检讨囊袠中〔五二〕，得新旧诗，各以类分，分为卷目。自拾遗来，凡所适所感，关于美刺兴比者，又自武德讫元和〔五三〕，因事立题，题为《新乐府》者，共一百五十首，谓之"讽谕诗"。又或退公独处，或移病闲居，知足保和，吟玩情性者一百首，谓之"闲适诗"。又有事物牵于外，情理动于内，随感遇而形于叹咏者一百首，谓之"感伤诗"。又有五言、七言、长句、绝句，自一百韵至两百韵者四百余首，谓之"杂律诗"。凡为十五卷，约八百首。异时相见，当尽致于执事。

微之！古人云："穷则独善其身，达则兼济天下。"仆虽不肖，常师此语。大丈夫所守者道，所待者时。时之来也，为云龙，为风鹏〔五四〕，勃然突然，陈力以出；时之不来也，为雾豹〔五五〕，为冥鸿〔五六〕，寂兮寥兮〔五七〕，奉身而退。进退出处，何往而不自得哉？故仆志在兼济，行在独善。奉而始终之则为道，言而发明之则为诗。谓之“讽谕诗”，兼济之志也；谓之“闲适诗”，独善之义也。故览仆诗，知仆之道焉。其余杂律诗，或诱于一时一物，发于一笑一吟，率然成章，非平生所尚者；但以亲朋合散之际，取其释恨佐欢，今铨次之间，未能删去，他时有为我编集斯文者，略之可也。

微之！夫贵耳贱目，荣古陋今，人之大情也。仆不能远征古旧，如近岁韦苏州歌行〔五八〕，才丽之外，颇近兴讽。其五言诗，又高雅闲淡，自成一家之体。今之秉笔者，谁能及之？然当苏州在时，人亦未甚爱重，必待身后，然后人贵之。

今仆之诗，人所爱者，悉不过“杂律诗”与《长恨歌》已下耳。时之所重，仆之所轻。至于“讽谕”者，意激而言质；“闲适”者思淡而词迂。以质合迂，宜人之不爱也。今所爱者，并世而生，独足下耳。然千百年后，安知复无如足下者出而知爱我诗哉？故自八九年来，与足下小通则以诗相戒，小穷则以诗相勉，索居则以诗相慰，同处则以诗相娱。知吾最要，率以诗也。如今年春游城南时，与足下马上相戏，因各诵新艳小律，不杂他篇。自皇子陂归昭国里，迭吟递唱，不绝声者二十里余。樊、李在傍，无所措口。知我者以为诗仙，不知我者以为诗魔。何则？劳心灵，役声气，连朝接夕，不自知其苦，非魔而何？偶同人，当美景，或花时宴罢，或月夜酒酣，一咏一吟，不知老之将至，虽骖鸾鹤、游蓬瀛者之适〔五九〕，无以加于此焉，又非仙而何？微之微之！此吾所以与足下外形骸，脱踪迹，傲轩鼎[六〇]，轻人寰者，又以此也。

当此之时，足下兴有余力，且与仆悉索还往中诗，取其尤长者，如张十八古乐府，李二十新歌行，卢、杨二秘书律诗，窦七、元八绝句，博搜精掇，编而次之，号《元白往还诗集》。众君子得拟议于此者，莫不踊跃欣喜，以为盛事。嗟乎！言未终而足下左转[六一]，不数月而仆又继行。心期索然，何日成就？又可为之叹息矣！

又仆尝语足下：凡人为文，私于自是，不忍于割截，或失于繁多，其间妍蚩，益又自惑；必待交友有公鉴，无姑息者，讨论而削夺之，然后繁简当否，得其中矣。况仆与足下为文，尤患其多。已尚病之，况他人乎？今且各纂诗笔，粗为卷第，待与足下相见日，各出所有，终前志焉。又不知相遇是何年？相见在何地？溘然而至，则如之何！微之微之！知我心哉！

浔阳腊月，江风苦寒，岁暮鲜欢，夜长无睡，引笔铺纸，悄然灯前，有念则书，言无次第，勿以繁杂为倦，且以代一夕之话也。微之微之！知我心哉！乐天再拜。

〔一〕元九：元稹排行第九。唐人多以排行相称。

〔二〕江陵：县名，即荆州。

〔三〕容隟：犹言空闲。隟同隙。

〔四〕浔阳：唐江州地，今江西九江县。时居易贬官江州司马，故云俟罪。

〔五〕盥：固玩切，音贯，又上声。以盘水沃洗曰盥。栉：菑瑟切，理发也。

〔六〕三才：天地人也，见《易·系辞传》。

〔七〕三光：日月星也，见《白虎通》。

〔八〕五材：金木水火土也，见《左传》。

〔九〕六经：《诗》、《书》、《易》、《礼》、《乐》、《春秋》也。

〔一〇〕六义：风、雅、颂、赋、比、兴也，见《诗大序》。五音：宫、商、角、徵、羽也，亦谓之五声。

〔一一〕理：治也。

〔一二〕《尚书·益稷》：皋陶乃赓载歌曰："元首明哉，股肱良哉，庶事康哉！"

〔一三〕《尚书》孔传："太康失邦，昆弟五人，须于洛汭，作《五子之歌》。"

〔一四〕《汉书·食货志》："孟春之月，群居者将散，行人振木铎徇于路以采诗，献之大师，比其音律，以闻于天子。"

〔一五〕䂬：同缺。刓：吴桓切，削也。

〔一六〕苏、李：汉苏武、李陵也。钟嵘《诗品》："逮汉李陵，始著五言之目。"李陵《与苏武诗》："携手上河梁，游子暮何之。"《楚辞·渔父》："屈原既放，游于江潭，行吟泽畔。"

〔一七〕苏武诗："黄鹄一远别，千里顾徘徊。""何况双飞龙，羽翼临当乖。"所云"双凫"、"一雁"，当即本此。香草以比君子，恶鸟以喻小人，并见《离骚》。

〔一八〕宋谢灵运封康乐公，诗多模山范水之作。

〔一九〕渊明：晋陶潜也，世称田园诗人之祖。

〔二〇〕江、鲍：江淹、鲍照，皆齐梁间诗人。

〔二一〕梁鸿：字伯鸾。尝东出关过京师，作《五噫》之歌曰："陟彼北芒兮，噫！顾览帝京兮，噫！宫室崔嵬兮，噫！人之劬劳兮，噫！辽辽未央兮，噫！"肃宗闻而非之，求鸿不得。详《后汉书》。

〔二二〕《毛诗·邶风》：《北风》，刺虐也。其诗云："北风其凉，雨雪其雱。惠而好我，携手同行。"

〔二三〕《毛诗·小雅·鹿鸣之什·采薇》，遣戍役也。其诗云："昔我往矣，杨柳依依。今我来思，雨雪霏霏。"雨，去声，降落也。

〔二四〕《小雅·鹿鸣之什·常棣》，燕兄弟也。其诗云："常棣之华，鄂不韡韡。凡今之人，莫如兄弟。"常，同棠。

〔二五〕《周南·芣苢》，后妃之美也，和平则妇人乐有子矣。其诗云："采采芣苢，薄言采之。采采芣苢，薄言有之。"

〔二六〕余霞二句：谢朓诗。离花二句：鲍照诗。

〔二七〕《全唐诗》有鲍防而无鲍鲂，亦不见《感兴诗》，或已散佚矣。

〔二八〕覼缕：委曲也。覼，卢讹切。

〔二九〕各诗皆见《杜工部集》，《新开安》之"开"字，当系衍文。

〔三〇〕二句见杜甫《自京赴奉先县咏怀五百字》。

〔三一〕唐制，应举者谓之举进士，试毕放榜合格者曰成进士，凡试于礼部者，皆谓之进士也。

〔三二〕胝：陟伊切，音氏。近骨之皮面久受压迫而生之硬块也。

〔三三〕瞥：音擘，过且也，暂见也。眸子：眼珠也。

〔三四〕科举之制，各省集士试于省城，谓之乡试。

〔三五〕翰林：为内廷供奉之官。

〔三六〕籍籍：喧聒也。

〔三七〕脉脉：含情欲吐貌。

〔三八〕讦：吉谒切，音揭。发人阴私曰讦。讪：音山，毁谤也。又去声，义同。

〔三九〕牛僧孺：与李宗闵相结，怀私昵党，排斥所憎，权震天下，时称牛李。

〔四〇〕《旧唐书》：“唐衢应进士，久而不第。能为诗歌，意多感发。见人文章有所伤叹者，读讫必哭，涕泗不能已。每与人言论，既别，发声一号，音辞哀切，闻者莫不泣下，故世称唐衢善哭。”韩愈与居易，皆尝以诗赠之。

〔四一〕《史记》：“《关雎》之乱，以为《风》始，《鹿鸣》为《小雅》始，《文王》为《大雅》始，《清庙》为《颂》始。”

〔四二〕缌麻：麻布之细者，丧服之轻者用之。缌，音思。

〔四三〕冕旒：礼冠之最尊者。天子之冕，十有二旒。

〔四四〕赋判：谓所作赋及判断公文也。准的：犹言模范。

〔四五〕慝：音匿，惭。

〔四六〕娉：同聘。

〔四七〕汉南：汉水以南地。

〔四八〕渊云：王褒字子渊，扬雄字子云，皆汉代文学家。

〔四九〕迍：音屯，难行不进貌。

〔五〇〕孟浩然：襄阳人，盛唐诗家。一命：始受上命为官也。周制，任官自一命于至九命。

〔五一〕孟郊：字东野，武康人。张籍：字文昌，乌江人。二人并工诗，为韩愈所推重。协律、太祝：皆官名。

〔五二〕袠，音秩，与帙同，书函也。

〔五三〕武德：唐高宗年号。元和：唐宪宗年号。

〔五四〕《周易》："云从龙。"《庄子》："鹏之徙于南冥也，水击三千里，抟扶摇而上者九万里。"注："扶摇，风名。"

〔五五〕《列女传》：陶答子化陶三年，名誉不兴。其妻曰："妾闻南山有玄豹，雾雨七日而不食，欲以泽其毛而成文章也，故藏而远害。"

〔五六〕《扬子》："鸿飞冥冥，弋人何篡焉。"

〔五七〕句见《老子》。

〔五八〕韦苏州：名应物，长安京兆人，尝官苏州刺史。

〔五九〕骖鸾鹤：谓骑鸾鹤而上升。游蓬瀛：谓游于蓬莱、瀛洲诸神山之上，皆仙人所为也。

〔六〇〕轩：贵人所乘之车。鼎：贵家所用以盛食物者也。

〔六一〕左转：亦称左迁，贬官也。

范仲淹

字希文，吴县人。举祥符进士，晏殊荐为秘阁校理。每感激论天下事，奋不顾身。一时士大夫矫厉尚气节，自仲淹倡之。元昊反，以龙图阁直学士副夏竦经略陕西，守边数年，号令严明，爱抚士卒，羌人呼为龙图老子，夏人亦相戒不敢犯其境，曰："小范老子胸中自有数万甲兵。"旋拜枢密副使，进参知政事，裁削幸滥，考核官吏，为侥幸者所不悦，出为河东陕西宣抚使，徙青州，卒谥文正。当为秀才时，即以天下为己任，尝言："士当先天下之忧而忧，后天下之乐而乐。"有《范文正公全集》。事详《宋史》本传。

与晏尚书〔一〕

伏自春初至项城，因使人回，草草上谢。由颍、淮而下，越兹重江，四月几望，至于桐庐〔二〕。回首大亳〔三〕，忽数千里！日思奏记，敻于无阶。恭惟蕃宣之居，钧体惟宁，赫赫之瞻〔四〕，日以增重。

某罪有余责，尚叨一麾〔五〕，敢不尽心，以求疾苦。二浙之俗，躁而无刚。豪者如虎，示之以文；弱者如鼠，存之以仁。吞夺之害，稍稍而息。乃延见诸生，以博以约〔六〕，非某所能，盖师门之礼训也。

又郡之山川，接于新定。谁谓幽遐？满目奇胜。衢、歙二水，合于城隅，一浊一清，（衢江浊，歙江清。）如济如河。百里而东，遂为浙江。渔钓相望，凫鹜交下。有严子陵之钓石〔七〕，方干之隐茅〔八〕。又群峰西来，翠盈轩窗。东北曰乌龙，崔嵬如岱，西南曰马目，秀状如嵩〔九〕。百云徘徊，终日不去，严泉一支，潺湲斋中。春之昼，秋之夕，既清且幽，大得隐者之乐，惟恐逢恩，一旦移去。

且有章、阮二从事，俱富文，能琴，夙宵为会，迭唱交和，忘其形体。郑声之娱，斯实未暇。往往林僧野客，惠然投诗。其为郡之乐，有如此者！于君亲之恩，知己之赐，宜何报焉？

今有郡斋歌诗一轴拜献，庶明前言之不诬尔。干渎台严，伏增战慄。尚远门下，伏惟尊崇，为国自重。

〔一〕晏尚书：名殊，字同叔，临川人，有《珠玉词》传世。

〔二〕桐庐：郡名，即今浙江桐庐县。

〔三〕大亳：亳，音薄，今县名，属安徽省。

〔四〕赫赫：盛貌。《诗·小雅》：“赫赫师尹，民具尔瞻。”

〔五〕一麾：言秉旌麾出为太守也。颜延年为《阮始平诗》云：“屡荐不入官，一麾乃出守。”

〔六〕《论语》：“博学以文，约之以礼。”

〔七〕严子陵：名光，余姚人。少与汉光武同游学，光武即位，变姓名隐居于富春山。后人名其垂钓处曰严陵濑。

〔八〕方干：字雄飞，新定人，唐代诗家。

〔九〕岱：泰山。嵩：嵩山也。

与中舍〔一〕

某再拜中舍三哥：今日得张祠部书，言二十九日，曾相看三哥来，见精神不耗。其日晚喫粥数匙，并下药两服，必然是实。缘三哥此病因被二婿烦恼，遂成咽塞，更多酒伤着脾胃，复可喫食，致此吐逆。今既病深，又忧家，及顾儿女，转更生气，何由得安？但请思之，千古圣贤，不能免生死，不能管后事，一身从无中来，却归无中去。谁是亲疏？谁能主宰？既无奈何，即放心逍遥，任委来往。如此断了，既心气渐顺，五脏亦和，药方有效，食方有味也。只如安乐人，忽有忧事，便喫食不下，何况久病，更忧生死，更忧身后，乃在大怖中，饮食安得可下？请宽心将息将息！今送关都官服火丹砂，并橘皮散去，切宜服之服之！

〔一〕中舍：官名，中书舍人之简称也。古人喜称官阶，如张祠部、关都官之类皆是。

司马光

字君实，夏县人。七岁闻讲《左氏春秋》，即了其大旨。宝元初进士，历同知谏院。神宗时为御史中丞，以议王安石新法不合，罢去。居洛十五年，绝口不论时事。哲宗初，起为门下侍郎，拜尚书左仆射，悉去新法之为民害者，在相位八月卒，赠太师、温国公，谥文正。以居涑水乡，世称涑水先生。著有《司马文正公集》《资治通鉴》等。事详《宋史》本传。

与范景仁书〔一〕

九月二十六日，同年弟司马光再拜。景仁学士足下：向者景仁初为谏官，四方之士知与不知，闻者皆曰："谏官得景仁，天下其庶矣！"况如光者，其喜固不在众人之后。然而有所惧者，其故何哉？请试为景仁道之。

夫良玉易瑕，清水易污。凡负天下之望者，必任天下之责，此理之固然也。向使景仁才术操行无以异于众人，则其来也，人不为之喜；其去也，人不为之戚；默然不言，人不以为责。今景仁之名，皦然暴于天下〔二〕，已如清夜列星之文，虽欲厚自谦让，藏于众人，乌可得哉？此光所以为景仁惧也。

景仁官虽未甚达，然为天子耳目之臣，朝夕在天子左右，万民之利病，己得而言之；朝廷之得失，己得而言之，亦不得谓之不用矣。夫士之学行已美而名不彰者，朋友之过也；既彰矣，而时不用者，执事之过也；既用矣，而功业不白于天下者，敢问谁之过也？行矣！景仁勉之！自今日以往，天下之民，万一有失职而吟叹者，景仁之责也；朝廷之政，万一有违理而伤道者，景仁之责也。非独光浮目而望，沈耳而听也，天下之人，莫不皆然。举措小差，天下之责，四面至矣。呜呼！可不惧哉！自非相爱重之深至，乌肯及此也？不宣。光再拜。

〔一〕范景仁：名镇，华阳人，举进士第一，仁宗时知谏院。后与王安石论新法不合，致仕。哲宗即位，起为端明殿学士，固辞不拜。累封蜀郡公。镇生平与光相得甚欢，议论如出一口。详《宋史》本传。

〔二〕皦：吉晓切，音皎，明也。皦然，犹昭然也。暴：旨仆，显也。

答刘蒙书〔一〕

五月十六日，陕郡司马光再拜复书。贤良刘君足下：昔张伯松语陈孟公曰："人各有性，长短自裁。子欲为我亦不能，吾而效子亦败矣。"〔二〕马文渊戒兄子，欲其效龙伯高之慎周谦俭，不欲其效杜季良忧人之忧，乐人之乐也〔三〕。光愚无似，何足以望万一于古人？然私心所慕者伯松、伯高，而不敢为孟公、季良之行也。况幼时始能言，则诵儒书，习谨敕〔四〕，长而为吏，则读律令，守绳墨，龊龊然为鄙细之人，侧足于庸俗之间，不为雄俊奇伟之士所齿目〔五〕，为日久矣。不意去岁足下自大河之北洋洋而来，游于京师，负其千镒之宝，欲求良工大贾而售之〔六〕。乃幸见顾于陋巷，因得窃读足下之文，窥足下之志。文甚高，志甚大，语古则浩博而渊微，论今则明切而精至，诚不能不口夸而心服。譬如窭人子，终日环绕爱玩，咨嗟传布，讫无一钱，敢问其直之高下，亦终于无益而已矣。

今者足下忽以亲之无以养、兄之无以葬、弟妹嫂侄之无以恤，策马裁书，千里渡河，指某以为归〔七〕。且曰："以鬻一下婢之资五十万畀之，足以周事。"〔八〕何足下见期待之厚，而不相知之深也，光得不骇且疑乎？

方今豪杰之士，内则充朝廷，外则布郡县，力有余而人可仰者，为不少矣。足下莫之取，乃独左顾而抵于不肖，岂非见期待之厚哉？

光虽窃托迹于侍从之臣，月俸不及数万，爨桂炊玉，晦朔不相续〔九〕。居京师已十年，囊褚旧物皆竭，安所取五十万以佐从者之粝疏乎？夫君子虽乐施予〔一〇〕，亦必己有余，然后能及人。就其有余，亦当先亲而后疏，先旧而后新。光得侍足下裁周岁，得见不过四五，而遽以五十万奉之，其余亲戚故旧不可胜数，将何以待之乎？光家居，食不敢常有肉，衣不敢纯衣帛，何敢以五十万市一婢乎？而足下忽以此责之，岂非不相知之深哉？

光视地而后敢行，顿足而后敢立，足下一旦待以为陈孟公、杜季良之徒，光能无骇乎？

足下服儒衣，谈孔、颜之道，啜菽饮水〔一一〕，足以尽欢于亲，箪食瓢饮〔一二〕，足以致乐于身，而遑遑焉以贫乏有求于人，光能无疑乎？

足下又责以韩退之所为〔一三〕，若光者何人，敢望韩退之哉？韩退之能为文，其文为天下贵，凡当时王公大人庙碑墓碣，靡不请焉。故受其厚谢，随复散之于亲旧，此其所以能行义也。若光者何人，敢望退之哉？

光自结发以来〔一四〕，虽行能无所长，然实不敢锱铢妄取于人〔一五〕，此众人所知也。取之也廉，则其施之人也靳〔一六〕，亦其理宜也。若既求其取之廉，又责其施之厚，是二行者诚难得而兼矣。

足下又欲使光取之于他人，是尤不可之大者。微生高乞醯于邻人以应求者，孔子以为不直〔一七〕，况已不能施，而敛之于人，以为己惠，岂不害于恕乎？

足下之命，既不克承，又费辞以释之，其为罪尤深。足下所称韩退之亦云："文章不足以发天下之事业，钱财不足以贿左右之匮急，.0载而往，垂橐而归，足下亮之而已。"〔一八〕不宣。光再拜。

〔一〕刘蒙：字子明，渤海人。能为词赋，举遗逸，试第一，擢知潮阳县。不肯行免役法，而条陈其害，即投劾去。门人私谥曰正思先生。

〔二〕张伯松：名竦。陈孟公：名遵。汉哀帝时，俱为京兆吏。竦博学通达，以廉俭自守，而遵放诞不拘。操行虽异，然相亲友。遵谓竦曰："足下讽诵经书，苦身自约，不敢差跌。而我放意自恣，浮沈俗间，官爵功名，不减于子，而差独乐，顾不优耶。"竦因以"人各有性"等语答之，详《汉书·游侠传》。

〔三〕马文渊：名援，佐汉光武有大功，拜伏波将军，封新息侯。有诫兄子严、敦书云："龙伯高敦厚周慎，口无择言，谦约节俭，廉公有威。吾爱之重之，愿汝曹效之。杜季良豪侠好义，忧人之忧，乐人之乐，清浊无所失，父丧致客，数郡毕至。吾爱之重之，不愿汝曹效也。"

〔四〕谨敕：慎谨整敕也。

〔五〕律令：法律功令也。绳墨：本匠人所用以定方圆平直者，因借为法度之通称。龊龊：同促促，急促局狭貌。侧足：并立也。齿目：类列而品题之也。

〔六〕千镒：金二十两曰镒。贾：音古，居商也。

〔七〕策马：鞭马也。归：向也。犹云目的所在也。

〔八〕周事：犹济事，谓可解决一切也。

〔九〕爨桂炊玉：谓燃料如桂，食料如玉，物价之高，生活不易也。晦朔不相续：谓月俸以晦朔支给，而后者未至，前者早罄，有青黄不接之忧也。"

〔一〇〕施予：犹施与。

〔一一〕《礼记》："啜菽饮水尽其欢，斯之谓孝。"

〔一二〕《论语》孔子曰："一箪食，一瓢饮，人不堪其忧，回也不改其乐。贤哉回也！"

〔一三〕韩退之：名愈。《唐书·韩愈传》："刘父持愈金数斤去，曰：'此谀墓中人得耳，不若与刘君为寿。'愈不能止。"

〔一四〕结发：犹束发。

〔一五〕锱铢：喻轻微也。六铢为锱，二十四铢为两。

〔一六〕靳：吝也。

〔一七〕《论语》孔子曰："孰谓微生高直？或乞醯焉，乞诸其邻而与之。"注："醯，醋也。"

〔一八〕文章五句，见韩愈《答窦秀才书》。垂橐，言囊中空无所有也。

答孔文仲司户书〔一〕

三月二十日，司马光顿首复书。司户秘校孔君足下：辱书教以孔子第门人，而文学处四科之末，所以然之理〔二〕。幸甚，幸甚！

光愚陋无堪，居常不见齿于士大夫。足下徒以生之早而仕之久，亦从而访焉。称褒之过，而责望之重，且恐且愧，无以自处。

光昔也闻诸师友曰："学者贵于行之，而不贵于知之；贵于有用，而不贵于无用。"故孔子曰："弟子入则孝，出则悌，谨而信，泛爱众，而亲仁。行有余力，则以学文。"子夏曰："事父母能竭其力，事君能致其身，与朋友交，言而有信，虽曰未学，吾必谓之学矣。"此德行之所以为四科首者也。孔子又曰："诵《诗》三百，授之以政，不达；使于四方，不能专对，虽多，亦奚以为？"夫国有诸侯之事，而能端委束带，与宾客言，以排难解纷，徇国家之急；

或务农训兵，以扞城其民，是亦学之有益于时者也。故言语、政事次之。若夫习其容而未能尽其义，诵其数而未能行其道，虽敏而传，君子所不爱。此文学之所以为末者也。

然则古之所谓文者，乃所谓礼乐之文、升降进退之容、弦歌雅颂之声，非今之所谓文也。今之所谓文者，古之辞也。孔子曰："辞达而已矣。"〔三〕明其足以通意斯止矣，无事于华藻宏辩也。必也以华藻宏辩为贤，则屈、宋、唐、景、庄、列、杨、墨、苏、张、范、蔡皆不在七十子之后也〔四〕。颜子不违如愚，仲弓仁而不佞〔五〕，夫岂尚辞哉！

足下所谓："学积于内，则文发于外，积于内也深博，则发于外也淳奥。则夫文者，虽不学焉，而亦可以兼得之。学不充于中，而徒外事其文，则文盛于外，而实困于内，亦将兼弃其所学。"斯言得之矣。曾子曰："尊其所闻，则高明矣。行其所知，则光大矣。"〔六〕足下允蹈其言，为之无倦，将与渊、骞并驱争先，又况游、夏，尚奚足慕？光方叹服企仰之不暇，自视一无所有，其何以为献？不宣。光顿首。

〔一〕孔文仲：字经甫，江西清江人。性狷直，举进士，恬介自守，与王安石不合，有文集五十卷。

〔二〕《论语·先进》："德行：颜渊、闵子骞、冉伯牛、仲弓。言语：宰我、子贡。政事冉有、季路。文学：子游、子夏。"

〔三〕以上所引孔子、子夏之言，并见《论语》。

〔四〕屈原、宋玉、唐勒、景差、庄周、列御寇、扬朱、墨翟、苏秦、张仪、范雎、蔡泽，皆春秋战国间知名之士。

〔五〕见《论语》。

〔六〕见《汉书·董仲舒传》。

与王介甫书〔一〕

二月二十七日，翰林学士兼侍读学士、右谏议大夫司马光惶恐再拜。介甫参政谏议阁下：光居常无事，不敢涉两府之门〔二〕，以是久不得通名于将命者〔三〕。春暖，伏惟机政余裕，台候万福。

孔子曰："益者三友，损者三友。"〔四〕光不才，不足以辱介甫为友。然自接侍以来十有余年，屡尝同僚，亦不可谓之无一日之雅也〔五〕。虽愧多闻，至于直、谅，不敢不勉；若乃便佞，则固不敢为也〔六〕。孔子曰："君子和而不同，小人同而不和。"〔七〕君子之道，出处语默，安可同也？然其志则皆欲立身行道，辅世养民，此其所以和也。

向者与介甫议论朝廷事，数相违，未知介甫之察不察。然于光向慕之心，未始变移也。窃见介甫独负天下大名三十余年，才高而学富，难进而易退。远近之士识与不识，咸谓介甫不起则已，起则太平可立致，生民咸被其泽矣。天子用此起介甫于不可起之中，引参大政，岂非欲望众人之所望于介甫邪？

今介甫从政始期年〔八〕，而士大夫在朝廷及自四方来者，莫不非议介甫，如出一口。下至闾阎细民、小吏走卒，亦窃窃怨叹〔九〕，人人归咎于介甫，不知介甫亦尝闻其言而知其故乎？

光窃意门下之士，方日誉盛德而赞功业，未始有一人敢以此闻达于左右者也。非门下之士，则皆曰："彼方得君而专政，无为触之以取祸，不若坐而待之，不过二三年，彼将自败。"若是者，不唯不忠于介甫，亦不忠于朝廷。若介甫果信此志，推而行之，及二三年，则朝廷之患已深矣！安可救乎？如光则不然，忝备交游之末，不敢苟避谴怒，不为介甫一一陈之。

今天下之人恶介甫之甚者，其诋毁无所不至。光独知其不然，介甫固大贤，其失在于用心太过、自信太厚而已。何以言之？自古圣贤所以治国者，不过使百官各称其职、委任而责成功也；其所以养民者，不过轻租税、薄赋敛、已逋责也〔一〇〕。介甫以为此皆腐儒之常谈，不足为，思得古人所未尝为者而为之。于是财利不以委三司而自治之〔一一〕，更立制置三司条例司〔一二〕，聚文章之士及晓财利之人，使之讲利。孔子曰："君子喻于义，小人喻于利。"〔一三〕樊须请学稼，孔子犹鄙之〔一四〕，以为不知礼义信，况讲商贾之末利乎？使彼诚君子邪？则固不能言利，彼诚小人邪，则固民是尽以饫上之欲〔一五〕，又可从乎？是知条例一司，已不当置而置之。又于其中不次用人，往往暴得美官，于是言利之人皆攘臂圜视，衒鬻争进〔一六〕，各斗智巧，以变更祖宗旧法。大抵所利不能补其所伤，所得不能偿其所亡，徒欲别出新意，以自为功名耳。此其为害已甚矣。又置提举、句当、常平、广惠仓使者四十余人〔一七〕，使行新法于四方。先散青苗钱，次欲使比户出助役钱[一八]，次又欲更搜求农田水利而行之。所遣者虽皆选择才俊，然其中亦有轻佻狂躁之人，陵轹州县[一九]，骚扰百姓者。于是士大夫不服，农商丧业，故谤议沸腾，怨嗟盈路。迹其本原，咸以此也。《书》曰："民不静，亦惟在王宫邦君室。"[二〇]伊尹为阿衡，有一夫不获其所，若己推而内之沟中[二一]。孔子曰："君子求诸己。"介甫亦当自思所以致其然者，不可专罪天下之人也。

夫侵官，乱政也，介甫更以为治术而先施之；贷息钱，鄙事也，介甫更以为主政而力行之；繇役自古皆从民出[二二]，介甫更欲敛民钱，雇市佣而使之。此三者，常人皆知其不可，而介甫独以为可。非介甫之智不及常人也，直欲求非常之功，而忽常人之所知耳。夫皇极之道[二三]，施之于天地人，皆不可须臾离。故孔子曰："道之不明也，我知之矣，智者过之，愚者不及也。道之不行也，我知之矣，贤者过之，不肖者不及也。"[二四]介甫之智与贤皆过人，及其失也，乃与不及之患均。此光所谓用心太过者也。

自古人臣之圣者，无过周公与孔子，周公、孔子亦未尝无过，未尝无师。介甫虽大贤，于周公、孔子则有间矣，今乃自以为我之所见，天下莫能及，人之议论与我合则善之，与我不合则恶之。如此，方正之士何由进？谄谀之士何由远？方正日疏，谄谀日亲，而望万事之得其宜，令名之施四远，难矣。

夫从谏纳善，不独人君为美也，于人臣亦然。昔郑人游于乡校，以议执政之善否。或谓子产毁乡校，子产曰："其所善者，吾则行之；其所恶者，吾则改之，是吾师也。若之何毁之？”〔二五〕薳子冯为楚令尹，有宠于薳子者八人，皆无禄而多马。申叔豫以子南观起之事警之，薳子惧，辞八人者，而后王安之〔二六〕。赵简子有臣曰周舍，好直谏，日有记，月有成，岁有效。周舍死，简子临朝而叹曰：“千羊之皮，不如一狐之腋。诸大夫朝，徒闻唯唯，不闻周舍之鄂鄂，吾是以忧也。”〔二七〕子路，人告之以有过则喜〔二八〕。酂文、绛侯相汉，有书过之史〔二九〕。诸葛孔明相蜀，发教与群下曰：“违覆而得中，犹弃弊跷而获珠玉。然人心苦不能尽，惟董幼宰参书七年，事有不至，至于十反。”孔明尝自校簿书，主簿杨颙谏曰：“为治有体，上下不可相侵，请为明公以作家譬之。今有人使奴执耕稼，婢典爨，鸡主司晨，犬主吠盗，私业无旷，所求皆足。忽一旦尽欲以身亲其役，不复付任，形疲神困，终无一成。岂其知之不如奴婢鸡狗哉？失为家主之法也。”孔明谢之。及颙卒，孔明垂泣三日〔三〇〕。吕定公有亲近曰徐原，有才志，定公荐拔至侍御史。原性忠壮，好直言，定公时有得失，原辄谏争，又公论之。人或以告定公，定公叹曰：“是我所以贵德渊者也。”及原卒，定公哭之尽哀，曰：“德渊，吕岱之益友，今不幸，岱复于何闻过哉！”〔三一〕此数君子者，所以能功成名立，皆由乐闻直谏、不讳过失故也。若其余骄亢自用〔三二〕，不受忠谏而亡者，不可胜数。介甫多识前世之载，固不俟光言而知之矣。

孔子称：“有一言而可以终身行之者，其恕乎。”〔三三〕《诗》云：“伐柯伐柯，其则不远。”〔三四〕言以其所愿乎上交乎下，以其所愿乎下事乎上，不远求也。介甫素刚直，每议事于人主前，如与朋友争辨于私室，不少降辞气，视斧钺鼎镬无如也。及宾客僚属谒见论事，则唯希意迎合，曲从如流者亲而礼之。或所见小异，微言新令之不便者，介甫辄艴然加怒〔三五〕，或诟骂以辱之，或言于上而逐之，不待其辞之毕也。明主宽容如此，而介甫拒谏乃尔，无乃不足于恕乎？昔王子雍方于事上而好下佞己〔三六〕，介甫不幸亦近是乎？此光所谓自信太厚者也。

光昔从介甫游，于诸书无不观，而特好孟子与老子之言。今得君得位，而行其道，是宜先其所美，必不先其所不美也。孟子曰："仁义而已，何必曰利？"又曰："为民父母，使民盻盻然将终岁勤动，不得以养其父母，又称贷而益之，恶在其为民父母也？"〔三七〕今介甫为政，首制置条例司，大讲财利之事。又命薛向行均输法于江淮〔三八〕，欲尽夺商贾之利。又分遣使者散青苗钱于天下而收其息，使人人愁痛，父子不相见，兄弟妻子离散，此岂孟子之志乎？老子曰："天下神器，不可为也。为者败之，执者失之。"又曰："我无为而民自化，我好静而民自正，我无事而民自富，我无欲而民自朴。"又曰："治大国若烹小鲜。"〔三九〕今介甫为政，尽变更祖宗旧法，先者后之，上者下之，右者左之，成者毁之，弃者取之。矻矻焉穷日力〔四〇〕，继之以夜而不得息。使上自朝廷，下及田野，内起京师，外周四海，士吏兵农，工商僧道，无一人得袭故而守常者，纷纷扰扰，莫安其居，此岂老氏之志乎？何介甫总角读书〔四一〕，白头秉政，乃尽弃其所学而从今世浅丈夫之谋乎！

古者国有大事，谋及卿士，谋及庶人。成王戒君陈曰：“有废有兴，出入自尔师虞，庶言同则绎。”〔四二〕《诗》云：“先民有言，询于刍荛。”〔四三〕孔子曰：“上酌民言，则下天上施，上不酌民言，则下不天上施。”〔四四〕自古立功立事，未有专欲违众而能有济者也。使《诗》、《书》、孔子之言皆不可信则已，若犹可信，则岂得尽弃而不顾哉？今介甫独信数人之言，而弃先圣之道，违天下人之心，将以致治，不亦难乎？

近者，藩镇大臣有言散青苗钱不便者，天子出其议以示执政，而介甫遽悻悻然不乐〔四五〕，引疾卧家。光被旨为批答，见士民方不安如此，而介甫乃欲辞位而去，殆非明主所以拔擢委任之意，故直叙其事，以义责介甫，意欲介甫早出视事，更新令之不便于民者，以福天下。其辞虽朴拙，然无一字不得其实者。窃闻介甫不相识察，颇督过之〔四六〕，上书自辩，至使天子自为手诏以逊谢。又使吕学士再三谕意，然后乃出视事。出视事诚是也，然当速改前令之非者，以慰安士民，报天子之盛德。今则不然，更加忿怒，行之愈急。李正言言青苗钱不便，诘责使之分析。吕司封传语祥符知县未散青苗钱，劾奏乞行取勘〔四七〕。观介甫之意，必欲力战天下之人，与之一决胜负，不复顾义理之是非，生民之忧乐，国家之安危。光窃为介甫不取也。

光近蒙圣恩过听，欲使之副贰枢府。光窃惟居高位者，不可以无功；受大恩者，不可以不报。故辄敢申明去岁之论，进当今之急务，乞罢制置三司条例司，及追还诸路提举常平、广惠仓使者。

主上以介甫为心，未肯俯从。光窃念主上亲重介甫，中外群臣无能及者，动静取舍，唯介甫之为信。介甫曰可罢，则天下之人咸被其泽；曰不可罢，则天下之人咸被其害。方今生民之忧乐，国家之安危，唯系介甫之一言，介甫何忍必遂己意而不恤乎？夫人谁无过？"君子之过，如日月之食，过也，人皆见之；更也，人皆仰之。"〔四八〕何损于明？介甫诚能进一言于主上，请罢条例司，追还常平使者，则国家太平之业皆复其旧，而介甫改过从善之美，愈光大于前日矣。于介甫何所亏丧而固不移哉？

光今所言，正逆介甫之意，明知其不合也，然光与介甫，趣向虽殊，大归则同。介甫方欲得位以行其道，泽天下之民；光方欲辞位以行其志，救天下之民，此所谓和而不同者也。故敢一陈其志，以自达于介甫，以终益友之义。其舍之取之，则在介甫矣。《诗》云"周爰咨谋"〔四九〕，介甫得光书，傥未赐弃掷，幸与忠信之士谋其可否，不可以示谄谀之人，必不肯以光言为然也。彼谄谀之人，欲依附介甫，因缘改法以为进身之资。一旦罢局，譬如鱼之失水。此所以挽引介甫，使不得由直道行者也。介甫奈何徇此曹之所欲〔五〇〕，而不思国家之大计哉？孔子曰："巧言令色，鲜矣仁！"〔五一〕彼忠信之士，于介甫当路之时，或龃龉可憎〔五二〕，及失势之后，必徐得其力。谄谀之士，于介甫当路之时，诚有顺适之快，一旦失势，必有卖介甫以自售者矣。介甫将何择焉？国武子好尽言以招人之过，卒不得其死〔五三〕。光常自病似之，而不能改也。虽然，于善人亦何忧之有？用是故敢妄发而不疑也。

属以辞避恩命未得请，且病膝疮不可出，不获亲侍言于左右而布陈以书，悚惧尤深。介甫其受而听之，与罪而绝之，或诟詈而辱之，与言于上而逐之，无不可者，光俟命而已。不宣。光惶恐再拜。

〔一〕王介甫：名安石，临川人。

〔二〕两府：宋以中书省与枢密院为两府，凡文事出中书，武事出枢密。

〔三〕将命者：《论语注》：“将，传也。”谓传命之人也。

〔四〕《论语·季氏》。孔子曰：“益者三友，损者三友。友直，友谅，友多闻，益矣。友便辟，友善柔，友便佞，损矣。”

〔五〕雅：故也，犹言交情也。

〔六〕谅：信也。便佞：谓习于口语，善伺人意。便音骈。

〔七〕君子二句见《论语》。

〔八〕期年：周一年也。

〔九〕窃窃：私议也。

〔一〇〕责：去声，与债同。逋，逃也。

〔一一〕三司：宋理财官归三司，即盐铁、度支、户部是也。宋承五代之旧，以天下财计归之三司。

〔一二〕制置三司条例司：官名，即安石所特置以代三司使官者。

〔一三〕见《论语》。

〔一四〕樊须：即樊迟。《沦语》：“樊迟请学稼，子曰吾不如老农。”

〔一五〕饫：郁据切，音淤，饱也。

〔一六〕圜：同环。衒：穴绢切，音县，自矜也，自媒也。鬻：卖也。

〔一七〕提举以下，皆安石所置官名。句，同勾。句当，料量也。

〔一八〕熙宁二年，安石创青苗法，官预出钱以贷民，纳时加息二分，正月散而夏敛，五月散而秋敛，谓之青苗钱。又《宋史·食货志》："凡当役人户，以等第出钱，名免役钱。其坊郭等第户，及未成丁单丁女户，寺观品官之家，旧无色役而出钱者，名助役钱。"

〔一九〕陵轹：侵暴欺压也。轹，音历。

〔二〇〕民不静二句见《尚书·大诰》。

〔二一〕阿衡：商朝官名。此节见《孟子·万章篇》上。内：同纳。

〔二二〕繇：同徭，音遥。古力役之征曰徭役。

〔二三〕皇极：《尚书·洪范》"皇建其有极"，言天子建立准则，为四方万民所取法也。

〔二四〕此节见《礼记·中庸》。

〔二五〕此节见《春秋左氏传》。

〔二六〕此节亦见《左传》。蘧：音委。冯：音屏，同凭。

〔二七〕此节见《国语》。唯：音委。鄂鄂：同谔谔，直言也。

〔二八〕见《孟子·公孙丑上》。

〔二九〕酂文，萧何，卒谥曰文。绛侯，周勃也。事见《汉书》本传。

〔三〇〕此节见《三国志·诸葛亮传》。董幼宰：名和。

〔三一〕此节亦见《三国志》。定公：名岱，广陵人，仕吴孙权，为交州刺史。徐原：字德渊。

〔三二〕亢：音抗，太过也。

〔三三〕二句见《论语》。

〔三四〕二句见《诗经·豳风》。

〔三五〕艴：音弗，盛气色也，怒也。

〔三六〕王子雍：名肃，三国魏人。

〔三七〕此节见《孟子·滕文公》上。盻盻：目恨视也。称贷：谓出息以偿所借也。恶：平声。

〔三八〕宋熙宁中，令发运使，凡籴买税敛上供之物。皆得徙贵就贱，用近易远，所当供办者，得以从便变易，蓄买以待上令，名曰均输法。

〔三九〕此节并见老子《道德经》。小鲜：鱼蛤之属。

〔四〇〕矻矻：勤勉不止貌，音窟。

〔四一〕总角：童子束发于头两旁如角也。《诗·甫田》："总角丱兮。"

〔四二〕此节见《尚书·君陈》。

〔四三〕刍荛：谓采樵者。

〔四四〕四句见《礼记·缁衣》。

〔四五〕悻悻：怒意。

〔四六〕督过：犹言责备。

〔四七〕祥符：古县名，今河南开封县。

〔四八〕四句见《孟子》。

〔四九〕见《诗·小雅·皇华》篇。周：至也。爰：于也。咨谋：询问谋画也。

〔五〇〕徇：曲从也。

〔五一〕二句见《论语》。巧：好。令：善也。鲜：上声，少也。

〔五二〕龃龉：音咀语，齿不正而参差出入也。故意见不相合，亦曰龃龉。

〔五三〕国武子：齐大夫。齐庆克淫乱，忌而杀之。事详《左传》。

答景仁书

光再拜。自四月来，连于梦得处领三书，以无的便，久未之报，惟景仁必能察其非惰慢也。

来书主鬴斛论甚确〔一〕。光寡学，于钟律实所不解〔二〕，不足以辨是非。向者互相攻难，聊资戏笑耳。今若喋喋为报〔三〕，乃是求胜而强相加，争言而竟后息，非素志也。且置是论，至于中和为养生作乐之本，此皆见于经传，非取诸光之胸臆，不可忽也。《诗》云："呦呦鹿鸣，食野之苹。"〔四〕鹿得美草，犹呼其类共食之，况君子得美道，可不告其执友而共学之乎？何光区区仰告之勤，而景仁却之之坚，曾不熟察也？

来示云："致中和，天地位焉，万物育焉〔五〕。言帝王中和之化行，则阴阳和，动植之类蕃，非为一身除病也。"夫和者，大则天地，中则帝王，下则匹夫，细则昆虫草木，皆不可须臾离者也。岂帝王则可行，而一身则不可行邪？人苟能无失中和则无病，岂待已病然后除之邪？夫养生用中和，犹割鸡用牛刀〔六〕，所益诚微，然生非中和亦不可养也。譬如用勺水涤一器，景仁见而责之曰："夫水之所以浮天载地，生育万物。汝何得用之涤器？"如此，则可乎？不可乎？

又云："孟轲养浩然之气〔七〕，言荣辱祸福不能动其心，非除病之谓也。"夫志，气之帅也。苟不以中和养其志，气能浩然乎？苟气不浩然，则荣辱祸福交攻之，终日戚戚，陨获充诎〔八〕，能无病乎？孔子曰："仁者寿。"又曰："大德必得其寿。"〔九〕彼仁与德，舍中和能为之乎？

又云："向之病，诚犹饮食过中；是过饮食之中，非中和也。"光诚愚，不知饮食之中非中和，更为何物也。光所愿者，欲景仁举措云为，造次颠沛〔一〇〕，未始不存乎中和，岂于饮食独舍之乎？此则尤所不解也。

夫中和之道，崇深闳远，无所不周，无所不容。人从之者，如鸟兽依林；去之者，如鱼虾出水。得失在此，于彼奚损益焉？而光重复反覆言之，犹嘘温以助春，吹寒以佐冬，徒自困苦，夫何为哉？正身遇所忠爱，不能自默耳。夫己自未能力行，而遽以强人，此孔子所谓"道听而途说"〔一一〕，宜人之未见信也。然景仁明如离朱〔一二〕，中和之益，著于南山，岂景仁所不能睹哉？或者偶未之思耳。

向者所蒙教诲，何敢忘之？但承其意，不承其术。谨当熟读《中庸》，以代《素问》、《巢原》；熟读《乐记》，以代《考工记》、《律历志》〔一三〕，庶几有得于桑榆〔一四〕，启发其端，皆自益友之赐也。至幸，至幸！至感，至感！不宣。光再拜景仁七兄左右。

〔一〕鬴：扶武切，音辅，量器名，内方外圆，容六斗四升。

〔二〕钟律：黄钟律吕之学也。

〔三〕喋喋：多言也。喋，迪协切，音牒。

〔四〕二句见《诗经·小雅·鹿鸣之什》。呦：音幽。呦呦，鹿鸣声。

〔五〕三句见《礼记·中庸》。

〔六〕见《论语·阳货》篇。

〔七〕见《孟子·养气》章。

〔八〕《礼记·儒行》：“儒有不陨获于贫贱，不充诎于富贵。”陨获：困迫失志之貌。充诎：喜而失节也。

〔九〕仁者寿：见《论语·雍也》篇。大德句：见《中庸》。

〔一〇〕《论语》：“造次必于是，颠沛必于是。”造次：急遽之时也。颠沛：偃仆也。

〔一一〕见《阳货》篇。

〔一二〕离朱：即离娄。《孟子》：“离娄之明。”

〔一三〕《中庸》：子思所作。《素问》：医学书之最古者，记黄帝与岐伯问答之语。《巢原》：未详。《乐记》：为《礼记》中之一篇，多论乐理。《考工记》：见《周礼》。《律历志》：见《汉书》。

〔一四〕桑榆：犹言晚景，日落之时，其光尚留于桑榆之上也。

王安石

字介甫，号半山，临川人，工为文，擢进士第。嘉祐中，历度支判官，上万言书，以变法为言。神宗时为相，帝倚重之，谋改革政治，兴青苗、水利、均输、保甲、免役、市易、保马、方田诸法，物议沸腾，时名臣皆被斥，而新法卒无效，罢为镇南军节度使。元丰中，复拜左仆射，封荆国公。哲宗立，加司空。卒谥文。有《临川先生集》《周官新义》等书。事详《宋史》本传。

答司马谏议书〔一〕

某启：昨日蒙教，窃以为与君实游处相好之日久，而议事每不合，所操之术多异故也。虽欲强聒〔二〕，终必不蒙见察，故略上报，不复一一自辨。重念蒙君实视遇厚，于反覆不宜卤莽，故今具道所以，冀君实或见恕也。盖儒者所争，尤在于名实。名实已明，而天下之理得矣。

今君实所以见教者，以为侵官、生事、征利、拒谏，以致天下怨谤也。某则以谓受命于人主，议法度而修之于朝廷，以授之于有司，不为侵官；举先王之政，以兴利除弊，不为生事；为天下理财，不为征利；辟邪说，难壬人〔三〕，不为拒谏。至于怨诽之多，则固前知其如此也。

人习于苟且非一日，士大夫多以不恤国事〔四〕、同俗自媚于众为善。上乃欲变此，而某不量敌之众寡，欲出力助上以抗之，则众何为而不汹汹然〔五〕？盘庚之迁，胥怨者民也〔六〕，非特朝廷士大夫而已。盘庚不为怨者故改其度，度义而后动，是而不见可悔故也。

如君实责我以在位久，未能助上大有为以膏泽斯民〔七〕，则某知罪矣；如曰今日当一切不事事，守前所为而已，则非某之所敢知。无由会晤，不任区区向往之至。

〔一〕司马谏议：即司马光，字君实，时为谏议大夫。

〔二〕强：上声，勉强也。聒：语杂声嚣也。《庄子·天下篇》："强聒而不舍。"

〔三〕壬人：佞人也。

〔四〕恤：忧也。

〔五〕汹汹然：反抗之状。

〔六〕《尚书·盘庚》："盘庚迁于殷，民不适攸居。"胥怨：相怨也。

〔七〕膏泽：喻恩惠也。《孟子》："膏泽下于民。"

答钱公辅学士书[一]

比蒙以铭文见属[二]，足下于世为闻人，力足以得显者铭父母，以属于不腆之文[三]，似其意非苟然，故辄为之而不辞。不图乃犹未副所欲，欲有所增损。鄙文自有意义，不可改也。宜以见还，而求能如足下意者为之耳。

家庙以今法准之，恐足下未得立也。足下虽多闻，要与识者讲之。如得甲科为通判[四]，通判之署，有池台竹林之胜，此何足以为太夫人之荣而必欲书之乎？贵为天子，富有天下，苟不能行道，适足以为父母之羞，况一甲科通判？苟粗知为辞赋，虽市井小人，皆可以得之，何足道哉？何足道哉？故铭以谓闾巷之士以为太夫人荣，明天下有识者，不以置悲欢荣辱于其心也。太夫人能异于闾巷之士而与天下有识同，此其所以为贤而宜铭者也。至于诸孙，亦不足列，孰有五子而无七孙者乎？七孙业之有可道，固不宜略。若皆儿童，贤不肖未可知，列之于义何当也？诸不具道，计足下当与有识者讲之。南去愈远，君子惟顺爱自重。

〔一〕钱公辅：毗陵人。母蒋氏卒，曾求安石为墓志铭，见《临川集》卷二十四。

〔二〕为文字刻于金石，称述功德，谓之铭。

〔三〕腆：体偃切，音忝，厚也，善也。《礼》："辞无不腆。"

〔四〕唐初，明经有甲、乙、丙、丁四科，进士有甲、乙二科。后世称进士为甲科。通判：官名。宋初欲削藩镇之权，命朝臣通判府州军事，与知府、知州共治政事。

苏轼

字子瞻，眉山人。嘉祐中，试礼部，欧阳修擢置第二，曰：“吾当避此人出一头地！”王安石创行新法，轼上书论其不便，出通判杭州，徙知湖州，言者摭其诗语以为讪谤，贬黄州团练副使。轼筑室东坡，自号东坡居士。元祐中，累官端明殿、翰林侍读两学士，出知惠州，旋贬琼州别驾，赦还，提举玉局观，卒于常州，谥文忠。轼师父洵为文，既而得之于天，尝自谓：“作文如行云流水，初无定质，行于其所当行，止于其所不得不止。”其体涵浑光芒，雄视百代。有《东坡先生全集》。事详《宋史》本传。

答秦太虚书〔一〕

轼启：五月末，舍弟来，得手书，劳问甚厚〔二〕，日欲裁谢，因循至今！递中复辱教〔三〕，感愧益甚！比日履兹初寒〔四〕，起居何如？

轼寓居瓥遣〔五〕，但舍弟初到筠州〔六〕，即丧一女子，而轼亦丧一老乳母，悼念未衰，又得乡信，堂兄中舍九月中逝去。异乡衰病，触目凄感，念人命脆弱如此〔七〕！

又承见喻，中间得疾不轻，且喜复健。吾侪渐衰，不可复作少年调度，当速用道书、方士之言厚自养炼〔八〕。謫居无事〔九〕，颇窥其一二。已借得本州天庆观道堂三间，冬至后当入此室，四十九日乃出。自非废放，安得就此？太虚他日一为仕宦所縻〔一〇〕，欲求四十九日闲，岂可复得耶？当及今为之。但择平时所谓简要易行者，日夜为之，寝食之外，不治他事，但满此期，根本立矣。此后纵复出从人事，事已则心返，自不能废矣。此书到日，恐已不及，然亦不须用冬至也。

寄示诗文，皆超然胜绝，亹亹焉来逼人矣〔一一〕！如我辈，亦不劳逼也。太虚未免求禄仕，方应举求之〔一二〕。应举不可必，窃为君谋：宜多著书，如所示《论兵》及《盗贼》等数篇，但似此得数十首，皆卓然有可用之实者，不须及时事也。但旋作此书，亦不可废应举。此书若成，聊复相示，当有知君者想喻此意也。

公择近过此，相聚数日，说太虚不离口。莘老未尝得书，知未暇通问。程公辟须其子履中哀词，轼本自求作，今岂可食言？但得罪以来，不复作文字，自持颇严。若复一作，则决坏藩墙，今后仍复衮衮多言矣〔一三〕。

初到黄，廪入既绝〔一四〕，人口不少，私甚忧之。但痛自节俭，日用不得过百五十。每月朔便取四千五百钱，断为三十块，挂屋梁上。平旦用画叉挑取一块〔一五〕，即藏去叉，仍以大竹筒别贮用不尽者，以待宾客。此贾耘老法也〔一六〕。度囊中尚可支一岁有余〔一七〕，至时别作经画，水到渠成，不须预虑。以此，胸中都无一事。

所居对岸武昌〔一八〕，山水佳绝。有蜀人王生在邑中，往往为风涛所隔，不能即归，则王生能为杀鸡炊黍，至数日不厌。又有潘生者，作酒店樊口〔一九〕。棹小舟径至店下，村酒亦自醇酽〔二〇〕。柑橘、椑柿极多〔二一〕。大芋长尺余，不减蜀中。外县米斗二十，有水路可致。羊肉如北方，猪、牛、麞、鹿如土，鱼、蟹不论钱。岐亭监酒胡定之〔二二〕，载书万卷随行，喜借人看。黄州曹官数人〔二三〕，皆家善庖馔，喜作会。太虚视此数事，吾事岂不既济矣乎？欲与太虚言者无穷，但纸尽耳。展读至此，想见掀髯一笑也〔二四〕。

子骏固吾所畏，其子亦可喜，曾与相见否？此中有黄冈少府张舜臣者，其兄尧臣，皆云与太虚相熟，儿子每蒙批问。适会葬老乳母，今勾当作坟〔二五〕，未暇拜书。岁晚苦寒，惟万万自重。李端叔一书〔二六〕，托为达之。夜中微被酒，书不成字，不罪，不罪！不宣。

〔一〕秦太虚：名观，字少游，高邮人，为苏门四学士之一，官至国子编修，有《淮海集》。

〔二〕劳问：犹慰问也。劳，去声。

〔三〕递：邮递也。复：去声。

〔四〕比：去声，犹言近日。

〔五〕麤遣：谓大致可过也。麤，同粗。

〔六〕筠州：今江西高安县。时轼弟辙方贬监筠州酒税。

〔七〕丧：去声，失也。脆：促锐切，音毳，本作脆。小耎易断也。

〔八〕道书：道家之书。方士：方术之士。道家有养生修炼等术。

〔九〕謫：同谪，贬也。

〔一〇〕縻：密宜切，音糜，犹系也。

〔一一〕亹亹：进貌。亹，音尾。

〔一二〕应举：应科举也。

〔一三〕衮衮：同滚滚，多言貌。

〔一四〕廪入：谓官俸所入也。

〔一五〕画叉：装铁叉于竿头，用以张画之具也。

〔一六〕贾耘老：名收，乌程人，有诗名，喜饮酒。轼官湖州时，常与酬唱。家素贫，轼恒念之。

〔一七〕度：入声，犹言预算。

〔一八〕武昌：今湖北鄂城县。

〔一九〕樊口：在鄂城县西北，果子湖入江处也。

〔二〇〕醇酽：醲郁也。

〔二一〕椑：音鼙，柿之小者，一名漆柿。

〔二二〕岐亭：在黄州城南。监酒：临酒税之官。

〔二三〕曹官：佐贰之官，犹今科员之类。

〔二四〕掀：手举也。

〔二五〕勾当：犹言料理。

〔二六〕李端叔：名之仪，赵州人，官至枢密院编修，有《姑溪集》。

答黄鲁直书[一]

轼始见足下诗文于孙莘老之坐上[二]，耸然异之[三]，以为非今世之人也！莘老言："此人，人知之者尚少，子可称扬其名。"轼笑曰："此人如精金美玉，不即人而人即之[四]，将逃名而不可得，何以我称扬为？"然观其文以求其为人，必轻外物而自重者，今之君子，莫能用也！

其后过李公择于济南[五]，则见足下之诗文愈多，而得其为人益详。意其超逸绝尘，独立万物之表，驭风骑气，以与造物者游[六]，非独今世之君子所不能用，虽如轼之放浪自弃，与世阔疏者，亦莫得而友也！

今者辱书词累幅[七]，执礼恭甚，如见所畏者，何哉？轼方以此求交于足下，而惧其不可得，岂意得此于足下乎？喜愧之怀，殆不可胜。然自入夏以来，家人辈更卧病[八]，忽忽至今，裁答甚缓，想未深讶也。《古风》二首，托物引类，真得古诗人之风，而轼非其人也。聊复次韵[九]，以为一笑。秋暑，不审起居何如？末由会见，万万以时自重。

〔一〕黄鲁直：名庭坚，洪州分宁人，自号山谷道人，为江西诗派之祖。世以其诗配轼，称苏、黄云。

〔二〕孙莘老：名觉，高邮人，官至龙图阁学士。

〔三〕耸然：警动貌。

〔四〕即：就也，接近之意。

〔五〕李公择：名常，建昌人，皇祐间举进士，官至兵部尚书。济南：今山东历城县治。

〔六〕绝尘：犹言在尘埃之外。驭风骑气：谓乘空际往来，极言其不与世俗同。

〔七〕累：积也，谓不止一幅。

〔八〕更：平声。

〔九〕复：去声。古人唱和，用原韵者，谓之次韵，亦称叠韵。

答言上人

去岁吴兴仓卒为别〔一〕，至今耿耿！谴居穷陋，往还断尽。远辱不遗，尺书见及，感怍殊深。比日法体佳胜，札翰愈精健，诗必称是，不蒙见示何也？

雪斋清境，发于梦想。此间但有荒山大江，修竹古木。每饮村酒，醉后曳杖放脚，不知远近，亦旷然天真，与武林旧游〔二〕，未见议优劣也。何时会合？一笑，惟万万自爱！

〔一〕吴兴：即湖州。元丰二年，轼知湖州，上表以谢。又以事不便民者不敢言，以诗托讽。御史李定、舒亶、何正言摭其表语，并媒孽所为诗，以为讪谤。逮赴台狱，寻贬黄州团练副使。

〔二〕武林：即灵隐山，在今浙江杭县。世称杭州为武林，以此。

朱 熹

字元晦，一字仲晦，婺源人。父松为政和尉，因侨居建州。登绍兴进士第，累官至宝文阁待制，卒谥文。宝庆中，追赠太师，封徽国公。熹居崇安时，牓厅事曰紫阳书堂，故称紫阳。晚卜筑于建阳之考亭，故世称考亭学派。其学出于二程，大抵穷理以致其知，反躬以践其实，而以居敬为主。著有《晦庵先生集》《近思录》《论语孟子集注》《大学中庸章句》《或问》等书。事详《宋史·道学传》。

与皇甫帅书

似闻戎车将有湖广之役〔一〕，不审定以何日戒途〔二〕？伏计运筹决胜，自有成算〔三〕，疏远不当僭有所陈，然慕用之私，怀不自已，辄效其愚，惟高明裁之！

熹生长闽中，又尝试吏泉、漳之间〔四〕，其地密迩江西〔五〕，顷岁山寇出没之处。绍兴十八九年间〔六〕，朝廷屡遣重兵，卒不得志，甚者至于败衄〔七〕，狼狈不还。及后专委陈太尉敏招募士兵而后克之，所谓左翼军者是也。盖此辈初无行陈部伍，凭恃险阻，跳踉山谷之间[八]，正得用其长技，而官军乃以堂堂之陈当之，地形兵势，凡彼之所长者皆我之所短，是以每战而每不胜也。近年茶寇形势[九]，正亦如此，所以江西官兵屡为所败，而卒以摧锋敢死之兵困之。此往事之明验也。

窃计今日湖广之寇，正亦类此。熹愿太尉养威持重，择形胜之地，坚壁以待之，而广募土人乡兵，厚其金帛，结以恩意，使之出入山林，上下溪谷，以与此僚从事[一〇]，则彼之长技，正与贼同，又倚太尉之威声，以顺讨逆，彼假息游魂之众[一一]，亦将何所逃其命哉？

熹书生也，辄语兵事，近于僭率而可笑，然私心倦倦，窃恐太尉不胜忠义奋发之心，直欲以轻兵锐进，深穷巢穴，草薙而禽狝之[一二]，则非计之得也。大率东南形势绝与西北不同，愿更博访而审度之，以图万全之功，则区区之望也。仰恃知照，敢布陈之，以竢采择。惟不以其狂妄畏怯而鄙弃之，则幸甚幸甚！

〔一〕湖广：今湖北、湖南之地。

〔二〕戒途：犹言出发。官长出发在途，必加警备也。涂，同途。

〔三〕运筹：谓主持战略也。《史记·高祖纪》："夫运筹策帷幄之中，决胜千里之外，吾不如子房。"成算：犹言预定计画。

〔四〕泉、漳：二州名，今闽南地。

〔五〕密迩：犹言接近。

〔六〕绍兴：宋高宗年号。

〔七〕衄：而六切，音肉，挫也。

〔八〕跳踉：足乱动貌。

〔九〕茶：今湖南茶陵县。

〔一〇〕僚：鲁脑切，音老。《博物志》：“荆州极西南界至蜀，诸民曰僚子。”

〔一一〕假息：犹言偷活。游魂：指斥敌寇之语，竟谓不能久存也。

〔一二〕薙：体诣切，音替，除草也。狝：息演切，音藓，杀也。

与星子诸县议荒政书〔一〕

熹为政不德，致此旱灾，虽已究心多方措置，庶几吾民得以保其生业，而免于饥饿流离之苦，然窃自念智力浅短，不惟精神思虑多所不周，而事体次第亦须由军而县〔二〕，方能推以及民。若非三县同官，各存至公至诚之心，深念邦本民命之重，相与协力，岂能有济？今有愚见，恳切布闻，条具如后：

一、逐县知佐〔三〕，既是同在一县，协力公家，当以至公至诚之心相与。凡百事务，切要通情子细商量，从长措置，自然政修事举，民受其赐。苟或上忽其下，唯务私己吝权，下慢其上，但知偷安避事，则公家之务何由可济？况今灾数非常，民情危迫，经营措置当如拯溺救焚之急，不可小有迟缓龃龉，有误民间性命之计。切告深体此意，尽革前弊，庶几事有成功，民受实惠。

一、检放之恩，著在令甲〔四〕，谨已遵奉施行。今请同官当其任者，少带人从〔五〕，严切戒约，给与粮米钱物，不得纵容需索搔扰。又须不惮劳苦，逐一亲到地头，不可端坐宽凉去处，止凭乡保撰成文字〔六〕。又须依公检定分数，切不可将荒作熟，亦不可将熟作荒。其间或有疑似去处，或有用力勤苦之人，宁可分明过加优恤，不可纵令随行胥吏受其计嘱，别作情弊。

一、劝谕上户，请详本军立去帐式，令乡众依公推举，约定所荫客户、所粜米谷数目，县司略备酒果，延请劝谕，厚其礼意，谕以利害，不可纵令胥吏非理搔扰。上户既是富足之家，必能体悉此意。其间恐有未能致悉之人，亦当再三劝谕，审其虚实，量与增减。如更诈欺抵拒，即具姓名申军，切待别作施行。

一、根括贫民，请详本军所立帐式，行下诸都隅官保正子细抄札，着实开排。再三叮咛说谕，不得容情作弊，妄供足食之家，漏落无告之人。将来供到，更于本都唤集父老贫民逐一读示，公共审实。众议平允，即与保明；如有未当，就令改正，将根括隅官保正重行责罚。

一、将来粜米，亦请一面早与上户及籴米人户公共商议置场去处，务令公私贫富远近之人各得其便。大抵官米只于县市出粜，上户米谷即与近便乡村置场出粜，不须般载往来〔七〕，徒有劳费。如有大段有余不足去处，及将来发粜常平米斛〔八〕，即具因依申来，切待别行措置。

一、凡郡中行下宽恤事件，各请诚心公共推行。如有未当或未尽事宜，更望子细示喻，当行改正。右件如前，各请痛察。如或未蒙听从，尚仍前弊，致此饥民一有狼狈，即当直以公法从事，不容更奉周旋矣[九]。千万至恳至恳!

〔一〕星子:县名,属江西。

〔二〕军:行政区画之名。宋分全国为十八路,所领有府州军监之别,凡有军三十九。

〔三〕知佐:谓知县及佐杂官员。

〔四〕令甲:令有先后,故《汉书》有令甲、令乙、令丙,若今之第一、第二、第三篇。后遂借为法令之总称。

〔五〕从:去声,谓随从也。

〔六〕乡保:宋王安石创保甲法,十家为保,有保长。

〔七〕般:俗作搬。

〔八〕常平:公家积谷仓名。汉宣帝时,耿寿昌请于边郡皆筑仓,谷贱时增价而籴;贵时减价而粜,名曰常平仓。

〔九〕周旋:行步转折之状,今谓酬应曰周旋。

答陆子静[一]

税驾已久[二],诸况想益佳。学徒四来,所以及人者在此而不在彼矣。

来书所谓利欲深痼者[三],已无可言,区区所忧,却在一种轻为高论,妄生内外精粗之别,以良心日用分为两截,谓圣贤之言不必尽信,而容貌词气之间不必深察者,此其为说,乖戾很悖,将有大为吾道之害者,不待他时末流之弊矣。不审明者亦尝以是为忧乎？此事不比寻常小小文义异同，恨相去远，无由面论，徒增耿耿耳〔四〕！

李子甚不易，知向学，但亦渐觉好高。鄙意且欲其着实看得目前道理事物分明，将来不失将家之旧，庶几有用。若便如此谈玄说妙，却恐两无所成，可惜坏却天生气质，却未必如乃翁朴实头，无许多劳攘耳。

〔一〕陆子静：名九渊，自称象山居士。

〔二〕税驾：犹解驾，言休息也。

〔三〕痼：占误切，音顾，久病也。

〔四〕耿耿：不安也。

与陈同甫〔一〕

比忽闻有意外之祸，甚为惊叹！方念未有相为致力处，又闻已遂辨白而归，深以为喜。人生万事真无所不有也！比日久雨蒸郁，伏惟尊候万福。

归来想诸况仍旧，然凡百亦宜痛自收敛。此事合说多时，不当至今日。迟顿不及事，固为可罪，然观老兄平时自处于法度之外，不乐闻儒生礼法之论，虽朋友之贤如伯恭者〔二〕，亦以法度之外相处，不敢进其逆耳之论，每有规讽，必宛转回互，巧为之说，然后敢发。平日狂妄，深窃疑之，以为爱老兄者似不当如此。方欲俟后会从容面罄其说，不意罢逐之遽[三]，不及尽此怀也。

今兹之故，虽不知所由，或未必有以召之，然平日之所积，似亦不为无以集众尤而信谗口者矣[四]。老兄高明刚决，非吝于改过者。愿以愚言思之，绌去“义利双行，王霸并用”之说，而从事于惩忿窒欲、迁善改过之事，粹然以醇儒之道自律，则岂独免于人道之祸，而其所以培壅本根、澄源正本，为异时发挥事业之地者，益光大而高明矣。

荷相与之厚，忘其狂率，敢尽布其腹心。虽不足以赎稽缓之罪，然或有补于将来耳。不审高明以为如何？悚仄悚仄[五]！

〔一〕陈同甫：名亮，永康人，才气超迈，善谈兵。有《龙川文集》三十卷。尝自言其文“研穷义理之精微，辨析古今之异同，于诸儒或有所愧。至堂堂之阵，正正之旗，推倒一世之智勇，开拓万古之心胸，自谓差有一日之长”。与朱熹相友善，而持论恒相左。

〔二〕伯恭：即吕祖谦，金华人，举隆兴进士，与朱熹、张栻齐名，称为东南三贤。著有《东莱集》。

〔三〕遽：速也。

〔四〕众尤：众怨也。信，升人切，与伸字义同。

〔五〕悚仄：恐惧不安也。悚，胥勇切，音耸。

答陈体仁

蒙别纸开示说诗之意尤详，因得以窥一二大者。不敢自外，敢以求于左右。

来教谓："诗本为乐而作，故今学者必以声求之，则知其不苟作矣。"此论善矣，然愚意有不能无疑者。盖以《虞书》考之，则诗之作，本为言志而已。方其诗也，未有歌也；及其歌也，未有乐也。以声依永，以律和声〔一〕，则乐乃为诗而作，非诗为乐而作也。三代之时，礼乐用于朝廷，而下达于闾巷，学者讽诵其言，以求其志，咏其声，执其器，舞蹈其节，以涵养其心，则声乐之所助于诗者为多。然犹曰："兴于诗，成于乐。"〔二〕其求之固有序矣。是以凡圣贤之言诗，主于声者少，而发其义者多。仲尼所谓"思无邪"〔三〕，孟子所谓"以意逆志"者〔四〕，诚以诗之所以作，本乎其志之所存，然后诗可得而言也。得其志而不得其声者有矣，未有不得其志而能通其声者也。就使得之，止其钟鼓之铿锵而已，岂圣人"乐云乐云"之意哉？

况今去孔、孟之时千有余年，古乐散亡，无复可考，而欲以声求诗，则未知古乐之遗声，今皆以推而得之乎？三百五篇皆可协之音律，而被之弦歌已乎？诚既得之，则所助于诗多矣，然恐未得为诗之本也。况未必可得，则今之所讲，得无有画饼之讥乎〔五〕？

故愚意窃以为诗出乎志者也，乐出乎诗者也。然则志者诗之本，而乐者其末也。末虽亡，不害本之存，患学者不能平心和气、从容讽咏以求之情性之中耳。有得乎此，然后可得而言，顾所得之浅深如何耳。有舜之文德，则声为律而身为度，《箫韶》《二南》之声〔六〕，不患其不作。此虽未易言，然其理盖不诬也。不审以为如何？

《二南》分王者诸侯之风，《大序》之说恐未为过。其曰圣贤浅深之辨，则说者之凿也。程夫子谓《二南》犹《易》之乾坤〔七〕，而龟山杨氏以为一体而相成，其说当矣。试考之如何〔八〕？《召南》夫人〔九〕，恐是当时诸侯夫人被文王太姒之化者〔一○〕，《二南》之应，似亦不可专以为乐声之应为言。盖必有理存乎其间，岂有无事之理、无理之事哉？惟即其理而求之，理得，则事在其中矣。

〔一〕《尚书·虞书·舜典》："诗言志，歌永言，声依永，律和声。"

〔二〕二句见《论语·泰伯》篇。

〔三〕《论语·为政》篇："诗三百，一言以蔽之，曰：思无邪。"

〔四〕见《孟子·万章》篇上。

〔五〕画饼：《三国志》："选举莫取有名，名如画地作饼，不可啖也。"

〔六〕箫韶：舜乐也。《尚书》："箫韶九成，凤凰来仪。"《二南》：《诗》之《周南》、《召南》也。

〔七〕程夫子：名颐，字正叔，洛阳人，世称伊川先生。

〔八〕杨龟山名时，字中立，将乐人，学于程颐，世称龟山先生。

〔九〕《召南》小序："《鹊巢》，夫人之德也。"

〔一○〕太姒：文王之妻，武王之母。

与张伯信

属者伏承使车贲临〔一〕，侍坐陪吟，日饱德义，慰喜可知。

至如风露凄清，星河错落，月在林杪，泉鸣石间，薰炉前引，茶鼎后殿，方池为鉴，回溪为佩，冰玉明莹，雪霜腾耀，则喷玉新亭，真蓬壶、瀛洲已〔二〕！方士徒尔幻怪〔三〕，安知真仙在此而不在彼也？

奇石悉已如教置之，作者屹立瀑间，濒池四辈耸然相望，如五老后有三峰〔四〕，跬步之间〔五〕，便使人应接不暇。如闻玉泉亦蒙点化，光价十倍其初，此邦何幸！自此天下名胜，皆有望于门下矣。

〔一〕属：犹近也。贲：逋温切，音奔。贲临，犹言先临也。

〔二〕蓬壶、瀛洲：海上神山名。《拾遗记》："海中三山：一方壶，则方丈也，二蓬壶，则蓬莱也，三瀛壶，则瀛洲也。形如壶器，故名。"

〔三〕方士：方术之士，盛于秦、汉间。

〔四〕五老：峰名，为庐山名胜。

〔五〕跬：酷委切，奎上声。《司马法》："凡人一举足曰跬，跬，三尺也。两举足曰步，步，六尺也。"

陆九渊

字子静，金溪人，乾道进士，除敕令所删定官。九渊少闻靖康间事，慷然有感于复仇之义，至是访知勇士，与议恢复大略，因轮对陈五事，为给事中王信所驳，遂还乡，居贵溪之象山，从学者辐辏，自称象山翁。尝与朱熹会讲鹅湖，论辨多不合。熹主“道问学”，九渊主“尊德性”，熹好注经，九渊则谓：“学苟知道，六经皆我注脚。”故理学遂有朱、陆二派。光宗立，差知荆门军，务以德化，民俗为变。卒谥文安。有《象山先生集》。事详《宋史·儒林传》。

与程帅

伏蒙宠贶《江西诗派》一部二十家〔一〕，异时所欲寻绎而不能致者，一旦充室盈几，应接不暇，名章杰句，焜耀心目，执事之赐伟哉！

诗亦尚矣！原于赓歌〔二〕，委于《风》、《雅》。《风》、《雅》之变，壅而溢焉者也。湘累之《骚》〔三〕，又其流也。《子虚》、《长杨》之赋作〔四〕，而《骚》几亡矣。黄初而降〔五〕，日以澌薄。唯彭泽一源，来自天稷〔六〕，与众殊趣，而淡泊平夷，玩嗜者少。隋、唐之间，否亦极矣！杜陵之出〔七〕，爱君悼时，追蹑《骚》《雅》，而才力宏厚，伟然足以镇浮靡，诗家为之中兴。自此以来，作者相望，至豫章而益大肆其力〔八〕，包含欲无外，搜抉欲无秘，体制通古今，思致极幽眇，贯穿驰骋，工力精到。一时如陈、徐、韩、吕、三洪、二谢之流〔九〕，翕然宗之。由是江西遂以诗社名天下。虽未极古之源委，而其植立不凡，斯亦宇宙之奇诡也。

开辟以来，能自表见于世若此者，如优昙花时一现耳〔一〇〕。曾无几时，而篇帙寖就散逸，残编断简往往下同会之籍〔一一〕，放弃于鼠壤酱瓿，岂不悲哉？网罗搜访，出隋珠、和璧于草莽泥滓之中〔一二〕，而登诸箧椟，干霄照乘神明焕然，执事之功，何可胜赞！是诸君子亦当相与舞抃于斗、牛之间，揖箕、翼以为主人寿〔一三〕。某亦江西人也，敢不重拜光宠！

〔一〕江西诗派：宋吕本中作《江西诗社宗派图》，自黄庭坚以下，列陈师道、潘大临等，至本中凡二十五人。其人不尽籍江西，其诗亦不专一体。特吕氏奉庭坚为祖，遂号江西诗派耳。

〔二〕赓歌：《尚书·益稷》："乃赓载歌曰：'元首明哉！股肱良哉！庶事康哉！'"赓，续也。

〔三〕湘累：屈原也。扬雄《反离骚》："叙吊楚之湘累。"注：李奇曰："诸不以罪死曰累。屈原赴湘死，故曰湘累。"

〔四〕《子虚》《长杨》：《子虚赋》为司马相如作，《长杨赋》为扬雄作，并见《昭明文选》。

〔五〕黄初：魏文帝年号。

〔六〕彭泽：晋陶潜曾为彭泽令，世称陶彭泽。天稷：谓陶诗出于农家也。张衡《周天大象赋》："天稷播五稼之勤。"

〔七〕杜陵：在长安南五十里。杜甫曾寄居其地，自称杜陵布衣。

〔八〕豫章：郡名，即今江西南昌县。黄庭坚，豫章人，世称豫章先生。

〔九〕陈：为陈师道。徐：为徐俯。韩：韩驹。吕：为吕本中。三洪：为洪朋、洪刍、洪炎。二谢：为谢逸、谢迈。皆江西诗社中人。而徐俯与三洪，又皆庭坚之甥也。

〔一〇〕优昙花：亦名优昙钵花。《法华经》："佛告舍利弗：如是妙法，如优昙钵华，时一现耳。"

〔一一〕会之：秦桧字。

〔一二〕隋珠、和璧：谓隋侯之珠、和氏之璧，皆宝器也。

〔一三〕斗、牛、箕、翼：皆星宿名。

与曾宅之

十日朋旧书问至多，向所惠书，卒难寻检，其时复书亦无草藁，今皆不能记忆。来书谓某尝有文义溺志之戒。某平时与朋旧讲贯，不敢泛为之说，大抵有所据而后言。若诚有是，是必据来书而言之耳。亦略记得曾有一卷，粘纸数幅，写前辈议论十数段，于后注所见与所疑，又各空其后，以俟某之说，此岂非吾友所示耶？

记得当时看毕，甚喜其有志于学，亦甚惜其学未知方。亦尝以示一二朋友，因谓之曰：“此人气质志向固不碌碌，但未得亲师友，胸中杂然，殊未明本末先后之序。今千里寓书，纸笔之间岂能遽解其惑？且当示以读书之法，使之无徒耗其精神，后日相见，当有可言耳。”亦略记回书大意，谓读古书且当于文义分明处诵习观省，毋忽其为易晓，毋恃其为已晓，则久久当有实得实益。至于可疑者，且当优游厌饫以俟之，不可强探力索。后日于文义易晓处有进，则所谓疑惑难晓者往往涣然而自解。却不记得有溺志之辞。此后枉问，得备录前后书辞见示，庶有据依也。

近见所在友朋多有好理会，文义反不通者，盖不知学当有师。天之生斯民也，以先知觉后知，以先觉觉后觉，此其理也。诚得其师，则传授之间自有本末先后，不使学者丛然杂然费其目力，耗其精神而无所至止也。此说要非相见不能究，秋凉能一来乎？先兄平日无甚著述，惟有往来论学之书，中间编次未就，后日垂访，当共读之也。

与倪九成

春间承访，恨不及款。其时见九成精神意向皆已汩没，追念向时从游之意，无复仿佛矣。遂献愚衷，或冀自此幡然〔一〕，为益不细。来书乃有但说病状，未说病源之疑，此乃俗见胶固，俗习深重，虽闻正言，未肯顿舍，自以曲折之意，为曲折之说，亦其势然也。譬如小儿懒读书，多说懒方，未肯便入书院耳。要知病源，即此是也。以九成之质直，诚能深思俗见俗习之可恶，能埋没人灵，蒙蔽正理。思之既明，幡然而改，奋然而兴，如出陷阱，如决网罗，如去荆棘，而舞蹈乎康庄，翱翔乎青冥，岂不快哉！岂不伟哉！尚谁得而御之哉？诚能于此自决，则名方乃在九成肘后，良剂乃在九成囊中，反而求之，沛然甚足，尚何事观我朵颐云哉？〔二〕

〔一〕幡然：变动之貌。幡，与翻通。

〔二〕朵颐：动颐以嚼物，欲食之貌也。《易》："观我朵颐。"

与黄循中

某山居讲习，粗适素怀。荆门之命〔一〕，固出庙朝不忘之意，然雅未有为吏之兴，幸尚迟次，可徐决去就耳。

人之不可以不学，犹鱼之不可以无水，而世至视若赘疣，岂不甚可叹哉？穹壤间窃取富贵者何限〔二〕，惟庸人鄙夫羡之耳。识者视之，方深怜甚悯，伤其赋人之形，而不求尽人之道，至与蚁虫同其饱适好恶，虚生浪死。其在高位者，适足以播恶遗臭，贻君子监戒而已。此固循中所宜深晓，第居今之世，不得不申言之，谅亦不厌于此也。

〔一〕荆门：州名，属湖北。象山先生曾官其地。

〔二〕穹壤：犹言天地。

与蔡公辩

所录诸书，已逐一点对，末后复赵〔一〕。然道书甚多脱误，可子细将所录本添改，庶可读也。书字画甚无法度，如“傅”字须向上着一点，不着点便成“傅”字；古刻“傅”字“尃”中不着“厶”字，但以不着点，与“傅”字为别。所录书其前尚稍可看，向后数篇甚刺人眼，结字既不端正，画之长短皆颠倒失宜。向来盖尝说及此等处，何为都不省记？

来书辞语，病痛极多，读之甚不满人意。用助字不当律令，尤为缺典。老夫平时最检点后生言辞书尺文字，要令入规矩。如吾儿持之甚懒读书，绝不曾作文，然观其不得已书尺与为场屋之文〔二〕，其助字未尝有病，造语亦劲健不至冗长，此亦是稍闻老夫平日语，故能然。且今观吾子之文，乃如未尝登吾门者，即此便可自省。安详沉静，心神自应日灵；轻浮驰骛，则自难省觉。心灵则事事有长进，不自省觉，即所为动皆乖缪，适足以贻羞取诮而已。

〔一〕复赵：犹言返璧归赵，即退还之意。

〔二〕书尺：谓写尺牍也。场屋：科举时试士之地，言于广场中为屋也。

与朱子渊

稍不讯记曹〔一〕，日益驰向。庐陵积弊之余，仍以旱歉，调度有方，无异丰岁，惟窃健羡。

某属方登山，同志亦稍稍合集。兹山之胜，前书尝概言之。此来益发其秘，殆生平所未见。终焉之计，于是决矣。

唐僧有所谓马祖者〔二〕，尝庐于其阴，乡人因呼禅师山。元丰间〔三〕，又有僧莹者，为寺其阳，号曰应天。乃今吾人居之，每恶山名出于异教，思所以易之而未得。从容数日，得兹山之要，乃向来僧辈所未识也。去冬所为堂在寺故址，未惬人意，方于要处草创一堂，顾盼山形，宛然巨象，因名象山，辄自号象山居士。

山面东南，叠嶂骈罗，近者数十里，远者数百里，缥缈磊落，争奇竞秀，飞舞于檐间，朝暮雨旸云烟出没之变，不可穷极。上憩层巅，东望灵山、龟峰，特起如画。玉山之水，盖四百里而出于龟峰之下，略贵溪以经兹山之左。西望藐姑、石鼓、琵琶群峰，蝤崒逼人〔四〕，从天而下。溪之源于光泽者，萦纡泓澄，间见山麓如青玉版。北视龙虎、仙岩、台山，仅如培塿〔五〕。东西二溪窈窕如带。二溪合处，百里而近。然地势卑下夷旷，非甚清徹，目不能辨，常没于苍茫烟霭中矣。下沿清流，石涧曲折，分合万状，悬注数里。苍林阴翳，巨石错落，盛夏不知有暑，挟册其间，可以终日。造物之遗予多矣。

执事方书外庸，竚观大用，以究厥志。异时厌饫绿野，倘有意从吾游乎？

世昌山阳之行，钱君礼之甚厚。仆夫探囊以窜，挎手来归，甚哉其穷也！此公趋尚甚奇，天其或者竟以是成之耶？今已息肩共耕学于此矣。因其遣还借兵，草草寓此问讯。

〔一〕记曹：记室、功曹，皆长官僚属，此谦辞，犹言其左右之人也。

〔二〕马祖：《景德传灯录》：“江西道一禅师，汉州人，俗姓马，故称马祖。”

〔三〕元丰：宋神宗年号。

〔四〕嶍崒：音酋谇，山长而高貌。

〔五〕培塿：小山也。本作部娄。培，泊藕切，音瓿。塿，罗藕切，音篓。

王守仁

字伯安，余姚人，弘治进士。正德初，以忤刘瑾，谪龙场驿丞。瑾诛，移庐陵知县，累擢右佥都御史，巡抚南赣，平大帽山诸贼，定宸濠之乱。世宗时，封新建伯，总督两广，破断藤峡贼，卒谥文成。其学以良知良能为主，于宋儒特推重陆九渊，而以朱子《集注》《或问》之类为中年未定之论，世称为姚江学派。尝筑室阳明山中，学者称阳明先生。有《王文成公全书》。事详《明史》本传。

与黄宗贤

使至，知近来有如许忙，想亦因是大有得力处也。

仆到家，即欲与曰仁成雁荡之约〔一〕，宗族亲友相牵绊，时刻弗能自由；五月终，决意往，值烈暑，阻者益众且坚，复不果。时与曰仁稍寻傍近诸小山，其东南林壑最胜绝处，与数友相期，候宗贤一至即往。又月余，曰仁凭限过甚，乃翁督促，势不可复待。乃从上虞入四明〔二〕，观白水，寻龙溪之源，登杖锡至于雪窦〔三〕，上千丈岩以望天姥、华顶〔四〕，若可睹焉。欲遂从奉化，取道至赤城〔五〕，适彼中多旱，山田尽龟裂[六]，道傍人家，傍徨望雨，意惨然不乐，遂自宁波买舟还余姚[七]。往返亦半月余，相从诸友，亦微有所得，然无大发明。其最所歉然，宗贤不同兹行耳。

归又半月，曰仁行，去使来时，已十余日。思在时在京，每恨不得还故山，往返当益易，乃今益难。自后精神意气当日不逮前，不知回视今日，又何如也？念之可叹可惧。

留居之说，竟成虚约！亲友以曰仁既往，催促日至，滁阳之行[八]，难更迟迟，亦不能出是月。闻彼中山水颇佳胜，事亦闲散。宗贤有惜阴之念，明春之期，亦既后矣。此间同往者，后辈中亦三四人，习气已深，虽有美质，亦消化渐尽。此事正如淘沙，会有见金时，但目下未可必得耳。

〔一〕曰仁：守仁弟子徐爱也。雁荡：山名，在浙江乐清县东。绝顶有湖，水常不涸，雁之春归者留宿焉，故曰雁荡。

〔二〕上虞：县名，属浙江。四明：山名，在浙江鄞县西南。群峰之中，有分水岭，石窗四面玲珑，中通日月星辰之光，故曰四明。

〔三〕雪窦：山名，在浙江奉化县境。

〔四〕天姥：山名，在浙江新昌县东，东接天台山。华顶：在天台山。

〔五〕赤城：山名，在浙江天台县北。《会稽记》："土色皆赤状似云霞，望之如雉堞。"

〔六〕龟裂：谓旱田坼裂如龟纹也。

〔七〕余姚：县名，属浙江。

〔八〕滁阳：今安徽滁县，地当滁水之阳，为江、淮间胜地。

与陆元静

书来，知贵恙已平复，甚喜。书中勤勤问学，惟恐失坠，足知进修之志不怠，又甚喜。异时发挥斯道，使来者有所兴起，非吾子谁望乎？

所问《大学》、《中庸》注，向尝略具草稿，自以所养未纯，未免务外欲速之病，寻已焚毁。近虽觉稍进，意亦未敢便以为至，姑俟异日山中与诸贤商量共成之，故皆未有书。其意旨大略，则固平日已为清伯言之矣。因是益加体认研究，当自有见，汲汲求此，恐犹未免旧日之病也。

“博学”之说，向已详论，今犹牵制若此，何邪？此亦恐是志不坚定，为世习所挠之故。使在我果无功利之心，虽钱谷兵甲，搬柴运水，何往而非实学？何事而非天理？况子、史、诗、文之类乎？使在我尚存功利之心，则虽日谈道德仁义，亦只是功利之事，况子、史、诗、文之类乎？“一切屏绝”之说，是犹泥于旧习〔一〕，平日用功未有得力处，故云尔。请一洗俗见，还复初志，更思平日饮食养身之喻，种树栽培灌溉之喻，自当释然融解矣。“物有本末，事有终始，知所先后，则近道矣。”〔二〕吾子之言，是犹未是终始本末之一致也，是不循本末终始之序，而欲以私意速成之也。

〔一〕泥：去声，拘滞也。

〔二〕四句皆见《礼记·大学》。

上晋溪司马

郴、衡诸处〔一〕，群孽漏殄尚多。盖缘进剿之时，彼省土兵不甚用命，而广兵防夹，又复稍迟，是以致此。其在目今，若无凶荒之灾，兵革之衅，料亦未敢动作。但恐一二年后，则有所不能保耳！

今大征甫息，势既未可轻举，而地方新遭士兵之扰，复不堪重困。将纾目前之患，不过添立屯堡。若欲稍为经久之图，亦不过建立县治。然此二端，彼省镇巡已尝会奏举行〔二〕，生虽复往，岂能别有区画？但度其事势，屯堡之设虽可以张布声威，然使守瞭日久，未免怠弛散归。无事则虚具名数，冒费粮饷；有急则张皇贼势，复须调兵，此其势之所必至者。惟建县一事颇为得策。又闻所设县分，乃瓜分两省三县之地，彼此各吝土地人民，岂肯安然割己所有以资异省别郡？必有纷争异同之论，未能归一。则立县之举，势亦未易克就。既承责委，亦已遣人再往询访，苟有利弊，稍可裨益者，当复举请。但因闽事孔棘〔三〕，遥闻庙堂之议亦欲谬以见责，故且未敢辄往郴、桂〔四〕。然勅书又未见到〔五〕，则闽中亦不敢遽往。

旦夕谘访其事，颇悉颠末〔六〕。大概闽中之变，亦由积渐所致。其始作于延平〔七〕，继发于邵武〔八〕，又继发于建宁〔九〕，发于汀、漳〔一〇〕，发于沿海诸卫所。其间惊哄虽小大不一，然亦皆因倡于前者略无惩创，遂敢效尤而兴。今省城渠魁虽已授首〔一一〕，人心尚尔惊惶未定，邵武诸处尤不可测。急之必致变，纵而不问，将来之祸，尤有不可胜言者。盖福建之军纵恣骄骜已非一日，既无漕运之劳，又无征戍之役，饱食安坐，徭赋不及，居则朘民之膏血以供其粮〔一二〕，有事返借民之子弟而为之斗；有司豢养若骄子，百姓疾畏如虎狼，稍不如意，呼吸群聚而起〔一三〕，焚掠居民，绑笞官吏，气焰所加，帖然惟其所欲而后已。今其势既盈，如将溃之隄，岌乎汹汹，匪朝伊夕，虽有智者，难善其后，固非迂劣如守仁者所能办此也。又况积弱之躯百病侵剥，近日复闻祖母病危，日夜痛苦，方寸已乱，岂复堪任？临期败事，罪戮益重，辄敢先以情诉，伏望曲加矜悯，改授能者，使生得全首领，归延残息于田野。非生一人之幸，实一省数百万生灵之幸也。情蹙辞隘，忘其突冒〔一四〕，死罪死罪！

〔一〕郴、衡：二州名，属湖南。郴，音琛，今为郴县。衡，今衡阳县。

〔二〕镇巡：官名。镇，镇抚使。巡，巡按也。

〔三〕孔棘：谓甚为棘手也。

〔四〕桂：即桂阳州，今湖南桂阳县。

〔五〕勑：耻亿切，与敕、勅同，诫也。皇帝诏书曰勑书。

〔六〕颠末：犹言始末也。

〔七〕延平：府名，今福建南平县，其旧治也。

〔八〕邵武：府名，今福建邵武县。

〔九〕建宁：府名，今福建建瓯县，其旧治也。

〔一〇〕汀、漳：二州名。汀州，今福建长汀县。漳州，今福建龙溪县。

〔一一〕渠魁：犹言贼中首领也。《尚书》："歼厥渠魁，胁从罔治。"

〔一二〕朘：足宣切，音镌，剥削也。

〔一三〕呶：尼敖切，喧哗声也。

〔一四〕突冒：谓唐突冒昧也。

寄杨邃庵阁老

前日尝奉启，计已上达。自明公进秉机密[一]，天下士夫，忻忻然动颜相庆，皆为太平可立致矣。门下鄙生，独切生忧，以为犹甚难也。亨屯倾否[二]，当今之时，舍明公无可以望者，则明公虽欲逃避乎此，将亦有所不能。然而万斛之舵，操之非一手，则缓急折旋，岂能尽如己意？临事不得专操舟之权，而偾事乃与同覆舟之罪[三]，此鄙生之所谓难也。

夫不专其权而漫同其罪，则莫若预逃其任。然在明公，亦既不能逃矣。逃之不能，专又不得，则莫若求避其罪。然在明公，亦终不得避矣。

天下之事，果遂卒无所为欤？夫惟身任天下之祸，然后能操天下之权；操天下之权，然后能济天下之患。当其权之未得也，其致之甚难，而其归之也，则操之甚易。万斛之舵，平时从而争操之者，以利存焉。一旦风涛颠沛，变起不测，众方皇惑震丧，救死不遑，而谁复与争操乎？于是起而专之，众将恃以无恐，而事因以济。苟亦从而委靡焉，固沦胥以溺矣。故曰其归之也，则操之甚易者，此也。

古之君子，洞物情之向背而握其机，察阴阳之消长以乘其运，是以动必有成而吉无不利，伊、旦之于商、周是矣〔四〕。其在汉、唐，盖亦庶几乎。此者虽其学术有所不逮，然亦足以定国本而安社稷，则亦断非后世偷生苟免者之所能也。

夫权者，天下之大利大害也。小人窃之以成其恶，君子用之以济其善，固君子之不可一日去，小人之不可一日有者也。欲济天下之难，而不操之以权，是犹倒持太阿而授人以柄，希不割矣〔五〕。故君子之致权也有道，本之至诚以立其德，植其善类以多其辅；示之以无不容之量，以安其情；扩之以无所競之心，以平其气；昭之以不可夺之节以端其向；神之以不可测之机，以摄其奸；形之以必可赖之智，以收其望。坦然为之，下以上之；退然为之，后以先之。是以功盖天下而莫之嫉，善利万物而莫与争。此皆明公之能事，素所蓄而有者，惟在仓卒之际，身任天下之祸，决定而操之耳。

夫身任天下之祸，岂君子之得已哉？既当其任，知天下之祸，将终不能免也，则身任之而已。身任之而后可以免于天下之祸。

小人不知祸之不可以幸免，而百诡以求脱，遂致酿成大祸，而己亦卒不能免。故任祸者，惟忠诚忧国之君子能之，而小人不能也。某受知门下，不能效一得之愚以为报，献其芹曝〔六〕，伏惟鉴其忧悃，而悯其所不逮，幸甚！

〔一〕机密：谓朝廷机要秘密之事也。

〔二〕亨：通达也。屯：艰难也。倾：颠覆也。否：音鄙，蔽塞也。

〔三〕偾：付问切，音奋，覆败也。

〔四〕伊、旦：谓伊尹、周公也。

〔五〕太阿：剑名。《汉书》“倒持太阿”，言授人以柄也。

〔六〕《列子》：“昔人有美戎菽，甘枲茎芹萍子者，对乡豪称之。乡豪取而尝之，蜇于口，惨于腹。众哂而怨之，其人大惭。”今以物赠人，而自谦其品之不佳曰献芹，本此。又《列子》：“宋国有田夫，自曝于日，顾谓其妻曰：负日之暄，人莫知者，以献吾君，将有重赏。”今人有所赠于人，物微而意诚者曰献曝，本此。

寄何燕泉

某久卧山中，习成懒僻，平生故旧，音问皆疏。遥闻执事养高归郴〔一〕，越东楚西，何因一话？烟水之涯，徒切瞻望而已！

去岁复以兵革之役，扶病强出，殊乖始愿。正如野麋入市，投足摇首，皆成骇触。

忽枉笺教，兼辱佳章，捧诵洒然〔二〕。盖安石东山之高〔三〕，靖节柴桑之兴[四]，执事兼而有之矣，仰叹可知！

地方事苟幸平靖，伏枕已逾月，旬日后亦且具疏乞还。果遂所图，虽不获握手林泉，然郴岭之下，稽山之麓[五]，聊复同此悠悠之怀也。

使来，值湖兵正还，兼有计处地方之奏，冗冗，乃尔久稽，又未能细请，临纸惘然，伏冀照亮。不具。

〔一〕郴：今湖南郴县。

〔二〕洒然：惊貌。《庄子》："洒然异之。"洒，息启切。

〔三〕安石：晋谢安也。东山：在今浙江上虞县西南，相传为安携妓游宴之所。

〔四〕靖节：晋陶潜也。柴桑：在江西九江县西南九十里，潜家于此。潜为彭泽令，旋即还乡。

〔五〕稽山：即会稽山，在今浙江绍兴县东南十三里。

寄张世文

执谦枉问之意甚盛，相与数月，无能为一字之益，乃今又将远别矣。愧负愧负！

今时友朋美质不无，而有志者绝少。谓圣贤不复可冀，所视以为准的者，不过建功名，炫耀一时，以骇愚夫俗子之观听。呜呼！此身可以为尧、舜，参天地而自期若此，不亦可哀也乎？故区区于友朋中每以"立志"为说。亦知往往有厌其烦者，然卒不能舍是而别有所先。诚以学不立志，如植木无根，生意将无从发端矣。自古及今，有志而无成者则有之，未有无志而能有成者也。远别无以为赠，复申其“立志”之说，贤者不以为迂，庶勤勤执谦枉问之盛心为不虚矣。

张居正

字叔大，号太岳，江陵人，嘉靖进士。神宗时，代高拱为首辅，饬吏治，整边备，综核名实，信赏必罚，为相十年，海内称治，帝称之曰元辅张少师先生，待以师礼，居正亦自负为帝者师。卒谥文忠，后为张诚所谮，家籍没。有《张文忠公全集》。事详《明史》本传。

答应天巡抚宋阳山书〔一〕

来翰谓苏、松田赋不均〔二〕，侵欺拖欠，读之使人扼腕〔三〕。公以大智大勇，诚心任事，当英主综核之始〔四〕，不于此时剔刷宿弊〔五〕，为国人建经久之策，更待何人？诸凡谤议，皆所不恤。即仆近日举措，亦有议其操切者，然仆筹之审矣。

孔子为政，先言足食〔六〕。管子霸佐，亦言礼义生于富足〔七〕。自嘉靖以来〔八〕，当国者政以贿成，吏朘民膏，以媚权门〔九〕。而继秉国者又务一切姑息之政〔一〇〕，为逋负渊薮〔一一〕，以成兼并之私。私家日富，公室日贫，国匮民穷，病实在此。仆窃以为贿政之弊易治也，姑息之弊难治也。何也？政之贿，惟惩贪而已。至于姑息之政，倚法为私，割上肥己。即如公言：“豪家田至七万顷〔一二〕，粮至二万，又不以时纳。”夫古者大国公田三万亩，而今且百倍于古大国之数，能几万顷而国不贫。故仆今约己敦素〔一三〕，杜绝贿门，痛惩贪墨〔一四〕，所以救贿政之弊也；查刷宿弊，清理逋欠，严治侵渔揽纳之奸，所以砭姑息之政也〔一五〕。上损则下益，私门闭则公室强，故惩贪吏者所以足民也；理逋负者，所以足国也，官民两足，上下俱益。所以壮根本之图，建安攘之策〔一六〕，倡节俭之风，兴礼义之教，明天子垂拱而御之。假令仲尼为相，由、求佐之〔一七〕，恐亦无以逾此矣。

今议者率曰：“吹求太急〔一八〕，民且逃亡为乱。”凡此皆奸人鼓舌以摇上〔一九〕，可以惑愚暗之人，不可以欺明达之士也。夫民之亡且乱者，咸以贪吏剥下，而上不加恤。豪强兼并，而民贫失所故也。今为侵欺隐占者〔二〇〕，权豪也，非细民也。而吾法之所施者，奸人也，非良民也。清隐占，则小民免包赔之累〔二一〕，而得守其本业。惩贪墨，则闾阎无剥削之扰，而安得其田里。诚如是，民且将尸而祝之〔二二〕，何以逃亡为？公博综载籍，究观古今治乱兴亡之故，曾有官清民安、田赋均平而致乱者乎？故凡为此言者，皆奸人鼓舌以摇上者也。愿公坚持初意，毋惑流言！

异时宰相不为国家忠虑，徇情容私，甚者辇千万金入其室〔二三〕，即为人牵制矣。今主上幼冲，仆以一身当天下之重，不难破家以利国，陨首以求济，岂区区浮议，可得而摇夺者乎？公第任法行之。有敢挠公法〔二四〕，伤任事之臣者，国典具存，必不容贷。所示江海条件俱当事理〔二五〕，疏至即属所司覆行。

〔一〕明初，建都南京，称应天，置应天府。又明制遣都御史分驻各省，谓之巡抚。

〔二〕翰：书札也。苏、松：谓苏州、松江二府。《日知录》："明太祖因元代官田之税，苏、松田赋，有数十倍于他府者。"

〔三〕扼腕：搤手太息貌。

〔四〕英主：英明之君也。综核：综挈政务而考核名实也。

〔五〕剔刷：犹洗除也。

〔六〕《论语》：子贡问政。子曰："足食，足兵，民信之矣。"

〔七〕管子：即管仲，佐齐桓公称霸，尝著书云："仓廪实而知礼节，衣食足而知荣辱。"

〔八〕嘉靖：明世宗年号。

〔九〕当国者：指严嵩。权门：有权势者之门也。

〔一〇〕姑息：偷安也。《礼记》："细人之爱人也以姑息。"

〔一一〕逋负：逃债之谓。

〔一二〕百亩曰顷。

〔一三〕约己：约束自己。敦素：敦重素志。

〔一四〕古者惩贪之刑曰墨，以其不知廉耻，故黥其面也，世人因谓贪吏曰贪墨，本此。

〔一五〕砭：卑淹切，贬平声，石针也。以石针刺病曰砭，引申之为规谏过失之词。

〔一六〕安攘：安内攘外也。

〔一七〕由求：皆孔子弟子之长政事者。仲由字子路，冉求字有。

〔一八〕吹求：吹毛求疵，谓苛刻也。韩非子："不吹毛而求疵。"

〔一九〕鼓舌：鼓动其口舌，以言辞摇惑在上者之心。

〔二〇〕隐占：谓隐匿姓名，而霸占田地产业。

〔二一〕包赔：谓豪家包纳赋税，使细民摊赔钱物。

〔二二〕尸祝：立其尸主而祝之。尸，神象也。古者祭祀，皆有尸以依神，以卑幼者为之。

〔二三〕辇：连上声，以车载送也。

〔二四〕挠：屈也。

〔二五〕当：去声，适合也。

答应天巡抚胡雅斋书

辱华翰及别楮〔一〕，捧读数过，不胜浣慰〔二〕。盖吴中财赋之区，一向苦于赋役不均，豪右挠法〔三〕，致使官民两困。仆甚患之。往属阳山公稍为经理，而人心玩愒日久〔四〕，一旦骤绳以法〔五〕，人遂不堪，谤议四起。然仆终不为动，任之愈力。今观公所措画，不吐不茹〔六〕，式和厥中，积岁恃顽强梗〔七〕，咸頫首祇奉约束〔八〕。盖至是吴人始知有法，而阳山公之经理于始者，赖卒成之矣。

虽然，此吴人之福，而彼不知也。夫富者怨之府，利者祸之胎，而人所以能守其富而众莫之敢攘者，恃有朝廷之法故耳。彼不以法自检〔九〕，乃恃其富势，而放利以敛怨〔一〇〕，则人亦将不畏公法，而挟怨以逞忿。是人也，在治世则王法之所不宥，在乱世则大盗之所先窥，乌能长有其富乎？今能奉公守法，出其百一之蓄，以完积年之逋，使追呼之吏足绝于门巷〔一一〕，驯良之称见旌于官府〔一二〕，由是秉礼以持其势，循法以守其富。虽有金粟如山，莫之敢窥，终身乘坚策肥〔一三〕，泽流苗裔〔一四〕，其为利也不亦厚乎？故仆以为此吴人之福，而彼不知也。

夫婴儿不薙发则腹痛，不擳痤则寝疾〔一五〕，而慈母之于爱子，必薙且擳之者，忍于其所小苦，而成其所大快也。仆窃以彼中于执法之吏〔一六〕，当尸而祝之，而又何谤议为哉？况今明主在上，是非审核，即有流谤，适足以速祸而自毙耳。何能为？何能为？愿公益坚初志，以永肤功〔一七〕。

〔一〕别楮：谓另一纸所书也。

〔二〕浣慰：如浣濯清洁，而心慰悦也。

〔三〕豪右：犹言豪强。豪谓豪家，右谓大族也。

〔四〕玩愒：谓贪玩岁月，而放废职务也。愒，可艾切。《左传》：“吾民玩岁而愒月。”

〔五〕绳：约束也。

〔六〕不吐不茹：谓得理之平也。《诗》：“刚亦不吐，柔亦不茹。”茹，音如，又上声，食也。

〔七〕强梗：豪强梗化之人也。梗，阻也。

〔八〕頫：同俯。

〔九〕检：束制也。

〔一〇〕放：甫罔切，音昉，依也。《论语》：“放于利而行，多怨。”

〔一一〕追呼之吏：谓征租赋之吏胥也。

〔一二〕旌：表扬也。

〔一三〕乘坚策肥：谓乘坚车，骑肥马也。

〔一四〕苗裔：谓后嗣子孙也。

〔一五〕《韩非子·显学篇》云："婴儿不剔头则腹痛，不揊痤则寖益。"注："痤，痈也，当揊剔以除其疾，勿使养痈滋毒也。"按，薙音替，与剔一声之转。揊音偪，剔除也。寖益言滋毒，则此云寖疾，当系记忆之讹。痤，才何切，音矬。

〔一六〕彼中：即指吴地。

〔一七〕肤：大也。《诗》："以奏肤功。"

与李太仆渐庵论治体书〔一〕

明兴二百余年矣！人乐于因循〔二〕，事趋于苦窳〔三〕。又近年以来习尚尤靡〔四〕，至使是非毁誉，纷纷无所归究。牛骥以并驾而俱疲〔五〕，工拙以混吹而莫辨〔六〕，议论蠭兴〔七〕，实绩罔效〔八〕，所谓"息则张而相之"之时也〔九〕。况仆以草茅孤介，拥十龄幼主〔一〇〕，立于天下臣民之上〔一一〕，国威未振，人有侮心，若不稍加淬励〔一二〕，举祖宗故事，以觉寤迷蒙，针砭沉痼，则庶事日隳，奸宄窥间〔一三〕，后欲振之，不可得矣。

故自仆受事以来，一切付之于大公，虚心鉴物，正己肃下。法所宜加，贵近不宥；才有可用，孤远不遗。务在强公室，杜私门，省议论，核名实，以尊主庇民，率作兴事。亦知绳墨不便于曲木，明镜见憎于丑妇。然审时度势[一四]，政固宜尔。且受恩深重，义当死报，虽怨诽有所弗恤也。乃朝夕进说于上前，则又倦倦以恭俭仁厚，培植纯一未凿之良[一五]。即《帝鉴》所载[一六]，及近日何宫允云云[一七]，可见概梗。期以数年之后，上德既成，治具毕张[一八]，乃收管钥，举纲维而归之于上，稽首明辟[一九]，乞骨还山，此区区之微志也。而庸众喜于猥狗[二〇]，奸宄惮其精核。又有一种腐儒，动引末季事以摇乱国是，不知本朝立国规模，与前代不同。本之威德并施，纲目兼举，无论唐、宋，即三代盛王，犹将远让焉。而宋时宰相卑主立名、违道干誉之事，直仆之所薄而不为者。

顷辱华翰，深合鄙心。至于举劾失实，及奖率科贡云云[二一]，俱于实政大有裨益。乃知庸众之人难与论寻常之外[二二]，识时务者谓之俊杰[二三]。今人旦夕见仆行事者，犹不相知，而公乃冥契于千里之外[二四]，人之识见相越[二五]，岂不远哉？人旋[二六]，敢布区区。

〔一〕太仆：官名，始于《周礼》夏官之属，掌舆马及畜牧之事，北齐始称太仆寺，宋、明因之。

〔二〕因循：相沿不振作之貌。

〔三〕苦窳：本器不坚致义，引申为怠惰之意。窳，音愈。

〔四〕靡：倾颓也。

〔五〕牛骥：喻贤不肖混淆也。邹阳《狱中上梁王书》："使不羁之士，与牛骥同皂。"

〔六〕工拙句：用东郭先生滥竽事。《韩非子》："齐宣王使吹竽必三百人，东郭处士请为王吹竽，宣王悦之，廪食以数百人。宣王死，湣王立，好一一听之，处士乃逃。"

〔七〕蠭兴：犹言蠭起。蠭，同蜂。

〔八〕实绩：实在之功绩。

〔九〕见《礼记·檀弓》，谓民怠则当助之使振作也。

〔一〇〕十龄幼主：谓神宗立时甫十余岁也。

〔一一〕时居正为首相，故云。

〔一二〕淬励：犹言磨炼也。淬，音倅。锻炼刀剑以水灭火曰淬。

〔一三〕奸宄：奸邪之人也。宄，音轨。寇盗由内为奸，起外为宄。间：去声。窥间，犹言伺隙也。

〔一四〕度：入声，揣测也。

〔一五〕纯一未凿：谓赤子天真，纯一而未斫丧也。

〔一六〕《帝鉴》：居正所著书。

〔一七〕宫允：官名，即太子中允也。

〔一八〕治具毕张：犹言治道并举也。语出韩愈《进学解》。

〔一九〕《尚书·洛诰》：公拜手稽首曰："朕复子明辟。"辟，主也。渭以政权还主也。

〔二〇〕猥狥：猥屈从众意也。

〔二一〕科贡：科举贡士也。

〔二二〕八尺曰寻，倍寻曰常，言至近之地也。

〔二三〕《三国志》司马德操曰："儒生俗吏，岂识时务？识时务者在乎俊杰"。

〔二四〕冥契：犹暗合也。

〔二五〕越：过也。

〔二六〕旋：还也。

答宪长周友山书〔一〕

辱华翰，佳布之惠，深荷雅情〔二〕。且谂宪从即驻宁州〔三〕，因以弹压奸宄，抚绥善良，甚休甚休〔四〕。

盖闻圣王杀以止杀，刑期无刑〔五〕，不闻纵释有罪以为仁也。“苟子之不欲，虽赏之不窃”〔六〕。此孔子箴病之言〔七〕。是时鲁失其政，宠赂滋彰〔八〕，故言此以警之。若谓徒不欲可以弭之〔九〕，无是理也。夫人之可以纵情恣意，有所欲而无不得者，莫逾于为盗。而秉耒持锄力田疾作，束缚以礼法，世之所至苦也。安于其所至苦，无所惧而自不为非者，惟夷、由、曾、史为然〔一〇〕。今不曰吾严刑明法之可以制欲禁奸也，而徒以不欲率之，使民皆释其所乐而从其所至苦，是天下皆由、夷、曾、史而后可也。舜，不欲之君也，皋陶，不欲之相也〔一一〕。“蛮夷猾夏，寇贼奸宄”〔一二〕。犹不能无明刑作士以威之，况其余乎？异日者，有司之不敢捕盗也，以获盗而未必诛也。不诛则彼且割刃于上〔一三〕，以毒其仇而合其党，故盗贼愈多，犯者愈众。今则不然，明天子振提纲维于上，而执政者持绳墨而弹之，法在必行，奸无所赦。论者乃不惟舜、皋之所以政理者，而独用懦者姑息之说、衰季苟且之政以挠之。其毋乃违明诏而骪国法乎〔一四〕？

执事当弭盗之任，而华翰所云，又似不徇俗以为是非者，故敢略陈区区，惟高明裁择焉。

〔一〕世通称大官曰宪。长：谓行辈之尊者。

〔二〕荷：去声。

〔三〕谂：音审，知也。宁州：今甘肃宁县。

〔四〕休：善也。

〔五〕杀以止杀二句：《尚书》作“辟以止辟”，见《君陈》篇，“刑期于无刑”，见《皋陶谟》。

〔六〕二句见《论语》。

〔七〕箴病：犹言规戒时弊也。

〔八〕见《左传》。滋：益也。

〔九〕弭：止也。

〔一〇〕夷、由、曾、史：谓伯夷、许由、曾参、史鳝也。鳝，卫大夫，正直不阿，死犹以尸谏，孔子称之。

〔一一〕皋陶：虞舜时为狱官之长。

〔一二〕二句见《尚书·大禹谟》。猾：乱也。

〔一三〕剚刃，插刀也。剚，读如恣。

〔一四〕骫：音委，曲也。《汉书》：“骫天下正法。”

答湖广巡抚朱谨吾辞建亭

承示欲为不榖作三诏亭〔一〕，以彰天眷〔二〕，垂永久，意甚厚。但数年以来，建坊营作〔三〕，损上储〔四〕，劳乡民，日夜念之，寝食弗宁。今幸诸务已就，庶几疲民少得休息，乃无端又兴此大役，是重困乡人，益吾不德也。

且古之所称不朽者三〔五〕，若夫恩宠之隆，阀阅之盛〔六〕，乃流俗之所艳，非不朽之大业也。吾平生学在师心，不蕲人知〔七〕。不但一时之毁誉，不关于虑；即万世之是非，亦所弗计也。况欲侈恩席宠〔八〕，以夸耀流俗乎？张文忠近时所称贤相〔九〕，然其声施于后世者，亦不因三诏亭而后显也。不穀虽不德，然其自许，似不在文忠之列。使后世诚有知我者，则所为不朽，固自有在，岂借建亭而后传乎？

露台百金之费，中人十家之产，汉帝犹且惜之〔一〇〕，况千金百家之产乎？当此岁饥民贫之时，计一金可活一人，千金当活千人矣。何为举百家之产、千人之命，弃之道旁，为官使往来游憩之所乎〔一一〕？

且盛衰荣瘁，理之常也。时异势殊，陵谷迁变，高台倾，曲池平〔一二〕，虽吾宅第，且不能守，何有于亭？数十年后，此不过十里铺前一接官亭耳，乌睹所谓三诏者乎！此举比之建坊表宅，尤为无益。已寄书敬修儿达意府官〔一三〕，即檄已行〔一四〕，工作已兴，亦必罢之。万望俯谅。

〔一〕不穀：古诸侯自称之辞。《左传》："不穀不德，少主社稷。"

〔二〕天眷：天子之宠眷也。

〔三〕坊：建筑以旌善人者也。

〔四〕上储：谓国库也。

〔五〕不朽者三：见《左传》，谓立德，立功，立言也。

〔六〕阀阅：书功状以榜于门也。在门左者曰阀，在门右者曰阅。

〔七〕蕲：望也，同期。

〔八〕侈：张大也。席：藉也。

〔九〕张文忠：谓张孚敬也。嘉靖时，渐致大用，位首辅，谥文忠。

〔一〇〕露台：事详《汉书·孝文帝纪》。

〔一一〕游憩：谓游玩休息也。

〔一二〕二句见《文选》，鲍照《芜城赋》。

〔一三〕敬修：居正子。

〔一四〕檄：建亭之公文也。

答南学院李公言得失毁誉

陈道长差人至，辱华翰，领悉"秉公执法"，乃不穀所望于执事者，欲称厥职，但力行此四字足矣。至于浮言私议，人情必不能免。虽然，不容何病〔一〕？不容然后见君子。不穀弃家忘躯，以徇国家之事，而议者犹或非之。然不穀持之愈力，略不少回，故得少有建立〔二〕。得失毁誉关头，若打不破，天下事无一可为者，愿吾贤勉之而已。

〔一〕病：犹害也。

〔二〕少：稍也。

答张巡抚濂滨言士称知己

仆生平好推毂天下贤者〔一〕，及待罪政府〔二〕，有进贤之责，而势又易以引人，故所推毂尤众。有拔自沈沦小吏，登诸八座，比肩事主者矣〔三〕。然皆不使人知，不望其报。盖荐贤本以为国，非欲市德于人也〔四〕。乃今为仆所引拔者，往往用馈遗相报〔五〕，却之则自疑曰："何疏我也？"及不能殚乃心〔六〕、任乃事，被谴责，则又曰："何不终庇我也？"凡此皆流俗之见，非大雅之材也。

夫"士为知己者用，女为悦己者容"。仆于天下贤者，非敢妄为知己也，而人谬以知己相待。嗟乎！使诚以仆为知己也，则古之义士所以酬知己者，盖必有道矣，岂在区区礼文之间哉？且圣贤论人，与其进而不与其退〔七〕。萧相国以韩信为贤则追之，后见负汉则除之〔八〕。凡以为公而已，岂一经荐拔，遂尽保其平生哉？

承华翰云云，类以仆为知己者，其所自期，皆古大贤烈士，鸿抱非流俗人所可望也。仆不胜欣服，故敢冒陈其区区，惟执事者览择焉。

〔一〕推毂：谓推举人才，如推车毂使前进也。

〔二〕待罪：犹言各位谦辞也。

〔三〕八座：重要官员也。《通典》："汉以六曹尚书并一令、一仆为八座，魏以五曹、一令、二仆射为八座，隋、唐以左右仆射、六尚书为八座。”

〔四〕市德：犹言卖好。

〔五〕馈遗：言送人礼物也。馈音匮。

〔六〕殚：尽也。

〔七〕见《论语》。

〔八〕萧相国：名何，追韩信事详《汉书》。

顾炎武

初名绛，字宁人，昆山人。居亭林镇，号亭林，自署蒋山佣。明诸生，性耿介绝俗。明亡，周游四方，载书自随，所至辄垦田度地，以备有事，后卜居华阴以终。其学主博学有耻，敛华就实，凡国家典制、郡邑掌故、天文仪象、河漕兵农之属，莫不穷究原委。晚益笃志六经，精研考证，遂开清代朴学之风。著有《亭林诗文集》《日知录》《音学五书》《郡国利病书》等。事详《清史稿·儒林传》。

与三侄书

新正已移至华下。祠堂书院之事，虽皆秦人为之，然吾亦须自买堡中书室一所、水田四五十亩，为饔飧之计〔一〕。

秦人慕经学、重处士、持清议，实与他省不同。黄精、松花〔二〕，山中所产；沙苑蒺藜〔三〕，止隔一水，终日服饵，便可不肉不茗。然华阴绾毂关河之口〔四〕，虽足不出户，而能见天下之人，闻天下之事。一旦有警，入山守险，不过十里之遥；若志在四方，则一出关门，亦有建瓴之便〔五〕。

今年三月，乘道涂之无虞，及筋力之未倦，出崤、函〔六〕，观伊、雒〔七〕，历嵩、少〔八〕。亦有一二好学之士闻风愿交。但中土饥荒，不能久留，遂旋车而西矣。彼中经营方始，固不能久留于外也。

〔一〕饔飧：朝曰饔，夕曰飧。饔，纡胸切，音邕。飧，苏温切，音孙，熟食也。

〔二〕黄精、松花：皆药物。

〔三〕沙苑：地名，在陕西大荔县南，产蒺藜，谓之沙苑蒺藜。

〔四〕华阴：今县名，属陕西。绾毂：言绾其道口，若车毂之奔凑也。

〔五〕建瓴：《史记》："譬犹居高屋之上建瓴水也。"注："瓴，盛水瓶也。居高屋之上而翻瓴水，言其向下之势易也。"

〔六〕崤、函：崤山在河南洛宁县北。《元和郡县志》："东崤长坂数里，峻阜绝涧，车不得方轨。西崤全是石坂十二里，险绝不异东崤。"函即函谷关，在河南灵宝县南。关城在谷中，深险如函，故名。

〔七〕伊、雒二水並在河南。

〔八〕嵩、少：即嵩山、少室也。嵩山在河南登封县北，东曰太室，西曰少室。

与人书

目击世趋，方知治乱之关，必在人心风俗。而所以转移人心，整顿风俗，则教化纪纲为不可缺矣。百年必世养之而不足，一朝一夕败之而有余！

与人书

尝谓今人纂辑之书，正如今人之铸钱。古人采铜于山，今人则买旧钱，名之曰废铜，以充铸而已。所铸之钱，既已粗恶，而又将古人传世之宝，舂剉碎散，不存于后，岂不两失之乎？

承问《日知录》又成几卷，盖期之以废铜。而某自别来一载，早夜诵读，反复寻究，仅得十余条，然庶几采山之铜也。

与人书

君子之为学，以明道也，以救世也。徒以诗文而已，所谓雕虫篆刻，亦何益哉？

某自五十以后，笃志经史。其于音学，深有所得，今为五书〔一〕，为续《三百篇》以来久绝之传。而别著《日知录》，上篇经术，中篇治道，下篇博闻，共三十余卷。有王者起，将以见诸行事，以跻斯世于治古之隆，而未敢为今人道也。向时所传刻本，乃其绪余耳。

〔一〕音学五书：一、《音论》，二、《诗本音》，三、《易音》，四《唐韵正》，五、《古音表》。

曾国藩

字涤笙，号伯涵，湖南湘乡人，道光进士，累官礼部侍郎。会洪、杨事起，在籍督办团练，遂编制乡勇，连复沿江各省，定清室中兴之业，封毅勇侯，以大学士任两江总督，卒谥文正。有《曾文正公全集》。事详《清史稿》本传。

复陈右铭太守〔一〕

四月二十七日接到惠书，并附寄大文一册，知台从去岁北行，以途中染疾就医历下〔二〕，至正月之杪乃达京师，是时鄙人适已出都，未及相见为怅。

阁下志节嶙峋〔三〕，器识宏达，又能虚怀取善，兼揽众长。来书所称，自吴侍郎以下，若涂君、张君、方君，皆时贤之卓然能自立者，惟鄙人器能窳薄〔四〕，谬蒙崇奖，非所敢承。前以久玷高位〔五〕，颇思避位让贤，葆全晚节。赴阙以后，欲布斯怀，而未得其方，亦遂不复陈请。来书又盛引古义，力言不可遽萌退志，今已承乏此闲，进止殊不自由。第恐精力日颓，无补艰危，止速谤耳。

大著粗读一过，骏快激昂，有陈同甫、叶水心诸人之风〔六〕。仆昔备官朝列，亦尝好观古人之文章，窃以自唐以后，善学韩公者，莫如王介甫氏，而近世知言君子，惟桐城方氏、姚氏所得尤多〔七〕。因就数家之作而考其书，首私立禁约，以为有必不可犯者，而后其法严而道始尊。大抵剽窃前言，句摹字拟，是为戒律之首。称人之善，依于庸德，不宜褒扬溢量，动称奇行异征，邻于小说诞妄者之所为；贬人之恶，又加慎焉。一篇之内，端绪不宜繁多。譬如万山旁薄，必有主峰；龙衮九章〔八〕，但挈一领，否则首尾衡决〔九〕，陈义芜杂，兹足戒也。识度曾不异人，或乃竞为僻字涩句，以骇庸众，斫自然之元气，斯又才士之所同蔽，戒律之所必严。明兹数者，持守勿失，然后下笔，造次皆有法度〔一〇〕，乃可专精以理吾之气，深求韩公所谓与相如、子云同工者〔一一〕，熟读而强探，长吟而反复，使其气若翔翥于虚无之表，其辞跌宕俊迈而不可以方物。盖论其本则循戒律之说，词愈简而道愈进，论其末则抗吾气以与古人之气相翕，有欲求太简而不得者。兼营乎本末，斟酌乎繁简，此自昔志士之所为毕生矻矻，而吾辈所当勉焉者也。国藩粗识途径，所求绝少，在军日久，旧业益荒，忽忽衰老，百无一成！既承切问，略举所见，以资参证。

别示种烟之弊及李编修书，膏腴地亩，舍五稼而种罂粟〔一二〕，不惟民病艰食，亦人心风俗之忧。直隶土壤硗薄〔一三〕，闻种此者尚少。若果渐染此习，自应通饬严禁。但非年丰民乐，生聚教训〔一四〕，亦未易以文告争耳。

〔一〕陈右铭：名宝箴，江西义宁人。咸丰举人，光绪间，累擢至湖南巡抚，极力提倡新政，因致罢官。

〔二〕历下：今山东历城县。

〔三〕嶙峋：音邻荀，山崖重深貌。

〔四〕窳：欲乳切，音愈，器不坚致也。

〔五〕玷：音点，又去声，玉病也，引申为污辱之义。

〔六〕陈同甫：名亮。叶水心：名适。皆南宋名人。

〔七〕桐城：县名，属安徽。方氏：名苞，有《望溪文集》。姚氏：名鼐，字姬传，有《惜抱轩集》。

〔八〕龙衮：龙章凤衮，天子之服也。

〔九〕衡决：犹言横决。

〔一〇〕造次：急遽之时也。

〔一一〕韩愈《进学解》：“相如、子云，同工异曲。”相如，司马相如。子云，扬雄也。

〔一二〕罂粟：鸦片也。

〔一三〕直隶：今河北省。硗音敲，地之坚硬瘠薄者。

〔一四〕《左传》：“越十年生聚，而十年教训。”

复吴南屏〔一〕

三月初旬奉复一函，想已达览。旋接上年腊月惠书，并大著诗文全集各五十部。就审履祺康胜，无任企仰。

大集古文，敬读一过，视昔年仅见零篇断幅者，尤为卓绝。大抵节节顿挫，不矜奇辞奥句，而字字若履危石而下，落纸乃迟重绝伦。其中闲适之文清旷自怡，萧然物外，如《说钓》、《杂说》、《程日新传》、《屠禹甸序》之类，若翱翔于云表，俯视而有至乐。国藩尝好读陶公及韦、白、苏、陆闲适之诗[二]，观其搏之物态，逸趣横生，栩栩焉神愉而体轻[三]，令人欲弃百事而从之游。而惜古文家少此恬适之一种，独柳子厚山水记破空而游，并物我而纳诸大适之域，非他家所可及。今乃于尊集数数遘之，故编中虽兼众长，而仆视此等尤高也。

与欧阳筱岑书中论及桐城文派，不右刘、姚[四]，至比姚氏于吕居仁[五]，讥评得无少过。刘氏诚非有过绝辈流之诣，姚氏则深造自得，词旨渊雅，其文为世所称诵者，如《庄子章义序》《礼笺序》《复张君书》《复蒋松如书》《与孔撝约论禘祭书》《赠撝约假归序》《赠钱献之序》《朱竹君传》《仪郑堂记》《南园诗存序》《绵庄文集序》等篇，皆义精而词俊，复绝尘表。其不厌人意者，惜少雄直之气，驱迈之势。姚氏固有偏于阴柔之说[六]，又尝自谢为才弱矣。其论文亦多诣极之语，《国史》称其有古人所未尝言，鼐独抉其微而发其蕴，惟亟称海峰，不免阿于私好。要之，方氏以后，惜抱固当为百年正宗，未可与海峰同类而并薄之也。浅谬之见，惟希裁正。

国藩回任江表，晌逾半年[七]，辖境粗平[八]，雨泽霑足，岁事可望丰稔，惟是精力日衰，前发疝气[九]，虽已痊愈，目光蒙雾[一〇]，无术挽回，吏治兵事，均未能悉心料理，深为愧悚。吾乡会匪窃发，益阳、龙阳等城[一一]，相继被扰。此辈游荡无业，常思逐风尘而得逞。湘省年年发难，剿之而不畏，抚之而无术，纵使十次速灭，而设有一次迁延，则桑梓之患，不堪设想，殊以为虑。

〔一〕吴南屏：名敏树，湖南巴陵人，有《柈湖文集》。公始识南屏于京师，后又招之幕中，盖相约为古文者。观此书，而平生论文之旨，大略可见。

〔二〕陶公：谓陶潜。韦：为韦应物。白：为白居易。苏：为苏轼。陆：为陆游。

〔三〕栩栩：喜貌。《庄子》："庄周梦为胡蝶，栩栩然胡蝶也。"栩，虚羽切，音诩。

〔四〕清方苞、姚鼐，皆桐城人，为古文自成一派，继起者宗之，世因有"桐城文派"之目。刘：名大魁，亦桐城人，有《海峰集》。

〔五〕吕居仁：名本中，尝作《江西诗社宗派图》，以己殿后。

〔六〕惜抱论文，有"阳刚"、"阴柔"之说。

〔七〕江表：即江南，谓任两江总督也。眴：同瞬。

〔八〕敉：密蚁切；音弭，抚也，安也。

〔九〕疝气：病也，俗称小肠气。疝，音讪。

〔一〇〕霿：音梦，晦也，引申为蒙昧之义。

〔一一〕益阳、龙阳：皆湖南所属县名。

复胡润之〔一〕

顷奉手示，辱承厚赙〔二〕，所以存衈不孝，甚周且挚！

国藩以七月廿五，在安徽太湖县途次，闻先慈大故〔三〕。自维平日亢心憍气〔四〕，隐隐虚名，宜干神谴，乃不降灾我躬，而延祸吾母，尤用内疚，悔憾无穷。时以长沙被围，匍匐间行〔五〕，于八月廿三抵家。即以九月中旬权厝先慈于居室后山，尚思另寻善地，稍竭微忱。腊月十三，忽奉帮办团练之命。又闻武昌沦陷之信〔六〕，义不敢潜身顾私，以自邻于退缩畏死者之所为，遂于廿一日驰赴省垣，日与张石卿中丞、江岷樵、左季高三君子感慨深谈〔七〕，思欲负山驰河〔八〕，拯吾乡枯瘠于万一。盖无日不共以振刷相勖，亦无日不屡称台端鸿才伟抱，足以救今日之滔滔，而恨不得会合，以并纾桑梓兵后之余虑。正月四日，石翁忽有权督两湖之命，会垣局势，为之小变。

今日之急，廓清土匪，可收实效。三四十年来，一种风气，凡凶顽丑类，概优容而待以不死，自谓宽厚载福，而不知万事堕坏于冥昧之中，浸溃以酿今日之流寇，岂复可暗弱宽纵，又令鼠子锋起？闻台端划除强暴，不遗余力，鄙怀欲取为伐柯之则〔九〕。倘肯授我方略，时示成法，实有厚幸！

〔一〕胡润之：即胡林翼。

〔二〕赙：音附，以财助丧仪也。

〔三〕俗称亡母为先慈。

〔四〕亢：可浪切，音抗，无所卑屈也。憍：与骄通。

〔五〕匍匐：音蒲伏，手足并行，状急遽之甚也。

〔六〕咸丰二年，公以丁母忧，在籍守制。会太平军陷武昌，东南大震，奉旨办团练于长沙。所称石翁，湖南巡抚张亮基也。

〔七〕中丞：巡抚之称。江岷樵：名忠源。左季高：名宗棠。

〔八〕《庄子》："且夫知不知是非之竟，而犹欲观于庄子之言，是犹使蚊负山，商蚷驰河也，必不胜任矣。"

〔九〕《诗·豳风》："伐柯伐柯，其则不远。"

复彭丽生

前承惠书，存唁不孝〔一〕。顷又蒙手书，所以期勖故人，甚笃且勤。国藩积愆丛慝〔二〕，无实行而盗虚声，为神明所不容，乃不陨灭我躬，而延祸于吾母，椎心悔憾，盖不得自比于人数，其又何经济之足言？顾如足下所称今日不可救药之端，惟在人心陷溺，绝无廉耻云云，则国藩之私见，实与贤者相脗合〔三〕。

窃尝以为无兵不足深忧，无饷不足痛哭，独举目斯世，求一攘利不先、赴义恐后、忠愤耿耿者，不可亟得。或仅得之，而又屈居卑下，往往抑郁不伸，以挫，以去，以死。而贪饕退缩者〔四〕，果骧首而上腾〔五〕，而富贵，而名誉，而老健不死。此其可为浩叹者也！足下与某公书，言之至为深痛。积年痒疥〔六〕，为君一搔；忧患余生，得少快慰。

国藩来此，盖以鄂中失守，恐其回窜，不得不出，以自别于畏死者之徒。至于求有补济，则肮脏之性，将以方枘周旋于圆凿之中，亦知其鉏铻而鲜当矣〔七〕。

刻下所志，惟在练兵、除暴二事。练兵则犹“七年之病，求三年之艾”〔八〕；除暴则借一方之良，锄一方之莠〔九〕。故急急访求各州县公正绅耆，佐我不逮，先与以一书，然后剀切示谕之。

年来饱更世故，又经忧患，齿发稍侵，精神颓败。幸故人一来顾我，相对叙论，收召散亡之魂魄，祓濯如山之尘垢〔一〇〕，庶生新机而还旧识，即拯时艰于万一，亦未可知。郭筠仙、刘霞仙、罗罗山及平日交旧〔一一〕，都来此间，尚望足下惠然命驾，无任伫企。

〔一〕存唁：存问吊唁也。唁，义战切，音彦。吊生者曰唁。

〔二〕愆：欺焉切，音骞，罪过也。慝：他黑切，音忒，谓恶之匿于心者也。

〔三〕脗：俗吻字。吻合，两唇相合，喻事之切合也。

〔四〕饕：他鉴切，音滔。《左传注》：“贪财为饕，贪食为餮。”

〔五〕骧首：马疾行而首昂举也。骧，音襄。

〔六〕痒：与瘙通。疥：音戒，疥癣也。

〔七〕肮脏：高亢婞直貌。肮，可党切，音慷。脏，子浪切，音葬。枘：汝卫切，音芮，木端之入孔处。凿：其孔也。《楚辞》：“圜凿而方枘兮，吾固知其鉏铻而难入。”鉏铻：同龃龉，不相入之貌。

〔八〕艾：草名，医者灼以治病，谓之灸。七年二句：见《孟子·离娄》篇上。

〔九〕莠：矣九切，音酉，草名，俗谓之狗尾草。借为习于恶者之称。

〔一〇〕祓：敷勿切，音拂。《晋书·礼志》：“汉仪，季春上巳，官及百姓皆禊于东流水上，洗濯祓除去宿垢。”

〔一一〕郭筠仙：名嵩焘，湘阴人，曾充出使英、法大臣。刘霞仙：名蓉，湘乡人，官至陕西巡抚。罗罗山：名泽南，湘乡人，官至布政使，谥忠节。

与江岷樵左季高[一]

王子寿、林天直、张廉卿俱到[二]，众贤汇进，戡乱嘘枯[三]，必有厌人心志之政。今日百废莫举，千疮并溃，无可收拾。独赖此精忠耿耿之寸衷，与斯民相对于骨岳血渊之中，冀其塞绝横流之人欲，以挽回厌乱之天心，庶几万有一补。不然，但就局势而论之，则滔滔者吾不知其所底也[四]！

岷樵为向军门所奏[五]，俾充翼长，义似不可以辞，非区区计较于己身之利害而已。彼既翻然而引与同袍[六]，则岷樵之夙抱，与所熟睹于军中之利弊短长，或者得尽展布，而唯命是从，亦未可知。即不然，而言不吾听，谋不吾用，亦且优容其间，益得尽究军情得失，而一喙不置[七]。彼诚愎矣[八]，其又能久居此席乎？将来奉身而退，亦易为计。若预薄其不足有为，而悍然不顾，则非有心人援溺迫切之心也[九]。若谓某子不足其事，则又岷樵之度之不足容纳众流也。两端者，二君尚细思之。

〔一〕江岷樵：名忠源，新宁人，累官安徽巡抚，谥忠烈。左季高：名宗棠，湘阴人，累官总督，拜东阁大学士，封恪靖侯，谥文襄。

〔二〕张廉卿：名裕钊，武昌人，有《濂亭文集》。

〔三〕郑泰谓孔令绪清谈高论，嘘枯吹生，见《三国志·魏武帝纪注》。嘘枯：谓枯木可吹之使生也。

〔四〕滔滔：水流貌。《论语》：桀溺曰："滔滔者，天下皆是也。"

〔五〕向军门：即向荣，大宁人，以军功累官提督。

〔六〕同袍：军中共事之称。《诗·秦风》："岂曰无衣？与子同袍。"

〔七〕喙：读如诲，口也，借为言论之义。

〔八〕愎：读如弼，狠戾也。为意气自用者之称。

〔九〕援溺：谓溺于水者，援之以手也。《孟子》："天下溺，援之以道。"

与沈幼丹

新任建昌王太守〔一〕，正派而英明，似是有为之才，尊兄德卜有邻矣〔二〕。

窃观自古大乱之世，必先变乱是非，而后政治颠倒，灾害从之。屈平之所以愤激沈身而不悔者，亦以当日是非淆乱为至痛，故曰："兰芷变而不芳，荃蕙化而为茅。"又曰："固时俗之从流，又孰能无变化？"〔三〕伤是非之日移日淆而几不能自主者。后世如汉、晋、唐、宋之末造，亦由朝政之是非先紊，而后小人得志，君子有皇皇无依之象。推而至于一省之中、一军之内，亦必其是非不揆于正，而后其政绩少有可观〔四〕。赏罚之任，视乎权位，有得行，有不得行。至于维持是非之公，则吾辈皆有不可辞之任。顾亭林先生所称“匹夫与有责焉”者也。

国藩若有江北之行，则相去日远，音书日稀。凡文武人士，如阁下所见以为是者，望无惜时时开示。如鄙人所见以为是者，亦当疏记奉告，或先见为是，后见为非，亦可随时互闻。此间去信州尚近〔五〕，不审能设法一来相见否？彼中事如繁重，则亦不欲奉浼也〔六〕。

〔一〕建昌：府名，今江西南城县。

〔二〕《论语》：“德不孤，必有邻。”

〔三〕兰芷四句：见《离骚》。

〔四〕少：稍也。

〔五〕信州：今江西上饶县。

〔六〕浼：音每，污也。借用为以事托人之称。

复邓寅阶

小儿纪泽〔一〕，颇事看书，不好制艺〔二〕。吾意学者于看、读、写、作四者，缺一不可。看者，涉猎，宜多宜速；读者，讽咏，宜熟宜专。看者“日知其所亡”，读者“月无忘其所能”。看者，如商贾趋利，闻风即往，但求其多；读者，如富人积钱，日夜摩挲，但求其久。看者，如攻城拓地；读者，如守土防隘。二者截然两事，不可阙亦不可混。至写字不多则不熟，不熟则不速。无论何事，均不能敏以图功。至作文，则所以瀹此心之灵机也〔三〕。心常用则活，不用则窒。如泉在地，不凿汲则不得甘醴；如玉在璞，不切磋则不成令器〔四〕。今古名人，虽韩、欧之文章，范、韩之事业，程、朱之道术〔五〕，断无久不作文之理。张子云〔六〕："心有所开，即便札记，不思则还塞之矣。"

小儿于每三八课期，敬求先生督令作文，约以五百字为率，或作制艺，或作赋，或作论，或作经解札记，断不可一字不作，或逢三作制艺，逢八作赋论经解亦尚妥善。未有无一字之常课，而可以几于成者也。

嘱为族谱弁言〔七〕，谊不容辞，惟此时尚未暇也。二姓合修，在阁下本仁至义尽之心，体先世权时合好之意，称情起例〔八〕，未为不可，唯欲永远联称，如诸葛、欧阳之例，则微有不侔；如近世嘉兴之陆费，湘潭之郭汪，差近之耳〔九〕。

弟移屯抚州〔一〇〕，倏逾两月。昨派老营六千人会攻景镇〔一一〕，鏖战数次〔一二〕，幸获全胜，于十四日克复景镇，十五日进克浮梁〔一三〕，沿途擒斩逼溺，难以数计。余党由祁门〔一四〕，夺路奔逃，即派张凯章率四千人回湘援剿，会攻宝庆〔一五〕，七月当可抵湘。知关廑念〔一六〕，特用布闻。

〔一〕纪泽：国藩长子，字劼刚，历使英、法、俄诸国，官至户部左侍郎，谥惠敏。

〔二〕制艺：谓八股文也。《日知录》："经义之文，流俗谓之八股，盖始于成化以后。股者，对偶名也。”

〔三〕瀹：音乐，疏通之义。

〔四〕璞：音朴。玉在石中者曰璞。切磋皆治玉之称。诗《卫风》：“如切如磋，如琢如磨。”令器：犹言美器也。

〔五〕韩、欧：韩愈、欧阳修也。范、韩：范仲淹、韩琦也。程、朱：程颢、程颐、朱熹也。

〔六〕张子：张载也，世称横渠先生。

〔七〕弁言：序文也，以冠书首。弁，避彦切，音卞，冠也。

〔八〕称：去声。

〔九〕嘉兴属浙江。湘潭属湖南。陆费、郭汪：皆氏族。

〔一〇〕抚州：今江西临川县。

〔一一〕景镇：今江西之景德镇。

〔一二〕鏖：阿高切，读如坳。苦战多杀曰鏖。

〔一三〕浮梁：县名，属江西。

〔一四〕祁门：县名，属安徽。

〔一五〕宝庆：府名，今湖南邵阳县。

〔一六〕廑念：谓注念之殷也。廑，与勤通。

复李雨亭

接惠缄，得悉尊体尚未痊愈，至以为念。

凡沈疴在身，而人力可以自为主持者，约有二端：一曰以志帅气〔一〕，一曰以静制动。人之疲惫不振，由于气弱，而志之强者，气亦为之稍变。如贪早睡，则强起以兴之；无聊赖，则端坐以凝之。此以志帅气之说也。久病虚怯，则时时有一畏死之见憧扰于胸中〔二〕，即魂梦亦甚不安恬。须将生前之名、身后之事与一切妄念铲除净尽，自然有一种恬淡意味。而寂定之余，真阳自生，此以静制动之法也。愿阁下于药物调养之外，更将此两法体验一番，久之必有小效。

仆精力日惫，权位日崇，陨越之虞〔三〕，深为可虑。但以“勤劳”二字自励。冀少补于钝拙。寄云同年拟请其来此一行，不知渠尚须北上否？

〔一〕《孟子》：“夫志，气之帅也；气，体之充也。”

〔二〕憧：出邕切，音冲，意不定也。

〔三〕陨越：颠坠之义。

胡林翼

字贶生，号咏芝，湖南益阳人，道光进士，累官湖北巡抚。时洪、杨势盛，林翼创厘金，通盐运，改漕章，增多收入，固守武昌，为各省战事之根据。卒谥文忠。有《胡文忠公全集》。事详《清史稿》本传。

致严渭春观察

林翼负土成阡〔一〕，用百人，越八日而草草完竣。始满百日，即驰拜父墓，匆匆返里，三虞并作一祭〔二〕。十一月十三日登舟，洞庭阻风雨已六日〔三〕，急不可耐。顷得下游十九日来报，闻尚无恙，贼不能乘我军气夺，并力袭我，吾知其无能为矣。林翼此出，势处万难。盖出则非礼，不出则非义；出则于事未必有济，不出则于心大有不安。与迪菴共患难〔四〕，交最深，闻难不赴，非友也。且值时会艰难，叨窃官位，若借守孝以遂其推诿巧避之私，鬼神鉴其微矣。惟既以兵事出，当驰往下游，治兵为先。借受印信，不过筹调饷糈，董戒州县耳，断不敢冠盖堂皇，偃然自处。胸中无数要言，以不得我兄商榷为歉，条书于后，乞即集思益我。

一、此次兵败，过不在寡。前一月连克四城，俗士惊喜，以为兵将如虎如熊，殆将飞而食肉。林翼早窃忧之，四次寓书相戒。闻每克一城，中伤千人。攻坚为下策〔五〕，已犯兵家之深忌。得桐城，勇丁有私获，则无斗志矣。兵不可贫，亦不可富；不宜无伤，不可过伤。夫战，勇气也，当以节宣蓄养提振为要。又阴事也，当以固塞坚忍蛰伏为事，尤必以智计为先。迪菴之为人，木强敦厚〔六〕，安重不迁。设遇盛时，必为周勃之勋〔七〕。今则四顾茫茫，无可委托，贼何日而平？楚何日而安乎？希菴至性〔八〕，戚戚于心，其智略较胜其兄，其宽大尚逊其兄，盖狷狭之士也〔九〕。设其父母因悲感而召之，设希菴异日负兄骨归湘，则鄂中大将殆虚无人。且此次道、府、州、县、副、参、千、把〔一〇〕，死者千数百人。人才殄瘁〔一一〕，莫此为甚。即如丁篁村，其治兵智略稍逊，而忠勇不欺；即欲求此等裨将〔一二〕，亦不可再得。而何伯凝、刘星槎等之初入军营，留备将选者，同时殉难，殊可忧伤。此为鄂事之可虑者一也。

自昔周瑜、陆逊、陶侃、柳仲郢〔一三〕，均抚交、广，或兼白帝、长沙、零陵等州郡〔一四〕，以数州之富，养兵不过五万人。今则一鄂而供征兵五万人之食，贼不可了，事不可止。兵日多而饷日少，非饷之少也，不敌其兵之多也。处此时势，而不能去弱留强，去奢留俭，设一旦有水旱之虞，民谷不登，祸乱之来，不在贼而在勇矣〔一五〕。夫在上者，以养人为职分，能养者为仁，不能养者为暴。人至饥饿，则必不畏死。荀悦不云乎〔一六〕：“人不乐生，不可齐之以法。”苏轼不云乎：“赊死之与忍饥等耳。”此诚千古治国之至言。姑即今日湘、鄂而较之，湘中盐茶百货，月计可十五万，所出不过十万；鄂中入仅多数万，而出乃多至十余万。湖南失守地少，仓谷尚有存者，鄂中几无粒米之存矣；鄂省只有捐谷数万石，遇急可稍应饥兵，不能养民。荆、襄为天下之要〔一七〕，又顿以不耕不织之重兵，不知已捐谷若干石。若以钱货为重而轻仓廪，在乐岁则可狃于便安，然岂远虑近忧之道哉〔一八〕？意欲广捐谷之招徕，以治其标，而又寓屯田于防守分汛之营〔一九〕，以固其本。公明于今古之略，为我详思而核议之。夫言货则月少十万两之银，言食则一省之大，公家无三五日之粮，然且以为安也，与燕雀处堂何异！此鄂事之可虑者二也。

天下以盗贼为患，而乱天下者不在盗贼，而在无人才。人才不出，以居人上者不知求耳。酂侯治汉，文若佐许，武乡治蜀，景略图秦〔二〇〕，其得力全在得人，盖无一时一事不以人才为念。得人者昌，失人者亡。以卫灵而不丧国，以武氏而能治天下〔二一〕，其效可睹矣。鄂吏贪庸者，即令以范六丈一笔勾去，亦恐前去后来，犹吾大夫也，于事何济？窃欲升奖一二贤才，以为之表的，庶使中人以下勉而从焉。鄙人之于求才，亦颇至矣。然朴实之士、狷介之守尚有一二，求其识时务、具智略、负奇气者，亦不数数觏也。深思其故，由林翼器局之小，鉴别之疏，不足尽天下之才。夫人才随取才者之分量而生，亦视用才者之轻重而至。我之分量，穷极夫天下古今，则必有天下之才应之。某之不才，诚窃自愧。古人必使各举所知，立贤无方者，亦欲以此心推之人心之公，庶几博求而有得也。鄙意编列条目，征求事实，饬司道府各举所知，其有奇才异能，必须度外汲引者，另作一格，均以公牍举荐。窃谓此为治鄂之大事。今鄂中人才安在？求才之方又安在？此又大可虑者三也。

阁下智略胜于今人，其精思以益我。

〔一〕阡：墓道也。

〔二〕《礼记·檀弓上》："岂若速反而虞乎？"既葬曰祭曰虞。

〔三〕洞庭：洞庭湖也。

〔四〕迪菴：李续宾也。字克惠，湘乡人，受学于罗泽南。洪、杨军起，从泽南转战湖南、江西、湖北，克武汉，破田家镇，又平九江，入安徽，与陈玉成战于庐州之三河，陷阵死，追赠总督，谥忠武。

〔五〕攻坚：谓攻坚城也。

〔六〕木强：不和柔也。

〔七〕周勃：汉相。

〔八〕希菴：名续宜，续宾弟，官至安徽巡抚。

〔九〕狷：举犬切，音绢，褊急也。

〔一〇〕道：道员。府：知府。州：知州。县：知县。皆清代文官。副：副将。参：参将。千：千总。把：把总。皆清代武官。

〔一一〕殄瘁：犹言乏绝。《毛诗》："人之云亡，邦国殄瘁。"殄，迪撚切，填上声。

〔一二〕裨：音脾，相辅助也。将佐曰偏裨。

〔一三〕周瑜：字公瑾，三国时舒人。陆逊：字伯言，三国时吴郡人。陶侃：字士行，晋寻阳人。柳仲郢：字谕蒙，唐华原人。

〔一四〕交、广：二州，今广西、广东为其地。白帝：城名，在今四川奉节县东。长沙、零陵：并湖南地。

〔一五〕勇：兵也。当时所办团练兵丁曰勇。

〔一六〕荀悦：字仲豫，后汉颍阴人，撰《汉纪》三十卷。

〔一七〕荆、襄：荆州、襄阳也。

〔一八〕狃：音纽，习惯也。《论语》："无人远虑，必有近忧。"

〔一九〕屯田：以戍卒从事于垦殖也。汉赵充国曾陈屯田十二使，见《汉书》。

〔二〇〕汉萧何封酂侯。东汉荀彧字文若，佐曹操，操都许。蜀汉诸葛亮佐刘备，封武乡侯。晋王猛字景略，佐苻坚，坚国号秦。

〔二一〕卫灵：春秋时之卫灵公。武氏：唐代之武则天皇后也。

致两司〔一〕

宜昌以陈守洪钟委署为是〔二〕，安常处顺，循分供职，必可不负也。佐杂必不能不循资格〔三〕，不循资格，则司中吏胥高下其手，而撞骗万端。司中于循资序补挨委之余，只须访拔其声名之尤美，参劾其贪鄙之太甚者，便可整饬。惟州县有民社之寄，断不可谨守资格，要缺必须遴员〔四〕，差委例得酌量。如谓林翼等有私，林翼愿执其咎而不敢辞。

林翼昔年从政，见天下之督、抚、藩、臬〔五〕，一差一缺，无一不照例而行，即无一不挟私以徇。且瘠苦烦难，人之所弃者，则尚有轮补轮委之人。而肥美滑甘，则皆捷足者所得。悬一例而预谋于例先，更变一说以圆通于例外，例实足以快其私，而不足以杜一切之弊也。盖轮补酌补，轮委酌委，本有两端之可趋可避，而颠倒之心、上下之手，则仍在督抚、藩臬耳。昔在黔、湘，见藩臬某某开口便言例。又某公在湖南，无一事不照例，实则无一事真照例。凡京官有所嘱托，或吏有所贿求，如鼓答桴，其应如响。京信朝至，司牌夕悬。苞苴夜行，委札晨发〔六〕。甚有不出省门，而获盗十名，或数十名，专意请托，而记功十次，且数十次者矣。故曰：循例乃适足以快其私。故林翼愿破格而以一人执其咎也。

〔一〕两司：谓藩、臬两司也。清制：巡抚之下有布政使司，称藩司，有按察使司，称臬司。

〔二〕宜昌：府名，今湖北宜昌县。

〔三〕佐杂：谓副贰之官，清代称州同、州判、县丞、巡检、典史为佐贰官。

〔四〕遴：音邻，谨选也。

〔五〕督抚：谓总督、巡抚。

〔六〕苞苴：音包蛆。《说苑》："苞苴行耶？"指馈赠之物，即贿赂也。委札：犹言委任状。

致周笠西

理财之道，仍以得人为先。以阁下心术正大，又慨念时艰，沙市之厘，特以奉劳〔一〕。择人先品，剔弊以渐。其地方利弊所在，随时条列，以备讲求。士绅之才品兼优，可备楚国之宝者，尤须敬慎以访求之，得一正士，可抵十万金。天下事固患贫且弱，楚祸尤甚，而所以贫弱之故，则正气不伸，而伪士得志也。求才是先务，理财亦须先求才也。铸臣、树人、菊人三君子，均经理营务，荐贤以救楚，兄之功也。

武汉终可力复，年前血战攻坚，伤我水陆千七百人，而士怨未伸，盖攻之之难，与战大异，而我师亦可谓出力矣。

〔一〕沙市：在湖北江陵县城南。厘：抽收厘金之所也。清季之税法，水陆要隘，分布卡局，以抽行商货物之税，大抵照物值抽若干厘，故曰厘捐，亦称厘金，其处所谓之厘卡。

致李希蒋

昔汉光武于伯兄齐武王之惨死〔一〕，枕边时有涕泣，而平时言笑如常，兼以其时密创大业，另树鸿基。盖英雄作事，以大志为尚，不可作儿女子涕泣自效。且天下之贼多，而乱亦日甚，涕泣悲伤，可以止乱耶？可以有补耶？徒为庸人、乱人所耻笑，不如不生此世。林翼何尝不引此为深痛？况我兄之至性至情百倍林翼者哉？然而必为此言者，愿公之思其大而愿其远耳。

阖庐在姑苏〔二〕，此积弱之国也。其欲强国也，见怒蛙而式之〔三〕，以蛙有怒气，故致敬礼，所以教国人战也。军中取材，专尚朴勇，尚须从有气概中讲求；特恐讲求不真，则浮气、客气夹杂其中，非真气耳。又行军之道，智略居首，勇力次之。保国之道，全军为上，审时、审势、审机为上，得土地次之。吴王夫差，庸妄失国人也，然其复父仇也，则使人呼曰："夫差！尔忘勾践之杀尔父乎？"如此经年，而仇竟复。特信用宰嚭〔四〕，宠纵西施，不能善其终耳。拟近年以此呼三军之士，有愿为复仇报恩之人者，敬之礼之，愈蓄愈获，愈养愈深，特不可轻试耳。

〔一〕齐武王：名縯，字伯升，光武之长兄，性刚毅，慷慨有大节，为更始所杀。

〔二〕阖闾：吴太伯之后，为越王句践所败，病伤而死。阖庐使立太子夫差，谓曰："尔而亡句践杀汝父乎？"对曰："不敢！"三年，乃报越。姑苏：在今吴县西。

〔三〕《吴越春秋》："越王悉国中士卒复伐吴，道见鼃，张腹而怒，将有战争之气，即为之轼。士卒问曰：'君何为敬鼃而为之轼？'句践曰：'鼃见敌而有怒气，故为之轼。'于是军士闻之，莫不怀心乐死，人致其命。"式同轼，在车中起立致敬礼也。此云阖闾事，系胡公误记。

〔四〕宰嚭：太宰嚭也。详《史记·吴太伯世家》。

复枣阳县贺月樵〔一〕

接奉惠函，具见视事以来，于地方风土民情悉心谘访，甚慰鄙怀。惟求治之意，似有不为火烈而为水懦者，不知世变风移，近来人心日趋于伪，优容实以酿患，姑息非以明恩。昔子太叔为政，不忍猛而宽〔二〕，所以萑苻之间〔三〕，群盗蜂起，迨其取而尽杀之，而所害为已多矣。

居今日而图治，必以痛扫书差积弊为先着。除莠安良为中权至计，而非用霹雳手段，不能显菩萨心肠。迨至息游惰而劝农桑，兴保甲而敦戚睦，害马既去，伏厖不惊〔四〕，则法立知恩，而良吏之后效也。大抵吾儒任事，只尽吾义分之所能为，以求衷诸情理之至是，不必故拂乎人情，而任劳任怨，究无所容其瞻顾之思，固圉庇民〔五〕，胥于是乎在也。

〔一〕枣阳：县名，属湖北。

〔二〕子。太叔：事详《左传》。

〔三〕萑苻：草名，即萑蒲。《左传》：“郑国多盗，取人于萑苻之泽。”葭苇丛密之泽，恒为盗薮。萑，音桓。

〔四〕厖：模厖切，音龙，犬也。《毛诗》：“毋使厖也吠。”

〔五〕圉：音语，边境也。

与余会亭

足下所请彭心友留营已另案批准，并破格优给盐粮，由粮台动支矣〔一〕。我志在于力矫湖北积弱之习，特开风气，另批之行唐丞者可查阅，即知我心之拳拳矣。

足下久于蕲、黄〔二〕，蕲、黄之士有廉勇明白，晓畅兵略，武可杀贼，文能和众者乎？足下生长襄阳〔三〕，襄阳之士人有忠员为心，勇敢为志者乎？求将之道，在有良心，有血性，有勇气，有智略，举、贡、生、监、白丁[四]，皆可不拘资格。足下能访举数人，寀请调看乎？又阿参将一营大小员弁千人，岂无三五可造之才耶？幸随地随时，因才访察，明以告我。

〔一〕粮台：军行时调发军中粮饷之机关，犹今之军需处也。

〔二〕蕲：蕲州，今湖北蕲春县。黄：黄州府，今湖北黄冈县。

〔三〕襄阳：府名，今湖北襄阳县。

〔四〕举：举人。贡：贡生。生：生员。监：国子监生。白丁：不曾考试得资格者。

曾纪泽

国藩子，字劼刚，袭封一等毅勇侯。同治间，历使英、法、俄诸国。与俄人力争，毁崇厚已订之约，交还伊犁及乌宗岛山、帖克斯川诸要隘，有功于新疆甚大。官至户部左侍郎，卒谥惠敏。有《曾惠敏公集》。事详《清史稿》。

巴黎复陈俊臣中丞

捧读另笺，询及洋务之要端，谓“必知彼之所长，我之所短，然后办理不至孟浪”。至哉言乎！兹三语者，即是普天下办洋务之圭臬、南针〔一〕，再贡千言万句，亦不能出此范围矣。

承藉余荫〔二〕，渥被皇仁，初登仕版〔三〕，即越数万里而远使敌廷，自问备员而已，实不得谓之通知洋务。上年改订俄约，收地未全，内疚方深，都门士大夫以为稍能补苴前约之绽漏〔四〕，不复苛责。来书引以为弟功，过垂奖借，读之益增愧耳。又遽许弟为识途之马而下问焉〔五〕，愈觉皇然无以为对。去岁答王祭酒二函〔六〕，管蠡之见[七]，颇书一二，录稿奉上，不审有当尊意否？

西洋诸国，越海无量由旬，以与吾华交接，此亘古未有之奇局。中国士民或畏之如神明，或鄙之为禽兽，皆非也。以势较之，如中国已能自强，则可似汉、唐之驭匈奴、西域、吐蕃、回纥[八]；若尚未能自强，则直如春秋战国之晋、楚、齐、秦鼎峙而相角，度长而挈大耳。彼诸邦者，咸自命为礼义教化之国，平心而论，亦诚与岛夷、社番、苗瑶、僚倮[九]情势判然，又安可因其礼义教化之不同，而遽援尊周攘夷之陈言以鄙之耶[一〇]？礼义教化虽有不同，然事之不在情理中者，则虽僻在万里外之国，亦不能径行而无滞。弟愚以为办洋务并非别有奥窔[一一]。遇事仍宜以吾华之情理酌之。理之所在，百折不回，不可为威力所诎[一二]；理有不足，则见机退让，不自恃中华上国而欺陵远人。可许者开口即许，不可许者终始不移，庶交涉之际，稍有把握。夫彼此风俗既异，刑律亦殊，两国官绅辩论情理，诚未必纤悉必合。然在位者，若肯细询彼风俗、刑律所以致异之源，亦不难详论婉商，折衷一是也。

各省难办之案，常因民教不和[一三]，若能撇去邀誉于绅民，阳遵条约，暗拒教士之成见，专论其事之有理无理，不问其人之是教非教，则棘手之事，亦当渐少。惟西人之赴华者，较少安分守礼之徒，工商、教士之嗜利者，无足论已，即洋官亦往往昌言于众曰："处东方之人，不厌谲伪，去诈用诚，难以成事。"编为口诀，转相授受。此必有前人已行之陈迹，足以召侮而来讪者，思之喟然。

初出洋时，写日记寄译署，不知沪人何由得稿，公然印刷，奉一册以供一笑。使俄之役，有问答节略，已陈之刍狗〔一四〕，不足复观。倘我公亦欲阅之，下次当承命奉上。

〔一〕圭：测日影所用也。臬：标准也，故人之足为标准者，亦称圭臬。南针：指南针也。

〔二〕余荫：谓其父国藩之遗业也。

〔三〕仕版：官吏之册籍也。

〔四〕补苴：犹弥缝也。

〔五〕《韩非子》："管仲、隰朋从桓公伐孤竹。春往冬反，迷惑失道。管仲曰：'老马之智可用也。'乃放老马而随之，遂得道。"

〔六〕王祭酒：长沙王先谦，官国子祭酒。

〔七〕管蠡之见：言所见小也。《汉书》："以管窥天，以蠡测海。"

〔八〕匈奴、西域：为汉边患。吐蕃、回纥：为唐边患。

〔九〕岛夷：谓海洋诸岛之夷族。社番：谓台湾山中之生番。苗、瑶、僚、倮：皆中国西南部未开化之民族。

〔一〇〕《论语》朱熹注："尊周室攘夷狄，皆所以正天下也。"

〔一一〕奥窔：犹言秘密。《荀子注》："西南隅谓之奥，东南隅谓之窔，言不出堂室之内也。"

〔一二〕诎：通屈。

〔一三〕教：谓入天主教之人。

〔一四〕刍狗：结草为之，供祭时之用，祭终则弃之。《老子》："天地不仁，以万物为刍狗。"

伦敦复陈俊臣中丞

敬再启者：法、越之事[一]，虽强邻蓄意已久，然实由吾华示弱太甚醖酿而成。目前相持不下，日在危机，我诚危矣，彼亦未尝不危。若我能坚持不让之心，一战不胜，则谋再战；再战不胜，则谋屡战，此彼之所甚畏也。越国鄙远，以争地于数万里之外，谓之不危，得乎？十余年前麦西哥之役，即彼国前车之鉴也。今彼所冀幸者，谓我器械不备，训练不精，必无再接再厉之力，故欲轻于一试，将以战舰十余艘，土客兵万余人，遂霸东方。我若为彼所慑，遽如其愿，岂非亘古一大恨事；且非一让即了也，各国之垂涎于他处者，势将接踵而起，何以御之？内乱如法，孤立如法，且不能制，况英、俄诸强国乎？此次不振，则吾华永无自强之日，思之愤叹。

〔一〕越：谓安南也。自秦、汉至唐，皆入中国版图，宋以后为藩国，明时尝改为行省，后仍为藩属。至清光绪十二年，为法兰西所并。

代李伯相答彭孝廉[一]

顷接惠函，就谂文祺休畅，荣问日新为颂。

烟台一役，议结滇案，暂以释外憾而戢戎心。然此事错误在前，鄙人勉强了结，殊未慊心[二]，过蒙揄奖，只增惭恧。

来书援引古今，推究形势，谓："中国之洪荒，以圣人制度文物辟之；外国之洪荒，以火轮、舟车、机器、电报之类辟之。"崇论宏议，于中外大局，洞若观火，足破拘墟之见〔三〕。尝谓自有天地以来，所以弥纶于不敝者，道与器二者而已〔四〕。开辟之初，生民浑噩〔五〕，所需于世者盖寡。其后不能无以自养，不能不相往来，即不能无所争斗。圣人者起，于是有耒耨之教，有舟楫之利，有弧矢之威〔六〕。其风气所趋，不能不然者，道也。而道之所寓者器也。数千年来，土宇日辟，智巧日生。吴、楚、秦、越，昔之所称戎蛮者，今皆为中原腹地；匈奴、突厥〔七〕，昔之常作边患者，今即是蒙古外藩。而天复使泰西诸国，研精器以通我中华，于是有农织之机器，有火轮之舟车，有铜铁之枪炮。盖中国所尚者道为重，而西人所精者器为多。然道之中未尝无器，器之至者亦通乎道。设令炎帝、轩辕复生乎今世，其不能不从事于舟车、枪炮、机器者，亦自然之势也。今之议者动引古圣，啜糟粕而去精华，务空谈而忘实践，失之弥远。欲求驭外之术，惟有力图自治，修明前圣制度，不使有名无实；而于外人所长，亦勿设藩篱以自隘。斯乃道、器兼备，不难合四海为一家。盖中国人民之众，物产之丰，才力聪明、礼义纲常之盛，甲于地球诸国。既为天地精灵所聚，则诸国之络绎而来合者，亦理之固然。来书谓："世界日辟，其机自外国动之，其局当自中土结之。"实为远识至论。其效即不在今日，亦当见诸千百年后也。因执事留心世务，故略书一二。

〔一〕李伯相：李鸿章也。鸿章字少荃，合肥人，道光进士，为人英断，具世界知识，累官文华殿大学士，封肃毅伯，卒谥文忠。

〔二〕慊：读如怯，满足也。

〔三〕拘墟：喻所见不广也。《庄子》："井蛙不可以语于海者，拘于虚也。"注："拘于井中之空也。"《释文》："虚，本亦作墟。"

〔四〕《周易》："形而上者谓之道，形而下者谓之器。"

〔五〕浑噩：淳朴之意。《法言》："《虞夏》之书浑浑尔，《商书》灏灏尔，《周书》噩噩尔。"

〔六〕弧：音胡，木弓也。矢：箭也。《周易》："弦木为弧，剡木为矢。"

〔七〕突厥：本平凉杂胡，后魏太祖灭沮渠氏，有阿史那者，以五百家奔茹茹，居于金山，金山状似兜牟，彼土方言谓兜牟曰突厥，因以名其部。隋、唐之际，奄有漠北，其地东西万里。

答友人

辱惠书，知吾兄近攻舆地之学，欲考证塞外形势山川、地名沿革，勒为一书，以蕲达之于用，甚盛！甚盛！国朝诸老为此学者，如嘉定钱大昕辛楣、钱塘龚自珍拱祚、平定张穆石舟、邵阳魏源默深、光泽何秋涛愿船，皆各有纂述。迩者李员外凤苞、方典簿恺，奉曾文正公命方著《地球图说》。彼二子者，皆以绝人之资，覃精竭能，博稽古籍〔一〕，复参以今所闻见，他日成书，必斐然可观。足下志力勤敏，或可与二子骖靳争先〔二〕。幸努力为之，毋怠。

承询近日洋务，云南一案，渐有端倪〔三〕。英国公使威妥玛在京师，龂龂相争，百方恫喝〔四〕，固已变诈多端矣。然以中外全力勉与枝梧，犹可以葳厥事〔五〕。不佞所鳃鳃过虑者〔六〕，滇事虽葳，而四方之衅正未艾也。方今俄人西踞伊犁〔七〕，东割黑龙江以北，包络外盟蒙古、兴安岭〔八〕，绵亘二万里，周匝三垂，蓄锐观衅；法人蚕食越南〔九〕，取其东京，以为外府，撤我滇、粤之藩篱；英人由印度规缅甸，尽削其滨海膏腴地，以窥我云南西鄙；日本虽自台湾旋师，而睨隙思逞，今又有朝鲜矣，朝鲜固中国之外蔽也。夫以我疆圉如是之广，而四面与寇邻，譬诸厝火积薪，凛然不可终日。乌虖！中国不图自强，何以善其后？

夫今日中国之政事，非成例不能行也，人才非资格不能进也。士大夫方敝敝焉为无益之学，以耗其日力，所习非所用，所用非所习，一闻非常之议，则群駴以为狂〔一〇〕，拘挛粉饰，靡有所届〔一一〕。而彼诸国则法简令严，其决机趋事，如鸷鸟之发。如是而外国日强，中国日弱，非偶然也，皆其所自为也。今虽贤王勋臣，内外夹辅，仅能补苴搘持〔一二〕。一二十年后，吾辈恐未得高枕而卧也。

来书又谓："今之自强，不过摹仿他人之强，与自字义相反。"允矣。然使因恶他人之强，而遂不愿自强，此又因噎废食〔一三〕、讳疾忌医之见也。今有数人并驾于通衢，一人行百里未息；一人望尘追逐，仅至乎中道；一人惎他之我先〔一四〕，不屑碌碌随人后，终不离故处一步。夫其仅至乎中道者，诚宜以不能争先为耻，然犹愈于跬步未移而自以为高者也。开辟之初，人与万物偕生，所需于世者盖寡。其后不能无以自养，不能不相往来，即不能无争斗。圣人者出，于是有耒耨之教，有舟楫之利，有弧矢之威。迄于今造化之机日泄，而泰西诸国之人研之愈精，于是有农织之机器，有火轮之舟车，有铜铁之枪炮。时势之相推移，虽圣人莫之能违。夫今之不能不用机器、轮船、枪炮，犹神农氏之不能不制耒耜，黄帝氏之不能不作舟楫、弧矢也。谓神农、黄帝于耒耨、舟楫、弧矢之外，无治天下之要道则不可，必谓并耒耨、舟楫、弧矢而废之则惑矣。

尝谓中国人民、物产、风俗甲于地球诸国，若能发愤自强，原可操鞭笞八荒之具〔一五〕。弊在不能删成例以修政，破资格以求才。士大夫不肯捐除故见，务为有用之学，其聪明才杰之士，又往往讳言洋务，仅使一二当事者区区于轮船、枪炮慕效西人。此犹见人之行百里，而劳神惫形以随之，不能具轻车、购骏马，以骋长途而遐瞩千里也。大抵天道数百年小变，数千年大变，自尧、舜至今，世益远，变益甚。吾辈读书致用，不可复为一切成说所拘，如能会通其理则幾矣。

足下开敏善悟，向不锢于俗学者〔一六〕，故略抒所怀以相质证。如有所见，幸以教我。冬寒，惟珍卫。不宣。

〔一〕覃精：犹言深思。稽：考也。

〔二〕骖靳：喻先后相随属也。《左传》："吾从子，如骖之靳。"注：

“靳，车中马也，言己之相从，如骖马之随靳也。”

〔三〕端倪：犹言头绪。《庄子》：“反复终始，不知端倪。”成玄英疏：“端，绪也。倪，畔也。

〔四〕龂龂：争辩貌，音银。恫喝：音洞曷，恐吓也。

〔五〕枝梧：抵拒也。蒇：耻演切，备也。今谓事已竣曰蒇事。

〔六〕不佞：自称之辞，谦言不才也。《左传》：“寡人不佞。”鳃鳃：忧惧貌，音颸。

〔七〕清季置伊犁府，属新疆省。光绪间，曾为俄所侵占，曾纪泽使俄力争，始克收回。

〔八〕兴安岭：满洲语曰金阿林。在黑龙江南者，曰内兴安岭，阴山东迤之脉也。在黑龙江北者，曰外兴安岭，阿尔泰山东迤之脉也。

〔九〕越南：即安南。

〔一〇〕駴：与骇同。

〔一一〕拘挛：束缚之意。挛，闾员切。届：音戒，至也，到也。

〔一二〕搘：音支，支撑也。

〔一三〕噎：一结切，音咽，食塞咽喉也。《淮南子》：“有因噎死，而禁天下之食，则悖矣。”

〔一四〕惎：音忌，毒害也。

〔一五〕八荒：八方之荒远处也。

〔一六〕锢：音顾，蔽塞之意。

薛福成

字叔耘，江苏无锡人。以副贡参曾国藩、李鸿章幕府，旋出使英、法、义、比诸国，归擢右副都御史，卒。有《庸盦文集》。事详《清史稿》。

答友人论禁洋烟书〔一〕

福成白：辱惠书，以谓洋烟至今日，势所难禁，且既成风俗，亦自不必禁。斯言也，仆甚讶之。一有人传足下亦染此者，仆以足下绩学砥行〔二〕，平日持议，与此相反，坚不之信。姑就来书之旨，一抒狂瞽之论，幸垂谅焉。

大抵世风日降，而人之嗜好日多。古未闻烟可吸也，即旱烟一物，至明季始有之。吴梅村以为妖，见于《绥寇纪略》〔三〕。乃阅百余年而有水烟矣，未几而洋烟入中国矣。又未几而中国膏腴之地遍种罂粟矣，有南土、西土、广土之名矣。曩者一二巨公愁然忧世道之变〔四〕，欲厉其禁而大为之防，未获伸其志而颠沛以去，遂使世俗之论，谓洋烟终不可禁。当路诸君子，苟求无事而止。不知此事不禁，则养痈蓄蠹[五]，生事之端，将有不胜言者。禁之而得其术，则转移甚捷，实未尝有一事。近世不惟决其防，又从而扬其波，以致洋药之局，遍布城市，民之宝之，逾于谷帛，而其害将与宇宙相终始。

且自古蠹民生、败风俗之事曰饮、曰博、曰妓，此三者，朝悔而夕改之耳。惟洋烟之瘾，能改者百无一二。其性又足耗精血，损志气，使君子不能劳心，使小人不能劳力，形神委顿，玩愒岁月[六]。其下流无藉之贫民，因耗费不赀，往往寡廉鲜耻以求足其欲。加以烟焰薰灼，日夜销铄此身，则其身体因之以坏。五十年来，洋人布此鸩毒于中国[七]，杀人之身，复杀人之心，其害过于洪水猛兽远甚。

今天下之日趋于洋烟者，如水之源源东向而无穷期也。此其故由于上不之禁。上不之禁，则民不以为诟病，而转视为适俗怡情之具。不及百年，势将胥天下而入之矣。然而持不禁之说者且以为海内之广，势不能人人而禁之，禁之不绝，适以扰民，不如毋禁。噫！此所谓虑趾之颠而不敢纵步焉者也。夫国家立一法，岂必遽效于旦夕间哉？盗贼之必诛也，杀人之必死也，此千古治天下之常法也。然非尧舜之世，则不能使天下无盗贼，无杀人之人。夫自古治天下者，不因之而废其治盗贼与杀人之法也，而盗贼与杀人之人，卒以此而不比肩接迹于天下。然则洋烟之熄，亦在上之行其法耳。

今计天下之财，耗于洋烟者每岁不下数千万。以数千万之银易无限之灰烬，此如漏卮之不可不塞也。然塞之之功，不必先与洋人校，而当自中国始。迩年以来，烟之来自外洋者半，其出于中国者亦半。仆谓在上者宜饬州县，严禁民不得种罂粟，违者责里长拔之，仍罚其田主与里长亩米各若干石；里长举发而先拔者，即以罚田主之米畀之。如是则民已难牟厚利，而转有所失。而治其源者，尤在绝人之嗜。嗜之无人，彼之烟自无所售，而种者益寡，即来者亦寡矣。

且今之人嗜洋烟者，非其本性，弊在不相诟病，而视为适俗怡情之具也。是当厉之以耻，而止之以渐。夫民之耳目所慕效，大率在荣富之区与秀良之士，昔日洋烟之盛，风气皆由此而开。为今之计，宜由大吏举属官之嗜烟者，劾令致仕。每届大计〔八〕，书之于考，以为用舍；其各官幕友，各局绅董及书吏等，犯者辄黜之。凡士子之应州县试者，责廪生保之〔九〕，始许投考；诸生之应科举者，令各学官察犯者停考〔一〇〕。闾里中有嗜烟不戒者，里长籍其名于官，以不清白论，其尤无赖者，执之徇于市〔一一〕。凡此皆所以示民耻辱之端也。苟非甚不肖者，孰不速改？夫法必烦苛急迫以骇民耳目，勿禁可也。今所行至约，而处之甚宽，使民自渐摩洗濯而去其习，其效非可挨契致者哉〔一二〕？盖今日洋烟之炽在上之不禁耳。上之不禁，由下持不禁之议者多耳。仆不敏，不敢随声附和。足下傥有以教之，幸甚。

〔一〕洋烟：即鸦片烟，道光中年，禁烟议起，侯官林文忠公以钦差大臣赴广东查办。后以洋艘入犯，朝议归咎林公，因中以罪去之。书中所云一二巨公，即指林公也。

〔二〕砥行：砥砺品行也。行，去声。

〔三〕吴梅村：名伟业，太仓人，著有《梅村家藏稿》及《绥寇纪略》等书。

〔四〕惄：音弱，忧思也。

〔五〕冯衍文："养痈长疽，自坐祸殃。"盖谓患痈疽者，宜早割治，畏痛不治，终为大患也。

〔六〕玩愒：贪也，言贪玩岁月，而放废职务也。

〔七〕鸩：稚荫切，沈去声，毒鸟也。昔人用鸩毛为毒酒，饮之立死。

〔八〕大计：考绩也。《周礼》："三岁则大计群吏而诛赏之。"

〔九〕科举时代，生员给廪禄者称廪膳生员，简称廪生。

〔一〇〕清代县置学官，称教喻及训导。

〔一一〕徇：叙韵切，示殉，游行示众也。

〔一二〕捩：力啮切，拗也。契：音泄。捩契，拗转之意。